3,50€

PENSE À DEMAIN

DU MÊME AUTEUR

L'Homme de Blaye, Flammarion, 1984.
Voie non classée, Flammarion, 1985.
L'Insomniaque, Flammarion, 1987 ; Babel n° 440.
Le Monarque égaré, Flammarion, 1989 ; Seuil, 1996.
Chambre noire, Flammarion, 1990 ; Babel n° 887.
Aden, Seuil, 1992 ; Points, 2007.
Photos de famille, Seuil, 1994.
Merle, Seuil, 1996.
Dans la pente du toit, Seuil, 1998.
L'Amour de loin, Actes Sud, 1998.
István arrive par le train du soir, Seuil, 1999 ; "Points", 2010.
Les Mal Famées, Actes Sud, 2000 ; Babel n° 557.
Nous nous connaissons déjà, Actes Sud, 2003 ; Babel n° 741.
Petite fabrique de l'image (coauteur), Magnard, 2003.
La Rotonde, Actes Sud, 2004.
Une faim de loup. Lecture du "petit chaperon rouge", Actes Sud, 2004 ; Babel n° 929.
Dans la main du diable, Actes Sud, 2006 ; Babel n° 840.
On ne peut pas continuer comme ça, In-8, 2006.
L'Enfant des ténèbres, Actes Sud, 2008 ; Babel n° 1039.
La Diagonale du square, In-8, 2009.
Hongrie, Actes Sud, 2009.
Pense à demain, Actes Sud, 2010.
Photos de famille : un roman de l'album, Actes Sud, 2011.

ISBN 978-2-330-00270-1

ANNE-MARIE GARAT

PENSE À DEMAIN

roman

BABEL

A Raoul, Marius, Simon, Emile et Adèle.

Le lecteur pourra se reporter, en fin de volume, à l'arbre généalogique de la famille Bertin-Galay et des principaux personnages de *Dans la main du diable*, *L'Enfant des ténèbres* et *Pense à demain*.

Cette époque est déshonorée. Maudit soit le souci d'être né, moi, pour la faire rentrer dans l'ordre ! Commence par les enfants, me disais-je, par eux commence... Que leur sacrifice soit juste, et clément, car ils ne sont fautifs de rien ; sauf de naître. Rois d'aucun royaume, rien à tirer de leur douleur ou misère, surtout ne pas les épouvanter, ne leur faire mal d'aucune manière, ne leur sois juge ni bourreau. Grâce, mes pauvres agneaux ! Que je vous plains, et me plains, d'être ainsi jetés ici-bas...

I

Jeudi 15 août 1963

Christine Lewenthal suce son stylo Bic. Elle espère, de la carte postale qui représente à son dos la tour Eiffel, l'inspiration pour la phrase sentie, sincère, brève mais enjouée, drôle sans mauvais esprit, la formule appropriée pour souhaiter *bonne fête Marie* à Lemoine ; qui n'a personne pour y penser, pas plus qu'à son anniversaire. Christine non plus mais, à cela, il y a des raisons : elle est née en 1942, une année néfaste, elle a remplacé son frère mort dès que né, et maman a eu du mal à entériner la mort de son mari, déporté par les nazis, mai 1944. Un bagage pareil interdit les réjouissances. Il n'empêche, elle a réussi à atteindre sa majorité, à retenir, de ses études secondaires, des rudiments de russe et d'allemand. Son anglais courant, elle l'a appris au biberon chez son oncle Théo et sa tante Mildred, à Kinvara, où il faisait bon vivre pendant que maman pleurait. Ajouté à ce qui lui reste de latin-grec, elle est polyglotte ou peu s'en faut, étudiante en n'importe quoi qui se présente : d'abord une année généraliste, propédeutique ne mange pas de pain, puis passant de lettres à géographie, absentéisme aggravé, aux bancs des Beaux-Arts ensuite, qu'elle a désertés. A ce jour, au lieu d'opter pour la science, l'industrie ou le cinéma, des spécialités familiales, elle en est à suivre un stage chez Blake Jr. A ses heures de liberté, elle va aux manifs contre les essais nucléaires à Reggane, dans les cafés d'étudiants discuter avec les bandes de jeunes de l'avenir du monde, et du sien. Que fera-t-elle demain ? Elle n'y pense pas tellement, sauf à déjouer les projets qu'elle s'évertue à imaginer que sa mère pourrait avoir pour elle, une occupation à plein temps. Quelle veine, ce stage tombe à pic. Melville s'entremet, et les portes s'ouvrent. En a-t-il informé maman ? Evidemment oui. Entre eux, c'est à la vie à la mort, un couple inoxydable, résident de la rue Stendhal, où, heureusement, Mme Lemoine assure l'intendance. A part ça, famille de désaxés, bordélique, puzzle détraqué.

En revanche, chez Blake Jr, Christine est en bonne compagnie. Avocats-conseils en assurances depuis 1895, trois étages de bureaux, rue La Boétie. Chaque porte dispose d'une plaque de métal émaillé, “Contentieux”, “Recouvrements”, “Fiscalité”, “Risques & expertises”, “Bureau des créances”. Elle n'a pas encore exploré tous les alvéoles de cette filiale parisienne de la vieille maison mère anglaise, qui en a deux autres, basées à Bruxelles et Rotterdam : Empire Blake Buildings. Son patron est un homme onctueux, soixantaine alerte, tiré à quatre épingles ; même en pyjama, je parie. Manière de tester son anglais, il a mené l'entretien en Oxford parfait. Celui de Christine a une nette dissonance irlandaise, pays d'arriérés, mais il est indulgent, paternel. S'il ne pose pas la question pour s'enquérir d'où elle le tient, c'est qu'il a la réponse. Blake Jr descend rarement à accueillir les stagiaires, mais elle n'est pas n'importe qui : elle est recommandée par Melville son ami, du temps où celui-ci s'appelait encore Etienne Louvain, et faisait l'aviateur à Londres sous le Blitz et dans le *fog*. Sans doute cela vaut-il de passer un quart d'heure dans le bureau d'angle sélect qui a vue sur l'église Saint-Augustin. Il y flotte un discret parfum de vétiver *english* et Mr Blake Jr a l'amabilité de se féliciter de la jeune recrue, du sang neuf, vivifiant. Il la confie à deux avocats de la maison, qui ont besoin d'une assistante. Promue à ce titre, elle ne l'a plus revu depuis mars car, pour ce qui est d'assister, elle officie essentiellement à l'étage inférieur auprès de la photocopieuse Xerox, une machine futuriste américaine mais, à force de voir défiler assignations et rapports d'huissiers, elle s'initie aux arcanes ; également grâce à maîtres Grenier & Lenoir, paire de plaideurs rompus aux finasseries, escroqueries en tout genre. Le leur, genre : Dupont et Dupond, quoique sans moustache et melon, les plus gentils des tontons. Elle s'acclimate et, pour ce qu'elle fait, elle est bien payée, le décor est agréable, même si Saint-Augustin est un peu excentré par rapport à la rue Buffon, où elle a ses quartiers ; où elle est *chez elle* depuis que maman, pour ses vingt et un ans, lui a *donné* l'appartement hérité d'une grand-mère Agota, ou d'une grand-tante, ce n'est pas très clair. Propriétaire, à son âge, elle ne s'en vante auprès de personne, surtout pas de ses copains militants de l'UNEF, qui sont contre les bourgeois, le profit et le capital. D'ailleurs, elle n'est pas *chez elle*. Elle n'y est nulle part. Elle n'y était déjà pas rue Stendhal, *chez sa mère*. Une femme de la bourgeoisie, du profit et du grand capital, qui s'installe dans un quartier populaire, décentré, mal desservi, au milieu des cités d'habitation à bon marché en briques des années 1930, des échoppes et des ateliers (en réalité, idée de Melville), c'est atypique, original, très anticapitaliste. C'est aussi très mélancolique, coincé entre deux cimetières, celui du Père-Lachaise et celui de Charonne, dont on aperçoit les tombes par le chien-assis du grenier. De sa chambre, moins élevée, elle ne voyait que le pré désolant des Réservoirs d'eau, à travers les branches de l'acacia en hiver.

Sa chambre, si l'on peut dire. Un endroit où elle n'a résidé que par intermittence, entre deux internats, genre chambre pour parents de province de passage, où rien ne vous appartient, si pimpants soient les papiers peints, la courtepointe brodée, les coquets rideaux de vichy, les livres de la bibliothèque enfantine, collections Rose, Verte, Rouge et Or, et la colonie de poupées aux yeux de têtards. Un stand au Salon de la maison et des arts ménagers. Maman se donnait un mal de chien pour entretenir l'illusion d'une chambre d'enfant normale, d'une enfance normale. Ou plutôt Marie Lemoine. Cette personne souffreteuse, compassée, a été autrefois secrétaire personnelle du mari de maman, directeur général en chef des usines B&G à Choisy, une époque faste que Christine n'a pas connue. Si loin que remontent ses souvenirs, Lemoine est déjà rue Stendhal ; non. Elle est à Choisy, justement, mais c'est une impression vague, elle la tient sur ses genoux dans son salon qui sent la térébenthine. Dans son jardin, qui sent le lilas. A quoi les tout- petits savent-ils qu'un événement les menace ? Les gens se tiennent dans les bras fébriles trop longtemps, ils ne se cachent pas pour pleurer. Ils vous présentent pour maman une extraterrestre tombée de Jupiter, cette personne vous considère à travers ses lunettes noires comme un animal domestique qu'on hésite à adopter. L'homme qui l'accompagne se tient à l'écart. Ensuite, Christine n'est plus à Choisy mais par transport subit implantée à Kinvara, une localité irlandaise pluvieuse, pléonasme. Un bras de mer tient sa mère à *distance respectueuse*, celle-ci la franchit rarement. C'est heureux, car Christine est très bien, soignée, chouchoutée par tante Mildred, avec son petit cousin William, qui est une créature vivante, communicante, attachante, et à la même échelle. Jusqu'à ce que Camille et Melville reviennent la chercher, l'arrachent à cet endroit idyllique, elle a déjà six ans. Transplantée, dépaysée, si malheureuse en est-elle qu'elle n'apprend rien à l'école primaire de la rue Pelleport, elle fait pipi au lit, on la croit demeurée : il faut la mettre en pension, disent les médecins, l'éloigner de sa mère qui a une influence *néfaste* sur elle, et réciproquement. Pauvre Camille, pauvre Melville, ils étaient vivants, mais ils avaient du mal avec la communicabilité et l'attachement.

Entre-temps, ayant quitté Choisy pour la rue Stendhal, Lemoine a converti ses talents de secrétaire de direction en retraite en ceux de cuisinière, repasseuse, lessiveuse ; à l'occasion, décoratrice de chambre d'enfant. De plus, portière du fortin de la rue Stendhal et célibataire, elle sent l'eucalyptus à plein nez, qu'elle a sensible, sinusite chronique. D'une égalité d'humeur confinant à la stupidité sous sa permanente bleue, pourtant la seule à humaniser la maison de maman, qui sent la naphtaline mentale. Lemoine défaisait et refaisait ses valises, pliait ses pyjamas et ses tabliers de pensionnaire, la seule à porter attention à ses vagues à l'âme des départs et arrivées, à l'en consoler avec des tisanes pharmaceutiques et des pastilles mentholées, les plus grandes preuves d'amour de la part d'une grande malade ; qu'elle n'est pas, sauf de sa sinusite, séquelle d'une vie de malheurs énigmatiques. Enfant, on ne pose pas de questions. Les adultes ne répondent *jamais* aux questions, on apprend ça très vite. Lemoine vit dans le demi-sous-sol aménagé donnant sur le jardin de derrière, jouissance privative, elle a la main verte, un don de naissance. Maman ne jardine, ne lessive ni ne tricote : elle travaille à des dossiers d'affaires, elle voyage pour ses affaires, et pour son plaisir. Encore que *plaisir* soit un mot déplacé la concernant. Disons, pour raisons personnelles. Ainsi ses déplacements en Cessna, l'avion privé de Melville, à Rome, Londres, Rotterdam, et même à Galway, pour aller voir son frère Théo et Mildred, quand ça les prend. A New York, où elle va voir grand-mère Gabrielle, et en Alberta, où elle passe tous les ans quinze jours dans un hôtel chic des Rocky Mountains, elle va en avion de ligne. En revanche, sauf pour étreindre sa sœur, une fois l'an, jamais Lemoine ne quitte la rue Stendhal, elle en est la gardienne, la sœur tourière, le cerbère. En haut, sont les *appartements* de Melville d'un côté du palier, de maman de l'autre, un no man's land qui laisse songeur, car il ne fait pas de doute que, pour n'être pas le mari de Camille Lewenthal, qui n'en a eu qu'un, un seul à tout jamais, il couche forcément avec elle, au moins de temps en temps, il est son amant, son conjoint, son compagnon et son confident, son garde du corps. Le corps de maman est bien gardé (cela, Christine l'a compris très vite aussi), ce qui est assez rassurant quand on s'en va à l'internat, car l'idée qu'en son absence, qui est fréquente, il pourrait arriver quelque chose à maman, par exemple qu'elle ait le *cœur brisé*, est épouvantable. Les nuits où elle y pensait, elle quittait son lit d'interne, fuyait à l'aveugle dans les couloirs démesurés, tunnels tailladés de lune, on la croyait somnambule, ne la réveillez pas ! Alors, les séances de thérapie, les monitrices, les éducateurs spécialisés ! On lui donnait des crayons, les psychologues réclamaient des dessins. Pour les faire se tenir tranquilles, elle leur bâclait des maisons standard, copie conforme du modèle ambiant. Malade ? Plus normale que moi, plus informée, experte en cauchemars, la langue extralucide des réalités, il n'y a pas, maman. Cela ne résout pas la question : quelle formule employer pour *bonne fête Marie* à Lemoine ? Si un art n'est pas son fort, c'est bien celui des échanges épistolaires…

Pour dérivatif, Christine jette un coup d'œil au journal qu'elle a acheté au kiosque, histoire de se donner une contenance occupée vis-à-vis des promeneurs du jardin, mais il n'y en a pas, allées désertes. *Le Parisien libéré* titre : "Paris vide, plages bondées." Dans ce canard, il n'y a que des faits divers et des feuilletons dessinés : l'actualité au mitan de l'été, pont du 15 Août, pas un chat dans les rues et les avenues, magasins fermés, il ne peut rien arriver. Sauf que Scotland Yard court toujours après le gang du train postal Glasgow-Londres. Sauf que *Jackie Kennedy a quitté l'hôpital militaire d'Otis où elle a accouché d'un bébé – mort après quarante heures.* Exactement, pile ce qui est arrivé au frère de Christine, le bébé Henri, sitôt mort que né, il y a des destins très brefs, mais ces créatures éphémères sont envahissantes, elles persistent durablement, on a du mal à leur succéder. Ne nous occupons pas du passé, pensons à demain. Demain, c'est-à-dire lundi prochain (Blake Jr fait le pont, comme tout le monde), derechef photocopies pour Lenoir & Grenier et inversement. Aujourd'hui, rien à faire, sauf aller seule par les rues, l'âme en peine. Merci bien, elle a déjà eu du mal à se traîner jusqu'ici, sur ce banc du jardin du Luxembourg, où même les pigeons sont en vacances. Elle extirpe de son sac bondé les feuilles ronéotypées qu'elle a ramassées hier, à la corpo lettres de la Sorbonne. Là non plus âme qui vive. Sauf deux fanatiques activistes, Caton et un complice de l'UEC, en train de tirer des tracts pour la rentrée sur les machines à alcool, sans aucun respect pour la fête de la Sainte-Vierge… Elle était venue y chercher un dossier d'inscription en philo, vu que son stage s'achève en octobre, mais il est trop tôt, le personnel est aux abonnés absents, elle a ramassé ces trois pages agrafées. Bilan de la marche des enfants organisée en mai par Martin Luther King à Birmingham, une ville d'Alabama, la plus ignoblement raciste des Etats-Unis où un homme noir n'a pas le droit d'être pompier, policier, conducteur de bus, ni employé de banque, de pompes funèbres, vendeur de magasin ; une secrétaire noire de travailler pour un patron blanc. Aucun d'aller à la piscine, au restaurant, dans les jardins réservés aux Blancs. Contre les manifestants, la police a utilisé des chiens, des jets d'eau si puissants qu'ils déchiquettent les vêtements, projettent une femme par-dessus les voitures… La presse internationale a rapporté ces faits, que le président John F. Kennedy condamne. Finalement, la marche a mis la ville au bord de la crise de nerfs civile et économique. Comme lors du boycott des bus de Montgomery, il y a cinq ans, le Mouvement pour les droits civiques. Durant des mois, quarante mille Noirs ont marché, parfois cinq heures par jour, pour se rendre à leur travail, grâce à quoi la Cour suprême a dû décréter illégale la ségrégation raciale. De même à Birmingham : le maire a dû limoger son chef de la police, faire dévisser les pancartes ségrégationnistes, et démissionner. Victoire ! Luther King prépare une marche sur Washington…

De bonnes nouvelles à lire, mais Christine suce toujours son stylo Bic. L'Alabama est un pays dont elle ignore tout, sauf que Camille y a patrouillé jeune fille, à l'âge qu'elle a maintenant. En atteste le livre qui est rue Stendhal, un livre de photos signées par un Josef Nádas, publié en 1935 par l'agence Rapho, avec des vues de fermiers pauvres, de leurs maisons et de leurs ustensiles, de leurs enfants dans des guimbardes surchargées, il y a quelques Nègres ; tout ce monde d'une effroyable misère. Ce sont les seules photos qu'on trouve rue Stendhal. Etant donné leur rareté, elle a feuilleté tant et plus ces pages, sans en apprendre davantage de sa mère, ni sur pourquoi comment elle vadrouillait avec ce photographe hongrois à cette époque, ni pour quelle raison celle-ci abhorre les photos. Au point de les bannir de la maison, pas un album, une boîte à chaussures ; au point que, quand Christine en compagnie de Lemoine, qui y mettait de l'ordre, déniche au grenier un appareil photo tout neuf, un Leica chromé, cela déclenche un séisme, un ouragan, un cataclysme. C'est-à-dire les pleurs de maman. Alors Melville prend Christine à part et lui explique :

— N'en parle pas à maman, Minette. Les photos lui *brisent le cœur*. Tu comprendras plus tard, quand tu seras grande.

Fameuse, lumineuse explication. Elle est devenue grande, elle a réussi à atteindre le droit de vote de sa majorité, un exploit vu les obstacles, Minette n'a toujours pas compris le pourquoi de ce violent ostracisme photographique, même si, vu son âge actuel et son discernement, elle en a bien une idée. Mais, à sept ou huit ans, la consigne de silence est de celles qui impressionnent durablement les enfants, et longtemps l'adulte qui lui succède, comme : n'allume pas le gaz, ne joue pas avec les allumettes, ne touche pas les outils rouillés. A la lettre : sanction immédiate, explosion générale, tétanos fulgurant. De quoi Melville garde-t-il Camille de si toxique que, ainsi que du gaz, du poison, elle tomberait foudroyée, allongée sans vie sur le plancher ? Les mots tuent donc mieux que coup de griffe de bête sauvage, impact d'une balle, éclair fléché au cœur, *cœur brisé*. Melville est finalement bon pédagogue : elle n'a plus jamais parlé du Leica, de photos, de rien d'ailleurs. De son père non plus, de qui, vers la même époque, Melville lui *explique* d'abord qu'il est parti très loin, en voyage, qu'il nous a quittés, il a disparu, des variantes qu'elle écoute poliment, battant ingénument des paupières pour le laisser venir, jusqu'à ce qu'il estime bon d'accoucher :

— Ecoute Minette, écoute ma souris, c'est très triste, c'est injuste et terrible, mais cela arrive : ton papa est mort. Tu comprendras quand tu seras plus grande. N'en parle pas devant maman. Tu pourrais lui briser le cœur.

Cela se passe au fond du jardin de tante Mildred, où elle revient passer toutes ses vacances, derrière le massif de rhubarbes sauvages et de camélias qui dégouttent de la dernière averse, un été pluvieux, ils le sont tous à Kinvara ; il s'est accroupi pour mettre son visage à hauteur du sien, afin de lui confier ce secret de la plus haute importance ; genre, hormis le truc des cigognes, des choux et des roses : comment naissent *réellement* les enfants. Pauvre Melville, pénétré, affligé, en fait d'une félonie scandaleuse, dissimulant si mal sa peur que c'est pitié ; il y avait lurette que cette nouvelle n'en était plus une. Elle avait de longtemps ratifié que ce voyageur fantôme, dans son abstraction idéale, était, non pas une blague, mais une *entorse à la vérité*. Cette annonciation ne lui fait ni chaud ni froid, elle lui enseigne surtout la duplicité des grandes personnes et leur lamentable propension à prendre les enfants pour les nains qu'ils ont l'air d'être ; bien que réputés niais, innocents et paradisiaques, ils le sont moins que les adultes, sous leurs mots biaisés en entendent d'autres, et si à la seule histoire du *cœur brisé* elle prête quelque crédit, c'est que la catastrophe du Leica lui donne réalité.

Donc silence, motus et bouche cousue. Lemoine est d'accord, qui jamais ne commente ni n'explique ; d'elle non plus, rien à attendre. Christine s'est fait toute seule son idée sur l'Alabama où, en dépit des photos de la misère, elle situe une époque heureuse de maman, toujours ça de pris. *Souvent les hommes se haïssent les uns les autres parce qu'ils ont peur les uns des autres ; ils ont peur parce qu'ils ne se connaissent pas ; ils ne se connaissent pas parce qu'ils ne peuvent communiquer ; ils ne peuvent communiquer parce qu'ils sont séparés.*

Cette citation du discours de Martin Luther King à Birmingham, en tête des feuilles ronéotypées, est une sentence frappée au coin du bon sens : le genre d'apartheid qu'on pratique rue Stendhal donne un bel exemple d'incommunicabilité, qui est, ontologiquement parlant, insondable. Sauf que l'on ne s'y hait pas. Au contraire, il y circule des courants d'amour à haut voltage, de besoin d'amour, de manque d'amour, qui fait que l'internat est finalement supportable, je me demande ce qui m'a pris d'acheter cet ensemble fuchsia ? Hier, en sortant de la corpo lettres, Christine a fait un raid aux *Galeries Lafayette* pour se choisir une toilette en vue du mariage de Viviane à Genilly, une localité de grande banlieue, à l'est de Versailles. Elle n'avait rencontré de sa vie cette cousine éloignée, jusqu'à ce qu'elles se trouvent coincées dans la même salle de TP, en propédeutique. L'une et l'autre avaient dû entendre prononcer leur nom, à un moment ou l'autre, Guillemot, Lewenthal, on serait pas parentes ? Il s'avère que oui, ma parole ! Cousines de germains par les Galay. Une découverte qui n'avait pas grande conséquence, mais elles avaient sympathisé, si l'on peut dire, se prenant l'une l'autre les cours au carbone, ce qui, alternativement, permettait à la cousine de feinter pour rejoindre son fiancé, à Christine de glander au Quartier latin. Le détour par les Beaux-Arts l'avait fait la perdre de vue, mais voilà qu'elle se casse le nez sur Viviane, rue La Boétie, avec William qui y est passé la chercher. Viviane fait les magasins en compagnie d'un coquelet gominé, paquets de luxe au bras, présentations, invitation.

Jamais Christine n'a assisté à un mariage, un baptême non plus d'ailleurs, ni à un enterrement, toutes cérémonies insolites mais, du point de vue ethnologique, instructives. Cependant elle n'aurait au grand jamais accepté d'en être ; William, oui, le lâche, le flagorneur, qui se laisse circonvenir, charmé par cette cousine de germain, à lui aussi inconnue qu'à Christine, d'une goujaterie suffocante, car pas un instant il ne se demande comment elle va s'en sortir, vu qu'invitation signifie cadeau, et toilette *ad ho*c. Elle est propriétaire, soit (n'en soufflons mot à personne), mais pour autant ne roule pas sur l'or et, vu les signes extérieurs d'aisance, que dis-je, d'opulence qu'arbore Viviane (son Austin, ses perles, sa bague de fiançailles), tous les émoluments alloués par Blake Jr risquent d'y passer, son seul revenu ; interdit de toucher aux virements mensuels maternels, question d'honneur, d'humeur, d'incompatibilité comptable et morale. Etant donné le milieu capitaliste, bourgeois, profiteur où sa petite-cousine a l'air d'évoluer, il faudrait au moins dix ans de stage pour être à la hauteur. Ce qui lui a fait envisager de décliner, les prétextes polis ne manquent pas. Mais quand même, la curiosité piquée, rien que pour faire une incursion dans cette annexe limitrophe de germains inconnus, parentèle perdue, ignorée rue Stendhal ; rien que pour cette raison intéressante, attractive, rien que pour cette raison motus, si cela aussi détériorait le cœur de maman, on ne sait jamais (je comprendrai plus tard, Melville, quand je serai grande), elle s'est mise en chasse d'un truc convenable. A la mi-août, il y a encore des reliquats de soldes, plus tellement le choix, mais à croire que cet ensemble fuchsia n'attendait qu'elle. A vrai dire, ce rose ultra indien fluorescent a dû horrifier les clientes les plus hardies, d'où son prix ridicule. La vendeuse éhontée prétendait que cela flattait mon teint, s'harmonisait de manière exquise avec mes cheveux blond cendré, non ? mes yeux gris mer du Nord, elle consentait même un rabais, solde de solde : après le 15 août, on accroche les nouveautés. Pour un peu, elle me suppliait. Si, dans trois semaines, j'ose me pointer à Genilly avec ça sur le dos, c'est que je n'ai vraiment plus aucune vergogne.

Mais William en sera, cela vaut un sacrifice. Son cousin chéri William Galay, de Kinvara, port de pêche au sud de Galway, son petit frère adoptif adoré, avec qui elle a eu son premier rapport sexuel, à l'âge de huit ans. Ils sont plutôt laissés à eux-mêmes, dans cette espèce de presbytère des collines du Burren, où Christine fait des séjours prolongés, en raison des voyages de sa mère. Oncle Théo est dans la lune, tante Mildred peint de l'aquarelle, ce qui offre des loisirs pour explorer les environs, et l'anatomie réciproque. En fait, elle est plus curieuse que lui de sa particularité et de son genre. Son ascendant considérable, un an de différence, l'autorise à imposer des attouchements expérimentaux à la petite asperge érectile de son cousin, qui la lui prête volontiers, c'était du temps où il était petit, mais vraiment : on a longtemps cru qu'il le resterait ; elle l'espérait. A cause de sa taille lilliputienne, son grand-père irlandais, qui a des haras du côté de Kilmare, s'est mis en tête d'en faire un jockey. Il l'a mis en selle, en effet, et jusqu'à treize ans William a remporté tous les concours hippiques juniors du Burren et Connemara réunis, une gloire outrageante, qu'il subit de son faux air contrit, le fourbe, l'hypocrite, pour une fois que tout le monde le félicite de sa petitesse et de son poids plume. S'il croit l'épater ! De cet avantage, elle se venge en l'appelant *mon petit nain chéri de jardin*. De quoi il ne lui tient pas rigueur, il endure d'être petit, stoïque, héroïque. Jusqu'à ce que lui poussent bras et jambes, en un hiver métamorphosé en cet échalas ridicule, la tête soudain haussée en périscope au-dessus des haies qui, jusque-là, dérobaient à sa vue des provinces où exercer désormais sa taille de géant.

A cet échalas intimidant, Christine ne tripote plus l'appendice, n'offre plus son entrecuisse impubère pour l'enserrer jalousement ; s'il y a eu pénétration, elle n'en a pas souvenir. Seulement de la tentative, décevante, et comme oncle Théo est sorti brusquement, cela a abrégé leur expérience acrobatique. Il ne risque pas de les voir, loin de lui l'idée de surprendre les enfants en train de forniquer, ils lui sont invisibles ; ce qui ne change pas grand-chose à l'ordinaire, oncle Théo est trop occupé à écouter *les voix*. Pour l'instant, il marche sur l'allée de graviers à pas comptés, tant dans un sens, tant dans l'autre. D'aucuns penseraient qu'il arpente. En fait, il médite. Il ne compte ni ne cherche quoi que ce soit dans les gravillons, il écoute. Il tend l'oreille, y porte sa main en cornet, il hoche. Sur le moment, ils gloussent, bien tapis sous le buisson qui sent la résine, l'odeur acide de la tourbe, du petit-lait de William, leur sueur d'enfants. Ensuite, ils ont honte. Non d'avoir péché par l'œuvre de chair – en dépit de la mécréance familiale des deux côtés, ne leur en échappe pas l'illicite expérimentation –, non du jeu interdit, mais de surprendre cette grande personne dans le sien, qu'il leur soit donné de le voir sans qu'il le sache s'adonner à une puérilité plus grande que la leur, si seul, si dépourvu que cela rend triste. Ils n'ont plus envie de rire, le soir est venu, balayé de vent, plus un nuage et les premières étoiles au ciel, dures, très lointaines, très indifférentes, côte à côte assis sur la marche de la cuisine, ils mangent des tranches de pain d'épice qu'a confectionné Mildred, ils regardent les gravillons où a marché Théo, le buisson où ils se cachaient, avec l'envie éperdue d'être pris sous la protection de quelqu'un de normal, qui gronde, punit, ils ont envie de pleurer.

Ensuite, William s'est mis pour de bon à la musique qu'il traitait en jockey dilettante, il a définitivement enfilé ses jambes sous un clavier et tapé dessus du matin au soir, dans la maison de Kinvara, à l'école de musique de Galway, puis au conservatoire de Dublin. De même qu'à cheval, il a remporté tous les sauts d'obstacles de sa discipline, d'abord en catégorie junior, maintenant jeune senior. Il est un *espoir*, un jeune talent prometteur, on se l'arrache. S'il s'était mis à la cornemuse gaélique ou à la clarinette, passe, mais le piano, quoi de plus conventionnel ? De plus, il met une fatuité insolente à ne tirer pas plus de gloriole de ses succès pianistiques que de ses exploits hippiques, Christine déteste ce coq de bruyère, elle le plume en pensée, le hait beaucoup, à la folie. Pas du tout : elle est éperdument amoureuse de lui. Radieuse, flattée qu'il vienne la chercher rue La Boétie, qu'il fasse son galant, l'emmène au concert à la salle Gaveau écouter ce qu'il voudra, Rachmaninov, Chopin, Brahms. Il n'est que de passage à Paris, il est à l'hôtel, payé par son agence, il s'en va à Prague pour trois semaines, invité d'un festival de jeunes *espoirs* et, au retour, il sera son cavalier au mariage de Viviane. S'il me demande en mariage, un de ces jours ? Je l'éconduis. Entre cousins, c'est dégoûtant. Totalement prohibé par la décence, et la faculté, hélas. Que lui prend-il, une idée pareille, un 15 Août, jour de la Vierge ? Elle ferait mieux d'aller se payer un diabolo menthe au kiosque, qui a l'air en manque de clients, jardin désert, été pourri. Elle ferait mieux d'écrire sa carte postale, vraiment en panne d'inspiration… Dire qu'elle se torture les méninges pour Lemoine, alors que personne, personne ne pense à elle, en ce moment. Qui, au monde, se soucie de Christine Lewenthal, à cette minute ? Seulette, elle va par les rues, l'âme en peine, car personne ne l'aime… Elle en a la paupière qui fermente de dangereux épanchement lacrymal, houla, pas de pleurnicheries ! Si elle avait vraiment voulu ne pas être seule aujourd'hui, elle aurait accepté d'aller chez

Elise avec maman et Melville, avec Louis et Sacha, au bois de Graville. Ils y sont tous, à l'heure qu'il est. Grand bien leur fasse. Hier soir, Camille lui a lancé cette idée :

— Minette, viens donc avec nous chez Elise, au bois de Graville, ça te fera prendre l'air.

Minette prend l'air où ça lui chante et déteste qu'on l'appelle comme ça, surtout en public. Elle a refusé l'invitation, vu qu'elle avait plein de choses urgentes à faire à Paris, ce week-end. Par exemple, écrire à Lemoine.

Hier soir, quai d'Austerlitz, elle s'est trouvée en compagnie de tout le gratin bourgeois capitaliste qui la compromettrait totalement auprès de la bande de jeunes de l'UNEF, si jamais ils venaient à apprendre qu'elle fraie avec cette engeance. Guy Lewenthal est là, fils d'un premier mariage du mari défunt de maman, donc demi-frère de Christine quoique cinquantenaire, que cette famille est compliquée. Il a pris la suite de son père à la tête du groupe B&G et ce grand patron, homme d'influence, a pour sa belle-mère Camille, veuve et actionnaire majoritaire, une dévotion absolue ; il la couve, la bichonne, l'entoure, la protège. Le fils aîné de celui-ci est là également, à peine plus âgé que Christine, un jeune cadre séduisant, déjà directeur de quelque chose dans les yaourts du groupe ; voilà pour le clan Lewenthal. Ensuite, il y a Melville, évidemment, comment pourrait-il en être autrement, en costume de lin tabac ouvert sur sa chemise légère, d'une désinvolte élégance, chaussé de daim clair, sa moustache de Clark Gable taillée aux petits ciseaux, il a un charme renversant. S'il était plus jeune, elle pourrait tomber amoureuse de lui mais, outre qu'il est l'exclusivité de maman, et qu'il est hors de question d'attenter au cœur de celle-ci, il n'arrive pas à la cheville de William pour ce qui est du talent pianistique.

Maman est particulièrement en beauté, mince, l'air d'une qu'un rien habille, moulée en tailleur de piqué de coton blanc qui rehausse son hâle, décolleté échancré, elle a des seins enviables pour son âge, à cinquante ans passés des jambes galbées, elle ne porte pas de sac ou de pochette, seulement un foulard Hermès à la main, ainsi dépouillée, livrée à sa seule contenance, force et souveraineté, une emprise sur elle-même et toutes choses alentour qui met Christine vingt pieds sous terre. Cependant Melville ne la lâche pas d'un pas, eux deux unis par cette connivence mutuelle que le moindre geste oppose au tiers tel un privilège intime, à peine d'un effleurement lui prend-il parfois le coude ou le poignet comme pour lui communiquer courage, assistance. Car, autour d'eux, il y a une foule d'officiels, M. Albert Beuret, chef de cabinet du ministre de la Culture, éminence grise d'André Malraux et son ami intime, avec qui il s'est prétendument évadé d'un stalag. Les mauvaises langues disent qu'il est coiffeur, mais il n'en a cure, on l'entoure, le courtise, ainsi que son aréopage de conseillers ministériels, des maires d'arrondissement et quelques représentants du conseil municipal, des personnalités en nombre, patrons de presse, chefs d'entreprises, directeurs de théâtres, de bibliothèques, des artistes célèbres, une foule d'au moins cent personnes invitées à la clôture du chantier de la fondation Simon-Lewenthal, quai d'Austerlitz.

Christine est venue en voisine, elle n'a aucune excuse : la rue Buffon est à deux pas. Il y a surtout que, fille unique de la personne de qui elle porte le nom ; qui est son père, quand même, l'a été un tout petit certain temps, du nom duquel maman a décidé de baptiser sa fondation, elle ne pouvait guère feinter ces festivités. Par chance, il n'y a pas eu de blablabla, de discours et de compliments, de congratulations, veine. C'est une visite informelle, pas de journalistes ni de photographes, car les lieux seront officiellement inaugurés au printemps, en grande pompe, par le ministre soi-même, qui ouvre un peu partout des maisons de la jeunesse et de la culture. Celui-ci a soutenu le projet, eu égard aux services de Melville dans la Résistance, et à la considération qu'il porte à Mme Lewentahl, veuve du grand patron disparu qui aimait les arts, etc. Donc, on a visité. Il faut dire que, dans ce quartier sinistré, bombardé à la fin de la guerre, où dominent d'anciennes fabriques plus ou moins désaffectées, dont les murs délabrés longent la Seine, l'ancien siège de la fabrique B&G a repris belle allure. Ravalée, ripolinée de neuf, flambante. De la vieille biscuiterie industrielle, qui se souvient ? Pas Christine, évidemment. Ceux qui sont là, non plus, probable. Peut-être les plus chenus ont-ils pu entendre parler de Mme Mathilde, sa directrice, ou de son père ? Mais dès alors l'usine avait migré à Choisy, avant que ce nouveau site ne soit abandonné à son tour, après la Libération, lors de la fusion de B&G avec d'autres entreprises céréalières et laitières, une holding dont les sièges se perdent en nébuleuse, un peu partout en Ile-de-France, et dans toute l'Europe. Quant au siège principal, il est près de la Défense, un quartier où Christine n'a aucune raison de s'aventurer.

Ainsi donc, tous rameutés en plein milieu de l'été, veille de 15 Août, ils visitent, nous visitons. De l'époque, ne reste que le cartouche incrusté sous le clocheton, la double initiale B&G en lettres rehaussées d'or sur fond rouge, que le céramiste a mariées en calligraphie néogothique, elles s'enlacent encore en majesté, mais quel quidam égaré dans ce quartier saurait-il qui désignent ces initiales ? Au mieux, celles-ci lui rappelleront les paquets de biscuits de son enfance, le goût fondant des petits-beurre et des madeleines de ses goûters, en chaque homme sommeille un petit Marcel. Mais des gens de qui le patronyme a donné ce sigle, l'histoire lui sera inconnue. Celle de la rencontre d'une fille de petit minotier provincial, pionnier du siècle dernier, et d'un aristocrate neurasthénique, du mariage contre nature de leurs fortunes et de leur destin, du malentendu de leur amour mué en formidable conquête industrielle et dispersion familiale, des drames et malheurs, passions contrariées, ambitions déçues, rivalités fratricides, rancunes, haines, rêves et désirs que toute famille garde au fond de ses tiroirs, dans l'ombre de ses couloirs comme dans ceux de sa mémoire…

Christine devrait en savoir long, or elle est à peu près au même point que le susdit quidam égaré dans ce quartier. Elle n'imagine pas une seconde que, sans le petit appartement de la rue Buffon qu'elle a hérité à sa majorité, à un jet de pierre de la fabrique du quai d'Austerlitz, sans le rôle qu'ont joué ses habitantes, elle ne serait simplement pas là, à visiter la cour pavée, le bâtiment grand comme une gare, tel qu'en construisait l'art industriel du XIXe siècle, structure métallique en cathédrale et murs de briquettes. Elle n'entrerait pas dans le hall aux baies à arc brisé, aux colonnettes de fonte à chapiteaux et linteaux rivetés, repeints en bleu profond, cet espace qu'un architecte inspiré a distribué en volumes audacieux, reliés entre eux de passerelles aériennes à divers niveaux, prêts à une occupation imminente. Elle ne monterait pas, dans le corps de bâtiment de façade, le vénérable escalier à rampe de ferronnerie, ses marches de teck tout neuf, odorant, encadré de deux ascenseurs de verre et acier. L'aile administrative est entièrement rénovée, murs laqués d'ivoire, appliques d'acier brut, design moderne, moquette bleu nuit. Qui reconnaîtrait l'ancienne salle du conseil d'administration ? Transformé en auditorium, c'est un espace fonctionnel équipé de fauteuils pivotants, écran escamotable, cabine insonorisée pour l'interprétariat. La foule s'y presse, ainsi que dans les bureaux, les couloirs, mais tout un revient admirer, sur le mur du fond, seul vestige sauvegardé, la fresque mémorable, grandiloquente, fastueuse, vraiment fameuse, se dit Christine, interdite par ce spectacle. *Noces de l'Industrie et de l'Agriculture.* Deux femmes aux seins plantureux épatent leurs fesses grasses sur un globe terrestre approximatif, s'adossent à un paysage baroque où voisinent labours et pâtures avec palmeraies et champs de canne à sucre, hérissé de toits d'usines fumantes, au loin la mer sillonnée de vapeurs, et tout un peuple besogneux, paysans de France à leur charrue et négrillonnes en boubous, œuvrant joyeusement au triomphe de la biscuiterie B&G. Le restaurateur a colmaté quelques fissures, retouché le cadre en trompe l'œil mais respecté les couleurs un peu fanées que pastellise l'usure, lui gardant son cachet originel, et même une certaine dignité en son antiquité. Pour une foutue apologie du colonialisme, ça se pose là, s'éberluait Christine, outrée que quiconque autour d'elle ne s'offusque de cette obscène allégorie du paternalisme patronal. Au contraire, en admire la facture, en commente l'art naïf, l'ingénuité délicieuse de l'artiste, au secours. Pincée, elle a déclaré à Melville qu'elle veut bien épargner le cœur de maman, mais qu'il y a des limites.

— L'inspiratrice en est Mathilde Bertin-Galay, ton arrière-grand-mère, en hommage à ton arrière-arrière-grand-père, Raoul Bertin. Le fondateur.

— Je comprendrai probablement plus tard. Quand je serai grande.

Qu'elle se rassure, ironise finement Melville, l'auguste bureau de son ancêtre Bertin longtemps conservé en musée, avec son portrait en pied, a été sacrifié : planchers, stucs et moulures livrés au marteau-piqueur impie, quel dommage… Elle préfère boire une orangeade que de répliquer. D'accortes hôtesses de son âge (chacune son stage) versent des rafraîchissements à la société qui s'égaille dans les étages, papote, redescend, envahit la cour, de quoi avoir le tournis, elle s'est éclipsée. Elle a lâchement laissé choir maman. Elle aurait dû rester. Elle aurait dû l'assister en ce moment éprouvant, émouvant, qui couronne dix ans d'efforts, faire honneur à ces gens qui ont quitté leur lieu de villégiature estival : à cette date, normalement, les attachés de ministères, les maires et même les patrons de presse sont aux champs, à la plage. Normalement, ils bronzent. Mais ils sont tous venus soutenir Mme Lewenthal, saluer son entreprise, qui honore les arts et la culture en mémoire de son mari tragiquement déporté, sans retour.

Dans les années 1950, les rares ayant eu vent du projet ont pourtant pris pour lubie cette initiative saugrenue de restaurer la vieille fabrique vouée à la ruine, à la démolition, dans ce quartier industriel plus ou moins déserté, coincé entre les berges de la Seine et les voies ferroviaires. Caprice, disait-on, d'une femme à qui son ennui et sa fortune inspirent des excentricités. Mais, en pleine guerre d'Algérie, on avait d'autres sujets de conversation que les foucades de Mme Lewenthal. Foucades, c'était très mal la connaître. Avec une opiniâtreté sans faille, Camille a mené à bien son projet de créer une fondation dédiée à la mémoire ouvrière : en ce quartier, où s'est écrite une page de l'industrie parisienne, quoi de plus évident, de plus naturel que de réunir les pièces dispersées de leur histoire collective ; bientôt admise, elle en a la certitude, au même titre que celui des Archives nationales, comme un trésor patrimonial. Pour cela, elle a débauché des conservateurs de musées, recruté du personnel d'encadrement qualifié, convaincu contributeurs privés et institutionnels de subventionner le projet, sans rendre public ce qu'elle y investit de sa fortune personnelle ; ni l'apport de Guy

Lewenthal à titre privé, et comme patron de B&G. Un montage financier que les fiscalistes du groupe ont suivi de près, le mécénat n'est pas encore bien répandu en France, comme aux Etats-Unis, où elle est allée chercher conseil auprès d'une vieille connaissance, son *ami américain*, dit-elle, John Davison Rockefeller III, avec qui elle fréquentait les boîtes *downtown*, picolait et dansait, au début des années 1930… Si sa fondation intéresse historiens et chercheurs, des créateurs en vue la parrainent, pionniers du nouveau langage artistique, tels Jacques Villeglé qu'inspirent les murs de la ville, Pierre Schaeffer, bruitiste à l'écoute des images sonores, et Louis Personne, le grand acteur de théâtre, ami personnel de Camille Lewenthal. Dix ans ont passé. Il a fallu dix ans pour que s'exauce son vœu. Qu'au creux de l'été 1963, à la veille du grand pont du 15 Août, quand tout le monde s'absente et porte ailleurs les yeux, elle réunisse tous ceux qui, de près ou de loin, ont coopéré à sa réalisation, l'ont soutenue dans son dessein et concouru à son succès.

De tout cela, Christine a-t-elle le quart du tiers connaissance ? Hier soir, remontant seule la Seine vers la gare d'Austerlitz, vers *chez elle*, rue Buffon, par cette soirée maussade, lourde, orageuse, elle méditait son ignorance, tout en regardant les péniches de charbon et de gravier amarrées au quai. Les mariniers font eux aussi le pont, ils chôment ; un spectacle pittoresque, rafraîchissant. Des gens simples et paisibles, qui se contrefichent de la réception mondaine, de la vieille fabrique B&G, de laquelle ils n'ont jamais entendu parler. Pour un peu, elle les enviait : ils ont des excuses, qu'elle n'a pas. A quel âge commence-t-on à s'enquérir des antécédents ? Encore à présent, tout en suçant son stylo Bic, elle fait le constat de ses sévères lacunes, black-out intégral, concernant la jeunesse et tout le passé de sa mère, ceux de son défunt père illustre, de qui elle n'a aucun souvenir, mais vraiment aucun. Sauf qu'elle a hérité le prénom de sa grand-mère paternelle, une attention touchante. C'est déjà mieux que de s'appeler Henriette, en souvenir du petit frère pressé de rejoindre les anges. Tant qu'à faire, allons au bout du débilitant bilan : elle en a autant sur Melville, sur Lemoine, sur tante Mildred et oncle Théo, sur sa grand-mère Gabrielle de New York, sur Pierre Galay, son grand-père prix Nobel par contumace, sur les cousins germains de Genilly, une foule de gens qui peuplent les environs et la planète, de qui elle n'a aucune idée. Sur ces dix dernières années, durant lesquelles maman s'escrimait à échafauder son faramineux projet de fondation, elle a également fait impasse. Durant ces dix ans-là, elle était dans des internats variés et distingués de Lausanne, de France et de Navarre, où elle dessinait pour distraire les psychologues, d'où elle se faisait régulièrement renvoyer, pour quatre cents coups excentriques avec ses codétenues. Elle recevait des cartes postales des Rocky Mountains, menu revenu des voyages maternels. A ce jour, elle a réussi à passer le cap de ses vingt et un ans d'existence, et même l'épreuve de saut de sa majorité, sans trop de casse, sans abîmer le cœur de maman qui a tant souffert, ce qui lui vaut statu quo avec les résidents de la rue Stendhal, où elle fait le moins d'excursions possible. Sauf qu'aujourd'hui elle s'est fait devoir d'écrire à la sœur tourière, la dame du jardin de Choisy qui sentait le lilas, pour lui souhaiter *bonne fête Marie*. Le jardin du Luxembourg est une source d'inspiration médiocre en ce jeudi de 15 août 1963, temps généralement frais, très nuageux, brumeux le matin avec développement de nombreux foyers orageux l'après-midi et le soir dans le Sud, quelques pluies pourront se produire sur l'Extrême-Nord de la France, évolution lente. Pas très engageant.

Christine Lewenthal ignore évidemment qu'elle partage cet avis avec un jeune projectionniste de ciné-club qui, au volant de sa 2 CV, parti à cinq heures ce matin, a couvert le trajet entre le causse Méjean et une ferme sise au fond d'une combe d'Ile-de-France. Avis que partage un autre jeune homme, affligé de strabisme et spécialiste des ostraca qui, après avoir poussé une visite au cimetière du Mesnil, converge à cette même heure vers la combe en question, au-dessus de laquelle se dresse la ruine d'un domaine jadis propriété de son aïeule, Mathilde Bertin-Galay. Cette jeune fille ignore tant de choses du passé, lointain et récent que, comparé à ce qu'elle a glané de-ci, de-là, de propédeutique en lettres, en géographie, sur les bancs des Beaux-Arts et chez Blake Jr, l'accablante somme de ses lacunes lui donnerait le vertige si, par quelque accès de lucidité, elle en avait seulement un aperçu subliminal. Loin d'elle ce souci pour le moment, elle est au présent actuel assise seulette, l'âme en peine, sur un banc du jardin du Luxembourg, il sera temps tout à l'heure, ce soir, de penser à demain. A force de sucer son stylo Bic, elle vient enfin de trouver la formule, géniale, sincère, brève et enjouée qu'elle doit écrire derrière la tour Eiffel : *Bonne fête Lemoine de mon cœur.*

Ce même jour, sur une route de la vallée de Chevreuse, roulait une Porsche fatiguée aux vitres baissées, que conduisait, coude passé à la portière, ce qui est en contravention avec le Code de la route, un individu de qui la physionomie s'accordait peu au véhicule de prestige : non pas un gnome, comme on l'aurait cru, enfoncé qu'il était au fond du siège, bras tendu pour manier le volant d'une seule main, musculeuse, à peine sa tête dépassait-elle du dossier ; non pas un enfant, il en avait de longtemps passé l'âge, mais un étrange corps articulant des parties disparates, pour autant sans dysharmonie frappante, à la fois vulgaire et séduisant, juvénile et frappé de sénilité précoce, mais vif, du regard comme du geste, à quoi s'ajoutait que de faibles rayons de soleil, commençant de percer la grisaille et tigrant le pare-brise, distordaient ses traits, balafraient son profil braqué vers la route, peau grêlée, cheveu de sombre roux rudement rabattu derrière ses oreilles décollées. Enfin, un conducteur qu'on n'aurait pas attendu au volant de cette machine, ni en compagnie de ceux qu'il véhiculait : à son côté, nuque calée contre l'appuie-tête et accoudé à la vitre ouverte, offrant sa main aux secousses de l'air, le grand acteur Louis Personne tout de noir vêtu et, à l'arrière, Camille Lewenthal, ainsi que Melville, comment en serait-il autrement. Les contreforts boisés foisonnaient de verdure vivace, il avait énormément plu, depuis le début du mois… Ayant quitté Paris vers onze heures, longé ses avenues désertées par le pont du 15 Août et dépassé les banlieues urbaines, ils ne croisent plus guère de voitures et seuls le ronflement du moteur, le remuement du courant d'air emplissent l'habitacle où ils se tiennent silencieux.

— Sacha a mis quelques bouteilles de champagne dans le coffre, avec de la glace. Je crains que le château de ma mère ne manque d'une cave appropriée, déclarait soudain Louis, concluant à voix haute une réflexion visiblement méditée.

Il donnait à cette information d'importance une inflexion tragique, de sa voix caverneuse et nasale à la fois, à la diction inimitable, si particulière que ses rôles, même comiques, en étaient singularisés de manière étonnante. On l'eût dit résulter d'un artifice très travaillé quand elle lui était naturelle, ou bien jouait-il toujours un rôle, composait-il son personnage, même pour ses proches.

— Il faut fêter entre nous l'événement de cette fondation, Camille, poursuivait-il sombrement. Pas de champagne, hier soir, quai d'Austerlitz… C'était très bien mais, *en attendant que l'herbe pousse, le cheval peut mourir de faim*… Au moins, aujourd'hui ne mourrons-nous pas de soif !

Le mois dernier, il jouait encore *Hamlet* à Strasbourg, dernière étape d'une tournée épuisante, de laquelle il se remettait en dormant douze heures par jour dans son appartement de l'île Saint-Louis, veillé par Sacha qui lui donne la réplique quand il faut, chauffeur de son automobile et homme à tout faire, y compris visser les ampoules électriques : Louis est une personne lunatique et distraite, un idéaliste qui se déplace dans l'existence et parmi les objets par inadvertance. C'est pourquoi il a besoin de Sacha, qui est son ami.

— Nous ne passons pas par Gif ? s'inquiétait Camille.

Non, ils ne passent pas par Gif. Sacha contourne le village en habitué qui connaît les raccourcis, les mène tout droit à la maison d'Elise Casson. Blottie en lisière du bois de Graville, entre Saint-Rémy-lès-Chevreuse et Gif-sur-Yvette, cette modeste construction de brique et meulière lui est prêtée à l'année par une généreuse personne à qui elle a rendu quelque service pendant la guerre, mais Elise ne l'habite que de loin en loin, et surtout l'été, quand elle ferme sa librairie de Montparnasse pour un congé annuel auquel elle a fini par se résoudre : Paris est désert en août, on reste ouvert pour seulement un ou deux habitués du quartier, les derniers sédentaires qui, eux aussi, ont admis, bon gré, mal gré, qu'elle mette la clé sous la porte. Elle a donc pris ce pli de s'installer au bois de Graville pour quinze jours, une retraite de rentière dans son *château*, plaisante-t-elle, car cette villégiature lui paraît un luxe. A elle qui ne possède rien et ne voyage pas, à qui les horizons lointains sont indifférents, cette campagne est une aubaine : il y a un jardin, de vieux arbres fruitiers, des roses trémières et des dahlias devenus sauvages, qui refleurissent sans qu'on les y encourage. Quand elle ferme la maison et rentre rue Notre-Dame-des-Champs, elle en rapporte un bouquet ; fané dans les deux jours : les dahlias ne tiennent pas dans les vases.

— Maman a de la compagnie, cet été, annonçait Louis, sépulcral. Elle héberge Leni, la fille de son amie allemande. Sans doute la connaissez-vous, Camille ? Leni Zeisser…

— L'ai-je vue deux ou trois fois ? Elle vient plutôt en hiver, d'habitude. Pour Noël, non ?

— Cette fois, elle va passer l'année à Paris : elle s'est inscrite en philosophie à la Sorbonne. Maman lui a déjà trouvé une chambre de location, et elle l'a invitée dans son château, pour ce 15 Août…

— Etudiante, déjà ! Mais quel âge a-t-elle donc maintenant ?

— Vingt-deux ans.

— L'âge de Christine…

— Christine a un an de moins, corrigeait Melville.

— Je ne crois pas qu'elles se soient jamais rencontrées. Peut-être Leni mettrait-elle un peu de plomb dans la cervelle de ma fille… Elle a abandonné les Beaux-Arts. Un an de propédeutique pour rien, les lettres ne lui disaient rien. Comme tout ce qu'elle entreprend… A se demander si cette girouette trouvera un jour ce qui lui convient.

— Au moins occupe-t-elle efficacement son temps, modérait Melville, le regard perdu dehors.

— Etienne lui a procuré un stage, ironisait-elle. Un stage de quoi, précisément ?

— Assistanat d'avocats-conseils. Convenablement payé, expliquait-il à la nuque de l'acteur.

— A-t-elle donc besoin d'argent ?

— Pas du vôtre, apparemment, commentait Louis, toujours sans se retourner.

— Vous la défendez tous, n'est-ce pas ?

— Elle se défend très bien toute seule. Elle a de qui tenir… plaisantait Melville.

Persiflage, petit rire mais, sous le ton badin, léger litige entre eux, ou bien joute rituelle, Camille chassait le sujet d'un revers découragé. Sur cette relation difficile, chacun dans la voiture avait son idée, sur malentendus réciproquement cultivés et torts partagés et, comme dans les cercles étroits où l'on ne saurait prendre parti pour l'un ou l'autre des êtres chers qui se divisent sans les perdre ensemble, ils préféraient en rire, ou bien se taire. D'ailleurs, ils s'engageaient sur un routin de terre que Camille venait de reconnaître.

— Quel éclaireur ! Vous retrouvez toujours votre chemin, Sacha !…

— Bon œil, bon flair. Sinon : cimetière.

— Un dicton poméranien, confirmait Louis.

Elise guettait à la barrière. Elle s'empressait déjà d'en ouvrir le portail, caressant furtivement au passage la main de l'acteur qui pendait à la portière et, tandis qu'ils se garaient, elle remontait l'allée à pas lents, de son pas que rien ne semble devoir jamais hâter, où elle se rend est déjà à sa portée, si sûre, et sereine, si placide dans l'approche. Son bassin qui balance en souplesse et sa taille plantureuse exhaussent le buste, singulièrement menu ; cela lui donne une silhouette de jarre antique. Elle qui n'a pas enfanté, n'a jamais été touchée d'un homme, de qui les seins n'ont jamais servi de coussin à la tête d'un amant ou d'un nourrisson, ni allaité sa bouche avide, qu'a-t-elle besoin de poitrine ? Mais de ses hanches oui, de l'assise de sa charpente qui la plante solide sur ses jambes fortes, elle en a bien besoin, elle qui porte le monde dans son tablier. Pour accueillir ses visiteurs, tout en remontant l'allée, elle détache celui qu'elle a enfilé ce matin, toile grise sur sa robe d'été en gros plis de coton ; avec son foulard noué sur la nuque et ses sandales de toile, dirait-on pas une paysanne ?

Que ceux qui n'ont jamais eu affaire à Elise Casson se détrompent, cette femme est un sphinx, une panthère. Ses manches sont retroussées sur ses bras semés de taches de son, fleurs de cimetière, dit-elle gaiement ; mais ses soixante-trois ans lui laissent au visage peau de lait, nulle ride et les joues fraîches de fine texture, sans poudre ni fard, un naturel de nonne, l'ombre d'une moustache ailée à la lèvre, ses grands yeux d'agate tigrée ont des cils démesurés battant au rythme lent de son cœur énorme : qui verrait en elle l'intellectuelle amie des écrivains et des éditeurs les mieux en vue, de qui la librairie de Montparnasse est le carrefour de la vie littéraire, un endroit où, de passage à Paris, les artistes étrangers se donnent rendez-vous pour rencontrer cette femme qui, avant-guerre, faisait traduire et éditait leurs recueils confidentiels de poètes en exil, pourchassés par les nazis, fuyant la Pologne, l'Allemagne, la Hongrie ou l'Italie mussolinienne et l'Espagne franquiste. Ils portent au chat Socrate des souris de vison ou des colliers de strass, du caviar, un coussin de velours. Le Socrate de cette époque est mort de sa belle mort, mais il y en a toujours eu un depuis pour porter ce nom et recevoir l'offrande des poètes. Le dernier en date ignore ce qui valut à son prédécesseur une telle dévotion mais l'accueille en seigneur, couché sur un livre en vente dans la vitrine de la librairie Brasier & Cazzoni. Il affectionne Sartre, pour son confort, étale son ventre sur *L'Etre et le Néant*, l'ontologie phénoménologique est propice à son sommeil, cependant il ne sous-estime pas un volume de Giono ou le petit tas de poèmes de Benjamin Péret pour faire sa toilette. Socrate III passe ses vacances au bois de Graville avec Elise ; il dormait à l'ombre claire des roses trémières et, l'arrivée de la Porsche l'ayant délogé, il étire son échine, allonge en arc ses reins paresseux, puis s'éloigne dignement sur la pointe des pattes, dédaigneux des nouveaux venus.

— Vous avez bien traîné en route !… Christine n'est pas avec vous ?

— Christine serait venue si elle n'était extrêmement occupée aujourd'hui, ironisait Camille.

— Entrez donc, entrez donc ! s'empressait Elise, se laissant embrasser.

Ils l'embrassaient, à pleins bras la prenaient et, allant de l'un à l'autre, elle laissait fléchir sa taille, posant sa tempe sur l'épaule de Melville, son bras passé à celles de Camille, tapotait la joue grêlée de Sacha, encombré de sa glacière, mais il lui fallait surtout s'emparer de Louis, prendre sa nuque osseuse dans sa main rude et l'attirer à elle, l'incliner jusqu'à ce que son front touche le sien, et il la baisait là, dans les petits cheveux près de l'oreille, dans son ourlet délicat parfumé à l'eau de Parme. Mais, suffit les effusions, elle poussait son monde sous l'arceau de rosiers. Ils passaient le seuil de la petite maison, aveuglés d'abord par l'ombre que gardaient les volets tirés, accueillis par l'odeur persillée, épicée, grillade, marinade ?

— Des truites, annonçait-elle, triomphale : pêchées d'hier. Nos voisins nous fournissent, jusqu'à les vider. Leni n'a pas supporté l'assassinat, elle a failli tourner de l'œil. Ces enfants d'aujourd'hui ne connaissent que le poisson rouge en bocal…

C'est un si joli salon, rustique, délicat, où s'accordent les moulures avec les cotonnades anglaises à fleurettes, les châles indiens et les coussins, la lampe russe, un bric-à-brac de souvenirs dont Elise a peuplé la maison, lui donnant son cachet personnel, cet antre campagnard est bien son *château* au fond des bois. Mais chaque fois qu'elle y pénètre, il faut à Camille un effort pour chasser le souvenir oppressant des jours sans fin où elle dormait sur ce sofa, ivre de Véronal... Sacha sortait les bouteilles du sac de glace, sitôt perlées de buée.

— Il sera trop froid, s'insurgeait Elise. Je te l'ai dit cent fois, Petit : le puits suffit à rafraîchir, il n'y a pas meilleure glacière ! Leni !

Elle appelait à travers le plafond, impatiente que son hôte descende, inquiète de son absence maintenant qu'ils étaient tous là, au milieu de la pièce, ou bien pressée d'une diversion à la vue de Camille dont elle guettait l'air.

— J'ai une pensionnaire : la fille de mon amie de Cologne, s'excusait-elle. Etes-vous embarrassés de vos personnes ! Asseyez-vous, prenez de l'aise, assez de cérémonies : mon Louis, de quand n'es-tu venu me voir ? Quel croque-mort fais-tu, dans cet habit !

— C'est très chic, ce lin noir, protestait Camille. Nous l'avons pris en otage et nous te l'avons conduit par l'oreille... En réalité, nous avons lâchement profité de sa voiture...

— Resteras-tu donc un peu, cette fois, saltimbanque ! Et toi qui pars demain à New York, déplorait Elise.

— Six heures à Orly. Je vais voir *mon ami américain...* J'y reste quinze jours. C'est surtout l'occasion de voir Gabrielle. Ma mère refuse de quitter la ville, malgré la canicule, expliquait-elle à Louis. Pourtant, Dora l'a invitée en Nouvelle-Angleterre, où il fait plus frais. Sa maison est délicieuse, un cottage victorien au milieu des prairies, avec des ruches d'abeilles. C'est une très vieille dame, elle ne peut plus jouer, ses mains sont percluses de rhumatismes, une pitié ; et elle devient sourde. Quoiqu'elle entende très bien les hommages des admirateurs qui la visitent. Sa maison de disques continue de réunir ses enregistrements, elle y veille de près. Peut-être Gabrielle se décidera-t-elle, si je l'y accompagne…

Elle allumait une cigarette, soufflait sa fumée au plafond, dévisageant Elise avec insistance, comme si celle-ci détenait la réponse. Pour connaître la vie que mène Mme Galay dans sa maison de Brooklyn, sa répugnance à s'en éloigner, ce n'est pas mince affaire, convient Elise à part soi, que de la convaincre de ce séjour chez sa vieille amie, la grande concertiste Dora Gombrowicz… Non que son âge l'immobilise, rien ne l'empêche. Même pas sa jambe raide, à soixante-dix ans d'une vitalité surprenante, dirigeant encore le réseau d'écoles privées qu'elle a créé, une institution que ces centres de linguistique aujourd'hui reconnus comme d'excellence, où même l'ONU vient recruter ses interprètes. Elle y consacre tout son temps et son énergie, une passion monomaniaque. Peut-être cette activité comble-t-elle le vide immense où elle se trouve, veuve de longue date, et elle a tant de raisons de se tenir éloignée de la France…

— Peut-être la déciderai-je aussi à venir à Kinvara, en février ? Mildred veut en faire la surprise à Théo pour son anniversaire, nous réunir tous autour de lui. Je suis chargée de l'ambassade, mais c'est un si long voyage, et l'Irlande, en hiver… Outre que mon frère devient d'une misanthropie pénible. Supportera-t-il notre présence ?… C'est une si bonne idée de nous inviter à ce déjeuner, Elise ! Comme tu es bien, ici…

— Ah ! Je ne vois pas les jours passer ! J'ai vingt livres à lire avant de rentrer, et je ne fais que me prélasser, comme Socrate qui m'en donne l'exemple… Que je suis heureuse de vous voir !… Sacha, attention !

Le bouchon fusait au plafond, la détonation emplissait les murs.

— Je déteste ces fusillades, protestait-elle, fâchée, la main sur le cœur.

— Balle à blanc, disait Sacha, distribuant les verres. Il n'y a pas mort d'homme.

— Ne plaisante pas avec ces choses, sacripant !

Mais elle faiblissait, dans son grand émoi ne trouvait plus de faconde pour déguiser et les yeux embués se laissait aller au fond du sofa, dénouait son foulard, s'en éventait. Frange courte sur son front bombé, une coiffure adoptée dans les années 1930, qu'elle coupe elle-même, c'est si pratique, et toute son élégance tient du même principe d'économie, jupes taillées aux ciseaux sur la table de son petit appartement, au-dessus de la librairie, gros tricots torsadés aux aiguilles, les soirs de solitude, en tout d'une simplicité spartiate, et si toutes les belles personnes qui honorent sa librairie ignorent dans quelle cuisine elle a grandi, ceux qui sont là savent à quoi tient son goût farouche des choses simples, sa défiance et même son aversion pour la dépense inutile. Pour elle-même, parce que dispendieuse envers autrui, d'une largesse qui ne tient pas dans l'achat en monnaies, mais dans le don de toute sa personne, de quoi disposes-tu, Elise, pour prodiguer sans fin, sans l'épuiser, la manne de tes bontés. Bonne ? C'est pourtant bien le dernier mot qui viendrait à l'esprit pour qualifier cette femme d'abord abrupt, par excès de timidité, ou d'orgueil, impitoyable dans ses jugements, cruelle à l'occasion, et d'une dissimulation extrême, une artiste en fausseté pour tromper son monde, déguiser sa peine ou sa colère, non pour l'épargner aux autres mais pour la vaincre. On ne peut être serve de soi sans se perdre, professe-t-elle, on se choisit son propre maître sinon ce sont les autres qui le sont, et elle rit. Buvons !

— Cela s'est donc bien passé, quai d'Austerlitz ? Vous avez l'air de gens contents…

Plongeant le nez dans les bulles pétillantes de son verre, elle jette à Camille un regard oblique, vite détourné. En réalité, elle n'a pas besoin qu'on lui raconte par le menu la réception d'hier soir, et même préfère n'en rien savoir. Elle en connaît les tenants et les aboutissants, et c'est une si vieille affaire qu'elle pourrait en remontrer même à ceux-là qui arrivent chez elle, tout embarrassés de leurs bouteilles et de leurs bonnes intentions… Pas un n'a connu ce jour. Ce jour de fête, 7 juin 1936, où Léon Blum a quitté Matignon, la table des négociations avec patronat et syndicats, pour venir tenir meeting au Vél d'Hiv avec Maurice Thorez, une foule à s'écraser, dans la chaleur d'été. Après la victoire aux législatives du 3 mai, c'est le beau temps du Front populaire, jour et nuit les usines occupées, barricadées et ravitaillées, on tient table ouverte sur les tréteaux, pot au feu et saucisson à volonté, on joue à la belote et de l'accordéon entre deux harangues, l'on danse et l'on chante *Qu'est-ce qu'on attend pour être heureux ?* Heureux, qui ne l'est ? Une épidémie de bonheur, une vraie contagion qui chatouille les cœurs et renverse les têtes. En quelques semaines, les filles se sont émancipées, frondeuses, bagarreuses, et rieuses, vendeuses des magasins en grève, ouvrières ; elles parlent aussi haut que les hommes, leur tiennent la dragée haute, camarades. Cela court les rues, le monde change, un air de légèreté et de gravité soulève le pavé, une ébriété flotte dans l'atmosphère cristalline des matins, les journaux claquent aux pinces à linge des kiosques, annonçant les victoires, des inconnus s'abordent, se saluent, discutent au coin des rues, fraternité, égalité, Dieu que cela a été un joli printemps…

Ce jour-là, Camille entre en coup de vent à la librairie : elle s'est mis en tête d'aller à ce meeting, une folie ! A quoi pense-t-elle, sortie de ses beaux quartiers, l'épouse d'un grand patron : qu'a donc à faire la classe ouvrière de son soutien ?

— Cela fera une belle jambe au prolétariat ! Il en sera bien honoré !

Elise ne mâche ses mots avec personne, pas davantage avec Camille, pourtant s'en est-il fallu, des événements, pour que la petite bonne contrefaite du Mesnil devienne l'amie de la fille de ses maîtres, pour que, effaçant l'obstacle de leur condition, elles s'adoptent dans la ferveur mutuelle, partagent en secret affinités profondes et souvenirs. Alors elle ne va pas lui passer cette lubie :

— Te vois-tu, avec ton gros ventre, enceinte jusqu'aux dents, te perdre seule dans cette émeute, te faire piétiner ?

Mais Camille est tellement entichée de son idée, suppliante, enjôleuse, qu'Elise a fermé la librairie pour l'accompagner. Peut-être bien l'envie d'assister à l'événement la tente-t-elle plus qu'elle ne se l'avoue : elles y sont allées, bras dessus, bras dessous, se mêlant aux groupes joyeux qui convergent de toutes parts sur le boulevard de Grenelle, se pressent vers la rue Nélaton, vers le palais des Sports qui ne connaît d'ordinaire que la grand-messe des Six Jours, les amateurs acharnés de cyclisme et des combats de boxe…

Le jour n'en finit pas, dix-huit heures et le soleil inonde encore Passy, sur l'autre berge, les arbres bruissent d'oiseaux, un ramage étourdissant, à croire que tous les moineaux de Paris se sont donné rendez-vous pour célébrer le Front populaire. Tel un immense navire, une arche de Noé prolétaire, le vélodrome absorbe la foule jusque sur les plus hauts gradins et les pistes de bois incurvées, bientôt près de vingt mille personnes ont envahi l'enceinte, plus de quarante mille restent dehors, répandues dans toutes les rues alentour. Elise a fini par dénicher un degré d'escalier pour faire asseoir Camille, qui cale son ventre entre ses genoux, le souffle court, un peu pâle de la marche et des bousculades, et si elle allait se trouver mal ? Si cela la prenait d'accoucher maintenant, en plein meeting ? On attend ce bébé pour juillet, mais d'une si grande ignorance, Elise, des manières d'enfanter, qu'elle tremble d'être venue ici, irresponsable d'avoir cédé à son amie, un caprice de femme enceinte, elles en ont de si bizarres, dit-on.

— Qu'en pensera M. Lewenthal ? Sait-il seulement ce qui se passe, ce soir ?

— Simon est à Matignon : il sait très bien où se rend Léon Blum.

— Sait-il seulement que tu y es ?…

— Mais je vais où je veux ! Regarde, Elise, regarde tous ces drapeaux !

Rouges et noirs, brandis par mille bras et que la houle du vent fait claquer, la rumeur montant de cette cuvette où se concentre la chaleur enivrante de l'été, chargée d'odeurs de corps en sueur, les chemises et les robes collées à la peau par la moiteur du soir. Soudain, un grand élan a soulevé la multitude, clameurs et applaudissements frénétiques : quelque part, au fond du vélodrome, Blum et sa suite font leur entrée. Le président du Conseil prend place à la tribune et un silence magique gagne par vagues l'immense enceinte, l'on entend sa voix s'élever sous la verrière. D'abord chevrotante, de plus en plus affermie et passionnée, une incantation religieuse presque, que boit la foule recueillie, cette voix venue de si loin pénétrant chacun d'une émotion intime, faisant lever les fronts de fierté surprise, d'audace et de foi neuves, tandis que le clappement des drapeaux se fait plus soyeux, plus tendre et charnel, on ne sait si balancés par les bras au rythme des envolées lyriques, ou par le souffle de toutes ces poitrines, houle océane dont le bercement chavire, et puis bras tendus, poings serrés pour entonner *L'Internationale*, jaillie de toutes les gorges. Camille s'est levée, elle vibre et tangue, son bras passé à la taille d'Elise, aussi émue et frissonnante qu'elle, saisie par cette exaltation trouble des foules anonymes qui annihile la raison, mais c'est pour la paix, pour la justice et la paix des hommes, pour la beauté du partage, une communauté nouvelle liguée contre fatalités, offenses et brutalités, qui empoigne son histoire et nomme sa volonté. La chape, soulevée par toutes les épaules, allège le thorax de son oppression, à pleins poumons libère une respiration inconnue, une griserie montant au cerveau et, peut-on y croire, ce sont, bientôt votés, la semaine de quarante heures et les congés payés : quinze jours à soi, rentier, payé comme au travail, le droit au repos, aux vacances ! Le bonheur est dans le pré, dans les auberges de jeunesse de Léo Lagrange, sous les tentes bricolées, une fête nationale de tout l'été, toutes peurs desserrant leur étreinte, les cohortes de vélos, de tandems chargés de sacs, trains bondés, espoirs, bonheur ! La mer ! La mer jamais vue, son immensité qui rend silencieux et grave, les étoiles au ciel, tout est neuf, les routes jamais prises, le sable, l'herbe, l'eau, le soleil, le goût du pain.

— Sommes-nous bêtes d'en pleurer comme ça, maugrée Elise.

Aurait-elle imaginé, enfant, au fond de la cuisine du Mesnil, vivre un jour pareille liesse populaire ? Comme elles s'en retournent, très fatiguées, ivres de clameurs, Camille dans une sorte d'inspiration a soudain déclaré :

— Il faut un endroit pour recueillir cela, cette mémoire des corps vaincus et des esprits libres, il faut un endroit pour se souvenir.

L'idée lui est surgie dans l'heure, dans cette effusion d'un peuple dont elle tire sa volonté à elle, une réponse à sa mesure, encore confuse, sans contours, mais résolue.

— Tu verras, Elise…

Elle perd loin son regard, de son air obstiné, presse la main de son amie, fiévreuse, contagieuse, plus lourde à son bras, et peut-être sa grossesse donne-t-elle plus de gravité à sa promesse, comme si l'enfant dans ses flancs en était le garant.

— Imagines-tu ? Des livres, tu en connais, des récits, des témoignages, les traces de ces anonymes oubliés, de ces sacrifiés du travail, y en a-t-il, tant et plus ? Des documents, des photos, comme celles de Jos, des preuves. On n'écrit que l'histoire des rois, des seigneurs et des patrons : je veux celle des laborieux, des humbles et des pauvres… Les gens de ce soir sont des témoins.

— Témoins de quoi, tête folle ? se moque Elise, riant de cette idée loufoque.

Mais peut-être ce projet d'une fondation vient-il de plus loin que de ce 7 juin 1936. Peut-être est-il né dans le Sud américain, quand la jeune fille en rupture de famille suit Jos le Hongrois chez les fermiers pauvres d'Alabama ; et sait-on où commencent les histoires ? Cela serre affreusement le cœur d'y penser aujourd'hui. Parce que ce Jos, qu'Elise n'a jamais connu, un illuminé, par sa mort a jeté Camille sur les routes d'Europe pour tenir une promesse de laquelle sont découlés tant de drames… Plus affreux encore de savoir que, quelques années plus tard, cet endroit de liesse populaire serait le théâtre de l'horreur. Que sur les gradins du Vel' d'Hiv' une autre foule agoniserait, parmi elle sans doute bien de ceux qui avaient assisté au discours de Blum… Et un tel chagrin, encore, de songer que l'enfant bougeant dans son ventre en ce jour insouciant de gaieté ne vivrait que quelques heures… Par quelle prédestination Camille donne-t-elle à son fils le prénom d'Henri de Galay, le voyageur impénitent qui a si mal été son grand-père ? Ou l'a si bien été, à sa manière, qu'elle lui doit peut-être d'endosser l'héritage de cette famille, dont elle ne voulait pas… A cause de cela l'enfant devait-il mourir, par ces vengeances que manigance le destin, et l'on ne devrait jamais nommer du nom des morts, ne jamais confier aux revenants la tutelle des vivants. Mais qui tient compte des avertissements et discerne ce qui arrivera plus tard ; qui distingue les signes occultes par lesquels l'histoire est écrite avant d'advenir ? Alors, la joie illusoire de ce jour de 1936, c'est un grand crime que d'y avoir cru, d'être revenues l'une au bras de l'autre dans les rues soudain silencieuses comme si elles étaient invincibles. D'avoir oublié ce qu'elles savent déjà, pour l'avoir dangereusement approché, que la grâce d'un soir d'été ne vainc pas l'ombre abominable du mal…

L'entrée de Leni fit diversion aux sombres souvenirs d'Elise, lui épargna de questionner davantage sur ce qui s'était passé quai d'Austerlitz ; d'ailleurs, personne n'avait l'air de vouloir s'étendre sur le sujet. La jeune Allemande tombait à propos, nouvelle venue de qui elle faisait la présentation, mais que faisait-elle jusque-là, dans sa chambre ? Celle-ci s'avançait, peu amène, rembrunie par tous ces visiteurs ou bien, Elise commençait de l'entrevoir, elle avait pour toute personne inconnue une réserve d'instinct, décourageant le contact. Le sale caractère de Grete, pensait Elise. Sa fille arborait à l'instant sa mine butée, mais, à l'époque, Grete avait de bien plus terribles raisons de l'afficher, sous ses airs de brusquerie déguisant son courage de résistante antifasciste… L'époque n'est plus à l'héroïsme ni à l'épopée, soupirait Elise à ce souvenir. La guerre nous a foutu la paix, et la paix désenchante les destinées. La prospérité économique banalise les cœurs, grandeur et noblesse sont passées de mode. La nouvelle génération court à des soucis prosaïques, chacun pour soi… Au fond, Leni ne ressemble pas du tout à sa mère. Une fille de son temps, grande et maigre, front étonnamment haut, cheveux tirés en queue de cheval casquant son crâne de blondeur platine, et sous sa peau claire la rougeur était montée. Pourtant, elle allait vers les visiteurs sans hésiter, sa solide poignée de main démentait qu'elle fût intimidée, comme son regard acier, droit planté, soutenait sans ciller, après ceux des autres, celui de Melville.

— Bienvenue, petite Leni, et bonne chance pour vos études, plaisantait-il, peu impressionné par la distance qu'elle opposait à ses amabilités. Comment va Cologne ?

— Reconstruite, lâcha-t-elle.

Cette allusion aux bombardements des Alliés, la totalité de la ville rasée, hormis sa cathédrale, ce rappel de la destruction pourrait passer pour un reproche à peine voilé envers ceux qui, peu ou prou, ont pu en applaudir le ravage, si elle ne mettait à sa réponse laconique un tel accent de désabusement, de mépris peut-être, à croire qu'elle la préférerait encore ruinée, et nul n'a à cœur de relever ce jugement, d'élucider quel contentieux elle peut bien avoir avec la ville où elle a grandi, avec ses architectes et ses urbanistes, avec l'esthétique moderne et la prospérité économique. Peut-être avec sa jeunesse d'enfant allemande entourée d'interminables chantiers ?

— Leni a pris en main la préparation des truites, s'empressait Elise. Avant de faire la philosophe, elle s'initie à mes recettes… Passons à table tout de suite : Petit, sans te commander, porte donc le panier de verres dehors.

Dehors, c'était derrière la maison, la table mise sous la pergola au colombage de fer ployant sous la charmille, un coin à l'abri des averses qui menaçaient, le soleil avait l'air de percer mais il ne ferait pas très beau, encore aujourd'hui. Au fond du jardin ensauvagé, on voyait les frondaisons immobiles, la lisière ombragée du bois de Graville.

— S'il pleut, nous rentrerons… Mais ce serait bien dommage de ne pas profiter du grand air !

Profiter du grand air. De la lumière, de la saison, profiter de la vie, de la bonne occasion d'être ensemble, du champagne et des truites, cela ne peut qu'être déplacé de le souhaiter, comme d'évoquer la reconstruction de Cologne, la raison d'être de la fondation, comme le petit garçon disparu de Camille et de Simon, de qui l'anniversaire de naissance et de mort date de trois semaines… Camille y pense-t-elle aussi ? Bien sûr. Comment une mère oublierait-elle ce jour, la date fatale qui, chaque année, compte les années écoulées. On détourne les yeux du calendrier et l'on ne peut s'empêcher de penser : le petit Henri aurait dix, quinze ans ; aujourd'hui vingt-sept. Peut-être sympathiserait-il avec Leni, flirteraient-ils un peu ; ils scelleraient ensemble la paix, comme tant de jeunes gens d'Europe… Quel serait son visage ? Celui d'alors, pauvre face inachevée, ne vieillit pas, n'évolue vers rien d'autre que sa navrante enfance confisquée.

Tandis qu'ils prenaient place, du fruit de ses cogitations en marge de la conversation générale, Elise se maudissait. De sa rhétorique mentale, de ses calculs absurdes, et de la pensée que Camille pourrait les lire dans ses yeux ; les yeux trahissent. Ils laissent voir ce que la face dissimule, et à grand-peine elle évitait de rencontrer le regard de son amie. En revanche, elle croisait celui de Melville, mi-clos et grave sous le sourcil narquois, ou inquiet, qui demandait : quoi donc Elise, qu'as-tu donc ? Mon Lange, colonel Melville, mon vieil Etienne Louvain, peu me chaut ton œil comminatoire, et je sais ce que cache ta moustache de Clark Gable. Tu peux prendre l'air pénétrant, intrigant, de qui sait que tout est possible et que rien ne doit surprendre, il ne m'en impose pas. Je ne te dirai pas mon souci. Si tu as le même, tiens-toi sur tes gardes, mon Lange. Ne va pas nous dénoncer.

Mais jamais Melville ne dénonce. Il a avec Elise Casson un pacte très ancien de silence, qui tient à leur tempérament de gens aguerris au secret, rompus aux épreuves dont la vie est prodigue et, s'il a plusieurs identités, une par poche de son veston, s'il affiche aujourd'hui cette dernière de Melville, dont l'ont baptisé les combats de l'ombre, son nom de guerre, c'est peut-être en souvenir de ce temps mortel où il fallait en porter un autre… Mais, même en temps ordinaires, il est parfois bon d'adopter un nom d'emprunt. Certains métiers nécessitent un pseudonyme, ceux où l'on joue un personnage public, dont les intérêts sont distincts de ceux de votre personne privée ; ainsi les artistes, les acteurs de théâtre ou de cinéma… Pourtant, Petit porte le sien. Il a gardé son nom de Personne, pensait Elise. Personne est celui de son état civil, si curieux que cela paraisse, et tu as raison d'y tenir, mon garçon, c'est le nom d'Ulysse. Quel autre porter, plus beau que celui-là ? Elle couvait d'un regard jaloux l'homme noir, accoudé au bout de la table. Celui-ci avait posé son front dans sa main, du revers protégeait ses yeux de la luminosité tamisée, ses pépites de charbon retirées au fond de l'orbite. Il semblait absorbé par quelque chose à la lisière du bois, mais ramenait son regard vers elle, comme s'il avait senti son étude et deviné ses pensées, il lui souriait. Des yeux seulement, sa bouche ne sourit pas, seul son regard qu'elle connaît peut s'adoucir ainsi sur elle.

Il arrive aussi, disait-elle aux yeux de l'acteur, que l'on prenne un autre nom parce que le vôtre porte une tache. Il est ridicule, ou honteux, infamant ; ceux qui l'ont porté avant vous l'ont déshonoré. On ne veut pas toujours des héritages qui vous échoient. Parfois, un jour vous choisit pour en changer, le déguiser en un autre, il vous est alors donné telle une grâce ineffable qui vous métamorphose. Ainsi un jeune liftier de Venise vous habille-t-il Elise Casson du nom zézayant de Cazzoni. Ainsi le conte transforme-t-il la souillon condamnée aux cendres de l'âtre en féerique princesse de la nuit, et ce jeune étourdi sait-il à quoi vous destine son coup de baguette, ce qu'il déclenche d'événements lointains, dont l'obscure conjonction concourt à exaucer le sort qu'il vous jette ?

— Je veux bien goûter de ce chablis, réclamait Camille.

Rechaussant ses grandes lunettes de soleil, elle emplissait les verres.

— Nous serons ivres si nous ne mangeons tout de suite ! Bravo pour la petite sauce à la ciboulette, bravo la cuisinière !

Mais Leni ne se déridait pas, observant Melville qui découpait le pain, et Sacha qui avait entrepris de ciseler les truites : il s'y prenait très bien, de ses énormes mains de boucher. Où avait-il appris le maniement chirurgical du couteau pour soulever délicatement la peau grillée, cette adresse pour détacher les filets ? De même, il pouvait enfiler une aiguillée de fil et vous recoudre un bouton avec une dextérité de fille.

— Socrate, bas les pattes !

Le chat venait de sauter sur les genoux de Leni, lui griffant le bras. L'odeur du poisson grillé l'avait tiré de sa fâcherie ; il tendait vers le plat un museau effronté, qu'Elise éloigna d'une pichenette sur ses moustaches.

— Minou, Minou, le rappelait gentiment Sacha, lui tendant trop haut un bout de peau croustillante et, comme le chat s'élançait en l'air, pattes tendues, il parvint à lui faire faire un saut périlleux autour de son poignet, dont Socrate se sortit en retombant d'aplomb, d'une élégante élasticité ; éberlué de la traîtrise, très vexé qu'on ait obtenu de lui cette extravagance, et des rires qui la saluaient.

Voilà ce dont est capable ce garçon ; de toutes sortes de choses adroites, bouffonnes et curieuses, des trucs et des tours. Ce Sacha, laid comme une guenon, veille sur Petit, ne le quitte pas d'une semelle. Enfant perdu comme tant d'autres parmi les ruines et les frontières concassées de l'Europe, il s'est faufilé entre leurs barbelés, anguille, jusqu'à trouver sa bonne fortune, son havre et sa ressource, et fallait-il qu'il soit bien plastique, athlétique duègne, enfileur d'aiguille hors pair, découpeur de truites, acrobate et caméléon pour que Petit, qui ne tolère quiconque, l'accepte pour son familier, puis pour son intime. Non seulement l'admette chez lui mais dans sa coulisse, sa loge, et parfois sur sa scène, figurant d'occasion, remplaçant au pied levé, sa spécialité : il connaît tous les seconds rôles. A la Libération, il est apparu derrière Petit à la librairie, son ombre efflanquée, adolescent maigre à faire peur, un écorché couvert de vilaines cicatrices et de furoncles, de mauvaise nourriture et mauvais traitements, les dents cassées !... Petit qui n'a jamais trouvé un seul camarade de jeu dans le quartier, du temps qu'il fréquentait l'école de la rue Notre-Dame-des-Champs, ni durant son bref passage au lycée Buffon, au lycée Lakanal, puis au lycée Condorcet, a élu ce gnome pour frère, par quelle rencontre obscure ; là-dessus, Elise ne pose pas de question... Elle a passé l'âge des adoptions subites, et Louis celui de lui demander son avis.

Elever un enfant qui ne lui est rien, elle s'y est portée volontaire une fois dans sa vie, une entreprise au-dessus de ses compétences, mais puisque Louis Personne n'a plus de famille, il faut s'improviser sa *maman*. Bien qu'elle lui déclare d'emblée qu'elle ne l'est pas, pour cette raison même ainsi la baptise-t-il, imperturbable. Elle n'est pas sa tante non plus, en dépit de ce que prétend sa *tante* Pauline, ni la sœur de celle-ci, ni la sœur de charité de personne. Elle adopte l'orphelin par étourderie. Par haine des injustices, par nécessité, colère ; par amour. Par gratitude béate envers les providences. Béni soit le temps où le garçonnet lui tombe sur les bras en pleine débâcle, tout juste veuve de son grand ami M. Brasier, et sans le sou. C'était compter sans Camille, qui vole à son secours et sauve la librairie… Alors, que Petit fasse des études aussi catastrophiques, c'est moindre souci : en a-t-elle fait, elle, qui n'a même pas le certificat d'études ? Peut-être les parents normaux tirent-ils avantage que leurs enfants raflent les premiers prix, déploient leurs vertus et talents ? Elise n'est pas une mère normale. Louis en a-t-il pâti ? Chassé des établissements successifs où elle s'évertue à l'inscrire, non pour insolences ou rébellions, mais obtus ! A un point phénoménal. Retenant tout ce qu'on veut par cœur, liste de départements, de dynasties, de théorèmes, de verbes irréguliers et de déclinaisons, mais échouant à les appliquer, comme si les exercices qu'on lui donne relevaient de la pure cabalistique.

Cancre ? Les professeurs le disent, consternés, à elle qui feint de l'être, et Petit encaisse les zéros avec un stoïcisme navrant. Elle ne tire gloire que de ce qu'il lit, une occupation maniaque, dans un esprit de système qui échappe à toute logique. Il a entrepris d'épuiser sa librairie. Des lectures auxquelles, pense-t-elle, il ne doit rien comprendre, mais dont il se gave, un affamement sans satiété, des soirées, des dimanches entiers perché sur la petite échelle, le menton aux genoux, ou blotti dans la réserve, un réduit dont elle le tire pour dîner, et ils soupent chacun le nez dans son livre sous la lampe du père Brasier, béni soit ce temps. Elle n'exige rien de lui, que de la tenue, mais là : intransigeante. Sur la propreté, qui est le respect de soi. Chaussettes tirées, ongles nets, raie peignée, et correction de langage. Revenu d'une éducation aussi irrégulière : il a ingurgité Tolstoï, Racine, Rimbaud, Vitrac, *La Légende des siècles*, *Ruy Blas* et *Lorenzaccio*, Villon ou d'Aubigné, mille pages de *La Divine Comédie*, de Proust et Céline, Simenon, l'Arioste, un vrac invraisemblable, Cocteau, Zévaco, Shakespeare avant qu'elle ne réalise qu'il a enfin trouvé à convertir sa fatale propension à mémoriser des listes absurdes ; qu'il peut, en deux lectures, redire par cœur des scènes entières de *Lear* ou d'*Ubu* et les proférer, rien que pour elle, l'éblouir de son répertoire, s'éblouir de la surprendre, se surprendre à vociférer les anathèmes de Victor sans en être réprimandé, et même l'en faire rire aux éclats. A croire que *Les Enfants au pouvoir*, sa pièce de prédilection, ont été écrits pour lui ! Il n'y a guère qu'en été, quand elle l'envoie au Mesnil, passer ses vacances avec sa mère, pauvre Mauranne, qu'il retrouve enfin des jeux de son âge, bat la campagne en chien bâtard qu'il est…

Elle reste en adoration devant ce cancre ventriloque, et n'a pas même l'idée de faire ce que font les parents normaux, avec les moyens qu'ils ont sous la main. Pourtant en a-t-elle, sous la sienne, des gens d'édition, de théâtre qui viennent à la librairie, des amis de gens bien placés… Il s'est débrouillé seul, Dieu sait comme, et c'est trop tard pour se soucier d'obtenir des appuis, de lui procurer une place dans quelque officine ; les beaux jours du Front populaire sont loin, on voit venir de si terribles nouvelles, et lui passe ses nuits à faire le machiniste chez Jouvet ou chez Dullin, le jour de la figuration aux studios de

Joinville dans *Quai des brumes*, fume des cigarettes avec Jean Gabin et Michel Simon, fait le coursier pour Carné, joue au poker avec eux entre les prises ; elle l'a perdu de vue. Pas vraiment comme on voit disparaître quelqu'un de sa vie, mais il mène la sienne sans plus rien demander ni vouloir d'elle :

— Je me débrouille, maman, ne te fais pas de souci.

Il est à bonne école, à Paris, en province. Ensuite, toujours embarqué dans une troupe à faire le saltimbanque, l'accessoiriste, l'artiste de théâtre itinérant, et elle de se ronger d'angoisse de ne le savoir où, avec qui, dans quelle dangereuse aventure, à cette époque de l'Occupation où les gens sont dénoncés, arrêtés, embarqués sans retour dans des trains plombés… Alors, où a-t-il rencontré Sacha, dans quelle agence, coulisse, quel hôtel miteux ou gare de province, cela importe peu. Le fait est que, voilà dix-huit ans, Petit a poussé la porte avec, sur ses talons, cet enfant de la balle cabossé, rescapé des infortunes, un sire peu reluisant, mais brave garçon pour finir, un cœur d'or, puisqu'il recoud les boutons de Petit, et l'aime. Il ne lui manquait qu'un nom. En ce temps de grands désordres, Elise avait encore sous la main des cartes toutes prêtes, que lui procuraient ses amis des mairies, si faciles à falsifier pour ceux qui en avaient besoin. Dans le tas, il a opté pour celle d'un Sacha d'occasion. Devenu un acteur de renom, Louis n'a rien changé à son choix de ce compagnon d'alors. Il y a entre eux un accord, ou un pacte étrange, exclusif, qui tient peut-être à un penchant natif de l'orphelin, de si loin qu'elle l'a connu face lunaire encapuchonnée de sa pèlerine, petit pensionnaire chez les sœurs de Charenton qui lui abandonnait sa menotte froide, les tristes dimanches de promenade…

— Que font vos parents à Cologne ? demandait Camille, plus par politesse que par véritable intérêt, pour être aimable avec la jeune fille renfrognée qui attaquait son poisson en tenant son couteau-scie à la manière dont on découpe une semelle.

— Grete est traductrice. Polyglotte : français, anglais, polonais, dit précipitamment Elise, comme si elle prévenait un accident.

— Elle traduit des contrats commerciaux pour Ford, rectifiait froidement Leni.

— Elle est auteur de poésie et de café-théâtre, s'obstinait Elise. C'est une artiste, un écrivain.

La jeune fille avait posé son couteau et sa fourchette en croix sur son poisson à peine entamé et portait la serviette à ses lèvres, jetant un regard d'excuse, ou de rancune, à Elise pour l'obliger à une mise au point.

— Grete n'écrit plus. Elle fait du secrétariat. Un emploi qui connaît des hauts et des bas, mais nous nous en sortons, ajouta-t-elle puis, prenant son élan, avec une sorte d'animosité nouvelle : En ce moment, elle a la fierté de contribuer au succès de la "douze mètres", première Ford traction avant. Première voiture allemande avec système de chauffage et d'aération. Et de refroidissement : sans ventilateur au radiateur. L'industrie allemande s'est bien remise de la guerre. Nous reconstruisons.

— Bonne nouvelle, non ? ripostait Camille, que le discours de Leni semblait plus intriguer ou amuser que choquer.

— Bonne nouvelle, si l'on considère que la page est tournée.

Cette jeune personne avait le chic pour jeter un froid chaque fois qu'elle ouvrait la bouche. Aux invités de son hôtesse, en dépit de sa différence d'âge, elle s'adressait comme à ses camarades de faculté, sans doute, ou à sa mère ?

Quel compte cette jeune adepte de la philosophie avait-elle donc à régler pour sortir les griffes à toute occasion ?

— Ne l'avons-nous pas tous tournée ? risquait doucement Camille derrière ses lunettes, avec une indulgence dangereuse. Ainsi sommes-nous très contents que notre amie Elise vous accueille, qu'elle ait une si bonne relation avec vos parents…

— Ah ! Petite Leni, s'écriait Elise, effrayée du tour que prenait la conversation et elle tapotait amicalement la main de la jeune fille. Laissons cela…

— Nous aurions bien tort, lui opposa bravement Leni, lui rendant son geste avec un franc sourire, et c'était une telle transformation à vue de sa physionomie jusque-là sinistre, que même Louis salua d'un hochement cet effet de comédie.

— Ma mère écrivait des poèmes, elle a fait du café-théâtre, dans le temps, Elise dit vrai, convenait-elle. Elle mérite mieux que ces basses besognes alimentaires. Elle s'use la santé à servir le capital, elle qui a passé sa jeunesse à le combattre. Elle est salariée par des patrons nazis qui l'ont pourchassée, qui ont assassiné sa famille.

— Des nazis, vraiment ? demandait Melville, absorbé par sa truite.

— Qui croyez-vous que recrute Ford, pour ses cadres et ses ingénieurs, sinon ceux-là ? Tous n'ont pas disparu sous les bombes, ou fini dans un camp de Russie. Amnistiés par les tribunaux, reconvertis à la paix, avec la bénédiction des Américains. Notre boucher, notre boulanger, nos juges et nos secrétaires, nos voisins de palier ne ploient pas la nuque, ils ne vont pas rasant les murs. Leur ventre est prospère. Mais nous leur poserons la question : que faisiez-vous pendant la guerre ?

— Bravo, acquiesçait Melville. Les enfants ont droit à demander des explications.

— J'en suis moins sûre que vous. La plupart des gens de ma génération s'en fichent : Hitler, connais pas.

— Mais, vous, vous connaissez.

— Moi et un petit nombre de mes amis. Nous savons qui ils sont, où ils sont. Par milliers, aux plus hauts postes. *Herr* Achenbach, au FDP, qui a dirigé la déportation de juifs en France. Les patrons de IG Farben. Le député Kurt Kiesinger, chef de la propagande à la radio. Hugo Boss, le fournisseur d'uniformes de toute la SS. Hans Globke, premier conseiller d'Adenauer, rédacteur des lois antijuives…

— Herbert Blankenhorn, ambassadeur de la RFA en France : membre du NSDAP, ajouta obligeamment Melville en vidant son verre.

— Dix millions d'encartés : forcément, il en reste quelques- uns… Quant aux autres, qui s'en sont très bien accommodés, dénazifiés pour la forme…

— Ainsi, vous faites de la politique…

— Pas dans un parti. Tous les partis sont pourris, noyautés par les Américains. Ils ont la bombe, non ? Et les communistes pour épouvantail commun. La CIA est chez nous comme chez elle. Elle blanchit ceux qui la servent : la moitié de ses agents sont des nazis, l'autre des agents retournés du KGB.

— Vous n'avez pas froid aux yeux, jeune fille.

— Il faudrait être myope.

Le souffle un peu court au bout de cet échange, yeux un peu trop brillants, hésitant si Melville se moquait d'elle. Le rouge avait de nouveau assombri son front, jusqu'à la racine des cheveux.

— Qui sait où est passé Socrate ? s'enquit Camille.

L'on ne savait, derrière l'écran de ses verres noirs, sur qui elle portait son regard, si elle intervenait pour tourner Leni en ridicule ou la défendre, ou pour faire diversion.

— Myope ? s'obstinait Melville, indifférent à la gêne qu'il provoquait. Ce trouble rétinien procure un désagrément perceptif parfois très confortable. Dans leurs galeries, certains s'en accommodent fort bien…

— *Bien dit, vieille taupe. Chemines-tu sous terre si vite ?* A qui de nous revient-il d'arpenter ce cloaque ? demandait l'acteur d'une voix extraordinairement rauque et rouillée, comme sortie de sous un heaume de fer.

— Chut, mes bons seigneurs ! disait Sacha portant le doigt à ses lèvres. *Laissez-moi conter au monde, qui l'ignore encore, comment ces choses-là sont survenues…*

— Sacha a remplacé notre Horatio au pied levé, confiait Louis à Leni. Son habit avait les manches un peu courtes et sa casaque une taille trop grande : costume de bouffon, mais réplique de prince.

— Et bon œil, bon flair… acquiesçait Melville.

— Sinon cimetière, confirma Sacha.

— Entrer sur ce théâtre peut vous coûter la vie… Attention : ils vous accuseront d'avoir brisé leur monde, Leni, soupirait Louis.

Et il leva son verre :

— A notre nouvelle amie et à ses amis qui n'ont pas *froid aux yeux*.

Désorientée par ces saillies, la jeune fille papillotait, cherchant un secours du côté d'Elise.

— Ne crains rien, petite Leni, murmurait celle-ci, cognant gentiment le pied de son verre au sien. Nous sommes seulement un peu gris.

II

15 août 1963

— Par ici vos assiettes, les loupiots !…

Sa serviette coincée dans l'échancrure du col, Gaston pique dans le plat et brandit une cuisse du poulet rissolé, dégoulinant du jus de cuisson, comme s'il avait la manne céleste au bout de sa fourchette. Il trône en haut de la table, le torse un peu effondré, mais de toute sa carrure domine la tablée. Sous le gilet de satinette, la chemise éclatante, manches retroussées, découvre la peau tannée des bras, veine saillante, bleue à la saignée du coude. Beau patriarche en son dimanche, joues glabres, le front haut sous la vigoureuse calotte de blancheur ; à son côté, sa femme semble une fillette, noiraude en ses atours de fête, corsage en grisette, fermé d'une petite broche en émail. La vieille Soizik jette des regards obliques vers les couverts réticents à se tendre, lissant du doigt une mèche imaginaire dans son chignon bas.

— Allons, les enfants, encore un petit morceau de blanc ? prie-t-elle à mi-voix chantante, et c'est autant une invitation timide de céder à la volonté du père qu'une manière de modérer celui-ci, sans le fâcher, sans prendre parti, et toujours elle avait intercédé entre lui et ses enfants, toujours cherché l'entre-deux d'une concorde, à quoi elle s'épuisait, et parfois réussissait.

— Il faudrait d'abord qu'ils finissent ce qu'ils ont dans leur assiette… Ils n'auront plus de place pour le dessert de grand-mère, ose s'interposer Rolande.

A sa belle-fille, Gaston roule des yeux courroucés.

— Il y a donc du dessert, maman ? plaisante Yvon, clignant de l'œil aux enfants.

— Rolande a raison, ils sont rassasiés.

Hélène a tranché ; œil de biche surligné au mascara sous la frange, son air de citadine en visite.

— Rassasiés ! A leur âge, on dévore !

— Ils ont assez mangé. Nous aussi, papa.

Sentant monter le litige, Soizik rabat en douceur le poignet de Gaston vers le plat, mais il résiste, brandit derechef la cuisse du poulet vers sa fille.

— Sache que c'est du maïs, du vrai, qu'il a boulotté, celui-là. Pas des saloperies de farines… Vous n'avez plus que du poulet de batterie, à présent.

Les enfants observent avec une curiosité détachée ce petit duel familial, attendant l'arbitrage de leurs parents. Déjà grand-mère commence à relever les assiettes, humble et preste, l'air de qui est sourde, mais sans désemparer Gaston poursuit, pour avoir le dernier mot :

— Ils vous empoisonneront, bientôt, avec leur viande de supermarché…

Cette prophétie reste sans réplique. Les belles-sœurs se sont levées, emportant plats et couverts à la cuisine avec Soizik tandis que, seul à manger encore, le vieil homme attaque la cuisse qu'il s'est servie, par bravade, prenant à témoin le reste de la tablée désertée par les femmes :

— Celle-là, une que les Boches n'auront pas, grommelle-t-il, assez fort pour qu'on l'entende.

Les Boches, à présent… Antoine allume une Gauloise, d'un pouce sec claque le clapet du briquet. Il recule sa chaise, souffle une longue bouffée et perd son regard vers la cour de la ferme, une étendue bosselée par les roues de tracteur et le pas des vaches, bordée d'un maigre massif de dahlias contre le mur de la cuisine, fermée de l'autre côté par l'étable en planches avec le fumier, où picorent les poules, libres dans l'enclos, puis la haie du potager, au-delà la frondaison de chênes et de peupliers plaquant leur feuillage dense, immobile contre le ciel, d'une luminosité pénible. De la grange, dépassent les brancards relevés d'anciennes charrettes ; là-dessous remisés, la charrue à bras et la herse, hors d'usage, les harnais du dernier cheval, disparu après la guerre, une brouette en ruine, des pièces de rechange rouillées, pneus crevés. Sait-on si, un jour, on n'aura pas à s'en resservir, si vient à manquer le fuel, si reviennent les temps difficiles. Les Boches… Où qu'on tourne le regard, l'état immuable de la ferme où Antoine est né, a grandi ; avec lui ses frères, Paulin et Yvon, et leur sœur Hélène. Cette ferme des Armand, depuis deux siècles assise au fond de la combe sous la tuile plate, enfouie dans les bosquets à l'orée des quinze hectares d'où ses générations de paysans, fermiers à bail arrimés à la terre, sans autre horizon que ce paysage morne, tirent leur pitance, et le revenu des maîtres du Mesnil…

Il ramène son regard à la tablée, honteux presque, comme d'une trahison, de laisser son père jouir seul de son poulet. Soudain écœuré par cet acharnement à la nourriture de fête, à sa dépense, communion profane, panse pleine en réparation des disettes immémoriales, pénuries restées cochées au cœur. Il n'en aurait quand même pas repris uniquement pour lui donner raison ! Sa pitance a l'air d'indemniser Gaston Donné, il y va d'une bonne fourchette, grand bien lui fasse. Le jeune homme cherche du côté de son frère un signe de connivence, qui souscrive à son humeur, ou l'excuse, mais Yvon, pour donner le change, peut-être par réprobation envers la cigarette vindicative de son cadet, a trouvé de rattacher la barrette de sa fille, qu'il retient près de lui par sa couette défaite, tandis que les autres, Jackie en tête, profitent de l'intermède pour se lever sans permission et disparaître sous la grange, et déjà ils se disputent à cor et à cri les tours de câline, la vieille balançoire de toujours accrochée aux poutres de la charpente.

— Reste donc tranquille, Nadine !

— Je veux aller avec les autres !...

Entre les bras de son père, la petite se trémousse, contrariée d'être retenue, pourtant flattée qu'il la tienne captive et la coiffe. Mais onze ans déjà, demoiselle, vaniteuse de sa montre neuve au poignet, de son bracelet de velours noir, le cadeau de sa communion solennelle, en juin : en septembre, elle entre en sixième au collège du Mesnil. Yvon s'y prend mal, ses doigts calleux échouent à fixer la barrette, mieux habiles aux outils de la ferme, ce geste d'une si grande douceur et incompétence qu'Antoine regrette son brusque écart de la table. Alors, comme Paulin emplit les verres, taiseux toujours, encaissant les accidents de famille, tous, avec le même détachement placide, il écrase son mégot dans la terre pour trinquer avec lui, un peu trop fort, à s'en mouiller les doigts.

— Pour la soif, dit-il. Et pour la bonne amitié, à la tienne !

Cet aîné de quinze ans, Antoine a-t-il jamais joué avec lui ? Sauf à lui grimper sur les épaules dans ses premières années ; un géant bonasse. Sauf à réclamer qu'il lui montre, petit dernier, comment s'y prendre pour attraper des têtards dans les mares, dénicher les mésanges, les rouges-gorges, quand ils vont cueillir les feuillards... Paulin a cette particularité de ne pas porter leur nom, mais celui de Meunier son père, le premier mari de Soizik, tué en octobre 1918, le dernier mois, une moquerie de la guerre. Juste le temps de planter un enfant à sa dernière permission, mort sans le voir naître, et y en avait-il, dans la France d'alors, dans toute l'Europe, de ces orphelins, brassard de crêpe à la manche ?... Gaston a épousé la jeune veuve et son nourrisson avec, l'a élevé parmi la bande des autres qui naissent mais, en dépit que les parents ne font aucune différence, ils le disent, il garde son voile d'orphelin collé au visage, long, anguleux, paupière tombée d'insondable tristesse et gravité. Il a en viatique, Soizik la lui a donnée pour ses sept ans, la croix de guerre de son papa disparu, une breloque de fer à ruban fané ; on dirait par quoi il tient dignité. L'exclusivité de cette possession intime à ses frères et sœur respect et considération, et peut-être justifie qu'il se taise, son silence entretenant le mystère de sa singulière destinée, ou enveloppant son absence de mystère, le vide de ses pensées et sentiments. Il y a surtout, en dépit encore du scrupule des parents, que, enfant d'un autre lit, la propriété accordée en titre à Gaston Donné l'exclut de l'héritage. Pour qu'il ait comme les autres sa part, il aurait fallu bien des papiers, et payer des hommes de loi : la bonté de Mme Mathilde n'est pas allée jusque-là. Sa condition de salarié est une chose embarrassante et triste, tue par chacun, comme une vague honte d'iniquité qu'ainsi il porte toujours la croix de son père.

— A la tienne, Paulin...

De son poulet fameux, Gaston finit d'avaler les dernières bouchées, sauçant des lichettes de son pain dans le jus, qu'il lance au chien, happées d'un coup de gueule, croquées goulûment. Indifférent à la débandade autour de lui, aux femmes disparues, aux enfants égaillés et aux hommes silencieux, Gaston mastique comme les bovins ruminent, l'air d'évaluer le revenu de chaque bouchée au bruit de son broyage ; ayant dégluti, il claque de la langue au palais, et souffle, une besogne. Bon, mais pendant ce temps-là, pendant que les femmes sont à la cuisine, la mère, sa fille et sa bru, déjà une drôle de compagnie de commères, il s'en passe beaucoup dans les têtes de ceux qui sont restés à table, le père, ses trois fils, plus le gendre espagnol, assis à l'autre bout, eux tous des hommes disparates que la vie appareille tant bien que mal, est-ce une famille ? Peut-être s'en passe-t-il aussi dans la tête du chien, un beau briard gardien de vaches ; mais chacun son quant-à-soi, silence. Qu'a-t-on besoin de parler ? Mieux vaut trinquer, boire son verre. C'est du médoc, du vin de chez Rolande, Saint-Julien-Beychevelle, que sa famille envoie par bonne amitié ; on en ouvre quelques bouteilles, dans les grandes occasions.

Celle-ci en est une, rite du 15 Août, à quand remonte-t-il ? Au temps de Soizik, jeune mère pieuse, ou bien encore d'avant, du temps des vieux Armand ? Au plus fort de l'été, mois des pêches tardives et des premières figues, au moment où la saison bascule, achevées les moissons, rentrés le foin, la récolte de blé et de maïs, l'avoine, les haricots étendus sur les sacs de jute, cosses séchant au soleil avant d'être égrenés pour l'hiver, la table est dressée sous le hangar où l'on a ses aises. Entre les tracteurs, le grand Renault rutilant et le motoculteur, couverts d'une bâche pour la cérémonie, le décor n'est pas bien de château, mais on fait abstraction du salpêtre des murs et des toiles d'araignée drapées dans les poutres, du bric-à-brac d'outils. Soizik est orgueilleuse de son festin en ce jour de la Vierge, qui sanctifie sa famille. Elle ne fréquente plus guère l'église du bourg, mauvaises jambes, mauvais reins, sauf pour un enterrement d'importance, mais pour rien au monde ne manquerait d'assister à l'office du 15 Août, Marie notre mère. Dans le temps, elle y traînait ses quatre gamins. Les enfants de la paroisse couronnés de lys, ivres d'encens, chantaient à tue-tête *Chez nous soyez reine, régnez souveraine, Soyez la Madone qu'on prie à genoux…* Avec la messe du matin et les vêpres, c'était deux fois l'aller-retour, les trois kilomètres tricotés du talon sur le chemin du Mesnil, et la gloire du soleil du soir, dans la senteur des chaumes, quand s'allongeaient les ombres… Maintenant, seule à s'y rendre, elle se lève à l'aube pour cuisiner, afin que tout soit prêt quand appelle la cloche lointaine, alors plie son tablier, accroche sa broche et coiffe sa mantille, de mauvaise humeur parce qu'elle sera en retard, mais non : Yvon l'y a conduite en voiture. Il l'en ramenait juste comme Antoine arrivait, midi pile. En tout cas, elle y a appris des nouvelles, à la fin de l'office : les annonces de la paroisse, qui naît, qui meurt, dates de baptêmes et messes de souvenir. Une surtout, sensationnelle, la remue beaucoup. Elle a attendu d'être seule à la cuisine, avec sa fille et sa bru, pour l'annoncer à mi-voix, avec cette fièvre qui fait balbutier : le mariage, premier samedi de septembre, de la cadette du député, un événement. Elle en parle dans l'aparté, parce que Gaston enrage dès qu'il entend le nom de Guillemot, mais les femmes entre elles n'ont pas de ces préventions. A la sortie de la messe nuptiale, il ne manquera pas de belles toilettes et de chapeaux, un spectacle gratuit, le beau monde attire les badauds… Elle passe à un autre sujet, contrariée qu'Antoine traîne par là, à se laver les mains dans l'évier.

— Ne t'en va pas rapporter ça à ton père…

Il s'en gardera bien. A peine arrivé, tomber dans ces histoires…

Ils sont tous là. Qui ferait défaut, cette année encore ? Paulin ni Yvon, paysans ; pas question de vacances pour eux, mais même Hélène quitte sa location annuelle à Plogoff pour revenir dare-dare le jour dit, aider sa mère aux préparatifs. Javier y consent, résigné à écourter les baignades, puisqu'elle en décide ainsi. Ils passent leur dernière journée de congé aux Armand, avant de rentrer à Paris le soir même, et maintenant laissent leur fils Manu finir le mois d'août à la ferme.

— C'est bien pratique, dit Hélène. Et puis, Manu profite du bon air de la campagne avec ses cousins !...

Outre que cela lui économise le centre de loisirs avant la rentrée des classes. Soizik, plus fatiguée chaque année, opine, ravie du travail supplémentaire des trois petits réunis, entre huit et treize ans, en plus de Jackie, la fille de Paulin, adolescente déjà. Une vraie colonie de vacances, en prime des travaux de l'été. Ils sont tous là. Lui-même, Antoine, n'a-t-il pas écourté d'une journée sa randonnée sur le causse Méjean, laissé Luiza avec les autres et roulé d'une traite, parti à cinq heures du matin, pour être rendu à midi ? Il a croisé de la circulation, mais ce sera pire ce week-end, au retour du pont férié, les vacanciers rentrent...

Soizik a mis les petits plats dans les grands et préparé son dessert-surprise mais, pour commencer, tomates du jardin et œufs mimosa, une nouveauté chic, puis pâtés de canard confits au genièvre, puis deux poulets rôtis, les plus beaux de son volailler, que Gaston a saignés hier. La *sanguette*, bien reposée de la nuit, c'était le casse-croûte des hommes, ce matin : revenue à la poêle, avec un hachis d'ail et de persil, un régal. La romaine monte en graine, ligneuse, alors, pour verdure, il en faut, Soizik a cueilli du pourpier croquant, délicieux avec les pommes de terre dorées dans leur peau. De bon matin, elle a drapé la nappe de métis à guirlandes rouges délavée par un demi-siècle de lessives. Cette année, des assiettes d'Arcopal remplacent l'ancien couvert de grosse faïence ; le service en Cristal d'Arques des bons de La Redoute les vieux mazagrans de verre, et l'on fête, un événement, l'acquisition récente d'un lave-linge, qui va soulager les femmes de la corvée des lessiveuses, draps, bleus de travail et chemises tordus à deux au baquet, puis rincés à l'eau claire au milieu de la cour… Le meuble à hublot trône dans la cuisine, Hélène y va de ses louanges, tandis qu'on s'affaire aux derniers préparatifs.

— Une Brandt, bonne marque, très solide, je m'y connais : j'ai la même. Le confort moderne arrive enfin aux Armand ! On dit que le tambour abîme le linge, mais quel bel avantage… Chez nous, on a tout l'équipement en batteries : laveuses automatiques, essorage, séchage, se vante-t-elle.

Chez nous, elle en a plein la bouche, c'est l'hôpital du Val-de-Grâce où elle travaille, infirmière.

— L'hiver dernier, dit Rolande, Soizik a pris un tour de reins de s'être échinée en plein vent à une lessive. J'ai posé mes conditions : ou bien le gros linge part désormais à la blanchisserie du bourg, ou bien on achète une machine. Yvon s'est rangé à mon avis, mais y aurait-il pensé lui-même ?

Aux bras des hommes, la lessive ne pèse guère ; ils ont d'autres peines et celle des femmes en regard leur paraît peu de chose. Rien ne change beaucoup de la répartition des tâches, malgré les éditoriaux de la revue syndicale qui vante les mutations de la vie rurale, les jeunes agriculteurs ouverts aux transformations du monde…

Moi, je suis bonne à tout faire, dit Soizik, consentante, stoïque, pas loin d'en tirer gloire, et c'est résumée son histoire. Son enfance au pays de Guingamp, à peine marchant sitôt à sarcler les champs d'artichauts avec sa mère. Le père a la jambe écrasée d'une pêche malheureuse, infirme sans pension, ses frères et sœurs placés à droite et à gauche, et elle aussi, dès douze ans, dans un hôtel de Roscoff où descend le beau monde des villes oisives. Employée à la lessive, déjà, à la vaisselle. Et puis, un été, parce que des bourgeois en villégiature cherchent une bonne, elle quitte sa Bretagne pour les suivre à Genilly, domestique chez M. le sénateur Rougerie : les petites Bretonnes sont réputées obtuses, ignares, mais dures à la tâche. Prises de bonne heure, on peut les dresser au service et à la propreté. Ensuite, jeune épousée de seize ans, son mari sitôt mobilisé, elle reste à l'attendre, quatre ans de guerre durant à aider sa belle-mère dans son épicerie, à soulever cageots de légumes, cantines et sacs de grains trop lourds pour la vieille. Alors, épouser Gaston, ouvrier agricole aux Armand, tenir la ferme avec lui, une aubaine et d'un grand soulagement, elle y gagne au change. Quant aux vieux parents, ce sont de bonnes gens qui l'accueillent comme pain bénit, lui donnent du merci pour tout, la peine du ménage, l'assiette de soupe, les enfants qu'elle fait, pour le bonheur d'une nouvelle famille, une gracieuseté de la vie qu'ils n'attendaient plus, après la mort de Renaud, leur fils unique, dès août 1914. Elle a continué d'aller faire des heures chez Rougerie, jusqu'à ce que la vieille Madame soit placée en maison de retraite, une vilaine action…

Bonne à tout faire, bête de somme, Soizik a eu la vie belle, finalement. Mais elle voit bien que sa bru change les choses, l'une après l'autre, l'air de rien. Une jeune fille qu'Yvon rencontre au Mans, à un congrès de son syndicat, fille de petits viticulteurs du département de Gironde. Que fait-elle au Mans, si loin de chez elle, cette délurée ?

Comment Yvon, l'ours mal léché, l'apprivoise-t-il en trois jours ; ou bien, décidée comme elle l'est, l'a-t-elle emmiellé de promesses ? En tout cas, la noce n'a pas traîné. Le long voyage à Beychevelle, pour s'y rendre, lui laisse le souvenir d'une expédition ferroviaire étourdissante, et la campagne plate de vignes, les landes, les forêts de grands pins maritimes, intimidantes de nouveauté ! Aussi le bon vin, les cèpes, les énormes entrecôtes de bœuf grillées aux sarments, une débauche de curiosités alimentaires qui choque sa frugalité, mais enfin c'est une belle fête que les noces dans le chai, et la bonne franquette de ces gens qui croient au bon Dieu, une famille convenable. Au retour, Rolande est du voyage avec ses valises, demoiselle des villes presque, titulaire d'un diplôme d'économie domestique. En short pour rentrer les foins, dès le premier été, et des exigences de chatte pour sa toilette, les commodités. La cuvette émaillée, à la cuisine, devant le petit miroir pendu au clou, le tub en zinc avec l'arrosoir dans la chambre, elle y a mis fin. Sauf à la cabane pour les besoins au fond du jardin, où l'on vide les seaux de nuit. Elle y répugne, mais faire creuser une fosse septique, trop cher décidément. En tout cas, dès son arrivée aux Armand, elle a obtenu d'Yvon une pompe électrique intérieure pour tirer l'eau du puits, et un cabinet de toilette avec chauffe-eau. Chacun y a trouvé bénéfice, sans l'avouer ; Soizik la première. Moins que sa bru étale en liberté ses soutiens-gorges et ses culottes, ses serviettes hygiéniques sur les cordes. On voit bien que cette fille n'a nulle vergogne d'exposer son intimité, comme elle jusque-là, qui étend ses affaires de corps au fond de la grange, derrière le bûcher. Au lieu de servir et d'attendre son tour, Rolande s'assoit à table, y discute de toutes choses avec autorité. Elle éleve Nadine et Patou selon son idée que, au travail de la ferme, mieux vaut l'école, récitations, multiplications et rois de France. Soizik s'est instruite à écouter leurs leçons, elle aime les images de Vercingétorix rendant les armes à César, de Colbert à genoux, le jeune Bara brandissant le drapeau contre les chouans, Mirabeau lançant : *Nous n'en sortirons que par la force des baïonnettes*… Rolande n'a pas cherché à évincer la mère, mais elle est personnelle. Devant Gaston seul, elle baisse la garde : chez eux non plus, dans son Médoc, on ne doit porter ombrage aux pères…

Devant tous ces changements, Soizik a mordu sa langue, temporisé : encore bien beau qu'une jeunesse accepte de s'enterrer aux Armand et de cohabiter avec la famille. Car il n'y a pas tant de place, pour eux tous : Paulin et sa fille, eux deux les vieux, le jeune couple et leurs enfants. Il a fallu pousser les murs, aménager une chambre au grenier pour Jackie, et maçonner l'ancien appentis pour son père. D'ailleurs, Rolande est vaillante, volontaire, elle ne rechigne pas aux besognes, prompte, robuste, d'humeur égale, une belle charpente de femme qui soulève les charges, trait les vaches, fait des enfants et rend Yvon heureux, quoi demander de plus ? De surcroît, elle partage ses vues, militante comme lui à la JAC, où se rencontre la jeunesse catholique des campagnes, avide de progrès, d'idées modernes, auxquelles poussent les jeunes curés. Cette bru sait tenir les livres de compte, discuter des taux de prêt avec la banque, elle lit les prospectus et les journaux, écoute la radio ; une fille avisée dont la propriété a grand besoin, maintenant qu'elle est à eux, et bientôt, quand Gaston et elle ne seront plus bons à rien, pour mener seuls l'exploitation, puisque Yvon prend la relève…

Voilà le hic, ce dont personne ne parle autour de la table, une affaire conclue l'hiver dernier. C'était à n'y plus tenir : il a fallu envisager l'héritage. Le père est allé chez le notaire pour mettre en ordre la répartition, et le calcul de la soulte qu'Yvon doit à ses frères et sœur. Depuis le temps qu'il prend seul de la peine… Chiche capital, maigre bénéfice, trop de monde sur la petite exploitation. D'autant qu'Yvon s'est endetté, il y a trois ans, pour acheter un nouveau tracteur, le beau Renault carrossé de rouge. On aurait pu l'acheter en coopérative avec des voisins, comme cela se fait à présent, mais Gaston a refusé : litiges et chicanes à la clé. De trop fraîche date son maître, jaloux de son bien, vieille mentalité.

— Aucun voisin n'est un ami, il n'y a pas d'ami, pas de solidarité qui tienne. Se donner la main aux récoltes, peut-être, mais partager, non.

Yvon a calé, sous les reproches de Rolande : comment s'en sortir aujourd'hui si on ne s'associe pas entre agriculteurs ? Le père a mieux toléré qu'on se mette aux engrais, phosphates, nitrates, des chimies qu'il tient pour suspectes mais cet apport a permis de modifier l'assolement, de doubler le rendement à l'hectare. Des premiers sacs rangés sous la grange, Gaston n'a dit mot de quinze jours, renâclant. Ensuite, devant l'évidence du bienfait, il fait celui qui attend de voir demain. La motorisation allège le travail, alors, pour rentabiliser l'engin, depuis l'an dernier, Yvon a pris des terres nouvelles en loyer, à défaut d'en acheter. Tout ça, c'est du tracas, du tourment, des calculs, des risques qu'il prend seul, aussi a-t-il fallu se résoudre. Autre litige, le père a refusé d'entendre parler du notaire du Mesnil, encore moins de celui de Genilly. Qu'on ne mette pas le nez dans ses affaires : gent du pays, gent ennemie. Tout s'en saura, jusqu'au dernier sou de leur arrangement. Il a une vieille pratique à lui, à Paris, quelqu'un de sûr, qui fait bien *la part des choses*, et celle des gens. Son étude dans les beaux quartiers, il s'y rend seul, en son dimanche, par le train de la gare Saint-Lazare. Cette personne bien indiquée a donc chiffré tout, additionné, soustrait les récompenses et les retenues, les taux d'emprunt et les pourcentages de récoltes. Cela a pris des mois, ils ont signé. Chacun pour soi, de son côté, sans en parler entre eux. Parler de quoi ? Des suspicions, des avantages et inconvénients, des regrets, des envies, appétits ? Du mal d'être héritier d'un bien qui vous tombe du ciel, par la bonté des anges ? Par la bonté de Mme Mathilde…

Un soir d'hiver, 1932, la maîtresse du domaine est venue aux Armand. Elle s'y porte elle-même, sur ses pieds, seule avec sa canne et son grand parapluie, un événement. Dans le chemin raviné d'averses, elle a mouillé sa belle robe, elle souffle comme une otarie en arrivant dans la cour. On a cru un malheur arrivé, on lui a tendu la plus belle chaise. Elle y est tombée assise et elle a annoncé tout de go sa décision à Gaston Donné, comme quoi ils sont de bons fermiers, fidèles et loyaux, comme quoi elle n'est pas éternelle et que, eu égard aux vieux Armand, serviteurs attachés à la famille, en fermage à bail depuis des générations, elle veut lui léguer la maison et les terres, qu'elles soient en propre à ses descendants, elle en aura l'estomac soulagé et l'âme en paix. Un bienfait qu'elle emportera en paradis, voilà sa résolution.

Mme Mathilde, en paradis ! La foudre tombait parfois dans le coin, elle vous grillait les hêtres centenaires comme allumettes mais, de cette foudre-là, ils en sont restés béants. Ce n'est pas une proposition, une offre, un marché, elle ne demande pas avis. De quand demande-t-on leur avis aux domestiques ? C'est sa décision, sa volonté. Ses hommes de loi, son notaire des beaux quartiers ont tout réglé : il n'y a plus qu'à signer, juste un paraphe en bas de page, et la signature entière à la dernière. Ce cadeau sans contrepartie, sans discussion, Gaston a été malade de n'en comprendre rien. Malade de souci, de peur, de doute, de rage d'en vouloir sans l'oser prendre, de sa convoitise allumée, de se méfier, bête à battre, des motifs de cette femme intraitable qui assomme les gens de ses bontés malignes ; désarmé par la dette qu'elle inflige, sa gratuité immense, scandaleuse. Furieux d'être l'obligé de ce don, floué de devoir gratitude pour la magnificence dont elle l'accable, lui sans famille, l'abandonné, pupille de personne, que de la charité publique, un propriétaire ! Une terre, une maison à soi ! Il a signé. Pour les enfants. Il disait : *Je signe pour les enfants.* Soizik lisait à peine, lui un peu mieux, mais comment déchiffrer le pacte qui vous fait roi en une heure ? Madame s'en est retournée, claudiquant sur sa canne, parapluie sous le bras ; il ne pleuvait plus. Ils l'ont vue passer la barrière, disparaître. Du choc, paralysie subite, Gaston s'est couché trois jours, membres rompus, à en crier. Soizik, en transes, prie notre reine des cieux, pour obtenir pardon, merci, pour bénir Mme Mathilde ou pour exorciser son homme, conjurer l'avenir ? Trente ans de ça, trente ans que les Armand leur appartiennent, en bonne et due forme, sans vice ni contestation : elle avait bien préparé son affaire. Quand ont-ils commencé d'entrevoir le dessous de l'histoire ? Mme Mathilde est morte de longtemps, bien contente et paisible au repos dans sa tombe. Les choses en vont selon sa volonté : y a-t-elle gagné son paradis ? La contrepartie cachée s'est révélée au fil du temps une machine infernale. Là-dessus, la guerre ; là-dessus, les saletés. On n'en parle pas, mais cela ronge. Une charogne.

— A table ! Les enfants ! Venez manger le dessert !

Ils rappliquent en courant, criant, se chamaillant. Ce pavé-surprise est la spécialité de Soizik, son exclusivité. Elle en a trouvé la recette imprimée sur un emballage de paquets de biscuits B&G, cela remonte avant la dernière guerre... De ce sempiternel gâteau, elle les a régalés, enfants ; les petits-enfants y ont droit à leur tour, ils en raffolent : cinq fois une couche de petits-beurre trempés dans le café noir, intercalée d'une de crème pâtissière, la dernière saupoudrée de chocolat noir. Du Van Houten : B&G ne fait plus le chocolat, ni en poudre, ni en plaques. Une recette banale ? Oui, mais bon, tout est dans la façon et la manière.

— Tremper le biscuit, c'est un art : ni noyé, à s'effondrer, ni moitié imbibé ; sec au cœur, il colle au palais. Et la crème, tu la jauges au nappé sur la spatule, à petit feu, sans laisser prendre le bouillon, mâtine. Sinon, les grumeaux, c'est de la pâtée de cochon...

Cette bonne tenue de l'appareil tient à la qualité de la farine, à sa quantité exacte, rapport au nombre d'œufs ; cela tient à la qualité de nos œufs. Rapport aussi au crémeux de nos vaches laitières. La Coralie donne le meilleur, Soizik n'en démord pas. Rolande convient de tout, et laisse faire.

— C'est du petit Jésus en culotte de velours, hein, les enfants ? Vous vous régalez ?

Ce gâteau est fait de grand cœur, car Soizik aime ses enfants tous pareils, oisillons du bon Dieu. Sont-ils bien ses enfants, ces gens attablés, ces adultes dont elle ne connaît plus les secrets, les chagrins ni les désirs, les desseins ? Ah, s'ils pouvaient être vraiment un seul, s'aimer de même amour, foi, concorde, paix, équanimité ! D'une seule flamme brûler leur vie en elle, que son ventre a portés. Paulin son premier, pauvre petiot, et les autres, mes doux agneaux. Mais ils sont devenus des créatures différentes, contraires. Des caractères, des espèces d'hommes et de femmes inconnus. Traits épaissis, durcis, grands corps embarrassés d'angles, mains grandes, longues cuisses. Que procure de bonté son gâteau, qui les réconcilierait en son sein, comme la Vierge les pécheurs sous son grand manteau ? Son gâteau a-t-il pour chacun le sens et le goût pareils qui, un instant, leur donnerait la joie d'être en communion, le vœu de tout son cœur éperdu ? A le mâcher, l'engloutir à l'étourdie, de la petite cuillère indifférente l'enfourner tout en parlant, riant, elle les trouve brutes, grossiers, méchants.

— Tu devrais filmer les enfants avec ta caméra, Antoine ! Sont-ils mignons à se régaler du dessert de mémé !

Hélène bat des mains, elle adore les films de famille, surtout quand elle y est à son avantage. Il est arrivé à Antoine de s'y amuser, pour tester sa caméra neuve. Cela vaut-il d'être regardé ? Dans cinquante ans, peut-être...

— Elle est au fond du coffre, et je n'ai plus de pellicule.

— Es-tu content de ton logement à Nanterre ? s'enquiert Hélène, pour paraître aimable, amadouer son frère qui allume une cigarette, la troisième du repas.

— Mieux que de mon studio de Vaugirard, élude-t-il.

Nanterre, une banlieue de Paris où l'on construit des immeubles, des barres en béton, cela contrarie Soizik : est-ce un endroit pour un instituteur ? Il n'y a que des ouvriers, là-dedans, Antoine en est-il ? Peut-être bien. Il a des idées de révolte. On ne prêtait pas attention à l'école, sous l'Occupation, on avait d'autres soucis. Son maître du Mesnil l'entraînait au foot, le jeudi ; un communiste. La preuve : la Gestapo l'a arrêté. Antoine en a-t-il lu, dans le grenier, de ces livres qui lui ont tourné la tête, lui ont instillé des colères, des récriminations... Il a réussi son concours, mais ça l'a mené en prison, et nous à la honte. Maintenant, il nous dédaigne, paysans. Il se moque autant d'Hélène, qui fait sa duchesse, avec sa jupe ballonnée et ses ballerines… A peine celle-ci a-t-elle pris une lichette de dessert, elle surveille sa ligne. Elle aussi a quitté les Armand, sur un coup de tête. Et voilà qu'elle revient, un beau jour, pimpante, comme partie de la veille, avec un mari espagnol au bras. Brave homme, celui-là. Trop brave. Je ne veux rien savoir, rien, de son pays de Catalogne, de son camp de réfugiés, de sa tuberculose. Guérie, elle le dit. Peut-être. Manu est vacciné au BCG, elle avait bien besoin de me le souffler, entre deux portes, pour que je le garde avec Nadine et Patou ; et Jackie. Celle-là, Paulin ne la tient pas, il est dépassé. Cette drôlesse veut faire dactylo ! Est-ce un métier ? Elle cache des *Nous deux* et des *Salut les copains* sous son lit, que lui passent ses copines du bourg. Je les ai vus. Pas souvent qu'elle se met à quatre pattes, comme moi, pour chasser les moutons de poussière… Toujours l'oreille collée à son transistor, à écouter ce blouson noir, Eddy Mitchell, est-ce un Français ? Paulin avait-il besoin de lui faire ce cadeau pour ses quinze ans ?

— Encore du gâteau, mémé…

— S'il te plaît, corrige Rolande.

— Encore un trou de vide ? tonne Gaston. C'est meilleur que le poulet, hein, fiston ?

— S'il te plaît, mémé, répète Patou.

Le garçonnet tend son assiette, qu'il a torchée du doigt sans être vu par sa mère, alors Soizik se précipite. Elle ne se le fait pas dire deux fois d'en resservir, la vue troublée, mais ce ne sont pas des larmes, qui lui a jamais vu l'œil mouillé ? Malgré quoi le cœur lui défaille de ce galapiat qui en reveut, s'en régale, s'en empiffre, s'en remplit la jeune panse, enfant du bon Dieu. Ah ! S'ils restaient toujours à cet âge, novices, innocents, à se jeter dans les jambes comme chiots, baveux crottés, morve au nez, viens ici que je te torche, et astique les joues au tablier, pommes rouges rebondies aux baisers ! Mais la vie les gâte vite, les salit, elle les tourne vinaigre et suri. Et toi, vieille toupie, à retourner tes mauvaises pensées, tout autant. Si caboches soient-ils, ils sont de notre sang, lignage bâti au même moule. Ils sont d'ici, les Armand, trois générations, le bel arbre que nous formons, ses fruits sont les vôtres, sainte Marie, amen et pardon.

Le soleil a percé, gros disque voilé par le blanc du ciel, filtré au gré des souffles de vent par le feuillage des chênes et des peupliers, sa foule de verdure projette des figures mouvantes sur la terre de la cour. L'odeur de gasoil, d'engrais et de poussière stagne, dominant à présent celle des reliefs du repas abandonné sur la table désertée, serviettes froissées, assiettes du dessert et tasses de café vides. La grande cafetière en émail bleu, un broc presque, a perdu son couvercle, roulé par terre, sous une chaise. Seul reste encore Gaston, se roulant lentement une cigarette, tassant le tabac à petits coups de pouce hésitants. Bu un peu plus que d'habitude, trop de bonne chère, lui très sobre d'ordinaire. Cela lui plaque du rouge au bas du front, une barre de fièvre ; l'air pensif, et sombre. Une fatigue de dimanche, de désœuvrement, à s'en couper les jambes de rester assis. A l'intérieur, les femmes font la vaisselle. L'on entend d'ici les chocs, les clapotis d'eau, leurs papotages et leurs rires par la fenêtre, la porte grande ouverte. Les hommes discutent là-bas, autour de la Simca neuve de Javier, pénétrés, examinant le moteur, capot relevé. Yvon s'y intéresse par politesse. Il a tombé la chemise, en tricot de corps blanc sur sa peau blanche, sauf les bras, gantés jusqu'au coude de soleil, et la nuque, carrure d'homme de grand air, râblé, de belle santé. Son cadet le dépasse d'une tête, mais Antoine a des hanches de gamin, maigriot, torse long, seule leur même brosse raide et touffue, rebelle au peigne. Sa 2 CV, garée derrière, ils l'étudieront ensuite. La mécanique, une affaire d'hommes. Javier en connaît un rayon, sa concession Antar est bien placée, porte d'Italie, au départ de la nationale 7. Il peut s'offrir quinze jours de congés, un remplaçant pour lui tenir l'atelier et la pompe. La voiture, c'est l'avenir. Tout le monde en veut une, même les petits, quitte à se mettre sur la paille pour payer les traites à tempérament. Tous à la plage, en camping, tous en transhumance. Ils voient quoi de plus, de leur avenir, sur les routes des congés ?…

Les enfants se sont esquivés vers les bords du ruisseau, Jackie en tête, partis se baigner. Il ne fait pas très beau, mais une petite trempette sous les aubiers, en bas du pré, c'est une aubaine. Trente centimètres d'eau, juste de la patauge pour se rafraîchir : rien à pomper pour irriguer. L'eau, de tout temps, il faut aller la prendre plus loin, au réservoir du plateau, et voilà qu'à présent Lubin, le maire du Mesnil, lui conteste la prise. Il chicane l'installation : autorisation non conforme, trop vieille, datant d'un accord passé l'autre siècle entre les maîtres du Mesnil et le maire d'alors, un ami de M. Henri de Galay. Contrat *obsolète*, dit-il. Ce mot, qu'il ignore, Rolande le lui a traduit : périmé. Si on ne passe par où il veut, une mise en conformité, il menace. Tantôt de monter la taxe, tantôt de couper l'eau. Faudrait savoir : l'un ou l'autre ? Gaston ne s'intimide pas, il ne bronche. Envoie du papier timbré, mon gars. Envoie le garde champêtre, l'huissier, les gendarmes.

Envoie ton beau-frère, le député Guillemot. Qu'on s'explique. Parce qu'il y a le droit, en république. Il y a la loi. Fini le temps où les beaux messieurs pliaient le monde à leur gré. Yvon a pris avis de son syndicat. Si ça ne coûte rien, on peut voir. Sinon, le fusil ! Nom de Dieu, le fusil de chasse, couché sous le lit. Le flingot sera encore bon au service, et pas que de la chevrotine…

Cette affaire de l'eau, il l'a remisée le temps du repas, mais elle rôde par là sous le hangar, dans les murs. Elle le travaille à l'estomac, acide gastrique, tiraillements dans les nerfs, quelque chose de toxique qui prévient d'une maladie. Il voit bien d'où vient l'embrouille : de ses terres d'en haut, jouxtant la commune de Genilly. Lubin et Guillemot veulent les lui acheter, l'obliger à les leur lâcher. Quand ils auront tout réuni et viabilisé, tout défoncé comme à Loisay, comme à Sampereux, ce seront en vitesse des lotissements, des rues, des trottoirs de ville, et par ici la monnaie… Mes deux hectares coupent leur futur lotissement en deux, plein milieu. Ils enragent de n'avoir ma terre, alors ils tentent de m'assoiffer, maintenant. De colère, Gaston lâche un hoquet, un rot sonore, de ceux qui suffoquent au lieu de soulager. Pourquoi cette histoire lui remonte-t-elle, à sa gorge l'aigreur des indigestions, le fiel de son ressentiment, quand ses fils rient au soleil, en bonne amitié autour des voitures, et les femmes à la cuisine, les enfants au ruisseau ?

N'est-il pas son propre maître, n'a-t-il pas gagné son droit ? N'ayant pas eu à le gagner, les enfants ignorent qui sont leurs ennemis : gens du Mesnil et leur descendance honnie. Comment leur inculquer cette loi, la leur incruster dans le crâne ? Même à l'abandon, ruiné, leur domaine porte encore son ombre jusqu'au fond de la combe. Après la mort de Mme Mathilde, il est resté inoccupé, délaissé par la famille toutes ces années d'avant-guerre : les *Américains*, ainsi appelait-on les deux fils Galay, le docteur et le cinéaste installés à New York, et la jeune Mlle Camille, mariée au directeur des usines. Ne restent plus là que les domestiques. Le vieux palefrenier Meyer, le garde-chasse, et Mauranne, la cuisinière, une qui n'était pas fière, brave femme… Mais, à cette époque, vient au Mesnil un jeune garçon de l'âge d'Hélène, sorti on ne sait d'où. Elise, la fille de la cuisinière, l'y laisse en vacances. Celle-là a gagné pignon à la force du poignet, libraire en vue, elle a *tiré son épingle* à Paris, dit-on. Cela lui vaut-il d'y emmener ce Petit, d'avoir ses entrées comme chez elle au Mesnil, où les conduit parfois en voiture la jeune Mme Lewenthal, déclarée son amie, par quelle aventure, ou caprice ? Quoi qu'il en soit, ce petit Louis, son filleul, paraît-il, est un enfant seul, élevé comme un prince, lâché dans la nature tout l'été, livré à lui-même, passant ses journées à rôder tel un chat efflanqué, pâle, silencieux, s'enhardissant jusqu'à venir à la barrière. Une ou deux fois, Gaston l'a chassé sans ménagement. Mais rien n'y a fait. Avertie de l'arrivée de Louis, Hélène file par le grillage et disparaît avec lui des journées entières, en dépit des défenses et admonestations ; que tempère Soizik, flattée de cette amitié qu'elle prend pour faveur des dieux. Elle s'en est bien mordu les doigts, quand Hélène les a plantés là pour suivre ce voyou… Il a fallu ravaler sa colère, céder aux prières de sa mère pour qu'il admette son retour, en 1946. Javier connaît-il ses frasques d'alors ? Qui en sait quelque chose, sinon Antoine ? Celui-là, l'orgueil secret de Soizik, le seul des enfants à avoir le bachot. Moyennant quoi, il n'est plus des leurs… Transmettre à un seul sur les quatre enfants la valeur des terres, et sa charge, est-ce une vie réussie ? *Son propre maître*, l'est-il, oui ou non ? Du jour où il a signé le papier de Mme Mathilde et, en guise de codicille, les saletés qui allaient avec ?

Sa cigarette en ruine, brins de tabac éparpillés sur la nappe, les mains tombées, du plomb sur ses genoux, le vieil homme considère le paysage de la cour, découpé par l'arche du hangar. Dans la réverbération de lumière, c'est une cendre. Un souffle, tout disparaît. Près de cinquante ans à tourner dans cet enclos les mille peines du jour, la vie passe, et rien de moins assis que la terre sous tes pieds. Sous ton poids, elle chaloupe, son plan s'affaisse, le temps vient de s'y coucher, et finir. Assigné à la patience, tu endures et, par la force acquise, tout précipite droit au tombeau. Juste un lopin à soi. Je parle du mental, un recoin où amasser ses raisons de vivre ici-bas, il n'y en a pas tant. Bien obligé d'y trouver son content. Hausse, hausse-toi, tu ne grimpes jamais qu'à ton fumier et tu vois la cour de ta ferme. Le sol est dur, convulsé. S'y sont fossilisées bosses et ornières, passage des bottes et des tracteurs, toujours au même endroit, un modelé de science pure. Les fils, le gendre sont autour des voitures. Que font-ils, penchés sur leurs moteurs ? Ces hommes faits discutent gravement au soleil d'une bougie, d'une dynamo, d'un arbre à came : enfants ignares distraits d'un papillon, d'une étoile. Ils jouent à l'endurci mais ils n'ont encore rien vu des saletés. On est au repos, bien tranquille à bouffer son pilon de poulet, bombance et rigolade, une bombe sous le cul.

D'un pénible effort, Gaston s'arrache à son siège ; vacille, jambes flageolantes de son inertie prolongée. Il se tient dans l'expectative, plissant les paupières vers cette place éblouie, frottant sa joue de ce matin rasée au coupe-chou. Du matin, il reste une sensation de grand désordre et désemparement, sauf l'affaire des tréteaux à dresser, c'est de son domaine. Mais la nervosité culinaire de Soizik, manière d'exulter, les enfants trépidant, traînaillant, criaillant, toujours un dans les jambes, l'effervescence des femmes à leur toilette, à s'attifer pour la fête, lui incompétent, tournant, inutile, avec sa chemise craquante du repassage, qu'il n'aille pas se salir ; il n'a été bon à rien aujourd'hui. Qu'à se ronger en silence, attendre que le jour passe, qu'ils repartent tous, chacun dans sa direction, alors les Armand retomberont à leur état naturel. A la question de l'eau et des terres. Ici le cœur, le nerf de la guerre. A tête reposée, il faudra se résoudre. Il est déjà résolu, de ces décisions qu'on prend à part soi sans se consulter vraiment, dont on constate à retard l'effet, ce qu'elles ont déplacé, invisible, dans l'esprit et le corps. On ne respire pas pareil, on ne digère pas son poulet, le vin n'a pas le même goût au palais, le cœur cogne différent, accélère parfois comme trémule le zinc aigre du réveille-matin, à y porter ses doigts gourds, pour éteindre son grelot d'alarme. Tu vas le faire, ou pas ? Gaston Donné, tu vas le faire ? Je t'en donnerai, du Donné. Une trouvaille d'écriture à l'orphelinat, collier de chien perdu. Il a bien inspiré Mme Mathilde, elle n'a pas trouvé mieux que *donné*…

Alors des cris, des hurlements vrillant l'air dans la montée du pré ! Les gamins déboulent en rafale, courant l'un derrière l'autre, l'accidenté brame, en culotte Petit Bateau pour slip de bain ; les autres aussi, débraillés, des herbes d'eau collées aux cuisses, à n'y rien comprendre. Sauf l'entaille au genou de Patou, que ça pisse, et qu'il beugle à pleins poumons. Davantage de voir son sang que du mal, à première vue une estafilade, mais qui met la cour sens dessus dessous, soulève une envolée de plumes maternelles, comme à l'enlevée du premier fusil. Hors de souffle, les petits parlent tous à la fois, s'accusent, démentent, s'entortillent, qui d'eux l'a poussé ? Il faut un responsable, vlan, une torgnole de Paulin à Jackie ; c'est rare. Elle n'y est pour rien, mais elle est l'aînée. De cette injustice, Jackie, sa queue de cheval virevoltant, proteste, invective, lâche un gros mot ! Deuxième claque. Du coup, elle s'enfuit, monte dans sa chambre, et le blessé reste coi ; médusé, il en oublie son genou. D'ailleurs Soizik apporte en toute hâte la gaze, le mercuro- chrome, les petits ciseaux et le sparadrap, tout le matériel d'urgence, dont s'empare Hélène, notre infirmière diplômée. Mais cela s'envenime entre Yvon et Rolande, qui a pris le parti de Jackie, par extraordinaire. Car il ressort des explications que c'est Patou qui faisait son malin, sautant sur le dos des autres, pour les faire tomber dans l'eau : il a rencontré un caillou bien aiguisé…

— C'est bien fait. Ça lui apprendra. Et Jackie prend à sa place !

— Qu'en sais-tu, puisque tu n'y étais pas ?

— Toi non plus, alors que prends-tu sa défense ? Toujours à donner raison à ce gamin infernal…

— Yvon a bien le droit : c'est son père, tente Soizik.

— Occupe-toi pas de ça, maman, tonne Yvon. Quant à mon frère, s'il claque Jackie, ça le regarde.

— Il ferait mieux de la claquer en d'autres occasions. La main m'en démange, parfois.

— La mienne aussi, mais pas pour Jackie.

Paulin n'a pas entendu, ou bien oui, il est déjà sous la grange, à malmener à toute force des outils qui ne lui ont rien fait. Patou braille de plus belle, comme quoi ça pique, Hélène dit :

— Tu vas te calmer, un peu, sale gosse ?

— J'ai mal ! il hurle.

— Poule mouillée !

— Il a mal, dit Soizik, fais un peu attention.

— Débrouille-t'en, alors, puisque tu t'y connais si bien…

Hélène plante là le grand blessé et entreprend son fils Manu, en culotte et pieds nus dans la terre.

— Tu te prends pour un bouseux ?

Ce mot, détonation, onde de choc

— Où sont tes affaires ? Va chercher tes affaires et rhabille-toi en vitesse : tu rentres à Paris avec nous ce soir. File !

Manu file vers le pré sans attendre son reste, suivi de Nadine, navrée, qui le console, un bras passé à la taille de son grand cousin grondé et puni, un scandale.

— Il ne rentre pas à Paris, il est bien, ici, laisse donc, murmure Javier.

Il s'est accroupi près de son neveu, passe la main dans les cheveux du blessé.

— Hein, bonhomme ? Vous serez sages, tous les quatre, avec mémé Soizik ?

Maintenant, la ferme est un champ de bataille. Yvon et Rolande s'expliquent dans la cuisine, le ton monte. Jackie s'est enfermée à double tour dans sa chambre du grenier. Paulin s'éloigne sur le chemin ; il va rentrer les vaches, il y a la traite, ce soir comme les autres. Sans ménagement, Hélène prend le sparadrap des mains de sa mère et finit le pansement, Patou n'ose plus crier ni geindre. Seul Antoine est resté en dehors du pugilat. Adossé à sa 2 CV, il a assisté de loin, neutre, à l'embrasement du foyer. S'il avait eu sa caméra Beaulieu au poing, il aurait filmé ce morceau d'anthologie.

La famille, on s'y réchauffe les mains, on se serre les coudes, les jeunes, les vieux, concorde et cohésion, paix des ménages, fraternités, filiations, mais si, par inadvertance, ou par intention, l'un souffle sur l'amadou, la mèche grésille, elle part en éclair, fout le feu aux poudres. Fusées, pétarade du canon. Vieux comme le monde. Mais, le plus beau, c'est le temps des réparations. Il y en a toujours un qui va de l'un à l'autre, bon samaritain des familles, le plus doux, le moins coriace, ou celui qui en sort indemne, cette fois ; il compatit, se fait rabrouer mais, finalement, on lui laisse la besogne : il en faut bien un. C'est Javier qui fait office. Il amadoue sa femme qui fait la tête à l'écart, piteuse du mot lâché. Sans enthousiasme, Hélène admet d'aller embrasser sa mère, celle-ci se contente de sa bise sèche, rédemption rapide. Tant qu'à faire, elle en donne aussi une à son neveu, penaud, soulagé de s'en tirer à si bon compte.

— Manu restera ce soir, souffle Javier à l'oreille de grand-mère.

Il lui tapote l'épaule, l'envoie consoler Jackie, réfugiée dans sa chambre ; et Patou demander pardon à ses parents, cela fera diversion à la cuisine : maintenant Rolande pleure, c'est un bon commencement. Yvon ne tardera pas à céder, à s'excuser, reddition sans rancune. D'ailleurs, Nadine et Manu, en remontant le pré, ont croisé leur oncle, ils l'accompagnent, la gronderie déjà oubliée. Le chien gambade, en liesse, l'innocent ; il jappe au talon des vaches. Paulin l'engueule, les chiens ont du bon.

D'un pas nonchalant, Antoine s'est approché de son père, resté au seuil du hangar. Comme lui, Gaston a assisté à la scène, absent, le regard perdu entre la pompe et le poulailler. Il lui offre en silence une Gauloise, l'allume à son briquet, ils soufflent de la fumée devant eux. A quoi bon parler, mettre des mots là-dessus. Le spectacle vaut-il la peine qu'on y ajoute sa réplique, tout a été dit. Aucun malentendu, à bon entendeur salut et bonsoir. A présent, la réconciliation générale va bon train, dehors et dedans, pourparlers, pardons négociés, reniflements, une porte claquée. Il fait si bon, quatre ou cinq hirondelles se sont postées en portée sur les fils électriques ; le ciel vire au camélia. Demain, il pleuvra encore. Une foule d'oiseaux invisibles pépient dans les peupliers, on entend soudain leur raffut.

— Tu fais quoi ? demande Gaston.

— Je te regarde. Je regarde tes arbres.

— Ils sont plus vieux que moi. Ils en ont vu d'autres.

Et c'est tout. Les mots sont des plumes, ils pèsent du plomb. Gaston tire sur la Gauloise, sans conviction ; elle ne vaut pas sa cigarette de petit gris.

— Je m'en vais, dit Antoine. Je rentre... Ça va quand même, ici ?

Gaston hoche plusieurs fois du menton, ce qui évalue énormément de choses, ou rien. A l'affût de son regard, on n'en apprend pas davantage. Il l'a tellement rétréci, en fentes au petit couteau, affûtées de mépris, de lassitude ou de colère, d'indifférence triste, ou de fatalité, que c'est pareil, en guise de réponse. Il pense à demain. Non qu'il sera plus tentant, d'une promesse plus faste, mais juste il remplacera ce jour de son prochain, avec la quantité et la qualité d'actions concrètes dont il faut le remplir. Dès ce matin, rasant ses joues dans le parfum de savon à barbe, enfilant sa belle chemise, glissant sa montre au gousset, il a jeté par la fenêtre, sous la visière de ses sourcils, un coup d'œil de connaisseur sur la journée qui s'annonce. Soizik s'occupe d'aujourd'hui. Lui, il pense à demain. Assez tard, Antoine s'était demandé comment cet homme et cette femme tenaient ensemble, ses parents. Enfants, ils semblent des montagnes de roc, des sommets escarpés et altiers, luisants de glaciers, ensuite cela s'amollit en collines affaissées, pleines de combes vagues qu'on peine à comprendre, des parcelles rapiécées, morcelées de haies d'épines. Ensuite, ils sont le paysage des Armand.

Le vent rabat l'odeur forte des vaches qui se poussent à la barrière, lisier d'ammoniaque mêlé de poussière, d'herbe écrasée, corne et cuir tanné de leur robe, blanche et noire des six Holstein, qui marchent en tête, et les deux tarines rousses, suivies de leurs vêles, élégantes génisses sur leurs pattes fines. Gaston en profite pour rompre là, se porter à leur rencontre, saisissant au passage une canne de cuir, dont il tape leur dos, alors les mouches, en nuage rageur ; Antoine s'en claque une sur la joue. Il rentre. Il embrasse sa mère sur le front, ses neveux sur chaque joue, poisseuse de larmes ou de confiture, dont les réconforte déjà Soizik, gelée de groseille sur grosses tranches, et fait un salut à la cantonade, fraternel, sororal. Au père un hochement, à son exemple, et il tire sa révérence.

— Tu ne vas pas partir comme ça, voleur ! proteste Soizik, qui lâche les tartines, s'essuie au tablier. Attends ! Emporte des pâtés, au moins ! Un morceau de poulet froid pour ton dîner. Et des œufs frais, des tomates du jardin…

Le filet à provisions est prêt, il attendait dans la cuisine.

— Rapporte-le-moi à la prochaine fois, n'oublie pas.

— A la prochaine, maman…

III

Jeudi 15 août

C'est un tel soulagement de passer la barrière, de virer à droite, la ferme aussitôt perdue de vue dans le rétroviseur, qu'Antoine s'en claque la cuisse, comme s'il encourageait son cheval à monter le raidillon, hardi, petite ! La 2 CV peine un peu au démarrage, bougies encrassées, avis du spécialiste, à la suite de la longue traite du matin, mais, en seconde, ces engins passent n'importe où. D'entre les haies d'aubépines et les néfliers qui éraflent la carrosserie au passage, on ne voit guère devant soi, mais Antoine connaît les deux longues courbes serpentant dans les bois, puis la montée douce parmi les taillis avant l'éclaircie du grand pré, avec le hêtre à mi-course, repoussé de son ancienne souche et déjà, au haut de la pente, la silhouette de la demeure se présente, découpant contre le ciel ses hauts toits d'ardoises luisant au soleil du soir, son orgueilleuse façade de pierre aux fenêtres encadrées de brique, aveugle ; tous volets fermés. L'a-t-il monté et descendu, mille et mille fois, ce chemin qui relie la belle maison des maîtres à leur ferme, assez éloignée pour ne pas offenser leurs yeux, une misère au fond du vallon, enclavée dans l'immense propriété, sa dépendance. Nul autre accès pour y parvenir, comme si cette ferme exilée dans un repli de la combe, ses terres agricoles et ses gens tenaient organiquement à l'ancienne propriété, pour toujours arrimés à sa matrice par le cordon tortueux du chemin. Voie de transit naturel pour ravitailler le *château*, ainsi disaient les vieux, en œufs, lait, volailles, en avoine et foin pour les chevaux, en paniers de girolles à l'automne…

Le passage a été élargi au fil du temps, à force de charrettes, puis de tracteurs, mais il garde son tracé jusqu'aux abords du domaine, longeant le mur bas de l'ancien verger, d'où dépassent, dépenaillés, les arbres fruitiers vermoulus, dévorés de mousse, croulant de grand âge, bois mort. Enfant, il y venait chaparder des pommes, pour le seul plaisir du larcin car la vieille Mauranne n'était pas avare d'en donner, quand elle étendait le linge et l'y trouvait à rôder… Le souvenir de Mauranne fait surgir sur le chemin, là, devant lui, sa maigre silhouette nocturne fuyant, sa valise à la main, si précise et vivante qu'il en a un martèlement de coups au plexus. Il écrase l'accélérateur, passe en troisième, trop tard, engoue le moteur, s'entête en dépit des cahots, rétrograde et s'arrache de cette place maudite, qui disparaît dans le rétroviseur, avalée par le nuage de poussière que soulève son dérapage. Le chemin débouche enfin en palme sur la cour des communs, que le cœur lui cogne encore. Au ralenti, il passe entre ce qui a été d'un côté cuisines et buanderie, de l'autre écurie, sellerie, bâtiments agricoles transformés en garages à voitures – à l'époque, un luxe –, à présent déserts, tous étages clos, issues condamnées de barres rouillées. Sans tourner la tête, il voit défiler les herbes folles mangeant le gravier, le buisson de verveine en fleur, la haute façade envahie de vigne vierge et de lierre entremêlés, véloces, féroces, lancés à l'assaut des murs et, dans la touffeur de cet enclos, le grésillement d'insectes exaspérés par l'atmosphère orageuse, abeilles et frelons se précipitant contre son pare-brise.

Il a hâte, à présent, de sortir de la propriété. De remonter l'allée du parc et de filer loin d'ici. Passé le portail moitié dégondé, la route du bourg est goudronnée, retour à la civilisation ! Mais, virant au coin de la demeure, débouchant sur l'allée, il pile brusquement, la 2 CV pique du nez, cale. Garée en plein milieu, une voiture barre le passage. De cet imprévu, il a le contrechoc, une brusque suée. Soulagé d'avoir freiné à mort, de n'avoir embouti son capot contre cette épave. Vieille Peugeot noire, une antiquité. Personne au volant. Personne dans l'immédiat alentour. Antoine s'extrait de son siège, s'éponge le front d'un revers du poignet, considère la situation. Impossible de contourner l'obstacle : le parc est devenu un enchevêtrement insensé de buissons et ronciers boursouflés, au milieu de quoi se dressent toujours les deux cèdres séculaires, dont l'ombre bleue semble porter la nuit sur cette pampa… Donc, trouver le conducteur. Où est-il passé ? Gaston prendrait un coup de sang : à coup sûr, un qui ignore le droit de servitude attaché aux Armand, à son bien. Interdiction sacrée d'obstruer le passage, *son* passage. Personne ne l'empêche jamais, il y a belle lurette que personne n'entre plus ici, et ceux qui y entrent connaissent la servitude. Pour cause.

Silence et désolation, sauf la nuée d'insectes, telle une marée agitant l'air d'une trémulation nerveuse. Et soudain, la senteur sauvage des mille essences, brûlées comme encens, poudrant les sinus, lui monte à la tête, florale, résineuse, camphrée à en éternuer. Antoine donne un coup de klaxon kreuh, kreuh, incongru dans cet enclos dépeuplé. Mais voilà que, se frayant un couloir le long de la façade, s'extirpant tant bien que mal des ronces pour atteindre le perron, un individu surgit, saute sur la petite place de gravier libre, et se rétablit d'un bond, salut.

— Salut.

En bras de chemise et jeans maculés, des graminées semées dans ses cheveux aux mèches décolorées par le soleil, une broussaille qui vaut celle du parc, ce jeune explorateur n'a pas l'air de se sentir en flagrant délit de violation de propriété, d'effraction caractérisée, ni d'infraction à la sainte servitude ; il tend une main franche, poignée énergique. Face hâlée, jeune, moins qu'il ne le semble au premier abord, un regard bizarre, léger strabisme divergent, et les tempes curieusement creusées de chaque côté du front taurin, il rit.

— Ah ! je vous dérange ! J'occupe le passage... D'où venez-vous par là ?

Un aplomb qui laisse pantois : d'où sort-il lui-même ? Il sort d'une visite, un petit tour du propriétaire : c'est vous, le propriétaire ?

— Si je l'étais, je ne roulerais pas en 2 CV, rigole Antoine malgré l'abordage abrupt.

— J'aurais bien aimé que ce soit vous... Vous êtes du coin ?

Sur la défensive aussitôt parce que *être du coin* vous met en porte-à-faux dès que vous entrez dans le détail, prudence, réflexe atavique. Le soleil tape fort encore à travers le ciel voilé, la réverbération des murs rabat sa chaleur, plombant les épaules.

— Je suis des Armand, une ferme, par là en bas, admet-il à contre-cœur, montrant vaguement derrière lui d'un coup de menton.

— Vous êtes agriculteur dans le coin ?

— Projectionniste. Dans un autre coin. Et vous ?

— Projectionniste ! Pas possible ! Quel hasard, quelle coïncidence !... Quelle veine !

Jugeant suspect cet enthousiasme, Antoine se renfrogne, mais le garçon n'en a cure, qui poursuit :

— Je cherche à retrouver des gens... Des gens qui ont vécu dans cette maison. Dites donc : elle est à vendre ? Abandonnée, on dirait.

— Pas tant que ça.

— Inhabitée.

— Inhabitable plutôt.

— Pourquoi ? Il y a des fantômes ?

L'idée l'amuse, un rire fend sa face, toutes dents et gencives dehors. Ce genre de maison prête-t-elle à rire ? Pas pour Antoine, en tout cas.

— Cela se pourrait, riposte-t-il. Vous êtes amateur ?

Le jeune homme fanfaronne d'une grimace.

— En tout cas, ils m'ont laissé faire le tour... Mais c'est du sport d'approcher, dans cette savane. Pourquoi inhabitable ?

— Ça n'en a pas l'air, mais, dedans, tout est détruit. Elle a brûlé... Foutez la paix aux revenants. Si vous voulez mon avis, ils ont déjà du mal à cohabiter entre eux.

Qu'a-t-il besoin d'en rajouter ? Au lieu de le décourager, cela a mis une étincelle dans l'œil de l'autre. Lequel, puisqu'il regarde de deux côtés à la fois ?

— Votre avis m'intéresse. Pour être d'ici, vous devez en connaître, des choses. Auriez-vous entendu parler...

— De rien, coupe Antoine. Cherchez ailleurs des renseignements. Moi, je rentre. Si cela ne vous contrarie pas trop de me céder le passage...

— La ferme, en bas, croyez-vous que j'y trouverai quelqu'un pour me renseigner ?

— Je ne vous conseille pas d'essayer. Ils sont en plein drame de famille. Un coup de chaud. Et ils n'aiment pas les intrus. Vous renseigner sur quoi ?

Intrigué malgré tout, et surpris de continuer à rester là planté, en conversation avec cet inconnu, finalement moins antipathique que curieux, dont la désinvolture et l'espèce d'impunité narquoise éveillent l'envie d'en savoir davantage. Mains aux hanches, avec une moue, celui-ci examine la façade, ses lézardes, ses fissures, le délabrement général. Prenant Antoine à témoin des dégâts, il soupire.

— Pas fameux, hein ?... Bon, on est là, à bavarder, mais il fait soif... Que diriez-vous de prendre un verre au bourg ? Vous avez le temps ? Moi, c'est Alexis Jamais. Alex, pour faire court. Et vous ?

Il décline son identité, et son diminutif, comme sésame, sans doute ?

— Antoine Donné, répond-il par bravade, manière de rattraper un handicap, et lequel, sur ce touriste ?

— Alors, vous êtes des Armand. La ferme voisine...

— Exactement. Mais pour les informations, adressez-vous à la mairie du Mesnil, oppose-t-il encore, avec si peu de conviction qu'Alex a un petit rire.

— Ce que je cherche, les annales communales l'ignorent. Vous avez le temps de prendre un verre ? Je vous invite. Pour avoir entravé votre route. Pour m'excuser de mon stationnement intempestif. Cela n'engage à rien...

Et voyant qu'Antoine hésite encore, d'une bourrade, il l'entraîne :

— Je vous dois d'abord des explications. Ensuite, peut-être me raconterez-vous ce que vous savez...

Ils ne sont pas allés au bourg du Mesnil ; Antoine y répugne. Il a proposé de pousser jusqu'à Versailles et, la 2 CV asthmatique guidant la Peugeot fatiguée, tout le temps du trajet, le front en feu comme d'une insolation, il ne cesse de jeter dans le rétroviseur des regards vers son suiveur. Confisquée par la distance, derrière son pare-brise une physionomie que la loupe des vitres rend peu avenante à présent et plusieurs fois lui vient l'idée lâche qu'un incident se présentera pour le semer. Après la journée qu'il vient de passer, son voyage fastidieux sur les routes sinueuses du centre de la France, la corvée du déjeuner familial, qu'a-t-il besoin d'accepter la proposition de cet olibrius ? Mais, une fois attablé, Alex a retrouvé son air amène et candide, son regard louche ne manque pas de charme. Antoine s'est détendu. On ne dit que ce que l'on veut, se rassure-t-il. Au premier carrefour, l'on se quitte. Ils sont l'un et l'autre dans cette disposition, curieux de la relation neuve, de cette table de café sympathique sous son parasol rouge. Devant leurs verres de bière perlés de buée fraîche, ils ont fait connaissance.

Ou plutôt, contre toute attente, au lieu de poser encore des questions, Alex s'est mis en dépense de raconter le premier, donnant des gages, magnanime. Sautant les embarras de présentation, il prend l'affaire à ses débuts. Du moins ainsi a-t-elle l'air de commencer pour lui, et comment savoir où une histoire commence vraiment ? Il est tombé, dit-il, sur une chose stupéfiante, l'hiver dernier, et même si, sur le moment, il n'a pas compris de quoi il s'agissait, d'une certaine manière celle-ci a changé sa vie. A vrai dire, elle l'a bouleversée. Pour qu'il fasse cette découverte, il a fallu que sa famille s'avise de vendre un héritage encombrant, une maison d'Auteuil qui appartenait à son grand-père. Celui-ci était mort depuis deux décennies mais personne n'avait eu le cœur de s'en séparer, non plus d'y revenir. Ni sa mère, détachée de ces soucis, ni sa sœur, mariée à un pharmacien de Tours et en charge de trois enfants, ni lui, qui avait d'autres lièvres à courir, personne n'avait l'énergie ni le courage de s'en occuper, jusqu'à ce qu'une agence immobilière d'Auteuil, intéressée par ce bien en déshérence, fasse une proposition. Bref, le temps avait suffisamment passé pour que tout le monde tombe d'accord de liquider : maintenant qu'elle était vendue, il fallait la vider de tout ce qui l'encombrait. Il s'était donc dévoué pour la corvée, et cela au milieu d'une période particulièrement chaude : il soutenait sa thèse en mars, il se débattait pour obtenir un poste au Caire, il faut que je vous dise : je suis spécialiste des ostraca.

Rendu à ce point, Alex fait une pause, hésitant sur la bifurcation à prendre, se demandant s'il faut ou non une digression circonstanciée. Avec une pointe d'autodérision, il précise : épigraphe. Antoine feint une mimique admirative, ils en rient ensemble, ce qui encourage le jeune homme à préciser : je faisais de l'histoire – cela a une incidence, vous verrez – mais j'ai changé mon fusil d'épaule : latin-grec au berceau, le virus des antiquités, car mon père construisait des ponts en AOF, mais surtout au Maroc, en Turquie, en Egypte ; ma sœur et moi avons pas mal voyagé avec lui... D'un campement à l'autre, j'ai fini par tomber dans un dépotoir de militaires romains, des gens tatillons. Je vous expliquerai...

— Donc, je débarque à Auteuil ; c'était le 11 Novembre... Cette maison du grand-père, j'ai pu y venir trois fois en tout et pour tout, mon père n'avait pas le culte des dépotoirs comme moi. Je plaisante, c'était une affaire plus personnelle : il y avait passé son enfance avec sa sœur Bisou, une tante que j'ai à peine connue. Cette tante a disparu de la circulation, j'avais quoi, six ans ? Mon père n'en parlait plus, on se demandait où elle était passée ; mystère. Ma sœur et moi l'imaginions partie vivre dans des îles : elle était gaie, elle aimait chanter, elle nous faisait danser. Un jour, d'une manière ou d'une autre, elle va revenir, pensions-nous... Finalement, tante

Bisou était bien partie dans une île : assassinée par la Gestapo en 1943. Ma mère a fini par nous l'apprendre, une fois notre père mort ; les familles sont bizarres. Ce secret en était-il un ? Fallait-il, pour le dire, que son frère ne soit plus là ? Tante Bisou s'est réinstallée parmi nous : maintenant, elle y a ses aises. Sauf qu'elle a la gorge tranchée, ma mère n'a pas manqué de nous informer de ce détail. Cela avait dû aussi trancher celle de mon père, j'imagine ; son nom ne pouvait plus passer, il ne pouvait plus franchir cet endroit-là. Alex tapote sa pomme d'Adam.

— Cela n'empêche qu'elle soit pour moi toujours aussi jeune et joyeuse, elle chante et virevolte dans le jardin d'Auteuil : les bases de ma construction résistent, irréfutables…

Il vide son verre de bière, déglutit sa gorgée, pensif.

— Je n'avais pas remis les pieds à la maison d'Auteuil depuis cette révélation tardive mais, quand j'y suis entré, je ne l'ai pas trouvée si vide, il y flottait un petit parfum d'antan, un air que tante Bisou nous avait appris : *Dans les jardins de mon père, les lauriers sont fleuris…* Vous connaissez ? *Tous les oiseaux du monde viennent y faire leur nid… Auprès de ma blonde…* Moi aussi, je donnerais Versailles, Paris et Saint-Denis, et le royaume de mon père, pour la voir revenir, conclut-il brusquement…

Son verre est vide, celui d'Antoine aussi, ils en commandent un autre, l'intermède occupe le silence. Il y a beaucoup de monde sur le boulevard de la Reine, les contre-allées sont envahies de flâneurs, de familles avec poussettes et enfants sous les marronniers que brasse le vent doux, une griserie de soir d'été après le temps maussade de la journée.

— Vous avez le temps ? s'inquiète encore Alex. Quelqu'un vous attend ?

— Personne ce soir.

— Moi non plus, personne. Sauf mon dépôt d'ordures de Krokodilô… Je me fais du souci : dans l'oued, il y a des crues. Cela arrive, même dans le désert. Alors ma petite vaisselle sera lavée, l'encre des tessons effacée, perdue ma chronique de la garnison et de ses tracas domestiques… De toute façon, avec tout ça, j'ai laissé filer : j'ai quand même soutenu ma thèse, mais j'ai loupé ma bourse. Ce n'est pas ce soir que je partirai en Egypte…

Pour finir, cette maison d'Auteuil, il fallait la vider. Sans trop d'états d'âme, il avait recensé en vitesse, à vue de nez, ce qui partirait chez un brocanteur et ce qui finirait à la décharge. Le soir venait, et il avait gardé pour la fin le bureau, histoire d'emprunter quelques livres, un peu ému à l'idée d'entrer dans son sanctuaire.

— C'est un bien grand mot… Mon grand-père a disparu trop tôt pour que j'en aie une religion, ni même de la peine. Mais figurez-vous que j'ai alors seulement rapporté la date de sa mort à celle de tante Bisou : il n'a survécu à sa fille que de quelques semaines… J'ai toujours su que Maximilien Jamais avait eu une carrière politique : député dans l'entre-deux-guerres, élu socialiste des Bouches-du-Rhône, dont il était originaire ; ensuite de Conflans, et conseiller dans quelques ministères. Mais j'ignorais qu'auparavant, avocat de formation, il avait été éditorialiste au *Temps* ; cela nous ramène avant la Première Guerre mondiale. Il cesse sa collaboration à la mort d'Adrien Hébrard, en juillet 1914, cela je ne l'établis qu'ensuite… Il se faisait tard, électricité coupée, je ne suis pas nyctalope : j'ai ramassé au jugé un échantillon de livres, de dossiers, de boîtes de carton, jeté le tout dans le coffre de ma voiture. Dès le lendemain, j'ai contacté un déménageur, la voirie pour le rebut, je leur ai laissé les clés. Mais, le soir même, j'ai jeté un coup d'œil dans le vrac. En vitesse, parce que j'avais autre chose à faire…

Je suis tombé sur la chose extraordinaire, à laquelle je viens, vous avez bien de la patience, Antoine.

Antoine patiente d'autant mieux que ne le presse pas beaucoup de rentrer à Nanterre dans son appartement fermé de quinze jours, plantes vertes agonisantes, sans autres provisions que les tomates et les œufs de Soizik, les restes du poulet fatal, surchauffés dans le coffre de sa voiture. La lumière est tombée, un petit vent intermittent passe à la nuque, entre peau et chemise, et deux verres de bière fraîche à la suite, cela rend disponible. Plus il observe la physionomie d'Alex, mobile, expressive, plus celle-ci le fascine. Par coïncidence, celui-ci fume aussi des Gauloises ; cela aide à la sympathie.

— Dans l'un de ces cartons, je trouve un vieil agenda, et des unes du *Temps*, pages jaunies, encre pâle, juin 1914. Des éditoriaux de mon grand-père. Style polémique, plaidoirie d'une virulence inconcevable aujourd'hui. Sur le fond : un scandale, un crime d'Etat, dénoncé à la Zola, du genre *J'accuse*... Un cas de mort suspecte, à ses dires d'empoisonnement, impliquant l'état-major. Il conclut au complot militaire, en appelle au Conseil, à l'opinion... Vous aimez les romans ? Moi non, mais celui-là m'a embarqué. J'ai filé à la Bibliothèque nationale pour une revue de presse en règle : *Le Matin, Le Gaulois, Le Petit Journal*... La chronique de cette affaire occupe les colonnes, durant huit jours. Ensuite, reléguée en pages intérieures par le procès Caillaux, qui fait davantage de bruit ; puis elle disparaît. D'autres événements pointaient à l'horizon, la guerre a tout balayé... Je n'ai guère trouvé d'informations supplémentaires, tous les articles se référaient aux éditoriaux de Max... A défaut, je suis revenu à son agenda. Graphie menue, très soignée. A cette date de juin, quelques adresses de rendez-vous... Plutôt succinct, mais il y avait des initiales, deux ou trois noms.

L'un d'eux, d'une Mme Mesnard, m'a sauté au nez. J'en ai négligé les autres. Mesnard ! J'ai eu un prof de ce nom, avant d'opter pour l'épigraphie. Un de ces maîtres qui vous marquent, il s'en rencontre peu… Blaise Mesnard en est, un élève de Marc Bloch. Normalien, très brillant, grand esprit. Sa thèse sur *Sociétés savantes et chroniques populaires*, très impressionnant. Voyant mon addiction aux antiquités, pour tester mon engouement, il m'a expédié à l'Ecole du Louvre, au Collège de France, suivre les séminaires d'égyptologie, d'histoire romaine ; art paléochrétien, copte et byzantin…

Alex paie l'addition.

— La prochaine fois, c'est vous, propose-t-il en guise d'excuse. Vous ne marcheriez pas un peu ?

Marchons. Allons à pas lents où nous mène le soir, déambulons tout au long des rues dont les perspectives paisibles s'accordent à la narration vagabonde : Alex avait exposé sa trouvaille à Mesnard.

— D'abord parce que, de mon point de vue, il m'apporterait ses lumières sur cette période de moi inconnue. Ensuite, pensais-je, cette coïncidence curieuse de patronyme ne pouvait qu'éveiller son intérêt. Elle l'a si fort troublé que j'en ai été désarçonné. Il aurait pu m'éconduire car ma question faisait, sans que j'en mesure alors la brutalité, une incursion violente dans ses souvenirs… C'était un matin, il était sur le départ pour un colloque à Rome et n'avait consenti à me recevoir que sur mon insistance, et ma promesse d'être bref… Ce que je lui exposais le laissait incrédule quant à mon ignorance sur mon grand-père. Il était persuadé que, son petit-fils, je portais son nom en connaissance de cause ! Cependant combien de jeunes gens ignorent-ils qui étaient leurs aïeuls… Lui avait fait le rapprochement, dès qu'il m'avait compté parmi ses étudiants. Mais Mesnard est de ceux qui refusent le favoritisme de classe, il ne voulait pas m'avantager de cette parenté. Vieux contentieux des antécédents : il est d'origine modeste, très… Je comprends sa vénération pour son maître Bloch, assassiné par la Milice, et en quoi l'histoire des Annales lui sauve la vie… Je sais aussi à présent ce que son enfance à Arles et sa carrière doivent à Maximilien Jamais.

Une fois admis que cette Mme Mesnard de l'agenda était bien sa mère, il m'avouait avoir vaguement craint que cet épisode pénible n'émerge de l'oubli général par moi, son étudiant, soulagé, délivré presque de m'éloigner, en encourageant mon goût pour l'histoire ancienne… Il disait avoir appris très tard ces circonstances de sa petite enfance, réalisant, tout en faisant effort pour se remémorer le peu de choses auxquelles il avait eu réellement accès, combien elles étaient fragmentaires. J'avais peine à le voir plongé par ma faute dans cet état d'anxiété, et même irrité de l'obligation où il se mettait de les évoquer malgré l'imminence de son départ. Il n'y consentait, disait-il, qu'au nom de Maximilien Jamais.

— Votre visite me touche… Moi aussi j'ai cru bon, autrefois, d'aborder un témoin de cette époque, un grand pastorien mêlé de près à cette tragique affaire, grand en savoir et noblesse de cœur, pour le remercier. Au moins une fois lui dire ma gratitude d'avoir, par son discernement et sa mansuétude, épargné ma mère. De lui avoir apporté le soutien de son avocat. Par conséquent, m'avoir permis de devenir ce que j'étais, jeune normalien… Ce genre de dette ne se paie pas en paroles, mais en conscience. Mesurez bien ce à quoi vous touchez, jeune Jamais. *On n'enquête pas impunément.* L'Histoire est susceptible, elle oblige. Et ne malmenez pas ma mère, elle est vieille…

Car il m'autorisait à chercher près d'elle renseignement et, dans le taxi, jusqu'à la gare de Lyon où je l'ai accompagné, il m'a fait ses recommandations, s'engageant à m'aider plus tard de son mieux, selon que je le mériterais, griffonnant sur un coin d'enveloppe l'adresse de celle-ci, exigeant qu'à son retour je lui ferais compte rendu de ma visite à Arles. Je ne l'ai pu, Antoine. Blaise Mesnard est mort à Rome, renversé par une voiture. Vous avez peut-être vu cela dans la presse, en décembre dernier ?… J'ai lu cette nouvelle avec une affliction que je n'ai pas eu pour Max en son temps… On lui tressera des couronnes et des hommages, mais rien ne me console de l'idée que mon irruption intempestive de ce matin-là a ébranlé le socle sur lequel tout homme bâtit les échafaudages fragiles de son existence, que la brusque embardée de souci ou de douleur provoquée par mes questions a dérangé tel étai essentiel, et que son inattention fatale au moment de traverser, sa distraction mortelle ne me soient dues… Je m'en sens responsable. Sa mort a donné un sens prémonitoire à son avertissement, dont la solennité m'avait plutôt laissé dubitatif. Je ne prenais pas très au sérieux ma recherche, sa tournure avait pris un petit côté *Tintin et le secret de la Licorne*… Je m'amusais, Antoine !

— Vous m'amusez, Alex ! Vous cherchez un renseignement sur cette Mme Mesnard ? A ma connaissance, personne de ce nom n'a jamais mis les pieds au Mesnil… Vous êtes content ? Vous entravez la servitude de mon père : je vous tombe dessus, et vous me racontez votre vie tout de go. A croire que vous n'attendiez que moi pour résoudre vos énigmes patrimoniales ! Vous faites fausse route. Je ne peux rien pour vous, désolé.

— Détrompez-vous. Vous avez dit quelque chose, sur la cohabitation des revenants, qui m'a touché au cœur.

Peut-être par boutade, mais les lance-t-on innocemment ?… Non, je ne cherchais pas Mme Mesnard, puisque je l'ai trouvée. Je ne rôdais pas au Mesnil pour interroger les tables tournantes : j'espérais seulement rencontrer *quelqu'un du coin*. La conversation fait le larron : vous ne m'auriez pas suivi, puis écouté, si vous n'aviez quelque motif personnel. Plus tentant qu'un verre de bière, non ?

Oui, sourit Antoine, tu m'intéresses ; et je t'intéresse. Pour des raisons que nous ignorons encore, nous sommes liés, ou nous avons envie de l'être et le passé nous tient. Alors, cette veuve Mesnard ?

Elle vivait retirée à Saint-Rémy-de-Provence. Désormais veuve Camouin, elle était pensionnaire d'une maison de retraite, après avoir passé sa vie à Arles. L'avocat du *bon docteur*, disait-elle, l'y avait conduite avec ses deux petits, et l'avait confiée à ses parents, pour la soustraire, jeune veuve démunie, aux dangers qu'elle courait à Châlons, à la suite du décès de son mari Mesnard. Placée par la recommandation de ces bonnes gens comme vendeuse chez un drapier de leurs amis, elle avait épousé son patron Camouin, brave homme, du double de son âge. Par cette promotion considérable, ses enfants avaient eu la chance d'une vie meilleure que celle promise par sa condition d'ouvrière, femme d'un ouvrier. De très pauvres gens.

— Hélas, à part cela, elle ne m'a rien raconté de très cohérent. Non qu'elle soit gâteuse ! A soixante-quinze ans, elle va sans canne, lunettes ni dentier mais, sourde plus qu'une bûche, elle refuse un appareil auditif. Elle n'était pas du tout surprise, non plus inquiète du motif de ma visite. Au contraire, flattée. Mais soit malice, soit réelle incapacité à relater sa jeunesse, si lointaine, elle s'embrouillait à plaisir, divaguait. L'âge dissipe les faits anciens, les expériences vécues entre-temps les confond, ou bien l'on n'aime pas se souvenir. On choisit l'oubli, il y a souvent de bonnes raisons à cela… Je suis prêt à les lui prêter.

Il y a des raisons, pense Antoine, et elles ne sont pas toujours bonnes. Et si rusé soit-on pour ensevelir le passé, il n'y a pas d'oubli.

— Elle m'a reçu dans un petit salon coquet de son établissement, équipé d'une télévision toute neuve. Il y avait grand mistral, qui secouait les platanes, cela la rendait gaie. Elle m'accueillait comme un Huron venu distraire son loisir : je n'en ai rien appris. Sauf qu'elle avait été bien traitée par le *bon docteur* et le *bon avocat*. Leur nom ? Oublié. En revanche, j'ai eu de Châlons-en-Champagne l'inventaire complet. Tous commerces confondus, marchand de vin et tabac, date des marchés et des foires, sa cathédrale, sa gare. Et son hôpital, tenu par les sœurs de Saint-Vincent-de-Paul ! Tout y était-il comme de son temps ? A croire que j'en arrivais direct, uniquement pour l'en tenir informée ! Quant à la mort de son mari Mesnard : une crise subite de convulsions, il buvait, n'est-ce pas ? Elle lui comparait Camouin, la sobriété faite homme. Et de se lancer dans les éloges posthumes… De sa fille, elle avait des petits-enfants dans la région, qui n'avaient guère le temps de venir la voir. Quant à Blaise, il menait loin d'elle une vie fabuleuse : il avait *suivi les écoles* !… Bon fils, admettait-elle, qui lui envoyait parfois des fruits confits.

— Mais, vous savez, on en a de plus fameux ici : c'est la spécialité du pays.

L'heure de son goûter arrivait, elle m'a bien remercié de ma visite. Bref, un fiasco. Du coup, au retour, je suis monté jusqu'à Châlons, consulter les archives de l'hôpital. J'espérais y trouver un registre d'admission de son mari, un rapport médical, d'autopsie : rien. Tout a brûlé d'un bombardement. En revanche, j'ai pu vérifier à la mairie les registres d'état civil de cette époque, le décès de Bastien Mesnard y était bien consigné. Et là, croyez-le, un billet volant glissé entre les pages y dormait, depuis 1913 ! En-tête de l'hôpital, paraphe d'un Dr Denom, le *bon docteur*, les initiales d'un autre. Mentions faites d'un cas de typhus : barré. Intoxication chimique : barré. Accident de travail : souligné. J'ai fait une chose tout à fait ignoble, au regard des principes de ma discipline : j'ai volé ce billet. La mort a fait l'objet d'un rapport contradictoire. Voyez.

Alex extrait de son portefeuille un papier, dentelle délavée, d'entre deux doigts le tend à Antoine, quelques lignes que celui-ci lit poliment.

— Voyez : cause de la mort rectifiée trois fois. La première chose tangible que je trouve ! Elle authentifie cette affaire de Châlons. Elle corrobore l'argumentation de mon grand-père. A-t-il bataillé pour dénoncer les circonstances suspectes de ce cas !… Ses articles y vont par allusions : aucun nom de personne ou de ville. Mais ce billet éclaire l'acte d'accusation virulent. Alors le discours de Max ne m'a plus paru si ampoulé. Je l'ai pris au sérieux, cette fois, décidé à y regarder de plus près, malgré ma thèse proche, malgré mon dossier de mission en plan. J'étais si content de moi, que j'ai envoyé une carte postale de la gare de Châlons à Mme Camouin, pour la remercier de son accueil. Elle a dû arriver à peu de chose près avec la nouvelle du décès de son fils. Je ne sais comment elle aura pris celle-ci… J'aime à penser que depuis assez longtemps son éloignement le tenait dans cette absence, qui ressemble à la mort…

Il fait silence, le temps de ranger soigneusement la feuille délabrée.

— Dès mon retour, j'ai repris mon examen du carton. Jusque-là, j'y allais en amateur. J'avais trop mélangé mon affection pour Mesnard, la calligraphie de mon grand-père, son jardin et les chansons de Bisou. Max est saisi d'un cas d'empoisonnement chimique effacé en accident. Il le considère comme assez scandaleux pour prendre la responsabilité d'une campagne de presse, s'engager publiquement dans sa dénonciation, et se soucier de mettre une victime à l'abri de ses retombées. Cette femme est la mère de mon professeur, qui m'enjoint, en termes solennels, d'être à la hauteur de ma découverte. C'est paradoxal, insolite, quelque chose de grave, à quoi sa mort inopinée confère désormais volonté testamentaire. A peine une semaine plus tôt, je débarquais à Auteuil, je n'avais pourtant pas perdu de temps… J'en avais beaucoup perdu !… Je me suis bêtement avisé que le carton portait une étiquette : numéro 1. On ne numérote que les séries. Je suis retourné à Auteuil. Il était temps. C'était le soir, les déménageurs finissaient leur travail et sur le trottoir s'entassait déjà le rebut pour les éboueurs. Cette fois, j'y suis allé sans précaution, cœur battant de l'urgence, enragé, vandale, vidant les rayonnages, renversant les tiroirs du bureau. J'aurais bien tout emporté, mais mon appartement rue de la Convention est minuscule, où entreposer ce fatras ? J'ai trouvé la boîte n° 2 ! Je l'ai trouvée, Antoine, et c'est ce qui m'a conduit au Mesnil…

Voilà plus d'une heure que nous marchons, se dit Antoine, et n'aurais-tu pu commencer par là ? Ils sont parvenus aux grilles du château, où reflue la foule des derniers touristes descendant sans hâte la place pavée, prenant, un peu las, les dernières photos de groupes hilares ; à contre-jour, elles seront ratées. Le soleil flamboie de ses derniers rayons, auréole le palais d'un faisceau magistral, théâtre grandiloquent d'un temps de splendeurs où le manant d'aujourd'hui vient piétiner pour occuper sa vacance. A-t-il seulement l'idée que ce loisir est un droit cher payé, arraché par ses ancêtres aux faces noires à l'incurie des ogres que leur furent les rois, disputant aux iniquités et aux offenses leur droit de vivre, leur temps chichement compté, le droit de respirer l'air du soir, de lever un peu la tête vers les crépuscules, et de leur trouver une beauté, cette invention des hommes libres… L'arrache à ses pensées la soudaine échappée d'une troupe de petits scouts, foulards au vent, poursuivis par un jeune curé, inquiet de perdre sa marmaille, relevant ses jupes à pleins bras ; là-dessous, de forts mollets poilus, socquettes et sandales. Un curé, autre engeance adverse. Tu manges du curé, à présent, lui reproche Soizik. Ce n'est pas d'eux, pauvres bougres autant que nous, que viennent nos malheurs… Amen, maman, épargne-moi tes discours et sainte Marie te protège. Alors quoi vous amène au Mesnil, Alex ? Par quel détour en trouvez-vous le chemin, pour me perdre si longtemps dans vos ornières ?

Dans le jardin d'Auteuil, il y avait un feu. Son aigre odeur, mélange de feuilles pourries, bois humide, vieux papiers, emplissait la maison, sa fumée stagnait sous le ciel étamé de novembre, rampant dans l'herbe autour du foyer poussif, dont les flammèches grésillaient sans s'embraser vraiment : un acolyte avait trouvé là moyen de brûler le petit rebut indigne de la voirie, parmi lequel il piochait à la fourche, attentif à ne pas étouffer le feu, et il lui fallait se hâter, le soir tombait. La boîte n° 2 était dans le tas.

— Je l'ai sauvée des flammes. J'ai laissé tout le reste aux fossoyeurs… On ne devrait jamais confier à des inconnus cette tâche impie de vider les maisons… Ce que contenait cette boîte, la sœur de l'autre, je vous l'ai dit, a réorienté ma vie. Cela l'a bouleversée. Riez-vous de moi, Antoine ! De quoi suis-je en charge à présent ? Vous êtes bien le premier à qui je m'ouvre de cette question. Mesnard n'est plus là. Je n'ai personne, que vous. Vous n'êtes pas le premier venu cependant. Pas seulement *quelqu'un du coin.* Vous m'êtes apparu parmi les broussailles du Mesnil, comme les anges annonciateurs qui prennent l'aspect de n'importe qui pour mieux illuminer de leur simplicité. Vous m'annoncez que *cohabitent mal les revenants*, et que vous êtes projectionniste de cinéma ! J'ai besoin de vous, Antoine. Vous êtes ma providence !

De telles déclarations intimident, si elles ne font rire. Antoine suit encore du regard le jeune curé rassemblant les louveteaux. Un qui doit croire aux apparitions, transmet à ses ouailles, avec la passion insane des convertis, sa crédulité de primitif... Les anges ! Ce type se moque-t-il de moi ? Il consulte ostensiblement sa montre.

— J'ai fait cinq cents kilomètres ce matin, levé avant l'aube. Un repas familial un peu lourd. Je crois que je vais rentrer, Alex. Ne vous méprenez pas : je suis projectionniste de ciné-club à Nanterre et dans les écoles du département. Instituteur détaché, salarié de l'UFOLEIS, éducation populaire. Le reste du temps, amateur de randonnée pédestre. Désolé de vous paraître aussi prosaïque. Les anges, c'est beaucoup pour moi. Vous aviez besoin d'une conversation, je passais, voilà toute l'affaire. Je ne crois pas vous être utile à grand-chose.

Besoin d'un mot belliqueux de plus, qui blesse ?

— Vous êtes un drôle de type. Vous devez emballer les filles comme pas un, avec vos histoires.

— Il doit y avoir un problème avec ça. A Naples... Mais je ne vais pas vous raconter ça aussi...

— Pourquoi pas, tant qu'on y est… Le temps d'en griller une ? persifle Antoine.

Il offre une Gauloise. La dernière, se jure-t-il, et je file. S'abriter de la main ensemble pour tenir allumé le briquet, ensemble souffler de la fumée, que disperse le vent ; maintenant les grilles du château sont fermées, fermons aussi la boutique, et bonsoir.

— Le temps d'en griller une, et je finis de vous dire ce que je faisais au Mesnil. Ensuite, vous me direz ce que vous en pensez. Si je suis vraiment le drôle de type que vous croyez… Dans cette boîte n° 2, il y a un cahier, et trois petites galettes de films, soigneusement enroulés sur leur moyeu. Bien protégées d'enveloppes, ce qui explique leur relatif état de bonne conservation. Ces films datent du temps de Max Jamais, autant dire la préhistoire du cinéma. Comment les regarder ? J'ai eu recours à un ancien camarade, technicien au service de documentation audiovisuelle pendant la guerre d'Algérie. Les *événements*, n'est-ce pas… Vous l'avez faite, vous ?

Là où Alex vient de toucher, plein plexus, Antoine encaisse, il n'a pas vu venir.

— Non, dit-il, et il détourne le visage.

Sa réponse lapidaire laisse un silence. Alex ignore l'âge exact d'Antoine. A vue de nez, suffisamment de la même génération pour avoir pris l'Algérie en pleine gueule. Il y a des territoires où l'on s'aventure par mégarde, l'instinct plus que la prudence prévient de renoncer face à l'adversaire. Antoine, un adversaire ? Tout à l'heure, il lui était un partenaire amical, du moins bienveillant, que fait-il depuis un moment sinon ruiner son crédit ? L'allusion à l'Algérie ? L'irruption de l'ange ? Les susceptibilités sont énigmatiques, un mot lancé ricoche et sait-on d'où il part, ce qu'il vise. Pour les *filles*, pareil malentendu.

Je pourrais lui expliquer ça aussi, peut-être est-il de ceux qui pourraient l'entendre ?...

— A défaut d'*ange*, risque-t-il, sûr d'aggraver son cas, j'ai besoin d'un technicien de cinéma un peu entraîné. Parce que le camarade m'a procuré un petit projecteur Pathé huit millimètres, pas du tout l'appareil adéquat, moyennant quoi j'ai abondamment déchiqueté la pellicule, cassée tous les trois tours de courroie. Il aurait fallu des doigts de chirurgien pour la manipuler... Mais j'en ai assez vu pour me faire une idée. Elle est épouvantable.

Il ferme les yeux, peut-être moins pour se remémorer ce qu'il a vu que pour le conjurer, sa voix a pris une tonalité fluette, déconcertante.

— Des cadavres, en nombre. Une population victime d'épidémie, d'un cataclysme. Ou d'un massacre. Avez-vous vu des images de Hiroshima ?

Vu des images ? *Tu n'as rien vu à Hiroshima*. Rien de visible dans le visible qui ne soit rapportable.

— Chaque fois que la pellicule était grippée, elle s'enflammait ; je n'ai pas osé insister, de peur de la détruire définitivement. Mais, aucun doute : rien à voir avec une fiction, une mise en scène. Ma main à couper que ce ne sont pas des figurants, une feinte macabre. Une scène réelle a été filmée. Il s'agit d'un document. Des indigènes. Je ne peux dire gens de quel pays, quelle race. Morts, agonisants, moitié nus, brûlés, défigurés de cloques, un charnier. Imaginez-vous cela ? Ces images sont témoins de quelque horreur qui s'est perpétrée en *réalité*. Je dois absolument voir ces films dans leur entier. Ils sont liés à la campagne de presse de mon grand-père. Ils ont à voir avec la mort du père de Mesnard, l'ouvrier de Châlons. Le lien est évident entre les deux boîtes de Max. Ce lien, c'est Pierre Galay.

Si le nom de Mesnard a électrisé Alex, celui de Galay hérisse Antoine. De si loin qu'elle remonte, la chronique des Armand doit aux gens de ce nom. Au cimetière leur tombeau occupe l'allée centrale ; à l'église du bourg, il y a toujours de vieux prie-Dieu gravés à leur nom en dépit du temps passé, révolutions et républiques, et même l'abolition des privilèges, gens du *château*, nos bons maîtres. Au lieu du 15, Soizik, souviens-toi donc du 4 Août !

— Vous l'avez connu ?

— Le diable m'en garde.

— Vous, vous avez un grief, suspecte Alex, lui pointant un doigt à la poitrine.

— J'en ai un contre moi, de ne pas mieux liquider celui-là. En réalité, je me moque des Galay. Mon nom à moi est Donné des Armand. Je ne sais pas si vous me suivez, rit-il franchement.

— Je vous suis, jusqu'au fond de la combe, déclare Alex, riant aussi. C'est un point de vue que je peux partager.

— Ça m'étonnerait, jeune Jamais.

— Laissez-vous étonner. Vous ne savez par où passent les gens.

— J'en ai vu passer au Mesnil que vous n'imaginez même pas…

— Ah ! J'étais sûr que vous saviez des choses sur cet endroit ! Antoine, écoutez-moi, deux minutes encore !

— Soit, mais allez-y droit ou je vous plante là. Comment arrivez-vous à ce Pierre Galay ? Ces films, c'est lui qui les a faits ?

— Cela vous contenterait-il ? M'aiderez-vous à le savoir ? Aux bobines est joint un cahier manuscrit, écriture distincte de celle de Max : celle de Pierre Galay, je suppose, puisque son nom y figure, en fin d'une liste cabalistique, que j'ai prise pour un registre de médicaments, figurez-vous. D'un certain point de vue, je n'en étais pas loin : mon beau-frère pharmacien se demande d'où je tenais un tel relevé ! Il a identifié d'emblée la formule du gaz moutarde, l'ypérite de sinistre mémoire… Il m'a promis de chercher pour les autres, à temps perdu, dit-il. Il est très occupé : la plus grosse pharmacie de Tours, trois enfants et il fait du golf… J'attends toujours ses conclusions. Mais en ai-je vraiment besoin pour faire la relation entre ces films et cette liste ? Car le *bon docteur* qu'évoque Mme Camouin, celui que Mesnard a rencontré une fois, est *un grand pastorien*, disait-il. Or le Dr Denom ne l'était pas ! Occupé à courir en tous sens, j'ai fait erreur sur la personne. J'ai repris l'agenda : hormis AH, Adrien Hébrard, revient surtout PG. Max tenait-il à garder leur anonymat ! Grâce à mon vol de Châlons, j'apprends qu'un PG paraphe le billet. Le seul qui ait ces initiales : Pierre Galay, qui signe la liste d'armes chimiques ! Grand pastorien, spécialiste d'immunologie… Il a eu à connaître le cas douteux de Châlons. Corrige-t-il ou confirme-t-il le diagnostic de son confrère ? Ses initiales certifient-elles l'intoxication biffée, ou l'accident du travail ? J'ai cent fois interrogé ce paraphe, sans pouvoir en décider. Mais une chose est sûre : Pierre Galay est présent à Châlons. Je le tiens, je ne le lâche plus. Mon fantôme, Antoine…

La place d'armes est soudain dépeuplée, grilles et lanternes royales, théâtre d'illustres bâtisses aux clartés louches ; ils s'éloignent. A présent, ils pressent le pas en direction du boulevard où sont garées leurs voitures, évitant de se regarder. Le bel élan d'Alex est retombé, une fois épuisé son récit, entamé au café dans l'euphorie de la rencontre, il semble qu'il y a très longtemps. Raconter laisse étourdi de fatigue, incertain des échafaudages qu'on a bâtis en hâte, tout en colmatant les brèches, déjà taraudé du besoin de les réparer. Doutant du pacte équivoque qui fait maintenant d'eux ces comparses, ils se sondent l'un l'autre avec inquiétude : qu'en penses-tu, qu'en dis-tu ? Que veux-tu de moi, toi qui racontes et, toi qui écoutes, qu'attends-tu ? Sommes-nous liés ? Tu ne t'en tireras pas comme ça, Alex Jamais.

— A quoi bon exhumer cette affaire aujourd'hui ? Dans quel but ? Rendre justice ? A qui ? Les gens de cette époque ont disparu. Qu'on cherche, dès avant 1914, dans tous les laboratoires d'Europe, à fabriquer de quoi tuer en masse, c'est chose acquise, non, l'historien ? Savants et militaires, engeance fraternelle, bénie des évêques. Les guerres sont des moments formidables. Bertrand, illustre pharmacien de l'Institut Pasteur, grand patriote, invente l'engin à bousiller tripes et poumons, la grenade qui porte son nom. Remarquez, il invente aussi les premiers masques à gaz. Dans leurs tranchées, les bonshommes avaient-ils le choix ? Bien contents, pauvres bougres, d'enfiler leurs masques et de leurs contre-offensives au chlore… Votre Galay a trouvé de quoi suffoquer, asphyxier et brûler en masse, c'est ce que vous supposez ? Il n'aura pas été le seul, ni le premier. Sa cuisine avait déjà un beau passé ; elle a eu un bel avenir… Foutez la paix à votre grand-père, il a fait son boulot. Qui n'a servi à rien. Vous allez contre les canons, vous ? Vous allez en Algérie ?

Antoine s'est arrêté, barrant la route à Alex, son front touchant presque le sien, la voix étranglée par ce qu'il a à dire à présent.

— Marxiste, blouson noir, coupeurs de couilles, tout y est passé. Même l'aumônier, qui me citait les saintes Paroles, de la haute rhétorique. La patrie en danger, ton père déshonoré. Ta carrière foutue. Racaille d'instituteur… Internement disciplinaire avec les fêlés, les simulateurs. Je passe. *Objecteur de conscience* : quinze mois de taule à Fresnes. A quoi cela a-t-il servi ? A rien, rien de rien. Rien, que des emmerdements. Il aurait mieux valu que je ne l'interroge pas trop, ma *conscience*. Vous en avez une, vous ? Elle vous chatouille, pour trois vieux films pourris ? Vous m'emmerdez, avec vos films.

Interdit par la sortie d'Antoine, Alex le regarde à l'oblique. Un homme qui se tait, si taciturne soit-il, finit toujours par en placer une. Depuis qu'ils déambulaient, il commençait à ne plus y croire.

— Je vous emmerde, s'écrie-t-il, mais ils vont vous intéresser, puisque nous sommes d'accord ! Je veux savoir où ces films ont été tournés, pourquoi, comment. J'ai commencé le chantier, je le finis !

Son chantier ? Qui donnerait un bouton de culotte de son dépotoir de Krokodilô ? Il dort sous les immondices, depuis des siècles recouvert de sable. De loin, à peine un accident du relief, vagues tumulus… Mais, là-dessous, restent en mémoire les actes, les volontés, les pensées d'ordre ou de désordre d'un échantillon d'humanité qui vivait là : à l'image de son temps, elle intéresse le nôtre.

— Les images sont nos ostraca modernes. A nous de les faire parler ! Par quelque crime, circonstance fortuite ou préméditée, le Dr Galay est en possession de ces films. En s'en emparant, mon grand-père pose une action. Je dois savoir laquelle. C'est simple. Je le dois à Mesnard. Il a prolongé mon sursis au-delà des délais, empêché mon départ en Algérie. Des rares qui ont témoigné au procès Jeanson contre les exactions de l'armée française. Méthodes de la Gestapo.

A l'ombre nocturne des platanes, que font-ils à débattre encore, à s'opposer, puisqu'ils sont d'accord ? Nous sommes d'accord, pense Antoine et la grande fatigue de cette interminable journée lui tombe dessus, très douce, très épuisante, soudain envolées, l'incrédulité, la méfiance ; brusquement, il admet :

— D'accord. C'est dans mes cordes. Je connais quelqu'un à la Cinémathèque qui aura peut-être ce qu'il vous faut pour voir ces images, sans trop les bousiller…

— Vraiment ! Vous le feriez ! *Projectionniste*, ça m'a assis tout à l'heure, avoue Alex en riant. Je ne vous aurais lâché pour rien au monde. Passez-moi l'ange, mais avouez que vous tombiez à pic !

Ce transport d'enthousiasme refroidit Antoine. De deux pas, il s'écarte, allume de nouveau une cigarette, la dernière, la dernière, et qu'on en finisse.

— Le faire ne me coûte pas grand-chose, maugrée-t-il. Il y en a des cents de mon espèce qui bricolent de la pellicule. Vous avez mis la main sur moi, grand bien vous fasse. Mais vous la ne remettrez pas pour autant sur ce Pierre Galay. Celui-là doit avoir plié l'ombrelle depuis longtemps…

— Mort en 1946. J'ai obtenu le renseignement à l'Institut Pasteur, qu'il quitte au lendemain de la Grande Guerre. Installé à New York, ses travaux financés par une fondation. Mort trop tôt pour avoir le Nobel. Son équipe, des généticiens américains, l'a eu deux ans plus tard. Dans leur discours, ils honorent son génie…

Entre ses doigts, le grésillement du tabac fait un petit bruit excitant, l'air est si doux, la nuit accueillante et secrète, les ombres complices.

— Ne me dites pas que vous le cherchiez dans les broussailles du Mesnil, quand même !

— Je ne sais… Peut-être ? En réalité, je venais en reconnaissance. Je ne m'attendais pas à trouver cette maison abandonnée. Je me disais : des gens y vivent encore, ils me donneront des indications… J'ai trouvé une ruine. C'est étrange, une maison fermée. Elle attire et repousse à la fois… Mais, d'abord, je suis allé rue de Turenne, à l'adresse de l'agenda de Max. Très délabré, le Marais. Il y a des étais aux murs dans la cour, appartements insalubres. Je ne sais à quel étage Galay a pu vivre. Actuellement, cela sert d'ateliers. Mais il a passé sa jeunesse au Mesnil, maison de famille des Bertin-Galay, vous savez ça mieux que moi, Donné des Armand.

— Tout le monde le sait, dans le pays.

— Grande fortune, marque célèbre. B&G, laiterie, biscuiterie, c'est eux. L'entreprise traverse deux guerres et la crise sans naufrage, réussite fameuse. Depuis la Libération, c'est une nébuleuse de fusions et d'absorptions. Vous avez des vues sur l'économie et la finance, vous ? Ce qu'ils font encore dans le groupe, qui de la famille et pour quelle part exactement, je l'ignore. Pierre Galay a pris la tangente, un dissident de l'industrie maternelle. Son frère aussi, cinéaste américain, mort il y a cinq ans…

— Là, j'en sais plus que les gens du coin. Je passe de ses films au ciné-club. Vous voulez sa filmographie ?

— Je prends. Mais figurez-vous qu'avant de pousser jusqu'au domaine, cet après-midi, je suis aussi allé faire un tour au cimetière, interroger les tombes. En ce jour de 15 Août, j'y étais très seul. Je n'allais pas attendre la Toussaint pour y faire des rencontres, non ?… Pierre Galay ni son frère ne sont inhumés au Mesnil. J'ai un peu erré, pour voir. J'ai fait une petite découverte : la tombe d'une première épouse de Pierre Galay, dites donc ! Seulette, bien à l'écart… Il va falloir que je m'intéresse de près à cette famille. Ils sont nombreux, un foutu puzzle généalogique. Depuis leurs ancêtres, il y a eu de la descendance. Je ne sais combien d'enfants, d'héritiers… Par qui commencer, comment les aborder ? On ne se présente pas chez les gens de but en blanc, avec des questions pareilles…

— Vous n'avez quand même pas l'intention d'enquêter auprès d'eux !...

— J'ignore comment je vais m'y prendre, mais si. Je l'ai. M'aiderez-vous ?

— Ne recommencez pas avec ça ! Ne comptez pas sur moi. La Cinémathèque, et basta.

Ils sont parvenus à leurs voitures, garées sous les marronniers. Ayant ostensiblement sorti sa clé, Antoine s'appuie à la sienne, farouche, bras croisés ; cependant ne prenant toujours pas congé. Lui faisant face, bras croisés de même, Alex Jamais le considère avec une ferveur que son strabisme exagère.

— Mais qui es-tu ? Je ne te connais même pas, s'étonne Antoine, comme s'il se réveillait.

— Tu me connais très bien. Le tout était de se rencontrer, d'y mettre du sien. On se reverra, n'est-ce pas ? Note mon téléphone. Fais-moi signe. Tu le feras ? De ce soir, tu es mon *ami*.

A cette déclaration, il met une solennité qui interdit de la récuser. Si naïf enthousiasme, que les bras vous tombent. Soudain ému par la paix des redditions consenties, le tutoiement échu au bout du chemin. Dans l'ombre clairsemée des arbres, les traits d'Alex ont gagné en douceur, le contre-jour faible de la chaussée nimbe ses cheveux d'un halo et, au-dessus de leurs têtes levées, dans le firmament, les étoiles falotes clignotent dans le voile du ciel ; cela emplit d'un chagrin. Antoine tend la main.

— Doucement, Alex... Un ami, je ne sais... Peut-être ai-je seulement dans mon cœur un coin, qui est triste pour toi...

En cette nuit du 15 août 1963, il y a des milliers de chambres dans Paris où de jeunes gens de cette génération ne dorment pas. Il y en a au moins trois. Dans la sienne, Christine Lewenthal, qui a enfin posté sa carte à Mme Lemoine, essaie son ensemble fuchsia pour la énième fois. Il manque une psyché, dans cet appartement de la rue Buffon, aussi, ne disposant pas de meilleur miroir, considère-t-elle dans celui de la petite salle de bains l'allure que lui donne son déguisement invraisemblable. Cela lui inspire des sentiments contradictoires. La détestation violente de soi au souvenir de l'essayage devant la vendeuse éhontée des *Galeries Lafayette*, le dépit de se laisser soudoyer, de dépenser ses économies pour des prunes, de n'être capable que de choix catastrophiques, ses études, ses fringues comme ses fréquentations de l'UNEF, salut les copains et bandes de jeunes, qui pérorent à n'en plus finir, héroïsme faible. Elle a au moins deux boutons infects à l'aile du nez, tout est fermé demain et elle n'a rien dans le frigo. Le fuchsia, une couleur pourtant si gaie dans les haies d'Irlande, est hideuse sur ses épaules. A faire fuir les pigeons. Celui qui a écrit *fuchsia* sur l'étiquette est un imposteur daltonien. Ce rose fluorescent lui donne un teint d'endive, William triomphe à Prague pendant qu'elle traîne comme une âme en peine sur les bancs publics, elle ne séduit que les photocopieuses, et encore. Cet exercice d'autodénigrement a son pendant, comme l'idée sournoise, belliqueuse, de porter cet ensemble avec témérité, avec panache, pour choquer la bienséance bourgeoise et le capital. Pour défier William : sa bénévolence ira-t-elle jusqu'à s'infliger d'être le cavalier d'un tel épouvantail ? Pour débiliter son élégante cousine Viviane et décevoir maman, si celle-ci vient à apprendre 1) qu'elle va à ce mariage 2) qu'elle s'y pavane en costume de clown. Puis, effondrée de ne concevoir, à minuit moins le quart, que des idées aussi minables, désespérantes, elle en conclut que, si elle est déprimée, c'est qu'elle va avoir ses règles, handicap du genre. La déprime profondément de ne pas se sentir *chez elle* dans cet appartement, malgré ses efforts pour neutraliser l'hostilité patente de ses meubles de brocante (qui ont appartenu à une grand-mère, ou une grand-tante de Camille, ce n'est pas très clair), de ses murs qui portent la trace de cadres fantômes, de n'y avoir à elle, personnellement, que sa brosse à dents, quelques livres, son patchwork en tricot américain qui couvre la moche chenille du divan, et son tourne-disque. Plus la collection complète de cartes postales des Rocky Mountains, qu'elle ne se décide pas à mettre à la poubelle. Forêts, cimes, plaines enneigées, caribous, et loups, grizzlis de zoos. On est toujours la dupe de qui pose les devinettes. Aucune devinette : seule la neige inspire à maman des sentiments maternels. Le froid, la glace, le gel, le verglas, congères, moins trente. A cette température polaire, se situe leur relation. A cause du petit frère Henri, qui a mis entre elles un bras de mer, que dis-je, un océan de glaciation quaternaire. Frère, peut-on dénommer ainsi quelqu'un d'aussi bref, inabouti ? Aucune langue pour s'entretenir avec. Il faudrait quitter son corps. Migrer à la nage vers quelque chose d'ancien qui vagit encore, l'état antérieur dont nul n'a souvenir, aquatique, amniotique, en ce bain amnésique flotter, macérer, et causer un peu. Qu'on s'explique. Cela se passerait dans le ventre nordique de maman, dans lequel Christine a séjourné, tout de même. Où son père a mis la petite graine, par transport conjugal. De son géniteur, elle tient ses cheveux blond cendré, non ? suggère la farceuse vendeuse. Peut-être bien de sa grand-mère Lewenthal, de qui elle a au moins hérité le prénom. De ces morts, aucun doute : ses yeux gris, mer du Nord. Son cœur froid. D'avant ma naissance date cet hiver sentimental, quel visage d'Esquimau mon petit frère Henri a-t-il, que je le reconnaisse au nord de toute mémoire ?

Que je lui donne un peu figure humaine. Que je joigne mes mains aux siennes et me sente moins seule. Insondable face aux orbites excavées, momie d'insecte épinglé, vieux papillon poudreux, ce n'est pas une compagnie. Christine a tellement rapproché son visage du miroir qu'elle louche parce que, pleurer sur soi, à minuit moins le quart, il vaut mieux ne pas voir ça.

Rue de la Convention, Alex Jamais n'a pas meilleur moral. En arrivant chez lui, il n'a pas allumé la minuterie dans l'escalier, non plus la lumière de son appartement. De l'unique fenêtre, tombe un trapèze de clarté pâle, cela suffit, il accommode comme un chat, ou un oiseau de nuit. Je ne suis pas nyctalope, a-t-il prétendu. En réalité, il aime l'obscurité. Il s'y déplace en funambule qui, yeux fermés, teste son équilibre au milieu du fil. Dans la cuisine, la cour réverbère la lueur du ciel, jamais tout à fait nocturne dans les villes insomniaques. Il a bu un verre d'eau à l'évier, tiédasse, qui n'apaise pas sa soif, il a trop parlé. Offrir une bière, cela n'engage à rien ! Antoine n'est pas dupe de sa faconde : phraseur, volubile (il peut moquer le style ampoulé de son grand-père !), il a empilé ostraca, cartons de vieux papiers, tante Bisou, le procès Jeanson et les tombes du Mesnil, la vieille dame d'Arles, la dentelle de papier volée à Châlons, son beau-frère pharmacien de Tours. Et s'est soigneusement épargné de nommer ce qui bouleverse sa vie. Cette horreur transplantée sous les images du film hérisse son crâne, fouaille son ventre d'une nausée.

Ces images ont traversé sa rétine, atteint son nerf optique, son cerveau, s'y sont imprimées. On croit voir un paysage, des visages, toutes choses naturelles qu'adopte la raison. Même dans les caprices du papier peint, aux fissures grimaçantes du plafond, dans les circonvolutions du nuage, on les reconnaît pour telles, on les y rattache en imagination. Mais, dans le clignotement borgne du projecteur, entre deux images brûlées dont la convulsion éclabousse l'écran de hideuses taches florales, il a entrevu ce qu'en nature rien n'approche. Ou alors dans les délires d'un cerveau fou, sous ses paupières hallucinées. Celui-là ne peut rien en relater, trop occupé à conjurer sa terreur par des discours et rituels propitiatoires, que proches et médecins, benoîtement coalisés, excusent prudemment de son aliénation, le laissant seul face à ses abominables visions. L'obscurité est propice, songe-t-il, la nuit deux fois plutôt qu'une. Dans cette cuisine, un soir de décembre dernier, au plus noir de la nuit d'hiver, entre le grille-pain et l'évier, il a installé le petit projecteur Pathé. Il a punaisé au mur un torchon propre, le moins froissé (pas plus que ses chemises, il ne les repasse), tendu son écran improvisé à un mètre du faisceau et y a projeté un des films de Pierre Galay. Avant que les premières images ne se cloquent en glu bouillante, la figure ignoble est apparue dans le linge. Sidéré, il n'a pu s'empêcher de rapporter celui-ci à une véronique recueillant l'empreinte prohibée de toute figuration, profanation d'un invisible. Non ce ne sont pas les corps, les visages, le paysage, qu'il a feint de décrire à Antoine. C'est leur abstraction en une seule effigie, s'apparentant à la fongosité vénéneuse d'une moisissure cosmique, l'invasion organique, à la fois gazeuse et solide d'un corps, minéral, animal ni végétal se précipitant vers sa face, non de l'espace physique ou mental mais d'outre-monde, incarné *en réalité*. Peut-être le nuage atomique en approche-t-il, dernière horreur engendrée par le siècle, assimilée, à défaut, selon l'inspiration, à une fleur, à un champignon, analogies poétiques accablantes d'inanité. En quoi il est le contemporain de son temps. Incapable de trouver autre équivalence pour nommer ce qu'il a entrevu derrière les faces irradiées du film, que recueillent les plis du torchon. Il l'a jeté à la poubelle. L'a roulé en boule et jeté aux ordures, voué à la décharge où s'évacue hors des yeux le rebut urbain, geste d'exorcisme, si puéril que l'avouer à quiconque l'anéantirait de honte. Parce que, quelque part dans la périphérie de la ville, sous les tonnes d'immondices, ou dans le cloaque de sa conscience, en rien abolie, la véronique résiste. Ses plis continuent de tamiser l'émanation infernale, l'empoisonnent de son aura méphitique. Les morts se retirent, ils emportent le secret de leur vie mais laissent derrière eux des traces éparses, le plus souvent d'apparence anodine, vouées à l'oubli semble-t-il, mais elles résistent et aux yeux des vivants un jour se révèlent, les leur désignent du doigt décharné.

Non, Alex n'aurait pas dit à Antoine ce qui bouleverse réellement sa vie, le mobile réel qui le pousse à remonter le fil de cette histoire ; sa bassesse, sa honte. Que sait-il de 14-18, avant de plonger en apnée dans les boîtes de Max ? Qu'a retenu sa génération des leçons d'école, des lectures, des récits de famille ? Cette guerre, une inconnue algébrique, anachronique. Hormis un grand-oncle maternel légendaire disparu dans les combats de la Marne, de qui l'unique photo sépia finit de se craqueler dans un album, une date, le 11 Novembre, des monuments aux morts sur toutes les places de village, quoi encore ? Quoi de la boucherie d'hommes, des gaz asphyxiants, vésicants et autres poisons exquis ? L'ypérite, citée par le beau-frère pharmacien, lui suggère davantage une pierre précieuse ou une fleur rare, qu'une arme chimique. Antoine en sait plus long que lui là-dessus, à qui il fait la leçon, impudent, sursitaire planqué, il a bonne mine. Ignare. D'Indochine, de Corée, d'Algérie, guerres de son temps aussi lointaines que celle d'Azincourt, il a fallu Mesnard pour lui apprendre l'existence, secouer son ignorance, son indifférence, lui insuffler un embryon de *conscience politique*. Ainsi disent les militants aux réunions enfumées du boulevard Saint-Michel où il se laisse entraîner parce que l'un d'eux, Bertrand Lasne, l'intimide par son éloquence. Qui lui met entre les mains, pour l'édifier, le déniaiser en vitesse, au choix *Clarté*, *France-Observateur*, *Le Canard enchaîné*. C'est que l'histoire romaine l'absorbe énormément, il fonce à ses séminaires.

— Descends de ton petit nuage, Jamais, lui dit le copain Lasne en rigolant.

Mesnard n'a que trop bien vu à qui il avait affaire : si cette andouille n'a pas eu vent de son aïeul, alors du reste, des IVe, Ve Républiques, du référendum, des débats publics, de Gaulle, accords d'Evian, Chaban-Delmas, Delbecque, OAS, manifestants de Charonne ? Alexis Jamais est obnubilé par son chantier de Krokodilô, par sa thèse sur *La Réglementation des points d'eau publics à Délos sous le Bas-Empire*, une question capitale. Verdun, la Somme, l'Algérie, à côté de ça... Mesnard avait des raisons de douter de ce qu'il ferait de l'archive de son grand-père : *on n'enquête pas impunément, jeune Jamais...*

Solitude, silence nocturne du quartier, des rues vides d'août. Il n'a pas demandé à Antoine ce qu'il fête ce jour, aux Armand. Pas du genre de ceux qu'il fréquente au Quartier latin, d'une espèce inconnue. De qui la conscience trouve à objecter toute seule, sans un Sartre ou un Mesnard pour lui dicter l'argument. Le plein soleil d'un après-midi est aussi obscur que la nuit, il en a été ébloui. Ce type surgi de n'importe où, une main à la hanche, campé au bas du perron du Mesnil, le regarde, goguenard, s'arracher aux épines de son tunnel de ronces. De loin, sa silhouette dégingandée, déliée et souple, pas tout à fait maigre, musculature longue et harmonieuse, ramasse une intelligence prudente de soi, sans intellectualité ou suffisance, doué d'ironie quant à sa légitimité, tels sont les anges primitifs. Alex en garde l'impression joyeuse d'une *rencontre*... Où son penchant s'enracine-t-il à se porter sans réserve vers des individus qui lui suggèrent cette impression miraculeuse de lui apparaître. A quel signe de grâce, de réserve et d'abandon, les distingue-t-il, auquel il se fie d'intuition et suborne ses engouements, pourtant si souvent déçus. Ainsi est-il rentré de son voyage à Naples, rompu, cœur triste ; et adouci de miséricordieux pardon pour celui au sujet de qui il s'est trompé, abusé par sa chimère d'une âme sœur, surgi par providence dans les ruines de Pompéi. Il aime les garçons, certains, et pas tout le temps. Antoine ne ressemble à aucun autre. Surtout pas à ceux qu'il a croisés, il y a quelques années, fourvoyé au club Arcadie, rue Béranger, dans les étages d'un immeuble privé. Les hommes y dansent ensemble, ce que prohibe la loi. Ces couples enlacés sont des homophiles, ainsi dit-on, pour certains des hommes d'âge, de milieux aisés, très convenables, et même vieille France ; parmi lesquels de jeunes gouapes, de jeunes gens suffisants, narquois et veules, venus jeter leur gourme, un cercle privé où il s'est laissé entraîner ; il n'y a jamais remis les pieds. Quelle alternative sinon traîner dans les pissotières, rôder dans les quartiers sordides ? Ce n'est pas ainsi que cela doit se passer, dans cette exclusivité frauduleuse et poisseuse de sexe triste. Alex est un platonicien sentimental adepte du Beau, du Bien, du Vrai et du Juste. Il a du mal avec son époque. Il rêve que s'enlacent des filles avec des filles, des garçons avec des garçons, au milieu de filles et de garçons dansant sans distinction ni apartheid de sexe, d'âge et de condition, de race et de langue. Un rêve d'extraterrestre... Descends de ton nuage, Jamais !

Antoine connaît quelqu'un à la Cinémathèque. Il est susceptible, ombrageux, mais il est d'accord, nous sommes d'accord. Je ne suis plus seul. Pour le moment, je travaille à un dossier. Il est petit, quelques feuilles de vieux journal. Un agenda, trois bobines de films préhistoriques, un cahier. Devant la demeure du Mesnil, au plein soleil du jour, commence le long, épuisant récit, et tandis que je raconte, Antoine, le jour faiblit, il confisque graduellement la lumière pour nous plonger dans cette demi-obscurité des villes que les hommes prennent pour la nuit et, pour finir, c'est dans cette pénombre où je me trouve que luit l'image de la réalité, ce monstre.

Alex pleurait maintenant sur la table, le visage dans ses bras, comme il avait pleuré à Pompéi. Les hommes ne pleurent pas, sauf dans l'obscurité où ils osent entrer, et c'est assez bienfaisant que d'être seul avec ses larmes, consolant, encourageant d'être sur la voie qu'aucun père ni maître, aucun témoin ne juge ; imbécile, dit-il. Sans savoir s'il se désigne, ou celui qui le fuyait sous l'orage de Pompéi, le fusillant du doigt *Paw, paw* ! Imbécile est une insulte faible et méchante, un mot d'enfant, mais très appropriée à la haine bête des vaincus, à la bêtise insondable de viser avec deux doigt, *paw*, comme de tirer les fellaghas, de torturer, d'achever les blessés ; aussi désespérant, humiliant d'être vaincu que de se croire vainqueur sous les hourras du cirque, et de ne savoir, à vingt-six ans, comment avancer dans ces contrées obscures, surarmé de certitudes apprises, de croyance et d'arrogance, ligoté de peurs et d'interdits, plus déficient que nouveau-né.

A Nanterre, comme prévu, Antoine a trouvé l'appartement confiné par quinze jours d'absence, les plantations chlorotiques de Luiza évanouies sur le rebord de la fenêtre, qui cadre dans la nuit les lumières de la ville lointaine et, six étages plus bas, au-delà du parking, du terrain vague invisible, l'étendue tout aussi invisible du bidonville qui gagne jusqu'à la Seine. Remonter son sac à dos, sa caméra et son fourniment de camping, et le filet à provisions de Soizik (il jette la cuisse de poulet à la poubelle), cela fait trois aller-retour par l'ascenseur métallique qui cogne à chaque étage, neuf et déjà poussif, le miroir lui renvoie sa tête fatiguée, hirsute, yeux de loup, que sans aménité il étudie : comment s'est-il laissé embarquer par cet olibrius surgi des ronces, un extraterrestre. Prendre une bière, cela n'engage à rien !... Il aurait mieux fait de semer ce type au premier carrefour. De rester aux Armand, le temps des réconciliations, d'y dîner. De filmer un peu sa sœur, pour lui faire plaisir. Pour une fois, de parler à son frère Yvon, à Paulin, de jouer avec ses neveux. Au lieu d'aller chercher la collision avec cet individu qui vous entortille, ligote, vous rompt bras et jambes avec son histoire à dormir debout et vous entraîne si loin qu'en revenir est trop tard. Antoine ne sait quand il a passé la douane en fraude, mis le pied dans cette contrée où, insidieusement aventuré, séduit et tenté, le paysage inconnu, menaçant dans son étrangeté, devient peu à peu dangereusement familier, se révèle un territoire déjà exploré, non le même mais son semblable, à ses croisées les alarmants signaux que tout passant égaré redoute, la croix surgie sur le ciel de crépuscule, l'écriteau de bois vermoulu, *Moonfleet*, le doigt de l'ange tendu vers une destination, une maison où vous attendent les ogres de qui la danse barbare, au bas de l'escalier, vous confisque l'enfance. Rien à foutre de ce Pierre Galay et de ces films, s'insurge Antoine ; trop tard. Trop tard. Dans cette nuit d'août, l'histoire d'Alex l'a reconduit à une autre nuit, non la même, mais une semblable. Son récit, commencé au bas du perron de la maison incendiée, au bas de la ruine maudite, s'achève sur ces images du cauchemar, non le même, mais le semblable. Alors viennent à son esprit les mots qu'il croyait avoir oubliés. Les mots qu'adresse au fou le roi Lear, en sa grande solitude : *Viens, mon enfant ; comment vas-tu, mon enfant ? As-tu froid ? J'ai froid moi-même. Où est ce lit de paille, mon compagnon ?... Pauvre fou, mon drôle, j'ai un coin dans mon cœur qui est triste pour toi...*

Autrefois, quelqu'un s'est assis près de lui, a posé sa main sur son front brûlant et a prononcé pour lui ces paroles. Sur le tas de vieux rideaux où il grelotte, il n'attend plus rien de personne, plus perdu que l'enfant des contes au fond des bois noirs. Le comédien est encore en habit de scène, ses oripeaux de théâtre l'enveloppent d'une odeur entêtante de fards et de poussière, la représentation est finie. De lointains lumignons s'éteignent. Il traîne dans le théâtre des fumées de torches soufflées par quelque serviteur boiteux, dont on ne sait s'il est l'un des accessoiristes familiers des coulisses, ou un personnage du drame errant dans le décor, un figurant excédentaire qui n'a pas une seule réplique, ou bien une créature du songe que le réveil prolonge et, dans ce halo de lumière mourante, la face du comédien s'irise d'un voile laiteux sous la perruque de lin, il dit : *Pauvre fou, mon drôle, j'ai un coin dans mon cœur qui est triste pour toi...* Alors, réduit à son échelle naine dans l'enveloppement des ténèbres, il a su quel Petit Poucet au pays des ogres il est, et que, l'abominable secret qu'il lui faut taire, au risque de sa vie, le comédien est assez enfant pour en partager la tristesse, puisqu'il lui donne gage de réparer de bonté le cauchemar. Il l'a cru.

Mais, à son âge, Antoine ne croit plus aux anges ni aux démons, aux cœurs tristes que consolent les mots. Loin est cette époque, loin la croyance, la foi ingénue. Il peut promettre de faire signe, oui, de prendre rendez-vous à la Cinémathèque et d'aller avec Alex voir les films de Pierre Galay. Cela ne fait pas de lui son ami, cela n'engage à rien. Il est temps de penser à demain, c'est-à-dire à dimanche. Dimanche, Luiza rentre du causse avec les copains de randonnée, les babouches que lui a offertes Djalil sont contre le frigo, ses barrettes dans le vide-poche, un peu partout ses affaires traînent. Il ne lui racontera pas le repas de famille aux Armand. Moins encore les circonstances de sa rencontre d'aujourd'hui, ni les histoire d'Alexis Jamais. A quiconque il ne racontera ce qu'il a vu du haut de l'escalier du Mesnil.

IV

Mardi 3 septembre

Devant l'école maternelle, un bâtiment de préfabriqué, se pressait un attroupement maternel encombré de poussettes déglinguées et de landaus fatigués, de tout-petits sur les bras, de plus grands accrochés aux genoux, marmaille bientôt inscrite à l'école publique, attendant frères et sœurs aînés, qui se précipitaient en braillant vers les mères, sauvages lâchés, fonçant, se bousculant ; Alex en était ébahi. Avec une certaine gaieté, il se rappela ses propres sorties d'école ; sauf que c'était rue Claude-Bernard ; sauf que c'était une auguste bâtisse en pierre et brique, de celles que construisait la IIIe République sur le même modèle, hautes fenêtres grillées, haute porte ouvrant d'un couloir étroit sur la cour plantée de platanes, démesurée à ses yeux d'enfant, dont il évitait les recoins inquiétants de crainte d'être malmené. En particulier les cabinets à la turque, un endroit peureux, dans le trou duquel il avait fait une fois tomber sa gomme, glissée de sa poche. Il était longtemps resté en contemplation, terrorisé par l'orifice de la fosse, un gouffre, livrant ses narines aux effluves qui en venaient, ne sachant s'il lui fallait trouver le courage de plonger sa main dans le cloaque pour récupérer son bien, ou celui de cacher ce forfait considérable, mentir, au risque d'être puni… Personne ne lui avait réclamé sa gomme perdue.

Rien à voir avec ce bâtiment précaire dont la mauvaise peinture s'écaillait déjà, décoré aux vitres de dessins enfantins fanés par l'été, toute sa façade ornée d'une fresque en céramique orange et rouge, vague recyclage cubiste dont le motif restait énigmatique ; sa cour dénudée derrière les grillages provisoires, ouverte à la rue. Les mères qui attendaient non plus ne ressemblaient à celles de la rue Claude-Bernard, pour la plupart des femmes en *djilbab* bleu ou noir et des foulards de couleur découvrant leurs lobes percés de boucles dorées, issues des quartiers de cette banlieue, dont les blocs en construction cernaient au loin l'horizon de l'école, promesse mirifique du standard d'habitat collectif, une conquête urbaine sans pareille, disait-on, avatar vertical des utopies anciennes, phalanstères et cités ouvrières, avec ascenseurs, baignoires et balcons, des blocs montés en quelques semaines parmi les grues, sans remédier pourtant à la crise chronique du logement. Il avait fallu l'abbé Pierre, et le père Wresinski, que Chaplin finance les igloos de Noisy, des abris provisoires en fibrociment, pour alerter l'opinion sur le scandale des mal-logés, le temps d'un hiver, 1954… Cet hiver-là, sa mère avait porté ses vieux habits au centre de collecte, de même qu'elle tricotait des carrés de laine pour contribuer au grand patchwork caritatif… Par ce temps quasi estival, ceux-là étaient en culottes courtes, pieds nus dans les sandales. En attendant la rentrée des classes, ils venaient à la garderie organisée à l'école maternelle, s'ébattre sur le macadam et bénéficier des collations gratuites. Biscuits vitaminés et petite bouteille de lait, une initiative d'ATD, cette année, à ce que lui avait dit Antoine, et ils étaient joyeux. Ils étaient heureux, en grappes pendus aux jupes des mères s'éloignant vers le pont de Bezons, vers le terrain vague ou le chemin de halage, le long de la chaussée aux pavés inégaux, aux trottoirs défoncés, on ne savait si d'un reste de chantier ou de délabrement naturel, ses poteaux électriques penchant de droite et de gauche entre deux étendues qui avaient été des prés, un réseau inextricable de câbles partant vers d'improbables directions, raccords de fortune, ou aménagements en cours, abandonnés. Derrière quoi, insolite monument que rapprochait la perspective, sa coquille immaculée étincelant au soleil, se dressait le palais de la Défense tout neuf, une incongruité futuriste posée sur les terrains des anciennes usines Zodiac, le panthéon de l'industrie et de la technique françaises…

Maintenant que la rue se vidait, Alex restait des derniers à s'attarder. Les jeunes femmes qui avaient surveillé la sortie se regroupaient sur le seuil, lorgnaient vers lui, un des rares hommes à la sortie de la garderie, maintenant le seul, qui ne savait plus guère quelle contenance prendre, jusqu'à ce que l'une d'entre elles se détache, traverse la chaussée et l'aborde, une fois rendue à son niveau aussi grande que lui et qui plantait droit son regard.

— C'est vous, qui attendez Antoine ?

— C'est moi.

— Il ne va pas tarder. Alors vous êtes Alex ? Moi, c'est Luiza.

Luiza ? Elle tendait la main franchement et souriait ; elle se moquait, mi-figue, mi-raisin. Une jeune fille du Sud, elle en avait le teint, yeux d'or vert soulignés de khôl, coupe au carré qui ne disciplinait pas les mèches épaisses de sa frange, en jupe fleurie sous son tablier bleu et les mains dans les poches.

— Il m'a parlé de vous. C'est à cause de moi que vous êtes là : il vous a demandé de venir le chercher ici parce que j'ai besoin de la voiture, ce soir. Il ne va pas tarder.

Au bout de dix jours, Antoine avait fait signe, mais c'était compliqué : il devait laisser sa 2 CV à quelqu'un ce soir-là et, sans sa voiture, il serait bien en peine, après le rendez-vous de la Cinémathèque, de se rapatrier à Nanterre pour une séance de ciné-club, à vingt heures tapantes, alors il lui avait mis le marché en main : ou bien Alex venait le prendre à cette adresse, et le reconduisait ensuite, ou bien ils fixeraient un autre rendez-vous.

— Vous avez trouvé sans mal ?

Sans mal, on ne pouvait pas dire, mais il était parti assez tôt pour avoir le temps de se perdre. Antoine laissait entendre que, à vol d'oiseau peu distant du Trocadéro, l'endroit était facile à trouver, mais pas la rue, un dédale de voies non classées aux frontières vagues, les Marguerites, les Potagers, les Fontenelles, les Canibous, les pancartes bricolées bien souvent disparues, ou alors accrochées dans des endroits invraisemblables : c'était non loin de la rue des Peupliers, derrière la cité de transit, en face d'un pré, enfin, plutôt un terrain vague, et s'il ne connaissait pas la zone, il aurait du mal, oui.

— Si tu ne te sens pas de pousser jusque-là, mieux vaut remettre à plus tard.

Alex n'avait rien remis du tout, il avait Antoine au bout du fil, celui-ci tenait sa promesse de rendez-vous avec la personne qui avait un matériel adéquat, il n'allait pas laisser passer l'occasion, il n'allait pas faire le difficile. Mais il avait bien fait de prévoir de se perdre, c'était arrivé. Une fois quitté le centre-ville, facile à trouver sur n'importe quel plan, il s'était engagé, forcé à un détour par un chemin barré de pelleteuses, dans la zone anarchique du grand chantier de l'université, hérissé de grues, aussitôt égaré dans des portions de rues, dont certaines, telle une mâchoire édentée, présentaient des bicoques clairsemées de l'entre-deux-guerres encore numérotées de plaques bleues émaillées à leur fronton, entre lesquelles béaient des excavations récentes de démolition ou des potagers abandonnés. Mais ensuite, franchie la rue de la République, c'était un labyrinthe pire de chemins et voies enlisés, certains débouchant en impasse sur des palissades de restes de chantier, pans métalliques ou murs de parpaings grossièrement chaulés servant d'enceinte à des agglomérations de baraques hirsutes, masures basses desquelles dépassaient les toits de tôle ondulée ou de carton goudronné ; en lisière de quoi trônaient l'épicerie arabe de M. El Gormat, absent pour le moment – une gamine renfrognée tenait le comptoir, juchée sur une chaise haute –, et un café *Chez Robert*, où il s'était renseigné. Dans la demi-pénombre zébrée de mouches, des mômes chafouins plus ou moins dépenaillés jouaient au flipper, vingt centimes la partie, d'autres au baby-foot, cinquante centimes, avait-il appris en engageant la conversation. Ils n'étaient pas amènes, hostiles non plus, trop occupés à leur partie, pas le temps de lui servir de guide, au mieux de lui dire qu'il n'était pas loin, tout près même, mais qu'il aurait plus vite fait de laisser sa voiture là et de traverser le pré à pied : c'était en face, un peu sur la gauche en remontant la rue, il ne pouvait pas manquer l'école maternelle, rouge et orange. Laisser sa voiture, disaient les gamins, c'était à ses risques et périls, mais ils voulaient bien la surveiller, puisqu'il venait voir Antoine. A son nom, lâché sans le préméditer, les visages s'étaient éclairés, un courant de sympathie prudente avait circulé : ils étaient d'accord pour garder un œil dessus. Populaire à ce point-là, Antoine ne s'en était pas vanté, cela intimait le respect, avait-il noté en souriant pour lui-même…

Alex avait donc garé sa voiture juste devant *Chez Robert*, calé son paquet sous le bras, pas question de se séparer de ses films, sa confiance dans les gamins avait des limites, et avait entrepris la traversée vers l'autre côté, la déclinaison du terrain n'offrant d'autre horizon que sa ligne inégale de tumulus. Cela n'avait de pré que le nom. Une étendue de terre stérile et pulvérulente, nue de végétation sauf de mauvaises herbes, buddleias, renouées et orties en touffes vivaces, semée d'épaves désossées, la carcasse rouillée d'une 4 CV dont seuls restaient le siège avant, défoncé, et le volant sans son tableau de bord, des squelettes de poussettes ou de bicyclettes, pièces métalliques, détritus épars jonchant l'alentour. Sous le bleu du ciel marbré de hauts cirrus échevelés, cela faisait un effet déroutant d'arpenter cette zone déshéritée, un camaïeu morne de gris et bruns, que plombait le soleil. Un terrain de jeu, apparemment, d'une solitude lunaire à cette heure-ci, mais où croisaient d'énigmatiques sentiers, que le cheminement de piétons avait tracés à force d'habitude, aussi rudimentaires que lignes d'erre, comme il s'en trouve dans les régions désertiques. Leur logique étoile l'espace vers des destinations de terre humaine, qui appartient et sert, où entre de l'entêtement à la faire servir tant bien que mal en dépit de son aridité, et chaque pouce de terrain arpenté, jusqu'aux matériaux de rebut qui le parsèment, semble avoir sa nécessité, une existence esthétique presque, accomplie et pure, à laquelle ne pourrait prétendre aucun plan ornementé par des experts paysagistes ; il ne pouvait mieux rattacher ce sentiment qu'à la grandeur d'une œuvre pensée de cerveau d'homme contre le désordre des éléments, pour les assujettir à la cohérence de sa vie. Encore dans cette disposition d'esprit, ébranlé par sa traversée, une fois échoué en face de l'école, trop en avance, il avait eu le temps de voir surgir de nulle part les femmes, s'agglutiner sur le trottoir d'en face, venues peut-être par ces chemins qu'il avait vus sillonner le terrain vague. Non, il n'avait pas eu de difficulté à trouver, finalement, disait-il à Luiza : il avait traversé le pré.

— Les gamins de *Chez Robert* gardent ma voiture.

Elle avait salué l'information d'une mimique moqueuse.

— Pas mal, pour un nouveau venu. Bienvenue aux Grands Prés.

— Vous travaillez ici ?

— Je m'occupe des enfants. Antoine m'a parlé de vous, mais pas de moi à vous, je vois...

— Il ne m'a pas parlé de grand-chose. C'était déjà assez compliqué de m'expliquer comment venir ici...

— Ce soir, j'ai une session de formation à Courbevoie. Il n'y a plus d'autobus après huit heures, et personne pour me raccompagner. Ça tombe mal pour vous.

— Ça tombe bien, puisque je fais votre connaissance, plaisanta Alex, pour faire le galant, mais elle accepta d'en rire, si jolie que c'était très gai de passer pour un idiot.

— Deux minutes : j'enlève mon tablier, je vais chercher mes affaires.

Juste comme elle disparaissait dans l'école, la 2 CV d'Antoine débouchait en bas de la rue, son pot crachant de la fumée. Il faisait signe de loin, l'avant-bras passé sous la vitre rabattue. Il s'excusait, un type lui avait tenu la jambe, il n'avait que dix minutes de retard, malgré tout, on était dans les temps, pas de problème, et la même question : tu n'as pas eu trop de mal ?

— Tes copains du café en face ont l'œil sur ma voiture. Luiza arrive.

Antoine allumait une cigarette, regard en dessous, noir.

— Elle m'a repéré. Les gamins aussi. Je n'ai pas la tête du coin, sans doute.

— J'en ai une du mien, moi ?

Cette susceptibilité à fleur de peau, Alex commençait d'en connaître les effets, il ne se laissa pas démonter. D'ailleurs Luiza arrivait, un sac en bandoulière sur sa veste de toile rouge, pimpante.

— Absolument. Une tête des Armand, ripostait Alex, enhardi par la présence de la fille. Les gamins de la garderie aussi ont la leur. Remarque bien : j'ai pas dit melons, j'ai pas dit bicots. J'ai pas dit bidonville non plus. Tu dis comment ?

— Moi je dis que je viens du Portugal. Coimbra. Et toi ? demandait Luiza en riant.

— Du 6e arrondissement, désolé. Anciennement d'Arles, si ça arrange mon cas. J'aimerais bien être de Krokodilô…

— Une décharge, daigna expliquer Antoine à l'adresse de la jeune fille.

Il l'embrassait, lui mettait un baiser furtif derrière l'oreille et lui tendait la clé de la 2 CV.

— Vas-y doucement, elle tousse.

— J'ai l'habitude. A ce soir !

Ensemble, ils avaient retraversé le terrain vague et retrouvé la voiture, sur laquelle la bande des garçons était installée, la meilleure façon qu'ils avaient trouvé de la garder, sans doute, juchés sur le toit, le capot, les ailes, tels des oiseaux posés dont le vol s'éparpilla à leur approche.

— Djalil ! Je te revaudrai ça, lança Antoine. Trois flippers !

Djalil rigolait, de l'autre côté de la rue, sa main levée, doigts écartés.

Antoine se laissa tomber sur le siège du passager.

— Cinq ! Un vrai caïd. C'est cher payé, le gardiennage, non ?

— Je mettrai ma part au pot…

Ils rigolaient aussi, et c'était bien plus simple de sortir de là avec Antoine pour guide, si vite retrouvés le centre du vieux Nanterre et ses immeubles du XIXe siècle, commerces et places fleuries, d'enfiler l'avenue conduisant au pont sur la Seine et à Paris tout droit, un transport si rapide que, le souvenir de la zone encore dans les yeux, c'était le paysage urbain moderne qui semblait anachronique, son aspect propret une débauche de luxe, un mirage incongru sans commune mesure avec le bidonville qu'ils venaient de quitter.

— Tu n'étais jamais venu là, disait Antoine, davantage un constat qu'une question. Ça vaut le détour, non ?

S'il en avait douté, Alex eut la confirmation qu'à ce rendez-vous Antoine avait mis une intention, manière de le tester, qui pouvait bien valoir condition pour accéder à la Cinémathèque. S'il n'avait satisfait à l'épreuve, le petit camarade entendait-il l'éconduire, le planter là, au lieu d'aller au Trocadéro ?

— A vrai dire, je me suis servi d'un truc irrégulier avec les gamins : ton nom vaut sésame. Ali Baba, c'est toi !

— Ne t'y fie pas, se rebiffait Antoine. Tu n'es pas admis pour autant, ils ont quelques raisons de se méfier des intrus… On dirait la cour des Miracles ? Détrompe-toi. Très organisé. Contrôlé du dehors par les flics, au-dedans par le FLN et le MNA, rivalités, représailles, racket. Quand ce ne sont pas les sbires de Salazar qui rappliquent. Mais un autre réseau fonctionne, encore plus occulte, et efficace : à la minute, tout le monde sait où tu te trouves, ce que tu y fais, qui tu vois, à qui tu parles. Les gamins n'ont pris ta voiture sous leur protection que parce qu'ils en avaient la permission : Ali Baba, ce n'est pas moi, c'est Luiza.

La jeune fille de l'école avait fait forte impression à Alex, ses vingt ans rayonnants et son visage rieur, grande perche gracieuse d'une spontanéité charmante mais, là-dessous, l'aplomb combatif, la perspicacité et la vivacité guerrière des chats de gouttière. Rien qu'à traverser la rue et engager la conversation avec lui au bord du trottoir, elle donnait donc signal aux environs apparemment déserts et, de proche en proche, à ceux que cela concernait, du blanc-seing qu'elle dispensait.

— Arrivée avec ses parents, juste après la guerre, concédait-il d'expliquer. Elle a aussi des cousins à la Folie, tous regroupés là. Des premiers à s'installer sur les parcelles des bords de Seine avec les Algériens. Citroën recrutait à tour de bras mais, pour le logement, à part les garnis hors de prix, il n'y avait guère de solution que se construire une baraque par ses propres moyens. Cela devrait t'intéresser, toi, l'historien : des villes aussi catastrophiques ne s'improvisent pas de la veille… Autrefois, Nanterre, c'étaient des guinguettes, une campagne pour petits-bourgeois, mais les usines ont fait fuir chasseurs et pêcheurs de chevesnes, la ville est devenue ouvrière : centrale de gaz d'éclairage, et puis Ouest-Lumière, chimie, fonderies, métallurgie, usines d'automobiles… Autour, ont poussé des ateliers, recyclage de résidus, récupérateurs, plus ou moins légaux. Les émigrés ont colonisé les terrains de chiffonniers qui vivaient là, au siècle dernier… Ça vaut Krokodilô, non ?

En voilà une érudition, s'étonnait Alex, prudemment à l'écoute, égayé par le tour inattendu que prenait son expédition et, pour ce qui était de Nanterre, de l'histoire des gamins de *Chez Robert*, de celle de Luiza, il voulait bien en apprendre encore. Si tu cherches le *casus belli*, tu en es pour tes frais. Tu me fais la leçon ? Je m'instruis. Si tu t'en donnes la peine, c'est bon signe. Signe que l'habilitation de Luiza est validée.

— Luiza enseigne aux Grands Prés ?

— Pour le moment, assistante maternelle en remplacement. Elle donne des cours d'alphabétisation aux immigrés. Une surdouée de la paperasse : elle connaît les filières, les systèmes de bourses et d'allocations, les attributions prioritaires, elle fait l'écrivain public pour toute la cité. Cette fille est une machine de guerre. Elle a obtenu une place en HLM à son père. Pas facile : ils sont réservés aux familles, et il est veuf à présent. Le plus beau, c'est qu'il n'a pas si bien pris son cadeau : il se sent exclu. Un paradoxe, non ? Il est fourré tous les quatre matins chez ses anciens voisins, il bricole dans les gourbis. Ces gens sont liés plus solide que béton. Sous prétexte de relogement, ils les dispersent dans les cités de transit, ils les envoient le plus loin possible, jusqu'à Melun… Mais on ne divise pas ce qui s'est noué dans la détresse, la débrouille et la pauvreté. De ce côté-là, quand elle fait bien les choses, la misère a du bon. Elle fabrique des solidarités qu'on n'imagine pas, et même des bonheurs…

Du bonheur de parler de Luiza, Antoine avait-il idée qu'il l'illuminait ? Que sa fougue et son enthousiasme, rares chez lui, trahissaient, mieux que le petit baiser derrière l'oreille, son sentiment amoureux, ou bien était-il assez assuré du pacte mutuel pour se laisser aller ? Alex ne pouvait s'empêcher de calculer quel avantage il avait gagné à se perdre dans le dédale de Nanterre. De son constat euphorique, il découlait que la circulation des rues ne lui avait jamais paru aussi fluide, l'enchaînement des feux aussi providentiel, et même la facilité à trouver un stationnement valait pour signe magique que tout allait bien. C'est dans cette humeur favorable qu'il descendait de voiture. Je ne suis pas amoureux d'Antoine, se disait-il, mais il me plaît. Il me plaît qu'il soit amoureux de Luiza, qu'il lui ait parlé de moi, et non d'elle à moi avant de me faire la rencontrer, qu'il s'en soit remis à elle pour décider si la clé d'Ali Baba valait ou non la peine, et j'aime qu'il ait des leçons d'histoire à me donner, cela me laisse à lui en donner sur les films de Pierre Galay. Si bien qu'il avait emboîté le pas à Antoine sans trop faire attention, remontant l'avenue le long du musée de Chaillot. Ils entraient, derrière les buissons en contrebas du jardin, par une porte dérobée, Antoine était chez lui, en habitué.

— Pourtant, chuchotait-il, c'est tout nouveau : l'inauguration remonte au mois de juin, un cadeau de Malraux…

Ils longeaient un corridor mal éclairé, tapissé de rayonnages surchargés de galettes assez délabrées, où flottait une odeur aromatique de chimie, de poussière, mêlée à celle de la peinture neuve. Le réduit où il l'introduisait à présent avait pour seul éclairage deux veilleuses anémiées dirigées sur ce qui s'apparentait à un autel, ou à un meuble industriel archaïque, pour ce qu'on en distinguait, devant lequel officiait une femme solitaire, de qui on ne voyait que le dos, penchée qu'elle était sur un minutieux ouvrage de rapiéçage, telles les paroissiennes dévouées aux humbles besognes d'entretien ravaudent les nappes entre deux grands-messes, dans la pénombre silencieuse des églises. Telle la brodeuse de Vermeer, pensa Alex ; elle en a la douce et pieuse pénétration pour enfiler à son aiguille le fil de soie ; à des personnes comme celles-là, on doit pouvoir confier ses plus chères reliques. La femme ne se retournait pas, bien qu'ayant perçu leur présence, et, tout le temps qu'elle mit à achever ce qui l'occupait, ils restèrent immobiles. Lorsqu'elle leur fit enfin face, à contre-jour, c'était avec un regard de taupe pour percer l'obscurité, dans son visage plein, que les lampes auréolaient de bleu lunaire, un regard bienveillant avant même d'avoir trouvé son objet. La main en visière, elle tapotait le bras d'Antoine.

— Tu as bien failli ne pas me trouver, mon garçon : Henri doit revoir sa programmation ce soir, avec Lotte et Marie. Mais Marie doit aller chez le dentiste. La réunion est retardée, il est très contrarié… Moi pas : je peux finir mon raccommodage. Il me donne un mal de chien, j'en ai les yeux percés. Vous êtes donc l'ami d'Antoine…

Antoine l'avait-il annoncé ainsi ou bien l'improvisait-elle par magnanimité, par l'autorité qui émanait d'elle, ou la science qu'elle avait de leurs pensées ? Encore que, entre eux deux, des géants, elle semblât avoir la taille d'un enfant. Ou bien la réduisait-elle par quelque sortilège, magicienne hospitalière dans son antre aux confins perdus dans les ténèbres ; ainsi les trompait-elle aussi sur la vastitude du domaine des ombres où elle régnait. Tandis qu'elle s'empressait de dégager un coin de table pour verser deux tasses de café d'une bouteille thermos, parmi des liasses de papiers dactylographiés annotés de sa main, griffonnages de souris, elle bavardait à toute vitesse.

— Je ne fais que courir d'ici au studio d'Epinay… Henri nous harcèle. Il a sa présentation de la semaine Jean Renoir, à Montréal, les séances d'Ulm et celles d'ici à assurer, et ses démêlés, à n'en plus finir, les comptes, les inventaires… Il ne se fie qu'à sa tête, il continue à ne tenir rien à jour. Pourtant, quelle mémoire il a ! Vous connaissez Henri… Une minute, j'ai un coup de téléphone à donner à M. Renault…

Elle s'éclipsait. Non, Alex ne connaissait pas Henri, mais elle en parlait comme s'il allait de soi que la terre entière était dans les meilleures relations avec cette considérable personne. Henri Langlois, soufflait Antoine à son oreille. Langlois ? Bon. Et cette dame ? Renée Lichtig.

— Une femme géniale, une cinglée de cinéma, sans qui Langlois serait perdu. Il n'a que des femmes autour de lui, ses nourrices, ses adoratrices et ses meilleures ennemies, Lotte Eisner, Marie Epstein. Et Mary Meerson… Lui ne pense qu'à consulter les voyantes et à montrer ses vieux films, ses inestimables trésors entassés ici et chez ses amis. Superstitieux, désordonné, un genre de fou, toujours en guerre contre la terre entière. Il n'a pas le sou, mais vendrait sa culotte, son âme au diable, pour deux mètres de pellicule… Il se contenterait de rafistolages rapides pour les projeter, quitte à les bousiller définitivement, mais il a trouvé son chien de garde, Renée est intraitable. Il plie devant elle et, crois-moi, elle est une des rares : elle lui a interdit des séances au dernier moment parce que c'était du massacre. Plus enragée que lui, si possible. Mais elle travaille au noir, ce qu'elle fait n'existe pas au registre des métiers. Entre deux montages à droite et à gauche, elle passe ici ses nuits et ses dimanches, conservatrice, restauratrice d'images en perdition. Elle a du travail sur la planche pour l'éternité… A part elle, et son ami Renault, qui bricole comme un malade dans son petit laboratoire, on se demande qui se soucierait de redonner vie à ces films anciens, de les rendre visibles à nouveau… Je ne pouvais pas te présenter mieux qu'elle.

Une présentation pareille, Alex en souriait, mais il n'allait pas refroidir le lyrisme d'Antoine. Que cette personne fût bien disposée lui suffisait pour lui reconnaître toutes les vertus. Pourtant, Antoine avait dû sentir que sa ferveur le laissait sceptique.

— Tu devrais t'entendre avec elle, ajouta-t-il, puisque tu dis que les images sont nos ostraca modernes… Cela n'est pas tombé dans l'oreille d'un sourd. Je crois bien que tu ne m'as rien dit de plus important, l'autre soir. Sans ça, je ne t'aurais jamais emmené ici. Sans ça, pas de Cinémathèque.

Le ton péremptoire amusa Alex. Comme quoi Nanterre n'était peut-être bien qu'un tampon facultatif sur le passeport. Comme quoi on trouve le chemin des gens par des moyens qu'on ignore. Mais Renée revenait, contrariée, beaucoup, de ce que son bon ami n'avait trouvé dans ses boîtes que de la poudre à café, le sable brunâtre en quoi se délite la gélatine trop vieille des négatifs, mal conservée, et elle aurait pleuré de ce désastre. Sans avoir vu les images, sans savoir de quel film il s'agissait, un chef-d'œuvre unique ou une médiocre bluette tournée à la chaîne, par pur chagrin de son anéantissement à force de dormir au fond d'une boîte de fer, du trop long sommeil létal voisin de l'oubli, alors, pour se remettre, elle vida la thermos et sucra trois fois sa tasse.

— Antoine me dit que vous avez trouvé des films préhistoriques ? On peut voir ces curiosités ?

Les voir, là était bien la question. Mais rien qu'à la manière dont il tirait les rouleaux de leur enveloppe de kraft, elle grondait :

— On ne les manipule pas de cette façon ! L'amorce est perdue. Qu'avez-vous fait, mâtin, pour les mettre dans cet état !

Elle les déposait sur la table, si fâchée qu'Alex réprimait son envie de rire pour être semoncé comme un garnement. En même temps gagné par le sentiment d'avoir vraiment outragé un objet qui inspirait ici considération et respect, qu'on n'approchait qu'avec égard, comme s'il était dépositaire d'une valeur qu'en iconoclaste il profanait. Il révisait à toute vitesse son jugement sur les propos d'Antoine, ce qu'ils évoquaient de religiosité attachée en ce lieu aux reliques du cinéma. S'ils lui étaient parus un peu exagérés, un effet rhétorique inspiré par l'atmosphère particulière des murs, le transport subit de la lumière du jour aux cavernes de la table de montage, maintenant il en voyait les effets merveilleux. La femme examinait les bobineaux posés sous les lampes avec une sorte de défiance, voire d'aversion, qui remuait en elle des réflexions inquiétantes, ainsi les médecins considèrent-ils un grand malade sans lui avouer encore son mal, mais de la moue sévère l'avertissent que le diagnostic dépassera leurs craintes.

— Ils sont vraiment très vieux…

— Ils datent d'avant 1914, confirma Alex, trop content de montrer qu'il n'était pas tout à fait l'ignare qu'elle supposait.

— C'est du film flamme, murmurait-elle. Du nitrate de cellulose… Vous avez essayé de les projeter ? Inconscient ! C'est une bombe que vous trimballez sur vous. Rien qu'une étincelle, et l'immeuble flambe, comme rue de Courcelles ! Ah, quel malheur !… Depuis 1952, ces films-là sont interdits.

Accablée, elle s'était assise à sa table, qu'on voyait mieux à présent, une espèce d'armoire métallique, un pupitre avec des axes d'enroulement horizontaux pour maintenir, de chaque côté de l'écran, le film en tension sous l'ampoule, et le ruban de pellicule engagé luisait, éclat de mica noir pailleté d'or. Interdits ! Alex en fut glacé, plus que de la menace d'une explosion, à laquelle il ne croyait pas beaucoup. On avait dans cet endroit un fameux penchant à l'hyperbole.

— Interdits, mais nos armoires en sont pleines. Dans les blockhaus de Bois-d'Arcy, il y en a des tonnes… Interdit d'en projeter en salle et, même à les manipuler, il faut toutes sortes de précautions. Moi, je ne travaille plus que sur des contretypes. Evidemment, vous n'avez pas de marron…

Le *marron*, expliquait-elle patiemment à Alex, c'était la copie d'un négatif original. On la tire sur une pellicule au grain très fin qu'on ne projette jamais, pour ne pas la rayer. Un seul passage dans l'appareil l'abîme irrémédiablement, le frottement de la moindre poussière a l'effet d'une pierre ponce. Imaginait-il gratter un tableau de Rembrandt à la brosse de chiendent ? De cette copie, on tire tous les contretypes de travail qu'on veut, selon le principe du négatif positif en photo. Il faudrait enfermer le marron dans un coffre-fort, c'est l'étalon de référence. Un incunable, si vous voulez.

Elle mettait à son exposé la complaisance qu'on adopte envers les idiots ou les petits enfants, mais Alex devinait qu'elle s'y efforçait, avec tant de détails, moins pour l'enseigner que pour conjurer par son verbiage le frisson qui continuait de parcourir ses épaules. Rien qu'au bref contact de ces trois bobineaux inoffensifs ? Et il ne pouvait s'empêcher de penser que ce qu'il les savait contenir, du moins ce qu'il en avait entrevu dans les plis de la véronique de sa cuisine, aussi nocturne que ce réduit, contaminait de sa puissance négative même ceux qui n'avaient aucune raison d'en soupçonner les images.

— Une fois, à mon premier stage d'étalonnage, disait Renée, aux studios d'Epinay, les pompiers sont venus nous faire une démonstration : ils ont allumé une bobine en nitrate et l'ont plongée dans un seau d'eau. Quand ils l'en ont retirée, elle s'est enflammée de nouveau à l'air. On aurait dit qu'elle avait continué de brûler dans l'eau… Vous avez l'impression de voir le diable à l'œuvre, vous savez… De ces films, je me méfie, je les connais. Je les aime et je sais leur danger. Je sais qu'ils peuvent nous sauter à la figure rien qu'à les regarder. Pire qu'une bombe au phosphore. Mais ils ne me font pas peur. Je leur veux du bien, c'est bizarre, non ?

Soudain, elle se pencha vers les rouleaux de pellicule, les caressa du bout des doigts.

— Quand mon père est rentré de Shangai – il construisait le tramway là-bas, il était ingénieur –, il est devenu assistant de Germaine Dulac, à *France-Actualités* de

Gaumont, les nouvelles de l'époque… Le parlant l'intéressait, depuis toujours le cinéma le passionnait, il m'en a donné le virus : en Chine, j'avais quoi, quatre ou cinq ans, il m'a offert une caméra Pathé Baby. C'est comme ça que j'ai vu mes premiers films de Chaplin… Il y a eu un accident, dit-elle brusquement, et sa voix fléchit. Il y en avait souvent dans les salles, en ville, dans les studios de cinéma. Mon père a été parmi les plus gravement brûlés. Maman a refusé qu'on le voie. Il est mort au bout de trois jours à l'hôpital Beaujon… Cela ne m'a pas empêchée d'aimer le cinéma, à la folie. Ma sœur non plus…

Elle chassait le sujet, mais son père venait d'entrer dans la petite pièce. Il se tenait par là, un peu en retrait derrière sa fille, défiguré par ses affreuses brûlures de cinéma en noir et blanc et Alex eut un frisson de repenser qu'il avait trouvé la boîte posée tout près du foyer incandescent, qu'il s'en était fallu d'un rien qu'elle n'explose au bout de la fourche du fossoyeur, alors elle aurait allumé d'un brasier rouge le jardin d'Auteuil tout emmantelé de brumes et de fumées, incendié de sa déflagration la mélancolie du soir de 11 Novembre et, de son feu infernal, soufflé l'histoire de Max, et celle de Pierre Galay.

— Voyons, que faut-il en faire de vos films ? Vous y tenez beaucoup, à ce que m'a dit Antoine…

— Beaucoup, confirma-t-il. Il se racla la gorge : Il importe énormément que j'en prenne connaissance.

C'était si pompeux, déplacé, qu'il se tut, désemparé. Antoine avait raison, c'était une grande dame, toute petite et tassée sur son siège inconfortable, une cinglée et une reine.

— Ce ne sont pas des films de famille, disait Antoine, venant à son secours. Plutôt un genre de documentaire. On ne sait d'où ils viennent, mais il semble que ce soit de loin.

— C'est du 17,5 mm, perforation unilatérale. Aucun projecteur actuel n'admet plus ce format. Mes petits chats, je vais avoir du mal… C'est bien pour te rendre service, Antoine, parce que, en ce moment, je ne sais où donner de la tête…

— Je vous remercie de bien vouloir examiner ce que vous pouvez en tirer.

Du geste, elle abrège les discours qu'elle sent venir.

— Je vais demander à M. Renault d'en tirer un contretype. Mais ne vous attendez pas à des miracles… L'avantage, c'est qu'il n'y a pas de collures. Ce sont des bandes brutes, d'une seule prise, à la manière des premiers cinéastes. Il y en avait pas mal, de par le monde, qui commençaient à filmer leurs voyages, mais ils manquaient de moyens. Ils n'avaient pas encore entendu parler du montage, qui ne s'était pas encore répandu, surtout chez les amateurs. Ils tournaient la manivelle jusqu'à ce qu'il n'y ait plus de pellicule dans le magasin. Trente ou quarante secondes, pas plus. Où les avez-vous trouvés ?

Alex ne va pas recommencer, il ne va pas reprendre l'histoire à son début, et il ne veut pas non plus parler de ce qu'il a vu sur le mur de sa cuisine devant le père de Renée à la face brûlée ; ni surtout parler du Dr Galay, qui indispose Antoine. Pourtant, c'était lui qui se précipitait pour donner des détails.

— Chez le grand-père d'Alex, journaliste et avocat au début du siècle. Il voulait s'en servir dans un scandale public, un truc colonial, semble-t-il.

— S'il s'agit d'un scandale, cela devient très intéressant, plaisantait-elle. Allons, laissez-les-moi ; mais ne soyez quand même pas trop pressés…

Nous ne sommes pas pressés, disait Antoine sur le chemin du retour, plissant les yeux dans le soleil du soir qui aveuglait le pare-brise, tu es pressé, toi ? Depuis le temps qu'ils attendent dans leur boîte, tes films patienteront bien quelques semaines de plus. Mais il lui fichait son billet que Renée ferait plus vite qu'elle ne le disait :

— Je la connais : elle n'est pas toujours si bien disposée… Elle aime les gens qui y croient, sinon elle les met à la porte, du balai.

Il était d'une humeur allègre, visiblement très content de leur visite dans le cabinet noir, peut-être moins assuré de sa réussite qu'il ne l'avait prétendu. Renée l'avait à la bonne, poursuivait-il, en veine de confidences, depuis une de ses premières soirées, rue d'Ulm, où il allait en touriste, trois ans plus tôt. Il avait dépanné le projectionniste au pied levé, un petit jeune un peu démuni, qui interrompait la projection à chaque changement de bobine parce qu'un des deux appareils ne fonctionnait pas ; la séance allait tourner à l'émeute, alors il avait fait Zorro, ce soir-là.

— Il faut dire qu'ils ont un matériel épouvantable, bouts de chandelle et compagnie. Leur public, même genre : des amateurs. Ils voient trois films par soirée, mais ils sont infichus de souder un fil électrique ou de régler une glissière. Moi, la cinéphilie, je vois ça de loin. C'est une secte : des grandes gueules, des gourous ; drôle de monde. Mais, à force de projeter dans les banlieues, je finis par avoir vu pas mal de films, vingt fois le même, parfois. *Citizen Kane*, je le connais par cœur. *Psycho* aussi, et Eisenstein, l'intégrale. *Le Testament du docteur Mabuse, L'Aurore…*

D'évidence, ces titres ne disaient rien à Alex.

— Ce n'est pas moi qui fais le choix, corrigeait-il, pour excuser sa vantardise. Je ne suis que technicien.

Mais, à cette place, je vois bien que les copies s'abîment à grande vitesse. Quelque précaution qu'on prenne, on perd dix images par-ci, un mètre par-là. Qu'est-ce que cela peut faire ? Tout le monde s'en fiche, sauf des allumés comme Renée… C'est drôle, ce mot. J'ignorais l'histoire de son père… A trafiquer avec les images, on joue vraiment avec le feu. Tu aurais bien pu flamber, dans ta cuisine… Mais, même refroidis à l'acétate, les films de ton grand-père te brûleront les doigts. Ils étaient promis au non-retour.

Coup d'œil en coin à Alex, l'air de qui, pour sauter le ruisseau, jauge la résolution de son compagnon, s'affranchit des dernières hésitations.

— On ne descend pas au tombeau sans risque, fais attention à toi, Alex. Les revenants ont la peau dure, on ne les chasse pas comme de la fumée…

Sa voix s'était assombrie et, pour accompagner ce présage, il soufflait devant lui celle de sa cigarette. Le coulis d'une fenêtre entrouverte agitait ses volutes en nappes évanescentes, dispersées dans le courant d'air et, pensait Alex, que gagnait la gravité d'Antoine, nos rêves non plus ne se chassent comme la fumée. Le sommeil ne les réduit pas en cendres. Vaporeux, entêtants, ils nous poursuivent dans la vie éveillée, ils résistent et réclament leur récit. Il est difficile d'en rendre compte, et souvent au prix du mensonge. Mais Pierre Galay ni ses films ne sont un rêve. Ils ont traversé un pan d'histoire, qui croise ma vie. Ils ne sont pas partis en fumée puisqu'un torchon de cuisine peut encore recueillir la preuve de leur existence. Partout où vont nos pas, nous vivons en compagnie des morts. A Pompéi ou à Nanterre, à Krokodilô, nous marchons sur leurs traces. Il n'y avait aucune mélancolie à cette idée, au contraire. La languide lumière de septembre voilait les façades, en mille lieux réverbérée par les vitres des fenêtres, vibrant aux vitrines, sur le zinc des toits et au faîte des arbres, enveloppant la ville d'une torpeur d'automne dont la phosphorescence liquide affectait aussi les passants, embuait leurs silhouettes et la coulée des voitures comme ralentie, adoucie, et tout mouvement atténué par le miroitement pointilliste des ombres. Le tamis de cette lumière évoquait la présence de temps révolus peuplés de semblables mouvements, de semblables passants emportés vers leurs destinations occultes, parmi ceux d'aujourd'hui, ils allaient et, oui, nous vivons au milieu des morts…

— Alors, lançait Alex, enhardi par cette vision roborative de la rue, m'aideras-tu à rencontrer aussi quelqu'un de cette famille ? Ne me dis pas, Antoine des Armand, que tu ignores par qui je dois commencer… Qui sont les descendants directs de Pierre Galay ?

A cette question, Antoine eut la certitude qu'il ne pouvait répondre sans mettre le doigt à l'engrenage. Il avait déjà donné trop de gages et, s'il se persuadait, en venant, que c'était bien suffisant d'avoir promis Renée, et sa table de la Cinémathèque, dès la sortie de l'école, rue des Grands-Prés, dès le rire consentant de Luiza, il avait pris la décision d'en être. Et même bien avant, déambulant dans les rues de Versailles. Peut-être à cause de Bisou et de sa chanson triste. Plus sûrement, dès l'instant où Alex surgissait des ronces et sautait les marches du perron du Mesnil à sa rencontre. Croyait-il vraiment aux anges, celui-là ? Il avait accepté de le suivre, ou plutôt de remonter avec lui le cours du rêve, le cours de l'histoire. Celle d'Alex, la sienne ? Ce ne serait pas la même. Ses raisons ne rencontreraient peut-être bien jamais celles d'Alex. D'ailleurs, il ne voulait pas les connaître. Il ne voulait pas aller chercher sous le sable, la cendre, dans la fumée des feux de jardin, le motif de sa vindicte, ou de sa détresse, qui ne regardait que lui. Si Alex avait vu dans les films préhistoriques de son grand-père de quoi être terrifié, de quoi vouloir nommer cette terreur et la soumettre, il avait quant à lui, du haut de l'escalier du Mesnil, vu assez de quoi se brûler les yeux pour l'accompagner dans son projet insensé.

— La famille est dispersée, dit-il brusquement. Sa fille est dans les affaires, le biscuit et le lait. Elle a un frère, un savant, qui vit en Irlande… Pour ce que j'en sais, ils ont des enfants qui reviennent par ici, de temps en temps. En revanche, sous la main, tu as des gens du coin, comme tu dis : la branche collatérale. Le cousin Guillemot, le député. Son beau-frère, le maire du Mesnil. Leurs enfants…

— Ils ne m'intéressent pas. Comment veux-tu que des cousins connaissent une histoire pareille ? Il n'y a que les descendants directs pour en avoir eu vent, et encore…

— D'accord. Seulement, écoute bien : samedi prochain, le député UNR marie sa dernière fille. Des noces à tout casser, mon vieux ! Messe dans l'église de mon village et réception dans les jardins de mon père. *Les oiseaux viennent y faire leur nid…* Grand meeting familial. Qu'en dis-tu ?

Alex avait garé la voiture en urgence, sans clignoter, ce qui lui valait des klaxons furieux, bras d'honneur par la portière ; l'embardée les avait secoués.

— Tu parles sérieusement ?

— Le ban et l'arrière-ban. Ils seront tous là, toutes générations confondues : les vieux, les jeunes, fratries et pièces rapportées, obligés, amis et relations mondaines, plus la vieille fée sortie de sa tour, où tout le monde l'avait oubliée…

Encore sous le coup de la nouvelle, Alex réfléchissait à toute allure, bras croisés sur le volant. Alors la rue n'était plus voilée de douce blondeur. Elle émergeait peu à peu du flou, sa nébulosité se condensait en son actualité vivante. Ses contours, sa surface se coloraient, désembuant sa vue, telle une photographie monte dans le bain du révélateur, expose aux yeux la magique précision de sa mémoire sensible, et si Antoine lui donnait cette information, s'il la lui assénait sans prévenir, elle ne lui surgissait pas sur la langue dans la minute. Il l'avait méditée, envisagée pour son propre compte : nous ne sommes pas pressés, disait-il ? Ce *nous*, Alex le lui avait cueilli au bord des lèvres, il ne tombait pas non plus dans l'oreille d'un sourd. T'es-tu entendu le dire, Antoine ? Je le savais, jubilait Alex. Je savais, dès la traversée du terrain vague, parmi la croisée des chemins d'erre au milieu de nulle part, peut-être dès avant notre marche dans les rues de Versailles, à l'instant où tu es apparu au bas des marches du perron du Mesnil, que tu es de ceux que pousse en avant la tentation de reculer. Je savais que tu serais mon ami.

— Sans blague, murmurait-il. Tu y es invité ?

— Invité ! Tu rêves !... Mais est-il interdit de se trouver parmi les badauds qu'attire ce genre de fiesta ? souriait Antoine. Que faisons-nous, samedi ?

V

Samedi 7 septembre

Sabine descendait de l'étage tout en maintenant d'un index son chapeau d'organza : elle cherchait Josette, la petite main de la couturière, disparue avec le bustier pour lui donner un dernier coup de fer, dans la buanderie sans doute ? Volatilisée, un quart d'heure avant le départ du cortège ! Mais, rendue à mi-escalier, elle s'arrêta, suffoquée. Dans le contre-jour de la porte-fenêtre ouverte sur la terrasse, l'amoncellement des fleurs s'entassait en dépit du bon sens, cascadait en vrac sur l'escalier du jardin, jusque sur la pelouse, à croire qu'une benne publique les avait déversées là ! Débordée par les préparatifs et le rôle qu'elle y tenait depuis le matin, sœur aînée de la mariée, elle se rengorgea, exagérant son air survolté, elle ne pouvait se fier décidément à *personne*, à elle revenait de pallier l'insuffisance de maman, effondrée sur quelque canapé, à elle de veiller à tout… Les livreurs de dernière minute fendaient la foule des invités et plantaient les fleurs aux bras de n'importe qui. Les gerbes de lys et de roses, de glaïeuls blancs, les traînes de jasmin tressées de lauriers, les gros bouquets d'arums, de pivoines, une folie en cette saison, toute cette blancheur de neige, d'ivoire, d'albâtre, en calices et boutons dans le crissement de cellophane ou de tulle, étalée n'importe comment, jusque sur la pelouse ! Sans se soucier des cartons épinglés !...

— Dehors, en plein soleil ! Où avez-vous l'esprit ? Elles seront fanées dans l'heure ! Rentrez les fleurs immédiatement, mettez-les à l'ombre ! Josette ! Où est-elle ? Trouvez Josette, c'est insupportable ! Qu'on rassemble les enfants, les demoiselles d'honneur ! Nous descendons bientôt...

Sa voix grimpée dans les aigus faisait se lever les têtes et, maintenant que circulait le contrordre, le personnel s'empressait de rentrer en hâte corbeilles et gerbes dans le vestibule, sans savoir où mieux les disposer, les poussant en vrac sur les consoles, les commodes, jusque sous l'escalier. C'était un tel saccage qu'elle fit demi-tour, indignée. Où était passé ce M. Maurice, l'ordonnateur des cérémonies engagé pour l'occasion ? Le gratin, à en croire le tarif, une facture salée. Remontant les derniers degrés, elle tomba nez à nez avec Josette, qui sortait d'une chambre, portant loin devant elle le bustier dont le plissé frissonnait dans le courant d'air.

— C'est insensé, ma fille ! Mme Tison n'attend plus que vous, on vous cherche partout ! Il est bientôt trois heures ! Ma sœur en est aux larmes !

Sans s'émouvoir, la jeune femme trottinait son chemin vers la chambre de la future mariée, attentive à tenir en équilibre l'ouvrage, un délicat ruché de dentelle de Calais balançant au bout des bretelles, de fins rubans perlés de nacre, du travail d'orfèvre. Malgré l'urgence, Sabine s'arrêta devant un miroir pour vérifier sa tenue, sa coiffure, son maquillage, son air de sœur aînée au secret des préparatifs, au secret de son ventre encore plat mais, dans ses flancs féconds, la petite graine, l'amande minuscule, sa promesse... Elle rencontra sa souriante apparence, un masque de distinction affable, qui ne lui demandait aucun effort, aucune vigilance, dissimulant elle ne savait quoi d'inavouable, ou d'inexistant, une substance ignorée de son être qui serait peut-être atroce, ou simplement inconvenant, à quoi elle opposait une incuriosité d'ennui et de paresse. Elle repiqua l'organza d'une épingle, tapota un cran de sa mise en plis et rattrapa Josette, ferma sur elles la porte du sanctuaire. Viviane n'en était pas aux larmes. Au milieu de la grande chambre, la jeune fille tenait la posture du mannequin de couture, toute molle et froide, subissant les derniers apprêts. Sa pâle et frileuse poitrine nue, si mince torse jailli des bouillons de la jupe, semblait une fleur malingre poussée dans un pot trop grand.

— Tiens-toi droite, ordonnait Sabine. Tends les bras. Doucement, vous autres ! Dépêchez-vous donc !

Avec un sourire extatique, Josette enfilait le bustier, si ajusté que la dentelle semblait moulée à la peau ; preste, y plaçait les seins d'une main technicienne, croisait aux épaules le jeu compliqué des bretelles et, enfouie sous les fronces de soie, elle fixait les petits boutons de perles dans le dos. Simultanément, la maquilleuse, grimpée sur un pouf, finissait d'ombrer les paupières au pinceau, tandis que, de son côté, la coiffeuse plantait, dans le chignon de boucles blondes cartonnées de laque, le peigne en perles du diadème où devait se fixer le voile ; toutes trois affairées autour de la jeune fille qui subissait le rude assaut final, languide, laiteuse druidesse en proie à une adoration qui ne concernait pas sa personne, mais une instance incarnée par l'appareil mystique dont on la parait, dont l'armature et les ornements configuraient la forme terrestre, et elle offrait au plafond désert sa face inexpressive aux lèvres de corail, coquillage marin béant de léthargie entre deux eaux. A l'écart, Mme Tison contemplait son œuvre, sourcil froncé, à sa bouche fardée le sourire de qui contraint sa fierté par fausse humilité, par dédain des gratifications qui ne sauraient être à la hauteur du sentiment de soi ; elle hochait, comblée d'aise.

— Le voile, finit-elle par laisser tomber.

Le mot valant bénédiction au couronnement de l'habillage, jaillit aussitôt de la grande boîte le nuage de tulle que Josette extrayait à pleins bras, propulsant d'un mouvement aérien sa vaporeuse expansion, une jonchée féerique qu'accueillit une onde d'adoration nerveuse devant cette mousse moirée nimbant le mannequin. La couturière portait haut l'appareil vers la coiffeuse juchée, qui le cliquait au diadème. Puis elle repoussa sèchement la tête de Viviane, positionnant telle une mécanique la nuque frêle pour lui enseigner le poids qu'elle devait endurer pour sa gloire désormais. Elles avaient reculé, toutes, dans l'admiration saisies du même féroce et jaloux sentiment d'orgueil, non pour la beauté de la parure à laquelle elles avaient collaboré, ou pour la personne contingente que celle-ci magnifiait, mais pour l'avènement, au milieu de la chambre, d'une pure incarnation résultant de lois, stratagèmes et calculs aussi imprescriptibles que non écrits ; nous sommes de *bonne condition*, pensait Sabine. Le mot lui était venu à l'esprit, elle ne l'aurait pas prononcé, cela ne se dit plus aujourd'hui, mais il résumait le bonheur qui gonflait sa gorge, oppressait sa respiration.

— Ah, chérie, soupirait-elle, pâmée, joignant les mains en prière. Regarde-toi !...

Mais Josette s'emparait encore des mains que lui abandonnait Viviane, lui enfilait ses gants blancs, glissait à chaque doigt flaccide le fourreau de soie, boutonnait la dernière perle à son poignet, alors seulement, tirant d'un pas en avant la grande poupée blanche, qui s'ébranla telle une automate, elle la plaça en face de la psyché, au moment où Sabine se précipitait pour lui tendre son bouquet de lys. Ce que découvrit Viviane sembla la rappeler d'un somme, l'arracher à une contemplation intérieure où ses yeux de faïence s'étaient perdus sans trouver leur objet, ramenant curieusement son regard vers cette apparition qui avançait vers elle, en lévitation sur le tapis, une apothéose de blancheur que le globe du voile auréolait, où seules ses joues poudrées et sa bouche vernie mettaient un rose virginal, transfigurée, telles les déesses se tiennent posées en majesté sur l'ouate de nuages picturaux soufflés par de joufflus angelots ; autour, le décor suranné de la chambre, ses lourds meubles Régence et ses tentures pesantes, les glaces ornementées et les vases Lalique, les tableaux aux murs, tout ce vieil apparat bourgeois aussi incongru qu'un anachronisme de théâtre, si comique, qu'elle porta vivement ses doigts gantés à ses lèvres, et pouffa.

— Attention ! Vos gants ! s'écriait Mme Tison.

Trop tard. Le rouge à lèvres avait laissé sa vilaine traînée… Consternées, les femmes contemplaient la soie souillée, que Viviane regardait aussi, réprimant un sourire penaud, d'infantile sournoiserie, prise soudain d'un fou rire qu'elle ne pouvait contenir davantage, qui la secouait tout entière, agitait le voile de soubresauts et, d'une secousse, elle arracha son gant.

— Malheureuse, ne savez-vous vous tenir ? protestait Mme Tison, très contrariée, ne cherchant même pas à dissimuler le blâme, le dégoût que lui inspirait un tel gâchis.

Sans s'émouvoir de cet incident, qui ne concernait pas son domaine, la maquilleuse parachevait ses soins en pulvérisant le voile du précieux parfum de la fiole aux deux colombes, *L'Air du Temps*, murmurait-elle, yeux mi-clos, humant dans une extase le frais nuage discrètement épicé.

— Tu porteras ton gant à la main, avec le bouquet, s'empressait Sabine, on n'y verra rien du tout.

— On le verra, mais tant pis, tranchait la couturière.

Elle éventait à présent sa face où le rouge était monté, autant de la fièvre de l'ouvrage achevé que de dompter sa colère. Replète dans son strict tailleur, rehaussant par protestation muette sa forte poitrine où saillait un énorme camélia, elle ouvrit solennellement la porte sur le grand corridor désert. Sabine, aidée de Josette, portait le voile, soulageant les premiers pas de la mariée, très sérieuse à présent, après son incartade gagnée par une gravité un peu hagarde, étonnée de l'accident par lequel elle portait ce déguisement. Les multiples essayages lui en avaient pourtant enseigné la discipline, mais c'était un jeu d'emprunt, alors que, venu le grand jour, c'était la robe qui la portait et non elle qui la revêtait, une cuirasse dont les ressorts cachés actionnaient les mouvements, telle une automate.

— Allons, décréta Mme Tison, et la robe se mit en marche.

Encore choquée par le fou rire déplacé de sa sœur, Sabine s'efforçait de reprendre sa dignité, jetant au passage un dernier coup d'œil au miroir pour y évaluer sa bienséante et flegmatique image, l'effet de sa robe jaune, safran clair, très seyant sur sa peau mate, avec ses yeux bruns ; noisette, disait-on pour la flatter. Elle avait toujours su que c'était un marron banal, une couleur commune à côté de ceux de sa sœur, pervenche, myosotis, turquoise… Tante Bertille susurrait ces compliments, mais elle y mettait malveillance, perfidie : Viviane avait les yeux de leur grand-mère. De qui elle avait aussi hérité la blondeur, et le caractère, prétendait-elle, par ces vices de l'hérédité qui sautent les générations, résistent à l'éducation, au dressage, de leur germe malin fermentent le sang. Quel air avait donc cette aïeule au souvenir détestable ? Aucune photo d'elle, dans aucun tiroir ou album pour y confronter la ressemblance érigée en repoussoir, dont la vieille tante accablait Viviane ; la seule à avoir connu, cinquante ans plus tôt, l'épouse volage de son jeune frère, mort depuis longtemps, à se souvenir de Sophie et s'acharner à en entretenir la légende. Mais tant de contrariétés avaient découlé de la disparition de celle-ci, quant aux affaires de la famille, successions et partages, que cela suffisait à justifier sa vindicte. Cependant, malgré les médisances qui, toute son enfance, avaient stigmatisé Viviane, ou peut-être à cause d'elles, Sabine enviait les yeux bleus de sa cadette, son casque de blondeur, son humeur frondeuse, sa légèreté, sa séduction naturelle, qu'elle fût sur les photos d'école attifée du tablier en vichy, en bikini et sandales aux Sables-d'Olonne ou sur ses skis à Chamonix… Contente que ce mariage précipité corroborât quelque peu les prédictions de tante Bertille.

Que Viviane trouvait-elle à ce garçon pour se jeter à son cou ? A un bal de l'X, l'hiver dernier, elle avait brillé de toute sa grâce anticonformiste, si différente des génisses qu'on y menait pour la foire aux maris, qu'elle avait raflé la mise. Les danses modernes permettent de se trémousser, d'aguicher sans vergogne : le temps d'un twist, elle avait fait son marché. Papa se félicitait en privé : elle a touché *le gros lot*. Polytechnicien, fils d'un gaulliste de la première heure tombé dans les maquis du Vercors, ce qui lui valait brevet, ce Philippe Hallier était un garçon malingre au cou de coquelet dans l'échancrure du pull de tennis, cuisses et mollets velus, suant de ses modestes exploits sur le court voisin, infatué, insupportable ; même après s'être changé, flanelle blanche et cravate. Ainsi était-il apparu à Sabine lors du déjeuner de fiançailles à l'hôtel Normandy de Deauville, voisin de la propriété de Mme veuve Hallier… Mais bicornes vernis et épées, pantalons à soutache rouge faisaient grand effet. Déjà groupés devant la maison ses camarades arboraient l'uniforme des cérémonies, une caste, jeunesse d'élite. Ce cérémonial est l'orgueil de papa et, si c'est un mariage d'amour, réjouissons-nous…

Sabine en avait fait un vrai, elle. Une relation d'enfance qui, d'un glissement lent, vous porte vers le plus proche, familier et secrètement prédestiné, devenu l'élu naturel qui, par un mouvement de grâce, découvre votre présence éclose à ses côtés, la fleur de votre jeunesse à lui vouée, offerte en corolle ; aucun autre flirt n'avait troublé son adolescence. Ni les revues ou romans qui circulaient au lycée, les films sentimentaux, ni les parties osées où l'on s'entraînait aux baisers, aux attouchements prohibés ; Raymond Carnet était le premier. Le premier à l'avoir *courtisée*, elle aimait ce mot désuet. Elle était vierge à son mariage, par indifférence, manque d'imagination plus que vertu, livrant la léthargie de son corps aux révélations triviales, mais bienfaisantes, dont elle escomptait moins de satisfaction qu'à observer les principes de conduite et de pensée inculqués par son milieu : petite-fille de notaire, elle épousait un notaire à qui était promise l'étude de son père, à Fontainebleau. Les Guillemot sont de *bonne condition*. Je ne suis pas une intellectuelle, se vantait-elle, j'ai les pieds sur terre, Raymond les a aussi. Le père pondéré et rigoureux qui convenait pour leurs enfants, chers petits trésors, et si sobre de mœurs, d'indolente humeur, si constant dans ses habitudes que la vie était un ruban continu de plaisirs simples et bienséants, dont l'addition composait un alcool mélangé suffisant à ses sens, qui comblait sa béatitude végétative, son attente d'amour conjugal et maternel ; elle n'imaginait pas d'autres ivresses. Ou alors avec le frisson répulsif des violences obscures, des excès et brutalités qu'inflige la vie aux malades, aux désaxés que détraquent leurs appétits irréguliers.

C'est pourquoi l'avait vraiment choquée le rire incongru de Viviane. Sa brusque hilarité devant la psyché heurtait son sentiment. Il donnait soudain actualité à l'avis de tante Bertille dénonçant de si longtemps la grand-mère honnie aux dangereux yeux bleus. De quoi Sabine déduisait que le marron des siens, pour banal qu'il était, l'exemptait de ce legs fatal. Si Viviane en était affligée, pauvre chérie, chancelante dans sa robe, ployant sous son voile nuptial, elle se devait de mieux veiller sur elle désormais, puisque maman faisait défaut. Le mariage mettrait fin à ses fantaisies, ses excentricités. Dans l'euphorie des fiançailles, n'avait-elle pas abandonné ses études de philo : à quoi bon, puisqu'elle avait touché le gros lot ? A présent, elle entrait dans une famille respectable, elle devenait une épouse. Elle aurait à tenir une maison, à recevoir, pauvre chérie et, de suivre la silhouette harnachée, ses yeux s'embuaient de compassion ardente, ravie comme d'une revanche…

Leur petit groupe surplombait enfin le vestibule où se pressaient les invités, refluant des salons en enfilade où ils patientaient, tous visages levés vers l'apparition radieuse de la mariée sur le palier, qu'un murmure ému saluait, puis des rires et des exclamations fusaient, les amis de Philippe soulevant leur bicorne verni pour une bronca joyeuse. On dégageait en hâte la ribambelle des bambins, cinq couples de garçonnets en fracs et gilets et de fillettes en longues robes roses, œuvre de Mme Tison. Celle-ci rangeait déjà la troupe du cortège enfantin mais, inattentifs aux bouquets enrubannés qu'on plaçait dans leurs menottes, les petits béaient vers la mariée, telle la fée des contes merveilleux suspendue dans l'escalier. Papa montait deux degrés vers sa fille, dans sa face pleine, que rosissait le rasage, un sourire de fierté puérile, mèche plaquée au gel sur sa calvitie naissante, si grave, et solennel, qu'il en était ridicule, avec au revers de sa redingote piqués le ruban rouge et son insigne des compagnons de la Résistance, son chapeau haut de forme coincé sous le coude, gauche, mais noble autant qu'il pouvait l'être, pénétré de son importance, affectant l'humilité pour accueillir la reine de ce jour. Il avait maigri, récemment, perdu son ventre et ses bajoues, mais son cou épais étranglé dans le col empesé, ses grosses mains gantées de gris perle, des battoirs, étaient attendrissants de bonté.

Martin ! Viviane ! Monsieur Guillemot ! Chacun l'œil au viseur, les flashs crépitaient à n'en plus finir tandis qu'ils prenaient la pose, complaisants, émerveillés d'eux-mêmes, leur sourire déjà embaumé dans la pellicule du souvenir et, bien plus tard, effarés, avec une fascination terrifiée, chacun regarderait ces photos d'amateur dont les couleurs auraient viré, chacun la sienne et la même, semblable à tant d'autres anonymes où souriaient une jeune mariée et son père, alors devenue l'indéchiffrable annonce du malheur…

Il y eut un peu de confusion pour organiser le départ, la foule gagnait maintenant la rue, la maison se vidait et l'on se mit en ordre de marche. Car on se rendait à pied jusqu'à l'église de Genilly, à deux rues de là : c'était une idée de Viviane que de traverser le bourg, comme les noces de campagne autrefois. Son oncle avait pourvu à tout, mobilisé ses services municipaux pour dégager la chaussée. Rien de plus original, de plus charmant, avait-elle argué, que cette promenade pédestre, en toute simplicité villageoise ; sans imaginer que sa robe l'entraverait, que le voile tenu par les petits enfants serait si lourd à son chignon, tiraillé par leur marche inégale et leur étourderie, et par le vent, bien que léger gonflant ses plis telle la voilure d'un navire virant de bord. On dut s'arrêter, remplacer les enfants par les demoiselles d'honneur, parentes et amies, et les placer devant, avec pour cornac Mme Tison, toute pâle de la fierté de marcher en tête et de mener ce beau monde par les rues.

C'est ainsi que les badauds postés derrière la vitrine du boucher, sur le seuil de la poste, pour les plus hardis massés au bord des trottoirs, sous les marronniers de la place, virent apparaître le cortège, précédé de la bande touchante et comique des petiots, interdits par leur importance et la solennité du spectacle qu'ils donnaient, tandis que, du clocher, le branle des cloches d'abord hésitant, comme sans conviction, puis prenant son élan, abattait à toutes forces ses coups réverbérés, multipliait leur écho par-dessus les toits, envahissant, allègre et puissant, l'espace du bourg jusqu'au fond des maisons, dans les caves et la charpente des greniers, à l'assaut du haut ciel propageant leur vibration vers prés et taillis, champs et vallons environnants, devenu lointaine rumeur sous la voûte solitaire des feuillages, dans les haies épineuses où ont cessé de pépier les oiseaux inquiets, sur l'eau des mares esseulées où une rainette, gorge palpitante et yeux globuleux, écoute, aux aguets…

Dans l'église, l'orgue, ou plutôt l'harmonium, entamait la marche nuptiale. Famille et invités déjà placés se retournaient, se haussaient, cous tordus, pour voir monter, dans le cadre ébloui de la porte, au bras du député son père, Viviane Guillemot, la reine de ce jour. Le père Abeille, poussant devant lui les enfants de chœur aux robes rouges et surplis de dentelle, se portait à leur rencontre, les attendait sur le seuil avec l'impassibilité paterne des bons pasteurs dont la paupière tombée, dans la face ivoirine ravinée de rides, éteint la vigilance amère du regard pour cette foule des grands jours, la belle société dont les luxueuses voitures encombrent la place, et les curieux rameutés, ses ouailles qu'excitait le spectacle, paroissiennes bigotes, vieilles pies dont la bondieuserie faible ou la mystique exaltée, rancie de peurs, d'envies, d'impuissance, se déverse derrière les croisillons de son confessionnal… De cette famille du pays, notables de longue date attachés à son histoire, de la très ancienne à la plus récente, il savait, avec beaucoup d'autres, que mieux vaut taire ce qu'on en sait et se contenter de bénir, maintenant, la petite dernière, la jeune fille frêle enchâssée dans ses atours de cérémonie, guère assidue depuis sa communion solennelle, prenant déjà le voile immaculé pour un déguisement de saison, son chapelet de nacre pour un colifichet ; il la bénissait. Il tapotait de deux doigts d'onction sa joue poudrée et repartait en sens inverse, chancelant dans le grondement du vieil harmonium – ses pédales sont désajustées, les touches du clavier claquettent, il faudrait en changer. Aussi restaurer la toiture, et le chemin de Croix, on n'y voit plus la face martyrisée de Notre-Seigneur, perdue dans l'obscurité quand, ici, les projecteurs neufs, offerts pour l'occasion par le maire, oncle de la mariée, électrisent les gerbes de fleurs dressées comme dans une baraque de kermesse, ainsi soit-il.

Enfin le brouhaha s'apaisait, l'harmonium expirait ses derniers accords et Viviane rejoignait le jeune époux que Mme Hallier avait conduit en pompe au bas de l'autel.

Enfin on allait procéder à l'opération de laquelle ces deux-là sortiraient sanctifiés, munis du sacrement chrétien. Des murmures couraient, mais chacun se retranchait maintenant dans un relatif silence de gravité, s'efforçant au recueillement. Sabine surveillait sa mère du coin de l'œil, à l'autre bout du rang, coincée entre son mari et son fils, qui la calait de l'épaule. Pourvu que maman se tienne bien jusqu'à la fin de la cérémonie… Tant qu'on est tous assis, mais quand il faudra se lever ? Jean-Marie ne pourra pas la redresser sans risque. Qu'il la laisse tranquille sur son siège, sous les plumes de son chapeau cuvant ses tranquillisants, un sourire extatique sur ses lèvres entrouvertes, pourvu qu'elle ne bave pas, ne s'étrangle, ou ne vomisse, quelle horreur, qui s'avisera de l'évacuer, si elle s'effondre ? Mon Dieu, priait Sabine, faites qu'elle tienne le coup, que mon frère ait le bon réflexe… Pour ce qui est de tante Bertille, aucun souci. Son fauteuil roulant poussé au bord du transept, elle est aux premières loges. Elle n'en perd pas une, momie couleur des cierges qui l'environnent, parcheminée de décrépitude, sa tête d'oiseau de proie émergeant du châle brodé de jais, l'œil fixe obstinément porté vers un horizon bas qui semblait concentrer toute son inimitié : la main nue de Viviane, pensa Sabine, sa main sans son gant…

— Dis donc, il en manque, murmure la vieille toute de noir vêtue.

Mantille rabattue sur ses broussailleux sourcils, sa mâchoire d'homme ruminant l'absence de dentier, mains calleuses réunies sous le missel ouvert, elle répète : il en manque. Qui n'ont pas été invités, ont renvoyé les cartons, télégrammes de regrets, refus poli qu'on fourre à la poubelle, bien soulagé de la défection…

— On voit qui est là, on sait qui n'est pas là, hein, commère ? chuchote-t-elle à sa voisine, béret de paille noire sur l'oreille, aussi vieille mais plus grande perche qui domine l'assemblée de sa tête d'échassier, toutes deux debout juste derrière l'harmonium, une bonne place.

Les enfants de la chorale entonnent un Ave Maria, voix flûtées, séraphiques, un enchantement sous ces voûtes séculaires, et Marcelle se retourne à demi, par le travers de sa mantille avise la foule compacte des robes claires et sombres silhouettes masculines, chapeaux bouillonnants flottant en écume jusqu'à l'autel, lointaine caverne d'or rutilant sous les projecteurs, exaltant l'expansion de gaze enveloppant en gloire la mariée. Il en manque. Cela procure une satisfaction intense, délectation d'une humeur noire qui trouve à cet accident un dividende personnel. Ceux qui se sont introduits en dernier, les gens du bourg, la petite foule des étrangers à la noce restés debout, église bondée, savent aussi qui n'est pas là. Quant aux invités présents, la plupart ignorants du rituel, obtempérant d'autant avec la docilité d'enfants de troupe, ils se mettent assis, debout, à genoux, ils s'inclinent à l'élévation du ciboire et c'est très intéressant de voir qui va, en file indienne, recevoir la communion. Qui, de bon cœur, ou faisant semblant, chante les cantiques ronéotypés. Très amusant de suivre, aux oscillations de son chapeau, les défaillances de Mme Guillemot tassée sur sa chaise. Plaisant enfin d'écouter le gratteur de guitare, venu, cinq minutes avant la bénédiction des anneaux, exécuter un intermède profane emprunté au folklore américain, concession arrachée par Viviane au vieux curé de Genilly, à qui elle a dû traduire les paroles, une marche où il est question des saints, du roi des rois, de soleil, de lune et de trompettes…

D'ici, on n'a pu rien entendre des formules rituelles du père Abeille ni le oui des mariés, leur acquiescement à l'auguste sacrement mais, à la rumeur qui monte, sûr que c'est fait. Sûr qu'il n'y a plus longtemps à attendre la sortie, et alors, dans la pleine lumière du clair après-midi, à l'ombre des marronniers de la place, sous le ciel pervenche alangui d'automne, on assistera à l'exposition de la noce lâchée, les groupes pavoisant sur le parvis, s'attardant sans fin, salutations de circonstance, embrassades spontanées ou obligées, effusions sincères, celles qu'on évite : l'événement en promet de belles à tous ceux qui, en connaissance de cause, ne sont venus que pour se régaler de voir les acteurs principaux et les seconds rôles, les figurants, les inconnus au bataillon, les célébrités. Une telle fête n'est rien sans son sommet, l'acte final offert en toute gratuité au public gourmand, vigilant, rapace, qui veut son dû. Se délecter du défilé des toilettes, dont le prix outrepasse votre imagination, mêlant à l'envie l'estime vile pour les déploiements de richesse, au ressentiment de classe la considération atavique pour les élus, mais aussi apprécier en amateur éclairé le spectacle au grand jour de ces choses qui se jouent dans le secret des belles maisons, des intrigues protégées par leurs murs et par la coalition du silence, ce que toute famille et son réseau d'affidés cèlent de leurs affaires intimes et de leurs intérêts. Une représentation à haute tension, dont la rareté et la brièveté exacerbent l'appétit des observateurs zélés, mieux avertis que les plus sévères critiques de théâtre.

— Viens, viens, dit Marcelle, entraînant le béret de paille noire pour avoir la meilleure place, en bas du parvis.

La signature du registre des mariages avait un peu retenu le cortège dans la sacristie mais, encadré par la haie d'honneur des bicornes, le jeune couple paraissait enfin sous les hourras, sous l'envolée des cloches, plus claire, plus légère. Passant de l'ombre de l'église à la surexposition solaire, timides, désemparés, ils s'arrêtaient un instant sous le porche, ils riaient, cinglés par la pluie des grains de riz et des dragées lancés à poignées par les enfants, éblouis par le soleil et par leur félicité, ignorant la liesse générale dans le ravissement d'eux-mêmes, si beaux, si parfaits dans l'apothéose convenue de leur bonheur que chacun de nouveau voulait sa photo personnelle, réclamait qu'ils posent encore, qu'ils rient, qu'ils échangent un baiser, qu'ils saluent et rient encore. Ce à quoi ils se pliaient, à n'en plus finir. Puis Viviane, secouant son bouquet de lys en hochet, appelait impérativement ses frère et sœur, sa tante, l'épouse de M. le maire, et ses fils aussi, ses cousins et leurs épouses, leurs enfants ! Les demoiselles d'honneur, et les petits enfants du cortège.

— Venez, Sabine, Jean-Marie ! Viens près de moi, tante Jeanne !

Le coquelet voulait aussi ses oncles et tantes, une cousine à son côté. On regroupait la famille pour une photo officielle, celle-là installée par le photographe professionnel, un reportage commandé pour l'occasion. Tandis qu'ils prenaient la pose, que Mme Tison drapait le voile et rectifiait la tenue des enfants, loin sous les arbres, la garde entraînait discrètement maman vers la DS noire de papa pour la ramener à la maison et, silhouette vacillante, elle se retournait vaguement, battant du bras, protestant ou cherchant son équilibre, mais enfin, portières claquées, elle disparaissait et Sabine soupirait d'aise, merci mon Dieu…

Tout en inclinant joliment son chapeau safran sur l'épaule de la mariée, elle contemplait avec un frisson d'orgueil cette foule d'amis et de parents, quelle belle fête, quel beau spectacle nous donnons ! Papa avait déjà rejoint ses amis, ses invités d'honneur, saisissait au passage des mains tendues, un sourire un peu mécanique accroché aux lèvres, tous ces hommes politiques, de pouvoir, d'influence, très importants, très haut placés dans des cabinets, des ministères, des bureaux où se décident les affaires… Tiens, Christine Lewenthal est là ! C'est bien elle, s'assurait Sabine. Est-elle assez voyante dans cet ensemble fuchsia, et en pantalon ! Vraiment déplacé. Escortée de son cousin irlandais, William Galay, grande asperge, plutôt avenant, très à l'aise. La jeune génération fait moins de manières, évidemment. Il a fallu que Viviane se trouve en propédeutique avec cette fille, un hasard. Ces deux écervelées partagent le même goût des études intermittentes. Cela les amuse, sans doute, de sympathiser, de s'afficher bonnes amies, rien que pour narguer les parents ? Une branche de la famille un peu passée aux oubliettes, mais pignon sur rue. B&G, céréales et yaourts. Papa a coupé les ponts. Des parvenus. Qui pensent-elles offusquer, ces deux écervelées ? Pas moi, en tout cas. Moi, j'envoie les cartons d'invitation selon la liste qu'on me donne. Christine a porté elle-même son cadeau à la maison, un événement, vraiment : un livre, édition de la Pléiade, elle ne s'est pas beaucoup fendue… Manque-t-elle d'argent ? Mais ces gens d'Irlande ont du savoir-vivre. Ils font un cadeau pour leur fils, qui n'a sûrement pas les moyens de ce carafon précieux, vraiment raffiné, cristal de Waterford. Très délicat de leur part, très élégant. Moyennant quoi, ces deux jeunes gens sont de la fête. Moyennant quoi, ils paradent comme s'ils étaient des nôtres…

Avec eux, qui venait de les rejoindre, il y avait ce bizarre personnage, une tête étrange, connue. Ce comédien célèbre, on l'a vu au cinéma pour la première fois, dans un film du cinéaste qui défraie la chronique, comment s'appelle-t-il déjà, celui-là ? Godard. D'une maigreur saisissante, est-il malade ? Cheveux ras, joues longues creusées sous la pommette osseuse, d'une beauté ténébreuse. Beauté, si l'on peut dire. Une allure. Regard enfoncé dans l'orbite, la peau de lait tourné, si pâle ; est-ce du fard, de la poudre de théâtre ? Une physionomie dont on se souvient. Mon oncle voulait des artistes à ce mariage, c'est bien pour sa mairie, très chic. Un acteur en vue. Les plus grands rôles classiques, un triomphe à Avignon, chez Vilar, dans quelle pièce engagée ?… Je ne suis pas une intellectuelle, mais je me tiens au courant, nous avons un abonnement à la Comédie-Française… Aux antipodes de Gérard Philipe, si charmant, si beau, quelle tristesse, sa mort… Louis Personne, voilà. La quarantaine, mais il ne la fait pas. Voûté, ployant sous quelle fatigue de sa vie de saltimbanque, ou bien une pose d'artiste, dans son costume de velours noir, chemise blanche, sans cravate ! Et ce garçon, sur l'épaule de qui il s'appuie, il a l'air vieux. Sans âge, lui aussi. L'acteur l'étreint d'un bras protecteur, un de ses familiers, sans doute, plus grand qu'il n'y paraît mais si chétif. Quoique de constitution robuste, les muscles effilés d'un lémurien sous sa veste flottante. Ils ont l'air au mieux, tous les quatre, cette Christine a de drôles d'amis… Que font-ils au mariage de Viviane ? De toute façon, hormis le cercle familial restreint, qui connaissait-elle de tous ces invités ? Des relations influentes de son père, la famille inconnue de Mme Hallier, ses propres amis et relations, ceux de Viviane et de Philippe… De quoi vous tourner la tête ! Que chacun s'amuse à sa façon, elle n'avait pas à prendre en charge la concorde générale, présenter les uns aux autres, Dieu merci. D'ailleurs, elle s'était mise à la recherche des enfants, Armelle et Ludovic, où sont-ils passés, perdus parmi les jambes des adultes, les plis des robes ?

— Où sont les enfants ? demanda-t-elle à Raymond, qui soutenait une dame obèse, moitié défaillante de chaleur dans sa robe de laine, quelle idée en cette saison…

— Ils étaient là, à l'instant, pour la photo, prétendait celui-ci avec légèreté ; choquante de sa part.

Sans s'inquiéter davantage, sans voir son souci, et elle dut faire plusieurs fois le tour, s'enquérir auprès de l'un ou l'autre des bambins égaillés qui jouaient à se poursuivre dans cette forêt vivante, ivres de leur liberté, avant de les trouver, bien sagement assis tous les deux sur les marches du parvis, en train de se partager un sachet de dragées, de se gaver de friandises. Comment se fâcher, un tel jour ? Elle s'assit sans façon avec eux, essuya leur museau tout poissé de sucre et déploya autour d'elle les plis de sa robe, croisa ses escarpins élégants, consciente du joli tableau qu'elle formait au soleil. Le photographe à l'affût ne s'y trompa pas, qui prenait leur groupe souriant, la jeune mère comblée et ses poussins éclos dans la gaie corolle jaune… Une autre de ces navrantes photos qu'on regarderait plus tard, avec tant de désolation…

Mais, à l'instant, tante Jeanne les rejoignait, tenant par la main ses deux petites-filles déjà grandettes, enfants uniques de chacun de ses deux fils. Les cousins Lubin en restent là pour la progéniture. Comme Jean-Marie, récemment divorcé. Sa femme a obtenu la garde de Johnny, leur petit garçon : Gisèle n'est pas de la fête, évidemment… Mon frère n'a pas eu de chance, avec cette fille. Il n'y a qu'elle, Sabine, pour avoir eu deux enfants, et bientôt un troisième ! Mais trop tôt encore pour pavoiser, pour proclamer la bonne nouvelle que porte son flanc, fière d'être la seule à dispenser sa bienheureuse fécondité. A assurer la relève, ainsi dit papa… Alors, émue d'elle-même, pour tempérer son orgueil, elle fit assaut de générosité, complimenta avec une effusion excessive les fillettes pour leur hâle, la bonne mine qu'elles ramenaient de leurs vacances à la Malouine, dans la belle villa de mamie Lubin, à Dinard ; et celle-ci pour sa toilette pimpante, un imprimé de gros pavots : avec sa minceur, elle pouvait se permettre de ces audaces, et cela seyait tellement à son teint… Malgré ce déploiement d'amabilités, Jeanne restait pincée, encore peinée, disait-elle, de l'état pitoyable de Betty, sa belle-sœur n'allait donc pas mieux…

— Heureusement, Jean-Marie l'a tout le temps tenue à l'œil, un bon fils. Mais quel triste spectacle elle donne… Martin est bien courageux d'endurer ce calvaire. Mon frère ne méritait pas ça. Que faire ? C'est désespérant…

Toujours charitable, chère tante Jeanne. Drapée dans ses atours, sa suffisance de Mme la femme du maire, son venin.

— Enfin, soupirait-elle, nous veillerons tous à ce que Viviane soit heureuse en ce beau jour. Elle est vraiment rayonnante… Pas question de lui gâcher sa fête !

— Merci de ne pas gâcher la mienne, murmura Sabine au-dessus des enfants, hors de portée de leurs oreilles.

Tiens-toi bien toi-même, tante Jeanne, prévenait-elle pour elle-même, toute de douceur, décochant son sourire le plus affable, et elle héla Raymond qui passait, débarrassé de la grosse dame :

— Il vaudrait mieux ramener les petits en voiture, ils sont fatigués. Qui donnera donc le signal du départ ?

Personne ne le donnait, mais déjà des groupes se défaisaient, s'éloignaient vers les voitures garées sous les arbres autour de la place, d'autres s'en revenaient à pied, par couples ; les mariés, très entourés, montaient dans la DS blanche ornée de bouquets et de rubans de tulle, salués d'un concert de klaxons.

— Ah non, pas ça, c'est d'un commun ! protestait Sabine.

Ne restaient plus que les badauds attardés, dispersés çà et là comme un reflux des vagues laisse ses épaves, ce résidu détaché de la foule à présent, en tenues ordinaires, quelques hommes en bleu de travail, des garçonnets débraillés, pour la plupart des femmes, quelques jeunes qui tenaient au guidon un vélo ou un Solex, mais surtout des vieilles ; venues des quartiers voisins ou de la campagne proche faire quelque course au bourg, dans l'intention de profiter de l'aubaine. Certaines, endimanchées, s'étaient d'évidence invitées à la cérémonie, en chapeau ou mantilles noires, de noir vêtues, dans ces habits sans forme que porte encore le peuple. On dirait que le temps ne passe pas, qu'elles ont ressorti de leurs commodes et penderies les robes, ingrates et raides, dont les domestiques se paraient autrefois, davantage des tabliers, comme il s'en vend sur les marchés. Elles traînent, muettes, avides, visages aigus, elles ne sont pas rassasiées du spectacle que nous donnons, il leur faut encore des miettes, et Sabine crut reconnaître, au passage, une de celles qu'elle voyait, enfant, venir faire les vaisselles et les grosses lessives à la maison, du temps où papa tolérait encore que Mme Rougerie occupe une chambre à l'étage…

Ce viager n'en finissait plus. Martin Guillemot avait installé sa famille dans la grande demeure Rougerie, sa propriété désormais : avec trois enfants, c'était bien plus spacieux, et élégant, que l'étude du grand-père Charles… La très vieille dame s'était trouvée reléguée là-haut ; d'ailleurs, elle aurait été bien en peine de descendre, impotente, égrotante. Dans sa chambre, stagnait une odeur fade, âcre, délétère, de vieux linge et de médicaments, elle ne se levait plus. Du drap relevé à son cou décharné, seul dépassait son menton, à la fin une galoche énorme piquée de poils étonnamment robustes, un affreux crin blanc qui les effrayait, enfants… Oui, c'était bien elle, Marcelle, la vieille pratique de Mme Rougerie, une lingère qu'on avait gardée par charité, qui lui montait des tisanes de sa confection, un peu sorcière, remèdes de bonne femme, et bigote ! Maman s'entendait avec elle, à cette époque. Pourtant mauvaise langue, colportant partout de sales choses sur nous, dénigrant comment on traitait la veuve du sénateur ; une peste. Cette rente viagère, papa ne l'avait pourtant consentie que par pitié, vraiment : il le devait, envers une des vieilles familles du canton, jadis amie de son père, le notaire de Genilly. Il lui fallait, en sus, payer sa bonté de ces ragots ! Une plaie. Au point que, dans le bourg, on appelait encore obstinément la belle demeure des Guillemot la *maison Rougerie*, par habitude ; par malveillance, évidemment. Il avait pourtant bien fallu, pour finir, se résigner à placer l'ancêtre cacochyme à l'asile… Enfin, dans cet hospice de vieillards ouvert au bout du village par oncle Hervé, nouvellement élu maire, un de ses premiers bienfaits pour la commune. Excellente occasion de se débarrasser de cette lingère, langue de vipère : eh bien, Marcelle, rince-toi bien l'œil, ma belle. Sabine passa devant le groupe noir des vieilles sans tourner la tête, faisant virevolter sa jupe safran d'une hanche désinvolte.

La maison Rougerie était maintenant envahie par le monde, le vestibule, les salons en enfilade, où se reposaient les personnes d'âge, effondrées dans les canapés, à qui des soubrettes stylées servaient des orangeades, des citronnades, et les étages où les dames se refaisaient une beauté, arrangeaient leur toilette dans les miroirs des chambres, les cabinets où l'on conduisait les petits, qu'il fallait déculotter, deux demoiselles faisant office de nurses pour la journée. Mais les invités s'étaient répandus surtout dehors, sur la pelouse du parc entouré des hauts murs de la propriété derrière lesquels d'autres jardins, bien moins vastes, dressaient leurs frondaisons encore vives, tilleuls blondis par l'été, jeunes peupliers, et même un palmier, plumeau acclimaté des îles. Il y avait du monde jusque sous les grands magnolias en fleur, houppes charnelles veinées d'ivoire dans l'écrin vernissé du feuillage, parmi les hortensias bleus et les camélias, les buissons de rosiers remontants, languissantes roses thé et pourpre que maman aimait tant… Près de la terrasse, étaient dressées les tentes, une précaution, en cas de mauvais temps ; on aurait pu en faire l'économie tant ce jour était radieux… A cette heure déclinante, la propriété était encore ensoleillée, sauf le fond du parc, trop ombragé, derrière la haie de fusains et de houx, le coin romantique du petit étang aux rocailles de ciment couvert de mousse, que deux saules pleureurs couvraient de leurs feuillage en draperies frissonnantes. De tout temps, on interdisait aux enfants de s'égarer par là, à peine cinquante centimètres d'eau, mais ils pataugeaient au bord, s'y salissaient à plat ventre pour voir se tortiller les têtards ou les araignées d'eau glisser entre les lentilles d'eau : pas question d'en voir un revenir, son bel habit de fête et ses vernis mouillés, il y avait assez à faire. D'ailleurs, les jeunes filles les occupaient à une ronde, à des charades ; une douzaine d'enfants, de tous âges. Les fillettes s'y prêtaient de bon cœur, enchantées de faire danser leurs robes longues et de jouer aux petites mamans avec les bambins. Leur spectacle attendrissait les graves messieurs décorés qui commençaient de déboutonner leurs redingotes, se retournant pour saisir au passage – M. Maurice officiait enfin – une coupe sur les plateaux qui circulaient à présent, forçant la voix pour dominer le brouhaha des conversations, rires et appels et, dans cette confusion, on accueillait à grands cris la mariée ! Encore coiffée de son voile froissé empaqueté sur son bras, très félicitée, elle n'en finissait plus de donner et recevoir des baisers sous les flashs, autour d'elle les polytechniciens, ayant déposé épées et bicornes, s'égaillaient sur la pelouse en compagnie des jeunes filles nombreuses, au milieu d'elles la tache fuchsia de Christine, quel parterre joyeux, toute cette belle jeunesse !

Sabine laissa retomber le rideau et s'éloigna de la fenêtre de l'étage d'où elle surplombait le jardin, étreinte d'une vague tristesse maintenant que le plus dur était fait. Maintenant que tout s'était bien passé, à l'église comme à la mairie, ce matin, lors du mariage civil. Elle avait parfaitement rempli son rôle, aucun impair, qui l'en aurait remerciée ? Personne n'imaginait quelle tension cela avait été, dans son état, de veiller à ce qu'aucun incident ne survienne, anticiper, prévoir, voler au-devant afin que tout soit prêt, se déroule sans accroc, et que maman ne gâche pas la fête, selon le mot de tante Jeanne ; perfide. Elle n'a jamais aimé maman, sa beauté, sa rigueur morale, non plus sa fortune, qui a fait celle de papa, pourtant en ont-ils profité, oncle Hervé et elle ? Leurs affaires marcheraient-elles si bien sans son appui ? Et même son élection à la mairie, c'est bien à papa qu'il la doit. A ses relations politiques, à ses conseils avisés… Que les gens ont de méchanceté, où la puisent-ils ? Et lui revenait le souvenir de la femme noire croisée au dernier moment, Marcelle, toute raide sur son passage, la sensation de son bec acéré piqué sur ses reins, qui s'étendait à celle, plus oppressante, d'être environnée, assaillie, dans une périphérie indécise, par une malfaisance invisible sapant sciemment les fondements de son bonheur. En quoi les offensait-il pour susciter cette animosité larvée, cette hostilité sournoise ? Mais le monde est ainsi fait.

Elle revint au canapé où maman dormait, pour le moment dormait, si l'on peut appeler sommeil ces léthargies chimiques, les barbituriques ont du bon. A demi renversée dans les coussins, son corsage dégrafé, sa poitrine effondrée, toute fripée de rides dans les dentelles de sa combinaison, elle n'est pas si vieille pourtant. Une sueur perlait à sa lèvre creusée de mille sillons où s'était insinué le rouge à lèvres, et le cerne nacré sous sa paupière mi-fermée, un peu du blanc de l'œil filtre entre les cils, vitreux, injecté de jaune, elle respire. Son souffle est paisible. Son pouls régulier. Sabine lâcha le poignet amorphe, caressa le front moite du revers de sa main, autant par tendresse apitoyée que pour prendre sa température : elle n'a pas de fièvre... Elle quitta la chambre sur la pointe des pieds, referma la porte avec précaution. La garde viendrait dans un moment, après que la piqûre aurait fait son effet. Alors celle-ci l'aiderait peut-être à descendre, rafraîchie, recoiffée, pour un petit tour dans le parc, l'asseoir à l'écart près de tante Bertille, tout emmitouflée de châles, de qui de robustes jeunes gens avaient descendu le fauteuil roulant sur la pelouse. Elle, du moins, la nonagénaire, tenait le coup. A croire que, une fois fossilisée de vieillesse, son cerveau seul, autonome et hors du temps, résistait à la décrépitude, son bulbe jaunâtre intact dans la boîte osseuse, comme en renferment les bocaux de formol des musées, préservé des altérations par le crâne d'un ivoire lisse, parsemé de rares cheveux, épuisés, un duvet de poussin sénile...

On en était aux fruits de mer, huîtres, homards en timbales qu'on dégustait debout, sur l'assiette en équilibre, au risque des accidents, mais Viviane tenait à un buffet. Cela met les gens à l'aise et crée les contacts, à la bonne franquette. Très original, ce banquet champêtre, foin des plans de table des restaurants qui condamnent les convives à leur voisin, on ne tombe pas toujours bien. Un buffet permet de faire connaissance, de nouer des liens entre les deux familles, leurs amis et relations. Je veux un pique-nique, avait-elle décrété. Elle avait elle-même choisi le traiteur, un des meilleurs, exigé des tentes, c'est très gai, un petit camp rustique à toits pointus. Et l'on danserait sur la terrasse, pas besoin de parquet ciré pour les danses modernes. Les amis de Philippe avaient choisi les disques, procuré le matériel pour la sonorisation, et les lampes, pour l'éclairage nocturne, cela réveillait l'ancienne demeure, tout empesée du lustre bourgeois auquel tenait tant Martin.

— Enfin, papa, ne sois pas vieux jeu ! Sois de son temps !

Pour ce qui est de la jeunesse, tout cela semblait lui convenir. Elle n'était peut-être pas la plus nombreuse, mais sa vitalité contagieuse imposait le mouvement. Ce n'étaient que poursuites, éclats joyeux, le tourbillon des robes claires agitant la foule, slalomant entre les fauteuils de jardin où les vieilles personnes, flattées de l'attention, avaient pris place, prudemment regroupées autour des tables où trônaient, enfin dignement dressés, les innombrables bouquets et corbeilles de fleurs, le cristal, l'argenterie, les seaux à glace et les fastueux plateaux de fruits de mer, les godets de sorbet, une innovation ravissante. Ce désordre émoustillait l'atmosphère, allumait les regards, enchantait les vieux cœurs, alors on pouvait porter des toasts à sa guise, et le champagne cascadait, versé du haut des pyramides de coupes en fontaine pétillante, une mise en train orchestrée par l'impeccable M. Maurice qui menait son bataillon de serveurs diligents, à peine voyait-on leur ballet, des cuisines à la pelouse. Le soir tombait, un de ces soirs de fin d'été où se raréfie sensiblement la lumière. Les derniers rayons du soleil rasaient à présent le faîte des magnolias, allumant leur feuillage d'un brasillement sombre, chaque feuille laquée recueillant un reflet de bronze et dessinant en ombre chinoise sa découpe contre le ciel liquide, de claire absinthe, turquoise à l'horizon des toits voisins où un grand nuage cotonneux était apparu, illuminé d'en dessous, frangé d'une gaze argentine, scintillante et précieuse, mais qui levait la tête vers cette beauté céleste ?

Peut-être l'acteur célèbre, seul à présent, un peu à l'écart, adossé au tronc du magnolia. Il n'avait pas d'assiette, pas de godet à la main. Il fumait un havane, suivant les groupes épars du regard pensif, le portant, d'un air d'ennui ou de sarcastique dédain, vers la façade de la maison Rougerie, ses deux étages aux nombreuses croisées, où il avait vu, tout à l'heure, par le coin d'un rideau soulevé, le visage de la jeune femme rendu blafard par l'éloignement, tel un masque incrusté au milieu de la demeure où courait la vigne vierge, que l'automne enflammait. Parmi les longues mèches rouges pendant entre les fenêtres, les coulées sanglantes assombries par le soir, cette tête dépassant l'allège semblait celle, décapitée, de quelque statue votive aux yeux vides, ou le blason écaillé au fronton des temples déchus. Maintenant qu'elle avait disparu, le voile des rideaux s'agitait par intermittence, soulevé par un léger courant d'air. Il détacha enfin son regard de cet endroit, le leva vers le ciel, le gros nuage solitaire surgi au-dessus des toits, dont il contemplait la lente progression avec un sourire, ou plutôt avec l'expression de souffrance ou de dégoût qui retrousse involontairement la lèvre, rétracte les commissures et laisse entrevoir les dents.

— Enfin Louis, que faites-vous tout seul ?

Christine glissait son bras sous le sien, toute tiède et parfumée, son mince visage levé vers le sien, un peu moqueuse, un peu provocante.

— Dites-moi, que faites-vous dans ce barnum ? Vous connaissez ces gens ? Vous êtes donc de leurs amis !

— Seigneur, non ! Mais mon agent, oui. Il a sa maison pas loin. Il est un administré du maire Lubin. Qui s'est prévalu de ce voisinage pour assurer à la noce de Mlle Guillemot quelques artistes décoratifs… Nous sommes cinq ou six à faire de la figuration… Sacha a arrangé ça avec lui : il s'agit de soutenir notre agent, qui espère des subsides de la commune, un projet de théâtre, peut-être… Les arts et la culture intéressent nos élus… Petite Christine, ces affaires de grandes personnes te passent par-dessus la tête, j'espère…

— D'en être ne vous rend pas gai…

— Je le suis énormément. N'en ai-je pas l'air ?

— Ah, non ! On dirait le spectre d'Elseneur dans la brume. Où est passé William ?

L'acteur ne l'avait pas vu, non plus Sacha, d'ailleurs. Mais Christine se moquait de savoir où était Sacha, ignoble tricheur, jongleur ou magicien dans une autre vie. Devant les enfants émerveillés, elle l'avait vu, tout à l'heure, battre les cartes, les faire virevolter, jaillir en éventail, disparaître dans sa manche. Où est William ?

— Je l'ai vu en grande conversation, avec les deux garçons qui vous ont abordés, à la sortie de l'église ? Qui sont-ils ?

— Je l'ignore. Pas des amis de Viviane ou de Philippe, en tout cas. Ils ne sont pas de la bande des polytechniciens. Pas le genre, du tout. Je crois que l'un d'eux vous connaît : il dit que vous ne vous souviendrez pas de lui, mais que vous avez *joué* pour lui, une fois…

— Joué pour lui, vraiment ?

Louis Personne haussa légèrement les épaules, dubitatif, fataliste. Il croisait tant de gens qui le connaissaient ou le prétendaient, persuadés que l'avoir vu au théâtre ou croisé dans une réception établissait un indéfectible lien d'amitié. Au moins ici nul ne l'avait encore accosté, de cet air de fatuité familière qui s'arroge d'engager une conversation indigente, fastidieuse, qu'avec stoïcisme il supportait pourvu qu'elle ne durât pas, sans la décourager la laissant s'échouer dans les lieux communs, la concluant d'un de ses sourires sans joie, poli et désespérant. Il n'était venu que pour *faire de la figuration*, mais il ne saurait amuser Christine en la faisant danser.

— Je suis *très* mauvais danseur.

— Mensonge ! Je vous ai vu valser très bien dans *La Mouette*, vos trois pas de danse avec Nina…

— C'est Trigorine qui danse, pas moi. Le personnage sait des choses qu'ignore son interprète. Tout est dans le semblant et dans la feinte, ma chère petite amie. Je ne mens pas en disant que je ne sais pas danser, c'est en dansant que je mens.

— Ah ! Le beau paradoxe ! Alors que Trigorine m'invite ! Je serai Nina !

Mais rejoindre les danseurs sur la terrasse n'avait pas l'air de la tenter. Tout en secouant ses cheveux cendrés, elle détournait sa petite tête, cherchant dans la foule la silhouette perdue de son cousin.

— Dire que je suis venue au mariage de Viviane uniquement à cause de lui, ce traître !… Il m'y a traînée, maintenant il me lâche. C'est d'un barbant, ce cirque !

— Tu es très jolie dans ce rose framboise.

— Fuchsia, Louis…

— Pas du tout. Framboise.

— Il me va bien, vraiment ? William ne m'en a rien dit, il s'en moque comme d'une guigne. Il est odieux.

— Tu l'aimes beaucoup. *Mon petit nain de jardin*, te souviens-tu ? Ainsi le nommais-tu… C'était un peu cruel, mais de bonne guerre.

De sa main amie, il couvrait la sienne et soufflait par côté la fumée de son cigare. Il est tentant de jouer les confidents, ce sont les plus terribles rôles à tenir. A sa jolie oreille ourlée sous les cheveux, dans la conque délicieusement parfumée, il glissa :

— William a trop vite grandi, tu en as du dépit.

— Comment savez-vous cela !

— J'ai longtemps été appelé *Petit* avant d'être Personne, admit l'acteur, secoué d'un petit rire.

Intriguée, Christine dévisageait l'homme, si avare de confidences, si secret qu'on moque ses mystères, et même son nom d'acteur à l'allure de sobriquet. Sans doute la marque de sa vocation à devenir celui qui endosse tous les personnages, les incarne tour à tour sans être aucun : *c'est quand je danse que je mens…* De si longtemps de l'entourage de maman, de ses rares intimes, parce que le fils de sa grande amie Elise, que Christine a fini par considérer qu'il fait partie des meubles, sorte d'oncle adoptif, célibataire et taciturne, toujours accompagné de Sacha, sa contrefaçon fraternelle et cocasse. Eux deux de ces familiers de qui les bizarreries passent pour naturelles aux enfants, et c'était davantage sa personne publique qui lui avait ensuite paru une anomalie étonnante quand, adolescente, elle avait découvert quel comédien célèbre il était.

— William m'abandonne, bouda-t-elle, et j'ai la bêtise d'en être malheureuse ! Je rentre chez moi.

— Amuse-toi donc, *enfant* !…

Naïve Christine, jeune fille, enfant ! Il mettait à ce mot, plus que pitié, colère. L'enfance, en rien un royaume, une gloire, la sienne lui en avait donné l'*expérience*. Appris comment on ne s'arrache à son indigence, son danger, qu'en décidant de feindre, afin de devenir l'acteur de sa vie, au lieu d'en être le personnage ; à mentir, non à soi, mais aux autres. A promener parmi eux le masque que l'on se choisit. Tu n'es pas malheureuse, tu n'as pas encore souffert, pas assez, petite Christine. Tu te crois amoureuse de ce jeune William, mais tu l'es seulement de l'idée que tu te fais d'un autre, qu'il n'est pas…

— Allons, grondait Louis, voix d'outre-tombe, sa manière sinistre de plaisanter, William n'est pas en train de flirter avec une des amies de Viviane. Je le vois en grande conversation avec les jeunes gens dont tu parlais tout à l'heure. Ceux qui n'ont pas *le genre du tout*… Là-bas, sous la terrasse…

Oubliant ses morosités, avec un petit geste amical, Christine s'élançait vers la terrasse, un au revoir désinvolte que l'acteur prit pour ce qu'il était, enfant. Mais, de sa vue aiguisée, il suivait la jeune fille, de qui la silhouette – framboise, assurément – dépassait dans sa course légère les enfants assis en rond, que les nurses barbouillaient de moustaches dessinées au bouchon brûlé, leurs jambes de sauterelle étendues sur la pelouse et tendant leur frimousse. Au-delà d'une dame à la grâce éléphantine, son regard volait par-dessus l'épouse d'un ministre qu'assaillaient les courtisans – les intrigues vont bon train –, perçait la profondeur de l'espace à demi nocturne pour atteindre, au fond du jardin, le groupe des trois jeunes gens accoudés à un encorbellement de pierre, à demi dissimulés par un buisson fuligineux, que rejoignait Christine. Ils ne se cachaient pas. Ils s'étaient seulement mis à l'écart du tapage, indifférents aux assiettes de canard en gelée et de foie gras qui circulaient à présent, et Louis eut un pincement au cœur, à cet endroit de sa poitrine qu'il évitait de considérer comme un organe notable. Sous le halo jaune de l'un des réverbères qui éclairaient à présent la terrasse, où les danseurs de rock virevoltaient, frénétiques, il venait de reconnaître le profil perdu de l'un de ces jeunes gens. Le reconnaître, peut-on dire ? C'était comme s'il n'avait jamais quitté son champ de vision. Quel que soit son âge à présent, le front et la pommette, l'aile du nez, le menton redessinaient l'enfant au sommeil de fièvre blotti dans les vieux rideaux du théâtre, malade de terreur. Celui qui faisait autrefois le guet pour Hélène et lui, au Mesnil, jeunes étés enfuis... Que fait donc ici le frère d'Hélène ? Le petit Antoine, invité à la noce d'une fille Guillemot ? Sa surprise, moins grande que son inquiétude, le secouait d'un frisson au souvenir du petit garçon réfugié dans le théâtre. *Où est ce lit de paille, mon compagnon ?... Pauve fou, mon drôle, j'ai un coin dans mon cœur qui est triste pour toi...* N'avait-il pas *joué* pour lui, vraiment ? Nos tragédies ont lieu dans la coulisse, au fond du débarras où moisissent nos fripes, nos oripeaux. Ah, j'ai vu jusqu'au fond de ton âme, de si sanglants ulcères, de si mortels, qu'il n'est point de salut... Te voilà donc revenu, Antoine ?

— Je n'ai pas fait de bêtises ? Je me suis bien tenue ?...
D'une voix de vieille fillette, geignarde, anxieuse.
— Tu as été parfaite.
Betty opinait, à demi rassurée.
— Tu es si bonne, si gentille, tu es si compréhensive... Personne n'a rien vu, n'est-ce pas ? Martin n'est pas fâché, il est content, n'est-ce pas ?
— Papa est content. Personne ne te juge, maman.

— Me juger ?

Réveillée, en alerte, comme si quelque chose d'outrageant avait percé son apathie, atteint une zone obscure de son cerveau, elle dévisageait sa fille, arborant maintenant un masque d'excessive indignation, furibond, à la manière dont les acteurs de cinéma muet exagèrent leurs mimiques ; Sabine l'entoura de son bras.

— Mais non, maman, personne n'en pense rien. Tu as été très bien et nous nous amusons beaucoup. Vois comme Viviane est heureuse, elle rayonne de bonheur...

— Elle mange son pain blanc, marmonna tante Bertille. En a-t-elle, un trousseau ! Qu'elle range ses armoires. Qu'elle y serre bien ses draps brodés et ses services de porcelaine...

Dans l'obscurité, de sous le châle noir, la voix chevrotante ne s'adressait à personne. Elle s'entretenait à part soi, commentant peut-être les propos qu'elle surprenait entre Sabine et sa mère, assises non loin sur le vieux banc, près des rosiers dont les dernières fleurs phosphoraient, chaque pétale captant des éclats des lointaines lumières, des lanternes chinoises pendues aux branches, et elle devait avoir l'ouïe bien fine, dans ce brouhaha dominé par les amplis, leur pulsation profonde, pour entendre leurs paroles à demi chuchotées. Betty était pourtant en pleine forme, le mieux qu'elle pût être dans son marasme. Bien droite adossée au banc, la face lissée de son repos, ou par les raccords discrets de maquillage qui nacraient ses joues, ses paupières, les crans de sa coiffure ordonnés en casque élégant, du doigt caressant ses perles, un peu de sa beauté restaurée, telles les peintures dont on a nettoyé la patine, retrouvant leur ancienne clarté, révèlent les détails perdus de leur harmonie primitive. Sabine en avait le cœur étreint. Si lasse elle-même, les pieds moulus, les chevilles enflées, et dans le bas de son ventre le poids nouveau, plus mental que physique, qui la retenait près de sa mère davantage qu'il n'était nécessaire, puisque la garde veillait sur les deux femmes. Uniforme et foulard bleu marine noué à sa nuque ; celle-là ne s'amusait guère. Son service n'était pas très fatigant, mais quel ennui de rester sur sa chaise au milieu de la fête, à la main une petite assiette vide que personne ne s'avisait de lui enlever…

Accoudée au dossier, Sabine regardait pensivement l'agitation confuse, toutes ces silhouettes remuantes que le violent éclairage arrière rendait indistinctes, maintenant que la nuit était tombée, massées sous les tentes, encombrant la pelouse, d'où s'élevait l'assourdissant brouhaha des voix, un chœur discordant forci au cours de la soirée pour rivaliser avec la musique à plein volume, et nul ne se tournait vers ici, vers cette zone de demi-pénombre où campaient les deux exclues de la fête à qui, avec tact, par décence, on évitait d'attrister ou de troubler les convives, et d'ici, dans ce retranchement provisoire où elle partageait leur esseulement, Sabine découvrait avec un malaise grandissant l'étrangeté de la liesse commune, l'artifice incongru, pour ainsi dire obscène, de cette transe, des tressautements mécaniques qui agitaient ce corps collectif, dont les ombres déformées, gigantesques, se projetaient sur la façade de la maison, dans le fourmillement d'encre rouge de la vigne vierge, tel un écran envahi de spectres surgis du royaume des morts.

Eux tous, condamnés à la mort, pensa-t-elle soudain, jouant la sarabande des danses macabres avec la sarcastique gaieté des cadavres. Elle en eut un long frisson d'effroi. Se retourna vers sa mère, à cet instant absorbée par le spectacle, immobilisée dans une sorte d'attention fascinée, pupille dilatée et, accroché à sa bouche laquée, un répugnant sourire de béatitude, repue de ce qu'elle y voyait, mais que voyait-elle, du fond de son ébriété médicamenteuse, à travers quels voiles opaques, tout enténébrés de stupeur, accédait-elle à sa vision ? Et l'aïeule, pelotonnée sous ses laines, penchant à l'oblique son buste effondré, tendant son cou d'oiseau déplumé, vorace, l'œil rond des vieilles poules aux aguets, bille métallique luisant dans l'orbite décavée, bordée de rose délicat, un épouvantail comme on en plante dans les jardins…

Que voyaient-elles de terrifiant et funeste pour s'en repaître de cet air hagard ? Sabine se leva brusquement, d'un geste nerveux lissa le taffetas froissé de sa robe, s'éloigna. Elle fuyait, éperdue, d'un pas de plus en plus rapide se jetait dans la foule nombreuse, heurtant au passage des dos, des épaules dont elle évitait en vain le contact, révulsée par la chaleur des corps multiples, leur tumulte et leurs voix de vivants factices et, noyée dans cette marée humaine, étourdie par sa frénésie, telle une épave, épuisée, elle s'accrocha au bras de Raymond, providentiellement sur son chemin, enlaça sa taille sous le veston, enfouit son visage dans son revers. Un geste déplacé, si rare qu'il en rit, un peu choqué, mais indulgent, prenant cet accès inhabituel pour l'effet des alcools, gentiment moqueur, il se détacha et reprit sa conversation avec son beau-frère. Jean-Marie non plus ne sembla pas prêter attention à elle. Il rentrait d'un symposium de chirurgiens-dentistes, à Nantes : il s'équipait d'un nouvel appareil, un investissement de taille. L'appartement plus grand qu'il cherchait pour y installer son cabinet lui gagnerait une nouvelle clientèle ! Il lui fallait une salle d'attente spacieuse, élégante, les soins dentaires se démocratisent mais les gens veulent leur confort, il faut être de son temps… Elle l'écoutait, effarée, comme s'il récitait un texte insensé. Alors elle les quitta, trouvant soudain un exutoire à son anxiété, les enfants ! Vers eux volait son besoin de réconfort, leur chair et leur odeur enfantines : où sont-ils, où sont les enfants ? La bande des petits, bien que confiée aux jeunes filles louées pour s'occuper d'eux, se dispersait en poursuites à l'intérieur, jusque dans les étages pour des parties de cache-cache qui emplissaient les couloirs de leurs cris, et, dehors, il en circulait sans cesse entre les jambes, trouvant toujours une main attendrie pour moucher un nez, essuyer une robe tachée, consoler un bobo, des genoux accueillants pour s'assoupir. Un quart d'heure plus tôt, Armelle et Ludovic montraient leur moustache de Charlot à leur papy…

— As-tu vu les enfants ? demanda-t-elle à son père.

Mais celui-ci se souciait davantage de la pièce montée que portaient à présent deux serveurs, les petits brancards du plateau hissés sur leurs épaules. Un château rutilant de choux caramélisés chapeautés de crème Chantilly, à son sommet un couple de mariés en figurines de sucre, applaudi bras levés par l'assemblée qui refluait de partout, quittant les salons en enfilade pour se précipiter sur la terrasse, les danseurs renonçant à leurs twists et leurs blues, les vieilles dames s'arrachant de leur siège et, dans cet encombrement, ce vacarme, elle continuait de chercher les petits, sans conviction désormais, son anxiété envolée, mais machinalement poursuivait son idée fixe, idée d'étreinte et de baisers, dont elle avait eu le désir impérieux, de moins en moins pressant, faible, dérisoire, comme si, abandonnée de tous, c'était moins eux qu'elle, qui était perdue, avait besoin que quelqu'un la cherche, éperdument la prenne dans ses bras et l'embrasse, la console de l'immense chagrin qui lui rompait bras et jambes. Que quelqu'un la sauve ! L'emporte loin d'ici, loin d'elle-même, de l'effrayante méprise qu'elle était à elle-même, et maintenant les larmes coulaient, inondaient ses joues sans qu'elle s'en rende compte, tandis qu'elle forçait son passage entre les corps qui avaient été de fugitifs vivants, entre les morts elle errait, et soudain, il y eut le fracas épouvantable d'une explosion. Son cri se perdit parmi ceux, enthousiastes, des voisins inconnus qui l'environnaient, tête levée vers le feu d'artifice, le clou de la soirée, une surprise préparée en grand secret. Elle en était, dans une autre vie. A des années-lumière de cet instant, elle avait rédigé la liste pour commander pétards et feux de Bengale, les fusées à disposer dans la fourche des arbres, sous les buissons, et maintenant c'était la grande pétarade, étourdissante, les roues pétillantes et les gerbes jaillissant de toutes parts, montées au firmament nocturne, roues d'or et de soufre illuminant le parc, paillettes bleues, comètes d'étoiles, vertes, rouges, inondant de leurs lueurs les faces renversées, figées en une expression d'extatique et féroce joie, babines retroussées sur les dents, les gencives carnassières, où avait-elle vu cette horreur ? Elle manqua défaillir, se rattrapa à un bras, bascula sur elle-même et se rua sur l'une des nurses qui se trouvait là, soudain surgie de la foule à ses côtés, niaise, hypnotisée par le feu d'artifice, qu'elle empoignait aux cheveux et, se vengeant sur elle de son animale fureur, secouait, poupée de son, la griffait, hurlant :

— Où sont les enfants ? Qu'avez-vous fait des enfants ?

Hors d'elle, si effrayante dans son hystérie, qu'un mouvement de recul eut lieu, on s'écartait autour. Dans la bousculade, certains se propulsaient lentement vers elle, d'une insolite et scandaleuse lenteur s'emparaient d'elle, arrachaient la jeune fille à sa prise et tandis qu'on les séparait, elle continuait de hurler :

— Les enfants, les enfants ! Je veux mes enfants !

Autour d'elle, le cercle se penchait, on l'écoutait enfin, rétablie parmi ses semblables, ils retrouvaient leur apparence de parents, de grands-parents aux visages connus, apitoyés ou interdits. Elle reprenait pied, sanglotant encore à petits coups, mais suppliante à présent, entre deux hoquets s'excusant et priant, s'il vous plaît, qu'on trouve Armelle et Ludovic, et qu'on s'en aille…

— Rentrons chez nous, disait-elle à Raymond, je t'en prie. Rentrons à la maison…

Il était enfin là, son mari, le père de ses enfants, enfin attentif et inquiet, pardon, je t'en prie, davantage inquiet de l'état où il la trouvait, du scandale de cette crise nerveuse que de sa supplique – avait-elle vraiment trop bu ? Alors, pour mettre fin au désordre, il voulait bien, eux tous voulaient bien s'enquérir des enfants et maintenant la question se propageait des uns aux autres. Ils partaient en tous sens, tandis qu'on l'entraînait vers la maison, de charitables bras la soutenaient pour gravir les marches parmi des groupes interloqués, ignorants de ce qui s'était passé là-bas, sur la pelouse, encore dans le ravissement du feu d'artifice qui s'achevait en grande roue multicolore, sans bruit, le monde devenu sourd sous l'énorme cloche de cellophane, de gélatine poisseuse où elle se mouvait ; elle se laissa déposer sur un canapé. Honteuse à présent, remerciant humblement ceux qui lui portaient un verre d'eau, sourires rassurants, dans le miel enrobant la commisération, les nerfs fragiles, comme sa mère, n'est-ce pas, derrière eux la domesticité rameutée par l'incident, se haussant du col pour voir, effondrée dans sa robe safran, la sœur de la mariée. Qui venait aux nouvelles, un rouge d'excitation aux joues, mi-contrariée de s'arracher à la fête mais déployant ses amabilités, écartant les importuns, s'asseyant près d'elle.

— Enfin, Sabine, que t'a-t-il pris ?

— Je suis enceinte, murmura celle-ci, et cet aveu misérable acheva de la défaire.

— Quelle bonne nouvelle ! s'écriait Viviane, faussement enjouée, lui posant sur le front un baiser rapide.

— N'en dis rien, je t'en prie, chuchotait encore Sabine, la retenant par sa jupe, mais déjà Viviane se levait, disparaissait.

Elle resta affalée au fond des coussins, bientôt seule. Maintenant qu'elle semblait calmée, les quelques personnes qui s'étaient empressées retournaient à leurs réjouissances et elle ne sut quand, le temps ne passait plus, il s'était immobilisé dans une sorte de magma cotonneux comme les trains de nuit progressent sur place dans le tunnel morne d'ombres errantes, de blafardes lueurs défilant derrière les vitres aveugles, bercé par l'obsédant entrechoc des traverses, le choc de pas dans un couloir, qui marche ici, sur quelle voie de garage sommes-nous stationnés, ou bien nous roulons toujours, alors quelle cargaison de peur ce train transporte-t-il, vers où, vagues questions dissidentes, aussi légères que la poussière suspendue du temps, son impalpable poudroiement qui recouvre tout, ensevelit les ruines, elle ne sut quand lui parvint la rumeur, piétinements ou aboiements lacérant son sommeil, elle avait dû dormir, ou bien le rêve continuait, dominant le sourd fracas du train, la poussée remontait du fond du parc, une ruée solide, incandescente et comme illuminée de noir, montait vers elle, la clameur muette, déchirante, abominable, lui portait la nouvelle atroce, elle ne vit rien. On ne lui laissa pas voir les corps. Parmi les lentilles d'eau, sous la fine nappe de confettis de jade couvrant l'étang, dans ce fond du parc, cinquante centimètres d'eau, les deux petits enfants flottaient à plat ventre, si légers qu'ils semblaient étendus pour une sieste, leurs cheveux étalés autour d'eux en comètes d'or qu'environnaient les ténèbres, on ne la laissa pas les voir. Ils étaient déjà enlevés, passés, ruisselants, de bras en bras, un médecin hébété, des serpentins encore autour du cou, s'épuisant dans l'herbe mouillée à une réanimation inutile, grotesque respiration artificielle administrée aux noyés, imité par d'autres, n'importe qui se relayant en vain, inutiles gestes de secours, les ordres, les appels, les jurons et les hurlements, les pompiers accourus avec leurs casques d'acier étincelants fendant la foule atterrée, parmi gémissements et sanglots, l'égarement et la terreur s'abattant sur eux tous, comme si un gigantesque oiseau nocturne fracassait de ses ailes démentes la maison Rougerie, ses magnolias et ses hauts murs sanglants.

VI

Mardi 24 septembre

— Depuis deux jours, la Gloriette *appelle*, dit Soizik.

Elle se tient sur le seuil de l'étable, bras croisés dans sa pèlerine, sans approcher mais donne son opinion avec assurance, parce que chaque vache a sa voix. Comme une personne humaine, une manière à elle de meugler qu'elle est contente, qu'elle réclame la traite ou que les taons l'agacent. Quand elle *appelle*, c'est qu'elle est malade : un enrouement long qui s'étrangle.

— Elle doute : elle répugne à son foin. Elle se constipe. Elle a vêlé au printemps : les Tarine sont bonnes laitières, celle-là mieux que les autres. Elle peut faire ses dix litres par jour... Mais c'est son premier veau, elle s'épuise en lait. Je lui ai donné de la repasse, trempée avec une infusion de betterave fourragère, c'est bon pour la constipation, non ?

Le vétérinaire opine, il est de la vieille. Pas de ces jeunes, frais émoulus de l'école, qui arrivent en seigneurs chez les paysans, bardés de leur savoir, et prennent leurs commentaires pour balivernes de péquenauds. Depuis près de cinquante ans qu'il va dans les fermes de la région, Moussaron en sait long sur la patience et la science des hommes de la terre, leur intimité avec l'animal ; il se fie à leur avis. Il aurait dû prendre sa retraite de longtemps, mais quand on a arpenté la campagne toute une vie, embourbé ses bottes à tous les chemins, on ne décroche pas si facilement, et puis, seul, que faire de ses journées ? Tant qu'il a le biceps et la tête solides, il peut encore finir sa nuit dans une étable pour aider une vache à mettre bas, à la lumière de la lampe à pétrole attendre que le petit se dresse sur ses pattes flageolantes, et casser la croûte au petit matin, sur la nappe cirée boire le premier café avec les patrons en discutant des récoltes, des soucis et des projets, aussi bien de la famille ; il connaît leurs histoires mieux que le curé. Il a encore quelques pratiques, du moins dans ce qui reste de fermes dans le coin, parce que, élever des vaches, cela commence à se faire rare. De chevaux, plus un seul, et pour les rares cochons ou moutons, pas besoin du vétérinaire, marche ou crève. Le médecin du bétail est un luxe, peut-être moins que celui des hommes. En tout cas pour ceux-là, les vieux. Alors, avant d'examiner la vache, il écoute Soizik. Gaston se tait. La traite, c'était l'affaire de sa femme ; l'entretien du troupeau, le pacage, celle de Paulin. Même Rolande s'abstient. Elle est partie étendre le linge, et Yvon ne reviendra pas avant midi de son rendez-vous au Crédit agricole. Aussi ne se trouvent-ils qu'eux trois avec Moussaron au chevet de la Gloriette restée à l'étable.

— Depuis deux jours, l'on jette son lait au fumier, par prudence. Qu'a-t-elle donc ?

Il quitte sa canadienne sans hâte, retrousse les manches de son pull sur ses bras velus et, leste pour son âge, se glisse sous la vache ; bien calé sur ses cuisses, il inspecte les trayons, palpe les mamelles, puis remonte au ventre de gros cuir fauve, y enfonce rudement ses paumes, ce qui fait mugir faiblement la bête. Debout ensuite, passant son bras par-dessus la croupe, il tâte le flanc, y plaque son oreille, écoute quoi, là-dedans ? Il a bien un stéthoscope, tout comme les savants, mais il s'y prend au corps à corps, humainement pour ainsi dire. Patiente, la Gloriette tire sur la longe, découvrant son poitrail où le poil est plus clair entre les fanons, mais sans révolte, sans peur, juste pour chercher l'odeur de celui qui l'ausculte. Maintenant, des coudes, il maintient ses joues contre sa poitrine, lui frotte gentiment le poil entre les cornes, puis retrousse ses paupières aux longs cils roux sur l'énorme globe oculaire, d'un bleu vitreux, tire sa babine humide sur les gencives, cure ses naseaux et hume la mucosité sur ses doigts. Elle se laisse faire. Elle se laisse aussi prendre la température, le gros thermomètre ne la contrarie pas. Vaccinée, elle l'est, on ne plaisante plus avec ça. Aux Armand comme ailleurs, les paysans piquent eux-mêmes leur bêtes avec les ampoules qu'il fournit : Paulin s'y prend très bien avec les seringues.

Son examen terminé, Moussaron s'essuie les mains aux fesses de son pantalon, sachant que ces trois-là n'en perdent pas une, qu'en silence ils guettent sur son visage le signe que tout va bien, ou que tout va mal, calculant déjà ce qu'il en sortira d'ennuis. Pourtant, ils ont confiance, c'est un expert, et un costaud : ici même, il a pratiqué une césarienne, en 1952, sauvé la mère et le petit qu'on croyait perdus, enlevé les points de suture et soigné Gracieuse comme une femme. Il hoche, mais cela ne veut rien dire. Il fait la moue, mais il la fait toujours et, à force de fréquenter les vaches, il a fini par leur ressembler. Sa forte tête à bajoues, sa moustache poivre et sel, jaunie de cigarettes de papier maïs, ses paupières bombées et fripées, jusqu'à ses sourcils roux en broussaille, les poils dans ses vastes oreilles l'apparentent à un bovin bonasse ; on s'attendrait qu'il meugle aussi. S'il n'a pas de cornes, se rient les paysans, c'est qu'il est célibataire. Un endurci, vieux garçon qui emporte chez lui l'odeur de fumier, en parfume sa maison, à la sortie du bourg ; de ces villas bourgeoises construites au siècle dernier, plantée sur un petit jardin à muret de briques, héritée de ses parents ; solitaire à présent. Depuis peu de temps, il accepte les consultations pour les chats et les chiens de compagnie, une nouvelle clientèle de citadins. Il faut bien. Des étables, il n'y en a bientôt plus : il disparaîtra avec l'ancien monde, et puis voilà. En attendant, il se consulte à mi-voix, sachant qu'ils sont pendus à ses lèvres.

— Elle ne larmoie pas. Elle respire bien : c'est pas le coryza. Pas de température. Alors, tu as quoi, dans le ventre, ma grosse ?

Il ouvre sa mallette aux cornières de cuivre, noue son tablier de toile et enfile un long gant de caoutchouc, l'enduit de graisse, tout en jetant un coup d'œil au chat qui s'est enhardi, jusqu'à se faufiler entre les jambes de Soizik, se frottant à ses bas et se haussant du dos. Le gourmand se régale des placentas à chaque vêlage, il se croit déjà de la fête.

— Tu te trompes de jour, Faraud, plaisante Moussaron en torchant le cul de la Gloriette avec une poignée de foin.

Paulin y aide, tenant levée la queue de la vache, Gaston à sa tête ayant empoigné la longe, tandis que le vétérinaire, plaçant sa main en cône au rectum, enfonce son bras d'un élan puissant, han ! jusqu'au coude enfoui. Un coup de boxeur, mais si amical que la bête a à peine donné un coup du bassin par côté, ne fait plus qu'appeler maintenant, d'une petite voix de protestation, ou bien consentante, accompagnant de son pleur les contorsions de l'homme qui, le rein arqué, le jarret tendu, prenant appui de sa main libre sur sa cuisse, explore son intérieur d'animal, très concentré, très grave, les yeux plissés, interrogeant là-haut la charpente où pendent des brins de paille, des toiles d'araignée ; le chat qui s'est juché sur une poutre.

— Toujours alléché, mon vieux ?

Il palpe la panse, la caillette, il brasse, broie là-dedans à pleine pogne, tirant sur son épaule arc-boutée, puis il retire lentement son bras, tout englué d'excréments, tandis que la vache se vide sur la litière d'une coulée écumeuse et jaunâtre, ponctuée de pets sonores, glaires et paquets d'herbe moitié digérée éclaboussant ses bottes, et elle pisse en même temps, son échine parcourue de longs frissons grelottants ; Moussaron rit. Il tapote le flanc de la vache pour l'encourager.

— Ça te fait du bien, hein ? Vas-y, ma belle, soulage-toi. C'est moins gros qu'un veau… Tu tombes bien, toi !

Antoine arrive, juste au milieu de la diarrhée. Trop occupé à la consultation, aucun d'eux n'a entendu sa 2 CV entrer dans la cour. Déserte, à cette heure-ci. Il a vu les draps flottant au jardin, les poules égaillées sous le hangar, personne n'a pointé le nez à la porte de la cuisine. Mais la vieille traction avant lui est connue, et il a aperçu sa mère sur le seuil, tournée vers le dedans de l'étable, que se passe-t-il ? Le vétérinaire ramasse des excréments sur la litière, les malaxe entre ses doigts pour examiner la matière, renifle son odeur. Il en prélève des échantillons dans de petites boîtes métalliques.

— Qu'est-ce qui pousse, là où tu la mets à paître ? Tu mets de l'engrais, dans le champ d'à côté ?

— Rien du tout : à côté, c'est que des taillis et des bois, proteste Paulin. Notre herbe est bonne et on n'a pas commencé le fourrage.

Il n'a encore soufflé mot, mais la qualité des pâtures le concerne, il s'offusque de la suspicion.

— On va envoyer à l'analyse du laboratoire. Si c'est pas à cause de l'herbe, ça pourrait être l'eau. Quelle eau boit-elle ?

— La même, depuis toujours, grommelle Gaston. Au ruisseau. Et ici, à l'abreuvoir, celle du réservoir d'en haut.

— On va faire aussi analyser l'eau du ruisseau, et celle du réservoir. En tout cas, Soizik, arrête ta décoction de betterave. Elle n'est pas constipée, ta Gloriette : elle a la colique. Peut-être qu'elle peine à reprendre son cycle... Pour une fois que vous m'appelez à temps...

Il retire son gant et le jette dans le caniveau à purin, puis se lave les bras dans le baquet, au gros savon de Marseille, puis se renverse l'eau sur les bottes, roule son tablier de chirurgien.

— En attendant, donne-lui plutôt du charbon de bois dans la pâtée. Si ça ne lui fait pas de bien, ça ne lui fera pas de mal. Et mets-la à l'écart : que sa litière ne contamine pas les autres. Comment vont-elles, les autres ?

Les autres vont bien. Un troupeau sain, propre, nourri et soigné, mais cette question de l'eau a rembruni Gaston. L'eau est bonne. De tout temps à jamais. Jamais une bête n'en a été malade. Tandis que Paulin détache la Gloriette et la tire vers l'autre grange pour lui faire un coin avec du foin frais, Moussaron nettoie son thermomètre à l'alcool et range sa mallette sous le regard inquiet des deux vieux, que le diagnostic ne rassure pas vraiment. Ils en oublient d'accueillir leur fils, resté planté sur le seuil derrière sa mère.

— Alors, l'instituteur, ça gaze ?

Antoine hausse les épaules en guise de réponse, les mains enfouies dans son blouson. Le bonhomme l'a vu naître, il l'a toujours traité en gamin, il continue.

— Venez prendre quelque chose, l'invite Soizik et elle tend sa joue à Antoine.

Sa joue fraîche du matin, fleurant bon la savonnette. Il ne fait pas encore très chaud, des brumes stagnent sur le potager, accrochées aux branches basses du verger, mais le soleil blondit l'air, allume la torche jaune des peupliers, tout frémissants de brise. Ils retraversent la cour, eux trois, parce que Gaston, sombre, a empoigné la fourche pour enlever le fumier et changer la litière, son air buté des mauvais jours. Ils trouvent Rolande dans la cuisine, occupée à remplir des bocaux de haricots verts, alignés sur un torchon : les plants donnent encore.

— Ce sont les derniers, il y aura autant de fil que de chair, mais on ne va pas laisser perdre…

Aussitôt, elle pousse les joints de caoutchouc, passe une éponge et pose un pot de rillettes sur la nappe cirée, avec la grosse miche de sept cents que le boulanger laisse à l'aube, dans le sac pendu au portail.

— Encore heureux qu'on a la livraison du pain. Avec le facteur et le laitier, les seuls à descendre jusqu'aux Armand, jusqu'à quand ?

Elle sort aussi une bouteille de vin, des verres. Moussaron s'attable, se frotte les mains. Ces casse-croûte sont le plaisir du métier, et prendre son temps, à l'ancienne, parce que soigner les bêtes, c'est soigner les hommes, tout se tient dans la substance des vies, solidaire. Autrefois, c'était toute la famille réunie en palabres, la consultation s'étendait même aux petiots qui écoutaient, le nez au bord de la table ; ils prenaient de la graine. Maintenant, les enfants s'en vont. Ils sont dans les administrations, les travaux publics, électricien, chauffeur d'autobus, ne restent que les vieux. Rares sont les fermes où il y a encore, comme ici, des jeunes pour prendre la suite, Yvon et Rolande et, si on compte Paulin, c'est une fameuse succession. Mais la jeune génération est absente, partie à l'école de bon matin par le car de ramassage scolaire qui s'arrête au portail du Mesnil et les y dépose le soir, plus de repas en famille à midi, les temps changent. Soizik, pour lui tenir compagnie, se ressert un café sur la cuisinière, où la cafetière reste au chaud. Par politesse, parce qu'il n'est pas dans sa discipline de reprendre, une fois son petit-déjeuner avalé.

— Ne vous en faites pas, bougonne l'homme. Les analyses, c'est juste par précaution. Et puis c'est obligatoire, à présent. Vous ne voulez pas d'une épidémie, hein ? Je vais te laisser des ampoules, pour son cycle…

Antoine en visite, de si bon matin ? Devant le vétérinaire, personne n'en fait la remarque, mais c'est si peu dans ses manières de débarquer à l'improviste… Il n'a pas remis les pieds aux Armand depuis le 15 Août ; on ne s'attendait pas le revoir avant la saint-glinglin. Il ne vient quand même pas juste pour rapporter son filet à provisions à sa mère, qu'il lui tend, comme le saint sacrement : qu'a-t-elle à faire de ce filet ? Si Moussaron s'étonne, il n'en marque rien. Il tartine généreusement ses rillettes et réfléchit à la question de Soizik : que pense-t-il des trayeuses électriques ? C'est elle qui l'a posée, non sa bru, de qui c'est pourtant la dernière trouvaille. La semaine dernière, Rolande a étalé tout le fourniment des prospectus qui vantent ce procédé moderne, son prix et son mode d'emploi. Mais, alors que se présente l'occasion d'en débattre sérieusement, celle-ci se tait. Elle n'a pas l'air prête à la conversation, la tête ailleurs. Alors Soizik a mis le sujet sur le tapis, la prenant en traître, peut-être ? Elle espère bien que, en expert, Moussaron avancera des arguments qu'elle n'a pas. Encore une machine, à quoi bon ? Un bon laitier tire huit vaches à l'heure, s'il sait bien s'y prendre. Cela s'apprend tout petit. D'abord à connaître le caractère de chacune, si elle est facile, si c'est une garce, une sournoise, une susceptible. La façon dont on attache sa queue aux pattes arrière : de ce nœud coulant, on prend le tour de main, pas trop serré mais ferme. Et puis bien s'enduire les mains de graisse à traire, les tétines sont sensibles. Tabouret à l'oblique, on se cale du front contre le ventre chaud. La vache reconnaît la personne à cette pression confiante, à l'abandon du buste contre elle, et à sa manière d'empoigner le pis, le pincer et tirer. Bien en cadence, on dirige le jet jaune au fond du seau où il tinte et gicle. Selon son inclinaison, la giclée fait mousser le lait : il faut de la mousse, pour aérer l'odeur forte, qu'elle ne reste pas enfermée dans la crème. A cinq heures du matin, à peine réveillé, on continue de sommeiller contre la tiédeur de la vache, dans l'obscurité et l'odeur de fumier qui pique les narines, la joue rabotée par son pelage rude, on se sent réconforté par cette intimité animale et bercé de bonté, pour le bien qu'on lui fait, et celui qu'elle donne.

Alors, toutes ces machines… C'en est toujours de nouvelles : des machines pour labourer, faucher, lier les bottes, pulvériser les produits, pour traire… On ne se lèvera plus à cinq heures, les vaches seront traites toutes en même temps : du temps de gagné, moins de besogne. Plus vite, davantage. Du rendement, du rapport. Aussi des dettes. Autrefois, on n'avait pas de dettes. On ne devait rien à personne, on faisait avec ce qu'on avait, et l'on était libre. De son travail, de joindre les deux bouts avec ses ressources propres, ses semences et ses récoltes, bon an, mal an. Libre de sa pénurie et de ses économies. Maintenant, on fait des emprunts, on vit avec l'argent qu'on n'a pas. On ne sait plus ce qu'il coûte, ce que représente l'épaisseur du tas de billets en équivalent de travail, de sueur, de calculs, de soucis. Depuis que la laiterie vire l'argent de leur lait à la banque, Soizik ne sait même plus ce que vaut le litre qu'elle tire au pis, chaque litre qui gicle au fond du seau : voilà ce qu'elle a dans la tête. Faut-il acheter des trayeuses ?

— C'est un investissement à calculer, dit Moussaron. En combien de temps se récupère la mise, rapport à l'électricité et au rendement, au temps gagné à d'autres tâches. En dessous de dix vaches, ce n'est pas la peine. Mais vous avez deux vêles qui donneront l'an prochain, cela fera douze bestiaux. Que dit le patron ?

Le patron ? Là est la question. Qui, du père ou du fils, prend la décision ? Gaston, qui a passé la main chez le notaire, mais dit son mot sur tout, ou Yvon, le chef de la propriété, dorénavant ? Ou Rolande, que son mari écoute comme son ministre des Finances. Seulement, elle, les vaches ne sont pas sa spécialité. Elle n'en a rien appris dans ses vignes. Il a déjà fallu acheter une citerne réfrigérée. Les petites laiteries ont fermé, c'est la grande centrale de Conflans qui assure le ramassage, deux fois par semaine. Avant, il fallait porter chaque matin les bidons au portail du Mesnil, sur le chariot tiré au tracteur. Une corvée de moins, puisque le camion vient à la ferme et pompe le lait à la citerne, mais une autre l'a remplacée : Paulin doit bien assainir la cuve, la nettoyer aux désinfectants, le contrôle sanitaire est strict. Soizik suçote son café au bord de la tasse. Il lui brûle l'estomac, ou bien c'est la contrariété de ce sujet qu'elle a pris l'initiative d'aborder, à cause du silence de Rolande. En l'absence d'Yvon, la jeune femme observe une neutralité polie, agacée, peut-être ? Elle a fini de ranger ses bocaux Le Parfait dans le stérilisateur, elle enlève son tablier, en salopette maintenant ; elle enfile ses bottes, interrogeant Antoine du regard, qui ne dit mot non plus. Cette affaire ne le concerne guère, enfin, que lui prend-il, de surgir aux Armand sans crier gare ?

Le vétérinaire sent bien qu'il y a du litige entre ces gens, qu'il tombe ce matin sur une affaire embrouillée, avec des ramifications sensibles, sa vieille sagesse lui dicte la prudence. Mieux vaut leur laisser le temps de la réflexion, de retourner le pour et le contre, se résoudre les tensions et n'intervenir que quand la décision est prise pour aider dans le sens où elle va. Avec cette affaire des trayeuses électriques, il marche sur des œufs, et puis, avec les femmes, on ne sait jamais ce qu'on piétine : ces deux-là s'épient comme chien et chat. Aussi félicite-t-il pour les rillettes, goûteuses, pour le vin, qu'il regarde à travers son verre.

— Fameux. Il vient de ton Médoc, Rolande ? Tu ouvres une bouteille pour moi !

Et comme Gaston entre dans la cuisine, suivi de Paulin, il se sent en meilleure compagnie. Car Rolande s'éclipse. Elle propose à Antoine de l'aider à brouetter les pommes de terre entassées sur les chaintres du petit champ, derrière les jardins, un bon prétexte pour les laisser discuter entre eux, et aussi, elle le sait, au lieu d'un chèque, payer le vétérinaire en billets, comptés un à un sur le coin de la table, comme ils aiment à le faire, une cérémonie sans laquelle sa visite n'est pas bien conclue. Ils préfèrent le faire loin des yeux, les siens, comme une chose non pas honteuse, mais privée, et délicate, une valeur qui ne peut s'exposer sans déchoir. Antoine ne demande pas son reste, avec elle il sort ; d'ailleurs il n'a même pas défait la fermeture Eclair de son blouson, à croire qu'il est juste venu vider son verre de vin matinal et charger les pommes de terre avec Rolande.

— Tu restes déjeuner ? lance Soizik sans conviction, intriguée, inquiète, soupçonneuse de cet aparté.

— J'attends juste Yvon, il ne va pas tarder ?

— S'il tarde, tu resteras déjeuner…

— Peut-être bien pas…

Ils sont loin dans la cour, soulagés d'échapper à la consultation générale. Pour autant, Antoine n'est pas à son aise avec Rolande, et même très gêné de cette situation où elle le met. S'est-il jamais trouvé seul avec elle ? C'est pourtant ce qu'elle a demandé, ce pour quoi il est venu, bien averti que, s'il arrive à se libérer, cela tombera bien, puisque Yvon sera absent toute la matinée, à cause de son rendez-vous avec le comptable. Pour ce qu'elle a à lui dire, il faut qu'il vienne, parce qu'elle ne peut quitter la ferme comme ça. Au mieux, elle ne peut guère que lui donner rendez-vous au bourg, sous prétexte d'une course. Pas plus loin, avec sa mobylette. Elle le peut, mais au risque qu'on les voie ensemble, et cela sera rapporté, tôt ou tard. Et si, pour devancer les ragots, elle dit au retour que, tiens, au fait, elle a rencontré Antoine qui passait par là, qui la croira ?... Se retrouver au coin d'un bois, c'est bien pire : si jamais quelqu'un les surprend, que n'ira-t-on dire ? Tout se sait, à la campagne. Non, elle voulait qu'il vienne aux Armand : c'était le plus simple, au vu de tous. Au téléphone, elle ne peut pas dire de quoi il s'agit. Elle est dans la cabine, sous le nez de la postière qui l'observe derrière la vitre, elle ne peut rester longtemps. Mardi, tu viendras ? Il a l'air malin, de rapporter le filet à provisions, pour prétexte de sa visite... Heureusement, la Gloriette a la colique, Moussaron tombe bien, il fait diversion. Ils marchent l'un derrière l'autre, contournent les jardins et montent le long du petit champ où attendent la brouette et les tas de pommes de terre arrachées de la veille. Maintenant qu'ils sont hors de vue, elle l'attend, se met à son pas et lui tend une paire de gants de cuir. Elle pense à tout. Elle ne plaisante pas, avec la corvée annoncée. Joindre l'utile à l'utile et garder les apparences, de ces ruses de femme, imbattables pour monter les intrigues, les hommes sont faibles. Une jeune femme épanouie, robuste, sa chair ferme et de bel équilibre, harmonieuse malgré la salopette, les habits de travail masculins sont ingrats, et même maquillée, un peu de poudre et du rose aux lèvres, sûre d'elle, il en est intimidé.

— On travaille, et je t'explique. Pose ton blouson, tu vas vite avoir chaud. Merci d'être venu.

Merci, quand même !… Cela ne lui a pas été facile de se libérer, précisément ce mardi matin, après la nuit qu'il a passée, et de laisser Luiza plus tôt que prévu au centre de formation, et de se payer les embouteillages à travers la banlieue. Alors ? Alors, il faut qu'elle lui raconte ce qui se passe ici. Rien n'en transpire, mais c'est devenu un tel poids qu'elle n'en peut plus de garder ça sur le cœur.

— As-tu appris que les petits-enfants de Guillemot sont morts, le jour du mariage ? Cet accident épouvantable, tu en auras bien entendu parler ?

Elle le prend de court, là, au milieu du champ, dans les brumes légères d'automne qui ensevelissent de douceur. Il fait mine de ni oui ni non, sans commenter.

— Tu en sais peut-être mieux que moi, puisque tu étais à Genilly, à la sortie de l'église. Je te dis qu'on sait tout, à la campagne.

— Tu m'as fait venir pour me le reprocher ?

— On n'a pas le temps d'en perdre à se disputer. Je ne te reproche rien, ça ne me regarde pas.

— Excuse-moi, ma nuit a été courte.

— Les journaux en ont parlé. Les petits-enfants du député, ça fait du bruit… Donc tu le sais.

— Je ne sais rien de plus. J'étais venu avec un ami, qui cherchait des gens dans le coin, on s'est trouvés là, et alors ?

— Les enfants se sont noyés dans l'étang de la maison Rougerie, deux petiots de quatre et trois ans. Cela a fait un drame terrible dans le pays, tout le monde en était bouleversé, mon Dieu, quelle horreur, un drame pareil… Dire que ça peut vous tomber dessus, en pleine noce… Deux tout petits enfants…

Elle ramasse vite, lance les pommes de terre dans la brouette, visant juste. Il essaie de suivre le rythme, mais rien que ce geste suppose beaucoup d'entraînement, une technique éprouvée. Elle ne feint pas son émotion, sa voix tremble pour de bon. Lui non plus ne trouve pas ça drôle, mais il ne va pas lui avouer qu'il était là quand cela s'est passé, puisqu'elle a l'air de l'ignorer. Autant garder ça pour soi, et il ne voit pas où elle veut en venir. Le fait est que cette nouvelle a mis Soizik dans un état invraisemblable. Du chagrin, on peut le concevoir, mais à ce point ! Elle a décidé d'aller aux obsèques, elle voulait qu'Yvon l'y conduise et Gaston s'y est opposé.

— Tu le sais, ton père est autoritaire, mais, avec ta mère, il y va en douceur. Or ils se sont disputés dans la journée, des mots à voix basse, sous le hangar, dans le jardin. Le soir, le ton est monté. A table, elle a remis ça devant nous tous, comme si elle nous prenait à témoin. Elle lui tenait tête, rien à faire. Plus il refusait, non et non, plus elle insistait. Yvon a voulu s'interposer, comme quoi c'était bien son droit, d'aller à une messe des morts. Gaston lui a dit des choses brutales, il l'a traité comme un môme. Paulin a quitté la table. Il a envoyé Jackie dans sa chambre, il est parti dans la sienne. Tu connais Paulin, il ne supporte pas. Moi aussi, je suis allée coucher les petits. Une scène pareille, impensable chez nous. Mais, quand je suis revenue faire la vaisselle, ce n'était pas fini, Gaston vidait son sac. Il retournait sa colère contre les Guillemot, comme quoi c'était bien fait, qu'il y avait une justice, enfin. Il en a débité ! On en restait béants. Qu'il aurait bien aimé, lui, leur fourrer personnellement la tête dans l'eau, les noyer lui-même, eux, leur mère avec, et toute la famille, leur crever la peau, enfin je ne te répète pas toutes ses avanies. Soizik en était tétanisée. Yvon a voulu le faire taire, mais ton père l'a attrapé, enfin, ils se sont battus. Pas trop, mais entre un père et un fils, c'est violent de s'empoigner. Ton père n'a plus l'âge, Yvon est plus fort que lui, mais il n'a pas osé avoir le dessus, pour ainsi dire il s'est laissé frapper. Mon Dieu, est-ce possible ?

Cette fois, elle pleure pour de bon, s'essuie les joues du revers du gant, se barbouille de terre. Antoine la prend gauchement au coude, remué par cette scène, qu'il ne parvient pas à imaginer. Cela avait pourtant l'air d'aller bien, dans la maison, tout à l'heure…

— Tout va bien. Gaston a pris l'air penaud, un jour ou deux, tu sais comment il fait, mais il a eu gain de cause. Soizik n'est pas allée aux obsèques. Moi, j'ai eu une explication avec Yvon. Mais il a le caractère de son père, entier. Il lui donnait raison, pour finir ! Il l'excusait. De l'avoir frappé, non. Mais d'avoir dit tout ça, oui. Parce que les Guillemot rendent son père fou, depuis des années. Cette histoire, Antoine, la connais-tu ?

Les genoux ployés, elle a repris le travail, y met une espèce de rage et lui, peu entraîné à cette besogne, en a déjà les reins cassés, mais plus encore de ce déballage, les discordes, les frictions familiales, toujours à tirailler dans un sens ou dans l'autre, le fond de cette combe, un cul-de-sac où fermentent toutes les zizanies, ressassées sans fin, recuites. Quelle histoire ?

— Vingt fois Lubin est revenu à la charge : le maire fait des offres d'achat, d'abord en son nom, maintenant au nom de la SAMIP, sa société immobilière. Notre enclave empêche ses plans d'adduction, le tracé des voies, est-ce que je sais. Il veut nos terres pour construire. Il a monté l'offre à plus de dix fois la valeur agricole…

— Que mon père vende. Vous avez bien besoin de cet argent.

— Ce n'est plus à Gaston de décider, c'est à nous.

— Vendez. Vous achèterez ailleurs.

— On le voudrait qu'on ne pourrait pas : la clause du tout tenant l'interdit, c'est simple. Le notaire l'a spécifié : c'est dans le contrat de donation du Mesnil. L'avocat de la FNSEA dit qu'il suffirait de leur opposer cette stipulation, n'importe quel tribunal annulera leur contestation, mais Gaston ne veut pas la rendre publique. Il dit que ce sont ses affaires, que ça ne regarde personne, et Yvon plie. Il a compris que ton père veut garder le contentieux. Ton père a un compte à régler avec eux, voilà. Il s'en rend malade, mais il aime sa maladie, et il nous rend fous.

— Que veux-tu que j'y fasse, Rolande ? Je ne changerai pas mon père, ni mon frère…

Il ôte ses gants, allume une cigarette. Très contrarié, une colère froide, et en même temps la suée de l'effort imbécile auquel il se contraint pour donner à cette conversation dans les champs une allure naturelle, tous d'accord pour les ruses réciproques, pour tramer dans le dos les uns des autres des complots empoisonnants, au lieu d'une explication franche, tout sur la table, une fois pour toutes. Mais il sait sa mauvaise foi, ce que Rolande vient de débusquer, avec quoi il veut ne plus rien avoir à faire. Il souffle devant lui la fumée, content de son âcreté, qui ne le soulage pas.

— Donne-m'en une, demande Rolande, cessant le travail

D'ailleurs, la brouette est pleine. Elle ne fume pas, aussi tient-elle sa cigarette comme une petite cuillère tandis qu'il lui donne du feu, et ce geste maladroit fait fondre son animosité. Elle n'en a pas fini, elle retourne ses pensées et le sonde du regard, le rose monté à ses joues.

— Ce ne serait rien s'il n'y avait l'eau. Depuis le printemps, ils nous harcèlent, ils menacent de nous couper l'eau du réservoir. Tu imagines, la ferme sans eau ? Ces chicanes font suite à celle des terres, c'est une autre façon de nous tracasser… Ils ont des appuis haut placés. Nous aussi, on a le syndicat, et le droit avec nous, mais ce n'est pas de cela dont je voulais te parler…

Ce dont elle veut parler, qu'elle n'a pas dit à Yvon, c'est une scène qui s'est passée à l'automne dernier, en son absence. Parti à un colloque de deux jours pour les nouvelles directives du remembrement, et c'est la saison de la chasse, au petit matin. Elle est en train de faire sa toilette, dans la salle de bains. A cette heure, tout est silencieux, mais elle a soudain entendu des éclats de voix, le chien aboyer, d'abord n'y a pas prêté attention. Sauf que les enfants dorment encore, que cela est inhabituel et, comme c'est le jour du camion de lait, elle a cru qu'ils arrivaient avec une heure d'avance, avec Paulin et Soizik encore à la traite, alors elle a enfilé sa robe de chambre et est allée voir ce qui se passait. C'était sur le chemin, au portail, une algarade. Il y avait là toute une compagnie de chasseurs, cinq ou six, avec leurs chiens et leurs fusils, qui partaient dans les bois, et voilà qu'ils avaient garé leurs voitures sur le chemin, juste dans le dernier tournant, là où il y a un petit dégagement. Mais, tout de même, leur stationnement entravait le passage pour le camion du lait et Gaston les invectivait. Tu sais bien : la servitude. Il rentrait de je ne sais où, toujours il va faire son tour du petit matin dans ses champs, et il tombait là-dessus. Il a vu rouge, les autres riaient. Ils riaient, ils se moquaient : ils chicanaient qu'ils n'empêchaient rien, qu'il y avait de la place pour le camion. Ce n'était pas faux, mais en contravention avec la règle du chemin. Ils y mettaient de la mauvaise volonté, un fait exprès, que Gaston prenait très mal. Car c'était Guillemot, avec des amis à lui, des messieurs de Paris. Devant eux, Gaston n'allait pas céder. Il ne voulait pas plier, pour la forme. Tu connais ce Guillemot ? Gros et grand, tout emmitouflé d'une gabardine fourrée. Il paradait devant ses invités.

— Je suis arrivée au moment où cela s'envenimait, les chiens s'énervaient. Soizik et Paulin ont rappliqué de l'étable. Gaston s'était mis en travers, alors Guillemot le poussait. Du ventre, à petits coups d'estomac, comme s'il se serait sali de le toucher. Ils allaient en venir aux mains. Soizik le tirait par-derrière, mais Guillemot non plus ne voulait pas renoncer, pour la forme. Alors Paulin, qui n'est pas violent – il fuit plutôt, dans ces cas-là, il déteste les disputes, que c'en est une infirmité, chez lui –, s'est interposé. Il s'est mis entre Gaston et l'autre, à qui il a donné une bonne bourrade, qui l'a fait chanceler, et reculer, alors j'ai entendu Guillemot : là, on comprenait tout. Tu te crois le maître ? Il le tutoyait. Tu te crois bien fort, le bâtard ? Belle compagnie ! Demande à Soizik – il lançait ça à Gaston, par-dessus la tête de ton frère –, demande à Soizik qui lui a *planté son Paulin*, pendant que son homme se faisait trouer la peau, au front ? Mon père en a-t-il semé dans le coin, de ces bâtards-là ! Il riait, que c'en était horrible, sa figure contre celle de Paulin. Une haine ! Les autres messieurs en étaient ahuris, dépassés, et nous donc ! Je n'ai jamais vu ton père dans cet état. Blême, mais vraiment livide, l'œil blanc tout autant. Il irradiait, il fulminait, je ne peux te dire son expression. Je crois que Guillemot a pris peur : Gaston l'avait saisi à la gorge, il le soulevait presque, d'une force de titan, à son âge, c'était terrifiant. Il lui disait, il crachait plutôt, entre ses dents : *Répète-le pas. Répète-le pas, ou je te tue. Je te tue, je te tue.* Il aurait eu son fusil, je crois qu'il le faisait. Ils ont tourné les talons. Ils sont partis dans la minute. Ils ont repris leurs voitures, en marche arrière, jusqu'en haut.

Je ne sais trop ce qui s'est passé, ensuite. Les enfants s'étaient réveillés, avec tout ce bruit. Ils étaient dans la cuisine, effarés. Paulin avait disparu à l'étable. Soizik était assise sur la petite chaise, elle tournait le café. Ma vieille, disait Gaston, ma vieille… Ta mère, jamais une larme. Il lui en coulait une, une seule, silencieuse ; et le grand Gaston à côté d'elle, qui ne savait que lui caresser les cheveux. Ces pauvres vieux, j'en étais renversée. Les sangs tournés de cette scène. Mais il fallait faire déjeuner les petits, les préparer pour l'école, on n'allait pas discuter devant eux, et de quoi ? Ensuite, ils sont partis prendre le car, le camion du lait est arrivé. Paulin s'est occupé de laver la citerne, Gaston est allé retourner le jardin, toute la matinée, sauvage.

Elle écrase le mégot dans la terre, s'y obstine du talon.

— On n'a plus parlé de rien. Je n'ai rien dit à Yvon. Je ne sais pourquoi. Pour faire comme eux. Respecter leur silence, et comment aborder ces questions ? Votre frère Paulin, moi, je ne le connais pas. C'est un homme malheureux. Que sais-je de vos histoires ? Je peux toujours comprendre que ce n'est pas gai, d'être orphelin de guerre, ni d'être adopté, pas tout à fait comme les autres. Vous avez beau faire semblant, il n'est pas comme vous. Cela me navre le cœur, mais qu'y faire ? Ce qu'a dit ce Guillemot, sur le chemin… Ton père en a de la haine, cela le travaille. Cet homme lui veut du mal. A cause des terres ? L'eau, maintenant ? Gaston est très malade. Il en veut même à Soizik ! De sa pitié, de n'avoir pas de rancune. Crois-tu qu'elle pardonne une telle insulte ? Mais sa religion la console. Lui en veut à la terre entière. Ton père devient fou, Antoine. Il a menacé de mort sur le chemin, devant témoins. C'est très grave, des menaces de mort… Ils vont se demander ce qu'on fait, viens…

Elle empoigne la brouette, Antoine la lui prend des mains. Abasourdi. Pensait-il à une chose pareille, ce matin ? Il ne pensait à rien, un peu intrigué, un peu contrarié de ces mystères, qui ne ressemblent pas à sa belle-sœur. Il n'aime pas l'idée de la voir dans le dos de son frère, ni dans celui des parents, et moins il met les pieds aux Armand, mieux il se porte. Voilà qu'il y est revenu et, à peine arrivé, enlisé jusqu'au cou. La brouette est trop chargée, il peine à la pousser entre les mottes de terre tout empesées de rosée. Dans la descente, il faut retenir son poids au risque de chavirer ; elle la lui reprend sans rien dire. Il la suit, admiratif pour sa poigne d'homme, sa belle force de jument, et sa résolution sérieuse.

— Que veux-tu que je fasse ?

— Parle à ton père. Avant qu'il n'arrive un malheur…

Parler à son père ! Il faut être deux pour se parler. Comme si la conversation s'improvisait, comme si l'on réparait en une minute de bonne volonté vingt ans de silences, de malentendus, d'aversion partagée pour le langage, qu'on maîtrise mal, pour les mots dont chacun n'a pas le même usage, a des raisons de se défier. N'a-t-elle pas assisté à l'esclandre du 15 Août, la mèche allumée, pour un mot de trop ? Non, il ne parlera pas à son père. Il ne soulèvera pas le couvercle. Il s'est tiré de là, renégat, déserteur, comme on veut, il a monté le chemin vers la sortie ; il ne va pas le redescendre… Tout petit déjà, il a intégré la représentation mentale qui configure la créature à son paysage, ce dispositif natal de la combe, ses données géologiques et son agencement de reliefs, la déclinaison du terrain qui verse en impasse naturelle vers l'étranglement du vallon. Il en sait, de tout son corps d'enfant, de son intelligence ébauchée, la qualité de lumière filtrée par les taillis, l'ombre précoce du soir ensevelissant la ferme quand, là-haut, resplendit encore la puissance solaire, caressant la colline, ce reste de jour dispensé telle une faveur des dieux sur les toits du domaine.

Une seule fois, souvenir unique, il en a eu une vision inédite. Un jour de canicule, plein midi, il a grimpé dans le grand hêtre, selon un passage de lui seul connu qui le propulse en écureuil jusqu'au nœud de branches où il a son refuge. Mais, ce jour-là, inquiet, fiévreux, il n'y a pas trouvé l'apaisement de ses maraudes. Le ventre fouaillé de fureur froide, il a renversé sa tête vers l'altitude de l'arbre, la foule bruissante et pressée de son feuillage ombreux, une étoffe opulente agacée par le vent où se perdent ses ramures, tels des bras musculeux et lascifs, et distingué, dans les hauteurs où il ne se risque jamais, une provocation insolente et maligne, qui l'invite à braver sa démesure. Envie de malfaisance, de brutalité, ou de viol, et cette fois, avec une rage que sa jeune puberté ignore, il s'est hissé au défi du vertige, enlaçant d'une étreinte reptilienne les bras qui ploient sous son étreinte, prenant appui à l'aisselle des dernières fourches, a atteint le faîte et, dans une griserie que son balancement ailé exaspère, il a découvert l'éblouissement du zénith sur la campagne. Le corps ruisselant, un brouhaha d'océan aux tympans, il est resté un long moment anéanti par sa victoire, les yeux voilés de sueur. Ivre d'une liesse dont la violence lui découvre, sous la cuisson de ses cuisses, sous la pulpe des lèvres, son sang pulsant follement, un émoi dont il ignore alors quelle part y prend le sexe ou le cœur, mais de si parfaite pureté qu'il a cru s'endormir, assommé.

C'était le panorama du Mesnil, jamais envisagé sous ces espèces. A sa gauche, la haute maison des maîtres, ses toits ruisselants de soleil, le dos montueux du grand pré dont la houle d'eau blonde froisse les vagues lentes et, au-delà des taillis, dans la combe, la ferme de ses parents adossée au rideau d'arbres altiers. Dans ce berceau de verdure, il voit l'étagement des toits de tuiles moussues et leurs cheminées de brique, la succession des dépendances, dont la grisaille de bois se nacre de reflets métalliques, auxquels l'éloignement confère une texture précieuse, accédant à une harmonie d'ensemble, d'équilibre et d'intelligence, humble et noble dans sa relégation. Par un effet de perspective haussée à l'échelle de l'autre maison, et comme la récusation de sa grandiloquence seigneuriale, dans son abaissement bénie d'une sorte de grandeur recueillie, puissante telle une forteresse de bonté. Un orgueil s'est emparé de lui à cette beauté sereine, entourée par la magnificence de l'été et son ordre souverain, un orgueil qui ne concerne pas les siens, ne les élève pas à ses yeux, mais le réconcilie avec lui-même d'accéder à cette vue neuve, ignorée de tous, qu'il lui est donné de contempler par son guet périlleux. Nul ne peut lui confisquer cette gloire des Armand, dont aucun de ses habitants ne soupçonne l'existence, à lui seul dévoilée, mais cela n'a jamais résolu sa contradiction avec sa détestation honteuse, et même celle-ci s'aggrave d'en avoir entrevu une fois le démenti.

— Que lui veux-tu donc, à Yvon ? demande Soizik, venue à leur rencontre, tandis que les hommes, traversant la cour, raccompagnent Moussaron à sa voiture.

— Faut-il que tu saches ce que je veux à mon frère ? riposte Antoine avec humeur.

— Que faisais-tu sur la place de l'église, à la noce de Viviane Guillemot ?

— Tu y étais donc aussi ?

— Marcelle t'a vu parler à des gens.

— Je parle à des gens… En voilà, une grande nouvelle !

Rolande fait celle qui n'entend rien, déchargeant la brouette sur le sol du hangar, le laissant lâchement à son aparté, et il planterait bien là, tout de suite, sa mère, sa belle-sœur, et toute la famille, si Soizik ne lui paraissait soudain si petite, fragile, enfantine et soumise dans son anxiété, implorante. Alors il oublie son ressentiment, la pénible sensation d'être rattrapé par l'inféodation maternelle, l'invisible, implacable surveillance des campagnes ; tout s'y sait. Tout se dit et se colporte, se commente, s'interprète, on n'y échappe pas. Pris de remords pour sa vivacité, il la prend aux épaules :

— De quoi t'inquiètes-tu ? J'étais là par hasard, avec un ami. Tout ce tintouin nous a attirés : c'est beau, les mariages, non ? Il se trouve que mon ami connaissait un des invités : on a taillé une bavette. Ta Marcelle ragote, à son habitude…

D'un ton léger, naturel. Le mensonge lui vient sans effort, long entraînement, parade facile, mais qui vous fait régresser à grande vitesse. Elle a l'air d'y croire, en tout cas.

— C'est pas bien, murmure-t-elle. C'est pas bien, toutes ces choses tristes. Les pauvres petits…

— Je n'étais pas à l'enterrement, coupe-t-il.

— N'en parle pas à ton père, chuchote-t-elle, effrayée.

— On fait un autre voyage ? propose Rolande, pour le sortir d'affaire, peut-être.

— Il n'est pas venu pour rentrer les pommes de terre, reproche-t-elle à sa bru, qui attend, mains aux hanches.

Sa brusquerie la paie de son inquiétude, mais elle a tant de soucis à la tenailler, et Antoine lui brouille la tête, elle en perd le fil.

— Moussaron dit que l'eau n'est peut-être pas bonne, conclut-elle comme pour elle-même, revenue à son dernier tourment du matin.

Cela semble hors de propos, sans lien avec ses questions cependant peut-être l'histoire de l'eau résume-t-elle tout de ce qu'a rapporté Rolande sur la chicane des terres, la scène avec les chasseurs ; aussi bien le mariage, et la mort des enfants, la maladie de la vache comme celle de Gaston, sa grande colère et son refus qu'elle assiste aux obsèques, qu'elle n'avale pas, tout ce qui trouble sa vie, en sape les fondements. Mais qui, sauf eux deux, arrêtés avec elle sous le hangar, aura entendu ce qu'elle ne s'entend pas elle-même formuler ?

— Je vous laisse les ampoules et les sachets, dit Moussaron. Allez-y doucement, il y a de quoi tuer le troupeau ! Un médicament, c'est vite un poison ! Vous me ferez signe, pour l'insémination ? Je repasserai…

Le vétérinaire démarre dans un nuage de gaz d'échappement, que son vieux moteur lâche dans l'air limpide, faisant fuir les poules en tous sens, les ailes en planeur. Gaston et Paulin restent, bras ballants, à le regarder partir. Antoine en a le cœur serré de les voir de loin ; sur leurs épaules, que le travail affaisse, le poids de tant de choses rentrées, qui ne trouvent jamais à s'exprimer et prendre cohérence, offenses et rêves de représailles par quoi s'indemnise le mal, si confus taillis des pensées adverses qui embroussaille le cerveau, leur venin injecté corrompant sang et nerfs, et le vieil élan de fraternité navrée qui le pousse vers eux lui fait l'effet d'une douche glacée.

— Je suis mal tombé, déclare-t-il, abrupt. Je rentre.

Rolande lui tend la joue.

— Au revoir, alors…

— J'avais besoin qu'Yvon me conseille pour un emprunt, concède-t-il encore d'expliquer à sa mère. Rolande s'y entend aussi bien : elle m'a dit quoi faire.

Pour que tout soit en ordre derrière lui. Pour que Soizik n'aille pas assaillir sa belle-sœur de questions, sortir celle-ci d'embarras, surtout ne pas laisser d'équivoque sur son irruption matinale, il y a assez de sujets de discorde. D'un hochement, la jeune femme acquiesce. Rassurée, la vieille mère pousse la barrière du jardin.

— Toi aussi, tu fais des emprunts… Attends ! Tu vas bien emporter un chou ?

— Rien du tout, lance-t-il, s'éloignant. Je file, je suis en retard…

Rolande repart, poussant sa brouette à l'assaut du champ, ses hanches rondes moulées dans la salopette et ses longues cuisses solides. Sur elle, on peut compter. Elle a la tête d'aplomb et pas les yeux dans sa poche, de la belle charpente. Venue d'ailleurs. La seule, dans cette combe des Armand, à tenir debout l'assemblage de ses murs et bâtiments de guingois, machines, bêtes et gens. Au passage, il serre la main à son père, à Paulin, comme à des relations de voisinage. Ils n'ont pas échangé un mot, mésentente cordiale, ou pacte tacite des silences ; avant midi, ils seront au courant de son prétendu projet d'emprunt, et qu'ils en pensent ce qu'ils veulent.

Sur la route, il est inattentif, mécontent de lui-même et plein de rancune contre Rolande, contre sa mère, conscient de son injustice. Ses chaussures sont crottées et il a réussi à se casser un ongle, foutues pommes de terre. Ce qu'il a entendu, en si peu de temps, trop de choses à la fois, fait un paquet d'angoisse. Il rate un carrefour, se perd dans des quartiers de résidences. Il a menti sans vergogne ; sauf sur sa nuit courte. Une de ces nuits qui vous laissent rompu, bouche amère, tripes nouées de révolte. Hier soir, ils préparaient leur dîner, avec Luiza, pour une fois qu'elle n'a pas de session de formation à l'autre bout de Nanterre ou de Gennevilliers ; pour une fois qu'il n'a pas de séance à l'autre bout du département. Elle cuisine un plat de *pata negra*, avec des palourdes et de l'ail, qui finit de mijoter, il vient de déboucher une bouteille de *vinho verde* de Monção, une petite épicerie de la rue de la République en a de très bon. La radio susurre en sourdine *Et j'entends siffler le train*, une scie que fredonne Luiza à l'unisson, elle monte le son pour le faire rager parce qu'il préfère Léo Ferré et Brassens. Ils vont passer à table, quand on sonne à la porte de l'appartement. Peut-être à cause de Richard Anthony, ils n'ont pas entendu le premier coup, alors, comme le carillon s'affole, il va ouvrir. C'est Djalil, en chemisette froissée, bras nus, qui s'enfile en crabe dans l'entrée, lui passe sous le nez et file dans la cuisine en coup de vent, pâle de sa course, haletant. Il vient chercher Luiza. Il faut qu'elle vienne tout de suite là-bas : il y a eu du grabuge. Les patrouilles, logis effondrés, des blessés, et ils ont emmené Majid avec eux. Le gamin parle à toute vitesse, lèvres serrées de fureur, une expression d'homme qui dicte les ordres et d'enfant apeuré, battant des longs cils. Sans un mot, Luiza lui tend un verre d'eau, consulte Antoine du regard, mais elle a déjà dit oui, adieu la *pata negra*.

Ce n'est pas la première fois. La dernière descente sérieuse date du début de l'été, elles ne cessent pas, malgré la fin de la guerre, malgré les accords, mais c'est surtout La Folie qui subit les plus sévères. Avec Luiza, Antoine est entré dans le bidonville, son baptême de l'année dernière, parce que, avoir une histoire avec une fille comme elle, c'est tout prendre ensemble. Son enfance aux Grands Prés, son père exilé, son Portugal, son jardin d'enfants et ses activités multiples, ses stages de formation, ses amis, ses convictions, ses ennemis et ses colères, ses haines, sa joie de vivre et son goût pour Richard Anthony. Mais, même dans l'intimité la plus grande, quand on se croit d'accord en tout avec elle, elle garde une réserve sombre et farouche. L'embrasser, l'enlacer, c'est tenir contre soi la totalité de son être, sa jeunesse révoltée, étreindre la foule de ceux qu'elle porte dans sa chair, une part inconnue dont on ne sait jamais à quelles frontières elle s'étend ; je fais l'amour avec Nanterre, chuchote-t-il à son oreille, pour se moquer d'elle, et de lui-même. Avec un préservatif, précise-t-elle, et ce n'est pas seulement pour se prémunir de lui, pour lui opposer sa sauvegarde féminine, c'est garder sauf le plus secret de son appartenance mentale, sa liberté d'intouchable et son droit privatif à ne céder d'elle que ce dont elle décide ; ainsi l'admet-il, troublé de si bien s'en accommoder. Et si Djalil fait irruption chez lui, parce qu'il sait la trouver là depuis le printemps, il faut aussi admettre qu'il en a le droit imprescriptible, elle le lui a donné.

Ils sont repartis en hâte avec lui ; sans la voiture, parce que les brigades saccagent sans discernement tout ce qui tombe sous leurs barres de fer. Ils ont traversé le quartier à la course, contourné l'école et coupé par le terrain vague, dans l'obscurité enjambé les détritus et les ferrailles pour déboucher à l'entrée des Grands Prés, l'espèce de porte d'accès du ghetto ménagé entre les palissades de bois et de tôles, au-delà desquelles s'étend la cité. Les abords sont d'un calme insolite, le seul réverbère éclaire de sa lueur blême le rideau ondulé de l'épicerie de

M. El Gormat, un décor de grisaille au-delà duquel se perd le campement de baraques enseveli de ténèbres. Quelques halos rares de lanternes trouent le hérissement confus des constructions tassées les unes contre les autres en un amas de décharge. Djalil y fonce sans hésiter, les guidant dans le dédale soudain peuplé d'un remuement nombreux, silhouettes furtives glissant dans des interstices d'obscurité, résorbées à leur approche, resurgissant derrière eux, voix étouffées, appels rauques, gémissements aigus, pleurs d'enfants perdus en rumeur dans ce magma de masures informes, derrière planches ou cloisons de tôle. Sans rien voir de ce qu'ils traversent, se suivant à la file dans d'étroits boyaux embourbés de rigoles, ils sont parvenus dans le bas du quartier, vers le fleuve, enrobés, habillés presque par l'odeur condensée de cuisine, fumets épicés, de lessive et de fange, de rouille, de déjections, d'eau rance et de sueur qui émane des lieux de croupissement matériel et humain, et c'est, à cet endroit, un concassage de guerre. Ils ont passé là une partie de la nuit.

Restaurer la ruine, cela s'envisage. Mais un chaos ne constitue pas une ruine, en son état originel déjà sans identité, déjà involué en déchet de ce qui n'a pas existé. Pourtant, des matériaux dégagés, arrachés aux décombres, se distingue ce qui peut avoir fonction de mur ou de toiture, de porte, d'embrasure de fenêtre, leur idée élémentaire ou leur principe, des articles dépouillés de rapport physique entre eux mais, par volonté et contrainte, une fois ajustés, imbriqués, leur logique absurde calibre à nouveau un abri primitif. Par décret de la raison, celle-ci annihilée et obturée de mille atteintes mortelles, le ravage se renverse en création, en dépit de sa précarité, vulnérabilité, une promesse contre la sauvagerie pure qui œuvre à sa négation. Combien de fois ces hommes ont-il redressé leurs maisons après le passage des brigades de démolisseurs ? Toujours ils arrivent à la nuit tombée, par escouades de sept ou huit en treillis bleu et bottés, les casseurs à insignes, casqués, parfois le visage masqué de foulards noirs, pour mieux terroriser les habitants du bidonville lançant leurs pétards comme grenades dans les gourbis, sur les lits des enfants, explosant les murs à la masse et à l'arrache-clou, piétinant les débris, éparpillant les vêtements dans la boue. Au prétexte de dissuader de nouveaux venus de s'installer, de construire en une nuit leur abri, illégal, de poser leur caravane délabrée sur des parpaings ; au prétexte de contrôles, avec la menace, parfois exécutée, à titre punitif, de confisquer les papiers si durement acquis, cartes de séjour, cartes de travail, dont le trafic coûte si cher. Même obtenir une adresse, le numérotage de sa maison badigeonné au gros pinceau, reconnaissance indispensable d'une domiciliation, est soumis à tant de tracasseries et mesures de rétorsion, sans compter la mauvaise volonté des services postaux qui ignorent ces numéros éphémères, égarent les courriers ; alors, sans adresse, comment obtenir un contrat de travail, quitter la France pour un séjour au pays, en revenir ? Comment satisfaire aux formalités tatillonnes de l'administration pour les demandes d'aides ou d'allocations. Les fonctionnaires patentés, eux, passent en pleine journée, escortés de policiers en uniforme, annoncés par des rondes avec mégaphones. Ceux-là, un moindre mal. D'un pacifisme de façade, ils se présentent pour le recensement des foyers, dresser leur inventaire, promettant le relogement aux uns, le refusant aux autres, sans justifier les critères, et fermant les points d'eau, par mesure d'hygiène, disent-ils ! Un seul robinet pour mille personnes. Corvées de bidons assurées pour huit jours, ou quinze, files d'attente à n'en plus finir. Et encore, quand quelqu'un a la clé pour ouvrir les vannes d'eau des cantonniers, sous la rue, avant qu'un employé rouvre le point d'eau, un beau matin, sans que rien n'ait été fait entre-temps ; cette usure de chaque jour, harcelante, désespérante. Ni déblaiement des ordures ménagères, ni sanitaires, ni réseau électrique, la cité plongée dans l'obscurité dès la nuit venue, quand rentrent les hommes du travail, quand cuisinent les femmes, sur des braseros de fortune, mesure d'hygiène ! Mais les pires sont ceux de la nuit, les "Z", leur brutalité, leur impunité. Un ramassis de flics destitués, d'hommes de main recrutés parmi des repris de justice contre remise de peine, des malfrats qui n'ont pour visée que détruire, éventrer, tabasser, assassiner peut-être et, contre eux, nul recours. La municipalité, les services sociaux ferment les yeux, à qui se plaindre, à qui demander protection ? Quand ne se joignent pas à eux des supplétifs algériens, des harkis acharnés contre le FLN, les premiers à rançonner les habitants et les harasser de représailles ; un tel étagement de persécutions, de pouvoirs occultes ou déclarés, qu'on se demande comment, dans ce chaos, peuvent s'élever des enfants, dormir et manger des gens, aller et venir, travailler, gagner de l'argent, en envoyer au pays, et même rire, s'aimer des jeunes gens, fêter une naissance ou un mariage ; celui de Majid a été si gai, en mai, l'an dernier, une noce de trois jours, avec des musiciens kabyles venus des Francs Moisins…

Mille fois, Antoine a entendu Luiza tenir la chronique de leur vie de parias, y ajouter les faits divers du jour, les anecdotes, les drames ordinaires et extraordinaires, c'est sans fin. Cette nuit, tandis qu'il aide à remonter la baraque, à calfeutrer les murs de carton goudronné, tandis que les femmes emportent les enfants pour les coucher chez des voisins, dans des chambres de fortune, parmi d'autres enfants effrayés qu'elles bercent, elle s'est d'abord occupée de donner les premiers soins. Deux ou trois ont la figure, les mains tuméfiées, mais un grand-père est plus mal en point, un vieil Arabe, qu'un coup d'arrache-clou a atteint comme il tentait de sortir des décombres. A la lumière d'une lampe-tempête, elle déchire la jambe de son pantalon rapiécé, que la plaie a déjà imbibée de rouge, une entaille du tibia découvrant l'os, d'un blanc soyeux, coupure nette et profonde, mais pas question d'aller à l'hôpital, ni au dispensaire : il est sans papiers depuis la dernière descente. Elle promet qu'une infirmière de ses amies passera dès demain matin fermer la plaie, mettre des agrafes, et portera des antibiotiques.

Mais, surtout, elle s'inquiète de Majid, le grand frère de Djalil. Obligé par le FLN à lâcher le MNA et d'aller à la manifestation du 17 octobre 1961 contre le couvre-feu, un décret ignoble, de ceux qu'édictaient les nazis dès 1933, il a été pris dans la rafle policière. Rentré au petit matin, grelottant dans ses habits trempés, la figure en sang, hagard, épouvanté. Ensuite, le temps de guérir ses hématomes, que disparaisse le tremblement de ses mains, d'un vieillard, il a vécu dans le bidonville en clandestin traqué, changeant chaque soir d'abri, malgré les descentes échappant aux contrôles, car il est recherché. Ses papiers d'identité ont été confisqués au commissariat, avant qu'il ne soit emmené dans un camion bâché jusqu'au pont Saint-Michel, dans les hurlements de terreur poussé par-dessus le parapet avec des blessés, des cadavres ; il a échappé à la noyade, par quel miracle trouvé une berge en aval, un ponton où s'accrocher ? De cette nuit, il n'a fait le récit à Luiza que des semaines plus tard, et ce sont les mêmes policiers qui raflaient les juifs, dit-elle, les mêmes : ils n'ont pas quitté la police, leurs chefs non plus, à commencer par Papon. Ces ordures ont échappé aux purges, ils n'ont pas été tondus dans les rues, inquiétés ni jugés ; au service des nazis, ils ont appris comment on extermine. De Gaulle a couvert sa police, son préfet. De cette gangrène, vous êtes pourris, martèle-t-elle, et ce *vous* accuse Antoine. Dans le refuge des draps, l'odeur de sa peau, jusque dans ses caresses, le grief perdure, sa violence les divise, infecte au plus intime le désir. Il peut toujours lui opposer les méthodes de la PIDE, les agents de la police politique de son pays infiltrés jusque dans les quartiers d'immigrés portugais, leurs exactions à Aubervilliers, l'argument est faible. On n'annule rien par l'addition, c'est même rage désespérante.

Il a fallu procurer de faux papiers à Majid, payer cher les trafiquants, leur silence. Depuis plus d'un an, il travaille de nouveau sous ce nom, embauché comme tôlier à la chaîne de Boulogne, ne se déplace qu'à mobylette pour éviter les transports en commun, ne va plus jamais à Paris, et il s'est marié, sa femme est enceinte, tout près d'accoucher ; elle ne pleure pas. Elle aide à redresser leur baraque, à refaire la valise du bébé éparpillée dans les immondices. Alors, s'ils ont retrouvé Majid, s'ils l'ont emmené cette nuit, c'est une très mauvaise nouvelle. Parce qu'il ne sera pas en cellule au commissariat, comme un détenu ordinaire : il sera déféré ailleurs. Ils ont leurs locaux d'interrogatoire, hors toute légalité, où ils tabassent et torturent, exécutent, on retrouve les cadavres abandonnés comme des chiens dans les décharges publiques, vers Joinville, au bord de la Seine : accident, règlements de compte au couteau entre Arabes, disent-ils… La détresse de ces gens, leur humiliation, leur peur, Antoine en est malade. Une honte écœurante, nausée froide qui noue son ventre, contrebattue par la bonté qu'il y a à collaborer aux gestes élémentaires d'entraide, une contrepartie symétrique à ce mal, qui réconcilie et apaise, que par bienveillance les offensés accordent, renversant en pardon l'anathème par inexplicable miséricorde, et même donnent une joie, cela a un prix. Ce que fera Luiza dans la journée pour se renseigner, il l'ignore, mais elle a ses réseaux, ses informateurs, jamais elle ne baisse les bras.

Ils sont rentrés à l'aube. Dans l'ascenseur du HLM, il a voulu l'embrasser. Elle s'est dégagée, traits défaits, hostile. L'odeur de la *pata negra* refroidie stagne dans l'appartement. Elle est partie se coucher sans un mot, comme s'il n'y avait rien de plus urgent, un besoin animal de faire défaut. Il lui en veut presque pour son incroyable capacité à récupérer, à dormir n'importe où et quand, trois heures ou dix minutes, dans la seconde engloutie, sa façon brutale de se retrancher, de rejeter le monde, et lui. Lui déserte à la sienne, par l'insomnie. Il s'est saoulé de café, une pleine cafetière de café noir, tout en rangeant la cuisine, en bricolant de menus travaux, comme revisser enfin la poignée du placard ; tout en écoutant la radio. Un concert de Count Basie, décontracté au piano, juste ce qu'il faut de laconique ironie pour accompagner la venue du jour derrière les vitres, le paysage des immeubles de béton que l'aube révèle, on dirait touchés par les doigts de rose dont parle Homère. Il a arrosé les plantes vertes. Dans son abattement, il a trouvé réconfort à leur donner de l'eau, à les encourager à poursuivre leur vie végétative de chétives boutures, à pousser leurs radicelles anémiées dans la terre des pots. Une colonie de pépins ou de noyaux plantés par Luiza, qui, contre toute attente, finissent par germer, déployer leurs tiges malingres affamées de vie ; de son citronnier nain, elle tire gloire.

Il n'a pas dormi, nuit blanche. Maintenant, le sommeil s'abat sur lui, plombe ses paupières, au point qu'il met en marche les essuie-glaces pour dégager sa vue ! Et se perd dans Saint-Cloud, où vas-tu par là ? Secouriste au bidonville, bras cassés du chantier de décombres, puis la visite aux Armand, ramassage des pommes de terre en prime, de quoi déclarer forfait. Ces histoires, jetées en vrac dans la brouette !… Cueilli sans préavis, dès son arrivée. Rolande en avait gros sur le cœur, comment lui en vouloir. A qui en vouloir ? A cette vieille corneille de Marcelle. Elle a donc rapporté à Soizik… Toutes deux se sont bien connues, du temps qu'elles servaient, jeunes femmes, chez le sénateur Rougerie, chacune importée de sa province, d'Auvergne, de Bretagne, pour gagner sa pitance dans les maisons de riches, cela crée des liens. Cela enchaîne à vie. Cinquante ans à arpenter les mêmes rues du bourg, à se servir chez les mêmes commerçants, à se donner les nouvelles, bonnes et mauvaises ; celles-là surtout… A ressasser le passé, tout neuf d'hier matin. Plus que tout le remue ce que Rolande lui apprend de l'insulte lancée par Guillemot à Paulin, à Soizik. Bâtard. Ce mot fait balle, mieux que de fusil. La réputation de l'ancien notaire de Genilly ! Elle a couru la campagne, répétée, amplifiée par les commérages : un viveur, qui engrossait les filles du canton, se payait sur la bête selon son plaisir, droit de cuissage, ribauderies de soirs de chasses… Mais ce sont fables d'anciens temps, que confond la mémoire populaire avec celle des seigneurs et des ogres, de qui méfaits et outrages ne trouvent leur exutoire que dans l'excès vengeur, et vain, des contes de revanche. Le père du député est enterré depuis belle lurette, que sa légende se ressasse encore dans les chaumières. Ainsi dit-on : *veillées des chaumières* ! Une invention de poètes en mal de rêveries rustiques. Au chevet du feu dans l'âtre, à la chiche lueur de ses braises, c'est une autre histoire qui s'écrit. En tout cas, le député y croit encore ! Il trouve moyen, cinquante ans après, d'en cracher la saleté sur le chemin.

Ainsi toute calomnie chemine-t-elle : on ne peut s'empêcher de la rapporter aux faits. Aux relations avérées de Rougerie avec son voisin le notaire, leur fréquentation de notables, cul et chemise, dans ce bourg du début du siècle. A la présence de Soizik, domestique chez le sénateur en cette période d'avant la Grande Guerre, et durant les quatre ans du conflit. A la suspicion attachée, à tort ou à raison, à la paternité des soldats, une misère ajoutée aux autres… En ce temps-là, gamine transplantée de ses champs d'artichauts dans une loge sous les combles, sans appui, sans instruction, elle a pu, tradition séculaire, succomber comme tant d'autres aux prédateurs naturels que sont les maîtres. Aussi bien le sénateur, ou son fils, ou le notaire en visite… Lui remontent alors ses lectures, Zola, Maupassant, les livres prêtés par son instituteur, qu'il dévore dans le grenier des Armand, fièvre mauvaise au front, mains moites, palpitant d'accéder à ces saletés d'un temps révolu. Révolu, vraiment ? Les heures des dimanches morts s'égrènent dans le silence de la soupente, le tic-tac de la pendule sous le plancher et les gouttes lentes au bord du toit… Il se rappelle la lenteur de ces dimanches pluvieux où il attend l'invasion de la nuit, que Soizik allume la lampe, l'unique ampoule électrique éclairant la cour au fronton de la maison, pour migrer vers cette source lumineuse près de l'œil-de-bœuf, lire encore, dilatant ses yeux tandis que, toute- puissante, la nuit envahit la campagne détrempée, la glaise des labours, et monte l'aboi d'un chien hirsute attaché sous la grange, la sonnette d'un vélo qui rentre, une vache meugle à l'étable tandis qu'il poursuit le dévergondage de sa lecture clandestine. En apprend-il, alors, des secrets ! Sur les siens, les ignominies refoulées sans mot pour les dire entre soi. Quelle blague, les *veillées des chaumières* ! Paulin, bâtard du notaire ? Soizik, de ces femmes volées à elles-mêmes, abusées ? Cette pensée mortifie, bafoue raison et respect, offense tel un sacrilège. Avec la colère d'y consentir tant soit peu. De lui trouver raison et logique, de ne s'en défendre que faible, gagné par sa conviction. De quoi voir rouge. Envies de meurtre aux pognes. *Répète-le pas, ou je te tue…* Antoine serre son volant, les articulations douloureuses. Il a perdu sa route. Dans cette banlieue qu'il connaît pourtant comme sa poche, perdu le sens et la direction. Bâtard ! La vénération puérile de Paulin pour le père dont il porte la croix, vies d'hommes piétinées sur le chemin… Certains mots sont tuants.

Alors, oui, la question se pose : que fait-il au mariage de la fille Guillemot ? Que fait-il sur la place de l'église parmi les badauds du bourg ? Et ensuite, dans les beaux jardins du député, dans sa riche propriété, qu'on dit escroquée à la vieille veuve Rougerie. Cette maison honnie où Soizik a travaillé, peiné, enduré, qu'y fait-il, son fils ? Elle peut bien se le demander. Et lui se le demander, à présent. Son fils est avec Alexis Jamais, un ami de rencontre. Il est venu, enquêteur volontaire, solidaire de sa chasse sur la piste nauséabonde de cette famille, gens du Mesnil. Une aubaine, que ce mariage. Providentiel, vraiment !… Pour s'y présenter, ils sont convenus d'élégances discrètes. Cravatés, cela va de soi. Antoine pas très à l'aise dans son meilleur costume. En revanche, le camarade Alex se débrouille très bien. Désinvolture de classe, l'air naturel, il aborde les gens, les anonymes massés sur le bord des trottoirs. Il se fait donner les noms, désigner les personnes du cortège, un jeu d'enfant. Mais sait-on à qui l'on parle, à qui l'on pose les questions, qui y répond… Il fallait donc que cette peste de Marcelle se trouve là !… Finalement, Alex a jeté son dévolu sur la jeune fille en pantalon framboise, que ses cheveux cendrés et son minois éveillé distinguent parmi les demoiselles empotées du cortège, des montgolfières rose bonbon prêtes à décoller. Cette fille a surtout pour qualité de paraître au mieux avec le seul invité qu'on lui a indiqué pour porter le nom de Galay : un jeune homme à la voussure d'échalas, comme les gens trop grands tentent de le faire oublier. Toujours ils ont l'air de baisser la tête pour passer sous une porte. Très belle tête, en tout cas. Coiffée à l'artiste, longues mèches rejetées en arrière, front dégagé d'esthète. Comment Alex a-t-il abordé cette Christine, l'a-t-il interceptée entre deux groupes, aguichée d'une plaisanterie à la sortie de l'église, comme s'il était des réjouissances ? D'une allusion habile obtenu d'elle d'apprendre que ce William Galay s'honore de distinctions pianistiques. Qu'il est un jeune espoir des conservatoires de France et d'Irlande réunis. Que, s'il veut faire mieux sa connaissance, il lui faut un sacré bagage de mélomane, sans quoi celui-ci ne l'effleurera même pas du regard.

— Mon cousin est un peu fat, plaisante-t-elle. Bonne chance !

Elle allait les planter là, quand Antoine a sauvé la mise à Alex : il a demandé à la jeune fille si le grand cinéaste Daniel Galay est un parent de son cousin détestable.

— Vous connaissez Daniel Galay ?

Cela a l'air de l'ébahir qu'on prononce ce nom.

— Connaître, pas vraiment, a précisé Antoine, gêné. Je ne l'ai vu qu'une fois, à la Cinémathèque. En 1957, lors de l'inauguration d'une semaine consacrée à ses films… Quel sacré grand bonhomme !

Vêtu d'un invraisemblable costume écossais, presque chauve et le teint de brique, la moustache rousse en brosse à chaussures. Il feignait de parler un français laborieux, mâchouillant son cigare monumental planté au bec, accentuant par une espèce de provocation son nasillement américain. C'était juste un an avant qu'il ne trouve la mort, et cet homme traînait derrière lui une telle cohorte de drames, d'échecs, de catastrophes financières, de films inachevés et de copies perdues, de procès avec ses producteurs, de liaisons et d'amours scandaleuses, jusqu'à ses amitiés dans la Mafia… Toute une légende sulfureuse, très bien entretenue par les échotiers. Mais plus amusant, plus roboratif que lui, on ne pouvait imaginer. Comme il se moquait des jeunes cinéphiles venus à genoux l'écouter ! Il n'était pas un auteur, pas un génie, juste un bricoleur de première, un illusionniste de foire, un marchand d'histoires.

— Il n'y a que cela qui compte, professait-il : les histoires. Si vous n'avez pas une histoire à raconter, c'est de la pisse de chat. Des chichis de gonzesses !

Il était grossier, même Langlois en était gêné. Mais, avec ça, bien trop fin renard pour prendre son monde à rebrousse-poil, séducteur, enjôleur, sous sa faconde donnant une si belle leçon de cinéma, et d'humanité, d'une telle intelligence et autorité qu'il avait retourné la salle comme une crêpe. Voilà ce qu'Antoine connaît de Daniel Galay.

— Aussi quelques-uns de ses films, puisque j'en projette ici et là, et pas plus tard que dimanche en huit : *Sang d'encre*, au ciné-club de Boulogne.

Bouche bée, Christine Lewenthal.

— Daniel Galay ! Si vous saviez comme ma grand-mère serait heureuse de vous entendre ! Elle adorait cet homme. Mais n'attendez rien de Willy : je suppose qu'il aurait plus d'estime pour notre grand-oncle si celui-ci avait gagné un concours hippique ou obtenu un prix de piano en Tchécoslovaquie… Où est-il, votre ciné-club ?

Elle pépie, elle rit. Harponnée de cette façon-là, Alex en est baba. Il boit du petit-lait, ravi du point marqué à l'emporte-pièce, et ils ne se sont plus quittés. Christine est enchantée, au milieu des raseurs de cette noce, de rencontrer des gens fréquentables : elle a fini par les remorquer au milieu de la foule pour leur présenter son cousin William. Pas du tout infatué de sa personne, ni artiste évaporé, plutôt embarrassé de ses bras et jambes interminables et qui ne demande qu'à tailler une bavette avec les nouveaux amis de sa cousine au sujet de ce grand-oncle, pas si méconnu de lui, de qui l'unique fille vient de temps en temps chez ses parents, en Irlande… Par ces décalages de génération, elle a à peu près leur âge. Carson Harrison, ça vous dit quelque chose ?

— Elle ne porte pas notre nom, précise ce William, de plus en plus sympathique. Daniel Galay n'a pas trouvé le temps d'épouser sa mère. La seule véritable compagne de sa vie, pourtant.

— La scénariste de ses plus grands chefs-d'œuvre, confirme Antoine. Sans elle, il n'aurait jamais fait le tiers de ses films…

— Leur fille est actrice de cinéma, pas très connue encore… Il est vrai que ses films ne traversent pas l'océan. Des trucs militants. Carson vit à Harlem, avec un musicien noir. Ce qui, des deux côtés de l'Atlantique, ne lui fait pas que des amis… La famille, n'en parlons pas ! rit Christine, pendue au bras de son cousin.

Voilà comment ils se sont trouvés tout naturellement embarqués, passant sans encombre, avec Christine et

Willy pour sauf-conduit, le cordon sanitaire à l'entrée de la demeure, un détachement de sécurité obtenu par Guillemot. Des espèces de vigiles assurent la protection des illustres invités, anciens ministres et députés ; des flics en civil, gardes du corps si repérables à leurs croquenots et leur air faussement détaché, que c'en était comique. Voilà comment ils se sont incrustés, un verre à la main, pas le moins du monde inquiétés. C'est une telle foule, chacun ignore qui est exactement qui, c'est l'avantage de ce genre de réception où l'on va vers les autres en toute amabilité, pour des conversations éparses et sans conséquence. A présent qu'Alex a eu ce qu'il voulait, Antoine s'esquiverait bien. Peu entraîné à ces jeux mondains, il craint le faux pas, gagné par un malaise, ou un remords envers cette jeune fille qu'ils bernent en toute impunité. Un scrupule qu'il s'efforce de relativiser parce que, sous son air primesautier et provocateur, son jeune visage dur, au regard inflexible, qui traverse et scrute, dément la légèreté, accuse des tourments personnels, ou une habitude à s'en protéger, à offrir en façade son petit air affranchi et martial, consciente du double effet de sa grâce, de son élégance féminine, et de sa réserve sarcastique, de son agressivité garçonnière. Les filles d'aujourd'hui jouent sur les deux tableaux, et celle-là n'a pas froid aux yeux, se dit-il, sur ses gardes.

Alex a moins de retenue que lui, ou bien il oublie la prudence, comblé par cet abordage inespéré et l'opportunité de ces circonstances festives. D'autant que William Galay, apparemment très content d'avoir trouvé un interlocuteur parmi ce parterre d'inconnus, semble enclin au bavardage. Ce jeune Irlandais parle parfaitement français. Ils se sont découvert pour sujet commun les pays de l'Est. William revient de Prague, où Alex s'est trouvé l'an dernier, invité d'une rencontre universitaire. Ils ont échangé leur expérience des tracasseries administratives, de la haute surveillance, de cette société où chacun semble espionner chacun…

— Il y a des gens qui risquent leur vie, rien qu'à vous approcher. A ébaucher une conversation… Chacun est le flic de chacun, même à un concert. Tous ceux qui sont là le sont par nécessité, sur ordre, pour y être vus. Afin qu'on sache qu'ils ne sont pas ailleurs…

La jeune fille écoute avec une attention passionnée leurs souvenirs fumeux, des propos qui traînent partout, très banals au goût d'Antoine, est-elle idiote ou se moque-t-elle d'eux ? Il s'est éloigné, a un peu tourné dans la foule, attendant le moment du départ. Ils sont encore là, au moment du feu d'artifice. Au moment où la fête tourne à la tragédie. Dans la cohue, ils ont perdu de vue Christine et son cousin. Ils n'ont pas attendu l'arrivée des secours, ni l'épilogue de cette soirée affreuse, quittant la place parmi d'autres invités, dans cette débandade chacun saisi d'impuissance. Tétanisés d'effroi par le ravage de la mort et honteux presque d'avoir assisté au malheur qui frappe cette famille, par une sorte de pudeur fuyant son spectacle, la laissant à son désespoir. Ils ont regagné leur voiture sur la place du bourg, avec la lâche satisfaction d'avoir réussi au-delà de leurs espérances mais anéantis par le choc de cette catastrophe, accablés par un sentiment de culpabilité, vaine, indécente, d'avoir été de ces gens, et renvoyés, par un revirement cruel, à l'imposture de leur intrusion.

C'était quinze jours plus tôt. Antoine n'a pas poussé l'outrecuidance, le cynisme ni la curiosité jusqu'à assister aux obsèques des petits enfants, non. Alex non plus, que cet événement ne concerne que par accident, pour ainsi dire de manière latérale. A titre personnel, cela prend l'allure d'une crise de conscience, que Rolande a ravivée.

Son histoire du matin de chasse lui donne une actualité alarmante. Souhaiter la mort, qui ne l'a formulé en rêve, vœu de vengeance, impuissance puérile… Qui peut vouloir la mort, surtout d'enfants, l'appeler de sang-froid, s'en réjouir, sans avoir d'abord versé à la démence ? L'offense dégrade et corrompt les meilleurs des hommes… Se peut-il que la mort des petits Guillemot venge son père, son frère, d'une insulte lâchée sur un chemin ? Ces enfants, Antoine ne les a même pas vus, ou alors confondus à la bande des tout-petits qui égayait la réception de leurs farandoles et de leurs jeux, de leurs cris d'excitation, frimousses anonymes charbonnées de moustaches au bouchon de liège, semblables à ceux qui jouent à l'école avec Luiza… Leur mort ! Une telle pensée hérisse d'horreur. Mais sous le crâne de Gaston, sous celui de Paulin, lovée dans les circonvolutions du cerveau reptilien, en ses replis médullaires, héritage des instincts les plus primitifs, peut-être s'est-elle incrustée, disséminée en métastases mentales : *répète-le pas, ou je te tue…* Manque de sommeil, ivre de café. Sa nuit blanche aux Grands Prés, sa visite aux Armand, cela fait beaucoup, en ce matin d'automne. Il conduit au jugé, furieux. Dire qu'il court à présent au rendez-vous avec Christine Lewenthal !

Contre toute attente, celle-ci a assisté à la projection de Boulogne. Est-elle si peu remuée par ces disparitions pour penser davantage au film de son grand-oncle qu'à observer le deuil familial ? Elle a bel et bien gardé l'adresse qu'elle lui a demandée pour se rendre à cette séance de cinéma, griffonnée sur son agenda, qu'il n'a consenti à donner que piégé par sa proposition, lancée très imprudemment. On ne sait, à mettre le doigt, quel bras l'on engage. Elle est restée au ciné-club. Elle a assisté au débat que dirige l'animateur, totalement abscons. Elle l'a attendu à la sortie, dix heures du soir sur un trottoir de Boulogne, un crachin rayait le halo des lampadaires. Il n'a pu l'éviter. Ils se sont réfugiés dans le café le plus proche, le dernier ouvert du quartier, et ont pris un verre au zinc avec quelques buveurs attardés sous les appliques verdâtres. Ce n'est pas l'endroit où l'on imagine la jeune fille en fuchsia mais, ce soir-là, elle est en jean et blouson de cuir, là-dessous un pull noir, ni bijou ni maquillage. Elle n'est pas revenue sur le dramatique dénouement de cette soirée, qui a pourtant dû laisser des traces dans sa famille, du premier au dernier cercle : elle n'a en tête que le film fabuleux, de ce grand-oncle fabuleux, trop méconnu d'elle, et de beaucoup de gens, non ? Etonnée qu'il attire un public si nombreux, dans cette salle excentrée, un dimanche soir. Les gens croient-ils encore aux héros ? Celui-là est un ancien boxeur, un homme déchu, vendu au plus offrant, qui se rachète par un sacrifice mortel, aussi insensé qu'inutile. Robert Mitchum, qui sortait alors de son rôle de pasteur diabolique dans *La Nuit du chasseur*, y est aux antipodes de son cynisme habituel. Vachement bien, à contre-emploi, déclare-t-elle. Elle le trouve émouvant en mâle fragile, enfantin presque. L'a-t-elle attendu pour lui faire l'éloge de la virilité de Mitchum, ou par passion cinéphilique pour son parent, s'enquiert-il, goguenard, désagréable quasi. Est-elle venue uniquement par passion cinéphilique ? Non, admet-elle, elle est curieuse de leur rencontre. Elle s'étonne de ce qui les lie, lui et Alex, à Viviane, compagnie et consorts. Sont-ils des amis à elle, ou à son freluquet de mari, ou à la famille ? Par quelle inadvertance se trouvent-ils de leurs relations ? Ils ne sont pas *de leur genre*. Vraiment pas…

Leur genre ? Elle pose ses questions sans détour, ingénument, ou par un sens très ajusté de l'attaque, frontale, qui déroute l'interlocuteur, et il n'a pas beaucoup pesé pour lui avouer du même ton qu'ils ne connaissent pas du tout Viviane et compagnie, consorts non plus. Qu'Alex et lui se sont invités avec un motif, pas vraiment honorable, mais intentionnel, pas accidentel, qu'il se fait scrupule de lui exposer tout de go, à une heure pareille, entre deux poivrots, sous cet éclairage de néons, défavorable au teint comme aux confidences.

— De surcroît, en l'absence d'Alex. C'est lui qui a des choses à vous apprendre. Et à apprendre de vous…

— De moi ?

Elle joue la surprise, l'est plus qu'elle ne le manifeste, amusée de l'être, intriguée du subterfuge de leur intrusion jusque sur le territoire bien gardé de cette famille de *capitalistes*, dit-elle, excessivement dédaigneuse.

— Pauvre cousin Guillemot, corrige-t-elle aussitôt, quel coup terrible, quand même ! Quel affreux accident !… Alors me direz-vous bientôt de quoi il retourne, espèce de gangster ?

Elle dégaine sa carte, lettrage élégant. Conseiller juridique dans un cabinet de la rue La Boétie, Blake Jr, annonce le bristol.

— Mazette ! siffle-t-il.

— En réalité, je me fais un peu d'argent : je suis stagiaire. Mais, pour les clients, c'est plus engageant, s'excuse-t-elle, espiègle, bravache, apparemment très peu contrite de cette entorse à la vérité.

Ainsi sont-ils convenus de se retrouver ce jour, à midi, dans un café de la place de Clichy. Avec ses yeux gris mer du Nord, si séduisante, si émouvante soit la demoiselle, elle sera moins facile à circonvenir qu'Alex ne se l'imagine… Cette fois, qu'il se débrouille. Qu'il aille au bout de son idée fixe et ferre s'il le peut le petit poisson. Il sera sûrement moins consentant que rétif à mordre son hameçon, à éclairer sa lanterne sur les activités suspectes de l'avocat Max Jamais et de son client, Pierre Galay… Un sire peut-être moins reluisant que son frère, le génial cinéaste mafieux. Antoine veut bien être du rendez-vous mais, ensuite, il s'en lave les mains, a-t-il prévenu le camarade. Là s'arrête sa collaboration. D'ailleurs, dans l'immédiat, en priorité, avant de se rendre place de Clichy, il lui faut encore s'acquitter de sa promesse à Luiza. Celle-ci lui a fait jurer de passer, absolument, au siège de l'Association d'alphabétisation et de formation des immigrés, d'y contacter un des responsables, de ses amis, de qui le père a ses entrées dans la police, par la petite porte.

— Il saura peut-être quoi faire pour Majid. Au moins, avoir des informations…

Cette officine de militants, sans moyen ni financement que les dons ou abonnements à leur revue confidentielle, se trouve non loin, heureusement. Il a garé sa 2 CV sur le boulevard de Clichy, à la première place qu'il a trouvée, monté la rue pentue au pas de charge, escaladé l'escalier étroit, remis en bonnes mains les renseignements nécessaires. Puis, s'étant acquitté, absolument, il a laissé là la troupe des bénévoles à leurs cogitations. Maintenant, il redescend la rue Lepic, se heurtant aux passants nombreux qui encombrent le trottoir, s'agglutinent aux devantures des boutiques. Il a été tenté un instant de s'arrêter chez le disquaire, pour acheter le microsillon de Count Basie qui passait à la radio ce matin, ce lointain matin insomniaque… Mais il n'a plus le temps, plus le temps. Maintenant, il presse le pas, transpirant, fatigué de son périple, excédé par la poche d'amertume qu'il traîne à l'estomac, un étau de migraine serrant ses tempes. Malgré le soleil, malgré l'atmosphère enjouée du quartier, sa population mélangée et ses odeurs épicées, la noirceur, la bile noire des mauvaises pensées le submerge. Alors Christine Lewenthal sera peut-être ravissante, Alex de bonne humeur et prêt aux opportunités stratégiques, Antoine n'a qu'une envie : celle de rentrer chez lui, de se jeter sur son lit, de sombrer dans le sommeil et tout oublier.

VII

Mardi 24 septembre

A midi moins le quart, la place de Clichy donne le tournis, à d'autres heures aussi, peut-être mais, n'y étant jamais venue, Christine ne peut se prononcer ; en tout cas, à ce carrefour converge de tous points cardinaux une circulation affolante enroulée autour du rond-point, un manège de foire assourdissant. Elle attend Alex et Antoine, ils ne tarderont pas. C'est convenu, car elle n'a qu'une heure, liberté conditionnelle, les photocopieuses sont tyranniques. Elle s'est transportée à pied de la rue La Boétie à la brasserie Wepler, impossible de manquer ce café, le plus visible de la place, d'où s'offre une vue panoramique sur hôtels, banques et grands cinémas aux affiches immenses, *West Side Story*, *La Grande Evasion* ! Et l'énorme socle du groupe de bronze, la Ville de Paris, une personne martiale, encourageant le maréchal Moncey, canon, sabre au clair ; elle a eu le temps de l'examiner, arrivée trop en avance. La ponctualité n'est pourtant pas son fort mais, en la circonstance, elle s'y est astreinte ; en réalité, elle a couru jusqu'ici, car ces deux garçons l'intriguent. Ils l'amusent, la troublent, surtout Antoine, qu'elle n'a pas encore très bien vu. La première fois, sur la place de l'église, à Genilly, c'était surtout son copain Alex qui la faisait rire. Lui se tenait en retrait de la foule, l'air de qui n'a pas que ça à faire, et même contrarié, malcontent ; de lui, ou des autres ? Nez en l'air, inspectant ostensiblement les tilleuls par-dessous, histoire d'y chercher des oiseaux à dénicher, peut-être ? Il n'en est redescendu, entre deux saillies du jeune Alex, que pour placer sa tirade sur l'oncle Daniel, ce forban du cinéma, que personne n'a jamais vu. Sauf sa fille, et encore. La cousine Carson, branche américaine de la famille, qui a offert à Christine son patchwork de carrés et petits losanges tricotés ; si ce n'est pas très distingué, ça couvre au moins le divan déglingué.

Ensuite non plus, elle n'a pas bien vu ce jeune homme. Il faisait déjà presque nuit dans le parc de la maison Rougerie, ils s'étaient réfugiés sous la terrasse, à l'abri des buissons, et William pérorait, faisait son important, des phrases, des phrases, mon Dieu que ce garçon est fat. A contre-jour des lampes, difficile de se faire une idée : le visage d'Antoine est flou, ombre rabattue sur le front, sa tignasse drue pour casque, yeux de loup, toujours l'air de qui n'en est pas. Ils n'en étaient pas, d'ailleurs, c'est un fait. Alors que faisaient ces deux-là à la noce de Viviane, ce funeste, ce sinistre samedi soir ?… Pauvres petits enfants ! Quelle panique, affolement, hurlements hystériques, elle n'a rien vu. Cela doit se passer ainsi, dans les déraillements, les séismes. Les gens qui tout à l'heure parlotaient, insouciants, minaudaient, rigolaient, explosent en gerbes, sauve-qui-peut, exorbités de terreur, chacun pour soi, prêts à passer sur le ventre du voisin pour fuir au plus loin de l'épicentre, une fois à bonne distance reprendre son souffle et se dévisager les uns les autres, chercher sur les traits du plus proche le miroir de son épouvante, la bassesse qui défigure, soulagement veule de s'en être sorti, de n'être pas, non, celui que le désastre a atteint, cette fois…

De sa fuite avec William, elle garde un souvenir confus, ce mariage Guillemot, quel enterrement ! Foudroiement d'éclair ! Les petits enfants de Sabine, les a-t-elle seulement remarqués ? Silhouettes naines dansant parmi les autres bambins, courant, barbouillés de charbon, elle n'a même pas retenu leurs noms… Aventurés loin des lumières, dans la zone la plus noire du parc, ont-ils eu peur ? En leur grand insavoir et désobéissance, ils avancent, intrépides, innocents, tentés par le fond dérobé de la scène, par l'orée interdite vers la forêt des ogres et des lutins, la jolie maison de pain d'épice. Ils ont rendez-vous avec Baba Yaga, la dévoreuse sorcière affamée de leur chair fraîche : mes amours, mes rouges amours, venez, venez mes petits, dans mon tablier, voyez, mes poches sont pleines de devinettes charmantes, de rébus et de secrets… Nul ne vous sauvera, mes agneaux. Dans cette nuit, nulle main de miséricorde pour vous retenir à la manche, vous chuchoter des avertissements. Personne ne gronde ni ne prévient. Les contes ne préviennent pas, ils ne sont lisibles que si tard ! Vous êtes punis, naturels coupables, fautifs de rien sauf de naître, sauf d'être parmi nous sans l'avoir voulu, en si grand danger d'être livrés à l'impéritie des adultes. Qui veille, qui vous voit vous éloigner vers le fond du parc, pencher au bord de la mare, vous y mirer, glisser et tomber ? L'un veut sauver l'autre, ou se sauver de lui, son poids l'emporte. En vain se débat-il, lutte-t-elle, entravée par sa robe plombée d'eau. La succion gluante de la vase, les lentilles d'eau obstruent la gorge, la narine, l'appel s'engoue, pleurent-ils ? Qui entend leurs cris ? Maman ? Elle n'est pas là, ne l'a jamais été. Les mères abandonnent. Elles négligent, omettent, elles consentent à laisser seuls les enfants. Dans cette nuit, apprends quel criminel exil est l'enfance, quel sort jeté sans pardon est ta solitude. D'une suffocation de terreur, Christine vide son diabolo menthe, longue lampée de noyée.

Comme il fait beau ! Septembre sera plus chaud que l'été, la météo le promet. Les femmes sont en robes claires, les hommes en bras de chemise, les premières feuilles jaunes jonchent le trottoir devant le café Wepler, le gai trafic de midi, l'atmosphère électrique du carrefour donnent le vertige. D'où tous ces gens convergent-ils, où courent-il ? Tous ont échappé, l'une ou l'autre fois, aux dangers, à la mare noire qui les attendait. Ont-ils eu déjà peur, froid, ont-ils eu faim ? De quoi sont-ils survivants, combien d'entre eux étaient-ils enfants, durant cette guerre ? La plupart en étaient. C'est étrange, cela n'a rien laissé sur leur visage. A présent insouciants, pressés, affairés ; innocents. Saufs ! Ce manège forain, autour de la place, est surréaliste : depuis un moment, de nouveaux engins, scooters et Solex en nombre, ont fait leur apparition, montés par des garçons hilares, des filles derrière, débraillés, blousons noirs, ils en portent tous. Ils se sont mis à tourner, à ralentir le trafic avec leur rodéo. Ils font exprès, c'est évident. Ils coincent les automobilistes, les narguent, quel embouteillage ! Jeunesse dévoyée, espèces de rockers, disent les badauds : qui commencent à s'attrouper, car c'est une authentique *bande de jeunes*. De ceux qui ont envahi la place de la Nation, en juin, pour la nuit de *Salut les copains*, une émeute ! Des yéyés, des loubards, des voyous, dit-on, mais qu'est-ce qu'ils s'amusent, ivres de vapeurs d'essence ! Soudain, un lointain avertisseur ; en un clin d'œil, se faufilant entre les voitures immobilisées, ils ont disparu dans la pente de la rue d'Amsterdam, vers le boulevard de Rochechouart. Leur succède enfin le car de police qui débouche en urgence, si l'on peut dire, coincé lui aussi, sur la place de Clichy, dans la cacophonie des klaxons, et de gesticuler, et de rouler du sifflet, du bâton blanc pour résorber le bouchon…

Dès octobre, les lettres disparaissent des numéros de téléphone, annonce le journal, nouveaux cadrans prévus en 1965. Finis ALEsia, SEGur, BALzac, JASmin, dites 253, 734, 225, 527. Antoine, c'était ROB 78-91. Désormais : 702-78-91. Quoique. C'est le téléphone d'un dépôt de la FOL, pas le sien, il n'a pas la tête à crier sur les toits sa ligne privée, s'il en a une… *I have a dream…* En page 2, le discours de Martin Luther King au Lincoln Memorial. *Je fais le rêve qu'un jour là-bas, au fin fond de l'Alabama… qu'un jour même là-bas, en Alabama, les petits garçons noirs et les petites filles noires puissent joindre leurs mains avec les petits garçons blancs et les petites filles blanches, comme frères et sœurs…* Pauvres petits frères et sœurs, tout petits enfants de Sabine aux mains jointes à tout jamais… A présent, le manège des voitures est fluide, la lumière droite du soleil paillette les particules de poussière et d'oxyde de carbone, gaz bleuis par la féerie de ce midi : eux dans la terre dorment en grande paix, aucun rayon de lune n'effraie plus leur sommeil, dormez petits enfants… Plus aucune nouvelle de Viviane. C'était bien la peine d'investir dans le fuchsia. Framboise écrasée. Il n'y a que Louis pour m'en avoir félicitée, tu me revaudras ça, William. Parti derechef en RDA faire valser les claviers, un converti du marxisme-léninisme ou quoi ? Il fraternise, ce renégat. William n'a *aucune* conscience politique. Nain de jardin, mon petit cousin. Antoine est très intéressant, bien qu'elle ne l'ait pas vraiment bien regardé. Même à Boulogne, où elle s'est rendue, par curiosité cinéphilique, exclusivement, pour voir le chef-d'œuvre de l'oncle Daniel. Le film valait vraiment le déplacement. Moins le présentateur, très imbu, qui menait le débat, confusion totale, très désordre. Elle aurait pu s'éclipser à la fin de la séance mais, juste comme elle s'y décidait, elle a vu Antoine se glisser hors de la cabine de projection, se poster bras croisés en sentinelle sur le côté de l'écran, son air de ne pas en être ; il cultive le genre. En fait, l'autre le prend à partie, deux ou trois fois le consulte au sujet de l'esthétique spécifique, du style, très caractéristique, de cette période où Galay s'affranchit des standards, blabla. Nez en l'air, mais il n'y a pas d'arbre, pas de nid d'oiseaux, Antoine condescend à expliquer comment Galay s'y prend pour les longs plans-séquences, qu'il découpe au montage, met en pièces, déchiquette en tronçons. Une *boucherie*, selon Antoine, de la sublime boucherie de cinéma. Il explique comment le cinéaste éclaire peu, quitte à sous-exposer, plutôt que d'installer la scène la met en danger, du naturalisme dénaturé, ça frise le fantastique et ça défrise le spectateur. Dit-il. Si précis, si exact qu'elle ne sait de quoi elle lui est le plus reconnaissante ; de découvrir à tous ces gens quel artiste génial est son grand-oncle, ou de l'étonner par ce qu'il révèle de lui-même, campant sur la touche, homme de l'ombre. Bien plus intéressant que le bafouilleur bavard spécialiste de la période. Quand elle s'approche, tandis que le projectionniste range les galettes de films dans le coffre de sa 2 CV, son visage est dérobé par l'obscurité, dans cette rue où elle l'a attendu. Ensuite, à la lumière du café, ce n'est pas mieux, les néons glauques vous font des têtes de poissons de grands fonds. Elle-même ne doit pas être à son avantage. Il lui tarde donc de voir Antoine au grand jour, de le dévisager insolemment, et de savoir, avec ses mystères, quoi il lui veut. Bien que, personnellement, il ne lui veuille rien, semble-t-il. C'est Alex qui a quelque chose à lui dire, de pas vraiment honorable, mais d'extrême importance. D'ailleurs, le voici.

— Hou ! Je suis en retard, non ?

— Les féministes ont gagné puisque, maintenant, ce sont les filles qui attendent les garçons !

Elle aurait aimé le tourner autrement, plus spirituel, mais main ferme, poignée franche, sans autre discours, Alex hèle le serveur qui passe à la terrasse. Enlève ses lunettes de soleil, poli, et tombe sur la chaise, rejoint par le parfum acidulé de la jeune fille, accordé à sa personne accorte. Quoique distante, en dépit des amabilités, note-t-il, ému de la rencontre, cœur battant d'avoir si lentement couru au rendez-vous, matinée fébrile à retourner ce qu'il dira, ne dira pas, à aiguiser ses petits couteaux et fourbir son armement, au point qu'il est parti démuni, tête vide, au point qu'il a raté son autobus pour mieux se mettre en retard.

— Antoine ne va pas tarder…

Il ne tarde pas. Ils le voient arriver de loin, se presser, se faufiler de biais entre les passants, faisant déjà signe mais, au moment de les rejoindre, dans sa hâte, il accroche malencontreusement quelqu'un de l'épaule, ou plutôt, le type, qui marchait devant, se ravise brusquement, le heurte en pleine poitrine. Pour ce qu'ils viennent d'en voir, là, juste à la seconde, c'est plutôt cet individu qui s'est mis en travers ! Déstabilisé, le jeune homme bascule contre les premières tables, quelques verres se renversent. Mais la chose inouïe est que, tandis qu'il s'excuse – ce serait plutôt à ce malotru de le faire –, son assaillant le saisit à la gorge et le pousse d'une bourrade, lui décoche un coup de boule en plein front ! Avant que quiconque réalise, deux autres individus se propulsent, surgis de la foule anonyme, se précipitent en renfort pour ce qui, en un éclair, devient une attaque concertée. Une agression tellement inattendue que les consommateurs, stupéfaits, restent bras ballants. Eux-mêmes, ne réagissant qu'à retard, se précipitent enfin au secours d'Antoine, en fâcheuse posture. La mêlée est confuse. Les coups partent au hasard, à une vitesse folle, Alex tentant de neutraliser le plus proche d'un coup de genou dans les reins, Christine tirant de son mieux sur la veste d'un autre. Il y a des cris, des bousculades de consommateurs s'écartant de leur table devant cette rixe, avant qu'un agent de la circulation n'accoure en roulant éperdument, inutilement du sifflet, un de ceux qui ont eu tant de mal à mettre fin à la pagaille du carrefour. Mais, apparemment pris au dépourvu, mis en infériorité par le renfort imprévu, les trois agresseurs lâchent prise, s'éclipsent déjà parmi la foule. Plié en deux, Antoine tente de reprendre son souffle, soutenu par Alex qui l'entraîne vers un siège et maintenant les consommateurs, les passants affluent, grossissant le cercle des curieux, se perdant en commentaires.

— Ce sont des voleurs à la tire ! Il y en a plein le quartier ! On ne peut plus faire ses courses en sécurité, s'écrie une femme, outrée.

— Circulez, circulez ! s'époumone l'agent de police.

— Pas trop de mal, monsieur ?

Trop de monde autour, de quoi étouffer le blessé, affalé sur son siège.

— Nous avons tout vu, certifie l'un des voisins de la terrasse. Des pickpockets ! Il y a des témoins !

Des témoins, le policier n'a pas l'air d'en chercher, plus enclin à suspecter celui qu'il a sous la main, *bande de jeunes*.

— Vos papiers, demande-t-il à Antoine.

— Vous ne voyez pas qu'il est mal en point ? proteste Alex, épongeant de son mouchoir le sang qui coule de l'arcade ; Christine y joint le sien, odorant.

— Vous feriez mieux de courir après les voleurs ! s'indigne-t-elle.

— Vous, ma petite dame, baissez d'un ton.

— Je ne suis pas votre petite dame. Je suis l'avocate de monsieur. Au lieu d'agresser les victimes, vous feriez mieux de surveiller un peu votre carrefour.

— C'est une honte ! Au lieu de verbaliser, vous devriez le secourir, le conduire à la pharmacie, renchérit la dame, que révulse visiblement la vue du sang.

Antoine ne veut pas de la pharmacie. Il tient le mouchoir de Christine en tampon sur son œil, il reprend des couleurs. Il avale un verre d'eau que tend une main charitable, tandis que l'attroupement commence à se disperser : plus rien à voir d'intéressant, une de ces altercations comme n'en connaît que trop le quartier. Vaincu, l'agent s'éloigne en ébauchant un bras d'honneur, ou un au revoir fataliste. Le cafetier rejoint son zinc et son percolateur, rassuré par la fin de l'incident : pas de casse, pas d'arrestation, pas de vagues –, il fait signe aux garçons : remplacez les consommations et qu'on n'en parle plus… Le jeune homme a peut-être reçu des coups par ailleurs, mais c'est surtout le choc frontal qui l'a assommé, ou bien, ventre vide, son litre de café pour seule nourriture depuis le matin, depuis la veille presque. Il en a un éblouissement.

— Ça va ? Tu ne vas pas tourner de l'œil ? s'inquiète Alex, assez pâle.

— Je mangerais bien un sandwich…

Il résulte de cet accrochage qu'ils sont à présent tous les trois au soleil, encore secoués par la scène, mais cela a en quelque sorte facilité la rencontre, évacué les préfaces, une drôle d'entrée en matière. Tandis que le garçon sert un jambon-beurre et trois bières, ils reprennent leurs esprits, se dévisageant avec une sympathie nouvelle, comme des gens que soude l'adversité. Bien qu'encore étourdi, Antoine est touché par ce qu'il a entendu dans le désordre des échanges, Christine se déclarant son avocate ! C'est son jour de veine !

— Je ne suis pas plus avocate que vous archevêque. Mais ça fait toujours impression.

Pas plus avocate que conseiller juridique, tantôt élégante en framboise écrasée, tantôt en jean et blouson de cuir, et puis quoi encore ? Cependant, Alex reste soucieux, tournant quelque chose qu'il hésite à dire.

— Le type qui t'a cogné, tu le connais ?

— Le connaître ! Jamais vu de ma vie…

Le blessé mâche avec difficulté, il a dû aussi recevoir un coup au menton. Il a du mal à articuler comme à penser, l'impression de se liquéfier sur place, à présent que se relâche la tension. A quel titre connaîtrait ce mal embouché ? Il rencontre, perplexe, le regard inquisiteur de son vis-à-vis, interroge celui de Christine, couleur des coquillages, mer du Nord.

— Je jurerais qu'il a fait exprès. Il ne t'a pas bousculé par hasard.

— Je suis sûre qu'il s'en prenait à vous, dit-elle, pour ne pas être en reste.

— A moi, pas de doute, convient Antoine, mi-sourire fatigué.

— Les deux autres étaient avec lui. Des complices, n'est-ce pas, Alex ?

Celui-ci engloutit son verre de bière, en contemple le fond, puis perd son regard divergent dans la foule, à la recherche d'un visage, soudain se redresse :

— Je sais où je l'ai déjà vu ! A l'UNEF, avec Lasne. Un copain délégué, explique-t-il. Ce type est l'un de ceux qui viennent donner les directives de la Préfecture, pour les manifestations…

— Un flic, vous voulez dire, suggère Christine.

— Du genre. Supplétif de police… Un gros bras, qui fait du service d'ordre. Ou de la provocation.

Antoine semble ne pas avoir entendu. Il tâte à deux doigts son arcade meurtrie, yeux plissés consulte le ciel d'immuable bleu, grand soleil inondant la place de Clichy.

Ce même jour, le même soleil d'automne entre par les hautes fenêtres de l'appartement de Louis Personne. Filtré entre les rideaux, un rayon solide taillade l'air bleuté du grand salon, irisant des nappes, des volutes, des voies lactées que déplace l'acteur à chaque passage : il fait les cent pas. Il pointe de ses doigts maigres un cigare, tel un gros crayon, et souffle la fumée devant lui. Sa silhouette décharnée surgit de la pénombre, traverse cette lame de soleil, disparaît de nouveau, mais sa voix caverneuse continue d'emplir l'espace, sans fléchir monte sous le haut plafond, s'y perd comme dans les cintres d'un théâtre, monocorde, grondante. Un phrasé d'asthmatique, expirant sa période au-delà de son souffle, poussant jusque dans son asphyxie tabagique la langue qu'il profère, atone, sans aucune expressivité et cependant tenue à un registre de véhémence lente, épuisante. Or ce n'est pas un soliloque. De l'obscurité, vient une autre voix, débit aussi atonique relayant la psalmodie, sans qu'une intonation ou une inflexion de l'une ou de l'autre annonce la raison pour laquelle se succèdent, s'enchaînent ou se contrarient les répliques. Qui assisterait à cette scène prendrait ces deux-là pour des fous, de ceux qui, au fond des asiles, poursuivent leurs glossolalies avec la menaçante douceur des idiots.

Louis répète. Il tient à cette technique apprise de ses maîtres, aménagée à sa manière au fil de sa carrière, dont il a fait une sorte de rituel maniaque : chaque séance dure le temps d'un cigare, le temps de sa combustion, le temps de son épuisement naturel de cigare, et il professe que, pour *apprendre* le texte, il faut le *défigurer*. Le réduire à sa matière inepte de sons, amusicale, amorphe, aussi informe que la fumée, que la cendre, qu'il laisse tomber sur le plancher. C'est sa manière de mémoriser avant les répétitions au théâtre, avant le travail avec le metteur en scène et les partenaires, avant d'investir l'espace de la scène et commencer de jouer. L'artiste doit d'abord descendre à cette indigence, s'y astreindre, s'y perdre, incorporer le texte sans le comprendre. Ceux qui le *savent* d'avance donnent des haut-le-cœur. Serviles, ils singent de le dire et se croient véridiques, quand c'est dans toute coercition, négation systématique d'intelligence, que peut s'embrasser la beauté. Ils cèdent au public, flattent son goût scolaire de la chose *sue par cœur*, ingérée, évacuée. Vient-on au théâtre pour admirer les incontinents et les diarrhéiques ? Au théâtre, parlent les bouches d'ombre. Inaudibles ailleurs, assassinées par le brouhaha du monde. De l'autre côté du Styx, elles murmurent. Nous ne sommes que haut-parleurs de leur beauté.

— Nous ne savons rien, Sacha. Donne-moi la réplique que tu ignores. Je te donne celle que je ne sais pas. Ce risque est le seul qui vaille. Qui risquerait sa vie pour *amuser la galerie* ?

Si Sacha partage cette mystique, on serait en peine de l'affirmer. Allez tirer les vers du nez à ce garçon. Il n'en sert pas moins la messe avec pénétration, foi, ingénuité, en enfant de chœur. Humble, d'une capacité à s'abstraire de tout mouvement qui vaut celle des modèles dans les ateliers d'artistes, les statues du square. Il reste recroquevillé sur sa chaise basse, un inconfortable prie-Dieu coincé entre l'immense commode marquetée et le sofa effondré, plus profond qu'une baignoire, sous le gigantesque miroir vénitien, piqueté de chiures de mouches. Dans l'angle le plus obscur, un rat à l'œil éteint dans les toiles d'araignée, il tient les pages de la pièce de Brecht sur ses genoux cagneux, ne fait aucun bruit, même à les tourner, *Maître Puntila et son valet Matti.* Avec lui seul pour partenaire, Louis supporte de préparer ses rôles. Le seul dont il tolère qu'il soit témoin de cet exercice, devant qui il peut s'y adonner comme s'il était seul, et parfois si loin de lui-même qu'à la fin de ces séances il reste hébété, sa longue figure blême vidée, son regard égaré vers quelque point d'obscurité, à l'écoute d'on ne sait quel écho. Alors, Sacha file sans bruit à la cuisine, y prépare le litre de thé très noir que l'acteur engloutit d'une lampée, et les tartines d'anchois, ou de piment, dont il se régale à la fin de ses séances. Quand Sacha revient avec le plateau, Louis est redescendu de son altitude, ou remonté de son tombeau. Il se repose, allongé dans le sofa, parmi l'indescriptible désordre ordinaire de la seule et immense pièce habitable de cet appartement, aussi fastueux que délabré, de l'île Saint-Louis.

Hormis ce salon d'apparat, le logement compte, outre une cuisine de même démesure, deux cabinets faisant office de chambres, monacales, plus exiguës que les loges de bonnes sous les toits, mais d'une hauteur de plafond vertigineuse, et dotées d'une salle de bains où l'on pourrait jouer au golf. Sa baignoire, une piscine. Le propriétaire en cède la location pour un prix dérisoire. Suffisent les dépenses pour l'entretenir. Les fils électriques courant dangereusement le long des murs ; la tuyauterie délabrée, et les menuiseries Grand Siècle, les trumeaux mangés de termites, comme le plancher point de Hongrie, dont les lambourdes effondrées déchaussent les lames ; la serrurerie des portes : aucune ne ferme. Dans ce décor antique, où toute chose n'est que vestige de sa grandeur passée, le seul objet contemporain, anachronique, choquant de modernité, est la télévision, achat récent, le plus gros poste qu'on puisse trouver. Ni chauffage, ni W.-C. Il y en a, mais sur le palier, selon cette règle des anciens temps qu'un lieu d'aisances dans les murs d'habitation est une insulte à l'hygiène et à la morale. Jadis, la valetaille y vidait les seaux en se pinçant le nez.

Louis et Sacha s'accommodent de cette disposition, comme de tous les inconvénients du logis, ayant adopté le grand salon pour campement, cinquante mètres de façade sur la Seine, sous plafond en corniches avec, à chaque extrémité, de monumentales cheminées jumelles en marbre vert de mer. On peut y faire des flambées, quand il fait vraiment trop froid ; la corvée du bois, parmi d'autres, incombe à Sacha, homme à tout faire ; en dehors des répétitions de Louis. Outre lui donner la réplique selon ses fameuses règles de l'art, il pratique la serrurerie, l'électricité, la cuisine, répare les fauteuils défoncés. Il s'occupe de descendre la poubelle, faire les courses de bouche, repasser les chemises de l'acteur et porter le reste de son vestiaire au pressing. Il déniche l'exemplaire introuvable chez les libraires de livres anciens, court les antiquaires et les brocantes pour dénicher l'objet rare devenu l'indispensable fétiche de tel rôle. Il négocie avec l'agent de l'acteur, prend ses rendez-vous, tient ses comptes, signe les chèques et découpe les articles de presse. Il passe des heures devant la télévision. D'une imperturbable bonne humeur ; d'une insondable solitude. Debout près du sofa, il regarde Louis avaler d'un trait son litre de thé, attaquer les tartines avec la bienveillance attendrie des nourrices.

— Je sors, déclare-t-il. Je rentrerai tard. Il y a des harengs dans le garde-manger, des biscottes et de la gelée de coing…

— Es-tu allé au Val-de-Grâce, ce matin ? As-tu dit à Hélène ce que je t'avais dit de lui dire. L'as-tu dit ?

— Je l'ai dit.

— Eh bien ?

— Patience. Elle a du mal en ce moment, avec le service. C'est très tendu avec le service. Le service est remanié. Elle dit qu'elle fera de son mieux.

— Ce n'est pas sa façon de parler. Je ne peux pas manquer, s'emporte-t-il avec la hargne geignante d'un enfant.

— Elle dit que le règlement de la pharmacie est remanié : le registre, le système d'affichage des clés. Elle dit : *Petit ne doit pas s'inquiéter.*

— As-tu rapporté ce qu'il faut ? Il me le faut.

— Je l'ai. Ne t'inquiète pas.

— Fais-le-moi voir.

Sacha obtempère, sans paraître s'offenser. Louis l'écoute, redressé sur un coude, fouiller dans la salle de bains, tirer un tabouret, déplacer des objets, jusqu'à ce qu'il revienne, la boîte de fer-blanc à la main. Louis contemple les ampoules laiteuses alignées sur leur couche de gaze.

— Seulement cinq ?…

— La semaine prochaine, tout rentre dans l'ordre. Tout ira très bien. Tout va bien.

— Elle en est sûre ?

— Hélène est toujours sûre. Elle aura les clés.

Louis a un long soupir, s'allonge de nouveau, ferme les yeux.

— Que se passera-t-il si, un jour, elle me fait défaut ? Si tu me fais défaut ?

— Nous ne ferons pas défaut. Jamais je ne te quitte. J'ai encore beaucoup à apprendre de toi.

— Tu veux être comme moi ?

— De toute mon âme. Tous ceux que tu es. Tous les rôles. Celui de la Vachère m'enchante, maître Puntila.

— Enfant… soupire Louis. J'ai fait un rêve. J'ai rêvé d'un veau nouveau-né, accouché en pièces détachées.

Une livraison de boucher, chaque pièce enduite de membranes cornées, un suif épais, cependant translucide, dont je délivrai chacune au couteau, afin de la mettre à nu. Là-dessous, viande palpitante d'écorché, œil globuleux, bleu nuit cillé de soie blanche d'un si doux regard, cartilages de nacre, carnation émouvante des naissances, mais enfin, reconstituer ce veau, recomposer son visage était insoluble. Interprètes-tu mon rêve ?

— Tu en seras malade. On ne doit *jamais* raconter ses rêves.

— A toi, seulement. Autant dire personne, tu es une tombe.

— C'est vrai. Je sais très bien faire la tombe, entre autres.

— Cinq ampoules, c'est insuffisant. Tous mes besoins sont relatifs, sauf celui-là. Je peux manquer de tout, pas de ça. Mon cheval pour une ampoule de morphine.

— Nous ne manquerons de rien. Je sors.

Mais Louis se précipite dans la salle de bains, ployé au-dessus du lavabo vomit d'un long hoquet, tel un enfant régurgite, tamponne délicatement ses lèvres du torchon. L'eau gicle, il la regarde s'engouffrer dans le siphon.

— Il y a des harengs et de la gelée de coing, répète Sacha, appuyé au chambranle. Il y a du camembert. Mange plus lentement, ce soir…

— Va, va. Tout ira bien.

Longtemps après son départ, il reste dans la cuisine à laisser couler l'eau, à contempler son débit régulier, écouter le bruit clair et continu sur le grès de l'évier, recouvrant tout autre, celui, très vague, de la ville, dans ce quartier à l'écart du trafic une rumeur en note basse, atténuée par le fleuve. Sur l'autre berge, les voitures filent, leur grondement ne parvient pas jusque-là ; sauf la nuit, quand il s'accoude, insomniaque, à une fenêtre du quai. Il écoute aussi les bruits locaux, craquements, crissement des insectes rongeant le bois, gémissement des solives sous le plancher. Ou le goutte-à-goutte dans la baignoire, lancinant, apaisant ; aucune intervention de Sacha n'a pu en tarir la fuite, aucun joint ne s'adapte à l'antique robinet à col de cygne. Cela a fini par déposer au fond une tache de calcaire vert-de-grisé, dont il observe les contours comme s'il suivait en géographe la mutation de quelque île perdue, dont la grève se redessine au gré des marées dans l'immense solitude maritime, hors toute présence humaine, sous la vastitude de ciels océaniques indifférents au passage du temps… Si une île comme celle-là existe de par le monde, elle est sa propriété, il en est le roi nu.

Il ferme le robinet. La cuisine est impeccablement rangée, son vieux fourniment mortellement propre, fonte luisante de la cuisinière, pavement de pierre et ardoise torché de frais, vaisselle d'Orient ébréchée, rangée dans la desserte. A quel moment Sacha s'est-il adonné à ce ménage, il l'ignore. Comme souvent, il a dormi tard dans la matinée, éreinté par l'insomnie, retardant à l'aube la piqûre. Il lui arrive de se l'administrer lui-même, mais il se blesse, manque la veine, s'inflige des contusions dont la trace bleuâtre persiste à la saignée du coude, alors que Sacha exécute ce geste avec une dextérité magique, d'une promptitude indolore. Incroyable que ses mains de maçon soient douées d'une telle douceur et précision, bienfaitrices cruelles, jamais elles ne font défaut. Jamais tu ne me quittes. De qui attend-on pareille servitude, quelle créature dispense-t-elle sans contrepartie mansuétude, abnégation, sauf une mère ; ou un ange ? Par quelle vertu les mériter d'eux, sinon en restant enfant, l'ignoble créature inachevée, tyrannique, que son insuffisance livre aux bontés gratuites, aussi infondées qu'irrationnelles, que prodiguent seuls les anges ou les mères ?

Pur arbitraire de l'amour, crucifiant, auquel ils consentent. Rien de sa vie déshéritée ne l'y promet, or il hérite une bonne marraine, comme les fées savent en substituer aux marâtres, et lui, l'orphelin dénué de grâce, trouve en Elise sa mère, son ange. En Hélène et Sacha, les frère et sœur qu'il n'a pas. Famille d'élection plus vraie que celles à qui condamne l'aléa des filiations, son hasard mieux ajusté, et la liberté du lien mieux garant de bonheur. Bonheur ! *Il ne faut pas croire exagérément au bonheur…* Muni de cet avertissement, de tiède morale, interrogez vos constellations ! La vie ne se lit pas plus au ciel que dans le marc de café. Elle se dépèce comme gibier, dépouillé au coin du bois, dans l'incertitude, la peur. La peur ne le quitte pas. De manquer, de perdre. Mais quoi peut-il arriver qui ne le soit déjà, puisque demain s'écrit au passé…

Entre deux engagements, l'acteur connaît des séquences d'angoisses, insomnies, provoquant arythmie cardiaque, céphalées. Nausées, courbatures, vertiges. Un critique infatué les a attribués à son narcissisme, auto-adoration fatale. Erreur : Narcisse ne s'adore pas, il *s'ennuie*. Il s'ennuie de lui-même, s'épuise de l'ennui de n'être que soi, condamné à l'être et se voir l'être en son miroir sans issue. Je ne suis pas Narcisse, je le joue. Sur ma scène, je le feins et le singe, en cela échappe à son obsidienne détresse, tous horizons du théâtre ouverts aux vents cardinaux qui m'exemptent de l'incommensurable ennui de m'aimer, d'être aimé, et ma scène est immense, absolue. Mon théâtre est moins le tréteau où je monte, pour *exécuter* Narcisse devant la foule repue du parterre, que celui de cette cuisine, de ce salon solitaires, du chevalet de torture qui me sert de lit où, gisant, j'agonise de vivre. Je suis mon propre rôle, mon seul interprète et mon seul spectateur. Je suis Personne.

Où Sacha va-t-il, aujourd'hui ? Louis n'en a aucune idée. Il lui sait gré de lui épargner ses ambassades et rendez-vous, fastidieuses discussions de contrats et autres questions administratives avec le fisc ou la banque, qu'il règle pour lui. L'indiffère, et même le soulage qu'il soit appelé dehors, occupé à ses propres affaires, sans lui en rendre compte, lui en tenir la chronique. Sa providentielle compétence d'intendant est une de ses plus précieuses vertus, insoupçonnable dans les débuts. Impensable que l'enfant traqué d'alors, inculte à en frôler l'idiotie, révélerait par sa mue de mendiant répugnant, puant la foire, un être d'intelligence, proprement doué de génie, son frère en esprit et en chair du jour où, tel un chien, la bestialité d'un chien aux dents brisées qui ne peut plus mordre la main qui le tue de coups, il l'a trouvé, par le plus grand hasard, au fond du hangar à melons d'une ferme du Gard…

Hélène y avait trouvé refuge chez des paysans, un nid de pierres sèches usées par le vent, haut perché dans les contreforts du plateau, entre champs et garrigues, donnant vue de son promontoire à des kilomètres à la ronde ; dans la poussière de lumière, l'on voyait venir tout ce qui montait ou descendait dans le serpentement des collines. Les gens dans ces pays se taisent, ils ont longue expérience des silences, chacun pour soi se souvient de ce qui a vidé les maisons et les champs, en août 1914, jeté les troupeaux d'hommes sur les grands chemins de la guerre. Ceux-là aidaient les réseaux de maquisards en regardant ailleurs, feignant d'ignorer l'allé et venue de randonneurs nocturnes, furtifs passants de toutes espèces qui faisaient halte par là, avant les forêts des Cévennes ; des voyageurs à qui on ne demande pas le passeport ni le nom, pourvu qu'ils restent invisibles.

En ce mois de juillet 1944, Louis était dans la région. La troupe jouait *George Dandin*, un mois de représentations itinérantes, en matinées, à cause du couvre-feu, et ne faisait guère recette ; c'était une époque où il prenait ce qui se présentait. Après Narbonne et Montpellier, Nîmes, puis Aubenas, Privas, la tournée finissait par Valence et Lyon... Il avait profité d'un jour de relâche à Uzès pour rendre à Hélène une visite, qui ne se représenterait peut-être pas de sitôt. Un an qu'il ne l'avait vue, depuis qu'elle avait quitté Paris avec son amant du jour, un communiste en cavale ; cette fille n'avait peur de rien. Son petit soudeur aux yeux de biche prenait la tangente, elle l'avait suivi. Entre-temps, celui-ci l'avait lâchée dans la nature. Elle était restée dans le coin ; et Louis la trouvait consolée, pendue au cou d'un Espagnol efflanqué... Clandestin, transfuge du camp de Gurs, Javier était planqué comme ouvrier agricole à la ferme. De sa spécialité mécanicien, celui-là, mais il avait l'avantage de connaître le melon : sa famille de Catalogne cultivait la cucurbitacée, avant d'être massacrée par les franquistes. Cette passion sentimentale, la dernière en date, donnait des ailes à Hélène : gavée de grand air, hâlée par le travail au soleil et filant le parfait amour, l'Occupation lui était supportable. Elle avait meilleure mine qu'à l'époque où elle débarquait au théâtre de l'Atelier, juchée sur ses chaussures de liège, en socquettes et jambes nues, grelottant dans son manteau de serge, son turban sur les cheveux en coques. Elle se donnait des airs affranchis, mais n'en menait pas large d'avoir quitté la ferme des Armand. Elle travaillait comme repasseuse, la seule place que Louis lui avait trouvée pour qu'elle ne couche pas dehors, où l'avait jetée son père, disait-elle ; voire. Barsacq fermait les yeux sur cette employée excédentaire, qui ne lui coûtait pas un sou. Hélène avait tenu six mois, couchant dans la coulisse sur les tas de costumes, faisant sa toilette dans une loge, sans mettre le nez dehors, ou à peu près. Assez cependant pour se laisser soudoyer par ce soudeur au cœur volage… On jouait alors l'*Eurydice* d'Anouilh : à force de voir la pièce chaque soir, elle avait dû se prendre pour la jeune fille fuyant avec son amoureux, à la vie, à la mort…

Hélène l'avait accueilli avec des larmes et des rires de mésange et, comme les paysans se couchaient tôt, ou ne voulaient pas se compromettre avec leurs histoires, au cas où l'une leur serait tombée dans l'oreille, ils avaient passé la soirée dehors, à fumer des cigarettes sous le figuier, à boire du vin rosé pour se réchauffer, les nuits peuvent être rudes sur ces hauteurs. A se donner les nouvelles, d'ici et de Paris. Elles n'étaient pas bonnes, mais ils étaient jeunes. Comme nous étions jeunes, pensait Louis à ce souvenir. Il n'avait ni migraines ni nausées, à l'époque, il n'avait pas besoin de morphine. Il avait pour pur alcool les myriades d'étoiles, dures et blanches, en l'absence de la lune toutes-puissantes à darder le ciel. Sous cette voûte renversante, le vin aidant au vertige, il avait retrouvé un peu des ivresses d'antan, nuits d'été au Mesnil où, couché dans l'herbe folle du grand pré, il les contemplait pour la première fois avec Hélène, de ces féeries qui vous font croire que, du monde, on est propriétaire…

Il n'y avait pas de lit pour lui dans la ferme ; elle l'avait logé dans la grange. Comme il devait se trouver à l'aube au carrefour pour attraper le premier autocar montant à Uzès, c'était très bien qu'il ait déjà un pied sur le chemin. Il s'était couché tout habillé sur les balles de paille, parmi les cagettes de melons, et comment devine-t-on que l'on n'est pas seul dans l'obscurité ? Le cerveau confus, encore plein du bruit des paroles, souvenirs et récits brassés, est d'abord submergé par de brefs assauts de sommeil, dont le ressac laisse place aux ondes de silence, bientôt étales, alors l'esprit s'aiguise. Au lieu de s'assoupir, alternativement lutte et renonce, s'accroche à une vigilance seconde, repère les bruits innombrables de la nuit, l'appel lointain d'une hulotte, un renard qui jappe, le grésillement doux des grillons, le taffetas des feuilles du figuier, froissées par la brise. Dans ce va-et-vient somnolent, il avait pressenti non loin de lui, au plus obscur, un remuement ; quelque chose tressaille, intermittent, est-ce une bête. Un chat n'a pas de ces soubresauts de rat, il fuit. Un chien aboierait. Un oiseau, un animal sauvage, pris à quelque piège ? Il sentait à présent des effluves nauséabonds mêlés à l'odeur poisseuse, entêtante, des melons. Il s'était relevé, il avait allumé son briquet, à défaut d'autre lumière pour explorer le fond du hangar, ouvert brusquement le coffre de gros bois, d'où semblait venir le bruit. Mais il n'avait pas besoin du briquet. La clarté opale de la nuit éclairait mieux qu'une flamme.

Un forcené de la contorsion ! Parvenir à loger entier dans ce cercueil, par quel recroquevillement invraisemblable ? Seul son crâne rasé, telle une tête navajo, émergeant du coffre, à la lueur flageolante du briquet, c'était Sacha, en sa première apparition. Un gnome, la taille d'un fœtus immonde, au point que, le tirant de là, il avait eu l'impression d'arracher une larve inachevée à sa chrysalide, d'étirer ses membres racornis telles les pattes d'un grand insecte, humide de quel suint, ou déjection, Dieu qu'il sentait mauvais ! Doutant, une fois déplié, qu'il fût si grand, et que son squelette tînt debout, craignant que sa peau flasque, flétrie comme celle d'un vieillard ne se détache ou ne se déchire en lambeaux. Si l'on a une idée de Lazare sortant du tombeau, se relevant dans son linceul collé à ses chairs putréfiées, il devait en approcher la terrifiante apparence. Louis n'en avait pas eu peur, pitié non plus. En ce temps, pitié ni peur ne sauvaient de rien. Plutôt de l'admiration. Une certaine jalousie pour sa perfection : quel artifice de théâtre réussit-il de tels spectres ? Mais sitôt revenu à la réalité, refoulant sa surprise, sans marquer son effarement ni son dégoût :

— Qui es-tu ? D'où sors-tu ?

Il ne le sut que plus tard, ou plutôt parvint à recoudre les fragments de son histoire, treize ans, mais en un temps si bref accumulant plus d'épisodes rocambolesques et tragiques qu'une vie peut en compter. D'où il sortait, il ne voulait pas le dire, mais redoutait à ce point d'y retourner qu'il pointait un couteau à cran d'arrêt contre le ventre de Louis. En dépit de son état, si résolu à le planter, que Louis avait jugé bon de s'en saisir pour le repousser, d'une légère secousse qui avait suffi à le faire tomber assis sur le coffre.

— Je suis déjà mort mille fois, souriait-il. Et toi, combien ?

Ahuri, le garçon regardait la main de Louis tenir son couteau par la lame.

— Combien pèses-tu, mauviette ? Je veux dire : combien ta vie pèse-t-elle à mon trébuchet ?

Sur ces entrefaites, Hélène arrivait, une veste passée à la hâte sur sa chemise de nuit : elle avait eu un remords et lui portait une couverture. Son entrée n'était pas prévue dans la scène, la nouvelle venue tétanisait Sacha.

— Donne-lui tout de même à boire, dit mon père, plaisantait Louis.

— D'où sort-il, celui-là ? Mais tu es blessé ! s'écriait Hélène. Ce sang, Louis, tout ce sang !

Il enveloppait sa main ensanglantée d'un chiffon et se penchait sur le gamin.

— Si tu ne trouves pas quelque chose, il va tomber dans les pommes.

Il y était tombé, si léger qu'à le soulever on craignait de le casser. Tandis qu'il frictionnait les membres engourdis, les joues creuses du gamin, Hélène protestait à voix basse :

— Il pue ! Mais qu'est-ce qu'il fout ici, ce fils de pute ? Petit con, il t'aurait assassiné, aussi bien. Putain de moine !

Hélène pouvait être très charretière dans la colère. Hérissée de dégoût, sous prétexte de le ranimer, elle le giflait maintenant à toute volée. En même temps, elle ne perdait pas le nord. Des hères en mauvaise posture, échoués à la ferme, elle en avait vu d'autres, aussi des ambulants hagards dans les gares. Peut-être pas encore un de cette espèce, si jeune, et dans cet état de décomposition avancée. Elle envisageait déjà la situation nouvelle.

— On ne le connaît pas d'ici, il n'est pas du pays. C'est un rôdeur, peut-être un mouchard. Rosse-le, et foutons-le sur la route, cette crevure.

— Il ne fera pas cent mètres.

— Alors finis-le tout de suite et jetons-le dans le vieux puits.

— Trouve-lui plutôt de quoi manger.

— Et puis quoi encore ? Une chemise aussi ?

— Aussi. S'il claque, que ce soit proprement.

Petit rire féroce, elle gloussait, à cette idée d'une toilette mortuaire. A présent qu'il était habitué à l'obscurité, Louis y voyait comme en plein jour. Le garçon n'avait pas l'intention de claquer, ni de lâcher prise. Aussi résistant que lui, on ne devait pas en rencontrer beaucoup. Ce qu'il venait de traverser l'avait immunisé, l'instinct a des nerfs d'acier, mais la colique l'avait pris au dépourvu : trois jours qu'il errait dans la garrigue à se cacher, le jour sous les buissons de genévrier, dans les bosquets de yeuses, la nuit à s'empiffrer de ce qu'il trouvait de melons, à se vider de ses ventrées. Tandis qu'Hélène disparaissait, il reprenait conscience et sa première idée était de ravoir son cran d'arrêt. Il en geignait de rage, de désespoir, prêt à filer d'une détente, il avait encore de la force au jarret, mais Louis le rasseyait sur le coffre, lui rendait son arme.

— Tiens-toi tranquille, morveux. *E finita la commedia.* Où espères-tu aller, comme ça ?

Nulle part, sauf le plus loin possible. Il s'était évadé du bagne d'Aniane quelques jours plus tôt, une mutinerie avait dévasté les ateliers, et les cages à poules où il croupissait depuis des semaines sur le ciment, à sucer du pain moisi, dents cassées à la clé à molette. Il avait fui à marche forcée en pays inconnu, évitant bourgs et villages. Une bête féroce de son espèce, armée d'un surin, mieux vaut ne pas se trouver nez à nez : il aurait égorgé le premier venu. Le récit n'était venu que plus tard de par où il était passé avant d'échouer là, un périple à hérisser le poil. Louis ignorait tout des colonies pénitentiaires d'enfants, mais son orphelinat des sœurs de Charenton lui était alors paru pur enchantement, litière de lys et de roses. Pour l'instant, le garçon ne racontait pas, la peur rétractait ses lèvres sur ses chicots déchaussés, retroussait son nez, écrasé d'une tuméfaction vilaine ; sous ce masque de croûtes malséantes, le mufle d'un jeune loup aux abois.

— Sur les grandes routes, tu n'as pas une chance. *Valet de Clitandre*, ça te dit ?

L'idée lui était venue incontinent, cocasse, arbitraire, elle se mettait en travers de toute raison, il n'avait à en chercher ni en donner à quiconque, sa paume entaillée commençait à brûler.

— Si tu ne veux pas le finir, emporte-le au diable, décrétait Hélène qui apportait quand même un panier de provisions et un paquet de linge.

Comme elle tournait derechef les talons, Louis s'était assis à côté de l'enfant.

— Au diable, ça te va ? En attendant, mange.

Il avait englouti la moitié de la miche quand Hélène était revenue avec son seau d'eau, histoire d'en faire un cadavre propre. Il s'était laissé dépouiller de ses hardes, inonder du seau renversé. Navrante nudité de lapin écorché, les fesses et le dos marbrés de vieilles cicatrices ; la chicotte à un rachitique, cela relevait du pénal, mais, en ces temps, va-t'en chercher une justice. Sa tête émergeait en chou-fleur de la couverture dont ils l'avaient enveloppé, il claquait des dents, calmé par la douche froide. Il avait fini d'ingurgiter le pain et le pâté de foie en silence, la glotte embouteillée par les bouchées énormes, et pas mastiquées, mâchoire édentée, pendant quoi Hélène improvisait un pansement de fortune, ligotait la paume de Louis avec son mouchoir. Son penchant, déjà, à faire l'infirmière.

— Il vide le plancher avant que mes patrons ne se lèvent, prévenait-elle. Sinon, ils nous mettent à la porte, Javier et moi… Tu entends, carcasse ? Du balai, ou bien je te fous au puits.

De cela, Sacha et elle riaient, des années plus tard, de la peur bleue qu'il lui avait faite et de son idée de le jeter dans le vieux puits. Ils étaient partis avant l'aube, nuit courte. Les étoiles faiblissaient, ciel de perle, de petits oiseaux commençaient de voleter au ras des mottes, les farouches escarpements de la colline de bleuir, au fond la vallée de bronze moutonner d'oliviers, vers Nîmes. Sur le chemin, accoutré de vêtements trop grands, veste et culotte de Javier, l'enfant avait l'air d'un petit vieux, sa démarche branlante, sa tête chenue. Dès que monté dans l'autocar, il avait piqué un somme. Preuve de sa reddition, parvenu au point d'ultime endurance, ou bien avait-il déjà compris que *valet de Clitandre* était l'unique issue, celle à laquelle il n'avait pas pensé. Bien qu'il ignorât qui était, où résidait cet individu qui lui promettait le diable, pire que les tortionnaires d'Aniane, il ne pouvait être. La pièce de Molière ne comptait pas ce figurant, un rôle des plus facultatifs mais, planté en livrée aux basques de Clitandre, c'était jouable :

— Tu le suis de deux pas. S'il recule, tu recules ; s'il avance, tu avances. Tu es une carpe et tu te tiens droit : c'est pas plus compliqué que ça, le théâtre, avait menti Louis.

Le lendemain, ils étaient à Aubenas, une ville noire et froide en plein été. De ce jour, Sacha ne l'avait plus quitté. Depuis, il s'était apprivoisé, et Louis à lui, qui, dans les commencements, n'en revenait pas de son étonnement. S'encombrer d'un tel acolyte ! Sa décision prise dans la seconde, là-haut dans la grange, de sauver cette créature, il ignorait de quoi, ressemblait trop à ces tentations que ménage le Destin, ses tours fameux, ses rencontres fatales, à vous foutre la poisse. Sa colère était d'une autre sorte que celle d'Hélène et il n'avait pas envie de nommer ce sentiment. Qui croit que le Destin vous aime sur titre ? Il vous tire du lot au hasard. Sa figure sinistre rôdait assez dans les tragédies qu'il jouait : il se méfiait de cette prétendue machine infernale qui programme les désastres et piège les mortels, surpris qu'ils sont, et peut-être honorés, d'être les élus des emmerdements. Grâce et délectation morbide, divine surprise. On n'est jamais surpris. Le ciel est vide, il n'y a pas d'œil dans la tombe. Le joueur d'orgue de Barbarie, l'aiguilleur des gares, le vieux prêtre aveugle ou l'idiot du village, la petite fille à gueule d'ange jouent le rôle qu'on veut bien leur consentir. Y compris le nabot caché sous les melons. De telles rencontres ne méritent considération que si l'on est prêt à en délibérer : on choisit ses entraves. Peut-être venait-il de croiser quelqu'un de sa connaissance. Un partenaire mental avec qui il entretenait un dialogue personnel, personnage absent rôdant en lisière, qu'aucun texte ne proposait. De qui le rôle n'existait pas dans le théâtre des fictions, mais sur celui de sa vie. Plus qu'un encombrement, patent, lui était devenu évident que Sacha comblait un manque absolu, palliait une infirmité, ou un déficit d'origine, et ce n'était pas par bonté d'âme qu'il l'adoptait. Par charité ni pitié, ni même pour sauver la mise à Hélène avec ses paysans matois, mais par concupiscence, jalousie. Par cupidité. Sacha était doué d'une science parfaite sur la chiennerie humaine, il en connaissait tous les endroits et les envers, docteur ès lettres en cette discipline. Modeste, il ne faisait pas étalage de son érudition, discret quant à sa supériorité, ignorant même où elle s'étendait.

— Nulle part on n'est mieux *incognito* que sur une scène : exposé sous les lampes du théâtre, lui expliquait Louis. Le mensonge des fictions, voilà le plus sûr maquis.

Encore une chose que Sacha savait sur le bout des doigts. Quant aux choses pratiques de l'existence, ce voyageur sans bagage était d'une improvisation totale. Il avait endossé la livrée du valet facultatif de Molière avec un naturel sidérant et tenu son rôle tous les soirs. En arrivant à Paris, Elise lui avait procuré les papiers qu'il n'avait pas : il n'avait rien, que son cran d'arrêt pour carte d'identité. Le plus beau de l'histoire était que Sacha n'était pas un chien perdu sans collier, il avait une mère. Une mère qu'il fallait surtout ne pas voir, ne pas contacter, surtout pas lui faire savoir qu'il était vivant et revenu à Paris. Le croire mort, c'était la meilleure chose qui pouvait lui arriver. Surtout qu'elle n'apprenne pas qu'il s'en était sorti. Elle n'était pas fâchée, avait-il consenti à préciser, mais pour avoir une chance de garder la sienne, de vie, il fallait que celle de son fils soit liquidée. Cela n'avait pas suffi, visiblement, Sacha l'en avait informé, laconique, sarcastique. L'acteur n'avait pas approfondi ce mystère.

Il avait d'autres chats à fouetter, à cette époque du moins, que d'enquêter sur une personne pour qui la mort de son fils est une bonne nouvelle, et l'exclusivité faisait son affaire. Sacha s'était mis en dépense, par tous les moyens, de se rendre utile, nécessaire, indispensable. Pas un rôle facultatif de valet. Il était devenu en toutes choses son éminence grise, son portefaix, sa nourrice, son ombre. Et parfois le bouffon du roi, quand l'humeur l'en prenait. N'importe qui aurait cru qu'il payait sa dette. Qu'il vouait à son bienfaiteur reconnaissance éternelle. Pas du tout. Il avait vite soldé celle du ventre. Une fois réparées ses incisives et canines amochées, il avait retrouvé un peu de santé de pouvoir dorénavant mordre et mastiquer du solide. Pour le reste, à croire que c'était lui qui dispensait ses faveurs, bon prince. Cela divertissait Louis ; de ce paradoxe, il se contentait très bien.

La lumière a tourné, elle commence de faiblir dès quatre heures, n'ensoleillant plus le grand salon que de travers, un rayon d'angle qui vient frapper le miroir de Venise. Son reflet infuse à la pièce une atmosphère mourante, jamais plus mélancolique qu'à cette heure-là, poussière, patine, fumée voilant l'espace confiné. A la nausée a succédé un début de migraine. Louis en connaît les premiers élancements, le casque broyant ses tempes, mais la douleur n'est pas telle qu'il recoure à la morphine, dont il ne sait si elle la soulage ou l'aggrave, si elle sert d'analgésique ou, de ses effets euphorisants, exalte le plaisir noir de souffrir. Il aime cette douleur. Elle concentre en cet endroit de son crâne une souffrance éparse, dispersée et comme gaspillée aux autres endroits de son anatomie, mal-être indécis, insatisfaction physique générale. Souffreteux, articulations raides, muscles flaccides, tripes et boyaux en débandade, rien ne semble devoir fonctionner normalement de son organisme, vieil adversaire. Mais, dans le jeu, cet appareil ingrat révèle ses insoupçonnables ressources : alors léger, huilé, mécanique d'horlogerie fine, il peut par magie feindre des êtres incompatibles, valser, se battre à l'escrime, sauter d'un balcon, gémir des injures, tonitruer d'amour, agoniser, proférer leur langue de pure intelligence comme s'il vidangeait son cerveau, le dépeuplait de ses miasmes.

Non, il ne se fera pas lui-même une piqûre. Cinq ampoules, la semaine. Peut-être, de ce rationnement, est-il plus satisfait qu'abattu. L'incertitude, le danger de manquer sont de meilleurs excitants que la réplétion. Il n'a geint que pour *faire la comédie*, comme les enfants pour se faire plaindre, un registre qui n'abuse pas Sacha, le rassure plutôt. Hélène tient le cahier de la pharmacie au Val-de-Grâce, infaillible débiteuse. Ces deux-là, ses alliés, à la vie à la mort. Elle de plus longtemps, de qui l'effronterie, la canaillerie ingénue lui ont découvert au Mesnil quelles libertés l'on peut prendre à mentir, déguiser, voler, d'une immoralité *instructive*, franche, courageuse, héroïque. Inconsciente, peut-être, mais loyale, à ses risques et périls. Elle se porte volontaire quand les plus endurcis hésitent : elle exécute, froide, deux soldats allemands capturés par le maquis, parce qu'*il le faut*. Parce qu'il n'y a que cette solution, personne n'en a d'autre. Elle n'a jamais fait ça de sa vie, mais elle *sait*. Elle marche trois jours, un maquisard sur son dos, jambes brisées par une grenade, le porte jusqu'à Bagnols, en pleine retraite ennemie, représailles et massacres. Ça non plus, elle ne l'a jamais fait, mais elle *sait*. Jolie comme un cœur, rouée, frivole, implacable. Subtile en calculs, elle fait sa pelote. Une fille, enfance à la ferme sous la coupe du père, cela compte beaucoup. La fratrie aussi, des tendresses d'étable.

Une jeunesse jetée sur les routes, l'Occupation, la Résistance, l'histoire vous passe dessus, un brouet rude à avaler ; mais elle a de l'estomac. Paysannerie mâtinée de prolétariat, déguisé en leurre petit-bourgeois, infirmière diplômée à la force du poignet, Hélène a aussi bien volé le diplôme dont elle se vante, femme de garagiste espagnol, mère d'un fils Manu, fière comme un pou de ce fils, elle vit en économie fermée, verrouillée. Louis y a sa place, il n'y entre pas grand monde mais, une fois admis, c'est définitif. Cette femme est d'un bloc, elle est *entière*. C'est pourquoi il l'aime. Sa rigidité aussi fragile que du cristal. Lui, il a besoin de morphine ; elle, besoin de lui en procurer. Cela fait son affaire. Cela la justifie, bien plus que d'être épouse de Javier, mère de Manu : elle a besoin d'avoir les clés à sa ceinture.

— Cette Christine, dit Alex, je rêve ! Pouvions-nous mieux espérer ? On a mis dans le mille : Pierre Galay est son grand-père. Il l'*était*. Mais, quoi qu'on fasse, on prend tout sur la tête. Vois : Max me verse dessus l'avalanche de sa bibliothèque. Nous n'avons pas échangé trois mots de son vivant, et il trouve moyen de me raconter sa vie. D'une manière ou d'une autre, Christine Lewenthal y a eu droit, ou ça va venir. Remarque bien que cela saute une génération : les enfants sont trop occupés, ils ont trop à faire pour se soustraire à leurs parents, ce ne sont pas eux qui posent les questions. Ce sont leurs petits-enfants. Le temps que l'histoire vieillisse, qu'elle dépose ses alluvions, que croupissent ses vases…

D'une bourrade, Alex bouscule gaiement Antoine, grognon, flapi ; de qui l'œil enflé ferme la paupière, larmoie. Ils se tiennent au bord du trottoir, sur le point de se séparer, mais pas tout de suite. Encore pleins de leur conversation, et des perspectives que cela ouvre. Comme toujours, Alex, avec son fatigant optimisme, son enthousiasme à toute épreuve, brûle de sauter les étapes, négligeant en toute mauvaise foi le fait que Christine Lewenthal ne partage pas forcément sa passion des alluvions et des vases, qu'elle n'a pas – pas encore, concède-t-il – souci de revisiter l'histoire, la vie de son grand-père Galay lui étant double et triple inconnue : ils en savent davantage qu'elle sur le grand pastorien immunologiste et voyageur en Orient. Les petits-enfants posent parfois des questions, encore faut-il qu'il y ait quelqu'un pour les susciter. Et quelqu'un pour y répondre…

— Fouiller dans les affaires de ton ancêtre, c'est ton droit. Pas dit que Christine, si elle s'y décide, obtienne celui de fouiller dans celles de sa famille.

— Quand elle aura vu les films… Les films vont la décider.

— Si Renée en tire quelque chose. Un bout de pellicule, c'est maigre. Ça n'ouvre pas la porte des Bertin-Galay. Ça peut même te la refermer au nez, assez brutalement. Tu as entendu comme moi : elle n'a pas l'air au mieux avec sa mère.

— Elle l'est avec son cousin William, descendant au même titre, en ligne directe. Il repasse à Paris sous peu. Leur grand-mère vient en Irlande, cet hiver. Elle est la femme de Pierre Galay, Antoine… C'est *elle* qu'il me faut rencontrer.

— Là, tu prends vraiment les vessies pour des lanternes.

— Christine l'en persuadera. Nous lui en avons dit assez pour la tenter. N'est-ce pas qu'elle est tentée ? Tu lui plais.

Il ne serait pas à ce point secoué, abruti de sommeil et de coups, Antoine enverrait Alex au diable. Cette remarque l'indigne, le froisse, elle l'ébranle, le met très mal à l'aise.

— Je me contrefous de cette fille, proteste-t-il mollement, et je suis crevé. Je rentre à Nanterre.

— Je n'ai pas dit que tu lui tapes dans l'œil. Ce sont tes *antécédents* qui l'intéressent, Antoine des Armand. Le Mesnil, le domaine et ses environs. Le peu que tu as dit des *gens du coin* lui a fait dresser l'oreille. Comme qui dirait, une convergence de vues…

— Ma vue ne concerne que moi. Pas question de mêler ma famille à cette histoire. Ils ont assez d'ennuis comme ça.

Et lui aussi, des ennuis. La tête brouillée, depuis son expédition du matin, la vache malade et le champ de pommes de terre, depuis la nuit de rafle au bidonville, en prime cette bousculade, ces coups, dont il doute s'il s'agit d'un accrochage accidentel, ou bien, comme le prétendent Alex et Christine, d'une agression intentionnelle ; il n'a rien vu. Il n'a pas d'opinion là-dessus, comme eux, spectateurs, témoins. Que valent les témoins ? Même aux premières loges, chacun son angle, à partir duquel il bricole la version qui lui convient. Quel quidam le prendrait-il en filature dans son périple imprévu de Nanterre au Mesnil et retour, s'intéresserait à ses allées et venues ? Un supplétif de préfecture ? S'il s'agit du type que suppose Alex. Tu es trop myope pour en être sûr, mon vieux. Tu as trop lu *Tintin et le secret de la licorne…*

Antoine se méfie du goût immodéré d'Alex pour les complots. Il se méfie de celui de Christine pour les titres d'emprunt : avocate, experte en conseils juridiques, selon l'inspiration. Ces deux-là font la paire, adeptes des fictions. A moins, pense-t-il soudain, que l'association de défense des immigrés ne soit sous surveillance. Moyens dérisoires, assistanat social bénévole mais, bien que discret dans ce quartier populaire, son siège est le rendez-vous de militants de tous poils : solidaire des bicots, c'est hautement suspect, en contravention avec l'ordre public. Pourtant, il y est inconnu au bataillon, il n'y a pas mis les pieds trois fois. Mais, le voyant sortir, de petits mariolles ont pu improviser une séance punitive. La police recrute des demi-sels, des têtes brûlées, que la permissivité excite. De là à lui casser la figure, en pleine place de Clichy, au vu de tout le monde !… Cette scène, Alex l'a vue dans un film, lue dans un polar, prête au décalque. Pittoresque, elle donne du sel à l'ordinaire. Voilà qu'entre fiction et réalité la ligne est bien plus floue que ne l'affirment la plupart des gens, qui prétendent la tirer au cordeau. Si Alex imagine qu'il s'agit d'un tabassage prémédité, cela peut bien l'être… Si Gaston souhaite la mort des enfants, ils meurent. S'il veut celle de Guillemot…

Antoine en a une décharge glacée à l'échine. A ce train, n'importe quoi est possible. Incrédule, il considère l'agitation de la place, la multitude des passants pressés, à tout instant absurde convergence et dispersion de ce qui constitue une foule aléatoire, l'agrège et la décompose. Dans cet apparent chaos, chacun cependant porteur d'un rêve, d'un désir, d'une intention, d'un mandat et, dans une sorte d'hallucination, il voit s'immobiliser les visages anodins, leur anonymat se défaire tel un loup de carnaval tombe, provoque la stupeur d'exposer brièvement ce qu'il cache. Alors l'homme qui hèle un taxi, la petite dame fardée qui se repoudre, le livreur de journaux qui jette son ballot sur le trottoir, le kiosquier qui le reçoit, les buveurs à la terrasse, les petites frappes agglutinées à la rampe du métro, chacun a la physionomie d'un qu'on a déjà vu, le faciès équivoque du délateur, du collaborateur, du tortionnaire impuni, ou de la victime qui continue de payer d'avoir vendu son ami, chacun tel qu'en lui-même exposé, au grand soleil, en toute impunité. La mienne, qui la dévisagera ?

— Tu ne veux vraiment pas te faire soigner ? s'inquiète Alex, pris de remords, s'avisant soudain de la pâleur d'Antoine.

Si bien remis de son agression, de si bon appétit engouffrant tout à l'heure son sandwich, conversant ensuite à la table de café comme si de rien n'était, mieux que lui ajustant ses arguments pour séduire Christine, il en fait oublier ses ecchymoses, les déniant d'une crânerie, pas question de passer pour une mauviette devant elle. Ou bien, ses contusions font effet à retard ; maintenant seulement, il accuse le coup.

— Je vais très bien. J'en ai vu d'autres. Ce qui me préoccupe n'a rien à voir avec ça.

— Cela a à voir avec le type qui t'a cogné ?

— Ne recommence pas. Un barjo.

— Avec Christine ?

— Une fois pour toutes : cette fille ne m'intéresse pas. Tu as eu ce que tu voulais ? J'en suis bien content.

— Avec quoi, alors ?

Avec ce qui ne te regarde pas, Alex. Avec les soucis de la vie qu'on n'a pas envie de raconter parce que, à commencer de les dire, ils ne dépendent plus du débat intérieur, en cet état encore fictifs : dès que racontés, ils adviennent. Rien de plus dangereux que de relater ce qui s'est passé, ou l'on croit s'être passé. L'allégation devient une affirmation, en stipule une autre, qui s'avère plus réelle que ce qui n'a jamais eu lieu, et ainsi de suite, cela n'en finit pas. *Répète-le pas, ou je te tue.* Rolande n'aurait jamais dû lui rapporter cette scène de chasse, l'altercation sur le chemin, les menaces de son père. Tel qu'elle l'arrange, son récit n'admet pas la contradiction. En toute clarté univoque, il impose sa vérité factuelle. Comment empêcher que ce qui n'a été conçu qu'en pensée, seulement imaginé, ne se présente pour vrai ? Que ce qui n'est pas encore arrivé surgisse. Comme dans les contes, que se métamorphose l'ami en ennemi, le père en assassin, que triomphe le traître et prenne la place du roi. Que le spectre apparaisse et change le cours de l'histoire, désespère la reine, rende fou son enfant. Que soient perdues les guerres qu'on devait gagner, que les morts ne le soient plus. Qu'ils reviennent parmi nous, et ordonnent. Mon souci est celui-là. Plus encore que de savoir ce qui se passe aux Armand, si Rolande a raison ou déraisonne, si tu as déjà vu ou non le malfrat de la place de Clichy, si Christine est tentée ou non de savoir qui était Pierre Galay son grand-père, si ses films pourris sont ou non la preuve de son crime, mon souci est que je ne sais plus si je dois oublier ou me souvenir, me taire ou parler.

VIII

Vendredi 4 octobre

A peine Martin Guillemot atteignait-il le perron, la porte s'ouvrait, d'une main zélée sitôt refermée. Retrouver ses pénates, la tiédeur douillette de la grande maison, son vestibule aux lampes juponnées de vieux rose, tapis moelleux sous ses pieds, il ne s'en lassait pas ; comme au premier jour, il en éprouvait un frisson de vanité béate. La domestique s'empressait, prenait écharpe et imperméable, son porte-documents, son chapeau mouillés.

— Monsieur aurait dû ouvrir son parapluie, observait-elle.

— Pas pour si peu : le temps de me garer, de bondir du portail au perron ! Un saut de grenouille, plaisanta-t-il…

— Monsieur a quand même eu le temps de recevoir l'averse, persistait-elle, bienveillante

— Pas vraiment une averse, une petite pluie, entêtée tout le jour à crachiner, avant-goût d'automne.

— Oui, mais cela mouille quand même…

Cette joute bénigne, un plaisir de plus. Celui d'être attendu chez soi, accueilli par la jeune femme en robe noire, bas noirs, tablier de linon blanc, qui se précipite du fond de la demeure à sa rencontre, efficace, discrète, effacée jusqu'à faire oublier son visage, comment s'appelle-t-elle déjà, celle-là ? Il la confond avec la cuisinière, même âge. Quel âge ont-elles, ces recrues, toujours du même genre stylé, qui se succèdent dans la maison ? Son secrétaire parlementaire s'occupe pour lui de les repérer parmi les intérimaires des ambassades, des ministères, chez les traiteurs choisis qui livrent les buffets. Le petit Darquay a ses filières dans le milieu pour recruter ces filles triées sur le volet, bien formées, bonnes références, qui ne se connaissent pas entre elles. Evidemment, un personnel pareil a un prix, fiches de salaire, contrat de travail, tarifs syndicaux, congés payés. Mais c'est moindre mal. Elles ne sont pas du bourg, plus jamais. Pas plus d'un an de service, rotation rapide. On a eu assez d'ennuis avec les gens embauchés dans le coin, sans éducation ni scrupule, obtus, de qui l'intrusion obéit davantage à la curiosité, ou à la malveillance, qu'au souci de servir. Loin est le temps où l'on s'attachait à vie des domestiques qui partageaient l'existence de la famille, confondaient leur destin au sien, vieillissaient avec elle, et savaient ce qu'ils devaient aux maîtres d'être nourris, d'avoir un lit et un toit, sans chipoter sur leurs gages. Qui savaient se taire… Il jetait un coup d'œil vers son bureau entrouvert, la lumière en veilleuse ; la perspective de s'y installer lui faisait se frotter les mains de contentement. Sa demi-heure de répit, paix et tranquillité, un verre de bourbon, un cigare, les journaux du soir. La soubrette – il aime ce mot désuet, inexplicablement y tient, sans oser l'employer devant elle – les tirait déjà de sa poche d'imperméable et les lui tendait, lui rendait son porte-documents, qu'il jeta sur le coin de la table. Il serait bien temps, après le dîner, d'étudier les dossiers qu'il emportait pour le week-end, les travaux en séances, le programme des commissions, cet article 3 sur l'impôt des terrains à bâtir…

— Comment cela se passe-t-il, ici ? demanda-t-il pardessus son épaule, ôtant son veston.

— Madame est dans sa chambre. Votre tante regarde la télévision dans le salon. Mme Viviane vient de rentrer : elle prend une douche. Dînerez-vous à huit heures et demie ?

— Nous dînerons à huit heures et demie.

Comme d'habitude, quand il rentre. Chacune dans son coin : très bien. La soubrette tirait la porte, chuintement divin. Abigael, voilà. C'est son prénom. Plutôt rare, si bizarre qu'il l'oublie tout le temps. A ses débuts, deux mois plus tôt, il lui a distraitement demandé d'où elle le tient, davantage par courtoisie que par intérêt. D'une lointaine aïeule, famille protestante : bien, bien, bien. Charmant. Il accrocha son veston au valet, du sur mesure Cardin, tira un peu sur ses larges bretelles, Hermès, libéra d'un cran sa ceinture et défit sa cravate, s'affala dans son siège et fit pivoter le pied, la nuque calée dans le repose-tête. Rideaux tirés sur la nuit et la pluie dehors, bonne chaleur d'ambiance, confort et délectation. Sous la flaque de lumière que tamisait la lampe, son sous-main de cuir, le bouquet de stylos dans le pot d'étain, porte-lettres avec le courrier du jour, chemises des dossiers en tas, méthodique, bureau lustré, encaustiqué de frais ; la soubrette était passée par là. Tout cela satisfaisait son goût de l'ordre et de l'apparat domestique. Sauf que, Abigael ne s'y fait pas : il est gaucher, et toujours elle replace son pot de crayons à droite.

Dans l'ombre, les rayonnages de la bibliothèque faisaient un mur engageant, tranches de vieux cuir, dorures fatiguées, des classiques, de la littérature, exclusivement. Tragiques grecs, prosateurs latins, Montaigne, Montesquieu. Quelques romans Grand Siècle, *La Princesse de Clèves*, *L'Astrée*, Cervantès… Et du plus moderne : tout Hugo, très patiné, des originales. Un peu de poésie, Leconte de Lisle, Lamartine, Musset. *Les Fleurs du mal*, celui-là, cadeau d'un plénipotentiaire africain. Un de ceux qui, sortis d'Ulm, pètent d'orgueil de leur culture française. De Gaulle aime les Nègres civilisés. Une remarque à éviter devant Lucile… Ce Baudelaire a fière allure, d'un beau rouge brûlé. Heredia, Dickens, Tolstoï. Il n'en avait ouvert aucun. Certains dataient de Drouot, quand il y officiait, mais en majorité prélevés ici et là, saisies, ventes aux enchères, il s'était beaucoup servi dans les stocks à sa portée, il avait eu le choix.

Les livres d'art occupaient l'autre mur. Là, ouvrages précieux, catalogues de grands collectionneurs, inventaires, indicateurs historiques du mobilier, de la gravure, de la peinture, du marché et des salles de ventes. C'était du passé. Il avait de longtemps abandonné son métier de commissaire-priseur, jeunesse, mais se flattait de n'avoir rien jeté de sa bibliothèque d'alors, à quoi s'ajoutait avantageusement ce qu'il avait trouvé, après avoir quitté Drouot pour d'autres activités. Là aussi, il avait raflé ce qui se trouvait à sa portée. Cela faisait quand même deux jolis murs de choses savantes et sérieuses, qui posent un homme, de l'allure. Le classeur plus moderne, derrière lui, contenait ses dossiers de parlementaire, la paperasserie ingrate conservée par-devers soi : le plus important était à Paris, les affaires du jour. Il ne rapportait ici que ce dont il avait besoin pour y travailler. Le reste, très personnel, rangé dans le coffre mural, une antiquité qui datait du temps du vieux Rougerie, l'ancien propriétaire. Lui plaisait assez cette idée de s'en servir encore, un attachement un peu superstitieux, comme si son long usage était le meilleur garant de sa sécurité. Jadis, le sénateur avait dû y conserver les dossiers sensibles de son époque, ses titres, ses petits secrets, les paperasses qui ne supportent pas le jour, chacun ses archives… Il y a plus sûr, aujourd'hui, des systèmes à codes plus sophistiqués, mais le coffrage dans le mur les vaut bien, bonne serrure classique. D'ailleurs, le vieux coffre-fort est escamoté sous un tableau, monté sur rails. Il considéra le paysage bucolique de prairies, vastes frondaisons, un jeune gardien se lavant les pieds dans le ruisseau, près d'un ponton de bois, des vaches paissant ; toile de petit maître, genre Constable, rafraîchissant à la vue, très bonne facture. Il en avait pas mal d'autres, dans la maison, de ces tableaux anciens qui ont quand même un certain prix sur le marché, de fameuses *trouvailles*, petite fortune. Il aimait par-dessus tout la sanguine accrochée en face de son bureau, un Watteau authentique, pure merveille. Variations sur un visage de femme, la même en trois positions du cou, de l'épaule, d'une grâce sensuelle que la tonalité pourpre exalte, pulpe des lèvres mutines, ombres de la joue, et frisottis laineux de la chevelure bordant l'oreille menue, troublant coquillage… Il se servit un grand verre d'alcool, fit tourner le breuvage blond et huma l'odeur de tourbe, l'odeur de miel. Seule ombre au tableau, cligna-t-il vers le paysage avec une moue, lippe maussade : Viviane est toujours là. Elle prend sa douche à l'étage. Elle s'installe.

Depuis près d'un mois, l'épousée vivait ici de nouveau. Il avait bien fallu se résigner à cette incongruité majeure. A peine mariée, la bague au doigt, réintégrant le domicile familial ! Indiscutablement un scandale. Minimisé par celui, bien plus grave, du décès de ses neveux. Ceci excusant cela. Ou le relativisant. Le choc, évidemment. Viviane est traumatisée. Il y a de quoi l'être, un jour pareil. Ils l'étaient tous, effondrés, dévastés par cette catastrophe ; laminés… De là à quitter son époux de quelques heures, à refuser de le revoir, à se réfugier dans sa chambre de jeune fille et reprendre sa vie antérieure, il y avait quand même un pas. Qu'elle avait franchi, sans demi-mesure. On eût dit qu'elle rayait son mariage de l'agenda, effaçait cette journée du calendrier, comme si elle n'avait pas existé, rien n'avait eu lieu. Radical. Ensemble raturés, mariage et mort des petits. Impossible de la raisonner, d'ébranler sa décision. De lui représenter les conséquences d'une telle inconvenance, dans leur milieu, auprès des amis, relations. Pour le moment, pas de vagues, cela reste dans le cercle des intimes, mais qui sait si cela ne filtrera pas ? Et la famille de Philippe, sa mère, au téléphone… Très bien, la mère, grande classe. Compréhensive, pleine de mansuétude, au moins pour la façade. Afflictions et condoléances.

— Pauvre chérie, elle est bouleversée, quelle épouvantable commotion. Nous-mêmes, n'est-ce pas… Cela passera. Laissons-la se remettre…

Le deuil justifie pas mal de choses, il intime silence. On a scrupule à objecter… Le mari le prend moins bien. Eliminé, chassé, pour ainsi dire répudié, c'est violent. Il a fait le siège. Deux ou trois fois tenté un rapprochement, sollicité une entrevue, en présence de tiers, accepte-t-il, quémandé une explication, en vain. Proposé un de ses amis médecin ; un prêtre. Depuis, aux abonnés absents. Martin se gardait bien de reprendre contact, pour le moment. Il avait allumé la radio en sourdine, l'émission *Inter Actualités* de huit heures était déjà commencée, il reconnut la voix de Michel Péricard. De Gaulle au chantier de Cadarache, gros titres de la presse du soir, il les a sous les yeux. Aveux de Georges Pâques. Biographie du chef adjoint du service de presse de l'OTAN. Espionnage, cour de sûreté de l'Etat, mandat de dépôt, puissance étrangère. Ils ne disent pas *de l'Est*, ils ne disent pas *Moscou*, ça les étouffe, ou quoi ?… Viviane prend sa douche ! Les répercussions de tout cela sont incalculables : plus les jours passent, moins son attitude est supportable. D'autant qu'elle ne présente aucun symptôme de dépression, ne se donne même pas la peine d'en simuler une. Serait-ce pour sauver les apparences, donner un peu de crédit à son comportement odieux. Sans se chercher d'excuses, célibataire derechef. Elle déclare reprendre ses cours de licence à la Sorbonne ! Chez Pompidou, plan de stabilisation économique, prix agricoles. Pisani a obtenu sa rallonge. Moderniser, planifier la production, concurrence du Marché commun… Conseils aux agriculteurs… De sa mère, rien à attendre. Betty n'a même pas l'air de réaliser que sa fille est dans les murs, ce que cela a de choquant. Se souvient-elle seulement qu'il y a eu un mariage ? Une explication en tête à tête avec Viviane ? Il n'y tient pas. Il va pourtant falloir s'y résoudre, et cela le désempare. Aborder cette question, quoi de plus légitime ? C'est son rôle de père, de sa responsabilité, son droit, non ? Mais la discussion lui fait peur. Avec Sabine, autant qu'on veut. Lisse, conforme, en tout d'accord avec lui depuis l'enfance, pas une anicroche. Et même à présent, dans son grand deuil, son immense chagrin : très digne. Deux jours sous somnifères, à la clinique ; ensuite, debout. Droite, martyre correcte. Le jour des obsèques, admirable. Avec elle, on peut pleurer, se tamponner les yeux, recevoir les condoléances au cimetière, jusqu'au dernier serrement de mains. Irréprochable. Viviane n'y a même pas assisté. En veut-elle aux gamins d'avoir gâché son mariage ? Il écartait cette hypothèse, ahurissante. Monstrueuse. Mais enfin, se payer sur son mari de l'affreux accident, c'était un comble !…

Il coupa la radio, déploya les feuilles de son journal, les claqua sèchement, jeta un coup d'œil à la météo : médiocre, après l'été pourri. Remonta les pages rapidement : Kennedy, ses avances à l'URSS. Collaboration pacifique, coopération technique, accords scientifiques, à la conquête de la Lune, en bons camarades. Ce jeune président américain, politique de la main tendue, ajouter de l'eau tiède à la guerre froide, une armada d'agents de la CIA, là- derrière. Depuis que les Soviétiques ont envoyé leur Valentina dans l'espace… L'Algérie. Troubles en Kabylie, des morts. A peine acquise leur indépendance, la guerre civile. Panier de crabes ; Ben Bella, un dictateur. A-t-il d'autre solution, dans ce merdier : dissidence d'Aït Ahmed, son Front des forces socialistes, oligarchies de toutes obédiences, intérêts claniques, fratricides, assassins dans l'âme. D'où leurs armes viennent-elles, expliquez-moi un peu ? Ils nationalisent : reconsidérer l'aide du milliard annuel à l'Algérie… Ce soir, après le dîner, je coince Viviane ici. Dans mon bureau. Qu'elle s'explique. Il savait qu'il ne le ferait pas. Demander son avis à Jean-Marie ? Un frère, c'est bien, comme intermédiaire. Brave garçon, gentil, bon cœur, un sentimental. Faible de caractère, mollasson, jamais su s'imposer. Sauf dans ses études, brillant. Son divorce, évidemment, déplorable. Mais où a-t-il ramassé cette Gisèle ? Assistante médicale, tu parles. Un vague diplôme de secrétariat chez Pigier, trois mois au standard de la clinique dentaire à se trémousser du cul, à battre des cils, bonne pioche. Il lui fait tout sec un enfant. Ce petit Johnny, il l'a à la patte, maintenant, pension alimentaire à perpète. Mésalliance évidente, famille d'employés besogneux. Banlieue rouge ! Péricard commentait le Congrès international d'astronautique. D'un commun, ce couple des beaux-parents, gagne-petit, étriqués… Gagarine reçu à l'Unesco… Afin de mettre à l'étude une triangulation spatiale du globe terrestre, stations de télémesure, poursuite des satellites, observatoire des télécommunications ; Jean-Marie trouvera les mots, sa sœur lui confiera ses griefs. Mademoiselle a des griefs ? Lesquels, nom de Dieu ? Tante Bertille ne se trompait pas sur cette gamine, elle qui de tout temps jurait de sa ressemblance avec sa grand-mère Sophie. Baisse les yeux, démon, ordonnait-elle à la fillette effrontée, indocile, enjôleuse à la fois, menant son monde par le bout du nez. Atavisme ? Les gènes de cette hystérique inspirent-ils à Viviane la table rase conjugale, la désertion cataclysmique ? La vieille tante en avait averti Martin : ta mère avait ces yeux-là, ce front buté. Ta mère avait ce mauvais regard. Il en riait, incrédule…

Cette femme, Martin n'arrivait pas à y penser comme à une mère : l'avait-il seulement entrevue, croisée dans sa vie ? Pas même un souvenir, l'ombre du souvenir d'un geste, d'une voix. Ou alors sa robe. L'odeur de sa robe. Si loin qu'il se rappelle, elle n'est déjà plus là. Tante Bertille a pris sa place. Ni vieille ni jeune, dès ce temps-là aussi ratatinée que maintenant, sa face fripée, ses yeux jaunes, ses robes noires, ses invraisemblables chapeaux ornés d'oiseaux. Stricte, austère même, la main leste, mais fondante de tendresses subites, prévenante. Une dévotion de mule à son pauvre frère Charles, bafoué, à ses enfants abandonnés, aux petiots orphelins sans l'être qui lui tombent sur les bras. Sans barguigner prenant le fardeau, la maison à mener, les enfants à élever. A la baguette. Intraitable, rétablissant l'ordre dans ce grand désordre de la fuite et du scandale. Une sainte. Fin des nouvelles, la météo, vraiment sale temps : un orage violent à Saint-Emilion, grêle, inondations… De ces servantes au grand cœur qui vont à la peine sans murmure, renoncées. Tante Bertille n'a pas eu d'amoureux, pas eu le temps d'en trouver un, résignée à n'en avoir jamais. Son célibat, un vœu ou une fatalité de cadette – des dégâts, vendanges ravagées –, dès sa jeunesse attachée à son aînée, veuve précoce, puis ensevelie dans le deuil de sa sœur sitôt disparue, puis chaste épouse de son petit frère bien-aimé, mère suppléante…

Toujours un vide à combler, une place de plus à prendre, à chacune se quittant davantage dans le sacrifice consenti, le don absolu de soi, voilà d'héroïques destins. Tante Bertille parlerait-elle à Viviane ? En son si grand âge, encore lui demander de se substituer à la seule qui devrait faire office, assumer son rôle de mère… De si longtemps Betty en est incapable, inutile d'attendre d'elle quoi que ce soit. Une épave. Encore heureux qu'aujourd'hui les médicaments assomment les déprimés. Par chance, neutralisée dans sa camisole chimique…

Alors, rentrer chez soi et retrouver ces histoires pénibles, après une journée aussi harassante… Une heure au cabinet de Fouchet, pour préparer une visite de chantier de la maison de la Radio, architectes et maîtres d'ouvrage, techniciens, directeurs ; le ministre de l'Information tient à son inauguration en décembre. De Gaulle suit ça de près, la réforme des chaînes, des programmes. En sus, une réunion avec le groupe parlementaire sur la question des rapatriés d'Algérie : un million de personnes à reloger. Dans le contexte actuel de pénurie, c'est à se cogner la tête contre les murs. Il va falloir en bâtir, des murs. Et il va en falloir, des emplois, recaser en nombre dans les administrations, les Postes, les chemins de fer, déroger aux contingentements pour les pharmaciens, les notaires, les avocats… Les rapatriés sont des électeurs. Là-dessus, les grèves. Ces putains de mineurs, et les cheminots, camions militaires aux portes de Paris pour transporter les banlieusards… Vraiment, rentrer chez soi à la nuit tombée, sous ce crachin débilitant rouler de Paris à Genilly pour y retrouver son épave d'épouse, sa fille en rupture de mariage, la vieille tante au bout du rouleau, bravo. Il coupa la radio.

Le nez dans son bourbon, il eut un petit rire amer : au moins, avait-il pour consolation que cette Abigael lui ouvrait obligeamment la porte, avec un sourire avenant. Professionnel, certes, mais charmant. L'aumône de l'amabilité domestique. Voilà à quoi il en est réduit à son domicile. Chez lui, rien d'autre à espérer. Au moins, ailleurs, Lucile lui fait-elle oublier tout cela, ce poids, son dégoût, sa tristesse… Mon Dieu, l'infinie, l'effroyable, poignante tristesse de ces petits enfants noyés, son chagrin déchirant à les revoir, si drôles, avec leurs moustaches… A peine leur a-t-il prêté attention, un instant penché vers eux qui réclamaient des baisers de papy, rien que pour le plaisir de le barbouiller, et il s'est détourné pour poursuivre sa conversation avec ce proche de Jacques Baumel. Un allié de taille, qui a daigné accepter l'invitation. Très bien placé au secrétariat de l'UNR-UDT, un qui distribue les députations et les portefeuilles à sa discrétion, forte influence. Qu'était tout cela, à côté de ses petits-enfants, dans quelle distraction était-il pour les négliger ? Armelle et Ludovic s'étaient éloignés dans la foule. La dernière fois qu'il les avait vus de la soirée… Leurs minois charbonnés, leurs joues fraîches, regards innocents levés vers lui, si désespérante vision qu'il en eut un sanglot bref. La douleur vrillait son corps, la sensation d'être empalé sur son siège. Bien plus que mentale, la douleur est physique. Le muscle cardiaque, affolé. Les viscères, révulsés. Il vida son verre d'alcool d'un trait, palais brûlé. Lucile, gémit-il, réprimant à peine sa voix. Pour emplir de son nom la pièce. Pour conjurer sa solitude, chasser les images affreuses. Par provocation, pour installer ici, dans le refuge de son bureau, la présence de la jeune femme, sa silhouette déliée, son corps désirable, son regard amoureux, la renversante merveille de sa vie présente, Lucile !

Il aurait dû rester à Paris ce soir, passer la nuit chez elle, au lieu de rentrer au bercail en banlieue, dîner avec ses femmes, vieille tante, vieille épouse, fille indigne. Il décacheta son courrier : factures. Facture de l'artificier, pétards et fusées. Celle des couronnes mortuaires. Arrivées ensemble. D'une ironie massacrante. Il les jeta dans un tiroir. Le compte rendu du dernier conseil d'administration de la SAMIP. Il n'avait pu y assister, son beau-frère non plus. Etant donné les circonstances. En leur absence, les points de l'ordre du jour requérant leur vote avaient été ajournés. La signature des contrats suspendus, une fois de plus. Lucile aurait presque l'âge d'être sa fille, ou lui d'être son père, y a-t-il quelque chose d'incestueux, dans cette liaison ? Elle en rit, lui expose ses théories loufoques sur les pulsions paternelles : psychanalyste d'enfants, adepte des méthodes de cette Françoise Dolto, de qui elle fait grand cas : les enfants sont des personnes. Il faut parler aux bébés ! Que lui est-il arrivé, que s'est-il passé au mitan de sa vie pour s'éprendre de cette jeune femme. Epris, à en perdre la raison et le jugement. Sa jeunesse, son intelligence et sa liberté, sa beauté, autant de qualités qui la mettent hors de portée, hors de ses représentations. Inimaginable, il y a à peine un an. Une délégation chez Marcellin, pour la requalification des métiers de santé de la petite enfance. Il remplaçait un collègue. Ignorant du dossier, il s'efforçait de faire bonne figure ; il avait fait la connaissance de Lucile Granget. Coup de foudre. Cela existe-t-il ailleurs que dans les romans, sur les rayons de sa bibliothèque ? Cela saisit-il un homme de son âge, de son milieu ; et une femme comme elle, comment remarque-t-elle ce député incompétent, dix kilos de trop, qui joue les utilités ? Le sujet le dépasse, mais il la trouve séduisante ; il abonde chaque fois qu'elle prend la parole. Touchée par sa balourdise, sa bonne volonté ? Aux antipodes de ses fréquentations, de ses centres d'intérêt, étrangère aux milieux politiques, d'où lui tombe-t-elle ? Elle lui tombe dans les bras, et lui dans les siens, comme s'il avait quinze ans. D'abord dubitatif, prudent, il a l'habitude des bonnes fortunes. Disons des opportunités. A son poste, il n'en manque pas, dix kilos de trop ne sont pas un handicap. Mais avec celle-là, la liaison a pris un tour imprévu, une embardée violente, qui fout la vie en l'air. Elle non plus n'a pas froid aux yeux, libre d'elle-même, émancipée et curieuse des aventures, très jalouse de son quant-à-soi, alors à quel moment cela bascule-t-il ? Quelle secrète alchimie rend grave soudain, bouleversante l'emprise des sens, du cœur, qui ébranle les fondements de l'existence, anéantit confort et certitudes, balaie les prudences, les préventions. Il n'a jamais fait l'amour. Baisé, enfilé des femelles, joui, possédé, tant et plus. Mais, une comme Lucile, jamais.

A cinquante ans, faire ce bilan, c'était accablant. Puceau, ignorant des ressources du sexe, mais surtout de celles du cœur, analphabète du cœur, ce déferlement épuisant d'émotions, inconnues, inassouvi de désir, vénération du désir et de la tendresse. Tendresse ! Il rirait de lui-même, s'il n'était aussi dévasté. Et comblé de bonheur, du bonheur bête et sauvage d'être aimé. Elle sait tout de la situation, depuis le début sait qu'avec sa position, ses responsabilités, ses affaires, quitter Betty, sa famille : impensable. Cela posé. Cela posé exaspère l'amour ; aiguise la sensualité, use les nerfs, brûle le cœur. Elle sait qu'il ne connaît rien à la psychanalyse, aux romans, elle sait qu'il ne connaît rien à l'amour. Qu'il vit sa première histoire d'amour. Elle moque sa sentimentalité, mais plus sensible qu'elle ! Son chagrin, ses pleurs des petits enfants morts, tandis qu'ils font l'amour à Beaulieu-sur-Mer… Ils ne lui sont rien, elle ne les a jamais vus, mais elle sanglote de chagrin. Trois jours clandestins, la semaine dernière, ces journées d'étude étaient une aubaine. Malgré le deuil, malgré la mort, résolu et sans scrupule, il y avait assisté. Les obligations de sa fonction, sa carrière. Ou bien cela l'excitait de défier, de dénier ce que la morale réprouve. La morale ! Il s'assoit dessus, il s'est toujours assis dessus. Et la prendre en pensant aux enfants, la mettre avec cette pensée, peut-être cela est-il plus excitant encore ?… Pendant que de Gaulle reçoit le vieil Adenauer à Rambouillet, pendant que Kennedy fait la danse du ventre à Gromyko à l'ONU, ils font l'amour. Deux cents parlementaires UNR-UDT réunis, invités à préparer la tactique de la prochaine session dans la grande salle du casino, il n'est pas très libre. Entre deux séances, il file à l'hôtel comme un collégien fait le mur, s'exempte des dîners arrosés pour la rejoindre dans leur chambre. Elle l'attend, prisonnière consentante, offerte des reins cambrés en levrette, en larmes, un ingrédient du plaisir, et peut-être est-elle cette femme de Watteau, toute d'ombres rouges, la joue en flamme, l'orifice de son oreille dessiné telle une vulve ouverte, il réprima une érection subite. Caressa au bas de son ventre la colonne de son sexe, et ce n'était pas, non, cette chose commune, à la fois pathétique, grossière, naïve, la turgescence emphatique imprimée à n'importe quelle vulve, mais un divin transport, toutes les particules de son corps irradiant de ce foyer charnel, fusant vers le corps de la femme, ses yeux brûlants, douloureux de tension amoureuse, à en fermer les paupières, bouleversé de gratitude pour la nouveauté de cet état, et il avait perdu ses kilos, sans régime. Minci, ventre plat, rajeuni au miroir, un éclat nouveau dans les yeux, quelque chose d'attendri au contact de son propre corps, sa taille, son torse, jusqu'au creux des paumes des fourmillements de désir pour elle, pour lui-même, réconcilié… On toquait à la porte, deux doigts discrets.

— Le dîner est servi, monsieur.

Rien n'avait changé depuis la vieille Rougerie, les meubles Régence, tapis et miroirs, la cheminée et sa pendule en marbre noir, qui sonnait la demie à son entrée. Au milieu de quoi, de beaux articles de collection, pièces de mobilier et tableaux rares, son orgueil d'amateur raffiné. Abigael avait allumé une flambée ; bonne idée pour réchauffer l'atmosphère humide, et réjouir les yeux, mais il était bien le seul à noter ces petites attentions. Tante Bertille dans son fauteuil roulant, déjà calée par la garde devant son couvert, piquait du nez sur son assiette de potage fumant ; Betty et Viviane attendaient, debout derrière leur dossier. A chacune, il donna un baiser bref au front et prit place en haut de la table, où il avait toujours présidé les repas de famille ; ma foi, dès le premier soir de leur installation. C'était en pleine Occupation, on avait dans l'assiette ce qu'on pouvait y mettre. C'étaient les restrictions, tout le monde logé à la même enseigne. Les fermes du voisinage compensaient la pénurie, débiteurs, vieilles pratiques du paternel, chacun y trouvait alors son compte. En ce temps-là, les paysans le soignaient aux petits oignons, ils offraient des œufs ou du beurre, une côtelette… Même un pneu de rechange. Donnant, donnant. En avait-il dépanné des solliciteurs, des quémandeurs ; cela crée des relations. Si ses obligés de l'époque perdent un peu la mémoire, lui non. Mais ce petit trafic, en avait-il besoin ? Il s'en était très bien tiré, les siens n'avaient manqué de rien. Ni de chauffage, ni de provisions de bouche, de vêtements non plus. Betty avait des robes, des fourrures, des bijoux, des parfums, des invitations au théâtre, à l'opéra, pas de quoi se plaindre. Pas de quoi, vraiment. Elle n'avait pas d'états d'âme, alors. Elle prenait ce qui lui tombait dans le bec sans se soucier du mal qu'il se donnait, de savoir où se fournissait le père Noël. Une période révolue, chacun s'est débrouillé à sa façon. Il défit sa serviette d'un coup sec sur le côté, devant lui la perspective de la nappe immaculée et son couvert, cristal, porcelaine, carafon d'argent.

— Velouté de cresson. Canard au sang, poires caramélisées et salade d'endives au roquefort, lui glissait la soubrette à l'oreille, versant dans son verre le rubis d'un bourgogne. Œufs à la neige.

Le menu décliné en introduction, un rituel auquel il tenait. Excellente Abigael. Sa petite camarade des fourneaux de même, comment s'appelle-t-elle déjà ? Il goûtait le vin, roulait au palais sa substance robuste, suçotait sa langue, acquiesçait. Cadeau d'entreprise, les négociants de Bercy sont des seigneurs, ils savent le prix des services rendus et Martin avait la reconnaissance du ventre.

— Comment vas-tu, ma tante ? l'interpella-t-il en dégustant sa première cuillerée de potage.

— Je vais bien, je vais bien, mon garçon…

Elle lapait, clapotait, autour de son assiette déjà répandue la mie de son pain roulée en boulettes, une manie touchante ; exaspérante.

— Catherine Langeais ne va pas aussi bien que moi, poursuivait-elle, satisfaite. Elle a mauvaise mine, papier mâché.

Dès lors qu'elle a été condamnée au fauteuil, elle qui n'a auparavant montré aucun intérêt pour la radio, tante Bertille a adopté la télévision, cela occupe ses longues journées désœuvrées. Martin lui en a acheté une au tout début, au prétexte du couronnement de la reine d'Angleterre, un événement mémorable. Depuis, elle ne quitte pas l'écran bombé, la boîte à images. Les présentatrices du journal de la RTF lui sont des parentes en visite, de qui elle note les changements de coiffure, la toilette, et, malgré leur imperturbable masque au sourire accroché, décèle le signe le plus ténu de leur humeur : ce soir, Jacqueline

Caurat est contrariée ; Jacqueline Joubert aura pris un rhume. Elle ne manque pas un *Cinq colonnes à la une*, installée dès que l'indicatif résonne, les coups de gong dramatiques et la petite flûte, assez hostile à ces journalistes d'opposition, tous des communistes, estime-t-elle, Desgraupes, Lazareff avec sa pipe, Igor Barrère ; mais elle a un faible pour Dumayet. Elle s'embrouille dans leurs commentaires sans céder d'un pouce, ne tolère de la garde qu'elle la pousse dans sa chambre, au fond du corridor du rez-de-chaussée, qu'une fois le générique achevé. Que trouve-t-elle à ces sujets, à ces images venues de pays lointains, elle qui n'a jamais quitté la maison de son père notaire, le bourg de Genilly, sa rue principale et ses ruelles, son église, son marché couvert. Jamais envisagé que le monde s'étende plus loin que Rouen, son seul voyage exotique. Elle y a rejoint, un temps, l'exil de sa sœur, de qui le vieux mari a eu la délicatesse de s'éclipser rapidement. Toutes les deux incontinent retournées à leur maison natale, près de leur frère, désespéré par la disparition de Sophie. Toutes deux d'une ignorance phénoménale, comme les filles de leur époque instruites à se méfier de tout volume relié, de toute chose imprimée, sauf du bulletin paroissial. Alors quelle songerie peuvent bien inspirer à la vieille femme les monts pelés des Aurès, les foules loqueteuses d'un port indien, les misérables marchés indigènes ou les buildings de Manhattan, les assemblées plénières de l'ONU où discourent des chefs d'Etat en boubou, le Négus signant la Charte de l'unité africaine ou le projet du nouveau barrage d'Assouan, les colossales statues du temple d'Abou Simbel aux faces hermétiques promises à l'inondation ? Mystère. Elle avale tout de la même fringale, son crâne d'oiseau déplumé luisant aux reflets bleuâtres, prunelles dilatées, mâchoire décrochée, se gavant d'images, dans une goinfrerie tardive découvrant un outre-monde fabuleux où se concassent frontières, régimes, spécimens humains et événements, mais sur tout elle a son mot à dire. Quand il est d'humeur, Martin s'amuse à prendre avis d'elle, à entretenir de loufoques conversations sur les menées de la planète où elle a passé le long temps de sa vie sans en connaître l'échelle ni l'histoire, un univers qui l'a hébergée à son insu, qu'elle quittera bientôt sans en avoir rien appris.

— Aujourd'hui, *ils* ont attaqué un taxi, annonçait-elle. Les bouchers font le blocus contre les syndicalistes. Ils vont fermer le gaz et l'électricité. Comment as-tu franchi les barricades ? Les Arabes ne viendront pas jusqu'ici, au moins ?

— Nous allons faire baisser les prix, ne t'inquiète pas, rétorquait-il, magnanime.

Le lien de causalité lui restait occulte, mais elle avait l'air de s'en contenter. Betty venait de renverser son verre, incident de parcours ordinaire. Personne ne sembla s'en aviser, sauf la soubrette, qui pourvoyait aux secours, recouvrait la tache d'une serviette de table et disparaissait derechef. Il souleva le couvercle du plat, huma le fumet et sourit de satisfaction, ignorant l'air peureux qu'avait pris sa femme, son insupportable mimique de petite fille réprimandée.

— Papa, je dois t'informer que j'ai l'intention de divorcer, déclarait Viviane, tendant son assiette. J'ai consulté un avocat aujourd'hui.

Sans prévenir, d'un calme olympien. La nouvelle prit le temps d'atteindre son tympan. Il en restait pantois, la cuillère de service suspendue, gouttant sur la nappe. Betty contemplait maintenant le plafonnier à fausses chandelles, demandant pardon à un ciel absent de sa bévue, marmottant des excuses, ou des prières.

— Une ampoule est grillée, signala-t-elle soudain. Il faut la remplacer. Abigael !

— Fous la paix à Abigael. Qu'est-ce que j'entends ? Qu'est-ce que tu racontes, toi ?

— Ne t'énerve pas. N'énerve pas maman. Tu as bien entendu.

— N'énerve pas ton père, osa Betty. Ne le fâche pas.

— Ta gueule, lança-t-il à celle-ci, sans la regarder. Répète-moi ça, quand même ? J'ai bien entendu : tu veux *divorcer* ? Tu veux quitter ton mari, avec qui tu n'as pas passé vingt-quatre heures ? Tu te fous du monde ?

— Calme-toi, ou je remonte dans ma chambre.

Il n'avait pas prévu ce cas de figure, pas imaginé qu'elle poserait son paquet sur la table du soir, qu'elle prendrait sa mère et la vieille tante à témoin, il n'avait rien vu venir. Et dire qu'il s'inventait des stratégies subtiles, des intercesseurs avec du doigté pour l'épargner, éviter les éclats. Pour régler cela en douceur.

— Bien, admit-il, distribuant brutalement les parts de canard et la compote de poires, comme pâtée à la caserne.

Il n'allait pas *aussi* leur demander leur avis, s'enquérir de leur appétit. Allons-y, puisqu'elle a choisi le tribunal familial.

— Bien ! Nous *divorçons*. Pouvons-nous au moins connaître tes *griefs* ? Je suppose que pour *rompre*, avant même qu'il ne soit *consommé*, ton fastueux *mariage* – je vais payer la facture des *réjouissances*, elle est dans mon bureau –, je *suppose* que tu as réfléchi. J'ose *espérer* que tu as de bonnes *raisons* à m'exposer.

Il accentuait certains mots, les martelant avec une ironie que sa fausse retenue enveloppait de menaces. Extatique, Betty ponctuait follement chacun d'un battement des cils, comme si la voix de l'homme les frappait de son souffle. Mais la péroraison paternelle ne semblait pas émouvoir Viviane. Teint de pêche, le frison de sa frange blonde sur le front serein, elle entamait sa portion de canard avec délicatesse.

— J'ai *une* raison, c'est bien suffisant.

— Baisse les yeux, poison, lança tante Bertille.

— Ne te mêle pas de ça.

— Tante Bertille dit ça par affection, sourit Viviane. Ma raison est que mon mari est un porc.

Le mot tomba sur la table du soir et fit une petite onde de silence.

— On ne croit pas, comme ça. Polytechnicien, bonne famille, bonnes manières, tennis, golf et ski. Mais c'est un porc. J'ai *consommé*, papa. J'expose ?

Médusé. Elle ne va quand même pas *exposer* sa consommation, elle ne va pas déverser sur la table des incongruités, des détails scabreux, des…

— Un porc ! Sois correcte, s'il te plaît.

— Moi, je n'ai pas dit *ta gueule*, pourtant… Le porc est un animal réputé pour sa saleté foncière, son naturel bestial, et même carnivore, il ne répugne pas à la fange : il s'y vautre. Philippe est un porc.

— Voilà une nouvelle intéressante. Tu ne t'en étais pas aperçue avant ? Tu ne vas pas me faire croire que tu es novice des parties de pattes en l'air ? Que tu n'as pas…

— Je vous en prie, gémit Betty, parlez moins fort…

— Non, je n'ai pas, papa. Pour ainsi dire : virginale. C'est mon côté fleur bleue. Désolée de te décevoir.

Il eut honte, brusquement, un sentiment si rare qu'il en fut désarmé. De ses filles, il s'épargnait de rien savoir, de leurs affaires d'adolescentes, de femmes. De s'être débusqué, un tel impair envers son enfant, sa grossièreté touchant ces questions intimes, il eut un mouvement gauche pour chasser le sujet. Elle gardait son calme, mais flanchait, cependant. Un peu pâle, la main tremblant légèrement pour saisir son verre, le reposer avec soin. Silence du côté des cuisines, portes closes du moins, et la pluie dehors, les craquements de la flambée, la pendule se mettait à tinter gaiement les neuf heures, ils attendirent la fin du carillon.

— Je vois, soupira-t-elle, que tu n'as pas bien compris. Il te faut des précisions…

— Je ne veux rien entendre de plus. Je ne sais qu'une chose : tu es mariée, en bonne et due forme. Le mariage, ce n'est pas rien, nom de Dieu !

— Laisse Dieu. Il vaque à ses petites affaires.

— Ton frère divorcé, c'est un de trop dans la famille.

— Charles, aussi, a divorcé, objecta tante Bertille. Martin, ton père a divorcé de cette roulure…

Martin ignora cette mise au point. Il interrogeait du regard la pâleur de Viviane, et puisque la discussion avait lieu en dépit de ses objections, puisqu'elle ne semblait pas prête à baisser la garde, il contint sa contrariété, prêt aux compromis diplomatiques.

— Si tu es déçue, je ne sais, dit-il, conciliant, il faut passer là-dessus. Prends le temps de réfléchir. Prends le conseil d'un médecin, d'un psychanalyste. D'un prêtre, pourquoi pas ? Les blessures narcissiques trouvent des compensations symboliques…

Ce vocabulaire dans sa bouche, d'une incongruité totale, qu'il empruntait imprudemment à Lucile, fit ouvrir grands les yeux à Viviane, à sa mère, pourtant effondrée, qui ne touchait pas à son assiette, semblait ne plus rien attendre que l'écroulement du plafond.

— Je ne crois pas que tu aies bien compris, s'obstinait la jeune fille. Cela ne relève pas de la médecine ni de la confession, mon pauvre papa. Cette nuit-là…

— Tais-toi. Pas de ça chez nous. Reste convenable.

— Chez nous ? Il s'y passe quoi, de si convenable ? Cette nuit-là, la nuit où les petits enfants de Sabine se sont noyés, celle de mon mariage, donc, à quatre heures du matin, après toutes ces choses horribles, c'était vraiment étrange, ici… La maison désertée, les gens enfuis, un silence inouï, après tout ce fracas, et moi, errant dans ma robe blanche, reine de ce champ de guerre, vous n'imaginez pas quel mortel silence sur le jardin, la maison… Vous étiez tous partis avec Sabine à l'hôpital, il fallait s'occuper d'elle et de son mari, évidemment. Qui a vu ce saccage ? Pas maman, qui dormait déjà comme une souche, avec sa triple dose de tranquillisants ; ni tante Bertille, rangée au garage dans sa chambre, au bout du couloir. Vous tous, Jean-Marie, toi, les autres, tout *mon* cortège nuptial envolé, disparu à leur suite à la morgue. Que me restait-il à faire ? Me mettre au lit. Filer à l'hôtel, à ma chambre de mariée. A tombeau ouvert, pour ainsi dire. O nuit funèbre, nuit de gémissements et de pleurs, mes noces, quel tombeau !

Plus un mot autour de la table. Martin piquait du nez dans son assiette, tante Bertille chipotait dans la sienne, tandis que Betty buvait goulûment son bourgogne, jusqu'à la dernière gorgée, puis s'abîmait dans l'examen du fond de son verre, fascinée par ce qu'elle y voyait.

— J'ai pris le volant d'office, car mon mari avait un verre dans le nez. Il en avait beaucoup plus d'un, remarque. Une si belle fête, les toasts avec ses amis… Tellement éméché que je ne crois pas, non, qu'il avait bien remarqué ce qui se passait. Pas bien enregistré qu'il y avait des cadavres d'enfants sur la pelouse. Des neveux un peu récents, me diras-tu. Pas eu le temps de les inscrire dans le flou alcoolisé de son paysage. Un mari ivre, le soir de ses noces, c'est courant, ça fait partie du folklore. Pas au point de perdre le nord. Il est allé s'en jeter un de plus au bar de l'hôtel. Je l'ai laissé négocier avec le veilleur de nuit, je suis montée dans la chambre. C'est quelque chose, une chambre nuptiale, en compagnie de petits morts. Figure-toi qu'ils étaient là, tous les deux, debout au milieu de la chambre. Je n'avais pas bu, moi. Je les voyais très bien, en leurs beaux habits de cérémonie. Sérieux, gentils, navrés de me voir débarquer dans ma robe de mariée, toute sale de la boue de l'étang. Je l'ai enlevée en vitesse, j'ai mis moins de temps qu'à l'enfiler. Qu'y a-t-il à faire de plus, une nuit pareille, que d'attendre le jour en gisant, d'attendre le lendemain, ne plus rien attendre. Il a fini par arriver, et que crois-tu qu'il voulait tout de suite ? Sa nuit de noces à lui. Normal. Ça finit comment, une belle journée pareille ? Bref. Mes chers parents, chère tante Bertille, je vais vous épargner quelques détails sordides, gnons et insultes, il a un répertoire de charretier, cet enfoiré. Il a vomi toutes les bonnes choses ingurgitées, j'ai cru que ça le dessaoulait, mais non : requinqué, il m'a violée. Conjugalement, s'entend : où est le délit ? Un polytechnicien dans son bon droit, dopé par son dernier petit verre avec le veilleur de nuit, c'est un putain d'adversaire. Je n'étais pas de taille, et sachez que les petits enfants ont assisté à cette cochonnerie. Ce n'est pas un spectacle pour des enfants noyés, même *chez nous*. Ils se tenaient toujours par la main, ça me rassurait de penser qu'ils ne se lâchaient pas, qu'ils étaient ensemble, bien gentils l'un avec l'autre, mais j'aurais mieux aimé qu'ils ne voient pas ça. J'ai passé le reste de la nuit enfermée dans la salle de bains. J'ai pris un bain chaud, c'est bon pour l'ego. Pour les blessures narcissiques, hein, papa ? Je peux vous dire que, à cinq heures du matin, il y a une foutue circulation, à Neuilly. Les gens ne dorment donc jamais, dans ce coin ? Mon mari, lui, roupillait à son aise, vautré dans le lit inconnu. J'espère qu'il y dort encore, qu'il cuve sa cuite fameuse le restant de ses jours. Quant à moi, j'ai pris un avocat : je divorce. Incompatibilité de caractères, dirons-nous.

Succéda une nouvelle pause silencieuse, même plus une mastication, un tintement de cuillère ; seulement le tic-tac de la pendule, vaillante à égrener les secondes ; une averse, déclarée cette fois, glouglou de chéneaux engorgés, dehors. Ainsi les anges passent-ils ?

— Ne croyez pas que je sois, comment ma belle-mère dit-elle ? *traumatisée*. Je ne suis pas plus effondrée que Sabine. Il ferait beau voir : ce ne sont que mes neveux, n'est-ce pas ? Non. Je me suis découvert une allergie à l'engeance porcine. Excuse-moi de te contrarier, papa.

— Ne te fâche pas, supplia Betty, je n'ai rien fait de mal. Ce n'est pas ma faute.

— C'est celle de Viviane, confirma tante Bertille. Elle a trop dansé, elle a eu trop de cadeaux. Tu l'as trop gâtée. Je te l'avais dit : elle a de qui tenir.

Abigael relevait les couverts, la salade, intacte, distribuait les coupelles d'œufs à la neige et s'éclipsait, poussant le chariot tintinnabulant. Martin se leva pour aller fermer la porte derrière elle. Cette version l'offusquait, au-delà des mots. Elle l'ébranlait, tant soit peu ému d'y rapporter ses transports personnels récents, l'altitude érotique où il les plaçait par rapport à cette scène dont la crudité le choquait, très mécontent de n'en avoir pu éviter la description, peut-être plus perturbé encore par d'autres souvenirs, soudain très désagréables, très pénibles, et ne sachant trop que dire, moins bouleversé que décontenancé, il prit le temps de se rasseoir, de tapoter son verre du couteau, ce con de Philippe, ce petit con. Tante Bertille lampait sa crème, la seule à avoir encore de l'appétit.

— Sabine va très bien, annonça fortement Betty. Elle a repris des joues.

Cette déclaration faite, elle s'affaissa au fond de sa chaise.

— Nous reparlerons de tout cela, Viviane. Nous allons y réfléchir, à tête reposée, murmura-t-il, contenant le grondement de sa voix.

— Pour moi, c'est tout réfléchi.

— Tu es une enfant.

— Je suis majeure.

— Tu n'as pas un brin de jugeote. Imagines-tu l'effet désastreux de cette nouvelle sur la place publique ? Je suis en pleins débats à la Chambre, j'ai des soucis. J'ai mes affaires. J'ai de bons espoirs d'entrer au cabinet de Giscard d'Estaing. Il vient de me recevoir, à titre personnel, dans ses appartements du Louvre. Tu ne vas pas me mettre des bâtons dans les roues ! En ce moment ! Laisse passer un mois ou deux, qu'est-ce qui presse ?

— Il presse que j'ai urgemment besoin de *compensation symbolique*, comme tu le dis si bien. Tu as raison de lire Freud. Cela devrait t'éclairer sur ce qui se passe chez toi…

— Ce qui se passe ? Mais c'est toi, qui nous rends fous !

— Comme s'il était besoin de moi ! Tu t'y entends très bien. Regarde un peu maman.

Maman opinait, hochait de manière si convaincue que son menton ballottait et elle tiraillait son double rang de perles comme s'il allait l'étouffer.

— C'est intolérable. Tais-toi !

— Tu préfères mettre le couvercle là-dessus, surtout ne rien entendre, ne rien voir ? Que ta fille soit brutalisée, violée sur les cadavres des enfants, qu'un fumier bande comme un porc en se vautrant sur leur tombe, cela ne titille pas ton sens moral ni ta bonne conscience. A croire que ces mœurs te conviennent, que tu en uses pareillement avec maman, ou avec d'autres…

La gifle était partie à toute volée, renversant le carafon au passage, éclaboussant la nappe de la crème renversée, Viviane la reçut en pleine face, suffoquée par sa violence, aussitôt debout, se tenant la joue.

— C'est la dernière fois, balbutiait-elle, la dernière que tu portes la main sur moi !

Et comme il la menaçait encore, hors de lui, elle reculait.

— Demain, je quitte cette maison !

— Ce soir même, si tu veux. Fous le camp !

Betty poussa un cri d'agonie. Dressée, tel un spectre, dans un geste égaré, elle tirait la nappe et tout des couverts, de la vaisselle s'éparpillait sur le sol sous les yeux de tante Bertille, effarée mais relativement placide, l'œil allumé de curiosité. On accourait de la cuisine, tandis que Viviane entraînait sa mère grelottante, sanglotante, elle-même secouée de hoquets secs, se heurtant à Abigael, à la garde qui surgissait à son tour, tirait en hâte le fauteuil de la vieille et Martin, furieux, quittait la pièce, claquant violemment la porte, mais il n'y eut rien. Aucun fracas vengeur, seulement la succion suave des bourrelets de velours absorbant mollement le choc.

IX

Vendredi 4 octobre

A la terrasse du *Wepler*, cette fois en plein soleil, Christine avait enfin pu voir Antoine. Un peu cabossé, l'arcade sourcilière entaillée, l'air incrédule des vaincus mais, en dépit de cette ecchymose, ou grâce à elle, sa physionomie lui est parue séduisante, en particulier son nez à l'arête incertaine ; les nez irréguliers sont modernes. Belmondo a la beauté des hommes qui prennent les coups, le nez de Joseph Cotten aussi, qui traîne sa mélancolie d'ami trahi. A Vienne, il erre dans les décombres du *Troisième Homme*, il laisse passer devant lui la femme qu'il aime, sans un geste pour la retenir. Elle en aime un autre, c'est foutu, mais il est quand même venu l'attendre dans l'allée du cimetière, rien que pour la voir passer, afin de mieux souffrir, afin d'emporter à jamais sa blessure de jeunesse : Christine aime beaucoup ce film et les mèches rebelles sur le front d'Antoine, son nez, son regard qui ne cille pas, pose sur vous l'étincelle dorée de son œil amoché. C'est Alex qui parle, lui se tait la plupart du temps, mais elle l'a trouvé captivant. Intéressant, c'est-à-dire. Alex et Antoine le sont, chacun à leur manière et ensemble.

Des spécimens différents, quasi antinomiques mais, une fois assortis, voilà qu'ils font la paire : deux pièces de puzzle tarabiscotées dont l'ajustement ravit. On n'y aurait pas pensé mais, une fois réunies, elles donnent un aperçu qui en suggère un autre plus vaste : de quelle étendue se révélera le puzzle ? C'est assez excitant, déstabilisant de se le demander, encore sous le choc, retournée par l'agression dont Antoine vient d'être la victime, tandis que les deux jeunes gens semblent considérer cet épisode comme négligeable, n'avoir rien de plus urgent que de lui raconter leur histoire à dormir debout. Une affaire filandreuse, qu'elle peine à prendre au sérieux, qu'elle écoute d'une oreille, apitoyée par l'état du blessé, stupéfaite de son appétit. Après un tabassage pareil, dévorer un sandwich… A croire qu'il n'a mangé de vingt-quatre heures ! Vraiment *curieux*, ces deux-là… Alex, beau garçon, une aisance naturelle ; en tout cas, il l'affecte. Il a souci de vous épargner les petites gênes du premier contact, il digresse, divague, sans en abuser cependant, retourne à son sujet, il ne l'a pas perdu de vue, la parenthèse se révèle pleine d'à-propos, juste une diversion… D'évidence, Antoine est plus farouche. Il se tient sur la défensive quand bien même on ne tente rien, ombrageux envers les avances qu'on ne lui fait pas, mais il n'a pas son pareil pour enfoncer le coin sans prévenir. Un timide. Effronté, comme les gens susceptibles ; il a des comptes à régler, des ressentiments. A défaut d'adversaire, il les tourne contre sa personne sensible. Le léger strabisme d'Alex, autre sorte de divergence, déconcerte. On ne sait trop s'il vous regarde ou quelqu'un derrière vous, puis c'est très agréable de flotter entre ses deux yeux, de se fixer entre ses sourcils, qu'il fronce sous son front soucieux de jeune taureau, quelle crinière ! Boucles décolorées, brins de soleil dans la paille. Mains émouvantes, l'attache du poignet, fragile. Ceux d'Antoine sont larges, solides, poigne de paysan. Etonnant, car il est maigre. Quoique d'une fausse maigreur, assez sensuelle… Ces malfrats auraient vraiment pu l'abîmer, trois contre un, c'est inégal mais, finalement, il a moins encaissé qu'esquivé. Son arcade ouverte : une éraflure, prétend-il, refusant les soins, bravache ; rancunier, à coup sûr. Alex discourt mais, tout en parlant, il fait très attention à ce qu'en pense Antoine. Il s'appuie sur les silences de son ami, il s'autorise de son éloquence muette. Je ne sais comment ces deux-là ont accordé leurs violons, quelle paire ils font, mais ils jouent une bonne partition.

Dix jours avaient passé, Christine était encore très contente du soleil à la terrasse du café Wepler. Paradoxalement, la bagarre, un intermède violent, avait facilité le contact, les avait mis sur un pied d'égalité avant même de faire connaissance, on fraternise dans les épreuves. Alex a-t-il vraiment reconnu l'un des agresseurs, ou bien est-ce un effet de son penchant romanesque ? Son histoire de complot bactériologique ou chimique, de vieux films perdus et retrouvés avait de quoi surprendre, mais à la manière plaisante dont il l'amène, ses détours circonstanciés, vraiment tortillés pour la convaincre, l'étrangler de ses méandres, elle a eu du plaisir à l'écouter… Au moins a-t-elle appris l'existence des ostraca, l'usage qu'en faisaient les Grecs, le recyclage de la coquille d'huître pour stigmatiser et bannir les indésirables ; bien que démocratique, très expéditif. A quoi Antoine a objecté que, si les coquilles d'huître n'ont plus cours aujourd'hui, les moyens de pratiquer l'*ostracisme* ne manquent pas pour autant. Sans lui tenir rigueur de cette incidente, qui met pourtant à mal son effet, Alex opine. Il a laissé le silence favorable à un développement d'Antoine, qui n'est pas venu. Curieux compères, drôle de rencontre…

Christine range les dossiers dans le placard à glissières, éteint les lampes. Elle est l'une des dernières à quitter les bureaux de Blake Jr, et elle est pressée. Maintenant qu'ils l'ont sauvée de la photocopieuse, Dupont et Dupond lui ont confié un dossier pour voir comment elle s'en tire en leur absence : ce vendredi, ils sont en déplacement à Rotterdam, partis tout le week-end plaider une cause ; elle leur préfère de loin celle que plaide la paire du café Wepler, extrêmement embrouillée. De laquelle il ressort, en résumé, que son grand-père maternel a certainement été mêlé à un sordide crime d'empoisonnement collectif, voire à un massacre d'indigènes et, de surcroît, qu'il aurait filmé son forfait. Ils expriment la chose en termes plus délicats. Ils épargnent sa susceptibilité, ils marchent sur des œufs, mais ainsi leur a-t-elle abrégé le cas, par ces mots abrupts coupé l'herbe sous le pied. A leur grande surprise, elle ne paraît pas choquée outre mesure par cette information pas très honorable, en effet, et même scabreuse. En fait, elle est très intriguée. Surtout de ce que des jeunes gens de son âge, à peine plus vieux, se préoccupent de faire les poubelles, de déterrer vieux papiers, vieux films datant d'un demi-siècle, et en fassent une affaire personnelle. Au point de se lancer tête baissée dans une enquête hautement improbable, de se mettre en chasse, sans autre munition que leur aplomb. La manière cavalière dont ils s'y sont pris, le subterfuge indélicat, confessent-ils, leur intrusion, le jour du mariage de Viviane, s'excusent-ils en toute candeur, à vrai dire moins candides que culottés, un toupet, qu'ils légitiment en toute franchise, par la nécessité où ils se trouvent d'avoir à *remonter la piste*, tout cela l'amuse, la trouble, l'étonne. Pour un peu l'enchante. Non, elle n'a jamais entendu parler de ce crime, si crime il y a eu. Puisqu'ils le prétendent. Ni de cette campagne de presse. A vrai dire, elle n'a pas connu son grand-père. Entendu parler, certes, mais par allusions. Sur cet aïeul illustre, figure composite, nobélisé à titre posthume, elle n'a pas grand-chose à leur disposition ; pas davantage sur son génial artiste de frère, de qui grand-mère Gabrielle parle plus volontiers que de feu son époux. Cette génération semble lointaine, hissée à des altitudes himalayennes, naphtalinisée dans l'oubli : des gloires en sarcophage. Car, *chez elle*, on n'a pas vraiment la fibre familiale ! On y cultive plutôt un certain art du silence et de l'esquive ; d'ailleurs, elle s'en fiche : elle vit avec son temps. C'est déjà assez compliqué, non ? Cette histoire surgie par la bande a cependant de quoi éveiller l'intérêt. Ou plutôt l'émeuvent les deux compères si mal assortis et si bien d'accord, jaillis comme diables de leur boîte un soir de mariage tragique, où ils n'auraient jamais dû se trouver, hélas, malheur, quel affreux accident.

Et ils la mettent en garde ! Maintenant qu'ils l'ont alléchée, ils la préviennent : on ne remue pas le passé sans risque, les revenants sont susceptibles, on n'enquête pas impunément, encore, et ainsi de suite. Leur ping-pong serait comique, s'ils ne mettaient à leurs déclarations une gravité aussi sentencieuse. Moyennant quoi, leur air de conspirateurs et ce qu'ils exposent de leurs motifs l'ont ébranlée. Car leur engouement, leur passion insolite rencontre quelque chose qu'elle n'a pas trouvé à se dire. Ils enfoncent un coin, ouvrent une brèche dans ces régions où elle a appris, cru apprendre, qu'il n'est pas bon de s'aventurer. Le moment de poser les questions n'est jamais le bon, on s'y risque à ses dépens, on ne les formule pas comme il faut, le tribunal se retourne contre vous. *Tu comprendras plus tard*. Elle ne va pas leur faire l'exposé tout de go des ceci et cela de sa vie, récente et ancienne. Comment se débrouillent-ils avec la leur ? Mieux qu'elle, sans doute. Ils n'auront pas grand mal. D'où Alex et Antoine sortent-ils, pour ajuster si bien leurs contours tarabiscotés aux siens – déchiquetés, comme les plans du fameux cinéaste. De quoi défriser celui qui jetterait un œil sur cette boucherie. Selon eux, les bobines de films de Pierre Galay en contiennent une fameuse…

Non, elle ne leur avoue pas ce que leur proposition lui procure de bienfait, sous l'angle des camaraderies impromptues. A quel point elle en a besoin, à ce moment de sa vie. Ils se présentent par accident – mais qui croit aux accidents ? –, par providence, qui s'en remet à elle ? Par le fait du hasard et de la nécessité, des lois naturelles qui conjuguent les trajectoires de comètes perdues dans le vide sidéral, le grand vide historique du passé sur lequel la famille et toute la société liguées tiennent le couvercle en plomb du silence, mémoire falsifiée, mensonges. Alors s'il faut, pour commencer, remonter à la Grande Guerre, à la jeunesse d'un aïeul inconnu, autant dire aux calendes grecques, autant dire aux poubelles où dorment les ostraca, aux décharges de l'histoire desquelles Alex fait grand cas, elle est tentée par l'hypothèse. Plus tentée encore de l'envisager en compagnie de cette paire qui lui tombe de la lune, un cadeau de saison, et s'il n'y avait, au bord de la coulisse, le couple navrant des petits enfants de Sabine, leurs silhouettes frêles en ombre portée sur la scène, sur le point de s'abstraire avant d'avoir paru dans sa vie, s'il n'y avait leur poignant, véhément reproche muet, elle serait très gaie de l'aventure.

— Alors que faire ? Ne me dites pas que vous me harponnez sans avoir une idée derrière la tête… Par où commençons-nous ? Nous n'en resterons pas là, n'est-ce pas ?

A présent qu'elle fonce dans leur roman, presque interdits de son ralliement, pourtant en ont-ils préparé, des discours, ils ont des *scrupules*. Alex tient à ce qu'elle consulte, *d'abord*, les archives du journaliste Maximilien

Jamais. Qu'elle prenne connaissance des pièces du dossier. Qu'elle s'en fasse *une idée* personnelle. Son *avis* sera décisif.

— *Absolument*, confirme-t-elle. C'est très important.

Ils proposent aussi qu'elle attende de voir ces films, très abîmés, très malades, pour le moment aux mains d'une chirurgienne réparatrice du cinéma, une pythie installée dans son temple du Trocadéro, alors ils aviseront. Alors elle leur dira comment s'y prendre pour établir les faits historiques. Sinon leur vérité, l'Histoire n'en est pas prodigue, au moins pour tenter de les comprendre. En mémoire du grand-père d'Alex, et de sa tante Bisou. En mémoire du grand Mesnard. Des gens considérables, dont Christine vient de faire la connaissance. Ils ont pris une consistance insolite, ils sont de son voisinage, depuis la rencontre au café Wepler. Quant à Antoine, soudain taciturne, il ne dit pas en mémoire de qui, pour sa part, il veut convoquer le passé. Au nom de quoi il ajuste son histoire à celle d'Alex, mais il encaisse les coups en seigneur, et l'obscurité de ses raisons remue bien davantage Christine que les fougueux arguments de son ami.

En sortant de chez Blake Jr, elle découvrit qu'il pleuvait à verse. Ce matin, il ne tombait qu'un petit crachin, elle n'avait pas pris de parapluie. Mais son imperméable suffisait, mains aux poches et, pour ce qui est de sa tête, elle n'avait que plaisir à se laisser tremper, col relevé aux oreilles. Elle aimait cette atmosphère entre chien et loup, les zébrures électriques reflétées par la chaussée humide, l'effervescence urbaine des ombres fuyant sous la corolle des parapluies. Sa mince silhouette ceinturée dans son ciré, chaloupant dans la foule, biaisant de l'épaule, évitant les obstacles de la hanche, elle filait d'un bon pas le long des vitrines, sous l'auvent des grands magasins du boulevard Haussmann, sans un regard pour leurs étals tapageurs, les colonnes Morris bariolées d'affiches et les marchands de cravates ou d'épluche-légumes sous leurs tentes, entravant les trottoirs de badauds que rameutaient leurs boniments. Elle se hâtait vers la station Opéra et, si elle avait été moins pressée, ou plus attentive aux mouvements de la rue, peut-être aurait-elle remarqué qu'à plusieurs reprises un passant du soir allant dans la même direction se trouvait à quelques pas sur ses traces. Tantôt à distance, tantôt plus proche dans le groupe à attendre le passage du feu au vert, si près d'elle qu'il pouvait voir les petits cheveux perlés d'eau de sa nuque, qu'il pouvait sentir son parfum, jonquille, jacinthe, l'odeur tiède de sa joue mouillée, laissant de nouveau les séparer l'encombrement des corps, mais sa tête en vigie dépassait les autres et, sous son feutre, il ne la perdait pas de vue. Il s'engouffrait avec elle dans les couloirs du métro. Maintenant, à quelques mètres d'elle sur le quai, il attendait la rame, direction porte des Lilas.

Elle descendit à Martin-Nadaud, remonta jusqu'à la mairie, tandis que sept heures sonnaient mat au marteau de l'horloge. Elle enfila la rue des Pyrénées, fit halte chez la petite fleuriste, histoire de ne pas arriver mains vides rue Stendhal, mais, à l'étal sur le trottoir, dans les seaux, dans les pots, rien que des fleurs de cimetière ; fatal, aux abords du Père-Lachaise. Quand même, tentée par les chrysanthèmes, elle hésitait, captivée par leur palette de vieux rose, vieil or et cuivre, mauve et blanc, en simples corolles ou gros pompons, des fleurs si belles, si robustes et charnelles que leur vocation mortuaire relevait de l'hérésie, mais elle n'irait pas jusqu'à les infliger à sa mère, prudence. Melville, pourtant très peu adepte de l'improvisation, l'invitait à venir dîner, au pied levé. Cela laissait perplexe. En réalité, son appel au téléphone, dans l'après-midi, avait tout de la convocation expresse.

— Ce soir, viens dîner avec nous, Minette. S'il te plaît, viens *absolument.*

A défaut des chrysanthèmes, elle se décida pour un pot de bruyères, tout autant de saison. Fleurs de landes, de tourbes, fleurs d'Irlande : si maman y voit une allusion, un reproche, tant pis, tant mieux, chacun ses devinettes... Le nez enfoui dans les clochettes aux senteurs d'humus, elle remonta la rue Stendhal et, rendue au niveau des Réservoirs, sonna à la porte de fer encastrée sous un auvent de briques.

De la rue, on ne voyait pas grand-chose de la maison. Un muret surmonté de hautes grilles aveuglées de tôle noire dissimulait le jardinet, en retrait duquel les deux étages émergeaient, en partie cachés par le feuillage d'automne, le vieil acacia résiste. Tandis qu'elle attendait, rentrant le cou sous l'averse, Christine jeta un regard vers le fond de la rue. Celle-ci finissait à quelques mètres en impasse sur l'escalier qui rattrape le dénivellement de la colline, plongeant vers la rue de Bagnolet et Saint-Blaise. Trois volées de marches entre haies de buissons fous et palissades, sous le seul éclairage d'un réverbère du XIXe siècle, à présent muni d'ampoule électrique, dont le halo détaillait faiblement les bords de toits proches, de tuile, d'ardoise ou de zinc. Un déclic libérait le portail, commande intérieure, le refermait furtivement derrière elle. Nulle lumière ne filtrait aux fenêtres aveuglées de rideaux. Elle traversa le puits d'ombre plein de recoins moussus, sentit tomber sur ses épaules l'oppression habituelle. Mais Lemoine entrouvrait la porte, lui tendait sa joue plate à perpétuelle odeur de camphre, d'eucalyptus, prenait le pot de bruyère, frissonnant dans le courant d'air.

— Sans parapluie, par ce temps ! Tu te seras enrhumée, Minette !

Sa voix emprunte toujours les mêmes douloureux couloirs cartilagineux.

— Pauvre Lemoine, tu ne vas donc pas mieux... compatissait Minette.

Son obstruction nasale résiste aux aérosols, aux fumigations, sans entamer sa santé, par ailleurs parfaite : sous ses dehors maladifs, un roc. En quelque sorte fossilisée dans sa maigreur, Lemoine est une personne asexuée, de qui la constitution anguleuse et le peu de chair sont un rempart contre toute atteinte physique ou morale ; sauf ses sinus. Christine accrochait son imperméable trempé à la patère en acier futuriste, tout en inspectant l'entrée. Camille et Melville rentraient de voyage : des sacs aux étiquettes d'aéroports traînaient au bas de l'escalier, le lave-linge tournait au sous-sol.

— Ta mère a dormi une partie du jour, elle a son mal d'avion. Melville téléphone, là-haut...

Melville n'était plus au téléphone. Toutes lampes éteintes, il était posté à la fenêtre et regardait dehors par l'entrebâillement du rideau, lui faisant signe de le rejoindre d'un geste impatient de la main. Elle s'exécuta, mécontente de l'accueil, mais il la prenait par le cou, la tenait contre lui de sa manière amicale. Avec lui, elle examina la portion de rue éclairée par le réverbère.

— Connais-tu cet individu ?

L'individu sur l'autre trottoir, qui inspecte, du coin du chemin de Charonne, la ruelle adjacente menant au petit cimetière ? Fermé, à cette heure-ci, trop tard pour les visites mortuaires... A distance, une silhouette longue en blouson, mains aux poches sous l'averse, un drôle de feutre. Que piste cet *individu*, dans cette voie mal pavée qui serpente entre les Réservoirs et le mur d'enceinte de l'église, noyée de pluie et d'obscurité ? Comment connaîtrait-elle ce passant visiblement égaré dans le quartier, qui s'éloigne vers l'escalier. Qui se ravise, revient sur ses pas, passe brièvement sous le réverbère et elle a le temps de mieux le voir, son profil découpé. Il disparaît de leur vue, en direction du haut de la rue.

— Le connais-tu ? demande Melville à son oreille.

Il chuchote, comme si l'homme en blouson pouvait les entendre ! Elle ne va pas lui dire, cela l'a sidérée, que ce type a, un instant, furieusement ressemblé à Antoine. Melville n'a jamais entendu parler d'Antoine, pas plus que d'Alex. Outre qu'elle n'a plus l'âge de le tenir au courant de ses relations et rencontres, elle n'est pas si sûre de son impression, passagère. Entre deux pans de rideaux, de ce poste d'observation dissimulé, n'importe quelle rue pavée sous un réverbère devient sinistre, n'importe quel passant suspect. Dans l'étreinte des bras de Melville, sa chaleur contagieuse et son parfum épicé, elle se sent gagnée par le doute, mais que ferait là le camarade Antoine, par quelle inadvertance ?

— Il est arrivé derrière toi, explique-t-il, refermant le rideau, rallumant sa lampe de bureau. J'ai eu l'impression qu'il te suivait. Une impression, mon poussin.

Poussin, Minette, ça suffit. Ainsi Melville guettait-il son arrivée. Des soupçons, il en a toujours, il aime l'ombre. Déformation professionnelle, prétend-il quand elle s'insurge. Il met un doigt sur ses lèvres, sur sa moustache de Clark Gable :

— Dans ma jeunesse, j'étais gentleman cambrioleur, Fantômas, Arsène Lupin.

Jeunesse ? Quand Melville a-t-il été jeune ?

— Agent au service de la reine, en mission secrète, lui expliquait-il en la prenant, fillette, sur ses genoux : je veille sur maman. Je veille sur toi aussi, poussin.

Je n'ai pas besoin de ta cape de farceur dissimulateur. 1) Tu n'es pas mon père, je n'ai pas de père. 2) Tu n'es pas mon oncle, tu n'es pas le frère de maman, ni son cousin, nous n'en avons que trop ; tu es notre ami. Comme Lemoine, de si loin qu'elle se souvienne, Melville habite rue Stendhal. Il y est déjà quand elle revient d'Irlande, il partage la vie de maman, le plus souvent ses repas, ses soirées, dehors ou au coin du feu, dans le grand salon du rez-de-chaussée, dans le bureau pour leurs affaires, dans la soupente où ils regardent la télévision, commentent leurs lectures ou les événements du jour, toujours en train de discuter, de se consulter, de débattre. Ils sont en conversation perpétuelle. Melville s'absente parfois, pour faire du sport dans une salle d'entraînement, pour faire des heures de vol dans son Cessna au Bourget, pour quelque rendez-vous personnel, parfois pour un voyage en solitaire. Il a une propriété dans le Sud de la France, où il se rend de loin en loin, de brefs séjours. Le reste du temps, il conduit la voiture de Camille, prend ses billets d'avion, de théâtre, l'accompagne aux conseils d'administration du groupe B&G, chez les antiquaires et les couturiers. Il est de tous ses déplacements, brefs ou longs, proches ou lointains. Du voyage annuel dans les Rocky Mountains, où jamais ils n'emmènent Christine. Il est son homme d'affaires, son garde du corps, il veille sur elle. Il est chez lui à Kinvara, oncle Théo et tante Mildred l'ont adopté. Il s'occupe du domaine du Mesnil, cette ruine, et de l'inextricable affaire de la succession familiale qui en découle, un imbroglio dont Blake Jr, le grand ami de Melville, et Grenier & Lenoir sont peut-être bien saisis… Bref, quand Melville prend Christine dans ses bras, il est tout cela à la fois, et elle le supporte mal, en dépit que son eau de toilette soit très agréable.

— Alors, quelles nouvelles ? demandait-il, d'un ton enjoué. Es-tu contente de ton stage ?

Apparemment détendu, désormais envolé son souci du rôdeur nocturne, il se laissait tomber dans son fauteuil et jouait avec son coupe-papier, tapotant dangereusement sa pointe, tout en la regardant en dessous, taquin, gentil, railleur.

— M. Blake est-il content de moi ? riposta-t-elle, outrée par sa comédie. Je suppose que tu as pris tes informations.

— Pas du tout. Je ne me fais aucun souci pour toi.

— Merci. Et maman ?

— Elle s'en fait.

— A quel sujet ?

— Le tien.

— Il est bien temps.

— Elle s'en est toujours fait. *Beaucoup.*

— Première nouvelle.

— Ne recommence pas, Minette, s'il te plaît…

A la lumière chaude de la lampe, Melville est un homme charmant, élégant, secret. Il émane de lui une force cachée, une redoutable puissance de tension en réserve qui tient à sa musculature, son élasticité nerveuse, comme si à tout moment il pouvait en libérer le ressort, bondir, félin à l'affût, mais davantage encore à l'esprit violent et inquiet couvant sous son flegmatique détachement, sa personne soignée, ses manières policées. Une feinte dont elle connaît les signes. Ainsi cette façon qu'il a à présent de glisser son pouce tourné vers l'arrière dans la poche de poitrine du veston, son geste désinvolte démentant qu'il le soit. *Ne recommence pas, Minette.* Le ton amical dont il la prie de ne pas mettre en doute l'amour de maman ne lui plaît pas. Elle devrait protester. J'ai grandi, le sais-tu ? Assez pour te rendre la pareille : *Ne recommence pas, Melville.* Mais peut-être ne rien lui dire rend-il mieux égal. Il y a trop de choses enfouies, là-dessous. Il y a des morts. Ils n'ont plus visage ni regard. Pour partir à leur recherche, mieux vaut faire le trajet par ses propres moyens, toute seule, dans l'obscurité de la langue, parmi les vestiges de leurs traces, Alex a raison. Antoine a raison.

— William sera là pour dîner, annonçait Melville de but en blanc, consultant sa montre. Il ne va pas tarder. Il s'est arrangé entre deux trains pour être avec nous ce soir : il arrive de RDA. Il tenait à ce que tu sois là, toi aussi. Absolument. Tu es au courant ?

Absolument ? Peut-être a-t-elle appris de lui à garder imperméable son visage. William ? Au courant de quoi ? De son entregent, de ses manigances et de son business pianistique international ? Il *tient* à ce que je sois là, pour qui se prend-il ?

— Tu aurais peut-être pu m'en avertir, cet après-midi…

— Serais-tu venue ?

— Dîner avec William ! Mais j'aurais couru, j'aurais volé ! Tu sais comme je l'*adore* !

Dans l'extase, roulant des yeux au plafond.

— Il t'a raconté son séjour à Prague ?

Méfie-toi de Melville. Il t'attendait dans son bureau, te guettait au rideau.

— Prague ? Prague ? Quel est le problème ?

— Il dit que tu le sais. Que t'a-t-il dit de Prague ?

— Mais… Rien de rien du tout !

Ment-elle. Se reprend-elle, suspectant que William a donné des gages :

— J'ai vaguement entendu ce qu'il en disait devant moi à des gens…

— Qui sont ces gens ?

— Je ne m'en souviens pas, décide-t-elle.

Et ça suffit à présent. Je déteste ce traquenard, je déteste cet interrogatoire, cette convocation à dîner.

— C'est à ce sujet qu'il vient ce soir : pour en parler à sa tante, *personnellement*. A ta mère, Minette.

Pour une fois, Melville est désemparé, un événement. Sous la mèche grise qui barre son front, son regard flotte, d'appréhension, de peur ? La venue inopinée de William contrevient aux usages du bunker. Que William ait à *parler* à maman l'inquiète-t-il, à ce point qu'il revient à la charge ?

— Qu'a-t-il dit de Prague ?

Il quémande, humble, malheureux, rien que cela fait tomber sa colère.

— On dirait que tu ne le connais pas ! Ce genre de choses convenues que disent les touristes, la surveillance, les contrôles…

Mais un démon lui inspire d'en dire davantage, de jouer du couteau, comme lui de la pointe du coupe-papier, tout à l'heure. Pourquoi poursuit-elle, qu'a-t-elle besoin d'ajouter, singeant le discours de son cousin :

— Il a dit : Ce sont des pays où assister à un concert ne relève pas du divertissement, de l'amour désintéressé de l'art, pour élever son esprit à entendre Mozart ou Brahms. Ceux qui sont là y sont pour être vus, afin qu'on sache qu'ils ne sont pas ailleurs, en train de rencontrer quelqu'un de compromettant. Il a dit : A ce concert, j'ai compris que s'adresser à une personne inconnue, ou l'écouter, peut être un risque pour elle…

— Il a dit cela ?

— William est un romantique impénitent. Il phrasait, il faisait l'intéressant…

— Il a rencontré quelqu'un. Il veut absolument voir ta mère, et tu sais pourquoi.

— J'ignore pourquoi il te le fait croire, et pourquoi tu le crois.

— Ainsi êtes-vous ligués…

En voilà une nouvelle. Avec des parents pareils, quoi d'étonnant, Melville ?

— De quoi es-tu inquiet ?

— Ecoute, Minette… Je dois te dire… Maintenant, il faut que tu saches…

Que savoir, *maintenant* ? Je n'ai jamais vu le Leica, mon père est mort, tais-toi. Ne me dis pas ce que je ne veux pas savoir. Ce que tu as surpris ou vu, ce à quoi tu as assisté, ce dont tu as été témoin, ou acteur, ce que tu as fait ou bien pas fait, l'action atroce, le geste qui sauve, celui qui compromet et qui tue, tais-le, continue de le taire. Ainsi les choses tues prendront-elles la consistance de la fiction, ou du rêve impalpable, évanouis dans le brouillard du passé, que personne ne peut contester, contredire ou nier… Mais c'est le contraire. Les choses passées ne disparaissent pas, elles gardent un caractère transitoire et inquiet, d'elles continue d'émaner un danger et le problème, Melville, ton souci, ton tourment, c'est que tu y penses sans cesse au présent. Tu n'es pas l'homme fort et protecteur que tu t'épuises à paraître. Malgré ce que tu affirmes, tu ignores ce qui peut vraiment *briser le cœur*. Celui de Camille, ou le mien ?

Au moment où il disait *il faut que tu saches*, pour la première fois, *il faut que tu saches*, la clochette aigrelette du portail retentissait, ainsi sonne l'heure dans les contes, qui suspend le cours du destin. D'un coup d'œil dans la rue, Melville vérifiait que oui, c'était bien le taxi de William. En manteau de pluie, sous le réverbère, c'était lui, le porteur de nouvelles.

Christine n'oubliera pas de sitôt cette soirée rue Stendhal, où Melville devait dire des choses qu'il n'a pas dites, qu'il était sur le point de dire mais y a renoncé, ou bien les a oubliées, qu'il dira plus tard, peut-être jamais ; où William a dit ce qu'il n'aurait pas dû dire, ou pas de cette façon, et quelle est la bonne quand on méconnaît la portée des paroles qu'on vous a chargé de répéter. De son pas ailé, le messager véloce traverse l'espace, il se hâte de porter la nouvelle intacte, telle qu'elle lui a été confiée, à cela il met son zèle, ignorant que la délivrer, coupable, innocent, bien ou mal remplir sa mission, mérite qu'à lui on tranche la langue et la gorge.

Lemoine a disparu chez elle pour du raccommodage ; que raccommode-t-on dans cette maison où rien ne traîne de moche et de vieux ? La cuisine futuriste suréquipée, à quoi bon ? Seule à y officier, à errer en sa maigreur ascétique entre ses fourneaux, elle qui a un appétit de moineau, elle n'y cuisine que pour Camille et Melville, quand ils sont là, jamais une réception ne se tient rue Stendhal. Elle a posé, délicate, le présent de Christine au bout de la table, le petit pot de bruyère encore emballé dans son papier de soie, et confectionné un pique-nique, une collation dînatoire appropriée à la visite impromptue. Ainsi, eux quatre réunis sous la lampe, chacun y mettant du sien, cela pourrait-il ressembler à un repas normal. Camille s'est habillée après sa longue sieste, robe de lainage, sobre, élégante, qui l'a jamais surprise en son négligé ? Melville aussi, chemise fraîche, veste d'intérieur, qui porte les verres, leurs pieds en couronne entre ses doigts, et débouche une bouteille d'entre-deux-mers, une atmosphère de bon aloi, détendue, encore que, profitant d'un bref aparté, Christine ait infligé un pinçon cruel à William :

— Toi, tu tiens ta langue : si tu dis qu'on était au mariage de Viviane, je te préviens, je dis que tu m'as violée à huit ans.

Vu la situation, elle n'a pas trouvé mieux. A cette énormité, les yeux lui sont sortis de la tête, mais il a vite récupéré. Il se tient cou rentré dans les épaules de qui attend le joug, ou bien a-t-il plus que d'ordinaire raison de se voûter ? Son grand corps dégingandé l'encombre, ses membres interminables. Ou bien ce qu'il a à dire à sa tante, *personnellement* ? Tellement confidentiel que doit absolument l'assister Christine ? Il n'a pas l'air gêné par le paradoxe. Juché sur un tabouret, il a réussi à loger ses jambes, s'accoude avec une nonchalance étudiée, picore distraitement des olives, en visiteur du soir qu'on attend, il le sait. En prend-il, des airs de conspirateur ! Gare à toi, fulmine Christine, s'appliquant à tartiner des rillettes d'oie sur les petits pains que découpe Camille, si proche que son parfum, note sombre, jasmin, fougère, émane de son décolleté, ses mains parfaites, délicates ; vois les tiennes, Christine, tes ongles rongés.

— C'est très gentil de porter cette bruyère, Minette… Comment vas-tu, comment vont tes études ?

— Je me suis inscrite en droit, maman, lance-t-elle, quel démon l'inspire-t-il de mentir.

Mais Camille ratifie le bluff, du petit sourire de qui attendait pire, sans y mettre trop d'ironie, sans creuser la question.

— Bonne idée, déclare William, péremptoire. Le droit, c'est formidable, ça mène partout.

— Partout, là où ça me chante. Et toi, d'où viens-tu, de ce pas ?

Lance-t-elle à ce tartufe qui joue les *guest stars*, convoque les gens sans préavis, monsieur faux jeton, cheveu sur la soupe.

— De Karl-Marx-Stadt. Invité par une association qui cherche à sceller l'amitié de la jeunesse européenne par les arts… Plus de trente jeunes artistes, de tous pays…

— Pour la fraternité entre les peuples, bravo la RDA !

William rosit, trahi, bien fait pour lui.

— Tu es contre ?

— Pas du tout. Mais tu auras du travail, Willy. Remarque, les arts, c'est un bon moyen de voir du pays… Ils te paient bien, j'espère ?

— Holà, Christine, doucement ! s'écrie Melville. Bienvenue, William !

Il porte un toast. Ce petit entre-deux-mers sémillant délie l'esprit, il devrait calmer la vindicte, mais Christine ne semble pas prête à en rabattre. Elle aussi lève son verre.

— Bienvenue, cousin ! Alors, quoi t'amène, mon petit agent double ? Tu nous fais languir !

— Tu es insupportable, Minette, dit maman avec sa douceur menaçante.

Décontenancé, ses préfaces envolées, William se tourne vers Camille.

— Ma tante, figurez-vous…

— C'est si rare que nous soyons ensemble ! s'empresse Melville. Tu aurais pu ne pas nous trouver : nous rentrons de Londres, où nous avons assisté à une démonstration. Un ordinateur IBM dernier modèle, langage Cobol, qui va révolutionner la gestion informatisée d'entreprise…

— Vachement intéressant, confirme Christine, mordant dans ses rillettes.

— C'est un peu surprenant, de débarquer comme ça…

— Hier, j'ai rencontré quelqu'un… Ma tante, j'ai un message pour vous.

Il s'interrompt, tend l'oreille à quelque bruit du soir, indiscernable. Mais rien ne vient jusqu'ici, les rues sont désertes, le quartier silencieux, et Mme Lemoine raccommode, parfaitement sourde. Il se tourne vers Christine, solennel.

— Christine, j'ai *absolument* besoin que tu attestes de propos que j'ai tenus à tes amis, devant toi.

— J'atteste que tu en tiens énormément. Je ne les écoute pas tous…

— J'ai parlé de Prague, n'est-ce pas ? D'un abordage bizarre.

— Où veux-tu en venir, enfin ?

L'air peiné du peu de coopération de Christine, ne trouvant pas l'aide espérée, il la cherche au plafond, prend une longue inspiration.

— Je veux en venir qu'il s'est passé quelque chose à Prague qui préparait, je le sais à présent, la petite conversation que j'ai eue hier, à Karl-Marx-Stadt, avec une personne qui se trouvait là. Que je ne connais pas, mais qui vous connaît, tante Camille. Elle m'a prié de vous demander : *Te souviens-tu de Magda, as-tu gardé sa tresse ?*

Si elle n'est pas foudroyée comme par le gaz, le feu ou le poison, si elle ne tombe pas sans vie sur le plancher de la cuisine, Camille porte la main à son cœur, elle ploie doucement vers son verre, dangereusement bascule, peut-être son front va-t-il heurter le carreau de la table, son crâne s'y fendre. Visage exsangue, tel qu'en son linceul elle paraîtra un jour, Christine en est frappée d'effroi. Ces mots ont la méchanceté des formules de contes qui tirent bobinettes et chevillettes, ouvrent les caves ensanglantées. Ils instillent à l'oreille la lépreuse liqueur qui fige le sang et fait jaillir l'œil des orbites, mais cette femme reçoit les coups en guerrier. Maman se relève, d'un effort redresse son buste et Melville, debout derrière elle, a mis à son cou le collier de ses bras, la tient contre lui, de si farouche protection que les jeunes gens en face d'eux semblent devenus leurs ennemis.

— Qui ose poser cette question ? souffle Camille, d'une expiration, voix atone, cordes vocales épuisées.

— Qui est Magda ? demande Christine.

S'en mordrait la langue, cependant répète : qui est Magda ? manière d'aggraver son cas. Mais Camille porte sur elle un regard sans colère, prend sa main par-dessus la table et, de cette étreinte, Christine défaille de honte.

— Une amie que j'avais. Oui, j'ai toujours sa tresse de cheveux, dit-elle sans perdre des yeux ceux de Christine, s'accrochant à eux. Cela m'appartient. Qui donc *ose* poser cette question ?

— Oh ma tante ! Pardon. Pouvais-je imaginer…

— Ça suffit, nous t'écoutons, coupe Melville, voix blanche.

— Reprends au début, et va lentement, menace Christine.

Consterné, acculé à s'exécuter, ne sachant sur quel terrain miné il se risque : c'était à Prague, dit-il, cet été. Invité à un festival international réunissant de jeunes espoirs des écoles et conservatoires d'Europe, de l'Ouest et de l'Est ; un récital de haut niveau, une chance rare : logé à l'hôtel Alcron, répétitions dans les foyers de l'Estates Theatre, où a été créé *Don Giovanni* ! Mozart, Brahms, Rachmaninov, il y a travaillé tout l'été, à Kinvara… Il n'a guère eu loisir de faire du tourisme, les répétitions l'accaparaient et, quant à quitter l'hôtel, si l'envie lui en a pris, c'était sans espoir. Il n'y a eu que la réception, après le récital, dans les foyers du théâtre, pour se trouver livré à lui-même. A vrai dire, plutôt perdu dans la foule des invités de marque, spectateurs et représentants du régime, on ne sait qui est qui, personne ne se présente et tout le monde vous félicite.

— J'étais très isolé parmi ces gens, n'entendant pas un mot de tchèque et n'ayant pour compagnie intermittente que mes partenaires, limités à un anglais sommaire. Aussi ai-je été surpris que s'adresse à moi, en français, une personne qui, après m'avoir brièvement congratulé, voulait savoir si mon nom sur l'affiche était un pseudonyme ou le mien. Et comme je lui confirmais que c'était bien le mien :

— Galay, c'est rare, pour un Anglais.

— Irlandais, ai-je corrigé.

— Mais vous parlez français… Seriez-vous apparenté aux Bertin-Galay ?

Cette question, on me l'a posée cent fois.

— Camille Lewenthal l'est aussi, n'est-ce pas ?

— C'est ma tante.

Ce genre de conversation rapide qu'on a dans les réceptions. L'on s'aborde et se quitte sans plus de façon, chacun s'en retourne poliment à ses affaires, cela ne porte pas à conséquence. Il faisait sombre, éclairage aux chandelles, à peine ai-je vu cette personne, je l'ai oubliée. Son souvenir m'est revenu tandis que j'évoquais mon séjour à Prague avec les amis de Christine. Sa physionomie n'avait rien de saillant mais, peut-être à cause de cela, elle s'est présentée pour incarner mon sentiment, soudain très précis, que tous ceux qui assistaient à cette manifestation y étaient pour des raisons totalement étrangères à l'art. Ils y faisaient de la figuration, par obligation, chacun observant l'autre, calquant son attitude et jouant son personnage avec je ne sais quoi d'emprunté. Les publics de concert ne sont pas toujours de vrais amateurs, ils sont là par mondanité mais, ce soir-là, j'ai eu le sentiment d'une falsification massive, un malaise très éprouvant. Cela suintait le pouvoir et la crainte, il circulait une tension physique, mentale : de la peur. Ou bien, dans ce brouhaha, un peu égaré parmi tous ces gens, ai-je attribué à l'ensemble de l'assistance ce que seul cet individu m'inspirait ? Le bref dialogue que nous avons eu, avant qu'il ne se perde dans la foule, était bien anodin. Mais j'ai senti, à je ne sais quoi, sa hâte, son âpreté à obtenir ma réponse, qu'il n'était venu vers moi que pour s'assurer de mon identité et que, ce renseignement pris, il lui fallait sitôt disparaître. Rien qu'à me questionner, à m'adresser ces quelques mots, et moi à les écouter, lui répondre, nous commettions une infraction… Tout ce qui se dit des pays de l'Est influence notre perception. A force d'en avoir été averti, on y repère les signes d'oppression, on les cherche même, on les guette avec une sorte de curiosité malsaine de touriste… Christine, tu dois certifier que j'ai bien parlé ainsi de cette personne devant toi. Que je n'aie pas l'air d'inventer après coup cette rencontre.

Christine le confirme, William a bien exprimé l'idée qu'écouter une personne inconnue peut être un risque pour elle. Pour être exact, toujours ses outrances, il a même dit : un risque *mortel*. Mais elle n'en est plus à lui chercher des noises. Elle jette un regard inquiet à sa mère, à présent accoudée à la table, tout ce temps-là écoutant, ou peut-être refusant d'écouter, d'un effort surhumain parvenant à ne rien manifester, ou bien subissant, avec quel ennui, la péroraison du jeune homme, paumes encadrant son visage inexpressif, à son auriculaire la petite bague bleue qu'elle ne quitte pas, si curieuse que Christine a l'impression de la voir pour la première fois…

— Il s'est passé à peu près la même chose, hier, à Karl-Marx-Stadt, poursuit William. C'était un tout autre contexte, un symposium sur le dialogue artistique. Ne me crois pas complètement idiot, Christine. La déstalinisation n'est pas très visible, mais si les artistes peuvent faire circuler de l'air, si les échanges…

— De l'air ! Quand les artistes que tu vantes sont en exil, ou carrément jetés en taule !

— On ne va pas discuter de ça maintenant…

— Non, mais tu es mal parti, de fricoter avec cette engeance.

Les yeux perdus dans le vide, Camille n'intervient pas dans ce litige accessoire. Melville non plus, qui allume une cigarette, l'air de considérer la digression praguoise du jeune homme avec la longanimité consentie aux enfants. Ils observent le silence. Le buffet de Lemoine n'a guère de succès, Christine se venge sur l'entre-deux-mers, s'en ressert un verre.

— A la tienne, Judas !

Elle est au bord des larmes. Elle y est depuis son arrivée rue Stendhal, l'atmosphère de cette maison, le traquenard, ce dîner et cet animal de William, avec sa conférence à n'en plus finir. Ces temps-ci, elle ne tombe que sur des discoureurs. Alex a le même penchant à tout emberlificoter, seul Antoine fait dans la concision. Antoine remettrait tout cela d'aplomb.

— Hier, une femme m'a accosté dans le hall parmi la foule. Ou plutôt, elle se tenait à côté de moi : Marchez, me disait-elle, ne tournez pas la tête. Je ne sais comment, mais je lui ai obéi. Vous devez dire à Camille Lewenthal…

Non, il ne va pas répéter les paroles fatales, il se mord la lèvre.

— Dites-lui cela. A elle, *personnellement*. Le ferez-vous ? Répétez. J'ai répété, c'était absurde. Vous le ferez. Vous devez absolument le faire, c'est très important…

— Quelle langue parlait-elle ?

Melville a retrouvé son sang-froid. Il coupe des rondelles de saucisson.

— En français, mal. Entre ses dents, ce n'était pas très audible.

— C'est tout ? A quoi ressemblait-elle ?

— Mais je l'ai à peine vue ! Et même pas du tout. A peine étions-nous parvenus dehors qu'elle me quittait. A côté de moi, elle paraissait plutôt petite, mais c'est une impression dont j'ai l'habitude. En fait, elle est assez grande. Je l'ai aperçue de dos, s'éloignant rapidement vers le central des autobus. L'air d'un homme : silhouette en pantalons, imperméable cintré, une sorte de feutre informe sur la tête, je suis incapable de la décrire. Sauf, me semble-t-il, qu'elle tenait son bras gauche de drôle de façon, raide contre son buste, une démarche un peu mécanique… Elle savait parfaitement que j'étais votre neveu, tante Camille. Elle ne s'en est même pas assurée, ne m'a rien demandé sur ma parenté. J'ai bien réfléchi, dans le train… Sa voix, qui semble d'un homme, son air masculin, cela m'a trompé à Prague. L'on change facilement de registre, de tablature vocale. Je suis persuadé que celle qui m'aborde à l'Estates Theatre de Prague, cet été, et celle d'hier sont une seule et même personne, qui s'est mis en tête d'un contact. Elle cherche à vous joindre.

— Personne ne cherche à me contacter, en RDA ni ailleurs, dit fermement Camille et maintenant elle n'a plus son air traqué, l'air de qui le crâne va se fendre de douleur en heurtant la table. Elle a repris des couleurs et allume une cigarette à son tour, en offre à Christine sans trembler.

— Cependant quelqu'un vous y connaît. Cette tresse de cheveux…

— J'avais une amie hongroise. Nous étions jeunes. Je les lui ai coupés, une fois. Ses longs cheveux. Elle voulait une coiffure à la mode de France… Elle est morte. Il y a longtemps.

— Sa famille a disparu, coupe Melville. Nous avons fait des recherches après la guerre.

— Je suis désolé, tante Camille… J'ignorais que vous rapporter ces paroles serait indélicat, et cruel. Je me suis engagé à l'étourdie, par l'effet de surprise et, je l'avoue, proche de prendre pour folle cette personne. On est abordé par toutes sortes de gens, des détraqués, des aliénés qui se prennent pour des envoyés de Dieu ; mais pouvais-je m'exempter de ma promesse ? Ces paroles étaient étranges, solennelles, pressantes... Rocambolesques, et poignantes. C'est pourquoi j'ai décidé, dès ce soir... J'ai téléphoné, je suis venu pour tenir ma promesse.

Qui donne des nouvelles d'outre-tombe ? Quels sont ces cheveux morts au fond d'un tiroir, ces gens de qui le nom n'a plus été prononcé ? Ceux que l'on croyait vivants sont morts, ceux que l'on croyait morts d'une manière le sont d'une autre, ou bien ne le sont pas, ils mènent une vie hors de vous, étrangère, lointaine et dérobée, comme si vous étiez mort vous-même, cela bouleverse. Rocambolesque, dit William ! Christine l'assommerait, butor à ce point-là !

— D'évidence, ce message est malveillant. J'aurais dû m'abstenir.

Conclue-t-il, docte ; il est bien temps.

— Tu as bien fait, mon garçon, tempère Melville, décidément d'une indulgence sans borne, ce soir. Tu es très convaincant. Cette personne existe. Elle a connu Magda, ou elle a connu Camille. Ou quelqu'un qui les connaissait. Elle en donne la preuve... Si les circonstances sont bien celles que tu décris... N'oublies-tu rien ?

— Fie-toi à Melville, Willy. Rien ne lui échappe.

Il ne relève pas ce reproche perfide, il réfléchit. Il fait la part du style emphatique, de l'embarras et de la sincérité. Il prend William au sérieux. Tout témoin en sait plus qu'il n'en dit, son souci l'aveugle, il veut être exact mais son esprit inventif fausse et interprète, par omission dévie la trajectoire de la flèche qu'il porte, et sait-on comment errent les gestes qu'on a faits, les mots qu'on a dits, autrefois ou hier, dans l'aparté d'un couloir, au fond d'un jardin, avant d'atteindre leur cible... Tandis que Melville médite, le jeune homme réfléchit à sa question : n'oublies-tu rien ? Front plissé, révisant le film de ses souvenirs, il pose le doigt entre ses sourcils : là où vient d'en surgir un nouveau.

— *Elle doit penser à demain, il faut penser à demain.* Voilà ce qu'elle ajoute en me quittant. *Demain, demain*, répétait-elle, avec une insistance proprement inepte. Vraiment, une illuminée, un cerveau dérangé…

Il contemple bêtement ses mains aux doigts effilés, dont Christine a vu au clavier quelle intelligence et dextérité les animent, maintenant dadais, tapotant la table, stupides.

— Ah, nous devons penser à demain… C'est très juste… murmure Melville, d'un ton si las, si triste, que cela suffit, à présent.

— Si c'est une illuminée, qu'en fais-tu toute une histoire ? s'insurge Christine, hors d'elle. Tu nous brouilles la tête, tu nous fais mal au cœur. Au lieu de divaguer, retourne donc en RDA, en Tchécoslovaquie par le premier train. Traîne un peu dans tes colloques et tes galas, et attends de voir si un autre dingo te tire de nouveau la manche… Maman, je t'ai porté de la bruyère, car c'est une fleur de saison : j'ai trouvé qu'elle serait une allusion très gaie à oncle Théo, à l'Irlande car, pour ce qui est de l'Alabama, je n'irai pas tout de suite : ça va mal, là-bas, avec les racistes, mais Kennedy y mettra bon ordre. La météo est bonne, pensons à demain : comment va mon oncle ? Serons-nous tous à son anniversaire, en février ? As-tu décidé mamie à venir à Kinvara, à faire ce grand voyage pour souffler ses bougies ? J'imagine que tante Mildred organise le complot, qu'elle a commencé à battre le ban et l'arrière-ban… J'ai un déguisement fuchsia très élégant pour l'occasion. Où dors-tu ce soir, Willy ? Préfères-tu ton hôtel trois étoiles ou viens-tu chez moi ? J'ai des corn-flakes pour ton petit-déjeuner, et des yaourts B&G, tout le confort moderne, ne fais pas cette tête, mon petit nain de jardin chéri.

Elle pépie pour faire du bruit, parasiter l'atmosphère à haute tension, faire le paratonnerre, quitte à passer pour l'écervelée de service. Elle n'oubliera pas de sitôt ce soir rue Stendhal. Cela pèse du plomb, ces choses exhumées, il vaut mieux les taire. Aussi, lancer toutes les questions à la fois sert-il de dérivatif : oui, Gabrielle a promis de faire le voyage, et l'on sera tous réunis autour de Théo, qui est actuellement à Londres avec d'éminents collègues étrangers, des logiciens distingués, sophistiqués, un club très fermé. Il semble qu'il en a trouvé l'énergie, et Mildred l'accompagne. Elle l'y a suivi malgré son aversion pour cette ville, pour toutes les grandes villes : Mildred n'est heureuse que dans sa grande maison de Kinvara, avec ses pinceaux et ses sœurs voisines. Non, William n'a pas d'hôtel à étoiles, son avion part à midi, il accepte l'invitation de Christine au pied levé, merci pour les corn-flakes. En réalité, il n'a absolument pas envie de s'éterniser chez sa tante, penaud de sa bévue, balourd, malheureux comme les pierres, même si la grande cuisine a repris un aspect plus convivial maintenant que Melville brasse la salade d'endives aux noix, maintenant que Christine débouche une autre bouteille d'entre-deux-mers et, quant à l'Alabama, où elle ne compte pas aller tout de suite, personne ne relève cette allusion loufoque, elle passe aux pertes et profits.

Où habites-tu Christine, quelle est cette maison, es-tu chez toi, ici ? Arrivée au pied de l'immeuble, elle se pose la question, traduisant pour elle-même l'étonnement qu'elle prête à William, bien qu'il n'en manifeste rien. Bien qu'il ne trouve rien à redire au périple dans les rues nocturnes pour atterrir ici. Melville les a laissés en haut de la rue Buffon, au coin du boulevard de l'Hôpital, où il a fait demi-tour. Il fait le taxi avec tant de complaisance que le trajet de Gambetta à Austerlitz a semblé très court :

— Bonne nuit, les enfants !

Fatigué, absent, son sac à l'épaule, qui pèse beaucoup, ressassant de sombres pensées, qu'elle partage peut-être, William se tait. Elle aussi, fatiguée, mécontente, et triste, pleine d'une rancune qui a mille objets et voilà que, remontant ces cent mètres de trottoir, ils sont les ridicules enfants de naguère cheminant dans les bruyères de Kinvara, ruminant en silence des différends aussi dérisoires que définitifs, cherchant le *casus belli* pour reprendre la dispute, recevant la pluie comme à présent, retardant le moment de rentrer pour vider encore une fois la querelle, ou l'aggraver à plaisir… Pourtant, elle le remorque ce soir avec une envie de consoler, punie par le mot que leur lance Melville. Son *bonne nuit, les enfants* les rejette à leur indigence infantile. Elle en veut à William de l'avoir prise en otage, d'avoir déclenché cette scène pénible, d'inventer des histoires à dormir debout, sornettes et fadaises, d'être aussi démunie que lui.

— Même pas mon nom ! Pas de boîte à lettres : la gardienne monte le courrier. A peine si je connais les voisins, mais je suis chez moi, nous sommes rendus, déclare-t-elle, comme si elle lui en faisait le reproche. Tu as un chez-toi, toi, quelque part ?

Non, il a encore pour domicile la maison familiale, où est son piano, hébergé par les uns ou par les autres quand il passe des séjours à Dublin, à Londres, chez ses amis. Kinvara ne lui convient pas, c'est peu de le dire. C'est même un cauchemar que d'avoir à y revenir demain.

— Papa a en horreur le bruit que je fais, il ne supporte plus ma présence. Il dit *le bruit*. Ce n'est pas qu'il abhorre la musique, qu'il y soit étranger : c'est qu'il souffre de l'*entendre*. A présent, outre les boules qu'il se fourre depuis longtemps dans le tympan, il porte des coques de fourrure en casque, même pour dormir. Un appareil qu'il a rembourré d'une nouvelle matière pour insonoriser les studios de la radio, il en est très content. Cela empêche les ondes nuisibles que propage l'air, dont les émissions parasitent son cerveau. Il se plaint qu'elles interfèrent, produisent un bruit intolérable destiné à brouiller ce qu'il doit écouter, très ténu, dont la fréquence est inaudible à nous autres. Il dit que la musique est pire que tout. Les notes sont une concrétion matérielle du vent, aussi agressives que les dents d'une scie. Le vent lui est insupportable : tu imagines, chez nous, au bord de la mer… Le vent est un démon acharné à détruire une membrane précise de son oreille interne. Mildred l'a convaincu de consulter, il s'est soumis à tous les examens possibles mais, selon lui, les plus éminents spécialistes sont des ânes : ils parlent d'acouphènes. Lui, grand expert en acoustique, sait très bien que ce n'en sont pas. Il n'a pas de tumeur cérébrale, il va très bien. Il va très mal, et maman feint de ne pas s'en apercevoir. Elle prend toutes les précautions qu'il réclame pour lui épargner le supplice des *bruits*. Ouvrir mon piano, effleurer une touche lui inflige une torture intolérable ! Cet été était le dernier pour moi à Kinvara. Il me faut au plus vite trouver un endroit où vivre et travailler, produire en liberté le *bruit* qu'il me plaît…

Arrêté au milieu du trottoir, William soliloque, indifférent à l'endroit où ils stationnent, devant la porte et sous la pluie, il a en tête bien autre chose que de s'étonner du domicile de sa cousine, d'inspecter l'immeuble de la rue Buffon, d'y trouver à redire. Il n'y a pas que son sac à lui peser à l'épaule, la fatigue de son voyage, et son souci d'être le messager à qui l'on tranche la gorge, pauvre Willy. Les nouvelles qu'il donne d'Irlande ne sont pas pour rassurer.

— Pourquoi m'as-tu pincé ? demande-t-il à brûle-pourpoint. Tu m'as fait mal.

— C'est parce que je t'aime.

Dans la cage d'escalier, à chaque palier, on entend la télévision, derrière les portes monter les mêmes musique et voix courroucées du film de la soirée que toute la France doit regarder, assise en famille dans le récent canapé assorti à l'écran bleu national, le son à plein volume : on peut s'égosiller, appeler au feu, s'égorger sur leur paillasson sans qu'un cri émeuve les voisins. Dit Christine, justement avant d'en pousser un, étouffé, découvrant la forme humaine allongée sur le sien, paillasson, égorgée peut-être ? En position de sentinelle endormie, écroulée contre le chambranle de la porte, c'est Viviane ! Elle se relève. Elle a pleuré, son visage est bouffi de larmes, de mauvais sommeil, de fatigue, elle aussi. Que font-ils, à se dévisager sur le seuil, tous les trois ébahis ; est-ce un endroit et une heure, pour une rencontre ?

— Que fais-tu là ? D'où sors-tu ? Que t'est-il arrivé ?

De stupeur, Christine ne trouve plus ses clés, et William soutient la chancelante, en plus de son sac et de ses soucis. Il arrive qu'elle est partie de chez elle. Que son père l'a mise à la porte. Ou plutôt, corrige-t-elle, reniflant, se mouchant, tandis que Christine trouve enfin la serrure, qu'elle a pris ses cliques et ses claques après une gifle de trop, une qu'elle ne lui pardonnera pas de sitôt. Partie de Genilly, à neuf heures du soir sous la pluie, sans rien que son sac, rien dans les mains, rien dans les poches, même pas une brosse à dents, à la rue de son plein gré plutôt que rester une minute de plus dans cette baraque de foire. Mais, une fois débarquée à Paris, gare Saint-Lazare, réalisant qu'elle n'a pas de quoi se payer une chambre d'hôtel, même pas un taxi, elle s'est rendue ici, pas très certaine qu'elle y trouvera sa cousine, que celle-ci y demeure habituellement. Elle n'avait que cette adresse en tête à cause du carton d'invitation à son putain de mariage de merde, et pas question d'aller chez son connard de frère.

— Jean-Marie ne comprend rien à rien. Toujours du côté de papa, il a trop peur de le contrarier, trop peur du qu'en-dira-t-on. Il ne pense qu'à sa dentisterie, aux caries et couronnes de sa clientèle des beaux quartiers, et d'une radinerie pathologique : il ne m'avancera pas un kopeck, même avec intérêts. Je ne veux rien avoir à faire avec lui. Je ne veux pas lui raconter mes histoires, c'est un abruti. Je suis fauchée, et je me demande bien ce que j'aurais fait, si tu n'étais pas rentrée ce soir… C'est chez toi, ici ?

Toujours reniflant, larmoyant, effondrée sur une chaise de la petite cuisine, grelottant dans son imperméable trempé. Christine lui tend un mouchoir pour son nez, une serviette éponge pour ses cheveux.

— Dis donc, c'est pas mal, ce logis, estime William, jetant un coup d'œil d'amateur dans l'obscurité du corridor, ne mesurant apparemment pas bien la situation, attendant peut-être une visite guidée, par-dessus le marché ?

Maintenant il se plante devant une espèce de composition punaisée au mur, un panneau d'affiches lacérées directement importé des murs de la ville, lambeaux décollés dont la superposition brouille le lettrage et les couleurs, fragments d'actualité récente, campagne électorale, publicités que les pluies ont détrempés, révélant par transparence d'autres couches en surimpression.

— C'est quoi, ce machin ? Tu fais les poubelles, à présent ?

— C'est une œuvre d'art pauvre. J'ai pas les moyens de mieux, s'emporte Christine.

Indignée par l'impotence de sa remarque, sa futilité chronique, son ignorance de l'art contemporain. Onze heures du soir, ces deux-là sur les bras, plus irresponsables l'un que l'autre. Elle n'a pas prévu le cas de figure de l'hébergement d'urgence. Elle n'a rien prévu de ce qui arrive, rue Stendhal ni rue Buffon. Depuis son départ de l'agence Blake Jr, il lui semble très ancien épisode de la soirée, cela commence à faire beaucoup d'interférences dans sa vie de stagiaire, en plus de tout ce qui s'y précipite depuis quelque temps, du cinéma de Boulogne à la place de Clichy. Mais William est pitoyable, et Viviane lamentable. Rien de la fringante, de la minaudante cousine, rien de la poupée de sucre posée en haut de sa pièce montée. Si elles ne se sont revues depuis le soir affreux, il a dû s'en passer bien d'autres pour qu'elle échoue ce soir sur son paillasson, en cet état d'épave lugubre, ses jolies boucles collées aux joues, ses grands yeux bleus éplorés, rimmel en rigoles, même pas une brosse à dents.

— Tiens ! Tu fumes des Gauloises, à présent ? observe encore William, avec un sens de l'à-propos déroutant, à croire qu'il ne l'a pas regardée de la soirée.

Des Gauloises, plus de Royale. En avoir piqué dans le paquet d'Antoine lui en a donné le goût, et ce n'est pas le sujet : le sujet est Viviane, en rupture de famille, aussi bien de mariage, une catastrophe. Pourtant, Christine n'est pas outre mesure surprise. Plutôt admirative du coup de force, du coup de tête, du jarret rapide qui vous propulse dehors quand c'est indispensable, quand vous jugez que le vase est plein, que suffit la goutte... Non plus outre mesure contrariée de l'aventure, s'avantageant plutôt que son paillasson ait paru à Viviane un refuge envisageable, mieux que celui de Jean-Marie. Celui de Sabine, n'en parlons pas. Sabine est infréquentable, elle est malheureuse au-delà de ce qu'on imagine, rien à attendre d'elle.

D'ailleurs, Fontainebleau, c'est loin. Les transports en commun nocturnes, merci bien.

— Je nous prépare un grog, décide William, se frottant les mains, enfin revenu aux réalités, enfin décidé à se rendre utile. Tu as du rhum, du miel ?

— Je n'ai pas de rhum, j'ai de la vodka. Du tilleul, si tu préfères.

— Où nous couches-tu ?

Son inappréciable sens pratique. Il va de soi, c'est d'une candide évidence, qu'il s'arroge le droit d'inviter Viviane comme chez lui : il n'y a pas plus hospitalier que les gens sans loyer. Chez ses amis artistes, à droite et à gauche, il trouve toujours un divan provisoire où caser ses grandes jambes, un matelas de fortune pour dormir en chien de fusil, un coin de table pour boire son café en poussant la vaisselle sale des autres. Utiliser des cafetières, des bols et des lavabos, peut-être des brosses à dents qui ne sont pas à vous, on en prend le pli. Au lieu de s'en excuser, on en use avec naturel : avoir un chez-soi, quelle mesquinerie, quelle trivialité de petits- bourgeois ! Ainsi le professent-ils les crétins des Beaux-Arts, un endroit frelaté. Christine exècre ces prétendus artistes qui, au prétexte de leur licence bohème, potaches crasseux, barbouillent les bizuts de peinture, de colle, avec bonnets d'Inquisition enchaînés aux grilles. Tout le monde rit de la bonne farce, y compris les passants sur le trottoir. Cette bassesse, où en a-t-elle vu la figure abjecte, est-il besoin de l'avoir jamais rencontrée pour en avoir les tripes révulsées ? Elle s'est absentée. Huit jours de vacances en évitant le quartier, et comme elle est en quarantaine ensuite, harcelée par les anciens, moquée par les bizuts, fiers de leur prouesse, elle n'a plus remis les pieds dans cette pétaudière. Tant pis pour le concours, arraché de peu et grand bien leur fasse leur liberté. Cela ne résout pas pour autant le dilemme de la sienne, rue Buffon, où elle est chez elle sans y être, seule avec soi, aussi seule qu'on peut l'être dans un endroit étranger où rien ne vous appartient, ni la cafetière ni le bol, ni le lavabo. Ce qui est sûr, c'est que personne ne me contraindra à me mettre à poil, à boire la pisse des apprentis tortionnaires, à me laisser couvrir de peinture et d'insultes. Je l'apprendrai à l'enfant que j'aurai peut-être un jour, qu'il prenne de la graine, et je fume des Gauloises si ça me chante :

— La vodka est dans le frigo, les allumettes sont dans le tiroir : fais comme chez toi.

Chez lui, William ne doit pas faire grand-chose. Il a ouvert le frigo et renifle un vieux pot de moutarde, trempe son doigt dans le chutney à la menthe. Finalement, faire chauffer une tisane ne dit rien à personne, une vodka glacée, cul sec, cela ravigote. Viviane est en pull de mohair bleu, Willy en pull noir et Christine en pull rouge, avec la peinture jaune des murs, cela fait une franche palette de couleurs primaires, cette petite cuisine a du bon. Dehors, pas un bruit, la rue est déserte. Dans la nuit frileuse et mouillée du Jardin des plantes, dans les allées nul ne rôde, ni dans la serre tropicale où fleurissent les orchidées rares, les fauves du zoo sont repus dans leur cage, les squelettes des mammouths et des grands sauriens projettent leurs ombres trouées sur la grande verrière du Muséum, les aérolithes miroitent, dormez, braves gens. Que faisons-nous tous les trois réunis, de qui sommes-nous les enfants ? Comment nos parents s'y sont-ils pris pour nous mettre dehors, chacun à leur manière, pour que nous les évitions, les fuyions, pour qu'être en leur compagnie nous soit si difficile ? Sous nos traits monte l'empreinte ou le moule dont ils les ont façonnés, issu du fond du temps des générations dont nous descendons, qu'ont modelés leurs actions, leurs rêves, leurs passions, et quand arrive-t-on à sa vraie figure ? C'est à la fois fatigant, trop rapide, trop intense d'avoir vingt ans, d'être grand sans être une grande personne, et si peu à se mettre sous la dent pour comprendre : elle a beau avoir lu ce qu'il faut lire, Sade, Marcuse, Sartre et Freud, elle n'en tire que doute, désarroi. Rien que de contradictoire, paradoxal, sans une ligne de conduite applicable à l'immédiat, au quotidien. Même les *beatniks*, une de ses récentes découvertes, c'est picaresque, piquant, mais ces apprentis perpétuels de leur jeunesse la débilitent. La route n'en finit pas, toujours en transit, dans un autocar Greyhound, sur la plateforme d'un wagon de marchandises, embarqués en stop, perdus dans les motels, les zones périurbaines, quels piètres héros, à l'image de l'époque… Où vont-ils, quand rentrent-ils chez eux comme Ulysse, où est la vraie vie ? Où suis-je chez moi ? Qui a le mode d'emploi quant aux inquiétudes sur l'existence, la nécessité, la contingence, la vie, la mort et autres questions subsidiaires ? Cela rend perplexe, et stupide. L'histoire brève de Viviane aussi, son mariage rompu. Celle-ci n'a pas l'intention de s'étendre en détails, mais, tout de même, cela laisse pantois qu'elle ait planté là son mari tout neuf, dans la foulée ses parents, et tante Bertille.

— Les enfants n'y sont pour rien, précise-t-elle, pauvres petits.

— Pauvres petits, répète William, consterné au souvenir de cette soirée.

— Excuse-moi, mais je ne les chérissais pas, se reprend-elle, farouche. Comment veux-tu que je chérisse les enfants de Sabine, qui n'a jamais laissé quiconque approcher d'eux ? Je ne les connais pas. Je n'ai jamais changé leurs couches, ne leur ai donné le biberon, ne les ai bercés ni poussés sur une balançoire, de parfaits inconnus, pas plus familiers que ceux qu'on entrevoit derrière les grilles des jardins d'enfants. Ma sœur ne me les a pas prêtés. Je ne les ai pas réclamés. Or il se trouve qu'ils me manquent. Je leur dois quelque chose que je n'arrive pas à comprendre… Mon père est un foutu salaud, enchaîne-t-elle sans transition apparente. Vraiment. Vous n'imaginez pas à quel point. Moi non plus, sans doute. Ta mère doit en savoir plus que nous là-dessus. Je te jure, Christine : entre lui et sa cousine, c'est la guerre à mort. Tu sais pourquoi, toi ?

Non, elle ne sait pas. Non plus ce qui a valu à Viviane cette claque paternelle irréparable. Christine doute que ce soit si grave que le dit l'offensée, mais son ressentiment est vif, tout neuf de ce soir, cela autorise les hyperboles vengeresses et les abus stylistiques : *guerre à mort* ? Si elle se rapporte à son contentieux personnel avec William, elle veut bien imaginer que Camille et son cousin Martin en ont eu de semblables. Qu'ils ont eu, enfants ou jeunes gens, des différends qui vieillissent avec eux, soigneusement cultivés. Lesquels aurons-nous, nous à qui rien ce matin ne promettait que nous buvions une vodka ensemble cette nuit, que le hasard réunit à cette table, rouge, noir et bleu, et jaune aux murs ?

— Il y a des sacs de couchage dans le placard. Allons dormir. Demain, il fera jour, bâille-t-elle.

Camille a attendu le départ des enfants. Elle n'a pas quitté la cuisine, renversé sa chaise, elle n'a pas fui. Elle est restée normalement accoudée à la table, elle a écouté William, supporté d'entendre ce qui ne doit plus jamais toucher le tympan. *Te souviens-tu de Magda.* Qui ose prononcer ces mots qui déchirent le cœur, mais d'autres succèdent, pires en cruauté, *pense à demain.* Elle a pris un somnifère. Elle veut la noyade des anesthésies brutales, l'incarcération du sommeil chimique, mais le monstre s'horripile en métastases à l'horizon blême où saillent imminences, bulbes et tertres insulaires, que mine le serpentement d'un chancre au poumon de cloaque, tentacules immondes. Dans sa torpeur, c'est la vision qui l'agite, un de ces cauchemars du demi-sommeil contre lesquels l'esprit en vain se rebelle. Un effet du cachet, l'hébétude qu'il procure, le chaos mental qui s'ensuit. Ce qui s'est passé ce soir dans la cuisine accouche ce monstre. Elle se dresse sur un coude.

Assise au bord du lit, tout à fait réveillée, maintenant debout, glissant déjà des pieds nus sur la moquette, le satin mouvant de son pyjama captant les reflets de la lueur du palier, qui la guide, écoutant le silence, elle entre dans la chambre de Melville ; il n'a pas allumé sa lampe. Il ne s'est pas déshabillé. Etendu, bras repliés derrière la tête, il fume une cigarette. Il en a fumé d'autres, écrasées dans le cendrier. Il la distingue à peine dans la demi-pénombre, un peu de lumière de la rue filtre jusqu'ici, celle du lampadaire en haut de l'escalier de Charonne, la clarté de la nuit urbaine cernant son profil sous le casque des cheveux, il l'attire contre lui, referme ses bras sur elle, épaules repliées comme ailes d'oiseau. A cette étreinte, elle se laisse aller, contre sa poitrine écoute son cœur cogner à son front, sa pulsation se propager à son buste, apaisante, alarmante, nous sommes deux cœurs aimants, deux vivants éveillés. Elle respire l'odeur de sa peau dans l'échancrure de sa chemise. Dans ses cheveux, tout près de sa tempe, bougeant à peine les lèvres, il pose des baisers, l'instant chavire au milieu de la nuit, viens, dit-il.

— J'espérais que tu dormirais… Nous ne dormons pas. Viens, chérie, parlons maintenant, le veux-tu ? Comment dormir ? Nous avons compris, n'est-ce pas ? Il nous faut lire à présent ce qu'a écrit Simon Lewenthal. Lisons-le, Camille. Tu le dois puisque tu ne dors pas, nous ne dormirons plus. Nous sommes réveillés, n'aie pas peur, je t'en prie.

— Je ne peux pas, je ne veux pas, gémit-elle mais c'est une prière sans force, puisqu'elle est venue dans sa chambre chercher secours, puisqu'il est là, doit l'être, de toujours l'a été, de cette nuit d'hiver 1934 surgi dans sa vie, entre Vienne et Berlin, dans le couloir du train déjà vêtue d'un pyjama semblable, aussi faible, aussi effrayée que ce soir, tu es mon elfe ferroviaire, disait-il et c'était déjà la répétition des temps à venir, les signes annoncés du désastre dans toute l'Europe, en combien d'autres circonstances de cette guerre a-t-il été là pour qu'elle soit ce soir contre lui, une femme debout, et lui, un homme debout, mon bien-aimé, prends mon bras, tiens ma main, ne nous perdons pas.

— Viens, dit-il.

Ils quittent la douceur dangereuse de la chambre pour le bureau de Melville, où la lampe fait un cercle d'or cru. D'ordinaire, à cette place, ils prennent ensemble les décisions importantes, ils examinent les dossiers techniques et financiers concernant l'entreprise, la fondation. Celui qu'il ouvre à présent est d'une bien autre nature. Un classeur relié en peau de chamois, tel qu'en ont les administrations militaires. Il en a d'autres, dont il ne parle pas, dont elle ne veut rien savoir, relatifs aux contacts qu'il continue d'entretenir, en France comme à l'étranger, ils contiennent des documents dangereux. C'est l'un d'eux qu'il pose à présent sur le bureau. Dès la Libération, son retour de la campagne des Ardennes, sans lui en référer, Melville a ouvert celui-ci. Elle n'est pas en état, alors, de s'y opposer. Ivre de Véronal, elle dort sur le sofa d'Elise au bois de Graville, sur la chaise longue d'une maison de santé. Rien à éclairer du mal, rien à en comprendre. Il n'y a de lumière que noire. Rien à attendre des tribunaux, de l'épuration, ni du retour des déportés à l'hôtel Lutetia, où se presse la cohue de ceux qui mendient des nouvelles, pantelants d'espoir, accablant les survivants de questions, faisant le siège des associations ; elle n'attend plus rien. Ensuite, le temps a passé, Melville vit avec elle rue Stendhal, Lemoine quitte sa maison de Choisy où elle a recueilli Christine, en ces jours de terreur… Il fait si froid dans ce bureau. Sur son pyjama, Camille enfile la veste d'intérieur de Melville, s'assoit près de lui. Il ouvre le dossier. La fascination le dispute à la répulsion devant ces papiers aux en-têtes abhorrées, tampons, croix gammées, signatures sinistres, elle tremble à leur vue, envahie d'un froid sans comparaison qui raidit la nuque, entrechoque les dents, hérisse de nausée. Comme à voir remonter le filet gluant, ruisselant, que hissent les pêcheurs arrachant à la mer un poids inhabituel, inquiets de l'anomalie de leur prise, alors apparaît, affleurant les vagues, dans les mailles enchevêtrées de varech, l'immonde bête des bas-fonds, d'une espèce inconnue, dardant son œil vitreux, béant de ténèbre.

— Tout est là, dit-il, lissant la mince liasse de sa paume. Auras-tu le courage ? L'as-tu, Camille ?

Melville pose un feuillet sous la lampe. Elle reconnaît le billet de Drancy.

Il a été froissé, puis lissé, mais les plis demeurent, semblables à ceux d'une vieille paume. L'écriture est d'un crayon à papier, mine mal taillée, il a pu circuler, passer en hâte de mains en mains pour griffonner les derniers messages. De ces lignes qu'on écrit sur les genoux, contre un mur de béton, les saillies font ricocher la pointe de plomb, l'écrasent ou la cassent. Cela donne à certains jambages une épaisseur irrégulière, à d'autres une transparence pénible. Le feuillet a été arraché d'un cahier, son bord dessine un feston découpé par une reliure à ressort, barbelure délicate, pelucheuse. Protégé de la lumière, de l'air, il ne peut s'abîmer davantage que de son vieillissement naturel, et c'est le dernier message de Simon Lewenthal, écrit de sa main condamnée.

Il ne l'a pas jeté d'un wagon. Glissés par un interstice, sitôt happés par le déplacement d'air, tant se sont perdus sur le ballast de la gare de Bobigny parmi les ronces, touffes d'herbes sauvages, gravats, délavés de pluie, pourrissant, perdus pour toujours. Les cheminots les font parvenir aux adresses, parfois incomplètes, parfois seules les signatures donnent une indication, souvent les recherches s'avèrent vaines, les destinataires ont disparu. Il s'en fallait de tant de hasards et de bonne volonté pour que parviennent aux leurs ces derniers messages de déportés… Simon Lewenthal ne jette pas le sien du train qui l'emporte. Il le confie à un détenu, qui le transmet dehors. Les gendarmes français ne sont pas sûrs. On le lui porte rue de Lille. C'est le lendemain, une éternité trop tard, un jour, une nuit trop tard. Comment lire ce galimatias sans verser dans la folie ?

15 mai partons dans l'heure TERMINÉ Patient maintenant
Demain TA clé notre PREMIÈRE fois
N'oublie jamais cette DATE
adieu pardon pense à DEMAIN

En ces termes, Simon Lewenthal prend congé, nul doute qu'il a déjà versé à la démence des damnés. Peut-on concevoir plus incohérent que ce billet qu'elle froisse et défroisse derrière la porte, rue de Lille, sans larmes, incrédule quant à son absurdité, son inanité, anéantie par la seule chose qu'elle comprend, ne comprend pas : il est trop tard. Cela excède la raison, outrepasse la douleur, le papier reste entre les doigts insensibles et cette nuit, sous le cône de lumière, en suivre les lignes rend à l'épouvante de ce jour. Tranchez la gorge au porteur de nouvelles, c'est un criminel. Coupez-lui la tête, jetez-la aux chiens. Il y a des choses dont il faut mourir tout de suite, de leur supplice mourir dans l'instant. Ce qui a été peut-il avoir été autrement, une vérité en remplacer une autre, ce à quoi l'on croyait se disloquer, la vie s'inverser ? D'un geste puéril, elle tâte son visage, du bout des doigts en consulte zones et reliefs, étonnée de ne trouver rien de connu, aucun miroir ne répond à cette question. De nouveau Melville la prend contre lui, si bouleversé que son étreinte maladroite manque sa prise, blesse son épaule et sa nuque, qu'a-t-il à offrir d'autre que ses pauvres bras.

— S'il est encore temps, après tant d'années, si nous le pouvons encore, faisons enfin grâce à ce qu'écrit cet homme. Lisons-le vraiment. Toi et moi avons entendu ce que dit la femme à William, qu'il répète. Demain ne désigne pas tout à l'heure, plus tard ; c'est un nom. Ce message n'est pas d'un dément : *TERMINÉ Patient maintenant Demain.* Tu sais qui est M. Patient, nous avons connu Simon sous ce nom… Nous ignorions celui-là, c'est pourquoi il nous est illisible. Jusqu'à ce soir, parce qu'un autre le prononce devant nous. L'entends-tu ? Mille fois, j'ai interrogé ces lignes sans comprendre que *Demain* est le nom qu'il adopte, qu'il te transmet. Dans ces dernières lignes, il compte chaque mot parce que son temps l'est, l'heure, la minute. Sous ce nom, il te dit une chose que toi seule peux et dois entendre… Pouvait-il être plus clair ? Ce que dit la femme à William peut-il être plus clair ?

Exténuant, suppliciant de revenir à cette nuit hérissée de terreur, colère, Simon est à Drancy depuis trois jours, trois jours *seulement*. Trois jours durant lesquels elle court partout où l'on peut obtenir un renseignement, un appui. Ils ne déportent pas un demi-juif, fils d'aryenne, époux d'une aryenne, c'est interdit. Ils internent les gens dans des camps, on leur envoie des colis, des lettres, ils sont parfois relâchés. C'est un malentendu, quelqu'un va intervenir, faire appliquer la loi. La loi ! Quel cerveau fou postulait-il qu'il y en eût dans ce chaos ?

Maintenant, Melville tire une carte perforée.

— Au nom de Simon Lewenthal, décembre 1941. Domicilé rue de Lille. Elle provient du fichier général.

De ces cartes conformes au procédé que le polytechnicien Carmille a mis au point dans ses ateliers de Clermont-Ferrand. Recensement mécanographique des juifs étrangers et français, par profession, nationalité, par rue. Tandis que partout se multiplient les rafles, au service IVJ de la Gestapo, le grand fichier Tulard tient à jour la situation du demi-juif Simon Lewenthal, fils d'aryenne, époux d'aryenne qui, conformément aux décrets en vigueur, continue de diriger l'usine B&G : industriel expérimenté, estimé, il assure la gestion d'une grande entreprise, dans un secteur stratégique qui intéresse l'occupant ; la production tourne au ralenti, mais fournit le quota exigé. Comme bon nombre de personnes dans la même situation que lui, il n'encourt *a priori* arrestation ni déportation.

— Confirmation de son immunité par le décret que voici : en-tête de la *SS-Verfügungstruppe*, unité spéciale en charge des juifs au quartier général de la SD de Paris. Contresigné par Theodor Dannecker soi-même, mai 1942. Ces deux documents, dit Melville, prouvent que Simon

Lewenthal est, sinon à l'abri de tout danger, repéré et classé, identifié comme exempt de persécution. Il échappe à l'interdiction faite aux juifs de se déplacer, novembre 1942, de quitter leur commune de résidence, il peut aller et venir. On ne le convoque pas, on ne l'interroge pas sur ses déplacements, ses voyages, on ne lui demande pas de comptes. Il n'a pas à porter l'étoile jaune… De fait, jusqu'en mars 1944, il n'est pas inquiété une seule fois. Vous n'êtes, lui ni toi ni Christine l'objet d'aucun contrôle ou menace. Il a fait ce qu'il fallait.

— Où veux-tu en venir ? Que je pardonne à Simon Lewenthal ? *Adieu et pardon !* J'exècre adieu et pardon. Je ne passe pas d'une obscurité aux ténèbres. Il s'entête à rester parmi les bourreaux. Par cette folie, il me tue. Si tu as pour dessein de le justifier, Melville, si tu veux de moi pitié pour sa peine qui, en regard de la mienne, est incommensurable parce que je suis vivante, je suis encore vivante et lui mort, si tu veux que je pénètre et comprenne l'agonie de Simon Lewenthal, tu donnes tort à la mienne. Sa faute n'a pas d'égale. Et la mienne, qui n'ai su l'empêcher. Etais-je la seule à trembler tous les jours, la seule à craindre pour la vie d'un aimé ? J'avais de la chance, n'est-ce pas ? Nous nous en étions bien sortis, nous autres. Il nous en avait bien sortis. Je n'avais qu'à patienter, chaque semaine qui passait promettait la fin des abominations. Le temps venait, disait-il, où nous demanderions des comptes !…

— J'en viens à établir que, bien que jouissant de ce statut, Simon Lewenthal, prend les dispositions d'un homme qui ne sous-estime en rien la situation. Dès juillet 1941, anticipant le décret qui exclut les juifs des professions industrielles, il transfère à ton nom toutes les parts qu'il possède, soustrayant ainsi l'entreprise B&G au risque de l'aryanisation. Rien ne pourra être versé à la Caisse des dépôts et consignations, mis sous séquestre ni spolié de la rue de Lille, de l'usine… Je veux en venir à ce constat qu'il n'a rien pris à la légère. Il ne court aucun des risques dont son statut semble le protéger. Durant toute l'Occupation, il a le comportement de quelqu'un qui ne se fait pas d'illusions, lucide, prévoyant. Il opère selon une logique personnelle, un plan qu'il exécute, étape par étape. Il reste en France, à son poste, parce qu'il le peut. Je veux dire qu'il se prémunit, toi avec lui, contre toute éventualité. Un homme comme lui ne peut être pris en défaut.

Il faut s'évanouir, vomir, le cœur doit se rompre. Elle doit s'absenter. Que tombent les murs, la maison, la ville, qu'un obus explose, anéantisse tout à l'instant, mais il ne se passe rien sous le cercle d'or de la lampe. Seulement ses dents, le claquement irrépressible qui secoue la mâchoire, elle se vide de son sang pour cet homme livré seul à l'abominable nuit de sa solitude, il est nu, pitié pour lui, il n'a plus personne au monde, qui tirera une balle de pitié dans sa nuque. Où que tu aies fini, mon amour, paix, paix mon amour, et pour moi absolution…

Implacable, un à un, Melville tire les documents du dossier, les présente sous la lampe.

— Cette lettre, 20 février 1944.

Trois lignes dactylographiées, pleine page, que lit Camille, pour la première fois, se peut-il vraiment que *dansent* des caractères, chacun sous le doigt qui les a tapés, un à un, sur un clavier infernal, la feuille, l'enveloppe. Postée rue du Louvre.

— *Espionnage administratif.* Dénonciation anonyme. Le 2 mars 1944, Lemoine te téléphone : la Gestapo perquisitionne à Choisy, interroge le personnel, réclame le directeur. Par exception, Simon est rue de Lille, il rentre de voyage. Dans l'heure, il prend la décision de se cacher. Ce n'est pas une mince décision, de la part d'un homme aussi pondéré, aussi prudent, organisé. Le risque est immense, moindre cependant que ce qu'il redoute, qu'il a évalué. Si la Gestapo se présente à Choisy, c'est d'une gravité qu'il juge assez grande pour courir le risque, et te le faire courir, d'entrer dans la clandestinité, de connaître la vie des gens recherchés et traqués. Il connaît un réseau, qui procure des appartements, il a des adresses. Il a anticipé. Il n'est pas pris de court. Il est tout, sauf un homme affolé, démuni.

Il l'était. Durant ces quelques semaines où il se cache, Camille vit seule rue de Lille, dans leur grand appartement désert. A la demande de Simon, elle a confié Christine à Mme Lemoine. Quand elle a une adresse sûre où le retrouver, elle lui fournit ce qu'un homme traqué ne peut se procurer, sans quoi, dès que dans la rue, il en prend l'air : du linge, une cravate, un costume propres. Elle apprend des ruses absurdes, comme quitter une rame au moment où se referment les portes, attendre sur le quai le métro suivant pour voir qui s'y attarde avec vous. Dans la rue, revenir brusquement en sens inverse à la rencontre frontale de ceux qui vont dans votre dos. Dans chaque quartier repérer tel passage qui traverse le pâté d'immeubles, enfile une courette à poubelles, donne issue sur un vestibule qui soit sans concierge. Marcher d'un air dégagé, mains libres. Au reclus qui manque de tout, elle porte parfois une eau de toilette, une bouteille de médoc. Avec lui, elle étudie les comptes de l'entreprise, le consulte sur des questions contingentes, une manière de résister, de le maintenir dans la vie du dehors. Mais c'est une telle misère que de le voir ainsi, acculé à cet état indigne, cet homme de pouvoir, honoré et craint par les puissants dont il a été le rival, banquiers et hommes d'affaires, cet homme brillant, désirable et bon, son intelligence, sa noblesse d'esprit ainsi dégradées en bassesse, et leur amour bafoué. Elle-même avilie par la mue qui les défigure, quand le monde s'éloigne d'eux, fait d'eux ces fantômes livrés à leur détresse sans issue. Ils dissimulent, s'épargnant par le mensonge et la feinte, rusant pour tenir encore par une sorte d'entraînement machinal, et ils n'ont plus la force de rappeler à eux le bonheur qui a été le leur, les années bénies, la foi ardente et le désir, ne se touchant plus que des mains froides, dans la hâte et la honte, contaminés par la laideur de ces murs étrangers, ces sinistres appartements vides… Repassant par ces rues, levant la tête, il lui arrive parfois de porter son regard à un étage, une fenêtre, circulant à sa guise dans tel appartement aujourd'hui habité, sachant mieux que personne comment la lumière y entre au crépuscule, comment, dès midi, il s'ombre du grand platane qui borde l'avenue…

Elle n'a oublié aucune des adresses, 25 rue Delambre, 5 avenue de l'Observatoire, 18 rue des Cendres… Au premier, au cinquième, deuxième étage, les appartements où Simon s'est caché durant ces semaines. Il en a gravi les cages d'escalier, longé les paliers, les corridors avec, avant d'ouvrir chaque porte, l'angoisse de cette serrure inusitée qui refusera peut-être de jouer, du voisin surgi sur le palier qui dévisage, descend en se retournant, l'adresse est peut-être surveillée, la planque dénoncée. Dans la pénombre franchir le seuil, entrer dans l'odeur des murs abandonnés, où vivaient récemment des familles, des gens inconnus, ils ne sont plus là. Ils se sont dispersés, ils ont passé les frontières, ils sont loin, arrêtés, ou tués. Leur logement vide est utilisé par les réseaux de Résistance qui tiennent à jour l'inventaire insensé de ces refuges provisoires, toujours renouvelés. Il faut se déchausser tout de suite, pas de bruit, encore en pardessus et chapeau traverser sur la pointe des pieds jusqu'à la fenêtre, inspecter la rue, froid de glace insinué dans les os, paralysé d'immobilité sur un matelas de fortune attendre durant des heures la visite de Camille, qui portera de quoi tenir trois jours, du savon, des lames de rasoir, un journal, avant qu'un inconnu ne surgisse, disant qu'il faut partir vite, changer d'adresse dans l'heure. Durant ces semaines, elle retourne à l'usine de Choisy tenir sa place, épouse du grand patron. Lemoine est à son poste, terrifiée de la voir serrer d'une main de marbre celle de Beugnot, disputant pied à pied ses prérogatives à l'administrateur provisoire. Ivre d'une immunité illusoire, elle pourrait assommer quiconque entraverait sa marche, elle est extraordinairement vivante. D'une témérité sans frein pour disputer son droit aux secrétaires, aux larbins qui collaborent aux postes de direction. Durant ces semaines, tous deux ont cru que cela durerait, qu'il fallait seulement tenir jusqu'au débarquement des Alliés, de mois en mois reporté, dont circule le bruit, parmi tant de nouvelles à celle-là s'accroche l'espoir. En avril, l'aviation des Alliés bombarde la gare de Villeneuve-Saint-Georges et de Juvisy-Triage, pilonne toute une nuit installations électriques et téléphoniques, voies ferrées, caténaires, dépôts et halles de transbordement et, du bureau directorial qu'il occupe au dernier étage, l'administrateur Beugnot contemple au loin, stupéfait, les ruines de la gare : de là partent les convois de céréales, réquisition pour l'Allemagne. Il a du souci à se faire, le petit Beugnot… C'est ce qu'elle raconte à Simon, y a-t-il de quoi en rire ? Ils en rient, pourtant. De la tête du petit Beugnot, sentant le vent tourner, prenant des airs navrés pour compatir de son mari absent… Le 12 mai 1944, Simon est arrêté rue des Cendres. Interné à Drancy, déporté le 15, convoi 73.

A présent, Camille ne cherche plus le secours des bras, c'est elle qui étreint les épaules de Melville, se penchant sur son dossier relié de chamois, sur ces liasses qu'il compulse, ces feuillets un à un tirés sous le cercle de la lampe, dont la lumière radiographie la laideur ; d'où sortent-ils ? D'où ces documents infâmes proviennent-ils ? Dans quel dessein se met-il en peine de les extraire du cloaque où ils croupissent, de reconstituer leur chronologie cruelle. Dans quel maquis se déplace-t-il, l'indice est faible, chasseur perdu dans les ruines de la déflagration, que cherches-tu dans ces décombres infects. Laisse ce cimetière, il est ma propriété exclusive, mon séjour, n'y touche pas. A quoi il oppose qu'il n'y a pas d'exclusivité à se souvenir. Rien ne se ruine du temps qu'on ne soumette à la révision, quelle que soit la visée de mémoire ou d'histoire qui travaille à l'enfouir, la nier, elle se récrit, chacun y collabore. Si faibles soient leurs signes, les actions humaines impriment et gravent leur œuvre en des lieux indistincts, longtemps elles demeurent en des gisements ignorés, elles résistent, et la pensée aussi résiste, exige et se cabre, rien ne passe, non. Cela nous appartient.

— Ces pièces sont uniques. Les archives ont été mises au pilon pour discrimination raciale, en 1947. Celles qui y ont échappé s'entassent au ministère des Anciens Combattants, qui s'en soucie ? Les greniers, les caves de nos ministères, de nos préfectures et sous-préfectures débordent de ces fichiers puants, correspondances, listes, formulaires administratifs, lettres de dénonciation. Ils sont toxiques. Un danger national. Un jour ou l'autre, ce qui reste de la comptabilité vétilleuse des assassins sera versé dans une décharge, brûlé, anéanti. Leurs auteurs auront enfin la paix. Tu veux avoir la paix, Camille ?

Non, elle ne veut pas la paix. Elle est plus à son aise dans la guerre que dans la paix, un monstre à l'image de celui qu'elle rêvait tout à l'heure. Il faut conserver intacte la douleur, la garder pure dans l'alcool sec du malheur. La paix, son tumulte d'euphorie, femmes tondues, crapules pendues aux crochets de boucher, ne la concernent pas. Cela n'a rien d'un état de grâce. La normalisation non plus, du jour au lendemain concorde et justice expéditives, les tueurs rentrent dans l'ombre. A chaque coin de rue, elle les flaire comme entre bêtes on se sent sans se voir, surtout celles qui vont le dos rond. Elle veut garder bouillante la sauce noire de son malheur, au ventre sa colique, reine du silence. Elle ne revient pas rue de Lille, n'y est jamais revenue, Melville a tout mis au garde-meuble et donné le dernier tour de clé. De cette époque, tout se brouille et se contredit, un no man's land que la douleur ne franchit pas encore. Nous laisserons en son état l'abominable chantier des faits. Il n'y a pas de faits, que le souvenir confus de leur énoncé dans une langue étrangère qu'on n'apprendra jamais : Simon est mort. Il ne reviendra pas. Tandis qu'on se bat dans Paris, que les chars de la 2e DB de Leclerc remontent les Champs-Elysées dans la liesse générale, elle dort. Elle dormait déjà à Choisy, sur la couchette de Simon, errant dans son bureau dévasté, hagarde de fatigue, sans faim, tête creuse, c'est un souvenir heureux. Si atroce que cela semble, comment nommer l'assouvissement animal de ces jours de solitude, de silence… De quinze jours, elle n'a quitté le bureau d'altitude, l'usine désertée par la grève générale, égarée dans sa vastitude de hangars ouverts au vent chaud, indifférente au soulèvement populaire, aux cris de victoire des résistants de la dernière heure, les forces alliées encerclent la ville… Elle n'a retrouvé Elise qu'ensuite, dans cette pagaille s'est échouée dans le seul refuge de sa librairie, des bras d'Elise, alors elle est tombée malade. Une langueur mortelle dont elle ne se souvient pas, dont elle ne se rappelle que la longue convalescence, au fond de la vallée de Chevreuse, hébétée de léthargie. Pour enregistrer le verdict, mieux vaut n'en sortir que par prudents degrés, brefs épisodes de visites à la réalité que trouble le filtre des loupes, étranges bouquets d'Elise, toujours renouvelés, dormir entre deux lectures de Louis, deux ordonnances du médecin de campagne qui empeste le tabac mentholé, alors cela a pris un retard phénoménal. Louis est là, et Sacha, ils portent du caviar et des chocolats fins, des alcools introuvables. Le chat Socrate ronronne sur le bord de la fenêtre, se chauffant derrière la vitre au soleil d'automne… Par quel égarement contre nature le bonheur peut-il muer en cet abcès, puant les odeurs de charnier. De ce monstre, on ne guérit pas.

Ensuite, il reste à opérer sur soi la chirurgie, localiser sans hésiter la zone infectée, sectionner le circuit du cortex, annihiler ses fonctions. Tuer cette chose ravageante de la mémoire immédiate en cultivant l'immunité de l'amnésie, qui rend surpuissant. Sacrifier tout souvenir des temps heureux, jamais les beaux jours ne reviendront. Ce qui a été ne peut plus ne pas avoir été. Ne touche à rien, Melville, je te l'interdis, dit-elle s'il aborde ce sujet. Ce sont mes munitions, n'y touche pas. Laisse intacte la guerre, laisse le sang cailler à la place où il a coulé, j'en fais mon affaire. Toi, tu as pris des villes, fait sauter des ponts, tu as lancé des grenades, place nette : tu en redemandes. Moi, j'ai dormi tout mon saoul, mis mon mal en conserve, chacun son urée. Je vais vieillir en silence. Dix ans, vingt ans ce n'est pas la mer à boire. J'en ai cinquante, je m'arrange très bien d'oublier et de ne rien oublier, c'est ma manière à moi. A force, elle avait fini par se persuader qu'il y renonçait, mais le dossier à peau de chamois, maintenant ouvert sur la table, contient ce qu'elle a refusé d'apprendre, durant toutes ces années. Il met fin à la guerre, il promet un ordre, insupportable à imaginer, qui menace son instinct de *conservation* et ses munitions.

— La liste du convoi 73 est perdue. Le seul de cette période qui ne parte pas à Auschwitz, mais à Kovno, en Lituanie. Ou à Reval, en Estonie. On ne sait rien de ces camps, sauf que les SS et leurs auxiliaires lituaniens y exterminent de manière systématique. Le camp est libéré par les Soviétiques, le 1er août 1945. Je n'ai trouvé trace de qui que ce soit qui en soit rentré, en l'état des listes que tentent de reconstituer, ici ou là, les parents de déportés… Ils ne parlent pas aisément. Ils ne veulent pas, ou personne n'est prêt à les écouter. Vois comme toi et moi avons de mal, comme cela demande d'effort et de peine… Comme tu l'as si longtemps refusé, et moi redouté… Voici l'acte de disparition, délivré à son nom, en 1950, qui vaut acte de décès et te déclare veuve. Le ministère des Anciens Combattants et des Victimes de guerre, qui délivre ces attestations, tient le registre des disparus. Je suis allé avenue Foch, au huitième bureau, direction des contentieux de l'état civil et des recherches. Sur Kovno ou Reval, très peu de choses… Peut-être, sait-on, quelqu'un en est-il revenu, un survivant qui l'y aura rencontré ? Nous devons le supposer pour que cette femme qui aborde William ait entendu parler de lui. Nombre de ceux qui sont rentrés des camps ont rapporté les noms de ceux qui y sont restés ; ils témoignent. De qui d'autre saurait-elle que tu es la femme de Simon Lewenthal, que tu gardes la tresse de cheveux d'une amie morte ? Cette sorte de détails sert de signe de reconnaissance. Quelqu'un dont la mémoire n'a pas renoncé a parlé de lui à cette femme, ou à un de ses proches. C'est ce que je retournais dans ma chambre, au moment où tu es venue. Peut-on dormir avec une telle nouvelle ! Quelqu'un en RDA se souvient de Demain et veut te le faire savoir. Te rappelle, par-delà la mort, ce que Simon Lewenthal te demandait. William n'invente pas le nom de Demain, comment le pourrait-il ? Il l'entend sans comprendre que c'en est un, il répète ces paroles par conscience, par scrupule, parce que nous le pressons de questions. Il cherche à restituer tout de ce que dit la femme, y compris ce qu'il considère comme facultatif, parce qu'il veut se justifier, donner des gages de sa sincérité et de sa conviction, inquiet de l'effet de ce qu'il rapporte, et si nous prêtons foi à ce qu'il raconte, nous pensons que cette rencontre a bien eu lieu, et qu'elle a un sens : cette femme t'adresse un message. Elle dit que *tu dois penser à Demain.*

Melville avait repris le petit billet jauni, infligeait à Camille sa lecture nouvelle et, à la persuader il mettait un tel désespoir, qu'elle suivait son doigt, tel un enfant épelle à l'école.

— *TERMINÉ Patient*... Simon Lewenthal signifie qu'il n'est plus désormais M. Patient. Il est *maintenant Demain* et cela te procure une *clé.* Une *DATE*, dont tu dois te souvenir. Peu importent les années, qu'importe le temps passé, il n'est pas perdu. Il ne l'est pas, puisque cette nuit tu reviens lire avec moi ce billet maudit. Lisons-le *maintenant.* Tu sais ce dont il parle, tu le sais et ne veux pas encore le savoir, mais je peux t'y aider. Je veille sur toi, mon amour. Oh Camille, n'aie pas peur de moi, je ne te veux pas de mal !

Elle pleure à présent, elle qui ne pleure plus jamais. Cœur sec, barricadé, cœur absent, il a fallu tant de résolution pour continuer de vivre, de courage. On se demande où les gens le trouvent. Nombre de ceux qui ont traversé ces années de nuit et de terreur, ces épreuves surhumaines, reprennent la marche du temps, le battement de leur cœur malade se poursuit, une respiration succède à une autre et les heures, les jours s'égrènent. Ils éloignent du laps étrange où l'on était soi-même sans l'être, où l'on accomplissait des actes auxquels l'on n'était pas préparé, dans cette incompétence d'une acuité inouïe, d'une intelligence qu'on ne retrouvera pas, où l'on subissait des souffrances et éprouvait des affres auxquelles rien ne ressemble, si invraisemblables qu'on doute les avoir ressenties, dont l'intensité devait être mortelle, et ne l'a pas été. Dans cet encerclement, il n'y a nulle issue et pourtant, il s'en est trouvé une. On ignore à quel moment elle se présente sans qu'on la reconnaisse. L'on était déjà hors d'atteinte, l'on continuait de vivre quand l'on devait être anéanti, mais la cage thoracique s'allège, la respiration se fait plus large, plus profonde, elle va chercher en des alvéoles oubliés, que la peur a obturés, le vent porteur des espaces du monde dévore le front et fait battre les paupières. Puis il y a un jour où un chatoiement de poussière dans le rayon de soleil, une gorgée de vin, le grésillement d'une libellule posée sur la margelle du puits distraient de soi, de purs événements sensuels dont la grâce étourdit, exempte de tout remords et culpabilité, l'ordalie du ciel rétablit le temps invécu qu'on n'envisageait plus, alors il se fait tard, si tard, le souvenir involue en une petitesse infime de souci que l'esprit apparente à la fiction et tient pour mensongère. Il voudrait durer, se présenter encore mais sa faible réclamation échoue à passer outre l'interdiction, le tendre leurre de la vie l'a converti en appât du jour suivant, et l'on ne pleure plus, l'on ne ressent plus le poids dévastateur qui exprimait de la poitrine les épuisants sanglots, des yeux les larmes intarissables.

C'est pour Melville qu'elle pleure à présent, de chagrin désolant pour elle et pour lui qui aime sans contrepartie, de qui l'abnégation et l'amour sont sans limites, il sait tout d'elle et ne la condamne pas. Tout ce temps, à son insu, il accomplit pour elle ce qu'elle ne veut pas. Il la laisse, à *sa manière à elle*, se rétablir parmi les vivants, oublier et ne rien oublier. Il attend de longue patience que le jour vienne, et même admet l'éventualité qu'il ne vienne pas, malgré tout travaillant à reconstituer une mémoire vouée à disparaître, comme les archives déposées dans les caves et les greniers, ce qui en reste, le sont parce que considérées comme nulles et non avenues, au nom d'une raison d'Etat que certains s'accordent à trouver salutaire : il faut refonder la nation, oublier ce qui divise et tourmente. Qui aujourd'hui tient à fouiller ce cloaque, qui ose y plonger sa main ? Affronter ce qu'il recèle d'abominable, et le tirer au jour aveuglant de la justice, réclamer sentence. Pour cette femme, à titre privé, cela représente un grave danger. Il faut se munir d'infini amour et pitié cruelle pour le braver. Melville seul en a le droit, qui a pris en charge de veiller sur elle et de l'épargner, autant qu'il l'a pu. Il n'a pas vu venir l'instant, cela dépasse ses prévisions. Même s'il s'y préparait, celui-ci le prend au dépourvu, et c'était aussi dans son calcul qu'il ne serait pas prêt, qu'aucun moment ne serait le bon pour dire ce qui doit être dit et bouleverser le temps.

Melville a refermé le dossier, il le range à cette place qu'il occupe depuis tant d'années dans son bureau, parmi les autres dont elle ne veut pas entendre parler. Contiennent-ils d'aussi affreuses et navrantes archives, et vivons-nous parmi elles sans vouloir entendre ni voir ce qu'elles recèlent, refusant de distinguer autour de nous ce qu'elles dénoncent de notre histoire.

— Laissons notre pauvre William ignorer ce qu'il provoque. Comment lui en vouloir ?… Ah, j'ai cru que ses mots seraient *en l'air*. Qu'ils passeraient sans t'atteindre, sans bruit… Je l'ai même souhaité. Mais pouvons-nous faire que, l'un et l'autre, nous ne les ayons *entendus* ? Tu dois relire le billet de Drancy, Camille. Tu le dois maintenant.

— Je le ferai, murmure-t-elle. Je le ferai, Etienne. Bien que cela me désespère, vainque en moi tout courage. Bien que je commence de deviner ce que Simon désignait, m'enjoignait de faire, qui n'a plus de sens aujourd'hui… Il a adopté autrefois le nom de Patient pour vivre une double vie à Villeneuve-Saint-Georges, dans une maison de banlieue où il allait se réfugier, pour n'être plus Simon Lewenthal, mais un autre… En un temps où il n'avait pas besoin de se cacher, il le faisait, comme s'il avait toujours su qu'il devait soustraire au monde une part de soi et la préserver par ce moyen… Je connais cette maison, bien que je n'y sois jamais entrée. Du haut de son bureau, à Choisy, il me montrait parfois son point à l'horizon, parmi les toits lointains qui miroitaient au soleil et je savais que, là-bas, il était seul, seul avec ce secret qu'il ne pouvait partager, parce qu'il ignorait lui-même de quoi il était fait. Le cœur me fend de ne l'avoir compris, alors. Si grand était l'amour que j'avais de lui, je n'ai pas pénétré ce secret de sa personne, et que sais-je de toi que j'aime, que connais-tu de moi que tu aimes si bien, que savons-nous les uns des autres qui nous aimons ? Je suis heureuse, oui, heureuse, que cet endroit ait été bombardé. C'est affreux à dire, en raison de tous les morts de Villeneuve et de Juvisy. Heureuse que nous ayons quitté le siège de Choisy, cette usine où je l'ai connu, où j'ai travaillé comme ouvrière en contrebande… Que j'étais jeune, alors ! Comme j'étais insouciante et naïve… Comme je croyais en la vie clémente, malgré Oranienburg, malgré cette barbarie que j'ai vue, de mes yeux vue, en sa hideur entière. Ta grand-mère de Digne était un ange de miséricorde, et toi mon ami. J'ai eu un bébé, béni de bonté, que m'a-t-il été ravi ?… J'ai eu une petite fille si belle, si vivante, il ne fallait lui faire de mal d'aucune manière… Il ne pouvait rien lui arriver puisque nous l'aimions, puisqu'elle avait pour père le meilleur des hommes. Oh Etienne, penser à Demain, quelle désespérance…

X

Vendredi 11 octobre

Au palais Bourbon, ce n'était pas la foule des grands jours à la sortie de séance, la session budgétaire ne passionnait guère la presse, donc non plus l'opinion ; en réalité, depuis quinze jours, c'était guerre d'usure, le débat sur les finances de 1964 visait essentiellement à diviser l'opposition, déjà affaiblie, déjà empêtrée. La rumeur d'une élection présidentielle anticipée, lancée par la phrase sibylline du Général, échauffait davantage les esprits. Pour le reste, cela se passait dans la rue, autour de la question du porte-monnaie de la ménagère, du pouvoir d'achat : l'agitation sociale faisait les gros titres, grève des banques annoncée à la fin du mois, à quoi s'ajoutait la polémique sur la rentrée scolaire ; interpellé, Fouchet ferraillait sur les chiffres de l'Education nationale. Quelques journalistes, qui tapaient de la semelle dans la salle des pas perdus, se précipitaient pour la forme, micros tendus, vers les députés quittant l'hémicycle, négligeant les élus de province, les obscurs, les sans-grades, qui se hâtaient vers la sortie, assaillant celui qui serait à même d'offrir, à défaut d'une information, la formule du jour pour pimenter un peu le journal télévisé. Celui-là se rengorgeait. Si, de surcroît, l'un des journalistes le tutoyait, c'était bon signe : on ne gouverne plus sans la communication. Après quelques hésitations dédaigneuses, de Gaulle a adopté d'instinct l'arme nouvelle. Avec la caméra, il a le rapport fascinant du fauve à la gazelle, qui pour la séduire roucoule, rugit, gouaille, rocaille ; sens inné de la posture, du geste, de l'accent, du grand art. Ce théâtre le révèle photogénique. Un comble, lui de qui la trogne inspire la caricature. Pourtant, tronc coupé, c'est ingrat. De son anatomie de colosse, de son buste grand comme un buffet, de ses bras, envergure d'avirons, de sa tête, nez en promontoire, oreilles décollées, de sa lippe, il fait un avantage. A son exemple, il est devenu indispensable de passer au journal du soir. Trente secondes de télévision valent des journées de tréteaux à battre la campagne. L'image publique, c'est bien mieux que tous les suffrages. Ceux qui émergent du lot conquièrent distinction royale : depuis que Martin Guillemot était devenu de ceux-là, il était aux anges.

Quelques mois auparavant, lors du violent débat sur l'élection du président au suffrage universel direct, lors du vote de la motion de censure, il s'était distingué par sa pugnacité contre l'opposition qui attaquait de Gaulle pour son refus de la démission du gouvernement Pompidou. Fronde qu'il avait tournée en ridicule, retors, frisant l'insulte envers les constitutionnalistes : ce coup d'éclat lui avait valu consécration publique. En une semaine, il était passé de l'anonymat à la notoriété, quatre fois au journal télévisé, tables rondes et interviews, accueilli avec les honneurs aux studios de la rue Cognacq-Jay, cette heure de gloire l'avait propulsé. Depuis le succès du référendum qui s'en était suivi, il passait pour un pilier de l'UNR, la rumeur le disait en cour, introduit auprès des conseillers, promis à une promotion dans un cabinet. Il avait l'oreille de tel proche de De Gaulle, accès aux dossiers sensibles, sa parole était autorisée. Il était en bonne place dans le carnet d'adresses des journalistes, prioritaire désormais, consulté pour un oui pour un non. Un de ceux qu'on coince à la sortie des séances, que l'on sollicite pour un entretien privé dans le salon Delacroix, un aparté au vu et au su de tous, cela vaut de l'or. Le mieux : sur une banquette rouge de la buvette des parlementaires, sous ses beaux plafonds et ses panneaux en céramique de Sèvres. Petits services rendus, confidences, tuyaux de première main ; même s'ils le sont de seconde, même si vous parlez de la pluie et du beau temps, c'est l'image qui compte : l'essentiel est qu'on vous ait vu en conversation avec l'interlocuteur idoine. Guillemot était devenu l'oracle et, même s'il y avait des hauts et des bas, il se flattait d'avoir obtenu depuis cette date respect et considération de Baumel, qui le consultait entre deux portes, lui glissait l'information amicale encore chaude. Eventée dans les vingt-quatre heures mais, entre-temps, le tout est de savoir s'en servir, de deviner ce que l'on attend de vous en haut lieu, d'un revenu inestimable.

Ceux qui n'ont pas compris ça sont éliminés. Chaque tribu, la plus sauvage, le sait : il faut se secourir soi-même, avec les moyens du bord. Pas de quartier, pas de sentiment. Seuls survivent les coriaces, les cuirs épais ; les faibles s'éliminent, selon la loi du plus fort.

Il adorait cette histoire de son enfance, un petit livre de récits d'aventures, les hordes de pionniers à peine débarqués d'Europe se lançant sur les routes glacées du Nord canadien vers l'eldorado de l'Ouest, soumis à des températures polaires, grimpés sur le chariot brinquebalant aux bâches flottantes. La famille s'éclaircissait, décimée : sélection, dès les premiers jours. Les trop malingres, nourrissons, vieux, tous ceux qui n'avaient pas l'instinct de survie, le réflexe d'adaptation thermique, balayés au vent des plaines, jetés à bas du chariot, laissant un à un le tumulus de leur tombe derrière. N'atteignaient l'Alberta que les plus endurants. Ils en avaient tant vu que rien ne pouvait plus les abattre, ni les Indiens, ni les conditions de vie infernales. L'eau pouvait geler dans les brocs, fendre les pierres, les maladies menacer, la famine, les voisins hostiles, la saine loi naturelle faisait son tri. D'une certaine manière, cette lecture d'enfance avait été son socle de référence. Aucun des livres savants de sa bibliothèque ne contenait d'aussi profonde leçon, simple et lumineuse que celle-là. Elle lui avait servi en toutes circonstances, surtout pendant la guerre, chacun pour soi.

Alors cet outil providentiel de la télévision, aussi implacable et sélectif que les faveurs d'Ancien Régime, il en bénissait la puissance. D'autant qu'à présent ce n'étaient plus les complications des débuts, l'attirail pénible et les installations à n'en plus finir. Maintenant, les techniciens étaient tous équipés de l'Eclair-Coutant, caméra légère, un bijou. Portée à l'épaule, à la hanche, un appareil mobile malgré ses dix kilos, les malins savaient même courir avec, le preneur de son tendant sa perche à leur suite pour les reportages rapides. On n'avait plus à prendre la pose, à déclamer son discours, cela prenait l'allure d'une confidence intime, sans regard à la caméra, sans forcer la voix, naturel. Le téléspectateur avait l'impression qu'on lui parlait en vieil ami à l'oreille. Martin s'entendait bien avec les journalistes de Cognacq-Jay, une connivence de renards, des types venus de la radio qui savaient poser les questions, l'équipe de leurs techniciens faite à leur main, soudée par l'habitude de réagir ensemble, en chevau-légers de l'information.

— Ce débat sur la loi de finances, c'est ingrat à faire passer, hein ? Ce n'est pas un sujet très yéyé, plaisantait Guillemot, histoire de se mettre en jambes.

La caméra ne tournait pas encore, ces petits apartés détendent l'atmosphère, ils donnent le ton.

— On y va ?

— Nos amis du Centre et du Rassemblement démocratique savent de quel côté penche la raison. Ils se rallieront. M. Lecanuet ne peut vouloir passer pour un antigaulliste sommaire… Contre l'obstruction stérile de la gauche, la majorité reste solidaire.

— Il y a beaucoup de rangs vides, dans l'hémicycle…

— Les petites gelées, beau temps pour la chasse, n'est-ce pas ?… Vous couperez ça, hein, les gars ?

Rires complaisants dans le petit groupe agglutiné autour de l'équipe. Mais reprenant son sérieux, il se raclait la gorge :

— Nos adversaires prétendent que c'est "à prendre ou à laisser", mais notre majorité assume son soutien inconditionnel au gouvernement. Les commissions ont bien travaillé, les textes vont dans le bon sens. Nous sommes plus critiques que ne le dit l'opposition : de nous viennent les amendements les plus efficaces. Nous sommes sérieux, nous. Nous pensons que la rigueur budgétaire et la stabilisation économique de notre pays sont d'un enjeu vital : baisse des prix, apaisement social, équilibre de notre commerce extérieur, plein emploi. Sans compter l'aménagement du territoire, et la régionalisation, dans la perspective de l'Europe… Nous préparons le Ve Plan, en plaçant les prévisions de notre économie dans le même cadre que celles des différents organismes internationaux, du Marché commun de l'OCDE… Le Parlement y sera associé, n'en déplaise à ceux qui geignent qu'il ne soit qu'une chambre d'enregistrement. Qu'ils assistent aux débats !

De la routine, vaticiner en roue libre ne mange pas de pain.

— Savez-vous qui est Monsieur X ? Quel crédit accordez-vous à une élection anticipée ?

— Interrogez donc M. Servan-Schreiber, tirez-lui les vers du nez. Qu'il sorte son diable du tiroir et nous rirons bien…

Deux minutes, cela suffit. Plus long, ils coupent, ils montent, ils trafiquent. Le député mettait fin à l'interview de son propre chef, il se dégageait, fendant la petite foule résiduelle. Il avait deux coups de fil urgents à donner depuis la cabine de la buvette, avant de filer. Cette histoire de Monsieur X tombait bien, finalement, le général est fin politique. Cela donnait du grain à moudre à l'opinion, diversion opportune, toute la presse en faisait des gorges chaudes. Un mystère éventé, toutes les rédactions savaient le nom de Defferre, que poussait *L'Express*. Le sujet faisait monter les tirages, c'était de bonne guerre. *Monsieur X pourra expliquer aux Français combien de milliards manipulent, à d'autres fins, MM. Pompidou, Giscard d'Estaing, Dassault et quelques associés du pouvoir pendant que le préposé à l'Education nationale est chargé d'amuser le tapis. Cela intéressera les Français…* Servan-Schreiber, Ferniot et Giroud ont beau pisser de la copie au kilomètre sur leur candidat-surprise, leur complot fera long feu. Un adversaire de la taille de De Gaulle n'est pas encore né. Une providence que cet homme-là, l'Histoire en produit un par siècle… Ce vendredi avait déjà déserté la buvette, les provinciaux couraient vers les gares, leurs trains et leurs permanences, seuls les Parisiens s'attardaient un peu ; il n'y avait personne à la cabine.

Guillemot appela chez lui. La sonnerie retentit un certain temps avant que quelqu'un ne décroche. Comme il l'espérait, c'était Abigael. Cette fois, il avait retrouvé son nom sans peine. Voix feutrée, elle parlait bas. Elle était à l'appareil dans le vestibule, au pied de l'escalier.

Cet espace ouvert, un vrai carrefour, vraiment très pratique pour avoir des échanges privés…

— Prenez la communication dans mon bureau. J'attends.

Le temps qu'elle passe dans la pièce attenante, qu'elle parte raccrocher l'écouteur sur l'autre poste, revienne, il patientait dans la cabine en tapotant la tablette en acajou de la pointe de son stylo.

— Vous avez fermé la porte ?

— Oui, monsieur.

— Bien. Donnez-moi des nouvelles.

— Elles sont bonnes, monsieur, chuchotait Abigael. La livraison de fuel a bien eu lieu mercredi. Celle de vin, hier. La télévision ne marchait pas, hier soir, l'image était brouillée. Mme Bertille a manqué son feuilleton. Comme elle voulait absolument voir le magazine de Raymond Marcillac, ce soir, *Sept jours du monde*, j'ai fait venir le réparateur. Ce matin, il est monté corriger l'antenne sur le toit, tout va très bien. Madame a plutôt bon appétit. Elle colle des photos dans un album. Elle a reçu la couturière, hier. Mme Tison a laissé sa facture. Je me permets de rappeler à Monsieur qu'il doit passer chez le fourreur chercher le vison de Madame pour l'hiver. Il est prêt, je m'en suis assurée…

— Je n'y manquerai pas. C'est tout ?

— Ce n'est pas tout… Mme Viviane est venue aujourd'hui.

— Ma fille ! Elle est venue voir sa mère ?

— C'est-à-dire… Non, elle ne l'a pas vue. Tante Bertille non plus. Elle s'est présentée au moment de la sieste, en plein après-midi.

— Qu'est-elle venue faire, alors ?

— Elle est venue avec une amie, en voiture. Elles sont descendues à la cave…

— Quoi ? A la cave ! Une amie ? Quelle amie ?

— Je l'ignore, monsieur.

— Alors vous laissez entrer n'importe qui dans ma cave !

Il tonnait dans l'écouteur, un quidam se retournait, il tira tout à fait la porte.

— Mme Viviane ne m'a pas demandé mon avis.

— Que sont-elles venues foutre dans ma cave ?

— Elles ont emporté un certain nombre de caisses.

— Quoi ! Comment ça, des caisses ? Quelles caisses ? C'est fort ! Je vous signale que c'est sans mon autorisation…

— Je l'ai supposé, monsieur. C'est pourquoi j'ai tenté de vous joindre, mais vous étiez en séance, m'a-t-on dit.

— Des caisses de quoi, nom de Dieu ? On peut donc me dévaliser en mon absence ! Comment ne vous y êtes-vous pas opposée ?

— Je m'y suis opposée de mon mieux. J'ai objecté que vous n'étiez pas là, que je n'avais pas votre accord, que ce n'était pas convenable. Mais Mme Viviane a déclaré qu'elle se passait de votre accord. Qu'elle avait le droit de reprendre ce qui lui appartient. Les cadeaux de son mariage… Elle m'a même spécifié que vous ne pouviez les garder. Que c'était du recel. Elles les ont chargées dans la voiture, et elles sont reparties. Cela n'a pas pris plus d'une demi-heure. Je suis désolée, monsieur, mais j'étais seule… La cuisinière était sortie pour nos provisions. La garde n'arrive qu'à cinq heures. Je n'ai pas voulu déranger Madame, au risque d'une crise. Quant à Mme Bertille, sur sa chaise roulante… Je vous présente toutes mes excuses, c'est ma faute, disait la voix chevrotante, au bord des larmes.

— Du recel ! Quel culot ! Tonnerre de Dieu !

Silence au bout du fil. Il eut un pincement d'inquiétude.

— Abigael ?
— Oui, monsieur, reniflait la voix.
— Ne le prenez pas en mauvaise part, disait-il, radoucissant sa voix. Ce n'est pas votre faute. Je vous remercie de tout ce que vous faites en mon absence. Dorénavant, ne lui ouvrez plus la porte. Entendez-vous ?
— Oui, monsieur.
— J'en fais mon affaire. Du recel ! A-t-elle dit où elle allait ? Je ne sais même pas où habite ma fille…
— Non, monsieur, elle n'en a rien dit. Je ne le lui ai pas demandé.
— Bon. Je m'en remets à vous. Vous êtes très bien, Abigael. Ce n'est pas très facile, en ce moment. Je ne rentre pas, ce week-end.
— S'il en était besoin, comment puis-je vous joindre ?
— Je vous appellerai moi-même. Bonsoir, mon petit.
Il raccrocha, abasourdi, furieux, considéra un instant la tablette, où d'autres petits points trouaient l'acajou. Il n'était pas le seul à y venger ses contrariétés. A l'instant, la sienne était violente. Lui remontait la scène, vieille de huit jours, les insolences, l'odieux déballage, le départ de Viviane. Celle-là dépassait les bornes. *Ses* cadeaux de mariage ! Cette morveuse n'allait quand même pas le mener par le nez ! Il la mettrait au pas, et en vitesse. Mais il avait tant de soucis que cette affaire lui parut subalterne, il remit sa colère à plus tard. Il composa le numéro de son beau-frère, à la mairie du Mesnil, ligne directe. Il sauta les préambules, encore étranglé d'exaspération. Avec cette taxation des plus-values foncières, votée sous peu, il ne fallait plus tarder à valider les derniers actes de propriété en suspens, boucler le dossier qui traînait à la SAMIP. Que les titres soient versés fissa à la société : on ne va pas attendre le couperet.
— Tu calcules un peu ce qu'on y perdrait ? S'il le faut, force la main aux derniers hésitants : une rallonge,

un dessous-de-table confortable. Notre caisse sert à ça. D'ici quelques mois, le temps de la publication du décret, la fiscalité va nous tomber dessus. Il n'y a plus que les Armand qui restent en plan… Où en est-on ?

Du côté des Donné, au point mort. Mais un courrier de la FNSEA était arrivé à la mairie, en recommandé, avec accusé de réception. Un état des lieux qui rappelait le contentieux et concluait à l'impossibilité technique de la transaction, quelle que soit l'offre. Rédigé par un avocat. Il invoquait une clause de tout tenant…

— Qu'est-ce que c'est que ça ? Jamais entendu parler…

— De ces dispositions d'un autre siècle, qui empêchent de vendre par parcelles. J'ai mis notre expert là-dessus, il recherche la jurisprudence dans ces cas. Cela tient davantage aux us et coutumes qu'au droit. Mais c'est un casse-tête : avec le remembrement des terres, pas moins de dix affaires en cours insolubles, un peu partout en France. Avant qu'elles ne soient jugées, l'eau aura coulé sous les ponts.

— On n'a pas le temps de la laisser couler, on n'a plus le temps de finasser.

— Je vais voir du côté de Michel Debatisse, suggérait Lubin. Je vais lui toucher un mot de son avocat…

— Surtout pas. Debatisse est un paysan comme eux, ne l'oublie pas. Il soigne son Centre national des jeunes agriculteurs, le fils Donné en fait partie. La FNSEA a intérêt à défendre ses jeunes paysans. A la Mutualité, il leur a vanté le système du *deficiency payments*, il appelle à la subvention d'Etat, et il sympathise avec Pisani. C'est sensible, en ce moment. Les prix de la consommation, l'inflation, la concurrence du marché des viandes congelées, leur pouvoir d'achat en berne… Ne touche pas à Debatisse. Cet avocat qui nous envoie du recommandé, qui est-ce ?

— Un petit merdeux pète-sec, très imbu.

— Renseigne-toi sur lui. Son parcours, ses études, sa famille. Il a des crédits au cul ? Il a besoin d'argent ? Il est marié ? Il a une maîtresse ?

— Tu es mieux placé que moi pour faire ça. Occupe-t'en, mais fais vite. Comment va Betty ?

— Comme d'habitude. Elle a entériné le départ de Viviane, elle ne demande plus après elle. Après Sabine non plus, d'ailleurs. J'ai d'autres chats à fouetter. Comment s'appelle-t-il, ce bavard ?

— Morconi.

— Je vais voir ce que je peux faire…

— Jeanne organise un buffet samedi soir, avec les conseillers du canton. Tu pourrais être là ? Ce serait bien que tu fasses une apparition, ne serait-ce qu'à l'apéritif…

— Demain soir… Je ne te promets rien : j'ai des affaires à régler à Paris… Je ferai de mon mieux…

Demain soir, il serait loin. Et même s'il ne l'avait été, il ne se serait pas payé le déplacement, un aller-retour jusqu'au Mesnil, rien que pour s'enfiler un verre avec la piétaille, flatter les commensaux de son beau-frère. Il avait d'autres projets pour son week-end, et même pour lundi : il serait absent de l'hémicycle pour la reprise de séance. Pour une fois que Lucile n'était pas de garde, pour une fois qu'il avait pris ses dispositions, s'était dégagé de toute obligation, ils avaient trois jours entiers devant eux… Abigael veillait sur Betty, il pouvait partir tranquille. Discrète, judicieuse, efficace. Excellente recrue, cette fille. Et dire qu'il avait failli l'effrayer… Elle était au bord des larmes, choquée par la descente de Viviane. Recel ! Le mot le suffoquait. Petite garce, tante Bertille a raison. Où est-elle allée pêcher ça, qui le lui a soufflé ? Qu'elle aille au diable avec la quincaillerie de ses noces ! Abigael a fait de son mieux, elle a même eu le bon réflexe de l'appeler à l'Assemblée, un bon point pour elle. Surtout ne pas bousculer cette fille, qu'elle n'aille pas abandonner son poste, rendre son tablier, comme on le disait autrefois. Il serait dans de beaux draps, ce week-end, si l'idée lui en passait par la tête, après ses reproches ! Il l'imaginait là-bas, debout dans le bureau, à la fin de la communication pleurant près du téléphone… Mais non, elle n'oserait pas quitter la maison. Rapport à l'agence de recrutement. Elle attendrait au moins son retour, et, d'ici là, elle se serait calmée. Je lui rapporterai quelque chose de Bruges, une bricole en souvenir, pour la consoler. Encore qu'offrir des cadeaux aux domestiques vous rend débiteur. Il n'avait à s'excuser ni à se disculper. Souvent absent, mais maître chez soi. Il venait tout simplement de le rappeler à cette fille. Tout en menant ce petit débat, il restait dans la cabine, l'impression qu'il oubliait encore quelque chose, qui lui revint en tête. Il dut chercher le numéro de téléphone dans son agenda.

— Un dénommé Morconi. Avocat-conseil pour la FNSEA, mais il ne doit pas en vivre. Il exerce sûrement ailleurs, dans un cabinet… Tout ce que tu peux trouver sur lui d'emmerdant. Tu peux faire ça pour moi, Jo ?

Jo Camier le pouvait. Il le lui devait. Les frères Camier lui devaient beaucoup de choses. Lui et son petit frère, gros déménageur, entreprise florissante, un parc de trente camions couvrant toute la France. Grâce à qui ?… Mais celui-là surtout, le cadet Jo, une tête brûlée. Recasé à la Préfecture, casier judiciaire nettoyé. C'est qu'avec son copain, le truand José Redrosa, il avait laissé des souvenirs à l'Institut dentaire, le centre de tortures de l'avenue de Clichy, et rue Lauriston ; un peu trop zélé. A la Libération, il s'était enterré quinze jours à Noisy, au fond d'une citerne, dans le jardin ouvrier de son paternel. Une incarcération pas très confortable, mais ce petit séjour était moindre mal. Les FFI et les tribunaux du *peuple* ne faisaient pas de détail, tabassages, lynchages, exécutions sommaires. Jo n'avait quand même pu échapper à la Cour de justice, en 1946. Ceux qui y siégeaient, commissaires, magistrats, étaient moins regardants, deux ans plus tôt… Puis les choses s'étaient calmées. Tout le monde d'accord pour effacer l'ardoise, et ceux qui ne l'étaient pas étaient trop occupés à se procurer des cartes de pain, on manquait de tout. L'appareil industriel et commercial en panne, les destructions de la guerre, le marché noir et la délinquance, la pénurie de charbon, hiver 1946, grèves et manifestations, cela avait du bon pour calmer les excités de l'épuration. Puis petits arrangements, témoins de moralité, bibi en personne : il avait obtenu appel du jugement, révision. Pour finir, Jo Camier s'en était bien sorti. Que toute trace ait disparu de ses démêlés judiciaires, Martin Guillemot n'en aurait pas juré. Il y en avait peut-être encore à moisir dans les cartons d'archives de la Préfecture de Paris ou dans celles de la Sûreté nationale, mais qui va fouiller, aujourd'hui ? Cependant, s'il n'y en avait pas en circulation, il s'en trouvait à l'abri. Dans son coffre. Quelques documents sous clé, on ne sait quand ils peuvent resservir. En tout cas, même s'il n'en avait jamais informé Jo et autres débiteurs de son acabit, ceux-ci savaient qu'ils avaient l'épée sur la tête. Ils se gardaient bien de poser la question du nettoyage intégral, pas de ces indélicatesses entre amis. D'ailleurs, de ces dossiers, il en dormait en lieu sûr sur pas mal de monde. A commencer par le patron, le préfet Papon, blanchi à Bordeaux par de Gaulle soi-même, entre quatre yeux. Maintenant commandeur de la Légion d'honneur, s'il vous plaît. Le comité départemental de la Gironde, pas plus que les Anciens Combattants de la Seine ne s'en étaient laissé conter sur ses états de service de résistant tardif, mais voilà : l'autorité d'Etat, la raison d'Etat, et surtout le péril rouge, l'ennemi communiste… Cela soude, cela allège les consciences. De ces pactes sur mesure, combien en avaient bénéficié, grands et petits commis ? Services réciproques, et nous ne parlerons plus de rien. Un préfet qui vous refroidit l'ardeur des terroristes du FLN dans la Seine, comment se passer de lui ? Comment se passer de moi ? Guilleret, le député quittait la cabine, consultait sa montre, maintenant très pressé de fuir les lieux, tout à fait désertés d'ailleurs. Seul traînait le barman, un dénommé Frizou, toujours présent au poste, sa serviette aux plis impeccables sur le coude. D'où ce pépère chauve, rondouillard et jovial, tenait-il son surnom ? Que faisait-il, durant ces années-là, lui aussi ? Si l'on commence à mettre son nez dans l'histoire des gens, on tombe sur de drôles de surprises… On n'en sort pas. C'est fatigant.

— Bonsoir, Frizou.

— Bonsoir, monsieur Guillemot.

Il arrêta un taxi sur le boulevard Saint-Germain.

— Gare du Nord !

Il s'abandonna enfin sur les coussins, soupira profondément avec l'impression délicieuse de laisser derrière lui tracas et contrariétés, cette traîne pesante s'effilochant dans le rétroviseur parmi les voitures qui filaient, libéré des responsabilités, du souci, du ressentiment, des calculs pénibles à tous les étages de la conscience, ce va-et-vient d'ascenseur évacué dans un oubli léger de fumée virevoltante, avec l'enchantement enfantin du week-end pour perspective. Pour l'instant, celle du boulevard Sébastopol qu'ils remontaient, tandis que défilaient les vitrines déjà éclairées, la foule encombrant les trottoirs, et bientôt la gare du Nord illuminée. A cette heure où bascule le jour, entre chien et loup fuir en contrebande, voler vers la femme aimée qui vous attend sur le quai d'une gare, est une félicité, rejoindre Lucile en amoureux, insouciant, billets en poche, un luxe princier. Ce soir, ils seraient loin, et ensemble, et qu'importe la destination, qu'importent la ville, le paysage, ce sera à l'inspiration Bruges, Bruxelles ou Ostende, c'est elle qui en décide. Elle est ma maîtresse, songeait-il avec un rude frisson à l'échine, ceinturant ses reins et bandant son ventre svelte, dressant son pénis entre ses cuisses, fléché vers la femme désirée, vers la conque de son sexe délectable, l'oreille secrète où fouir à plaisir et, c'était décidé, au retour, il lui offrirait la sanguine de Watteau, le petit tableau de son bureau, qu'à elle il destinait, un présent à la hauteur de sa gratitude. De sa vie, il n'avait consenti un tel sacrifice, personne ne lui avait inspiré un geste d'aussi libre dépouillement. Le prix du bonheur, savourait-il, évaluant la plénitude du cadeau royal qu'il se faisait à lui-même.

— Jean Cocteau est mort !

Elise se tenait sur le seuil, surgie de la petite cuisine, toute pâle, stupéfiée par la nouvelle qu'elle venait d'apprendre. Elle tenait encore sa théière à la main, dans l'autre la passoire, qui gouttait sur le plancher de la librairie. Leni levait le nez de son livre, plus interdite par sa consternation spectaculaire que par cette perte d'une personne, inconnue d'elle. Ce devait être quelqu'un de ses proches pour la bouleverser ainsi. Ou quelque voisin important du quartier, car les clients qui attendaient à la caisse compatissaient déjà, effarés par l'événement. C'en était un, vu leur mine contristée. En ce genre de circonstance, tout le monde fait la même tête. La dame en tailleur copié de Chanel battait follement des cils, se bâillonnant de la main gantée, de l'autre tendant à la jeune fille *La Passerelle* de Jean Freustié, à qui venait d'être décerné le nouveau prix Roger-Nimier.

— Il n'aura pas survécu de beaucoup à son amie… Edith Piaf l'emporte dans sa tombe, Seigneur !

A défaut de recueillement, un petit frisson courut, à cause de cette coïncidence sensationnelle de ces décès, coup sur coup, deux monstres sacrés abattus : l'académicien couronné de ses lauriers et la chanteuse des rues adulée par la foule, cela faisait un beau couple funèbre, très saisissant pour l'imagination et le sentiment. Il faut les dieux pour fomenter de telles noces, pour rappeler, de l'éclat de leur foudre, l'éphémère condition des puissants auréolés par la gloire, comme celle des simples mortels. En ces temps profanes, une pincée de sacré relève le goût de la soupe du soir. Leni rendait la monnaie, dont les pièces tintaient dans le porte-monnaie de la dame. La jeune Allemande faisait office de temps en temps, pour dépanner Elise, quand elle passait la voir à la librairie, manière de s'acquitter un peu de sa dette, pour le loyer de sa chambre, pour les livres qu'elle prenait sur les rayons, emportait chez elle et ne rendait pas toujours. Désargentée comme elle l'était, une aubaine que d'avoir pour bonne amie de sa mère cette protectrice si peu regardante, qui la laissait emprunter à discrétion. Cela lui évitait de les voler, comme elle le faisait à Cologne. De ce côté-là, le quartier Saint-Michel ne manquait pas de ressources mais, puisqu'elle avait où s'approvisionner, à quoi bon prendre des risques.

— Quel malheur ! soupirait à présent la dame. En voilà deux, qui nous manqueront bien ! Nous les enterrerons ensemble… L'étoile et le moineau de Paris…

Ces bonnes paroles ne consolaient pas Elise. Elle venait juste d'allumer la radio, le temps de faire bouillir l'eau du thé, cette nouvelle tombait, juste au moment où elle se versait une tasse, elle en était restée sidérée, jambes coupées. Mais qui autour d'elle mesurerait l'étendue de sa peine ? A ce génie, on pouvait bien passer toutes ses bêtises, ses frasques, ses inconséquences pendant la guerre, et ses outrances, quel immense artiste il était ! Quel bel ami, élégant, généreux, radin par fantaisie, dandy écorché vif, sublime poète livré à ses démons, et combien de fois était-il venu ici présenter ses livres, lui qui était tellement sollicité, avec sa grâce de cynique moquant ses adulateurs, flattant ses détracteurs. Comme il savait séduire et tourmenter ses proches, les faire tourner en bourrique, juvénile, et si gai ! Les années clairsemaient son toupet : "J'ai l'âge de la tour Eiffel", aimait-il à dire… Elise en suffoquait de chagrin. Elle ravalait ses larmes, s'en retournait à la cuisine et vidait sa tasse d'un trait, insensible à la brûlure du breuvage. Il n'est plus, avec lui il emporte tant de souvenirs ! Il avait si bien su trouver les mots, à la mort de M. Brasier, comme il avait été tendre, et plein de compassion sincère… Se démenant pour la sortir d'affaire, sans s'en vanter, sans jouer les stars. Les étoiles, il les avait dans les yeux. De ces étoiles dessinées de sa belle main de graphiste inspiré ; elle en avait une, à elle. Jean lui avait dédicacé *Le Cordon ombilical*, son dernier livre. Une étoile enchaînée à sa signature, paraphe céleste… Toutes affaires cessantes, laissant là son thé et la radio allumée, elle déboula dans la librairie :

— Je vais faire une vitrine avec ses livres, rien qu'avec ses livres. J'en ai tant, à la réserve, depuis les tout premiers… Je suis sûre que j'ai encore les éditions originales d'*Opium*, de *La Machine infernale*, *Les Enfants terribles*… Toute sa poésie, tout son théâtre, ses essais… Je ferme tout de suite, en signe de deuil. Demain, il aura sa vitrine. M'aideras-tu, Leni ?

Leni ne pouvait pas l'aider, elle avait un rendez-vous absolument urgent à la Sorbonne, dans la demi-heure.

— Alors, je la ferai seule. Fiche le camp, je ferme.

Si péremptoire et fâchée que la jeune fille obtempéra, entassant en hâte dans sa serviette les volumes qu'elle avait sélectionnés pour son usage personnel. Elise la poussait déjà vers la porte.

— Quand tu auras une minute à perdre, pense à donner de tes nouvelles à ta mère. Je me bats les flancs pour inventer celles que je n'ai pas. C'est un monde que tu ne le fasses pas toi-même ! Ça va, tu te débrouilles quand même ?

Leni avait l'air de se débrouiller. Elle portait des pulls informes, son sempiternel jean usé : n'en avait-elle aucun autre à se mettre, ou bien étaient-ils tous dans le même état ? Elle l'embrassait du coin du menton.

— File ! Tiens ! Emporte ça, pour ton instruction... Celui-là, je te le donne.

Elle lui glissait *Les Parents terribles*, en Livre de Poche et, pour faire bonne mesure, un petit fascicule des éditions Cazzoni, le recueil d'un poète kabyle. Elle tournait la clé sur ses talons, s'enfermant avec sa peine.

Le soir tombe, l'air humide embue le halo des lampes qui viennent de s'allumer dans la rue Notre-Dame-des-Champs, Leni frissonne. Elle n'a sur elle que sa chemisette de pilou et son gros pull marin du surplus d'Anvers, son bonnet de laine polonais enfoncé jusqu'aux oreilles, enroulée autour du cou l'écharpe multicolore, tricotée avec des chutes de pelotes par Grete, pour ses douze ans, élimée, mais encore bonne pour le service ; la jeune Allemande est spartiate. Frugale, et même ascétique. Elle sait se contenter de très peu, une économie de guerre à laquelle Grete l'a entraînée, loi de pénurie, morale de pauvres, principe politique. Non seulement on en prend l'habitude, mais le goût. Récupérer, inventer un deuxième usage à ce qui ne sert plus, user à la corde ses quelques chiches affaires de corps, les chaussures, les torchons comme les crayons, c'est politique, oui. Tout objet, tout vêtement acheté neuf : compromis avec le capital, cadeau à l'ennemi. Leni pratique le troc chaque fois qu'elle le peut, la valeur d'usage pour étalon, échange équitable des biens et des services, le moins possible toucher à l'argent. Les billets de banque, une saleté qui poisse, par mille mains souillés, sueur du travail mal rémunéré, que tirent les profiteurs de la masse aliénée, exploitation de l'homme par l'homme. On ne peut s'en passer, pour le moment. Mais le temps viendra.

Elle enfonce ses poings dans les poches, sa lourde serviette tiraillant au poignet. Marcher d'un bon pas réchauffe au bout de cent mètres ; à cinq cents, l'on transpire, autonomie du combustible organique, carburant naturel, la machine humaine génère sa propre énergie, pourvu qu'on l'approvisionne en calories utiles. Céréales pour les sucres lents, lait et fromages pour les lipides, les protéines. Un fruit par jour. Pas de viande, seulement des œufs, à la rigueur du poisson. De confiseries ni de gâteaux, produits frelatés ; et pas de chewing-gum. Outre que sa mastication épouse celle de la langue américaine, en imprime au palais l'articulation bovine, elle a le souvenir ulcéré de sa première plaquette, lancée d'un char par un libérateur yankee, hilare dans les ruines fumantes de Berlin : elle, pelée, galeuse, comme un singe de zoo décortique la chlorophylle chimique, dents sitôt collées par cette matière infecte. Les files, alors, pour obtenir trois pommes de terre pourries, mastiquées dans la cave inondée où Grete et elle grelottent, dévorées de poux… Son seul luxe : le tabac. Leni est enchantée des sachets de petit gris et du papier, Rizla+ ou Job, de se rouler de petites cigarettes bien serrées, d'humecter du bout de la langue le bord gommé, sans en perdre une brindille. S'en rouler une en marchant, elle sait le faire, mais ce soir, elle a l'onglée, et elle est pressée.

Elle a hâte d'atteindre le café de la rue Soufflot où elle doit retrouver ses nouvelles connaissances, une bande d'étudiants rencontrés lors de son inscription, abordage spontané, curieux qu'elle s'expatrie, Allemande, pour suivre des cours en France, et tout disposés à remplir pour elle les formulaires, à la guider vers les bureaux idoines, à lui indiquer les secrétaires complaisantes et comment couper les files. A lui signaler les repaires du coin, les officines bon marché, les marchands de livres d'occasion et les coopératives de la corpo lettres. En contrepartie, elle écoute leur baratin militant de recruteurs. Elle se débrouille. Pour les astuces et les relations, elle n'a pas sa pareille. J'ai été à bonne école, Elise.

La rentrée approche, la Sorbonne est déjà en ébullition. En raison de la pénurie de places, les listes d'attente grossissent, le mécontentement monte : l'administration ventile les étudiants n'importe où et le surnombre attend son affectation, au petit bonheur la chance. Elle a commencé de repérer les cours les plus convoités, les noms qui circulent, mais elle s'en moque. Elle veut bien aller en philosophie générale, ou en épistémologie, faire de la sociologie ou de la métaphysique, tout est bon à prendre, elle fera son tri en cours de route. Elle a son programme d'études personnel, ses lectures, son projet s'accommode de n'importe quel cours magistral. Elle lit surtout la presse. Ce maquis de l'information française, elle a bien mis quinze jours pour s'y retrouver, repérer les quotidiens qui l'intéressent, les hebdomadaires, les publications plus confidentielles. Son autre luxe : acheter les journaux. Elle ne peut pas faucher tout le temps. Elle lit debout, consulte sans payer, tantôt au kiosque de la gare Montparnasse, tantôt à celui du boulevard Saint-Germain, entre la librairie de la Hune et le café de Flore, tantôt en bas de chez elle, chez le petit papetier qui la laisse tranquille pourvu qu'elle n'abîme pas et lui en achète un, de temps en temps. Cette revue de presse, sa drogue quotidienne, boulimique d'informations, moins pour suivre les événements que pour comprendre comment ceux-ci se traitent, se hiérarchisent les sujets, les gros titres, les brèves, les entrefilets. A l'affût d'une circulation occulte sous l'écume du jour, sous le ressac de surface, elle distingue les courants de fonds, convulsions, remous proches et lointains de la crise du Maghreb, rencontre de Ben Bella et de Hassan II ; les retombées du départ d'Adenauer ; la tension sino-soviétique, le rôle de Chou En-lai et les manœuvres de Mao Tsé-toung. Refus américain de retirer ses forces armées du Viêtnam… En Alabama, interdiction du gouverneur Wallace d'admettre des étudiants noirs à l'université, agressions raciales, six morts. Aujourd'hui : appel du Comité central du PCF à un programme commun ! Pour le quatorzième anniversaire de la RDA, Waldeck-Rochet et le syndicaliste Séguy incantent "un avenir pacifique de sécurité et de paix pour les peuples d'Europe et du monde", ils appellent RFA et RDA à la réconciliation, à unir leurs forces !… de mieux en mieux. C'est son pain quotidien, aussi nourrissant qu'œufs et céréales, aussi substantiel que ce que réclame le corps ; des munitions mentales pour l'immédiat, et pour l'avenir. Il faut penser à demain.

Au fond du café, en compagnie des trois garçons qu'elle doit retrouver, il y a deux filles inconnues, de nouvelles recrues, sans doute ? Ceux-là l'ont déjà introduite à l'UEC, elle les a suivis à quelques réunions pour écouter, sonder, prendre la température du bout de la patte, et elle sait déjà que le petit moche frileux, genre rond-de-cuir inséparable de sa serviette noire, s'active aussi à l'UNEF, qu'il écrit dans *Clarté*, le journal de l'Union des jeunes communistes, qu'il y est monté en grade depuis l'éviction de son directeur pour révisionnisme, une affaire qui a fait du bruit au parti communiste et secoué ses rangs. Ces dissidences et rivalités internes l'amusent, les étudier en observateur rapproché est d'un bon rapport, mais sans s'immiscer : en tant qu'étrangère, nouvellement débarquée, elle n'est pas obligée de commenter. Non plus de marquer dans quel mépris elle tient ces jeunes gens. Tant qu'ils lui servent de guides touristiques, elle garde le contact avec eux, patiemment attend d'en voir davantage, mais les petits camarades français lui semblent pour l'instant patauger dans bien des marécages. Les uns se revendiquent *gauchiste*s, les autres s'en servent d'insulte, ils voient partout les Renseignements généraux, ne s'interpellent que par surnoms et sobriquets. Comique. De là sortira-t-il peut-être quelque chose ? Par eux, elle fera d'autres rencontres intéressantes, peut-être ? Elle n'en est qu'à ses débuts, l'année s'annonce instructive. Elle se glisse sur la banquette, dénoue son écharpe, il fait une chaleur d'étuve.

— Tu tombes bien, Leni, l'accueille le rond-de-cuir : je m'en allais. Je t'ai porté de la lecture… A mardi. Tu sais où…

Caton, son nom de guerre et de plume, lui confie d'un air de conspirateur une chemise de documents hautement confidentiels et s'éclipse en vitesse, visiblement fulminant. Il plante sans un au revoir ses comparses, normaliens distingués, cravatés de ficelles et boutonneux, qu'elle a croisés à la dernière AG, place Paul-Painlevé, présentement occupés à draguer ces deux filles, des voisines de table qu'ils ont cru bon d'aborder, elle le comprend à retard, de chambrer avec des plaisanteries affligeantes, frisant la grossièreté. De si brillants sujets, on peut le supposer, réduits à ces inanités, le mâle contemporain progresse lentement. Les propos de ces deux mufles ont dû faire fuir Caton, un sectateur de la chasteté sexuelle, il en a la réputation, mais Leni subodore déjà que sa frousse des filles l'a converti à cette pureté de mœurs révolutionnaire. Elle commande un café noir, la boisson la moins chère, qu'elle a appris à faire durer trois heures et qu'elle trouve le plus souvent moyen de ne pas payer, ou bien de se faire offrir par Caton, ou par un autre de ceux qui se succèdent à la table du chef. Parfois, par exception, elle prend un bouillon de Viandox, pas très cher non plus, un breuvage tonique, même s'il est à base de condiments suspects. Ces cafés parisiens, elle en découvre le charme et l'avantage, elle commence à devenir familière de ceux du Quartier latin, chacun sa particularité, sa population, son atmosphère. A cette heure, celui-là est envahi de groupes tapageurs qui traînent aux tables, pas une de libre, les conversations bruyantes se répercutent aux plafonds dans un brouhaha pénible, la fumée des cigarettes fait un brouillard bleu que les lampes irisent. Les cours n'ont pas commencé, mais la communauté étudiante se ressoude, déjà sur le pied de guerre en raison des promesses ministérielles non tenues, manque de laboratoires, manque de places dans les amphithéâtres, et des projets de réforme de la licence et du CAPES. Les deux filles n'ont pas l'air de trouver drôles les fines reparties des normaliens à la peine, Laurel et Hardy continuent leur duo en toute impunité, sans se formaliser de son arrivée, la prenant à témoin, sans doute, de leur audace virile.

— Vous avez vos capotes ? finit-elle par leur demander ingénument.

Leur tête ! L'un d'eux a violemment rougi, sa pomme d'Adam coincée en position haute. Les deux filles pouffent, en dépit de leur morosité évidente. Imperturbable, Leni lèche son papier gommé et roule son petit tuyau de tabac.

— Pour l'assaut, camarades, faut avoir son barda.

Elle éprouve à les choquer un contentement certain, pour les avoir déjà entendus se lâcher, fanfaronner devant elle comme devant les autres filles de l'UEC. Ils ne se gênent guère, comme si les femelles engagées à leurs côtés comptaient pour des prunes : on prône la révolution, mais le grand soir se fera entre hommes. Du coup, ils battent en retraite, ramassent leurs affaires et appellent le garçon pour régler leurs consommations.

— J'espère qu'on ne vous chasse pas ? ajoute-t-elle, battant des cils comme la dame de la librairie.

— Le SnesUp tient une AG dans le grand amphi. Tu viens ?…

— Non, j'ai de la lecture, s'excuse-t-elle donnant un coup de menton vers la chemise de Caton.

— A plus tard, alors…

— Merci de m'offrir le café, c'est très gentil de votre part, susurre-t-elle encore, pas très sûre d'obtenir gain de cause.

Mais les deux jeunes gens s'exécutent, bons seigneurs, sans rancune apparemment, et quittent le café en saluant à droite à gauche leurs connaissances nombreuses.

— C'est quelque chose, la galanterie française, se félicite-t-elle à mi-voix, assez distinctement pour que les deux filles l'entendent.

Non qu'elle attende de la gratitude pour les avoir débarrassées de ces guignols, ni qu'elle éprouve de la sympathie pour elles, mais se retrouver seule, alors qu'elle avait rendez-vous, elle trouve ça désobligeant. Etre lâchée par ces petits malins lui fait regretter d'avoir laissé Elise en plan, de ne pas avoir écouté ses tristesses et donné un petit coup de main à son installation funéraire. Elle a posé ses livres sur la table, tapote du doigt le Livre de Poche.

— Cocteau est mort, annonce-t-elle, en guise d'abordage. Vous savez qui c'est ?

— Ah bon, il est mort ! C'est notre poète national, vieille gloire… Vous êtes étrangère ?

Son petit accent teuton produit toujours le même effet, il facilite les contacts, il suscite l'intérêt, surtout qu'elle parle si bien le français. L'une des deux est vraiment curieuse, avec ses cheveux cendrés découvrant l'oreille, la fragilité de sa nuque nue est touchante, son visage en lame, teint mat, la pommette échauffée par l'atmosphère du café, et peut-être une affaire personnelle qui la préoccupe. Quant à sa compagne, frisons dorés en cascade sur le front, l'œil dur sous le mascara, elle boit à la paille une menthe à l'eau, l'air sombre. Facile de lier connaissance : Christine, Viviane, moi c'est Leni : je suis de Cologne, je suis inscrite en philo. Moi aussi, s'exclame Viviane, soudain plus aimable.

— Je vais aussi faire philo, cette année, renchérit Christine. Ça ne peut être pire que les Beaux-Arts : les garçons y valent largement ceux-là.

Elles sont cousines, ou à peu près, elles sont en première année de licence, encore en liste d'attente et, en attendant, viennent prendre l'air du quartier. En cinq minutes, elles ont fait le tour de leurs démarches et des tracasseries de la fac, elles en savent assez les unes des autres pour se tutoyer, et Leni pour estimer que celles-là ne vont pas aux AG de l'UEC, ni ne lisent les tracts ronéotypés que lui a laissés Caton pour sa gouverne. Christine s'est saisie du fascicule de poèmes, le retourne, intriguée.

— Tu t'intéresses à la poésie arabe ?

— Je vais voir ce que ça donne… C'est ma libraire préférée qui me l'a offert, en hommage à feu son ami Cocteau. Elle est aussi l'éditrice de la collection…

— Librairie *Brasier & Cazzoni* ? Elise Casson ?

— Tout juste. Tu la connais ?

— C'est une amie de ma mère !

— C'est une amie de la mienne… Le monde est petit. Le monde est un village, ironise Leni pour cacher sa surprise, et sa contrariété d'une telle coïncidence, déjà sur ses gardes.

— Nos mères se connaîtraient-elles aussi ?

Il y a peu de chances, mais voyons ? Non, Zeisser, Lewenthal, leurs noms échangés ne leur disent rien. Celui de Galay, que portait sa mère, jeune fille : peut-être Mme Zeisser l'a-t-elle connue sous ce nom-là ? Pas davantage, du moins Leni ne l'a pas entendue le prononcer. L'aurait-elle entendu, elle s'abstiendrait de l'avouer mais, puisque de ce côté-là il n'y a plus de danger, c'est un moyen de se présenter plus avant : ainsi Christine est-elle de la famille de la laiterie et des biscuits B&G, la fameuse firme ?

— Viviane l'est aussi, branche germaine. L'arbre est un peu compliqué, on te fera un dessin…

— Cela doit faire une sacrée impression de trimballer ce patronyme imprimé sur toutes les boîtes de lait et les pots de yaourts…

— Bel avantage, ricane Viviane.

— Moins je l'affiche, mieux je me porte, dédaigne Christine.

— Quand même, héritières d'un empire pareil ! Chez nous, ce serait du genre Farben ou Thyssen…

— Charmant. Merci bien…

— La comparaison te gêne ?

Elle le devrait, pense la jeune Allemande, si cette Christine et sa cousine Viviane n'ignoraient apparemment le passé nazi de ces industriels prospères de la chimie et des canons. Elles pourraient lui jeter à la figure qu'ils ont construit leurs usines au flanc des camps de concentration et tiré profit de la main-d'œuvre gratuite des déportés. Mais elles n'y sont pour rien, les procès ont eu lieu, l'ardoise est effacée, paraît-il ; elle n'a pas à faire leur éducation. La jeunesse européenne fraternise, une conversation anodine de bistrot ne va pas dégénérer en règlement de compte…

— Elle ne me flatte pas beaucoup, élude Christine. Et puis je ne suis héritière de rien. Si tu veux me coller l'étiquette de capitaliste, tu tombes mal : Viviane et moi, nous sommes fauchées.

— Moi de même. Nous sommes à égalité, alors…

Pour être égales, elles se dévisagent avec un intérêt nouveau, puisqu'elles vont se trouver sur les mêmes bancs, des mêmes amphis, cela crée une certaine connivence. Pour ce qui est de leur aspect, il est moins semblable. Celui de Leni est vraiment miteux, mais elle l'arbore avec une certaine prestance. A côté, même fatigué, l'imperméable de Viviane a un petit air coquet, le ciré noir de Christine franchement pimpant, là-dessous en jupe et pull, bleu pour l'une, kaki pour l'autre, du bon shetland moelleux. Elles en sont là de l'inspection réciproque de leur toilette et de leur échange d'amabilités, quand surgit un nouveau venu, que les cousines attendent visiblement. Un grand jeune homme s'approche de leur table, se faufilant tant bien que mal. Celui-ci n'a pas la dégaine des étudiants, quoique vêtu du même duffle-coat râpé qu'ils portent tous, il n'a pas leur âge non plus, plus âgé, surtout une manière affranchie et gauche d'arborer sa différence, quelque chose de brutal et dédaigneux, sa crinière en grosse brosse mal peignée, les traits abrupts. Il reste debout, mains aux poches, pas très amène.

— C'est Leni. Antoine, les présente Christine. Tu prends quelque chose ?

Non, il n'a pas le temps, mais il se glisse d'une fesse à côté de Viviane qui lui fait une place sur la banquette de moleskine.

— Cela s'est passé comme vous le vouliez ?

— Impeccable. Commando de choc.

— Vous n'avez pas embouti ma voiture ?

— Ne sois pas machiste, toi aussi, riposte Viviane. On conduit aussi bien que toi. On soulève les caisses comme des hommes…

— La 2 CV est pleine à ras bord, prévient Christine. On y est allées doucement, en revenant, ton pot d'échappement rasait le macadam.

— Bravo, les déménageuses ! rit-il, gentiment goguenard.

Son espèce de fossette au menton se creuse en sillon et son visage s'éclaire soudain. S'il pouvait se dérider plus souvent, pense Christine avec la satisfaction idiote que Leni l'ait vu ainsi quitter son air malcommode. Quel avantage y a-t-il que cette fille trouve Antoine séduisant, et qu'il le soit, qu'a-t-elle à en faire également ? Elle tire les clés de sa poche, encore chaudes d'y avoir séjourné, les lui tend, avec le plaisir du contact furtif de sa main toute froide, un instant enveloppant la sienne. Est-il vraiment le rôdeur sous le réverbère de la rue Stendhal ? Ne pas élucider cette question est très agréable. Ils se sont donné rendez-vous dans ce café pour lui rendre sa voiture, un emprunt pour leur expédition de l'après-midi à Genilly. Alex aurait bien prêté la sienne, mais il est parti à Tours, chez sa sœur pour le week-end : sans Antoine, comment auraient-elles fait ?

Exaspérée de se trouver sans le sou, battant la campagne pour s'inventer des ressources, qu'elle exclut absolument de mendier à son père, quant à maman, dans l'état où elle est, elle est interdite de chéquier, si elle en a jamais connu l'existence ; acculée à se faire héberger par Christine qui lui a cédé sa petite chambre, où elle campe en rongeant son frein, lui empruntant même tee-shirts et pyjama, réduite à la misère, pleure-t-elle, de rage, Viviane a eu l'idée subite, opportune, lumineuse, d'aller chercher ses affaires chez son père, à Genilly. De récupérer ses cadeaux de mariage. C'est devenu d'une urgence absolue, une idée fixe, qu'elle nourrit de toute sa hargne, une vengeance autant qu'une revanche. C'est à moi, affirme-t-elle, cela me revient. Tu ne t'imagines pas ce que je pourrai tirer de leur vente. De l'argenterie, tout un service de porcelaine, des objets d'art, des bibelots hors de prix, du linge brodé.

— Même mon alliance, ma bague de fiançailles : je les vends. Regarde-moi ces diamants. Qu'est-ce qu'on en tire, d'après toi ? Sans toi, je serais à la soupe populaire, c'est un monde ! Je suis là, à te squatter, à vider ton réfrigérateur, alors que les caisses dorment dans la cave de mon père, à quel titre ? Il n'a pas le droit de me les confisquer. C'est du recel, c'est du vol...

Et elle tombe en pleurs dans les bras de Christine. Elle fait des estimations au jugé, s'enivre de ses calculs : en économisant, elle en a bien pour deux ans de réserve. Mais jamais son père ne la laissera entrer... Jamais il ne lui laissera reprendre son bien. Ce seront des cris, des menaces à n'en plus finir. Encore une gifle ? Ça, non ! Et tante Bertille embusquée derrière lui, et maman dans les pommes, à tous les coups. Non, il faut faire une descente sans prévenir, au bon moment. Au moment où il n'est pas là, et cela arrive assez souvent. Ces jours-ci, il campe à l'Assemblée, il ne rentre même pas le soir. Elle fait son affaire de la bonne.

— Un commando rapide, un raid express, en es-tu ? Veux-tu m'aider, Christine ?

Celle-ci a alors objecté que ces cadeaux reviennent peut-être, un tout petit peu, pour moitié, au moins, à son mari. Fifty-fifty. Normalement. En bonne justice. Justice ! Viviane s'en étrangle d'indignation.

— Des clous. S'il y a une justice, ce cochon a tout juste droit à des glands.

Ce verdict écarquillant les yeux de sa cousine, Viviane s'est confiée tout à trac. Depuis huit jours qu'elle vit rue Buffon, soupçonnant une sombre histoire de famille, Christine n'a pas osé poser de question sur son départ précipité de la maison paternelle, qui a fort probablement un lien avec sa rupture conjugale radicale, peut-être avec l'accident des enfants, on ne touche pas sans quelque crainte à des sujets aussi sensibles. Et puis elle part tous les matins chez Blake Jr finir son stage, princièrement rémunéré, elle passe ses journées dehors ; de son côté, Viviane va faire la queue à la fac. Elles ne se retrouvent que pour aller au cinéma. Aux frais de Christine, cela va sans dire, comme le reste, ce que Viviane supporte mal. Elles n'ont pas eu l'occasion de beaucoup discuter, celle-ci se présente. Viviane lui a rapporté son grief, imprescriptible, en des termes, certes elliptiques, mais très choquants. Un viol ! Christine en a été outrée, abasourdie. La nuit où sont morts les petits enfants de Sabine, quel monstre ! Des glands, ça oui. Et pendu par les couilles, comme le cochon qu'il est. Qu'on lui coupe la bite en tranches. Elles rient à cette idée, soulagées, un peu gênées de ces mots grossiers, de ces termes crus, des images brutales qu'ils suscitent, troublées et ravies d'oser les prononcer. Con, bite, couilles, salaud, putain, zob… Dans leurs jolies bouches, cela fait un drôle de bruit, mais quel bien cela procure ! Grisées par leur audace, confortées par leur complicité de harengères, elles en sont venues à des confidences plus intimes, leur inexpérience, l'ignorance où les laisse leur éducation. Parle-t-on aux filles du sexe dans cette société d'hypocrites, avec ses curés et ses saletés, et sa permissivité honteuse ? Les mères se soucient-elles d'aborder ces sujets du sexe ?

— La mienne en est bien incapable, complètement dans les vapes, dit Viviane. Je préfère ne pas imaginer la vie qu'elle a eue avec papa, ça me dégoûte…

— La mienne n'en a jamais pris le temps, elle voyage, je suis le cadet de ses soucis, dit Christine, pour ne pas être en reste.

Cela aussi les trouble, parce que la vindicte, l'emportement, le déballage des contentieux mettent aussitôt à vif des douleurs anciennes, donnent le remords d'y aller si fort. Papa, maman ne sont pas si affreux que la colère le laisse entendre, l'enfance réclame des sentences moins sommaires, de quoi fondre de nostalgie pour le temps où ils étaient de bons et tendres parents, le ressentiment chavire, la culpabilité, les regrets, et ce sont tant de choses obscures de leur famille, de leur milieu, qu'elles ont à réviser, à confronter… Elles ont laissé le sujet en suspens, se sont consolées en vidant la bouteille de vodka.

— Dès que j'ai de l'argent, je t'en offre une caisse, promet Viviane, très grise, moitié riant, moitié pleurant.

Cette soirée a scellé entre elles une sympathie entière. Une solidarité féminine intense. Très remuée par cette confidence, par l'abomination que tout cela lui découvre, qui heurte la pudeur et la morale, Christine a révisé tout de son jugement sur les frivolités de Viviane. Elles se connaissent si peu, finalement ! Elle est tombée d'accord pour participer au rapt du trésor de guerre de Genilly, pour donner un coup de main à Viviane, une réquisition légitime. Comme il faut une voiture pour le transport, elle a eu l'idée de demander la sienne à Alex. Plutôt qu'à Antoine. D'abord la Peugeot, même vieille, est plus adaptée que la 2 CV poussive. Ensuite, elle n'est pas très sûre qu'Antoine appréciera le projet. Elle redoute son jugement, son sens ombrageux des choses droites, de passer à ses yeux pour une écervelée. Elle tient à son estime. Elle tient à ce qu'il ignore cette histoire scabreuse. Mais il a bien fallu avoir recours à lui, puisque Alex fait défaut. Et, à sa grande surprise, son grand contentement, il n'a pas trouvé si loufoque que Viviane aille récupérer ses affaires à Genilly. Non seulement il a bien voulu prêter sa 2 CV, ce vendredi où il a à faire à Paris, mais il a même suggéré de les entreposer chez lui : il connaît dans le coin des revendeurs pour faire estimer le butin. Ils sont de mèche avec des brocanteurs, aux puces de Montreuil ou de Clignancourt, bonne filière pour écouler le linge, les bibelots de moindre valeur. Quant à la belle vaisselle et l'argenterie, les objets d'art, il y a sûrement des salles des ventes spécialisées. Il s'est montré si coopératif que Christine en était confondue de gaieté. Ainsi est-il convenu qu'il emporte directement les caisses chez lui, ce soir, qu'elles viendront en faire l'inventaire à Nanterre, le week-end prochain. Cette perspective enchante Christine. Connaître le décor dans lequel vit Antoine, son quartier, son appartement, entrer dans l'intimité de sa vie, et qu'il y invite si simplement, lui donne des ailes.

— La voiture est garée de l'autre côté de la rue. On a gardé l'œil dessus, explique Viviane. Pas question qu'on nous fauche le chargement !

— Vous avez donc cambriolé un château ? s'amuse Leni, roulant une deuxième cigarette.

— J'aurais bien aimé, marmonne Viviane, redevenue sombre.

Très abstraite tandis qu'elle tirait des plans sur la comète, la descente à Genilly laisse un malaise. Dans le feu de l'action, pas le temps d'y réfléchir, il fallait faire vite. Mais, maintenant que c'est fait, que l'opération s'est déroulée sans accroc, sans en venir aux mains, ni cris, ni protestations, le mot de Leni tombe mal. Cambrioler, c'est bien ce qu'elle escomptait. Or elle n'a même pas eu à bousculer cette chiffe molle d'Abigael, ni à narguer tante Bertille. Alors rafler son petit butin, décamper sans frais, belle gloire. Dévaliser papa, vraiment héroïque… L'incriminer après ça ? Pauvre papa, il prend un sacré coup de vieux. Du coup, elle se trouve escroquée, un comble ! Elle ne va quand même pas en faire une victime, par-dessus le marché ! Des fautes, facile de lui en trouver : outrage, offenses, violences. La claque, impardonnable. Familles, je vous hais ! Elle a du mal à s'en convaincre, à digérer ce brouet indigeste, écœurant. Heureusement, il y a Christine. Il y a son ami Antoine. Puisqu'ils sont d'accord avec elle, puisqu'ils prêtent les mains à son expédition punitive, cela réconcilie un peu avec soi, cela dédouane de la mauvaise conscience…

— Je file, décrète Antoine. A l'occasion, allez voir *Jules et Jim*, il passe au Studio Bertrand…

— On est déjà allées au cinéma, hier soir. On a vu *Muriel.*

Christine n'est pas fâchée de montrer à Antoine qu'elle cultive sa cinéphilie, qu'elle fait des incursions volontaires sur son territoire. En réalité, elle n'entre plus dans une salle de cinéma sans se demander ce qu'il pensera de son choix, quel jugement il portera sur le film, et même, pendant la projection, elle s'ingénie à repérer les plans qui lui plairaient, des trucs qui *défrisent* le spectateur, selon son expression.

— Christine m'a traînée aux Ursulines. Je n'aime pas ce Resnais. Je n'ai rien compris à ce film, se plaint Viviane, exagérant sa maussaderie. Moi, ce que j'aime, c'est la réalité. J'aime les documentaires.

— J'en passe en ce moment, que tu apprécierais peut-être. Avez-vous vu *Nuit et Brouillard* ?

— *Nacht und Nebel*, précise Leni. Décret de Himmler, 7 décembre 1941.

Sa brusque sortie interloque. Elle a vu le film, elle le recommande. Elle souffle sa fumée, le visage perdu dans le nuage.

— C'est qui Himmler ? s'enquiert Viviane, sans conviction.

— Un compatriote, laisse tomber la jeune fille, écrasant son mégot. Bon, je rentre, moi aussi. A une autre fois, les filles… Salut, Antoine.

Elle est déjà loin, avec son bonnet de laine rêche enfoncé sur le front, son écharpe délavée, son pull informe, tirant de l'épaule sa lourde serviette.

— Quelle drôle de fille, murmure Christine. Il faudra que je demande à Elise d'où elle sort…

— A dimanche en huit, alors ? Je viendrai vous chercher à la gare de La Folie. Trois heures, ça vous va ?

Cela allait très bien. C'était même vachement très bien, un dimanche à Nanterre.

Luiza était fatiguée, épuisée, vannée, et elle ne rapportait que de mauvaises nouvelles. Le siège de l'association d'aide aux immigrés, rue Lepic, avait été saccagé. Une irruption brutale, ce matin ; il n'y avait que deux permanents à cette heure-là, ils n'avaient rien pu empêcher : en moins de dix minutes, affiches arrachées, machines à écrire cassées, dossiers éparpillés, meubles renversés. Ils cherchaient les tracts, au sujet de l'arrestation de Majid : ils n'avaient rien trouvé. Tout était encore chez l'imprimeur. C'était une descente de provocateurs, la police ou les Renseignements généraux qui tenaient l'association sous surveillance, filatures, intimidations… De là à passer aux actes ! De là à vandaliser impunément, jusqu'où iront-ils ? Ils avaient saisi l'avocat, la presse, mais cela ferait peu de vagues.

— Les gens s'en foutent, et même ils ne sont pas mécontents de ces exactions… Et puis, à l'école, c'est la pagaille. Il manque deux institutrices, les enfants sont en surnombre. On les regroupe dans une classe, en garderie, par demi-journées. Ils vont à tour de rôle suivre les leçons mais, avec cette désorganisation, ils ne tiennent pas en place. Il faut les amuser pour leur faire passer le temps, c'est un comble ! Des jeux, des chansons, faire de la répétition. Ils ne prennent pas ça au sérieux, et ils ont raison.

Jusqu'à la fin du mois, cela donnait un emploi à Luiza. En raison de son expérience d'animatrice, elle était engagée comme supplétive, en attendant que les choses rentrent dans l'ordre. On n'en prenait pas le chemin : près de trois cent mille élèves scolarisés de plus chaque année, et toujours des écoles trop petites, pour certaines construites au siècle dernier, des bâtiments de préfabriqués, pour pallier la pénurie : ils n'ont donc pas vu venir la vague des naissances d'après-guerre ? Que font les experts dans leurs bureaux, démographes et statisticiens ?

— D'ailleurs, il y a des grèves un peu partout. Au groupe Jean-Jaurès de Clichy, à Courbevoie, à Sarcelles. A Joigny, une institutrice refuse de faire classe à quarante enfants. Les parents protestataires la soutiennent mais on menace de leur supprimer les allocations familiales !… Cela dans les quartiers où les enfants ont le plus besoin de s'instruire. Où l'école est le plus nécessaire. On marche sur la tête !…

A sa fatigue, s'ajoutaient l'impuissance, et la colère. De surcroît, disait-elle, elle était passée voir son père, en rentrant. Il l'avait accablée de ses plaintes, une liste de récriminations qu'elle commençait à ne plus supporter. Cet appartement est bruyant, les cloisons sont trop minces, on entend tout, le va-et-vient de l'ascenseur, les voisins tirer leur chasse d'eau, faire la vaisselle, ouvrir et fermer le vide-ordures, on les entend se disputer, ronfler, et d'autres bruits plus indécents, et ils n'allumeront le chauffage collectif qu'à partir du 15 octobre. En attendant, avec le temps froid de ces derniers jours, il se gelait, devenu plus frileux avec l'âge, lui qui était si endurant, avait supporté des conditions de vie bien plus dures. Il faisait bouillir de l'eau sur le gaz, pour réchauffer sa cuisine.

— Il se plaint que sa boîte à lettres déborde de prospectus publicitaires, de n'avoir autour de lui que de jeunes couples qui disparaissent toute la journée et, le soir, leurs enfants font du bruit dans la cage d'escalier. Endettés jusqu'au cou, pas le rond pour autre chose que le crédit de leur télévision et de leur aspirateur. Il entend aussi leurs aspirateurs. Il n'a pas de voisins de son âge, avec qui parler. Il est tout seul. Il s'ennuie, voilà.

Effondrée sur le divan, Luiza torturait les coussins kabyles.

— Quand je pense au mal que je me suis donné pour lui obtenir ce F2, pour le sortir de son gourbi !... Un loyer de cent vingt francs, charges comprises. Il dit encore douze mille, il n'est toujours pas passé aux nouveaux francs ! C'est pourtant bien moins cher que le tien. C'est clair, c'est propre. Eh bien, non. Cela ne lui convient pas. Il regrette sa baraque dans la cité. Il regrette son village paumé du Portugal, son clocher et son épicerie. Il va finir par tomber malade. Heureusement qu'il a son transistor. Il l'écoute à longueur de journée, il monte le son au plus fort pour couvrir le bruit des voisins, qui protestent. Mon père me fatigue.

Ce qu'elle ne disait pas à Antoine, c'étaient les reproches permanents qu'il lui faisait sur sa vie, qui n'était pas convenable. Vivre en ménage sans être mariée, cela lui faisait honte, elle n'avait pas été élevée comme ça. Si sa mère était là, elle ne se conduirait pas si mal. Si elle ne s'était pas mise avec ce garçon, ils seraient rentrés au Portugal, tous les deux. Elle aurait trouvé un mari correct au pays. Au Portugal, avec Salazar et sa PIDE ! Jamais elle ne retournerait là-bas. Elle était d'ici, elle était française. N'avait-il pas assez goûté de la dictature ? N'avait-il pas payé assez cher, communiste incarcéré à la Caixa, tabassé, ses deux doigts écrasés.

— Cela te plaît donc tant, Dieu, Patrie et Famille ! Ou alors Fado, Fatima et Football, l'opium du peuple ? Et la guerre en Angola, là-dessus ! Massacres, répression coloniale dans toute sa sauvagerie, travail forcé, pillages. Il y en a, du pétrole et des diamants, et du café, et du coton, à voler aux *indigènes* ! Les soldats portugais font aux Angolais ce qu'on a fait à tes amis algériens… Tu veux vraiment retourner là-bas ?

Elle avait enfourché ce cheval pour faire diversion, pour ne pas le laisser dénigrer Antoine et la traîner dans la boue, ne pas lui laisser le temps de trouver les mots irréparables. Pendant qu'il récriminait, maman s'était assise à la table de la cuisine, floue dans la buée de l'eau qui bouillait sur le gaz. Elle était souvent là, dans cette cuisine qu'elle n'avait pas habitée. Elle n'avait pas eu le temps de connaître autre chose que la baraque de planches. Elle se tenait telle qu'en son souvenir de toute petite fille, un foulard noué à la nuque sous son chignon noir de corbeau, toujours en robe d'été, un semis fleuri inoubliable. Luiza aurait pu en dessiner les fleurettes bleues, leur corolle à cinq pétales et les deux feuilles stylisées, émeraude. Quelle que soit la saison, elle portait cette robe mais, à la place de son visage, il y avait un trou. C'est étrange, un visage en halo, sans nez, bouche ni yeux, sans front, sans joues ni menton. Une flottaison nuageuse, sans consistance, dans laquelle elle s'enfonçait sans qu'elle résiste, elle nageait dans cette nébuleuse sans rien atteindre, avec la poignante nostalgie d'en avoir connu l'apesanteur, la douceur liquide, l'accueil ineffable qui allège le corps, délie les membres et dissout les pensées, alors elle n'était plus Luiza, une femme de ce temps, mais une forme naine sans âge, toute recroquevillée et dorlotée de blancheur. C'était tout ce qui restait de maman. Elle se résumait à cela, sa robe, son absence de visage. Sur les photos, elle en avait un, mais pas au bout de la table, et c'était là qu'elle était la plus proche de sa vérité. Tandis que son père dévidait sa litanie, elle souriait à la robe d'été.

Antoine n'avait écouté ses récriminations que d'une oreille, de manière discontinue, entre ses voyages pour monter les caisses, qu'il entassait dans le séjour. Il avait souvent à entreposer son matériel du ciné-club mais, cette fois, c'était un véritable déménagement. Elle protesta contre cette invasion parce que, hier, elle avait fait un peu de ménage. Elle avait nettoyé les vitres et rangé le séjour, à peu près en ordre, pour une fois.

— Ce sera encore un vrai foutoir, ici ! J'en ai assez que la maison serve d'annexe à ta cabine…

Elle servait d'annexe à bien d'autres activités. On y hébergeait qui passait, sacs de couchage et machines de linge, dépannages rapides, qui séchaient au-dessus de la baignoire, table ouverte à l'improviste, dépôt permanent des dossiers d'immigrés de qui Luiza s'occupait, archives de l'association d'alphabétisation, pas un coin où poser ses fesses ; cette controverse était récurrente entre eux. Ce soir, Antoine n'était pas d'humeur à y revenir. Lui aussi avait eu une journée pénible, une réunion à l'UFOLEIS, pour la programmation de la saison, l'examen des formulaires de location des films, et une séance au Champollion avec son ami Lino, pour tester son nouveau projecteur qui avait besoin d'une mise au point. Il passait sous silence le contenu de la cargaison qu'il rapportait, un extra qui ne regardait que lui. Il n'était pas très sûr qu'il s'imposait d'en prendre la responsabilité, mais rendre service à Christine l'avait tenté. C'est-à-dire, c'est à sa cousine Viviane, qu'il rendait service. Pour des raisons qu'il n'avait pas l'intention de justifier. Même pour lui-même, cela restait en litige, une affaire limite, un peu contrariante sur le principe, pourtant qui satisfaisait obscurément un besoin de revanche. L'idée que la fille de Guillemot était en rupture de famille, qu'elle cherchait noise à son père, n'était pas pour lui déplaire. Cette zizanie, il en ignorait tenants et aboutissants, mais y contribuer vengeait son grief contre le clan Guillemot. Petite compensation, pas très glorieuse, mais elle se présentait. Et si douteuse que soit l'expédition des deux jeunes filles, puisque Christine y participait, en quelque sorte sans le savoir choisissait son camp, cela était assez agréable d'y penser. Quant au droit de Viviane à disposer de ses cadeaux de mariage, à la licité de cette récupération express, peut-être une entorse au droit, il s'exemptait de s'en assurer : il n'y a pas de vol entre époux, se disculpait-il, pas de larcin en famille, affaire privée. Quant à être le recéleur de cette prise de guerre, cela l'amusait beaucoup, opportun retour des choses envers des gens qui ne s'encombraient pas de tant de scrupules pour harceler son père. Pour l'insulter et le menacer…

Il n'allait pas exposer tout cela à Luiza, qu'il ne tenait pas au courant des histoires des Armand : d'ailleurs, elle ne lui racontait pas tout ce qu'elle décidait de son côté. D'un commun accord, ils avaient chacun champ libre pour mener leur vie, en toute liberté. Lui posait-il des questions sur ce formateur qui la ramenait en voiture, avec qui elle restait à discuter sans fin dans le parking ? Alors ses reproches tombaient mal. D'autant qu'il se trouvait en défaut : à cause du chargement à débarquer, il était rentré directement, il n'avait pas fait les courses comme convenu. Il avait oublié de s'arrêter au petit supermarché qui venait de s'ouvrir, ni à la boulangerie, il n'y avait rien pour dîner. Luiza restait obstinément assise sur un coin de la banquette, le petit divan qui servait de canapé, agrémenté de tous les petits coussins que lui offraient ses amies du bidonville. Elle avait vraiment l'air fatigué, les traits tirés, grise mine. Pourtant si jolie quand elle souriait, mais, ce soir, elle n'avait visiblement pas l'intention de faire un effort, coudes aux genoux, considérant les caisses entassées avec une animosité manifeste.

— Allons au couscous de la rue de la République, proposa-t-il, pour s'exonérer de son oubli.

— Le restaurant, tu n'y penses pas, en ce moment, reprochait-elle vivement.

Un argument de mauvaise foi, parce que le petit Arabe était très bon marché, on s'en sortait pour cinq francs par personne, le thé aux pignons de pin compris.

— Ce soir, c'est moi qui paie. Je t'invite.

Un autre sujet sensible que cette question de l'argent, la façon dont Luiza tenait à maintenir séparés leurs budgets, alors qu'elle gagnait une misère. Alors qu'elle était toujours à la recherche de revenus accessoires, de bourses aléatoires. Au début, il lui avait proposé de faire caisse commune. A ses yeux, cela faisait partie du pacte sensuel, du plaisir d'être deux, la nouveauté de partager les choses qu'on possède, d'en jouir ensemble. Il disposait de peu : cette location, très avantageuse, une chance d'en bénéficier ; quelques meubles, ses livres, ses affaires de célibataire. Son salaire de fonctionnaire, un privilège énorme. Pour offrir de les partager, une libéralité qu'elle trouvait excessive, il ne faisait pas grand effort, il n'était pas très attaché aux objets, et même se méfiait de l'instinct de propriété, la vieille obsession paysanne de rapacité. A lui, cette économie de coopérative improvisée semblait naturelle, une sorte de jeu d'adultes, qu'on n'a pas expérimenté dans l'enfance, dans la dépendance envers les parents, et qui s'offre comme le prolongement du désir, des tendresses et des rêves, dans lequel fusionnent sentiment amoureux et questions matérielles, la trivialité de celles-ci dissoutes dans l'échange équitable.

— Quand on aime, on ne compte pas, riait-il pour dissiper ses réticences.

Il imaginait bêtement que c'était facile. Pas du tout. Elle n'avait pas la même idée de l'échange équitable. Il s'était heurté d'emblée à sa réfutation, farouche :

— Au contraire : quand on aime, on compte. Les bons comptes font les bons amis.

— Je ne suis pas ton ami, je t'aime.

Il l'aimait, il aimait sa peau, son corps et ses caresses, l'odeur de ses cheveux, de sa sueur après la longue marche sur le causse, soigner ses ampoules, masser ses épaules courbatues, il l'aimait en amant, en frère, en partenaire, en compagnon de route. Il prenait avec elle ses soucis, ses blessures, ses passions, ses contradictions et ses espoirs. Sa susceptibilité le laissait incrédule. Elle choquait son sens du don, touchait encore plus profondément à son éducation, à ses principes, qu'elle dénonçait froidement :

— La monnaie sexuelle ne se négocie pas en billets de banque. Tu ne m'achètes pas et je ne me vends pas. Il ne doit pas être question d'argent entre nous, l'argent souille l'amour.

Moyennant quoi, il en était question tout le temps. N'importe quel geste, n'importe quelle occasion la ramenaient sur le tapis. Il rusait pour les éviter, mais cela le rendait triste, et parfois, comme ce soir, le décourageait tout à fait. Elle avait conçu tout un système de proportionnalité, de calculs au prorata des dépenses communes et de leurs revenus réciproques, très variables pour sa part, de rembours vétilleux et de compensations savantes, qui l'exaspéraient. Elle, si intelligente et délicate, si ouverte, avec son sens aigu des situations ridicules, son mépris des mesquineries, comment tombait-elle dans ces stupidités ?

— Relèveras-tu le compteur d'électricité pour évaluer ce que dépense chaque machine qui tourne ? Ton linge, ou le mien ? Et celui de nos amis du bidonville, que tu blanchis à l'œil ? La robe que *tu* t'achètes, avec *ton* argent, à quel pourcentage évalues-tu le plaisir que j'ai de te la voir porter ? Et le parfum que je t'offre, avec *mon* argent, quels agios m'en attribues-tu ?

Parfois, elle riait avec lui, mais le plus souvent prenait très mal ses moqueries. Il disait : le tout est d'avoir une *ligne de conduite* et de s'y tenir du mieux qu'on peut. Une *ligne générale*, plaisantait-il, citant Eisenstein pour la faire rager ; Luiza n'aimait pas ces vieux films dogmatiques. Le tout est de *compter* l'un sur l'autre. Savoir où l'on *place* son espoir, sans en calculer les dividendes.

— Pour le reste, on verra demain. Si ça se trouve, bientôt, tu gagneras deux fois plus que moi… Tu me rembourseras ? De quoi ?

A bout d'arguments, elle se rembrunissait. Il finissait par penser qu'elle trouvait une jouissance perverse à cette comptabilité absurde. Cette caricature de justice dont elle se réclamait n'avait pour but que de l'offenser. Il y décelait vaguement une manière de le blesser, de l'atteindre dans son intégrité. De contester sa virilité. De telles conclusions le troublaient. Sous cette revendication, il en entendait une autre, incompréhensible, qui le menaçait. Où les filles d'aujourd'hui vont-elles placer leur amour-propre ?

— On partage le restaurant, corrigeait-il, pour rattraper son impair machiste.

Aussitôt vexé de tomber dans son piège, de prêter bêtement le flanc, et si elle comptait lui faire payer *aussi* la visite à son père, lui n'était pas prêt à se lancer dans un débat faussé d'avance. Mais elle s'étirait, bâillant exagérément.

— De toute façon, je n'ai pas le courage de ressortir. Je n'ai pas faim. Je prends une douche, et je me couche. Jusqu'à quand ces caisses sont-elles là ?

— Jusqu'à dimanche prochain.

— Qu'y a-t-il, là-dedans ?

— Un petit déménagement à écouler. Je rends service à des amies.

— Tu en tires un pourcentage ?

— Evidemment. Quand on aime, on compte, lança-t-il, par provocation.

Il était furieux de la vulgarité de sa question, cela ne lui ressemblait pas. Luiza est généreuse, elle vole au secours de la veuve et de l'orphelin sans mesurer sa peine ni son temps, le cœur sur la main, elle donnerait sa chemise. Elle la donne, d'ailleurs. Il lui a vu enlever un de ses pulls par-dessus sa tête, en emmitoufler un gamin à la sortie de l'école. Aussi pingre pour leurs comptes domestiques que dispendieuse dehors.

— Tu les aimes donc ?

— Tu me cherches querelle. Tu es fatiguée…

Il la prenait dans ses bras, enfouissait son visage dans son cou, y déposait de petits baisers, tout en caressant ses seins cherchait sa bouche, avec une avidité soudaine, mais elle se dégageait.

— Pas maintenant. Laisse-moi…

Dans sa bouderie, elle avait une moue désarmante, touchante malgré son hostilité. Emu, sans rancune, d'un geste tendre il ébouriffa sa coiffure.

— Ne me touche pas. J'ai les cheveux sales. J'ai besoin d'un shampooing…

Elle disparaissait et s'enfermait dans la salle de bains, il entendit bientôt couler l'eau.

Il se réfugia dans la cuisine, chercha dans le réfrigérateur un reste de fromage, des cornichons, se fabriqua un sandwich avec le pain de la veille, ces baguettes sont tout de suite rassises, la mie s'émiette. Le pain qu'il mangeait à la ferme sentait la châtaigne, la miche de sept cents déposée à l'aube par le boulanger, dans le sac pendu au portail… Il eut une bouffée de nostalgie, une brusque remontée de sensations enfantines, le goût crémeux du lait, l'odeur du café au lait du matin, dans les bols de faïence à petites fleurs rouges. Les bruits de la cuisine des Armand, le choc de la louche contre le bidon de lait en métal émaillé, les cercles de la cuisinière soulevés au crochet, le tic-tac de l'horloge, le tintement d'un grelot de vélo dans la cour, et le craquement de la croûte du pain sous le couteau de son père, débitant parcimonieusement les tranches sous la lampe, ce geste lent et plein de respect pour la nourriture, le pain, encore le pain…

Il mâchait sa bouchée insipide en considérant le cadre de la fenêtre dont la nuit faisait un miroir opaque. S'y reflétait sa silhouette un peu voûtée, indistincte. L'air lui manquait, les couleurs manquaient, faible rayonnement des murs, blanc anonyme, un alvéole à mille autres pareil dans le grand ensemble, fonctionnel, sommaire, calculé pour des insectes de son genre. Il n'avait pas sommeil, pas faim non plus. Pas envie d'allumer la radio, il n'avait pas envie de compagnie. D'un regard oblique, il examina la cuisine, promena curieusement ses yeux, faisant effort pour les braquer, les poser sur les objets standardisés, ineptes, cocasses presque, dans leur design sommaire. Il cherchait la place et la distance, où se situer par rapport à cet espace sans perspective. Sauf le cadre noir de la fenêtre, un écran de nuit où il vit, derrière sa silhouette, se réfléchir la grande affiche punaisée au mur. Stewart Granger et George Sanders, mâles séduisants, seigneurs du cinéma. Ce premier film en cinémascope de Fritz Lang avait peut-être décidé qu'il devînt projectionniste. Seul dans la lande lugubre, sous un crépuscule d'orage, l'enfant cherche son chemin, l'orphelin interroge le panneau indicateur du village où il doit retrouver un inconnu, et c'est une potence : *Moonfleet, 3 miles*… L'apparition de l'ange, la main crochue surgie d'une tombe, ses propres cauchemars… Le grand frisson des nuits aux Armand, le remuement immense des ténèbres enveloppant la campagne, ses terreurs enfantines. Avant de voir le film, il avait été cet enfant livré à la malfaisance des adultes. De la bravoure du petit héros, il avait la gorge nouée, chaque fois qu'il y pensait…

Le cinémascope, c'est bon pour les serpents et les enterrements, disait Fritz Lang, avec son désabusement ironique, sa sagesse de vieux renard du cinéma. Dans la semaine, Antoine avait vu le dernier film de Godard où le grand cinéaste assénait cette sentence. Un avantage de sa fonction que d'assister à ces projections en avant-première. La sortie du *Mépris* était programmée à la fin de l'année, et il avait bien l'intention de retourner le voir en salle, ébloui, bouleversé par sa beauté radicale, en même temps agacé par ce poseur de la Nouvelle Vague, donneur de leçons, phraseur de première. Dictait-il à Lang ce jugement, ou bien le célèbre cinéaste borgne l'improvisait-il ? Antoine aimait mieux *Les Contrebandiers.* Lang avait fui le nazisme. La leçon qu'il donnait était sans commune mesure avec celle de Godard. Contre la barbarie, contre l'ignominie, il maintenait le rêve de l'enfant qui fait à l'homme déchu le cadeau d'une paternité, restaure en lui le bien. *J'ai encore dans mon cœur un coin qui est triste pour toi…* Cette phrase qu'avait prononcée pour lui le comédien, dans la nuit du théâtre, pour le consoler d'avoir entrevu la hideur des hommes, aussi terrifié que le petit John Mohune dans la lande du film, quelle valeur a-t-elle aujourd'hui, quel surplomb donne-t-elle ? Quel conte prévient-il que les ogres sanguinaires sont de la réalité et non du songe ? Le siècle a montré qu'ils avaient leur relève : la peur primitive de la forêt et des loups qui y rôdent s'est muée en celle, massive, universelle, d'épouvantes plus grandes…

En guise de promontoire, il jouissait à l'instant de la vue plongeante de son appartement sur le parking des immeubles. L'alignement des voitures dont les capots luisaient sous le chiche éclairage urbain, sa 2 CV parmi toutes celles qui étaient parquées là, en attente des frileux départs vers les bureaux et les usines de la banlieue, hommes blêmes du petit matin. Chacun son petit habitacle de tôle, chèrement payé, par l'endettement qui entame le revenu, parce que le salaire ne suffit pas à la dépense, juste calculé pour donner envie d'un peu plus. Un excédent de jouissance toujours hors de portée. L'envie de consommation fait tourner la machine, alimente l'appétit bête d'avoir davantage de miettes, carburant du capital, profit insensé tiré du travail de la multitude bornée… Il se surprenait à répéter les paroles de Luiza, à épouser sa colère. Les rêves d'avenir, les ambitions hautes dégradés en besoins qu'on n'a pas, inoculés sous perfusion. Le souvenir du pain d'antan au palais, sa consistance sous les dents, son odeur aux sinus, une rage de sauver ça. Une rage de le partager avec les hommes de loin qui croupissent là-bas, entassés dans le bidonville, dont il discernait la masse confuse dans l'obscurité. Melons, bicots, crouilles, sous-hommes des temps modernes, qui ont encore au cœur *un petit coin de tristesse*, besoin de fraternité… Il jeta le reste de son sandwich à la poubelle. Majid était sorti de prison, après une semaine dans une cellule du commissariat de Nanterre, expulsé de France, retourné au bled, où l'attendaient d'autres avanies ; les tracts n'y feraient rien. Sa jeune femme, enceinte, était sans ressources, Luiza s'occupait d'elle, une protégée de plus. Quand on aime, on ne compte pas, Luiza…

Au fond de sa poche, il trouva une poussière, la répandit sur la table. Terre du causse de cet été, mêlée à des brindilles, résidus desséchés de thym, de sauge sauvage et de romarin. Sous la pulpe sensible du doigt, cela faisait une poudre infime, pâle et résistante, scintillant doucement. L'été était loin, la randonnée sur le Méjan, avec Lino, ses copines Martine et Nicole, les mollets hâlés de Luiza marchant devant lui, vaillante, trébuchant dans les cailloux, ses ampoules au talon et le soir, sous la tente, bras et jambes noués, étouffant dans les sacs de couchage leurs plaintes amoureuses, pour ne pas réveiller leurs voisins… Il éparpilla cette poussière d'été, la chassa du revers de la main sur le carreau. Il pensa soudain à Christine. A elle, sur la banquette du café, entre Viviane et Leni. Son mince visage aux grands yeux interrogateurs, la gouttière émouvante de sa nuque sous le col de son ciré noir qu'elle remontait, machinalement. Ses ongles rongés. Ses cheveux cendrés. Quelle lubie lui avait-il pris d'aller l'attendre sous la pluie, dans les beaux quartiers ? Juste pour la voir sortir de l'immeuble où elle travaillait, s'était-il promis comme on se ment, juste pour l'entrevoir à son insu, histoire de se faire d'elle une opinion. Qu'en avait-il besoin, et de la suivre ensuite, de fil en aiguille se trouver en train de la filer, de se prendre au jeu, pas très fier, vraiment, il aurait eu l'air malin, si elle s'était retournée ! Il vida la bouteille de lait au goulot et alluma une cigarette, surpris de se trouver nez à nez avec Stewart Granger et George Sanders, qui le regardaient de haut ; bienveillants, narquois ?

XI

Samedi 19 octobre

Le bureau n'était guère plus reluisant qu'à son époque, les murs n'avaient pas connu de toilettage depuis ce temps-là, pas même un coup de badigeon. Incroyable, de retrouver intacte cette couleur pisseuse, anciennement ivoire sans doute, que des années de tabagie, de poussière, de fumée de charbon avaient imprégnée, au point de virer au beige verdâtre, parsemé d'éclaboussures, la peinture cloquée découvrant un aperçu rebutant de la couche primitive, chocolat moisi et, disait Gobelin, là-dessous logeaient des colonies de cloportes à mille pattes, une espèce mutante, qu'il n'avait vue que là. Il en courait par dizaines le matin, quand jaillissait la lumière. Le doigt sur l'interrupteur de porcelaine, lui aussi d'époque, on pouvait s'attendre au spectacle : à la lumière, pourtant soixante watts, pas plus, les bestioles se carapatent à toute vitesse, elles foncent vers leur repaire, toute la journée planquées entre les couches de peinture. Imagine le bal qu'elles doivent faire, toute la nuit, quand elles sont de sortie. J'aimerais bien voir ça, une fois. Quand tout est éteint, plus personne, c'est l'invasion. Je suis sûr, en faisant bien attention, qu'on les entend trottiner et grignoter. Savoir ce qu'elles bouffent ? D'après toi ? Le papier ? Pas mon plan de Paris, en tout cas, ni mes dossiers : je les enferme tous les soirs dans le coffre métallique. Tout est métallique, ici, les classeurs, les tables, le porte-manteau, le radiateur, les machines à écrire… Elles ne boulottent quand même pas les rubans de carbone, ni la bakélite du téléphone, ni le similicuir de ma chaise. Le bois, peut-être, sous le linoléum ? Je préfère ne pas penser à l'état du plancher, depuis le temps qu'il pourrit là-dessous, ça ne doit pas être beau à voir. C'est fait en quoi, le lino ? D'huile forcément. De la toile de jute, de la colle, du plastique, elles aiment peut-être ça ? Alors pourquoi vivent-elles dans la peinture des murs, au lieu de s'installer sous le lino ?

— Il fait plus chaud, là-haut ? les interrogeait-il, l'œil vissé au plafond.

Melville laissait Gobelin s'abandonner à son soliloque entomologique, une passion qu'il ne lui connaissait pas mais, à passer sa vie en reclus, dans les intermèdes du travail, entre deux enquêtes tracassantes, on peut concevoir que naissent des questions dissidentes, l'esprit s'évade, l'œil extravague et repère des détails que le quidam de passage ignore. Il faut demeurer pour s'approprier un lieu, l'apprivoiser, l'explorer. Il y a dans les écailles des murs, leurs taches et leurs ébréchures de quoi voyager, vadrouiller dans des archipels, des continents, ou alors arpenter des plans de palais, rencontrer des bêtes faramineuses, des macaques, des tarentules, des méduses, des baleines. On ignore à quel point une baleine peut vous sauver la vie en prison… Gobelin a fait une fixation sur les cloportes, chacun ses rêves.

De l'autre côté du bureau, jambes croisées, mains aux poches de son pardessus, l'élégance de Melville tranchait avec le décor. Il faisait face à la fenêtre aux carreaux nus, poissés d'un voile grisâtre éteignant toute couleur, ce soir un crépuscule de jade pâle strié de traînées violines. Du jardin du Luxembourg ou des ponts de la Seine, ce pouvait être un spectacle exaltant mais, derrière les vitres de la Direction générale, cela prenait une allure de barbouillage sinistre. Gobelin n'y est pour rien. Il n'est pas chargé de faire le ménage, d'agrémenter ce bureau du dernier étage au bout du couloir, une soupente exiguë, il n'est pas supposé pallier l'impéritie administrative, ni le déficit chronique des budgets pour l'entretien des locaux. Sa seule coquetterie est de remplacer régulièrement son plan de Paris, fourni par la RATP, et d'entretenir, sur le rebord de sa fenêtre, trois pots de cactées chlorotiques. D'un commerce facile : ça ne réclame qu'un dé à coudre, eau de pluie exclusivement, tous les trente-six du mois ; si on en saute un, elles survivent quand même.

— Tu ne crois pas que ces bestioles bouffent mes cactus, des fois ?

Il riait, ce qui n'arrangeait pas sa physionomie. Gobelin n'avait jamais eu une bonne dentition mais, en vieillissant, cela s'aggravait : il cultivait le chicot comme ses cactées. Aussi délabré que son bureau, un effet caméléon : mimétisme mystérieux qui, au bout d'un certain temps de fréquentation, assimile les êtres à leur environnement, et réciproquement. S'il y avait une Mme Gobelin, celle-ci avait peu souci des boutons à recoudre, ni de retourner ses cols de chemise, de brosser son veston ou de lustrer ses chaussures. Ce n'était pas que ce type fût malpropre, mais il usait vite. Il abîmait tout ce qu'il portait : sur lui, n'importe quel complet neuf se froissait, s'avachissait, s'élimait, pochait aux fesses et aux genoux. Sa cravate, son gilet attrapaient des vougnettes, il attachait. Il avait une propension naturelle à attirer à lui comme l'aimant miettes, fils, poussières, débris divers, une vraie narration de sa vie ambulatoire et sédentaire, de ses accrochages accidentels, pourtant il n'était pas pittoresque. De tous les fonctionnaires de la maison, il était le plus gris, le plus anonyme et quelconque, un passe-muraille excellent, un ni vu ni connu. Quand il passait la guérite, le matin, tout juste si le planton saluait ce besogneux sous-fifre qui ne méritait pas un regard, sa carte tricolore était si délavée sous le plastique jaunasse, qu'on y lisait à peine son nom. En réalité, relégué dans sa soupente, il était la plaque tournante et le centre de décision de plusieurs services stratégiques des étages nobles. Sur son bureau, passaient tous les dossiers brûlants, les confidentiels, les top secret et leurs annexes indexées. Sans son arbitrage, rien ne circulait, il décidait des ventilations, et de ceux qui n'auraient même pas une cote aux archives, comment s'était-il hissé à ce poste ? Du temps de la Gomme, il était déjà grisonnant, semblait-il, un jeune homme incolore jusqu'à l'effacement, ce qui convenait très bien au directeur, dont l'art de l'estompe et de l'encre invisible atteignait des sommets. Cela avait inspiré son surnom, qui sentait bon les bancs d'école de la IIIe République.

Ce bras droit du patron, discret jusqu'à l'abstraction, Melville l'avait toujours connu à son poste et, pendant l'Occupation, où il fallait se faire transparent, il s'y était si bien employé, qu'on aurait été bien en peine de dire où et comment il l'avait passée. Retiré dans quelque bureau plus exigu et obscur que celui-ci, réintégrant un beau matin ses combles, comme s'il les avait quittés de la veille, ou bien ne les avait-il pas quittés du tout, occupé à quelle besogne ? En cette époque, sa bobine d'anonyme abruti lui avait bien servi. La création de la section des affaires politiques et des brigades spéciales bousculait tant soit peu la tradition des services ; en gros, depuis Fouché, les Renseignements généraux faisaient du renseignement : pas de provocation, pas de répression, règle vertueuse, au moins en théorie. Avec Vichy, on changeait de disque ; Darnand était aux commandes, lieutenant de la Waffen-SS dès 1943, il avait déjà placé ses miliciens à tous les postes de décision, toute sa clique de la Cagoule, propulsait de simples inspecteurs commissaires dans les tribunaux spéciaux, purges dans les rangs. Il avait nommé Degans directeur des RG, une canaille à sa main. Son Poinsot, son Fourcade, de fameuses ordures, zélateurs de la révolution nationale… Fallait voir les crabes, les charognards, les hauts fonctionnaires aplatis, larbins des gouapes et des tortionnaires, à Paris autant qu'à Vichy.

— Branchard a quand même sauvé les meubles, estimait Gobelin, ça ne lui a pourtant pas bien rapporté. Ses petits collègues se sont fait un plaisir de le charger : le lavage de linge sale, à l'épuration ! Mais il ne leur a pas envoyé dire leurs saletés, les fonds secrets répartis entre les directeurs, leurs bénéfices, très lucratifs. Et l'opération de Savoie, Bousquet en tête ? Comment que Branchard la lui a sabotée ; j'ai témoigné. Ça m'en a donné, du travail, en heures supplémentaires, de tenir leur trafic à jour… Je vais pas te refaire l'histoire…

Melville ne le lui demandait pas. Délations, vols et pillages, violences, tortures, et services rendus à la Résistance ou grève du zèle, selon ; chacun s'était faufilé là-dedans, y avait pris part, quoi qu'il fasse, mieux valait ne pas soulever le couvercle. Gobelin avait traversé la sale période à sa manière. Il était de l'ancien modèle, il avait survécu. Il vieillissait à peine, sauf sa dentition, déplorable, que découvrait son rire amical. Il consultait sa montre, tendait l'oreille.

— Bon, on y va ?

Ils y allaient. L'heure était venue, le personnel envolé, sauf la permanence de garde qui s'apprêtait à passer une nuit tranquille, au rez-de-chaussée. Les étages désertés par le week-end, hormis le laboratoire, bureaux fermés : les cloportes allaient pouvoir commencer leur bal. Cependant, avant de quitter la place, Gobelin faisait son petit ménage du soir : désordre sur lui mais, pour ce qui est de ce qui traîne sur sa table : maniaque. La lampe à pied flexible éclairait crûment son tapis de feutre vert où étaient alignés ses dossiers de formats divers, couvertures vert-de-gris, chamois, étiquettes frappées de tampons tout aussi divers, qu'il empilait avec un soin vétilleux dans le coffre blindé, jusqu'au dernier, place nette. Abrité de son dos, il tourna le barillet des codes, cliquetis huilé, et se frotta les mains, inspectant la pièce d'un regard circulaire. Debout, Melville occupait tout l'espace disponible entre le bureau et la porte, sa haute stature frôlant le plafond incliné de la soupente où se projetait son ombre disloquée. Dehors, l'obscurité gagnait à présent, la fenêtre ne faisait plus qu'un rectangle bleu de mer sale. D'ici, l'on n'entendait pas le bruit de la ville, seulement un grincement intermittent qu'il avait repéré tout à l'heure.

— Cette saloperie de pigeons, dit Gobelin. Ils viennent tous les soirs se poster pour dormir sur mon rebord de zinc. J'ai même vu une mouette, une fois. La tripotée qu'ils lui ont mise ! Les pigeons, c'est pas des tendrons. Ils ont du rapace, malgré leurs roucoulades. Je ne sais pourquoi on les aime tant, à Paris. Ils chient partout. Mes bestioles sont plus propres.

Il laissait sortir Melville, éteignait sa lampe, le plafonnier ; le commutateur retomba avec un petit bruit sec. Il jeta encore un regard pensif dans la pénombre, puis tira la porte, la ferma au verrou, garda son gros trousseau de clés à la main. Le corridor n'était éclairé que par le puits de jour, à son autre extrémité, une lueur blafarde qui ne venait pas jusqu'à eux. Devant chaque porte, les chariots de transport des dossiers étaient stationnés, carcasses métalliques vides, comme les lits roulants dans les couloirs des hôpitaux. Avec son cartable au bout du bras, sa gabardine miteuse, Gobelin aurait pu passer pour un docteur de famille en visite au chevet d'un malade.

— On prend l'escalier de service.

Parmi toutes les clés de son trousseau, une avait surgi entre ses doigts sans qu'il ait l'air de la choisir, la serrure ne fit pas un bruit.

— Baisse la tête. Attention aux premières marches, elles sont un peu de guingois. Après, ça va.

Il verrouillait derrière eux et allumait une torche, tirée de la poche de sa gabardine aussi prestement qu'y avait disparu le trousseau. Cet escalier en colimaçon, Melville l'avait descendu jadis, en de rares occasions et chaque fois sur les pas de la Gomme, quand il s'agissait d'éviter quelque huile traînant dans les étages, dont un ministre furibard, une fois, et seulement jusqu'au palier du premier : ensuite, la voie était libre pour filer par le couloir de la cantine. Les murs n'avaient pas changé, rongés de salpêtre, ils tombaient en poussière blanchâtre qui faisait dans les coins de petits dépôts de farine tamisée ; une odeur suffocante stagnait, de sucre fade, de fientes, confinée et tiède. Il dut prendre sur lui. Un instant, il s'était cru revenu à cette époque. C'était dans les années 1930, il était jeune, il était en forme. Il faisait de la moto... Devant eux, l'hélice de l'escalier dérobait sa pente abrupte, Gobelin était passé devant, il éclairait les marches du faisceau jaune. Ils commencèrent à descendre. Il existait un autre escalier de service, à présent, conforme aux normes de sécurité, pour l'évacuation d'urgence. Celui-là ne servait plus, désaffecté. Dès sa création, si ça se trouve. Il desservait chaque étage, mais partout portes condamnées, aveuglées d'une armoire, ou bien murées. Qui, sauf Gobelin, en avait-il encore les clés ? Un ou deux autres, peut-être ? Cependant, pour y accéder, ceux-là devaient grimper jusqu'au dernier étage, et passer par son bureau, autant dire avoir son autorisation.

A cause du faible rayon du faisceau, le boyau semblait plus étroit, plus vertigineux ; pour un bon aplomb, mieux valait rester dans la partie large et, en l'absence de rampe, se tenir au mur, tâter les marches du pied. Au début, Melville compta les paliers, puis il se trompa et ne sut plus à quelle profondeur ils en étaient, la descente lui semblait infiniment plus longue que dans son souvenir, peut-être alors était-il plus ingambe. Autrefois, de petites ouvertures donnaient un peu de jour, des trous d'aération obturés de grillage, tamisant une lumière grise, mais il faisait nuit à présent. Ses tempes battaient d'une vibration douloureuse, la pulsation de son sang ou quelque chose de plus viscéral. Le confinement oppressait ses oreilles, on eût dit la clameur sourde qu'impriment les coquillages au tympan, entends-tu la mer ? De la mer, il avait le tangage et le roulis, l'impression vaguement nauséeuse de perdre l'équilibre tel un ludion lâché en apesanteur ; puis ils touchèrent du pied le sol ferme, en terre battue. Ils étaient au deuxième sous-sol, sous les caves du bâtiment, au niveau du soubassement de l'ancienne demeure du XVIIe siècle, sur lequel avait été construit celui-ci, au début du siècle. Melville n'était jamais descendu jusque-là. Il connaissait l'existence d'un souterrain, mais comme une légende. Peut-être la Gomme y avait-il fait allusion ? De son temps, c'était déjà un endroit réputé inaccessible, dangereux, en tout cas interdit d'usage.

Ils étaient rendus dans une sorte d'alcôve spacieuse, pour le peu qu'en laissait voir la torche un sas nu, que jonchaient quelques gravats, de la limaille crissant sous les pieds. Ils passèrent sous une arche basse et longèrent un assez long couloir tortueux, en pente douce, dont les parois présentaient par endroits des saillies de roche brute entre les pierres noircies, couvertes d'une pellicule, que faisait étinceler le faisceau. *Le nitre pend en broderie blanche comme de la mousse, nous sommes sous le lit de la rivière*, pensa Melville avec un frisson. Le dernier coude se terminait en cul-de-sac abrupt, sur une porte armée d'un blindage anachronique, à grosses ferrures. Gobelin ne sortait pas son trousseau, avait surgi dans sa main une clé à long canon. Sous le halo de sa torche, il l'introduisait dans le verrou rouillé, cependant tout aussi huilé que celui de la porte de l'escalier, là-haut, car le pêne joua de même sans difficulté. De l'épaule, il poussait le battant. Il avait l'air lourd sur ses gonds, il pivota malgré tout, béant sur des ténèbres. Une bouffée d'air frais les accueillit avant de rien voir. En comparaison de l'atmosphère de l'escalier, elle semblait glaciale, mais c'était surtout de l'humidité, une haleine de sépulcre. Pourtant, sitôt à l'intérieur, on sentait quelque chose de vivant, une odeur de bois vermoulu et de cuir, comme dans les chais ; Gobelin faisait la lumière. Qu'il y eût une installation électrique dans ce souterrain était la dernière des choses à laquelle s'attendre ! Il y avait bel et bien des ampoules vissées au bout de fils en guirlandes, où pendaient des toiles d'araignée, de place en place éclairant des espèces de châlits de menuiserie vétuste, surchargés d'archives, par centaines rangées du sol à la voûte de pierre, une profusion de dossiers flasques, pour certains ceinturés d'une sangle de cuir. Dans la profondeur obscure, plusieurs travées se perdaient. En leur centre, sous l'une des ampoules, celle-là chapeautée d'un abat-jour en tôle, une petite table de bois, une chaise paillée, que le cône jaune encerclait. Encore plus surprenant dans un tel endroit, il y avait un lit. Un lit-cage au sommier métallique, inquiétant souvenir, qui donna une secousse à Melville.

— Ne me dis pas que tu viens dormir ici !

— C'est arrivé… Il y a belle lurette. Il faut avoir un peu son confort : on est au purgatoire, mon vieux. On ne doit pas être loin des enfers, mais, là, je n'ai pas la clé…

Il posait son cartable, son trousseau sur la table, sa gabardine sur le dossier de la chaise et, mains aux hanches, considérait l'endroit avec une satisfaction de propriétaire. Il gloussait, retroussant sur ses chicots ses babines avec un air que Melville ne lui avait jamais vu, que le planton de la guérite ne pouvait imaginer, mieux valait pour lui. Cette face de Janus, que chacun porte par-devers soi, ne regarde que la nuit.

— Il faut que je te donne un peu le mode d'emploi, parce que, le système des cotes, c'est moi qui l'ai mis au point : il est un peu irrégulier. Le problème est que, si je disparais… Imagine que je disparaisse ? Pas un là-haut, à supposer qu'il atterrisse ici un jour, ne sera foutu de s'y retrouver. C'est l'avantage, remarque. C'est le but. Quoique, le but, il n'y ait qu'en enfer qu'on doit le connaître. Bon, c'est pas tout, il faut faire vite. Au boulot.

Il tirait sur son poignet de chemise fatigué, consultait de nouveau sa montre.

— Demain matin, six heures, je viens te chercher. Ça t'en laisse dix.

C'est ce que Gobelin avait estimé pour ce que Melville avait à trouver. Pas question de faire ça dans la journée. De jour, il faut montrer patte blanche, déposer sa carte d'identité au contrôle et la reprendre à la sortie. On n'entre pas comme ça dans les services de la Direction générale, un visiteur non autorisé qui passe dix heures dans les murs, c'est voyant. Il l'avait introduit par la porte de secours, ils étaient montés par l'escalier d'évacuation. Ils avaient attendu la sortie des bureaux, pour éviter les rencontres. C'était facile. C'était une chose que Gobelin faisait parfois, s'il avait à recevoir des interlocuteurs personnels. Il lui laissait donc la nuit, dix heures, pas plus, pas moins.

Huit jours plus tôt, Melville était venu consulter Gobelin, juste pour un conseil d'ami. Il avait d'autres accointances. Chacun son champ d'activité, selon le principe de cloisonnement. Il venait voir un généraliste, formé à l'ancienne, comme lui. Il ne s'attendait pas à tomber sur le spécialiste de la spécialité, plus pointu que lui, cela existait-il ? Gobelin ne s'était pas dévoilé tout de suite. Il l'avait écouté lui débiter sa petite histoire en dégustant sa bière brune, la deuxième, au doux soleil d'automne, attentif au col de mousse, une religion, surveillant du coin de l'œil les pigeons qui avaient le culot de s'aventurer jusque sous les tables. Ceux-là avaient l'habitude des touristes et des photos : à cette terrasse, derrière Notre-Dame, ils étaient les rois. Au beau milieu du récit de Melville, brusquement levé, d'un ressort fulgurant, Gobelin les avait chassés, une envolée de plumes. D'un coup de tatane bien ajusté, il avait assommé le plus idiot, qui n'avait pas eu le réflexe, et s'était rassis, avec un sourire béat. Fier de son exploit. Au point que Melville, douché, avait douté de son état mental, et de son idée d'avoir cru qu'il pouvait avoir recours à lui. Mais le vieil agent n'en avait pas perdu une miette, il y a une manière endormie d'écouter. C'était pourtant compliqué. Pas tant l'histoire que la manière de la présenter, d'en tenir certains pans sous silence. Un déporté classé disparu. Pas de traces. De qui, vingt ans plus tard, des nouvelles vous parviennent, par inadvertance. Des nouvelles de RDA. En tout cas son dernier nom, qui vaut pour sésame. Il s'agit d'un code. On ne sait quelle clé pour quelle serrure, mais Melville est convaincu que la solution date du temps où l'homme, jusque-là protégé, a jugé bon de se cacher, avant d'être arrêté. J'ai quelques indices sûrs, pas des moindres. Dannecker soi-même. Rosenberg. Le colonel Kurt von Behr, l'ERR, ça te dit quelque chose, non ? Le marchand d'art allemand Gustav Rochlitz, établi en France depuis 1933. Associé au pillage des œuvres d'art, spoliation à grande échelle, razzia des musées, des collections particulières.

— Voilà mon idée : mon homme a eu affaire à l'un ou à l'autre. J'ai de très bonnes raisons de le croire : un grand collectionneur, un amateur d'art. Atypique : il ne montre pas, ne revend pas, il n'est pas dans les circuits du marché. Or il a été dénoncé. Il faudrait que j'en sache davantage sur leur système, leur réseau, les ramifications et les extensions. J'ai depuis longtemps une petite idée derrière la tête. Pour le moment, je ne fais pas le joint. Il manque des billes à mon roulement.

— Des nouvelles de RDA, dis-tu ?

— Ça, c'est une donnée récente. Une histoire assez incroyable. Mais, toi et moi, sommes vaccinés pour les trucs de ce genre. Il n'y a pas plus invraisemblable que la réalité. On est payés pour le savoir.

— Tu fais donc du tourisme à l'Est ?

— Non, pas récemment. Mais c'est peut-être l'occasion d'en faire… Depuis le temps que je suis dormant, je me rouille. A force de ne plus bouger, le grand sommeil menace.

Gobelin avait eu son petit rire de gorge. Pour les roucoulades, il valait ses copains les pigeons. Mais Melville n'allait pas lui en faire le compliment, il ne voulait pas être désobligeant. Il avait éveillé l'intérêt, ou la curiosité, la gourmandise de son collègue, à l'instinct on sent ce genre de hérissement, le poil de la bête professionnelle, l'aiguisement de l'œil sous la paupière mi-tombée. Il lui avait dit :

— Passe me voir. On ira faire un tour. Je te donne une nuit, disait-il. Pas plus, pas moins. Pas uniquement parce que ça aurait peut-être bien plu à la Gomme que je te l'offre : parce que, si tu fais du tourisme à l'Est, tu penseras à moi pour les cartes postales. Ça me fera connaître du pays : je ne voyage pas beaucoup, juste dans mon trou. C'est là que je t'invite.

Melville n'avait pas imaginé ce trou-là, descendre au royaume des morts, dans l'odeur des tombeaux retrouver le spectre de Fortunato. Il est dangereux, pris de vin, de rencontrer son meilleur ami à la brune. De le suivre dans les caveaux des Montrésors, aux dernières profondeurs des catacombes pour y goûter l'*amontillado* et, de cryptes en cryptes, se laisser entraîner, enchaîner par ruse au fond de la niche, et emmurer vivant… *Pour l'amour de Dieu, Montrésor !* Vengeance parfaite du conte, glaçante d'horreur, en quels cauchemars en conçoit-on de telles ? Aucun entraînement militaire, aucune technique ni discipline de combat n'y prépare, ni à estimer les irrémissibles offenses qu'on a laissées derrière soi. Pour l'amour de Dieu, Gobelin, t'ai-je offensé ? Celui-ci, débonnaire, contemplait ses rayons d'archives, très satisfait.

— D'abord, il faut que je t'explique mon purgatoire.

Il expliquait comment il avait entrepris d'entreposer là ce qui lui tombait sur les bras à la Libération, ça venait de partout. Non seulement personne n'y comprenait rien, mais ne cherchait même à comprendre dans le désordre général, la désorganisation des services, la pénurie de personnel, la défection de fonctionnaires aux postes clés, et les décrets qui tombaient chaque jour pour saisir et administrer les fonds des préfectures et sous-préfectures, des commissariats, des chambres de commerce, des registres de banques, des caisses d'assurances, des ministères de l'Occupation, un foutoir inimaginable. Par paquets, par sacs entiers déversés en vrac des camions dans la cour. Le plus souvent, on ne savait même pas d'où provenaient ces pièces et documents, qui les faisait acheminer. Pas de bordereaux d'expédition, pas de reçus…

— Moi, personne ne me demandait rien. Dans mon bureau, j'attendais que ça se calme. Je n'avais rien à faire, qu'à tirer sur des élastiques. J'ai tout entreposé dans les bureaux vides de mon dernier étage, et j'ai commencé à trier, parfois jusqu'à y passer mes nuits. Pour s'y retrouver, là-dedans, il fallait avoir été formé par la Gomme, Dieu ait son âme. J'ai mis trois ans ! Petit à petit, à vider les bureaux, au fur et à mesure qu'on les réoccupait. Mais quel chantier ! Non seulement c'étaient des stocks incomplets, prélevés au petit bonheur la chance, mais ils résultaient de la chienlit inconcevable de l'administration nazie. Ces as de la comptabilité, ces obsédés du fichage, ivres du quadrillage, on n'imagine pas leur bordel. Ce que produit la machine quand elle s'emballe… Ils n'y arrivaient plus, ils étaient débordés. Ils terrorisaient, ils massacraient à tour de bras mais, pour ce qui est de l'ordre, tu repasseras. J'ai fait un tri à moi. J'ai renvoyé l'essentiel des paquets à qui de droit, aux Archives nationales, aux services que ça concernait, avec les indexations conformes, du moins celles que je connaissais d'avant la guerre. J'ai indiqué ce qui, d'après moi, était bon à détruire, je ne sais ce qu'ils en auront fait. Tu sais ce que c'est… Dans l'archivage, il y a un principe pénible à assimiler, la plaie du métier, c'est la croix : on ne peut pas tout garder. La place manque. Il y en a beaucoup dans nos têtes. Il y en a dans les caves et les greniers, mais ça a une limite. C'est paradoxal que, pour conserver, il faille détruire, non ? Oublier, pour se souvenir. Quoi brûler, passer à la déchiqueteuse ? Là, l'archiviste a bien des lois et des règles, pour s'y référer, mais tu remarqueras qu'elles varient selon qui les édicte, selon les événements. Dans certains cas, il n'a plus que sa conscience. J'ai prélevé ce que bon me semblait. C'est-à-dire ce que, de tout mon bon sens et ma probité, de toute mon âme, j'avais à détruire. Je l'ai descendu au purgatoire, c'est un compromis. J'étais tout seul avec ma conscience. J'ai marchandé avec le diable. Les enfers, c'est juste dessous, rappelle-toi ça. Je ne suis pas sûr que j'aie bien fait… Ce que tu vois, là, c'est de la nitroglycérine à l'état pur. Une bombe atomique. Avec ça, je fous en l'air le gouvernement et la République, et tous les corps constitués…

Vous cependant, qui connaissez bien la nature de mon âme, vous ne supposerez pas que j'aie articulé une seule menace… pensa Melville, de nouveau frissonnant au souvenir du conte, contaminé par l'angoisse de cette cave que nul au monde ne visite, sauf son gardien, qui prend sous ses voûtes l'allure d'un spectre d'Edgar Poe.

— De temps en temps, je descends encore quelques dossiers… Forcément : c'est moi qui les vois passer en premier. Ça crée des responsabilités. Finalement, je préfère converser avec mes cloportes.

Il lui avait expliqué son système de cotes, les index, les renvois aux pièces en annexe. Les sous-catégories croisées. La numérotation à trois chiffres et cinq lettres, dont les combinaisons englobaient son classement.

— Tu as pigé ? Ça vaut ce que ça vaut, mais, dans l'ensemble, ça fonctionne plutôt bien.

Le dépôt remontait à presque vingt ans, le cartonnage des dossiers était lessivé, les sangles avaient moisi, tout avait pris une uniforme couleur brune de grimoire. Maintenant qu'ils étaient habitués à l'atmosphère, il ne faisait plus si froid ; au contraire, une température agréable. Ventilée, disait Gobelin, par la cheminée d'aération qui descendait jusqu'à ces fondations, une astuce d'architecte des temps anciens : ça maintient à quinze degrés constants.

— Fameux, pour garder du vin, rigolait-il.

Fameux pour l'*amontillado*, pensait Melville.

— Un peu moins pour le papier, rapport à l'humidité. Constante, elle aussi. Que veux-tu, on ne peut pas tout avoir…

Il avait renfilé sa gabardine, avant de partir sortait encore de son cartable une thermos de métal.

— Je t'ai fait un peu de café. Ta nuit risque d'être longue, fiston. Et je te laisse aussi cette lampe de poche. Il y a des coupures d'électricité, parfois. Tu serais bien, dans le noir… Ne te fais pas de souci : personne ne t'entendra, personne ne te dérangera. Le seul truc, ici, c'est qu'il ne faut pas être claustrophobe…

— Ça ira, murmura Melville, que reprenait son bourdonnement aux oreilles.

Il avait posé à son tour son pardessus sur le dossier de la chaise. Il était convenu qu'il ferait un tas des documents qui l'intéresseraient, en tenant bien la liste des cotes du dossier d'où il les extrairait.

— Que je n'aie pas à me casser la tête pour les replacer, après la photocopie, disait Gobelin. Vas-y doucement : c'est délicat, ces petites paperolles…

— Merci.

— Tu me remercieras après, si tu trouves ton bonheur. *Hasta luego, compañero.*

Il partait, son trousseau cliquetant à la main. Non, il revenait. Il lui tendait la grosse clé.

— Imagine que je disparaisse ce soir ! Un accident est vite arrivé, hein ? Foutre Dieu, tu serais dans de beaux draps, bouclé ici pour l'éternité… Referme bien derrière moi. On ne sait jamais…

Il tirait la porte. Melville n'entendit même pas ses pas s'éloigner dans le souterrain. On n'entendait rien. Vingt mètres sous terre, au-dessous du niveau de la Seine, un monde aveugle et sourd. Pas tout à fait. Un grondement soudain, très proche, emplit l'espace, longuement ébranla les murs d'une trémulation tellurique. Le métro, pensa-t-il. Il ne l'avait pas entendu jusque-là. Dans cette profondeur, à quelques mètres de lui à travers les parois, il était le voisin de tout un labyrinthe urbain, alvéoles et couloirs de circulation, tunnels du métro, égouts, excavations naturelles, nécropoles enfouies et champignonnières, catacombes, une ville négative, aussi réelle et raisonnée que la surface. Cette présence lui fit du bien. La proximité des trafics ordinaires, la multitude des hommes aux desseins obscurs, allant et venant à leurs occupations de cloportes, chacun courant vers son interstice entre deux couches de mémoire, et lui parmi eux, l'un d'eux, pas moins coupable ou plus innocent que quiconque, pas plus justifié non plus. Aussi offensé.

Il tourna la clé et se mit au travail.

Ce dimanche 20 octobre, Christine et Viviane s'étaient rendues à Nanterre. Il faisait un temps d'arrière-saison anormalement doux, un vent tiède effilochait de hauts nuages sur le bleu du ciel, des gerbes lentes de martinets survolaient la gare de La Folie, un endroit curieux. Un environnement inhospitalier d'anciennes bâtisses aux structures de fonte écaillée, aux vitres poussiéreuses aveuglées d'affiches déchirées ; d'entrepôts de béton, carcasses rouillées, wagons garés sur des voies désaffectées, parsemées de détritus jusqu'aux remparts de terre qu'un pelage d'herbe roussie coiffait de touffes hirsutes mais, là-dessus, c'était la lumière triomphale des lendemains de pluie, cristalline, illuminant les flaques d'eau, scintillant au bord des chéneaux, d'une gaieté insolite sur ce paysage désolé. La gare de banlieue était déserte ou quasi ; parmi les rares passagers, elles avaient filé vers la sortie où Antoine les attendait, comme convenu ; en compagnie d'Alex, ce qui n'était pas prévu. Viviane avait fait la connaissance de ce jeune homme, avec d'autant plus d'intérêt que, dans la minute, celui-ci se proposait pour acheminer les caisses où l'on voulait. Histoire de rendre service à Antoine, disait-il, à qui son travail n'en laissait guère le temps. Histoire de dépanner tout le monde, par cette civilité de se faire pardonner de n'avoir pu prêter sa voiture, comme le lui avait demandé Christine. Il taisait une raison moins avouable : avoir été de la triste fête laissait un souvenir désagréable, il devait réparer tant soit peu son intrusion cavalière au mariage de la jeune fille. Sans perdre de vue son objectif initial d'entrer en relation avec des membres de la famille Galay ; il y avait assez bien réussi jusque-là pour ne pas manquer l'occasion d'un nouveau contact avec cette cousine Viviane. Aussi mettait-il beaucoup de grâce à sa proposition, que celle-ci avait accueillie gaiement ; cela donnait une caution de plus à son opération scabreuse, les amis de Christine étaient décidément très sympathiques. Elle ne remarquait même pas le décor désolé, toute à son enthousiasme, à sa hâte de mener à bien son projet de tirer le meilleur prix de ses cadeaux de mariage, cela en prenait la tournure, quelle veine !

En effet, dès les jours suivants, elle était partie avec Alex effectuer les livraisons aux bonnes adresses. Elle avait beaucoup tiré de cette expérience, très instructive : elle avait découvert les baraques de brocanteurs, porte de Clignancourt, fait la connaissance de gens pittoresques, d'individus patibulaires, et très avisés ; elle avait appris comment on marchande par lots, comment on négocie pied à pied en parlant d'autre chose, et que le cours de la nappe damassée, neuve, a moins de valeur aux puces que celui des vieilles, en loques ; une logique qui ne faisait pas ses affaires. Mais Alex ne s'en sortait pas si mal : il s'était entraîné à marchander dans les souks du Caire, lui avait-il confié. Occasion, de fil en aiguille, de s'initier aux ostraca, aux mœurs des soldats grecs ou romains cantonnés en Egypte, elle allait de surprise en surprise. Elle était rentrée enchantée de son expédition avec ce garçon épatant, ne tarissait pas d'éloges sur lui, lui trouvait toutes les vertus, même si le revenu de son petit négoce restait suspendu à la bonne fortune des revendeurs, aux fluctuations du marché de l'occasion, pourtant favorables en ce moment, avec la crise du pouvoir d'achat, avec les plans du gouvernement qui attentaient au porte-monnaie de la ménagère, dont l'actualité se révélait d'un intérêt tout neuf, et dire que son père les défendait à l'Assemblée... Dire qu'il fallait ces circonstances pour trouver captivantes l'économie et la politique ! Quelle chance avait-elle d'avoir une cousine, qui avait d'aussi bonnes relations !... En débarquant sur le quai de la gare de La Folie, elle ignorait combien tout cela serait amusant, profitable, et même *enrichissant*, riait-elle, le soir, en racontant sa journée d'expédition aux puces. On a eu une riche idée d'aller à Nanterre, dimanche dernier, disait-elle à Christine. Qui ne partageait pas son point de vue sur l'épisode dominical. Elle en était rentrée déçue, et furieuse, pleine d'inutile chagrin, dont les causes multiples décourageaient de les démêler, et surtout d'en faire part à Viviane, de qui l'euphorie augmentait sa tristesse.

Ainsi s'étaient-ils retrouvés dans le séjour d'Antoine pour faire l'inventaire de compagnie, déballer les caisses du mariage et en faire le tri. Le soleil cru traversait la pièce, libéré par l'altitude de l'étage, offensant chaque meuble, chaque objet d'une netteté blessante, faisant saillir sans pitié leur aspect ordinaire, leur choquante banalité. Christine avait-elle jamais pénétré dans une HLM ? Elle était malheureuse de son hall carrelé de mosaïques industrielles, de son ascenseur sommaire, son palier aux murs froids et anonymes, de ce décor sans âme peint de gris uniforme, comme si la couleur était un luxe. Le jaune ou le vert ne coûtent pourtant pas plus cher, mais dans leurs bureaux, sur leurs planches à dessin, les architectes ne s'en soucient guère, appliquant sans même y penser une morale de pénurie à ces logements de masse, le gris comme étalon esthétique du mépris de classe. Elle en souffrait, de manière générale et à titre personnel, d'autant affectée qu'Antoine ne le semblait pas outre mesure, qu'il leur faisait les honneurs de son logis sans trouver à redire de son apparence, et de quoi serait-il désolé, a-t-il à s'excuser d'habiter un endroit pareil ? S'excuser, en paraître gêné ? Le supposer emplissait de honte, de culpabilité à son égard, faisait remonter des choses confuses, très pénibles : le jugement sur les gens, injustement rapporté aux objets dont ils s'entourent, desquels ils n'ont pas le choix, c'est-à-dire les moyens, la relativité de ce qu'on trouve laid ou joli, le prix qu'on y attribue, leur valeur indexée à la qualité des êtres, toutes ces combinaisons corrompent l'estime, falsifient le sentiment. Cela ravivait son grief contre sa mère et ses générosités, l'octroi du petit appartement de la rue Buffon, très coquet en comparaison, son dédain pour les émoluments de son stage chez Blake Jr, ses piètres efforts pour s'émanciper du poids familial, de l'empire B&G ; tout cela soudain tombé, offensant, scandaleux, au milieu du séjour d'Antoine Donné, comme une punition, comme une malédiction. Cela l'avait rendue maussade, agressive pour finir. Les objets de prix, que Viviane déballait sans vergogne, l'indignaient. La jonchée des emballages, papier cristal, papier de soie, la choquait. Visiblement, sa cousine n'avait pas ses scrupules, elle n'avait pas beaucoup l'idée que c'était très déplacé, que c'était odieux d'étaler ses richesses sur la moquette grise du séjour. Quelle vulgarité, concluait-elle, très en colère contre sa cousine ; contre elle-même. Antoine et Alex étaient bien bons de s'en accommoder et de se prêter à son petit commerce. A eux aussi, elle en voulait, humeur noire.

Christine les avait laissés en plan, au prétexte d'aller préparer un café à la cuisine. Au moins, là, elle était bien tranquille. Il y traînait des objets féminins. Comme les petits coussins fantaisie du séjour, qu'elle avait remarqués en entrant, la trace évidente d'une femme. Un bandana roulé en boule dans la corbeille de fruits ; abandonnées près du réfrigérateur, des babouches de cuir fatiguées, ornées de paillettes multicolores ; une pince à ongles, des barrettes, une petite montre dans le vide-poche… Cela avait achevé de la débiliter. D'évidence, elle n'avait rien à faire ici, le marché de Viviane ne la concernait pas ; tout cela était un malentendu total. Tandis que le café crachotait, elle avait jeté un regard furibond à l'affiche des *Contrebandiers de Moonfleet*, aux deux acteurs prétentieux, déplaisants. D'une arrogance ! Elle n'irait certainement pas voir ce film. Elle se moquait pas mal des films qu'affectionnait Antoine, et de sa suffisance à les lui recommander. La baie de la cuisine offrait une vue magistrale sur la laideur des environs : le parking des voitures sous les lampadaires, tulipes pathétiques, le bourbier invraisemblable du chantier de la nouvelle université, sur la gauche, ses grues, ses bulldozers orange et, par-delà l'étendue morne d'un terrain vague défoncé, une espèce d'énorme village écrasé, concentration indistincte de formes ternes, hérissée de murs inégaux courant en rempart tels ceux d'une forteresse primitive. Au-delà encore, étincelant de blancheur sous le vibrant soleil d'automne, le palais de la Défense, aussi déplacé dans ce paysage lunaire qu'elle l'était dans cet appartement, erreur de distribution, Minette. Erreur d'aiguillage, tu t'es fourvoyée. Minette aurait pleuré de sa déconvenue. Elle leur avait porté le plateau et leurs tasses de café, prête à saisir la première occasion de se passer les nerfs. C'était tombé sur Viviane. Celle-ci avait cru distingué de gratifier chacun de petites choses prélevées sur son butin, d'offrir une précieuse bonbonnière de porcelaine à Alex, un encrier en argent à Antoine. Elle se réservait le carafon en cristal de Waterford, le présent irlandais, en hommage à William, exquise attention. A sa cousine, elle destinait une assiette en étain, *d'époque*.

— Si *l'époque* est d'un bon rapport, je m'en voudrais de t'en dépouiller, déclinait-elle, mi-figue, mi-raisin, pour enrober sa vacherie.

Viviane avait rengainé son étain. Tant pis pour ces deux idiots qui acceptaient ses cadeaux, qu'ils en pensent ce qu'ils veulent. Cela avait tout de même jeté un froid. Ensuite, tandis qu'ils finissaient de remballer, boudant ces indécences, elle avait ostensiblement tourné le dos et passé en revue les livres de la bibliothèque. Il n'y avait là-dedans que des livres inconnus d'elle, philo, sémiologie, sociologie, des romans de science-fiction, des polars, des revues de cinéma, de bandes dessinées, toute une collection de *Pilote, Mâtin quel journal !* Et des empilements de quarante-cinq et trente-trois tours, du jazz et du rock, quelques microsillons de Brassens, Léo Ferré, Jacques Brel… Il y avait une caméra superbe, une Beaulieu, notait Christine, sans rien y connaître, d'ailleurs, je m'en fiche. Encore désarçonnée par la sortie de Christine, Viviane avait sauté sur l'offre improvisée d'Alex d'aller faire un tour au Louvre pour voir un canthare particulièrement rare, une aubaine qui lui permettait de prendre la tangente sans perdre la face. Christine avait refusé l'invitation, piquée qu'elle vienne à retard, et par compensation. Elle en avait par-dessus la tête de faire tapisserie.

— Tu veux qu'on te dépose quelque part ? suggérait Alex, désespérément gentil.

— Merci bien. Je rentre par le train. Ou plutôt à pied. J'ai envie de marcher.

Elle avait vraiment envie de déployer son énergie à une marche vengeresse, de se retrouver seule, il faisait si beau que c'était vraiment une hérésie de s'enfermer dans les musées, ou dans cet appartement. Une fois disparue la Peugeot d'Alex, elle s'était retrouvée en tête à tête avec Antoine qui les avait raccompagnés sur le parking, soudain désemparée de sa colère. Il la prenait au mot :

— Tu veux vraiment marcher ? Ce n'est pas si loin, de rejoindre Paris, mais tu vas te perdre dans la zone. Je te fais un bout de conduite pour te mettre sur le chemin. Je t'accompagne jusqu'au pont de Suresnes, d'accord ?

Sans force pour refuser cette proposition, prise au piège de sa déclaration intempestive, elle n'allait pas reculer. Allons-y pour une randonnée pédestre. Elle avait été bien inspirée de mettre ses bottes, aurait-elle été ridicule en escarpins ! Le terrain vague où ils s'engageaient était encore détrempé par les dernières pluies, une boue gluante collait aux semelles, et elle fit d'abord très attention où elle mettait ses pieds sans regarder autour, si bien que, quand elle releva les yeux, elle était perdue. L'espace était beaucoup plus montueux qu'il ne le semblait de la cuisine, les immeubles avaient disparu derrière une butte, ils se trouvaient au fond d'une combe. Antoine marchait devant elle, silencieux, mains aux poches de son blouson, apparemment satisfait d'enfoncer ses grosses chaussures dans cette gadoue. Il longeait une ornière profonde comblée d'eau noire qui y stagnait en bourbier, couverte d'une pellicule cloquée de bulles, une écume blanchâtre dégoûtante. Mettant ses pas dans ses pas, tenant difficilement l'équilibre, elle s'efforçait de ne pas glisser, car il ne se retournait pas, ne s'inquiétait pas de savoir comment elle se débrouillait pour ne pas tomber, la courtoisie ne l'étouffait pas. Ce manque d'égards l'indignait, mais s'il croyait la mettre à l'épreuve, il en serait pour ses frais. Puisqu'elle avait pris le risque inconsidéré de le suivre, elle mettait sa dignité à ne pas se plaindre, avançait vaillamment sur cet interminable chemin, car il y en avait un, dans ce cloaque. La piste qu'ils piétinaient pouvait y ressembler, des gens l'empruntaient donc ? Ils passaient par là, assez nombreux pour dessiner de leurs empreintes ce tracé sinueux, qui remontait maintenant entre des tumulus vers sur une place plus haute, l'horizon s'élargissait, ils émergeaient de la tranchée.

Les immeubles avaient reculé dans le lointain, leur barre claire éclaboussée de soleil et, devant eux, le terrain vague prenait une allure hospitalière, du moins en regard de ce qu'ils venaient de traverser, une étendue bosselée qu'on eût dite soufflée par des obus, parsemée de petits arbustes griffus, d'herbe pelée, une végétation pauvre mais ravivée par la pluie, dont les touffes éparses, roses, grises et rousses réjouissaient la vue, malgré les carcasses de voitures, les débris métalliques, les détritus pourris qui jonchaient le sol. Juché sur une petite motte, mains aux hanches, Antoine attendait qu'elle le rejoigne, la surplombant de son promontoire : ça va ? Très bien, cela allait très bien. Pour rien au monde elle n'aurait avoué sa détresse, pourtant toute pâle, aux pommettes une plaque rouge ; elle reprenait son souffle, soutenant son examen. Car il l'observait de son air goguenard, elle le croyait, mais peut-être ne l'était-il pas tant ? Peut-être la trouvait-il pitoyable, son ciré éclaboussé de boue, ses bottes crottées, nu-tête sous ce grand ciel parcouru de vastes nuages déchirés, livrée à son bon plaisir de la perdre ou de la guider. Evidemment, elle ne s'en serait jamais sortie seule, elle n'aurait pas trouvé sa direction, il pouvait être content. Il ne le paraissait pas, pourtant, le soleil rabattait sur son front une ombre soucieuse, inquiète presque, il clignait des yeux et portait son regard par-dessus sa tête vers le paysage auquel elle tournait le dos, vers lequel elle se retourna.

Ils dominaient un tronçon de route, une esquisse de rue dessinée par les poteaux d'une ligne électrique, desquels partait un invraisemblable enchevêtrement de fils distribués en toile d'araignée au-dessus de baraques de fortune, intriquées et tassées en contrebas de la route, la masse confuse qu'elle avait distinguée au loin, depuis le sixième étage, effarée d'en être soudain si proche. De ces abris rudimentaires bâtis de guingois, hérissés de tuyaux, montaient de maigres fumées grises, une carrière concassée de toits bas, tôle ondulée, carton goudronné, et l'on eût dit la route assaillie d'une foule affairée, parmi laquelle traînaient des enfants désœuvrés, sautant pardessus les flaques, si lents dans leurs jeux que l'agitation des hommes en paraissait décuplée. Certains arrêtés, roulant et humectant une cigarette, étaient plongés dans des conciliabules nonchalants de village, d'autres en train d'écoper, raclant à pleins seaux les bourbiers en contrebas et lançant l'eau noire sur la route, l'eau ruisselait de partout. Des toits inclinés, des planches, des gouttières bricolées, suintant et stagnant, la ville entière affaissée et comme enlisée dans ce marécage, soudain elle entendit le bruit. Sur fond de rumeur basse un fracas de heurts, de chocs rudes, roulements, tintements, appels, le soleil vibre, couvre la route d'un dôme doré, où circulent des attelages de fortune.

— La corvée d'eau, disait Antoine. Ils en ont jusqu'aux genoux, mais ils en manquent : le seul point d'eau potable est au bout de la rue…

Là-bas, nimbé de buée bleue dans le soleil rasant, c'était un attroupement de marché, une file grouillante, pourtant paisible et patiente parmi l'attirail des chariots, d'où revenaient les hommes tirant, la corde à l'épaule, de vieilles poussettes, des diables bricolés chargés de bidons de toutes tailles, brinquebalant dans les nids-de-poule. Suffoquée par cette vision, Christine chercha Antoine du regard, s'y accrocha, véhémente, suppliante, où sommes-nous ? Chez nos voisins, au bidonville. Il était résolu, mais dérouté et découragé, navré pour elle et pour lui. Il la prenait brusquement par la main pour dévaler la butte, descendre sur la route. Il avait encerclé son poignet de si ferme prise qu'elle en eut les yeux brouillés, et cela concernait autant la misère de ces gens que la sienne, comme si elle ne savait pas plus pleurer que prendre sa vie entre ses mains et en faire quelque chose, qu'il lui fallait cette main-là, sa chaleur, pour autant qu'elle soit une aide, elle le redoutait et le souhaitait, plus sûrement elle le voulait au fond d'elle-même, elle en avait de la peine pour elle et pour lui, ainsi cette comédie triste n'avait pas duré. Rendu sur la route, il lâchait son poignet et la fille apparaissait. Elle sortait du bidonville, la première femme qu'elle voyait, seule parmi tous ces hommes, les bras chargés de hardes et se dirigeant vers eux, d'une démarche sûre dans ses grosses bottes de caoutchouc qui cloquaient à chaque pas, tout le temps qu'elle approchait ignorant ostensiblement la jeune fille.

— Luiza, la présentait Antoine, pas plus surpris que ça, et Christine comprit que les babouches de la cuisine étaient à elle, les barrettes et le foulard.

Luiza était altière et grande, une espèce de cache-poussière bleu marine cachait ses formes, mais on les devinait belles, et fortes de toute son énergie tranquille. Elle ne pouvait pas prendre la main tendue, évidemment, chargée comme elle l'était, mais les eût-elle eues libres, elle n'en aurait sans doute rien fait, n'accordant toujours pas un regard à la fille en ciré.

— Tu rentres ? demandait-elle à Antoine, sa voix si également posée que ce n'était pas une question.

— J'accompagne Christine jusqu'au pont de Suresnes, dit-il. A tout à l'heure.

— A tout à l'heure, lançait-elle dans l'élan de son départ et elle était déjà loin, attaquant la pente du terrain vague à grandes enjambées pour se hisser là-haut.

Ils marchaient à présent de front sur la voie défoncée. De temps en temps, Antoine saluait d'un petit signe de tête l'un ou l'autre des Arabes qu'ils croisaient, poussant un vélo ou tirant un chariot. Le soleil couchait leurs ombres sur la route, longues et inégales, séparées, étrangères à ce point que c'était d'une incongruité totale d'avancer sans jamais les rejoindre, fuyant devant eux. Ils se tenaient dans une circonspection sourcilleuse, réservés, avec sang-froid et détermination, pour n'enlever rien à la tristesse de ce retour qui en soulage le poids, au contraire pour en préserver la qualité, comme si elle était la seule chose à partager, et leur silence était pourtant plein de sollicitude, intime presque, par la douceur mutuelle du plaisir à l'observer, sans en atténuer la douleur, préférant la cruauté qu'il y a à se taire aux mots qui peuvent faire plus mal encore, mais c'était tout de même ridicule, cet ensorcellement de silence, ils s'en rendaient compte. Cela paraissait clairement dans la façon vaincue de se sourire, dans l'expression inquiète des yeux quémandant la confiance réciproque, et le pardon tardif pour la séance malheureuse de déballage, la traversée indue du terrain vague, et la rencontre avec Luiza sortant du bidonville ;

tout ce qui était arrivé cet après-midi et les avait séparés, avant même qu'ils ne se quittent.

— Tout droit, tu tombes sur le bois de Boulogne, dit-il, s'arrêtant brusquement… Mercredi prochain, tu viendras voir les films d'Alex, n'est-ce pas ?

Elle avait été sur le point de dire que non, elle ne viendrait pas, non. Que lui importaient les films de son grand-père préhistorique, les lubies d'Alex, son chantier de vieux papiers et sa passion des dépotoirs. Elle avait été sur le point de décider de laisser tomber cette histoire loufoque, ridicule, de ne plus revoir Alex, ni Antoine, et cela avait noué à sa gorge un tel chagrin qu'elle avait tourné les talons, sans un au revoir.

Au jour dit, elle était pourtant au rendez-vous à la Cinémathèque. Alex avait invité Viviane à en être et celle-ci l'y entraînait sans lui demander son avis, cela avait tellement l'air d'aller de soi. Ainsi était-il plus facile de faire le contraire de ce qu'elle avait résolu, de se résigner à révoquer une décision qu'elle n'avait même pas prise ; il y avait surtout que, entre-temps, elle était allée avec Viviane voir *Nuit et Brouillard*.

Depuis qu'elle partageait le logement de Christine, celle-ci trouvait très intéressant, très remuant de vivre à la fois toutes ces expériences, de secouer d'un seul coup la léthargie où elle vivait, une plante élevée en serre, en grand danger de s'étioler définitivement. A quoi avait-elle échappé, en envoyant paître mari et famille ! De ce coup de Trafalgar providentiel, elle s'attribuait les lauriers, ébahie d'en avoir eu l'audace sans le secours de personne, un cran qu'elle ne se connaissait pas. Il était temps, elle aurait fini gâteuse, à l'image de sa sœur. N'accablons pas Sabine. Sabine est intouchable. Ni Jean-Marie. Laissons-le vivre sa petite vie pépère de dentiste. Il suffit donc de déménager. De changer d'adresse, pour atterrir sur une autre planète, connaître des gens nouveaux, lire des journaux, faire la conversation, vadrouiller dans les périphéries avec les amis de sa cousine ; découvrir des questions qu'on ne se pose pas, des réponses qu'on ignore. Aller au cinéma, pour un oui, pour un non. Elle profitait de la boulimie cinéphilique de Christine ; celle-ci payait toujours sa place, en attendant le revenu des transactions d'Alex. Jamais elle n'était entrée si souvent dans une salle que ces dernières semaines, n'avait avalé autant de films à la suite, encaissé de telles émotions, et de telles contrariétés. *Dragées au poivre*, en particulier, un galimatias dont le comique lui échappait vraiment : cinéma-vérité, quelle vérité ?

— C'est au deuxième degré, prétendait Christine.

— Même au dixième, ça me barbe, ripostait Viviane.

Une femme est une femme, pareil. Qui sautille, bondit du coq à l'âne, Angela veut un enfant à tout prix, cette dinde. D'Emile, ou Alfred ? Ce marivaudage musical, peut-être Christine aurait-elle dû avoir le tact de l'épargner à une accidentée du mariage aussi récente ; Godard la débilitait, décidément, vexée de n'y rien comprendre, de passer pour une idiote à la sortie, refusant de se dérider quand Christine plaisantait ensuite, à tout bout de champ : *Angela, tu es infâme. Non, je suis* une *femme.*

— Allons voir un documentaire, avait décrété Viviane, ça nous changera.

Elles étaient allées voir le film d'Alain Resnais. A la sortie, elles s'étaient retrouvées sur le trottoir, parmi les gens qui vidaient la salle. Comme elles, ils semblaient fuir, se disperser au plus vite, se fondre dans la foule de la rue pour y abolir leurs visages criminels avec le soulagement de l'anonymat retrouvé, de cacher la honte des révélations infligées. Non tellement la honte du film, dont l'implacable déroulement assignait au silence, mais celle de soi, en face de ces images. Davantage encore de la capacité ou non à être regardé par elles. Un tel face-à-face découvre le mal avec tant de justesse, d'exactitude cruelle, que l'assise en est ébranlée, on en sort dévasté. Christine avait tenu le coup, relativement, mais Viviane en avait été malade : elle avait vomi en rentrant. Elle se tordait au-dessus de l'évier, secouée de spasmes, sanglotant.

— Ce n'est pas possible, rageait-elle dans sa révolution organique, tripes révulsées. Trouve-moi la bouteille de vodka.

De la vodka, il n'y en avait plus.

— Alors donne-moi la bouteille de javel, plaisantait-elle pauvrement.

Elle n'était pourtant pas d'humeur à rire. Christine, pas plus fière, serrait les dents. Il leur avait fallu toute la soirée, tard dans la nuit, pour se consulter sur ce qui venait de leur arriver. Finalement, grillant cigarette sur cigarette, elles avaient fait le tour de leur ignorance, revisité les bribes de leur maigre bagage : ce monde, leur contemporain, en savaient-elles si peu de chose ? Comment fait-on l'impasse sur de tels faits ? Il leur semblait devoir immédiatement en réclamer justice à quelqu'un, monter tribunal, accuser, mais c'était massif, inextricable : la société, la civilisation ? *Je ne suis pas responsable. Qui est responsable ?* Les gens qui vont par les rues, les parents, les voisins, les copains ? Les profs, qui vous entretiennent doctement de guerres puniques, de massacres de Saint-Barthélemy, des charrettes de la Terreur mais, du passé récent, de l'histoire récente, la leur, *niet*. Zéro. La bande est effacée. A la rentrée scolaire précédente, alors que la Seconde Guerre mondiale entrait enfin au programme d'histoire en terminale, il s'était trouvé des esprits sourcilleux pour juger prématuré cet enseignement. C'est un tel effarement que de réaliser ce black-out, toute une génération conjurée pour se taire. Comment s'approprier ce qui vous revient sans vous appartenir, que faire de ce revenu ? Le pays où l'on croyait vivre est méconnaissable, plus rien ne ressemble à rien… Ainsi revient-on en arrière dans les pages d'un livre, dévoré de remords d'en avoir sauté les pages. Une fois nommée l'abjection, quelle instance championne en morale, savoir et compétence en répond ? La certitude d'une catastrophe, hier matin. *Neuf millions de morts hantent ce paysage. Qui de nous veille de cet étrange observatoire pour nous avertir de la venue de nouveaux bourreaux ? Ont-ils vraiment un autre visage que le nôtre ?…*

Elles se dévisageaient l'une l'autre. Ce composé de chair instable, cartilages et peau troués d'orifices, soudain hideux, ce modelé changeant et mensonger, davantage un masque qu'un miroir, plus opaque qu'une vitre qu'obture la nuit. Le paysage est définitivement celui de ces ruines des chambres à gaz à demi effondrées, chancre fascinant dont la caméra de Resnais se retire pour l'embrasser d'une vue plus large, jamais assez large, d'ampleur universelle. La voix, terriblement triste, ne vous laissait pas quitter le film sans son avertissement : non, cela n'est pas du passé. Cela n'est pas fini, cela commence juste… Ces cadavres, corps suppliciés, faces sans ressemblance existaient déjà quelque part dans un terrier de mémoire, ils s'y étaient logés un jour, et cela horripile de le découvrir, outrepasse intelligence et savoir.

— Tu imagines *ça*, Christine ?

L'imaginer ? Est-il concevable d'y accéder tant soit peu à travers ces images, peut-être malgré les images. Que la suggestion d'aller voir ce film vînt d'Antoine n'était pas pour apaiser Christine, et si Leni le *recommandait* aussi, qu'en savait exactement celle-ci, pour son propre compte ? L'avoir vu scellait avec eux une communauté d'initiés qui engage, qui oblige. Christine s'en défendait, comme si reléguer le film à un objet transitionnel parmi d'autres en offensait la portée. De toutes les images, elle ne s'expliquait pas pourquoi, tant d'autres étaient plus terrifiantes, la bouleversait celle du grand-père conduisant, sous le regard indifférent des SS, trois petits enfants, moins effrayés qu'effarés, moins résignés que confiants envers ce vieillard chancelant. Ils sont en tablier, celui qu'ils ont enfilé ce matin, ils se tiennent par la main, une chaîne navrante de tendresse humaine, inutile, condamnée, pourtant souveraine. Ils avancent, hésitants parmi la foule des gens, étrangement calmes, qui montent dans les wagons de marchandises, peu à peu le quai se vide, une porte se verrouille sur un visage de fillette coiffée d'un foulard, mais *où sont les enfants* ? Les tout-petits, livrés à l'impouvoir du vieil homme, où sont-ils, *maintenant* ? Cette question torturait, suffoquait de souffrance parce qu'elle n'était pas neuve, au contraire très vieille ; posée au passé, elle exigeait de l'être au présent : pense à maintenant, pense à demain. Mais qu'est-ce que penser à demain si l'on ne sait rien du passé ?

— Les originaux étaient en si mauvais état que M. Renault a eu bien du mérite d'avoir pu en tirer cette copie : il ne faut plus y toucher, maintenant, au risque de les détruire, définitivement.

Renée Lichtig rendait ses films à leur propriétaire, rangés dans une petite boîte de fer neuve, de la taille de celles des pastilles Valda. Elle lui donnait aussi leur copie, transférée sur pellicule acétate, les trois vues montés bout à bout en seize millimètres, deux minutes et trente secondes de cinéma primitif. Et elle ne voulait rien pour la peine, s'offusquait de la proposition maladroite d'Alex : il ne savait comment la remercier pour cette faveur, quel dédommagement proposer, il avait une dette…

— J'espère bien, au contraire, que vous resterez en dette, nigaud, se moquait-elle, radoucie par son air déconfit.

Il rengainait ses absurdes prétentions, confus de sa balourdise. Deux minutes trente de film, cela lui avait pris à peine trois jours, y compris l'étalonnage. Pour un long métrage, il fallait des mois. Elle n'était ni vexée de ses remerciements, ni flattée : elle était intriguée, très. Choquée par cette scène, indubitablement une horreur. A sa connaissance, unique dans le répertoire. Dans son genre, un prototype. En même temps, du point de vue technique, très curieuse de cet objet. Elle n'en avait jamais vu de tel, quelle chance ! Pourtant, des films des débuts du cinéma, il n'en manquait pas. On ne savait bientôt plus où les mettre, il en arrivait tous les jours. L'on commençait à bien les distinguer, les identifier, chacun leur caractéristique, plus ou moins discrète. Par exemple, la petite étoile sur l'amorce, c'était la Star Film de Georges Méliès. Il y avait les sigles de fabricants, Pathé ou Lumière, des institutions, militaires ou civiles… Or, là : rien de rien. Seul indice : la pellicule brute, le support. C'était maigre, pour établir sa provenance !

— Mais M. Renault tire information de tout. Selon lui : fabrication allemande ou anglaise. Il n'y avait qu'eux, à l'époque, pour fabriquer cette solution de gélatine, une colle spéciale, je vous passe la chimie et les ingrédients. Il n'a pas dû en circuler beaucoup, un ou deux ans d'exploitation, vers 1905… Et il ne doit pas subsister grand-chose des films tournés avec. Non plus des appareils qui utilisaient cette pellicule. En tout cas, plus en état de marche, même dans le musée d'Henri. Dieu sait pourtant s'il en collectionne, des lanternes magiques et des vieilles caméras. Ce doit être le Kino d'Ernemann, ou son jumeau, le modèle Kretzschmar, commercialisé par son rival, à Dresde. Similaire, mais un peu plus grand que le Kino II. Extérieurement, il ressemble beaucoup au Kino I, mais sa mécanique est celle du Kino II : l'entraînement est commandé par roue dentée et croix de Malte à neuf branches, avec viseur incorporé. Qui a inventé cet appareil, qui a copié l'autre ? Les fabricants se volaient les inventions pour déposer les brevets les premiers. L'espionnage régnait, dans ce domaine comme dans les autres. C'est qu'il y avait d'énormes intérêts en jeu. On ne se faisait pas de cadeau…

Renée était très contente d'exposer le résultat de ses recherches aux jeunes gens qui occupaient son antre, eux quatre coincés entre la table de montage et son petit bureau, comme toujours débordant de papiers en désordre, la thermos posée sur le tas, y laissant des cercles bruns. Suspendus à ses lèvres, ils écoutaient sa leçon.

— Enfin, M. Renault dit que, rien que pour ça – atrocités mises à part, n'est-ce pas ? –, vos films sont des pièces de musée. Caméra allemande, pellicule allemande, ou anglaise. Voilà. Et puisque vous voulez me payer de mon travail, monsieur Jamais, je vous prie de bien vouloir m'autoriser à conserver un double de la copie. On n'en fera rien sans votre autorisation, mais j'aurai la satisfaction de mettre ça dans mon petit cabinet de curiosités…

— Gardez les originaux ! Où seront-ils mieux en sécurité qu'ici ? Qui saura mieux que vous ce qu'ils représentent…

— Vous avez raison, approuvait-elle sans s'embarrasser de manières. De toute façon, c'est un cadavre.

Ce verdict tranché s'accompagnait cependant de commisération, elle considérait tendrement la petite boîte de fer.

— C'est fini pour lui, il a vécu sa vie naturelle… Ne vous faites pas d'illusions, les enfants : il n'est pas ressuscité. Après les interventions qu'il a subies, plus rien à voir avec l'original que vous m'aviez confié. C'était un grand mutilé, j'ai dû opérer un sacré rapiéçage… Un cousin du monstre de Frankenstein… Image par image, j'ai collé des bouts de perforations neuves là où elles manquaient, là où elles étaient déchirées. J'ai dû couper certains photogrammes, trop détériorés, irrécupérables. J'ai bouché les rayures et colmaté les cloques de moisissure, j'ai gommé les auréoles avec du pigment et poncé les excoriations. Ainsi toilette-t-on les défunts… La cosmétique les restaure pour qu'à notre vue ils ne paraissent pas si morts qu'ils le sont. Mais on les défigure plus qu'on ne les honore, ne croyez-vous pas ? C'est nous que nous épargnons, en modifiant l'aspect de leur mort. Pas eux, qui ont bien le droit de descendre au tombeau en leur état de cadavre…

Cette oraison funèbre les laissait interdits, ils n'osaient l'interrompre. Elle n'avait pas l'air pressée de projeter le film, d'en revoir les images affreuses, elle n'avait pas l'air de trouver que les quatre jeunes gens encombraient sa petite cabine. Elle leur offrait derechef du café dans des gobelets et distribuait le sucre, indifférente à leur impatience, toute à son sujet. La restauration est un leurre, poursuivait-elle, en veine de méditation. On ne rend pas vie à la pellicule. Au mieux, on lui tire les vers du nez, on l'accouche de ce qu'elle a dans le ventre. Au bout du compte, je suis plutôt un médecin légiste : je dissèque un cadavre, j'en tire une créature nouvelle…

Elle tournait sa petite cuillère, songeuse.

— Ce qu'il faut sauver, ce n'est pas la pellicule : elle est foutue. C'est le contenu des images, leur esprit, ou leur âme. Elles sont diaboliques, leur mémoire est infernale. Elles ont consigné des informations sur un support, périssable comme le nôtre. Ce n'est peut-être pas grand-chose, une grimace de la lumière qui agite des ombres, des spectres lumineux en attente d'incarnation, ainsi les mânes errent-ils dans les purgatoires, limbes ou enfers, tant qu'ils ne trouvent pas un nouveau corps pour se réincarner. Si les images sont de nouveau visibles, c'est que j'aurai à peu près bien travaillé… Le film est très propre, à présent. J'ai dû étalonner. A la main, la manivelle de la caméra se tournait plus ou moins vite, selon l'opérateur. Selon son excitation ou sa fatigue. Le défilement inégal captait plus ou moins bien la quantité de lumière, cela donnait des variations. Maintenant, tout est unifié, éclairage stable. Des choses qui n'étaient pas visibles le sont devenues…

Plissant les yeux, avec une espièglerie qu'elle ne dissimulait pas, savourant sa petite découverte :

— Par exemple, j'avais le nez dessus, image par image, cela m'a intriguée. Dans la pénurie où nous sommes d'indications, c'en est une de taille : il y a une inscription sur une pancarte, ou une pièce d'étoffe, accrochée à une palissade. De drôles de signes, pleins de bulles. Pour moi, des hiéroglyphes, autant dire du chinois. Eh bien, mes enfants, je n'en étais pas loin. M. Renault a consulté : c'est du birman. Précisément : de la langue môn, parlée dans le delta entre Rangoon et la Thaïlande, et aussi dans la partie occidentale de ce pays. Voilà une belle information : nous savons où ces films ont été tournés. L'inscription signifie *Pluie ardente*, ou *Pluie joyeuse*, paraît-il. Cela vous avance-t-il, Alex ?

L'excitation du jeune homme était à son comble. S'il avait eu à tourner une manivelle à l'instant, nul doute qu'elle aurait connu des à-coups. Comme chaque fois qu'il était ému, son strabisme s'accentuait, mais dans l'obscurité nul n'y prêta attention, d'ailleurs Renée s'asseyait à la table de visionnement, enroulait la copie de seize millimètres sur l'axe. Elle assise, eux debout, ils avaient regardé les images du film de Pierre Galay défilant sur le petit écran, deux minutes trente de cinéma expérimental.

Ils se sont retrouvés sur l'esplanade du Trocadéro, étourdis par l'air libre, éblouis par le grand jour ; une faible lumière pourtant, ciel bas, mais blessant aux yeux autant qu'un azur au sortir du studio de Renée Lichtig, la reine des ombres. Ils s'évitent du regard, n'osant se consulter sur ce que chacun ressent, encore sous le coup de la projection. Leur petit groupe hésite, quatre jeunes gens dans le vent mordant, chassant sous ses bourrasques les rares touristes venus admirer la tour Eiffel, dont le sommet se perd dans le brouillard d'altitude.

— Eh bien, bravo ! dit Viviane. Merci du plaisir !

Elle remonte le col de son manteau dont le vent soulève les pans, elle se gèle les mollets, dans ce courant d'air.

— Tu n'étais pas obligée de venir, lui fait remarquer Christine que la mine sombre d'Alex inquiète.

— Non, mais pourquoi manquer ça ? Je m'instruis. Cela m'a valu de faire la connaissance de Renée Lichtig. J'aurais vraiment manqué quelque chose !…

Le persiflage de Viviane rencontre le silence. Il n'y a qu'elle à en trouver la ressource pour faire diversion, et Christine commence assez à la connaître pour savoir que, avec *Nuit et Brouillard*, cela fait beaucoup dans la semaine, comme commotion.

— Ainsi donc, c'est ton grand-père, excité ou fatigué, va-t'en savoir, qui tournait la manivelle, lance-t-elle encore, en veine de provocation.

— Je te rappelle qu'il est aussi ton grand-oncle, riposte Christine que cela n'amuse pas.

Ridicule de s'envoyer leur aïeul à la tête, mais cela soulage du malaise de ces images, car, maintenant, que faire ? Descendre dans les jardins, marcher dans les rues ? Le quartier n'offre guère de refuge, sauf les cafés cossus de la place mais, pour fuir la pluie qui menace, pour se réchauffer ensemble, ils s'échouent dans l'un d'eux, juste un petit grog, avant de se quitter. A peine sont-ils installés contre la vitre que l'averse s'abat, jetant au sol des paquets de feuilles mortes, la déroute du ciel s'accorde à leur humeur, morose, et c'est encore Viviane qui interpelle Alex, à présent : puisqu'il a pris l'initiative de se lancer dans ces investigations macabres, puisqu'il remue ciel et terre pour *en avoir le cœur net*, qu'il s'explique un peu.

— Je débarque en touriste, moi ! J'ai pris du retard mais, après tout, cette histoire me concerne, non ? Je la trouve raide, mais elle m'intéresse.

L'intéresse surtout Alex, sa personne étrange. Sa science lui en impose, qu'il n'affiche pas mais, thésard, cela donne du prestige, et surtout sa faculté de passer d'un bond des sites de fouilles égyptiennes, dont elle vient de découvrir l'attrait exotique, à la période plus récente des tranchées, son plaisir évident de se déplacer dans le temps, d'y fouiner comme si sa vie en dépendait, d'en extraire des curiosités, cela laisse admiratif. Au lycée, les cours d'histoire, mémoriser dates et événements pour les recracher aux interrogations écrites, ne pas perdre trop de points au bac, d'un ennui ! Avec Alex, cette discipline prend du relief, une séduction nouvelle. Qu'il soit un peu louche ajoute au charme, il peut regarder à droite et à gauche en même temps, sur les ostraca et sur les papiers de son grand-père, et même sur vous. Il donne l'impression de discerner de votre personne des aspects latéraux intéressants, de les prendre en considération, cette coquetterie dans l'œil est touchante. Pour l'instant, il reste songeur devant sa tasse, du chocolat finalement, mais Antoine l'interpelle aussi, un peu durement :

— Eh bien, y vois-tu plus clair, à présent ?

— Un peu, admet-il.

Pas tellement sur ces images dont la révélation nocturne, dans sa cuisine, lui a fait si grand effet, l'a poursuivi de son onde de choc, pendant des jours. Il aurait du mal à expliquer qu'une fois nettoyé, en format seize millimètres, le film a pris un aspect déroutant, lissé de lumière, banalisé, un objet neuf qui n'a à voir que de loin avec l'original, Renée a raison. Le toilettage le falsifie, atténue sa hideur. Le charnier, les agonisants suffoqués ne semblent plus aussi abominables. Sa netteté le rend *visible*, en effet, en grande partie le dépouille de sa nuisance première, en quelque sorte neutralisée. Le paradoxe le déconcerte. Devant Antoine, il a soutenu, avec quelle conviction, l'actualité absolue de ce document, et maintenant que son nouvel état lui donne raison, il en est déçu. Il en regrette la matière grumeleuse, la détérioration. Les autres, qui le découvrent pour la première fois, peuvent-ils partager ce sentiment ? Au contact, le film brûlait les doigts, et l'œil, il infectait de sa présence maléfique. A présent, il a perdu son aura ; ou bien l'on ne voit jamais deux fois. La première baptise à une lecture qui ne se renouvelle pas. Il y a surtout que, trop impatient de repérer la pancarte, ou le morceau d'étoffe dont parlait Renée, il a été inattentif au reste, il n'a rien regardé, attendant avec anxiété de voir apparaître l'indication birmane, que celle-ci se flattait d'avoir tirée de l'obscurité. Il y voit plus clair, oui, si l'on peut dire. Ces quelques fractions de seconde de visibilité ouvrent les yeux. *Pluie ardente* corrobore ce qu'il a réussi à établir entre-temps, pendant les semaines suspendues par la restauration :

— La Birmanie est l'un des pays visités par Pierre Galay en 1907-1908, lors d'une mission. Je suis retourné à l'Institut Pasteur. J'ai obtenu de consulter les registres datant du professeur Roux, qui détaillent les campagnes sanitaires, auxquelles participaient les chercheurs. Il y en a eu de nombreuses, très lointaines, et parfois pour de longues années. Les conclusions scientifiques font l'objet de rapports annexés.

Ces rapports attestent que le Dr Galay part en mission afin de tester l'un des premiers vaccins contre le typhus sur les soldats français cantonnés en Cochinchine, en Annam. C'est le but déclaré de son voyage : six mois de navigation dans ces régions d'Asie, qu'il achève à Nha Trang, par une visite à Yersin… Il a séjourné par deux fois à Rangoon. Voilà ce qu'Alex confirme d'un air désolé, devant sa tasse de chocolat qui refroidit. *Pluie ardente* donne matière à l'hypothèse qu'il a pu *tourner la manivelle*. Sans paraître s'émouvoir du résultat. Constat froid d'une expérimentation. Au nom de la science. Cela hérisse de l'imaginer. Mais, à l'époque, qui a de ces scrupules ?… A l'époque, au Congo, l'on massacre à tour de bras, sans états d'âme.

— Que les films soient en sa possession ne prouve pas pour autant qu'il les tourne, oppose-t-il, farouche. Renée dit : caméra allemande, pellicule anglaise ou allemande. Pourquoi un pastorien français, que par ailleurs rien ne semble porter sur le cinéma, une technique peu répandue, s'équiperait-il de ce matériel étranger plutôt rare ? L'Angleterre est ennemie de la France. Leur empire colonial les oppose. Quant à l'Allemagne, l'Alsace et la Lorraine, patriotisme, etc., pourquoi Pierre Galay irait-il s'y servir, quand il a sous la main du matériel français,

Lumière ou Pathé ? Quand il a un frère cinéaste pour lui en procurer ?

A quoi Antoine objecte sans entrain que Daniel Galay ne tourne pas de films à cette époque : son premier court métrage date de 1910. Cette remarque spécieuse les accable plus que de raison, quelque chose se dérobe, qui ne concerne pas les images de Birmanie, promises par Alex comme la découverte du siècle. Que celui-ci éprouve le besoin de se réconcilier avec un grand-père inconnu, avec un insigne professeur Mesnard, c'est son affaire. Son film est certes curieux, et même bouleversant, mais l'est davantage l'actualité du lien noué entre eux ces dernières semaines. C'est devenu très agréable de se fréquenter, de se retrouver dans les cafés, de se téléphoner, or cette relation ne tient qu'à sa seule conviction, à son initiative de les associer à son enquête, et si celle-ci piétine, tourne au fiasco, si Alex échoue, alors que font-ils, attablés devant leur chocolat ou leur grog, s'accrochant à une conversation qui se perd dans les sables ? Peut-être Viviane a-t-elle senti le danger, qui saisit la perche de son mieux :

— Caméra allemande ou anglaise, peste ou typhus, je m'en moque, mais savoir si mon ancêtre est un scélérat ou non, à titre personnel, ça m'intéresse énormément. Ça complète la galerie de portraits : dans notre famille, ils n'en loupent pas une. Mon père, je préfère m'abstenir. Mais, sa mère, en as-tu entendu parler, Christine ? De Sophie, ma grand-mère ? A en croire tante Bertille : un spécimen. Un beau jour, elle attache son cheval à la barrière de la gare du Mesnil, et disparaît dans la nature. Avec la caisse de l'étude, remarquez bien. Elle ne perdait pas le nord ! Il paraît que je tiens d'elle. Ses yeux.

Par plaisanterie, Viviane fait battre les siens, paupières ombrées de fard, prunelle myosotis.

— Et notre célèbre cinéaste américain ? enchaîne-t-elle, gourmande. Autre cas d'école : flingué par la drogue et l'alcool. Suicidé ou trucidé ? On ne sait. Tu le sais, toi ?

Antoine ne sait que ce que la presse en a rapporté, la fin dramatique de Daniel Galay trouvé dans un bouge de San Francisco, apparemment tabassé, peut-être torturé, traces suspectes que l'enquête attribue à son état d'ébriété ou à sa consommation de stupéfiants variés, concluant à un suicide par overdose. Mais la diatribe de Viviane arrache Alex à son découragement, le ramène à son sujet : il a passé le week-end dernier à Tours, une promenade de santé. On n'imagine pas l'ivresse des dimanches dans les petites villes de province. La messe du matin à la cathédrale, la queue à la pâtisserie, les rues désertes dès midi, le repas en famille dans la belle maison de sa sœur, les neveux, charmants mais épuisants, tandis que cuit le rôti de bœuf assaillant leur oncle trop rare de réclamations, cache-cache dans le jardin, partie de Lego, dont il manque des pièces, et même l'honneur de donner sa bouillie à la petite dernière, de qui il est le parrain. Voilà ce qu'il a enduré pour mériter de son beau-frère pharmacien, que sa partie de golf matinale autorise à passer le reste de la journée en tenue de sport, qu'il condescende à lui traduire la liste des formules consignées dans le manuscrit trouvé avec les films de Pierre Galay.

En fait, son beau-frère a trouvé là un providentiel moyen de pallier le désœuvrement de son dimanche après-midi. Expédiant femme et enfants devant le poste de télévision pour regarder *Télé-Dimanche*, il s'est enfermé avec lui et lui a infligé un cours de philosophie pharmaceutique dont Alex est sorti l'estomac à l'envers… Il a d'abord noté que cette liste comprend la totalité des agents toxiques d'excellent usage durant la Grande Guerre : armes chimiques et bactériologiques, divers gaz d'assaut, dont il décrit les effets dévastateurs avec une satisfaction professorale. Il ne lui a rien épargné du ravage des muqueuses, cavernes pulmonaires à vif, crachements de sang, brûlures au chlore et leurs séquelles : toute sa profession a soigné les survivants entre les deux guerres, son père en a été victime, il en connaît un rayon. Cette lecture attractive lui a inspiré plus d'intérêt que prévu, et des considérations générales dont il tient à lui faire part :

— Je ne sais d'où tu sors ce catalogue, il date un peu, mais nous avons pris la relève, je t'assure. Impressionnant, soit, mais d'une banalité totale. Que crois-tu que produise l'usine de colorants pour badigeonner tes murs ? Ses sous-produits entrent dans la composition de nos explosifs. La firme pharmaceutique ? De quoi anéantir le département. L'eau de Javel, l'acide prussique, l'ammoniaque dont se sert ta sœur, garants de l'hygiène publique : polluants mortels. Insecticides, fongicides, nitrate et azote que nos paysans déversent par tonnes dans les champs : poison violent. Depuis 1943, le DDT, c'est génial, éradique puces et doryphores, cafards, moustiques : il y en a dans l'eau que tu bois, dans les légumes, les fruits, le rôti de bœuf, le gâteau de notre déjeuner. Tu veux que je continue le tableau ?… Je viens de lire ce livre, d'une Mme Carson, très édifiant : selon elle, le DDT menace d'extinction les oiseaux, crevettes, poissons et abeilles, il nous file le cancer, nous bousille le foie et le système nerveux central. Broutille. Tout en exterminant bactéries, microbes et virus, nous empoisonnons notre espèce avec. Que veux-tu : nous sommes solidaires de nos parasites. Je te signale que le gaz zyklon est de la même catégorie : un banal insecticide des familles. On commence toujours par les poux et les cafards, ça finit en massacre, à l'échelle industrielle.

Cela le rendait jovial : on bricole un vaccin, on injecte pénicilline, sulfamides, antibiotiques. Les effets, on verra plus tard. L'homme tout craché. Il fait joujou dans ses laboratoires, il ne peut s'empêcher d'essayer sur ses semblables. La Bombe, où l'avons-nous trouvée ? Dans l'eau ! Ta sœur prie à l'église pour le salut des âmes et celui de nos enfants. Moi, je me contente de faire du golf. Le temps que je suis en forme. On est peu de chose, Alex. Lis la dame américaine : *Printemps silencieux*, traduit chez Plon. Il vient de sortir, des nouvelles fraîches. De quoi mettre à jour ta petite liste de potions artisanales…

Alex a quitté son beau-frère un peu remué, étonné de le découvrir sous ce jour, pas loin de trouver sympathique ce discoureur dominical. Ou détestable son cynisme bon enfant, son art de vivre provincial au milieu de la poudrière générale, qu'il décrivait avec un humour douteux. Pour s'exonérer d'y changer quoi que ce soit ?

— N'empêche, s'obstine Alex, dans ce cahier qui accompagne les films, il y a la formule du produit qui a tué l'homme de Châlons. Aussi bien ces indigènes. Peut-être le Dr Galay est-il parti en Asie le tester avec ses vaccins. Lui ou d'autres… Pour moi, cinquante ans, c'est hier : il n'y a pas prescription.

— Pour moi non plus, murmure Christine. Si mon grand-père a été mêlé à ça… Une pareille tuerie, même au début du siècle, même au fin fond de la Birmanie… Qui croit que cela est d'un seul temps et d'un seul pays…

Elle a honte de dire ces mots, de n'en trouver d'autres, mais elle ne bat pas des paupières. Elle est trop triste pour faire le bel esprit, pour chercher à plaire à quiconque. En particulier à Antoine, qui ne remarque même pas si on est un garçon ou une fille. D'ailleurs, il en a déjà trouvé une, qui vit avec lui à Nanterre, dans son appartement, au sixième étage d'une HLM plantée au milieu de la boue et des chantiers ; non, elle n'a pas l'intention de s'excuser, ni de lui faire les yeux doux, et cela participe de sa détresse.

Mais Alex, requinqué par l'appui de Christine, sort brusquement de sa morosité.

— J'ai commencé, je ne vais pas en rester là. Il ferait beau voir, déclare-t-il. Rue de Richelieu, je vais dépouiller toute la presse de l'époque, remonter les années. Des cas semblables à celui de Châlons ont pu être rapportés avant 1914 par les journaux. Ou alors quelque chose sur les missions sanitaires en Asie… On ne sait jamais ce qui filtre dans une brève, un entrefilet… J'ai du travail sur la planche. Cela en fait, de la lecture…

— Si tu as besoin d'aide, j'en suis, propose Viviane, enthousiaste. A la fac, c'est la pagaille. Hier, à la Sorbonne, impossible de rentrer. Christine et moi, on est restées dehors, pour faire du chahut. Le doyen a fini par pointer son nez : les huées ! Il a suspendu les cours, il promet des dédoublements, dès la semaine prochaine. Il promet aussi la nouvelle fac de Nanterre, pour la prochaine rentrée. A ce qu'on a pu en voir, l'autre dimanche, ça s'annonce mal… Je prends des vacances, je t'aide à dépouiller la presse : au moins, je ne perdrai pas mon temps… Chiche que, dans huit jours, on vous apporte des nouvelles !

Viviane a de bons côtés, finalement ; tempérament volcanique, fofolle, mais gentille, et si son subit engouement pour les vieux journaux rencontre celui qu'elle semble éprouver pour Alex, si elle y trouve consolation à ses déboires matrimoniaux, Christine approuve. Finalement, leur cohabitation est plutôt agréable et, maintenant que, dans quelques jours, s'achève son stage chez Blake Jr, en sa compagnie, elle ne sera plus si seule rue Buffon… Même si Antoine est à mille lieues de se soucier de ses états d'âme, absolument inintéressants, la proposition de Viviane donne des perspectives qui mettent un peu de baume au cœur. Elle ignore ce qu'a ressenti Alex en découvrant ces images dans sa cuisine, mais elle lui donne raison. Ces deux minutes trente de cinéma en noir et blanc l'ont bouleversée. Cela ne ressemble pas à une maladie, à une épidémie de typhus ou de peste, comme le prétend Viviane. Elle n'en connaît pas les symptômes, mais les malades n'en sont pas atteints tous ensemble, au même degré. Ils ne se rangent pas ainsi sur le sol, comme du bétail à l'abattoir, et quel opérateur promène-t-il sa caméra, Kino I ou II, ou sa Kretzschmar, sur leurs faces émaciées, vole l'image de leur agonie en technicien impassible ? Pour observer ? Informer, dénoncer ? Si les images de *Nuit et Brouillard* nous concernent, de quelle nature chacune est-elle, qu'en faisons-nous ? Qui filme les petits enfants en tablier avec leur grand-père, remontant le quai de cette gare universelle, dont toute humanité est perdue, qui ce monstre est-il, solidaire des bourreaux, qui achève le crime, le double en le filmant. Quelle que soit l'image, qui *tourne la manivelle* ? Il importe de le savoir. La pellicule supporte une i*nformation*, a dit Renée. Si insupportable soit-elle, elle la *supporte*. Elle en tire une âme, celle de celui qui opère. Elle a sa beauté ou sa laideur, elle connaît sa grandeur, ou son ignominie. Quel qu'il soit, celui-là y manifeste son être tout entier, y laisse son empreinte, la mémoire du cinéma est infernale. Ce grand-père, Pierre Galay, de qui elle ignore tout ou presque, elle est maintenant décidée à en apprendre davantage. A demander des comptes. Alors elle peut rencontrer le regard d'Antoine. Elle y trouve ce qu'il a eu aux yeux près du pont de Suresnes, avant qu'ils ne se quittent : il dit qu'il est d'accord. Il se penche, subitement demande à mi-voix, sans être entendu des autres : Qu'est-ce qui t'est arrivé ? Tu as coupé tes cheveux ? Elle dit : Pas coupés : rasés. C'est mon côté Jean Seberg, tendance *A bout de souffle*. J'en manque en ce moment. Elle ne dit pas : c'est à cause de toi.

XII

Mercredi 6 novembre

La température avait brusquement chuté, le week-end s'annonçait froid. Le chauffage n'était pourtant pas fameux, il n'y avait que deux radiateurs de fonte, mais il y avait eu beaucoup de monde dans l'après-midi, cela réchauffe l'atmosphère. La condensation avait embué la vitrine, on ne voyait de la rue que le halo jaune des lampadaires, celui des phares de voitures, le cataphote rouge d'un vélo ou d'un Solex en taches dansantes, cela créait une ambiance insulaire, qui faisait s'attarder les clients. L'heure de la fermeture approchait, Socrate avait déjà filé à la cuisine attendre sa pitance, mais, restant au poste, Elise surveillait les derniers clients : parmi eux, l'un oserait-il ? Depuis quelque temps, même chez elle, même dans sa vénérable librairie, certains se servaient, emportaient des volumes sans les payer… Elise refusait d'appeler voleurs ces passionnés de lecture. Elle leur trouvait toujours des circonstances atténuantes, mais cela commençait à paraître dans ses comptes. Il fallait rester vigilante, et discrète pour rappeler à l'indélicat ce qui n'était qu'un oubli, sans faire d'esclandre, sans le signaler à l'opprobre de la clientèle. Cela la mettait dans une telle gêne qu'elle en venait à s'excuser ; un comble, lui reprochait Melville, accoudé avec elle à la caisse.

— Ce sont des étudiants, pardonnait-elle, haussant les épaules. Ils n'ont pas beaucoup d'argent, mon Lange...

— Ils ont des bibliothèques. Te laisser piller ne leur rend pas service. Un peu de morale, bon sang !

Ils riaient ensemble de ce débat récurrent ; elle, tout heureuse de leur complicité. Melville ne passait pas si souvent à la librairie, sa visite était un petit événement. Elle aurait bien enfourché n'importe quel sujet pour le plaisir de ratiociner, de chicaner dans l'intimité de leur aparté. Mais il y avait toujours du monde, la caisse à tenir, un renseignement à donner pour l'en empêcher. Elle aurait tant voulu rejoindre Socrate avec lui, dans la cuisinette de l'arrière, boire tranquillement un café en tête à tête, ou l'inviter à monter chez elle, dans le petit appartement de M. Brasier. Ainsi le nommait-elle encore, depuis trente ans qu'elle l'habitait, qu'il était à elle, mais elle y avait changé si peu de chose, respectant le décor où avait vécu celui-ci, dans lequel il l'avait accueillie, jeune ignorante débarquant de sa campagne. Au fil du temps, elle y avait bien introduit des nouveautés, quelques aménagements de confort, comme le cabinet de toilette, un réfrigérateur, mais avec parcimonie, chagrine à l'idée de ces transformations qui heurtaient son souvenir du vieux monsieur, une dévotion dont se moquait Camille.

— Tu vis dans un musée ! la tarabustait-elle, quand elle y montait. Avoir *une chambre à soi*, ce n'est pas habiter celle d'un autre. Tu n'es pas chez toi, ici !

— Cela me convient très bien, je m'y sens parfaitement chez moi.

A la harceler, Camille mettait cependant peu de conviction. Elle éprouvait du plaisir à entrer dans cet endroit inchangé, pareil à l'époque de leur jeunesse où elle retrouvait Elise au Mesnil, en cette saison de 1933 où se nouait leur amitié. Où elle rencontrait Simon Lewenthal, éblouie d'amour, mais cela réveillait trop de douleurs. Elle préférait penser à cette soirée pluvieuse où, poussant la porte, elle était tombée sur Jean Cocteau, lumineux, discourant parmi ses admirateurs au milieu de la librairie, plaidant merveilleusement pour *l'enfance qui s'obstine…* Ce même soir, Elise lui avait rendu le manuscrit des Mémoires d'Henri de Galay, et sa poupée chinoise perdue, le cadeau d'un Noël enfui, qui l'avait réconciliée avec elle-même, avec son enfance. Et elle lui avait offert *Une chambre à soi.* Virginia Woolf, humaine, intelligente, et drôle ! L'illumination de cet automne, le ravissement de ce livre… Pour elle aussi, cela avait été un crève-cœur quand Elise avait dû se résoudre à faire retapisser le petit séjour dont le papier peint était décidément hors d'âge, si défraîchi qu'on n'en voyait plus les guirlandes de fleurettes. Elles avaient couru tous les magasins de Paris pour trouver quelque chose d'approchant mais, dans les années 1950, la mode n'était plus aux papiers du temps de M. Brasier… Alors, Camille avait pris les choses en main, elles étaient allées ensemble à Londres : là-bas les vieilles dames anglaises avaient encore le goût des décors anciens. Elles avaient fini par dénicher des rouleaux de papier Liberty un peu ressemblants. Cette expédition, une échappée belle, un retour nostalgique sur tant d'endroits qu'avait connus Elise, mais qu'en restait-il ? La Hogarth Press avait disparu, devant laquelle elle avait passionnément guetté Mrs Woolf, sous l'*umbrella* du cher Sparrow : la maison avait été rasée par les bombes, pendant le Blitz ; ainsi que le petit hôtel d'Armeny Street, dont le portier très spécial lui confectionnait des *crumbles* et trafiquait les semelles de ses bottines… Lui aussi avait disparu, juste avant la guerre, emporté par une septicémie foudroyante, on connaissait à peine la pénicilline, alors. Sparrow s'était piqué avec ses poinsettias, cet homme ne faisait rien comme tout le monde, même pas mourir. Ne restait que le cimetière de Highgate, où elle avait tenu à se rendre en pèlerinage, il n'y a que les tombes pour défier le temps. Celle de Gilles Brasier était toujours aussi introuvable, mais pas celle de Karl Marx ; à défaut, elles lui avaient rendu visite, et s'en étaient retournées explorer les magasins. Ainsi le tapissage neuf du petit séjour résultait-il de ce voyage, il offensait moins les mânes de M. Brasier.

Elise aurait préféré monter chez elle et prendre un porto avec Lange, comme elle s'obstinait à l'appeler, plutôt que Melville, ou Louvain, ou même Meaulnes ; ainsi s'était-il présenté à elle la première fois, dans cette même librairie, accoudé comme ce soir à la tablette de la caisse enregistreuse, en passant mystérieux ; elle l'avait tant aimé en blouson et gants de moto, avec sa séduisante cicatrice à la lèvre. Aujourd'hui, sa moustache de Clark Gable la dissimulait, sa mèche sur le front grisonnait, et de petites rides plissaient sa paupière, mais il n'avait rien perdu de sa prestance, de son charme équivoque, et même gagné en élégance, une sveltesse plus souple, moins sportive… Les années de combat étaient bien loin. Pourtant, de son séjour à Londres dans les unités spéciales du SOE-F, il avait gardé la musculature, une sorte de brutalité en veilleuse, on ne se défait pas de soi, l'animal s'urbanise mais la charpente résiste ; il s'entraînait encore dans des salles de sport, il avait sa carte à l'aéro-club du Bourget où il faisait régulièrement des heures de vol, sur des coucous de grands-pères, bricolés par ses amis, plaisantait-il. Une passion que ce passe-temps, il faut prendre de l'altitude, de temps en temps. Il ne sautait plus comme alors, laissons ça aux jeunes casse-cous.

Elle l'avait perdu de vue pendant la "drôle de guerre". Plus de nouvelles, jusqu'à sa réapparition à la librairie, un soir de 1942, aussi détaché et souriant que ce soir. Un client tardif, elle allait fermer, et Dieu sait si la librairie allait mal. Les paperasseries du nouveau dépôt légal et l'instauration de la censure préalable, les tergiversations du Conseil du livre et le contrôle du papier, sa pénurie grandissante, enfin les titres interdits à la vente. La liste Bernhard d'abord, puis la liste Otto ! C'étaient chaque matin de nouvelles interdictions, de nouvelles censures auxquelles étaient soumis les éditeurs, les bibliothécaires et les libraires, sous contrôle de la Propaganda Staffel… Bergson, Spinoza, Marx, Zweig et Mann avaient disparu des rayons, tant d'autres écrivains irremplaçables honnis par l'occupant. Aux descentes d'inspection, elle défendait son dernier rempart, les classiques qu'autorisait la liste, la dernière en cours, mais comment distinguer ce qui l'est ou non ? Les inspecteurs ignares, insultants, menaçants, ergotaient à n'en plus finir : l'un d'eux lui avait confisqué une édition bilingue de Shakespeare sous prétexte que c'était la langue de la BBC ! Le Socrate de l'époque les avait pris en grippe, depuis que l'un de ces malfrats l'avait délogé de sa sieste sur *La Montagne magique*, d'un coup de poing assassin. Depuis, le chat les sentait avec le flair d'un chien de chasse, hérissait son poil avant qu'ils n'aient franchi le seuil. C'était devenu sa gloire qu'il servait de mouchard : à son signal, les locataires clandestins d'Elise filaient dans la réserve, descendaient à la cave, béni soit ce chat antifasciste. Mais une fois aryanisés les éditeurs juifs, certains réfugiés en zone sud, que restait-il sur les tables ? Les livres à la gloire de Laval, de Pétain, puant la propagande. *A la recherche de la France* chez Grasset, *Les Décombres* de Rebatet, *Les Beaux Draps* de Céline, un triomphe. Et Drieu, dénaturant la NRF… On vendait

Frison-Roche, l'héroïsme des hauteurs. *L'Elu* de Van der Meersch, grand succès. Des romans, des romans, les gens voulaient s'évader, ils en redemandaient, qui circulaient sous le manteau, comme *Autant en emporte le vent.* Troyat, Benoit, Vialar, c'était maigre. Sauf le sublime *Moby Dick*, sa traduction par Giono, trois fois réimprimé chez Gallimard. Marcel Aymé, Guilloux. Ces années noires de la librairie, elle en gardait un souvenir de furieuse famine. Heureusement, il y avait sa réserve, le cagibi, soustrait à la dictature de la pensée, à la bêtise totalitaire, un exploit dont le risque lui avait en partie échappé, on faisait tant de choses en ce temps-là sans toujours mesurer la part d'inconscience et celle de la juste révolte. Au premier contrôle, la petite cour était encombrée par le déménagement d'un locataire de l'immeuble, un embarras providentiel : sa réserve avait échappé à l'inspection, sinon tout aurait été saisi de ses collections de revues. Elle en avait vite descendu le stock à la cave, caché sous le plancher de la réserve à charbon. Quel bonheur ç'avait été de le ressortir, tout jauni et rongé, tout poudré de charbon, de l'exposer sur les tables, à la Libération, ce souvenir la chatouillait encore de plaisir et de fierté.

Lange était tombé un de ces soirs d'accablement où, solitaire, mélancolique, elle caressait Socrate en contemplant, à la faible lueur des ampoules, une sur deux, par économie, par pénurie, la désolante exposition des livres autorisés sur ses tables clairsemées. Elle avait manqué en défaillir d'émoi, assaillie par la peur. C'était quelques mois après la grande rafle du Vél d'Hiv, qui n'émeuvait pas grand monde, mais depuis, croiser le moindre uniforme, pas seulement la police allemande, les policiers français, surtout ceux qui étaient en civil, et les brigades spéciales, le moindre contrôle et la fouille à tout coin de rue, papiers s'il vous plaît, donnait un mal au ventre répugnant. Lange entrait, dégagé et souriant comme s'il était sorti du matin, en gabardine un peu froissée, cravate miteuse, amaigri. Derrière lui, elle fermait précipitamment la librairie, décrochait le bec-de-cane. Appuyé à la caisse, il la regardait baisser le rideau :

— Tu fais bien, souris grise. Ma petite souris, que je suis content de te trouver au poste…

Elle y était, mais en quel état ! Les cartes d'alimentation vous faisaient des cures d'amaigrissement nationales, elle avait son manteau sur les épaules, pas de charbon, on gelait, et elle traversait une période de grand souci : Louis avait disparu. Elle le croyait devenu maquisard : il jouait *Britannicus* ou *Le Jeu de l'amour et du hasard*, il courait le cachet sur les routes de la France occupée, mais elle l'ignorait. Elle le croyait comme tant d'autres exposé aux plus grands dangers. On rapportait de telles choses sur les tribunaux spéciaux, les communistes déportés, fusillés en otages. Par moments, elle s'effondrait intérieurement, cisaillée au ventre d'une douleur d'enfantement, elle qui n'avait pas eu d'enfant. Par crises subites, ces imaginations la torturaient, mais serre les dents, cravache la mule, et marche droit : elle restait seule, à tenir sa librairie ouverte, avec ses listes Otto à observer ; ses revenus avaient sérieusement fondu. Voilà comment Lange la trouvait au poste. Il était à Paris avec une fausse identité, une de plus. Il ne se cachait pas vraiment, il circulait en ville depuis le matin, débarqué gare d'Austerlitz avec un billet tout ce qu'il y a en règle, voyageur sans bagage, mains aux poches. Littéralement, il tombait du ciel : parachuté de la veille. Ils étaient montés tout droit chez M. Brasier et elle avait compris avant qu'il ne demande :

— Reprendrais-tu du service, Elise ?

Elle l'avait compris à ses yeux siamois qui pistent en regardant ailleurs, prêt à sauter du jarret plus vite qu'un lièvre. Il se posait en homme ordinaire qui va en velours à ses petites affaires de commerçant, un quidam de bon aloi, mais le nerf bandé comme couteau à cran d'arrêt, un sang-froid de tueur, et doux avec ça. C'était capital pour rassurer Elise, lui passer la patte à l'épaule et faire ralentir son cœur emballé, il faut qu'elle respire d'abord. Il faut qu'elle sorte un bocal de pâté, des rillettes de porc, une rareté qu'elle garde sans savoir pour quelle occasion. Pour Lange, pardi ! Elle ne le gardait que pour lui, il tombe à pic. Ce pâté vient du Mesnil où sa vieille mère reste seule, à tenir debout les murs de la grande maison vide, il n'y a plus qu'elle, là-bas : le vieux Meyer s'est éteint, chandelle épuisée, à l'hospice de Genilly. Il n'aurait pas fini là, du temps de Mme Mathilde. Si Pierre et Gabrielle n'avaient été de l'autre côté de l'Atlantique. Si Camille n'avait eu tant de soucis. Aux premiers bruits de bottes, Meyer avait rendu l'âme, sa bonne âme de palefrenier gardien de secrets. Désormais, Mauranne campait seule dans sa cuisine déserte, ermite farouche en conversation avec les fantômes assis à table avec elle. C'était un souci de la savoir là-bas se ronger sans savoir quel est son mal. Sa valise était prête pour l'hospice. Il y avait cent ans que sa valise était prête, mais elle, pas encore. Pas rendue aux dernières extrémités. Elle l'avait saisie trop tard, pauvre Mauranne… Heureusement, elle avait les voisins des Armand, de braves gens, Gaston et Soizik lui portaient du beurre et des pommes de terre. Et des pâtés de rillettes.

Voilà pourquoi ç'avait été bombance, ce soir-là. Voilà comment elle avait repris du service sans rechigner ; à son Lange, elle ne refusait rien. Ce n'étaient pas les aventures d'antan, quand il l'expédiait à Londres chez Sparrow, à Berlin chercher des poudriers, dans les montagnes enneigées de l'Allgäu passer des fugitifs, mais il avait énormément besoin d'elle. A domicile, sans bouger de sa librairie, qu'elle ne pouvait pas fermer, de toute façon. Il s'agissait de fournir les aviateurs en rade en vêtements civils. Il y avait des gens pour les loger, à Paris ou en banlieue, leur procurer les papiers nécessaires, qu'ils aient l'air d'honnêtes Français. C'était rare, les gens qui prenaient ce risque, mais il y en avait. Le colonel Melville les avait trouvés, il avait monté le réseau, depuis six mois qu'il venait en commerçant de pâte dentifrice, une entreprise domiciliée à Vierzon, qui l'employait comme représentant fictif itinérant, sa couverture. Ses convoyeurs conduisaient les clandestins jusqu'à la frontière espagnole, par des lignes de chemin de fer toujours différentes, des expéditions de vingt-quatre heures, par le rapide jusqu'à Toulouse, ou des correspondances d'omnibus moins surveillés vers Perpignan, par Pau ou Montauban, puis des lignes de cars desservant les villages plus près de la frontière, zones interdites, où le chauffeur les confiait à des guides, contrebandiers avant la guerre, deux jours de montagne à pied… Melville avait mis en place tout le circuit, horaires des trains, relais dans les gares de transit et conducteurs, hommes de bonne volonté, y compris un cheminot de la gare d'Austerlitz, le seul à pouvoir procurer plusieurs billets pour la même destination sans se faire repérer, surtout à même de remplir les fiches d'admission, obligatoires avec le billet : il fauchait les fiches périmées dans les poubelles et falsifiait les dates.

Elle n'aurait rien à faire de toutes ces choses dangereuses, seulement fournir des complets-vestons, des slips, chemises, cravates, chaussures et ceintures, de différentes tailles ; marques françaises. Des montres ; françaises, s'il te plaît. Le ferait-elle ? Bien sûr que oui, mon Lange. Quoi de plus facile que de se procurer ce qui manque à tous, par ces temps où les gens retournent leurs manteaux, font durer jusqu'à la corde leur vestiaire, où le marché noir fait monter les prix à des altitudes phénoménales, mais comment donc. Son commerce périclitait : elle en avait créé un autre, parallèle, son petit réseau personnel. Le week-end, elle voyageait à la périphérie, sur sa bicyclette. Elle se pourvoyait dans des fonds de boutiques, chez des chineurs et récupérateurs de première et dernière zone. Ils n'y regardaient pas de près sur son négoce, si elle payait, et Lange avait de l'argent, des billets de banque fatigués tout ce qu'il y a de plus normaux ; d'où il les tirait, il ne disait pas. Le petit appartement de M. Brasier était devenu une friperie bien fournie en articles variés, jamais elle n'aurait pensé avoir chez elle autant de vêtements masculins, elle qui n'avait pas d'homme dans sa vie. Les conducteurs qui se présentaient à la librairie n'avaient pas toujours la tête d'amateurs de littérature, mais sait-on à quoi ressemble un lecteur ? Elle les faisait monter par le petit escalier, et ils se servaient à discrétion dans le vrac. Une fois, il leur avait fallu des habits de femme. Elle n'en avait pas dans son stock, ce n'était pas prévu. C'était l'été, elle avait donné sa robe de coton à rayures jaunes et une paire de sandales en cuir tressé qu'elle aimait bien, à la guerre comme à la guerre… Etait-ce cela, *résistant* ? Elle n'en avait pas l'idée, alors. Et si ce n'était pas plus compliqué, que ne l'avaient été davantage de gens, qui l'auraient pu ? Melville en avait été un vrai, sans se l'accrocher au revers ensuite, comme beaucoup.

Il ne lui avait raconté que bien plus tard comment il avait atterri à Londres, intégré les unités spéciales à l'automne 1940, Baker Street, dans les anciens locaux de *Marks & Spencer*, au 62-64, la section française. Comment il avait retrouvé là son vieil ami Hawthorne, rencontré naguère à la SDN, qui coordonnait les services de renseignement, le recrutement et la formation des agents, dans les Midlands et en Ecosse, dans des manoirs de l'Invernesshire. Il ne lui en avait rien dit alors, selon le principe que moins on en sait, ma souris… A Orchard Court, au *Verger*, il formait les agents, instructeur aux techniques de combat et de sabotage, radio et chiffrage, une école d'élites. Ce Special Operations Executive, section F, Melville y avait laissé une partie de sa vie, amputé de ses amis disparus, arrêtés, assassinés, et si sa jeunesse à la Sécurité lui en avait appris sur l'engeance humaine, il y avait complété son instruction. Le SOE avait été dissous en 1946 ; il était rentré, fin du service. Il avait pris sa retraite, pour ainsi dire. Quoique. En pleine guerre froide, il voyageait encore. Mais Camille avait besoin de lui. Camille n'avait plus que lui. Un service commandé qu'il s'était passé à lui-même ; ce qu'entre eux ils avaient conclu de pacte ne regardait pas Elise, mais c'était providence qu'il se fût trouvé là pour la sauver des démons qui la dévoraient, mission bien plus difficile que toutes celles qu'il avait conduites.

Pour ce genre de combat rapproché, on n'a pas le code radio, le chiffrage, les clés, ni le parachutage ciblé, ni le coup de couteau ajusté, ni la poigne à main nue pour liquider de sang-froid. Aucun entraînement militaire haut de gamme ne vous prépare à affronter les démons de cette espèce, et si vous échouez ce n'est pas un réseau qui tombe, c'est la femme aimée qui meurt. Ce n'est pas de sang-froid, dont on a besoin, de force physique, d'endurance musculaire et mentale, mais d'immenses faiblesse et incompétence. Il faut reprendre de zéro son catéchisme sentimental, humble et désarmé d'intentions, surtout les bonnes, avec pleine conscience du sujet qu'on n'a jamais traité. Il faut retenir son souffle pour conjurer le mal, en respecter le préjudice, de son ravage admettre qu'il est irrémédiable et cependant chercher une issue pour cette femme, contre elle. Pour cela, avoir eu une grand-mère de Digne est d'un grand secours. Cette sorte de grand-mère vous rend plus intelligent que vous ne l'êtes, elle vous donne même du génie, de temps en temps. Depuis lors, à cette tâche d'aimer Camille, Melville consacrait tout son temps, c'est pourquoi, ce soir, elle aurait bien pris un porto en bonne amitié, en grande intelligence avec ce forban bien-aimé, en parlant de choses et d'autres qui ne mangent pas de pain, à quoi bon se dire ce qu'on sait…

Mais voilà qu'entrait une demoiselle trotte-menu tout en noir, manteau et bas, même le cheveu, frange courte. Rien qu'à la voir se faufiler nonchalamment entre les tables, Elise a senti comme qui dirait une anomalie. Il est tard, je ferme, allait-elle dire, or tout soudain Melville sans un mot la quittait, de son allure élastique de raminagrobis, l'air de rien, emboîtait le pas à l'anomalie, mettait un petit temps d'approche en feuilletant des revues de poésie, quel culot, ce béotien n'y connaît rien ; pour finir, le voilà rendu près d'elle, qui consulte avec grand intérêt *Le Feu follet*. Elise vend Drieu la Rochelle : elle n'a de rancune que contre les hommes, pas contre les livres. Pourtant, comment oublier *qui* les a écrits ? Maintenant, il lui parle à voix basse, on ne dirait pas, à première vue. Mais elle connaît son Lange sur le bout de la fleur de ses dix doigts, ses ruses d'Apache. A elle aussi, il a appris à converser dans les églises, comment on s'agenouille sur des prie-Dieu cisaillants sans tourner la tête, sans bouger les lèvres quasi, sans forcer la voix, à l'oreille tendue celle-ci se faufile, même si les cloches sonnent vêpres à toute volée. Alors tu penses si c'est du velours dans le silence de la librairie, juste la rumeur de la rue et le tintement de la caisse enregistreuse, votre monnaie, monsieur, merci et bonsoir : elle en était sidérée. Lange donnait des rendez-vous à la brune chez *Brasier & Cazzoni*, sans lui demander son avis. Il avait repris du service, ou il avait une bonne amie, les deux lui coupaient les jambes. Mon garçon, lui promettait-elle, ça ne se passera pas comme ça. D'ailleurs, sous mon nez, tu me compromets. Tu me prends à témoin, tu me veux quelque chose. Cela l'agitait beaucoup, au point qu'elle entreprit par vengeance, pour faire du bruit, pour chasser les derniers clients, de défaire sa belle vitrine de Jean Cocteau. Assez duré le deuil, assez d'exposition funèbre : maintenant qu'il dort dans le petit cimetière de Milly-la-Forêt, il a toute sa vie de poète mort devant lui, ses œuvres vivantes peuvent reprendre leur place parmi leurs sœurs.

Ce mercredi, 16 octobre, Elise a fermé la librairie, elle s'est rendue aux obsèques de Jean ; pas à celles d'Edith Piaf, la veille. Quarante mille personnes au Père-Lachaise, la foule de ses adulateurs massée le long du boulevard, empêchée d'entrer et cependant envahissant les allées dans la bousculade, grimpant sur les tombes, débordant le service d'ordre, à ce qu'en rapportait la presse. La ferveur populaire pour son idole a quelque chose de barbare, qui rend amer, mais sa voix pathétique a remué ces gens, les a grandis, haussés sans le savoir à la noblesse des émotions élémentaires que chacun porte en soi, par de si simples romances de mélodrame rendus à eux-mêmes. Cela a fini en pugilat, en rage basse. C'est autre chose, dans la chapelle Saint-Blaise-des-Simples, la bien nommée. Tout le village où Cocteau a vécu ses dernières années est là, silencieux et digne, son fils adoptif, Edouard Dermit, et sa nièce, avec Jean Marais. Il y a eu des discours de sommités, d'André Chamson et d'un monsieur belge, mais surtout le silence de ses amis, Foujita, Pagnol, Kessel, Juliette Gréco, Louis Seigner... Gilbert Bécaud, Robert Bresson ; Elise n'a pas approché ces célébrités. Elle a écouté le chant des oiseaux qui s'égosillent comme au printemps, réveillés par le jeune soleil d'octobre, on dirait enchanté par son âme radieuse de poète. Elle a écouté le *Requiem* de Gabriel Fauré chanté par le petit garçon, sa pure voix d'ange en hommage au Poète enfant, qui a été enseveli parmi les fleurs de renoncule, de safran et de ricin, les simples qu'il aimait, qu'il a peintes en nobles tiges altières sur les murs de la chapelle, valériane, aconit et belladone, parmi lesquelles un grand chat se dresse, étonné ; en quelque sorte le cousin de Socrate.

Il n'y a pas de quoi pleurer, elle n'est pas venue là pour s'attendrir, ni pour voir les stars, Marlène Dietrich, Madeleine Sologne. Seulement pour lui rendre la pareille, lui qui est venu, antan, avec Jean Marais enterrer M. Brasier, le vieux libraire de la rue Notre- Dame-des-Champs, et lui donner son salut. Seulement, en s'en retournant, elle a la gorge serrée à se redire ses vers, toute seule dans le train de Corbeil. *Votre fils est en fuite au bras d'une chimère. Déjà sa gorge est lasse à force de crier... Il dort. Il rêve. Il tombe au fond d'un encrier. Il se réveille et croit que c'est un autre rêve, car il voit le logis des enfants qu'on enlève...* Et elle a pensé au petit Henri, au petit garçon de Camille et Simon enlevé à son enfance, aux petits enfants que volaient les bourreaux, qu'ils emportaient sur leur dos criminel de rois des aulnes, elle a fondu en larmes.

Maintenant, elle avait fini d'empiler ses livres de M. Cocteau, la vitrine était vide, prête pour exposer les parutions de saison, demain, et la jeune brunette prenait enfin congé. Elle avait reposé *Le Feu follet*, elle ne l'achetait pas. Elle ne le volait pas non plus, encore bien beau, merci mademoiselle et bonsoir. On ferme. Le dernier, tout seul, Melville continuait à feuilleter les revues. Laisse ça, mon Lange, à nous deux. Elle claquait la porte et décrochait prestement le bec-de-cane. Ce geste, il n'allait pas le lui apprendre : elle le faisait tous les soirs depuis bientôt cinquante ans, elle n'avait pas de leçon à recevoir. Il n'avait pas l'air gêné, mais soudain un sourire d'excuse qui serpente sous sa moustache, les yeux graves, cela n'augurait rien de bon. Cela lui donnait un frisson à la nuque.

— Ne fais pas ta duchesse, Elise, calme-toi. Tout va bien.

A quoi voit-il que je ne suis pas calme, que je bous et fulmine ? Il fallait être Lange pour deviner ça au petit tressautement de sa paupière parce que, pour le reste, Elise est d'un calme parfait. Plus majestueuse et sereine, il n'y a pas, elle a du métier. Elle s'est réfugiée à sa place de déesse, derrière sa caisse, Socrate attendra sa pâtée, elle veut des explications. Il veut bien lui en donner, mais qu'elle sorte de là. Qu'elle abandonne son poste de libraire atrabilaire.

— Offre-moi plutôt un petit porto, on sera mieux chez toi.

Une avance pareille la prend de revers, un coup en traître, et elle jubile de s'y laisser prendre, elle fond, elle s'empresse. Ainsi étaient-ils montés chez M. Brasier, s'étaient-ils retrouvés, comme elle en rêvait, gentiment assis à la table du séjour, entourés des papiers peints *made in London*, et elle avait sorti ses verres de cristal qui ne servent jamais, mis un napperon sous la bouteille. Il avait posé son chapeau et son pardessus, ouvert son beau veston de tweed, c'était donc qu'il s'installait. Il s'y prenait de loin, mais elle avait tout son temps. De belle lurette il ne s'était confié à elle, il fallait un événement.

C'en était un, dont elle n'avait pas d'abord discerné comment il menait au *Feu follet*, mais elle était tout ouïe.

Cela commençait par une visite impromptue de William, le neveu de Camille, ce grand adolescent attardé, touchant d'ingénuité et d'inconséquence qui, un de ces derniers soirs, provoquait une brusque embardée, quasi un accident, les enfants sont imprévisibles. Il ne savait à quel indice, son excitation, sa précipitation, Melville avait pressenti que sa visite était mauvais signe, d'instinct avait redouté le pire, qui avait eu lieu. Ou bien ce ne l'était pas, cela tombait au moment qu'il fallait. Peut-être Camille y était-elle prête. Il le supposait à sa décision, annoncée en août, de baptiser sa fondation Simon-Lewenthal, de porter le nom de son mari disparu sur la place publique. Prête à affronter l'épreuve qu'il soit prononcé à tout bout de champ devant elle, écrit en toutes lettres sur les en-têtes d'enveloppes et de correspondance, bientôt dans la presse, au printemps, quand aurait lieu l'inauguration ; alors, il ne manquerait pas de journalistes pour justifier cette appellation, exhumer l'histoire de sa déportation… Il ne l'y avait pas poussée, pas encouragée, il s'en serait bien gardé, n'est-ce pas, Elise ? Cela était venu d'elle, sans doute en avait-elle l'idée de longtemps. En mettant en branle son projet, d'étape en étape le réalisant, dépensant son énergie pour qu'il aboutisse, elle s'acheminait vers cet instant où il faudrait en venir là. Si rusé soit-on pour tenir enfouis les motifs de nos actes, il y a une manière fatale de les mettre en œuvre, de comploter contre soi, jusqu'à ne plus pouvoir reculer. En quelque sorte, le *moment venu*, on n'a plus le choix, celui-ci a eu lieu bien avant, et l'on s'y soumet ou s'y résigne comme s'il ne dépendait plus de soi. On y adhère alors, bon gré mal gré, pour s'épargner de revisiter les bonnes ou mauvaises raisons qu'on a eues de n'y pas réfléchir… C'était exactement ce que pensait Elise, cet été, au bois de Graville : Camille allait bien, puisqu'elle avait franchi le pas.

— Tu ne peux savoir – mais si, tu le sais – combien j'en étais contente. Elle était comme convalescente, un chat écorché, il n'aurait pas fallu lui marcher sur les pieds, mais elle allait très bien. Depuis le temps qu'elle se fait un sang d'encre, comme si cet homme pouvait encore être sauvé. Depuis le temps qu'elle le garde à l'abri, *en désespoir de cause*. Cela étouffe, cela gangrène. On a beau se mettre de la chaux vive sur le cœur : emplâtre sur une jambe de bois. Je ne serais pas allée le lui déclarer, pas plus que toi, mais j'en bouillais. Elle a bien fait. Une fois qu'on a décidé d'ouvrir les hostilités avec le destin, il n'a plus qu'à bien se tenir.

On n'en était pas là, mais sur le chemin : Camille était venue en parler avec lui cette nuit-là. Elle avait accepté de reparler de Simon Lewenthal.

— Chaque année, son pèlerinage dans les Rocky Mountains, en raquettes dans la neige, pauvre chérie. C'est le seul endroit du monde où elle est un peu avec lui… Moi, j'attends au bar, et je me tais. Je me tais, Elise. Peut-on faire autre chose que se taire. L'autre soir, ce que William mettait sur la table, sans le savoir… Il m'a fait une peur, cet idiot ! Mais, au fond, c'était très bien comme ça. Un électrochoc. Camille était prête à entendre le reste, j'ai rouvert mon dossier en peau de chamois. Je n'ai jamais pensé que ce serait facile. J'ai même envisagé que ce ne serait pas possible. Que je travaillais exclusivement pour moi, pour en avoir la conscience claire, pour me faire du bien. Mais le bien qu'on se fait n'est pas celui des autres, même et surtout de ceux qu'on aime. Il y a des choses qu'il vaut mieux ne jamais apprendre. Il y a des alcooliques, une fois sevrés, qui trouvent un autre poison, bien plus radical. Ils meurent guéris du traitement de choc…

Elle n'avait pas souvent vu Lange dans ces perplexités. Cet homme sait où il va, de préférence par les chemins les plus tors, mais il ne perd pas de vue sa destination. Il a une manière de diriger qui désarçonne ses plus fidèles lieutenants, et il aime l'ombre, la nuit, les fourrés enténébrés où pas une belette ne se risquerait. Il vous y entraîne d'autorité, sans daigner vous expliquer le pourquoi et le comment, on exécute ses consignes. Bien forcé de se fier à lui, il vous en sort toujours. Il agace, parce qu'il a toujours raison. Mais ce soir, il doute. Il est malheureux, pensa Elise, et cela lui tordit le cœur. Il boit du bout des lèvres ; sous sa moustache, le porto lui fait l'effet du fiel. Rien de plus alarmant que cette tête de loup acculé, cela ne lui ressemble pas du tout.

— Où en viens-tu, mon Lange ?

— A *Demain*. Toi et moi avons toujours su que le Demain du dernier billet voulait dire quelque chose de plus, qu'il faisait entendre une consigne. Cet homme-là, je ne l'ai pas beaucoup connu. Je n'ai eu affaire à lui qu'une seule fois. C'était un homme secret, tout en civilités de glace et belles manières, qui gérait ses entreprises en chef de gang, trente ans de guerre froide contre ses rivaux, surarmé. Pour réussir là où il était, nerfs d'acier, vue d'aigle, du sommet aux caves, rien ne lui échappe. Il a vu venir ce qui se préparait. Il avait mille moyens de s'y soustraire. Il aurait pu partir, comme tant d'autres l'ont fait, plus démunis que lui. Il n'a pas cru comme certains que cela ne le concernait pas, qu'être français depuis trois générations, un père fonctionnaire, le mettait à l'abri. Il a pris des dispositions très judicieuses, très raisonnées. Son calcul s'est faussé quelque part. J'en ai toujours été persuadé. Je me suis mis à sa place, à en devenir fou. Entrer dans la tête d'un homme pareil, c'est pire qu'un bunker. Lewenthal aimait Camille, il aimait sa petite fille. Il les sauve très bien, il a son plan, il ne prend aucun risque. Je mets le doigt sur une question terrible, que Camille ne voulait, ne pouvait plus poser, sans quoi son système de défense s'effondre. On porte les cicatrices que l'on peut, je ne te fais pas un dessin.

Pas besoin d'en faire à Elise, ni de préciser que, tout le temps que Camille désespère, Melville peut occuper près d'elle la place que laisse le disparu, avoir à lui cette femme qui jamais n'aurait porté les yeux sur lui, pas plus que sur un autre. Si Melville était alors amoureux d'elle, il ne s'en disait pas la nouvelle : le bonheur confisque parfois mieux que la mort. *On porte les cicatrices que l'on peut.* Il en a une assez cruelle à la lèvre pour le savoir. Alors, pour s'épargner, pour s'occuper, il fait les quatre cents coups au SOE, saute en parachute et risque mille fois de se casser le cou, ou de se le faire trancher, d'être torturé à mort ou de finir devant un peloton d'exécution, sans savoir que le temps travaille affreusement pour lui. Et ce n'est pas la moindre des choses que, au lieu de se contenter d'avoir entre ses bras la femme qu'il n'aurait jamais dû avoir, au lieu de laisser en l'état ce qui lui rapporte si bien, il entreprenne de restaurer la mémoire de Simon Lewenthal, s'obstine, toutes ces années-là, à *entrer dans sa tête*. C'est-à-dire à ruiner sa chance de bonheur, les hommes sont bêtes. Ils le sont tellement qu'ils préfèrent mettre en péril celui-ci par des sacrifices plus grands, qui leur donnent l'avantage de le perdre. A ce prix, l'héroïsme confine à la sainteté, ça te fera une belle jambe, mon Lange, d'être encore plus malheureux qu'aujourd'hui.

Melville suivait son idée, toujours dans sa logique que Lewenthal avait la sienne. Sa conviction tenait à sa seule entrevue avec lui, dans son bureau de la rue de Lille. A sa manière de payer au prix fort la libération impossible de Camille : de forcer les portes du camp en obtenant la monnaie d'échange, exorbitante, d'un ami à lui, un certain M. Patient, en as-tu entendu parler Elise ? Non, elle ne connaissait pas cette personne. Les œuvres d'art procurées par ce M. Patient ont grassement payé le fieffé escroc qui se présentait pour *intermédiaire* de la transaction, sur la piste de qui était Melville. Qu'il n'aurait jamais suivie, sans l'intervention inopinée de William. A sa manière, celui-ci avait redonné actualité à son intuition. Eh bien, récemment, un bon ami de ses relations lui avait permis de la vérifier : il lui avait fait visiter ses colonies de cloportes et ses barriques d'*amontillado*, dans une cave datant de l'Inquisition.

— Tu me perds, mon Lange.

— Mais non, tu me suis, Elise. Je fais l'hypothèse que Lewenthal achète son exceptionnelle immunité par des moyens exceptionnels, qui marchent très bien, jusqu'en 1944 : son *intermédiaire* est à Paris, ami des nazis. Il le paie en tableaux. Lewenthal a des raisons supérieures pour lui acheter sa protection de ce prix. Or, il est dénoncé. Abominablement trahi. Par lui ? Par un autre ? Là-dessus, j'avais une idée, qu'a miraculeusement éclairée ma trouvaille parmi les paperolles de mon ami amateur de cloportes. Il y en a parmi nous, tu le sais aussi bien que moi, mais d'une variété aussi répugnante, c'est rare…

Ils en ont pourtant connu de fameux. En certaines périodes, ils sortent de leurs trous, des fissures où ils végètent. Le climat leur convient, la nuit, le brouillard. Alors, en toute impunité, ils investissent les rues, s'insinuent sous toutes les portes, leur empire n'a pas de bornes, délations, dénonciations, profits crapuleux, exactions ; ils édictent leur loi, sans frein s'adonnent à leur ignoble sabbat, ils éventrent, énucléent leur proie, ils prospèrent sur les charniers. Ils n'ont pas besoin de confronter leurs vues sur cette espèce. Elise leur resservait un verre, le troisième depuis tout à l'heure ; ils avaient des raisons d'abuser du porto. Pendant quoi, silencieux, Melville poursuivait des liaisons mentales, connexions rapides qui fronçaient son sourcil sous sa mèche grise.

— Tu vois, dit-il sautant pensivement du coq à l'âne, avec mon ami Blake Jr, je m'occupe depuis des années de l'invraisemblable imbroglio de la succession Bertin-Galay. Elle est longtemps restée insoluble. A cause de la disparition d'un des héritiers directs : Sophie Galay, épouse Guillemot. Ecoute bien, c'est compliqué : on ne liquide pas une succession tant que tous les ayants droit ne sont pas présents, ou déclarés morts. Or une disparition n'est pas un décès. Charles Guillemot, bien avisé, a obtenu qu'un jugement constate la présomption d'absence de son épouse. Il a engagé une procédure d'envoi en possession, au bénéfice de ses enfants, mineurs. Lui ne pouvait hériter : il était en communauté de biens réduite aux acquêts, ce qui, par parenthèse, lui a permis un certain nombre d'opérations juteuses avec la dot de sa femme, mais passons… C'est un casse-tête épouvantable que cette affaire, dont il résulte que, l'envoi en possession ne tombant à échéance que trente ans plus tard, la succession de Sophie a dû attendre : en 1946, Martin, Jeanne et Lucien peuvent recueillir l'héritage de leur mère. A cette date, Martin est fondé à réclamer le partage. Seulement son oncle Pierre Galay vient de mourir à New York, son oncle Daniel est injoignable. Il y a aussi que le cadet de Martin, l'agronome Lucien Guillemot, est très loin, installé en Uruguay où il mène des expériences agricoles… Cela fait beaucoup d'absents autour de la table. Malgré tout, Martin se dépense en démarches, il met au travail ses notaires et ses avocats, un harcèlement méthodique, odieux en la circonstance, et vain, mais la délicatesse ne l'étouffe pas… Je te fais ce portrait du personnage, parce que c'est à lui que je m'intéresse, depuis pas mal de temps.

Melville suçotte le bord de son verre, interroge le plafonnier de M. Brasier qui n'a pas l'air de pouvoir le renseigner.

— Cette détestable affaire de l'héritage a définitivement brouillé Camille avec son cousin, en était-il besoin ? Leurs relations n'étaient pas très amicales, cet épisode a été la fin de tout. Depuis, la succession reste en panne. Le contentieux est lourd… D'autant que la demeure du Mesnil ayant brûlé pendant l'Occupation, l'incendie ayant considérablement dévalué le bien, il y a encore des litiges d'évaluation qui y font obstacle…

Des circonstances de cet incendie, que Melville connaît, Elise ne veut pas entendre parler. Mauranne y a péri, d'horrible manière. Elle dont la valise était prête pour partir à l'hospice quand son temps serait fini… La vieille servante n'envisageait pas d'autre destination que celle-là, surtout pas de venir s'installer dans l'appartement de M. Brasier avec Elise, d'encombrer sa fille, ni personne. De ces règles strictes que chacun invente, qui aident à vivre et à mourir libre, et seul. Où la morale s'en enseigne-t-elle, et le sens farouche d'une dignité qui n'a pas trouvé à se revendiquer ailleurs ? Elle restait au poste, moins par fidélité aux maîtres qu'à une ancienne gouvernante, femme de bonté, la seule à lui avoir accordé pitié, jadis, de qui elle tenait la place depuis sa mort, de quoi les existences sont-elles faites ? Elise avait trop de remords sur la conscience de s'être soumise, comme toujours, à la volonté de sa mère, de n'avoir pas exigé qu'elle quitte le Mesnil avant qu'il ne soit trop tard…

— Je fais tout ce détour, Elise, parce qu'il faut bien connaître ce que Mme Mathilde a laissé derrière elle d'inextricable embrouillamini pour comprendre un peu cette famille : partout des chausse-trapes, de quoi rejouer les Atrides. Je suis entré dans cette famille-là par accident. Pas vraiment par hasard, si l'on considère sous un certain angle les aléas de l'histoire… En tout cas, j'y ai bien été obligé, pour éviter à Camille les coups bas, elle en avait assez pris…

Nous en avons tous pris, songe Elise. On en reste estropié, on en garde l'épiderme sensible à la moindre brise, rien n'en guérit. Tu m'as tant promenée dans cette histoire que j'en suis meurtrie, et triste de tout ce qu'elle remue, aujourd'hui encore. Il faudrait effacer la vieille ardoise, mais avec ses comptes falsifiés, ses retenues de mémoire, l'addition n'est jamais la bonne, toujours à recommencer, encore et sans fin. Un dernier verre de porto, pour noyer ce chagrin : à la tienne, Etienne. Etienne Louvain, *alias* Lange, colonel Melville, depuis quand n'as-tu plus passé autant de temps avec moi ? Il faut que tu en aies gros sur le cœur pour venir voir ta vieille souris, monter avec elle l'escalier de M. Brasier, comme jadis… Elle aurait donné son bras pour ce bandit qui ne lui apportait que des soucis. A vrai dire, lui avait donné le meilleur des plaisirs qu'elle pût attendre d'un homme. Il l'avait élue sa partenaire et poussée à des aventures qui l'avaient grandie, bien amusée aussi, il avait été son camarade et son complice, il l'aimait et elle l'aimait.

— Tout ça pour te demander, Sassette, un petit service.

Sassette, maintenant ! Je te vois venir, tu n'es pas plus malin que le père Brasier, qui me donnait de ce petit nom pour m'amadouer. Sache Melville que, sur Sassette j'ai fait une croix, une fois pour toutes.

— La demoiselle brune que tu as vue ce soir… Tu l'as bien vue, n'est-ce pas ? Tu aurais eu des fusils à la place des yeux…

— J'avais peur qu'elle ne me vole mon *Feu follet*. Elle s'y intéressait d'un peu près, non ? se défendait Elise, vexée d'avoir été percée.

— Ce n'est pas une étudiante. Elle fait un petit travail pour moi.

— Je ne suis donc plus bonne à rien…

Elle exagérait sa mine dépitée et cela le fit rire.

— Ne sois pas jalouse, idiote. Chacun sa spécialité. Elle reviendra. Elle s'appelle Abigael. Ce qu'elle te portera, fais-le-moi savoir dans l'heure.

Le lendemain, au petit matin, le Quartier latin s'était réveillé en état de siège. Un détachement considérable de forces de police avait envahi les rues avoisinantes, encerclant la Sorbonne en bataillons serrés. Les policiers, képis et pèlerines, matraques à la ceinture, quadrillaient toute la zone comprise du croisement entre les boulevards Saint-Germain et Saint-Michel, à la rue Cujas ; la rue des Ecoles, la rue de l'Ecole-de-Médecine étaient fermées à la circulation, les cars nombreux de police stationnaient le long des grilles du jardin du Luxembourg. Les riverains qui n'avaient pas leur carte d'identité sur eux étaient interdits de franchir les cordons, refoulés sans ménagement. Les policiers, à cran, avaient des consignes : pas question que la gent estudiantine trouble la rentrée solennelle qui devait se tenir dans le grand amphithéâtre, en présence du ministre Fouchet. Cet événement valait-il tout ce déploiement ? On avait dû en juger ainsi en haut lieu, car l'agitation se poursuivait depuis quinze jours. En plein débat sur le budget, celui de l'éducation attisait la colère ; la rentrée du primaire et du secondaire s'était mal passée, partout des établissements en grève et la grogne s'exacerbait du pouvoir d'achat en berne, les étudiants en profitaient. A la

Préfecture, les services étaient sur le pied de guerre, les informateurs faisaient remonter des nouvelles alarmantes de mobilisation des syndicats et des associations, on ne pouvait prendre le risque que Fouchet soit pris à partie. Déjà, le 25 octobre, il avait été fraîchement accueilli à Rennes, lors de l'inauguration des nouveaux bâtiments de la faculté de droit. Il y était aussi venu poser la première pierre du complexe scientifique de Rennes-Beaulieu, mais les syndicats de l'enseignement supérieur avaient boycotté la cérémonie. Aux manifestants, s'étaient joints les parents d'élèves et le Comité d'action laïque, toujours les mêmes revendications : locaux insuffisants, classes surchargées, pénurie de maîtres, de logements pour les étudiants… La presse s'en était fait l'écho ; pas la RTF, Peyrefitte y veillait, mais on évitait depuis au ministre de l'Education les déplacements à risques. Pourtant celui-ci pouvait-il s'abstenir de présider la rentrée solennelle des facultés, de saluer en grande pompe les savants étrangers venus recevoir leur parchemin de docteurs *honoris causa*, entendre le discours inaugural du recteur ? Rue de Grenelle, la voiture du ministre attendait dans la cour, mais son cabinet était pendu au téléphone pour avoir des nouvelles du Quartier latin et en haut, dans son bureau, Fouchet consultait le premier ministre, fallait-il y aller ou non ? Pompidou hésitait. Qu'il s'abstienne ferait vraiment mauvais effet, la gauche en ferait des gorges chaudes, les étudiants y verraient un signe de faiblesse, la presse d'opposition se ferait un plaisir de dauber. D'un autre côté, s'exposer aux lazzis, à la bousculade, ne parvenir place de la Sorbonne qu'entre les cordons de police, n'était guère préférable, et puis l'on disait le recteur Roche solidaire de ses enseignants. Tout cela était déplorable. Envoyez Herzog ! Un secrétaire d'Etat ne vaut pas un ministre, mais il est populaire, et puis c'est un alpiniste : s'il y a du sport, il s'en sortira mieux que vous…

Quand le bruit avait couru parmi les étudiants que Fouchet renonçait, cela avait été un tollé, des huées pour son "dégonflage", applaudissements et sifflets, quelle victoire cela constituait ! Fouchet a eu peur, le ministre recule ! Christine et Leni fumaient une cigarette, assises du bout des fesses au bord de la fontaine Saint-Michel, où elles avaient fini par se faire une petite place. Depuis plus d'une heure, elles battaient de la semelle sur place, rien ne bougeait, il s'agissait seulement de faire obstruction. A onze heures, c'était encore un attroupement clairsemé, mais à présent la foule était devenue compacte, les groupes s'étaient resserrés, on ne circulait plus qu'en se frayant difficilement passage entre les porteurs de pancartes et le service d'ordre à brassard de l'UNEF, impossible d'évaluer le nombre, qui circulait : cinq mille, huit mille, dix mille ? La rumeur répandait aussi l'information que d'autres manifestants tenaient la place de l'Odéon, la rue des Ecoles… Le chiffre était exagéré, les leaders de l'UNEF enflaient exprès l'estimation, mais la nouvelle échauffait les esprits, les étudiants s'étonnaient d'être venus en force, enhardis par la réussite de la mobilisation qu'on n'escomptait pas le matin même. En réponse au quadrillage policier de Papon qui bloquait les rues, ils venaient en renfort : plus personne ne passe ? D'accord. Des quolibets partaient, rigolards : les flics, avec nous ! Parmi les jeunes et moins jeunes gens dont l'afflux grossissait, on ne savait trop qui était là, ni ce que l'on allait faire. Certes camper sur place était déjà un avantage, l'embouteillage était assuré, propagé loin dans les quartiers alentour, peut-être y en aurait-il l'écho des klaxons jusqu'au palais Bourbon ? La télévision ne pourrait passer sous silence cette rentrée mouvementée. D'ailleurs des journalistes, leur Nagra en bandoulière, interrogeaient à droite et à gauche ; il y avait même une équipe de cameramen, grimpée sur la fontaine, qui filmait la manifestation en plongée. C'est beau, vu de là-haut ? leur lançait un jeune homme, très gai, le regard levé vers le bronze de saint Michel, qui leur servait de promontoire, à son corps défendant.

— Pas très guerrier, cet archange, estimait Leni, avec une moue. Il tient son épée comme un balai ! Quant au dragon, sauf ses ailes de ptérodactyle, rien de démoniaque. Il a plutôt l'air de se tordre de chatouilles sous les orteils de Michel. M'est avis qu'il jouit, disait-elle. Il est d'un lascif...

Les jugements anticonformistes de la jeune Allemande amusaient Christine, et l'intimidaient. Elle semblait au courant de tant de choses, bien plus mûre que la plupart des filles qu'elle fréquentait. Leur groupe avait l'air si niais, le jour de la séance d'introduction où elles s'étaient retrouvées, sitôt assises l'une près de l'autre dans l'amphi. Ces apprenties philosophes étaient proprettes, des adolescentes empaquetées de préjugés, minaudant avec les garçons, plus occupées de leur mascara et de leurs chignons banane que de questions intellectuelles, Christine avait été débilitée de se sentir leur semblable. Avec Leni, c'était rafraîchissant, excitant, dérangeant. Sur n'importe quel sujet, elle avait des vues iconoclastes. Elle n'avait que sarcasmes pour la clique de l'UEC, prétendument émancipée du parti communiste, en réalité tétanisée par ses courants, que scindait le rapport Khrouchtchev et sa ligne de coexistence pacifique, les uns dénonçant faiblement le stalinisme et le culte de la personnalité, les autres effrayés par ce qu'ils considéraient comme du "révisionnisme" ; mais Leni en avait autant pour les groupuscules, divisés, subdivisés : les "pablistes" et leur entrisme en vue de la troisième guerre mondiale : des utopistes, des théoriciens en chambre, qui n'avaient pires ennemis que les lambertistes de l'AJS. Pas mal, ceux-là non plus. Elle était un peu plus indulgente pour le Comité des étudiants révolutionnaires qui s'était mouillé pour soutenir le MNA contre le FLN, totalitaire, mais on voit ce que ça a donné. On voit ce que ça donne en Chine, le marxisme-léninisme : la campagne des Cent Fleurs noyée dans le sang. L'insurrection de Budapest et le réveil en Pologne leur ont donné la pétoche, un peu vite qu'ils ont fait taire la critique des intellectuels, pauvres cons qui s'y sont laissé prendre, ils peuvent faire leur autocritique, à présent…

Christine en était étourdie, elle ignorait tout de ce que racontait Leni, éblouie par son savoir et son ton assuré, encore que celle-ci ne fît pas la leçon. Elle donnait son avis d'un air détaché, condescendant et sans passion, comme si tout cela était un jeu d'enfants gâtés, comme si les affaires du monde étaient une partie de petits chevaux. Elle se déplaçait d'un pays à l'autre, d'un groupuscule à l'autre, avec une aisance déconcertante, d'où tirait-elle sa science ? Si la bande de garçons dont elle s'était fait adopter l'avait entendue ! Mais elle se gardait bien devant eux d'émettre ses diatribes, elle écoutait, bien sagement, comme le font les filles qui ont, c'est connu, une cervelle d'oiseau, le cul à la place du nez, avait plaisanté l'un d'eux. Celui-là, Leni le soignait particulièrement, tout sucre avec lui, l'écoutant des heures, l'autre jour au café, comme si elle buvait du petit-lait. Pendue à ses lèvres. L'imbécile s'en pâmait. Christine écoutait aussi, elle s'instruisait, à l'instar de Leni, puisque cette tactique avait l'air de rapporter. Mais elle s'ennuyait ferme, elle n'avait pas sa patience, ni son art de feindre, non plus sans doute un motif personnel de supporter ces raseurs. En tout cas, leur groupe n'était pas loin. Ils étaient tous là, en imperméable uniforme, beige, ou gris, ou bleu marine, propres sur eux, cravatés. On fait la révolution, mais en complet-veston, raillait Leni en tirant sur la cigarette qu'elle avait piquée dans le paquet de Christine, en regardant ailleurs, vers les balcons où les gens du quartier étaient sortis pour voir cette foule de jeunes, mi-inquiets, mi-amusés. C'est beau, de là-haut ? leur criait le même, les mains en porte-voix pour dominer le tapage de la foule.

Toutefois, Leni ne se laissait pas distraire, elle avait profité de leur station prolongée sur la place pour lui expliquer qu'il ne lui fallait surtout pas perdre son temps à lire *L'Etre et le Néant*, un pavé prétentieux, entièrement démarqué de Heidegger, selon elle. Ce jugement à l'emporte-pièce réconfortait Christine. Elle n'avait pas ouvert le gros livre de Sartre. De lui, elle ne connaissait que *La Nausée*, et *Le Mur*, qui lui avaient laissé un malaise. Ce Roquentin, revenu de tout, à trente-cinq ans ! D'un médiocre ! Ce goût pour l'échec, les choses souillées, le sperme refroidi sur le drap, l'intimité sale des corps sans grâce, dénués de sensualité, et cette froideur de reptile qui entre dans les consciences comme chez lui. L'appréciation abrupte de Leni la confortait dans son sentiment. Anti-petit-bourgeois, subversif, choquant, peut-être ; philosophe, soit, mais littérateur moyen. Mille fois mieux, Camus. *Noces*, et *L'Etranger*, *Sisyphe*. Mille fois sa profondeur humaine, sa générosité… Au fond, elle aimait la beauté et la poésie. Que faisait-elle en philo ? Leni continuait de massacrer Sartre : son histoire de garçon de café ? Laborieuse, scolaire. Heidegger est une ordure, mais il refonde la philosophie occidentale, décrétait-elle. Il faut faire avec : si on n'intègre pas qu'on peut adhérer au NSDAP et être un génie, on est foutus. Il vaut mieux que tu lises Heidegger. Dans le texte. En français, la traduction donne de ces trucs ! Etre-soi, être-en-soi, être-pour-soi, être-là : bouillie à chat. Tu devrais apprendre mieux l'allemand.

— Où as-tu si bien appris le français ? demandait Christine, sautant sur l'occasion.

— Grete est absolument bilingue.

— Ta mère ?

— C'est ça. Ma mère, si tu veux.

Mais soudain l'essai des sirènes se déclenchait, comme chaque premier jeudi du mois, leur hurlement montait par-dessus les toits, tel un signal d'alarme provoquant une brusque clameur, *Fouchet, démission !* et un mouvement de foule, monté du fond de la place, poussait les premiers rangs vers l'avant, dans la bousculade emportait les hésitants, surpris par cette ruée violente, sitôt adhérant à l'injonction absurde, venue de nulle part ou de partout, et ceux qui, l'instant d'avant, faisaient le pied de grue en bavardant tranquillement s'élançaient comme un seul homme vers le boulevard Saint-Germain. Ils s'étaient mis maintenant à courir comme des dératés sur la chaussée déserte, fonçaient en hordes, braillant vers la ligne des policiers qui barraient le boulevard, là-bas, élan collectif étonnant, qu'aucun mot d'ordre n'avait suscité, ni une provocation ou un appel, sauf ces sirènes stridentes, on eût dit commandées pour arracher à son immobilité le corps collectif rendu au nombre de saturation suffisant, lâchant alors d'un réflexe son énergie, d'instinct mesurant sa force et son dessein aveugle ; mais non, lui dirait plus tard Leni, le dessein n'est pas aveugle. Des leaders se sont donné ce signal, ils savent très bien ce qu'ils attendent de la foule, le moment où elle est assez chauffée pour obéir, pour accomplir ce pour quoi elle a été convoquée. L'individu s'oublie, mais pas eux, qui savent se servir de lui, une fois qu'ils l'ont amené où ils le voulaient : à réagir en masse. En attendant, Christine courait, moins poussée par ceux de derrière qu'emportée par ceux de devant, à leur imitation hurlant, et Leni courait avec elle ; pour ne pas la perdre de vue, ou pour voir, à titre expérimental, ce qui sortirait de cela ?

Il se trouve que les manifestants de la place de l'Odéon avaient dû avoir la même impulsion, avaient obéi au même signal, car ils débouchaient à la course par la rue Racine dans un tumulte de cris, enfonçaient le détachement qui la barrait, trop maigre pour résister à leur poussée, et cela provoquait un flottement parmi les brigades du boulevard, prises en ciseau, si bien qu'en quelques instants ce fut la mêlée. La plus confuse, la plus déroutante. Les corps se heurtaient dans des mouvements giratoires, maintenant des paquets de boue volaient, arrachés à pleines mains aux tas d'un chantier, aux caniveaux, la terre gluante tombait en paquets sur les têtes, autant les leurs que sur le képi des flics, bombardait leurs pèlerines. Cette foi, ils cognaient. Les charges mieux coordonnées partaient de tous les côtés à la fois, encerclaient de petits groupes jetés aussitôt sur le pavé et traînés vers les cars, les policiers se dispersaient pour attaquer de nouveau, bientôt dégoulinants de boue. Christine s'y était mise aussi, à poignées lançait les boulets de glaise comme des grenades dégoupillées, gagnée par la fureur générale, étourdie par le vacarme, ne sachant plus pourquoi elle était là, si jamais elle l'avait su, seulement qu'elle ne pouvait y être sans se battre, ou se défendre, ou faire comme les autres, et les coups pleuvaient, les matraques blanches virevoltaient, partaient à toute volée s'abattre n'importe où, elle vit du sang. Un garçon hagard repartait en sens inverse, se tenant le nez de la main rouge, elle vit rouge. Elle se rua parmi les corps indistincts d'une charge collective qui passait en force, renversait deux flics isolés, elle eut un éblouissement. Du choc, elle s'effondra, sans plus savoir où elle était, bras et jambes entremêlés, ni haut ni bas, le monde était blanc et sourd. Elle dut perdre connaissance un instant, car elle était assise à présent, ou plutôt affalée dans une encoignure de porte, Leni la secouait, elle la giflait. Comment elle les avait sorties de là, Christine ne s'en souvenait pas très bien. Sauf que Leni avait l'air de le savoir, frayant leur passage en battant en retraite, peu à peu extraites de la mêlée, moitié la poussant et la portant, ses jambes en flanelle se dérobaient, mais elles ne traversaient plus qu'un chahut d'arrière-garde, des groupes clairsemés montant à l'assaut ou en revenant, elles avaient atteint la place Maubert. Avec son mouchoir, Leni lui épongeait le crâne ; c'est étrange, elle n'avait pas mal. C'est rien, balbutiait Christine. Elle entendait sa voix comme celle d'une autre, toute petite, étranglée, le trottoir était tout mou sous ses pieds.

— Il faut trouver une pharmacie, décrétait Leni, tu saignes comme un cochon.

— Pas question, protesta Christine, en souvenir d'Antoine, et cela la ragaillardit. Je rentre chez moi, c'est juste à côté.

— Je te raccompagne. Tu ne ferais pas cent mètres, dans l'état où tu es. Tu es contente de toi, idiote ?

La rue Buffon est à bien plus de cent mètres, elles ont pris le métro jusqu'à Austerlitz. Dans la rame, les voyageurs regardent curieusement ces deux filles hirsutes, maculées de fange, l'une d'elles tient un innommable chiffon rouge en tampon sur son oreille, l'autre a un informe bonnet de laine enfoncé jusqu'aux sourcils, l'air si patibulaires qu'ils n'en approcheraient pas. Le petit appartement a du bon, la réverbération du Muséum donne aux murs une clarté rose, on entrevoit les arbres du Jardin des plantes roussis par l'automne, il règne là une paix domiciliaire tout à fait lénifiante après le désordre et le fracas de l'échauffourée, si lointaine que cela semble un rêve. Avec un sens pratique réconfortant, Leni a pris les choses en main, elle a immédiatement déniché le petit nécessaire médical et s'est improvisée infirmière d'urgence. A l'examen, ce n'est pas si terrible. Le coup de matraque a effleuré le côté du crâne et décollé l'oreille, franchement déchirée, une plaie qui saigne beaucoup, mais elle n'est pas profonde, constate Leni, qui l'inonde d'alcool à 90°. La douleur se réveille, une cuisson locale d'où irradient des élancements. Accoudée à la table de la cuisine, Christine a beau serrer les dents, sa bravoure a des limites, elle geint de ces soins un peu rudes, mais surtout d'un torticolis qui se déclare, le cou et l'épaule si meurtris qu'elle ne peut plus tourner la tête sans déclencher des contractures violentes, à croire qu'elle est passée sous un char.

— Tu prendras de l'Aspro, ça va passer, maugrée Leni.

Elle n'économise pas le coton, la moitié du paquet jonche la table en bouchons sanglants, mais la plaie est étanchée ; à présent, elle confectionne une espèce de pansement de gaze, assez volumineux, colle généreusement du sparadrap, de la tempe à la nuque.

— La femme à l'oreille coupée : tu as tout l'air de Van Gogh, plaisante-t-elle, admirant son œuvre. Surtout avec ta tonte rasibus.

Leni a le bon goût, ou la prudence, de ne pas s'étendre sur cette innovation capillaire : l'état déplorable dans lequel elles sont nécessite une toilette d'urgence. La boue a séché sur leurs vêtements, irrécupérables sans une lessive ; elles se sont changées. Sous son pull, Leni porte un tricot côtelé à bretelles : d'évidence, elle n'a pas de soutien-gorge. A travers le coton, ses seins minuscules pointent du torse efflanqué ; sa maigreur fait saillir les os des épaules fluettes, bras de sauterelle mais le muscle net, petits biceps fermes, et une peau diaphane, laiteuse, anatomie curieuse que Christine observe à la dérobée. La jeune fille n'affiche pas sa nudité, elle ne la dissimule pas non plus, elle ne met rien de provocant à son impudeur, c'est d'autant plus troublant. Elle lui a prêté un twin-set, et un jean, un peu court ; Leni la dépasse d'une taille, mais foin de l'élégance. Une fois rhabillées, elles ont un peu retrouvé figure humaine, le lave-linge tourne, il est une heure et demie, les a saisies une fringale de loup. La mésaventure creuse l'appétit, donne la subite envie de s'en venger en dévorant tout ce qui traîne dans le réfrigérateur, un reste de jambon sous cellophane, du chocolat avec un sachet de chips, des cacahuètes, des yaourts, des cornichons, des carottes crues, des tartines de beurre, et un coup de vin là-dessus. Pas de Coca-Cola, Leni a une aversion personnelle pour cette boisson. Avec ce menu abracadabrant, elle fait déjà une sérieuse entorse à sa diététique, elle ne va pas goûter à ce breuvage yankee. Tout en mastiquant vaillamment, elle inspecte les lieux :

— Dis donc, c'est pas mal, chez toi.

— Je n'y suis pas chez moi, oppose encore une fois Christine, découragée, toujours il lui faut établir ce fait, c'est fatigant.

— Il n'y a pas de mal, c'est bien mieux de ne pas être chez soi, estime Leni, sans daigner expliquer ses vues sur la propriété capitaliste.

Elles ont échoué dans le séjour, la plus grande pièce de l'appartement. Là, cohabitent des articles baroques, aussi bien un vénérable piano droit, deux bergères de grand-mère, qu'une radio TSF de brocante, une espèce de boîte à jambon à façade de bakélite, elle marche encore, cette antiquité ? Une lampe à pied d'acier, elle aussi des années 1930, et un divan effondré, habillé d'un pimpant patchwork bariolé, tu tricotes ? se moque Leni. C'est un cadeau de Carson, ma cousine américaine. Elle vit à Harlem avec un musicien noir, précise Christine, contente de poser cette particularité remarquable qui prend à revers la jeune Allemande, mais celle-ci n'est pas impressionnée, elle rétorque que sa cousine doit avoir à faire, en ce moment : Harlem est en pleine grève des loyers, pour dénoncer l'habitat infect que les Blancs laissent aux Nègres, un ghetto où ils ne se risquent pas, même leur police. Depuis pas mal de temps, Jesse Gray mène la lutte pour les droits civiques des Noirs, il vient de faire scandale à une audience publique en livrant des colonies de rats, vivants et morts, capturés dans les *slums*… Cette bonne farce fait rire la jeune fille.

— Alors, tu vas mieux ? lui lance-t-elle, sarcastique.

Pas tellement : avec son pansement, Christine n'entend que d'une oreille et le torticolis empire, lui infligeant une contorsion pénible. D'ailleurs, en se déshabillant, elle s'est découvert un bel hématome. Si la matraque a dérapé sur le côté de la tête, elle n'a pas loupé l'épaule, elle l'a prise en pleine clavicule. Tu n'as pas une fracture, au moins ? Tu devrais passer une radio. Christine n'y est pas disposée, on verra bien dans les jours suivants…

— Fais voir ça ? Tu as de l'arnica ?

Maintenant, Leni lui masse sa bosse avec la pommade, elle a la main douce et experte, qui fait du bien tout en faisant mal, elle est gentille sous ses airs de brute ; mais elle ne mâche pas ses mots. Tout en pétrissant son épaule, s'adressant à son occiput, elle n'envoie pas dire à Christine que son exploit à la castagne est d'une stupidité totale. *Fouchet, démission !* Tu parles d'un objectif, renverser un ministre ! Exaltant ! Partir comme une flèche derrière ces excités, il faut vraiment être novice. La masse est bête, elle obéit au premier mot d'ordre. La cohésion populaire, tu parles ! Les masses ! Ce que ça a donné, chez nous, les masses… Des millions d'Allemands, dans les rues et les stades… Que crois-tu ? La cérémonie des augures se sera quand même tenue. Revenu ? Demain, le pouvoir tirera bénéfice des désordres, en rajoutera dans le bilan de la casse. Il effraiera l'opinion avec les gauchistes "manipulés par l'opposition", et inversement. Les images, tu as bien vu ? Il a le dos large, saint Michel : cadrées en plongée, pour donner l'impression menaçante du nombre. Caton et ses copains passeront pour des héros. La prochaine fois, consigne d'y venir avec des barres de fer. Un blessé grave, ou même un mort, un martyr, quelle aubaine ! Tu les as vus, nos révolutionnaires de poche ? Ils n'étaient pas en première ligne, je te jure ! Le Peuple, les opprimés ! Ils n'ont que ce mot-là à la bouche. Ils s'en moquent bien, de la classe ouvrière. Ils l'ont connue dans leurs livres, une abstraction théorique. Ils l'ignorent, mais ils l'adorent. Ils adorent qu'elle soit abrutie, exploitée. Leur alibi, ma vieille.

— Je t'interdis de retourner au baston, c'est trop bête, Christine. On était venues voir en touristes, on bavardait bien tranquillement, qu'est-ce qui t'a pris ? Quand je t'ai vue filer, je me suis dit : Tant pis pour elle. Elle veut son baptême de l'air ? Elle va l'avoir. Si je n'avais pas été là, à l'heure qu'il est, tu serais dans un commissariat, peut-être bien à l'hôpital… Demain, les petits camarades gauchistes seront au pouvoir, mandarins, ministres, patrons. Dignitaires du régime en place, n'importe lequel. Directeur de camps, si ça se présente… Tu veux changer le monde, Christine ? Alors ouvre les yeux.

Elle invective, elle passe sa colère sur l'épaule blessée, la malaxe d'une poigne de fer. Suffit le massage, décide Christine. Renfiler son pull lui arrache des grimaces. A-t-elle jamais rencontré un tel spécimen de fille ? En internat, elle en a connu de fameuses, mais leur indiscipline, chapardages, insolences bénignes, ne menait pas loin. Petite guérilla de gamines, par malin plaisir de défier l'autorité, docilement rentrées dans le rang au premier froncement de sourcils. Aucune n'arrivait à la cheville de Leni. Elle en reste abasourdie. Son discours lui découvre des perspectives effrayantes, un champ de lutte dont l'ampleur stupéfie. Un ennemi collectif, menant contre la société des actions en sous-main, des abuseurs aux alliances occultes fomentant des complots à des niveaux insoupçonnés de pouvoir, ligués pour le confisquer, se l'attribuer, partout mensonges, faux-semblants, traîtrises, cette hydre donne un vertige, ébranle tout ce qu'elle croyait. D'ailleurs, que croit-elle, dans son ignorance, sinon ce qu'elle a à portée de main, bribes attrapées dans un journal, lectures éparses, discussions de bord de trottoir, slogans, le dos d'une pochette de disque, rudiments de philo en terminale, théories contradictoires qui déroutent plus qu'elles n'éclairent, tant de pistes à la fois, et rien ne s'ordonne pour comprendre le présent. Quant au passé, récent et lointain, il tient du rébus. La jeune Allemande n'est pas beaucoup plus vieille qu'elle, d'où tire-t-elle une telle expérience ? Elle n'en a pas l'air heureux, une colère désabusée qui ne trouve pas à s'exercer au grand jour, nourrie en secret. A quelle marge Leni rôde-t-elle, se tenant à l'affût, tel un chasseur solitaire, et que celle-ci s'en ouvre à elle n'est pas la moindre des surprises. Devant tous les autres, elle déguise. L'a-t-elle élue pour sa confidente, ou bien l'émotion de la bagarre lui délie-t-elle la langue ? Elle est une enfant de la guerre, prétend-elle. Elle est née en 1941. C'était un peu court, comme explication. Moi en 1942, remarque Christine. Cela ne m'a pas appris ce que tu sais. Il est vrai que sa petite enfance en Irlande, avec son cousin William dans la maison de Mildred et de Théo, lui laisse peu de souvenirs de cette époque de guerre, sauf de s'être crue orpheline à force de silence sur sa famille.

— J'ai appris bien plus tard que ma mère sortait de cures de sommeil, qu'elle était neurasthénique : il y avait de quoi, veuve de mari déporté… A moi, ce mort ne manquait pas, je n'ai pas eu le temps de le connaître. Personne ne m'en a parlé, je n'ai pas appris qui il était. J'ai d'abord pris l'homme qui accompagnait Camille pour mon père : il la tenait par le bras et me parlait gentiment. Mais il ne l'était pas. Cela m'a déçue, je l'aurais bien pris pour tel, tant qu'à faire. Il était vivant, lui. Pauvre Melville. Pauvre Camille. Enfin Leni, je te fais du mélodrame avec mon enfance, mais tu comprends que j'ai mis un certain temps, en fait de longues années, à émerger de tout cela, à me repérer un peu dans ce bordel, j'étais très occupée. Du coup, j'ai un peu fait l'impasse sur mon initiation politique. J'ai des lacunes. Les mères de cette époque ont eu du mal avec l'éducation, il ne faut pas leur en vouloir, je commence juste à l'entrevoir. Jusque-là, c'était plutôt difficile à avaler. Je ne lui demandais rien, moi ! J'étais bien tranquille à Kinvara, avec William, avec ma tante et ses sœurs, avec l'oncle Théo ; un peu lunatique, mais très affectueux. Camille est venue me chercher. Elle a fait de son mieux pour être ma mère, mais d'une incompétence totale ! Ce n'est pas parce qu'elle m'a mise au monde qu'elle est obligée de m'aimer, non ? Va lui expliquer ça. La tienne est-elle aussi compliquée que la mienne ?

A cette question, il est évident que Leni ne répondrait pas si elle n'avait un petit verre dans le nez, le vin n'est pas dans ses habitudes. Ou alors l'atmosphère du séjour ensoleillé de tiédeur, à travers les vitres les brassées rousses des marronniers, et l'insolite équipement dont elle est affublée, en quelque sorte un double de Christine étiré au lavage, avec son twin-set poussin et son jean trop court, cela encourage à l'intimité : elle lui a parlé de Grete Zeisser, une femme allemande. Elle aussi a eu du mal avec l'éducation. Pas à la manière de Camille, plutôt le contraire. Une maternité impeccable, rien à dire. Quoique obsédée de nourriture, gras et sucré, à en étouffer.

— L'Allemagne manquait de tout, mais il fallait que je rattrape pour elle les pénuries de la guerre. Elle me bourrait de pâtées survitaminées, de suppléments nutritionnels qu'écoulaient les soldats américains, des gâteaux chimiques, compacts comme du ciment. Haute surveillance, visites médicales, elle se ruinait en écoles privées, piano, séances de sport, piscine. Et escalade en montagne avec elle, pendant les vacances. On a grimpé tout ce que l'Allgäu compte de sommets. A tout, elle mettait une passion absolutiste. Elle remplissait un devoir, en mission de survie, la mienne ; et la sienne. Elle n'est pas ma mère.

C'est tombé brusquement, comme tout ce que dit Leni, avec ce détachement dédaigneux qui met au même niveau la météo du jour et la répression chinoise. Elle souffle la fumée de sa cigarette, yeux rétrécis à une fente, perdus au-delà, puis elle les ramène sur Christine, de si intense précision, qu'il y a de quoi se sentir clouée sur place :

— Ecoute bien : Grete est ma tante. Je porte son nom parce que mon père est son frère aîné. Otto Zeisser, un nazi de la première heure. Officier SS. Je n'ai jamais dit ça à personne.

Elle en fait le constat pour elle-même, frappée de grand désarroi. Le soleil a pâli, il fait extrêmement sombre soudain, comme le passage d'un nuage d'encre éteint le ciel, ou bien les aiguilles ont tourné à grande vitesse, les heures affolées ont renversé le cadran, il est très tard, que font-elles, assises sur ce patchwork loufoque américain ? Christine se tait, il y a de ces circonstances, elle en oublie son torticolis. Leni aussi garde le silence, elle doit évaluer l'énormité de ce qu'elle a posé là, dans le petit bric-à-brac du salon, où elle a échoué par inadvertance, peut-être regrettant déjà mais, une fois dit, elle n'est pas du genre à se mordre la langue.

— Dans la débâcle, il m'a refilée à Grete. Sa femme, j'arrive pas à dire *ma mère*, est morte pendant la prise de Berlin. Fille de cimentiers, qui se sont bien enrichis de construire des camps : *idem* pulvérisés par les bombes, les deux vieux. Mon père n'avait plus que sa peau à sauver, très compromis. Ils avaient leurs filières pour l'Argentine. Seulement, une gamine de quatre ans sur les bras, c'est encombrant. Il n'était pas étouffé de scrupules, ça ne lui pesait pas trop de me filer à sa sœur encore vivante, salement abîmée. S'il n'avait tenu qu'à lui, elle aurait fini à Dachau, comme mon oncle Oskar. Grete ne m'a jamais caché ça. Elle aurait eu du mal, vu le chien de la chienne qu'elle lui garde. Elle n'a pas touché *un mark* de l'argent qu'il lui envoie : vingt ans de virements, un putain de magot. On en aurait eu pourtant bien besoin. Elle a fait de tout, balayeuse, garde de nuit d'hôpital, femme de ménage, serveuse de bar, emboutisseuse chez Ford. Ils ont fini par la transférer dans les bureaux, elle traduit des contrats. C'est mieux dans ses cordes, si l'on peut dire. Si tu la rencontres un jour, tu comprendras quelle femme elle est. En général, elle fait peur. Pas à moi. Elle m'a cachée avec elle dans les ruines, ça tirait de partout, incendies, massacres, fin du monde… O Allemagne, mère blafarde ! On dormait dans des caves. Elle attrapait des rats, je n'ai pas eu faim. Les Russes nous ont gardées trois mois dans leur caserne. Je ne veux pas te raconter ça…

Leni a fermé les yeux, elle est très pâle, cela fait des taches liquides sous sa peau de lait, on dirait son visage aspiré par un siphon, absorbé vers l'intérieur, peut-être Camille a-t-elle eu le même quand elle a entendu le nom de Magda. Quel geste de secours inventer, l'alcool à 90°

sur une plaie pareille ! Christine ne trouve rien à dire. Cette aridité soulage. Elle donne même une sorte de plénitude qui affaisse le souci de dire, abolit toute peur. Il suffit d'être vivante à côté de la fille prostrée, qui enfonce ses coudes pointus dans ses genoux, emprisonne son front. Le pull trop court découvre ses poignets frêles. On peut les prendre entre ses mains, les tenir sans trembler, et considérer toutes choses alentour, matérielles et bénignes comme un encouragement à se taire. On trouve au silence une qualité de compréhension que n'ont pas les paroles. Les yeux nus de larmes ne plaignent ni n'implorent, ils ont une faculté fraternelle à se recueillir. Ils sont d'intelligence, ils donnent l'étonnement du cœur ouvert à l'autre, une tendresse, insupportable presque ; puis cela a diminué d'intensité, adouci, lavé. On ne choisit pas son père. Il peut être des monstres le pire, son enfant n'en est pas fautif ; sauf de naître. Ce qui ne lui donne préséance aucune pour sa nouveauté d'agneau, ne le fait roi d'aucun royaume. Innocent, ignare, novice inculte, sans mémoire jeté à l'histoire, sans parole ni moyen, il porte son père sur les épaules. Cette charge lui pèse, immense, elle est tuante. Sur ces entrefaites, Viviane est arrivée.

Dans le silence, sa clé dans la serrure fait un bruit extraordinaire, elle s'encadre déjà dans la porte, étonnée de les trouver là, elle les croyait à la Sorbonne. Peut-être aurait-elle préféré être seule, elle a les traits tirés, une mine de papier mâché, aussi chien battu que le soir où Christine l'a trouvée sur son paillasson. Cet intermède dissipe l'émotion de leur aparté, mais il ajoute un embarras imprévu : Viviane jette son imperméable et, virevolte de mauvaise humeur, tourne les talons. Elle claque la porte de la cuisine, malpolie. Christine en reste pantoise : en voilà, des manières de colocataire, s'interloque-t-elle, adressant à Leni une mimique outrée.

— Je rentre chez moi, dit celle-ci, ayant repris son masque inexpressif ordinaire.

— Reste un peu, on va se faire un café.

D'un pas décidé, Christine se rend à la cuisine où s'est enfermée Viviane, non mais ! Indignée, offensive, encore bouleversée par les révélations de Leni et résolue à ne pas la quitter là-dessus, seulement les bras lui tombent : Viviane sanglote, effondrée sur la table, le visage enfoui dans ses bras. Leni l'a suivie, toutes deux la contemplent, interdites sur le seuil. Normalement, tout se passe pourtant bien. Les petits revendeurs d'Alex rapportent mieux que prévu ; surtout l'alliance et la bague de fiançailles, que reprend le bijoutier, en prélevant sa marge, évidemment, mais Philippe n'a pas barguigné, c'est un joli lot. Depuis quelques jours, Viviane court ramasser la mise, une occupation à plein temps. Ce matin même, elle a décliné l'invitation à retrouver Leni et Christine à la fontaine de Saint-Michel, elle avait un rendez-vous. Allait-elle rejoindre Alex à la Bibliothèque nationale ? Peut-être cela concernait-il plutôt son projet de divorce ? Elle n'a pas consulté d'avocat, comme elle s'en est vantée devant son père, mais a pris avis d'un étudiant en droit, selon qui la législation du divorce est un vrai parcours du combattant, une guerre de tranchées pour prouver les torts, partagés ou non : il faut construire un dossier, instruire une procédure d'accusations… Elle s'est mise dans son tort en quittant le domicile conjugal. Domicile ? Elle ne l'a pas quitté, puisqu'elle n'y a pas mis les pieds ! Le droit n'entre pas dans ces considérations, tu as intérêt à produire des lettres, des témoignages, des faux à l'occasion… Cela la dépitait beaucoup, certes, et elle a la larme facile.

Il faut reconnaître que, ces temps derniers, elle a des raisons de tremper ses mouchoirs, cependant un désespoir pareil fait impression. Qu'as-tu ? Qu'est-il encore arrivé ? Répondre au milieu des sanglots semble au-dessus de ses forces, aussi Christine, fataliste, met-elle un café en route, respectant le délai réglementaire, interrogeant Leni du regard sur ce qu'on pourrait tenter en la circonstance.

— Ton père a encore fait des siennes ? s'enquiert celle-ci, prudente, entreprenant de lui masser le dos, à défaut d'autre chose…

La kinésithérapie d'amateur est une marque de sympathie, cependant insuffisante à consoler Viviane, qui malgré tout se laisse faire, hoquetant, émergeant peu à peu de ses cheveux en bataille. Les mains de la jeune Allemande font merveille, la houle des pleurs s'est espacée. A présent, le menton sur les poings, de ses yeux noyés de Madeleine, l'éplorée fixe sombrement le ciel noir ; il va encore tomber une belle averse. Trois tasses plus tard, disposées sur la table de main diligente, l'odorant nectar du moka montant en volutes, elle a fini par se redresser, par éponger ses joues du poignet, se barbouillant de rimmel, mais la cause de son chagrin spectaculaire tarde à venir, elle le retient, la lèvre tremblante.

— Si on ne peut rien pour toi, dis-le, et on te fiche la paix, s'impatiente Christine que ces poses commencent à exaspérer ; les petits drames de Viviane tombent mal, en comparaison de ceux de Leni. Alors, tu accouches, ou non ?

C'est un peu rude mais, au lieu de se rendre, la jeune fille pouffe soudain, ou pleure de plus belle, difficile de distinguer ce qui la secoue à présent, d'une hilarité nerveuse ou d'une recrudescence de son malheur, les deux à la fois. Par contagion, elles en rient aussi, moitié rassurées, difficile de compatir ou de se réjouir avec quelqu'un d'aussi égaré quand on ignore de quoi il retourne. Viviane a vidé sa tasse brûlante d'une seule lampée, elle pique une cigarette dans le paquet de Christine, l'allume d'un geste ferme, claque le briquet.

— Je suis enceinte, dit-elle.

Effarement et consternation. Médusées, les deux filles ouvrent démesurément les yeux pour bien saisir la nouvelle. Calamité des calamités, enceinte ! Viviane puise dans leur regard confirmation de l'étendue de son infortune, y prend appui pour préciser :

— Non seulement ce salaud me viole, mais il m'engrosse, vous vous rendez compte ? Et elle souffle une bouffée vengeresse.

Elles se rendent compte de la catastrophe. Au moins, cette fois, la colère prend le pas sur le désespoir. Balayés détresse et gémissements, l'hémorragie lacrymale qui l'a suffoquée en sortant de chez le gynécologue paterne, qui la félicite, ce con, lui tapote la joue en guise d'encouragement, remplit les formulaires de déclaration à la Sécurité sociale et dispense ses conseils : Attendez un peu pour annoncer la bonne nouvelle, et prenez soin de vous. Arrêtez de fumer, mon petit. Enceinte ! Ce genre de fatalité qui guette les filles, chacune en est avertie, rien ne vous en préserve. Dès les premières règles, vous en assaille le péril, ventre ennemi que convoitent les garçons, ce fortin féminin d'entrailles en révolution, tranchées et nausées, comment aller dans la ville, de par le monde avec, entre les jambes, des couches répugnantes qui vous empaquettent, les Tampax comme alternative, munis du mode d'emploi avec croquis accablant du dispositif organique, ces tampons périodiques ne résolvent rien. Absorbants, jetables, mais sans effet quant à la question pendante de la relation sexuelle, interdiction, punition. Avoir plantée au ventre, tout au fond des viscères, physiques et mentales, la malédiction du genre, où évêques, médecins, ministres et pères fourrent leur nez en toute impunité, violents détracteurs de la contraception qui leur confisque les femmes, préemption atavique sur leur appareil génital, on en est là.

Elles en sont à considérer Viviane, de l'autre côté de la table, comme la victime expiatoire de ces iniquités séculaires, outrées avec elle, plus encore effrayées de vérifier qu'elle a l'air on ne peut plus normal : on ne porte pas écrit sur son front le forfait, le corps peut en être le réceptacle, l'intrus peut y prospérer sans que cela se dénonce tout de suite, il métastase et grossit pendant des semaines avant que ne se déclare au jour votre état. Une situation *intéressante*, disent alors les commères, lubriques, envieuses, jalouses, vengées de leur convoitise infâme.

— Que vas-tu faire ? demande Christine, navrée.

— Qu'allons-nous faire ? reprend Leni, solidaire.

— Je ne veux pas garder *ça*, constate Viviane, désemparée. *Ça* de *lui* : jamais. Je ne veux pas, il n'en est pas question. Je ne veux pas me reproduire avec cet individu.

Faible pétition de principe. Comment nommer autrement que *ça*, que *lui*, ces agents exécrés immiscés dans son intimité, leur scandaleuse ingérence dans ses affaires intérieures, les mots manquent, rien n'est à la hauteur pour qualifier le ravage, d'autant que la morale publique réprouve des sentiments aussi criminels. D'autant que se présente à elles trois le spectre redoutable des récits, où les ont-elles entendus, chuchotés dans les dortoirs de filles, lus entre les lignes dans les journaux, qui rapportent, crûment ou à mots couverts, les terribles chirurgies artisanales par lesquelles les femmes se débarrassent de *ça*, en désespoir de cause résolvent entre elles ce que les hommes leur infligent de responsabilité, de culpabilité, de détresse et de vaine révolte. La peur, la honte, la mort. Aiguilles et poires infectées, la charcuterie génitale se paie de mort violente, tétanos, septicémie, saignée à blanc, cuisine affreuse des avortements. Cela hérisse de l'imaginer.

— Tu as raison, opine Leni, ton corps est ta propriété. La révolution commence par là, mes sœurs, plaisante-t-elle, malgré tout un peu pâle. Le tout est de trouver la bonne solution…

Tu en connais une, toi ? Aucun médecin ne s'y risque ! Dans les officines crasseuses, on tombe sur des maquignons, toutes les femmes savent ça. Dire que partout ailleurs qu'en France, on trouve des contraceptifs ! Les Françaises peuvent attendre une loi ! Tu as vu une jupe, à l'Assemblée nationale ? Les élus : que des hommes. Nos saintes grossesses, c'est leur pré carré. Il nous sert à quoi, notre bulletin de vote ? De quand l'avons-nous ? Le planning familial ? Illégal. Le contrôle des naissances n'est pas pour demain, et c'est tout de suite qu'il faut se sortir de là ! Il ne s'agit plus de prévenir, le mal est fait. Un coït aviné, un seul, a suffi. Coupez-lui les couilles. Dire qu'elles en riaient, l'autre soir, dire qu'elles trouvaient drôle l'idée ! C'est aux femmes de se taillader le ventre, et ça finit sur un étal, curetage à vif, leçon de morale, le chœur des carabins réuni, je ne veux pas, gémit Viviane, soudain terrifiée par cette perspective, horrifiée de l'avoir envisagée, tout son catéchisme ingurgité lui remontant à la gorge, une nausée des immaculées conceptions. En a-t-elle eu sa dose, de messes ! Gavée ! Les litanies à la Vierge, Marie notre Mère, Saint Vase d'élection, chemins de Croix et jonchées de pétales. Les curés prêchent la pureté, tout en louchant sur les seins qui pointent ; même le père Abeille. Toujours à palper nos menottes de vierges et nous pincer le menton, la main moite. Merci, Viviane en a goûté, intoxiquée de bondieuseries par sa dévote de mère, extatique, fanatique des confessions de nos péchés, véniels et mortels. Celui-là en est un, des plus mortels ! La chasteté des prêtres, célibat, abstinence, ces enfoirés !

— Ce que Jean-Marie a enduré, à Saint-François-Xavier ! La crème des institutions. Deux ans d'internat, livré aux papouilles parfumées d'encens. Ma mère : sourde. Ma sœur Sabine pareil, cramponnée à son chapelet. Mais, à moi, mon frère a raconté leur passion salace pour les petits garçons. Chaque dimanche soir, malade d'avoir à y retourner. Plus encore de n'avoir personne à qui raconter. Qui l'aurait cru ? Les curés sont des porcs, j'emmerde l'évêché et la papauté, conclut Viviane, si loin emportée dans sa frénétique diatribe qu'elle en oublie le sujet du jour, cause de sa consternation.

— Tu as de l'argent, dit Leni, réaliste. Tu n'es pas la plus à plaindre. Avec ta bague de fiançailles, paie-toi un avortement, en Suisse ou en Angleterre. En deux jours, tu es sortie d'affaire.

— Mais oui, en Angleterre. William te logera, il a plein d'amis à Londres, renchérit Christine, qui n'en sait rien, ou à peu près.

— Vous croyez ?

Elles le croient, elles en sont même sûres. La solution, ainsi résumée, met du baume au cœur. Présentée benoîtement, sous cet angle pratique, elle désamorce subitement l'angoisse et la grande colère du déballage familial.

— Qu'as-tu à l'oreille ? s'inquiète Viviane, soudain revenue aux contingences.

Avec toutes ces émotions, Christine en a oublié son pansement de gaze, et Leni ses confidences. La pluie fouette les vitres, il tombe des cordes sur le Jardin des plantes, le vent arrache des envolées de feuilles mortes et la radio annonce que le ministre Fouchet a délégué son secrétaire à la Jeunesse et aux Sports à la Sorbonne. L'agitation étudiante n'a pas empêché la tenue des cérémonies dans le grand amphithéâtre…

— Je te l'avais bien dit, triomphe Leni.

Le ministre Messmer défend devant l'Assemblée le programme de la force de frappe nucléaire française et balaie les protestations d'Amérique du Sud et de Polynésie réunies, pourfend le réquisitoire du député Moch, ironise sur la manifestation pour le désarmement, prévue le 24 novembre. Le marathon budgétaire en première lecture prend fin, il reprend la semaine prochaine au Sénat, pour quinze jours. A Lengede, les onze mineurs allemands ensevelis sont enfin sauvés, scènes émouvantes. L'accident du laboratoire Vernin de Melun est dû au chlorate de potasse, utilisé dans la fabrication des bonbons pour la gorge, en réalité un dangereux explosif : quatre morts, quarante blessés. Pompiers, CRS, Croix-Rouge, amas de briques et de ferrailles, enquête ouverte, surchauffe du malaxeur ? Négligences de manipulation ? On prépare les cérémonies du 11 Novembre, l'an prochain sera le cinquantenaire de la déclaration de la guerre de 1914. Après éclaircies nocturnes, temps variable et vents forts sur le littoral atlantique… Dans une petite cuisine de la rue Buffon, trois jeunes conjurées préparent un plan d'attaque sévère contre les ignominies de la condition féminine.

XIII

Mardi 12 novembre

Une nouvelle averse tambourine, inonde la belle verrière 1900 de chez Gallopin. Tout le week-end, cela n'a été que tempêtes sur toute la France, tornades et trombes d'eau, lignes à haute tension arrachées, les célébrations du 11 Novembre en ont été quelque peu perturbées. Camille se félicite d'avoir réservé une table à l'écart : les habitués de la Bourse ont le verbe haut, mieux vaut ne pas être leur voisin, surtout dans la salle sur la rue, à midi, entre deux séances de cotation ; particulièrement ce mardi, après l'interruption du long week-end. Mais elle tenait à faire cette surprise à son cousin Lucien Guillemot : le cadre luxueux du bar, lambris victoriens de bois rouge, acajou de Cuba, les garçons vêtus selon la tradition de leur long tablier blanc, leur service impeccable, la jolie vaisselle et les soupières d'argent miroitant sur les nappes empesées, tout cela est d'un exotisme très parisien, propre à le dépayser tout à fait de sa forêt vierge.

— Vivre si longtemps en compagnie des Indiens ! Tu as dû en oublier les charmes de la civilisation, plaisante-t-elle.

Lucien est d'une maigreur remarquable, tanné par les soleils subtropicaux mais étonnamment dépourvu de rides, d'une jeunesse qui défie l'âge, à quel régime a-t-il donc vécu pour avoir ainsi affiné, et comme stylisé le jeune homme efflanqué qu'elle a connu dans une soupente, non loin d'ici, rue des Petites-Ecuries, étudiant désargenté et farouche adepte de la culture du soja en chambre ? Elle a l'impression de le voir tel qu'il lui est apparu jadis sous le vasistas de sa chambrette, battu par la même pluie qu'aujourd'hui, émergeant de la fumée de sa cigarette égyptienne. Elle dévisage l'homme mûr qu'il est devenu, émue de retrouver inchangés sa brusquerie gauche, son quant-à-soi inquiet, jusqu'à ses lunettes cerclées d'acier ; les mêmes ? Entre-temps, leurs vies ont divergé. Dans l'éloignement, chacun a vécu des épreuves, des expériences dissemblables, qu'ont-ils à se dire pour combler le fossé de l'absence ? Ils se sont pourtant abordés avec naturel, reconnus et embrassés comme s'ils ne s'étaient quittés plus d'une saison. Cela tient peut-être au regard, où se concentre l'expressivité d'un visage, contaminant l'ensemble des traits et plus durable qu'eux. Celui dont Lucien observe à l'instant les guirlandes précieuses d'iris et de roses thé de la verrière, comme si elles étaient des curiosités botaniques, le ramène au visage de sa cousine, la scrutant avec l'amicale attention d'un spécialiste en masques et tatouages de primitifs…

— Tu n'as pas beaucoup changé non plus, sourit-il, comme s'il devinait ses pensées. C'est très romantique de m'imaginer en explorateur, mais je n'étais pas dans la forêt vierge, et les Indiens guaranis sont en voie de disparition…

Pourtant, en dépit de son complet de laine occidental, ses boutons de manchette, sa cravate moutarde épinglée d'or, il semble bel et bien un indigène de contrées lointaines récemment assimilé, déguisé en autochtone. Les voyageurs au long cours revenus au port ont cet air emprunté dans les réceptions d'accueil, leur corps s'accommode mal des oripeaux qu'ils ont dépouillés de longtemps. En réalité, Lucien est revenu régulièrement en Europe. De loin en loin, elle a eu vent de ses conférences sur ses expériences agricoles, à l'ONU, à Rome ou Bruxelles, récemment en France mais cette fois-là, absente de Paris, elle a manqué l'occasion de le revoir. Il jouit d'une notoriété sulfureuse, ses thèses hardies rencontrent le scepticisme, tant dans les milieux scientifiques qu'économiques, ne dénonce-t-il pas maintenant la "révolution verte", après en avoir été l'un des premiers promoteurs ?

— Ainsi te voilà de retour, revenu au bercail. Définitivement ?

— Je tente une réacclimatation, j'espère qu'il n'est pas trop tard !...

L'Institut national agronomique, dont il est diplômé, lui offre une chaire, et ce n'est pas mince affaire que de réinvestir ces murs où il a autrefois étudié, jeune ingénieur formé par son maître Dumont qui, rentré du Viêtnam, y enseignait à l'époque l'agriculture comparée.

— Je suis passé rue de l'Arbalète. L'immeuble occupe l'emplacement de la vénérable Ecole de pharmacie, plus anciennement encore premier Jardin des plantes des apothicaires médiévaux : ils y cultivaient les simples aux vertus médicinales... Nos semences hybrides d'aujourd'hui, sont-elles un progrès ?

Le garçon leur présente la carte, gros œil bleu, moustaches candides, nez fleuri, s'attarde à commenter le menu du jour, foie gras poêlé et joue de bœuf mais, d'un commun accord, ils optent pour un plateau d'huîtres et un bar grillé sur lit de fenouil, avec un sancerre. Déjeuner léger : Camille a en perspective une réunion du conseil d'administration du groupe en fin d'après-midi, et Lucien une séance de travail avec ses étudiants, peu touchés par les grèves sporadiques qui perturbent la rentrée universitaire. En réalité, il est rentré en France au début de l'été. Il a donné signe à sa manière fantasque : une vieille carte postale de Montevideo, pastel délavé, oblitérée à Nogent-le-Rotrou, adressée au siège de B&G à Camille Galay, son nom de jeune fille… Elle a mis du temps à lui parvenir.

— Que faisais-tu en août dans le Perche ?

— J'y achetais une maison. Une ferme abandonnée pour y poser mes pénates. C'est bien la première fois de ma vie que je suis propriétaire…

Après tant d'années passées loin des grandes villes, loin de l'Europe, n'ayant aucune envie de résider à Paris, il lui faut se réapprivoiser aux mœurs françaises en douceur, trouver un point de chute approprié à son goût de la campagne et de la solitude. Labourage et pâturage de cette région n'ont à voir que de loin avec ceux des contrées d'Uruguay où il a vécu mais, en dépit des apparences, les mêmes questions s'y posent, y compris celle de l'exode rural, fléau de l'agriculture moderne. A la faveur duquel il acquiert cependant cette maison et ses terres en déshérence, à une distance raisonnable de Paris, compatible avec son enseignement, trois jours par semaine. Un terrain d'observation et d'expérience propice aux recherches qu'il continue de mener.

— Ne me lance pas sur ce sujet, sinon nous y serons encore ce soir…

Il s'y lance pourtant, derrière la loupe de ses verres guettant l'intérêt de Camille, s'enhardissant peu à peu puisque, tout en beurrant ses tranches de pain bis, en dégustant ses huîtres du bout de sa fourchette, du geste délicat détachant le mollusque de sa coquille, elle semble prête à l'écouter : il rapporte de là-bas suffisamment d'expérience, celle, irremplaçable, que donne l'épreuve de terrain, pour asseoir sa conviction que l'accroissement spectaculaire de la production agricole dans le monde entier, ce progrès inédit dans l'histoire de l'homme et sa relation à la terre, à la nature, entraînent leur contrepartie, et pour ainsi dire leur sanction, mais n'y mêlons pas la morale…

— Les ravages en paraîtront bientôt, alors il sera trop tard. Je n'en aurais rien su si jétais resté, comme nombre de mes collègues, dans les laboratoires des universités ou de l'industrie, dans les cabinets ministériels, si je n'avais pris le large à la première occasion… Non que j'eusse l'esprit aventureux ni la complexion d'un explorateur, mais des raisons urgentes de déserter la place, mon diplôme en poche. L'Institut finançait des séjours d'études à l'étranger… Souviens-toi de mon galetas sous les toits ! Un champ très exigu pour mes expériences… Je voulais nourrir la planète !

Cette idée était parue si saugrenue à la jeune fille en visite, et son cousin si comique, que lui est restée la formule le résumant à ses yeux : ignorant longtemps où il était, elle s'est imaginé *l'homme qui veut nourrir la planète* implantant ses variétés de riz ou de soja expérimentaux dans les deltas les plus reculés du monde. En fait, Lucien a atterri au Mexique, en 1935, l'époque où Cárdenas del Rio, relançant le projet révolutionnaire rêvé par Zapata de restituer les terres aux dix millions de paysans pauvres, fixe le nouveau Code agraire, qui démantèle haciendas et autres *latifundios* pour leur attribuer les *ejidos*. Lucien arrive sur ces entrefaites. Cela rencontre assez bien son besoin de tester à grande échelle et dans la réalité ses élucubrations visionnaires en chambre : il a donc passé cinq ans à arpenter ce pays comme conseiller agronome, convertissant sa passion monomaniaque du soja, inadapté aux terres arides, au maïs local, rédigé sa thèse, appris l'espagnol et révisé en cours de route un certain nombre d'utopies, que la théorie inspire aux jeunes gens des villes. En particulier, mais cela fait partie du déniaisement, que l'amour est sorcier et fait fi des disparités culturelles. C'est sur ce grave démenti ethnique et sentimental qu'il est rentré en France, à la veille de la guerre, sans poste et désemparé, plus déplacé encore, s'il était possible, dans l'exode de 1940 que dans la nombreuse famille de Graciosa, ainsi la fiancée perdue se nommait-elle. Plus dérouté par l'Occupation que par l'inextricable écheveau des parentés et du code d'honneur de trois générations de Mexicains écartelés entre tradition et révolution, catholicisme archaïque et socialisme asséné par des brigades de jeunes doctrinaires, ivres de leur science livresque et de leur pouvoir politique… Le totalitarisme n'est pas une exclusivité européenne…

Ainsi est-il reparti de Marseille, en mars 1941, à la suite d'un imbroglio de circonstances qu'il lui épargne, principalement celui de sa situation militaire délicate, qu'il avait négligé de régulariser durant son séjour mexicain. Il est monté sur le *Capitaine-Paul-Lemerle*, en compagnie de réfugiés traités comme racaille par les gardes mobiles qui, mitraillette au poing, surveillaient l'embarquement de voyageurs suspects, réputés étrangers, anarchistes, et juifs de surcroît, entassés à près de trois cents dans ce petit vapeur qui comportait en tout et pour tout deux cabines. Il a fait la traversée dans la cale avec le sentiment, non plus d'une fuite hasardeuse, comme il s'y résignait, mais en quelque sorte de solidariser son destin avec celui de cet échantillon de fugitifs pourchassés par le nazisme, de partager avec eux les quelques mètres carrés de campement dans la soute qui, malgré son sordide dénuement, semblait sans comparaison avec le sort qui les attendait dans les camps d'internement. Dans cette promiscuité de tous les instants, les conditions de vie étaient si précaires et rebutantes, que lui a bien servi son entraînement mexicain à la vie spartiate pour les supporter. La longue errance le long des côtes africaines pour échapper à la flotte anglaise, avant de mettre le cap à l'ouest, les trois semaines de traversée lui ont laissé le temps de découvrir ses compagnons de voyage, autant qu'il pouvait faire violence à sa timidité maladive : la plupart étaient d'illustres intellectuels et artistes, parmi lesquels Lévi-Strauss, qui jouissait d'une cabine, dont il n'a appris qu'ensuite, bien plus tard, quel immense savant il était, et lu ses livres, et partagé avec lui *la haine des voyages et des explorateurs…*

A Fort-de-France, la plus grande confusion régnait. Quoique réfugiés de la métropole occupée, ils étaient accueillis en ennemis par les gradés comme par les administratifs appliquant les lois de Vichy ; il n'avait échappé au sort de la plupart, internés d'office dans un camp de l'autre côté de la baie, que parce qu'il prétendait être hébergé chez un béké, ingénieur des Ponts et Chaussées rencontré à Tampico, ce genre d'échange de politesses auquel on sacrifie sans y croire et qui se révèle opportun. Bien qu'incertain, il avait avancé avec aplomb le nom et l'adresse de son hôte improbable, et l'avait trouvé où il disait être, en face du flambant immeuble de la poste centrale. Grâce à ce fonctionnaire complaisant, il avait pu contourner les services de douane qui gardaient sa seule malle en otage, se procurer un visa, fort peu orthodoxe, et se faire embaucher sur le premier bateau qui l'éloignerait de cette réplique antillaise de la France occupée ; en l'occurrence, un bananier dominicain naviguant sous pavillon canadien. Cap au sud, le Brésil, croyait-il, et tant pis pour sa malle qui ne contenait que quelques livres et effets. Si elle n'avait pas été volée ou pillée, elle devait encore moisir au fond d'un hangar de la Martinique. Fortaleza, Recife étaient les premières destinations du cargo, mais une épidémie de variole dans l'équipage avait tenu le bâtiment en quarantaine à chacun des ports où il aurait pu débarquer : chaque fois refoulé, il était arrivé à Montevideo en septembre 1941, six mois après avoir quitté Marseille.

— Tu as raison de le penser, je vois que tu le penses : j'allais droit où je devais aller. Ce qui se présente sous les dehors du hasard obéit bien souvent à un ferme dessein. Mon bananier a bien réellement pâti de cette épidémie. Je n'y ai échappé que par miracle, vu les conditions sanitaires dans lesquelles nous voyagions. Plus sûrement grâce à l'immunité naturelle que le corps construit contre ces atteintes, mon séjour mexicain avait dû m'y préparer… Par cas de force majeure, mon rafiot n'a pu accoster avant : c'était bien à Montevideo que devait aboutir mon périple. Si j'avais poussé jusqu'à Buenos Aires, peut-être y aurais-je trouvé un accueil plus favorable, des compatriotes plus nombreux. La francophilie y est ancienne et aurait mieux garanti mes débuts mais, une fois touché terre, j'ai résolu que là était mon but. Le monde est vaste, j'avais le choix. Rien ne m'attendait nulle part, mais ce pays, un quart à peine de la France, par son échelle et son climat me convenait, sa langue mieux que celle du Brésil qui m'avait refoulé, et peut-être qu'il ait vu naître Lautréamont, dont la lecture avait marqué ma jeunesse…

On peut garder toute sa vie le geste enfantin de remonter ses lunettes et de se pincer le haut du nez sans qu'il en soit besoin, juste pour se donner du courage. Il sourit faiblement, affectant un air attendri pour détailler le mince visage de Camille dont la bouche seule est fardée, un rouge franc, de trouver à sa convenance sa robe de fin lainage ivoire, ai-je vraiment aussi bien vieilli que toi, semble-t-elle lui demander, sans esquiver cet examen sous la lumière vive des lampes. Il prend une inspiration avant de reprendre.

— A vrai dire, ce pays était surtout l'inaccessible contrée où se perdait le dernier souvenir de ma mère, Sophie Galay. La terre du bout du monde que celle-ci désignait à ma tante Gabrielle dans sa fuite, et cela remontait aux derniers jours de paix, avant la Grande Guerre, trois lignes postées de Gênes, son port d'embarquement, adressées à la seule amie qu'elle eût, qui en gardait jalousement le secret, et il n'est pas sûr que celle-ci avait à me le transmettre. Mais elle l'a fait, par toi, qui voulais tant me rendre les photos de ma mère que je n'avais pas, qui les avais volées pour moi au Mesnil… Je n'en demandais pas tant, mais sait-on ce que l'on attend sans le demander ? Ah ! Camille, quels enfants sommes-nous, de poursuivre avec tant de constance des desseins aussi obscurs, par mille voies détournées d'y courir tout droit…

En réalité, cela n'avait pas été droit du tout. Il n'avait pas de visa pour l'Uruguay et pas d'adresse amie, comme à Fort-de-France. Il avait dû subir les tracasseries des services d'immigration, la suspicion attachée aux réfugiés qui commençaient d'arriver en nombre d'Europe ; perdre une année entière à survivre, plutôt mal que bien, de besognes alimentaires, dont il lui passait le détail. Il n'avait pas la carrure d'un docker, ni de talent pour intriguer dans les administrations, s'introduire dans les milieux cosmopolites ou emprunter à des usuriers. Il avait fini par échouer chez un exportateur du port, céréales et agrumes, que ses conseils avisés pour la conservation de ses stocks avaient tiré d'affaire lors d'une grève, et qui avait usé, en contrepartie, de ses passe-droits et accointances pour régulariser sa situation. Grâce à quoi il pouvait se présenter à l'ambassade de France qui, découvrant qu'elle avait sous la main un agent compétent, l'avait envoyé en reconnaissance sous prétexte de coopérer aux expertises agricoles. Je tombais bien : un agronome susceptible de rapporter des renseignements utiles sur le peuplement rural et les ressources de *l'arrière-pays* : ainsi disaient les fonctionnaires coincés là par la guerre, qui n'auraient pas franchi les faubourgs de Montevideo sans craindre pour leur vie.

— J'étais l'un des rares, dans ces années-là, à connaître aussi bien les cultivateurs et les forestiers des régions reculées, les anciens esclaves noirs du Brésil, métis et descendants d'Indiens, petit peuple des artisans et des paysans pauvres comme grands propriétaires éleveurs. Si bien que j'étais de la délégation à Québec en 1945, lors de la création de la Food and Agriculture Organization, où j'ai depuis maintes fois croisé Dumont, avec lui un certain nombre de mes petits camarades militants de la "révolution verte", mais c'était déjà fini pour moi. Tout ce que j'avais observé au Mexique, dans l'euphorie des années de distribution des terres, se vérifiait dans les années 1950 en Uruguay… J'y ai vu aussitôt les méfaits du développement à marche forcée. Déjà monte la colère, des groupes d'extrême gauche s'organisent, prêts à la guérilla, sur le modèle cubain… Si l'on me laisse libre d'enseigner, il faudra désormais que nous soyons pluridisciplinaires, démographes, sociologues, économistes : nos jeunes ingénieurs agronomes doivent être avertis de ce qu'ils font…

— Mais, et tante Sophie ? souffle Camille, impatiente de ces détours. As-tu retrouvé trace de ta mère ?…

Comment pouvait-il chercher, trente-cinq ans plus tard, quelqu'un qui avait mis un océan entre elle et les siens ? Suffisamment brûlé ses arrières, disait-il, pour disparaître à tout jamais de leur vue, et eu mille bonnes raisons de ne pas garder son patronyme, ni même de se déclarer ressortissante française, si jamais elle avait finalement élu ce pays pour destination, si elle s'y était installée durablement. S'il parvenait à le savoir par les voies officielles, à obtenir ces renseignements en enquêtant à droite et à gauche, non seulement il risquait de compromettre la tranquillité, voire la sécurité de son existence, et surtout de devoir se donner de solides raisons, si l'occasion s'en présentait, de se dresser, son fils, devant elle, qui ne demandait rien. Qui en demandait si peu qu'elle sabordait son passé, d'assez radicale manière pour qu'aucun retour en arrière ne soit possible. A quel titre rechercher et aborder une telle personne, sinon comme le revenant d'une histoire abolie dont le spectre effraie ou désespère ? Jamais plus qu'en cette époque, arpentant ce pays qui lui était devenu familier, et cher, au point de l'adopter pour seconde patrie, vingt ans de sa vie y étaient ancrés pour toujours, il n'avait autant douté d'avoir à la retrouver, le droit de lui faire cette violence. Un homme de trente-cinq ans, se revendiquer du nourrisson qu'elle avait à peine tenu dans ses bras, par quelle imposture l'aurait-il pu ? Il n'osait imaginer cette scène, le rôle qu'il y tiendrait, et comment elle y tiendrait le sien, si jamais ils se trouvaient en présence. Aussi n'avait-il rien tenté, cherché à consulter d'archives ni à poser de questions dans les régions où il séjournait, de la côte au Salto, du rio Negro au Cerro Largo.

Il l'aurait pu, tant il y avait rencontré de gens de tous milieux et les immigrants gardent mémoire de leur exil, ils tissent entre eux des liens de solidarité, d'un bout à l'autre du pays se donnent des nouvelles de leur implantation, de leurs vicissitudes et de leurs infortunes… Mais, ignorant si elle était vivante ou morte, à supposer qu'elle ait vraiment résidé dans ce pays, il se suffisait de sa présence fantomatique, celle qu'il lui prêtait à travers les quelques photos que Camille lui avait données et qui ne l'incarnent pas. La figure immatérielle qu'elle avait toujours eu pour lui, puisqu'il ne se *souvenait* pas d'elle, hantait en imaginaire ces espaces, plaines, plateaux, forêts et rivières, monts escarpés sans habitants, jusqu'au bruissement du vent dans les pins et les eucalyptus, à une échelle géante imprégnant le paysage uruguayen… Il en était venu à l'identifier à ses reliefs et ses distances, à se les approprier tel un corps maternel étendu à ses terres et ses ciels, baignant dans un climat tempéré, de chaleur et d'humidité amniotiques, aride et brutal, violent, avec ses vents glacés venus de la pampa argentine, ses pluies fécondes de bref printemps, contrasté et fantasque, enveloppé dans ses brouillards d'automne, et jusque dans sa population métissée, Italiens, Portugais, Espagnols et Danois implantés de longue date, une personne collective insaisissable et tangible en tout lieu, dans les bourgades comme les hameaux dispersés, les ranches isolés, la moindre bicoque d'Indien misérable, le meuglement des troupeaux dans la poussière du soir, la moindre église baroque et son autel d'or, le son de sa cloche, tout le rappelait à elle, dont il ne se souvenait pas, et qui ne se souvenait pas de lui…

Une fois, il s'était trouvé pris dans un orage violent, comme il y en a dans ces régions. La pluie tombait en trombe, emportant en torrent la boue de la route. Du hangar où il s'était réfugié, il était resté à contempler le paysage aveuglé, cette dévastation furieuse des eaux et, loin d'en être transi, avait glissé à une sorte de somnolence bienheureuse, baigné par l'infusion atmosphérique, dénué de toute pensée, contingente ou générale, oubliant qui il était, où il était, mais coïncidant avec un être intime et inconnu qui le délivrait du temps. Je crois que, dans de tels états, on a prescience des rivages de la mort, ou de la naissance.

— J'étais plus proche d'elle que j'ai pu jamais l'être… Non dans une proximité physique réelle, mais dans l'impalpable présence dont nous peuplons le monde par l'imaginaire. Je l'évoque aujourd'hui avec nostalgie parce que je n'en avais pas la conscience alors et que c'est de m'en ressouvenir à présent que je n'y suis plus, et n'y retournerai plus, que m'en apparaît la plénitude…

Le bar grillé a bonne allure sur son plat d'argent, coquettement frisé de moustaches en brins de fenouil, et les pommes de terre en robe des champs dans leurs papillotes, le petit pot de crème aigre :

— En veux-tu, Camille ?

Le garçon ressert le sancerre, grave cérémonie.

— Bienvenue *chez nous*, Lucien. Je suis heureuse de te revoir parmi nous. Tu m'as manqué…

Ils lèvent leur verre, échangent un regard de connivence, tout en continuant de sourire, ce qui est la meilleure réponse aux secousses du cœur. Ce vin blanc amuse la langue, tandis qu'ils révisent en silence l'aventure de Sophie. Celle-ci a eu tant de retentissement et de conséquences funestes pour la famille, à commencer pour eux, témoins innocents du scandale, Lucien, dernier-né âgé de quelques mois et elle-même, sa nièce Millie, négligeable créature perdue dans le drame de sa propre histoire… Si loin que remontent ses souvenirs, Camille ne voit que sa silhouette floue glissant dans les couloirs du Mesnil, suivie de la troupe de ses tout petits enfants, Martin, Jeanne, et Lucien, enveloppé de linges fins dans les bras d'une bonne… A peine se rappelle-t-elle la disparition de la jeune Mme Guillemot annoncée par Mme Victor, dans la cuisine, un matin de mai, la découverte de son tilbury attaché avec le cheval à une barrière de la gare du Mesnil... Elle se rappelle mieux la fraîche lumière entrant à flots par la porte ouverte, son bol de chocolat fumant, les tartines de confiture de rhubarbes, que l'émotion des grandes personnes. Mieux la méchanceté de sa tante Blanche accusant Gabrielle de porter indûment la broche de Sophie, son institutrice d'être complice de la criminelle, pour cela réclamant qu'elle fût chassée. A ce verdict affreux, elle n'a trouvé d'issue que sa propre disparition... Peut-être inspirée à son imagination enfantine par celle de sa tante ? Elle s'est cachée tout le jour dans le tronc du grand hêtre, pour faire peur à tout le monde. Peut-être, à son échelle naine, a-t-elle éprouvé la même joie noire de se confisquer au monde... Mais de bien plus grave conséquence était ce départ car, à cette occasion, éclatait entre Mme Mathilde et son gendre le notaire le dissentiment larvé d'où était issu un conflit ouvert d'intérêts adverses, desquels découlent encore, un demi-siècle plus tard, des tensions trop graves pour être réparées...

— Je n'ai pas cherché ma mère. C'est elle qui s'est présentée à moi, il y moins d'un an, en une circonstance imprévue. J'accompagnais une délégation syndicale à Salto, à la frontière argentine. La culture des orangers et des citronniers y est en pleine expansion : contrats d'exportation exclusifs, incitation bancaire au crédit... D'énormes intérêts, industriels et géostratégiques sont en jeu. Après le Mexique, l'OSS étend sa zone d'influence à toute l'Amérique latine. L'Office of Special Studies de Rockefeller finance les meilleurs experts, généticiens et phytopathologistes. Ils sélectionnent différentes variétés de maïs, de blé, maintenant riz et soja, agrumes à haut potentiel de rendement ; semences miraculeuses censées éviter les famines que nous promet l'explosion démographique... Je voulais nourrir la planète, Camille... Généreuse pétition de principe ! Au prétexte de lutter contre le fléau de la sous-alimentation, on en prépare un, bien plus catastrophique. Peut-être irréversible. La remédiation brutale des sols a déjà des effets visibles : populations déplacées, bidonvilles, chômage endémique, énergie gaspillée, saturation des engrais, hydrographie polluée…

— Sophie s'est présentée à toi, dis-tu ?…

Faut-il ramener Lucien à son récit, emporté qu'il semble par sa passion scientifique, ou bien digresse-t-il par souci d'en éluder le dénouement, mais non, explique-t-il : c'est précisément sur cette question polémique qu'il s'est heurté à un éminent délégué argentin, apôtre du développement intensif, formé aux Etats-Unis et récemment nommé à la direction d'une usine chimique implantée à Buenos Aires, toujours sous l'auspice de la fondation Rockefeller et soutenue par Ford ; si sincère dans son enthousiasme qu'on avait peine de lui porter la contradiction, mais il me fallait bien lui opposer la *réalité* !

— Dans cette région, malgré le climat, ils veulent introduire la navel, variété à haut rendement éprouvée en Californie et au Mexique. Or la pluviosité favorise la prolifération d'insectes et de larves, contre quoi il n'y a que le traitement lourd en pesticides, des quantités énormes déversées à longueur d'année. D'où l'usine de Buenos Aires. D'autre part…

— Lucien, épargne-moi les problèmes de la navel…

— D'autre part, ce sont les femmes qui travaillent à la cueillette. Elles peuplent les camps de taudis suburbains, dans des conditions épouvantables. Des rapports sanitaires très sérieux commencent à détecter les effets neurotoxiques des pesticides sur la fécondité et la gestation… Bon, restons-en là ! Cette *réalité*-là a fort indisposé le digne délégué argentin, qui a interrompu mon exposé, outré, m'accusant d'être hors sujet et de débiter des sornettes, d'être un agitateur à la solde des syndicats paysans obscurantistes, j'en passe. Bref, la séance a été houleuse. Le lendemain, je reprenais le train avec ma délégation, j'ai oublié ce fanatique. Pas lui, qui m'attendait sur le quai de la gare. J'ai cru qu'il venait régler notre controverse aux poings, mais non : il venait faire amende honorable. Je t'avoue que j'ai accueilli ses excuses avec prudence, plutôt dubitatif sur ce qui les lui inspirait. Ces groupes américains sont entraînés à l'intimidation, ils circonviennent leurs adversaires par toutes sortes de méthodes… Mais ma froideur ne l'a pas découragé. Il avait un autre motif de me retenir, très embarrassé après notre algarade publique : il voulait savoir d'où je venais. Il avait remâché toute la nuit cette question, qu'il ne se résignait pas à laisser suspendue par mon départ imminent et, dans la brume du petit matin, sur ce quai de gare provinciale, j'ai fait la connaissance du fils de ma mère…

Le garçon pourrait mieux choisir son moment de relever les couverts et de s'enquérir des desserts qu'ils souhaitent, proposant tarte Tatin, compote de figues, crème anglaise ou sorbet de poire “maison”, arrosé de Williamine. Ils n'ont pas l'esprit à lui complaire, ni le cœur à étudier la carte, Lucien l'a écarté, sans trop de ménagement, mais peut-être cet intermède lui a-t-il permis de ravaler son émotion, à Camille de maîtriser le saisissement de cette nouvelle, qui fait battre le cœur, renverse la raison.

— Tante Sophie, un fils !…

— Mon demi-frère, n'est-ce pas ? Imagine ma stupeur, Camille…

Ainsi peut-on avoir rendez-vous dans un lieu inimaginable du monde, vos pas vous y mènent plus sûrement que nulle part où vous croyez aller par volonté et dessein ; ainsi Lucien avait-il appris l'histoire de sa mère de la bouche de cet inconnu. Celui-ci lui rapportait comment, quelques années plus tôt, ayant à liquider la succession de ses parents, il était tombé sur des papiers dont il ignorait l'existence. Cela arrive en ces circonstances, les enfants accèdent alors à ce que les morts ont négligé de détruire, ou bien ont laissé par intention, plus ou moins consciente. Parmi lesquels papiers, il avait donc, disait-il, trouvé une sorte de livret de famille, en très piteux état, où sa mère apparaissait comme *veuve Guillemot* d'un premier mariage, duquel il n'avait jamais entendu parler, une révélation si troublante qu'il avait douté de sa véracité. Certes, il connaissait la provenance de ses parents, qui parlaient parfois français, mais les émigrants s'inventent toutes sortes d'identités d'emprunt, pour s'établir trompent les services de fictions généalogiques, et tant de gens dans ces régions ont des raisons de falsifier leur passé, de s'en inventer de fantaisistes, qu'il avait passé aux oubliettes cette surprenante découverte. En raison des noms d'oiseaux échangés la veille, après ce qui s'était passé de brutal, dont il s'excusait encore, bien que le patronyme de son contradicteur l'eût intrigué dès qu'annoncé, il se serait abstenu de l'importuner par cette démarche indiscrète s'il n'avait passé une aussi mauvaise nuit, taraudé de ce que, par extraordinaire, celui-ci portât un nom connu de lui : d'où le tenait-il ?

Ou bien ils en restaient là, et c'était facile d'éconduire cet importun, ou bien il leur fallait se raconter leurs vies. Lucien n'était pas enclin à cet exercice auquel s'adonnent la plupart des gens, mais la coïncidence trop grande abattait ses préventions. L'anxiété sincère de cet individu le touchait, plus qu'il ne le laissait paraître. Le tentait, le persuadait déjà qu'une occasion inespérée, inouïe comme en produit le hasard, venait le cueillir sur ce quai que colmatait l'air humide de l'aube, rien de plus surprenant qu'un matin banal ; il avait cédé. Le train entrait en gare – il n'y en a qu'un par jour pour Montevideo –, il avait laissé là sa délégation et reporté son départ. Il avait confié son bagage à la consigne, décidant qu'il avait la journée devant lui, et ils avaient d'abord marché le long des voies, comme s'ils remontaient leurs lignes fuyantes vers un point invisible dans la brume, puis déambulé dans les rues, échoué de bar en bar jusqu'au soir. Ils avaient beaucoup à se raconter mais, une fois établi que Sophie *veuve Guillemot* était bien leur mère dans des vies séparées, raccorder ces deux segments d'histoire semblait impossible. Quelle étrangeté, disait-il, que de se découvrir un frère de sang, non un double mais le revenant d'un songe comme en conçoit tout enfant, celui d'un être d'élection quelque part égaré, qui détient le secret de notre existence, et de secret il n'y a pas. Sinon celui qui fonde cette croyance puérile que le monde réserve, dans son immensité de foules, une créature qui nous ressemble, tient à nous par des liens occultes, et réalise nos virtualités absentes… Cet homme était bien en chair, et lui aussi, ils incarnaient sans doute l'un pour l'autre ce rêve en *réalité*, mais leur incrédulité était la même, et leur avidité mutuelle d'apprendre l'un de l'autre la part manquante était la plus malheureuse des choses. L'on imagine peut-être que la trouver ajoute à l'existence, emplit sa vacance, mais c'est le contraire : ce que chacun d'eux racontait, d'une certaine manière le vidait d'une substance intime sans assouvir l'autre, creusait en lui un espace béant que le récit aggravait plus qu'il ne le comblait et, dans l'afflux d'informations que chacun s'efforçait de donner, rappelant à soi maints souvenirs dérisoires pour étayer son témoignage, ils sentaient bien qu'ils étaient impuissants à conjoindre cette femme rompue, à réconcilier son être et l'accorder à eux. Sans doute pouvait-il maintenant rapporter les faits qui réarticulaient l'histoire de sa mère, mais en rien ceux-ci ne résolvaient l'énigme de son destin.

Ainsi avait-il appris l'histoire de cet homme, de qui les parents étaient établis dans la province agricole de Santa Fe, où ils cultivaient le sorgho, le maïs, mais surtout élevaient un important troupeau de bétail, assez aisés pour posséder un ranch, moderne pour cette époque, chose peu fréquente dans cette région peuplée de gauchos miséreux et d'Indiens. Il disait avoir eu deux vies, jusqu'à ses dix ans celle d'un petit campagnard instruit à la maison, où les livres étaient nombreux, dès son plus jeune âge associé au travail ingrat de l'élevage, comme les enfants du pays. Epoque à laquelle avait mis fin la mort prématurée de son père, en 1930, emporté en quelques jours d'une fièvre, fréquente sous ces latitudes ; pourtant un homme robuste, et dur à la peine. Le deuil ne lui semblait pas avoir ébranlé sa mère, il ne se souvenait pas d'avoir ressenti la détresse d'un orphelin, et il ne mesurait qu'aujourd'hui par quelle force de caractère et résolution elle accueillait cette perte, lui en épargnait la souffrance. Les enfants se fient aux adultes, calquent leur comportement au leur, si bien qu'il avait admis comme naturelle sa décision de l'éloigner ; il était parti en pension dans des établissements religieux. D'abord à Córdoba, puis à Buenos Aires, où il avait fait ses études, ne retournant que pour les vacances à la ferme, où elle continuait de tenir seule la propriété, une sorte de phalanstère qui associait des familles de paysans pauvres et une congrégation de franciscains voisins. Dans son éloignement citadin, il gardait l'image d'un couple aimant et fervent, prenant les duretés de la vie comme les frustes bonheurs avec une sorte de sérénité mystique, d'une discipline de vie rigoureuse, et cependant très gaie. Leur vénération mutuelle, qui s'étendait à lui, leur fils unique, avait sans doute fondé son goût de la vie, et son tempérament heureux. Ils y avaient si bien réussi que, avec cette inconscience ou ingratitude de la jeunesse, ils ne leur manquaient pas, ni son père mort, ni sa mère lointaine, une femme dont la force et l'endurance étaient souveraines, si constante d'humeur, inébranlable dans ses œuvres, que le mystère ne lui paraissait qu'à présent, l'insondable étrangeté d'avoir vécu à leurs côtés sans avoir jamais soupçonné l'intense, opaque et tragique énigme de leur histoire, leur absolu silence sur toute chose les concernant en deçà de sa naissance. Ainsi les enfants se satisfont-ils du présent, n'interrogent-ils que tard le passé, et s'il ne se connaissait aucune parentèle ou ascendance, il ne s'en étonnait pas : tant de leurs voisins émigrés étaient dans la même solitude de déracinés… Qu'il est difficile, disait-il, de relater sa propre vie… L'occasion ne s'en présente guère mais, à s'y trouver confronté, l'inconnu que l'on est à soi apparaît, et désespère de trouver les mots suffisants…

L'étrangeté en paraissait tout autant à Lucien, aussi démuni que lui pour rendre compte de son désarroi de réveiller ainsi les mânes de sa mère. En dépit de son absence totale de souvenir d'elle, le peu de ce qu'il savait de sa jeunesse se greffait mal au portrait que cet homme lui dressait de ses parents. Il ne pouvait évoquer la jeune épouse de son père, notaire à Genilly en Ile-de-France, son enfance privilégiée dans le domaine du Mesnil et toute leur famille des Bertin-Galay, sans qu'elles semblent une fiction aberrante, une sorte de fantasmagorie grossière comme en conçoivent les cerveaux malades ; pourtant, il s'agissait bien de Sophie Galay. De leur mère, une seule et même personne, dans son retranchement sauvage accomplissant, non une mue, mais une partition inouïe d'elle-même, au point qu'eux, ses fils, avaient échoué, au bout de cette longue journée, à en rassembler les fractions, à suturer le corps disloqué, l'âme divorcée. Son premier mari n'était pas mort, lui apprenait-il : il avait continué de vivre de longues années. Il avait un frère et une sœur en France, de qui il était bien en peine de lui donner des nouvelles. Peut-être sa rupture avec ceux-ci tenait-elle à ce que la fureur familiale avait trouvé commode de lui imputer, enfant, sa disparition, et sur les raisons d'un tel abandon, ils se perdaient en conjectures. Pourtant des hommes faits, chacun ayant atteint cet âge où l'expérience a pu donner quelques aperçus des tourments, des révoltes et des passions, des bouleversements intérieurs qui inspirent à certains êtres de radicales ratures, les emportent au-delà d'eux-mêmes, contre toute raison les vouent à de purs renoncements, sauvage immolation de tout ce qui constitue le fondement de la vie. Mais confronter leur jugement là-dessus les mettait dans le danger de se découvrir l'un à l'autre davantage, de sonder en chacun le défaut intellectuel ou moral qu'entre étrangers on répugne à découvrir…

Ils s'étaient revus, une fois. Il l'avait invité chez lui, à Buenos Aires. Lucien avait rencontré sa jeune femme, fille d'Allemands, émigrés du temps de Perón, petits industriels prospères, usine d'outils agricoles. Nombre d'Allemands vivaient en Argentine et en Uruguay. Ils étaient arrivés soudain, très organisés, avec de belles fortunes, exfiltrés d'Europe par des réseaux sûrs. Il y avait de belles racailles, parmi eux… Francisco Saulun, ainsi se nommait-il, avait une petite fille de dix ans. A la mort de sa mère, il avait vendu son ranch et le bétail, s'était découvert héritier d'un capital confortable. Il menait une vie aisée, possédait une belle maison dans les quartiers résidentiels. Il travaillait pour les Américains. Ils n'avaient pas beaucoup de choses en commun et, même s'ils passaient sous silence leur différend, il restait entre eux un vague contentieux qui ne favorisait guère la relation accidentelle. Lucien pensait ne le revoir jamais, sauf s'il prenait l'initiative de s'inviter en France, de venir en reconnaissance, mais à quoi bon… Il avait décliné son offre d'aller voir la ferme du Chaco, ou ce qu'il en restait. A quoi bon retourner au passé, soulever la chape d'un tombeau scellée de si longtemps, dont on n'apprend l'existence que si tard, et par hasard ? Il avait fallu ce concours de circonstances, leur algarade à Salto, se heurter du front sur cette frontière qui sépare Argentine et Uruguay… Une collision dont il se demandait quel revenu il tirait. Désormais, cette revenante réclamait. Elle se dressait pour revendiquer son histoire factuelle contre les hypothèses les plus extravagantes engendrées par sa disparition, par le déficit qu'elle avait provoqué, cela aurait dû bouleverser sa vie. Le paradoxe était, en dépit de la tyrannie des réalités, que son apparition ne rectifiait en rien la présence imaginaire dont il avait peuplé l'Uruguay, ces longues années de son séjour. Elle était davantage là où il la croyait être, où il l'avait aimée, fantôme gigantesque à l'échelle d'espace et de temps de sa propre vie, et non de la sienne. Celle qui l'accompagnait en tout lieu où elle n'était pas, n'avait jamais été, était plus réelle que la femme dont lui parlait Francisco… Avant son départ, celui-ci lui avait montré un album de photos de ses parents, quelques tirages jaunis de cette époque où il était enfant avec eux, dans le Chaco.

— Il m'en a donné une, vois…

De son portefeuille, Lucien tire une épreuve, la tend à Camille.

— Pour moi, ce sont de complets inconnus, dit-il. Mais toi, la reconnais-tu ?

Comment reconnaître Sophie, et qu'est-ce que la ressemblance ? Dans quel lieu mental les images s'échangent-elles pour composer une identité et qu'est-ce qu'une *image* ? Celle, immatérielle, que la mémoire génère de mille détails profus et épars dans le temps, moins une présence qu'une persistante absence, la retenue lacunaire d'une aura flottante plus variable qu'un nuage et dont cependant la rémanence insiste, après qu'il s'est dissous dans l'éther ; ou celle, matérielle, fixée dans la substance photographique, supposée retenir contre l'effacement de l'oubli le tracé accidentel d'une physionomie à l'instant de la prise, que la lumière modèle en un masque, saisissant de netteté ; cette netteté même, la résultante du semblant par lequel nous abusent les sels argentiques, dont la solution résorbe l'empreinte fugace, enferme à double tour son énigme de visage, ainsi était-elle. Une femme, haute et mince, maigre presque, dans sa longue jupe de coton écru, à travers les plis de laquelle se devine le corps vigoureux, souple et flexible, le tranchant net de l'épaule et du flanc. Elle porte une triomphale couronne de cheveux que rabat sur son front, et l'ombre, le chapeau de paille agrémenté d'un petit bouquet de fleurs en étoffe fané ; elle avait dû avoir confiance dans le port de sa beauté, sans en éprouver le remords, pour s'assurer ainsi devant l'appareil, épousant sans effroi ni honte le corps de l'homme rude, efflanqué et grand qui la tient à la taille, d'un geste humble et ferme de possession. Appuyé à la palissade d'un champ, il est en pantalon de cheval usagé, il fait chaud et humide, la chemise ouverte sur son torse nu colle à sa peau. Elle tient l'enfant de sept ou huit ans de son bras passé en travers de son buste comme s'il était le prolongement du sien, une excroissance heureuse de son bassin, il renverse sa tête contre le coussin de sa poitrine dans un mouvement confiant d'abandon. Il est le seul à sourire du bien-être de cette étreinte, eux trois regardant l'appareil, à distance d'eux, puisqu'on voit qu'ils sont, avec le chien couché à leurs pieds, jusqu'aux chevilles pris dans l'herbe bruissante qui, le souffle du vent l'agitant, semble floue comme une eau laiteuse ; on entrevoit un coin de poulailler ; au loin, à l'horizon d'une prairie en colline, un grand arbre se détachant seul contre le ciel. La reconnais-tu ?

D'une faible dénégation, Camille accompagne son examen de la petite photo noir et blanc, brunie dans les coins, légèrement surexposée ou un peu altérée, c'était dans les années 1930 ? Non, en rien cette femme au teint hâlé ne correspond à son souvenir, mais peut-elle s'y fier ? En revanche, l'homme, le grand paysan au front nu, mince lui aussi, sec et musculeux, au regard ardent de charbon, elle le reconnaît, elle en sourit de contentement et de surprise car, dit-elle, le nom que porte son fils, que tu diphtongues à l'espagnole en *Saoloun*, j'ai bien failli ne pas l'entendre correctement.

— Ecoute donc, Lucien : Saulun. C'est Saulun, qu'il faut prononcer. L'abbé qui me donnait des leçons de catéchisme au Mesnil portait ce nom-là, missionnaire rentré du Brésil, en exil dans notre campagne… Je n'en sais guère davantage de lui, sauf qu'il appelait François son chien jaune parce que, disait-il, le *Poverello* aimait les bêtes, qui sont les sœurs innocentes des hommes… Ainsi nomme-t-il son fils, ainsi aurait-il nommé la terre entière par sa dévotion à saint François, dont il me racontait si bien la légende…

— Un abbé ! Un prêtre ! D'où sors-tu cette idée folle ?

— Je le reconnais, absolument. C'est lui, j'en donne ma main à couper. Il était bon et très doux. Il ne me faisait pas peur, comme mon oncle Charles ou ma tante Blanche, et même mon père ; comme notre terrible grand-mère. J'avais peur de tous, sauf de Gabrielle, et de lui. Il a passé une saison dans notre campagne, il a disparu tout soudain, déplacé dans un autre diocèse, disait-on. Je ne me souviens pas des circonstances de son départ, sauf que je l'ai bien regretté, un temps. Puis je l'ai oublié... Conçois-tu cela ? Imagines-tu que tante Sophie et lui aient eu une passion amoureuse, qu'ils se soient enfuis ensemble, de l'autre côté de l'océan ? Ah ! Lucien, notre famille infernale a-t-elle produit aussi romanesque épisode, intrigue aussi joyeuse et fabuleuse que celle-là ? Une histoire d'amour ! S'il en est ainsi, elle a été tenue secrète. Rien n'en a transpiré. Que pouvais-je en savoir, si petite ? Et toi, nourrisson dans tes dentelles ? Qui, sauf Gabrielle, nous en donnera nouvelle ? Elle en sait plus long que nous ne l'imaginons, elle qui était présente au Mesnil à cette époque... Ma mère porte toujours la broche, le camée d'or avec Orphée et sa lyre, que Sophie lui a donnée avant son départ. Elles étaient amies...

Lucien a repris la photo, la reconsidère songeusement, y cherchant avec une stupeur grandissante ce qu'il aurait pu ou dû y percevoir, qui corroborerait tant soit peu l'affirmation incongrue de Camille, délivrerait un indice de plus, une preuve, mais il a beau scruter le visage austère et viril de cet homme, il n'y décèle rien. Les photos ne parlent ni ne prouvent, à peine y distingue-t-on ce que l'on sait déjà, ou croit savoir, elles informent moins qu'elles ne masquent et subtilisent le secret qu'elles semblent celer, et il n'y a pas de secret, sinon celui que nous leur imputons, leurrés par leur instable apparence de talisman du visible. Un peu inquiète de cet examen, Camille s'est rapprochée de lui, tire sa manche et chuchote :

— Gabrielle vient chez mon frère, en février, pour son anniversaire. Veux-tu que j'interroge ma mère, le permets-tu ? Me permettras-tu de lui montrer cette photo ? Viens donc chez Théo, viens avec nous ! Montre-lui toi-même cette photo !

Par-dessus ses lunettes, il la consulte, indécis, perplexe, gagné par sa gaieté, hésitant à revisiter encore une fois l'histoire de cette absente qui a davantage hanté sa vie qu'aucun amour. Peut-être n'en a-t-il connu de durable en raison de cet attachement à son fantôme sans résidence, ne pouvant le localiser l'a laissé envahir son esprit et occuper son cœur au point que, sans le savoir, opiniâtre aveugle, tâtonnant de par le monde sur sa trace, peut-être tout de son travail pour *nourrir la planète*, la voie qu'il a choisie, ses voyages d'études et ses tribulations n'ont-ils eu pour but que d'apporter logiquement réparation au mal infligé par les tantes vengeresses, Angélique et Bertille, et leurs semblables commères, acharnées à la maudire et le condamnant à vivre en compagnie de son ombre introuvable, et de se réconcilier avec elle…

Le garçon se tient en bordure de la salle, toise ces personnes très occupées à leur conversation, qui l'ont congédié avec bien de la légèreté, de qui il attend toujours commande de leurs desserts, si longtemps différée que bientôt le service n'en sera plus possible, aussi quand Lucien lui fait enfin signe se précipite-t-il, prêt à venger sa petite déconvenue en objectant des empêchements de cuisine, mais on lui demande du champagne à présent !

— Que tu as bien fait de m'envoyer cette carte postale ! Et moi de t'inviter à déjeuner ! Car je t'invite, n'est-ce pas ? Laisse-moi fêter ton histoire, si chagrin sois-tu. Mais je ne crois pas que tu le sois. Il est mille fois trop tard pour l'être, et cela n'y changerait rien : Sophie a été heureuse. Cette photo le montre, magnifiquement. Sois-le donc ! Soyons-le, Lucien, surtout s'il est déraisonnable de l'être…

Champagne ! jubile Camille, inexplicablement transportée. Par enchantement, les confidences de son cousin renouent entre eux l'amitié fugitive de l'automne 1933, si lointain, quand, contre toute attente, il a pris fait et cause pour elle, contre Martin et Jeanne, dans le litige familial sur l'héritage d'Henri de Galay, divisés sur ce qu'ils ont à faire, ses petits-enfants, de sa collection orientale que, par un caprice, il leur a léguée ; cette famille n'a su inventer que mille pièges pour susciter la discorde…

— La collection de notre grand-père a échappé au sac des nazis, qui ont pillé le musée d'Ethnologie. Des conservateurs courageux ont vidé certaines salles et caché œuvres et objets avant que les rapaces ne fondent sur ces trésors. C'est encore une rocambolesque affaire que la résistance de certains archivistes et conservateurs de nos musées et bibliothèques, mais sache que tout est intact de ses masques, ses boucliers et ses sagaies d'Afrique. Te souviens-tu des tapis, des grands manteaux de mandarins ? Et les merveilleux vases chinois, tous ses petits pots à tabac et les poupées, les moulins à prières, les statuettes… Au moins, ceux-là n'ont pas disparu…

Des larmes brouillent soudain sa vue, montées brusquement à cette évocation, qu'elle refoule, l'émotion est dangereuse, plutôt que la débâcle absurde, soyons heureux !

— Si nous avions écouté alors Martin et Jeanne, il n'en resterait pas grand-chose. Nous avons été élevés ensemble, c'est étrange… Tel un organisme, le corps familial sécrète ses poisons et leur antidote, chacun se débrouille avec cette chimie. J'exécrais ce qu'ils étaient, jeunes gens, ils me le rendaient bien… Nous ne sommes pas obligés de nous aimer pour être nés sous le même toit.

— Te savent-ils de retour ?

— Pas de mon fait !… C'est bien simple : ils me sont plus étrangers que ce demi-frère de hasard… J'ai encore moins envie de les rencontrer que de revoir Francisco. Qu'il mène sa vie là-bas, comme eux ici, et moi la mienne. Tu sais ce que je pense de la famille. De toute famille, la nôtre en particulier.

— Un accident terrible l'a endeuillée récemment. Deux des petits-enfants de Martin sont morts ensemble, lors du mariage de sa dernière fille…

— Cela ne semble pas l'avoir beaucoup abattu. Il plastronne à la télévision, il m'a paru florissant, non ?

Camille laisse un silence, la gorge nouée d'une angoisse qu'elle ne peut partager avec Lucien. Elle a perdu un enfant, autrefois, et elle n'a pas envers Martin les profonds et terribles contentieux des deux frères. S'ils partagent une aversion commune, elle n'est pas de même nature, à quoi bon les conjuguer, et cela ne s'expose pas autour d'une table de brasserie.

— Cependant, Lucien, maintenant que te voilà revenu, il faudra bien envisager de régler notre succession… Ce que grand-mère a laissé d'inextricable héritage s'est trouvé suspendu par ton éloignement, l'ignorance où nous étions de ton lieu de résidence. Martin est député, il a des appuis, dont il s'est servi pour passer en force ; il a tenté une enquête notariale, en vain…

— Je le sais. Je sais beaucoup de choses sur mon frère…

La moue qui tord sa bouche, tandis qu'il mâche sa gorgée de champagne, exprime un tel mépris et l'expression de son visage est si sombre soudain que Camille pressent le danger de poursuivre sur ce terrain avec lui. Elle ne veut pas entendre ce que Lucien est sur le point de dire.

— Au moins, se force-t-elle à plaisanter, pour ce qui est des actions de notre groupe, qui te reviennent, elles sont capitalisées sur un compte. Près de vingt ans de dividendes.

Cet argent est à toi. Il peut te servir pour nourrir convenablement la planète !… Pour planter du maïs et du soja sans polluer les rivières et contaminer les femmes de Salto. Il peut servir à financer tes recherches, n'est-ce pas ? Il ne tient qu'à toi de reprendre ton siège au conseil d'administration, qui a lieu tout à l'heure. Mais je sais ta passion des affaires… Ne crois pas que j'en aie une bien grande, cependant j'y tiens la place que je dois. En réalité, Guy Lewenthal a pris la suite de son père. C'est un homme charmant. Sa formation d'ingénieur en aéronautique ne le destinait guère à l'industrie des biscuits et du lait, mais il s'y est mis, bon gré, mal gré. Pauvre Guy, qui se contente de collectionner des modèles réduits d'avions, à temps perdu… C'est un très bon président-directeur général du groupe B&G. Très gestionnaire social, très intelligent. Moins brillant que son frère. Mais Roger est mort dans les maquis de Dordogne. Nous avons quand même des héros, dans la famille… Guy a passé la guerre à Londres, dans l'entourage de De Gaulle. Cela aide, aujourd'hui. Beaucoup de choses de cette époque ont décidé de ce que nous sommes… J'ai perdu mon mari, Lucien…

— Je le sais. Ne pleure pas. Je t'en prie.

— Je ne pleure pas. A notre bonheur, à ton retour !

Elle vide son verre. La légèreté du voile pailleté à son palais, l'étincellement des lampes, des vitraux de la verrière, le brouillard lumineux alentour, et le brouhaha ; tout cela écarte la main d'ombre géante qui, un instant, a refermé sur elle son étreinte glacée.

— Comment va Christine ?

— Qui t'a parlé de Christine ?

— Melville.

— Tu connais donc Melville !

— Figure-toi que nous nous sommes croisés. Il semble qu'il était descendu dans mon hôtel, par inadvertance. A

Londres : Comment allez-vous, Lucien Guillemot ? A Rome : Avez-vous lu *L'Afrique noire est mal partie*, Melville ? C'était l'an dernier. Peut-être l'a-t-il lu depuis ? C'est un homme qui se tient informé.

— C'est un homme qui partage ma vie…

— C'est bon à savoir.

Pince-sans-rire, mais de si tendre intelligence qu'il n'est besoin d'en dire plus. Cependant, si Melville et Lucien s'entendent si bien pour choisir les mêmes hôtels, cela mérite quand même une petite explication, non ?… Il la rassure d'un geste amical, pour la première fois du déjeuner s'emparant de sa main et la serrant dans la sienne.

— Melville a souci de toi. Il s'est soucié d'aller vers moi. Je lui en suis reconnaissant… Je m'acclimate, Camille : je suis rentré. Définitivement. Il est temps pour moi de raccorder les épisodes. Tu as raison : j'ai *très* besoin d'argent pour mes recherches. La philanthropique "révolution verte" a été mon combat, je me suis fourvoyé. Nourrir le Tiers Monde sert fort bien un calcul, en temps de guerre froide : juguler la misère, terrain de prédilection du communisme qui s'étend dans les pays pauvres, Afrique, Asie, Amérique du Sud. Nous n'en avons pas fini avec les retombées de la guerre mondiale, elle continue. Les Américains sont clairs là-dessus. Ils mettent le paquet dans l'industrie chimique, défoliants et fertilisants, DDT : même fabrique. Les Etats sous-développés s'endettent à vitesse exponentielle, dépendants des semences industrielles. Les paysans s'appauvrissent. Au Mexique, ils revendent les terres octroyées par la Réforme agraire pour payer leurs dettes ! Exode rural, favelas… En faisant ce constat, je fais de la politique ? Ce n'était pas ma vocation, rue des Petites-Ecuries, mais m'y voilà. Je vais publier mes travaux. Comment va Christine ? J'aimerais connaître cette jeune fille…

— Accompagne-moi ce soir au théâtre, elle y sera. Melville aussi. Louis Personne, un de nos amis comédien, nous invite à la première de son spectacle. Equipe-toi d'un bon manteau, il risque d'y avoir des courants d'air : le metteur en scène, un jeune Allemand, a choisi pour décor expérimental une usine désaffectée de Bobigny. *Maître Puntila et son valet Matti*, cela devrait t'intéresser pour tes débuts en politique !…

Mercure vous donne une grande vivacité, vous aurez même des pensées extraordinaires, mais vous serez irritable à cause de l'influence de la Lune. Faites appel à votre habileté innée, soyez diplomate. Vénus vous confère du charme, bonnes rencontres avec le Sagittaire et le Bélier. Santé : attention au froid et à l'humidité… Gisèle commence toujours par les dernières pages du magazine, va droit à son signe dans l'horoscope ; mieux vaut ne pas y croire, mais on ne sait jamais. Par exemple, il y a des signes incompatibles. La preuve ? Poissons et Lion. Entre elle et Jean-Marie, le fiasco était écrit d'avance. Pour les prévisions de santé, pas besoin d'être sorcier : il a plu tout le week-end. Hier encore, les pluies diluviennes, le vent brutal ont malmené les arbres, fini de les dépouiller ; d'une tristesse, ces jonchées de feuilles rouillées, écrasées sur le trottoir en paquets gluants, attention à ne pas glisser ; finies, les chaussures légères. Bientôt, il faudra ressortir écharpes et manteaux… En venant, Gisèle Guillemot a déposé le sien au pressing, celui qui a un col de vison, la fourrure de prix est délicate à entretenir. Une chance, son banc favori est libre. Les jours précédents, il ne risquait guère d'être occupé, mais, aujourd'hui, il y a du monde, l'éclaircie tire les gens de chez eux, les très vieux, les mères et leur progéniture de tous âges, même les amoureux, des étudiants de la cité universitaire voisine…

Elle est bien la seule, ou presque, à conduire chaque jour l'enfant au parc Montsouris, après sa sieste, qu'il pleuve ou qu'il vente. Ce serait vraiment trop bête d'habiter rue Gazan, d'avoir ce jardin public sous ses fenêtres et de ne pas en profiter : les enfants ont besoin d'au moins une heure quotidienne de grand air pour leur croissance, renforcer les cartilages, fixer le calcium, vitamine D, elle ne sait plus d'où lui vient ce renseignement. Des périodiques, justement, qu'elle lit sur son banc, pendant que Johnny vadrouille sur les pelouses, les jours de beau temps ; quand il pleut, ils marchent dans les allées, une promenade de santé. Elle ne lit pas les journaux, seulement la presse féminine, les informations lui cassent la tête. La gardienne de son immeuble lui passe *Confidences*, une revue assez bas de gamme, qu'elle n'afficherait pas en public ; ni *Les Bonnes Soirées*, qu'elle emprunte à sa mère, pour les romans-photos et les pages pratiques. De temps en temps, elle achète *Point de vue*, qui potine sur la vie des princesses et des actrices, Paola, Grace Kelly et Soraya, Margaret et Peter Townsend ; bien que riches et beaux, ils ont les soucis de tout le monde. Mais elle est surtout fidèle à *Elle*, magazine chic et moderne, l'actualité de la mode. L'horoscope, le courrier du cœur de Marcelle Ségal, la chronique de Jean Dutourd. Et les feuilletons. *A la grâce du diable*, résumé des épisodes précédents :

“Deborrah, la sœur jumelle de Barbarina, a raconté à Vanessa comment vécut et mourut la jeune femme. Délivrée, croit-elle, de ce mystère, Vanessa se rend à l'invitation du vieux lord Pulhorgan, qui l'interroge longuement sur sa vie. En revenant à Pendorric, Vanessa surprend sur la plage son mari avec Althea Grey, l'énigmatique et fascinante infirmière du lord. La désinvolture de Rock l'étonne, pourtant, une fois de plus, elle accepte ses explications…"

Avant de se plonger dans la lecture, la jeune femme cherche son fils des yeux. Johnny ne s'éloigne guère, il n'est pas très aventureux, aussi repère-t-elle aussitôt son manteau écossais ; il n'a pas bougé. Le petit garçon reste seul dans son coin, accroupi sur ses talons, sans poser ses fesses dans l'herbe, se tenant les genoux des bras, un vieil Indien rabougri, museau froissé de songerie envieuse, observant trois petits enfants de son âge en train de s'essayer au ballon, sans oser les approcher, se joindre à leur jeu, timoré, peureux ; il est temps qu'il aille se dégourdir à la maternelle. Il en a l'âge, pourtant ils ont refusé de l'inscrire à la rentrée : il fait encore pipi et caca dans sa culotte. Le pédiatre prétend que les enfants deviennent propres en été, mais l'été a passé. Les garçons sont moins disciplinés que les filles, ils sont attardés. Ou alors, elle s'y prend mal. Une demi-heure sur le pot et, dès que reculotté, la couche pleine. Elle a tout essayé, de gronder, de cajoler. Elle aurait préféré avoir une fille. En attendant, elle l'a sur les bras, ses journées rythmées par ses repas, sa sieste, ses visites chez le pédiatre, ses promenades de santé, ses couches… Finalement, elle se réserve de lire le feuilleton de Victoria Holt ce soir, au fond de son lit. N'ayant pas pris de livre à la bibliothèque du quartier, elle est en manque de lecture. Ses préférées : *Les Hommes en blanc* du Dr Soubiran. Mieux encore : Slaughter. *Afin que nul ne meure*, *L'Enfer des ombres*, des romans scientifiques où de belles malades troublent d'orgueilleux médecins, de modestes infirmières les séduisent malgré eux, et puis le réalisme cru des opérations, très documenté, du vécu véridique, on s'instruit énormément sur la médecine… Ces romans, c'est sa vie, en tellement mieux : à défaut d'un vrai médecin, chirurgien, neurologue ou cardiologue, des spécialités de prestige, elle a épousé un dentiste. Jean-Marie Guillemot ne ressemble absolument pas à ses héros, sombres et altiers, tourmentés de cas de conscience. Les dents, c'est prosaïque, vulgaire. C'est même dégoûtant, si l'on y pense, de fourrer son nez dans la bouche des autres, caries et mauvaise haleine. Elle n'a pas beaucoup d'estime pour la dentisterie. Pour Jean-Marie non plus.

Elle soupire, perd son regard vers la lisière des grands arbres que la pluie a achevé de dépouiller de leurs dernières feuilles, même les érables dont la torche rouge allumait encore le parc, la semaine dernière, mais les éclaircies du matin ont séché le jardin et réchauffé l'atmosphère. Des percées de clair soleil entre les nuages projettent l'ombre des branches griffues qui dessinent au sol un réseau léger, reflété dans les flaques de l'allée, une dentelle qui invite à la rêverie... Ne restent verts que les conifères, les sapins, les cèdres ; les buissons d'arbustes persistants bordant la pelouse, de buis, de houx, comment ceux-là s'appellent-ils ? Elle l'a sur le bout de la langue : il y en a chez son père, dans le maigre enclos qu'il cultive devant son pavillon de meulière, un similijardin dans lequel il passe ses dimanches. Employé chez un grossiste en bois et menuiserie, toute la semaine en blouse grise à inventorier les stocks et passer commande, il se défoule à sarcler, bouturer, marcotter ses plantations : des choisyas, voilà. Des orangers du Mexique, précisément. Il se fournit chez Vilmorin-Andrieux, fier d'aller traîner quai de la Mégisserie, "le Fauchon de l'horticulture", prétend-il, enorgueilli de cette fréquentation ; c'est pourtant une expédition, depuis Saint-Denis...

Le parc Montsouris entre dans l'hiver. Ses couleurs fanées, sa tristesse l'émeuvent, elle aime l'automne, une saison romantique, un sentiment langoureux. Parfois, depuis sa chambre, au troisième étage, elle s'oublie à contempler derrière les vitres le foisonnement des frondaisons, la pièce d'eau et les petits ponts aux rampes de ciment imitant le bois, qui se métamorphosent, entre chien et loup, en une forêt comme il s'en trouve dans les romans, où de farouches héroïnes, enveloppées de leur pèlerine, rencontrent le mystérieux propriétaire d'un manoir voisin. Peut-être croisera-t-elle, quelque jour, un passant élégant, errant dans les allées à la brune ? Cette idée vague la visite, l'attente d'un hasard providentiel, du destin, tel que le prévoit si mal l'horoscope, aussi soigne-t-elle sa tenue pour descendre au parc, adoptant un air languide de femme seule, habitée de douloureux secrets. En fait, elle ignore la mélancolie. Elle n'est pas d'une nature bilieuse, au contraire d'un caractère positif et offensif, mais c'est facile d'emprunter une attitude lasse et distinguée, d'imiter les actrices des films sentimentaux et des romans-photos. Cela donne la sensation délicieuse d'exister en contrebande, d'être une personne de qualité, disponible, séduisante, attachante, un vase précieux ; n'y touchez pas, il est brisé.

Elle n'est fêlée ni timbrée, pas son genre, elle n'est pas une potiche, sauf pour la galerie. Elle est un personnage de composition, inconnu d'elle-même, mais aussi vrai, après tout, que celui qu'elle joue par ailleurs : mère attentionnée d'un gosse de trois ans, femme d'intérieur, divorcée correcte, voisine aimable, tout est fabriqué. Tout est aussi faux que le groupe de marbre, qu'elle déteste : *Premier frisson*. Dans un coin du parc, la bergère énamourée renverse sa gorge vers le faune, ses brebis broutant à ses pieds. Elle se frotte à lui, les seins déjà dénudés, livrée à sa concupiscence rieuse. Cette statue la rebute. Il faut vraiment être la dernière des oies pour gober ces fadaises, la bagatelle n'est pas une partie de plaisir. Elle en a goûté, on ne la lui fera pas deux fois.

Vraiment, elle n'a pas eu de chance, avec Jean-Marie. Un an de mariage, dont neuf mois de grossesse, un an de divorce : douze mois de conflits, bec et ongles, pour obtenir une pension alimentaire décente, tous les torts du côté de l'époux indigne. Elle ne s'est pas laissé faire, épouse bafouée en public, c'est grave : mon mari boit. Son whisky du soir, c'est chic, mais c'est cher pour le ménage, et une pente dangereuse. Peut-être pas alcoolique, mais il supporte mal l'alcool : au premier verre dans le nez, il perd le contrôle, grossier, brutal. La preuve ? Il l'a secouée devant Yvette. Pas vraiment l'épaule démise, mais un muscle froissé, elle a des certificats. Yvette a été parfaite, témoin accidentel et fatal. Elle a attesté de ses pleurs, de sa peur de rentrer au domicile conjugal, le soir, de sa crainte pour le petit Johnny. Les personnages de composition, c'est son rayon, finalement. Elle s'en est sortie haut la main, excellente dans la dépression, improvisant ce qu'elle n'a appris nulle part, sauf dans les magazines. Ses parents, un modèle de conjugalité à l'ancienne, catholiques réguliers, ont été très choqués par ce divorce, eux qui la croyaient casée, arrivée ; mieux lotie que sa sœur qui n'a trouvé qu'un ouvrier gazier, et ils sont si fiers de la belle-famille Guillemot, milieu bourgeois, un député en vue, entreprises immobilières, *j'ai des relations mondaines, j'ai des relations…* La dentisterie rapporte, elle a un lave-linge, la télévision, tout le confort des gadgets modernes, un mari travailleur, un beau petit garçon, que veut-elle de mieux ? La vérité est qu'elle s'ennuie, un ennui incommensurable, dévastateur, exténuant. Sa dépression n'est pas difficile à feindre. Non que le travail lui manque, comment regretter un poste de standardiste ? Mais les gens oui, les copines, les patients, le passage incessant et les papotages, les confidences, les fous rires, les petites histoires du jour. Sa nouvelle position de femme au foyer a confisqué ces à-côtés, faits de petits riens qui donnaient du sel à l'insondable vide de son existence. Désormais cantonnée à son domicile, que lui restait-il ? Séances de coiffeur, manucure, les rayons du *Bon Marché*, remplir le réfrigérateur, faire la cuisine… Casée, mais livrée au désenchantement chronique, au répétitif enchaînement des jours, combien d'années allait-elle passer ainsi, à attendre la vieillesse ? La compagnie de Jean-Marie était d'un fade, sa conversation d'une platitude ! Juste du niveau de son assistante-secrétaire-bonne à tout faire, cette Mme Baruk, d'un vulgaire… Et, sexuellement parlant, sommaire. La corvée, que les rapports conjugaux ! Dans les films, dans les romans, on vous en promet de belles, le truc se passe toujours à la fin du chapitre, porte refermée. Ils vécurent heureux et eurent beaucoup d'enfants, bravo la *happy end* ! Bravo la bergère !

Johnny a fini par se faire de petits camarades, les autres l'ont embauché à leur partie de football, il trotte de son mieux mais rate le ballon, quel empoté ! Ce gosse ne fera pas un sportif, ni un aviateur ou un entrepreneur ; pas doué pour grand-chose. Dentiste, comme son père. En son for intérieur, elle continue de dire *le gosse*, par revanche. Jean-Marie la reprenait, ce mot sentait sa banlieue, origine populaire, employé aux comptes, crayon sur l'oreille, et mère vendeuse au *Printemps* ; pas très reluisant. Elle déparait au tableau. A-t-il fallu manœuvrer pour l'emballer, en dépit de cette plaie : compenser le handicap social, comme il est pudiquement écrit dans les magazines. En a-t-il fallu des mines, des poses aguichantes, se laisser tripoter, se promettre, se dérober, appâter sans rien lâcher. Avant la bague au doigt : bas les pattes. Donnant, donnant. C'est très seyant, ces fuseaux de ski, casaque en shetland, bonnet interplanétaire en Crylor et les bottes fuselées, en mouton retourné. Pulls fins, deuxième peau sous l'anorak style cosmonaute, svelte, sportive, légère. L'Elastiss moule la silhouette, quel chic, sur les pistes. Elle n'est allée au ski qu'une seule fois, le premier hiver de son mariage, dans le chalet de Martin Guillemot, à Chamonix. Elle n'a pas eu le temps de devenir championne de descente, mais, dans les rues de la station, on croise toutes sortes de gens en vue. Elle peut encore y aller, si elle en a envie, Jean-Marie n'est pas rancunier. Il propose même de l'y conduire avec Johnny, cet hiver. Elle peut y passer un séjour en dehors des vacances scolaires, puisque le gosse ne va pas à l'école. Il y aura moins de monde que pendant les fêtes de fin d'année, suggère-t-il. Or elle aime les fêtes, elle aime le monde. Elle ne va pas s'enterrer à Chamonix pour s'ennuyer, changer les couches du gamin et le traîner, enrhumé, dans les rues désertes. Seulement, à Noël, le chalet sera peut-être bien occupé par la famille Guillemot ? Elle y sera *persona non grata*, et Jean-Marie n'est pas de taille à l'imposer aux siens, pas de vagues. A moins qu'il ne prenne l'enfant avec lui ? Qu'il la soulage un peu de cette garde permanente. Pas vraiment un boulet, mais quand même. D'ailleurs, il y est tenu, selon le divorce. En juillet dernier, il l'a emmené avec lui chez sa tante Jeanne, en Bretagne, faire du bateau avec ses petites cousines et se bourrer de crêpes au beurre. Le gosse ne fera pas un capitaine de vaisseau non plus. Mal de mer à la première bordée, allergique aux coquillages, coliques à la clé. Ce qui fait qu'il n'est pas devenu propre de l'été. Non, elle ne rêve pas de remariage, non plus d'une vraie liaison, seulement des préliminaires. Ils se suffisent à eux-mêmes, le plaisir qu'ils donnent est une fin en soi. Séduire, flirter, se laisser courtiser, allumer le désir, se faire prier et résister, la belle petite guerre d'usure. Quant à se rendre, pas de ça, Lisette. Ou alors, il faudrait une sacrée occasion. Mais recommencer tout le tralala, quel tracas, ce cinéma. Les hommes ne se gênent pas, ils laissent les ennuis aux femmes. Les gelées spermicides fournies par les copines, très peu sûres, la preuve : Johnny. Pire, la méthode Ogino. Les courbes de température, chaque jour se planter le thermomètre au derrière, comme si ovuler était une maladie. Les hormones sont capricieuses, les femmes ne sont pas des métronomes. Terminé le rapport. Elle est trop tranquille, maintenant, débarrassée d'un homme à la maison, de ses affaires sales, seule dans son lit, seule avec le gosse, qui entrera bientôt à l'école, il finira bien par aller au pot. En attendant, la gardienne de l'immeuble le lui garde parfois, le temps d'une séance de cinéma, ou de coiffeur, d'une course dans les magasins, trois francs de l'heure…

La petite bande de gamins s'est un peu éloignée, voilà qu'ils prennent d'assaut un banc, au bout de l'allée, à qui en sautera à pieds joints. Pile dans la flaque, évidemment. Johnny va se salir, son joli manteau écossais sera crotté, mais tant pis. Pour une fois qu'il n'est pas en reste, elle ne va pas intervenir. Quelle audace ! Il a réussi à se hisser comme les autres mais, une fois grimpé là-haut, il ne se décide pas, l'envol doit lui paraître vertigineux, pauvre chéri. Hop ! Vas-y, bonhomme ! Il a sauté, quel exploit ! La vieille dame assise au bout du banc observe, sans en paraître dérangée, leurs rodomontades, leurs défis puérils et leur babil, leurs cris aigus ; elle est bien bonne de supporter leur voisinage. Hair Spray Go Gay, laque invisible. Génie la lessive sans bouillir. Omo "enrichi". Fer à coiffer électrique Babyliss, pastel Make Up de Coty, lumineuse fraîcheur, crème tissulaire Gemey, Lancaster, super hydratante, complexe biogène, prévient le vieillissement de l'épiderme, rinçage Soupline. La gaine Triumph, votre ligne, souplesse et fermeté d'un fleuret, tulle nerveux, galbe parfait, crème Hydra aux principes actifs, lanoline, cholestérol, borate de soude, cires, eau distillée, folliculine… Rosy, jolie poitrine, balconnets en dentelle de Calais… Toutes ces publicités, cela donne le tournis ! Conseil hebdomadaire du "Dictionnaire amoureux" : Il n'est pas plus immoral de s'embrasser en public que de manger de la soupe avec une fourchette, mais c'est aussi bête et inadéquat. Ces conseils, pour qui sont-ils ? Pas pour Brigitte Bardot qui embrasse son *boyfriend* en public *in London*, suffocante, ravissante, *so irresistible and lovely, my dear.* BB photographiée dans la rue avec un *bobby* ; BB en Belmondo canaille, avec cigarette et doulos sur sa frange blonde… Voyons la suite : *Le Temps d'un soupir*, le journal d'Anne Philipe…

J'allais d'une pièce à l'autre dans l'univers de l'appartement, comme aurait marché dans Paris ou New York un être seul à savoir l'imminence de la fin du monde. La fin du monde : ta mort. Et dans le même temps, j'éprouvais à quel point le monde allait continuer sans toi…

Ah, non ! C'est trop triste, Gérard Philipe allongé sur un caillebotis, la tête sur les genoux de sa femme, si beau, si malade, les gens célèbres aussi ont des cancers… "Soyez cette chère petite chose fragile et éthérée qui semble se nourrir de l'air du temps, mais promène dans son sac de jolis billets bien pliés, qui sortiront prudemment de leur cachette…" Philippe Clay, Jacques Chazot, Claude Brasseur, en compagnie de mannequins-vedettes, rieuses, en robes de Noël, broché noir, jersey lamé or ; très élégant, le chignon catogan, avec nœud romantique de velours noir sur la nuque… Gisèle hésite entre le style sportif, femme émancipée, alerte, frondeuse, et celui plus raffiné des petits tailleurs, robes délicates, bas fins, les collants, maintenant, fini l'attirail des porte- jarretelles, femme désirable et convenable à la fois : on peut jouer sur les deux tableaux, mais, au fond de soi, qui est-on vraiment ? Sous le regard des autres, des parents, des copines, des vendeuses de magasins, de l'épicier, des passants, des hommes surtout, des mâles à l'affût, même les Arabes, sur le boulevard : mensonges et singeries pour offrir à chacun ce qu'il réclame, ce jeu de dupes est épuisant, stérile. Humiliant, infantile de vivre à cache-cache avec les autres, avec soi-même. Cette réflexion la plonge dans un abîme d'amertume inhabituel… “Voici donc ce que vous faites, mes sœurs, réduites aux recettes de bonne femme à défaut de cette bien-aimée sonde que refuse de vous vendre le pharmacien (mais qui ne court pas moins les cuisines, *ça* se passe dans la cuisine), vous fourragez – à tâtons ou secourue par une main incompétente – dans le mystère souffrant de votre corps, et vous échouez sanguinolente à l'hôpital, avec dix trous percés dans l'utérus… muqueuse brûlée… rubéole, thalidomide… Diaphragme…” C'est malpropre, c'est immoral d'écrire des choses pareilles ! Répugnant, pornographique. Cette Fanny Deschamps peut bien titrer “Voyage au centre de l'horreur”, avertir les âmes sensibles que son article n'est pas à mettre sous tous les yeux, on ne devrait pas autoriser de telles saletés dans un journal comme il faut. Choquée, Gisèle ferme le magazine.

Continuera-t-elle d'acheter un tel torchon ? Sur la couverture de *Elle*, sourit un joli modèle en tailleur Chanel de miel, col et poignets de fourrure fauve, clips et triple rangs de perles, ongles laqués, bandeau de satin blanc dans ses cheveux flous, d'un charme serein, son regard éloquent planté droit. Rêve-t-elle que son ovule rencontre un spermatozoïde, ou de prendre la *pilule du bonheur*, que promettent les Américains ? “Mais serait-ce aussi beau ? Non, non, elle n’est pas folle : quelle femme, en dépit de sa raison, n’a jamais en esprit paré son abandon de la majesté maternelle ?” Ainsi conclut cette Fanny Deschamps, une fameuse journaliste : que veut-elle dire, pour finir ? Tout cela remue Gisèle, une confusion de sentiments antagonistes et cruels la ramenant aux angoisses de son adolescence, son dégoût de la puberté, les menaces de sa mère dès ses premières règles. Les séances de gymnastique, au collège, en short, cuisses gelées, la bande hygiénique tachée qui déborde. Trois femmes à la maison, il y en avait toujours une pour être indisposée. Génie lave sans bouillir ! Ce souvenir des lessives permanentes ! Et son père, qui sarcle ses chiches platebandes, soigne ses choisyas, en feignant d’ignorer, sur les cordes à linge, la ribambelle de leurs serviettes périodiques…

Un passage de vent froid tourmente les branchages dénudés, crissant entre eux, maigres et acérés, elle frissonne. Un nuage cache le soleil, il fait plus sombre, il est temps de passer à la boulangerie acheter le goûter, un pain au lait et des bouchées de chocolat, et de rentrer à la maison. D’ailleurs, les enfants ont déserté la pelouse, les allées se sont vidées, où est donc Johnny ? Elle l’aperçoit tout seul sur le banc, assis et pensif, engoncé dans son manteau écossais, jambes pendantes. La bande des gamins a disparu, la vieille dame aussi, que fait-il à contempler la flaque d’eau, qu’y voit-il pour s’y absorber, si petit, quelles pensées inspire-t-elle à son cerveau obtus ? Cet enfant est insondable. Les enfants sont des énigmes, autant celui qu’on a été, dont on ne se souvient pas, que celui qu'on met au monde, pas tellement par cachotterie ou sournoiserie, que par absence d'être, créature ignare, inachevée. Elle l'appelle, mais il ne bronche pas. En hâte, elle ramasse son foulard et ses gants, roule son magazine et fourre le tout dans son sac, rejoint l'enfant au bout de l'allée, et, tout en approchant à pas rapides, elle se demande si elle le grondera pour sa désobéissance, son manteau crotté, ou le félicitera de son saut intrépide, une prouesse à encourager, mais plus elle approche, plus l'intrigue son insolite posture, l'anomalie de son immobilité, dort-il ? Il en a l'air, cou cassé, menton enfoui dans son col, ses petites épaules affaissées, ses menottes souillées abandonnées sur le banc. Un pressentiment l'électrise, elle franchit les derniers mètres en courant, s'empare de lui, renverse sa tête d'oiseau. Livide, yeux révulsés sous la paupière moitié tombée, nacre bleutée entre les cils. Evanoui ! Un peu de salive coule entre ses lèvres exsangues, elle crie. Moins un appel qu'une protestation, quoi donc a vidé le jardin, obscurci la perspective de ses allées étirées vers de confus lointains et comme nul ne vient, elle le soulève, continuant de crier, mais sa voix fluette ne porte pas, dispersée dans le vent glacé. Elle l'a empoigné à bras-le-corps, le secoue, titube vers la pelouse sous cette charge de plomb, un enfant de trois ans pèse-t-il autant, il n'est pas son enfant, elle n'est pas la mère de ce corps étranger, vers lequel à présent, de différentes directions, accourent de lentes silhouettes éloignées, elles aussi titubant dans ce parc inconnu dont le plan s'accuse bizarrement, bascule sous cet hostile crépuscule verdâtre, gigantesque bocal du ciel renversé sur sa tête, elle tombe de tout son long…

XIV

Mardi soir, 12 novembre

Malgré le plan de Bobigny, Antoine s'était un peu perdu entre le fort d'Aubervilliers et l'hôpital Avicenne, avant de tomber sur le bâtiment de brique de *L'Illustration*, sa tour carrée, sa grosse horloge. Le grand magazine avait quitté la rue Saint-Georges, dans les années 1930, pour s'implanter dans cette banlieue, sur les terrains maraîchers de la Vache à l'Aise ; belle bâtisse mais, pour ce qui est du journal, il avait mal fini : interdit à la Libération pour faits de collaboration, précisait-il à Christine et Leni, tandis qu'ils longeaient l'édifice, aujourd'hui une imprimerie, tous feux éteints. Ils avaient dû tourner encore dans le quartier, un dédale de chantiers de cités HLM, fabriques et rues d'échoppes, avant de trouver enfin, au fond d'une impasse à la chaussée défoncée, l'endroit en question : l'ancienne usine de mécanique où ils se rendaient. Des affiches annonçant *Maître Puntila et son valet Matti* étaient d'ailleurs collées un peu partout, les mêmes qu'à Paris, fléchant le parcours jusqu'aux murs de parpaing hérissés de fils de fer barbelés qui fermaient la friche convertie en théâtre. Dans la presse, l'idée saugrenue faisait sensation : n'y avait-il pas assez de salles en ville, pas assez de maisons de la culture ? Ce jeune dramaturge importait un baroque hardi, en vogue dans les avant-gardes allemandes, leur goût de la provocation, de l'agitation propagandiste, qu'une cabale estimait choquante, d'un snobisme outrancier, pour ainsi dire : démagogique. Belle opération de publicité, dénigraient certains. Ou bien c'était piquant, très inspiré de jouer Brecht au fond d'une banlieue communiste, dans un décor d'usine, très intelligent : dans la tradition du cabaret brechtien, cela avait un sens. En tout cas, la polémique créait l'événement, et la représentation attirait du monde, vu l'encombrement de voitures stationnées un peu n'importe où, impossible de se garer… Rien que du beau monde : à la première, n'assistent que les invités, gens du milieu, acteurs amis, et ennemis, agents, directeurs et critiques de théâtre, et les proches des comédiens, des techniciens, régisseurs et machinistes, ce public sélectif constitue le banc d'essai du spectacle, testé devant les professionnels ; pour cela biaisé, en même temps le jugement des initiés déclenche la rumeur, propagée de bouche à oreille, décide le succès ou l'échec, sur un coup de dés ; les jeux d'influence sont redoutables dans ce microcosme, ses réseaux, ses chambres d'écho.

Ils rejoignaient maintenant d'autres ombres se hâtant dans la même direction, frileusement emmitouflées, car la soirée était froide, enjambant les flaques, évitant les pavés déchaussés, avec l'allure de conspirateurs se rendant à quelque rendez-vous clandestin, émoustillés par l'aspect louche du lieu mais, une fois dans la cour de l'usine, sous un puissant projecteur, la façade délabrée prenait un air de cathédrale fantomatique, sculptée d'un violent contraste noir et blanc qui donnait au béton l'éclat du graphite, altérait la grisaille du sol, éclaboussant les plaques de ciment défoncées, entre lesquelles l'herbe maigre semblait dessinée à l'encre de Chine, pailletant les amas de ferrailles embroussaillées de ronces fuligineuses, un décor inquiétant, tel que le cinéma expressionniste avait su en montrer la menace, ruines où rôde la mémoire maudite du travail et de ses machines mangeuses d'hommes. L'éclairage défigurait jusqu'aux visages, blêmis par cette blancheur crue ; la foule en était saisie, qui se pressait pour accéder à la salle du théâtre et, là encore, c'était une surprise que le hangar désaffecté. Une caserne aux voûtes perdues dans l'obscurité, au centre de laquelle se dressaient des gradins métalliques, que les spectateurs commençaient d'envahir en désordre, pas de place attitrée, d'ouvreuse, d'orchestre ni de balcon, et en face, pour ce qu'on en distinguait dans la pénombre, sans rampe ni rideau, en guise de scène, le seul décor de la paroi lépreuse du fond, le mur de l'usine abandonnée, ici et là ses carcasses d'engins moitié désossés, s'apparentant à d'énormes insectes aux élytres d'acier posés entre des volumes de madriers, dressés telles les tours d'un fortin barbare.

— Pas mal, estimait Leni, enfouie sous son sempiternel bonnet de laine et ses trois pulls superposés ; elle n'avait guère fait toilette pour se rendre au spectacle.

D'ailleurs, bon nombre de spectateurs dérogeaient aussi, rares étaient les vêtements de soirée : le carton d'invitation recommandait de se couvrir chaudement. Il y avait pourtant une chaufferie sous les gradins, qui pulsait un peu de chaleur, et ce n'était pas du luxe tant l'atmosphère était glacée. Vraiment, infliger au public un tel inconfort, en cette saison ! Il fallait la notoriété de Louis Personne, et la réputation sulfureuse de ce Fasslander pour supporter ce supplice, plaisantait, pincée, une dame en manteau de vison, assise derrière Christine. Ils avaient fini par se caser et finalement, une fois serrés les uns contre les autres, cela créait une solidarité bonhomme, qui rappelait l'excitation des tentes de cirques ambulants montées autrefois sur les places, leur promesse de merveilles. Christine se demandait où pouvait être sa mère, qui lui avait procuré l'invitation – à sa demande deux de plus, *in extremis* –, mais elle cherchait Camille sans conviction ; dans l'obscurité, parmi toutes ces têtes, impossible de reconnaître quiconque. D'ailleurs, elle ne souhaitait pas la repérer, elle était très bien entre Antoine, et Leni, très contente qu'ils se soient laissé tenter, qu'ils aient considéré que l'expédition valait la peine, pour une fois qu'elle pouvait, à l'un et à l'autre, proposer quelque chose de curieux. En même temps, elle était inquiète de ce qu'ils en penseraient, on n'étonne pas Leni si facilement. Antoine non plus.

Depuis leur visite dans l'antre de Renée Lichtig, au Trocadéro, la projection des films d'Alex et leur discussion au café, elle ne l'avait pas revu. Du dimanche à Nanterre lui restait le souvenir d'un gâchis irrattrapable, le sentiment d'être passée à côté, d'avoir été rejetée, exclue, ou s'excluant du groupe qu'ils formaient dans cet appartement sans grâce, eux quatre réunis sous l'improbable prétexte de rendre service à Viviane. Une bande de copains, sans rime ni raison. Ces éphémères bandes de jeunes, aux Beaux-Arts, à la fac, qu'étaient-elles, sinon une chasse aléatoire pour ne pas être seul. Des bandes traînant dans les cafés, agglutinées sur les trottoirs, écoutant la même musique yéyé, rock et blues, communiant dans la ferveur de leurs idoles, twistant au *Golf Drouot*, convergeant à la patinoire Molitor, Solex et scooters, transistors, une tribu d'Indiens urbains avec leurs accessoires de pacotille… *Tous mes copains m'aiment bien*, chantait Sylvie Vartan. *Quand je les vois passer, ils s'en vont main dans la main… Tous mes copains sont partis…* Oh, Danie-elaa… Romances faciles des amourettes sans lendemain : mon cœur m'appartient, je suis libre, libre de tout faire, libre comme l'air ! Johnny Hallyday soulevait la foule de ses fans : Retiens la nuit, pour nous deux, jusqu'à la fin du monde, pour nos cœurs dans sa course vagabonde, serre-moi fort, ne me demande pas d'où vient ma tristesse… Du vague à l'âme d'enfants gâtés, sans vrai souci, sauf celui de cultiver leur petit ego d'adolescents désœuvrés…

Alex, Antoine, Leni, Viviane ni elle n'étaient des adolescents. Ils n'en avaient plus l'âge. Ils s'étaient cognés du front par hasard, chacun lancé sur sa trajectoire personnelle, en quête de quelque chose d'inconnu et de différent, qui n'avait rien à voir avec ces bluettes, songeait-elle, soudain étreinte par sa solitude, au milieu de cette foule indifférente. Un malentendu, le tri des affaires de Viviane, et la traversée du terrain vague, tout était allé de mal en pis : que faisait-elle, égarée sur ce chemin défoncé, à longer, sans rien en comprendre, ce foyer hideux du bidonville qui la rejetait aussi, en lisière de sa réalité sinistre, un lieu d'exclusion qui l'excluait, radicalement. De même Luiza l'avait ignorée, traversée d'un regard sans tendre la main, et c'était si triste de se quitter près du pont ; cela devait être sans lendemain. Antoine n'avait plus donné signe de vie, trois semaines sans nouvelles. Depuis, elle traînait sans goût pour rien, la rentrée n'avait toujours pas lieu, oisiveté forcée, cours suspendus à la fac, grèves annoncées partout, dans les transports, les services publics, rien à quoi se prendre. Alors, sur le conseil d'Elise, qui le lui avait donné, elle lisait *Mémoires d'une jeune fille rangée*. Jamais elle n'aurait acheté ce livre, avec un titre pareil ! Pourtant, en bien des points, la vie de l'auteur ressemblait à la sienne, sa soif d'indépendance, son envie de rompre avec sa famille, de mener sa vie de femme… Leni lui avait passé *Une journée d'Ivan Denissovitch*. Glaçant, révoltant. Elle lisait, mais surtout elle allait au cinéma. Elle avait vu à la suite *Les Oiseaux*, *Le Guépard*, *Le Cuirassé Potemkine*. N'importe quoi. Pas n'importe quoi du tout : dans l'obscurité de la salle de cinéma, elle était avec Antoine, et se détestait de l'y chercher, de chercher dans ces films de quoi combler son silence. L'occasion s'était présentée de jouer son va-tout, le prétexte était tentant, mais il lui avait fallu tout son courage, se faire grande violence pour composer son numéro, au ventre la crainte que Luiza ne décroche, que la voix féminine ne touche son tympan, alors, aux premiers mots, elle aurait raccroché, se jurait-elle, mais c'était lui ! Sa crainte ravalée, elle avait adopté une voix primesautière, volubile, pour l'inviter à cette soirée, un événement théâtral, Louis Personne en tête d'affiche, au fin fond de la banlieue de Bobigny…

— Je crois que tu le connais : n'a-t-il pas un jour *joué* pour toi ?

Antoine opposant un silence, elle avait enchaîné : Leni en serait, mentait-elle effrontément, connaissait-il cette pièce de Bertolt Brecht ? Légère, désinvolte, d'un seul souffle, débit précipité pour qu'il ne l'interrompe pas, elle y avait réussi malgré tout, cœur battant, bouche sèche, et il disait oui. Si simplement, que c'était ridicule de s'être mise dans cet état. Il n'avait pas de projection ce soir-là, il était libre, par exception sa voiture n'était réquisitionnée par personne, il passerait les prendre rue Buffon, il repérerait l'endroit sur une carte.

— Viviane et Alex en sont-ils aussi ?

— Non, ils sont partis en Angleterre ce week-end, un petit séjour chez William et ses amis : Alex avait envie de le revoir. William est installé à Londres, il a abandonné ses concerts. Il s'est entiché d'un groupe de musiciens de Brixton, il fait du jazz avec eux, à présent : mon cousin est un dilettante invétéré. L'an prochain, il sera trompettiste ou marionnettiste, et j'ai vu *La Mort aux trousses*, au

Studio Parnasse, bavardait-elle, ne sachant qu'inventer de sujet frivole pour prolonger la communication.

Pour brouiller les pistes, car elle n'aurait pas raconté à Antoine les soucis personnels de Viviane, ni ce que sa cousine allait faire à Londres, un sujet pareil n'est pas pour les garçons. Elle se demandait si celle-ci en avait informé Alex pour qu'il s'offre si spontanément à l'accompagner. Depuis qu'ils dépouillaient ensemble la presse des années 1900, à la Bibliothèque nationale, ils ne se quittaient plus ; ils n'avaient pas l'air de flirter pour autant, cela laissait perplexe… Voilà comment ils s'étaient retrouvés ce soir, tous les trois dans la 2 CV d'Antoine. Heureusement, Leni avait jugé l'équipée de son goût, ce qui évitait à Christine un tête-à-tête gênant avec le jeune homme, son malaise persistait, et tant de pensées arrière, désagréables, qu'elle n'avait pas envie non plus d'élucider. En tout cas, l'occasion fait le larron, une place gratuite était le genre d'aubaine que Leni ne refusait pas. De plus, intarissable sur Brecht. Elle lui avait exposé en long et en large la carrière de cet auteur révolutionnaire, poète surréaliste, provocateur, iconoclaste, antifasciste exilé, marxiste dissident, mort récemment en RDA, un prix Staline en poche, et quoi encore ? Ses maîtresses, ses amis, ses ennemis, ses pièces de théâtre engagées, ses théories. Forte de cette science toute neuve, elle craignait moins le jugement d'Antoine. D'autant qu'il s'était moqué d'elle, dans la voiture. Qu'avait-elle donc à l'oreille ? Une otite ?

— Stigmate de sa bagarre avec saint Michel, avait expliqué Leni, sibylline, à qui l'on ne demandait rien.

— Tu t'empoignes avec les archanges, à présent ?

— Elle s'est frottée d'un peu près aux cognes, consentait à préciser encore celle-ci à la place de Christine, rembrunie.

L'argot de Leni sentait un peu la littérature, *les cognes* on ne dit plus : c'est daté, corrigeait la blessée ; à l'oreille et dans son amour-propre. Antoine n'avait pas commenté, se contentant de saluer la nouvelle d'un sourire ironique, mais elle s'en moquait. A présent, elle était très bien, calée entre lui et Leni et sans prévenir la salle s'éteignait, les conversations cessaient brusquement. Une lueur bleuâtre s'était mise à sourdre de sous les machines, forcissait jusqu'à éclairer la scène d'une lumière blafarde. Deux hommes y étaient affalés sur leur chaise parmi une jonchée de bouteilles invisibles, endormis d'alcool sans qu'il soit besoin de bouteilles pour le signifier ; le troisième debout est un maître d'hôtel sans qu'il soit besoin d'hôtel. Immobiles mannequins vêtus de costumes modernes aux couleurs vieillottes, rouge mordoré, bronze, violine, attendant de s'animer tandis qu'un crincrin geignard poussait au-devant une femme du peuple, en réalité jouée par un homme, en tablier à grossières fleurs rouges. Il n'est pas besoin d'être une femme pour avoir ce corps usé de fatigue, dégingandé et osseux qui aboie le prologue vers l'obscurité du public, sa voix revenant en écho du fond de l'usine : *Très honoré public, le combat est sévère, Pourtant dès maintenant notre époque s'éclaire... Eté sans nuit par-dessus les fleuves et les bois, Hameaux roux éveillés par le coq au matin, Fumées grises des toits montant dans l'air serein...*

Tel était le décor soudain apparu par la seule magie des mots, peuplé des bruits d'une campagne à l'aube, la contrée imaginaire où maître Puntila a sa propriété terrienne ; et le juge dégringole de sa chaise. De compagnie, ils ont passé trois jours de saoulerie, Puntila houspille le maître d'hôtel pour avoir de l'aquavit, tarabuste son valet Matti : *Tu sais ce que ça signifie, frère, responsable de ses actes ? Un homme responsable de ses actes est un homme de qui on peut tout craindre...* Mais déjà il veut marier sa fille à l'attaché somnolent, engueule un poteau qui s'est mis en travers de sa route, réclame des fiancées sur la place de son village, du schnaps au Pharmacien, au Vétérinaire, à Emma la Contrebandière, pour ses quatre-vingt-dix vaches, et chacun y va de sa vie de misère... Soizik aurait pu raconter celle de la Vachère : traire les vaches et laver les seaux, la soude qui abîme les mains, sortir le fumier et boire du café, manger des pommes de terre et recommencer, traire cent vingt litres par jour, le soir se nourrir de pain et de lait, un dimanche de libre sur cinq, danser et, si ça tourne mal, écoper d'un gosse... Le Téléphoniste aussi, assis derrière son bureau depuis trente ans, pommes de terre et harengs, passer les communications et savoir tout sur tout le monde, c'est ça sa vie... Antoine écoutait, coudes aux genoux, menton dans ses poings, car la bande se rendait maintenant au marché d'embauche choisir de la main-d'œuvre, sélectionner du bétail humain. *Ah ! Tu as une famille ? Je peux employer tout le monde, la femme peut aller aux champs, est-elle solide ? Combien d'enfants ? Il y en a trois, huit, onze et douze ans, l'aîné est une fille. Elle est bonne pour la cuisine...* Tant que maître Puntila est ivre, tout va bien. Mais, dès qu'il est à jeun, il devient *humain*, et c'est la plus atroce des choses.

Christine n'aurait pu soupçonner les pensées d'Antoine, trop étonnée des siennes, qui couraient au-devant de l'intrigue cocasse, grinçante, interrompue subitement d'intermèdes chantés, ne perdant pas Louis du regard, troublée de voir là le grand acteur son ami, en chair et en os, cependant un être nouveau, pour ainsi dire *à découvert*, plus dépouillé par son rôle qu'il n'en vêtait la parure et le langage. Elle l'observait, fascinée, ce qui lui faisait manquer beaucoup de choses incidentes des tableaux qui se succédaient tambour battant. C'est que le comédien, qui lui avait dit si bien mentir en dansant sans savoir danser, mentait ici sur son rôle, sa voix caverneuse grondant de railleries n'exprimait pas la gaieté lugubre ou la versatilité cruelle de Puntila le tyran, mais affichait leur simulacre, il feignait son personnage, déjoué à force d'artifice, cette fausseté déconcertait.

— Pas mal, répétait Leni dans le col de son pull-over.

Christine ne voyait pas en quoi, exactement. Elle ne comprenait pas bien ce qui se passait, sauf que le genou d'Antoine contre le sien, serrés comme ils l'étaient, donnait une chaleur à tout ce côté de son corps, propagée à sa cuisse, à son ventre, ce qui faisait qu'elle perdait encore des détails de cette intrigue, les chantages, la vente de la fille à l'un ou à l'autre, et la vente de la forêt, elle se laissait aller à cette onde de chaleur, une contagion invisible qui fait courir des picotements à fleur de peau et bruire le tympan, pour rien au monde elle n'aurait déplacé son genou. Il ne semblait pas penser non plus à écarter le sien, ni ressentir cette chaleur fondante, absorbé qu'il était par le spectacle, pour ce qu'elle pouvait en percevoir du coin de l'œil, car elle ne tournait pas non plus la tête, il lui suffisait d'entrapercevoir son profil dans l'ombre, son casque de cheveux drus sur le front.

Les pensées d'Antoine l'effraieraient, tant elles sont loin des douceurs d'un genou féminin contre le sien. Les dialogues que profère le théâtre convoquent le tiers dans leur conversation fictive, les mots transforment le fait en conscience et ouvrent les yeux, aucune échappatoire possible contre cette responsabilité de parler, car c'est une habitude tout à fait humaine de discuter de quelque chose, *c'est un grand avantage que nous avons sur les animaux.*

Si par exemple les vaches pouvaient discuter entre elles, l'abattoir n'en aurait plus pour longtemps, et si Gaston avait été le valet Matti, il n'aurait pas loué ses bras aux Armand. Il se serait méfié des largesses de Mme Mathilde, de celles de dame Rougerie, qui plaçait ses protégés par charité, le mariait à sa bonne Soizik, à la bête de somme. Quand Puntila lui donne ses forêts, Matti sait qu'il est temps de prendre ses jambes à son cou. Que, pour cette bonté d'ivrogne, une fois dégrisé, il lancera la police à ses trousses, rien n'est plus dangereux que les maîtres *humains*. Mais Gaston a pris comptant la femme et les terres, sans famille et sans instruction, sans imagination du danger. D'un labour à un semis, a-t-il jamais choisi la situation, écouté, regardé ces gens, compris ce qu'ils lui veulent avec leur manière de sagesse fausse et de volonté dure, réitération des gestes et silences de mépris, paroles rares qui soumettent mieux que discours ; ils sont moins braillards que Puntila. Et Gaston a la langue moins bien pendue que celle de Matti. Le défaut d'éloquence intime considération et crainte, mille détails coutumiers établissent le rapport, un raffinement de complications qui valent ceux d'Iroquois ou de Papous, ce qui rend l'opprimé muet redevable du bon traitement de sa personne indigne. L'intelligibilité de cet ordre lui échappe, il plie aux règles et mœurs des patrons sans discerner leur dessein, s'acclimate à eux sans soupçonner qu'ils l'assignent à sa condition, et quoi de plus favorable pouvait lui arriver, valet sans lieu ni toit, que d'avoir un lit, sa place à une table le soir, bientôt les culottes du fils de la maison qu'il remplace, et sa montre ? A cette adoption des pauvres entre eux, aucun calcul délibéré de part et d'autre, sauf celui des nécessités. Mais y concourent de bien plus obscurs et de plus implacables, qu'escroque le pacte infâme d'amitié imposé par le maître. *Pourquoi verser un pleur sous prétexte que l'huile jamais ne réussit à se mêler à l'eau ?* Une fois vendu aux gens du Mesnil, mis en laisse par leur chemin de terre, étranglé par son collier comme chien couchant, ignorant tout des lois du fermage et du droit de ses exploiteurs, le valet a mis du temps avant de découvrir le nouveau paysage. *Je me demande, Matti, si tu es capable de voir la beauté du pays…* Mais, outre que bois et taillis en cachent la vue, la grande demeure du Mesnil, son parc et ses dépendances, les gens qui y vivent ne peuvent être envisagés que d'une place très en contrebas, un point de vue dont la perspective écrase beaucoup les échelles, va-t'en voir la beauté du pays, du fond de ta combe ! Comment, avec pour seule compétence ton faible entendement appliqué au travail des terres, concentré sur la contenance à adopter, décider si oui ou non cela vaut la peine de s'acclimater à la beauté, *car la seule chose qui compte pour toi c'est d'avoir du travail, à moi de l'orienter dans un but profitable…*

Antoine se damnait de ne pouvoir assister à un spectacle de théâtre, ne voir un film ou lire un livre sans que s'y projette en voile noir l'entièreté du préjudice imposé aux siens, ralentis et aveuglés, atrophiés, assujettis en dessous de leur intelligence et mentalement dépourvus pour saisir du monde les faits complexes, les rapporter à des idées droites de révolte juste. Ils ne peuvent que s'obscurcir de colère et violence, aux poings l'envie de tuer, qui rend complice de la haine et achève le crime d'avilissement. Matti parle d'or au théâtre, où Gaston n'a jamais mis, ne mettra jamais les pieds, jamais n'entendra s'y porter une telle parole, dans la caverne sinistre d'une usine résonner son histoire. L'aurait-il comprise ici ? Un texte pensé, écrit et pensé, où chaque mot est de conséquence, modifie le rapport à soi et au monde, nomme le commerce effroyable des hommes entre eux, et la nécessité de la lutte des classes : *devenez aussi des êtres* humains, *ne désespérez pas.* Accéder à cette humanité-là a un prix exorbitant. Matti a raison d'en tracer la condition : *J'ai connu un docteur, quand il voyait un paysan taper sur ses chevaux, il disait : Il recommence à les traiter humainement. Pourquoi ? Bestialement n'aurait pas convenu.*

Sur les gradins, le public debout applaudissait d'enthousiasme, peut-être soulagé de rompre l'enchantement équivoque du spectacle, ce conte noir à la gaieté morbide infligé sans entracte entre ses tableaux, qui l'avait tenu captif et malmené par sa farce sarcastique. Etonné d'être resté si longtemps assis, en dépit du froid, de l'inconfort, et conquis par la prestation des acteurs, chacun semblait convaincu qu'il venait d'assister à l'événement de l'automne théâtral ; certains indécis, cependant, peut-être choqués quant à ce qui s'était joué ou déjoué devant eux, mais peu importe. Tandis que saluait la troupe, Louis Personne en son centre, tandis que les comédiens revenaient, cette fois éclaboussés par les projecteurs, la lumière crue les rendant à la contingence du lieu, sans les délier de ce qui s'était signifié de politique, dans leur jeu comme dans la mise en scène, à présent réhabilités, inoffensifs et restaurés parmi leurs semblables en mondanités, on pouvait claquer des mains, cela réchauffe, écouter un dernier rappel de la ritournelle de Puntila, crincrin et accordéon ; la critique s'occuperait de faire un sort à la représentation.

— Mais c'est Sacha qui jouait la Vachère, s'étonnait Christine. Lui ! Il est méconnaissable, quel impayable saltimbanque !

— Où est-il ? s'enquérait Leni, cherchant à distinguer l'acteur.

— L'ami de Louis Personne. Son émule, son partenaire, son protégé… Cela t'a-t-il plu ?

— Vachement, laissait-elle tomber, sans qu'on sache si elle appliquait l'adverbe au troupeau de Puntila, à la distanciation brechtienne de la mise en scène, ou au talent de Sacha.

Christine avait posé la question à elle plutôt qu'à Antoine. Si celui-ci en pensait quelque chose, il n'en disait rien, il suivait le mouvement pour se dégager des gradins, mais rien de plus éloquent qu'un dos, une nuque : fatigue, tristesse et peut-être humeur, sa manière de remonter d'un haussement sec d'épaules le col de son blouson, de zipper sa fermeture. S'il n'est pas content de sa soirée, tant pis pour moi. Tant pis pour lui, ajoutait-elle, incluant de la rancune à son jugement. Il avait fait si peu de cas de son voisinage, si peu partagé son plaisir ou son déplaisir, que c'en était vexant. Mais pas question de le perdre dans cette foule, maintenant embouteillée au bas des gradins, envahissant la scène, ou ce qui en tenait lieu, congratulant à pleins bras des connaissances, entourant les acteurs et le metteur en scène, un jeune type patibulaire tout habillé de cuir noir, hirsute et mal rasé, les joues fleuries d'acné, la dégaine d'un gangster. Christine n'osait approcher Louis, dont la haute stature dépassait les têtes, si étrange en costume de scène qu'il l'intimidait, et puis ce n'était autour de lui que personnalités, acteurs célèbres, gens de télévision, critiques en vue ; les noms de Poirot-Delpech, Roland Barthes circulaient, aussi celui de Bernard Dort, le gratin parisien. Cela finirait peut-être en cocktail improvisé, assis sur les madriers, parmi les insectes barbares que suggéraient les machines. Ils se frayaient un passage dans la foule qui s'écoulait lentement vers la sortie, mais une rencontre arrêtait Antoine. Christine et Leni le suivant de près, il ne pouvait faire autrement, pris dans la bousculade, dans le brouhaha, ce n'était pas très confortable, mais la moindre des politesses, que de leur présenter la personne, accompagnée d'un jeune garçon, qui lui sautait dans les bras. Si maussade soit-il, et même fâché, tout autant surpris, il subissait son assaut tout en se tournant vers elles :

— Mon neveu Manu, ma sœur Hélène, lâchait-il à contrecœur. Que fais-tu ici ?

— Toi-même, qu'y fais-tu ? ripostait la jeune femme rieuse, moins embarrassée que lui.

Antoine se mordait déjà la lèvre du reproche qui lui avait échappé, susceptibilité à cran, la sienne ou celle de sa sœur ?

— A moi, Petit envoie toujours une invitation, prétendait Hélène avec aplomb. Manu en profite chaque fois. C'est très bien pour son éducation, le théâtre. Ses professeurs ne l'y emmènent pas… Mon fils, précisait-elle aux jeunes filles avec un sourire engageant, pas du tout troublée par les fréquentations féminines de son frère. Il est en quatrième au collège…

— Sacha joue le rôle de la Vachère !

Il en informait son oncle comme d'une incongruité majeure, si éberlué que cela arrachait un sourire à Antoine ; enfin un, notait Christine, dépitée.

— Manu ne voulait pas en croire ses yeux. Boutonne ton manteau, nous rentrons. Il y a école demain… Quel froid, hein ?

Alerte et coquette, en fuseaux de ville et grosse veste de laine chinée, la jeune femme laissait courir son regard parmi les spectateurs attardés, œil de biche charbonné, d'une vivacité incisive ; il se dégageait d'elle une hardiesse, effrontée presque, si dissemblable de son frère dans toute sa personne que Christine était très intéressée par cette rencontre inopinée.

— Vous connaissez donc Louis et Sacha ? osait-elle demander, sûre de s'attirer les foudres du jeune homme qui, d'évidence, n'avait rien de plus pressé que de mettre fin à cet échange.

— Des amis. Des amis de jeunesse… Bonsoir, mesdemoiselles. A bientôt, toi ?…

Sur cette question de pure forme, elle tendait sa joue à Antoine, aux filles sa main gantée, ferme, et disparaissait dans la foule. Ils allaient sortir enfin, mais c'était un autre télescopage, auquel Christine s'attendait, ou plutôt le redoutait, mais Melville l'avait aperçue, il lui enlaçait affectueusement les épaules et s'étonnait aussitôt, découvrant Leni :

— Vous ! Quelle coïncidence ! Vous êtes venue avec Christine ?

— Une amie de jeunesse, rétorquait Leni, se plantant, imperturbable, une cigarette au bec.

— Tu connais Leni ? s'étonnait Christine.

Sa stupéfaction faisait rire Melville comme d'une bonne farce.

— Nous nous sommes croisés au bois de Graville, chez Elise… Louis était là aussi, et Sacha. Comment vous acclimatez-vous, Leni ? Brecht n'avait pas *froid aux yeux*, n'est-ce pas ?

Cette allusion à leur conversation de l'été laissait la jeune fille de glace.

— Exact, admettait celle-ci, visiblement décidée à limiter là son enthousiasme, et la conversation.

— On fait philo ensemble, coupait Christine, pressée d'en finir avec cette comédie.

Mais Melville était escorté d'un compagnon, d'un grand homme maigre au teint hâlé, lunettes d'acier, la mine austère, qu'il attirait près d'eux.

— Christine, je ne crois pas que tu aies jamais rencontré Lucien… L'oncle uruguayen de tes cousins Guillemot. Il nous revient droit de là-bas pour assister à cette soirée, plaisantait-il… Qu'as-tu à l'oreille, Minette ?

Contrainte de saluer ce parfait inconnu, elle rougissait, furieuse du surnom ridicule lancé en public. Antoine se tenait à l'écart, sur son quant-à-soi, mais il avait dû l'entendre et, puisqu'il l'avait entendu, elle se vengea en le présentant à Melville, à ce Lucien tombé de la lune, ce à quoi le jeune homme se prêta, moins rétif aux mondanités qu'elle ne le craignait.

— C'était donc vous !…

La poignée de main de Melville était excessivement chaleureuse, sa manière de dévisager Antoine d'une aménité suspecte. La rencontre avait l'air de beaucoup l'amuser.

— Je crois bien vous avoir déjà vu… Sous un réverbère, non ?… Mais, la nuit, tous les chats sont gris…

Il n'y avait que lui à trouver drôle sa plaisanterie, cela commençait à devenir fatigant, ces quiproquos, pénibles ces abordages et ces politesses, toutes ces interférences familiales. De toute façon, impossible de poursuivre une conversation, l'effervescence montait, éclats de voix, rires tonitruants, maintenant seuls restaient les amis, les familiers en groupes animés, et comme Melville cherchait Camille par-dessus les têtes, il était urgent de prendre la tangente, décidait-elle.

— Si maman est par là, embrasse-la pour moi : nous filons. Bonsoir monsieur ; bonsoir Melville…

— Merci pour les places ! lançait Leni, dans un élan tardif d'amabilité, et ils s'éloignaient déjà, passaient le rideau rouge, cueillis par le vent glacé sur la place lugubre de l'usine, tous projecteurs éteints cette fois.

— Brecht est grand et le monde est petit, résumait Leni, installée devant, dans la 2 CV. Si ça ne t'ennuie pas, Antoine, pose-moi direct à la Mutualité, j'ai un autre spectacle à voir : je vais au meeting du PSU.

L'essuie-glace grinçait contre le pare-brise mais ce n'était pas tant le crachin du dehors que la buée de l'intérieur qui voilait la vitre, aussi y passait-elle son coude pour dégager la vue du chauffeur :

— Fais attention ! Ne nous mets pas dans le décor, je ne voudrais pas manquer le dernier acte… Grandes manœuvres d'automne. Tu empiles Nouvelle Gauche, Jeune République, dissidents du PC et socialistes autonomes, trotskistes repentis, tu secoues le sac, en sortira-t-il l'union de la gauche ? Mendès France sera là, ce soir. Vous avez entendu parler de Michel Rocard ?

La passion de Leni pour les cercles politiques, courants et sous- courants, tenait du phénomène pour une étrangère, et sa boulimie de réunions plus ou moins publiques, où elle s'introduisait en observateur, avertie par quel canal ? Au bout de si peu de temps, elle savait s'orienter, son réseau d'indicateurs cloisonné, distribué comme un jeu de cartes, à quoi ces informations, glanées ici et là, pouvaient-elles bien lui servir ?

— Je me documente. En RFA, j'ai épuisé le terrain. Maintenant, je fais de l'analyse comparée.

— Quand tu en seras à la synthèse, tiens-nous au courant, proposait Christine, rencognée à l'arrière et calée dans son blouson, le col remonté aux oreilles. On gelait dans cette voiture, on y était secouée comme un tas de patates, elle était de mauvaise humeur.

— Qui est Lucien Guillemot ? demandait Antoine, jetant un coup d'œil vers elle dans le rétroviseur.

— Est-ce que je sais ? L'oncle de Viviane, paraît-il. Un frère de son père, donc. Jamais entendu parler. Elle non plus, sans doute. On peut supposer que, s'il est avec Melville, c'est qu'il est fréquentable…

— Qui est Melville ?

— Melville est l'amant de Camille, intervenait Leni, avec son sens exquis des nuances.

— De ma mère, donc, si Antoine veut suivre le film. Et que sais-tu encore, Leni ? Je tombe des nues, moi, que tu sois au mieux avec toute la bande de ma mère, Louis et Sacha, et Elise, qui encore ? Que faisais-tu au bois de Graville, cet été ?

— J'arrive juste de Cologne, alors forcément, une transplantée pareille, Elise me dorlote. Elle me séquestre au fond de ses bois, et me fait vider des truites vivantes. Ils débarquent pour le pique-nique. Je me sentais un peu en surnombre, mais ils ont eu le tact de me tolérer dans leur société secrète... Sauf Socrate. Il m'a griffée. Ce chat est sectaire.

— Tu ne m'en avais pas parlé, seulement d'Elise. Ils sont eux aussi des amis de Grete ?

— Pas que je sache. Je n'en ai pas parlé parce que tu ne m'as rien demandé. Le monde est vraiment petit : par exemple, cet Erich Fasslander, je l'ai fréquenté dans les années 1950, dans un institut Steiner-Waldorf. On faisait tout ce qu'on voulait, dans cette école. Je m'y plaisais bien... Mais Grete m'en a sortie au bout de deux ans. Elle trouvait ça trop libertaire, coopération et responsabilité, activités libres, manuelles et artistiques, elle voulait que j'aie de bons diplômes, et puis ça coûtait cher. Erich y était comme un poisson dans l'eau. Genre caïd, chef de bande, très populaire. Il montait déjà des pièces de théâtre, tournait de petits films. Si je n'avais pas été si pressée, ce soir, je serais bien allée lui serrer la cuillère...

— Et Melville ?

Antoine revenait à la charge. Il l'avait donc trouvé bien charmant, pour tant insister ?

— Tu consulteras Elise Cassin, sa plus vieille amie, éludait Christine. Et la mère adoptive de Louis Personne, en personne. Tu n'es pas encore allé chez *Brasier & Cazzoni* ? La libraire est amoureuse de Melville.

— De Cocteau, et du chat Socrate, complétait Leni, prise d'un fou rire idiot.

— Genre celui du Cheshire, pouffait Christine à son tour. Méfie-toi : il bouffe du Sartre toute la journée.

Leur gaieté ne déridait pas Antoine, qui suivait tant bien que mal le fil de leur histoire embrouillée à plaisir, tout en fonçant, autant que le pouvait sa voiture, dans les rues mal éclairées.

— C'est Sartre ou Socrate qui t'a croqué l'oreille ? persifla-t-il, perfide.

Cette allusion blessante à sa contusion accidentelle la révolta. D'ailleurs, elle en avait plus qu'assez du pansement ridicule, qu'elle arracha et jeta par la fenêtre, se battant avec le volet qui ne voulait pas retomber. Cette 2 CV, une épave bonne pour le terrain vague de Nanterre, estima-t-elle méchamment, en son for intérieur. Et cette expédition au fond des banlieues de Bobigny, une erreur de plus. Par quelle lubie s'était-elle imaginé qu'attirer Antoine dans ce traquenard lui rapporterait autre chose que des ennuis. C'était pourtant prévisible, mais à croire que s'y étaient donné rendez-vous tous les importuns de la terre. Elle rangeait dans cette catégorie Melville, le cousin uruguayen sous le bras, y compris Camille, qui avait quand même eu l'inspiration de s'égarer dans les mondanités. Pour couronner le tout, la sœur d'Antoine en goguette, son fils Manu en prime. Au tableau, ne manquait qu'Elise, on aurait été au complet pour la réunion de famille… Et voilà que Leni décrétait unilatéralement qu'elle faisait faux bond, qu'elle filait à l'anglaise finir sa nuit avec Mendès France, une traîtrise ignoble. Ce qui se présentait à présent, c'est qu'Antoine déposerait d'abord Leni à la Mutualité, pressée comme elle était de s'y rendre : comment négocier qu'il passe auparavant par la rue Buffon ? Elle ne se sentait pas prête à affronter son humeur belliqueuse et ses railleries. Prétexter un intérêt subit pour les meetings politiques du PSU, descendre avec Leni puis rentrer à pied, bien tranquille, toute seule ?…

Mais aller seule dans les rues, l'âme en peine, ne la tentait guère. Par le froid qu'il faisait, merci bien. De plus, ce lâche procédé offensait son amour-propre, elle n'allait pas s'y contraindre, histoire d'éviter un tête-à-tête avec Antoine ! Elle se résigna, fataliste, à parachever le fiasco de la soirée. S'il me cherche querelle, il en prendra pour son grade. Après tout, ressassait-elle, c'est lui qui est venu me chercher des noises, qui a intrigué avec son ami Alex pour m'embarquer dans leur affaire de film préhistorique, ce n'est pas un procédé plus noble. Insinuer que mon grand-père est un criminel ! S'il a passé une mauvaise soirée, qu'il s'en prenne à lui, calculait-elle, nourrissant sa mauvaise humeur. Mais, chahutée au fond de la 2 CV, ces pensées moroses la déprimaient, une révision cruelle de toutes ses tentatives pour trouver sa place, une conduite, un but dans ce triste maquis de la vie, ses nuits et ses jours en tout point pareils, peur du lendemain, une boule amère au creux de l'estomac, le chagrin qui noue la gorge, parce que tous les garçons et les filles de son âge se promènent dans la rue deux par deux, ils savent bien ce que c'est d'être heureux... Cette rengaine de la radio, c'était ulcérant qu'elle surgisse à l'instant, et bête d'en avoir les larmes aux yeux. Heureusement, elle était blottie à l'arrière, à l'abri de l'obscurité, les deux autres l'ignoraient ; elle ravala son dépit.

Ensuite, tout s'était passé à l'envers. Leni avait franchi le service d'ordre qui, brassard au bras, gardait l'entrée de la Mutualité, leur lançant un grand signe bravache en guise d'au revoir ; Antoine avait viré sur la place et enfilé la rue de Pontoise. Il n'avait plus besoin d'appuyer sur le champignon, maintenant, ni de chercher sa route. Il observait le silence, ce qui était pire que prévu. Pas un mot à sa passagère, pas un regard dans le rétroviseur, autant dire qu'elle comptait moins qu'un ballot. Qu'il ne se hâtait pas de livrer, marquant scrupuleusement l'arrêt aux croisements, passant les vitesses à une lenteur exaspérante, à cette heure la circulation n'était pourtant pas nombreuse, surtout sur les quais vers Austerlitz, encore moins les passants, le long du Jardin des plantes. Antoine continuait de se taire, apparemment perdu dans ses pensées, déjà ailleurs, bien loin d'ici, chez lui sans doute, dans son appartement de Nanterre, à l'autre bout de Paris, s'acquittant de la corvée de la ramener. S'ils devaient se quitter ainsi, c'était lamentable, désolant, frustrant de ne pas en découdre, de ne pas conclure d'une manière ou d'une autre cette soirée dont elle attendait tant, quoi au juste ? La rue Buffon était sinistre, son enfilade obscure ponctuée de flaques, les lampadaires idiots et les grilles closes sur la végétation hivernale du jardin, le haut bâtiment du Muséum avec ses verrières aveugles, tout cela glacé et mouillé.

— C'est là, disait sèchement Christine. Merci d'avoir fait le taxi.

Elle ramassait sac et écharpe, s'en entortillait, humeur noire.

— C'est tout ce que tu trouves à dire ?

Déconcertée, stupéfaite, puis outrée du reproche :

— Autant parler à un mur.

— Les murs ont parfois de l'écho.

Sans se retourner, les mains sur le volant, enfoui dans son blouson, et le moteur poussif toussotant à l'arrêt.

— Pourquoi es-tu en colère ? C'est Brecht qui te met dans cet état ?

Dit-il, glacial.

— Ce n'est pas Brecht, c'est toi.

Alors, d'une inspiration, sans réfléchir, d'ailleurs elle ne réfléchit jamais, elle est incapable d'un acte en profondeur, d'une insondable inconséquence et désespérante inanité, sans défense, pitoyable à ses yeux et à ceux des autres, autant l'être tout à fait et consentir au naufrage :

— Je ne peux te chasser de mon esprit, je dors avec toi, je me réveille avec toi, quand je choisis un pull, je l'enfile pour toi, je m'inscris en philo pour toi. La philo est formidable parce que tu me trouveras intelligente, et la plupart du temps, oui, je suis en colère contre toi. Je ne t'entends exprimer que des idées désagréables, mais ce sont paroles d'évangile, je les retourne dans ma tête, je passe mon temps à te contredire, pied à pied, à me faire les demandes et les réponses, et tu as toujours raison. Je jalouse les spectateurs de ton ciné-club qui ont l'avantage et la faveur de ta compagnie. Chaque fois que je trouve une chose amusante, ton rire me remonte le moral, mais je me demande si je t'ai vu rire, une seule fois ? Supposer que tu es quelqu'un d'intéressant me rend furieuse, stupide. Disons que je n'aurais pas dû venir voir le film de mon oncle Daniel à Boulogne, ni prendre un verre avec toi dans ce café borgne, sous ses affreux néons. C'est la faute d'Alex de me convoquer place de Clichy, la mienne d'y venir, et de tamponner ton œil amoché avec mon mouchoir. Je déteste les babouches à paillettes et l'affiche qui sont dans ta cuisine. Tu m'as montré le bidonville pour me punir et si cette pièce de théâtre ne t'a pas plu, cela m'est égal. Tant pis pour toi si Melville te reconnaît sous le réverbère de la rue Stendhal. Et de quel droit me suis-tu dans les rues ?

Il faisait si froid et silencieux qu'il y avait de quoi s'ensevelir de honte.

— Et toi, pourquoi cognes-tu les flics et rases-tu tes cheveux sans me demander mon avis ?

A cette accusation, elle ferma les yeux. Il avait coupé le moteur. Il descendait de voiture et l'extirpait de son siège, du même geste de péril l'enfermait dans ses bras. Il s'emparait d'elle, elle de lui ; dans l'esseulement magique de la rue nocturne, l'enveloppement brutal rompt bras et jambes, ploie la taille et soudain de si sombre regard sonde le désir, la peur d'y sombrer, lèvres à lèvres allume le bouleversant flamboiement et dans l'exil du baiser avide, bouches fondantes, dissout tout de la mémoire, passé et futur, pur instant. Tais-toi, viens, va-t'en, reste, ne me quitte pas ! Je t'aime, je te veux. Je t'aime, retiens la nuit avec toi elle paraît si belle, tais-toi, il n'y a pas de quoi rire, c'est trop grave et c'est si léger qu'il faut un mur d'urgence, l'encoignure d'une porte pour tenir debout, ajuster l'ivresse d'être un et reprendre haleine pour recommencer en apnée à s'engloutir l'un dans l'autre, je t'aime, lèvres jumelles se frôlant, répétant à l'envi Antoine, Christine, les noms enchantés.

XV

Mercredi 13 novembre, 18 heures

— Ce matin, il est passé en coup de vent, sanglotait la femme, pour me faire annuler ses patients de la journée. Il aurait pu me le demander au téléphone, mais il avait à prendre son agenda professionnel, qui ne sort jamais d'ici, parce qu'il était dans son intention de donner des coups de fil depuis l'hôpital. Au prothésiste, qui vient toujours entre midi et deux heures. A je ne sais à qui encore, pour son prochain article dans la revue des dentistes. Il assiste à des colloques, vous savez. Il n'avait pas dormi, ou alors très peu. Sa femme, enfin, son *ex-femme* a appelé ici, hier soir, vers six heures, à cause du malaise que l'enfant avait eu au jardin. C'était très grave. Il a laissé son patient en plan, et il est parti tout droit à l'hôpital Cochin… Il est rentré chez lui tard dans la nuit, au petit matin, est-ce que je sais ? hoquetait-elle, il ne m'a pas donné de détails. En tout cas, il en arrivait, car les médecins ont renvoyé les parents, disant que ce n'était pas la peine de rester. Que l'enfant, le fils de M. Guillemot, était dans un état stationnaire. Voilà ce qu'il m'a dit en arrivant ce matin. Il m'a fait annuler tous ses rendez-vous, mais il a accepté celui de l'agent immobilier qui venait de lui téléphoner chez lui. Je vous l'ai déjà dit ce matin, quand vous avez appelé. Je vous ai pris pour l'agence, je n'y comprenais rien… Mort ! Ce n'est pas possible, ce n'est pas possible !

Mme Baruk, une belle femme brune dans le mitan de l'âge, de qui la poitrine replète s'offrait dans l'échancrure du pull douillet, s'étouffa de nouveaux sanglots dans son Kleenex, effondrée sur son siège, affalée sur son bureau. Son vis-à-vis, l'inspecteur qui prenait note sur son calepin, suspendit son stylo Bic, attendit patiemment la fin de l'accès de désespoir, qu'elle éponge ses larmes, intarissables, et reprenne souffle.

— Il avait la mine de qui n'a pas dormi… Il y avait de quoi, avec son petit dans le coma… Vu les circonstances, je n'aurais pas cru qu'il accepterait. J'étais même un peu choquée, quand il me l'a annoncé. Mais aux dernières nouvelles, ce matin, le diagnostic était le même, et il y a des semaines que M. Guillemot cherche un autre cabinet. Ce n'est vraiment pas facile, en ce moment. Il a peut-être bien visité une quinzaine d'endroits pour rien. Il ne s'en trouve pas tant avec bail commercial, et qui conviennent pour ce qui est de la surface, de la disposition des pièces et de l'étage, de la rue aussi, et du loyer. Vous voyez combien nous sommes à l'étroit, ici…

Effectivement, on avait vite fait le tour des lieux : une salle d'attente minuscule, donnant d'un vasistas sur une cour ; le cabinet, sur rue, la pièce la plus spacieuse, très bien équipée, un vrai vaisseau spatial ; l'entrée sans fenêtre faisait office à la fois d'accueil et de secrétariat, avec la bonne dame coincée entre un caoutchouc anémique et son bureau, qui entravait le passage ; on comprenait que Jean-Marie Guillemot cherchât à s'installer ailleurs. Mme Baruk avait donc passé la journée là, toute seule, vissée sur son siège d'assistante, à renvoyer les patients avec des excuses, ils n'ont pas tous le téléphone, que voulez-vous ?

A répondre aux appels et prendre les rendez-vous, sans trop savoir s'il ne faudrait pas les annuler, eux aussi… Il fallait bien que quelqu'un tienne la permanence, adresse les urgences chez des confrères. Elle avait eu de nouveau Mme Guillemot au bout du fil, vers dix heures ce matin, qui s'inquiétait que son mari ne soit pas encore arrivé à l'hôpital. Furieuse, en réalité, en tout cas très angoissée, et révoltée d'apprendre qu'il était en rendez-vous dans un moment pareil. Que répondre à ça ? Mme Baruk ne s'était pas inquiétée, non, que M. Guillemot ne la rappelle pas de la journée. Il avait d'autres tracas en tête que d'informer sa secrétaire heure par heure. Peut-être le ferait-il ce soir, ou demain matin, au moins pour lui dire quelles dispositions elle devait prendre, en ce qui concernait les jours suivants. Et, pas de nouvelles, bonnes nouvelles, n'est-ce pas ? Ce gamin n'est jamais malade, sauf un rhume de temps en temps, comme tous les enfants de son âge… Elle n'avait plus entendu parler de rien, jusqu'à ce que sonne à la porte du cabinet ce monsieur avec une carte de police, qui lui annonçait tout de go le décès du petit garçon, en début d'après-midi, et celle de son employeur, M. Guillemot, qui était bien vivant ce matin, qui se faisait du mauvais sang mais n'avait pas du tout, non, pas du tout l'air de quelqu'un qui a des envies de suicide. Cette question l'effarait. A quoi pensait donc cet inspecteur ? Se suicide-t-on quand votre enfant entre la vie et la mort a besoin de vous, quand on a bon espoir que tout n'est pas perdu ?

Mme Baruk était bouleversée par ces nouvelles abominables, mais elle gardait les pieds sur terre :

— Est-on un désespéré, quand on a dans l'idée de déménager ? Prend-on rendez-vous avec un agent immobilier, juste avant d'attenter à ses jours ?

Ce bon sens semblait rencontrer l'avis de l'inspecteur Verlaine, celui-ci ne posait la question que par acquit de conscience. Il voulait seulement s'assurer, auprès du dernier témoin à avoir vu vivant le dentiste, que celui-ci ne présentait pas de signes de désordre mental. Une aussi terrible circonstance vous fauche un homme, et il ne faut rien exclure. On a vu des gens en pleine santé, avec toutes sortes de projets, se précipiter dans la Seine. De joyeux lurons se tirer un coup de fusil sans préavis. Alors un père, accablé par l'accident de son enfant...

— D'accord, disait Mme Baruk, mais vous connaîtriez M. Guillemot, vous ne feriez pas cette hypothèse. Il a un tempérament optimiste, il aime la vie. Il aime surtout son petit garçon. Il lui a acheté un train électrique, pour le lui offrir le week-end prochain, il le lui a promis. Il m'a fait prendre des billets de chemin de fer pour l'emmener au ski, dans quinze jours.

En parler au présent était si affreux qu'elle retomba en sanglots, la corbeille à papier commençait à s'emplir de mouchoirs trempés. C'est que s'ajoutait maintenant à son chagrin la brusque évidence que, dès cet instant, elle avait perdu son emploi et, sans faire de bas calculs, il y avait de quoi être très affligée, à titre personnel, sans compter son attachement à M. Guillemot, si gai et gentil, si attentionné, pas fier du tout, et même d'un caractère un peu faible, au point qu'il n'osait courir après les patients pour les impayés, elle en avait un paquet dans le tiroir.

— C'est un homme qui ne sait pas se défendre contre ceux qui empiètent. Avec son ex-femme non plus, si je peux m'autoriser cette remarque. Celle-ci obtient de lui tout ce qu'elle veut, bien plus que ne le prévoit sa pension alimentaire. Toujours par souci de son petit garçon, comprenez-vous ? A force de se laisser mener par le bout du nez...

— Qu'a-t-il dit exactement de ce rendez-vous ? Connaissez-vous la personne ?

— La personne ?

— L'agent immobilier.

Comment le connaîtrait-elle ? De toute façon, il y avait plusieurs agences, au moins deux tout près d'ici, place d'Italie, et une autre, boulevard Saint-Marcel, qui cherchaient pour lui dans l'arrondissement, parce que M. Guillemot ne voulait pas trop s'éloigner, rapport à sa clientèle, en particulier les vieilles personnes qui n'aiment pas changer leurs habitudes, ni prendre les transports en commun. Les agences appelaient parfois au cabinet, alors c'était elle qui prenait les rendez-vous, mais pas toujours. Non, elle ne savait pas s'il s'agissait d'une femme ou d'un homme, le dentiste ne lui avait pas précisé ce détail. Il avait seulement dit que, cette fois, c'était peut-être enfin la bonne occasion, une affaire à saisir. Assez tentante pour qu'il y fasse un saut, avant de filer à l'hôpital, disait-il. Il en avait pour moins d'une heure, c'était juste à côté, dans le quartier : Si ma femme téléphone, dites-lui que j'arrive. C'est ce que j'ai répété à Mme Guillemot : il arrive. Je n'en sais pas plus. Voilà comment nous nous sommes quittés… Dire que je le voyais pour la dernière fois !… Vous êtes sûr qu'il est mort pour de bon ? Vraiment mort ?

Une chute du quatrième étage, rares sont ceux qui en sortent indemnes, même les acrobates. Mme Baruk ayant suffisamment consommé de mouchoirs et suffoqué d'effroi, l'inspecteur Verlaine préférait s'abstenir de lui décrire en quel état le corps du dentiste avait été transporté à l'Institut médicolégal. Un quidam qui s'écrase sur le trottoir ne reste pas longtemps inaperçu, la rue Bobillot est passante, à huit heures trente du matin. Encore une chance que personne ne l'ait reçu sur la tête, de quoi passer de vie à trépas sans réaliser ce qui vous arrive. Rien qu'un pot de fleur vous fracasse le crâne, alors un corps de quatre-vingts kilos… Un agent faisait la circulation non loin de là, il avait tout de suite donné l'alerte. Les pompiers étaient arrivés illico, le commissariat avait envoyé une équipe, vu le cas douteux sitôt saisi l'autorité judiciaire, le parquet avait donné ordre d'une instruction en flagrant délit. De permanence, Verlaine débarquait avec sa brigade. A peine une heure plus tard, montre en main, le cadavre était livré quai de la Rapée. Et l'on prétend que les services publics laissent à désirer… Et comme ne se trouvaient dans les poches de ce monsieur qu'un paquet de cigarettes et un carton portant le numéro d'un téléphone de Cochin, service des urgences, avec le nom d'une Mme Guillemot, c'est là qu'on avait appelé en premier, qu'on était tombé sur l'infirmière en chef, qui en avalait son dentier d'apprendre cet accident, qui allait informer qui de droit, mais c'était une situation extrêmement délicate que d'aller déranger une personne, non pas hospitalisée elle-même, mais au chevet de son fils mourant, pour l'inviter à venir identifier, à l'Institut médicolégal, un défunt qui s'avérait probablement être son mari… Une énormité pareille, il ne s'en présente pas tous les jours dans le métier. Pour l'identification par la veuve éventuelle, on attendrait plus tard. Car, dès l'après-midi, les choses avaient beaucoup avancé.

— Si l'on peut dire, madame Baruk. En cas de décès sur la voie publique, établir les causes de la mort est obligatoire. Bon, on trouve un défenestré sur le trottoir, ça ne suffit pas à résoudre l'équation : d'où est-il tombé, quel étage de l'immeuble habite-t-il, quel appartement ? Est-il tombé, a-t-il sauté, l'y a-t-on un peu encouragé ? C'est qu'on voit toutes sortes de choses, des plus extravagantes. Il y en a qui repeignent leurs volets debout sur la rambarde de leur balcon, ou qui veulent attraper leur chat, coincé dans la gouttière. Il y a des voleurs qui glissent du toit, entre deux fenêtres qu'ils enjambent, les monte-en-l'air ne reculent devant rien. Sans compter les vertiges existentiels…

Enquête judiciaire, sans délai et, malgré ce que croient les gens, pas besoin de mandat pour perquisitionner. Une fois établi par la concierge que le défenestré n'habitait pas l'immeuble, il fallait faire du porte-à-porte, enquête de voisinage, à tous les étages : un visiteur, parent, ami, un médecin en visite, un représentant de commerce ou réparateur de passage manquait-il au compte ? Il en passe, du monde, dans les immeubles. Même des amants clandestins. Ils ont bien le droit, mais pas de sauter subitement par les fenêtres. Là, cela regarde l'autorité. L'endroit avait été localisé assez vite vu que, dans cet immeuble, il y a exclusivement des retraités et des rentiers, sauf un professeur qui corrigeait ses copies et deux épouses à domicile ; et les chambres de bonne ne sont pas louées, la copropriété l'interdit. Verlaine avait appelé du renfort. Visite complète en une heure, ce n'est pas si courant. Parfois, cela prend vingt-quatre heures de vérifier, d'attendre que les gens rentrent du travail. Du seul appartement qui ne répondait pas au coup de sonnette, la concierge avait les clés. M. Guillemot n'avait rien dans ses poches parce que tout était dans son porte-documents, posé sur la table de la cuisine. Ses papiers personnels, son agenda professionnel, son trousseau de clés, ses clés de voiture, les documents d'admission de l'enfant Johnny à l'hôpital Cochin, la veille au soir, en service de réanimation… En sus, une fenêtre était ouverte dans le salon. Donc, pas de doute : c'était bien de ce quatrième étage que provenait le défenestré. Cela ne s'appelait pas encore une scène de crime mais, vu les circonstances, s'imposaient les constatations, procédure sensible quand trop de monde est passé par là. Ils avaient la chance, pour ainsi dire, de débarquer dans un endroit vierge : pour investiguer, on ne peut rêver mieux. Verlaine avait aussitôt mis la brigade au travail, photos, prélèvements, procès-verbal.

— Mais la personne qui accompagnait M. Guillemot, l'agent immobilier ?…

— Là, le bât blesse. C'est pourquoi j'enquête, madame. Pourquoi je viens droit ici vous questionner un peu sur ce qu'a pu vous dire M. Guillemot, ce matin, juste avant de filer à ce rendez-vous. Vous êtes la dernière personne à qui il a pu dire quelque chose qui nous éclairerait un peu… C'est que cet appartement n'est pas à louer. La concierge n'y comprenait rien. Les propriétaires sont au Japon, depuis six mois. Monsieur est industriel en électronique, en poste là-bas pour deux ans, avec épouse et enfants. Vous me suivez ? Question surface, disposition des pièces, étage et rue, rien à dire : impeccable. Mais de loyer, aucun, quel qu'en soit le prix… Comment M. Guillemot s'est-il introduit là ?

Avec un agent immobilier, prétendait Mme Baruk. Or personne n'avait vu le dentiste, en compagnie de qui que ce soit. A cette heure-là, la concierge conduit sa petite fille à l'école primaire, fait ses courses en rentrant, absente tous les jours entre huit heures et quart et neuf heures et demie, accord du règlement de copropriété, pancarte dûment accrochée à sa loge. Elle n'avait donc pu voir entrer ni sortir de visiteurs. En particulier ce loueur, volatilisé. Tandis que la brigade examinait les lieux, Verlaine n'avait pas perdu de temps, il avait fait appeler les agences dont parlait Mme Baruk, y compris celle du boulevard Saint-Marcel, consignées dans l'agenda, très bien tenu. Aussi un certain nombre de gens y figurant : on peut visiter des appartements par l'intermédiaire d'amis ou de confrères… Aucun de ceux qu'on avait pu joindre n'avait donné de rendez-vous ce matin à M. Guillemot. Et qui propose de visiter un appartement occupé, de surcroît sans bail commercial ? Egalement prohibé par la copropriété. Il y a des propriétaires très exclusifs, qui ne veulent pas d'emmerdements dans leur immeuble, même avec des professions libérales, les allées et venues que ça provoque. Bref, on en était là.

— Vous me confirmez qu'il a bien spécifié : un agent immobilier ?

— Parfaitement. Il ne m'en a pas dit davantage. Il était pressé, et il ne me dit pas chaque fois avec qui il fait ses visites. Toujours à des heures comme celles-là, le matin avant dix heures, entre treize et quatorze heures, ou alors le soir, après la fermeture du cabinet. C'est peut-être bien pourquoi il a manqué des occasions… Oh mon Dieu, mais que s'est-il passé dans cet appartement ? Il faut sacrément se pencher d'une fenêtre, pour en tomber… Comment ce monsieur qui l'accompagnait l'a-t-il laissé le faire sans intervenir ?

— Bonne question. Je me la pose, madame Baruk. En tout cas, s'il l'a vu tomber, ou sauter, le fait est qu'il n'est pas descendu le ramasser. Il a pu prendre peur, s'enfuir sans demander son reste… Il y a de quoi, un client qui sort par là, c'est choquant. Cependant, une fois son affolement refroidi, il ne reste pas dans la nature. Il alerte, il vient s'expliquer, non ? Et puis, normalement, un employé d'agence ne fait pas visiter s'il n'a pas mandat de location. Il y a bien des marchés parallèles, de petits malins qui profitent de leurs tuyaux. Là, il est en mauvaise passe, parce que, vu que le logement en question est habité, c'est un escroc. A mon avis, cet individu n'est l'employé d'aucune agence… M. Guillemot avait-il fait passer des annonces dans la presse ? Cherchait-il une transaction avec des particuliers ?

— Je l'ignore. Je ne crois pas, reniflait-elle, très perturbée par les vertigineuses perspectives que lui découvrait l'exposé de l'inspecteur. Il n'est pas du genre à s'y prendre de cette manière, il aime bien les choses carrées.

Une annonce, c'est trop de tracas pour lui. Il m'aurait demandé de le faire à sa place. Il me semble…

— Et la famille, en dehors de son épouse divorcée ? Il a un lien avec la famille du député ?

— C'est son fils.

L'inspecteur émit un petit sifflement.

— Que dites-vous de ça ?

— Que voulez-vous que j'en dise ? Moi, je ne fréquente pas ce monde-là. Personne de sa famille ne vient se faire soigner les dents ici, ni les sœurs, ni les parents. Et je ne crois pas que M. Guillemot tirait tellement profit des relations de son père, sinon, il aurait trouvé en vitesse un bon local pour son cabinet…

— Donc, je résume : vous ne savez rien.

Ce bilan désastreux la fit de nouveau fondre en larmes. Son tourmenteur n'était pourtant pas brutal, il ne la grondait pas, il voyait bien dans quel état la mettaient ces nouvelles affreuses. L'inspecteur avait l'âge d'être un frère, ou un mari, il avait l'expérience de la vie. Il était bien correctement vêtu d'un pardessus bleu marine, cravate distinguée, genre anglais à rayures club ; même ses chaussures n'étaient pas celles d'un flic ordinaire. Des mains soignées, une alliance, quelques fils d'argent aux tempes, des dents en bon état ; une couronne d'or, prémolaire gauche du haut, qu'on entrevoyait quand il tirait sur ses commissures. Non pour sourire, il n'y avait pas de quoi, mais il avait un tic nerveux de grimacer pour souligner les passages difficiles. L'entretien dans le petit couloir sans fenêtre, à la lumière de la lampe de bureau, n'avait rien d'impressionnant, cette conversation entre quatre yeux était presque intime, cependant il consignait ses paroles dans son calepin, et elle pensa qu'on retiendrait contre elle tout ce qu'elle avait dit, y compris sa remarque un peu acerbe sur l'ex-femme de M. Guillemot.

— Mais non, ce n'est pas un interrogatoire, la rassurait-il. Seulement vous aurez l'obligeance de passer demain matin au commissariat de la rue Bobillot, pour faire une déclaration en bonne et due forme. Une enquête judiciaire est ouverte, pour mort suspecte. Nous avons besoin de tous les témoignages.

L'inspecteur se levait, il se faisait tard, sept heures du soir. A cette heure, le cabinet aurait dû être fermé. Le dentiste aurait reçu son dernier patient, elle nettoierait les instruments et rangerait le cabinet tandis qu'il plierait sa blouse blanche et consulterait son agenda pour le lendemain, plaisanterait un peu avec elle et lui souhaiterait le bonsoir. N'oubliez pas d'arroser le caoutchouc, il s'étiole, madame Baruk, vous le négligez… Elle n'avait plus de Kleenex, l'inspecteur lui en offrit un. En une seule journée, apprendre la disparition du petit garçon, et celle de son père, son employeur, de ces catastrophes ! Le plancher vous fait défaut, le monde s'écroule, qui la réconforterait, ce soir ? Célibataire, oui monsieur l'inspecteur. Mon adresse, mon numéro de téléphone. Non, elle n'avait pas souvent vu l'enfant. Pas depuis que M. Guillemot était divorcé. Une ou deux fois, auparavant : un bébé avec sa mère, quand celle-ci venait au cabinet chercher de l'argent… Elle ne voulait pas en dire davantage sur cette personne, qui ne s'était pas conduite convenablement. Une intéressée. Ce n'était pas une bonne épouse pour un homme gentil comme lui…

— Vous êtes la maîtresse de M. Guillemot ?

De suffocation, Mme Baruk retomba assise.

— Excusez-moi. La routine. On ne sait jamais, vous auriez pu le consoler de ses déboires conjugaux. Vous êtes une belle femme…

C'était dit très gentiment, sans vulgarité, avec un vrai sourire cette fois, et cela lui fit l'effet du réconfort que personne d'autre ne lui apporterait, ce soir ni ensuite. Il fourrait son calepin dans sa poche.

— Maintenant, nous allons quitter ensemble le cabinet, et vous allez me donner vos clés. Vous en avez d'autres ?

Non, elle n'en avait pas. Ce soir, ses collègues reviendraient perquisitionner et l'on poserait les scellés. Alors, si elle avait des affaires personnelles à emporter… La femme s'exécutait, fataliste. Elle vidait son tiroir de bureau, quelques stylos, un flacon de vernis à ongles, roulait ses chaussures de travail, des ballerines confortables, dans son cache-cœur de mohair. Par habitude, elle allait vider les poubelles dans un sac, mais il l'arrêta.

— Non, non, laissez tout en l'état. Vous n'oubliez rien ?

D'un regard circulaire, elle embrassait le petit espace familier, apitoyée, résignée. Il la prit par le coude.

— Allons, madame Baruk, il faut partir… Toutes mes condoléances, ajouta-t-il, soudain pris d'un remords.

Ce geste, ces paroles amicales, au lieu de lui arracher de nouvelles larmes, peut-être les avait-elle épuisées, illuminèrent son visage rond d'une puérile émotion et il pensa que, oui, elle devait être une bonne personne.

L'Institut médicolégal est un endroit très mal placé, coincé entre le bassin de l'Arsenal et le quai de la Rapée, dans le coude de la ligne du métro qui ébranle les murs toutes les trois minutes. Outre qu'une morgue n'inspire pas la gaieté, le bâtiment avait perdu son lustre d'antan de briques coquettes, à présent noircies par la pollution, par l'usure et l'abandon administratif. Il était planté au fond d'une cour pavée exiguë agrémentée de quelques platanes squameux, en cette saison tristement dénudés, et l'unique lampe, sous la verrière de la marquise, limitait son halo jaune aux quelques marches du perron ; le reste noyé dans l'obscurité nocturne, avec, tout proche, le grondement du trafic urbain, incessant sur cette partie du quai entre les gares et la place de la Bastille, le passage intermittent des métros. Mais dedans, il y avait du monde, de l'activité, la moitié des fenêtres filtraient de la lumière à travers les vitres poussiéreuses. C'est là que l'inspecteur Verlaine avait accueilli Mme Guillemot, extraite de Cochin en compagnie d'une infirmière qui l'escortait, pour raison de santé. Elle y avait été admise dans la soirée, en raison du traumatisme qu'elle venait de subir, deux morts consécutives dans la même journée, son enfant, son mari, on est terrassé pour moins.

L'inspecteur avait obtenu cette sortie de l'interne, en arguant de l'urgence d'une identification, ce qui était faux : on avait assez d'indices concordants pour différer cette procédure obligatoire. Argué, là il disait vrai, qu'aucun autre proche n'était joignable pour accomplir cette démarche mortuaire : au domicile des parents, à Genilly, en grande banlieue, personne au bout du fil. Ou plutôt si, mais seulement une domestique. Une certaine Abigael, qui avait dressé de la situation un tableau accablant : n'étaient actuellement présentes à la maison qu'une très vieille grand-tante impotente, clouée sur une chaise roulante, et la mère du défunt, qu'à mots à peine couverts elle décrivait dans un état cataleptique avancé, dépressive, déjà couchée, totalement exclu de la transporter où que ce soit, exclu de lui infliger un choc supplémentaire, elle se relevait à peine du précédent… Le précédent ? La mort subite et simultanée de deux autres de ses petits-enfants, deux mois plus tôt, tragique accident de mariage, vous comprenez, maintenant ? La jeune fille, on pouvait la supposer telle à sa voix juvénile, néanmoins péremptoire, n'avait pas le moins du monde l'air secouée par la nouvelle, qu'il n'avait pourtant avancée qu'avec moult précautions, au cas où. Plutôt survoltée, se formalisant qu'on téléphonât à une heure pareille davantage que du double événement macabre. Ou bien elle dissimulait son émotion en le prenant de haut, ou bien elle s'en foutait réellement, les gens de maison ne sont plus ce qu'ils étaient… En tout cas, elle suggérait qu'on rappelât demain : M. le député Guillemot était absent, injoignable, aaa-bsolument.

L'interne avait donc admis, face à ces arguments, qu'on transportât Mme Guillemot en ambulance à la morgue, à condition que la formalité fût rapide. Service minimum, s'il vous plaît, allez-y mollo avec vos macchabées au frigo. Un langage de carabin assez déplacé, qui enrobait de gouaille son propre embarras devant ce cas douloureux, chacun se débrouille avec les difficultés du métier, les médecins comme les domestiques. Et les inspecteurs, donc ! Non, ils n'ont pas le droit de se laisser aller. Ils observent une stricte neutralité, mine de circonstance et langage châtié, pour accueillir la veuve endeuillée, la maman dévastée. L'infirmière en service commandé veillait à sa patiente, la soutenait à la taille, sans qu'il en soit tellement besoin, apparemment. Ou bien les doses de tranquillisant qu'on lui avait administrés assommaient celle-ci, ou bien elle avait atteint une sorte d'anesthésie naturelle. La petite dame était plutôt calme, moins hébétée que la situation ne le laissait prévoir. Il y a un certain degré d'acharnement du sort au-delà duquel, dans son inflation, la douleur s'égalise, la capacité à souffrir ayant trouvé ses limites tout excès devient pour ainsi dire inopérant, Verlaine l'avait maintes fois observé. Mme Guillemot avait l'air abattue, certes, mais marchait droit comme une mécanique remontée, elle avait même passé un peu de rouge sur ses lèvres ; signe qu'elle n'avait pas atteint le fond du tréfonds du désespoir. Aucune conclusion n'est à en tirer, la stupeur de la mort prend toutes sortes de formes, elle prend surtout son temps à sidérer les vivants. Demain, cette femme serait peut-être bien anéantie, ou dans deux mois, mais, pour le moment, elle tenait assez bien le coup. Ce qui soulageait lâchement l'inspecteur Verlaine. Ce genre de formalité est déjà éprouvante, compatir de surcroît aux débordements, il faut être en forme ; et il avait eu une rude journée.

A vrai dire, il n'avait tant bataillé avec l'interne sous ses faux prétextes que parce qu'il espérait de cette personne ce qu'il n'avait, à cette heure, obtenu de quiconque, sauf de Mme Baruk, mais celle-ci n'était pas une intime : un témoignage un peu consistant sur la personnalité de Jean-Marie Guillemot, son caractère, ses mœurs et ses habitudes. Il se doutait bien que, en se présentant à l'hôpital pour un interrogatoire de police, on lui aurait refusé l'accès à la chambre. Or il voulait battre le fer ; plus vite les faits sont saisis, plus vite se résolvent les mystères, mieux on boucle les affaires. Méthode, expérience, sans omettre la chance. Pour les deux premières, il n'en manquait pas, vingt ans de maison. Pour la chance, c'est plus aléatoire, elle profite autant au criminel qu'au flic. Une fois n'est pas coutume, l'enquête avançait à grands pas ; dans les cas de flagrance, c'est décisif. Menées tambour battant depuis le matin, toutes les investigations menaient à cette évidence que le dentiste avait été attiré rue Bobillot par un imposteur informé de ses recherches immobilières – comment ? –, par un aigrefin, un escroc dangereux. Les scellés avaient été posés sur la porte de l'appartement, scène de l'accident, ou du crime. N'excluons pas l'hypothèse. Mais, sans négliger ce qu'enseignerait la perquisition du lendemain à son domicile et à son cabinet, on pouvait plutôt supposer que l'entrevue avait mal tourné, que Guillemot, flairant soudain l'arnaque, avait réagi violemment, d'autant qu'il différait pour cela de se précipiter au chevet de son petit garçon. Les hommes en étaient venus aux mains, etc. Ce scénario convenait assez à l'inspecteur Verlaine. Dès que Mme Guillemot aurait reconnu le défunt, l'autopsie serait pratiquée, raison de plus pour accélérer la cérémonie funèbre.

Celle-ci avait eu lieu sobrement. En sus du factotum de service et du médecin légiste, deux témoins étaient présents, réglementairement, l'infirmière et l'inspecteur soi-même. Mme Guillemot avait examiné un bref instant le visage de son ex-époux, hoché du menton, déjà le chariot glissait sur ses rails, la porte du frigo se refermait, verrouillée. Enveloppé du drap mortuaire, l'homme semblait bien plus long que sur le trottoir, mais dans cette position disloquée comment évaluer la taille d'un homme ? Quant à sa physionomie, pour ce que Verlaine en avait aperçu, elle avait la sérénité indulgente dont la mort fait parfois le cadeau, traits lissés, puérils presque ; il en avait beaucoup vu de plus défigurés, grimaçant, ricanant. Exhiber sa carte d'identité, signer le registre, la veuve s'exécutait, sans besoin de Kleenex.

— Pouvez-vous répondre à quelques questions ? Prendriez-vous un café ? s'enhardissait l'inspecteur avec la douceur bénigne d'une nurse, tandis qu'il longeait le couloir carrelé qu'un néon faiblard barbouillait de glauque.

— Surtout pas de café, c'est contraire à son traitement, protestait l'infirmière. Ma patiente n'est pas en état de subir un interrogatoire…

— Un petit café, acquiesçait pourtant ladite patiente.

Il n'y avait qu'une machine distributrice, le jus crachoté dans les gobelets de carton ne risquait pas de provoquer une overdose de caféine. Mme Guillemot avait siroté l'insipide breuvage debout, ayant refusé le seul siège disponible, une chaise métallique de la série la plus pathétique du standard industriel ; ces endroits ne sont pas prévus pour tenir salon. Tandis que le cornac réprobateur faisait ostensiblement le piquet près de la porte de sortie, dans cet environnement hostile et en dépit de la posture inconfortable, l'inspecteur Verlaine avait tenté une causerie. Avec toute la diplomatie d'usage, il s'était d'abord fendu d'un discours d'introduction, en cette tragique conjoncture, avec tout le respect qu'il devait à son immense peine, malgré ces événements douloureux, madame Guillemot pouvait-elle lui parler de son malheureux époux ? Quand l'avait-elle rencontré pour la dernière fois ? Lui avait-il confié ses projets immobiliers ? Savait-elle si un ami, une connaissance, s'était entremis dans ses recherches ? Etait-il déprimé ? Questions en rafale, dans l'espoir qu'au moins l'une d'elles atteindrait son cerveau en compote. Mais la jeune dame enregistrait et elle n'y allait pas par quatre chemins. Elle l'avait vu quinze jours plus tôt, pour parler des vacances de Noël du gosse, et ça s'était mal passé, vu qu'elle n'avait pas l'intention d'aller s'enterrer à Chamonix en basse saison. Jean-Marie avait très peu d'amis, il ne fréquentait que des collègues dentistes. Il regardait la télévision en buvant des whiskies. Jamais déprimé, satisfait de sa personne et de sa petite vie routinière. D'un inoxydable optimisme, puisqu'il croyait que ces minables agences pouvaient lui procurer le cabinet de ses rêves. Puisqu'il s'imaginait que le gosse avait juste tourné de l'œil d'une hypoglycémie dans le square, et qu'il pouvait courir à ses occupations, au lieu de la rejoindre fissa à l'hôpital. Croyez-vous qu'il s'inquiétait le moins du monde ? Sa famille lui dirait certainement le contraire, mais elle, elle pouvait le lui certifier : sous son dehors jovial et serviable, c'était un égoïste fini. Et pas un aventurier, du genre à se pencher au balcon pour voir le temps qu'il fait, ricanait-elle, presque.

Tout à trac, de sa petite voix flûtée, animée d'une vindicte noire, que Verlaine mit au compte de l'ébranlement mental. C'est psychique, se dit-il. Elle n'est pas dans son état normal. Cependant, on ne parle pas ainsi d'un mort tout frais, jugeait-il, désarçonné. Si grave soit le grief conjugal – sexuel, c'est toujours du sexe dont il s'agit –, si intense soit le ressentiment, quelqu'un qu'on vient de voir, à peine refroidi dans son dernier complet-veston, lui tailler un tel costume, ce n'est pas convenable. Précisément le mot qu'avait employé Mme Baruk. Malgré tout, la jeune femme n'était pas en grande forme, teint plombé, grands cernes mauves, paupières boursouflées et le cheveu plat, la perte d'un enfant est abominable. C'est pourquoi il avait tendance à lui trouver des excuses. A considérer qu'il y a des limites aux impératifs professionnels et qu'abuser de cette personne, en un instant pareil, était une mauvaise action. Cela dit, dans l'égarement, on dit tout cru des choses plus vraies que dans l'ordinaire de la vie. La douleur fait sauter les censures, on aboie, on mord, on insulte, on vide son cœur et ses tripes… Quoi qu'il en soit, l'entretien ne pouvait décemment durer davantage, cela tournait à la torture du témoin désarmé, il y mit fin. D'ailleurs, Mme Guillemot jetait son gobelet de carton et, de son propre chef, rejoignait l'infirmière pour aller finir sa nuit à Cochin. Il n'osa ajouter un mot, lui demander son adresse, il se la procurerait demain auprès des services de l'hôpital. Il aurait sûrement besoin de revoir la veuve du trépassé, dans de meilleures conditions.

Il resta seul, songeur, par inattention se servit un autre hydrolat noirâtre, se résigna à ingurgiter la potion, avec deux sachets de sucre, soudain accessible au surréalisme de sa situation, ce qui n'était pas pour lui déplaire. A pas grand monde, Verlaine aurait exposé sa conception poétique du métier de flic. Verlaine, Verlaine, lui demandait-on (rarement, les initiés exclusivement), Verlaine ? Seriez-vous de la famille de Paul ? Non, de Marcel, répondait-il, suave. C'était vrai : son père s'appelait Marcel. Mais son père adoptif était Duchamp Marcel, le grand Duchamp. Depuis que, découvrant *La Mariée mise à nu par ses célibataires, même* le jour où sa femme le quittait, il avait heurté du front la poésie radicale. Envisageons le scénario : Guillemot comprend que l'affaire est tordue, il proteste, se fâche. Le ton monte, l'autre s'affole : il ne faut pas faire de bruit dans l'immeuble, *because* les voisins, l'appartement censément vide. Il veut le faire taire, il assomme le dentiste… De là à le balancer par la fenêtre !… S'il l'a seulement occis, c'est un peu radical, d'achever son client. Et de laisser la fenêtre ouverte… Quoique, dans certaines situations, on en vienne à des gestes inconsidérés, on ait des oublis. Qui, assez souvent, facilitent l'enquête, les criminels sont négligents, quels que soient leurs plans, mais pénétrer la psychologie d'un type dont on ignore tout, l'âge, la corpulence, le sexe aussi bien, une équation à dix inconnues. Le genre d'algèbre qui, à neuf heures du soir, plonge le flic ordinaire dans des abîmes de désabusement duchampiens. Guillemot est tombé sur un fou. Hypothèse tentante, mais erratique. Tout le monde est fou, à un moment ou un autre, l'espèce est ainsi faite. De plus, la folie est raisonnable, elle a sa logique, Marcel. Mettons qu'il cogne trop fort, il le tue par accident. C'est rude. Il comptait juste lui soutirer un chèque – vérifier le chéquier –, le voilà avec un cadavre sur les bras. Avec un peu de sang-froid : le laisser sur place et tirer la porte, ni vu ni connu. Avant que ça sente au point d'alarmer le voisinage, les proprios seront rentrés du Japon… Bien plus fûté que de basculer quatre-vingts kilos par-dessus un balcon. Quel coup de collier, un travail de chien. Avec un peu de sang-froid encore : rafler le porte-documents. Le quidam n'a pas l'air de s'en soucier. Ni de laisser la fenêtre ouverte, ni que, une fois en bas, le corps du délit soit un peu visible. Il n'a pas ces détails à l'esprit, ou alors, il s'en moque. Ou bien, c'est énorme, il laisse exprès des traces de son forfait, qui alertent tout de suite la maréchaussée. Quelque chose cloche dans le déroulé. Ou alors, pas de bagarre, pas d'accident. Le type attire Guillemot dans cet appartement tranquille, dont il a les clés –comment s'y prend-il ? –, parce qu'il a un compte à régler avec lui. Chantage ? Le dentiste sait quelque chose qu'il veut obtenir, ou il sait de Guillemot quelque chose qu'il veut marchander. Si grave que l'autre saute illico dans le vide ? Ça ne colle pas…

Verlaine se consolait que l'autopsie soit en cours, le charcutage prendrait la nuit. Demain matin, première heure, il viendrait au rapport. Une fois sur le billot, la viande est bavarde. Mieux que le suspect soumis à un interrogatoire musclé, mieux qu'au confessionnal, le corps déballe tout de son histoire, l'ancienne et la récente. Dernier repas avalé, bulletin de santé, dernier rapport sexuel, lésions externes, internes, crevées et cisaillage en Y, larynx, trachée, estomac, viscères, collection des urines, du sang, les phanères… L'inspecteur triturait son gobelet vide, écoutait les bruits de la ville. Les quidams vont par les rues, amoureux, sans peur du lendemain, ils rigolent, tous leurs intestins et leur sang dedans. On est vite vidé, disséqué. La vie est morbide. Tout de même, exterminer un fils et son père, le même jour, les dieux s'en paient une tranche, sanguinaire engeance… Il n'allait pas philosopher là-dessus. Bile noire, pensées détestables, de quoi se payer une insomnie, son lot ordinaire. Au fait, de quoi Johnny Guillemot est-il mort ? se demanda-t-il soudain, interloqué par cette lacune sérieuse. Pas une seconde, l'idée ne lui était venue de poser la question à la petite dame ni à son cerbère… Accident au jardin d'enfants. Quel jardin ? Mme Baruk parle de malaise, coma. Hypoglycémie, dit la mère. On ne trépasse pas d'hypoglycémie, qu'est-ce que c'est que cette histoire ? Mort subite d'un mouflet qui attend son train électrique, qui doit partir aux sports d'hiver, jamais malade… Ta journée n'est pas finie, Verlaine : direct Cochin, l'interne de service, le dossier Guillemot Johnny. Pour une enquête préliminaire, on dispose de huit jours, après quoi le procureur prend les choses en main, on n'a plus les coudées franches avec le juge. La nuit commence juste, au travail.

XVI

Vendredi 15 novembre

Ils avaient garé la 2 CV sous les taillis d'un chemin creux, embourbé à cette saison, assez loin de la route pour ne pas attirer l'attention, et à bonne distance du Mesnil. Antoine était trop averti des mœurs locales pour risquer que sa présence soit signalée dans les commerces du village, en particulier à l'épicerie, avec le café, plaque tournante de tous les ragots ; pire, rapportée aux Armand. En rase campagne, on ne sait qui vous voit, l'information s'en répand à grande vitesse, selon le principe du téléphone arabe. Les gens du coin n'apprécieraient pas qu'on appelle ainsi leur bouche à oreille, hostiles comme ils le sont aux émigrés d'Afrique du Nord, ironisait-il, pourtant toute communauté rurale le pratique ainsi, et sous tous les ciels. Ils avaient donc laissé la voiture à deux kilomètres de là ; si un péquenaud tombait dessus, il en serait pour ses frais, et ils avaient coupé à travers bois. Le jeune homme connaissait le pays comme sa poche, expliquait-il à Christine, pour y avoir toute sa jeunesse mené les vaches au pré, vagabondé tant et plus avec Hélène et Louis. A jouer aux Indiens, on finit par acquérir leur ruse et leur sens de l'espace, garder à l'esprit les ressources du territoire, raccourcis et cachettes, une science empirique de la nature dont les gamins des villes sont dépourvus, ils ont des terrains de jeu plus chiches. Ce à quoi s'adonnent les gamins, loin des yeux, mieux vaut que les parents l'ignorent, ils se feraient un sang d'encre. Mieux vaut aussi que les enfants ignorent les dangers qu'ils courent ; quelle que soit son échelle, l'aventure en présente de réels, parfois de mortels…

Antoine conduisait donc Christine à travers bois, sans l'aider à franchir les ornières et les fossés, sans s'inquiéter d'elle, pas plus que pour traverser le terrain vague de Nanterre ; elle commençait à savoir qu'elle n'avait pas à attendre de lui ce genre de galanterie. Loin de la contrarier, être traitée en égale lui plaisait, elle n'était pas en sucre et lui n'avait pas à jouer les chevaliers servants, cette rudesse virile avait pour contrepartie de l'exempter des chichis ; sa lecture récente de Simone de Beauvoir portait ses fruits. Fi des jeunes filles rangées, qui mendient la protection ancestrale des hommes et s'amputent d'elles-mêmes. En renonçant à ce privilège aliénant, les femmes s'émancipent, par leur volonté propre conquièrent leur dignité, un gain sans pareil. Les pluies diluviennes de ces derniers jours avaient saturé le sol, gorgé d'eau sous les fougères rousses, détrempé au point qu'ils s'enfonçaient, parfois jusqu'aux chevilles, mais ils s'étaient chaussés de bottes, équipés de vêtements chauds, et la capuche abritait de l'eau dégouttant des arbres, dont le branchage noirci par l'automne leur faisait une voûte enchevêtrée ; à travers quoi le ciel d'encre tapissé de sombres nuages diffusait une lumière irréelle de nacres, tous les gris irisés répandus dans le sous-bois, une magie hivernale dont elle se demandait si son compagnon en éprouvait le même ravissement esthétique. Se trouver loin de tout avec lui, dans l'isolement sylvestre, enchantait cette marche forcée, lui donnait un sentiment délicieux d'invincibilité, à moi les obstacles, à moi la pluie, le vent et la boue ! Comme il marchait devant elle, ouvrant le chemin, elle ne voyait que sa carrure à la charpente bien équilibrée, son dos, qu'il courbait sous les banches basses. Mais à présent celui-ci n'offrait plus de mur ennemi, énigmatique et blessant. Il était un rempart épaulé par l'envergure fragile des omoplates, que vertèbre la colonne longue, jusqu'à la dépression vulnérable de la nuque ; celle-ci ploie sous la main, offre aux doigts une prise à leur taille, déliée sous la toison rude des cheveux, soyeux à la naissance du cou. Son dos ; et ses reins, que ceinturaient les côtes de son blouson de cuir, la cambrure des lombes moulées par le jean, la forme oblongue de ses fesses, ses hanches étroites de garçon et ses cuisses fermes, tout en était changé, il n'était plus un corps étranger, antagoniste et intimidant. Puisqu'il ne se retournait pas, c'est l'avantage de marcher à deux mètres derrière, cela donne un point de vue intéressant, elle pouvait à loisir convoiter ses formes, les trouver à son goût, fondre de tendresse et de désir pour lui, s'autoriser, en fille émancipée, à jouir à la vue d'un beau corps d'homme. Pour un peu, elle aurait pu le siffler, comme font les garçons aux filles, des terrasses de cafés. Elle aurait pu lui mettre la main aux fesses et, rien que d'en avoir l'envie la faisait rire, la chatouillait de gaieté, nouait sa gorge d'une émotion neuve, elle en manqua le revers du fossé.

Jamais ne l'avait effleurée l'idée de rendre visite à la vieille demeure du Mesnil, d'aller explorer, loin de Paris, cette maison de famille abandonnée dans laquelle elle n'avait jamais mis les pieds, où Camille ne l'avait jamais conduite, ne se rendait pas non plus, pour ce qu'elle en savait. C'était ce genre d'endroit un peu légendaire, dont on connaît l'existence par ouï-dire, qui finit par revêtir la consistance du rêve. Certes, y était attachée l'histoire familiale, trois ou quatre générations d'ancêtres fabuleux perdus dans les brumes du passé, dont émergeaient des figures illustres, comme celles de son arrière-grand-mère, l'héritière de la fabrique de biscuits, et de son mari excentrique, de qui la collection orientale dormait au musée de l'Homme. Maman y avait passé une partie de sa jeunesse mais, de là à nourrir pour cet endroit une curiosité particulière, il y avait un pas. D'autant que cette propriété était réputée inhabitable, laissée à la ruine et l'objet d'un litige obscur de succession pour lequel elle n'avait aucun intérêt, ni à en apprendre la nature exacte, ni à se soucier de sa résolution. Visiblement, Camille non plus, ou les héritiers nombreux ; son oncle Théo moins que tout autre, bien tranquille à Kinvara avec ses hallucinations auditives. Là-bas, elle avait des souvenirs. Le manoir de tante Mildred était vivant, et habité, il y avait ses sœurs pour voisines, des roses trémières, des massifs de rhubarbe sauvage, une grande cuisine qui sentait le pain d'épice, la tourbe et le poisson frais, de vastes chambres, des greniers, le bruit de la mer, et son cousin William. Là-bas, elle avait vécu cinq années heureuses de sa vie, on a assez d'une maison.

Mais Antoine l'avait cueillie au bord du trottoir de la rue Buffon, un rapt inouï ; tout en était métamorphosé. De leur premier baiser, elle restait abasourdie, de sa violence, de sa douceur, du vide et du plein qu'il procurait au milieu de son obscurité, personnelle et générale, un émoi qui renverse le cœur et les sens, il faut retenir cet instant, son impureté lumineuse dans la nuit de novembre. Retenir au coin de cette porte où ils s'étaient tenus enlacés, dans la chaleur de leurs poitrines pressées, les premiers mots balbutiés lèvre à lèvre, palpitants de hâte, le goût salin de leurs bouches et l'odeur de leur peau mêlés ; c'était un commencement bouleversant. Se quitter un déchirement, et une promesse, un chagrin, une joie ; ils s'étaient revus tous les jours depuis. Trois jours de rendez-vous loin du Quartier latin, dans des endroits de périphérie, sur les boulevards, les bords du canal Saint-Martin, aux Buttes-Chaumont. Ils marchaient main dans la main, des kilomètres de randonnée urbaine, magiquement seuls, souverainement anonymes parmi les passants. Ils étaient entrés dans une salle au hasard, peu importait le film, ils ne l'avaient pas regardé, comme tous les amoureux réfugiés dans cette nuit de cinéma que traversent les rêves, le désir flambait, la faim de tendresse et le bonheur d'être des clandestins en voyage, dans la soute emportés. Ils avaient laissé le film au milieu, cherchant d'autres asiles où s'échouer, la ville en est prodigue, ses cafés, ses squares déserts, ou qui le semblaient, tant ils tenaient pour purs figurants ceux qu'ils y croisaient. Antoine s'était mis en congé, ses journées étaient libres, il n'avait d'obligation que ses projections du soir, où il filait au dernier moment. Il n'était pas venu chez elle, ni elle chez lui. Viviane n'était pas rentrée de Londres, Alex ni elle ne donnaient de nouvelles, mais l'appartement de la rue Buffon comme celui de Nanterre, avec les babouches et les barrettes de Luiza, étaient des endroits dont ils se gardaient de parler, évitant d'aborder le sujet brûlant, ils avaient tant à se dire, la conversation est une occupation à plein temps, épuisante. Autant que de se toucher, ils avaient un besoin éperdu de faire connaissance, d'où viens-tu, qui es-tu, dis-moi, raconte. Parle-moi, découvre-moi, surprends-toi de ma nouvelle nouveauté, étourdis-moi de la tienne, les mots caressent. Les mots font l'amour, ils envoûtent le présent et l'allègent de tous les passés composés, rien ne comblait leur besoin d'apprendre l'un de l'autre par quelle aventure ils s'étaient trouvés, aimés à leur insu, le merveilleux insu des rencontres de hasard, qu'on s'ingénie à démystifier, il n'y a pas de hasard. Quel retard avaient-ils sur eux-mêmes ! Alors mieux valait avancer à reculons, ignorer tout à l'heure, demain, l'avenir. Demain posait trop de questions qui seraient à l'ordre du jour plus tard : à quoi la caresse engage-t-elle, son avidité étrange, son emparement âpre, et qu'en diront les babouches, Leni, Viviane ou Alex, les gens des Armand, Camille, et Melville, ou William, qu'en pensera le monde entier ? Il était pour le moment banni. C'était une compagnie importune, refoulée aux frontières d'irréalité, en attente à la douane de leur exil insulaire, qui grise de son magique éloignement, de sa fragile immunité ; il ne leur fallait qu'être deux, et seuls, captifs l'un de l'autre.

La seule chose que Christine n'a pas dite à Antoine, ne dira à quiconque, c'est comment, en pleine nuit, elle se relève et coupe ses cheveux. Elles ont discuté tard, fumé et fini la bouteille de vodka ; Viviane a fermé sa porte, elle la sienne. On n'entend plus rien, que le passage rare de voitures sur le boulevard de l'Hôpital, encore faut-il faire effort pour rapporter ce bruit à celui de machines réelles, conduite par des noctambules qui vont quelque part, baiser ou picoler. Cela s'apparente davantage à un cri animal propagé de murs en murs jusqu'à la chambre, annonciateur de carnage, et combien d'hommes, de femmes, au fond de leur lit comme elle, ont-ils tendu l'oreille, aiguisé leur tympan pour distinguer la venue de ceux qui, freins crissant, portières claquées, appels et abois, s'arrêtaient au bas de l'immeuble, leur galop dans l'escalier, les coups de poing et de crosse à la porte, *Nuit et Brouillard* ne passe pas. Viviane en a vomi, en rentrant. Spasme stomacal vite épuisé, la protestation viscérale est faible. La cornée est plus coriace, elle brûle plus longtemps. Dans l'obscurité, Christine ne peut fermer les yeux, rabattre la paupière sur le globe vitrifié, qui s'exorbite en vain, il fait noir. Noir et blanc. Cette neige carbonique dévaste la pensée ; déficiente, elle aussi. Le défilement, à vitesse folle, culbute villes en ruine, foules extatiques sous les projecteurs des stades, wagons à bestiaux, trois petits enfants, leur main dans la main d'un grand-père chancelant, camps de Pithiviers, Beaune-la-Rolande, plaie creusée au phosphore, convois sans fin, colline sans fin de cheveux mousseux, lunettes, blaireaux ; à ce point de confluence, la résolution échoue. Sauf, pour la première fois, son père en spectre hagard, convoqué sous cet aspect martyrisé de l'espèce humaine. Lui, dont elle n'a jamais vu aucune photo, ni imaginé le visage, fallait-il qu'il en soit pour qu'elle fasse enfin le *rapprochement* ? Qu'elle rapporte le visage de cet absent à ceux du film, aussi bien à ceux du village de *Pluie ardente*, les confond en un seul, universel, et non seulement cette face la conjure de l'envisager mais elle épouse la sienne, de l'intérieur s'y conforme, y ravit sa place vivante, aimante ; pour la première fois, elle pense à papa. Pour la première fois, ce nom aboli se love à sa langue, à ses lèvres palpite, elle s'est levée. Dans la salle de bains s'est rencontrée, dans le miroir, à ce point d'incandescence. Un visage fraternel, en quelque sorte amniotique, d'une nudité d'écorché fœtal, il faut l'achever, pitié. Lui concéder d'accéder un peu à sa ressemblance, coller au sien le masque antérieur, elle le voit et l'implore, se précipite vers l'endroit de collision où le rejoindre, ce point d'impact total ; elle a commencé à couper ses cheveux. Lentement, et pour ainsi dire rêveusement ; positivement calme. Sauf que les ciseaux sont récalcitrants, ils peinent à trancher dans la masse. Mais la déflagration immobile n'abîme pas le cerveau, elle le planifie. Dans la panique humble de l'impouvoir accompli. Si loin de la punition, immolation, rachat… Une déclaration de guerre à soi, sous le néon de la salle de bains, une tête atomique, tout est subitement simple. La lame de rasoir est plus pratique, radicale en son élémentaire fil d'acier. Dire qu'elle se rase les jambes avec cet engin. Une tête d'accidentée contemporaine. Un rendu d'elle-même, copie d'origine. Aux irradiés, calcinés, écorchés, sacrifiés, à son père idéalement massacré, à peine a-t-elle pensé, ou alors juste rêvé, c'était juste pour coïncider. Recueillie, elle a contemplé son scalp. Tondue, j'ai la tête à ça. Tout le monde l'a, sans le savoir, jusqu'au jour des évidences. Ensuite, elle s'est endormie, d'un seul coup. C'est de ce sommeil dont elle a honte, dont pour rien au monde elle ne parlera à Antoine, ni à quiconque.

Alors, que lui a-t-il pris, de suggérer cette expédition au Mesnil ? Le récit qu'Antoine lui fait de son enfance ? Ses jours à rôder, petit paysan, autour de la demeure des maîtres, les invasions clandestines à l'instigation de Louis et d'Hélène, d'une inventivité et d'une effronterie dans leurs audaces qui défient l'entendement ; démons adolescents qui le fascinent par leur licence. Les deux grands se servent de lui pour faire le guet, et prendre les raclées du père, ou les semonces de Mauranne, que leurs forfaits ulcèrent. Elle les poursuit jusque dans les greniers en dépit de ses mauvaises jambes, prompte à attraper celui qui traîne : lui, moins leste que les deux autres. Corrections au torchon mouillé, volées de claques, menaces, bordées de jurons, pauvre Mauranne…

Peut-être la tente ce qu'Antoine lui a dit du Mesnil, de cette époque d'avant-guerre où plus personne de la famille Bertin-Galay n'y vit, une demeure immense aux volets fermés, sur laquelle veillent jalousement les deux vieux, la cuisinière et le palefrenier, derniers survivants d'un temps révolu. Quoi de plus excitant, enfant, que d'investir ces salons, ces chambres et ces couloirs déserts peuplés des vestiges de leur ancienne grandeur, meubles drapés de housses fantomatiques, d'interroger les miroirs vides et de s'y rencontrer, pâle dans l'obscurité, yeux de loup dardés vers la profondeur redoublée des pièces silencieuses, tandis que, dehors, brûle le soleil d'été. Ils se sont roulés sur les lits, ont profané les tiroirs des commodes, touché de leurs doigts rapaces et impies les guimpes et les camisoles jaunies, les manchons de vison mités, rubans fanés, humé les flacons de parfum vides, tous les sens en alerte, rôdeurs furtifs et criminels ; feuilleté les livres poussiéreux de la bibliothèque où ils fument les cigarettes de Louis, pourvoyeur prodigue, chapardeur impénitent de tout ce que Mauranne laisse traîner de liqueurs amères, alcools de noix et de verveine… Cette maison abandonnée, peut-être Christine désire-t-elle en éprouver le sortilège, y rencontrer l'enfant qu'Antoine y a été, et sa sœur Hélène, la femme effrontée croisée au théâtre, si différente de lui ; et Louis, leur compagnon de jeux équivoque, dont la jeunesse semble un mirage ?

Elle a proposé qu'ils s'y rendent, ou plutôt qu'Antoine l'y conduise ; en cachette, pose-t-elle pour condition. Pas question de négocier l'autorisation de Camille, ou de quiconque, ni de légitimer cette visite, demander une clé, et puis quoi encore ? Elle ignore qui en détient une. D'ailleurs, nul besoin d'une clé, Antoine sait y entrer. Il sait par où s'introduire dans la maison, il en connaît toutes les issues, c'est facile. Pourtant, assombri, comme s'il regrettait son aveu, il ne s'est pas rendu sans résistance à la suggestion de Christine. Réticence qu'elle met au compte d'un scrupule pour le caractère répréhensible de cette effraction, l'équipée revêt les aspects d'un enfantillage. Mais elle en a aussi le charme, plaide-t-elle, d'autant plus tentée par cette mise à l'épreuve qui ne dit pas son nom, un engagement mutuel, dont chacun ignore la teneur. Soit, c'est une idée des plus saugrenues que de se rendre là-bas en contrebande mais, après tout, elle est peu ou prou dans son droit de connaître le Mesnil : elle n'y entre pas en voleuse, puisqu'il appartient à sa famille.

— Allons donc visiter tes propriétés, a-t-il cédé avec son sourire ambigu.

Mais cette ironie la blesse moins qu'auparavant. Elle est tout de même d'accord que mieux vaut s'y prendre discrètement, que le voisinage des Armand est pour lui un inconvénient réel, tomber nez à nez avec l'un ou l'autre des siens aussi contrariant que d'informer Camille du projet. C'est pourquoi ils ont laissé la voiture assez loin et pris par le travers des bois, avec des ruses de Sioux approché le domaine à couvert, jusqu'à se trouver juste en face du portail effondré, ses battants dégondés à peine tenant aux poternes qui se délabrent. Sitôt entrés dans le parc, ils ont quitté le chemin qui mène à la ferme, passé sous les branches basses des grands cèdres, se faufilant entre les anciens massifs envahis d'herbes mortes que les pluies ont couchées, rabattues en bottelées épaisses, décomposées et gluantes, dans lesquelles ils s'entravent mais, dès à présent, ils sont hors de vue. Ce n'est plus la flambée du mois d'août, le grand jardin grillé de soleil exhalant ses parfums fauves, grésillant d'insectes, mais une désolation hivernale brouillée de pluie froide, couleurs déteintes en palette de gris et d'ocre ternes, au-dessus de laquelle se dresse la haute façade aveugle de la demeure, ses pierres et ses briques rongées, ses volets clos, pour la plupart desquamés, de longtemps la peinture a disparu ; la porte principale, en haut du perron, offre un aspect de fortin, obturée de planches clouées. Au lieu de tenter une percée, comme l'a fait Alex, dans le fouillis de ronces qui monte à l'assaut de la façade, jusqu'à mi-étage presque, Antoine passe au large. Il contourne le bâtiment, longeant une orangerie dont les portes en arceaux n'ont plus de vitres, pas plus que le toit sa verrière, croulant sous l'étreinte d'une glycine centenaire aux mille bras noueux. Derrière cette aile, se trouve ce qui a dû être un petit jardin de roses, aux allées dallées de carreaux en terre cuite. Sous les énormes buissons épineux et l'échevellement végétal, on en devine la distribution ancienne ; un enclos de plaisance à l'écart de la vue, où un petit banc vermoulu finit de pourrir. Traînent encore un vieil arrosoir dentelé de rouille, des pots de terre ébréchés que des colonies d'escargots ont recouverts, c'est là qu'ils se dirigent, frayant leur passage vers la porte barrée de volets qui devait autrefois, l'été ouverte à double battant, ou même l'hiver, donner une vue charmante sur l'enclos des rosiers.

— Tu es vraiment sûre de vouloir y entrer ? demande-t-il encore.

Qui les entendrait, pour étouffer sa voix ? Depuis qu'ils ont quitté la voiture, ils sont restés silencieux. Jusque-là, Antoine ne s'est pas retourné, il a marché devant, en guide sûr de lui, maintenant il lui fait face et la consulte, les traits altérés par la marche, ou bien par un souci, l'ultime hésitation avant de franchir le pas.

— On n'a pas fait tout ce chemin pour rien ! Que crains-tu ? se moque-t-elle.

Les fantômes, a-t-il plaisanté, pour défier Alex au soleil d'août. Il hausse les épaules et se détourne, entreprend résolument de soulever le volet en prenant appui de l'épaule et, d'un coup, force l'huisserie qui résiste, puis cède. Ils se glissent par l'entrebâil. Il règne là-dedans une pénombre épaisse qu'aveugle leur éblouissement du dehors, pourtant faible jour pluvieux, mais il allume tout de suite sa torche, parcourt la pièce du faisceau, la jonchée de feuilles mortes passées sous le seuil au fil des saisons, sèches et craquantes sous les pieds : ils se trouvent dans une sorte de serre carrelée, encombrée de caisses et de pots de fleurs vides, de vieux outils.

— C'est par là, dit-il, la serre communique avec l'intérieur. Viens…

La double porte vitrée résiste moins que l'autre, mais la crémone lui reste dans les mains. Cette fois, ils pénètrent dans une pièce parquetée dont les lames ploient sous leurs pas, d'une cheminée tombe une flaque de jour blême. Au passage de la torche, elle entrevoit brièvement une carcasse de piano, éventré, comme fendu à la hache, mais Antoine éclaire le plafond. Alors un chatoiement de soufre, de turquoise, de roses épuisés pendant en petites stalactites ! Une fresque dont la peinture rétractée s'écaille, laissant deviner son ciel d'aube peuplé de bouquets et d'oiseaux de paradis émiettés en copeaux, qu'un courant d'air disperserait en poussière. Elle retient son souffle comme s'il devait dans l'instant dissiper l'apparition, en pulvériser l'image instable, c'est le salon de musique, dit Antoine. Mais il l'entraîne dans la pénombre, d'une main ferme la tenant au coude, la dirige sans bruit sur de flasques étendues, des tapis putréfiés dont l'épaisseur spongieuse s'avachit sous les pieds, alors elle sent l'odeur de crypte. Tout ce que d'organique un lieu fermé peut rancir, douceâtre senteur des matières en décomposition, moite, grasse, mêlée à une autre, indéfinissable, en note profonde et continue, surchargeant l'air d'une exhalaison caustique, qui suffoque et pique la gorge, ne peut-on ouvrir ? proteste-t-elle, trop occupée à mettre ses pieds dans le halo de la lampe, accrochée à son bras qu'il dégage, éclairant brusquement une fenêtre haute dont tous les carreaux sont brisés comme d'une explosion. En part un foisonnement de ronces voraces, leurs tentacules ramifiés, d'une blancheur chlorotique, ont forcé les interstices et gagné le plafond, leur extension griffue s'épuise jusqu'aux stucs, qu'elles délabrent de leurs crochets.

— Aucune ne s'ouvre plus, murmure Antoine.

— Où sommes-nous ? comme lui baissant la voix.

— Dans le grand salon. Veux-tu vraiment aller plus loin ?

Elle le veut. D'ailleurs, elle y voit mieux à présent. Il ne fait plus si obscur, de toutes parts de faibles rayons filtrent, diffusant une qualité infime de jour en zones blafardes où surgissent d'inquiétantes épaves, pièces indistinctes de mobilier entassé, broyé par quelque pilon géant ; au mur, un monumental miroir de Venise dont le tain a pris la matité du plomb et dont les brisures du verre, telles des gemmes, captent de mourants reflets. Tout cela enseveli sous le voile de fumée d'innombrables toiles d'araignée jetées en passerelles, tissant dans l'espace des draperies funèbres, et maintenant, elle entrevoit d'autres cavités dans la profondeur, une enfilade de pièces où saillent des formes concassées.

— Vois : tout a brûlé ici, le vestibule, et jusqu'aux étages…

C'est donc l'odeur, sa portée dominante, âcre et minérale, que le temps n'a pas éteinte, elle reste imprégnée au cœur des menuiseries, des étoffes suries, des tapis putréfiés, des peintures, lambris, tentures et linges que l'incendie n'a pas complètement calcinés, cette nuit où le domaine a été livré aux flammes et, dit Antoine, si loin du village, il a fallu plus d'une heure avant que n'accourent les gens de bonne volonté ; alors, tout était consumé.

— C'est même miracle que le feu n'ait pas détruit tout, que la maison soit encore debout.

Ils débouchent dans le vestibule où, entre les planches clouées qui en barricadent l'entrée, passe un jour clair en comparaison de la pénombre du grand salon. Ici le ravage paraît dans sa nudité d'ancien brasier, murs noircis d'une lèpre, la volée du grand escalier ensevelie sous les gravats, les poutres et planchers écroulés des étages découvrant la charpente qui s'offre en cathédrale par les échancrures des cloisons, lugubre dans sa majesté funèbre. Aucun bruit ne parvient ici, l'enceinte des murs en protège la solitude tombale. Si des oiseaux ou des rats, des bêtes sauvages y logent, ils se taisent à leur approche, des insectes de toutes sortes doivent y vivre leur vie infime mais, engourdis par le froid, ils hibernent, et dans ce silence de sépulcre l'amas des décombres prend allure d'avertissement hostile. Que dérangent-ils, en intrus, quelles présences réveillent-ils, aux aguets dans les mille recoins de la ruine ? Saisie par cette vision, Christine voudrait s'asseoir, juste un instant ; les membres rompus de fatigue, oppressée, hors d'haleine, comme si elle avait couru sur la route avec ceux qui venaient éteindre le sinistre, et l'on arrive toujours trop tard. Peut-être aurait-il fallu ne pas entrer ici, le pressentiment l'étreint d'une mauvaise action, d'avoir outrepassé un droit, ou profané un sanctuaire dont l'atmosphère équivoque la rejette. Elle interroge le regard d'Antoine, altéré et pâle sous la barre des sourcils, véhément, comme s'il l'accusait de quelque faute.

— Partons d'ici, souffle-t-elle.

— Ne partons pas, ce serait dommage. Tu n'as pas tout vu de tes propriétés.

C'est dit avec une rancune qu'elle ne comprend pas. Pourquoi a-t-il cédé, si cela le contrarie tant ? Au-delà du vestibule, s'ouvre une nouvelle suite de pièces, que la torche éclaire par fragments, entravées d'instables et montueux obstacles, pans entiers de cloisons effondrées par-dessus du mobilier fracassé, parmi lesquels on ne progresse qu'au prix de contorsions ; ils ont enfin atteint la cuisine, et c'est un nouvel étonnement. En regard de ce qu'ils viennent de franchir, elle paraît intacte, baignée d'une douce lumière blafarde que tamise le vitrage d'une porte, en partie aveuglée de planches et, à travers la grisaille des toiles d'araignée, on distingue la cour arrière, la façade en brique des communs. Le feu n'a pas atteint cette partie de la maison, en a seulement léché les poutres et noirci les murs, déposé au sol un épais enduit de suie, de cendres que le temps a solidifiées, au milieu de quoi se dresse une longue table rustique, le seul meuble resté entier, et debout, sur ses larges pieds d'une stabilité et quiétude insolites dans ce chantier catastrophique.

Christine se laisse tomber sur le banc qui court le long du mur, elle n'en est plus à se soucier des salissures, trop fourbue. Mains aux hanches, Antoine contemple l'endroit avec une expression incrédule, et il y a de quoi, tant cette cuisine, en dépit de son délabrement, évoque l'état primitif de la maison, un endroit où des gens vivaient, entraient et sortaient, s'attablaient et mangeaient, où sonnait l'horloge dont les poids de cuivre terni pendent, immobiles ; où résonnait le choc des chaudrons à présent vert-de-grisés dont la batterie reste accrochée aux carreaux du potager, où chauffaient les fours de l'énorme cuisinière de fonte, et dans la grande cheminée flambaient des bûches… C'est une cuisine d'autrefois, aussi vaste que celle de tante Mildred, dans laquelle on a dépecé des gibiers, tourné des confitures et battu en neige les œufs, discuté le soir sous la lampe dans la buée montant des assiettes de soupe, tranché le pain et, sous la table, régalé les chiens d'une croûte de fromage. Envahie du sentiment très doux de sentir ici la présence de ces êtres disparus, si poignante sensation qu'elle en a aux yeux des larmes inattendues, elle n'a jamais connu ces gens. Antoine oui, de qui elle sent à distance la tension, et sous le silence qu'il observe la sourde rancune qu'il a exprimée tout à l'heure ; on ne revient pas impunément sur les lieux de l'enfance, sur ce théâtre d'un monde que le ravage des flammes, comme l'œuvre du temps, a défiguré.

Antoine n'était-il prévenu de ce qu'il trouverait ici ? Il n'y est plus entré depuis 1948, l'année de son admission à l'Ecole normale d'instituteurs. Des préparatifs de son trousseau, qu'exige son entrée imminente à l'internat, s'affairant à remplir sa valise de pensionnaire, Soizik fait un événement ; c'en est un, sans doute, puisqu'il est le seul de la fratrie à poursuivre des études au-delà du brevet, et cela fait déjà de lui un déserteur. On ne lui demande plus de participer aux travaux de l'été qu'avec une sorte de condescendance, et quand il s'y joint de bon gré, avec une ardeur sincère pour réparer, en vain, la distance, son père l'en remercie comme il le ferait à un étranger de séjour qui daigne *donner la main* à ses hôtes, et lui en est blessé comme d'une offense. Il garde un souvenir malheureux de cette dernière saison aux Armand, de ces semaines où s'éternise la séparation, jour après jour prenant congé de sa famille, ou elle de lui, de son enfance, du paysage où il a vécu, assujetti aux siens et à leur condition, qu'au moment de les quitter il voit avec des yeux nouveaux ; ainsi les départs revêtent-ils une qualité d'intense remémoration, convoquant ce que l'on en a oublié de sensations et de sentiments pour les emporter dans sa valise mentale.

Peut-être cela lui a-t-il inspiré de s'introduire une dernière fois dans la ruine. Depuis la nuit de l'incendie, il passe au large autant qu'il est possible, évitant les murs barricadés sur leur silence de mort. Il l'a osé, telle une épreuve qui signerait la fin de cet été, et de son enfance. Cette visite, dans la touffeur morbide d'une journée d'orage, sera la dernière, s'est-il alors juré, par exécration de ce lieu. S'y retrouver aujourd'hui avec Christine réitère l'épreuve dont, à des années de distance, il garde si cuisant souvenir. La rareté de ses visites aux Armand tient en grande partie à ce motif qu'il faut, pour y accéder, traverser le domaine, longer ces murs. Mais Alex a surgi. Sa voiture entrave la servitude, il sort des broussailles de ronces tel un revenant du passé, réapparition d'une histoire qui a pris son temps pour le rattraper ; peut-être l'a-t-il su dès la première seconde. Il a fallu cette rencontre, et tout ce qui s'est ensuivi, pour le ramener aujourd'hui ici avec *une du Mesnil*, une descendante de ceux qui ont vécu là, qu'il a passé sa jeunesse à honnir, avec une constante mauvaise foi à tous les réunir dans une même détestation, sans en avoir connu ni approché un seul…

Il n'a abordé cette jeune fille, au bon prétexte d'aider Alex, que pour assouvir l'obscure rancune, convaincu que son animosité est le plus sûr rempart contre sa séduction curieuse, le charme ambigu qu'il lui trouve, qu'y résister procure l'amère, la délectable occasion de se mettre à l'épreuve, raison de plus pour la fréquenter, se persuade-t-il. Et voilà qu'elle a envahi son esprit, rompu frises et barrages, fait voler en éclats non seulement ses préventions mais l'ordre même de sa vie, la bouleversant à ce point que, depuis trois jours, il n'a d'obsession que de la rejoindre n'importe où, de la suivre où elle veut, de la tenir contre lui et d'être aimé d'elle. Aimé ! Ne pas prononcer ce mot, de son vocabulaire comme de ses pensées le chasser, ne l'appliquer pas au désir affolant de toucher sa peau, de rebrousser sous sa paume ses cheveux ras, caresser sa tête, émouvante comme celle d'un oiseau, ses épaules, sa taille dont ses bras appellent l'étreinte, un besoin animal de conformer à son corps le sien ; il s'est assis près d'elle et tient sa main, elle est froide.

— Tu as froid.

— Toi aussi, chuchote-t-elle.

— Par là, c'est la buanderie, l'escalier de service, l'autre aile de la maison… Tout est dans le même état. Viens, quittons cet endroit…

Mais ils restent arrimés au banc, l'un près de l'autre transis, autant par l'air glacé de la demeure que par l'esseulement de cette cuisine préservée du désastre, un radeau dérivant sur l'eau ténébreuse du temps, et eux des naufragés, envahis de tristesse, s'accrochant l'un à l'autre sans pouvoir s'arracher à l'envoûtement de la ruine. Il n'est que quatre heures, pourtant la lumière semble avoir décliné, ou bien le ciel s'est couvert davantage, les nuages amoncelés sur la campagne y portent une ombre de crépuscule. Elle a jeté son bras à ses épaules et le tient serré contre elle, dans un geste de protection sororale, sentant d'instinct dans quel désarroi il est, quelle peine inconnue le point, à laquelle la sienne apporte peut-être une consolation. Ils ont fini par se lever, une fois debout retrouvant un peu d'aplomb ; pas la peine d'épousseter leurs vêtements maculés de salpêtre et de suie grasse, il faut revenir par le même chemin de décombres. Mais comme ils atteignent le vestibule, retrouvant son éclairage de cathédrale, Christine a levé la tête vers les hauteurs, subitement tentée par l'escalade de l'étage : sous l'effondrement des plafonds, l'escalier de pierre a résisté et, de là-haut, peut-être a-t-on un aperçu des chambres, de la bibliothèque dont Antoine lui a parlé…

— Ne monte pas là-haut, s'écrie-t-il avec colère. C'est trop dangereux, tout risque de s'écrouler !

Mais un démon l'incite à oser l'ascension périlleuse, l'occasion ne s'en représentera pas de sitôt, sans doute ne reviendra-t-elle jamais ici, et puisqu'il la laisse se débrouiller avec les taillis, s'affaler dans les fossés, elle peut bien se hisser là-haut toute seule ! Ce qu'elle entreprend derechef, pas mécontente de se démontrer, et même de prendre sa revanche sur ses conseils pusillanimes. Finalement, grimper par-dessus les madriers, prendre appui et s'accrocher aux aspérités n'est pas si difficile. Elle est bravement parvenue à mi-hauteur du puits, quand il se décide à l'imiter ; elle ne sait pour la rattraper et l'en empêcher, ou partager avec elle le risque, vexé de sa hardiesse. Ils ont atteint ensemble ce qui a été un vaste palier, crevé en son milieu, mais dont quelques solives et lambourdes tiennent encore assez solidement aux murs et à l'échappée de l'escalier. Cela forme une sorte de chemin de ronde assez stable, mais on ne peut avancer davantage. Ce qui s'ouvre de corridors est, pire qu'en bas, obstrué par les cloisons et les plafonds affaissés de l'étage supérieur, en aucune direction il n'est possible de progresser, sauf à se rompre le cou, la menace Antoine, qui l'a saisie à la taille.

Très vertigineux que de se trouver enlacés à cette altitude du bâti délabré, d'avoir au-dessus de soi la trouée calcinée, monstrueuse lanterne ouverte jusqu'à la charpente, car le toit a résisté, on en voit l'armature d'énormes poutres en navire renversé, et en bas, dit-elle, regarde la vue qu'on a d'ici, quelle belle maison ce devait être !… Cramponnée à la rambarde, elle se penche dangereusement au-dessus du vestibule, dont la proportion s'accuse par l'environnement oblique des décombres, une sorte de théâtre baroque baigné de lumière glauque ; dehors, il pleut à verse. Ce n'est qu'au bout de quelques secondes qu'elle sent contre elle trembler Antoine, une trépidation nerveuse de tout le corps propagée à elle. Son visage livide l'alarme au point qu'elle le prend à pleins bras, basculant avec lui, qui chancelle, as-tu le vertige ? balbutie-t-elle, prise de peur, mesurant soudain la stupidité de son imprudence. Tournant le dos au vide, il se reprend, mais il a plongé son visage dans ses mains, enfonçant ses doigts dans les orbites ; dans ses paumes sanglotant presque, secoué d'un spasme irrépressible.

— Antoine, Antoine, bégaie-t-elle à présent, effrayée par ce séisme, navrée, honteuse et désespérée, chancelant elle-même, viens, descendons. Allons-y doucement, je passe devant. Viens, sortons d'ici…

Ils en sont sortis, plus vite qu'elle ne l'aurait cru. Il n'a pas l'air d'un que le vertige annihile pour dévaler dans les éboulis, enjamber les madriers, sauter jusqu'en bas, et ils n'ont pas eu besoin de la torche, cette fois, s'orientant vers la lueur du petit salon de musique, le vent a entrebâillé la porte de la serre et donne du jour, ils se sont retrouvés à l'air libre. Le jeune homme a recouvré assez de sang-froid pour coincer la porte de la serre et assujettir le battant du volet d'un énergique coup d'épaule. Maintenant, ils se font face, de même pâleur, indifférents à l'averse, interrogeant l'un de l'autre les traits vidés, l'hésitation du regard qui sonde et se refuse, accuse ou mendie le pardon, il tend la main. Du bout des doigts prudents, il essuie les traces charbonneuses sur ses joues, son menton que mouille la pluie et elle de même, comme si l'eau du ciel les lavait de cette souillure, puis il l'attire contre lui en prenant sa nuque, enfouit rudement sa tête dans son cou, la garde serrée en murmurant sur sa tempe.

— Ce n'était pas un vertige… Je te dirai…

— Dis-moi, dis-le-moi ! Que s'est-il passé là-haut ? Qu'as-tu vu ?

— Oh ! Mon Dieu, fallait-il que nous venions là ensemble ?…

Elle comprend qu'il pleure, qu'il ne la tient si fort serrée que pour lui cacher ses larmes, à sa poitrine imprimées les secousses d'un incoercible chagrin qui engoue la gorge et convulse le visage, non elle ne doit pas le voir en proie à ces sanglots de vaincu, auxquels seuls les enfants ont droit dans leur dénuement, à tout instant de la vie ils peuvent remonter des profondeurs de cet âge et briser un homme. A présent, ils fuient, retraversent en hâte le parc embroussaillé, dépassent les cèdres dont le vent balance les immenses palmes alourdies d'eau, sans se retourner laissent s'éloigner la ruine dont la façade délabrée profile contre le ciel d'encre sa silhouette mauvaise, ce qu'elle emmure de tragique destruction, dans son ventre toutes les putréfactions de tombeau qu'en secret elle conserve. Ils sont trempés en atteignant la 2 CV, jeans mouillés jusqu'aux genoux, mains engourdies, grelottant de froid, la nuit commence à tomber. La voiture offre un refuge appréciable, certes sans chauffage mais une chance que le moteur démarre sans rechigner, en marche arrière les arrache à la boue. Maintenant, la route goudronnée sinue entre les haies nocturnes, dessinant de sauvages hachures sous les phares. Christine a pris le volant ; la moindre des choses après cette expédition absurde, punie avec lui du fiasco, le cœur tordu par cette promesse sanglotée de lui dire ce qui s'est passé là-bas. Car il se tait à présent, enfoui dans le col de son blouson, se laissant aller à la tiédeur relative de l'habitacle, absorbé par le va-et-vient de l'essuie-glace, son battement hypnotique, et les giclées d'eau sur le pare-brise. Ce qu'elle a vu de sa détresse, incompréhensible, le met hors de portée pour l'instant, peut-être en compense-t-il la commotion par sa somnolence, elle se garde de l'en réveiller, elle aussi a à se réparer. A l'approche du pont de Sèvres, ils ont retrouvé les rues éclairées, la circulation urbaine, loin du hideux domaine abandonné qui doit s'ensevelir de nuit, à présent, s'engloutir dans son naufrage solitaire.

— Où vas-tu, ce soir ? demande-t-elle, arrêtée au feu.

Nulle part, il n'a pas de séance de ciné-club, déclare-t-il, voix blanche.

— Ne retraverse pas Paris, alors. Il vaut mieux se quitter ici. Je prends le métro pour rentrer chez moi.

Elle veut le contraire. Ne me laisse pas dans cette nuit froide, dans cette ville où tu n'es pas, j'ai peur, ne t'éloigne pas, ne me laisse pas te quitter, j'ai froid, je suis seule. Chez moi n'est pas chez moi. Il y a des endroits, où sont-ils, où il ferait bon être ensemble, et se taire, si tu ne veux pas parler, je ne te demanderai rien. Les voitures klaxonnent derrière ; elle démarre, traverse le carrefour, s'engage dans la première rue, coupe le moteur.

— Il n'y a pas de métro par là, ni de ligne d'autobus, dit-il. Donne-moi le volant, je ne veux pas te quitter comme ça.

Comme il fait le tour de la voiture, elle change de siège, tout à fait perdue, y a-t-il plus triste et laide rue que celle-là.

— Regarde-moi, dit-il, prenant ses joues dans ses mains, attirant à lui son visage.

Il n'y a que les yeux, d'intense chagrin. Sans ciller, soutenant son regard qui interroge : tu vois bien que ce n'est pas possible. Nous nous sommes trompés, dit-elle, le devançant. Nous n'avons nulle part où aller, que dans cette maison affreuse. C'est le seul endroit que nous méritons. Il y a une femme dans ton appartement de Nanterre. Je le savais et j'ai fait comme si cela n'existait pas. Je l'ai oublié, toi aussi, tu l'as peut-être oublié, mais nous ne pouvons continuer d'aller par les rues avec ce mensonge. C'est à cause de cela que tu es malheureux, moi aussi, laisse-moi.

— Personne n'est chez moi. Luiza est partie. Je ne crois pas qu'elle revienne et je ne t'ai pas menti. Je ne te laisserai pas rentrer toute seule, j'ai besoin de te dire ce qui s'est passé là-bas. Serre-moi fort, je t'en prie, Christine, ne me quitte pas…

XVII

Vendredi 15 novembre

La pendule de la salle à manger égrena les coups de minuit ; à travers les murs, la netteté aiguë d'une piqûre aux tympans. Quand retomba le silence, il pensa : nous sommes demain. Il tendait encore l'oreille, guettant les ondes qui continuaient de résonner, s'épuisant aux tréfonds de la maison plongée dans l'obscurité ; il en explorait en esprit les couloirs et chambres, du grenier aux caves emboîtées, solidaires et cloisonnées dans l'enceinte des murs épais, ce qu'est une maison aux fondations solides, toit étanche, issues barricadées, verrous tirés, inexpugnable territoire, la dernière de ses propriétés où trouver refuge, s'enfermer, réfléchir. La lampe de son bureau dessinait la même flaque que d'habitude, ovale jaune étendu au sous-main de cuir, à la frontière duquel s'alignaient des objets familiers qui importunaient sa vue, le pot à crayons d'étain, toujours rangé à droite, qu'il replaça machinalement, le range-lettres, ses dossiers, les journaux du soir, qu'il n'avait pas ouverts. Au-delà, la pénombre noyait les bibliothèques, le rempart inepte des livres ; l'invasion nocturne toute-puissante encerclant cet îlot et l'assiégeant, son reflux le déportant tel un esquif démarré par d'irrésistibles courants sous-marins, Martin

Guillemot se cramponnait au bord du bureau, les reins calés dans son fauteuil et la nuque renversée contre l'appuie-tête.

— Réfléchis, se dit-il à voix haute, faible conjuration contre le vertige.

Il y a des commotions qui annihilent la raison, l'ébranlement de tonnerre horripile le poil. Ainsi le séisme qu'inflige le grand Pan aux fétus humains. Plus rien à quoi s'accrocher, la terre trémule, se craquelle, élargit ses failles, s'engloutit sous les pieds, à quel éboulis agripper ses ongles friables, quel solide embrasser qui, disloqué, ne vous emporte dans sa chute ; il ne s'écroulait pas. Il se tenait au bord du bureau. Il n'était plus un enfant. Il avait devant lui la lettre à en-tête du Premier ministre définissant à son nom les missions d'un secrétariat d'Etat au Logement public, sans ministère de tutelle pour le moment, compris dans le cadre d'un éventuel remaniement, selon les termes définis par le cabinet. Secrétaire d'Etat, début 1964. Le plus haut poste jamais envisagé, sauf ministre, mais les échelons se grimpent un à un. Depuis des mois, il convoitait cette promotion. Aboutissement d'années d'intrigues, services rendus, alignement servile, compromis, patience et longueur de temps, ainsi le pouvoir se conquiert-il. Celui qui l'a pour visée n'a pas d'estomac, il avale aspics et couleuvres, en fait avaler. Jean-Marie est mort. La verticale de sa chute dessine dans son esprit une flèche abstraite, pure trajectoire sagittale piquant vers le sol orthogonal. La mort de son fils ne trouve à se concrétiser autrement qu'en ce graphique de géométrie spatiale insultant à l'essence de la vie, son principe, sa loi. Bafouant sa règle de gravitation, accélérée ou décélérée, mais ascensionnelle toujours, jamais le contraire. Prohibé, contre nature, absolument exclu, cependant le fait est que son fils est tombé. Chute du quatrième étage d'un immeuble de la rue Bobillot. Sa première réaction, outrée, a été : que faisait-il rue Bobillot ?

— Nous nous le demandons, disait l'inspecteur de la PJ, genre clergyman à cravate club et ongles soignés.

Celui-ci avait demandé qu'il veuille bien le recevoir à la sortie de séance, si possible dans un endroit discret, disait-il, pour l'entretien qu'il se trouvait dans l'obligation de solliciter, n'est-ce pas, désolé, toutes mes excuses. Cela avait eu lieu avant-hier, à des années-lumière, et Martin n'avait pas encore entériné la donnée ahurissante, choquante, franchement inconcevable, que Jean-Marie Guillemot, son fils, n'était plus de ce monde. Ce monde, c'est-à-dire ici-bas par là, dans l'espace physique, dans un avion, un ascenseur, un couloir de métro, sur une autoroute en voiture, dans un boxon ou un sauna, assis, accroupi, quelque part debout activant muscles et articulations, enchaînant des mouvements, dans une posture de golfeur, il avait fait du golf, un temps ; ou de tennisman, il avait aussi joué de la raquette ; ou bien en train de pisser, de déféquer, à moins de curer des dents, puisque c'était son métier, n'importe quoi qui ressemble à quelque chose. De ce monde, il est encore, mais pour pas longtemps. A l'horizontale, provisoirement logé, rigide, dans un tiroir de l'Institut médicolégal. Allongement absurde. Révoltant. Il en ressentait, outre une indignation sans nom, une folle colère, qui n'osait pas dire son nom, ancienne, remâchée, de celle que suscitait l'enfant par ses balourdises, ses maladresses : Jean-Marie a encore fait une bêtise. C'est idiot, à son âge, de s'étaler sur un trottoir, de ne plus bouger. Aussi inconséquent qu'un enfantillage presque, voilà ce que sa colère venge, au fond : l'affront, la rancune. Empoté, poltron, douillet, d'une exaspérante gaucherie, inaptitude incurable à rien réussir de ses dix doigts, ni un modèle réduit, ni à lancer un cerf-volant. A la dissection d'une souris, il tourne de l'œil en classe. Treize ans ! Il n'allait pas énumérer les déficiences chroniques de ce fils mollasson, plus démuni que ses deux sœurs en force et virilité. Jean-Marie a fait défaut. Ce qu'on n'avoue à quiconque, ce genre de rancœur paternelle. Il n'a pas mérité ce fils. Il en voulait un en qui se reconnaître. De honte, il enfouit son visage dans ses mains. Appelant à lui, en vain, un autre sentiment que sa colère, son indignation. Fibre paternelle vibre ! Violon sentimental, tendresse, pitié ! Pitié pour ce garçon, pitié pour lui ! Betty dort. Contre elle aussi, colère, celle-là froide, serpentement glacé de haine vers la femme assoupie, assommée de barbituriques. Cette nuit, la garde va d'une chambre à l'autre, de la vieille tante à la vieille épouse. Autre compagnie allongée. Celle-là rangée dans les lits, à domicile. Qu'elles rejoignent Jean-Marie dans un tiroir, et qu'on en finisse !

D'exaspération, il se leva, arpenta son bureau en se cognant aux meubles, retenant de justesse la lampe, furieux de lui-même, furieux des objets imbéciles, du sort contraire qui l'empêtrait au moment le plus favorable de sa carrière, une injustice noire, un scandale. Et le gamin, en même temps, le même jour, même heure peut-être ! Cette énormité, de quoi s'esclaffer de l'ignominieuse farce. Quant à Gisèle, une injure à la décence. Cette grue de banlieue, que fait-elle, au square, au lieu de surveiller son marmot. Au lieu de le foutre à l'école avec les autres, le confire dans ses jupes, empoté, poltron. Allergique aux crevettes ! Sa sœur Jeanne lui a rapporté le plaisir que ça a été de l'avoir en Bretagne, cet été, dans sa maison de vacances… Pour son compte, il ne l'a vu que deux ou trois fois, avant le divorce, et ce mouflet excédentaire porte quand même son nom, extension patrimoniale.

Rejeton d'occasion, Johnny Guillemot. *Johnny !* Où a-t-elle pioché ce prénom ridicule ? Betty dort. Elle a pris la nouvelle comme l'annonce du Jugement dernier, confite en bigoteries, ses yeux de gibier d'asile exorbités en escargots bavant de larmes, levés au ciel, cou offert au glaive divin, crucifiée, sacrifiez-moi sur votre saint billot. Il en eut un long frisson d'angoisse, la plus primitive, la plus affreuse, celle de la main squelettique agrippée aux chevilles, sortie par l'entrebâillement du caveau, qui tire à soi, décharnée, et vous fait descendre, descendre au charnier terreux et gluant. Il n'allait jamais dans les cimetières. Lui suffisaient les monuments aux morts, tombeau vide, soldat inconnu. La dernière fois, en septembre, il avait bien fallu se rendre aux obsèques des enfants de Sabine, une obligation. Tous ces morts, en moins de trois mois ! Ces morts ! Egaré, il retomba assis.

En si peu de temps, son fils, ses petits-enfants, les trois ! Tous ! Sa descendance, issue de sa chair, son sang, quoi qu'on en dise, quoi qu'il pense et honnisse de leur existence, la génération virile, l'engendrement, l'arbre vital qui reproduit l'espèce, la sienne, ses branches, ses fruits, poussée organique, mentale, verticale, racines, sève fusant au-devant de soi, tronc ramifié d'orgueil dans la lignée solidaire, incarnée en chair et en os, ainsi soit-il, ces petits êtres vagissants aux fontanelles de soie, c'est de moi qu'ils viennent, de moi. Ma moelle, mes viscères, mon sperme, ma race, identiques à moi, ma propriété, ils sont à moi, pitié ! Au moment où lui parvient enfin la lettre de Pompidou, cinq lignes, paraphe. Au moment où, rendu là… A quoi. Où arrivé. Sur le point de. Sectionné. Amputé, saignant du tronc, du flanc… Etranglé de sanglots secs, pas de larmes, il n'a jamais su pleurer, il suffoquait. Réfléchis, s'adjurait-il, suppliant, révolté… Alors donc, ricanait-il pour conjurer sa stupeur, Jean-Marie, sur le chemin de l'hôpital, fait un petit détour récréatif, son café avalé, il est en forme. Il grimpe les étages, alerte, et regarde le temps qu'il fait par la fenêtre d'un appartement inconnu. La rue Bobillot est fascinante, il en pique du nez sur le trottoir. C'est suspect, disait l'inspecteur, planté sous le vasistas du palais Bourbon.

— M. Guillemot a ingéré un classique psychotrope anticonvulsant qui entre, en dosage minimal, dans les cocktails d'anesthésie. Mais là, concentré massif : de quoi estourbir un bœuf. Sauf votre respect. Excusez-moi. Il devait être en arrêt cardiaque avant de basculer, vous me suivez ?

Martin, tétanisé à l'idée de le suivre, n'avait trouvé à opposer que cette faible suggestion :

— Vous pensez à un suicide, n'est-ce pas…

— Pas du tout. On ne se procure pas ce genre de poison violent en pharmacie, même avec ordonnance ; même un dentiste n'en dispose pas en pareille quantité. Outre qu'en posséder est une infraction à la législation sur les stupéfiants, qu'entrer chez un particulier constitue un délit de propriété, le décès présente des anomalies notables.

Ce fouille-merde cherche midi à quatorze heures. Il parle de rendez-vous pris avec un loueur, non identifié aux bataillons des agences immobilières, disposant de la clé d'un appartement, qui ne lui appartient pas, n'est pas à louer, tout ce qu'il y a d'habité. Les propriétaires confirment du Japon, en dépit du décalage horaire, qu'à quiconque ils n'ont confié de mandat, très outragés qu'on soit entré chez eux par effraction, que leur logement soit sous scellés, et le théâtre d'un drame dont madame doute de se remettre, n'envisage pas d'y revenir vivre, réclame dédommagement, l'inspecteur avait mis le holà aux récriminations : qu'ils prennent un avocat, instruisent une plainte, ce n'était pas ses oignons. Les siens sont, étayés par les conclusion du laboratoire de toxicologie, que le défunt n'est pas mort de mort naturelle. Du plongeon ni de son écrasement, mais de dépression respiratoire et arrêt cardiaque consécutifs à une ingestion, ou injection, dont rien jusqu'à présent ne laisse supposer qu'il se l'est lui-même administrée, à moins qu'il n'ait convoqué un témoin consentant à y collaborer, surtout à l'aider, après ça, à enjamber la balustrade. Dans l'état où il était, impossible de le faire tout seul. Avouez, drôle de procédé pour se suicider. Quant au témoin, il n'a pas l'air de se précipiter pour déposer. Nous le recherchons. N'ébruitez pas ces hypothèses, avait ordonné Martin, affolé à l'idée des retombées catastrophiques. Dans les couloirs de l'Assemblée, dans la presse, les médias, en ce moment !

— Je vous prie instamment de ne pas mettre vos suppositions sur la place publique.

— Ce serait prématuré, convenait l'autre, paterne.

Cela se passait dans son bureau de parlementaire, le minuscule placard qu'il partageait avec Darquay, son secrétaire. Il ne s'en plaignait pas, un privilège, tous les députés n'en disposent pas. Cela aussi s'obtient à la force du poignet. Darquay y passait davantage de temps que lui, l'hiver mal chauffé, l'été à peine ventilé par l'œil-de-bœuf, tout juste de quoi loger une machine à écrire et un classeur métallique. L'inspecteur avait préféré le rencontrer là plutôt qu'au commissariat, Guillemot lui en savait gré. Depuis que, la veille, Abigael l'avait informé de cette catastrophe, il avait pris toutes dispositions pour que celle-ci ne transpire pas, pour empêcher que quiconque se présente chez lui, à Genilly, interdiction absolue à la domestique d'ouvrir la porte, de communiquer, de bavarder, y compris d'informer sa femme et sa tante, il s'en chargerait lui-même. Qu'elle attende ses ordres, il rentrerait demain soir. Il avait mis Darquay à la porte, qu'il aille au bar tailler une bavette avec Frizou. Il avait offert son siège de bureau à l'inspecteur, qui avait décliné, ils étaient restés debout dans ce placard de cinq mètres carrés et l'autre lui avait assené ses déductions, il posait même des questions. S'enquérait de savoir si Jean-Marie avait de l'argent, en devait, lui en demandait. S'il avait des fréquentations, une maîtresse, un amant ; excusez-moi, nous n'excluons aucune hypothèse. S'il était liant, bavard, optimiste, s'il voyait ses sœurs. Les enfants de sa sœur aînée étaient morts récemment, n'est-ce pas ?…

— Quel rapport avec Jean-Marie ? s'ahurissait Guillemot.

— Etait-il affecté par ces décès ?

Evidemment, qu'il l'était ! Qui ne le serait ?… Ayez la décence de foutre la paix à ma fille. Sabine est en deuil. L'inspecteur avait battu en retraite sur ce sujet douloureux. Où pouvait-on rencontrer Mlle Guillemot la cadette ? Son père ne souhaitait pas le savoir. Quant à sa femme, en effet, il confirmait qu'elle était trop déprimée pour supporter un interrogatoire. Entretien, corrigeait l'inspecteur Verlaine.

— Votre fils avait-il des ennemis ?

Ennemis ? Doux comme lui, des ennemis ! Un agneau. Bon à tondre. Demandez à son ex.

— Avez-vous vu votre fils la veille, l'avant-veille ? Le week-end du 11 Novembre, était-il chez vous ?

Martin Guillemot n'avait pas vu son fils d'au moins trois semaines, le flic en prenait note dans son calepin, debout, appuyé au mur. Ce godillot allait-il aussi vérifier son emploi du temps, s'il y avait eu ou non réunion de famille à Genilly, le 11 Novembre ? Martin en avait eu une suée froide, une faiblesse aux jarrets. On ne sait jusqu'où ils poussent leurs enquêtes, une fois commencées : ordonner à Abigael, à la cuisinière, à Darquay de ne rien répondre à ce sujet, ses absences, ses nuits à Paris.

Interdire l'accès à son domicile, à sa vie privée, immunité parlementaire.

— Vous ne supposez quand même pas que j'ai balancé mon fils par la fenêtre ? avait-il gémi avec une ironie lasse, moue tremblotante, tapotement de mouchoir sous l'œil, pour mettre un peu de sentiment à sa protestation.

Si ce Verlaine le trouvait violent, c'est qu'il manquait de psychologie. S'il lui cherchait des poux, il allait mal tomber. Député, haut placé dans son parti, il avait le bras long. Ce foutriquet n'irait pas fouiller dans sa vie privée. Lundi 11 novembre, après les gerbes et les cérémonies d'anciens combattants, fourragères, salut aux morts, il n'était pas rentré à Genilly. Il était allé chez Lucile.

Martin contemplait à présent le mur de son bureau, le vide de la cloison, en face de lui ; dans la pénombre, un désert étrange. Il n'avait pas replacé la sanguine, ne restait du tableau que sa trace claire dans le papier peint. Il ne l'y raccrocherait pas de sitôt. Son cadeau du petit Watteau, cet élan de pure gratuité amoureuse, un geste inconsidéré, que lui avait-il pris ? Folie pure. Dire qu'à Ostende, à Bruges, il savourait d'avance la surprise qu'il préparait à Lucile ! Il ne pensait qu'à ça dans leur chambre d'hôtel, pendant les visites, où elle l'entraînait, auxquelles il s'était plié, sans grand enthousiasme d'abord :

— Rends-moi savante, explique-moi Memling, Van Eyck, Van der Weyden ; tu as été commissaire-priseur, tu en sais, des choses !…

Ce temps était loin, elle le prenait de court. Cependant, pour elle, il avait retrouvé sa verve d'antan, réveillé sa passion morte pour la beauté intrinsèque. Tout juste sorti de l'école d'art, diplôme de droit en poche, à force d'appliquer sa science récente aux discours des salles de ventes, il avait fini par se persuader, par se prendre au jeu des mots brillants, chatoyants, aux commentaires qui vantaient leur excellence ; avant que cela ne devienne, très vite, des astuces de maquignon, bonnes à allumer la convoitise des acheteurs. Lucile lui rendait sa conviction, l'émotion de l'expert néophyte qui, œil aiguisé, éprouve jouissance à s'exercer, à décrire les techniques de l'art, à convertir son intellectualité en sensualité. Sans se vanter, au moins quelques années, il avait été des élites, à Drouot… Ainsi lui avait-il commenté la luminosité du blanc de plomb qui donne leur transparence unique au voile des coiffes, leur pure carnation aux joues, désigné le regard embrumé et vague de la Sibylle, de l'homme en prière, leur portée songeuse et fuyante dans l'espace du spectateur, transfert du mystique au terrestre ; et le détail toujours précis des mains, celles de la Vierge tendant à deux doigts la pomme rouge à l'Enfant ; indiqué le reflet discret du donateur, Martin Van Nieuwenhoven, dans le miroir arrière, jubilant d'être, par la coïncidence de leur escapade amoureuse, ce Martin du vitrail, saint patron des donateurs ; de garder secrète la surprise de lui donner, au retour, le petit Watteau… Lui, un *donateur* ! Pour elle, il s'était mis en dépense, séduisant, étourdissant d'éloquence, se surprenant à en éprouver un plaisir aussi vif, heureux de cette jeunesse recouvrée, à quoi s'ajoutait l'excitation de ses sens, la promesse de leurs inventions érotiques dans la petite chambre aux meubles flamands, la gourmandise des dîners en tête à tête. Ce musée de l'hôpital Saint-Jean avait été le sommet de leur voyage. Il éprouvait à présent la rancune amère contre cet enchantement illusoire, emporté au point de perdre toute prudence, lui dont l'instinct n'avait jamais failli.

D'une dérision massacrante. Ce piège tendu à lui-même, sanction de son emballement insane. La passion est dangereuse. Elle est mortelle. Dès leur retour, il lui avait offert la sanguine, par tact enveloppée dans un commun papier kraft. Alors, quel ravissement ! Eblouie, confondue d'extase, défaillant de gratitude.

— C'est trop ! Trop beau, trop généreux ! Martin chéri, c'est une folie !

C'en était une. Voilà que, s'avisant que le cadre d'origine est mauvais, dorure écaillée, il s'impose d'en changer, elle juge délicat – pour lui faire honneur ! – d'en fabriquer un elle-même, digne de son présent, digne du petit chef-d'œuvre : au lieu de le confier à un encadreur de métier, par plaisir, de se procurer baguettes, colle, passe-partout, marie-louise, et il en rit ! Il rit qu'elle trouve tant de son goût la femme décomposant en trois postures le mouvement gracieux de son cou déjeté, les sabrures mutines de la craie, le trait fusiné, l'estompage des joues.

— Elle rougit de nous voir faire l'amour, se pâmait Lucile, vois comme elle s'empourpre !

Le 11 Novembre, elle l'attendait, très remuée. Sous la sanguine, elle avait découvert une feuille glissée entre l'entoilage et le carton de protection du dessin : l'acte de vente daté, identité du dernier propriétaire, le certificat de l'œuvre… Il tombait des nues. Il ignorait l'existence de ce document-là, caché à cet endroit-là. Oui, normalement, celui-ci accompagne les œuvres d'art, celles qui ont quelque valeur. Il authentifie l'origine, la transaction, il porte son numéro d'inventaire. Non, il n'en possède pas d'autre…

— Comment cela peut-il se faire ?

— Il arrive parfois que ces documents soient perdus, les propriétaires négligent de les conserver…

— Mais toi, un commissaire-priseur, comment ne t'en es-tu pas inquiété à l'achat ?

Tout l'après-midi y était passé, discussions pénibles, questions harcelantes et perplexités : d'où tenait-il cette œuvre, quand l'avait-il acquise, auprès de qui ? Il n'en avait pas souvenir. Elle n'en démordait pas, cette sanguine appartenait à un M. Zlatin, un juif allemand.

— Vois : la date, le nom du marchand. La ville : Berlin.

Elle lisait et relisait cette maudite feuille, tremblante d'anxiété, agitée par des pensées dont il ne pouvait arrêter le cheminement infernal. Il bouillait de la lui arracher des mains, de la déchirer ; restait bras ballants.

— Cette sanguine a une histoire terrible. Elle a été vendue par quelqu'un qui fuyait son pays, pourchassé, en danger. Elle a été extorquée. Elle a acheté une fausse carte d'identité, un billet de bateau, une vie. Elle a été spoliée…

Ce mot ! Il pleuvait des cordes. Par la fenêtre, on voyait l'étendue des toits noyés, tout ce dégradé de gris dont ils s'émerveillaient, huit jours plus tôt, nus derrière les rideaux, enlacés dans l'odeur fauve de leurs corps moites ; à présent hostiles, des adversaires. Parce qu'elle ne voulait pas, non, qu'il la touche, qu'il la prenne dans ses bras et l'endorme de caresses, elle ne voulait pas de baisers. Elle voulait discuter. Elle voulait établir avec lui l'origine de cette sanguine, elle exigeait des explications. Pris au dépourvu, il s'embrouillait dans des dénégations confuses, peu à peu acculé à n'avancer plus que de pitoyables arguments, jurant de son ignorance, feignant l'incrédulité et terrifié d'être aussi piètre argumenteur, confondu par l'évidence des preuves qu'elle lui présentait, ratiocinant, tenace, horripilée par sa mauvaise foi :

— Alors, si tu es sincère, si tu es loyal, il faut restituer ce bien à son propriétaire légal, ou à ses ayants droit.

S'assurer qu'il a été vendu dans de bonnes conditions, tu dois le faire. Pense à ces gens traqués, qui se défaisaient de leurs trésors, bijoux, fourrures, œuvres d'art, qui cédaient à bas prix leurs biens pour sauver leur vie, en ont été dépouillés de la pire manière. J'ai une amie, une grande psychanalyste, dont la famille a fini à Treblinka, ses parents, ses frères, son oncle et sa tante. Je sais de quoi je parle. N'as-tu rien entendu de ces gens, de leur sort abominable ? Tu en as été le contemporain, les nazis leur volaient tout, tu ne peux nier que cela a existé. Il y a des commissions de restitution, aujourd'hui. Si tu n'es pas sûr de cette œuvre, rapporte-la-leur. Je n'en veux pas. Je ne veux pas garder ce cadeau, il me fait peur. Il me rend malade.

Elle pleurait. Il était hébété, atterré par le désastre. De l'abîme entre eux, chacun déjà exilé à un bout de la pièce, un gouffre d'incompréhension, d'animosité qu'exaspéraient la défiance, le doute désormais insinué contre lequel il ne pouvait tenir qu'une position de plus en plus menacée et, son irritation montant, en même temps que son angoisse de la perdre, de se perdre à ses yeux, plus encore celle de lâcher un mot de plus qui le découvrirait tout à fait, il se sentait rattrapé par une main d'ombre dont l'étreinte annihilait ses défenses, et soudain, la haine. Haine pour cette femme qui s'obstinait à lui tenir tête, son amour pour elle mué en aversion animale, puisqu'elle se déclarait son ennemie. Telle il la considérait froidement, à l'autre bout de la pièce, fasciné que ce corps désiré, follement possédé, lui fût devenu en moins d'une heure, pire qu'étranger, un danger. Ses pleurs étaient intarissables. Autant ceux qu'elle versait sur ce prétendu juif, un inconnu, qui lui arrachait des larmes de compassion débile, que ceux qu'à bout d'arguments elle opposait à l'irritation mauvaise qu'il manifestait, campant sur sa conviction : elle se montait la tête, elle faisait du drame, du pathos à plaisir. Quant à douter de lui, l'accuser, lui jeter ainsi ces ignominies à la tête, c'en était trop ! Drapé dans sa dignité, outragé, blessé. Prise de remords, elle en était venue aux excuses, navrée, pantelante. Il tenait son avantage. Si cette sanguine lui posait un tel cas de conscience, qu'à cela ne tienne : il la reprenait, avait-il conclu. Il verrait quoi faire, uniquement pour apaiser ses scrupules, mais c'était vraiment en pure perte. Ils s'étaient quittés sur ce compromis. Voilà le magnifique lundi du 11 Novembre qu'il a passé. Il ne manque plus que l'inspecteur Verlaine mette son nez là-dedans ! Qu'il aille trouver sa maîtresse et l'interroge…

Désormais aux abois, sur ses gardes. Trop de signes patents d'une attaque en règle. Déstabilisation majeure, telle qu'il n'en a connu de longtemps. Il ne sait d'où cela vient, mais il n'incrimine pas le ciel, la fatalité, l'infortune. Il n'est pieux ni superstitieux. Seulement excédé, exaspéré par le concours de circonstances, leur cumul odieux. Il a repris du poil de la bête, oreilles dressées, crocs dehors. Le prédateur en lui, son instinct de défense, enfin réveillés. Il ne se laissera pas abattre. Il ne laissera quiconque violer son territoire, ses propriétés, remuer le passé ni compromettre ses chances au présent. Ce flic de la PJ s'enquiert de savoir s'il peut se transporter à son domicile, rencontrer Betty, et la vieille tante ! Pas question. Certificat médical à l'appui. Betty dort. Ce corps bouffi affalé dans les oreillers de dentelle, il l'a désiré aussi, jadis. Jadis, elle a été une jeune femme séduisante, tentante. Une sacrée bonne affaire. Héritière de ferblantiers fortunés de Haute-Savoie, dévote à l'extrême. Elle n'a jamais tendu sa langue qu'aux hosties, mais la déniaiser ajoute au charme, heurter ses pruderies de chatte blonde ; ils se sont très bien entendus. Toute pénitente qu'elle est, quitte à s'en repentir au confessionnal, elle aime le luxe, les plaisirs. Elle ne trouve pas à redire, alors, de disposer de la maison Rougerie, d'abréger un peu le viager en expédiant la vieille veuve à l'asile ! Elle n'est pas regardante, alors, sur ce qui lui tombe dans le bec, ni sur l'occupant, à qui elle trouve du chien, une prestance martiale, de la distinction ; ni des mœurs de l'époque, ni du Maréchal, nous voilà. Bien pratique, de ne rien voir rien entendre… Mais, ainsi que Lucile, voilà que Betty a eu une amie. Une camarade de son collège d'Annecy, venue faire ses études à Paris. Disparue. Sans qu'elle s'en émeuve outre mesure, alors. Cependant, à la Libération, elle apprend son arrestation, la rafle de juillet 1942. Déportée, sans retour. Les journaux, à cette époque ! Les photos des camps ! Révision sanglante, remords, exaltation mystique. Tardif, mais dévastateur.

Il aurait fallu la lobotomiser, lui sectionner les circuits, lui pulvériser les neurones ! Betty avait entrepris l'inventaire compulsif, tous les articles de la maison soudain suspects à ses yeux : un à un ses bijoux, ses bibelots précieux, ses fourrures, ses sacs de grands couturiers ; étendu à l'argenterie, la vaisselle de marque, chaque meuble, tapis, tableau, pendule, chausse-pied, chenet, tout y était passé. Tout ce qui était entré dans la maison, *à son insu*, affirmait-elle, s'était introduit chez elle à cette époque, dont l'invasion toxique empoisonnait ce qu'elle mangeait, buvait, ingérait par tous les orifices. Cela contaminait sa peau, l'ulcérait d'insupportables démangeaisons, viciait l'air qu'elle respirait, provoquait ses insomnies, ses vertiges, ses horribles angoisses. Le ciel se vengeait, Dieu la punissait : des spectres la mordaient dès qu'elle tournait le dos. Pour leur échapper, elle pivotait sur elle à tout instant comme une toupie, terrifiée. Une possédée. Cette crise avait failli le rendre fou lui-même, il y avait eu des scènes violentes, saison d'enfer. Dans sa fureur, sa terreur, elle lui jetait à la tête tout ce qui lui tombait sous la main des objets maudits ; se précipitait sur lui, outils de jardin, ciseaux de couture, une fois couteau de cuisine au poing. Elle menaçait de le dénoncer à son confesseur, aux juges, aux tribunaux, au président de la République, au pape ; elle en aurait bien été capable ! Elle hurlait, priait. Il la battait. Un dimanche, il l'avait séquestrée dans sa chambre : saccage. Il s'était résolu aux grands moyens. Internée à Sainte-Anne, délire de persécution, paranoïa. Six mois plus tard, elle en était sortie métamorphosée. Peut-être pas euphorique mais, dans sa camisole chimique, suffisamment abrutie pour lui foutre la paix. A lui, aux enfants, à la vieille tante et au monde entier. Quinze ans plus tôt, les doses s'administraient à la louche ; aujourd'hui, on calcule plus prudemment. Mais depuis, même traitement : surtout ne pas en changer. Qu'elle dorme. Qu'elle se tienne bien, ou alors, il cogne. Elle se tient à carreau, sauf quelques accès, vite réprimés. C'est simple, c'est reposant : Betty a les nerfs malades. La famille, les relations informées du diagnostic compatissent. Pauvre Martin, quelle tristesse, tu n'as pas mérité ça…

Non, il n'a pas mérité ça. Non plus que lui tombe sur la tête ces catastrophes à répétition. Depuis quelque temps, nom de Dieu, cette avalanche, inconcevable ! La lettre du Premier ministre, étendue à plat sous la lampe, désespérante. Il a perdu Lucile. Quoi qu'il invente, il ne dissipera pas le doute. La réconciliation, exclue. Contorsions, tout le tintouin, rabibochage, paix négociée ; qu'elle aille au diable. De temps ni d'énergie à consacrer à ce cinéma. Mais rompre brusquement alimentera sa suspicion. Il n'aime plus cette femme, il abhorre de la revoir.

A quinze ans d'intervalle, le même cirque qu'avec Betty ! Ces femelles, leurs scrupules de morale, cette plaie du passé ressassé, en finira-t-on jamais ?…

Dorénavant, très prudent, très circonspect sur le moindre de ses agissements, geste, parole ; recouvrer son sang-froid. Réfléchir, raisonner. Il a dix fers au feu, pas question d'en lâcher un. Pour couronner le tout, maintenant que sont débloqués les subventions d'Etat, les crédits bancaires, la première tranche des travaux commence sur les terrains de Genilly : cinq immeubles de trois étages, livrables fin 1964. Ne restent à régler que les adjudications pour les aménagements intérieurs, plomberies, électricité, peintures. Des entrepreneurs triés sur le volet, qui savent acheter les marchés, mais il ne laissera pas Lubin traiter seul avec eux. Le beau-frère en prend un peu à son aise, avec les pots-de-vin. Il a la commission communale à sa main, la signature pour les contrats. Sous prétexte de lui épargner le souci des affaires, il profite du champ libre ; les meilleurs associés ne sont pas des amis, il faut ne se fier à personne. Quant à la deuxième tranche, suspendue à la cession du terrain des Armand, cela n'a que trop duré. Jo Camier s'est renseigné sur le petit avocat de Gaston Donné : pas de prise. Un vertueux, un teigneux, incorruptible. Secrétaire d'Etat, aura-t-il enfin les coudées franches ? Rien de moins sûr, l'expropriation pour cause d'utilité publique, la préemption s'obtiennent par commission idoine, difficile à circonvenir… De quoi s'enrager. Cette donation des Armand, quelle machine de guerre ! A ce calcul, la maîtresse du Mesnil a mis toute sa malfaisance, paysanne madrée, procédurière habile laissant derrière elle une disposition d'héritage bonne à empoisonner trois générations. Par-delà la mort, cette vieille carne rancie règle encore ses comptes, représailles. Quelle haine vengeait-elle contre son gendre le notaire ? L'ire de la disparition de sa fille, rancœur sociale, blessure d'amour-propre ? De quelle offense se payait-elle ? Une telle passion tient du phénomène. Malgré son ressentiment, la trempe de cette femme lui inspire une certaine jalousie, et son âme noire, une admiration perplexe. Bon sang ne ment pas, j'ai de qui tenir. Les chiens ne font pas des chats, je suis de ton espèce, Mathilde, ressassait-il, revigoré par ce défi adressé au spectre de sa grand-mère, grandie par la nuit environnante.

Minuit passé, il n'a pas sommeil. Il veille, sentinelle solitaire et glacée, postée sur le mur d'enceinte de quelque forteresse avancée en territoire ennemi, sous un ciel sans étoiles, sans lune, au bord d'un désert minéral plein de menaces insidieuses ; les saisons ont disparu, jours et nuits se succèdent, vents et nuages passants, incidents mineurs ne changent rien au paysage, mais mille yeux invisibles guettent ; le tour de garde n'a pas de fin. Insomniaque, il scrute cette nuit, la fore de son regard de loup surarmé, poil hérissé, tympan ultrasensible. De place en place, ses yeux auscultent l'espace du bureau. Derrière le niais paysage bucolique, le coffre-fort est verrouillé, invisible, niche où se concentre son armement de guerre. Mais le petit Watteau absent fait une auréole claire, béance dans le papier peint. De cette trouée dans le mur, il émane un signal de brûlot, faible rougeoiement condensant dans l'obscurité les carnations de la sanguine. Celle de Lucile, la brûlure de son attraction amoureuse, érotique ; combustion aberrante. Le désir annihile les défenses, calcine la raison. Durant des années, accroché à cet endroit, le dessin fait rempart, celant son origine, son histoire. Il s'en est séparé. La brèche est ouverte. Un risque insensé, comment l'a-t-il pris ? Sa vigilance, trompée. Son instinct, berné. Il ne sait quel lien cela peut avoir avec la mort de Jean-Marie, celle de son petit-fils, mais cela fait signe. Plus qu'une intuition, une certitude. Maintenant il réintègre son corps autonome, machine célibataire, courroies, roues dentées. Plus d'inflammation aux reins, au bas-ventre. Nerfs de cuir, cœur sec. L'organisme sécrète ses défenses immunitaires, trie les miasmes, virus, parasites. Le contrôle central alerte du danger. Mortel, peut-être. Atteint dans son intégrité, quelque part dans cette nuit sans lune, sans étoiles, amputé d'une part vive, primordiale, hémorragie. Sa famille, le clan, son sang. De là vient le mal. De fibre sentimentale, il n'a pas. Il a patrimoine, propriété, pouvoir. Fondations, fortifications mentales. Cerveau dégrisé, purifié de ses brumes insanes, il ourdit sa contre-attaque. A l'ennemi, il faut un visage. En veux-tu un, Verlaine ?

La gardienne a tiré ses rideaux, entre lesquels filtre la lueur bleue de sa télévision ; ils se sont enfilés en voleurs dans l'escalier de l'immeuble. Transis comme ils le sont, il n'y a qu'une douche brûlante pour se réchauffer, et une vodka bien glacée ; toujours pas de rhum pour un grog d'urgence. Antoine a renfilé son jean mouillé ; comme son pull l'est aussi, il a adopté la vieille veste en laine d'Aran, un peu déformée, mais si grande qu'elle va à tout le monde, il est en chaussettes sur le carreau, son blouson sèche sur un radiateur. Maintenant, toute la fatigue de l'équipée au Mesnil leur tombe dessus, courbatures, frissons, cependant ce n'est rien en regard de l'événement considérable que, contre toute prévision, Antoine est venu rue Buffon. Ils s'y sont réfugiés sans plus se poser de questions, envolées hésitations, susceptibilités, en quel autre endroit échouer ? La ville si grande et si déserte à la fois les rejette vers ce havre, pour la première fois, Christine bénit cet appartement où elle n'est pas chez elle ; il le semble soudain devenu, sa chaleur, ses lampes, la protection de ses murs. Dehors, l'averse peut crépiter sur les trottoirs, tambouriner aux vitres, le vent nocturne faire ondoyer les longs rideaux de pluie sur le capot des voitures, ils sont à l'abri, et seuls, jamais elle n'aurait imaginé s'y sentir si bien, si heureuse.

Encore que ce sentiment soit mélangé de la crainte qu'Antoine, avec son sens critique, ne trouve à redire de son improvisation d'art mural, l'affiche lacérée à l'imitation de celles de Villeglé, punaisée dans sa cuisine – après tout, elle vaut bien la sienne, des *Contrebandiers de Moonfleet* –, qu'il ne trouve indigentes ses lectures – pourquoi laisse-t-elle traîner ses livres ? –, ridicule son patchwork américain tricoté, et démodés les meubles de grand-mère. Mais, au contraire de William ou de Leni, il n'a pas jeté de coup d'œil inquisiteur ni réclamé un tour du propriétaire : il a entrepris de battre une omelette avec les trois œufs qui restent dans le frigo. Elle ne sait pas s'il s'impose de collaborer, de se mettre en frais d'un vrai couvert, mais ce souci prosaïque a l'avantage de refouler le souvenir accablant de l'après-midi au Mesnil, y compris de balayer son remords d'y avoir entraîné Antoine. Elle croyait l'y contraindre, mais c'était lui qui y cherchait quelque chose, et tandis qu'il la guidait, s'y perdait. Le risque était bien plus grand pour lui que pour elle de s'y rencontrer, cela a eu lieu en haut de l'escalier. L'homme qu'elle a tenu dans ses bras au Mesnil n'est pas un enfant, elle non plus. C'est pourtant ce dont ils avaient l'air, à peine sortis de la ruine, sous la pluie battante les traits de l'autre mêmement défaits, y lisant l'effroi mutuel. Sous la lampe de la cuisine, ils ont repris leur visage ordinaire, la chaleur chauffe leurs joues, et l'omelette tartinée sur la baguette remplit l'estomac creux, mais ils se guettent du regard, c'est Antoine qui prend les devants.

— Que dit-on chez toi de l'incendie ?

Chez elle ? On n'en dit rien. Il n'a vraiment aucune idée de la manière dont cela se passe *chez elle*, le nombre incalculable de sujets que personne n'aborde, par tacite reconduction respectant un pacte de silence générationnel, Camille autant que Melville muets sur leur histoire personnelle, la pauvre Lemoine liguée avec eux. Ce cousin importé d'Uruguay est sûrement mieux renseigné qu'elle…

— Si tu connaissais mon oncle Théo, tu comprendrais qu'on n'a rien à attendre de lui non plus ; il est dans la lune. Willy n'est pas plus avancé, il n'y a pas de raison… Viviane pareil, même culture familiale.

Enfant, elle trouvait cela naturel. Elle a mis un temps fou avant de réaliser que ce ne l'était pas. Et elle n'était pas la seule : incroyable le nombre de filles rencontrées en internat, à la fac, de qui le passé familial était aussi lacunaire que le sien. On aurait dit cette génération des parents privée d'antécédents, ou bien frappée de même amnésie. En tout cas, elle avait grandi dans ce silence, liquidation du passé, effacement des traces. Au point, qu'il le croie ou non, qu'elle n'a jamais demandé ce qu'est devenu son père. Déporté, c'est notoire, mais ce mot même recouvrait des réalités dont elle n'avait pas l'idée, sauf à les rapporter à cette période de sa naissance pleine de confuses violences, de grands désordre et malheur que leurs contemporains semblaient occupés à oublier à grande vitesse. Quant à savoir exactement quand, comment il a disparu, si ahurissant que cela lui paraisse, il ne lui est pas venu à l'esprit d'en réclamer des précisions, y compris sur la judéité de son père, sur le nom qu'elle porte. Cela se présente à elle, à présent, d'une manière atterrante, et si Antoine ne l'avait poussée à aller voir *Nuit et Brouillard*, si elle n'avait vu ces images, à en être malade ; en quelque sorte, à cause de lui, c'est monstrueux à dire : à faire le *rapprochement…*

— Voilà ce qu'ils sont capables de taire. Alors, tu penses bien, les voyages de mon grand-père en Birmanie… Alex se fourre le doigt dans l'œil, de s'imaginer que je l'aiderai à tirer cette histoire au clair. L'incendie du Mesnil, *idem*… Tout le monde est au courant, mais personne n'en parle. Tu en sais quelque chose, toi ?

Il en sait tant que cela a occupé une partie de la nuit, à migrer d'une pièce à l'autre, de la cuisine au petit divan avec son ridicule patchwork folklorique, puis au lit de Christine qui n'est pas prévu pour deux personnes, mais ils ne vont pas, après ce qu'a raconté Antoine, défaire celui de Viviane, changer ses draps et se séparer, fermer les portes, dormir seuls. Ne pas dormir, en gisant rester, chacun de son côté, yeux grands ouverts dans l'obscurité sans trouver le sommeil ; il est trop bouleversé, et elle terrifiée, pour se souhaiter le bonsoir sur le seuil d'une chambre comme si de rien n'était. Ils n'en peuvent plus de remuer ces choses affreuses vomies du passé et de ne pas oser se toucher. Ils ont besoin de se toucher, de se prodiguer assistance et tendresse, au-delà ou en deçà du désir, dans ces régions d'enveloppement chaste qu'offre le corps par l'encorbellement du chagrin et des pitiés. Ils ont besoin de s'étendre ensemble, sur une couche allongés de s'enlacer, s'emboîter et s'enfermer dans la cage des bras, jamais aussi étroitement serrés se réchauffer, se dispenser mutuellement la bonté animale de la chaleur qui propage au plus intime son onde miséricordieuse, et ne plus bouger du tout, du tout. Respirer l'odeur nouvelle qu'on a ensemble, sentir battre le frêle cœur, sa pulsation inquiète aux poignets noués, aux doigts mêlés, chuchoter encore et glisser en même temps, sombrer tout à fait, dans cette eau d'un sommeil qu'on n'a jamais connu, est-il pensable que l'on puisse s'endormir après une telle histoire ?

Le Mesnil avait brûlé une nuit de mars 1943. Dans le pays, c'était resté une date, disait Antoine, parce que le domaine était de ces propriétés ancestrales auxquelles s'attache une espèce de fierté populaire, les gens finissent par les considérer comme leur patrimoine, dans leur dévotion atavique pour les puissants à particule, ils vénèrent ceux qui ont pour privilège prie-Dieu à l'église et quartier au cimetière… Dans l'hiver, Hélène avait quitté les Armand. Elle avait filé avec ses trois nippes sans crier gare, une fugue dont les parents ne décoléraient pas, ainsi manifestaient-ils leur inquiétude mais, de longtemps, ils voyaient bien qu'elle rongeait son frein. Elle cherchait du travail à Paris, revenait à la niche, chien battu, n'attendait qu'une occasion pour se sortir de là. Il faut dire que la vie était dure à la ferme. Plus de bras pour la terre, Paulin au STO et Yvon au collège agricole, restrictions, pénurie de gasoil pour le tracteur, le père avait réduit les cultures. Antoine seul savait où était sa sœur. Parce que le plus petit, il était le confident de sa fugue pour rejoindre Louis. Aux vacances, s'ennuyant ferme avec la vieille Mauranne, il avait trouvé en Hélène une complice pour l'entraîner au fond des taillis brûlés par l'été, dans les greniers, où ils avaient leurs repaires, aussi bien elle avait été son initiatrice en jeux sensuels ; au vrai, tout cela devait être bien innocent… Antoine n'avait appris que bien plus tard quel grand comédien était devenu Louis Personne, mais sans doute était-il des rares à avoir connu la précocité de sa vocation à ensorceler les êtres de son pouvoir équivoque… Ce garçon n'avait pas son pareil pour convoquer toute une compagnie de partenaires de leurs aventures, chevaliers de la Table ronde, élégants voleurs masqués, rois mélancoliques et traîtres sanguinaires, enchanteurs, guerriers de Troie, des héros avec qui il était à tu et à toi, dont la présence imaginaire avait pour toujours peuplé la campagne du Mesnil… En 1943, Louis et sa sœur étaient des jeunes gens. C'était lui que rejoignait Hélène à Paris. Antoine seul était dans le secret mais, à celui qui le détient, tout secret reste opaque. Quel pacte s'était-il conclu entre ce garçon et sa sœur, fille de la campagne, que rien ne vouait à se rencontrer ? Assez durable pour qu'aujourd'hui encore, lui, le célèbre acteur, et elle, l'épouse d'un garagiste, entretiennent une relation, dont Antoine ignorait la nature, les amitiés adolescentes ont d'étranges destinées…

Quoi qu'il en soit, le départ de sa sœur l'avait laissé à une solitude entière. Livré au désenchantement de ce coin de campagne, il errait sur leurs traces, inapte à combler leur absence ; ainsi occupait-il son désœuvrement à hanter les lieux auxquels ils l'avaient initié, fouinant en chasseur désabusé. Il rôdait souvent au Mesnil, où Mauranne restait seule, après la mort de Meyer. Il y passait des heures en compagnie de la vieille cuisinière, de qui la rudesse bougonne convenait à sa propre morosité. C'était une grande femme anguleuse, face talée et yeux usés, amenuisés à une fente jaune, mains noueuses de rhumatismes, ses cheveux de chanvre tirés sous le bonnet d'un autre siècle, toujours propre en son tablier de gros bleu, qui régnait sur cet immense domaine déserté, que personne n'entretenait plus. Dès alors, le parc et le grand pré de derrière étaient laissés à l'abandon ; une ou deux fois par an, Gaston y passait sommairement la faux, par reconduction bénévole de son ancien contrat, ou par compassion pour la vieille. A peine cultivait-elle pour son usage quelques platebandes du grand enclos du potager, mais ses jambes étaient mauvaises, biner et sarcler lui cassait les reins ; le verger croulait sous les fruits qu'on ne ramassait plus, à quoi bon… Elle tolérait ses visites comme celles d'un animal familier, dont il faut se défier ; il avait trop fait les quatre cents coups avec

Louis et Hélène. Mais, sous ses dehors revêches, elle devait apprécier sa présence ; du moins avait-il le souvenir, en cette période de pénurie, des pommes à la mélasse qu'elle lui cuisait au four, laissées au bout de la table par inadvertance, des pots de confiture qu'elle ouvrait pour lui, et de sa manière de lui débarbouiller rudement la figure, du coin de son tablier, avant de le chasser avec des menaces. Elle redoutait surtout qu'il ne rôde dans la maison, ce qu'elle le savait faire à tout bout de champ, ignorant toujours par où il s'y introduisait. Pourtant elle en connaissait les issues et les recoins, et c'était un défi, pour lui, que de tromper sa vigilance, de déjouer ses ruses de vieille ; jamais elle n'avait décelé son astuce pour déboiter la porte de la serre. Mais peut-être cette présence clandestine dont il peuplait la demeure, l'inquiétude qu'elle lui procurait, étaient-elles une manière de la restaurer dans sa mission tutélaire de gardienne des lieux, la démesure des salons et des chambres plongés dans l'obscurité, ensevelis de silence. Il ne se demandait pas, alors, comment elle pouvait encore vivre là, avec la charge de cette propriété, responsable du maintien en l'état de tout ce qu'elle contenait de meubles et d'objets de prix, son territoire rétréci à sa chambre de l'aile basse et à la cuisine où elle passait ses journées, affairée, s'éreintant à des activités de fourmi, fourbissant l'argenterie de couverts et de plats dans lesquels personne ne mangeait plus, cirant les escaliers que personne ne gravissait plus, astiquant cuivres et carreaux de l'office comme si devait revenir demain la compagnie nombreuse de ceux qu'elle avait servis toute sa vie, perpétuant au ralenti et dans cet espace restreint de la cuisine les gestes prosaïques de sa fonction, par cette sujétion absurde aux objets perpétuant son existence de pauvre femme, et il ne connaissait rien de son histoire. Rien de ce qu'elle avait vu, entendu dans cette maison, quel témoin elle avait pu être des drames qui s'y étaient joués, des passions contraires et des ruptures, des déchirements, amours et agonies, dépositaire d'une mémoire qui ne lui appartenait pas, pourtant devenue son unique raison de vivre. Ainsi se trouvent aliénés et justifiés les serviteurs de l'ancien temps, survivance anachronique du lien de maître à esclave ; Brecht a raison, l'humanité des patrons est redoutable, que n'avait-elle fui à temps…

Un matin de mars, s'étaient présentés trois messieurs, débarqués de leur voiture dans la cour des communs. Piétinant dans la cuisine déserte, ils avaient appelé vers le potager, vers l'intérieur, et elle avait surgi des étages où elle s'escrimait à assujettir un volet arraché par une giboulée de la nuit. Il était dans la buanderie, disait Antoine, sans autre issue pour fuir ; il n'en avait bougé à leur venue, tapi entre les claies de pommes suries. Ainsi avait-il assisté à l'entretien, du moins entendu de sa cachette les vifs propos échangés, vite tournés à l'aigre : pour ce qu'il en comprenait, ces messieurs intimaient à Mauranne de quitter les lieux. Cet ordre jeté sur un ton comminatoire, d'une voix péremptoire quoique débonnaire, pour ainsi dire aimable, de qui n'attend pas de résistance. Ils tombaient sur une, de taille. D'abord réduite au silence par l'énormité de la sommation, proprement surréaliste, elle s'était ensuite étranglée d'incrédulité. Sa voix montant aux aigus, sommet de la stupéfaction, avait trouvé une tablature extraordinaire, grondant avec l'intensité des tragiques. D'où sortaient-ils, pour qui se prenaient-ils ? Jamais elle ne quitterait le Mesnil. Elle ne recevait d'ordre que de ses patrons, n'avait de comptes à rendre qu'à eux. A quoi lui opposait, doucereux, l'un des visiteurs, que ceux-ci étaient loin, transfuges et absentés pour longtemps, qu'elle ferait mieux d'obtempérer, domestique sans mandat. Mandat ? Elle était mieux chez elle qu'eux, imposteurs, d'où sortaient-ils donc, encore ?

— Réquisition de la police allemande. Tu fais ta valise et tu déguerpis.

Déguerpir ! Elle les avait agonis d'injures. Ils l'avaient menacée d'arrestation pour entrave à un ordre de l'occupant. Ils étaient partis. Le silence avait tant duré, une fois disparue leur voiture sur l'allée, qu'Antoine avait jugé la voie libre pour s'esquiver sans demander son reste ; il était tombé sur Mauranne. Elle était assise sur le banc. Par la porte restée ouverte entrait un courant d'air froid. Elle fixait le seuil avec une attention forcenée, cette place où ils avaient osé mettre leurs pieds, comme si elle devait en défoncer la dalle du regard. Son irruption l'avait arrachée à sa contemplation. Tu as entendu ? demandait-elle, à peine étonnée qu'il fût là, apparu au milieu de la cuisine. Puis d'une commotion de toute sa carcasse, elle s'était levée, avait claqué la porte. Tu as entendu ? Elle le prenait à témoin, comme s'il fallait une autre oreille que la sienne pour entériner la scène. Il avait entendu mais ne comprenait rien, sauf que Mauranne serait arrêtée. Son instituteur venait de l'être, cela donnait crédit à la menace. Arrêtée ! Elle en riait si bien qu'il aurait ri avec elle si elle n'avait planté férocement dans les siens ses yeux jaunes de sorcière :

— Personne n'*arrête* Mauranne, disait-elle, cassée à sa hauteur. Va-t'en. Ne reparais pas ici, vaurien, ou je t'assomme, et tiens ta langue, ou je t'étrangle.

Elle le chassait du tablier, tirait le verrou derrière lui, furibonde. Cette promesse l'avait d'abord tétanisé de crainte. A dix ans, l'on peut croire sur parole ce genre de menace. Mais, sitôt dans la cour, l'ultimatum ne lui était plus paru si absolu, bien plus tentante son envie de voir ce qu'il adviendrait des messieurs invisibles et comment ils s'y prendraient pour chasser Mauranne. Il l'avait toujours connue là, elle faisait partie des murs ; elle avait une force de dragon terré dans son antre, l'en déloger tenait du prodige. Louis avait raconté comment Ulysse le rusé se tire d'affaire avec le Cyclope. Les enfants ont une propension à transférer le merveilleux au réel, les géants que leur sont les adultes ont, autant que les dieux, des pouvoirs surnaturels, ils peuvent tromper leurs desseins… Pour son malheur, il n'avait pas obéi à l'avertissement de Mauranne. Certes, il avait tenu sa langue, il en avait l'habitude : rien n'avait filtré aux Armand de la visite de ces gens. D'ailleurs, il ne les avait pas vus, ils n'étaient que des voix, s'apparentant à des créatures fabuleuses dont il aurait eu du mal à convaincre ses parents, croyait-il ; mais il était revenu, tous les jours suivants. Il renardait par les arrières du grand pré, jusqu'au jardin de roses embroussaillé, pénétrait par la serre et, passé le petit salon de musique, gagnait les salons. C'était un jeu que de se dissimuler, furtif, dans les amples et poussiéreux rideaux, d'y attendre pour se réfugier sous une table de trictrac, se blottir derrière un fauteuil, se glisser jusqu'au vestibule, l'horloge à gros ventre est un rempart à sa taille, et de grimper d'un bond à l'étage, de se tapir dans les placards ou les salles de toilette dont les issues communicantes, d'une chambre à l'autre, n'avaient pas de secret pour lui. Autant que Mauranne, mieux qu'elle, il savait les innombrables ressources de la demeure et ses pièges, les portes qui grincent, l'endroit où les lames de plancher gémissent ; il était en territoire conquis, sûr de son immunité, mille fois éprouvée. Le lendemain, des hommes étaient arrivés en camion. Ils avaient ouvert la grande porte à deux battants, investi le rez-de-chaussée, transportant des caisses, du matériel, branchant des téléphones, ils criaient des ordres, ils avaient des rires sonores. Ils étaient montés à l'étage, ils avaient ouvert des chambres. Lui était déjà au grenier. De là-haut, pour s'échapper, il avait encore la possibilité d'emprunter l'escalier de service en colimaçon, tout empoissé de crottes de souris et de fientes d'oiseaux, qui donnait sur un corridor où Mauranne et Meyer avaient leurs chambres, de là fuir ; soit par la buanderie et la cuisine, mais c'était risqué, soit par l'enfilade des pièces de l'aile basse, où il suffisait d'enjamber une fenêtre pour sauter sur le grand pré ; avec l'inconvénient de laisser celle-ci ouverte derrière lui, mais c'était moindre inconvénient, si la nécessité s'en présentait…

Antoine ne décrivait à Christine cette disposition de la demeure que pour qu'elle comprenne combien il se sentait en sécurité, nullement inquiet à l'idée d'être surpris, au contraire excité par son impunité, et très curieux d'observer l'invasion du Mesnil par ces étrangers, de comprendre ce qui se passait. Ceux-ci ne semblaient pas se soucier de Mauranne, qui d'ailleurs ne paraissait pas, campée à la cuisine ou dans sa chambre. Elle devait pourtant entendre leur va-et-vient emplir la maison d'un piétinement de bottes, chocs et cliquetis d'armes, meubles bousculés, déplacés d'une pièce à l'autre. De son poste, sur le palier du grenier, il en entrevoyait certains, arrêtés dans le vestibule. A cette altitude, il avait du mal à les distinguer. Ils se ressemblaient tous, vêtus uniformément de sombre bleu marine, leur nombre croissait ou décroissait, des voitures partaient, des fourgons revenaient, portières claquées, un remue-ménage incessant. A sa grande déception, rien n'advenait. Mauranne ne surgissait pas en majesté, avec des éclairs, du tonnerre, elle ne les foudroyait pas sur place comme il l'espérait. Cela avait duré deux jours, il s'était lassé. Tant de dépenses pour se faufiler en catimini, se poster là-haut et attendre, en vain, cela ne présentait plus d'attrait. Quant à Mauranne, il l'avait entrevue rentrant du potager, des poireaux dans son tablier, elle n'était chassée ni arrêtée. Aux Armand, on semblait informé de ce qui se passait au Mesnil, mais Gaston n'avait en tête que sa servitude, furieux des voitures et fourgons garés en travers, maugréant, pestant. Soizik le faisait taire, suppliant qu'il prenne patience : ils ne seraient pas là si longtemps, et l'on ne se frotte pas à la Milice, tu sais bien ce qu'ils ont fait, à Versailles. Ils ont des gens de Genilly avec eux, des voyous qu'on connaît. Ne les attire pas ici, ils nous voleront, ou pire. Antoine surprenait ces paroles, leurs apartés attisaient de nouveau sa curiosité pour cette compagnie de voleurs qui, décidément, installait son campement au Mesnil. A quelques jours de là, il avait tenté une nouvelle expédition.

C'était le soir d'une journée de pluie, la brume nappait les taillis, noyait le grand pré. Tout enveloppé de cette ouate, il était facile d'approcher, plus silencieux et furtif qu'une belette. L'atmosphère avait beaucoup changé dans la maison. Les grands salons étaient dans un désordre indescriptible, meubles entassés les uns sur les autres, fauteuils renversés, tapis roulés, matelas descendus des chambres et jetés sur les planchers. Selon son itinéraire, il avait atteint le vestibule sans encombre, mais il avait dû rester un long temps caché derrière le ventre obèse de l'horloge, avec son tic-tac lancinant. Cela se passait dans les salles à manger, toute la partie qui menait aux cuisines. Quelque chose de nouveau se passait là. De là, sortaient des hommes armés que le soir rendait plus patibulaires ; de là venaient des coups sourds, des cris déchirants. Des hurlements qu'il n'avait jamais entendus de sa vie, d'aucune bête. Deux hommes fumaient une cigarette sur le perron. Il voyait leurs silhouettes, dans le contre-jour de la porte monter les volutes paisibles. D'autres, riant, vociférant, se propulsaient en bousculade dans le grand salon. Des explosions éclataient, à fracasser les tympans, bris de verre, tirs en rafales sur les plafonds, les miroirs. Toute retraite coupée, il avait été pris d'une peur panique, terrifié par les cris intermittents, les détonations, le fracas, ce déchaînement de violences qui faisait rire les hommes comme des enfants. A quel moment avait-il jugé que, au lieu de battre en retraite, il avait sa chance ? Entre deux passages, il avait grimpé l'escalier à la course, jamais il ne s'était propulsé aussi vite. A peine était-il hors de vue que, dérapage de pneus sur les graviers, claquements de portières, débarquaient de nouveaux venus envahissant le vestibule, poussant devant eux un homme entravé, hurlant des ordres, aboyant des menaces. Saisi du pressentiment d'un incalculable danger, il se recroquevillait, tapi dans son coin, genoux tremblotants et claquant des dents, sans pouvoir réprimer les couinements de détresse sortis de sa gorge. Ce n'était plus un jeu. Un crépuscule lugubre ensevelissait la maison, les ombres de ceux qui accouraient en bas étaient devenues gigantesques, on eût dit qu'elles gravissaient les étages, envahissaient les plafonds et l'encerclaient de leurs bras démesurés. Pour leur échapper, il lui aurait fallu rétrécir par magie à l'échelle lilliputienne des contes, s'amenuiser, se fondre dans l'invisibilité. Ainsi Poucet se glisse-t-il sous les tabourets géants, Poucette disparaît-elle sous une feuille, mais dans ce refuge précaire du palier nul autre abri ne se présente, aucun enchanteur n'intervient pour le soustraire à l'emprise torturante du cauchemar. De son poste d'observation, l'enfant jouit d'une vue unique sur ce théâtre, ce qu'il surprend ce soir-là outrepasse en atrocité les fantasmagories du sommeil. Il voudrait fermer les yeux, mais une tenaille de fer les tient dilatés, leur impose la vision infernale. De son poste d'observation, l'enfant jouit d'une vue unique sur ce théâtre.

Au bas de l'escalier du Mesnil, les hommes en uniformes s'agitent de soubresauts, d'étreintes confuses. Automates, méthodiques, ils exécutent un pas de danse barbare, d'une gaieté sérieuse et farouche. Sans précipitation ni temps mort, ils se lancent l'un à l'autre un pantin aussi grand qu'eux qu'ils écartèlent et disloquent, la viande flasque collabore par son inertie au travail collectif, s'affale et rebondit, c'est rouge et noir, ahanant. La chose n'oppose aucune résistance à ses tourmenteurs, astreinte à la leçon magistrale, difficile à comprendre, qu'ils lui inculquent malgré leur fatigue, leur épuisement. Rien ne peut plus parfaire la défiguration, or ces hommes continuent à la lui dispenser, à lui transmettre à toute force leur ivrognerie de jouissance, en vain ; le vaincu obtus ne bouge plus, repu, rassasié. L'enfant en est convaincu, ces hommes sont comme lui. Il est à leur image et eux à la sienne. Ils jouent à des jeux aussi cruels et puérils que les siens, aussi primitifs et ignobles, dont l'impunité pure enchante, sidère et séduit. Cette vision éblouit de lumière noire, elle extirpe du cœur l'innocence, elle dénonce le mensonge de grandir, ou son crime, qui est de ne pas quitter l'enfance mais de cohabiter avec elle, de se vouer à elle et de déguiser, sous son masque d'adulte, le monstre dénaturé qu'est tout homme. Alors il n'est plus en exil, il accède de plain-pied à l'hypocrite secret, cela est sanglant, cela dévaste la raison, assassine l'âme.

Il ne se souvenait pas de comment cela avait fini, ni d'avoir fui plus haut. Dans la tiédeur de la soupente, la senteur acide des fientes d'oiseaux, le puits de l'escalier ne lui paraissait plus qu'un tunnel étroit par l'interstice voilé de toiles d'araignée. Le désordre majeur de la maison semblait devenu lointain, rugissements et fracas ne lui parvenaient plus qu'à travers les planchers, venus du fond d'une fosse où s'acharnaient des fauves. Il avait dû s'endormir, ou s'évanouir, sombrer dans une torpeur mortelle, il avait dix ans. J'avais dix ans, disait Antoine, mais je ne les avais plus. J'étais une créature sans âge, très vieille ou naissante, émergeant d'un rêve de plomb et entrant dans un autre, où tout ce qui compose un monde cohérent a disparu, fratrie, parents, murs familiers de l'humanité, tout paysage absentés, dans une contrée inconnue et livré à une solitude d'épouvante morne ; la nuit avait passé. Ou plutôt elle continuait comme si jamais plus ne devait revenir le jour, aussi la forme livide qui se déplaçait en silence dans les parages ne l'étonnait-elle pas, elle migrait vers lui sans hâte.

— Tu es là, toi ? C'est bien. Aide-moi, chuchotait-elle, le tirant doucement de son réduit comme si sa présence fût naturelle, non seulement logique mais nécessaire et, le tenant dans l'odeur rance de ses jupes, elle enserrait ses épaules d'une étreinte fraternelle. Aide-moi, petit…

Envoûté par la présence miséricordieuse, docile, il avait consenti à son apparition. Il l'avait aidée, il ne savait à quelle besogne aberrante et lente de mouiller le palier, puis les marches, qu'ils descendaient une à une, chacun portant un arrosoir surnaturel. Ils descendaient, un silence absolu régnant dans cette demeure déportée dans l'océan nocturne, dont la paix n'avait rien d'insolite, ce rêve était moins effrayant que consolant dans son étrangeté maléfique. Ainsi peut-on traverser les châteaux endormis par l'enchantement d'une fée, rien ne dérange le sommeil des choses et des êtres pétrifiés, leurs pouvoirs néfastes sont abolis. Sans entrave, ils progressaient et, par deux fois, Mauranne était allée emplir ses arrosoirs ; ils dorment, disait-elle. Ils dorment, ils ont bu de mon vin. Elle riait dans sa barbe, n'en avait-elle une ? tout entortillée de son châle, ses grandes mains noduleuses tendues en crochet pour saisir l'anse et déversant le liquide noirâtre dont la coulée faisait des taches huileuses parmi les brutes affalées de lourd sommeil, sur les matelas, en travers des seuils, dans la même posture grotesque que le cadavre défiguré que les hommes avaient supplicié de leur jeu. Eux seuls peuplaient ce fantomatique théâtre de leur marche funèbre, dans les vapeurs de benzol dont l'émanation méphitique enivrait ses sinus ; peut-être avait-il compris, ou bien non. Cela s'accomplissait selon une liturgie dont la vieille femme était la prêtresse ; en *réalité*, surgi de son antre, le vrai dragon qu'il avait deviné et espéré en elle, agi d'une force surhumaine, cependant pleine de douceur et piété, tenant toute la demeure et ceux qui l'avaient envahie, corrompue et profanée de leur crime, dans le sortilège de sa vengeance. Mauranne avait craqué une allumette, une seule, et donné départ au feu. A cette lueur vacillante, il avait vu son vrai visage, métamorphosé de paix et de féerique beauté, toutes rides lissées d'une extraordinaire jeunesse ; en quelques secondes l'embrasement s'était répandu. A une allure folle, les flammèches grésillaient en toutes directions, en gerbes convulsives jaillissaient à travers la fumée brune, illuminant le vestibule d'éclairs de soufre, crépitant et fusant ; ils fuyaient. Elle le poussait dans la pénombre vers la cuisine, le chassait devant elle : Va ! Va ! Il l'avait perdue. Dans un tourbillon de fumée, que l'appel de la porte ouverte aspirait, sa dernière vision était celle d'une très haute silhouette décharnée, aux bras grands ouverts dans ses guenilles de sorcière. Il avait couru à perdre haleine, happé par la nuit glacée, dans cette obscurité d'aube s'était égaré dans le grand pré parmi les herbes givrées de rosée, devant lui l'immense façade déjà trouée de rougeoiements palpitant à toutes les fenêtres, étrangement silencieux. Puis il y avait eu des hurlements, sitôt dominés par un grondement énorme de forge, et des rafales de tirs confondus aux craquements formidables d'une carcasse en souffrance tandis que de sa poitrine sortaient les cris débiles d'une bête, terreur et jouissance ; le Mesnil avait brûlé.

Il ne se rappelait plus la fin de la nuit. Au fond de son lit, il continuait de brûler, une fièvre l'avait terrassé de longs jours. Nul ne lui posait de questions, entre deux cataplasmes d'ouate thermogène, de séances d'ampoules camphrées que le docteur collait à son dos, si malade que Soizik faisait brûler des cierges à la Vierge… Il n'avait eu le récit de l'incendie que plus tard, le printemps avançait. Les rares rescapés du foyer, grands brûlés, les cadavres des autres, les tortionnaires et leurs détenus séquestrés ensemble sous l'effondrement des plafonds. Celui de Mauranne, fauchée tandis qu'elle s'enfuyait, le corps déchiqueté par une rafale à bout portant. Sa petite valise ouverte sur l'allée, ses nippes de pauvre vieille dispersées en jonchée, que Soisik avait pieusement ramassées. Une chemise de nuit neuve, une paire de charentaises neuves, des bas neufs, un petit flacon d'eau de Cologne, quelques jupes et guimpes jamais portées, tout ce qu'elle gardait pour partir à l'hospice, un jour, quand son temps serait venu… Rien ne l'étonnait de ces nouvelles, aucune ne surpassait en terreur la démence de cette nuit, la maison fantôme hantée par la catastrophe dont la vision se projetait où qu'il porte les yeux, tapissait ses paupières fermées d'une cruauté sans nom. A quel être au monde dire ce dont il avait été le témoin, et quel témoin était-il, dix ans, en quelle langue énoncer ce qui avait fusillé sa vue, anéanti son entendement ? La traduction manque, si gravement fait défaut qu'il était peut-être devenu fou de silence, ne voulait que silence, et mourir.

Tenant à peine debout, il avait fui, quelque temps plus tard cherché secours loin d'ici, pour que soit démentie son épouvante, nulle issue, ce qu'il emporte désespère. Dans le théâtre où Hélène, affolée, le recueille et le cache, hagard parmi les fantômes atroces que sont vivants et morts, mêmes fictions infernales, il dort et se réveille, délire un récit dont elle apprend peut-être, par bribes, ce qu'il s'est passé au Mesnil. Alors, une nuit, un roi blême touche son front fiévreux, le comédien promet qu'il existe un cœur de tristesse mortelle, semblable au sien, *Viens mon enfant ; comment vas-tu mon enfant ? As-tu froid ?… Pauvre fou, mon drôle, j'ai encore dans mon cœur un coin qui est triste pour toi…* Cela s'entend comme délivrance et pardon, serment de plus grande violence que celle qu'il a subie, il le croit. Dans sa misère, au fond de ce théâtre où il délirait, il l'a cru ; quel enfant ne croirait à l'accueil d'un cœur bon ? Mais quoi de plus terrible : surplomber de son promontoire l'ignoble spirale d'un escalier de guerre, surprendre ce que nul ne devrait jamais voir ; ou bien se réveiller, un spectre près de soi, sa main amie posée sur son front ?

La scène antérieure n'est plus sortie de ses limbes avant ce soir, mais la dire à Christine lui restitue sa pureté intacte, elle résiste au temps et baptise d'une perception dont on ne guérit pas, ne doit pas guérir. Peut-être donne-t-elle, à vingt ans, la volonté obscure d'*objecter* en conscience, de refuser, sans le secours de la raison politique, d'aller en Algérie porter les armes, tuer sur ordre et torturer, jouer à ce jeu abject où les hommes se conduisent, en toute licence, avec la bestialité des enfants. Cela épuise et verse au sommeil. Exténués de honte, souillés par le crime, les hommes peuvent dormir. Ils le peuvent après avoir vu *Nuit et Brouillard*, les trois petits enfants que conduit leur grand-père par la main vers le wagon plombé, après avoir vu la sidérante fleur vénéneuse exploser dans le ciel atomique, les irradiés nus chanceler dans les rues tendant les lambeaux de leur peau, les suppliciés énucléés et les spectres survivants, et les agonies et les morts dans les charniers, après cette horreur, horreur, l'on peut s'allonger dans une chambre, et sous une couette dormir, on le peut… Les hommes le peuvent, parce qu'ils gardent, séquestrées sous leurs paupières, les visions convulsives du mal ; là, en toute clarté, avec plus de lucidité que le jour, elles s'accomplissent en connaissance.

XVIII

Lundi 18 novembre

Ce qu'Abigael te portera, fais-le-moi savoir dans l'heure, avait dit Melville. Dans l'heure, Elise avait téléphoné rue Stendhal. Elle était tombée sur Mme Lemoine, dont les sinus encombrés avaient chuinté que Monsieur était absent, au Bourget depuis le matin pour la révision de ses moteurs, disait-elle… Quant à Mme Lewenthal, elle était quai d'Austerlitz, pour une réunion de sa fondation, à laquelle assistait M. Malraux. Elle ne rentrerait que tard. Elise souhaitait-elle que celle-ci la rappelle ?… Pas du tout ! C'était juste pour informer M. Melville que sa livraison était arrivée, qu'il se hâte de venir la chercher. Lui-même ; en personne, car il avait à signer un reçu. Elle avait inventé n'importe quoi d'absurde, très contrariée à l'idée que Mme Lemoine ne suggère à Camille de se précipiter à la librairie ; celle-ci en aurait bien été capable, avec ce prétexte de lui faire une petite visite. Certes, Elise aurait pu lui remettre n'importe quel livre, et papoter de l'air du temps, mais elle aurait été dans de beaux draps. Elle aurait eu belle mine de se sortir si mal de cette mission, apparemment très facile. Cela ne mange pas de pain, de jouer les intermédiaires ? Eh bien, si. Il faut se défier des choses aisées, elles sont pleines d'embûches, aux conséquences incalculables. Les pires vous mettent en alerte, leur péril vous suggère mille ruses, au lieu que les bénignes vous endorment, surtout le sixième sens qui, dans ces cas-là, est de si grande ressource. Elle avait eu tant d'occasions d'apprendre que sauver ou perdre quelqu'un, sa sécurité, sa vie, peut dépendre d'un seul faux pas, d'une étourderie. Cinq minutes de retard à un rendez-vous, un billet de train oublié dans une poche, une étiquette qu'on a omis de découdre au col d'une chemise, parler à l'un plutôt qu'à l'autre. Les murs ont des oreilles, ils ont des yeux ; la distraction n'est pas permise. Dans les grandes comme dans les petites affaires, il faut être ponctuel, rigoureux, vétilleux. Melville en donnait l'exemple et s'il avait recours, à présent, à de jeunes Abigael, elle n'allait pas transiger avec la règle pour autant. Le petit paquet de kraft ficelé était donc bien rangé chez M. Brasier, dans le double fond du buffet à vaisselle, une cachette qui n'avait servi de longtemps.

Si d'aucuns rient de cette précaution, c'est qu'ils n'ont pas idée de ce qu'un Melville est susceptible de trafiquer, ce à quoi il touche, ce qu'il fomente de dangereux, pour lui ou pour d'autres, ni ce que ses ennemis sont capables d'entreprendre. L'ombre dont il s'entoure n'est pas pour amuser la galerie, il ne joue pas les Fantômas d'opérette. Quoi que contienne ce colis, gros comme un paquet d'allumettes, Elise le prenait très au sérieux, la personne aussi. Melville n'avait pas recruté cette jeunesse à la légère, la brunette vous avait un air de rien du tout, elle jouait les amateurs de romans avec un parfait naturel. D'où l'avait-il sortie ? Mystère, mais elle avait de l'entraînement, elle avait été à bonne école. A la sienne, à en juger par ses manières et son entregent, son indolence pour attendre le bon moment d'être la seule cliente à la caisse, payer *Les Ombres* d'Yves Régnier, *Les Briques* de Miklos Batori et oublier son petit paquet contre la caisse enregistreuse, sitôt escamoté, merci mademoiselle. Celui-ci était resté toute la journée en souffrance, ce retard inquiétait Elise. Melville avait pourtant l'air pressé de le récupérer au plus vite, *dans l'heure*, alors que partait-il *réviser ses moteurs*, au moment de sa livraison ?

A peine débarqué rue Stendhal, il avait accouru, s'était présenté en plein déballage des cartons de livraison, les réassorts de romans primés, il tombait mal, aussi l'avait-elle un peu maltraité. Le temps d'aller dénicher son colis, contente de sa mauvaise humeur affairée, l'air de qui n'a pas que ça à faire : quasiment, elle le mettait à la porte. D'ailleurs, elle lui trouvait mauvaise mine, farfouiller les ventres d'avion est-il de son âge ? Pour un peu, ne s'annonçant pas, il trouvait porte close, facteur négligent ; la brunette et elle en étaient pour leurs frais de commissionnaires. Sous ces assauts, il gardait silence, il souriait. Souris, mon Lange, le menaçait-elle en pensée. Crois-tu que les paquets d'allumettes m'impressionnent ? J'en ai vu d'autres. Surtout, elle était contrariée.

— Figure-toi que la presse encense ce Berlinois, la coqueluche du moment. Il n'y en a que pour Erich Fasslander, sa mise en scène originale, sa direction d'acteurs, son brio, son culot. Quant à Louis, entends bien : il est *néo-brechtien*. Explique-moi ça, le concept m'échappe… Les critiques sont des ânes. Tu l'as vu, toi. L'as-tu trouvé néo-quoi que ce soit, l'autre soir ?

Jamais plus Elise n'assistait aux premières des spectacles de son fils, rongée d'anxiété au point qu'elle n'écoutait, ne regardait rien, attentive aux frémissements de la salle, furieuse d'un chuchotement, d'une toux, outrée si quelque malotru sortait avant la fin ; suspendue ensuite aux articles des critiques de théâtre. Certes Louis tenait en grand mépris la presse, laissant Sacha la dépouiller et recenser les coupures, mais elle éprouvait mille morts à lire les commentaires, comme s'ils s'adressaient à elle. Non qu'elle en redoutât la sentence, elle ne se résignait tout simplement pas à ce que quiconque en dise quoi que ce soit. Eloges ou calomnies : mêmes mensonge, imposture, injustice. Aussi attendait-elle que soit un peu retombée son angoisse pour se glisser incognito un soir ou l'autre dans la salle, alors elle pouvait juger par elle-même, spectatrice anonyme. Non s'il était bon ou mauvais, grand, sublime, mais s'il allait bien. S'il était heureux, si ce nouveau rôle, ou sa manière nouvelle de l'interpréter était une bonne chose pour son mental et pour sa santé, s'il ajoutait ou soustrayait quelque chose à son être. Car feindre quelqu'un d'autre, le fréquenter quelques heures chaque soir, ne serait-ce que quelques semaines de sa vie parler sa langue, articuler sa voix d'outre-tombe, loger dans sa peau, vibrer de ses nerfs, ne laisse pas indemne. La créature imaginaire s'insinue en vous, parasite le corps et l'esprit, autant aller coucher au sépulcre avec sa dépouille, l'étreindre pour lui transférer sa chaleur de vivant. Les personnages de théâtre sont des vampires, même ceux qui sont gais, même ceux qui font rire. Ils sucent l'acteur au cou, absorbent son sang, lui injectent le leur, chargé de tous les venins que sécrète leur âme malheureuse, rien n'est si terrible qu'il ne puisse être annexé à la sienne, et ne la sacrifie. Aller voir jouer Louis, c'était prendre de ses nouvelles, bien mieux qu'à lui tâter le pouls ou lui faire tirer la langue quand il était enfant. Radiographié par le mensonge de son art, sur le plateau du théâtre il se livrait en transparence à son amour de mère car là-bas en perruque, tout attifé de ses oripeaux, grimé, dans ses gesticulations et ses poses d'emprunt, sous l'artifice des éclairages, orages, aubes simulés, dans cette falsification généralisée, elle voyait mieux la vérité de son fils qu'au plein jour naturel, elle pouvait se repaître de sa contemplation sans qu'il puisse s'en défendre, comme il savait si bien le faire.

Melville ne l'écoutait que d'une oreille pester contre les critiques. C'est que le petit paquet ficelé lui donnait beaucoup de contentement. Cela méritait qu'il donne à son amie un coup de main au déballage de ses livres, pour la payer du service rendu, et même de trouver bon, maintenant que la librairie était vide, de l'informer que, Abigael étant très occupée et ne disposant guère de temps pour des rendez-vous précis, en la circonstance, la librairie *Brasier & Cazzoni* était une fameuse poste restante. Se félicitait-il et, tout en tapotant sa poche, daignait expliquer :

— Tu n'as rien vu de pareil. Un Automatic Tessina. Appareil reflex à bi-objectif, film de trente-cinq millimètres. Ouverture à f/2.8, très bonne profondeur de champ, mise au point minimale de trente centimètres ; avancement moteur, sans armement, rapide, silencieux. Emulsion à très haute définition, chaque image mesure quatorze sur vingt et un millimètres, agrandissements à très grands coefficients. Il ne pèse pas plus lourd qu'une montre, une petite merveille de l'horlogerie suisse, dernier modèle. L'inconvénient du format, c'est qu'il attire la curiosité. Des miniatures pareilles ne courent pas les rues. Parfait pour prendre des photos difficiles ni vu ni connu, mais, si on te prend avec, tu es cuite.

— J'espère que tu en as prévenu ma cliente, ripostait-elle, se rengorgeant qu'il la mette au secret.

— Je ne le lui ai fourni qu'au moment voulu. Elle s'en est délestée au plus vite, c'est pourquoi j'avais besoin de toi, mon Elise. Il était mieux à dormir chez M. Brasier que dans sa chambre. S'il contient les images que j'espère, toi et moi serons soulagés d'un grand poids. Ou alors bien malheureux de nouveau,.

Elle n'aimait pas son petit rire sans gaieté. Cette personne, qui achetait ses livres au lieu de les lui voler et prenait des photos en contrebande, ne lui disait rien qui vaille. Elle aurait bien voulu en savoir plus mais, dans le travail, on ne pose pas de questions. Pas de fantaisie, de distraction, il faut être ponctuel ; et silencieux. Melville était pressé, il la quittait. Il ne disait pas qu'il filait au laboratoire où l'attendait Gobelin, développer ces photos en express. Les services du renseignement travaillent jour et nuit, dimanches et jours de fête. Mais, avant de partir, du seuil, grand prince, il avait promis :

— Elise, réserve-moi de te conduire à Bobigny, si tu te décides à aller voir *Maître Puntila et son valet Matti.* C'est au diable en banlieue, mais je connais le chemin. Et rassure-toi, Louis n'est pas néo mais post-brechtien, ce qui est le meilleur moyen de lui être fidèle.

Cette banlieue de Bobigny était au diable en effet, un endroit impossible mais, avec un chauffeur comme Melville, on y va tout droit. Façon de parler car, pour faire en sorte qu'Elise soit à l'heure, ils avaient remonté par Italie afin d'éviter les embouteillages de la rive droite, en pleins travaux d'aménagement des voies sur berge, zigzagué tant et plus pour couper des avenues, elle ne savait par où ils passaient, mais elle se fiait à lui. Moins à son air. Trois jours avaient passé et il avait aussi mauvaise mine que l'autre soir, à la librairie, encore en costume de voyage, un peu fripé et sa moustache mal peignée, en homme qui se néglige, lui reprochait-elle. Elle lui connaissait trop ce visage muré, mâchoires saillantes de serrer les dents et plissement d'yeux qui fixent loin devant, la circulation n'a rien à y voir, trafic ordinaire d'un vendredi soir, la pluie huile la chaussée où se diffractent toutes les lumières de la ville, d'où viens-tu, mon Lange, avec cette mine de loup affamé ? Elle ne posait pas la question, rencognée dans son siège, cependant, comme son anxiété était palpable, de se rendre enfin à cette représentation autant que de ce qu'elle redoutait de lui, comme elle tortillait son foulard à en faire de la ficelle, il jugea qu'une explication s'imposait, peut-être n'avait-il proposé de la conduire au théâtre que dans ce but.

— Je rentre de Zurich…

Peut-être aussi l'endroit était-il favorable à la confidence ; sous les arcades du pont de Bercy, il faisait très sombre. La Seine étirait sa coulée visqueuse entre les piliers, quelques piétons se hâtaient de traverser, silhouettes furtives luttant contre le vent, un vrai coupe-gorge que cette enfilade obscurcie par les poutrelles métalliques du viaduc, Elise en avait un frisson. Ou bien de ce qu'elle pressentait de fiévreux dans le ton calme qu'il avait pris, sa façon d'étonner avec légèreté, de prendre les gens à revers, avec tendresse presque, mêlant toujours sang et boue à la douceur.

— Je ne te demande pas s'il faisait beau là-bas…

— Plus frais qu'ici, petit vent de bise. A l'*Ambassador*, j'ai mes habitudes, mais ils ont repeint, refait les parquets et modernisé le bar, le temps passe. Il ne passe pas tellement. Notre homme tient toujours boutique au même endroit, discrète, modeste. Son voisin est le même marchand de petits automates musicaux ; le quartier n'a pas changé, il y a toujours des pigeons sur les ponts de la Limmat et sur les tours de Grossmünster…

— Tu aurais pu m'envoyer une carte postale.

— Je n'ai pas fait de tourisme. J'ai mis deux jours à convaincre Bruno Lohse de me rencontrer. Il vit retiré, son petit commerce végète, en apparence. Il ne reçoit que sur rendez-vous, il est plus souvent à Munich. Il a ses pratiques locales, pour l'encadrement de lithographies bas de gamme ; le reste se traite ailleurs, Autriche, Liechtenstein, Luxembourg, des clients venus de loin. Il prend les transports en commun, le train, l'autobus, pépère à petite valise, petit loden. Il n'a pas tellement changé, cinquantaine svelte. Le teint frais, son grand nez effilé, ses oreilles en pointe et l'implantation de sa mèche au front en enfant de chœur ; il grisonne. Il porte des lunettes, à présent. Un peu de presbytie.

— Nous prenons de l'âge, que veux-tu…

— Je ne voulais pas l'effrayer. Quoiqu'il ne s'effraie pas de grand-chose, il est bien tranquille. Il est en règle, tout ce qu'il y a de lavé, blanchi, dédouané. Mais surgir de but en blanc, l'accrocher au veston, ce sont des manières qu'il n'apprécie pas. S'il est aussi peinard, c'est que tout le monde est bien d'accord pour qu'il le soit, CIA comprise : chacun tient la barbichette de l'autre, l'Europe en a besoin pour se refaire ; et bien de ses amis, proches ou lointains. En Amérique du Sud, par exemple. Un homme pareil en sait beaucoup trop pour qu'on le dérange au petit-déjeuner. C'est pourquoi, Elise, j'ai pris un peu de retard pour te conduire à Bobigny.

Deux jours durant, boutique fermée, téléphone sonnant dans le vide. Evidemment exclue une visite au marchand d'automates pour lui acheter une boîte à musique, s'enquérir comme ça, par hasard, des heures d'ouverture de son voisin l'encadreur, des raisons de son absence, et puis quoi encore. Melville était passé deux fois devant le magasin, la troisième tard le soir ; cette fois, de la lumière filtrait sous le volet. Il avait glissé un bristol : *de la part de M. Patient*, avec son téléphone à l'*Ambassador*. C'était un peu laconique, mais un client de ce nom-là ne se néglige pas. Au pire, Lohse déléguera pour le premier contact, mais peu probable qu'il fasse cette erreur : outre qu'un intermédiaire, quel qu'il soit, sera mal reçu, il n'a pas tellement intérêt à immiscer un tiers dans la relation, trop renard pour ça. Avec Patient, il sait qu'il lui faut prendre des gants. Il a eu fait les meilleures affaires avec lui, c'est un fournisseur sûr. Lohse avait appelé lui-même sa chambre à l'hôtel, le lendemain matin. Il voulait des garanties de son interlocuteur ; Melville avait dit *Grünewald*, un nom qui intimait silence. Le petit suspens de réplique, à l'autre bout du fil, était éloquent : le marchand avait aussitôt accepté un déjeuner, le jour même. Melville avait indiqué son choix : dans la petite montagne de l'Uetliberg, au sommet duquel ne menait que la ligne du S-Bahn S10, petit train tortillant de la gare centrale jusqu'à son terminus dans les sapins, cela convenait à son invité. Le sentier forestier, dix minutes de promenade pédestre, menait au restaurant qui domine la ville, le lac et les Alpes, ce jour-là noyés dans le brouillard, on n'y voyait pas à vingt mètres ; au fond, ce colmatage de tout horizon seyait à leur rencontre. La sorte de chalet moderne aussi, pâtisserie peinte en rose et jaune bavarois. En cette saison, et par ce temps, comme prévu, il n'y avait pas grand monde dans l'hôtel pour la vue panoramique, la salle du restaurant était vide. Lohse était arrivé le premier, grand seigneur ; il avait choisi une place au fond, près de l'énorme poêle de faïence, il devait être frileux. Pas Melville, qui avait ostensiblement accroché son veston au portemanteau, s'était présenté en chemise avec l'assentiment compréhensif de son convive. La table était contre la baie, mais ils n'avaient vue sur rien, que sur cette blancheur d'ouate qui donnait à son teint une pâleur cireuse, à son regard un éclat liquide. Leur dernière rencontre datait de presque vingt ans, mais, sans hésitation, Bruno Lohse lui avait donné du Louvain, à peine étonné, plutôt amusé, et même satisfait d'être en terrain de connaissance.

— Il m'a reconnu. Tu vois, je n'ai pas trop vieilli moi non plus, Elise.

— Sauf ta moustache, tu n'as pas changé, mon Lange. Toujours aussi jeune.

Elle se moquait, mais il préférait. Troublant que le temps affecte si peu les physionomies, travaille si lentement le modèle ; sauf correction de chirurgie, du berceau au tombeau, on garde le faciès d'origine, à peine s'accusent plis d'expression, ridules, le sourire. Le marchand d'art avait le même, en coin, qui ne découvre pas la denture ; sa bouche délicate, mobile sous le long abri de la lèvre supérieure et haut front distingué, mains de rentier qui a loisir et souci de soigner sa toilette. Ils étaient tombés d'accord pour une fondue avec charcuteries helvètes, viande des Grisons. Le temps d'installer le réchaud, les couverts, ils avaient échangé des banalités sur la température et le climat, les projets d'extension de la gare centrale vers celles de Hambourg et de Milan, nœud ferroviaire des plus importants désormais, pendant quoi ils s'étudiaient l'un l'autre, deux insectes à l'approche, carapace guerrière, antennes sensibles, réfugiés derrière leur neutralité. Ses demi-lunes très bas sur le nez, Lohse inspectait la carte des vins, lui adressant un sourire amène, comme s'ils s'étaient donné rendez-vous uniquement pour confronter leur fine expérience de l'œnologie suisse ; un fendant du Valais, très bien.

On devait tondre un gazon dans le brouillard, ou plutôt débiter du bois à la tronçonneuse, ou bien ce bruit n'était que pour lui scier les nerfs, mais il était mieux blindé qu'un bunker, en pleine activité cérébrale : tu parles de vins, c'est que tu acceptes de parler de Patient. Nous sommes patients l'un et l'autre, le premier qui dégaine est celui qui flanche. En même temps, dans les replis de sa mémoire, il se rappelait parfaitement la sensation du moment critique où plus rien, raison ni technique, n'est requis, ou alors tenu dans un plan détaché, seul l'instinct décide de sauter dans le vide à la seconde, que le parachute est armé et la cible correctement évaluée. D'improviser à ses risques et périls une correspondance dans une gare inconnue ; de frapper le premier ou d'attendre le coup, se mettre à la place de l'autre s'estime au fil du rasoir. Il avait toujours eu peur. La peur nourrit le rat qui lui sert d'estomac. Peur d'être en avance ou en retard, trop prudent ou trop sûr de lui, que son courage ne soit qu'antidote à sa lâcheté, il se rappelait sa peur sur l'Alpe. Le massacre imprévu sur le pré, échiquier renversé à l'altitude des glaciers, sous le ciel d'impavide bleu. Comment il avait vomi sa peur, ensuite, tripes et boyaux, à couvert sous les sapins.

— M. Patient donne donc de ses nouvelles… S'il vous envoie, c'est qu'il pense encore à moi…

Pas de menace apparente dans ce constat, juste le premier coup décoché, c'est lui qui flanche.

— Il y a de bonnes raisons à cela.

— J'ai les mêmes. Vous l'avez vu récemment ?

— Il m'a laissé un mandat.

— Contrat.

— Si vous voulez.

— En quoi cela me concerne-t-il ? A-t-il quelque chose à vendre ?

— Il y a longtemps qu'il n'a plus rien à vendre. A vous ni à personne.

— Je le regrette, c'est très dommage. Parlons d'aujourd'hui. Que me voulez-vous ?

Tournant sa fourchette dans le caquelon de fromage bouillonnant à grosses cloques, une chevalière d'or au petit doigt.

— Un renseignement.

Sourcils circonflexés, sourire affable, en dépit de la réplique frontale.

— Je n'ai rien à vendre.

— Peut-être ne serez-vous pas mécontent de me le *donner.*

— Un renseignement de quelle nature ?

— Votre avis d'expert sur un objet en ma possession.

Il s'attendait à autre chose, visiblement. Cela le déconcertait, cela l'intriguait. A piquer la banderille, Melville s'y prenait avec circonspection, certains de ces fauves sont imprévisibles, plus retors que petits félins.

— M. Patient vous a fort bien fourni en son temps.

— L'époque était difficile, chacun offrait ou rendait les services qu'il pouvait.

— Il vous a permis d'en rendre beaucoup, d'en tirer grand profit auprès de vos amis, des plus haut placés. Vous l'avez lâché. Est-ce raisonnable ?

L'homme encaissait l'accusation sans un haut-le-corps, mais blessé presque, comme d'une indélicatesse.

— Tutt tutt, vous vous trompez. Je ne l'ai pas lâché. Je n'ai pas de scrupule à le dire : je n'avais *aucun* intérêt à ce qu'il disparaisse. Son arrestation m'a mis en très mauvaise posture. Et cela m'a contrarié. *Très* contrarié.

En dépit du cynisme, peut-être grâce à lui, Melville enregistrait cette donnée nouvelle qui renversait son jeu.

— Déporté, du jour au lendemain. Comment a-t-il pu l'être sans votre accord ?

— Malgré ce que vous imaginez, mon avis n'a pas été requis.

— Vous l'aviez sous la main, vous connaissiez son adresse…

— Sur ce point encore, vous faites erreur. Ce n'était pourtant pas très difficile : les gens du nom de Patient n'étaient pas foule dans la région parisienne… Or tout le temps que nous étions en affaires, je n'ai même pas cherché à localiser son mystérieux ami collectionneur. J'aurais dû ? Mais, voyez-vous, Lewenthal me traitait en ami… En fait, quand je l'ai cherchée, et trouvée, sa maison de Villeneuve-Saint-Georges était déménagée de longtemps. Cela a dû commencer tôt. Le décret de Dannecker lui autorisait quelques *déplacements*…

Moue condescendante, réprobatrice, on ne savait si pour une libéralité qu'il regrettait ou pour l'usage que Lewenthal en avait fait.

— Je n'ai donc pas vérifié où il puisait pour me ravitailler. Vide, Villeneuve-Saint-Georges ? Pas vraiment : sur les planchers, il restait les châssis, les cadres. Il avait tout décloué. Du travail d'artiste. Au nombre, sa collection devait être immense, unique. Selon moi, elle valait celle de Schloss…

Il revisitait cette estimation avec un rictus d'amertume, reculait dans le dossier de son siège.

— Au regard des innombrables œuvres d'art expédiées chez Goering à Carinhall, à Linz, dans les mines de sel, celles que vous avez obtenues de M. Patient, menue grivèlerie…

— En effet, j'ai été modeste. Au total, il ne m'a pas cédé grand-chose, vous savez. Toiles roulées, toujours. J'appréciais la discrétion. Ce Lewenthal, curieux spécimen… C'est bien de lui dont nous parlons, n'est-ce pas ? Il n'y a jamais eu de M. Patient. Nous étions d'accord là-dessus, entre gens qui se respectent. Un homme inspiré, très intelligent, très organisé. Haute culture. Je regrette sa disparition. Epargnez-moi vos commentaires. Je la regrette *vraiment*. Une élite pareille, dans le monde de l'art, c'est un privilège exceptionnel que de l'avoir connu…

Une ordure comme toi, exceptionnelle aussi. Mais il faut de tout pour faire un monde. Si tu ne l'avais escroqué, d'autres l'auraient fait à ta place, avec moins de tact, moins d'élégance, c'est toujours ce qu'on dit dans ces cas-là. Il faut bousiller ce type au napalm. Il ne touche pas aux armes, à l'uranium, à la drogue ni au sexe, les cours sont trop fluctuants, surplus et embouteillages, trop de trafiquants sur le marché, concurrents déloyaux, vulgaires ; non, il ne se salit pas les mains. Sa spécialité a toujours été, restera le business de l'art, expert formé aux meilleures écoles, historien spécialiste du XVIIe siècle, esthète, voluptueux de la beauté, maquereau sordide, puant. Délicatesse des hyènes. La patience de Melville commençait à s'épuiser, faire davantage la cour à ce déchet de vidange lui donnait la nausée, mais il était venu à Zurich le nez bouché, il n'allait pas mollir au premier haut-le-cœur.

— Le passé est le passé… Nous avons fait un pacte, en 1945, avec l'administration française. Les marchands d'art ne donneront aucun renseignement sur le commerce illégal. Pas de poursuites financières. Jean-François Le Franc, Fabiani ont eu moins de chance que moi… Pourquoi parlons-nous de tout cela ?

— J'ai un contrat.

— Vous m'intriguez. Vous avez de la chance. Je rencontre peu de gens dont la conversation m'intéresse… Voyons, où voulez-vous en venir ? Il n'y a pas de micros, ici, n'est-ce pas… Je vous remercie d'avoir accroché votre veston. Vous avez du savoir-vivre.

— En juillet 1940, ordonnance nazie : obligation aux Français de déclarer à la Kommandantur compétente tout objet transportable d'une valeur supérieure à cent mille francs ; interdiction de déplacement, modification ou aliénation d'objets d'art sans autorisation préalable. Si Lewenthal y échappe, c'est que sa collection n'est pas déclarée. Personne ne l'a jamais vue, ne connaît même son existence. Il ne revend ni n'échange. Cet homme-là était un jouisseur solitaire. D'autre part, vous le couvrez. Vous obtenez de Theodor Dannecker un décret d'exception à son nom. C'est que vous tenez un sacré filon. Un fabuleux gisement pour vos ponctions privées, à discrétion. Modeste, dites-vous ? Revenu exorbitant. Au point que vous préférez prendre le risque qu'il subtilise sa collection plutôt que de le dénoncer. Exclusivement des œuvres modernes, art dégénéré, votre dilection fatale. S'en est-il tailladé et brûlé, dans le jardin du Jeu de paume, en juillet 1943…

— Imbéciles. Incultes. Des vandales.

— N'est-ce pas…

— Lewenthal est venu me voir, dès qu'il m'a su à Paris. Grâce à vous, nous avions réglé à l'amiable la petite contrariété d'Oranienburg… Les gens qui vous dénichent un Grünewald dans les quarante-huit heures ne courent pas les rues. Vous savez quel homme du monde il était. Strict en affaires, très subtil, rubis sur l'ongle. Il m'a proposé un marché intéressant, au nom de son ami Patient. Une faveur. Pas de catalogue, pas de visite. Je m'en suis remis à son discernement, qui ne m'a jamais déçu.

— Vous lui avez extorqué une fortune.

— En certaines circonstances, le prix qu'on met n'a aucune importance. Quoi que vous en pensiez, je le répète, j'avais de l'estime pour lui, et même de l'admiration. Ses amis, les marchands Seligmann, Wildenstein, Kann, Bernheim-Jeune ont été moins avisés que lui…

— Comme lui, ils auraient dû sentir venir. Certains ont caché leurs collections en catastrophe, un peu partout en France. David- Weill, Jacobson, Leven, Reichenbach, Levi… Vous les avez trouvées. Pas la sienne…

— Si vous savez où il l'a entreposée, cela vaut d'envisager votre proposition.

Effluves poivrés, pointe d'ail, onctueux fromage nappant la fourchette, il mastiquait franchement, vidait son petit verre de kirsch. Eux deux, solitaires mangeurs attablés à la nappe immaculée, environnés de blancheur, candeur des brouillards de saison, et silence à présent, la scie s'était tue.

— Ma proposition est que vous disiez oui ou non à ce que je vais vous montrer.

— La collection d'abord. Où est-elle ?

Biaiser à un moment pareil, mentir, bluffer, c'est sauter au jugé dans la nuit la plus opaque.

— Déposée sous un nom qui n'est évidemment ni celui de Patient, ni celui de Lewenthal. Il n'était pas fou.

— Absolument pas. Ce nom, vous l'avez, n'est-ce pas ? Sinon, vous ne seriez pas là…

Jouer une carte pareille, Melville en avait une sueur glacée à l'échine. On n'acharne les chiens de chasse qu'avec du saignant. On leur jette la chair crue aux crocs pour que, ventre creux, ils dévorent le goût de la bête vivante ; prêts à la curée.

— Bien, convenait Lohse, tapotant son verre de l'ongle. Depuis plus de vingt ans, la collection Lewenthal est cachée quelque part. Il n'en a laissé le secret à personne, sinon elle aurait reparu. D'une manière ou d'une autre, je l'aurais su. Elle pourrit dans la foutue cave de merde d'une abbaye ou d'un château, ou bien elle a brûlé dans l'incendie d'un bombardement…

Il soupirait, narines dilatées, rétractant sa lèvre de mépris.

— Plus sûrement elle est, comme je le subodore et l'espère, roulée et rangée dans la spacieuse chambre forte d'une banque. Alors l'intitulé du compte m'est connu.

Où qu'il soit au monde, je vous le garantis. Vous n'imaginez pas ce que je sais dormir ici, en tous lieux d'Europe, et aux Etats-Unis ou dans une île du Pacifique, en Argentine, au Japon, à Nassau ou à Sydney.

Une telle folie de puissance a besoin de spectateurs, elle a besoin de s'étonner parfois elle-même devant un témoin.

— Cependant, M. Lewenthal n'est pas allé aussi loin, il n'en avait pas les moyens. Pas davantage que ses semblables…

— Vous y avez veillé, vous et vos amis, devait se retenir de dire Melville. Vous aviez d'autres agences de voyages.

Il lui aurait bien rentré son petit rire dans les amygdales à la fourchette.

— Donnez-moi le nom : s'il existe, je trouverai le compte. Je n'aurai pas le code pour autant, si c'est ce qui vous inquiète. Si je comprends bien, vous ne l'avez pas non plus. Parfait. Le secret bancaire a du bon. L'avantage est trop grand pour que je m'en plaigne. Mais cela me contenterait fort de savoir que la collection de M. Lewenthal, un jour ou l'autre, sortira de son trou… Vous vous demandez quel est mon intérêt ? Ni l'argent, je n'en manque pas. Ni le pouvoir, très variable, aussi bien que l'Euripe. Ne me parlez pas politique, de l'Est ou de l'Ouest, chienlit. Celui de l'art, mon cher. La seule chose qui vaille en ce bas monde. Lewenthal était de ces hommes rares, il ne s'en rencontre pas trois en une vie, qui en ont éprouvé la vision absolue. En cela, il me manque. Il me *manque* ! Terriblement.

A son accent, Melville avait eu la conviction qu'il était sincère, et cet aveu, dans la bouche d'un tel individu, ouvrait des abîmes de dégoût.

— Je vous étonne, je le vois. Combien courez-vous de lièvres, vous ? Vous servez encore, hein ? Vous n'êtes pas de ceux qui raccrochent. Mais on ne peut pas livrer tous les combats à la fois, et s'en tirer vivant : il faut choisir. Vous voulez un gage, n'est-ce pas ? Montrez-moi la chose. J'en suis curieux. Selon que j'en juge, je ne dis ni oui ni non, et nous nous séparons là. Si je réponds, vous me donnez le nom du compte. Je prends le risque d'une défausse. Pour l'art, Louvain. Vous savez à quoi je suis prêt, *uniquement* pour l'art. Moi non plus, je ne raccroche pas.

Melville avala son kirsch d'une lampée. Elle lui ravageait le palais mieux que de la soude caustique, mais il en aurait été de même d'un sirop d'orgeat, il sortit la photo de son portefeuille. Des quelques documents rares extraits de la crypte où Gobelin conservait ses archives, celle-là était sa meilleure trouvaille. Il n'avait pas compris à quel point, sur le moment. Celles d'Abigael lui avaient ouvert les yeux. Il en était resté médusé, sous le cône de la lampe l'avait consultée de nouveau, saisi de cette joie triste qui achève les longues traques solitaires, aucun témoin pour vous assister, partager l'amère satisfaction, vous consoler du sombre bienfait de la preuve. Encore fallait-il qu'il ait confirmation par le spécialiste de la spécialité, l'expert ès qualités.

— Cette photo appartient à une série, disait Melville, prise à des dates diverses : depuis 1940, Goering s'approvisionne au Jeu de paume, sous votre aimable conseil. Sur l'une, on le voit se pencher sur un catalogue, vous êtes à son côté. Derrière lui : Rose Vallant, responsable technique du Jeu de paume. La seule que vous tolérez dans les locaux où s'accumulent les œuvres saisies, acheminées de partout, en attente de sélection ou de destruction, d'expédition en Allemagne. Rose tient l'inventaire à jour, autant qu'elle le peut. Grâce à elle, bien des œuvres ont été localisées et récupérées, archives de l'ERR, documents…

La photo que Melville tirait de son portefeuille datait d'un peu plus tard, 1943. Goering quitte le Jeu de paume. Obèse ceinturé dans son imperméable, une montgolfière, il se dirige vers sa voiture. Quelques officiers et administratifs le raccompagnent

— Sans doute les reconnaissez-vous ? C'est qu'il y a affluence. Perquisitions, confiscations encombrent le Louvre et l'ambassade d'Allemagne, l'ERR est débordé, vous avez besoin d'experts pour le tri… Celui-ci connaît-il la collection Lewenthal ? Y a-t-il eu accès ? Lohse, lui en avez-vous parlé ? Ma conviction est que, si cet homme en connaît l'existence, c'est pour ce motif qu'il l'a dénoncé.

Il tendait la photo, cliché récent, un duplicata, évidemment. L'original avait retrouvé sa place parmi les dossiers de Gobelin, sous clé, dans les ténèbres de sa cave d'*amontillado*. Melville désignait la silhouette à demi cachée par trois personnes dont Bruno Lohse, dont un dignitaire en uniforme, croix gammée au brassard, mais il ne touchait pas, même de la fleur du doigt ne touchait pas cet individu sous chapeau feutre, pressé entre les épaules des autres, quelques pas derrière Göring, mangé par l'ombre du porche, reculant à la vue du photographe. Ou bien non ; seulement retenu par la station du groupe sur le seuil, tandis que l'ogre s'éloigne, n'imaginant pas une seconde que le déclenchement de l'appareil le concerne. Lohse ajustait ses demi-lunes, observait un silence, impénétrable tout à fait. Tandis qu'il examinait la photo, pas l'ombre d'une expression n'affectait son teint diaphane, pas un frémissement de narine ou de paupière. Il rendit le cliché.

— Menu fretin, laissait-il tomber, lent mouvement négatif de la tête.

Melville rangeait le cliché dans son portefeuille, un effondrement nauséeux à l'estomac. Lohse ne pouvait se tromper. Il avait fréquenté tout ce que la place comptait d'experts chevronnés, réquisitionnés, de gré ou de force, pour l'estimation de la razzia. *Menu fretin* raturait son hypothèse. Il resservait du fendant, vidait son verre en contemplant le brouillard devenu plus lumineux, nimbe laiteux d'où émergeait l'orée des sapins, un front d'ombres étrangement aériennes.

— Le nom du compte, à présent.

— Demain, murmura Melville.

— Maintenant, menaçait l'homme, cette fois pupilles rétrécies. Demain, je pars à Munich.

— C'est le nom. *Demain…*

Il y eut un instant de flottement bizarre, Lohse perdait vers l'extérieur un regard écarquillé d'ahurissement, de folle gaieté puis, le ramenant vers Melville, éclata de rire, ou plutôt éructa de brefs hoquets.

— *Sans blague !…*

Elle lui semblait si bonne, sans doute, qu'il vidait aussi son verre pour fêter cette méprise.

— Demain, Demain, Demain, fredonnait-il dans son hilarité lugubre. Je vous le donne en mille, Louvain !

Il pointait sa fourchette à fondue vers quelque part dans le brouillard, désignant dans l'espace vague un objet à piquer de ses deux dents aiguës :

— Ici, là, tout près ! Sous votre nez, mon vieux. Là, trois cents mètres plus bas ! A deux pas de votre hôtel, de ma boutique. Dans ma propre banque ! Ah, magnifique, magnifique Lewenthal !

Ce que Melville venait d'apprendre lui faisait l'effet d'une anesthésie, la sensation affolante de perdre la moitié de son corps sous la table. Au-dessus, il s'accoudait, s'affermissait sur ses coudes le temps de se rétablir, le temps d'assimiler l'énormité de la nouvelle et, ce faisant, il se savait arborer une mimique lisse, poliment dubitative ; tandis qu'à son estomac dévore le rat. Lohse ne riait plus.

Sa face était baignée d'une joie, obscène presque de félicité béate, mais la stupeur dépassait en Melville l'écœurement que cet escroc se sentit si bien en confiance avec lui, si enclin à s'épancher, faisant fi de la plus élémentaire prudence, garanti qu'il était par son exceptionnelle immunité. Loin étaient les soucis, l'extradition des Alliés vers la France de ce marchand redoutablement armé, et protégé, complice de la plus grande rafle d'objets d'art dans toute l'Europe, compromis jusqu'à la moelle avec les plus hauts dignitaires nazis. Aujourd'hui encore en activité, avec sa petite valise, son petit loden, transports en commun…

— Soyez tranquille, Louvain. Je n'ai pas le code, vous vous en doutez… Que m'importe : je n'ai été aussi *content* de longtemps. Vous êtes un fameux requin, vous ! se ravisait-il, plissant les paupières, estimant son interlocuteur comme s'il le découvrait en train de le cambrioler.

Melville n'en aurait pas juré, mais il s'y mêlait une certaine considération de joueur admiratif. Peut-être plus encore, enfouie très profond, une jouissance proprement bestiale.

— Qu'a à voir là-dedans votre péquin, crachait-il, avec un mépris sans borne. Il cherche après Patient ? Vous travaillez pour lui ?

— Je travaille pour Lewenthal.

— Vous travaillez pour les morts ?

— Ils sont exigeants.

— Bien. C'est *très* bien. Je préfère. Mais vous n'êtes pas le seul…

Le garçon, gilet de satin noir sur tablier blanc, enlevait le réchaud, le caquelon, les reliefs de leur repas. D'un commun accord, ils refusaient un dessert, commandaient un café. Avec un autre kirsch, suggérait Lohse, le haut des pommettes allumées d'une fièvre intense. Dans son teint cireux, on eût dit une touche de fard féminin.

— Les employés de ma banque sont aimables avec moi, voyez-vous ? Aux vieux habitués, ils se confient un peu. Dans les limites raisonnables, s'entend. Il n'est pas très indiscret de connaître le nom de ses voisins de coffre, qui loge derrière la cloison… D'autant que, généralement, ce sont des pseudonymes. Celui-là m'est connu de longtemps. Drôle de nom, on le retient. Drôle de locataire, abonné très absent. Aurais-je imaginé qu'un nom pareil couvrait notre ami… Remarquez, Patient, c'est du même genre. *Demain…* Du pur esprit Lewenthal.

Le caressait une envie soudaine, qui le secouait d'un rire nerveux, comme on en a en frissonnant de froid. Le vin blanc, le kirsch aidant, la paisible tolérance de son convive à ses propos, il se décida, féroce de douceur :

— Figurez-vous qu'il a eu de la visite, cette année. Pas vraiment un ami mandaté, comme vous, pour le représenter. Disons, un curieux. Qui prétendait savoir si Demain était passé récemment. C'est-à-dire, plus précisément, s'il y avait mouvement de son compte. Renseignement que la banque ne donne pas. Au grand jamais ! Le secret suisse ! Selon moi, ce quidam est dangereux. Il est très voyant. Trop. Il se présente au lieu de téléphoner. Il insiste auprès du directeur. Il ne se retourne pas dans la rue pour savoir qui le suit. L'informateur de ma banque – qui me rend de ces petits services – est formel : il va droit à la gare centrale prendre un billet pour Karl-Marx-Stadt. Si des gens en RDA s'intéressent au compte Demain, ils feraient bien d'envoyer des agents plus discrets. A moins qu'ils ne cherchent à le faire savoir…

Partager ses secrets, chacun y succombe, même ceux qui n'en livrent pas beaucoup. Les ressasser tout seul enlève leur sel, les tourner au bout de sa langue épuise leur goût jusqu'à la fadeur. Si se présente l'occasion d'une oreille sûre, la tentation est grande de les faire tinter un peu. A lâcher le sien, Lohse se laissait aller, avec un dédain gourmand.

— Je vous confie cette information en prime, pour le *grand* plaisir que vous venez de me donner. Nous sommes entre gens de bonne compagnie, Louvain, il n'y a pas de mouchard ici. Et nous avons eu pour ami commun un très grand collectionneur. Cela m'attristerait d'apprendre que son coffre est vidé par les bolcheviks, un de ces matins…

— Si ton *menu fretin* se laisse photographier pour la postérité, c'est vraiment le dernier des crétins. Dire que tu te promènes à Zurich par ce froid, mon pauvre Lange, au lieu de caresser Socrate bien au chaud, près de mon poêle…

Elise plaisantait, mais elle avait peur. Un envahissement mortel lui nouait la gorge, suffoquait son cerveau, si brutal retour en arrière qu'il vide les forces. On a beau avoir traversé les ponts de nuit et de brouillard, avancer vers des promesses de clarté, on reste empoissé de leur atmosphère nocive, elle reste collée aux plis des étoffes, aux pores, irrespirable, malsaine, elle tapisse les poumons, révulse le cœur de ses exhalaisons d'égout, fallait-il que Melville aille brasser cette boue sous les ponts d'autrefois, soulever la vase et piocher là-dedans, rencontrer un Bruno Lohse à Zurich. Il le fallait.

— C'est bien lui, Elise. Martin Guillemot. Mais Lohse certifie qu'il ignore la collection Lewenthal. Je croyais avoir trouvé son mobile. Je faisais erreur… Pourtant attaché *officieux* de 1942 à 1944 à l'Einsatzstab Reichsleiter Rosenberg qui contrôle le Jeu de paume. Employé *officieux* à la Dienststelle Westen, sous la direction de von Behr à la section *Abtransport*, qui gère les dépôts de meubles et d'objets juifs, camps d'Austerlitz, de Lévitan, Bassano, Aubervilliers… L'opération *Meubles* a occupé des armadas de gradés et de sous-fifres allemands, mais pas mal de Français aussi, qui tiraient avantage du pillage ; tu en as connu. Ils se sont convertis *in extremis* à de plus nobles occupations ; les temps changeaient. Gobelin fait bien de garder ses archives au frais, elles sont explosives…

— Se tromper est terrible… Ne touche plus à rien, Etienne. Ne fais pas de mal à Camille… souffla Elise.

— Qui cherche à lui faire du mal ? Elle s'en charge très bien elle-même, depuis tant d'années. Elle s'acharne à sa guerre contre elle-même. C'est la forme désespérée de son amour. La seule réponse, la plus cruelle qu'elle a trouvée pour empêcher que ce qui a eu lieu ait eu lieu. Elle en est restée à cet instant du billet de Drancy, juste à la seconde où elle l'ouvre, et le lit. Elle ne *peut* pas le lire. Qui l'en condamnera ? Un rouage du temps s'est arrêté là. Tant qu'il ne sera pas remis en route, s'il peut l'être encore, elle sera cette femme enchaînée, qui fait semblant de vivre parmi nous. Elle le feint à toute heure du jour, dans son sommeil aussi. C'est la plus atroce souffrance qu'on puisse imaginer, une torture mortelle que d'arrêter le temps. Cela empêche de voir autour de soi vivre les vivants. Sa fille, qui a eu le tort de survivre à son frère, l'amant qui l'aime, de survivre à cet homme. Qu'elle commence à penser à Demain ne soulage pas ma peine, mais je crois que c'est la seule chose que je puisse faire pour elle. Mon amour est bien malheureux, Elise.

Consoler cet homme est le pire service à lui rendre. Son malheur a plus de prix que tous les bonheurs.

— C'est là-bas, au fond de l'impasse…

Ils étaient rendus dans la petite rue de Bobigny ; une foule frileuse se hâtait entre les murs hérissés de fils de fer barbelés, derrière lesquels les projecteurs braqués illuminaient la pluie fine, une cendre d'escarbilles argentées dansant sur le ciel nocturne. Elise hésitait à descendre. Dans le petit habitacle, elle était encore à l'abri. Ils étaient deux vieux compagnons, ils avaient traversé les ponts, vu venir les fantômes à leur rencontre et senti leur haleine puante, touché leurs doigts, plus charognards que serres infectes de rapaces. Ils s'en étaient sortis, mais de quoi se sort-on ? Leur échappe-t-on jamais, la mémoire est infernale, et l'oubli aussi, se souvenir de l'oubli un fardeau plus lourd encore.

— Va, disait Melville, et ne tremble pas : Louis t'attend. Ce soir, il ne joue que pour toi…

XIX

Jeudi 21 novembre

Le juge Rochelle avait écouté le rapport d'enquête en hochant sa tête de croque-mort glabre agacé, tout en mâchouillant une branche de ses lunettes en écaille. Vu leur délabrement, celles-ci pâtissaient des dossiers en cours, chacun ronge l'os qu'il peut. Rochelle se rongeait aussi les ongles, mais en privé, pas devant un inspecteur de la PJ. Verlaine était venu moult fois dans ce bureau, il connaissait bien le juge anthracite sévère, gilet corseté, cravate et pochette parme, son goût des apparats, sa vénération du Code pénal. Rideaux à glands et embrasses, dans sa bibliothèque toute la littérature du droit écrouée sous grillage de cuivre, bureau de consul fatigué, bronze patiné des lampes. Quarante watts, pas plus. Comment la Justice incarnée trouve-t-elle ses petits dans cette pénombre de sacristie, avec ciel de pluie dehors, doux et humide, le soir tombait. Le cas Guillemot s'avérait épineux. Huit jours d'investigations aboutissaient à la conclusion logique d'homicides volontaires, désormais conjoints, du père et du fils, similitude évidente des causes de la mort : même injection intramusculaire, l'une aux barbituriques, l'autre à l'insuline, doses mortelles. Incroyable que le petit ait résisté autant ; même intubé, ventilé, il n'y avait rien à faire. Le dossier médicolégal, les rapports de toxicologie commençaient à atteindre une épaisseur respectable et l'enquête de police, en une semaine, avait fait un tour complet. Celui de la rue Bobillot ne présentait pas de difficulté majeure, population circonscrite à l'immeuble et voisins immédiats, y compris ceux d'en face, on ne sait jamais qui, au moment fatal, secoue son chiffon à poussière à sa fenêtre ; aucun témoin, c'était simple. Et débilitant. Au fond, seule la secrétaire Mme Baruk faisait état d'un *agent immobilier*, et encore, par ouï-dire. Une chance que Jean-Marie Guillemot lui en eût parlé entre deux portes, il aurait pu aussi bien s'en abstenir. On n'imagine pas le poids d'un mot en plus ou en moins, quand on fonce au rendez-vous avec son assassin… Une note laconique attestait dans l'agenda : RV 8 h 15. On aurait aimé savoir où, exactement, avant la visite rue Bobillot, mais le dentiste n'avait pas jugé bon de le spécifier. Hormis ces deux indications s'étayant l'une l'autre, on était dans le lac. Quant au parc Montsouris, allez trouver le témoin idéal sur les lieux un 12 novembre, aux alentours de seize heures, parmi les flâneurs solitaires égaillés dans les allées, les habitués ou passants de hasard, couples illicites, étudiants flirtant sur les bancs, en sus du gardien en service dans cette partie-là du jardin… Plus les mômes qui avaient joué avec le petit Johnny, et leurs mères ou nourrices. Pas moins de cinq policiers avaient passé leurs journées à arpenter les allées de Montsouris, pour glaner du renseignement, plus les rues alentour, à l'occasion, les concierges et facteurs du quartier se révèlent de fameux informateurs. Cela faisait du monde sur l'enquête…

Le juge en convenait. Il avait sous les yeux le tas des procès-verbaux, le compulsait sans conviction. Quand on pense au mal qu'on se donne pour les soumettre à ce doigt dubitatif… Les petits qui jouaient ce jour-là avec

Johnny Guillemot avaient vite été identifiés, mais interroger des mouflets de cet âge, recueillir leur babil, de surcroît en présence des parents… Les mères font demandes et réponses, harcèlent ou cajolent leur progéniture, bonbons et guilis, elles les font pleurer et en accusent l'inspecteur. Déposition de mineurs au berceau, rendement zéro. Rien ne peut être retenu de leurs déclarations. Au mieux, elles servent d'indice, avec toutes les prudences d'usage. Au dire des petits, Johnny avait sauté du banc deux ou trois fois, puis s'était assis à côté de la vieille dame, fatigué de ses exploits. La vieille dame était avérée. Outre les mouflets, le gardien et trois mères, dont Gisèle Guillemot, avaient vu cette personne d'âge assise au bout du banc pendant qu'ils y jouaient. Seulement, pas un d'eux ne pouvait jurer qu'elle y était déjà, ou bien arrivée pendant, ni quand partie. Tous les adultes l'avaient vue de loin, et pas de la même manière ; les gamins de plus près, mais qu'est-ce que *vieux*, quand on a trois ans ? Le recoupement n'aboutissait qu'à cette définition sommaire : c'était une femme, et elle était vieille ; apparemment. Signalement, taille, embonpoint, âge précis, un sac, un cabas ? Va te promener. La physionomie pas davantage, aucun détail caractéristique, verrue ou bésicles : impossible de tenter un portrait-robot, selon la méthode de l'inspecteur Paris, qui avait donné de bons résultats dans des affaires récentes. Ce témoin crucial se résumait à la silhouette élémentaire et universelle des contes de mères-grand. Inconnue au jardin : le gardien ne la rapportait à aucune personne d'âge qu'il ait repérée habituellement. Celles du quartier qu'il suggérait avaient été approchées, deux précisément, qui avaient pour manie de nourrir les moineaux ou les chats, mais pas en cette saison, et pas ce jour-là, pluvieux ; chacune avait un alibi en béton. A croire que cette vieille du banc était apparue et disparue par l'opération du Saint-Esprit. Nul doute qu'elle valait d'être entendue d'urgence : qui d'autre a pu administrer l'injection ? Au jugé, à travers les vêtements. Effet dans la demi-minute. Cela hérissait le poil d'y penser. Même procédé pour le dentiste : piqûre dans le gras, hématome au niveau des poignées d'amour. Injection rapide, massive. De dos, par surprise. Pas de trace de lutte, rien sous les ongles de la victime, pas d'ecchymoses suspectes, hormis les dégâts de la chute, internes surtout.

— Pour en venir à nos conclusions : la coïncidence de mode opératoire converge à l'homicide volontaire dans les deux cas. Sur mineur de moins de quinze ans, circonstance aggravante. Avec préméditation : assassinats.

Une fois tombée cette qualification, un peu lourde à l'oreille, le juge Rochelle restait songeur. Il ruminait, il mordillait ferme. Réputé pour sa sagacité, son esprit pénétrant, ses décisions abruptes, il manifestait cette fois une perplexité de mauvais aloi. Verlaine l'aurait juré grippé, ou en proie à une tracasserie mentale extérieure au dossier.

— Statistiquement, le hasard est trop grand, insistait-il. Dans un temps aussi court, du soir au matin, supprimer quasi simultanément le père et le fils induit à penser que deux comparses agissent de concert. Possible. Mais je n'exclus pas que ce soit une seule et même personne.

Le juge en suspendait sa branche de lunettes.

— Un homme, que personne n'a vu ; une femme, que tout le monde a mal vue, je hasarde la synthèse : l'une déguisée en l'autre, ou vice-versa.

— Hypothèse hardie.

— Statistiquement, je penche pour la femme : elles empoisonnent davantage que les hommes.

— Laissez vos statistiques.

— Un critère scientifique, pourtant. Nos statisticiens travaillent. Cependant, ce cas de figure : rien dans nos annales.

— Le mobile ?

Il devenait urgent d'en trouver un. A ce stade, après une semaine d'enquête, rien à l'horizon, avouait Verlaine. Rien dans la vie privée du dentiste ne donnait prise à un soupçon, fréquentations, habitudes, train de vie. Son seul dada, récent : dégoter un nouveau cabinet. L'enfant, cible collatérale, d'évidence. Divorce aux dépens du père, mais les charges de violence conjugale laissaient dubitatif. Sa petite dame avait su s'y prendre. Sa copine Yvette convient que, s'il avait levé la main sur elle, ce devait bien être la première et seule fois. La piste de l'ancien rival jaloux, du candidat déçu, qui liquide mari et enfant ? Gisèle Guillemot, pas du genre à s'embarquer à l'aventure. Aucune liaison connue, même depuis qu'elle était libre. Quant à lui, dépit d'une amoureuse abandonnée qui se venge ? On remontait la piste dans la vie de l'un et de l'autre, mais par pure formalité. Non, à ce jour, l'hypothèse du crime passionnel ne collait pas. Crapuleux, non plus. Ces assassinats conjoints inclinaient à supposer un dessein d'une autre nature. Pas d'un allumé qui se décide au dernier moment, par pulsion irraisonnée. Sûrement un dingue, mais de sang-froid, méthodique, très déterminé. Qui prémédite longtemps et agit sûrement. Peut se procurer des substances médicamenteuses, humaines ou animales. Connaît de très près ses victimes. Sorties quotidiennes au jardin, recherche d'une location. Sait forcer les serrures d'appartement. Beaucoup d'empreintes digitales rue Bobillot, dont celles du défunt, par-ci, par-là. On a celles de la concierge, on attend celles des propriétaires, pour faire le tri, en distinguer peut-être d'autres, mais peu probable : ce type ne laisse rien derrière lui, pas de traces. Violent, mais sans brutalité. Pour ainsi dire, en gants de velours. Il frappe fort, vite, sans bavure, se fout du rapprochement qu'on fera entre les deux meurtres. Voire le souhaite. Il balance le cadavre quand rien ne l'y oblige. Il vise le sensationnel, le spectaculaire.

— Vous mettez la mère hors de cause…

— Elle n'a pas approché l'enfant au jardin d'au moins une demi-heure. Etait à Cochin à l'heure de la défenestration. Elle est sous protection. Voyez-vous qu'elle nous claque entre les doigts à son tour… Quant à la famille élargie…

— Attention. C'est très délicat. La famille Guillemot est connue. Un député. Un maire…

— Justement. J'ai quelques problèmes, monsieur le juge. J'y vais sur des œufs.

— Vous faites bien, Verlaine. En ce moment… Pour tout dire, je n'ai pas de raison de vous le cacher, et même il vaut mieux que vous en soyez averti : j'ai eu un appel du ministre de l'Intérieur. Frey est saisi de cette affaire, le procureur de la République le tient informé. Nous ne pouvons nous offrir le luxe d'un faux pas. Martin Guillemot est pressenti pour un secrétariat au prochain gouvernement. Il est au mieux avec Jacques Baumel, le préfet est de ses proches… Cette histoire est consternante à titre privé, déplorable du point de vue politique. Pas de vagues, tant que nous n'avons rien d'autre. Les obsèques…

— Elles ont eu lieu avant-hier, dès que délivrés les permis d'inhumer. Pas de faire-part dans la presse. Enterrés ensemble dans le caveau de famille. Stricte intimité…

— Vous y étiez ?

— Oui, monsieur le juge. Cimetière de Genilly, sortie ouest. Ni fleurs ni couronnes. Service religieux minimum, juste une bénédiction du curé, le père Abeille. Le cercle restreint : le député, sa sœur et son beau-frère

Lubin, le maire. Ni l'épouse, ni autre membre de la famille. Même pas la veuve. En cure de sommeil. De toute façon, elle est en mauvais termes avec le clan Guillemot. Deux ou trois conseillers municipaux, un collègue dentiste du défunt ; quelques vieilles du bourg entre les tombes, ameutées par la rumeur.

— Il y a donc rumeur !

— A vingt kilomètres de Paris, c'est encore la campagne, les bruits courent. On a beau faire dans la discrétion extrême, deux cercueils, c'est voyant…

Verlaine ne disait pas que Bernard Fricot était là ; pour les intimes, Fricotin ou Bibi. Il en avait le poil roux et la bouille ronde, mais là s'arrêtait la comparaison. Bibi était un sombre, un susceptible teigneux, facétieux ni rigolard, sa colère ne passait pas. A dix-huit ans, il avait été volontaire dans les Brigades internationales en Espagne, il y avait laissé un œil. A Albacete, il avait connu d'un peu près le fameux Marty, pilier du Grupo, sbire du KGB. Fricot s'était converti journaliste en couvrant la guerre israélo-arabe de 1948. Recruté par Henri Smadja dès 1950, il signait Sarrasin, du nom de sa mère, ses articles pour *Combat*, et Léclair ceux de *France-Soir*, chroniques judiciaires. Il avait ses entrées à Cognacq-Jay, il documentait des sujets pour *Cinq colonnes à la une*. En outre, ils avaient fréquenté la même école primaire, à Montrouge ; ils jouaient aux billes ensemble et se gavaient de *comics* américains. Fricot était là, mains aux poches de son blouson de motard, resté en arrière avec les vieilles corneilles mais, comme Verlaine s'éclipsait avant la fin des cérémonies, il l'avait épinglé, enfourchant sa moto :

— On ne va pas boire un verre au bourg, ça ferait jaser. Rendez-vous au *Ranelagh*, ça te va ?

Cela ne lui allait pas tellement, mais ce vieux copain lui rendait des services, ce n'était pas un mariolle, et on a autant besoin de journalistes que d'indicateurs dans le métier. Si Fricot était en chasse, ce n'était pas pour le fait divers ; échotier de caniveau, pas vraiment sa tasse de thé. Il traînait plutôt au palais Bourbon, au Sénat, dans les syndicats et les commissariats ; il avait son rond de serviette dans les restaurants alentour qui servent de cantine au personnel. Il avait confessé Darquay, le secrétaire parlementaire de Guillemot. Sans trop de difficulté, celui-ci ne semblait pas le tenir en odeur de sainteté. Il l'avait mis au parfum sur les mœurs et habitudes de son patron, ses fréquentations. Une maîtresse, selon lui, mais en froid récemment. Sur sa famille, une branche des Bertin-Galay, gros industriels de la céréale et du lait, qui lui tenaient la dragée haute. Sur l'épouse, quasi cloîtrée à Genilly, pour cause de démence précoce. D'après lui, le député avait des activités annexes à son mandat UNR qui touchaient à l'immobilier, la galette.

— Au fond, tu fais mon boulot, soupirait Verlaine.

D'après ce Darquay encore, ces morts violentes dans son entourage mettaient son patron dans un état de tétanie plus que d'affliction. Il ne démêlait pas si Guillemot craignait pour sa personne privée ou publique mais, à ce degré-là de notoriété, tout se confond. Il était devenu obsessif de sa sécurité, interdisait à Darquay de communiquer sur quelque sujet que ce soit le concernant, en particulier sur son agenda. Et surtout sur la mort de ses deux petits-enfants, en septembre : un drame privé. L'accident avait fait assez de bruit comme ça. C'est à ce sujet que Fricot voulait consulter Verlaine : que pensait-il de ces noyades, faisait-il un rapprochement ? Lui en faisait un, puisqu'il posait la question, et cela avait plus que troublé Verlaine ; déstabilisé. L'idée l'en avait effleuré ces jours-ci, il ne savait plus quand. Il l'avait laissée en veilleuse, il s'en serait battu. Fricot était allé à l'hôpital de Versailles, sous prétexte d'une enquête journalistique sur la mortalité accidentelle en région parisienne. Il avait pu consulter, non les rapports d'autopsie, évidemment, mais le registre des urgences de l'année, par catégories. Les deux cas étaient classés aux accidents domestiques : asphyxie, arrêt cardiaque. Aucune notification de noyade. Enorme, non ? Ils se consultaient du regard, soupesant l'extravagance de l'hypothèse.

— Ces obsèques, d'autant plus voyantes, reprenait Verlaine, que Genilly a été secoué en septembre par un autre drame, très saisissant : en plein mariage, deux petits-enfants Guillemot trouvés morts dans une mare, au fond du parc de la propriété familiale… Cela fait beaucoup d'enterrements. Le destin s'acharne sur cette famille… Le destin a bon dos, monsieur le juge.

Le juge Rochelle en perdait sa retenue, il renonçait à ses lunettes et attaquait une peau à son ongle, sondant dans sa chair le sauvage assaisonnement du meurtre en série.

— Mesurez-vous bien ce que vous avancez, inspecteur ?

— Cela vaut au moins d'être vérifié. Je demande à voir le permis d'inhumer pour ces deux cas-là. Ce qu'a spécifié le médecin légiste. Au point où nous en sommes, monsieur le juge, il me faut une commission rogatoire du parquet pour enquête préliminaire, annexant ce sujet.

— Vous n'allez quand même pas demander une exhumation !

— Suivant les rapports d'autopsie… Si mon compte est bon, désormais, il n'y a plus en vie un seul des petits-enfants Guillemot.

La stupeur morne qui gelait ses traits aurait été comique en d'autres circonstances, jamais Rochelle n'avait eu davantage l'air d'officier aux pompes funèbres. Verlaine lui-même se sentait rejoint par ce qu'un policier doit toujours laisser à la périphérie, la révulsion organique devant ce qui, dans le crime, outrepasse la raison commune. Le danger du métier est d'en perdre les pédales, de foncer dans le délire.

— Que voulez-vous dire ?

— Que le reste de la famille… La génération suivante. Vous constaterez qu'elle est déjà entamée.

— Que cela ne sorte pas d'ici. C'est, c'est…

— C'est. Je vous livre mes cogitations ? L'infanticide est une abomination, nous connaissons toutes les sortes, hélas. Or le tueur s'y prend très en douceur. Excusez le terme. Ni rapt, ni sévices. Il inflige la mort sans effrayer, sans brutaliser, exécution rapide. S'il jouit, s'il se satisfait, sa perversion est d'une autre nature. Il vise les parents ? Il ne laisse pas au père le temps d'en crever de chagrin. On pense alors que c'est à la mère qu'il en veut. Peut-être. Pièce rapportée, notez bien… Deux mois plus tôt, deux neveux du dentiste sont morts dans des conditions spectaculaires. Peut-être semblables. Il s'impose que je m'en assure. Parce que, alors, nous sommes devant une entreprise systématique de liquidation familiale…

— Monstrueux !…

— Il se peut. Le dentiste a deux sœurs.

— Vous les avez rencontrées ?

— Pas encore. Je viens juste d'envisager le cas de figure…

— C'est grave, très, très grave… D'une extraordinaire gravité. Vous êtes désormais sous mon contrôle. Ne tentez rien que je n'autorise.

— Je connais mon Code de procédure, Rochelle.

Il y était allé un peu fort, mais les tergiversations de la cravate mauve commençaient à le lasser. Tant que le crime de sang concerne le petit peuple, épiciers, retraités, putains, voyous et truands, on n'y va pas par quatre chemins, gyrophares et croquenots. Mais dès qu'on touche au beau linge, pincettes, escarpins, sur la pointe des pieds. Désormais pour perquisitionner, interroger, si ça se présentait garder à vue, inculper, il lui fallait passer par le juge. Il lui fallait surtout obtenir qualification d'assassinat et, vu le gibier, il sentait que l'os coinçait au gosier. Au *Ranelagh*, Fricot l'avait pris en défaut, ou plutôt devancé sur une piste qu'il avait négligée. Pas négligée non plus, plutôt refoulée, comme s'il intériorisait les préventions de sa hiérarchie, flagrant délit de ramollissement, cérébral et moral ; il n'en était que plus offensif à présent.

— Et j'ai besoin de monde, au moins deux brigades de plus.

— Bien. Mais pas un mot à la presse.

— Cela va de soi.

— Mieux en le disant.

De toute façon, en ce moment, la presse a du grain à moudre, du saignant pour amuser les chaumières. *France-Soir* titre sur la disparition du couple Jainsky, qui tient la PJ en échec depuis deux ans. Cinq heures du soir, une femme descend de chez elle, s'arrête à la loge, hésite à frapper au carreau, s'éloigne, revient, se ravise et finalement sort dans la rue… Depuis, plus rien. Chez elle, la table à repasser est au milieu de la salle à manger, une chemise en travers, le fer encore chaud. C'est ce que raconte la presse. On n'avait perquisitionné que trois jours plus tard, le fer avait refroidi, mais le détail frappe les imaginations. La vaisselle en plan, le réfrigérateur plein. Son mari : disparu quelques semaines plus tôt ; couple instable. Elle, barmaid à Montmartre, lui ancien soldat de la Wehrmacht resté en France, divers petits boulots, alcoolique, brutal. Fugue, drame conjugal, enlèvement par des espions de l'Est, meurtre sordide, affaire politique ? Comme le dit finement le canard, la police se perd en conjectures. Il y a aussi la grande affaire d'actualité, au journal télévisé tous les soirs : l'enlèvement par leur mère des petits Kovacs à leur père, chercheur au CNRS installé à Strasbourg. Rapt avec la complicité d'un abbé Boyer, gourou barbu d'une secte de Seignosse. Les Landes, la France profonde. Notre-Dame de Fatima et de La Valette, un bon cocktail d'apparitions miraculeuses. Une congrégation sulfureuse, en rupture avec l'épiscopat, suspecte de complicité avec l'OAS ; des divorcés qui se disputent leurs gamins de dix et douze ans, ceux-ci interviewés dans un endroit tenu secret, par un journaliste d'Europe 1. La police est sur les dents, comme on le dit encore. Les faits divers ont ça de bon que leur chiffon rouge empêche de regarder ailleurs. Par exemple l'agitation étudiante, la Sorbonne en ébullition, grève annoncée la semaine suivante, débrayage des cheminots mercredi prochain, hausse du taux de l'escompte, augmentation du crédit. Avec ça, les trois jours de la convention UNR-UDT à Nice, grand baroud annoncé, le week-end prochain. Le député en sera-t-il, en dépit des catastrophes qui l'accablent ? Verlaine ne le demandait pas, évitons de contrarier Rochelle. Il tenait sa commission rogatoire, en lien avec les services de l'identité judiciaire, des finances, voire des stupéfiants, compétence étendue aux départements périphériques, cela faisait bon poids. Il s'extrayait de sa chaise Empire, le juge le raccompagnait, sans rancune pour ses écarts de langage. Sur le seuil, celui-ci l'avait retenu par la manche.

— Dites donc, inspecteur : si c'est Martin Guillemot qu'on vise… Un homme dans sa position n'a que des ennemis. Souvenez-vous que le préfet, le ministre…

— Je suis une tombe, monsieur le juge.

Viviane et Alex étaient enfin rentrés d'Angleterre, leurs quinze jours de villégiature les avaient visiblement comblés, au point qu'ils ne se quittaient plus. Au point que Viviane déménageait ; elle quittait l'appartement de sa cousine et s'installait chez lui, rue de la Convention. C'est ce qu'elle venait d'annoncer à Christine et Leni, toutes les trois enfermées dans la salle de bains de la rue Buffon, qui n'était pourtant pas très grande, une cabine exiguë surchauffée par les vapeurs de la douche que prenait la jeune Allemande, un luxe dont celle-ci ne disposait dans sa chambre de bonne. La condensation voilait le miroir et le verre dépoli de la fenêtre, derrière le rideau montait la buée qui se déposait sur le carreau des murs ; dans cette atmosphère de hammam, elles s'adonnaient à une toilette collective, avec l'impudeur des filles entre elles. Rien de plus joyeux que cette intimité qu'aucune de leurs mères ne leur avait apprise, ni n'avait connue, la nudité conquise avec les bikinis sur les plages, dans les piscines, liberté que vantait la presse féminine, une aspiration nouvelle et un plaisir un peu troublant que de s'affranchir des pruderies, d'exhiber ses seins et ses jambes, jupes de plus en plus courtes, cuisses à l'air. Leni en tenait pour sa théorie : la révolution commence avec son propre corps. Par exemple, comme Viviane s'étonnait de ce qu'elle ne se rasait pas les jambes, ébahie devant ses mollets velus, elle avait prétendu que les Allemandes ont moins de préjugés que les Françaises avec leur duvet, antagonisme de cultures, nordique et méridionale. Mais surtout que se défaire de son poil, aux pattes ou ailleurs, revenait à sacrifier aux canons masculins répressifs, selon lesquels la pilosité des femmes est suspecte de virilité, concurrence la leur, qu'à eux seuls il revient d'en arborer le signe, et que toujours les femmes s'y étaient soumises, dans toutes les religions, cheveux attachés, têtes rasées, dissimulées sous le voile, pouvoir érotique renoncé, sexualité refoulée, esclavage atavique.

— En Afrique, elles se coupent aussi le clitoris entre elles, vous le saviez ?

Viviane et Christine ouvraient de grands yeux, quelle horreur, d'où sors-tu ça ? Derrière le rideau, Leni se faisait un shampooing, ce qui mettait des bulles dans sa voix, de la mousse odorante, une frivolité vanillée peu en rapport avec le sujet, tu plaisantes ou quoi ? La lame de rasoir est un instrument civilisateur, dont s'emparent les femmes pour se castrer elles-mêmes, objets interdits de plaisir, maman et putain. Quand les femmes accepteront d'être les génisses ou les juments qu'elles sont, cuir et poil, bovines, chevalines, nous serons libérées ! Elle hennissait sous le jet d'eau chaude.

— Tu te rases les aisselles aussi, lançait-elle encore, et le pubis ?

Le pubis, Viviane n'allait pas jusque-là… Et pourquoi donc pas, tant que tu y es ? Mais les aisselles oui, et toi Christine ? Oui, mais celle-ci n'avait pas grand mal, elle n'était pas très fournie à cet endroit, prétendait-elle. Tenant pudiquement sa serviette enroulée autour des hanches, elle levait un bras pour preuve, dans le mouvement soulevant ses petits seins moites de buée. Tandis que Viviane, une vraie toison, tout en boucles de blé mûr, qui dépassait des échancrures de robes, tout ce foin, c'est sauvage, quand même…

— Justement, c'est nature. C'est animal, mes sœurs !

Leni sortait de la douche, enfilait le peignoir de bain de Christine et, laissant ouverts les pans sur son long buste prépubère aux aréoles bleues, elle considérait son ventre perlé d'eau avec satisfaction. Si maigre que saillaient la pointe de l'os iliaque, entre ses cuisses la touffe drue, plus sombre que ses cheveux platine, vieil or foisonnant ; mon mont de Vénus tout nu, quelle tristesse ce serait, déplorait-elle…

— Au fond, ajoutait-elle à mi-voix, s'inspectant, tant qu'à faire de me mutiler, je préférerais me coudre le nombril. Couper le cordon ne suffit pas, il faudrait supprimer cette cicatrice-là. On la garde en souvenir toute sa vie, quelle plaie…

Viviane avait interrompu l'opération délicate de vernir ses ongles de pieds pour observer le sien, un peu en saillie. Du coup, elles contemplaient chacune le leur, cette cavité curieuse, drôle d'œil dormant au milieu de l'abdomen, dont les replis de paupières celaient la racine ombilicale des naissances, elles en interrogeaient le stigmate avec crainte, et ce ventre pour lequel la jeune fille avait fait son voyage clandestin en Angleterre. Elles ne l'avaient pas questionnée sur le charcutage qu'elle avait subi, cela s'était passé, pas la peine d'épiloguer là-dessus, mais leur regard circonspect se portait sur le dôme légèrement bombé semblable au leur, sous lequel s'involuent de sensibles et dangereux organes, secret des entrailles féminines que, sous les plis de leur robe, désignent toutes les Vierges des tableaux ; où Viviane posait sa main en conque.

— Je vais m'installer chez Alex, déclarait celle-ci. Nous allons nous marier. Dès que j'ai divorcé, nous nous marions. Quelle fête, les filles !

Les filles en restaient interdites. En moins d'un an, deux maris ! Cette propension à foncer dans la conjugalité tenait de la rage. Elle n'était donc pas vaccinée par son mariage catastrophique qu'elle se précipitait dans un autre, avant même qu'il ne soit dissous. Même pas un délai de réflexion, trois minutes pour prendre avis de ses copines, tourner sept fois sa langue, peser le pour et le contre. Elle est folle. Ou alors, mais c'est pareil, coup de foudre. Le philtre magique de Tristan et Iseult ! Cela arrive donc, les passions subites, la séduction express qui ne trouve à triompher que dans les noces, tête baissée ? Très réprobatrices, Leni et Christine observaient un silence prudent. Leur amie était encore sous le coup de son épreuve, délicat de donner un coup d'arrêt à son intempérance, de lui sonner les cloches, comme elles en avaient une furieuse envie. C'est bien trop sérieux, le mariage, se disait Christine, pour en décider sur un coup de tête. Pour en plaisanter. Car Viviane se moquait d'elles : la tête enturbannée de sa serviette de toilette, dans sa nudité harmonieuse qu'elle disloquait par pitrerie, la jeune fille prenait la pose d'une femme au bain d'Ingres, qui fit pouffer Leni.

— Tu nous mènes en bateau, je préfère ça !

Redevenue sérieuse, Viviane s'asseyait sur le bidet et reprenait son vernissage des ongles de pieds, rouge sang.

— Pas du tout. C'est un mariage de raison. Dire qu'on a jeté aux orties ce bon vieil accord matrimonial séculaire, le fondement de la stabilité économique et sociale… Pas de passion. Que de l'amitié. Alex est un ami, un vrai. Nous avons fait un pacte. J'ai eu une foutue chance qu'il m'accompagne à Londres. C'est un type formidable. M'en serais-je rendu compte, autrement ?

Il s'était passé à Londres tant de choses incroyables que cela valait de s'installer pour écouter Viviane. D'abord, ils avaient été accueillis par les nouveaux amis de William, qui partageaient une maison dans le sud de la ville, un quartier populaire, plein d'immigrés de tous les endroits du monde, Inde et Pakistan, Ceylan, mais aussi d'Afrique, des Grecs, des Turcs. Pas une seule boutique, une épicerie anglaise, que des commerces où l'on mangeait et achetait des denrées curieuses, des étoffes, des objets exotiques, et pas un seul touriste à traîner là son ennui distingué : ce n'était pas du folklore vendu par les agences, mais un assortiment d'exils, plus ou moins anciens. Chacun transportait là son pays d'origine, ses mœurs, ses coutumes, avec tout le passé de l'histoire coloniale, le brassage des peuples et des langues asservis, familles et clans, religions ; cela n'allait pas sans tensions, sans rivalités. Mais aussi, additionnant les disparités culturelles, une société étonnante, loin de la City et des beaux parcs de la monarchie, des monuments, des musées. Bref, un dépaysement total. William y était poisson dans l'eau, métamorphosé.

— Tu ne le reconnaîtrais pas, Christine. Il a une faculté d'adaptation prodigieuse, partout chez lui.

— Même chez moi, convenait celle-ci, d'une indulgence sans bornes depuis qu'elle n'était plus amoureuse de son cousin.

Il vivait en communauté dans cette maison de trois étages, avec des musiciens des Caraïbes, filles et garçons. Au rez-de-chaussée, ils avaient installé un studio de répétition, ils donnaient des récitals dans les quartiers de la périphérie. William est heureux, il s'est converti à la musique afro-cubaine, il s'est trouvé une famille. Très bien, formidable, mais toi ? Viviane était heureuse aussi. Un, elle n'avait pas avorté. Deux, elle avait fait la connaissance d'Alex.

— L'un est lié à l'autre, mais pas dans le sens… Pas comme vous l'imaginez… Ah zut !

Viviane fondait en larmes. Quel que soit le cas, la fontaine, l'hémorragie lacrymale ; chez elle, une vraie maladie.

— Arrête de pleurnicher. Tu n'allais à Londres que dans ce but ! On était d'accord avec toi. On s'est cotisées. Tu étais bien décidée à t'en débarrasser…

Mais un terme pareil ne pouvait plus être prononcé à la légère. Cette chose, l'embryon, le fœtus, l'accident, trois mois de gestation : pour ainsi dire, un adopté.

— Je ne pleurniche pas, je pleure de bonheur.

— Tu pleures si ça te chante, mais tu nous expliques le miracle.

Viviane s'était présentée avec Alex à la clinique indiquée, elle avait eu un entretien, avait passé des examens médicaux, elle avait un rendez-vous deux jours plus tard. Elle n'y était pas allée. Entre-temps, il s'était passé une révolution. Cela remontait à bien avant, sans doute, ce genre de chose qu'on devine sans bien discerner comment, mais, à force de voir Alex, de passer des journées avec lui, à la Bibliothèque nationale, dans les cafés, et chez lui, où elle était allée plusieurs fois, elle avait fini par comprendre qu'elle ne l'attirait pas. C'était déconcertant. Non qu'elle fût déçue qu'il ne tente pas sa chance, flirter n'est pas bien difficile, ni qu'il ne lui saute pas dessus. Au contraire, elle se sentait très bien avec lui, en confiance, en sécurité. Alex ne la snobait pas du tout. Il était délicat, prévenant, quelque chose qu'elle n'avait jamais rencontré chez un garçon. Elle n'avait pas eu à se tortiller, à minauder pour obtenir qu'il soit gentil, il l'était naturellement. Sans chercher à en obtenir un gain, des privautés, des attouchements, qu'elle n'aurait pas consentis, d'ailleurs. Merci bien, elle sortait de ces cochonneries. C'était d'un reposant ! Bref, Alex lui plaisait beaucoup. Elle était ravie de dépouiller les archives de la presse avec lui, de compulser les journaux délabrés du début du siècle, de discuter de tout et de n'importe quoi, y compris des ostraca, qui étaient vraiment sa marotte. Mais ce voyage lui avait ouvert les yeux : Alex n'aimait pas les filles. Il aimait les garçons.

Dès le premier soir, au milieu du groupe nombreux, des plaisanteries et des discussions, tandis qu'ils buvaient du punch, grattaient des guitares, William au piano, maracas et percussions improvisées, dans cette agitation quelque peu tabagique et alcoolisée, elle avait assisté à une scène étonnante, renversante : comment s'y prendre pour faire savoir à quelqu'un qu'il vous attire, que vous avez envie de lui plaire, proprement fascinant. Peut-être avant même que les gens en soient conscients, ils diffusent des ondes atmosphériques violemment directionnelles, on se sent évincé. Alex et l'un des garçons de la maison, un jeune métis efflanqué, avaient sympathisé d'emblée. Ou plutôt ils s'approchaient avec des prudences de timides qui cherchent à ne pas s'effaroucher trop vite ; les atomes crochus, ça existe vraiment, cooptation des pôles par aimantation. Quand elle s'en était aperçue, ils avaient déjà gagné du terrain, créant à la périphérie un champ magnétique à haute tension, à donner le frisson. Du regard jeté, détourné, pupilles voilées, frémissement de paupière, avec des mimiques imperceptibles, tous les minuscules muscles de la face en action. Tu parles d'une cour d'amour ! Les oiseaux sont bestiaux, à se faire la roue et des roucoulades. L'homme est un animal supérieur. Alex s'était mis en dépense. Rien de vulgaire, d'un raffinement parfait, une drague de toute beauté. Viviane n'avait rien vu d'aussi touchant. Elle n'en avait pas été jalouse, ou alors de la qualité de ce qui circulait entre eux, dont ils paraissaient moins les acteurs que les victimes : elle était parfaitement tombée amoureuse de lui à ce moment-là, disait-elle. Sous le charme. A William et ses amis marginaux, cela semblait complètement normal. Tellement qu'elle aurait passé pour une cruche de s'en formaliser. Peut-être, à Paris, cela lui aurait-il paru scabreux ?

— Vous connaissez des garçons comme ça, vous ?

Leni et Christine avouaient que non, et d'ailleurs ce sujet les laissait pantoises. Viviane en parlait avec une franchise qui surprenait, même Leni qui semblait ne l'être de rien, avait sur tout un avis. C'était bien une révolution qui s'était passée à Londres… Malgré cette occupation intense, Alex ne l'avait pas laissée tomber, pas lâchée d'une semelle, il faisait une affaire personnelle de cette intervention sordide, encore plus bouleversé qu'elle, une vraie nourrice. Il ne l'en dissuadait ni ne l'y poussait, il voulait ce qu'elle voulait. Il voulait surtout qu'elle ne soit pas malheureuse, qu'elle n'ait pas mal, qu'elle ne pleure pas, ce qu'elle faisait beaucoup.

— Vous me connaissez… Ce n'était pas de l'hésitation, de la peur ou des scrupules de morale, mais je me sentais si seule, si toute seule à faire ça, absolument seule, une loque à jeter…

La veille du rendez-vous, Alex lui avait consacré sa journée, un programme étourdissant de promenades, de musées, séance de cinéma, *Lawrence d'Arabie* en cinémascope. Les yeux de Peter O'Toole ne l'avaient guère distraite de ses soucis… Pour finir, dîner à Soho, dans un chinois. Et là, ils avaient parlé. C'était si simple de parler avec quelqu'un comme lui, de quitter les sujets convenus pour ceux que l'on ne se risque pas d'aborder, même avec soi entre quatre yeux, peut-être même pas chez le psychanalyste. Des choses impudiques, honteuses, sur lesquelles on n'a jamais mis de mot. Alex ne la désirait pas, il n'avait pas envie d'elle. Cela enlevait une hypothèque considérable, qui renversait la donne sexuelle. Cela met cul par-dessus tête la relation humaine, ce rapport-là met à nu. Mais nu, on n'est pas nu devant celui qui aime assez pour comprendre mieux que soi où l'on en est, perdu dans la vie. Alex n'avait pas de goût pour les femmes ? Elle n'en avait pas pour les hommes ! Et même une aversion totale. Elle avait joué à flirter et aguicher, pour faire comme tout le monde. Elle y réussissait très bien, mais ça ne l'amusait pas. Elle s'était engouffrée dans ce mariage idiot par hâte d'en finir avec la chasse imbécile, avec la corvée. Pour se mettre à l'abri. Le devoir conjugal, de temps en temps, ce n'était rien en regard de l'épuisante et dégradante comédie des séductions, du rut accompli avec la bénédiction de tout le monde. A commencer par les parents. Soit, elle était mal tombée, avec ce crétin à bicorne, mais, sous un certain angle, cela avait ouvert les yeux. Un peu violemment, certes, mais une bonne chose d'apprise. Voilà ce qu'elle avait compris d'elle-même, à force de discuter avec Alex. Voilà ce qu'elle avait fini par lui avouer, s'avouer à elle-même. Elle n'avait pas pour autant d'intérêt pour les filles. Non qu'elle l'excluât, mais le sexe ne la tentait pas, la dégoûtait plutôt.

— Vous comprenez ça, vous ? Cela m'est égal de le dire, à présent. Ce n'est quand même pas une infirmité ! Il y a d'autres choses à faire, dans la vie, que de copuler !

— Tu as été traumatisée par ton premier rapport, c'est normal, estimait Leni, compréhensive. De ce point de vue, notre civilisation est primitive, de conduire la vache au taureau pour la saillie, sans préavis.

— Je n'ai pas été traumatisée. J'ai été immunisée, et j'en suis très contente.

Ce qu'elle taisait, pacte de silence, c'était ce qu'Alex lui avait raconté dans le chinois de Soho. Il lui avait raconté comment il était rentré de Naples, rompu, cœur brisé de miséricordieux pardon pour celui au sujet de qui il s'était trompé, abusé par sa chimère d'une âme sœur surgie par providence sur son chemin. De ce séjour, lui restait le souvenir confus de déambulations dans les labyrinthes de la vieille ville surpeuplée, où son guide se déplaçait en familier, sans lui désigner dans lequel il était né de ces immeubles vétustes, murs ruinés de lèpre, ruelles où pullulaient les enfants en loques, au point qu'il s'était demandé si Fabio ne lui avait offert cette visite au pas de course que pour l'instruire dans l'urgence, non du pittoresque de la ville, mais de son erreur, lui révéler la quintessence de son âme, si peu angélique.

Il l'y avait suivi à la sortie du musée d'Archéologie où ils s'étaient rencontrés. Où il lui était apparu, entre les statues des deux jeunes Athéniens tyrannicides dont la posture l'avait inexplicablement arrêté, l'un bras levé armé du poignard, l'autre rejeté en arrière, inversion négative de leur mutuel désir de vengeance, le geste héroïque qui les voue à la mort ourlant déjà leur moue d'un chagrin, déjà séparés par ce qui les unit, leurs yeux blancs contemplant obstinément à l'intérieur de la pierre l'insoluble souci du crime. Entre eux s'inscrivaient la carnation lumineuse, le rayonnement vital du jeune homme, et sa posture d'attente, une main sur la hanche, moins d'un amateur de statuaire que d'un rôdeur narquois le surprenant dans son étude. Le peu d'italien qu'il parlait lui laissait entendre que le garçon avait sur les statues du musée un avis bien plus éclairé qu'il ne le laissait supposer.

— Ils sont morts, disait-il, c'est pourquoi nous nous souvenons d'eux. Ils ne sont morts que pour que nous connaissions leur histoire, sinon qui se soucierait d'eux ?

Et il leur avait décoché un clin d'œil voyou, accentuant sa mimique d'un geste vulgaire qui singeait le couteau levé, comme si d'être de cette ville le mettait d'intelligence avec ces héros, pas plus admirables que les petites gouapes de ses rues d'enfance, ou de la même espèce qu'elles, prêtes à s'étriper pour un affront, un quolibet ou une infraction à des lois d'honneur qui ne dépassaient pas les frontières de leur quartier.

— Tu veux un tour de Spaccanapoli ? C'est chez moi, je te guide. Tu as peur ?

— Je suis armé, plaisanta Alex. *Paw !* fit-il de deux doigts pointés au plafond.

— On y va.

Ils y étaient allés. Une visite insensée, au pas de course, sans ralentir aux églises et couvents, porches, palais, enfilant de préférence les ruelles de boutiques, les passages louches, et Fabio fonçait sans se soucier de lui comme s'il cherchait à l'égarer, mais Alex, qu'amusait cette chasse, avait tenu le rythme, jusqu'à déboucher brusquement sur la piazza del Mercato. Ce final de la course anarchique les laissait un peu haletants, désemparés par l'espace soudain ouvert. Incertains, vaguement hostiles, ils s'étaient mesurés du regard. Fabio ne demandait pas d'argent, comme l'avait imaginé Alex. Il n'avait rien à négocier de la faveur qu'il venait de faire. Ayant épuisé le petit jeu de piste, il dédaignait de poursuivre plus loin, comme si là s'arrêtait son territoire, gagné d'une sorte d'ennui, ou d'indifférence pour la méprise, sa lubie de proposer ses services à un inconnu qui ne valait pas cette peine.

— Sais-tu où nous échouons ? ricanait Fabio. Cette place de marché est un cimetière. Tu marches sur les cadavres de tous les décapités, exécutés, fusillés, massacrés et pestiférés de Naples : sous ces pavés, la jonchée de la grande faucheuse. Avec ça que les Américains en ont rajouté une couche, *good fellows.*

Perdues, sa séduction équivoque du musée, sa prestance d'expert en ruelles, ses traits corrompus par la grimace, toute sa personne désenchantée par le soleil cruel de la place, il parut si commun qu'Alex en fut ulcéré. La noblesse des deux statues avait pu le grandir de leur beauté contagieuse, l'auréoler d'une sorte de fraternité accidentelle, mais le charme était rompu. Aussi était-il sur le point de le planter là, quand l'idée s'était présentée à lui, par insatisfaction ou revanche stupide, pour lui donner une chance, de lui proposer de l'accompagner à Pompéi, puisque tel était son projet. Puisqu'il n'était venu à Naples que dans cette intention. Le jeune homme avait accepté, aussi brusquement qu'il s'était décidé à l'aborder, et même lui avait été un guide précieux, connaissant les horaires du train de banlieue qui s'arrêtait au site, bien plus avantageux que les lignes de cars touristiques.

Soleil de plomb qui buvait les ombres, ciel cendré d'une lumière diffuse, peut-être la chaleur excessive avait-elle découragé les visiteurs ou bien, à cette heure creuse, s'attardaient-ils aux terrasses ombragées à déguster des *gelati* ; des flonflons en venaient, la scie d'un *Bambino, bambino* crachée par des haut-parleurs asthmatiques, et des relents de friture, qu'ils avaient fuis en enfilant la via dei Sepolcri, sautant de pavé en pavé entre la double rangée des monuments funéraires et la frange des ifs, s'enfonçant sans carte dans le dédale des rues, mais cette fois Alex en connaissait le plan, mieux que de son quartier de la Convention. Mieux que son compagnon, visiblement, qui avouait s'en remettre à lui pour la direction à prendre, curieux de ce qu'Alex prétendait y trouver de si fameux, qu'il lui enseignerait, lançait-il, une raillerie sous laquelle perçait la menace, le défi naïf d'être épaté. Il ne prétendait rien, l'enseigner ni l'amuser, surtout pas singer le guide en curiosités antiques, maintenant qu'il se trouvait là réalisant le malentendu qui dévaluait le motif de sa visite, peut-être de son voyage, le tournait en dérision et enlevait aux ruines leur aura, l'attachement qu'il avait à ce lieu et aux fouilles qu'on y menait encore sans relâche, dont il venait prendre des nouvelles. Il avait rendez-vous le soir même à l'hôtel avec un archéologue d'Herculanum, et cela paraissait soudain d'une futilité indigne que de traîner dans les ruines avec ce compagnon inculte, dont la fadeur lui paraissait, dégradant en laideur son plaisir. A lui en incombait la faute. Mais cette contrition ne soulageait pas sa rancune.

Alors, sous le regard ahuri des rares touristes, il s'était mis à arpenter le site à la course, comme l'autre tout à l'heure son quartier, passant comme lui sans ralentir devant les maisons illustres du Faune, du Poète tragique, des Amours dorés, celle de Ménandre et celle du boulanger, traversant le forum, parcourant en diagonale le temple d'Apollon et revenant sur ses pas jusqu'aux Thermes, faisant le tour de la caserne des gladiateurs puis, ayant gravi quatre à quatre les gradins de l'amphithéâtre, la face enflammée collée de poussière, gorge sèche, dégoulinant de sueur, avec une joie mauvaise qui ne vengeait pas sa colère, il s'était assis, attendant que le rejoigne Fabio, que ce périple forcené ne décourageait pas. Le cœur lui battait, tempes bourdonnantes, vainqueur imbécile de quelle joute, tandis qu'il le regardait monter vers lui, pitoyable, hors d'haleine, moins entraîné que lui peut-être, cependant ne renonçant pas, consentant à s'infliger l'épreuve par une sorte de bravoure. De loin, il l'avait vu soudain s'entraver, tomber à moitié et se redresser d'un tour de reins pénible, en se frottant le tibia reprendre son ascension, et cette chute l'avait réveillé. Il avait senti s'envoler sa hargne, ému de la grâce retrouvée du jeune homme, que la fatigue et peut-être l'humiliation libéraient de sa morgue, de sa vulgarité, magiquement restauré dans sa dignité et beauté juvénile, et comme il le rejoignait enfin, il lui avait tendu la main pour le hisser à lui. Affalé contre le mur, Fabio retroussait son pantalon de toile, découvrait sa cheville écorchée, une sérieuse éraflure qu'il tamponnait de son mouchoir, finissant de reprendre souffle, la face en feu, et sous sa peau mate la pâleur altérait le hâle, traits lavés de toute impureté, bouleversante rédemption, de pure gratuité, dont il n'avait su exprimer par quelle gratitude et remords il était étreint, sauf à s'agenouiller, à étancher la plaie de son propre mouchoir, mais tenir dans sa main la cheville blessée, éprouver sa tendre inflexion, l'attache délicate des tendons maculés de poussière était pire encore. Les yeux brouillés de larmes, vaincu, il avait ployé, respirant avec une sorte d'ivresse l'odeur âcre des sandales, posé ses lèvres sur le cou-de-pied nu, blessé ses lèvres à la boucle de fer, au moment où Fabio posait sur sa nuque moite une paume rude, de si brûlant enveloppement que ç'avait été un moment de pure souffrance et bonheur.

— Ça va aller, disait-il, se relevant brusquement. J'ai eu une crampe, à cavaler comme ça. Bon Dieu, il fait soif !

L'un et l'autre altérés d'une eau absente, d'un jaillissement de source fraîche que la chaleur exaspérait, et le ciel fut soudain si noir, calciné d'orage, que les premières gouttes semblaient des jets secs de cailloux lancés à poignées, avant de ruisseler sur leurs visages ; aussitôt trempés, ils dévalaient l'amphithéâtre au risque de se casser le cou, riant de cette douche inespérée, trouvant refuge sous une porte et, de leur abri, ils avaient regardé un moment tomber la pluie violente qui soulevait de petits nuages de poussière, avant de noyer la terre de flaques, bientôt de véritables mares où crevaient les bulles. Ils frissonnaient à présent, dégrisés, gagnés d'une euphorie triste, comme si cette eau excédait le désir qu'ils en avaient eu, emportait par son abondance vengeresse l'instant parfait, un rêve presque, dont la fugacité navre le cœur. Ils s'épiaient sans rien dire, attentifs à la crépitation de l'averse, ses modulations musicales accompagnant le mouvement des rideaux de pluie qui aveuglaient l'ellipse de l'esplanade, d'une si grande ampleur chorégraphique qu'elle poignait de nostalgie. Le premier, Fabio rompit le silence.

— Maintenant, explique-moi un peu la *situation*...

Il mettait à *situazione* un accent qu'Alex ignora parce que, de la même main rude et tendre, cals brûlants à la paume, en disant ces mots il encerclait son poignet d'une prise gauche, et cela coïncidait avec son désir d'être touché ainsi, conscience éveillée de l'avoir voulu, en toute misère et humilité, une conjonction de temps et de lieu, de joie et de vérité, qui dit d'aller de l'avant, en toute obscurité, mais le garçon souriait de nouveau. Il affermissait son étreinte et désignait de l'autre main l'arène, caricaturant l'emphase des guides du site, un pli cynique à la lèvre.

— Dis-moi, comment cela se passe-t-il ici, d'après toi ?

— Par la porte, là-bas, les vainqueurs sortaient de l'arène sous les hourras, dit Alex rudement. Les vaincus sous les huées, par cette autre. On le suppose.

— Supposons-le. Les vaincus sont des cons, déclara Fabio en gloussant, et il cracha par côté.

Alex retira son poignet, un étau de glace au front.

— Supposons que c'est une idée courte, riposta-t-il, et il cracha de même.

— Je pense que tu es un con.

— Supposons que je me fous de ce que tu penses.

— On ne l'aurait pas dit jusqu'ici…

— Peut-être parce que j'ai moins peur que toi.

Cela était dit dans l'emportement, mais d'une grande indulgence et pardon, de la douceur qui a parfois la brutalité du reproche. D'un bond, Fabio avait sauté sous la pluie. Il s'éloignait à reculons dans les voiles liquides qui brouillaient sa face, froissée de dépit ou de rancœur, il avait l'air d'hésiter encore, cherchant une flèche, en vain, puis se décidant brusquement il ajusta ses deux doigts tendus, visant Alex d'un geste véhément de haine :

— *Paw ! Paw !* fit-il, avant de tourner les talons et de s'enfuir en courant, courbé sous les rafales, avalé tel un fantôme par l'averse qui redoublait de force.

Si seul soudain, le site déserté sous la cataracte, qu'il ne s'était pas rendu compte tout de suite qu'il pleurait, plus grande sa déréliction que la douleur du dénouement, la honte et la rage, la perte ou la reconquête de soi, qui ne rétablit en rien l'assise, où est le promontoire d'où dominer la *situation* ? Il n'avait réalisé qu'avec retard que la porte sous laquelle ils s'étaient réfugiés était celle où étaient traînés les morts, la *libitinensis*, du nom de la déesse qui présidait aux préparatifs funéraires… La porte de la Mort. Derrière lui, le corridor étroit, assombri par l'orage, se perdait en goulot sinistre, par où s'évacuaient les cadavres sanglants des gladiateurs, les vaincus définitifs déchiquetés aux jeux du cirque, sous les rires et les quolibets des vingt mille spectateurs en liesse, conspués par la clameur hideuse des joies populaires montant du théâtre vers le ciel impavide, d'où était venue la première neige d'escarbilles, la poudre de scories, l'ouate lente tombant en avalanche, bientôt engloutissant les rues sous les tonnes silencieuses, les patios et leurs fontaines, charpentes effondrées, et ce n'était pas une fleur, un champignon, l'irradiation d'un nuage atomique, c'était le vomissement de gaz, phosphore et cendres, d'un ventre en fusion sur lequel les hommes marchaient en toute insouciance, dansaient, s'accouplaient, se chamaillaient, trafiquaient et tuaient – *paw, paw* –, dont l'averse toxique, suffocante, n'avait pourtant pas prévenu les gens de l'ensevelissement de la ville, stupéfaits, imbéciles, bientôt enfouis aux chevilles, à la taille, aux aisselles, trop tard pour fuir, sidérés par cette apocalypse céleste, incendiés de fureur tellurique, ils étaient restés tels qu'en leur incrédulité ils vivaient. On en trouvait encore, fantômes intacts. Enlacés, agenouillés, cloués aux murs, bras éperdus, carbonisés ou momifiés dans les postures navrantes de leur agonie. Ici aussi, nous marchons sur les morts, Fabio. Une ville entière dort. Et où aller dont la terre ne soit abreuvée de cadavres, cataclysmes, insurrections, guerres, épidémies, charniers, désastres nucléaires, exterminations, génocides.

Tous ces morts, leur infinie cohorte, où les enterrer, leur donner dignité de sépulture afin qu'ils ne nous tourmentent plus de leur plainte ? Où les accueillir sinon dans le langage, où les assujettir à une conscience sinon dans celle du récit, les faire entrer dans une histoire où ils prendront place et se tiendront debout, les faire exister en fiction, c'est-à-dire en imagination, cette pitié et cette gloire de l'esprit, pour les faire apparaître, et disparaître, apaiser leurs offenses et nommer leurs crimes ? Cette allée mentale est tellement encombrée, par où commencer, le travail est immense, où est donc l'ingénieur de ce chantier ? Je pars à leur recherche, qui partira à la mienne ?

Non Viviane ne raconterait pas à ses amies la longue confidence d'Alex, par laquelle il lui avait ouvert son cœur et si elle y avait un peu entrevu du mystère de son âme, parce que les sentiments y touchent de bien plus près que les pensées, elle avait aussi compris ce qui le poussait, avec une telle opiniâtreté, à savoir ce dont tout le monde se contrefichait : de ces films horribles, qui *tournait la manivelle.*

Christine a écouté Viviane relater son expédition à Londres sans intervenir, médusée, ne trouvant rien à dire qui ne découvre sa naïveté, son incompétence, qui ne trahisse l'émoi et le désir neufs recueillis en cadeau de ces derniers jours, sa révolution amoureuse à elle vaut bien celle de Viviane ! Mais, dans son enthousiasme, celle-ci met à nu des choses secrètes, susceptibles, blessantes, si troublantes qu'elle donne envie de fuir. Christine aurait bien quitté la salle de bains, mais elle n'a pas osé, pas plus que de défendre le bastion secret de son amour neuf pour Antoine, trop vulnérable, trop incertain pour le porter en bannière. Elle s'est tue, incapable de donner un avis sur les atomes crochus d'Alex, ni sur le revirement subit de sa cousine, sa mue de nouvelle convertie. D'ailleurs, Viviane ne lui demande pas son avis, elle est bien trop pleine de son sujet. Comme quoi Alex et elle ont trouvé de convertir leur infortune en pacte mutuel, fraternel, tendre, amoureux. Et platonique. Cet enfant qu'elle ne veut pas, il le veut bien, de tout son cœur l'accueille, il peut être son père. Qu'importe son géniteur. Qu'importe cet accident génétique contingent, puisqu'il lui donnera son nom, et qu'ils l'aimeront. Le veux-tu ? Une déclaration pareille laisse abasourdie. Cela tombait de la lune, mais ce n'était pas du tout cosmique. C'était pragmatique, loyal et affectueux. C'était excentrique et très cartésien. Une demande en mariage contre nature ? Mais de quoi les couples qui vont par les rues sont-ils faits, leur pacte est-il meilleur que celui-là ? Suis-je si folle d'accepter ? Cet enfant dont je ne voulais pas, même pas l'envisager sous ce nom, j'ai résolu de le garder, le porter et mettre au monde avec autant de détermination que je mettais à le refuser. Dans la seconde. Dire oui, dire non, avais-je le temps de balancer ? Dans le restaurant chinois, j'ai dit oui, oui et oui. Oui, nous serons heureux et l'aimerons, et bénirons, oui.

— Amen, disait Leni. Gloire et transfiguration ! On ne voit pas toujours venir les Annonciations. Elles vous tombent dans l'oreille sans klaxonner, les anges sont sournois. En voilà, un pacte de stabilité ! Si les peuples n'étaient pas si bêtes, ils en feraient plus souvent…

Elles avaient donc contemplé le ventre de Viviane d'un regard nouveau, avec égard et considération, avec déférence, une étude intense pour la chose nouvelle que, là-dedans, se passait une révolution bien plus extraordinaire que les aventures et spéculations londoniennes. Aucun signe extérieur, aucun symptôme visible. C'est très mystérieux, une gestation, animal, sentimental. Même pas de nausées, prétendait Viviane. Je ne suis pas obligée. Donc, elle déménageait. Elle emportait ce soir sa trousse de toilette, ses trois jupes et pulls, son jean dans son sac, et libérait la chambre de sa cousine, qui lui avait rendu un fameux service, quand elle était à la rue.

— Tu es une vraie sœur, Christine. Tu es la reine des pommes, reste-le : c'est rare, des gens comme toi. C'est rare, dans la famille de rapiats que nous avons…

Mais ce n'était pas tout. Il y avait encore du neuf ! Ils n'étaient pas restés quinze jours à Londres seulement pour qu'Alex et Janbao, c'était son nom, fassent mieux connaissance. Alex s'était mis en tête de retrouver quelqu'un qui l'intéressait grandement, rapport à l'histoire de Pierre Galay, rapport à son voyage en Birmanie, une piste qu'il ne lâchait pas. Par parenthèse, il ne s'était peut-être décidé à accompagner Viviane dans son expédition londonienne que parce que leurs recherches, rue de Richelieu, avaient enfin abouti. A force de remonter dans le temps, de compulser la dentelle de paperasse jaunie, ils étaient tombés, non sur ce qu'Alex espérait, un autre "accident" chimique, mais sur le procès de Pierre Galay à son retour d'Orient, auquel faisait allusion Maximilien Jamais ; deux lignes dans son carnet. Entrefilets, brèves de chroniqueurs, mais cet événement mineur avait dû marquer les esprits. En février 1909, *Le Temps* rapportait la tenue d'un tribunal militaire à huis clos contre l'un de ses officiers de santé, vaguement compromis dans une mission scientifique, y trouvait prétexte pour fustiger l'incurable tendance de l'armée à pratiquer le secret, pourtant battu en brèche depuis l'affaire Dreyfus. Deux jours plus tard, *Le Matin* y consacrait davantage de place, dénonçant également les débats à huis clos pour des raisons d'Etat, peu convaincantes ; plus sûrement afin d'épargner la célèbre famille d'un médecin aux armées. Le chef d'accusation restait douteux, davantage lié, semblait-il, à une union précipitée, et peu conforme aux lois internationales, avec la ressortissante d'une colonie anglaise, qu'à une incrimination professionnelle grave. Le journal vantait la réputation de ce grand pastorien, soutenu par son directeur, le Pr Roux, une sommité ; l'accusé serait vraisemblablement mis hors de cause assez vite. Visiblement, si scandale il y avait eu, celui-ci avait été bref. Soit étouffé par intervention de la *célèbre famille*, soit s'était dégonflé de lui-même. C'était maigre, mais Alex avait noté par incidence la référence à cette première épouse du Dr Galay, une indication de première importance à ses yeux. De nationalité britannique, originaire des colonies. De Birmanie ? Selon toute probabilité. De qui le nom était gravé au cimetière du Mesnil, apprenait-il à Viviane, sur une tombe à l'écart, dates de naissance et de mort, très éphémère épouse… Une piste sans intérêt, peut-être ? Mais de si près mêlée au voyage dont le Dr Galay rapportait ses films, qu'il ne voulait la négliger.

Des Archer, il y en a des cents et des mille en Grande-Bretagne, autant chercher un Dupont en France. Mais qui ont séjourné en Birmanie à cette date, beaucoup moins, sans doute. Alex avait donc entrepris une démarche auprès des services du Foreign Office afin d'obtenir l'autorisation d'accéder aux archives des missions coloniales en Birmanie, à cette époque annexée à l'Empire des Indes britanniques. Outre qu'il lui fallait légitimer sa demande, ce n'était pas mince affaire que de se plonger là-dedans. Nombre de militaires et de civils, fonctionnaires, commerçants et exploitants résidaient dans les comptoirs de cette région d'Orient, plus ou moins durablement, sans compter la foule des trafiquants de tous poils, aventuriers de ces mers, qui ne devaient guère signaler leur passage dans les administrations... S'atteler à ce travail s'annonçait fastidieux ; Alex projetait déjà de revenir un de ces jours à Londres, muni de quelque attestation universitaire justifiant sa recherche, ce qu'il se faisait fort de se procurer. Mais la chance, ou plutôt le renfort de Viviane avait fait merveille. Le jeune préposé aux archives militaires qui les avait reçus avait été subjugué par son bagout, s'était assez vite vanté d'expérimenter un fichage mécano-électrique de données, à usage administratif ; ravi de se démontrer, ravi de sortir son listing. D'en extraire un colonel Duncan Archer, attaché scientifique en poste à Rangoon de 1903 à 1910, puis à Delhi jusqu'en 1922, date de sa mort, lors d'une révolte de sikhs matée dans le sang, ce qui lui avait valu citation à titre posthume. Alex avait récidivé. Sa passion, quelque peu endormie par la rencontre de Janboa, s'était ravivée, et son imagination survoltée. Ils n'avaient pas grand-chose à se mettre sous la dent, seulement un indice mais, de cette fiche lapidaire, par déductions et extrapolations, le jeune homme tirait revenu. Duncan Archer avait résidé près de vingt ans en Orient. Bien souvent, les militaires de long séjour faisaient venir leur famille : en 1908, il avait avec lui au moins sa fille Jane. Aussi bien, pourquoi pas, et c'était plus que vraisemblable, une épouse, d'autres enfants ? Et si ceux-ci n'avaient pas continué, pour une raison ou une autre, à demeurer à Delhi après son décès, n'y avaient pas fini leur vie, l'un d'eux pouvait se trouver quelque part dans le Royaume-Uni. Sinon l'épouse, quasi centenaire aujourd'hui, au moins de ses descendants, enfants éventuels, ou neveux, une parentèle susceptible de se souvenir de cet épisode familial certes lointain, dans le temps comme dans l'espace, mais le mariage irrégulier d'une jeune fille, son rapt par un étranger laissent trace dans la légende familiale, dans les correspondances, les albums… Ne serait-ce qu'en creux, un angle aveugle, une absence… Très excité par cette hypothèse, pourtant des plus aléatoires, Alex n'était rentré à Paris que pour régler sa situation universitaire, qu'il négligeait quelque peu ces temps-ci, obtenir le certificat qu'il escomptait : il repartait demain à Londres s'installer chez William et compagnie, pour continuer de chercher ; il avait à cela quelque raison subsidiaire…

— Alex est allé en repérage au cimetière du Mesnil, il connaît mieux nos tombeaux de famille que nous, et même notre arbre généalogique. Il ne comprenait pas que j'aie du mal à le lui dresser au complet. Tu le pourrais, toi ?

Christine admettait que non, qu'elle n'en avait guère eu le souci jusque-là, ni que quiconque l'avait tenu à jour pour elle, et de retomber sur cette question lancinante du passé enterré, de la propension de certaines familles, en tout cas la leur, à cultiver l'oubli plutôt que le culte des arbres généalogiques, une botanique sensible qui exige certains terreaux pour subsister, sinon elle s'étiole, de ses branches pourrissent et tombent, des rameaux se perdent, férocement sectionnés, ou laissés à leur extension sauvage hors du pot d'origine. Dans quelle filiation l'enfant de Viviane s'inscrirait-il, à quelle fourche trouverait-il sa place et qui, un jour, lui enseignerait-il son histoire ?… Il fallait l'engouement prodigieux d'Alex, son obsession maniaque, quasi maladive, pour faire, de quelques épaves récupérées par hasard dans les décombres de la maison d'Auteuil, un soir de novembre sauvées des flammes et presque en cendres, le départ d'une investigation qu'aucune raison ne lui imposait ; d'une affaire oubliée, un enjeu personnel. Si brûlant sujet qu'il y consumait depuis son temps et son énergie au détriment de toute autre activité, et plus il avançait sur des chemins apparemment erratiques, plus devenait pressant son besoin d'en savoir davantage sur les personnes, vivantes ou mortes, qu'il s'acharnait à tirer de l'ombre, à identifier et localiser, sinon eux, l'empreinte qu'ils avaient pu laisser dans le souvenir des gens, ou des objets qui leur appartenaient, avec cette conviction que nul n'a vécu sans imprimer son passage, que toute communauté en garde mémoire jusque dans les plus anodines et négligées de ses archives, peut-être moins par souci de les conserver que par méprise, ou par mégarde. C'est souvent, prétendait-il, la chance du chercheur. La distraction, l'irresponsabilité, l'incompétence, plus encore la paresse en assurent la pérennité. C'est la maladresse naturelle du crime que d'oublier son jalon. Nul doute qu'il puisait dans sa propre histoire les raisons de poursuivre. Si obscures qu'elles lui fussent, elles s'attachaient à quelque insatisfaction ancienne, dette ou remords envers l'héritage familial. A Londres, au cours de leurs longues discussions, il lui avait raconté le destin tragique de sa tante Bisou et, sans qu'il le fît lui-même explicitement, il n'y pensait apparemment pas, Viviane avait établi le lien, suggérait-elle à Christine et à Leni, entre la manière dont celle-ci était morte, décapitée par les nazis en 1943, et les cadavres suppliciés des films ramenés par Pierre Galay. A travers le temps, ces atrocités, d'incomparable nature mais de semblable impunité, pouvaient être rapportées à la même insoluble question du mal qui s'exerce de par le monde, persécute les êtres sans réparation et trouve sa solution dans l'oubli. Alex refusait d'oublier.

— Et même s'il ne cherche qu'à restaurer son image envers son grand-père avocat, ou son professeur Mesnard, disait Viviane, c'est pour cela que je l'aime, et que j'ai confiance en lui.

En ayant fini avec la salle de bains et les délices du hammam, elles avaient réintégré la cuisine pour boire un maté. Leni en avait chiné au marché de Saint-Ouen, avec des calebasses de bois tigré et leurs *bombillas*, sa contribution pour user de la douche de Christine. Sous ses directives, l'opération les avait beaucoup occupées : tasser l'herbe, l'infuser, la tourner, en tapisser les parois. Elles sirotaient à présent cette décoction curieuse, crachotaient les brindilles collées à la langue, embourbaient la pâte en tournant trop fort la *bombilla* ; elles manquaient d'expérience.

— C'est amer, ça manque de sucre, mais c'est pas mal, admettait Christine avec bonne volonté.

— Très tonique, professait Leni, récemment convertie à cette boisson sud-américaine. Diurétique, survitaminée. Naturelle. Excellente pour la santé… Alex a raison de déterrer le passé, sautait-elle du coq à l'âne. Nous avons le droit de poser des questions, et de réclamer des réponses. Nos parents coupent le cordon en vitesse, ils nous laissent un nombril, une cicatrice grossière ; avec ça, ils se croient quittes. Grete n'a qu'une frousse, c'est que je m'inquiète du monde où je vis. Elle devrait craindre le contraire : que notre génération reste aphasique, prête les mains à leur entreprise de liquidation, nettoyage, amnistie. Si on continue comme ça, c'est à la bombe incendiaire qu'il faudra les déloger de leurs casemates. Le cocktail Molotov est un apéritif stimulant pour les amnésiques de tous poils : on va les réveiller de leur sieste, croyez-moi.

— Qui *on* ? demandait Viviane, aguichée par cette éventualité explosive.

— Les amis de Leni. Ceux qui ne sont pas dans les syndicats ni dans les prétendus partis d'opposition, ni chez les dissidents communistes, tous encartés, repérés, même les trotskistes ou pablistes à la manœuvre ; tous des pitres.

Leni regardait Christine sous le nez avec suspicion.

— Toi, ne va pas clamer ça sur les toits. Ne va pas en parler à Antoine.

Cette irruption inopinée d'Antoine dans la conversation la prenait de court, Christine s'empourprait dans la seconde, devinée, accusée.

— Te crois-tu la seule à penser que le monde ne tourne pas rond ? Antoine fait ce qu'il a à faire.

— Et que fait-il ?

— Il aide les Arabes du bidonville de Nanterre. Il tourne des films qui montrent l'injustice… Il en projette dans les ciné-clubs d'éducation populaire, il éveille des consciences…

Honteuse de sa ferveur et de son emphase, elle soufflait dans sa calebasse.

— La compassion caritative, le bénévolat associatif, les bons sentiments ? La pédagogie des masses, c'est faible. Ce qu'il faut dynamiter, ce sont les banques, les holdings de l'armement, le pétrole des gangsters yankees, les casernes de l'OTAN. Les officines de la CIA et de leurs bons amis du KGB, avec leur goulag. Il faut flinguer tous les infiltrés pourris, partout aux postes de pouvoir. Ce qu'il faut, c'est s'organiser et s'armer. La guerre n'est pas finie, elle ne dort que d'un œil. Le ventre est fécond, de la bête immonde…

Déclarait-elle, d'un ton détaché. Plus glaçant que véhément, toute hargne dépassée. Christine et Viviane en restaient saisies, à la fois punies et trahies par cette sortie qui leur découvrait, sous le dehors amical de la jeune Allemande, une personne inconnue, de qui l'exaspération rentrée, la violence du ressentiment dévaluaient leur connivence dans la salle de bains, les propos qu'elles y avaient tenus, leur individualité quelconque, leur dérisoire ego déballés en toute futilité, quand celle-ci, radicale, ferraillait avec un ennemi à sa taille de géante. Ou bien ces rodomontades n'étaient que pour les intimider ?

— Tu n'es pas sortie de l'auberge, avec ton programme, murmurait Viviane, pour ne pas lui laisser le dernier mot, malgré tout.

— A quand, ta première bombe ? renchérissait Christine.

Ses cheveux en casque platine collé au crâne, son front buté et son regard mi-voilé, la jeune fille restait imperméable à leurs objections. Avec sa carrure de sauterelle, sa maigreur ascétique, elle se dressait en Athéna androgyne, comme le soldat inquiétant d'un combat dissident, bardé d'armes nouvelles, un instant aventuré en terrain découvert à la faveur d'une douche collective, cependant battant déjà en retraite, déjà aux abris, régressant vers des zones de combat occultes ; elle remettait de l'eau à bouillir pour une deuxième tournée de maté.

— Tu vas avoir besoin de fortifiants, avec ta grossesse. Il ferait beau voir que ce mouflet soit rachitique ! plaisantait-elle.

Mais le charme était rompu. Elles ne pouvaient rejoindre Leni où elle se trouvait, refermée sur son secret, et si Christine en avait entrevu les douloureux méandres par accident, ce n'était pas plus révélateur qu'un nombril, que l'involution en spirale de cet œil ombilical enraciné au plus profond des viscères, ce vestige de l'artère vitale infibulé en ramifications capillaires au centre de gravité du corps. Aller à la rencontre de son père peut-être lui ferait-il du bien, ou du mal, mais le mal est bienfaisant, parfois. Peut-être Leni avait-elle raison de vouloir le déloger de sa sieste, en Amérique du Sud, et de lui demander des comptes sur son passé, à brûle-pourpoint. Et Alex, raison tout autant, de poursuivre sur ses propres voies pour savoir *qui tournait la manivelle* en Birmanie, à l'orée du siècle. Et elle-même, Christine, de visiter avec Antoine le domaine du Mesnil, ce théâtre d'un crime qui, d'une manière ou d'une autre, avait à voir avec les courts métrages sur le bidonville, entassés dans les boîtes de son appartement de Nanterre. Elle se sentait démunie, handicapée par sa jeunesse et son inexpérience, son ignorance mais, pas moins que Leni, le droit de demander des comptes à sa façon. Le tout est d'identifier son ennemi, de lui donner un visage. De rencontrer une résistance, d'y éprouver son courage. Viviane fermait son sac.

— Je n'oublie rien ?

— Si tu oublies quelque chose, ce n'est pas perdu, tu connais le chemin…

Elles se donnaient rendez-vous à l'AG de l'UNEF, à la Sorbonne, le lendemain : les cours n'avaient toujours pas commencé, autant se tenir au courant, en attendant ; Leni y serait aussi. Elle partait de son côté, enfonçant son bonnet sur ses sourcils. Elle demandait à Viviane son adresse chez Alex, proposant de lui faire un saut de visite rue de la Convention, puisqu'elle y serait toute seule, le temps qu'il serait à Londres…

— Mais pas un mot, à quiconque. Tu ne donnes mon adresse à personne. Toi non plus, Christine. Juré ? Pas question que mon père sache où je suis. Terminé, la famille. Qu'ils aillent tous au diable…

Cette idée l'égayait beaucoup.

— Finalement, tante Bertille avait raison. Je tiens vraiment de ma grand-mère Sophie, moi !…

Porte refermée, soudain silence, Christine a un léger étourdissement. De ces dépressions que procurent les ascenseurs rapides, elle atterrit. Elle retrouve son assise, que le tourbillon de confidences, de révélations brutales dans l'intimité de la salle de bains a ébranlée. Elle n'a jamais eu d'amies comme Leni et Viviane, discuté avec des filles de son âge d'aucun des sujets qu'elles abordent ensemble, en vrac, à toute vitesse, comme s'il fallait rattraper chacune du temps perdu, reste d'adolescence à liquider, ou à conquérir contre des mères, chacune la sienne, qui n'a su ou pu les y préparer. Grete, une femme allemande, broyée par sa propre guerre, dont les séquelles font encore des ravages. Betty, pour ce que Christine en a entrevu au mariage, un zombi permanenté, pur produit des bourgeoisies de banlieues. Quant à Camille… Quant à maman, triple tour de clé sur ses mystères, sur lesquels veille Melville la sentinelle. A quoi bon leur chercher des noises, critiquer leur équipement de survie, fabriqué au gré des intempéries ? Quelles adolescentes, petites filles, ont-elles été jadis et naguère, et leurs propres mères… Vieille histoire du féminin mal transmis, mal hérité, que d'impropriétés malheureuses… Comme il serait bon, rien qu'une petite minute, bras en corbeille, de tenir maman dans les bras comme la petite fille qu'elle a été, dont elle ne sait rien, et à travers elle d'incorporer toutes ces femmes disparues, qui se sont succédé du fin fond des âges. Ce besoin subit de tendresse à recevoir, à dispenser, rompt les genoux. Bras brisés de ne rien enserrer. De n'avoir à enlacer que soi aux épaules, à la taille, à palper et presser d'une étreinte stérile, refermée sur elle-même comme une chauve-souris apeurée. Cela ne comble pas le besoin de présence matérielle, l'enveloppement d'un corps chaud auquel s'abandonner, duquel s'emparer, elle en gémit. Elle ne veut pas sa mère, ni se tortiller toute nue dans la salle de bains avec Viviane et Leni ; elle veut qu'Antoine soit là, tout de suite. Collé à elle, contre le mur derrière la porte, dès qu'entré comme hier soir. A peine refermée la porte, sa cuisse rude engagée entre les siennes, écrasant ses seins de sa poitrine, pressant ses fesses dans ses paumes, sa bouche happant la sienne, sa langue, ses dents, sa peau, son odeur, empoigner sa nuque et sentir contre son bas-ventre le sien durcir, son sexe comprimé gonfler, défaire alors sa ceinture et le libérer, sans lâcher sa bouche entre ses hanches l'accueillir, sa culotte tirée le fouler contre son mont de Vénus qu'elle ne rase pas, ni ses aisselles, lui non plus. A ce creux fauve, il sent si bon, à l'aine aussi où palpite une petite veine bleue, aider à saillir droit la colonne de cette excroissance étonnante qui se dresse pour elle, d'elle tire sa puissance et sa gloire, elle voudrait bander pareil. Avoir fiché au bas de son ventre un membre aussi beau et solide, d'une érection avancer vers lui, sentir son érection, impérieuse, et la lui tendre, fouir en lui avec cet appendice, elle le sent presque mais c'est complètement mental, imaginaire mais excitant, épuisant, exaspérant, à en tomber par terre derrière la porte, dès qu'entré ils étaient déjà étendus sur le plancher. C'est bizarre d'être allongée là où elle n'aurait jamais eu l'idée de se coucher, le plafond est lointain, le fond du corridor aussi, il fait nuit bien qu'il ne fasse pas nuit, pas encore, pourtant tout s'est obscurci et dilaté autour, perdu aux confins vers lequel elle étire ses jambes tandis qu'elle cambre sous son poids ses reins, qu'elle le repousse, l'attire vers ses seins, qui sont petits, mais des globes lumineux bombés pour l'éblouir de leur orgueil. Des lèvres, il frôle le bouton de café qui bourgeonne entre ses dents. Qu'il le morde, le mange et dévore. Qu'il baise toute place d'elle qu'elle baise de lui, un tel affolement désarticule ton moi et le mien arrimés à la même impatience, colère, brûlure suave, généralisée à tous les endroits crépitants de la peau aimantée, aimante, attachante, baise-moi, prends, donne, viens, d'entraide elle suffoque, en hâte l'accapare dans le fourreau de sa main et le guide mais soudain cela regimbe et fuse, se rend, dans sa paume répandu, ce n'était pas cela ! Il ne fallait pas, pas vouloir, demander, pas le prendre ainsi, se donner si vite, par violence réclamer, elle pleure de peur. De honte, il l'enferme de ses bras, qui tremblent, et demande pardon. Ce n'est pas ce qu'il doit dire, grâce, n'implore pas le pardon de ce que je fais mal au lieu de le bien faire, et tandis qu'il la recouvre, elle continue de jouir seule, à cet endroit où il devait être, longuement le spasme de plaisir appelle, résiste et se précipite, toute seule, pardon. Navrant de regret, déchirant de s'entre-regarder, pourtant apaisant aux yeux fatigués, bienfaisant de s'aimer enlacés sur le plancher, de se consoler et s'entourer comme aucuns bras de mère ne le peuvent, leur giron ni leurs genoux offrir clémence et rémission, et promesse que cela recommence, ne s'assouvit pas des petits baisers promenés en douceur, du long baiser des lèvres apprises, et lentes, il faisait tout à fait nuit.

Pour bien faire, elle n'aurait pas dû céder aussi vite. Normalement, une fille convenable ne se vautre pas sur le plancher avec un garçon, à la première occasion. Elle fait des difficultés, question de tactique, à quoi s'apprécie la concession. S'il croit que je suis une fille facile, tout est perdu. Est-ce que je le prends pour un homme facile, moi ? La facilité est mal partagée. Pour bien faire, il faut s'étudier l'un l'autre. Cela prend trop de temps, la nuit est trop courte, et maintenant il s'agit d'enfiler un préservatif, qui est un accessoire pénible à adapter aux circonstances, sans perdre de vue l'essentiel, qui est de faire semblant de l'interposer par consentement mutuel, de négliger son ingrate apparence d'appareil hygiénique, c'est le seul moyen de s'en servir : n'en user que pour l'amnistier, et l'oublier. Antoine pense qu'à faire l'amour on court le risque d'une conception accidentelle, elle aussi, à cause de Viviane et de ses emmerdements, ils y pensent ensemble. Ce qui oblige à des contorsions communes pour l'étanchéité sécuritaire. On a du mal à hausser la poésie au-dessus de ces contingences, mais le désir n'est pas poétique. Il est sauvage, jaloux, absorbant, et il est ruinant si l'on ne paie d'avance l'octroi, tant que l'on a encore sa tête à soi. Quand les filles auront-elles droit à cette pilule faramineuse qui épargne par magie le préliminaire masculin tristement comique de se couvrir de latex ? Encore que le glisser soi-même n'est pas si désagréable, convient-elle, maintenant qu'elle l'a tenté, qu'il a admis qu'elle y collabore, et même émouvant de le façonner, et gainer, il en rit et pourquoi ne pas en rire, rire tout en s'enlaçant, en se léchant au creux de l'oreille, ce qui donne immédiatement la chair de poule et creuse aux reins un élancement, suspend le souffle fébrile bu aux lèvres d'Antoine. Elle n'ose pas trop le guider une nouvelle fois, mais l'étanchéité le préserve aussi des soudainetés intempestives, il a moins peur de pénétrer trot tôt ou trop tard, il gagne en patience et lenteur ; cette lenteur est d'une bonté à crier merci. Rien que d'y penser, le cœur lui bat aux poignets, à l'aine, il palpite entre les cuisses d'impatience pour la lenteur qu'il y a à se désirer et s'aimer. Derrière la porte qui vient de se refermer sur Leni et Viviane, elle est toute seule, une fille facile à attendre un garçon facile, dans ce petit appartement providentiel dont il a la clé, alors il entre, alors c'est simple : elle est chez elle, ils sont chez eux.

XX

Vendredi 22 novembre

A cette heure, la plupart des congressistes avaient quitté le palais des Expositions ; sans doute étaient-ils déjà attablés dans les restaurants de la ville, satisfaits de cette première journée, très réussie, des assises nationales que l'UNR-UDT tenait à Nice. *A l'américaine*, se vantaient les organisateurs. Une gigantesque croix de Lorraine de néon accrochée à la façade sur velum tricolore, la grande salle aménagée pour la circonstance, avec tribune à quatre étages. Un snack-bar, un drugstore et un bureau des P&T ouverts en permanence, pas moins de cinq mille chaises et deux mille tables pour accueillir les quatre à cinq mille participants répartis dans tous les hôtels de la ville ; avec, outre les transports urbains ordinaires, un service spécial de ramassage en autobus pour leur confort… Le clou : dans l'atrium du palais, une exposition ouverte au public pendant toute la durée du congrès, illustrant les glorieuses réalisations techniques et scientifiques de la Ve République. C'est là que se trouvait le député Guillemot quand lui était parvenue la nouvelle.

Laissant aux agents municipaux le ménage du grand hall, jonché de tracts et brochures, préfacées par Baumel, cendriers pleins, gobelets de carton, il s'était cru obligé, n'en ayant eu le temps de la journée, disait-il, de faire un tour de l'exposition avec quelques rédacteurs de sa motion, comme lui attardés sur les lieux. Après avoir admiré les maquettes en acier des fusées *Diamant* et *Rubis*, bijoux de la Nation ; les cartes et graphiques décrivant le bilan de l'industrie nucléaire française, dont la station spatiale de Pleumeur-Bodou, ils avaient arpenté en vitesse les stands de la Santé publique, de l'Education, de l'Agriculture ; ils venaient de tomber sur l'une des curiosités de l'exposition : le modèle réduit d'une tour de télévision haute de sept cent vingt-cinq mètres, conçue par les frères Polak, architectes d'avant-garde. L'audacieuse cigarette fuselée aux trois pattes trop grêles, deux fois la tour Eiffel, un tiers plus haut que l'Empire State Building, la folie des altitudes, faisait impression, mais on disait déjà le projet trop coûteux. Impossible à implanter dans Paris, même à la Défense ! Déjà, on envisageait que les satellites de communication rendraient ces tours obsolètes. Martin y jetait un coup d'œil torve. Il était las, étourdi de bruit et d'agitation, une concentration de tout le jour, accaparé par les uns et les autres entre deux séances plénières dans le grand hall glacé, et mal insonorisé, les discours, les préparatifs des motions. Quand retombe l'effervescence, elle vous laisse dans cet état d'accablement, migraine, gueule de bois. La nouvelle était portée par un secrétaire de la section du Nord, par quel zèle tardif l'oreille collée au poste de radio dans un coin du palais, qui accourait, égaré, content de trouver des gens, n'importe qui, avec qui partager sa stupeur : Dallas, décapotable, treize heures locales, John Kennedy, tireur fou, balle dans la tête… L'électrochoc n'était pas immédiat, l'effet de surprise prenait un temps retard. Ils se consultaient du regard, testant son cheminement sous les fronts, évaluant l'énormité du fait, de ses conséquences, questions en suspens : pourquoi, comment, qui, que sait-on de plus, un canular, est-ce possible ? Un assassinat ! Ils s'étaient précipités au quartier général de la presse, installé derrière la tribune, à cette heure désert sauf deux techniciens de télévision en train de ranger du matériel qui, abasourdis, avaient obtenu la connexion avec Cognacq-Jay, confirmation de la nouvelle : interruption du programme, une demi-heure plus tôt. Aucune image encore. A Paris, dans l'attente de précisions, ils se battaient les flancs, occupaient l'antenne de commentaires oiseux.

Resté en retrait du groupe, qui se perdait en conjectures inutiles, et s'attardait, soudé par le choc, Martin Guillemot se taisait. Lui était d'abord venue à l'esprit, à cause de la maquette insensée des frères Polak, une vision de la Terre plantée de semblables tours à trois pattes, fabuleux insectes émergeant des nuages et crépitant d'ondes en toutes directions, comme dans les romans de Jules Verne de son enfance ; la Terre bleutée, drapée de filaments célestes, parcourue dans sa rotation par le frisson planétaire de la nouvelle extraordinaire, étendu jusqu'au fin fond des deltas, des jungles, des mégapoles, des déserts : le président des Etats-Unis a été assassiné ! *La Guerre des mondes*, l'invasion des extraterrestres de Wells. La Troisième Guerre mondiale, demain matin. La bombe atomique. Immédiatement après, il avait éprouvé une espèce de satisfaction sauvage, qui effondrait en lui la tension du jour. Qu'à ce personnage à la tête du plus puissant Etat du monde, à cet homme au sommet de tous les pouvoirs advînt la mort, une balle logée dans le crâne, lui apportait une sorte de dédommagement personnel, absurde. Un soulagement insolite, effrayant dans sa démesure, son indécence ; qu'il refoula, sans y renoncer. Conscient de la folie d'une telle pensée, assouvi de l'avoir conçue. Puérile, désastreuse, basse, et pourtant proportionnée à son besoin de réparation immédiate ; déshonorante mais bienfaisante qui, il ignorait de quelle manière, le payait de son anxiété, desserrait l'étau d'angoisse qui l'oppressait depuis son départ de Paris.

Il était monté dans le train excédé par l'obligation qu'il se faisait d'aller à Nice, mais avait-il le choix ? Des ministres en étaient, des caciques du parti, de grosses pointures, Chalandon, Caille, Vallon et Hamon, et Debré, Malraux… Un tournant décisif s'annonçait ; impensable de ne pas assister à la convention. Rester à Paris ? La pire des choses, l'aveu public que l'y retenait une raison grave, qui ne manquerait pas d'exciter la curiosité. S'excuser d'une maladie, il y avait songé. Une grippe, une foulure, cela arrive. Mais dix bons apôtres se seraient enquis de son état de santé, intrusifs, suspicieux quant à sa faculté à assumer un haut poste au gouvernement, rumeur et clabaudages. Quant à arborer le deuil, exhiber à sa boutonnière les deux décès récents, les ajouter à ceux de septembre, juste au moment de ces assises nationales : une catastrophe. Il fallait faire bonne figure, ne rien montrer ; c'était épuisant, révoltant. Mais plus encore que sa colère, l'angoisse, massive. Il en sentait l'assaut physique, compact, dans les parages une densité offensive qui raréfiait l'air, abaissait les plafonds, rétrécissait les cloisons du compartiment de train, de sa chambre d'hôtel. Dans l'immense hall, à plusieurs reprises, il s'était senti assiégé, au bord de l'asphyxie, horripilé à l'idée d'un contact, de serrer une main, d'être touché par quiconque. Et Dieu sait si, dans cette foule, il y en avait à l'aborder, à s'autoriser des embrassades fraternelles. Sa bonne fortune courait sous le manteau, les bons amis se pressaient déjà au comptoir, serviles, d'une jovialité répugnante. Ce dont il devait jouir, à quoi il avait droit, s'avérait un supplice.

A sa montre, l'aiguille avançait à une lenteur anormale. D'une pulsion idiote, de quart d'heure en quart d'heure, il en torturait le remontoir, jusqu'à en bloquer le mécanisme. Furieux de ce désordre, impuissant à le maîtriser, submergé par une frayeur sans nom que la fébrilité de la foule en transe, applaudissements et rodomontades de comice agricole, exaspérait, il ne pensait plus qu'à fuir, se retrouver seul. Surtout ne pas s'infliger un dîner en compagnie, dans quelque restaurant gastronomique, tournées d'apéritifs et toasts enthousiastes, il en avait la nausée. Il était seul, il voulait l'être, il le serait dans quelques minutes, profitant du désarroi de ses compagnons pour s'éclipser. Si quelqu'un avait envie d'aller faire la fête, après une telle nouvelle…

— Vous vous sentez bien, Guillemot ?

Il avait sursauté à cette question de son voisin, excessivement proche, son visage contre le sien, son haleine chargée d'amertume, infecte. Dans la vitre bleuâtre du studio, il avait rencontré son image déformée, vidée de couleurs, blêmie par l'éclairage au néon, mais les autres n'y avaient pas meilleure mine, eux tous lamentables, des ectoplasmes agglutinés dans ce bocal exigu.

— Nous sommes tous bouleversés. Cette nouvelle est effroyable, murmurait l'un d'eux, en guise d'excuse à la pâleur du député.

Faible commentaire, semblable à ce qui devait déjà s'échanger, déjà se propager de tables en tables, dans les bars d'hôtels où fusaient les expressions consternées ; chacun allait traîner tard pour tourner et retourner cet événement inouï, chacun paradant en sentences imbéciles, réduit à son indigence intellectuelle et politique pour évaluer dans l'instant le bouleversement considérable de l'assassinat du président américain. Déjà prévenu, sans nul doute, de Gaulle avait dû réagir, Couve de Murville,

Chaban-Delmas ; dans toutes les capitales, les chefs d'Etat sortis de leur lit, les ambassades, les rédactions du monde entier… Ici, ils étaient ce petit groupe médiocre, terrassés par la nouvelle, plus idiots que des écoliers. Des élus du peuple, les représentants de la nation, issus des couches de la société où se cooptent les élites, et rendus à leur inaptitude foncière à penser plus loin que leur circonscription, que leur intérêt immédiat, leurs calculs étriqués ; imposteurs. Prétentieux pantins bardés de fumeux diplômes et de décorations, hissés aux postes honorifiques, présidents de sociétés lucratives, magouilleurs. Il s'incluait dans ce dégoût, rageant de se trouver parmi ceux-là et de leur espèce, échantillon de hasard que la visite tardive fédérait. Rien ne les unissait. Seulement de se trouver là, ce soir, confrontés à leur incompétence, évitant prudemment d'exprimer de quelque manière le retentissement intime de ce cataclysme ; sans doute d'aussi inavouables sentiments que les siens, infirmes, mesquins, avilissants. Il avait enfin réussi à les quitter, refusant de prendre avec eux le dernier autobus circulaire au prétexte, disait-il, que marcher un peu, s'aérer, l'aiderait à réfléchir à la motion du lendemain : il fallait bien y penser ! Le congrès n'allait quand même pas interrompre ses travaux…

Marcher lui avait fait du bien. Dans la nuit piquetée de lumières, la ville inclinait vers le port, il avait ralenti le pas sur la promenade des Anglais, rafraîchissant son front moite à la rencontre de la brise humide qui venait de la mer, étonnamment douce en cette saison. Les palmiers balançaient en crissant, le petit ressac des vagues proches rythmait sa marche solitaire, il avait retrouvé un semblant de calme. Qu'aurait-il fait de plus à Paris, sauf ressasser, tourner dans sa cage ? Finalement, Nice n'était pas si mal. Ce matin, la cérémonie d'ouverture avait de l'allure. Levée des couleurs de la France libre par Clostermann, au son du clairon, en présence d'une trentaine de compagnons de la Libération… Tous debout, unanimes. Identifier le gaullisme à la France, voilà l'objectif. Réussir là où a échoué le RPF, le *rassemblement* de tous les Français autour du gaullisme. Beaucoup reste à faire : malgré les chiffres, le nombre des militants, des élus et électeurs, fièrement affichés à la façade du palais, il y a des zones faibles. L'absentéisme, dès aujourd'hui, dénonce l'implantation imparfaite. Il est vrai que, au contraire des derniers congrès, Bordeaux et Strasbourg, celui-ci fait peu de place aux militants, que rebutent les débats de commissions, hautement techniques. Une manière de les tenir à l'écart, d'éviter les dissensions ; comme à Bordeaux, sur la question algérienne. En contrepartie, on leur a concédé une commission de plus, sur les départements d'outre-mer, sur les problèmes agricoles… Ils boudent, mais se presseront plus nombreux demain, à l'affût des dernières informations, excités par cet événement stupéfiant, consternant. Ils seront là le soir, pour le discours de Frey, et dimanche pour écouter Debré, Malraux, et Pompidou. En prime, ils auront les invités de prestige, l'architecte de Brasília, et Romain Gary. Des sportifs célèbres, les cyclistes Aimar et Bazire, le tennisman Grinda. Que n'a-t-on invité aussi ce Johnny Hallyday, en *guest star* rock'n' roll ?… Convention *à l'américaine*, jusqu'au bout !

Il se rengorgea ; content de retrouver son alacrité. Revint à l'essentiel, la question du jour : l'orientation de politique générale, la cohésion autour de De Gaulle. Mettre en valeur la volonté réformiste au présent, réduire l'opposition, la museler, y compris par la reconnaissance du fait syndical… Cette fois, les rapporteurs sont majoritairement de jeunes cadres, la relève gaulliste, nouvelle génération des quadragénaires… Mais Baumel sera reconduit secrétaire général du comité central, continuité oblige. Ce tour d'horizon le rassérénait. Il se rétablissait dans l'ordre des choses, l'affreuse obsession des derniers jours refluait. La mort de Kennedy se reconfigurait dans le paysage nocturne comme l'un des facteurs actuels à prendre en compte, certes de grande envergure, gravissime, soit. Mais l'un de ces aléas de la vie internationale, que digérerait le temps. Le temps digère tout. Il recouvre les traces, vague après vague. Tout doucement, sans faire de bruit, la mer efface sur le sable... Les feuilles mortes !... Ce refrain surgi à sa mémoire raviva son malaise. Il détestait *Les Portes de la nuit*, mélodrame poisseux où Montand chantait la chanson de Prévert. Bussières et Carette en braves prolos, résistants évidemment. Le bourgeois, véreux, évidemment. Racolage populiste. La nuit tragique, les petits matins blêmes... Facile de moudre le Destin à l'orgue de Barbarie. Les collaborateurs démasqués, Reggiani en petite frappe, Brasseur en ordure cynique, cette bonne conscience d'après-guerre qui triait les bons des méchants... Facile, après coup, de faire tomber le couperet. Ils étaient des cents et des mille, dans les travées du palais de Nice, à n'avoir été ni des ordures, ni des anges. A avoir navigué à vue, tiré leur épingle du jeu, chacun dans son coin. Et même ceux qui portent leur héroïsme au revers, Malraux le premier. Il ferait beau voir d'y regarder de plus près... Mais on a tourné la page. Le *rassemblement*, voilà ce qui importe. Unis, solidaires, tournés vers l'avenir. L'œil vissé au rétroviseur est mortel. Mortels la rumination du passé, les souvenirs à la pelle, et les regrets aussi... Les amants désunis, dans la nuit froide de l'oubli... La vie sépare ceux qui s'aiment.

Des larmes lui étaient montées aux yeux, aveuglant la promenade, brouillant lauriers et palmiers, en un étincellement liquide noyant toutes les lumières urbaines. Il tomba sur un banc, enfouit son visage dans ses mains envahi par la sensation affolante, le spasme de déchirant chagrin broyant sa poitrine, cherchant aux tréfonds un sanglot introuvable, de ceux qui le secouaient, enfant ; il en avait oublié la violence. Seul dans un couloir de la maison paternelle, à Genilly, seul au fond de son lit froid où ses jambes se recroquevillent, têtard misérable, la détresse immense de sa déréliction, l'emprise écrasante d'un abandon, d'une injustice inamendables, que personne au monde ne consolerait. Sauf une mère surgie du bouillon odorant de sa robe, ses tendres bras refermés sur lui, un fantôme cruel dont l'approche se refuse, et fuit, et disparaît… Il pleurait ce temps-là, où la vie était plus belle et le soleil plus brûlant qu'aujourd'hui, il pleurait les amants désunis, les caresses perdues de Lucile, davantage encore les amours d'antan, la jeune Betty, fiancée émouvante, je t'aimais tant, tu étais si jolie, aussi les enfants tout petits dont les bras graciles montaient à ses jambes, leurs menottes tendues, toute cette jeunesse enfuie, la leur, la sienne, tout doucement, sans faire de bruit, l'implacable marche du temps qui n'efface aucune des traces, souvenirs ni regrets et si grande était sa tristesse dans cette ville étrangère de Nice, échoué sur ce banc comme le plus déshérité des malheureux, le dernier des hommes, qu'il en eut un rugissement animal. Effrayé de l'avoir poussé.

— Vous allez bien, monsieur ?

Pour la deuxième fois de la soirée, cette question. Celle qui la posait, apitoyée, compatissante, tenait son caniche en laisse. Descendue de quelque hôtel ou appartement du front de mer, ou d'un yacht pour le faire pisser ; une espèce d'épouvantail de foire. Vieille carne fardée, bigoudis sous le foulard, empestant un parfum de luxe. Tous colliers et bracelets d'or pendouillant à sa chair faisandée, déguisée en marinière, pull rayé et sandales lamées, elle se penchait vers lui ; il en eut un haut-le-corps.

— Kennedy a été assassiné, aboya-t-il, furieux.

Aux yeux de chouette qu'elle ouvrait, elle n'était pas encore au courant.

— Une balle dans le crâne, ajouta-t-il avec délectation, et il tourna les talons.

Une balle dans le crâne au premier qui approche de trop près. La liquidation un à un des siens, cette offensive mortelle autour de lui, contre lui, il ne laisserait pas à son auteur le temps de la mener jusqu'à sa personne. Il n'était pas n'importe quelle épave à s'écrouler sur un banc et gémir sur son sort. Il avait des appuis, des relations, des amis. Quels que soient leurs motifs, des amis. C'est-à-dire des alliés, des partenaires coalisés par l'intérêt commun, le pouvoir politique. S'il était une cible, bien au-delà de sa personne, le tir touchait leur communauté tout entière. Un corps collectif dont il faisait partie, organiquement. Il avait bien fait de venir à Nice, parmi les siens. Nulle part au monde il n'était mieux à l'abri qu'ici. Et soudain, il vit venir vers lui, mais c'était une hallucination simple, à cette heure impossible qu'un gamin de cet âge se promène tout seul sur la promenade des Anglais. C'était une frêle créature, en culottes courtes découvrant ses genoux cagneux, si vieille figure mangée par d'immenses yeux implorants, qui venait vers lui avec une assurance proprement terrifiante. Johnny, pensa-t-il. Il n'avait vu cet enfant que de rares fois, ne l'aurait pas reconnu à le croiser dans la rue. Mais, il en était certain, c'était Johnny. Pas un des enfants de Sabine, pas les petits endiablés du mariage, riant et jouant à des rondes sur le gazon. L'enfant méconnu, ignoré, négligé, ce rejeton excédentaire dont l'existence l'indifférait, qu'il n'avait pas une seule fois pris sur ses genoux ; il en éprouvait un remords suffocant. Ou bien, c'était Jean-Marie. Son petit garçon méprisé, oublié, tel qu'il avait dû être autrefois, avant de devenir cet adulte inconsistant, objet de sa hargne. Ou bien, c'était John Kennedy enfant, échappé de son âme mourante. C'était un autre encore. Un enfant remonté de son souvenir, qu'il avait croisé dans un escalier, en un temps aboli de toute mémoire, un garçonnet tourmenté, perclus de sévices, de faim, cet air de bête acculée, dangereuse, aux immenses yeux de haine qui ne s'abaissent pas, qu'aucune menace ou promesse ne ferait se baisser. Devenait-il fou ? Arrêté au milieu de la jetée, épouvanté, il fixait cette place, vide, où le vent éparpillait mollement les grandes feuilles d'un journal périmé.

Tante Bertille tendait son cou de poule déplumée vers l'écran bleuté, agacée par les journalistes qui se succédaient pour commenter la nouvelle. Extraordinaire, puisque les programmes en étaient interrompus : *Sept jours du monde* supprimé, *Jeunesse oblige* aussi, mais elle s'en moquait. Pas de *A vous de juger*, à 21 h 35, mais, au train où l'on allait, l'émission ne serait pas diffusée non plus. Ce Kennedy était mort, soit. Il ne l'intéressait pas tellement. Sa jeune épouse, oui. Très élégante, ses perles, ses bibis, aussi jolie que les présentatrices françaises. Française, elle l'était d'ailleurs, Bouvier par sa famille. Son sourire avait été comparé à celui de la Joconde, quand M. le ministre Malraux avait prêté le tableau aux Américains… On la voyait au côté du général de Gaulle, de Khrouchtchev… D'évidence, le cirque allait continuer, sans suite et sans fin, et Martin n'était pas là pour lui expliquer ce qui se passait. De ces filles, rien à tirer. La garde avait appelé la bonne, et la cuisinière, elles avaient accouru, à présent toutes les trois fixaient le poste de télévision, passionnées par ce qu'elles contemplaient, sans s'occuper d'elle, totalement délaissée. Si Martin avait été là... Elles en prenaient à leur aise : en son absence, le dîner était expédié, service rapide. Abigael couchait Betty une demi-heure avant l'heure. Vaisselle torchée, elles avaient du bon temps pour leurs soirées, à papoter et fumer dans la cuisine, jusqu'à la fin des programmes, jusqu'à l'horloge en escargot cosmique, neige électrique. Quand ces péronnelles se souvenaient enfin d'elle, elle dormait déjà, oubliée dans son fauteuil.

— Eteignez le poste. Je veux me coucher, réclamait-elle. Je veux ma bouillotte.

Mais les jeunes filles ni sa garde ne l'écoutaient, elles suivaient la biographie improvisée du président américain, Fidel Castro sur l'île de Cuba, des Nègres, Kennedy en militaire, avec sa minerve, en civil dans les campagnes électorales, toutes ces images en vrac, extraites des archives en hâte. Celles d'une foule massée devant l'ambassade des Etats-Unis à Paris, sous les caméras de la RTF, des gens en pleurs dans la rue... Les filles buvaient la parlote, elles s'installaient, définitivement assises, qui en travers d'un accoudoir de fauteuil, qui sur un coin de table. Elles allumaient des cigarettes, sans plus se gêner ! Résignée, tante Bertille se pelotonna dans son châle, menton tombé sur le sternum, dodelina, et s'endormit tout à fait.

— Alors, tu es contente ? Flinguer Kennedy, c'est un bon début, d'après toi ?

A cette apostrophe moqueuse de Christine, Leni ne daigna pas répondre, elle se roulait une de ses petites cigarettes. La nouvelle s'était répandue dans la soirée, noyée dans l'agitation du vote, reprise en petits groupes, déjà conflictuels sur ce qu'il fallait en penser. Elles quittaient le local des étudiants, lasses d'attendre les résultats du scrutin. Dans l'après-midi, elles avaient assisté à l'AG de l'UNEF, houleuse, combative, encore électrisée par les incidents de la veille : deux cours, d'anglais et d'histoire, inscrits à la même heure dans l'amphithéâtre Richelieu archicomble, collision, indescriptible désordre. Dans la confusion totale, une manifestation spontanée avait réclamé à cor et à cri l'intervention du doyen, en vain. Des haut-parleurs avaient été portés pour rameuter les propédeutes, les décider à la grève. Votée à cette heure, mais quel embouteillage ! Ici et là, la consultation était interdite par les doyens ; sauf à la Sorbonne, où elle s'était tant bien que mal tenue dans le local syndical, avec urnes démocratiques et contrôle des cartes d'étudiants. Le dépouillement n'était pas terminé, mais d'ores et déjà on évaluait le succès : approbation à 80 % de six jours de grève, en lettres et en sciences. Deux jours en droit, médecine et pharmacie ; dans les classes préparatoires aux grandes écoles, seulement le vendredi 29, jour du grand meeting. Durant toute la semaine, seraient ouverts des "cahiers de revendications" rédigés par étudiants et enseignants, des colloques organisés sur la réforme de l'enseignement. Depuis des semaines que couvait la contestation, cela prenait enfin tournure. Toutes les prévisions du IVe Plan s'avéraient scandaleusement dépassées par l'afflux des étudiants, manque criant de locaux, cherté de la vie, pénurie de place en cités et restaurants universitaires, dégradation générale des moyens, toujours moins de 10 % d'enfants d'ouvriers dans les facs, toutes disciplines confondues, et encore le transfert des pouvoirs des recteurs aux préfets ! La coupe était pleine. Demain, la grève. Ce soir, Kennedy était mort. Cela douchait un peu. Dans les rues, le trafic restait ordinaire, rien ne signalait cet événement qui ébranlait l'équilibre international, peut-être la paix. Elles s'acheminaient vers le Studio Saint-Séverin pour voir *Main basse sur la ville* à la séance de nuit. Elles avaient laissé Viviane prendre son bus rue des Ecoles : celle-ci avait sommeil, elle sombrerait avant la fin du générique. Elle s'endormait tout le temps, n'importe où. Je couve, disait-elle, mimant l'air extatique d'une poule pondeuse. Alex était reparti à Londres, elle avait l'appartement à elle seule pour y faire son nid : salut, les filles.

— Un attentat en pleine ville, sous les yeux de milliers de personnes, c'est quand même gonflé !…

— Méthode de la CIA. *But who killed Norma Jean*, d'après toi ? Marilyn Monroe, ils l'ont liquidée pareil. Même signature.

— Toi, tu as trop vu de films américains…

— Exact. J'en vois, histoire de prendre la température. Le cinéma en dit long sur les mœurs et le mental d'une société. Et n'oublie pas que, avec l'armement, c'est la pompe à finances de leur mafia et de leurs politiciens.

— Crois-tu qu'ils auront supprimé Kennedy parce qu'il voulait se retirer du Viêtnam ? Il pratiquait la détente avec l'URSS, tentait Christine, qui s'était mise à lire les journaux, à l'instar de Leni.

— Sûr qu'on va épiloguer là-dessus, crier au complot… Mais je te parie mon bonnet qu'on ne connaîtra pas le mot de la fin. Aux abris ! Vois qui est dans la file !…

Devant le cinéma, il y avait Caton, le triste sire avec son triste cartable, et quelques-uns de ses amis de l'UEC, en mêmes imperméables gris.

— Ils ont déjà les gueules de ce qu'ils sont. Mentalité de flics. Viens, on prend la tangente…

Elles obliquaient vers la Seine, tant pis pour Francesco Rosi, il attendrait un autre soir. Mais, depuis quelque temps, Christine n'était plus tellement libre. Elle travaillait, disait-elle. Elle lisait les livres du programme, elle bûchait pour compenser son handicap… Après toutes ces années de vagabondage, elle avait besoin de se mettre à jour.

— Antoine t'y aide un peu ?

Leni lui bourrait les côtes de coups de coude, sa façon d'être affectueuse. D'où tenait-elle cela ? Ce n'est quand même pas écrit sur la figure…

— C'est écrit, décrétait son amie, si rieuse que Christine en était vexée.

Elles restaient au carrefour, indécises, à taper de la semelle dans le courant d'air.

— Bon, si on ne va pas au cinéma, je vais faire une descente à l'hôtel Mabillon. Erich Fasslander ne va pas tarder à rentrer de Bobigny, je vais l'attendre au bar. Mon petit camarade d'école m'intéresse… Je vais lui demander des nouvelles du pays. Tu viens avec moi ?

Non, Christine n'avait pas envie de faire la connaissance d'Erich Fasslander, de traîner au bar de son hôtel jusqu'à pas d'heure pour l'écouter vaticiner avec Leni. Antoine rentrait vers minuit, d'un ciné-club à Gennevilliers. Il aurait été préférable, très diplomatique qu'il trouve l'appartement vide. Qu'il sache qu'elle vit sa vie indépendante dans la ville la nuit, vaque à ses occupations syndicales, en femme militante libre de son temps, qu'elle va au cinéma si ça lui chante, pas du tout inféodée, sans concession ni joug qui tienne. Stratégie sentimentale stupide. Elle gaspille un temps fou. Christine n'avait qu'une hâte, courir rue Buffon, prendre une douche et se couvrir de crème qui donne la peau douce, en peignoir de bain préparer un gratin de macaronis avec du jambon de Parme, attendre le clic de sa clé dans la serrure, tomber en pâmoison au bruit de ses pas. Reddition sans condition, qu'on en pense ce qu'on voudra à Dallas, Texas.

Camille avait appelé New York, onze heures du soir, plein après-midi là-bas, et Gabrielle avait aussitôt décroché, sa voix était si proche qu'on l'eût crue d'une voisine du quartier. Non, elle ne savait rien de plus que ce que, tous programmes suspendus, y compris la publicité, la télévision donnait d'informations depuis le début de l'après-midi, en boucle les mêmes images de la descente d'avion, de l'accueil par le gouverneur Connally à l'aérodrome de Dallas, le soleil, la foule, des photos du parcours de la voiture dans les avenues. Mais surtout, sur WFAA, une chaîne de télévision locale retransmise à New York, Jay Watson, le présentateur-vedette, interviewait dans ses studios un témoin direct, accidentellement sur place, qui avait filmé avec sa caméra d'amateur le moment précis de l'impact. Tout est dans ma caméra, prétendait-il ! Mais la chaîne n'avait pas le matériel pour développer le film. En l'absence d'images, ce Zapruder occupait les programmes, nul doute qu'il négocierait très cher son film. A moins que celui-ci ne lui soit confisqué par le FBI, ou la CIA, sur les dents ; la vieille rivalité s'exerçait déjà… Cette mort spectaculaire ne semblait pas avoir bouleversé Gabrielle outre mesure, ce qui rassurait Camille. Elle-même, encore sous le choc, reprenait ses esprits à entendre sa voix paisible. Avant d'aller se coucher, elle avait machinalement allumé la télévision, avait aussitôt appelé Mme Lemoine, qui se faisait une fumigation d'eucalyptus à la cuisine, et l'on ne savait ce que celle-ci recueillait dans son mouchoir d'émotion ou d'épanchement sinusal ; elle hochait la tête sans manifester davantage, immunisée désormais devant les drames du monde comme ceux de la rue, elle en avait eu son lot.

— Vous ne devriez pas rester là, marmonnait-elle. Vous n'y changerez rien

En effet. Camille avait éteint le téléviseur, et téléphoné à sa mère. En l'absence de Melville, c'était la seule compagnie dont elle eût besoin à l'instant, sa voix rauque et pressante à l'oreille, son souffle repris au bord de la lèvre, et le battement de son cœur lointain, qu'elle fût vivante et toujours vers qui se précipiter, comme autrefois courir vers elle et se jeter dans ses jupes, respirer éperdument son odeur, son parfum de jasmin, étreindre sa taille de jeune femme et y enfouir son visage ; alors, rien de mal ne pouvait arriver. Tout le mal était arrivé. Tant de malheurs, depuis ce jour où Gabrielle était parue dans sa vie, ce soir d'automne au Mesnil où elle l'avait enveloppée de son châle, conduite dans sa chambre et lui avait montré au ciel une étoile toute blanche, palpitante, résistante. *Regarde, Millie, vois-tu cette étoile, bien plus grosse que les autres ? Il suffit de la regarder parfois, pour ne pas se sentir seul. Je t'ai attendue en la regardant...* Elle avait cru ce mensonge, qui était une vérité. On peut attendre qui l'on ne connaît pas, vouloir son existence et la prendre en charge. Sur son dos la porter, adopter son poids immense, en faire raison de vivre et dispenser l'amour, ce bien indu offert en toute gratuité. Si cette femme n'était pas parue, que seraient-ils devenus ? Pour eux tous, elle avait été la grande réparatrice, celle qui renoue les fils rompus et rassemble les morceaux brisés, les recolle à toute force, comme ceux de la tasse cassée de grand-mère, que Camille gardait, avec la tresse des cheveux de Magda. Comme elle gardait en talisman la petite bague bleue donnée par Gabrielle un soir de Noël, toujours à son doigt. Issue de si loin dans le temps de l'histoire, elle l'avait perdue, et puis retrouvée, sa sœur, sa semblable, sous la table d'une cuisine de banlieue, à Budapest...

Cette petite fleur d'émail bleu est un bijou de pacotille sans aucune importance. Un tel objet ne prend existence et valeur que par ce qui le purifie ; son prix se transcende par ce qui, à travers lui, s'accomplit d'humanité, alors tout ceci prend poids, amplitude et réalité, que n'a pas la réalité, par le plus beau et plus puissant langage, qu'articule l'amour. Son insignifiance peut être dénigrée ou blâmée, mais étant admis que cet objet est une toute petite chose, infime, négligeable, et aussi, en fin de compte, sans espoir demeure un effet de l'imagination, appartient au *sentiment*, c'est de cela que nous vivons. Où Gabrielle trouvait-elle cette force vitale et régénératrice ? De ne pas en user seulement pour elle seule mais de la dispenser autour sans l'épuiser jamais, sans désespérer qu'elle n'inverse le malheur ou n'empêche son ravage, car rien n'avait été évité des drames et des morts. Mais, de tout cela, Gabrielle ne pouvait être tenue pour comptable, pas plus qu'on n'incrimine une œuvre d'art de ne corriger les affreuses symétries du mal, une cantate de Bach ou une Vierge de Piero della Francesca de rester impuissantes à en exorciser l'entreprise de désespoir. Au contraire même, elle pouvait en être gratifiée, sur un plan plus élevé où les sens et l'intelligence échouent à l'appréhender, cet impouvoir vainqueur de lui-même est porteur de joie, pour ne rien dire de l'exultation, d'une beauté, plénitude et rayonnement qu'en qualité le mal ne peut atteindre dans sa négativité.

C'est ce que Camille entendait dans la voix de Gabrielle, lointaine et si proche, incluse à son oreille et y répandant ses ondes bienfaisantes, résonnant dans le labyrinthe secret comme dans les cavernes des bords de mer bat le pouls des marées toutes-puissantes, peu importe ce qu'elle racontait. Ce qu'elle disait à présent, de son plaisir d'être finalement allée avec Camille chez Dora, cet été, d'y avoir passé ce séjour entourée des êtres les plus chers au monde, sa fille, et sa vieille amie, la grande pianiste polonaise. Si Gabrielle n'avait convaincu celle-ci de fuir Paris, et l'Europe, dès 1939, celle-ci s'inquiéterait-elle aujourd'hui que, dans son jardin, les abeilles dépérissaient soudain ? En raison, prétendait-elle, des insecticides répandus dans les champs alentour, dire que nous respirons ces poisons… Mais Gabrielle enchaînait, réclamant des nouvelles de Théo. Camille n'avait de récentes que celles de son dernier échange au téléphone avec Mildred. Il était plus serein, maintenant que William avait quitté la maison, emporté son piano et s'était installé à Londres. Il rédigeait, il travaillait à son livre. Encore que, livre, il le serait peut-être un jour, mais depuis tant d'années restait à l'état de brouillon, sans cesse repris et augmenté… Une entreprise totalisatrice qui devait éclairer l'occulte logique du monde, en révéler les arcanes… Mildred était d'un inébranlable optimisme, à ce sujet et sur tout autre, tellement égale d'humeur, et stable, trouvant entre ses aquarelles et ses sœurs un équilibre dont Théo avait besoin pour y puiser le sien.

— Tu vois bien, disait Gabrielle, nous étions si anxieux de savoir ton frère sous les bombes, pendant le blitz, mais Mildred veillait. Entre deux calculs algorithmiques et deux bombardements, il lui contait fleurette dans les ruines. Il n'était pas si malheureux…

Sa voix riait. Et c'était vrai, des malheurs toujours sortait un bonheur, pour peu qu'on prenne la peine de le connaître comme tel, quand il se présente. Gabrielle avait aussi vu Carson, sur Broadway Avenue, disait-elle. Sa jeune nièce l'avait invitée dans un snack pour lui annoncer sa grande nouvelle : elle avait été approchée par Richard Carr, l'ami d'un réalisateur qui, déçu de ses projets avec United Artists, voulait revenir au cinéma indépendant ; un nommé John Cassavetes. Connais-tu *Shadows*, et *Johnny Staccato*, tante Gabrielle ?

— Et toi, connais-tu ces films, Camille ? Nous avons tort : d'après Carson, ce sont des œuvres formidables !...

En tout cas, celle-ci était fort engouée du cinéaste, qui lui offrait le rôle de sa vie, pas moins. D'autant ravie que son *boyfriend* de Harlem enregistrerait sans doute la musique du film. Une chance magnifique se présentait de sortir enfin de l'anonymat où la cantonnait ce qu'elle avait tourné jusque-là, bonne occasion de changer son nom d'actrice : elle choisissait Gabrielle Harrison. Gabrielle consonnait mieux que Carson, donnait à son image un petit air français, prisé dans les milieux artistes, et c'était le nom de sa tante chérie, qu'aimait tant Daniel Galay.

— Mon père t'adorait, il en serait très heureux. Ton prénom, et le nom de maman. Me voilà couronnée ! Cela va me porter bonheur. Tu veux bien, n'est-ce pas ?

Emue par cette déclaration touchante, par son enthousiasme juvénile, elle avait fêté ça au Coca-Cola et mangé avec elle un de ces horribles hot-dogs au ketchup. Carson ferait le voyage avec elle, en février, elles arriveraient par le même vol pour se rendre à Galway, *via* Londres. Camille croyait-elle vraiment que Théo serait si heureux de cette réunion familiale nombreuse, lui qui tenait tant à sa paix et à son silence ? Il le serait. Si Mildred le projetait, c'est qu'elle saurait s'y prendre pour que tout se passe bien, fions-nous à elle.

— Nous n'avons été réunis de si longtemps... Christine parle d'y venir en compagnie, avec trois ou quatre jeunes gens de ses amis... Pour une fois qu'elle a des amis ! Mais William les connaît, je crois. S'ils sont de trop dans la maison, Mildred leur trouvera bien un hôtel proche...

— Comment va ma Christine ?

Christine allait bien. Elle était finalement inscrite en philo, cette année, après avoir songé au droit ; il semblait que cela lui convenait. Il semblait qu'elle était très occupée. Elle était venue à une représentation de Louis, *Maître Puntila et son valet Matti*, escortée d'amis, mais Camille ne l'avait pas vue dans cette foule, seul Melville les avait croisés… En réalité, elle n'aurait su en dire plus, un petit pincement au cœur de réaliser combien Christine se tenait éloignée, ou elle de sa fille.

— Et Lucien est rentré ! Définitivement, cette fois. Un poste d'agronomie, une maison dans le Perche, des projets…

Elles avaient bavardé un moment, négligeant l'assassinat du président des Etats-Unis pour tenir la chronique des petits faits du jour, sans aborder les questions sous-jacentes, sans aborder les vrais sujets, trop graves pour être confiés aux ondes téléphoniques. Pour cela, il faut la présence incarnée, les mains jointes, le secours des regards. Elle n'avait pas dit à sa mère ce que Lucien avait appris de Sophie en Argentine. Ni parlé de l'avancement de sa fondation Simon-Lewenthal. Ni de Melville, qui s'absentait beaucoup en ce moment. Camille ne disait pas à sa mère ce qui avait bouleversé sa journée. Bien plus que cet événement du soir, dont les conséquences étaient incalculables, mais, si stupéfiant, si catastrophique fût-il à l'échelle du monde, il était sans commune mesure avec ce qui, dans le vide de cet après-midi, avait soudain traversé son esprit, à la vitesse des éclairs, leur déchirante clarté de soufre. *TA clé PREMIÈRE fois N'oublie jamais cette DATE…*

Melville l'avait tant conjurée de *lire* ce billet ; de le lire vraiment… Non comme on court à la surface des mots, en les prenant pour d'ordinaires vocables, à peine identifiés que lâchés pour le suivant, enjambés d'un œil qui se hâte à la ligne suivante ; dans cette légèreté, ou méprise, dans cette précipitation toute lecture vole à son horizon chimérique, y compose sa propre partition, entachée d'infidélité, de trahison. Pour accorder à la lecture la patience des déchiffrements, il faut faire confiance aux mots, les prendre au pied de la lettre. Il faut croire en celui qui les profère, ou les écrit, avoir foi en l'usage qu'il en fait. Lui accorder cette créance et l'écouter pour ce qu'il dit, écrit, y engage de sa vie, parfois de la mort. Ainsi les poèmes. Ainsi les billets écrits au dernier seuil. Il fallait que Melville, en ce soir récent, l'en ait convaincue, pour que, tel le bain du révélateur extrait de leur cécité les images latentes, se présentent neufs les mots crayonnés sur la page d'un carnet de fortune. Cela avait opéré hors d'elle, en plein après-midi du jour pluvieux, pour ainsi dire d'un doigt mental sondant la langue et la libérant de sa mutité, soudain lisible, fulgurante, tel l'éclair d'orage sec déchire le ciel silencieux. *La première fois... Cette date, ne l'oublie jamais...*

Une *première fois*, il en est tant et tant, dans une vie. Tellement de fois se présentent pour tels les instants qui baptisent et révèlent, fabriquent ce que nous sommes. Au total, une somme infinie de premières fois où s'entend une comptine, s'enfile une bague, se respire un parfum, se désigne une étoile... Premier baiser, première cigarette. Première fois où s'éprouve le scandale de l'injustice. Se délivre le nom d'un inconnu mort en Birmanie qui est votre père. Où l'on comprend que l'on est seul à être, à agir. Que le camp de concentration est un enfer *en réalité*. Que le crâne de Magda est brisé au bord du trottoir. L'enfant mort de ses quelques heures de vie. Mort !... Elle ne veut pas penser à cela, *maintenant*. Il ne s'agit pas de cela que désignent les mots de Simon. *Notre* première fois ? L'éclair durait comme ne dure jamais la foudre, éblouissant et cruel : *il était une fois une forêt en automne*. Une fois, il était midi... Il était un chemin de campagne où elle roulait à bicyclette et lui marchait. Il allait d'un bon pas, il était en colère. Elle lui barrait la route et mendiait, donnez-moi une chance. Il l'avait prise contre lui, entre les pans de son veston serrée et baisée à la tempe, au creux de l'oreille. Ils avaient cherché une place sous les branches, parmi les fougères. Dans les sombres fourrés où se cachent les bêtes sauvages, ils s'étaient ensemble couchés à la terre. Une première fois neuve, la bouleversante nouveauté d'être donnée, ou prise, de prendre dans l'odeur nouvelle, d'une essence inconnue, fauve et amère ; il était un homme et elle était une femme. O Simon, ce jour-là, ce midi lavé de jeunesse !…

Cette date, ne l'oublie jamais. Nul autre que nous ne la connaît, elle chiffre entre toi et moi un commencement qui n'a pas de fin. Nous la connaissons ensemble.

Je te la donne pour *clé*, toi seule en sauras l'usage.

Maintenant, *pense à DEMAIN.* Pense *maintenant* à cet homme, ne l'oublie pas, sache qu'il te veut pour toujours ce qu'il te voulait alors d'amour. Dans cette chambre naturelle, sous la pluie lente des feuilles mortes percée de flèches de soleil, ils étaient roi et reine, mendiants, vaincus d'amour.

Pense à demain. Cette date est ta clé maintenant. La date ?…

C'était un début de novembre, en 1933. Mme Mathilde avait organisé une chasse comme on n'en faisait plus au Mesnil. Depuis la veille, la demeure était pleine d'amis, d'invités. Cherchant sa poupée chinoise dans le grenier, Camille venait de trouver la boîte de biscuits de tante Agota, tous les papiers de son fils disparu. Endre Luckácz. Elle apprenait le nom de son père. Gabrielle en avait eu si peur, qui le lui avait tu, si longtemps… Ce jour-là, Elise était venue au Mesnil voir sa mère. Ce jour-là aussi, elles étaient devenues des amies… Un samedi, début de novembre, cela se retrouve dans un calendrier. Cela se calcule. Cette date, Simon y pense chaque année. Elle en oublie le jour exact, pas lui. A Drancy, nuit écrasée d'angoisse, il pense au 4 novembre 1933. Il avait gelé. Au petit matin, le givre pailletait l'herbe, les houx. De la fenêtre de sa chambre, parmi le groupe des chasseurs au bas du perron, il n'y avait que lui, sa silhouette droite qu'elle embrassait du regard. Elle voulait déjà le midi de ce jour. Ce jour donne une clé. Quelle porte nouvelle ouvre-t-elle ? Que redonne-t-elle de paix, d'espoir ?

Avec cet homme tant aimé, dix ans de félicités et douleurs, chaque jour reconduit en intensité, et joie, pauvre bonté des bonheurs, les enfants. Le tout petit Henri, et Christine, nos enfants bien-aimés. Ce temps-là est si loin, si vieux, trente ans ont passé… Aujourd'hui, Camille a vécu davantage d'années avec Etienne Louvain qu'avec Simon Lewenthal. Vague après vague, le temps… Rien ne s'efface sur le sable. Melville, quand tu rentreras, je te dirai la date. J'ai *lu* le billet, mais je ne te dirai pas son secret. La raison de ce chiffre m'appartient. Je peux te le donner, mais pas le jour qu'il désigne, 4 novembre 1933.

Chéri, que feras-tu à présent de *4111933* ?

Luiza avait trouvé son père l'oreille vissée au poste à transistor, minuit moins le quart. Tu es encore debout ? Kennedy assassiné, la nouvelle ne lui fit ni chaud ni froid, elle la connaissait déjà. Aux Grands Prés, on ne parlait que de ça, le bruit en avait couru dans le bidonville, cela ne changerait rien à la vie qu'on y menait, mais c'était assez sensationnel quand même. Elle mit à réchauffer un reste de blanquette de veau et le mangea dans la casserole, debout contre la gazinière. Depuis une semaine, elle habitait chez son père. Elle couchait dans son séjour, sur le vieux divan. Il l'avait finalement bien pris, satisfait d'avoir présagé que cela finirait mal. Déduisant peut-être bien qu'elle finirait par rentrer avec lui au Portugal. Pour garder ses chances, prudent, il lui avait épargné les réflexions désagréables, pauvre papa. L'y ramener, elle voulait bien. S'il s'y décidait, s'occuper de son petit déménagement, lui faciliter les démarches, là-bas, l'installer quelque part, au village ou ailleurs, à la rigueur mais, y rester, qu'il n'y compte pas ! Elle avait quitté Antoine, pour autant elle ne quittait pas la France ! Avec la France, elle avait une histoire personnelle à régler, d'amour et de colère. Avec lui, un contentieux sentimental, à qui en imputer la faute ? La faute, elle se refusait à l'envisager sous cet angle. Positivement, c'était insoluble. Sa première tentative de vie commune, un échec. Elle avait essayé, cela ne lui convenait pas. Partager la vie de quelqu'un, tout y pousse, le modèle ambiant, les gens qu'on fréquente, ils ne pensent qu'à ça : vivre en couple, s'installer. S'équiper, électroménager, télé, voiture, courses au supermarché, dimanches entre copains, partir en vacances. Faire des enfants. Les voisins du dessus n'étaient pas couchés non plus, bruits de vaisselle, chasse d'eau, l'ascenseur ; son père avait raison de s'en plaindre. Cette cage à lapins, pire que chez Antoine. La vraie vie, ce n'était pas cela. A peine démarré, circuit fermé, déjà coincé dans la voie de garage, traites et soucis de fin de mois, horizon d'immeubles sinistres, les saisons recommencées, la vie s'écoule, on est vieux tout de suite, longtemps. Antoine y mettait du sien mais ce qu'elle avait réclamé, imposé, chacun sa vie, chacun son budget, le système boitait. On a beau élargir les angles, pousser les cloisons du coude, le carcan étouffe.

Elle lui avait laissé un mot, des plus laconiques, sur la table de la cuisine : elle partait quinze jours à Toulouse.

Décidé dans l'heure, sans le consulter, un stage décroché à la volée. Elle en sortirait auxiliaire, titularisée au bout d'un an, intégrée à l'Education nationale. Fonctionnaire, un poste fixe, un salaire sûr. Il ne l'en aurait pas empêchée, il aurait été d'accord. Il aurait applaudi. Mais le lui signifier ainsi, en style télégraphique, marquait un point. Marquait quoi ? Son territoire. Son indépendance ? Elle n'en avait pas besoin. Il la lui laissait. Justement, il la lui consentait sans discussion. Il la voulait pour elle, qui la revendiquait. Mais on ne revendique que contre une résistance. Sa faute, c'était de n'en offrir aucune, de ne s'opposer en rien. Au fond, elle lui en voulait d'être trop bien conforme à ce qu'elle exigeait. Rancune paradoxale car, pour rien au monde, elle n'aurait supporté qu'il soit différent. Un mâle possessif, castrateur, et elle une femme soumise. Elle aurait pourtant voulu être cette femme-là, un peu. De temps en temps. Elle exécrait le désirer. Convoiter cette condition indigne, dégradante ! Mais c'était fatigant, déprimant de s'assumer femme libre. De tenir toujours haut la bannière de son émancipation proclamée, et d'agir en conséquence. Se l'avouer, une reddition révoltante à tous les schémas honnis. La faute à personne, à lui ni à elle. Ou alors un peu, de n'avoir pas encore réussi à régler cette contradiction intime, extirpé de sa tête tout ce que son enfance, son éducation, l'héritage des traditions, les modèles ataviques, le Portugal des parents… Elle n'irait pas avec son père, elle ne ferait pas le voyage. Qu'il se débrouille avec sa vie, son passé, ses rêves personnels. Elle pleurait dans la casserole, la blanquette était froide. Kennedy était mort ? Bien fait. L'hégémonie américaine, puissance arrogante, colonialisme criminel, sa bombe atomique. Démocratie mafieuse, raciste, des cowboys bornés, Ku Klux Klan, armés jusqu'aux dents au fin fond du fond de l'Amérique profonde…

La faute, c'est cette fille en blouson, l'air d'un garçon manqué, qui traverse le terrain vague avec Antoine. Luiza avait senti sa force offensive à dix mètres. Cela venait non d'elle, mais de lui. Sa manière de se tenir à distance, justement. De laisser entre eux un écart trop grand, comme s'il se défendait d'elle. Ce genre d'intuition ne trompe pas, elle traverse l'air, vous cueille en beauté. Il n'y avait rien entre eux, pas encore, mais déjà elle avait compris, avant lui. Elle lui en voulait de l'avoir su quand il l'ignorait encore. Qu'il ait été sur la route du bidonville à découvert, aussi innocent. Aussi aveugle. A elle s'en voulait de n'avoir été jusqu'à serrer la main tendue, comme si de rien n'était, de n'avoir eu ce courage, cette crânerie. Elle ne s'était pas fait assez confiance. En réalité, elle préférait le *casus belli*. Celui-ci l'arrangeait. Difficile à admettre. Cette fille tombait bien, voilà. Elle mettait Antoine dans son tort, lui à qui elle n'en trouvait pas. C'était tout bénéfice. Elle n'en tirait aucun, puisque c'était leur règle, celle qu'elle avait imposée. Contradiction de plus, elle enrageait de sa mauvaise foi, et papa ne va-t-il pas se coucher encore, va-t-il écouter sa radio toute la nuit ? Sortir de la cuisine, le chasser du séjour pour ouvrir le divan, elle n'en avait pas la force, discuter, palabrer, commenter l'assassinat de Dallas à perte de vue… Titulaire, pouvoir se payer une location, pas avant un an. D'ici là… Elle ne pouvait s'installer chez son père, même pas une chambre à soi, un coin pour s'isoler. Une solution de repli, mais absolument provisoire, exclu de vivre avec lui, ses manies, ses récriminations, quel enfer, et de supporter ses voisins. Qui s'engueulaient, à présent. Des coups, torgnoles, cris d'enfants, le chien aboie, que faisait-elle à minuit, dans ce clapier de lapins malades ?

Malades de leur vie, qu'elle ne voulait pas. Celle qu'avaient eue son père, sa mère, ni celle des immigrés algériens traqués et persécutés, méprisés, laminés ; ni de celle de ses collègues de l'école maternelle, résignées, déjà dans le rang. Ces gens ne sont pas malheureux parce qu'ils ont des rapports sexuels mesquins, ou une infirmité mentale rédhibitoire, ils le sont parce qu'ils paient à tempérament tout ce qu'ils possèdent. Ils doivent emprunter l'argent qu'ils n'ont pas, or ce qui a de la valeur ne s'achète pas. Quelle vie voulait-elle ? La vraie. Utile, vaste et recommencée, combative, victorieuse. Avoir raison, vaincre. Elle voulait une résistance, un ennemi. Elle voulait la guerre. Antoine n'était pas un ennemi, son défaut fondamental. Elle l'avait aimé, elle l'aimait encore, elle avait pour lui tendresse, et estime, c'en était écœurant. Avec lui, elle avait découvert le plaisir physique, et c'était impardonnable. Franchement révoltant. Dorénavant, locataire de quiconque. Propriétaire de soi, était-ce un rêve trop grand, hors de portée pour une fille comme elle ? Une maladie de saison, que les femmes modernes s'inoculaient ? Le revenu empoisonné de tant de générations asservies, paysannes, ouvrières illettrées, assujetties aux plus basses activités de la société, travail mal rémunéré, ou pas, temps volé, la double journée des corvées domestiques, pourvoyeuses, soignantes, sœurs de charité, et pondeuses à répétition, bêtes du samedi soir, bêtes de somme…

Elle n'irait pas au Portugal. Elle accepterait la proposition de Claude Vanin. Elle n'avait pour ce type aucun sentiment, aucun désir, pas même un frisson au bout de l'ongle. Pas plus bête ni moche qu'un autre. Parfaitement moyen, juste au poste qui convenait. Le premier marchepied qui se présentait, une clé dans le trousseau qu'il lui fallait. Délégué académique à la formation ; son stage, une faveur équivoque. Il avait des arrière-pensées. Tant mieux. Une fois titulaire, elle trouverait d'autres instruments à sa main. Elle grimperait, se hisserait, étape par étape, elle marcherait sur les têtes, pas de quartier. Un de ces jours, elle allait tuer quelqu'un. Sortir d'ici, sortir de cette mouise gluante, s'en arracher par tous les moyens, y compris les plus radicaux. D'où elle venait, elle n'avait d'autre solution : faire fructifier son petit capital féminin. Puisqu'ils ne rêvent que de s'endetter : compte ouvert. J'encaisse les traites, sans rien débourser. Je ne me donne pas, je crédite, intérêts bien calculés. Mais Djalil, et Moïra, Majid, mais Mohamed, et Nicole, l'association d'aide aux immigrés, la solidarité, la fraternité vivifiante, chaleureuse, leur bonté, leur confiance ?... Mais Antoine, ses films militants, sa ligne de conduite. Sa *ligne générale* et sa rigueur morale, ses rages de jeune homme ombrageux, ses caresses...

Au bout de la table, maman se faisait toute petite, très vieille dans sa robe à fleurettes bleues, fatiguée de son absence de visage, épuisée de n'exister que si rarement dans cette cuisine où elle n'était jamais entrée, où elle voyait sa fille remuer dans sa casserole froide de si vilaines pensées, laides et sales, méchantes : tu n'avais qu'à pas me faire. Je ne demandais pas à naître. Si tu n'avais pas les moyens de me sortir de là, si tout était joué d'avance, que me mettais-tu au monde ? Elle ne l'avait jamais tarabustée ainsi, accusée. Elle n'avait pas eu le temps d'avoir une explication avec sa mère, de se disputer avec elle, de se réconcilier. Voilà ce qui manque le plus, quand on n'a pas sa mère vivante sous la main : l'engueuler, la détester. Elle devient une madone avec son auréole de défunte en robe d'été et l'on n'ose pas plus y toucher qu'aux reliques enchâssées des églises. Que venais-tu chercher en France, où nous devions si mal vivre ? Sous les reproches, la sainte avait disparu. Elle avait lâchement tiré sa révérence, laissé chaise vide. Luiza en était assez soulagée, étonnée d'être toute seule dans cette cuisine de HLM. Elle n'y était que de passage, un accident de parcours. Bien plus tard dans sa vie, dans de lointaines années, peut-être repenserait-elle à cette nuit de la mort du président Kennedy, où elle avait enfin renvoyé sa mère dormir au cimetière. Où elle l'avait un peu tuée, d'une balle dans le crâne.

— Si tu veux m'en croire, à l'heure qu'il est, à Dallas, Texas, il y a déjà des milliers de documents produits par génération spontanée. Ils s'entassent déjà en tout lieu, de seconde en seconde, les listings d'invités, officiels de toute la ville, syndicats, partis, mouvements subversifs, les relevés de voyageurs, arrivées et départs à l'aéroport dans la semaine, le mois. La feuille de route de chaque agent de sécurité, toute la hiérarchie policière locale, FBI et CIA services secrets déployés sur le parcours, protocoles d'inspection, repérage préalable en ville, fiche technique de la décapotable, sa dernière révision, son dernier plein d'essence, la liste des journalistes, encartés et freelance, les procès-verbaux des commissariats des derniers jours, suspects épinglés, dingues notoires, indicateurs, agitateurs, allumés de la gâchette et quelque communiste égaré, leur emploi du temps. Premiers interrogatoires de témoins, des centaines, constats de l'hôpital, admission, autopsie, qui est sur place, qui a touché au corps, médecins, personnel infirmier, prélèvements, radios, électrocardiogrammes… Une marée de documents dactylographiés, datés, minutés, signés, un immense filet jeté sur les dernières heures. Mais, si serrées soient les mailles, il y a déjà des trous. Des déchirures par lesquelles file le renseignement crucial. Des contradictions, des erreurs, des coquilles fatales, des mensonges, des falsifications volontaires, ratures, soustractions, pièces perdues, incomplètes, ça tire déjà à hue et à dia dans le filet, chacun a ses raisons de bien l'emmêler ou le déchirer.

En bras de chemise et bretelles, Gobelin observait le tapis, estimait son prochain coup. Il venait de réussir une *ravachole*, mais Melville n'en savait pas plus : il ne lui annonçait les figures qu'au fur et à mesure, la série qu'il s'était fixée, par pur amusement, pour ne pas perdre la main. Il ne faisait plus de compétition, sa collection de trophées dormait sous vitrine, mais il venait s'entraîner à des distances en solitaire, le vendredi soir, dans son club de billard de la rue Saint-Antoine. Sous le cône des lampes basses, la plage de feutre vert et les trois billes, la rouge et les deux blanches pointées, dessinaient une géométrie abstraite, offrant dans son minimalisme un problème fascinant, dont Gobelin calculait la résolution, frottant rêveusement son procédé de craie bleue.

— Il faut des types comme toi et moi pour le démêler, ensuite. Quand c'est dans nos cordes… Le temps que ça prend, de défaire l'écheveau !… Ils ne sont pas sortis de l'auberge, là-bas, rigolait-il, son petit rire de gorge rentré en grognement. Chaque seconde qui passe emballe la machine, tu entends crépiter les télex ?

Melville n'entendait rien, que les billes s'entrechoquant alentour. Dans la grande salle à plafond bas, ils étaient une vingtaine à jouer, des silencieux, des intoxiqués du billard à trois bandes. Pas du *snooker* d'engliche à six poches et vingt-deux billes ; du français pur jus, dans la tradition. Gobelin avait lesté son fût de petit plomb pour l'avoir à sa main, juste le poids à sa convenance, et maintenant, moitié couché sur la bande, il combinait son coup suivant, le nez dans le prolongement de sa flèche, louchant presque sur la virole pointée vers la rouge, coulissant à peine la queue entre ses doigts et tchac, la bille partait ricocher sur la bande à gauche, traversait en diagonale à l'opposé, d'un angle aigu repartait vers le centre, percutait à la suite, en droite brisée, les deux blanches à petite course, mourait dans le mouvement. Hein ? Appuyé des fesses au lambris du mur, longues jambes croisées, bras croisés, Melville saluait l'exploit, méditant son incompétence. Gobelin reculait pour admirer le nouveau dispositif, se félicitait de sa beauté intrinsèque.

— Des types comme toi, reprenait-il, ils ont chopé la maladie au berceau. Sinon, ils décrochent. Ton père t'a fait biberonner de la liqueur forte.

— Il ne savait pas trop quoi faire de moi. Un môme sur les bras à langer, c'était pas un cadeau pour un commissaire célibataire atrabilaire. Je me suis élevé tout seul.

— Moi, c'est le contraire. On était six, de quatre pères différents, des grands-mères de passage, des cousines, des voisines… Remarque, il n'en reste pas grand-chose : deux survivants. Moi, et ma belle-sœur…

En veine de confidence, Gobelin relevait sa visière, fartait encore le cuir de la virole, machinalement.

— Mme Gobelin est la veuve de mon frère, le dernier. On porte le même nom, c'est pratique, du point de vue marital. Pourquoi veux-tu qu'on régularise ? On est bien comme ça. On paie nos impôts séparés, mais on a la même chambre à coucher. Moi qui n'ai jamais intéressé les filles, j'ai touché la perle sans lever le petit doigt, riait-il encore, puis nouveau grognement.

Melville se réjouissait poliment de sa bonne fortune, un peu étonné de cet aperçu soudain. Jamais il n'aurait avancé une question sur la vie privée de son collègue, familier des cloportes et collectionneur d'*amontillado*. Il l'avait rejoint au club de billard sur son invitation expresse, ce qui lui offrait un angle de vue supplémentaire sur ses goûts et mœurs : Gobelin l'introduisait en douceur dans son intimité. Cette sympathie était cependant exempte d'effusions déplacées, pas de ces solidarités louches et inquisitrices ; juste une manière de donner des gages, en camarade qui n'en a pas beaucoup dans le milieu. A force de descendre dans les chienneries, ce métier rend misanthrope. Ils avaient découvert ensemble les photos d'Abigael, tirées au laboratoire, du travail très propre. Pour ce qui était des photos de tableaux aux murs, un professionnel aurait trouvé à redire. Les reproductions d'œuvres d'art requièrent de meilleures conditions mais, même en noir et blanc, même mal éclairées, l'information fournie par ces clichés suffisait à un expert pour identifier leur provenance, voire leur propriétaire, si jamais ces tableaux avaient été signalés aux commissions de spoliations, répertoriés quelque part dans des catalogues… En revanche, pour les documents du coffre, elle s'était servie en artiste du petit Tessina, le rendu était parfait. Ce n'était pas tant la prise, pour laquelle il fallait un peu d'entraînement, réglage, positionnement ; c'était le sang-froid de l'opération. Parce que, pour les photographier, il lui avait fallu les sortir du coffre-fort. Et d'abord trouver celui-ci, s'il existait, une hypothèse d'école. Le localiser dans la maison. D'une facilité d'enfant. C'est pitié, les bras vous en tombent. Depuis qu'il y a des coffres à dissimuler, ils l'ont toujours été derrière une peinture encadrée. Les cambrioleurs, pépères, foncent direct à la marine, à la nature morte, au portrait de l'ancêtre. Dans combien de domiciles, d'études, d'officines, les particuliers recourent-ils à ce paravent éculé ? Mais, de surcroît, utiliser encore aujourd'hui une telle antiquité, là, cela relève de l'atrophie mentale. D'une ingénuité pathologique. Séquelle enfantine, attachement fétichiste aux coutumes familiales ? Cela ouvrait des perspectives étonnantes sur la psychologie du député, par ailleurs blindé mille fois mieux que son coffre de brocante. Ce qui avait pris le plus de temps, paradoxalement, avait été d'attendre que le spécialiste remette la main sur un modèle identique, Decayaux mural, médaille d'honneur, Paris, 1885, à trois combinaisons de vingt crans chacune, et qu'il calcule les probabilités de code d'après l'empreinte d'usure. Cela s'étudie au microscope. Une fois munie du jeu, Abigael l'avait testé sur le barillet. S'introduire dans le bureau en toute sécurité, elle en avait le loisir. Les fréquentes absences de Guillemot et les deux légumes entreposés à domicile laissaient des heures propices, cependant il fallait compter avec la garde, et la cuisinière. A aucun prix n'éveiller le soupçon de ces deux-là. De ce côté, Abigael avait du métier, un vrai radar à infrarouges. Elle avait aussi du doigté pour la serrurerie, et pour la photographie. Trouver la combinaison du coffre lui avait pris près d'un mois, mais l'inventaire rapide de son contenu payait sacrément des efforts pour y accéder, on peut planquer des lustres et rester capot, ce sont les aléas.

Cela la consolait aussi d'avoir supporté son séjour dans la maison Rougerie, sa claustration à Genilly relevait du sacerdoce. Melville lui avait procuré l'appareil au dernier moment, pas question de courir de risques. L'opération : deux soirées de prises de vue, bien à plat sur le bureau du député, puis les documents avaient réintégré le coffre. Scrupuleusement, dans l'ordre et le rangement d'origine ; là-dessus on pouvait faire confiance à Abigael, à sa mémoire, à sa méticulosité. Maintenant, elle allait finir son stage d'employée de maison en toute tranquillité, se la couler douce jusqu'à échéance de son contrat, puisque le député tenait à la rotation. Il se croyait malin, on ne l'est jamais assez. Il se révélait d'une légèreté proprement stupéfiante. Garder de pareils explosifs chez soi. Ne pas prendre plus de précautions…

— Peut-être est-il quelque peu secoué par les deuils à répétition ? suggérait Gobelin.

C'est à ce sujet qu'il avait donné rendez-vous à Melville. Rien n'en transpirait, les derniers événements étaient soigneusement sous le boisseau, consigne absolue, et l'on ne plaisantait pas, quand cela venait de si haut. Tenu en interne, autant que possible, mais deux assassinats simultanés, avérés à ce jour, font du clapotis dans la maison poulaga, trois brigades sur le coup.

— Le fils, et son gamin de trois ans. Tu vois de qui il s'agit ?

Melville ouvrait des soucoupes. Gobelin venait de réussir un rétro droit, tir allongé à effet boomerang, impeccable. D'un coup de reins souple, il se redressait, sa grâce au billard tenait de la danseuse ; qui le voyait, écroulé dans son bureau sous les combles, en eût été ébahi.

— Il est quand même descendu à Nice, aux assises nationales de son parti ; il encaisse bien le choc. Dis donc, quand une affaire pareille te cogne le casque, tu pars colloquer, toi ?

Gobelin en déduisait que la consigne d'en haut avait son accord, voire obéissait à sa demande. En passe d'entrer au gouvernement, ça suppose de sacrés appuis dans la coulisse.

— Tu vois un peu le schéma ? L'enquête est confiée à un très malin, pointure de luxe. Selon mes dernières informations, tiens-toi bien : il suspecte que deux morts plus anciennes dans la famille sont du même acabit. Homicides en série. Quoi t'en penses ?

Ce communiqué, à côté de l'attentat de Dallas… Melville en restait stupide. Fasciné, il contemplait le dernier positionnement des billes sur le tapis comme si Gobelin venait d'y jeter, non une figure de hasard, mais la formule algébrique de la situation nouvelle. A toute vitesse, le cerveau s'adapte. Si invraisemblables soient les données, les neurones obéissent à leur nature qui est d'intégrer, de combiner, de traiter en force et de chiffrer ce qui s'offre de plus extravagant des phénomènes, défiant les sens et l'esprit. Ils y rechignent parfois, et même disjonctent. Ce que l'amateur de billard venait de mettre sur le tapis avait de quoi affoler les compteurs. Avare de mots, aussi ajustés que sa flèche sur la rotondité des billes, impact net, il exposait la situation et, réduite à sa forme la plus synthétique, celle-ci prenait une allure terroriste, sans compter le sentimental pathétique, proprement déboussolant, qui exigeait une minute de silence. Pendant laquelle Melville se hissait à ce niveau d'abstraction, s'épargnant le soubresaut cardiaque qu'inspire le crime de sang. Tuer un enfant ! Des enfants !…

— Juste au moment où je m'intéresse de près à son cas… Tu le sens, toi ?

Gobelin ne le sentait pas du tout. On ne pouvait prendre aucune option sur les résultats d'une enquête à ses débuts, mais il fallait que Melville assimile les faits, qu'il prenne pour acquis que, Martin Guillemot étant fort probablement aux abois, et sans doute gambergeant à toute allure de son côté quant à ces coïncidences sidérantes, sans compter l'ébranlement personnel de ces morts à répétition, il fallait y aller avec énormément de circonspection, interférences dans le rouge. Ce qui n'empêchait pas, disait-il, d'avancer dans le maquis, sans faire craquer une branche. Ce que Melville venait d'établir, grâce au petit appareil Tessina, restait de foutues munitions. Accablant. De quoi rayer ce type de la carte et de l'échiquier…

— Seulement, quand tu dégoupilles ta grenade en douceur, on dirait qu'il y en a d'autres qui le tirent au bazooka…

— Mais il s'agit d'enfants ! Tuer des enfants !…

Gobelin remisait la queue dans le râtelier, glissait les petits plombs dans sa poche. Finis les exercices, il avait autre chose à lui apprendre, qui supposait une petite bière fraîche, au bar du rez-de-chaussée. Installés au fond des fauteuils club avachis par des générations de joueurs, à la lumière tamisée des abat-jour enfumés, ils avaient abordé la deuxième raison du rendez-vous à la brune, Gobelin ne vous dérange pas pour rien. Les photos extraites de sa cave lui étaient restées en travers. Si elles confirmaient bien que Guillemot était en activité dans l'entourage des rapaces, qu'il officiait expert ès qualités dans le pillage du Jeu de paume, c'était de rapport, mais plutôt faible. Soit, il était patent qu'il en avait été. A preuve la photo. A preuve, le témoignage de Rose Vallant. Raison que, à la Libération, on lui avait cherché des poux, comme à ses semblables de Drouot, qui ne renâclaient pas beaucoup pour rendre les services qu'on leur demandait. Quand ils n'allaient pas les offrir de leur plein gré. Là s'étaient d'ailleurs jouées les conclusions des tribunaux : démêler au jugé qui y avait été contraint et forcé pour sauver sa sécurité, sa famille, son boulot, sa peau. Qui y était allé de gaieté de cœur, empressé de servir le Reich de mille ans. Ce genre de nuance s'évalue au trébuchet sensible. Là encore, les mailles du filet avaient des trous. Or, dans ce que Melville avait remonté de la cave, il y avait les minutes de ces auditions à huis clos, où Guillemot avait plaidé sa cause, argumenté sa défense. Gobelin avait relu de près ce procès-verbal fastidieux. Des pareils, plein les archives, répétitifs à bâiller.

— Tu vois, c'est scolaire, mais la Gomme avait une religion de la vétille. Il m'a appris à considérer la virgule, à respecter la patte de mouche. La note en bas de page, jamais superfétatoire. Tellement qu'il lui fallait convaincre les juges, notre expert en a rajouté une louche pour se dédouaner tout à fait, obtenir quitus. Il a argué de faits de Résistance. Oui, monsieur. Là aussi, ils sont des cents et des mille, à s'être découvert patriotes à la dernière heure. Il a prétendu avoir fourni des adresses à un type qui rencardait les réseaux de Résistance pour planquer leurs copains, comme quoi il avait sensiblement contribué à leur épargner l'arrestation, la déportation. Dont acte. Ce type ? Renvoi en bas de page : jour et heure de sa déposition. Sa déposition ? Renvoi en annexe. Annexe ? La pièce n'y était plus. J'ai dû redescendre au purgatoire, fouiller dans mes étagères. Permets-moi de te dire que mon système de cotes est *fameux*. Le témoin providentiel qui lui colle un label de Résistance, entre parenthèses qui lui a bigrement servi depuis, dans sa carrière de gaulliste, est un dénommé Camier Luc. Ça me met la puce à l'oreille. De Camier, j'en connais un dans les services. Mais le mien se prénomme Jo. Casé à la préfecture, gros bras pour les manifs, bête et discipliné pour les coups de main, la provocation, le recrutement d'indics. Si ce n'est lui, me dis-je, c'est donc son frère. Son père, ou son cousin, voyons ça. Je tire sur la pelote, un fil, c'est toujours ça. Tu connais nos annuaires… J'abrège. Avant l'Occupation, le père Camier dirigeait une petite entreprise de déménagement. Artisanat familial, les trois fils pour employés. Des costauds, mais vraiment pas des lumières. Actuellement, grosse affaire, pignon sur rue à Bagnolet, ils ont pris de l'extension : un parc de trente camions, sur toute la France. Or aujourd'hui tout appartient à l'aîné, Robert Camier est son patron, séparé en 1950 de son associé, j'ai vérifié à la chambre de commerce : le frangin Luc, c'est mon homme. Il a quitté la boîte avec pertes et fracas. Le business en famille tourne souvent à l'aigre, il y en a forcément un qui fait les frais de l'arnaque… Je n'allais pas demander poliment au déménageur fâché, ni au péquin qui se chauffe les fesses à la Préfecture, ce qu'ils avaient fait de leur petit frère. J'ai mis quinze jours à loger le Luc. Il zone à Pigalle, combines louches, gonzesses, un peu maquereau, six mois pour trafic de viande faisandée aux Abattoirs, tu vois le genre. Petit bras, et la hargne aux tripes, le galeux de la fratrie. Il n'a pas digéré son expulsion sans solde, il est mûr pour se déballer, je le tiens au chaud. Parce que, maintenant, que je t'explique…

Toujours, avec Gobelin, il faut une deuxième bière. La première, il l'écluse. La deuxième, il la déguste.

— Camier et Guillemot, c'est quand même pas le même monde, non ? A quel titre l'un blanchit-il l'autre, comment sont-ils en contact ? Camier *déménage*, voilà. Secteur d'activité très florissant pendant l'Occupation. D'autres périclitaient, mais eux avaient du travail. Il y a bien une trentaine d'entreprises parisiennes qui s'y sont enrichies, on l'a oublié. Très lucratif. Leurs camions réquisitionnés, des bus de ville aussi, d'ailleurs, conducteurs compris, pour vider les appartements, abandonnés par leurs locataires ou propriétaires juifs, absentés, arrêtés. Là aussi, à ce boulot de nettoyage, qui est contraint, qui forcé de son plein gré ? Non seulement employés à les vider, mais à les repérer, au cas où il en échapperait à la liste. Avec leurs accointances dans les quartiers, les concierges, les gérants d'immeubles, les syndics, leurs collègues déménageurs, ils se renseignaient, signalaient les appartements à la Gestapo. Un zèle intéressé, très encouragé : octroi de permis de conduire, patentes, bons d'essence… Plus les à-côtés, ce qu'on leur laisse prélever au passage. Chacun prend sa dîme, on n'imagine pas le trafic, la razzia. L'ERR pille les musées mais, ce qu'on sait moins, c'est l'opération systématique d'enlèvement de tout ce qui remplit les maisons juives, une organisation fantastique, la *Möbel Aktion*. Une invention géniale. Non seulement on traque les juifs, on les déporte, mais perquisition, saisie de leurs biens. La totale. Meubles, tapis, vêtements, ustensiles de cuisine, radios, nécessaires à couture, livres, bijoux, pots de fleurs, pharmacie, calendrier des Postes, jouets, bigoudis, les oiseaux dans leur cage. Jusqu'aux ampoules électriques dévissées, douilles nues. Tout juste s'ils n'enlevaient pas les lames de plancher. Du travail d'artiste. Le plus beau, c'est que ça se passait au grand jour, au su de tout le monde, des voisins, des commerçants, qui voyaient vider les appartements, et personne ne se demandait où partaient les camions. On vide, mais on décharge quelque part, non ? Il y en aurait long à dire, Melville… Ça me fatigue. Mais bon, mon sujet est que le Luc et ses frères ont bossé à temps plein. Mon sujet est que les experts de Drouot ou d'ailleurs, les petits volontaires du tri sélectif, avaient partie liée avec ces déménageurs, trop ignares pour estimer leurs prises. Ils leur filaient souvent le tuyau d'un appartement pour qu'ils y fassent un tour avant la dépouille en présence des équipes de la Gestapo, partage équitable. Il n'y a pas de petit profit. Mon sujet est que si Luc Camier a couvert Guillemot, lui a donné label de patriote, c'est qu'ils se sont rendu de mutuels et fieffés services. Y compris sur le tard, en faisant profiter des résistants d'adresses qu'ils connaissaient, une fois que la *Möbel Aktion* y était passée. Ils avaient les clés, ils se sont institués gérants d'immeubles, au noir. Petit geste, gros rapport sur les deux tableaux. Collabos mais résistants. Tu me suis ? Là, on nage dans la vidange, d'accord. Chaque fois que je descends au purgatoire, je sens le refoulement d'égout. A comparer, mes cloportes sont de braves bestioles…

— Tu suggères que ce petit maquereau de Pigalle est celui qui se venge maintenant de Guillemot ? Il liquide des comptes à retard ? Il met le paquet, dis donc.

— A mon avis, trop petit bras. Une cloche. Quoique, on ne sait jamais ce que les cloches ont dans le battant. La connerie est inventive et la vengeance un plat froid ; parfois… Je me tâte pour soumettre le cas à Verlaine. L'inspecteur qui est sur l'affaire. Je me tâte, parce que je n'en sais pas assez encore. Je voudrais bien avoir un entretien préalable avec ce gus, sans l'effaroucher, sans le brusquer. Parce qu'il peut nous claquer entre les doigts. Il peut prendre peur, disparaître, alors qu'il n'est peut-être bien pour rien du tout dans ces meurtres. Il y aurait de quoi l'affoler. Justement, je me dis : l'affoler, c'est le meilleur moyen de le confesser. Il avoue n'importe quoi plutôt que de tomber sous un chef d'accusation pareil. Il nous déballe tout ce qu'il sait sur Guillemot et consorts de Drouot, par la même occasion sur ses frères, surtout sur le manitou de Bagnolet, à qui il garde un chien. L'occasion fait le larron. Jusque-là, il n'y a peut-être pas pensé, ou alors ne l'a pas trouvée. On peut la lui procurer. Tu vois, je suis dans la conjecture…

Il y avait un autre sujet de conjecture, que Gobelin se retenait de formuler, qu'il suçotait au bord de son verre. Où vas-tu Melville ? Tu viens me trouver pour des vérifications, on se paie l'aller-retour sans ascenseur dans mes catacombes, pas loin des enfers : tu remontes de l'obscurité le passé nauséabond de ce type, toi aussi tu t'y prends à retard. A qui as-tu un chien, pour qui travailles-tu ? Tu cherches un code exfiltré de RDA, en quoi ce que contient le Decayaux mural du député te sert-il de clé ? As-tu fait du tourisme chez les pigeons de l'Est ?

— Je suis juste allé en Suisse, à Zurich. Je travaille pour les morts.

— Méfie-toi, mon gars, c'est pas de bons patrons.

Ils sont irascibles, ombrageux. Ils sont inflexibles ; avec eux, on ne discute pas le barème du salaire ni les congés payés. Avec eux on n'a jamais le dernier mot. Méfie-toi, Melville, de ces missions, on ne revient pas indemne, parfois on ne revient pas du tout… De temps en temps, Gobelin avait ce ton d'indéfinissable tendresse, d'insondable tristesse paternelle, qui donne le remords de n'être pas l'enfant qu'il préfère. Il souffre que vous ne soyez pas tout à fait à la hauteur, mais il ne vous en veut pas, il vous met juste en garde. Cela arrive, dans les services, qu'un plus vieux, ou un plus expérimenté, un plus informé – on veut le croire – inspire ce sentiment aux gens de son équipe. Le regret d'un temps où un chef, un père vous protégeait, vous donnait envie de mériter son estime… C'est ce qui lui avait fait déchirer la photo, un soir récent. Cette photo, Melville l'avait longtemps gardée sur lui, et puis dans un tiroir, il ne se décidait pas à s'en séparer, et qu'est-ce que se séparer d'une photo sinon la déchirer ? La déchiqueter. Une fois commencé, on n'en finit pas d'en faire de petits morceaux, jamais assez petits pour la tuer. C'était une photo prise en 1942, aux environs de Londres. Ils étaient une quinzaine de jeunes pilotes et de techniciens en combinaison de vol, en blouson de cuir, tête nue, leur casque sous le coude, certains accroupis, serre-tête sur le genou. Un groupe souriant, yeux plissés de soleil. De ces photos nostalgiques qu'on accroche dans les bars d'aéro-club, dans les amicales d'anciens ceci et cela, en souvenir du bon temps. Ces hommes n'étaient pas des amateurs. Ils étaient sur un tarmac en bout de piste, devant un avion de l'Air Force, des jeunes gens de légende qu'il avait formés, entraînés, pour certains avec qui il avait fait équipe. Les plus brillantes étoiles, les as du raid de nuit, quelques-uns avaient fait la guerre d'Espagne ; ils étaient tous morts. Pas un survivant, sauf lui. Et Hawthorne, sur le côté gauche du cadre. Hawthorne et lui avaient survécu, ce n'était pas un avantage. C'était un monde qu'ils avaient connu jadis, ils en avaient fait partie, ces jeunes gens avaient été des leurs. Ils étaient ses enfants. Il les mettait en garde, avec ce ton d'indéfinissable tendresse paternelle, d'insondable tristesse, on en lisait la traîtrise sur son front, au milieu de la photo. Il était leur instructeur, il décidait des missions. Ils y allaient parce qu'il était un plus vieux qu'eux, à peine, un plus expérimenté, informé, ils le croyaient. En vérité, il n'y voyait pas plus loin que le bout de la piste d'envol, il n'en savait pas plus qu'eux, seulement qu'il fallait, ce soir, deux gars ou quatre, et que c'était peut-être bien pour rien, et qu'ils n'en reviendraient pas, ou alors cette fois, mais pas la suivante. Le vrai risque, il l'avait pris maintes fois, est d'y aller en croyant que ça sert à quelque chose. Que cela fait de vous un héros. On en est souillé à jamais. Si l'on ne fait rien, on reste innocent. Avait-il le choix de ne rien faire, de rester innocent ? Cette innocence-là est obscène. Le risque d'agir n'ennoblit pas. Il ne se prend pas en *connaissance de cause*. La cause qu'on prétend connaître est outrepassée par des motifs occultes, qu'il vaut mieux ne pas sonder. Du privilège de les avoir entrevus, Melville ne guérissait pas. La photo est tuante. Il l'avait déchirée. Mais même déchiquetée, même détruite, elle continue de brûler.

Sacha éteint la télévision. On vient d'annoncer l'interpellation d'un suspect, réfugié dans un cinéma de Dallas. L'homme, ressemblant au signalement, a tenté de faire usage de son arme, un revolver, lors de son arrestation. Actuellement, conduit sous bonne garde dans un commissariat, il y est interrogé ; peut-être s'agit-il du tireur fou qui a flingué Kennedy ? La dépêche reste à confirmer… Dans le flot de commentaires et d'images d'archives, ce dernier rebondissement l'a brusquement tiré de sa somnolence. A peine l'information est-elle tombée, qu'il a aussitôt éteint le poste. Réfugié au fond du sofa, lové comme au fond d'une baignoire, il bâille, toutes dents dehors, gencives rétractées et qui le verrait en ce moment le prendrait pour quelque fauve de zoo attendant sa pitance. Mais Sacha n'est hyène ni panthère, il n'a pas faim, et il est seul. Aucun spectateur pour louer ou blâmer son jeu, il ne joue pas. Il n'est le valet d'un Clitandre ni le Fou qui chante pour le roi Lear, ni le Garçon envoyé par Godot, non plus la Vachère de Brecht, il est Sacha, tel qu'en lui-même, son propre auteur et metteur en scène, son propre public, dans le vaste salon de l'appartement délabré, que seule la lueur de l'écran éclaire.

Dès le retour du théâtre, Louis s'est retiré dans le réduit monacal qui lui sert de chambre, il n'a pas dîné, seulement bu un bol de potage froid et s'est endormi presque aussitôt, Sacha s'en est assuré à pas de loup. Il est étendu en gisant tout habillé sur son lit de camp, enveloppé d'une couverture comme au bivouac, sa longue figure osseuse égalisée par le sommeil. Aussi par l'effet de la morphine, juste la dose pour se détendre et oublier, sombrer. Sacha a remonté son coussin, éteint la veilleuse. Etre maître Puntila chaque soir est un sport de combat. Les applaudissements ne vous paient que d'enfiler le maillot et de monter sur le ring. Une fois là rendu, on est trop loin perdu pour qu'ils vous atteignent. Et les coups, c'est à soi qu'on les donne. Fasslander est au courant, il sait ce que cela coûte de jouer. Chaque soir, à la sortie de scène, il baise les mains de Louis. Comme aux évêques. Comme aux rois. La pièce a du succès. Le dossier est plein de coupures de presse, pour une fois unanimes. Guichets fermés, jusque fin décembre. Louis s'en moque, il dort. Il dormira jusqu'à midi, après quoi, un litre de thé noir, un curry d'agneau : en ce moment il aime les viandes en sauce très épicées. Le piment rouge, pili-pili, poivre du Sichuan, girofle, coriandre, ail, paprika, Sacha improvise des mélanges détonants, à incendier le palais, arracher les tripes. Après quoi, crème glacée au chocolat noir, tiramisu, des trucs sirupeux écœurants de gras, un autre litre de thé. Calé pour la journée. Son unique repas le sustente, de naturel rachitique, santé de boxeur. Il mange comme un oiseau. Cette formule est très mal comprise. Les oiseaux mangent énormément, ce sont des rapaces, même les moineaux, les pigeons, même les poules. Du grain, mais surtout de la viande crue, des asticots, des charognes. Sacha adore les excentricités gustatives de Louis, changeant, capricieux, en infraction permanente avec la diététique, son côté enfant gâté, pourri ; son appétit, sur le coup de trois heures de l'après-midi !… Roger Planchon a un projet de *Richard III* pour Louis Personne, avec Jean Bouise, à son théâtre de la Cité à Villeurbanne : ce metteur en scène est fauché, mais il a du génie. Un rôle très bon pour Personne, mais Sacha n'en parlera pas à l'acteur, pas en ce moment où il est maître Puntila à temps complet, même quand il dort sur sa banquette. Rencontrer Planchon, préparer le terrain, négocier le projet, Sacha s'en charge, c'est de son ressort. Ce Lee Harvey Oswald est un guignol. Il se fait prendre comme un enfant de chœur, la main dans le sac d'hosties. Moins d'une heure après l'attentat, signalé, repéré, arrêté. Un amateur. Ou bien un fusible à dézinguer en vitesse, un leurre. Sacha éprouve une déception d'esthète, une colère, un mépris forcenés pour ce scénario indigent, cette intrigue ringarde. Pour ses auteurs, des foireux de patronage. Du travail salopé, sans inspiration, sans noblesse, sans art. Le monde entier est en train de se gaver, de se rincer l'œil avec cet attentat calamiteux, le public est faible. Louis a raison, le public se contente de peu. Il n'a lu Shakespeare ni Brecht, encore moins Racine et Tchekhov, et Beckett, Genet ni Molière. Il ne lit pas *Œdipe roi*, ni *Lorenzaccio*, il n'a d'espérance, de folie, de terreur ni de pitié. Sacha en cracherait par côté si ce n'était lui qui passait le balai. Il n'écope que des seconds rôles, et encore, le plus souvent les derniers qui n'ont pas trois répliques, il fait de la *figuration*. Sa gueule d'atmosphère à géométrie variable s'y prête, il fait la foule, le comparse muet, mais connaît tous les textes par cœur, même les didascalies, quand il y en a. Chez Beckett, c'est l'essentiel ; dans ses pièces, on pourrait se taire et jouer sur le vent du silence entre les mots absents, les béer, les bâiller, comme un poisson sur le sable expire. La Vachère est un très grand rôle, que lui a confié Fasslander.

Cet homme a senti en lui sa nature vachère, d'une perspicacité, d'une pénétration proprement visionnaires. Il est plus jeune que Sacha, la figure grêlée d'acné juvénile, ou de cocaïne, mauvais sang. Il vit moulé dans son cuir noir de voyou allemand, mais il a le sens de l'*expérience* humaine. Personne ne lui a soufflé que Sacha est né dans la vache, a vécu la vache et l'a mangée toute, enragée. De la vache qui dévore de rage le molosse qui garde le troupeau, le cochon, les poules, qui sont carnivores, et le maître, qui est *humain*. D'une humanité intense, que les bêtes ignorent, tant elle les dépasse, bestialement parlant. *A Kausala, il y avait quelque chose entre une fille et un fils de fermier, là où elle était servante. Un gosse est arrivé, mais devant le tribunal de Helsingfors, il a tout nié pour ne pas avoir à payer de pension...* Sacha est très content de raconter cette histoire au théâtre de Bobigny, pour ainsi dire son morceau de bravoure en plein milieu de la pièce, mais personne n'écoute le personnage secondaire. On croit que ce que raconte la Vachère c'est du vent bâillé sur le sable, pour faire intermède. Pas un ne lui prête l'oreille. De même à l'histoire d'Emma la Contrebandière, qui raconte que la mère d'Athi raconte, *tout le long du chemin à qui veut l'entendre*, que son fils affamé, un rouge enfermé dans un camp, réduit à cause de la faim à manger de l'herbe comme une vache, a refusé le poisson et le beurre qu'elle lui porte parce qu'elle les a mendiés à sa propriétaire, et *qu'il n'accepte rien de ces gens-là*... Les spectateurs n'écoutent pas les histoires, ils croient que c'est du vent. Ils ont tort, car ils apprendraient comment, à force d'être forcé à manger de l'herbe, de la terre, qui sont indigestes à l'espèce, plutôt que d'avaler les rogatons de la charité, vous finissez par éventrer le chien, le cochon, les poules, manger crus leurs intestins, leurs rognons ; et ceux du maître. Par devenir plus *humain* que lui, bestialement parlant. Car ce fils de fermier ne voulait pas de la fille, il a tout nié quand Sacha est arrivé. Il l'a chassée à coups de fouet, mais c'était encore trop de bonté : de sa ferme, il voyait le gamin grandir. Aussi, quand les *Einsatzkommandos* ont pris la région, a-t-il décidé de leur confier la mère et son gosse. Vu leur dextérité à saloper les populations, Sacha n'en menait pas large. Alors, ni deux ni une, une fois étripé le maître et toute sa ménagerie agricole, il a pris sa mère sur son dos et longtemps a marché, de nuit et de jour, pour fuir cet endroit malpropre. Devenu sa propre bête de somme, il a marché droit devant par ses propres moyens piétonniers de vache, de cheval, de cochon, l'ongle du sabot surinfecté, la dent pourrie incluse au mors, de gale couvert, et de poux au licou. Le suint de sueur nourrit la vermine des ulcères, croûtes, pus séchés, nerf optique brûlé, cou coupé. Par là où Sacha est passé, personne n'en écouterait l'histoire...

Pourtant, rapport aux bêtes, il en connaît un rayon. C'est toujours la même histoire, qu'elle se passe à Kausala, en

Patagonie, en Auvergne ou en Ukraine ou, précisément, à Brzezinaw, même pas un village, à peine un hameau. A neuf ans, porter sur son dos une vachère illettrée, il faut avoir les reins solides. Et, ensuite, avoir de la cervelle pour deux, qui sauve la vie dans les grandes villes, les gares, les tramways, les bouges où elle travaille à vendre le seul capital dont elle est dotée par nature, avec ça, *devenez des êtres humains, ne désespérez pas* ! Car cette femme, pour être votre mère, et une indigène de hameau, est d'une beauté divine, à damner le diable, un danger public. Tellement stupide d'innocence qu'elle raconte tout le long du chemin à qui veut l'entendre son histoire de village, alors il faut tous les matins l'extraire, inventer un nouveau moyen de la porter plus loin, mais toujours elle recommence, en tout endroit où pullulent les décimeurs d'hommes, de femmes et d'enfants ; ceux-là n'ont pas encore compris que le règne de l'*humanité* est arrivé. Et elle, ne comprend pas qu'il faut se taire ou mentir, se cacher, escroquer, larciner, cambrioler, et surtout étriper, équarrir la viande de boucherie qui passe à votre portée.

Il a réussi à tirer sa mère sur son dos jusqu'à la rue de Belleville, un quartier qui se présentait, il avait déjà onze ans. Avant d'y arriver, il avait déjà assimilé les deux cents mots de français utiles, chacun en dégoupille cinq, qui pivotent ensemble, ils font des petits, munitions indispensables pour s'entretenir. Crocheter dans les environs, agripper ce qui passe d'occasion. C'est un endroit tranquille, pas de soldatesque à l'horizon pour remplir d'hommes les bétaillères, et leur faire creuser leur fosse. On trouve à rafler sa pâtée dans les auges alentour en faisant des courses pour les uns, les autres, déjà il sait réparer des serrures, trafiquer les fils électriques, dépanner des radios, remailler les bas, plombier, tapissier d'occasion, retaper un pneu, une cheminée, et même soigner son ozène à la voisine de palier, une saloperie du nez que l'infirmière ne veut plus monter lui siphonner, à son sixième étage. Cette mémé Vitalie n'a plus sa tête, toute la journée à lire son livre de prières sur lequel elle pisse de la narine, mais elle l'a à la bonne, elle le confond avec un fils qu'elle a eu. Il trouve même le temps d'aller chez le cordonnier du coin, qui lui enseigne l'alène, le tranchet, la gouge, les pinces à œillet et le galochier, les variétés de semences et de pointes, et qui lui prête ses livres d'école ; tout ça à l'œil, s'il se laisse tripoter la quéquette, une manie de vieux qui vit seul. Cette époque a été faste. Sa mère coud des boutons chez un tailleur, elle raconte toujours son histoire à qui veut l'entendre, cette fois à des gens – il n'en manque pas dans ce quartier de Belleville –, qui ont eu un *shtetl* personnel. Chacun en a un à revendre, ils sont confiants. Dans le galetas, Sacha et sa mère ont été heureux comme rats dans leur fromage : ils ont eu leur hareng quotidien qui, comme le dit très bien Brecht, est *la force qui fait marcher les machines appelées personnel, qui ne sont pas encore le mouvement perpétuel.*

Heureux jusqu'au jour, il a maintenant douze ans, où de nouveau des camions à bétail se sont mis à quadriller les rues, au volant les mêmes soudards qu'à Brzezinaw, engeance sanguinaire qui a des camps comme ceux du fils d'Athi, mais pas question d'y porter du poisson et du beurre : illico ramassée, internée à Drancy, sa mère est en grand danger de retourner manger de l'herbe et de la terre en Poméranie. Il a connu une période de grand désemparement, grande solitude, caché sous l'établi, dans la cave à charbon du cordonnier, qui met toute sa bonne volonté à lui sauver la quique, chacun place son cœur où il peut. Mais, miracle, maman est revenue dans le galetas. Elle a trouvé moyen de se sortir d'affaire toute seule, comme quoi une vachère illettrée peut faire des progrès. C'est ce qu'il a d'abord pensé, mais il se trompait. Elle était retombée plus bas qu'au départ avec le fermier. Celui qui l'a sortie du camp la tient à domicile parfaitement séquestrée entre ses visites, et même menottée, attachée aux barreaux du lit. Pas de peur qu'elle s'échappe : par pur plaisir du favoritisme. De chez la voisine ozéneuse, on entend à travers la cloison ce qu'il lui inflige d'amour vache. Dégoupiller ses menottes, facile. Mais où partir, la porter plus loin qui serait hors des dents des loups ? Deux ou trois fois, dans l'escalier, il a pisté ce fumier, qui le regarde l'œil rond, et le chasse de son chapeau, comme s'il était une mouche à merde. L'étriper, l'écorcher, facile. Mais tout l'immeuble y passera en représailles, ce qui reste des *shtetl* un peu partout planqué. Maman la première. Même ligotée, tailladée sur son lit, elle est encore en vie. Pour la première fois de son existence, il n'a pu inventer de solution, ce qui l'a mis au comble de l'irrésolution, il s'en serait bien jeté du sixième étage. Il y pensait vraiment. D'autant qu'elle lui dit :

— Va-t'en, qu'il ne te voie pas, qu'il ne me sache pas ta mère. Autant sois-tu comme mort, sinon tu es mort, moi aussi, va-t'en.

Très démoralisé, il est devenu distrait. Il s'est laissé choper à voler une boîte de sardines, conduit au dépôt par la police et là, interrogé, sans papiers ni coordonnées, il a dit être le petits-fils de la mémé Vitalie, allez lui demander. A part ça, débile mental, facile. Il ignore s'ils y sont allés, en quel état d'écoulement ils ont trouvé mémé, s'ils ont eu vent des amours chiennes du galetas d'à côté, mais, après trois jours de tôle, dans le doute, il a été noté, sur le registre d'écrou *vagabond* à la rubrique "profession" ; *illettré*, pour le "degré d'instruction". Et "religion" : *sans*. Ce qui est bien le cas, en dépit de son quiqui coupé. Il y a de la mansuétude, ou de la négligence zélée, même chez les policiers français, ce qui l'a sauvé, dans l'immédiat.

Car déféré illico comme délinquant au centre d'observation des mineurs de la rue de Crimée, un pensionnat sévère, il a vite compris qu'il est bon pour aller manger de l'herbe sous peu, lui aussi : le commissaire Cougoule y fait le tri pour l'autorité allemande. Ce citoyen-là expédie la plupart des mineurs à Drancy, en quatrième vitesse. Religion : *israélite*. Mais catalogué *seulement* instable, sournois, réfractaire, dans les huit jours, il a atterri au bagne d'enfants d'Aniane, autant dire Cocagne dans l'Hérault, on ne pouvait rêver plus loin de Belleville, et de maman qui le voulait mort ; là où elle en était, c'était le seul espoir qui lui restait.

C'est pourquoi Sacha, qui connaît des histoires, trouve indigente celle de Dallas. Depuis Brzezinaw, il n'a raconté la sienne à personne, sauf à Louis, et encore. Inutile de relater certains épisodes, les gens ne vous croient pas, cela dépasse leur entendement normal. Peut-être ce Lee Harvey Oswald était-il dans l'état démoralisé et distrait qu'il a connu le jour du vol de sardines, ce qui l'a perdu ; peut-être bien sauvé, sous un certain angle. Peut-être ce type de Dallas a-t-il porté une mère sur son dos, à présent pour toujours ligotée, violée, torturée sur un lit de fer. Peut-être mieux vaut-il qu'il soit mort, pour elle et pour lui… *O Dieu, ô Dieu, qu'épuisant et vicié, insipide, stérile me semble le cours du monde !* C'est toujours la même histoire, à Brzezinaw ou à Dallas. On n'a pas toujours la chance de se faire casser les dents à coups de clé dans un camp de redressement, de s'en évader et dans une grange à melons de tomber sur un Louis Personne en personne, en visite à une Hélène résistante, qui commence à bien connaître la vacherie. On n'a pas toujours la chance d'avoir des amis. Et une télévision qui donne des informations.

XXI

Lundi 25 novembre

Ils avaient garé leur fourgon sur le bas-côté, un peu en amont de la ferme, s'étaient présentés à pied au portail des Armand. Sur le coup de huit heures et demie, à peine le jour se levait-il, cinq uniformes en képi, vareuse boutonnée d'argent jusqu'au menton, barrée de ceinturon baudrier en cuir sur culotte bleu gendarme, gants fauves, impeccables, cravatés ; il bruinait, ce lundi matin. Une pluie si fine qu'elle poudrait plus qu'elle ne mouillait, mais la terre de la cour n'avait pas absorbé les averses de la nuit, des flaques jaunâtres stagnaient, soupe de bouses détrempées et de gasoil du tracteur, un bourbier qu'évitaient soigneusement les gendarmes pour épargner leurs chaussures à jambières. Ils n'avaient pas pleuré le cirage, ni le savon à barbe, et ils étaient polis. Ils s'excusaient d'occuper le chemin de leur fourgon, qui pouvait gêner le passage, mais le camion du lait était déjà passé, les enfants partis à l'école, Rolande tombait des nues. On n'avait jamais vu la gendarmerie aux Armand. Elle finissait la vaisselle du petit-déjeuner, elle était seule à la cuisine en train d'essuyer les bols au torchon tout en essayant, avec la machine à laver en bruit de fond – elle avait lancé une lessive de chemises –, d'écouter les informations à la radio, à présent le meurtre de l'assassin de Dallas faisait sensation. Il excitait les speakers, plus que les obsèques du président Kennedy, promises en direct dans l'après-midi, quand, à travers la condensation des vitres, elle avait entrevu ces hommes dans la cour, sitôt sortie sur le seuil. Son léger surplomb ne lui donnait pas avantage sur leur nombre, déjà groupé au bas des deux marches. Dans la surprise, elle ne distingua leur visage ni leur grade. Sauf de celui qui se portait au-devant, leur chef d'évidence, un quinquagénaire à moustache débonnaire que la buée de son haleine rendait floue. On eût dit Brassens mais, l'ennemi des pandores, sous cet uniforme, c'était une erreur de distribution. Une erreur que leur irruption matinale, ils ne pouvaient que s'être perdus, fourvoyés par distraction sur cette servitude que seuls empruntaient les familiers, mais ils ne cherchaient pas leur chemin. Ils demandaient après Gaston Donné, le propriétaire.

Ils demandaient aussi à entrer, sur un ton qui, bien que courtois, excluait le refus, l'accent de qui remplit une mission de force publique et entend être obéi sans discussion. Rolande avait reculé, par un réflexe machinal dénouant son tablier, confuse que la cuisine soit encore en désordre, prise en défaut et déjà coupable de recevoir ainsi ces messieurs, elle s'excusait à son tour. Il s'agissait bien de civilités ! Ils se moquaient pas mal de la miche entamée, des miettes traînant sur la nappe cirée, des bidons renversés sur le carreau, des torchons qui séchaient au-dessus de la cuisinière : ils avaient mandat de perquisition. Le gradé, lieutenant-colonel Lenfant, se déclarait-il, tendait une feuille tamponnée de cachets, qu'elle n'eut même pas à l'esprit de prendre et lire ; qu'il repliait donc, glissait dans sa poche : il voulait parler à Gaston Donné. Mais, à cette heure du matin, Rolande était seule à la ferme. Les hommes étaient déjà partis, Paulin labourer au tracteur une pièce au fond de la combe, son père en allé devant avec son chien faire le tour de ses terres dans le coin, comme il en avait l'habitude, et Yvon à la station essence chercher du gasoil. Soizik de même, partie sur le haut avec la brouette, ramasser le compost des fanes de pommes de terre laissées sur les chaintres. Paysan, on ne traîne guère au lit et à déjeuner, les jours sont courts en hiver, le travail commence avant l'aube, il y a les vaches à traire, la litière à changer, le ramassage du lait, et les enfants à préparer, que s'imaginent-ils, ces fonctionnaires ? Mandat ? Perquisition ? Prononcé sans commentaire, le mot la glaçait, un terme de police aux échos effrayants, elle ne l'avait plus entendu depuis l'Occupation et, à l'époque, elle était gamine.

Ces gens encombraient à présent la cuisine, sanglés de drap militaire, arme au ceinturon, écrasant sans vergogne la boue de leurs semelles sur le carreau, sombres, tous leurs yeux sévères braqués sur elle, qui perdait contenance, elle eut un moment d'affolement. D'indignation aussi, pour se laisser démonter par ces intrus et être devant eux telle une fautive en train de bafouiller où étaient les uns et les autres, comme si c'était un mensonge, et un délit qu'ils ne soient pas réunis tous dans l'instant autour de la table, à les attendre pour décliner leur bonne raison.

— Il faut les ramener tout de suite, décrétait ce Lenfant, péremptoire.

Et il distribuait à ses collègues les directions, que lui indiquait Rolande, pas question qu'elle aille elle-même à leur recherche, comme elle en avait amorcé le mouvement : elle restait là. S'il vous plaît. Trois gendarmes ressortaient derechef, qu'elle suivit pourtant sur le seuil, sitôt retenue au coude par le dernier, un blondinet boutonneux, de qui le geste l'électrisa, elle se dégagea vivement.

— Pour Soizik, il suffit d'appeler depuis le fond du jardin. Mais vous lui ferez peur, protestait-elle. Ma belle-mère est une vieille femme, elle n'a rien fait de mal, que nous voulez-vous ?

Laissant la question sans réponse, le gendarme tirait une chaise et s'installait à la table, qu'elle se précipita de nettoyer sommairement à l'éponge, furieuse de s'y abaisser, de s'avouer déjà domptée par son ascendant. Tandis qu'il tirait de son cartable gros calepin gris et stylo, le jeunot coupait d'autorité la radio et poussait les portes, jetait un coup d'œil dans la réserve, la souillarde, et maintenant dans le couloir, il n'allait quand même pas entrer dans les chambres ! Il y entrait.

— Les lits ne sont pas faits, objecta-t-elle, si faiblement qu'il dut ne pas entendre à travers les cloisons.

Sa voix lui parut d'une petite fille, ridiculement fluette, étranglée par la peur soudain, de ces hommes tranquilles qui envahissaient la maison en toute impunité, aussi menaçants que des malfaiteurs, ainsi les chauffeurs d'autrefois surgissaient-ils, tirant les paysans de leur sommeil, ou interrompant leur repas pour les tourmenter de mille supplices, l'angoisse séculaire en restait au fond des campagnes et, pour s'en défendre, c'était bien peu d'opposer que les lits étaient encore ouverts, l'intimité des draps exposée, et elle non plus, même pas débarbouillée, coiffée à la diable, sa salopette enfilée sur un gilet de la veille… Vous tombe cette escouade sur le dos, sans prévenir, et vous êtes sans délai assigné à obtempérer aux ordres lancés comme au chien, à laisser fouiller votre domicile, mais je suis chez moi, nous sommes chez nous !

— Que nous voulez-vous ?

Pour la deuxième fois, mais autant parler à une bûche. Le gendarme, apparemment très absorbé par sa tâche, glissait un carbone sous la feuille de son calepin, remplissait une espèce de formulaire à en-tête, ses nom et grade, lieu, date et heure, tandis que, dans la maison silencieuse, résonnaient les allées et venues de l'autre, ses pas lourds heurtant les planchers. Il prenait l'escalier à présent, rendu à l'étage tentait d'entrer chez Jackie, dans sa chambrette en soupente, mais Jackie ferme sa porte à clé. Ce qu'elle a obtenu après une dispute avec Soizik qu'elle accuse d'y fureter sous prétexte d'y faire son ménage, particulièrement sous son lit où elle range, dit-elle, ses journaux, elle a bien le droit de lire ceux que lui prêtent ses copines, et d'avoir une chambre à soi, à son âge. Contre la promesse de la tenir propre elle-même, puisqu'elle en a l'âge, il est établi que plus personne n'y met son nez. Le jeune gendarme redescendait, ayant fait chou blanc, ce qui n'avait pas l'air de le contrarier outre mesure : revenu dans la cuisine, il dessinait sur son calepin personnel un plan sommaire de la maison, à main levée, s'enquérait des bâtiments, s'il y avait d'autres logements, et il sortit inspecter celui de Paulin. Restée seule avec le gendarme, elle osa répéter sa question, d'une voix raffermie.

— Je vous demande ce que vous venez faire chez nous. Je vous parle français, non ?

— Mandat de perquisition, brigade de Versailles nord. Asseyez-vous et dites-moi qui vit ici exactement, avec Gaston Donné, propriétaire de la ferme des Armand. Qui êtes-vous ?

— Et vous ? A quel titre entrez-vous chez nous ?

— Enquête au domicile, sous commission rogatoire du procureur de la République. Vous n'avez pas lu le mandat, mais le voici de nouveau. Vos nom, prénoms ?

Décliner son identité, Rolande ne l'avait plus fait depuis les démarches administratives nécessaires au mariage, c'était alors un jeu, une formalité joyeuse que de procurer son extrait de naissance et de tendre sa carte encore neuve de jeune fille ; elle n'aurait jamais imaginé trembler d'articuler Livi, le nom de son père, descendant d'émigrés italiens, et celui de son mari, Rolande, Juliette, date de naissance, date de mariage, nombre d'enfants, âge, à quelle école sont-ils ? Ces flics n'allaient quand même pas enlever Nadine et Patou, et Jackie à leur classe, devant leurs camarades, et les ramener ici comme des bandits, elle en était scandalisée, mais il devança sa colère, comme revenait le jeunot, ses vilains boutons enflammés par le froid, griffonnant toujours ses plans.

— Nous ne sommes pas des brutes, madame. Nous sommes officiers de gendarmerie. Nous nous présentons à cette heure-ci par souci de ne pas choquer les enfants. Nous aurions pu le faire à six heures du matin, selon la loi. Asseyez-vous.

Mais Rolande ne pouvait, comme il le lui ordonnait, s'échouer sur cette chaise en face de lui, paralysée par l'évidence, chaque seconde plus alarmante que, dans la cuisine, un quart d'heure plus tôt si paisible, se passait un événement incompréhensible, d'une gravité qui dévastait tout de l'ordre établi, de l'écoulement des heures, équilibre des murs et protection du toit, une chose terrible qui avait eu lieu, on ne savait quand dans l'insouciance des jours, dont l'énormité venait à échéance à présent, se déclarait comme un mal foudroyant. Elle eut un instant l'intuition affreuse qu'elle en connaissait l'origine, mais la pensée s'en évapora car entrait Soizik, sur les pas de qui le gendarme qui l'avait trouvée refermait la porte, et les deux femmes se dévisagèrent, mêmement effarées. Peut-être moins la vieille que sa bru, celle-ci quémandant secours de si véhément regard que Soizik, d'un clignement lent, lui intima silence, et paix ; elle s'assit. Sans qu'il l'y invite, elle prenait place en face de Lenfant, toute petite et droite, tête noiraude d'oiseau sous ses cheveux blancs, dans son châle entortillée à la taille, ses mains noueuses encore humides de l'eau dont elle s'était lavée à la pompe en passant, le jeune brigadier avait dû patienter, tolérer qu'elle enlève aussi ses sabots et chausse ses feutres. Elle était assise et maintenant examinait le gendarme de ses yeux délavés, d'une insondable songerie, comme si rien n'était plus étonnant que son nez à larges narines et sa moustache gros poivre, les veinules rosâtres de ses pommettes, le pli profond entre ses sourcils, par cette étude intense réduisant son vis-à-vis à un objet de curiosité comme en observent à la loupe les entomologistes. Ce qui lui fit perdre une seconde son aplomb et c'est d'une tout autre voix qu'il s'adressait à elle, très polie, modérée d'une diplomatie circonspecte, s'excusant encore de l'avoir enlevée à ses travaux, de la faire chercher en pleins champs pour cette *audition*, disait-il, puisqu'elle était l'épouse de Donné Gaston, n'est-ce pas ? Ce qu'elle n'infirmait ni ne confirmait, elle se taisait. Sa lèvre inférieure pendait, découvrant la muqueuse, sa soie humide moirée de violine, dans un relâchement qu'on pouvait imputer soit à la stupeur, soit à la stupidité, à la sénilité de son cerveau et Rolande elle-même hésitait, partagée entre l'admiration pour cet art de feindre l'hébètement, et l'inquiétude qu'il ne fût vrai, relatif à l'apparition dans la brume de la silhouette armée venue la quérir. Elle campait dans cet état indécidable, sa vieille face inexpressive obstinément figée dans un marbre d'ensommeillement et cela suspendait l'attente d'un sursis étrange. Pourtant, chaque seconde passant aggravait le silence, Rolande tendait l'oreille à un bruit de moteur, car ne tarderait plus le moment où la voiture d'Yvon déboucherait dans la cour, celui-ci déjà prévenu par le fourgon sur le chemin qu'il se passait quelque chose ici ;

où reviendraient les deux gendarmes encadrant Paulin et Gaston arrachés au labour, et pourvu qu'il ne soit rien arrivé là-bas de violent, que le vieil homme n'ait pas pris la mouche… De son caractère ombrageux, emporté, on pouvait tout attendre, insultes ou brutalités ; Rolande en était tétanisée. Par un effort raisonnant ses craintes, elle répondit en lieu et place de sa belle-mère, définitivement barricadée dans son mutisme, certifiant qu'elle était bien qui le gendarme supposait et celui-ci, apparemment résigné à ne rien obtenir de Soizik, prenait note sur son calepin sans se départir de son calme, levant cependant le nez vers la vieille, interrogeant à son tour les rides, le fin réseau craquelé du masque, la joue fraîche de sa toilette et de l'air froid du matin, cet air de santé coriace sous l'affaissement des traits et le bleu pâle de la taie voilant la pupille, la paupière flétrie au cillement lent, il hochait la tête et soupirait fort des naseaux, prenant à témoin ses collègues qu'il y mettait du sien, avec ce personnel-là.

De cette scène, Rolande se souviendrait ensuite comme d'un prologue solennel où rien ne bouge encore, où la bruine glacée poudre d'eau les carreaux et coule en rigoles lentes, où les mouches se posent sans effroi sur la nappe cirée, frottent leurs mandibules menues à une goutte de miel, où le robinet goutte dans l'évier au rythme de l'horloge, le balancier en cuivre découpant les secondes de son tic-tac lancinant, un compte à rebours auquel contribuent les choses domestiques inoffensives devenues les dangereux instruments du drame, que rien ne conjure. Il en faut donc si peu pour, au saut du lit, les yeux encore embués de sommeil, dans le commencement ordinaire d'un jour parmi les jours, se sentir traqué, assigné à cet état qui abat la résistance, dans le spectaculaire déploiement de force déjà convaincu d'on ne sait quelle faute, y consentir presque, par soulagement l'admettre, envisager dès lors le pire comme une chose naturelle, et méritée, parce que l'on n'est innocent de rien… Ils étaient brusquement tous là. Yvon surgi comme elle l'avait imaginé, plus interdit qu'inquiet, son beau-frère et le père reconduits à la ferme, sans altercation semblait-il, taciturnes, butés, lourds dans leur vareuse d'hiver et les mains terreuses, la cuisine maintenant pleine de cette foule insolite rassemblée dans l'espace rétréci, un invraisemblable encombrement, autant de gendarmes qu'eux, les Donné, un par personne censé garder celle-ci, ou la contraindre, les séparer d'entre elles pour leur interdire de se parler, d'échanger un seul mot et déjà des coupables, avant même que ne tombe cette imputation extravagante, proprement incroyable, aussi révoltante qu'insensée, que Gaston est soupçonné d'un crime, selon l'accusation formelle portée contre lui d'avoir proféré envers le député Guillemot des menaces de mort, un matin de chasse, dans ce chemin même, et ce n'est pas, non, que le député soit mort de quelque manière, mais des siens, de ses proches, et personnellement celui-ci dénonce auprès de la force publique que ces menaces verbales, très graves, attestées par témoins ayant déposé, ont pu être mises à exécution par le fermier des Armand.

On rapporte certains états de stupéfaction extrême où laissent un accident, une nouvelle sidérante, à la foudre jaillie d'un ciel sans nuage, ainsi dit-on pour traduire une anomalie qui tient du prodige, ou d'un sortilège du diable, pourtant Rolande, la seule sans doute, n'en éprouva pas l'étonnement. Au contraire, cette accusation, articulée par le lieutenant-colonel Lenfant comme on épelle à l'école, et suivie du doigt sur sa pelure dactylographiée, lui parut un phénomène naturel, tel qu'il s'en produit peu dans les ciels bleus, mais celui-ci ne l'était pas, il bruinait, depuis longtemps le couvercle céleste posé sur la combe avait le poids du plomb ; s'y amassaient les signes avant-coureurs des orages violents qui raréfient l'air et oppressent le souffle, parcourent l'atmosphère de courants électriques hérissant la peau, et depuis qu'elle avait dit à Antoine sa peur d'un malheur, elle savait que cet instant viendrait, il le fallait ; il était venu.

— En garde à vue ! s'écriait l'inspecteur Verlaine, dressé sur sa chaise. Inculpé, tant qu'on y est ? Mais de quoi se mêlent-ils, les Versaillais ? Pourquoi une descente de gendarmerie quand la PJ est saisie de l'enquête, vous de l'instruction, et le procureur en charge du dossier, notre compétence préfectorale étendue à ces départements limitrophes ? Qu'est-ce que c'est que ce bordel ?

Le gros mot tonnait, il offensait le sanctuaire, mais n'ébranlait pas le juge Rochelle qui, ayant rangé, méticuleux, son sous-main de cuir à l'équerre, orthogonal à la pile de dossiers et parallèle au range-lettres, placé son stylo en stricte diagonale sur son unique feuillet de notes, rongeait sa branche de lunettes. Proche de l'épuisement, l'ampoule de quarante watts peinait à éclairer ce dispositif cartésien, aux antipodes de la situation qu'il venait d'exposer, au soir de cette journée surréaliste, bordélique, il l'admettait, même si le mot n'appartenait pas au vocabulaire du Code pénal. Il avait convoqué Verlaine à cette heure indue, dix heures du soir, dès qu'informé de l'intervention intempestive de la gendarmerie et de sa conclusion : en fin d'après-midi, le dénommé Gaston Donné, agriculteur, avait été déféré devant le juge de Versailles, comparution immédiate et mise en garde à vue, avocat nommé d'office, saisies sous scellés confiées au magistrat. La perquisition, tout ce qu'il y a de réglementaire, obéissait à mandat, dans le cadre d'une enquête criminelle, ouverte sur plainte et dénonciation volontaire. Le pire : quelque petit malin de brigade en mal de sensation, lassé de tirer son chewing-gum entre deux contraventions, avait alerté la presse, débarquée en fin d'après-midi dans ce trou de campagne, ferme des Armand, commune du Mesnil, à l'ouest de Versailles, précisait Rochelle après avoir vérifié sur sa feuille. Trois journalistes, dont un local, et un type de la télévision pour finir en beauté, que les gendarmes avaient eu du mal à tenir à l'écart ; ils avaient même dû appeler du renfort, jusqu'à leur départ avec le prévenu…

Rochelle n'aurait su dresser tableau plus désastreux. Effondré sur sa chaise, Verlaine en perdait la voix. Dans le silence sépulcral du bureau, ils se consultaient du regard, nul besoin de commenter. Eux deux en savaient trop pour épiloguer sur cette plaie des interférences entre gendarmerie et police judiciaire, leur rivalité chronique, elles empoisonnent le métier mais, en l'occurrence, ce n'est pas une course à qui plantera le premier son drapeau ! Depuis plus de quinze jours, une enquête est diligentée, suivie au plus haut niveau, sous contrôle, avec consigne absolue de discrétion, des plus difficiles à tenir, et mes équipes sont irréprochables, protestait l'inspecteur, malgré les obstacles, la moindre de leurs initiatives entravée, trois tampons de la hiérarchie avant de lever le petit doigt, et voilà que ces cow-boys débarquent au milieu des vaches, retournent le fumier et harponnent le premier venu au lasso : qui est ce gus, d'où ces clowns le sortent-ils ?

— Ils se croient au music-hall, avec leur suspect de pochette-surprise ? Suspect, accusé de quoi ? Excusez-moi, mais c'est du tir de baraque foraine, ou quoi ? Qui les envoie, sur quel ordre ?

Là était la chose extrêmement délicate, pénible à formuler que, dans le week-end, et de manière inopinée, un tiers avait bousculé le jeu, sensiblement déplacé la partie, ingérence dont la décision, étant donné sa gravité, qu'elle culbutait l'enquête en cours, opérant un revirement brutal, ne pouvait avoir été prise qu'en haut lieu, vraisemblablement celui même de l'instance qui jusque-là y présidait, blésait le juge mordillant sa lèvre, mangeant ses joues, dévorant ses lunettes, torturant son lobe d'oreille et suppliant le mur du fond de garder ça pour lui.

— Mais de quel haut lieu de merde parlons-nous ? éructait Verlaine. Dans quelles sphères s'assoit-on sur le Code, la procédure et les personnels, sur les services de la Préfecture, pour nous servir le coupable sur un plateau ? Ne me faites pas le coup de la raison d'Etat, ou je pique une crise cardiaque. Plainte de qui, auprès de qui ?

— Du député Guillemot, tombée par télécopie de Nice, dimanche matin. Il a foncé à la gendarmerie de Versailles dès sa descente du train, a déposé plainte le soir même, en présence de deux des témoins cités… Etant donné la position du plaignant, ce passage en force ne peut qu'avoir eu l'aval de son entourage, voire son conseil : ils étaient tous à Nice, ce week-end, pour leurs assises nationales… Blagnac, mon collègue de Versailles, est aussi embarrassé que moi. Cette démarche constitue un empiètement patent d'autorité… Depuis le début, je vous en ai fait l'observation : cette affaire touche un personnage public, des plus en vue… Que faire quand un élu, pressenti pour un portefeuille, porte plainte contre un agriculteur de sa circonscription ?

Obtempérer, cela va de soi. Cela n'y va pas, mais y va quand même. La plainte contraire, plus rarement. Sur ce sujet non plus, ils n'allaient pas s'étendre. L'avantage, avec le métier, c'est qu'on gagne du temps sur la rhétorique oiseuse.

— M. Guillemot a eu de graves différends avec ce Gaston Donné, un paysan à chicanes, en contravention avec la loi pour des histoires d'eau, selon ses dires, de qui la rancune et l'animosité sont anciennes. Ils ont eu une altercation violente, l'hiver dernier, sur son chemin, en raison d'une clause de servitude controversée. Insultes, voies de faits, menaces de mort. Devant témoins…

— L'hiver dernier, et le député s'en souvient tout soudain ! Il ne m'a pas soufflé mot de cette histoire quand je l'ai rencontré. Il n'a pas d'ennemi, selon lui. Il ne s'en connaît pas. Et il trouve soudain celui-là dans son chapeau, sous les palmiers de Nice ? Il délire. Je veux bien croire que ses deuils lui perturbent le mental, mais il court-circuite délibérément notre enquête. Vous, moi, le procureur : à la niche. Il livre son assassin aux gendarmes, et nous, nous rendons notre tablier. Bonsoir, Rochelle.

Debout, l'inspecteur Verlaine. Debout pareil, le juge. Se mesurant du regard sans aménité, s'évaluant, d'une inspiration se rasseyant. Longue expérience, longue patience, longues couleuvres dans le gosier, longues digestions.

— Ecoutez : pour une fois, je ne tombe pas sur un collègue obtus. Blagnac est un ami, il me tient au courant, conscient que le dossier présente des incohérences. Nous pourrions assez rapidement suspendre l'enquête de gendarmerie, la reverser chez vous. En douceur, en soignant les susceptibilités.

— Quinze jours de foutus.

— Laissez-m'en deux ou trois, le temps que je trouve de quoi entraver la procédure…

Derechef, avec entrain, se rongeait les ongles, des vitamines autogénérées par l'adrénaline ; il bousculait du coude parallèles et perpendiculaires de son bureau.

— Cependant, nous ne pourrons ignorer ce prévenu. Pour le moment, il est en garde à vue. Mais, s'il y a inculpation, nous devrons entériner la facture. Blagnac me dit qu'il n'a pas de casier judiciaire. Il lui est paru un vieillard sans instruction. Pupille de la Nation, propriétaire de son lopin par donation. Ils vivent en famille sur les revenus de la ferme, de chiche rapport. Cet individu a l'air de ne pas comprendre la moitié de ce qu'on lui dit, ou le feint par ruse…

— Ils veulent nous refaire l'affaire Dominici ? Le paysan archaïque, sournois, revanchard, qui assassine à tour de bras… Quel rapport ce péquenaud foutraque peut-il avoir avec les meurtres du fils et des petits-enfants Guillemot ?

— C'est ce que la perquisition avait pour but d'établir. En présence de la famille, la ferme a été fouillée de fond en comble. Des produits ont été saisis. Aujourd'hui, un agriculteur stocke des engrais, des insecticides, des pesticides en quantité industrielle, un vrai laboratoire de chimie violente, de quoi intoxiquer tout son canton. Sans compter les substances médicamenteuses pour le bétail, une panoplie vétérinaire, que les paysans administrent eux-mêmes. Des échantillons ont été prélevés sur place. Y compris dans la pharmacie familiale. Le clan Donné a été interrogé, mais les procès-verbaux sont sans grand intérêt. Ou ils ignorent tout, ou ils sont tous solidaires…

— Ignorants, solidaires de quoi ? De crimes à répétition perpétrés subrepticement par le patriarche qui quitte sa ferme en sabots, part vadrouiller dans Paris, rôde dans les squares déguisé en vieille ? Il va de soi qu'il téléphone au dentiste, lui fait avaler qu'il est agent immobilier… Et les deux noyés de septembre, les petits gamins dans l'étang ? Ce vieux était aussi du mariage, il s'est invité incognito à la réception mondaine ? Parce que, je le maintiens, les permis d'inhumer sont litigieux. Je les joins au dossier. Deux mômes noyés ensemble, c'est rare. Le légiste a été léger… Tablons sur l'émotion, le gratin débarqué à l'hôpital, le médecin sous influence, je veux bien… J'ai tardé à réclamer l'exhumation à cause de l'omerta qui m'a été imposée. Ne pas bousculer la famille. Epargner le député. Il nous épargne, lui ? Je ne vais pas avoir de ces scrupules longtemps. Si je récupère la totalité de l'enquête, j'exige les mains libres.

— Libres, avec ce suspect sur les bras…

— C'est sans queue ni tête. S'il a le profil, je suis danseuse étoile.

— Il pourrait l'avoir, et vous devoir faire un entrechat : des toxiques ont été trouvés à la ferme. Entre autres, du sel d'arsenic en cristaux solubles, de l'insuline en ampoules. Pour les vaches, selon le fils Donné. Un traitement qui accélère la reprise du cycle chez les bovins primipares, stimulation folliculaire, paraît-il… Blagnac a des chats, je vous donne l'avis de son vétérinaire, qu'il a consulté ce soir. Celui des Armand sera entendu demain… Je ne connais rien aux vaches, mais on trouve de drôles de choses dans les étables… En tout cas, de quoi incriminer. De quoi retenir cet individu en détention, le temps des analyses. Le temps de recouper les emplois du temps : outre le suspect, cinq adultes, trois enfants… Ils ont été laissés en liberté, après déposition.

— Encore heureux qu'ils n'aient pas embarqué toute la famille ! On nage en pleine science-fiction. Je veux bien me faire cosmonaute, Rochelle, mais la Lune est encore loin.

— Il y a encore un hic. Le jour du square Montsouris, 12 novembre, Yvon Donné, le fils, syndiqué à la FNSEA, assiste à une réunion à Paris. Il y traîne son père. Par exception, car celui-ci est allergique à ces organisations, vieille école… C'est que, au dire du fils, ils devaient y rencontrer un avocat, pour leur histoire d'eau. Vous voyez que les allégations de Guillemot sont exactes : il y a des griefs. Donc, ils sont à Paris, tout l'après-midi…

— Moi aussi. Plus sept millions de Parisiens, non compris les touristes.

— Il faudra quand même vérifier.

— Evidemment, soupirait Verlaine, fataliste, calculant déjà le surcroît de travail, coups de téléphone et recoupements, uniquement pour démonter un à un ces échafaudages aléatoires et déblayer le chantier. Cela au lendemain d'un week-end besogneux, empêtré dans le marais, dans les vérifications vétilleuses et leurs rapports circonstanciés, tapés au clavier du doigt perplexe, sous le cône jaune déprimé d'une lampe administrative ; les jours raccourcissent à toute allure, au crépuscule, on devient méditatif… C'est l'heure où l'enquête s'enlise. L'instant convulsif du crime s'éloigne, refroidi, de plus en plus abstrait, chacun travaille sur sa maille, dénoue le point à l'endroit, le point à l'envers de la tricoteuse, cette garce en trois personnes qui file, tisse et trame, et coupe, avec la dextérité maligne des dieux, va-t'en la prendre en flagrant délit. Essaie de refaire son geste rapide au ralenti, d'observer comment elle s'y est prise, dans ton dos, ce jour-là, cette minute-là. Vingt bonshommes s'y collent, à la loupe, au microscope. Ils connaissent un peu les trucs du tricot, à force, mais, chaque fois, elle leur invente un nouveau tour de main qui laisse pantois. En raison du contexte, il fallait y aller avec mille détours. Rien de frontal, surtout ne pas tirer fort sur le fil, jouer du lasso, comme les saltimbanques de Versailles. Par exemple : Sabine Guillemot, la sœur aînée du défunt. Une personne intouchable, grand deuil et désespoir, qui ne se doute pas, ne doit surtout pas se douter que, dans la logique de Verlaine, elle est en grand danger de rencontrer quelqu'un qui ne lui veut pas du bien. Impossible de l'en prévenir, ses proches, mari, père et compagnie. Exclu de réunir la tribu et de lui tenir conférence en trois parties sur l'hypothèse excentrique, dont la hiérarchie ne veut même pas entendre parler, selon laquelle le quelqu'un est susceptible de récidiver, dans l'heure, demain, dans deux mois. De manière imprévisible, selon sa technique du point inconnu, piqué à l'aiguille prompte, au jardin public, en appartement privé rue Bobillot, en pleines noces de campagne.

Au musée Rodin, chez le fruitier, à la messe, dans la salle d'attente du médecin généraliste, au club de gymnastique, Sabine Guillemot épouse Carnet était suivie partout, une filature acrobatique, coûteuse en hommes, en temps, en papier carbone, procès- verbaux en triple exemplaire… La radiographie clinique d'une vie privée, faits et gestes, allées et venues objectivement rapportés en disent plus long qu'une psychanalyse : une fois casés ses deux enfants en bas âge au tombeau, cette jeune femme, bachelière, épouse d'un notaire (grosse étude, Fontainebleau), séjourne dans une maison de repos pour une cure de sommeil (Saint-Germain-en-Laye), transférée dans une clinique (Neuilly) pour fausse couche spontanée consécutive au choc affectif, passe huit jours, seule, à la montagne (Chamonix, chalet paternel), puis, remise d'aplomb après ces menus événements, coiffure, manucure, divers achats domestiques (Fontainebleau), danse rythmique (abonnement annuel au club), contrôle médical (avenue d'Italie), dévotions hebdomadaires en compagnie de l'époux, deux visites à sa mère (Genilly), aucun contact avec le père, prend le thé dans un salon (Saint-Sulpice) avec une ancienne amie d'école (lycée Molière), emprunte des livres en bibliothèque (Teilhard de Chardin), le métro, le train de banlieue, fait reprendre ses jupes chez la couturière (a minci). Ne porte pas le deuil, ne va jamais au cimetière. Un cas. Après un choc pareil, dernier degré de l'échelle de Richter, de quoi dévisser raide, s'écraser aux abysses, Sabine Carnet vaque à ses occupations. Elle mène une vie banale. Follement normale.

Les gens sont étranges. Ceux qu'on croise, les voisins. La foule des rues. Les plus ordinaires, tous malades, psychopathes graves. Celle-là, mère foudroyée, femme flinguée, normalement, devrait être en cendres, calcinée. Normalement. Elle est dangereuse, pour elle, pour les autres. Il lui faut la camisole. Personne n'est normal. Les agents de police judiciaire sont bien placés pour le savoir, et ils ont droit à leur démence personnelle, qui est d'entrevoir celle de leurs semblables. Ce qui ressortait des filatures de la fille aînée du député avait de quoi donner des vertiges existentiels mais, une fois consigné en trois exemplaires sur la machine à écrire, lettre à lettre, cela se laissait envisager. De même le cas, inverse, de sa belle-sœur, veuve du dentiste, dans les premiers jours chargée comme une carabine à gros gibier, aujourd'hui rapatriée dans sa famille en banlieue. Carapatée au fond de sa chambre avec ses poupées, régression totale, marche au radar, gavée de psychotropes sur ordonnance (pharmacie de Saint-Denis) à la suite d'une tentative de suicide (lavage d'estomac), ou pseudo-tentative, va savoir, mais sous surveillance (les parents se relaient). Ces deux cas d'espèce épaississaient les rapports. Quant à la cadette, Viviane Guillemot, épouse Hallier, la mariée en noir, bernique. En rupture de mari, évanouie dans la nature. Inscrite à la Sorbonne, ou plutôt réinscrite après désertion d'un an, numéro de Sécurité sociale exact mais adresse fantaisiste à la cité universitaire où, étant donné la sévère pénurie, elle n'avait pas de chambre attitrée. Avec les désordres de la rentrée, les grèves, les manifestations, impossible de la localiser, si elle avait vraiment l'intention de suivre des cours, de toute manière suspendus, pas plus repérée dans les syndicats étudiants qu'au service social. Etudiante fantôme ; en cavale, si ça se trouve. Pourtant, pour le profil, il aurait valu de vérifier, mais on n'en était pas à lancer des recherches aux frontières, hélas. On en était à errer dans le marais. Et si celle-là restait introuvable aux fins limiers du service, autant espérer qu'elle l'était aussi pour la personne à seringue, qui ne lui voulait peut-être pas du bien, à elle non plus. Selon le raisonnement de l'inspecteur. Ses cogitations atrabilaires du week-end. Aussi, quand le juge Rochelle l'avait appelé, juste comme il rhabillait de sa petite housse son Olivetti personnelle, avait-il sauté son dîner, filé droit à son bureau, pour exiger vertement des explications.

— La presse par là-dessus, autant la Bérézina, apostrophait-il, l'écume aux crocs.

— Avec l'actualité de ce week-end, la mort de Kennedy et son supposé tueur trucidé en direct, on a quelque chance que cela passe inaperçu, du moins quelque temps, temporisait Rochelle, cafardeux… Un whisky, inspecteur ?

Ayant épuisé la mastication de ses téguments, Rochelle avait donc de cette médecine de secours dans sa bibliothèque, rangée entre le Code pénal et l'Annuaire des jurisprudences. Jamais Verlaine n'aurait dû accepter de boire avec le juge, à jeun et nuitamment, surtout après une journée de dactylographie intense ; il avait frôlé la noyade. Dans l'état de débilitation avancée où il se trouvait, l'orge distillée a des effets ravageurs. Ou elle annihile le mental, ou elle multiplie son voltage : les deux en courant alternatif. Au bout de trois verres bien tassés, croisés de vaticinations lugubres, trop déprimé pour présumer un taxi, il avait chaloupé vers ses pénates, rue de

Lancry, en piéton solitaire, personne ne l'y attendait, ni sa femme, ni son fils, ni un chat, pas même des cloportes. Deux ou trois fois constatant erroné son itinéraire, ayant présenté ses excuses à une palissade et cabossé une poubelle, s'étant également esquinté l'imperméable tout neuf, il s'était retrouvé au bord du canal, à l'aplomb de l'eau dont les remous d'encre offraient une tentation subite. Non pour y piquer une tête, son dépit n'était pas si profond, ni son spleen, mais pour s'y abîmer en méditation, ce qui vous met quand même en danger de plongeon.

Le crachin voilait l'enfilade du canal, inquiétante valse de gaze glacée sous la dentelle de fer des ponts dédoublés, avec les arbres nus reflétés en raccourcis équivoques, une image que brouillaient ses larmes incontinentes, d'ivresse ou bien de froid, ou bien son cortex en marmelade truquait sa vision ; il doutait du paysage urbain, mauvais décor de cinéma. L'œil moyen est mal adapté pour traiter les informations optiques. Le premier venu, à l'état normal, les prend pour argent comptant, il se limite à ce petit commerce visuel, alors qu'une fois décillée par l'abus éthylique, ou la fatigue, ou la conjonction accidentelle de neurones en vadrouille, l'humeur vitrée se met à discerner, dans les périphéries brumeuses de l'alentour, des phénomènes ésotériques bien plus réels que la réalité. L'art des parois duplices est le quotidien du flic, soliloquait-il, Duchamp est notre saint patron. Ici le *Grand Verre* du canal Saint-Martin. Ici l'incongruence majeure des points de vue irréconciliables, le concubinage génial des dissemblables. Accuser innocente, et réciproquement. Si je prends le truc par la tranche, j'entrevois qu'aucune perspective légitime n'a de point d'horizon unique. A force de tanguer à la verticale du quai, Verlaine repérait ici et là des lésions et fractures litigieuses dans le tableau, des raccords manqués dans le dédoublement de l'eau, ce canal était une duperie manifeste, un trompe-l'œil expérimental. Le mental rechigne à la magie, mais celle-ci est ordinaire, et même universelle. Ce qui manque, c'est l'imagination. Ainsi ce vieux tas de feuilles mortes, à première vue, c'est un tumulus de saison, ou un monticule de chiffons, un chien couché, une belette crevée, une baleine échouée. Depuis huit jours, tous les matins, on le voit par la fenêtre, à travers la buée, toujours de bonnes excuses : on ferme les yeux. Sur beaucoup de choses. On n'accommode vraiment qu'en certains instants où, doté de l'extralucidité nocturne des taupes ou des chats, on accède à la focalisation duchampienne adéquate, les catégories perceptives s'aiguisent. Désabusé, on s'avise enfin que, ce tas, c'est le voisin, mort dans le jardin, près du clapier à lapins. Il suffit d'être observateur. De tenir compte des illuminations de sagacité dans l'eau trouble de la nuit. Guillemot, en garde : à nous deux, maintenant.

Dans cette même nuit de novembre, les fenêtres des Armand restaient éclairées, leur rectangle jaune trouait l'obscurité de la cour qu'ensevelissait la pluie, obstinée tout le jour à ruisseler en longs filets froids des toits, elle s'engouait dans les chéneaux, tombait en glougloutant dans le tonneau qui la récupère ; l'eau de pluie est bonne pour rincer le linge. Il y avait des remuements à l'étable, les vaches meuglaient en sourdine, se poussaient de la croupe, étonnées que la lumière ne soit pas éteinte, qu'on veille si tard. Par les carreaux embués, on pouvait voir la famille réunie dans la cuisine. Les enfants étaient couchés à présent. A cause d'eux, ils avaient différé ce colloque, attendu qu'ils dorment pour s'entretenir. Alors il fallait parler bas, étouffer sa voix, qu'étranglaient le bouleversement de cette journée, la fatigue, l'angoisse. L'effroi d'être, à cette heure de la nuit, en train de tenir conseil, à quoi bon ? A quoi cela avance-t-il de reprendre depuis le début, de ressasser, tourner les questions sans réponse, mais pire serait de se quitter, de se retrouver chacun dans son lit à repasser cette journée. Soizik était juchée sur une chaise à l'écart, entortillée dans son châle et, les pieds calés sur le barreau, perdus sous sa jupe, on eût dit un gnome sans bras ni jambes, comme il s'en trouve dans les contes, perché sur une branche à la fourche du chemin, qui interroge le passant. Elle n'interrogeait personne, elle écoutait, se taisait. Paulin non plus n'avait pas sommeil, debout adossé au mur, bras croisés, dans son retrait farouche il écoutait aussi. Yvon, assis à la table avec Antoine, discutait avec Rolande ; la place du père était vide au bout. En cinquante ans, il n'y avait pas dû y avoir un soir que Gaston ne préside au repas, coupe et distribue le pain, chacun attendant qu'il donne le signal de la soupe par son geste lent de porter la première cuillère à sa bouche comme le saint sacrement. Pas une occasion ne s'est présentée qu'il prenne son dîner dehors, qu'il découche, passe une nuit ailleurs que dans son lit ; cinquante ans.

Son absence extraordinaire faisait autour de sa chaise vide une sorte d'aura palpable, mais tout ce qui se disait, peu ou prou, s'adressait à lui, le prenait à témoin, le désignait à cette place que personne n'avait eu l'idée d'occuper. Il n'y a que les morts, de qui l'on évite d'utiliser le siège, le couteau à manche de corne, le rond de serviette, plus encore de coiffer le feutre ou d'endosser la canadienne, il y faut du temps, et encore le fait-on avec le chagrin d'usurper un peu de sa vie disparue. Gaston n'était pas mort mais tout comme, son enlèvement brutal y ressemblait, ce rapt d'une incongruité telle que chacun s'abstenait d'y mettre le mot d'arrestation, le contournant pour en suspendre le scandale, exorciser la peur qu'il procurait. Il va revenir. C'est un malentendu, une méprise, une aberration. Demain, ils vont le relâcher. Il sera assis là, nous autour de lui, refermé le cercle rompu pour réparer l'ordre, la raison, la loi, le bon sens. Mais, pour l'instant, un chaos tel que la ferme n'en avait pas connu, même lors des tempêtes familiales, les prises de gueule, même pendant les heures noires de l'Occupation quand étaient venus les soldats réquisitionner fusils et pneus, et denrées, jamais quiconque n'avait ainsi investi la maison et les dépendances, retourné les matelas, ouvert les armoires et vidé les tiroirs, y compris ceux des enfants. Un sac méthodique bien que poli, rien n'avait été vandalisé ni démoli mais des mains, aussi implacables et glacées que d'inquisiteurs, avaient fouillé jusqu'au moindre recoin, chacun suspecté d'être la cachette d'une preuve, une preuve criminelle ! Accusé, arrêté. Ils ne prononçaient pas ces mots, si choquants que, de tout le jour, ils n'en avaient assimilé l'énormité.

Cela tournait autour de ce lointain matin de chasse, cause du malheur. Ils avaient assisté à la scène. Ils en avaient le souvenir, en avaient été témoins, et protagonistes. Ils avaient pris part à cette invraisemblable altercation sur le chemin où convergeaient ces hommes à gibecières et fusils, qui n'étaient pas des anonymes, chasseurs égarés ou passants de hasard mais des notables du pays, qui avaient titre et pignon sur rue, puissances étendues bien au-delà du canton, en des aires de pouvoir d'où ils tiraient leur impunité et malfaisance occulte. Gens de finance, fortune, réseaux et notoriété, gens du Mesnil et de Genilly, de Paris, menés par le premier d'entre eux, qui occupait le chemin, en propriétaire. Qui se faisait un plaisir mauvais de traiter cette piétaille des Armand comme domestiques. Ils étaient là, ils avaient tout vu, entendu, sauf Yvon.

— Avec des bêtes qui ont la rage, on passe à l'écart. Avec les putois, on se pince le nez. Que vous a-t-il pris de vous porter sur le chemin et de les empêcher ? reprochait-il.

Sa fureur mal contenue concernait autant la question générale que celle de son amour-propre. Il disputait Rolande de ne lui avoir rien dit. Pas soufflé mot de la scène, survenue alors qu'il avait les talons tournés. A peine se rappelait-il ce jour où il assistait à une réunion sur le remembrement, revenu sans se douter de rien… Ainsi, sa femme lui cachait-elle des choses. Elle se défiait de lui, elle mentait. Par omission, mais quand même. Elle dissimulait. Ce contentieux privé interférait dans la conversation, en annexe de l'histoire des menaces de mort. Il l'avait apprise dans la journée, par la bouche des gendarmes, tombant de son haut ; puis de celle de Rolande. Eberlué, aussi mortifié qu'un qui a manqué son train. Rien à tirer de Paulin, de sa mère, pas davantage. C'était donc la version de la jeune femme, contre celle des gendarmes. Ou plutôt, Rolande ne contredisait pas celle-ci, mais la compliquait de toutes sortes de circonstances embrouillées, plaidant pour les autres, qui la laissaient seule à décrire les épisodes, se reprendre, abondant chaque fois d'un détail supplémentaire, d'autant plus prolixe qu'elle cherchait à rattraper son silence d'alors, désespérant de convaincre Yvon de sa bonne foi. Mais, en en faisant un affront personnel, par sa querelle il aggravait sa honte que s'étale en public leur dissentiment de couple. C'était un problème entre eux qu'elle se soit tue, cela concernait leur entente, le pacte entre époux des choses qu'on partage, qui scelle mutuellement le lien. Ulcérée d'être incriminée devant tous, prise en défaut, lui remontait le peu de vie privée, trop nombreux à se marcher sur les pieds dans cette ferme ; même portes fermées, tout s'entend à travers les cloisons. Oui, elle s'était tue sur l'algarade, mais sur bien d'autres choses encore, qui lui pesaient sur l'estomac. Les contrariétés secrètes du manque d'intimité, toutes ces années forcée de partager la vie commune, les compromis, les heurts avec Soizik, les remarques qu'on ravale, vexations, blessures, on se mord la langue mais cela s'accumule, enflé de ressentiment qui salit la tendresse, l'amour… Elle ne pouvait déballer cela devant tous, ce n'était pas le moment, et même le pire. Seul Antoine avait l'air de comprendre quel effort elle faisait pour tenir tête à Yvon. Que ne reprochait-il aussi leur silence à Paulin, à sa mère, à Gaston ? C'était bien leur affaire, après tout. Pas la sienne. C'était leur histoire de famille, leurs terres, à vendre ou non, leur chemin et sa servitude, les clauses chez leur notaire, la donation des Armand, tout cet héritage de passions et de haines leur appartenait et, le leur imputant, se séparant d'eux par ce constat, elle se sentait au bord d'une révision affreuse, si effrayée soudain qu'elle se resservit du café, cherchant réconfort à l'âcre parfum.

— Si tu me l'avais dit, maintenait Yvon avec l'entêtement des gens malheureux, j'aurais réglé ça dans l'heure.

— Tu n'aurais rien réglé du tout. Elle ne t'a rien dit, parce que je le lui ai conseillé, coupait Antoine.

Ce mensonge pour secourir Rolande, mettre fin au procès absurde, et elle était si pitoyable, encore vêtue de sa salopette du matin, même pas débarbouillée ni coiffée, lèvres pâles.

— Conseillé ! Tu ne mets pas les pieds ici trois fois par an, et tu te mêles de donner des conseils. Tu lui en demandes donc, toi ?

— Je lui en demande, parce que tu sembles ne pas voir que ton père nous rend fous, avec ses chicanes. Guillemot le repoussait du ventre, de peur de se salir les mains, comme s'il était un animal. Le tuer ! C'étaient des mots pour se défendre. Mais ils lui sont venus parce qu'il y pensait vraiment. Nous l'avons tous entendu. Ces mots portent le malheur.

— Il les a dits à cause de moi.

Sorti si soudainement de son silence qu'ils se tournèrent tous vers Paulin, interloqués, et Soizik eut un gémissement de chiot, à fendre les pierres. Un son affreux sortait d'elle, tout doucement, de quoi tordre le cœur. Du coup, Paulin hésitait à préciser sa pensée. Tais-toi, le conjura Antoine à part lui. Pitié, ferme ta gueule. Depuis qu'il était arrivé, à sept heures du soir, il redoutait que cela ne finisse ainsi. L'explosion générale, comme le jour du 15 Août. Il y en a de fameuses, inspirées du feu de Dieu pour allumer la famille. Même pas besoin d'une phrase de mal embouché, un mot de trop suffit, il fait balle. On se dit : ça m'a échappé, mais ces billets sans timbre ont leur adresse, balistique d'expert, foudroyante. La science que donne la longue pratique des familles ! A présent, la bombe risque de sauter au milieu de la cuisine. A assourdir les enfers. On sait tout les uns des autres ou presque, où sonder chacun à la percette, frères, fils, oncles et neveux, mère et bru. Un mot de trop, on croyait ne pas pouvoir le dire, le penser, mais il est dit. On écoute à retard ses ondes se répercuter sous le crâne, revenir, on s'en mangerait la langue. Même pas en colère, ni peur, une espèce de paix hagarde de ce qui s'entrouvre, le temps de l'éclair : abysses de carnage, viandes crues putréfiées au fond du trou, un charnier. Comment colmater le gouffre entrevu ? Tais-toi, Paulin. Cette insulte de bâtardise, qui crucifie Soizik, qui la tue, garde-la pour toi. Elle pue, infecte, scélérate. Tu sais d'où elle vient. Ecrase-la sous le talon. Ecrase-toi, pour l'amour de Dieu, sainte Marie notre mère.

— Pas plus à cause de toi que du père, pas plus de Soizik, ni de Rolande, s'écriait-il, un ton trop haut, ému de sa véhémence. A cause de cet enfoiré qui se croit tout permis parce qu'il est né le cul bordé de médailles. Parce qu'il est seigneur du Mesnil depuis des générations et qu'il connaît des ministres, des préfets et des procureurs pour faire plier la piétaille. Tu as assez honni mon maître d'école, maman, mais il m'a appris comment ça fonctionne. C'est tout simple, ça dure depuis des siècles, et notre père le sait. C'est ce qui le rend malade. Guillemot veut vos terres, alors il vous conteste l'eau. Vous résistez ? Il cherche le *casus belli*, et il le trouve. Vous narguer au portail, c'est son privilège ; mais vous provoquer, sa limite : nous sommes en 1963. Autrefois, on confisquait leurs terres aux bouseux. On les envoyait au bagne ou on les pendait aux arbres, sans autre forme de procès. Aujourd'hui, il y a des avocats, pour les manants comme pour ce fils de salaud. Il accuse notre père d'empoisonnement ? Demain, Paulin et toi, Yvon, vous venez avec moi : on va trouver qui de droit, pour porter plainte à notre tour, nous défendre. Ne nous lançons pas à la figure nos griefs. Ils ne regardent personne, que nous. Ce n'est pas le moment de les sortir du placard, ça ferait trop l'affaire du guignol de la maison Rougerie. Vous avez oublié toutes les casseroles qu'il se traîne au cul ? Ta copine Marcelle, et toi, maman, en savez pas mal long sur ce fieffé pourri, non ? Il déballe nos vieilles histoires ? On va lui déballer les siennes.

Les mots se bousculaient, il déglutissait mal, mais il aurait bien poursuivi cette forfanterie sur des kilomètres, laissant dévaler son torrent de discours pour faire taire Paulin, se calmer Yvon et Rolande, pour sauver maman. Pour les ramener à la raison, éteindre la mèche. Pompier des incendies de famille, la mission de service public qu'il s'était juré de ne jamais tenir ; hors d'atteinte. Mais, apprenant ce qui se passait aux Armand, son sang n'avait fait qu'un tour. Yvon avait raison, il n'y mettait pas les pieds trois fois l'an. Il n'y était plus chez lui depuis longtemps. Encore assez, pourtant, pour qu'à l'alerte le saisisse ce sentiment banni, remonté tout neuf du fond de l'enfance, du fond de la combe. Il avait foncé *chez lui*, averti vers six heures par le coup de fil d'un inconnu qui l'appelait “de la part de son frère”. Yvon le confirmait. Impuissant à s'insurger, choqué par la fouille de la ferme, exaspéré d'avoir à répondre à des questions qui chacune semblait un couperet, humilié par la capitulation générale et voyant son père menotté tel un forcené partir entre deux gendarmes, il s'était résolu, en désespoir de cause, aparté rapide, à donner son téléphone, au hasard, à l'un des journalistes que refoulaient les gendarmes, pour lui faire dire de venir au plus vite. Car il était exclu qu'Yvon aille lui-même au bourg, lui téléphone, de l'épicerie ou du café de la Gare. Rien ne l'en empêchait plus, mais il courait le risque d'y croiser des gens déjà prévenus de ce qui s'était passé ce jour, les langues vont vite, pour rien au monde il ne voulait avoir à en rendre compte, et déjà ils étaient des pestiférés, acculés à se barricader comme des criminels, assiégés, dès demain peut-être, par ces baveux à l'affût du scandale, prêts à tartiner leurs feuilles de chou de ragots sordides… Leur bande était partie à la poursuite du fourgon, faire le siège du commissariat, et rien ne l'assurait que ce type s'exécuterait. Or il avait tenu promesse. Si bien tenue qu'Antoine l'avait trouvé posté au portail du Mesnil avec sa moto, un certain Fricot. Entre chien et loup, à califourchon sur son engin, sous son poncho ciré ruisselant de la pluie qu'il avait endurée à l'attendre, il s'était présenté pour celui qui lui avait fait passer le message de son frère, ne voulait que l'informer qu'il avait, quant à lui, un avis très personnel sur l'enquête, s'engageait à n'en rien rendre public tant qu'il ne le lui aurait pas exposé. Il lui avait laissé ses coordonnées ; puis lancé son moteur, viré sur la route. Cela avait duré deux minutes, à la lueur des phares. Dans l'instant, stupéfait qu'il était par cet abordage, la proposition lui était parue un guet-apens, ce type un allumé dangereux, il l'avait voué au diable et passé son chemin, trop tourneboulé pour discuter davantage. Il n'avait dit mot de sa rencontre en arrivant, tombant en plein drame. Elle lui était même passée de l'esprit, mais à présent lui revenait parce que, s'il s'agissait de déballage, comme il en menaçait, ce journaliste était peut-être un fameux atout. Information contre information, des munitions à échanger dans la guerre qui se déclarait. Puisque Guillemot ouvrait les hostilités, les traînait dans la boue, ne reculait devant rien pour les abattre, avec tous les appuis dont il disposait, lui et ses alliés, il fallait en trouver de son côté, rendre coup pour coup.

Mais tandis qu'enflait en lui la vindicte puérile, ce vieux rêve du redresseur de torts, du chevalier blanc des récits héroïques dont s'indemnisent les enfants, lectures fiévreuses des soirs comme celui-ci, réfugié au grenier tandis que tombe la pluie et règne la nuit, il se sentait redevenir tout petit, nain aux poings serrés à l'aine de sa rage, douleur de rancunes amassées, ce sac qui n'a pas de nom, abaissé d'en découvrir, dans son corps d'homme fait, le fiel inépuisé fusant dans ses veines, asphyxiant le cœur et il était le fils de ce père, quoi qu'il en veuille. Le fils de cet homme déchu, ravalé à sa condition de paysan paria, chassé à la fourche par les puissants, de qui il avait cru pouvoir se séparer, déserteur, qu'il avait trahi, et les larmes lui montaient de l'imaginer, ce soir. A l'isolement dans quelle cellule infecte de commissariat, ou en quelle compagnie de pochards. De la prison militaire, Antoine avait goûté. Gaston l'en avait blâmé, alors. Mais lui savait pourquoi il y était, volontaire de sa détention ; son père non. Une seule nuit entre ces murs pouvait effondrer en lui sa noblesse d'homme simple, l'étai de sa dignité. Créature d'une espèce ancienne, indigène des campagnes. Homme silencieux et lent par nature, cette lenteur exaspérante qu'il met à tout, si peu accordée aux temps modernes, aux communications rapides… Lent à l'aiguisage de sa faux, chaque passage de sa pierre affile prudemment sa lame. A lever sa hache lourde à l'aplomb du billot, chaque coup porte exact son tranchant. Même une calotte : elle part et tombe à grand plat sur la joue ; on l'a vue venir de loin, pourtant on ne l'évite. Casser la croûte au petit jour, patience et liturgie. Même égorger le cochon ne presse : il entaille la couenne du coutelas sûr, de long geste profond, le sang tarde à jaillir de l'échancrure livide ; prompt et lent, du pied il pousse la bassine dessous, et attend. Lent aussi à ébranler sa carcasse ; de son pas, que son étirement semble alentir, et cependant hâte, son chien sur les talons, il arpente les chaintres de ses champs, mesure sa terre à lui, et que compte-t-il, si lentement ? Les heures, les jours, la vie qui passe, saisons pareilles. Mieux vaut se taire. En la personne de cet homme, Antoine souffre. Plus que l'accusation qui le frappe, à laquelle il ne croit pas un instant, tellement imbécile, arbitraire, qu'elle outrage le bon sens ; plus que les menées grossières de l'ennemi de classe, trop caricatural pour incarner, donner encore sens à cette figure, ce qui bafoue en lui la conscience, c'est l'iniquité du sort qui s'acharne, touche de son doigt infâme le plus sensible et secret d'un être, si fruste soit-il, amour et respect de soi.

Homme de rien, parti de si loin avec à soi ses seuls bras, et sa tête obtuse. Prolétaire, cela existe : n'avoir de propriété que soi ; et encore. N'avoir que celle-là vous fait serf. A l'époque, en signant *pour ses enfants*, il croyait mettre entre lui et les gens du Mesnil la clôture de propriété, garant de sa liberté ? Désormais, aux puissants, il ne devait plus rien. Dès lors, il pouvait voir de loin sans le craindre le *monsieur* lisant son journal, dans un fauteuil d'osier, sous les cèdres… Il pouvait ignorer les parties de croquet dans le parc, les jeunes gens virevoltant derrière les filets de tennis, tout de blanc vêtus ; les belles dames s'adonnant à la cueillette des mûres dans les ronces du chemin, ou les compagnies de chasse au petit matin, passant à la barrière, et la noria des voitures de luxe au pied du perron, les effervescences de fêtes mondaines… Finie la gravité cérémonieuse dont s'abordaient les habitants du *château*. Ne pas s'avancer d'un pied, ne pas parler en premier. Tête découverte, ne tendre de main que si l'une s'offre ; telle audace sera mal interprétée. En tout rester à distance, *à sa place*. Pareil avec leurs domestiques, comme si leur intimité avec les maîtres leur conférait même éclat, le garde-chasse, la gouvernante. Même Mauranne, la vieille cuisinière, le palefrenier Meyer. Ce capital de fin savoir-vivre dépensé en pure perte ; heurté à l'indifférence ou à la condescendance. Redevable en tout, du bail de fermage et des charités, y compris de l'octroi de la ligne électrique, une rareté avant-guerre ; même d'un tracteur. L'un des premiers fermiers du coin à en posséder un. Des prodigalités de cette sorte obligent, le crédit ouvert dépasse toute monnaie rendue en servilités et politesses. Il rongeait son frein, désespéré de chercher sans la trouver une image de soi opposable à cet ordre, dont aucun modèle connu ne se présente. Si grand-peur d'échouer à *être son propre maître* que le défi d'y réussir épuise le ressort, stimule une colère radicale, aussi effrayante et dévastatrice que l'asservissement redouté ; fulminant, sans en laisser rien paraître quand Soizik, alors confite de gratitude à leur égard, professait, dévote : *pour des maîtres, ils ne sont pas fiers…* Du fond de sa combe, son propriétaire, il leur avait tourné le dos. Mais, dos tourné, rattrapé au col, délinquant saisi à l'encolure de sa vieille veste et poussé au mur. Eux tous, alignés au mur, autant qu'ils sont, les Donné des Armand. Cette poigne de pouvoir a la saleté du mal.

— Va donc te coucher, maman, murmurait Yvon.

Elle dodelinait. On eût dit si grandement abattue de détresse qu'il aurait fallu la soulever, la porter sur son lit et border son drap, comme on le fait aux petits enfants, mais aucun ne l'aurait tenté. Elle est la mère, pas encore réduite à l'indigence infantile des sénilités. Sève verte sous le bois sec, elle ploie mais ne rompt pas, plus souple que l'aubier qu'elle tord en paniers. Vive au travail, tours de main robustes, délicats, son trône est cette chaise, maîtresse des poules et des vaches, femme de Gaston. Son éloquence muette intime à tous de ne pas l'oublier. Si petite, si ratatinée qu'elle soit, son empire s'étend à eux, les enfants, elle leur donne son exemple. Elle sait traire la plus belliqueuse des vaches, lui imposer sa loi. Elle sait écorcher un lapin, de main preste le déshabiller de son poil et nu, s'il gigote encore, lui rompre les vertèbres sur son genou, sec comme un coup de trique. Elle taille les cheveux de Gaston aux grands ciseaux et, dans leur chambre, lui étrille les reins au-dessus de la bassine ; elle seule a vu ses fesses, sa virilité. Elle sait fabriquer le gâteau des fêtes. Question de physique et de géométrie, rapport à l'équilibre. Deux blancs d'œuf montés à la fourchette, d'un neigeux si solide que, à jatte renversée, il tient. Préparé de la veille, le pavé gagne en fondant, panaché d'arômes, la vanille, l'acerbe du café, la noisette du biscuit, le cacao. Un gâteau pareil est une leçon d'existence pour l'appareil gustatif, et pour celui du mental. Elle lit à peine, mais elle a la science de son règne, d'ordre et d'amour.

— Il faut prévenir Hélène, dit-elle.

Hélène, personne n'y a pensé. Elle ne manque pas ici. Seule Soizik compte ses petits, rassemble son armée. Cette fille est pourtant son souci, gourgandine partie faire les quatre cents coups. On s'en doute bien : on ne peut compter sur elle. Elle ne revient que pour avoir sa part. La terre est trop basse pour elle mais, toucher son dû, elle y pense. Son frère se casse les bras du matin au soir, et elle, toute fraîche, guillerette de ses vacances, vient s'asseoir. Décolletée, bronzée comme une pin up de magazine, fière de sa machine à laver et de sa Simca 1300 toute neuve. Elle fait des avances et des mines à Rolande, mais ça ne prend pas : Rolande est des nôtres, malgré qu'elle vienne de Gironde. Elle lui en boucherait un coin, de ses connaissances ménagères, et de ses calculs bancaires, elle n'a pas froid aux yeux. Bien que personnelle. Elle tient de près Nadine et Patou. Jackie, elle n'y touche : les remontrances, ça regarde son père. Pauvre Paulin, mon orphelin petiot, à peine démobilisé de Dunkerque, embauché par force à Düsseldorf, bombardé sous son usine, puis captif des Américains. A son retour, veuf à peine épousée cette fille, maladie du sang sans remède, qui nous laisse une petite sur les bras… Qui se levait la nuit pour langer Jackie, la mignoter, bercer ? Des câlins, mémé par-ci, pépé par-là : la drôlesse nous aguiche pour nous endormir, mais elle est des nôtres. Il faut qu'Hélène en soit aussi, en dépit des bisbilles. Il faut appeler Hélène, qu'elle vienne, qu'elle fasse nombre. Que pas un ne manque. Antoine doit aller la chercher, lui expliquer. Il la connaît, mieux que nous autres, il l'a pratiquée. A-t-il maraudé avec sa sœur ! Ces deux-là, larrons en foire. Parti la rejoindre, après l'incendie. C'étaient des temps de si grand désordre, en avons-nous pâti, autant que nous sommes… Hélène n'a pas pardonné à Paulin ses deux ans de STO, mais choisit-on la réquisition ? A-t-elle reçu des bombes sur la tête, comme lui, pour faire la leçon ? Qui osera faire la leçon à qui, que je ne l'autorise ? Qui jettera à ma figure que Paulin est bâtard du notaire de Genilly ? Niaise que j'étais, m'engrosser, cette bête l'aurait pu, comme à tant d'autres en condition ; Marcelle en sait quelque chose. Et quand cela serait, qui en juge ? Lequel connaît mon ventre, entaillé de les mettre au monde sur le lit de cette chambre ? De mère, on a celle qui lange et nourrit. De père, celui qui donne son nom. Celui qui adopte et soigne, apprend à être homme. Je n'ai geint à petits cris de chiot pathétique, tout à l'heure, que pour les faire taire. Ils ignorent mon ressort de résistance et ma connaissance d'eux. Je veux tous mes enfants, ma génération autour de mes hanches. Ensemble, nous sommes un seul corps, j'en suis la colonne.

Prévenir Hélène, la tirer du lit, à deux heures du matin, Antoine n'en avait pas l'intention. Il ne se précipiterait pas place d'Italie, cela attendrait demain. La route dans les bois noirs et mouillés, puis la traversée de la ville maquillée de jaune blafard, lustrée de pluie et pavés gluants, grillant quelques feux sur les avenues désertes, le pied au plancher de cette voiture qui n'avançait pas, cela laissait le temps de gamberger, et de se calmer. De relativiser le fracas du coup de tonnerre, de remettre en ordre ses pensées, maintenant qu'il était passé. Ce genre d'assemblée nocturne, comme dans les chœurs antiques, fait monter les voix sépulcrales sous les masques de carton, distribution classique, les récitants incantent terreur et pitié, lamentent leur mélopée sous le foudre divin, nom de Dieu. Rolande, en petite Cassandre, s'accoude à la table, pour sortir ses prophéties funestes au bon moment : les mots portent le malheur ! Les fils ploient la tête devant Hécube, drapée en son offense tragique. *O ma race, voile gonflée de gloire qui claquait au soleil !...* On ignore, à l'école, combien est poilant ce théâtre. Encore éberlué d'y avoir couru pour jouer son rôle, Antoine repassait sa soirée aux Armand comme un drame fatigant, dont on connaît ficelles et conventions ; pourtant, on s'est laissé prendre. Circonstance aggravante, ça vous a bien plu. Il n'était pas mécontent, en dépit de la gravité de la situation, en dépit de la réalité indéniable et de ses conséquences, selon toute probabilité ravageuses, d'envisager pire : un procès, un vrai. Gaston traîné aux assises, condamné par les juges en hermine, erreur judiciaire et fatalité ; la Justice, yeux bandés sur sa roue de brouette, tous seins dehors, comme sa sœur la Fortune. Un dénouement à la mesure du Destin, en clown blanc sermonnant l'auguste à nez rouge, scénario risible écrit au fond d'une combe campagnarde embourbée dans ses bouses et ses fientes. Dans toute la France et ses colonies, il y a de ces culs-de-sac où ricane l'Histoire. Où elle plante ses cirques foireux. Le manant y fait toujours les frais de ce qui lui passe par-dessus la tête, dans des ciels nuisibles qu'il n'imagine pas, tellement hauts, qu'il n'en a pas l'idée. Même en se tordant le cou, même en se torturant les méninges. C'est ce qui fait la grandeur de la farce, et s'esclaffer le public. Personne n'est un héros tragique. Il n'y a que des ploucs vaincus. Papa est en prison. Il était temps, à son âge : juste ce qui manquait à son instruction. Arrêté au coin de la rue Buffon, Antoine sanglotait, bras croisés sur son volant, bavant, reniflant sa morve, même pas un Kleenex de secours.

Ce n'est pas en cet état piteux qu'on se présente devant sa Dulcinée, une jeune fille tellement inaccessible, tellement improbable à séduire ; ce scénario n'est imaginable dans aucune basse-fosse de combe de ploucs. Mais si ! Le sel de l'aventure, le retournement, l'ironie, c'est le ver de terre amoureux d'une étoile, et réciproquement. Idylle inespérée mais, en dépit de la référence et des encouragements qu'elle prodiguait, sa parenté avec le fameux lombric l'accablait. Bien que son bon sens, son quant-à-soi et ses convictions politiques s'insurgeassent contre cet autodénigrement mélodramatique, Ruy Blas se demandait s'il aurait le culot de monter les étages, de se glisser dans l'obscurité du couloir et dans celle de la couette, s'il oserait, nu comme un ver, partir à la nage vers cette étoile. La prendre entre ses cuisses, coller sa poitrine à son dos, enfermer de ses bras son buste et là, gloutonnement, égoïstement et unilatéralement décider, contre tous les foudroiements de l'Olympe, qu'il est heureux. *Heureux*, une catégorie sentimentale prohibée aux Armand. Il l'a été tellement de fois depuis ces derniers temps, qu'il ne distingue plus le dehors du dedans de Christine ni du sien, ce qui appartient à son extérieur ou son intérieur, son appartement sexy, en vrac, complètement baroque et son entrecuisse ultrasensible ; dans la pagaille du lit, l'intimité vivante, cuisante, convulsive de ses tendres organes sexuels et l'atmosphère violemment génitale de la chambre, son parfum tubéreux pendant qu'ils font l'amour, la mue épidermique et les vibrations critiques qui vrillent muqueuses et moelle de l'animal qu'ils font ensemble, de l'orteil au crâne horripilé de fureur dionysiaque, mais surtout, après ou avant, noyé, naufragé, dans cette débauche proprement alcoolique du bonheur, car cette fille est naturellement bouleversante. Alors, venir en épave pleurnicher sous sa couette, à deux heures du matin, relève de l'attentat à la pudeur, mieux vaut s'abstenir. S'enfouir, tête la première, dans un tas de fumier, et pioncer parmi les asticots ses frères. Mais il ne s'abstenait pas, il se glissait contre Christine, non sans un serrement de cœur, car elle dort, elle n'a aucune idée de ce que fomentent les dieux en grande banlieue. Elle s'étire en grognant, s'entortille à lui et il s'emboîte à elle ; tu as froid, geint-elle d'une voix embrumée. Elle se fiche du quart comme du tiers qu'il s'intoxique à respirer son odeur grisante d'endormie, *noli me tangere* : je suis une sainte, une étoile, le nimbe de la dormition m'enveloppe, mais il la touche quand même. Il s'introduit sous son aisselle moite, prend son sein, un globe menu exactement à la taille de sa paume, ce qui constitue une preuve irréfutable de concordance universelle. Il se réchauffe à elle à toute vitesse, tout bêtement à l'aise et si *heureux* que même un rapport sexuel n'assouvirait pas son besoin de sécurité, même enfoui en elle d'une érection véhémente il n'éprouverait pas cette félicité d'adoration. Toute honte bue, en tant que ver de terre.

Au petit-déjeuner, elle n'était plus si sainte ni céleste, elle était redescendue sur terre et, prosaïque, versait l'eau dans la théière, lançait le grille-pain tandis qu'il se faisait cuire un œuf au plat. Elle avait enfilé la chemise d'Antoine qui la couvrait à mi-cuisses, manches retroussées, l'avant-bras nu posé sur la table. De la pulpe de l'index, elle prélevait les miettes éparpillées, les frottait à son pouce, elles tombaient par terre en pluie, c'était très satisfaisant, cette façon de traiter la question :

— Un, tu téléphones à ce journaliste et tu le vois au plus vite pour lui tirer les vers du nez. Deux, je consulte mes petits camarades de chez Blake Jr : maîtres Grenier & Lenoir.

Ainsi concluait-elle le récit qu'il venait de faire de sa soirée aux Armand. Il s'en était tenu à la stricte factualité, plus sobre il n'aurait pu faire. Cela mettait un peu de pâleur à ses joues et faisait trembler sa lèvre ; annoncer que votre père est accusé d'un crime avec la neutralité du *Journal officiel* suppose un certain effort. Mais Christine n'avait pas besoin d'un tableau grand format, leur visite au Mesnil lui avait suffi pour entrevoir tout ce qui s'accumulait derrière les murs, au fond de la combe. Elle ne trouvait pas du tout désinvolte sa concision, elle craignait seulement qu'il ne pleure, comme là-bas, ce jour-là. Elle avait écouté, pieds nus sur le carreau, la casserole d'eau à la main, neutre de son mieux, il lui en savait gré. Car jamais il n'avait relaté, pas plus à Lino son plus vieux copain qu'à Alex, surtout pas, pas même à Luiza, la saga familiale merdique, par scrupule d'honneur congénital, incompétence atavique, par manque de point de vue objectif qui vous mette hors de cause et de suspicion ; même celui-là incrimine. Lequel adopter ? Quel que soit l'endroit dont on l'envisage, on est en position de recevoir des claques, au moins celles qu'on se donne, mentales. Furieux contre tous ceux, sans exception, qui prétendraient en avoir un meilleur. Sauf Christine, ce matin, en train de beurrer sa tartine de baguette grillée. Elle n'avait aucun point de vue spécial. Elle ne cherchait pas une perspective sociopolitique ou métaphysique sur la condition paysanne et ses aléas, un angle compassionnel, un jugement moral, ne se souciait pas de susceptibilité diplomatique : elle saisissait l'histoire au vol avec son humeur du matin, qui était à l'offensive simple contre les tordus qui cherchaient noise à Antoine de façon si révoltante. Nul doute qu'elle prenait à cœur l'inculpation de

Gaston, qu'elle n'avait jamais rencontré, l'affaire de la combe, qu'elle n'avait jamais visitée mais, d'une façon inédite, absolument subjective et partiale, à laquelle il n'avait pas pensé : calée sur son petit nuage, du point de vue de la Lune, ou de l'Etoile du matin, qu'elle était absolument. A cette hauteur, les choses s'aplanissent, se simplifient, amoureusement parlant, et elle tendait la main en travers de la table, non pour caresser la sienne, mais qu'il lui passe la confiture de cerises.

— Outre, remarquait-elle, tartinant, que Viviane va piquer une crise de plus, en apprenant les conneries de son père. Outre qu'il ne l'a même pas informée que son frère est mort. Son neveu aussi, un de plus. Quelle horreur.

Là, elle porte à sa bouche sa main en coquillage. Ses yeux parcourent toutes les places de la cuisine où pourrait se manifester une réponse adaptée, l'angle d'attaque pour aborder cette chose contre nature, la liquidation en série de gens ; qui ne lui sont rien, ou pas grand-chose, mais même d'inconnus, surtout d'enfants, cela sidère au réveil. Même en dormant, sous les paupières, dans les rêves atroces qui n'ont rien de réel. Elle ravale, volontaire, l'émotion déplacée qui ne demande qu'à s'étaler sur sa tartine.

— Qu'ont-ils tous à trépasser, dans cette famille catastrophique ? J'aimerais bien savoir ce qu'en pense maman. C'est son cousin, quand même. Et Melville, qui ne le porte pas dans son cœur. Tout cela tourne autour du Mesnil, donc me concerne autant que toi. Outre qu'ils s'en foutent tous, vu l'état où ils le laissent. On ne va pas chercher midi à quatorze heures : il faut que, ce soir, ton père ait un avocat costaud. Blake Jr, expliquait-elle, c'est ce cabinet où tu es venu m'attendre en contrebande. J'en suis ravie, tu ne pouvais me faire une plus jolie déclaration d'amour. Mais tu n'imagines pas la ressource qu'ils ont là-dedans, en photocopieuses d'avant-garde. Je n'y aurai pas passé six mois de stage pour rien. Les jumeaux que j'y ai connus sont les plus redoutables finassiers de la plaidoirie. Je ne vais pas à la manif, cet après-midi : je vais leur rendre visite. Toi, tu t'informes sur les tenants et aboutissants avec ce Bernard Fricot, toutes affaires cessantes. Qu'en penses-tu ?

Il en pensait que, grâce à Alex et ses archives grands-paternelles problématiques, rencontrer Christine au *Wepler* avait été une providence, lui plaire, un exploit indu ; qu'avec elle tout est vrai, tout est juste, même si c'est une totale erreur de jugement. Ce n'est un choix ni une décision, ni même un vœu, que cette fusée interplanétaire se soit fichée droit dans son cœur. Elle a ouvert une brèche dans son flanc de saint Sébastien, il en coule un nectar de gaieté, de douceur et de gentillesse, de confiance, d'espoir, dont on devrait se méfier, cette extase de l'âme atteint au sismographe des pointes alarmantes, un tel transport n'est franchement pas concevable, ce doit être un péché, on doit le payer cher à la sortie. Mais il était prêt à la dépense, et même à être très malheureux, damné, fracassé, s'il ne se débrouillait pas, bien que ver de terre, à séduire cette femme pour le restant de ses jours, même quand elle sera très vieille au coin du feu, dévidant et filant.

XXII

Mercredi 27 novembre

— Ce Camier, avouait Gobelin, je le prenais pour un demi-sel, une andouille, eh bien, je me trompais. Il s'est bricolé un business dans le non-ferreux : cuivre, alu, nickel, plomb… Il désosse la quincaille, le petit et moyen électroménager, de mèche avec les services de collecte, les éboueurs sont ses copains. La consommation a du bon. On met à la benne gazinières, vieilles radios, vélos, lessiveuses et tuyauteries, les décharges débordent. Mais on trouve déjà machines à laver, grille-pains et sèche-cheveux, bientôt des télévisions ; ces machins-là sont du bas de gamme calibré pour ne pas durer. Sous peu, les villes seront cernées d'Himalaya de déchets, qu'en ferons-nous ? Si le petit Camier s'active, c'est qu'il s'est trouvé une gagneuse gironde, qui a la bosse du tiroir-caisse pour deux. C'est surtout qu'il tient de famille : son grand-père était déjà porte d'Italie, au siècle dernier. Un des chineurs à roulottes qui ramassaient gadoues, peaux de lapins et vieux chiffons. La ville a toujours eu à ses marges des évacuateurs pour recycler ses *excreta*. Le père s'était haussé dans le déménagement, nettoyage plus sélect, surtout pendant l'Occupation, mais ne crois pas que le fiston Luc replonge zonier. Il a un métier d'avenir : de la merde, il fera de l'or ; il en fait déjà : il trie. Sauf qu'il n'a pas de patente. Non inscrit à la chambre de commerce. Ce qui lui crée quelques soucis de fiscalité, et lui barre des marchés. Il est très tenté par une négociation à l'amiable : contre une régularisation de son affaire, il est prêt à solder son frère aîné, qui l'a très entourloupé. Il donne tous les noms qu'on veut, pourvu que le sien ne paraisse pas : syndics et gérants d'immeubles, administrateurs provisoires qui se sont payés sur la bête en travaillant pour von Behr à la Dienststelle Westen. La liste des logements que Camier & Frères ont vidés, *sur ordre*, dit-il. Nous n'irons pas pinailler pour si peu. Parmi lesquels logements, ceux qui ont ensuite été signalés à la Résistance pour servir de planques, grâce à Guillemot. Là, il ne s'en dédit pas : il jure que si l'expert avait ses entrées au Jeu de paume, s'il intervenait dans le tri des biens saisis, il s'en est servi pour sauver des gens : c'est lui qui détenait les clés, les distribuait, lui qui faisait le rabatteur pour les appartements sûrs. J'ai là quinze des adresses dont il se portait garant, qui ont bel et bien été providentielles à certains, en effet. Parmi lesquelles, les trois que Simon Lewenthal a utilisées. Parmi lesquelles, la seule qui a connu une descente de la Gestapo : Lewenthal a été logé, puis cueilli en beauté, dans un appartement recommandé par le député. C'est pas un tuyau crevé, c'est de l'or en barre : tu as ce que tu cherchais. Cela dit, je te préviens : devant un tribunal, mon récupérateur vaut pipette. Il ne témoignera pas, et je t'avoue que je préfère, concluait Gobelin. Faire de la publicité aux Camier, c'est flinguer Jo, qui renseigne à la Préfecture, un indic de bon gabarit. Tout se tient, au jeu de la barbichette.

Pour une fois, Gobelin se déplaçait, il rendait visite à domicile, ignorant quelle faveur rare c'était de franchir la porte de la rue Stendhal, de monter à l'étage et d'être reçu dans son bureau par Melville, à l'invitation de celui-ci ; qui devait mal dormir. Qui n'avait pas l'air dans son assiette, grise mine, raison pour laquelle il lui avait demandé de passer, peut-être ? La résonance particulière des faibles bruits intérieurs indiquait que la demeure était vaste et vide, sauf plutôt en contrebas ou dans un sous-sol, la souris, ou l'espèce d'asperge défraîchie qu'il avait entrevue, disparaissant entre deux portes après lui avoir indiqué l'escalier, le laissant s'y hisser lui-même, au prétexte qu'elle avait une inhalation en route. Si Melville cohabitait ordinairement avec une ancêtre personnelle, éventuellement épouse, enfants, forcément de grands, petits-enfants en bas âge, rien ne le laissait deviner, mais ce genre de maison gigogne, dans un quartier aussi excentriquement mortuaire, coincé entre deux cimetières, relevait du mystère.

— Juste voisin des tombes où les deux fils de Malraux, fracassés dans leur voiture sur une route du Sud, sont enterrés côte à côte, remarquait-il, à peine la fesse posée. Avec leur mère, note bien. Une accidentée, elle aussi ; mais des chemins de fer… Tu ne me diras pas, il y a de ces fatalités familiales…

Aux obsèques des fils du ministre, soi-disant réservées à la stricte intimité, avaient finalement assisté plus de cent cinquante personnes, triées sur le volet, débordant le petit cimetière de Charonne. Gobelin en avait été, sécurité oblige, découvrant cette paroisse et sa petite église coincée dans les murs, une curiosité provinciale. Pourtant, à force de piétonner, il connaissait assez Paris pour ne s'étonner de rien. Mais il n'était pas venu pour commenter les choix domiciliaires de Melville. Non plus se vanter de ses résultats, il n'avait rien à prouver, s'inquiétait seulement du tour que prenait ce qu'il appelait désormais "l'affaire Guillemot", dont la rumeur enflait à la Préfecture, à la PJ comme aux Renseignements, le couvercle ne tarderait pas à sauter.

— Mais, d'ici là, je te fiche mon billet que tout aura été bordé. Ce qui est en train de se passer contrarie très haut. Suis mon regard, mon Général. Il y a un contrat sur le député, quelque chose de gros, un sale truc. On ne sait d'où ça vient, si c'est une purge en famille, ou autre chose de très mauvais. De toute façon, à un niveau pareil, tout se tient. Pour le moment, l'esprit de corps fonctionne, réflexe de clan. Mais tout peut basculer dans les jours qui viennent. Il est sur la ligne rouge : s'il met trop les autres en danger, il est grillé. Ils le lâcheront. Les petits coqs endimanchés ont de méchants ergots d'acier sous leurs chaussettes de soie. Alors, Melville, laisse- les régler ça entre eux. Même si ça te démange, un conseil : fais le mort.

Il y a des moments où les mots tombent pile, même d'une bouche mal endentée. Faire le mort, c'était bien l'intention de Melville, Gobelin ignorait à quel point. Ce qui l'obligeait à sérier les questions. Même si la vie donne l'habitude des aléas, il y a un moment où les priorités s'inversent, celles qu'on croyait urgentes absolument, et celles qui patientaient dans la salle d'attente. Il y en a même de très anciennes dont l'actualité bouleverse. Par exemple, descendre encore une fois l'escalier d'une maison rose dont la porte découpe, dans son rectangle de lumière, la théâtrale allée des platanes blanchis de soleil, chaque feuille fossilisée écartèle une main. Assis sur la dernière marche, il a quinze ans, cinq, il en a neuf, il dilate sa narine aux odeurs d'absinthe et d'amandes pilées qui viennent de la cuisine et il a envie de pleurer, tellement le monde est déjà plein sans lui. Dans cette maison traversée de courants d'air, surtout les jours de grand mistral, grand-mère Louvain tarabuste les couvercles de fonte, on dirait qu'elle a passé sa vie à brusquer les êtres et les choses pour les amadouer, ce qui va de pair avec sa colère et son ravissement de n'avoir eu qu'un fils et un seul petit-fils ; c'était peu pour sa faculté d'adoration universelle. Grand-mère est derrière la porte de sa chambre, en train de se parfumer du bout du doigt sous le lobe d'une goutte de lavande, son corset flotte autour de ses hanches et le ruban de velours à son cou, les morts tiennent peu de place dans leurs vêtements. Par exemple encore, une tombe au nord de Londres. Une barque, c'est presque la même chose. Deux jeunes gens s'y étreignent, à en chavirer d'extase ; le clair de lune, le chœur des rainettes, le clapotis de l'eau, tout est faux, et fascinant de nouveauté ; Gilles Brasier ne se résigne pas à être mort si vite. Dix-huit ans et déjà suicidé au fond de la barque, à son crâne évidé cognent toutes les pensées d'avenir qu'il aurait dû avoir, n'aura jamais eues, elles mugissent là-dedans en amoncellement d'orages. Sous sa dalle de pierre, non loin de celle de Sparrow, à Highgate, son corps de jeune homme bouffé par les vers s'est boursouflé, liquéfié, ratatiné pendant qu'Etienne son ami continuait à vieillir, à se déplacer en traître dans l'espace et dans le temps, à boire, combiner, baiser, tuer, tout en tenant son crâne dans la main, *to be or not to be*, la posture m'allait bien, *old fellow*. Chaque fois qu'il touche sa cicatrice à la lèvre, où le baiser de la faucheuse a mordu, il gémit en pensée. O Gilles, mon camarade, mon amour…

Ce sont des rendez-vous d'importance, avant de faire le mort. Comme d'aller voir une dernière fois Hawthorne, s'assurer encore que Julia Brighten l'est bien elle aussi, elle qui n'a laissé aucune adresse, dans aucun cimetière. Peut-être est-elle en cendres, brûlée dans la chaux d'une fosse d'Ukraine, ou, dans une des contorsions érotiques équivoques qu'elle affectionnait, enlacée aux racines d'un bois de bouleaux, noyée dans un égout de Prague, ou au large du Caire ; qui sait, allongée au Père-Lachaise sous un nom d'emprunt, cette adorable canaille en avait beaucoup. Ces rendez-vous patientent dans la salle d'attente. L'urgence maintenant est celui de Zurich, que rien ne doit plus différer. On ne sait en quel état on va retrouver le cadavre qui y est entreposé sous clé, depuis près de vingt ans. On entre dans le coffre de la banque, 4111933, on cherche l'interrupteur sans le trouver, qui l'a éteint le dernier ? Où se trouve-t-il dans le mur et, tâtonnant dans le noir, on rencontre la main gluante et glacée d'une momie vivante, ou bien c'est tout le bras qu'on enfonce dans sa mâchoire pourrie, la bouillie décomposée de sa langue, ses dents, sa cervelle. Ce sont des cauchemars. Ils l'empêchent de dormir, comme tout vrai cauchemar. Mais, même réveillé, il n'en sort pas, et Gobelin lui dit : un bon conseil, fais le mort. Melville pourrait en rire si cela ne lui faisait si mal au ventre. Il pourrait se retourner et prendre à témoin grand-mère, Gilles, Julia, Sparrow et tant d'autres, qui se tiennent là, leur casque d'aviateur sur le coude, comme des idiots presque réels, derrière eux une foule enchevêtrée d'âmes livides d'où s'échappent des os et des lambeaux.

— Au club de billard, tu m'as demandé où je comptais aller. Pas plus loin, Gobelin. Je suis arrivé, terminus. J'y crois à peine. C'est drôle, après s'être démené comme ça, pendant des années, avoir soulevé des montagnes… J'exagère. Après avoir détroussé des archives au fond des caves, des coffres, dans les tiroirs ; des tas de papiers, des liasses, des dossiers aux élastiques pourris, aux œillets rouillés. Feuilleté à n'en plus finir cette paperasse qui se délite et tombe en poussière entre les doigts, juste à cause de la mine de crayon, de l'encre du stylo, à cause du carbone de la machine à écrire qui y a imprimé des hiéroglyphes, un jour. Mieux vaut pour l'employé aux écritures avoir ignoré qu'il y laissait son empreinte digitale ; il aurait des cheveux à se faire pour son zèle d'enfoiré. Il n'y a pas prescription pour ce forfait, mais je ne rêvais pas d'obtenir jugement. Seulement d'en avoir *le cœur net*. Ça m'aurait suffi. En réalité, net, il ne l'est jamais. Il traîne des salissures, des macules qui empêchent d'y voir clair. Là-dedans…

Melville posait sur le classeur en carton chamois sa main translucide, un assemblage intelligent de nerfs et de tendons, d'osselets compliqués, ganté de sa peau fripée où les veines saillent en palmes bleues. C'est une main soignée d'homme de soixante-quatre ans, elle n'est pas encore vraiment vieille, mais elle n'est plus jeune, elle touche avec plus de délicatesse et de circonspection, plus de respect aussi, ce dont elle s'emparait autrefois, impatiente, brutale, inattentive. Elle a plus de tact et de tristesse. Ce n'est pas qu'elle a peur de laisser tomber, elle sent que les choses l'abandonnent.

— Là-dedans, sont réunies les pièces longtemps dispersées, et qui devaient le rester. Elles éclairent un peu ce qui est arrivé à Simon Lewenthal. C'est lent et noir. Je n'ai pas rencontré cet homme trois fois dans ma vie. Je ne dois qu'à sa mort d'avoir été aimé de sa femme. C'est une histoire affreuse, quand on y pense. C'est le prix. Peut-être ne m'a-t-elle pas aimé. Seulement admis qu'elle pouvait être moins seule avec moi. Cependant je ne voudrais pas ma vie différente. Ni la recommencer autrement, ni l'arrêter de continuer. Rien n'est net. J'ai mis la loupe sur quelques faits, tu m'en as montré deux ou trois autres qui me manquaient. Ils accusent. A présent, je sais qui a livré Simon Lewenthal, l'a assassiné. Je ne sais pas davantage pourquoi. La *raison* du crime… La raison exacte, les sentiments, les envies et les intentions, les desseins, le désir. L'opportunité et la part du hasard… La contingence.

Gobelin n'avait jamais vu Melville en veine de confidence, et ce n'était pas net, non, ce qu'il entendait. D'évidence, cela ne s'adressait pas à lui, plutôt à des gens derrière l'épaule de l'homme assis à contre-jour, renversé vers eux de bizarre façon, arquant son buste et étirant son bras en pont au-dessus du vide, comme pour se rattraper dans la chute à ce classeur banal, pas très épais, un peu dérisoire au milieu des objets distingués qui meublaient le bureau ; ce geste lui serrait la gorge. Il papillota, dans cette lumière grise du midi pluvieux. Bon Dieu, qu'est-ce qu'il tombe, depuis huit jours. De quoi foutre le cafard à un régiment.

— Tu veux que je te dise mon point de vue, Louvain ? Même en tout petit, ceux qui ont résisté, ceux qui ont collaboré, ce qui a fait la différence, en ce temps-là… Il y en a, ils ont cru que, le présent, on pouvait rien y faire. Résignés, ou contents, ils ne voyaient pas plus loin. D'autres ont cru que demain ne serait pas pareil, ils ont cru qu'ils y pouvaient quelque chose. Rien qu'avec ça, on peut être un héros, ou une ordure, c'est pas plus compliqué, et c'est insoluble. Maintenant, on peut bien chercher à démêler ce qu'on veut des raisons, trifouiller dans le noir…

— Ceux qui cherchent à savoir ne sont pas nombreux. Et, quand ils trouvent, ils se sentent très seuls. Qui a envie de les écouter ? D'autres viendront peut-être nettoyer les caveaux. Ils dépèceront la mémoire, se la disputeront pour savoir qui en est propriétaire, se lanceront à la tête leurs sentences de bonne morale. Peut-être vaudrait-il mieux vitrifier tout cela sous un sarcophage transparent, et contempler, juste contempler ce que nous sommes, enfants de salauds…

— C'est pas la peine de contempler, suggérait Gobelin, un peu inquiet du tour que prenait la conversation. Si je m'y mets, dans ma soupente, ça me fout la pétoche. Je m'en méfie, il y aurait de quoi sauter du toit, parfois. Tu rigoles, mais ce sont mes cloportes qui me retiennent. Ils vont et viennent quand j'ai le dos tourné, quand la lumière est éteinte. Ils ne doivent pas avoir le cerveau plus gros qu'un grain de sable, mais ils s'activent hardiment à leurs petites affaires de bestioles. Parmi eux, il y a des tarés, des traîtres, des naïfs, des tendres et des perfides, des profiteurs ; des saints, pourquoi pas ? Tout en même temps, les mêmes souvent. C'est très politique, les engeances…

Sur ces entrefaites, on sonnait à la porte de la rue. Le carillon protestait au fond de la demeure vide et vaste et, au sous-sol, l'asperge s'ébranlait. Melville tendait l'oreille, ce qui mettait fin à l'intermède périlleux dont Gobelin désespérait de sortir. Il visait déjà l'axe de la porte, prêt à opérer une retraite, en diplomate qui sait quand les choses le dépassent. Mais grimpant quatre à quatre, déjà rendue sur le palier, déboulait à la course une demoiselle mouillée hors d'haleine, ceinturée à la diable dans un ciré noir, et franchement jolie malgré ses cheveux en brosse ; les filles portent ça mieux que les garçons.

— Maman n'est pas là ? s'étranglait-elle, outrée.

— Je me mets à mon repassage, criait d'en bas l'asperge enrhumée, comme une menace à l'intention de Melville.

On se demande ce qu'il avait à faire de cette information. Ou bien cette femme ne loupe pas une occasion de se rendre intéressante, ou bien c'est un message codé, à usage interne. A l'entrée de la fille, Melville s'était levé, il oscillait un peu en surplomb du bureau, puis se redressait, d'un effort louable faisait les présentations, tout en escamotant son dossier dans un tiroir.

— Christine Lewenthal. Mon ami Gobelin.

Le privilège de ce qualificatif, que Melville n'avait jamais spécifié, le récipiendaire ignorait le mériter, il en était retourné. Serrant sa main distraite, pour ainsi dire de congédiement, il croisait le regard clair de la fille de l'homme de qui l'épouse n'aimait peut-être pas Melville mais lui avait inspiré la singulière et torturante passion de consacrer sa vie à réparer l'irréparable, pour cela de descendre tout près des enfers, dans de sales petits purgatoires d'où l'on ne revient pas indemne, quand on en revient. Ce regard clair avait l'air de n'en savoir rien, ou pas grand-chose, il traversait Gobelin comme une vitre et se braquait sur Melville pour le fusiller. Cette fois, Gobelin s'éclipsait, ne vous dérangez pas, je connais le chemin. De toute façon, ni la fille, survoltée, ni son hôte, fatigué, n'avaient l'intention de le raccompagner. Avant que se referme la porte de la rue, Christine s'effondrait sur le siège que le visiteur venait de quitter, face à Melville qui avait réintégré le sien, pris de court par cette irruption frénétique.

— Où est ma mère ?

— Quai d'Austerlitz. Elle y est tous les matins en ce moment, pour sa fondation…

— A quelle heure rentre-t-elle ?

— Elle ne rentre pas : cet après-midi, elle a rendez-vous avec Guy Lewenthal et ses directeurs. Lucien Guillemot expose ses recherches. Pour la firme, il est question…

— Magda est à Paris.

Christine ne recherchait aucun effet. Elle cherchait à reprendre souffle, affalée, jambes coupées par sa transe de transport rapide, taxi introuvable, alors le métro, les correspondances, son sprint depuis Gambetta, indignée de ne pas trouver Camille, scandalisée que Melville, surpris en flagrant délit de bavardages et futilités, lui oppose son air consterné des enfantillages déplacés.

— Magda est morte, objectait-il froidement, très réprobateur.

— Je sais. Mais elle est venue chez moi, expirait Christine, dénouant son ciré.

Des morts en visite, Melville n'en recevait que trop. A son corps défendant, il avait laissé, et c'était mauvais signe, en approcher quelques-uns d'inopportuns, qui étaient encore là, à traîner leurs os souffreteux. Outre que son entretien interrompu et le départ précipité de Gobelin le contrariaient, il n'était pas d'humeur à supporter les canulars matinaux de Christine. Cependant, le fait est. Chez toi ? Qui ? Calme-toi. Tu rêves. Que racontes-tu ?

Elle ne rêvait pas, le fait était que : une personne avait sonné, ce matin même, à son appartement rue Buffon, s'y était présentée sous ce nom et si on pouvait toujours discuter du principe que les revenants n'ont pas besoin de sonner pour s'introduire où bon leur semble, comment établir s'il s'agissait de la défunte soi-même, ou d'une usurpation, ou d'une coïncidence. Troublante, conviens-en, car je ne suis censée en connaître qu'une, par ouï-dire encore, et encore n'ai-je appris que très récemment l'existence de son scalp.

— D'ailleurs, ce n'est pas moi qu'elle cherchait, c'était Camille.

Rendue à ce point, mieux valait tout reprendre de zéro ; mais auparavant, secourir Melville. Absorber cette nouvelle avait le don d'effondrer sa tension cardiaque au seuil critique, il avait pris la pâleur des linges que repassait Lemoine à la cuisine. Il tirait de sa poche un flacon de cachets et priait Christine d'aller lui chercher un verre d'eau. Ce qu'elle fit avec une diligence inquiète, alarmée d'être autorisée à entrer dans sa salle de bains, dans l'intimité de cet homme réservé au point de sembler ne pas en avoir, de noter le petit désordre émouvant de sa toilette et ce faisant, d'un coup d'œil rapide et sans permission cette fois, de constater dans le placard entrouvert des flacons en résidence, dont le vilain jumeau séjournait dans sa poche de veston. Munie de cette information subsidiaire, elle revint dans le bureau, inspectant avec une attention nouvelle sa mine creusée, pas plus que d'ordinaire beaucoup, mais si tu prends des médicaments pour le palpitant, Melville chéri, cela me désole, je tombe mal avec ce coup du matin. Pourtant, très égoïstement, elle se félicitait que cela tombe sur lui plutôt que sur maman, opportunément absente. En réalité, tout en courant comme une dératée, elle ne se voyait vraiment pas lui annonçant tout de go que Magda était là, elle de qui le seul nom avait failli la faire s'évanouir sur le carreau. L'impondérable douleur de maman pèse des tonnes sur nos cœurs fragiles, celui digne et courageux de Mme Lemoine, sur le mien, complètement affolé, et sur celui visiblement malmené de Melville. Il gobait ses cachets, enfilait le verre d'eau et prenait une profonde inspiration, yeux clos, pendant quoi elle en profitait lâchement pour déceler le réseau veineux de sa main délicate, à l'étonnant relief ; au poignet, contre le bracelet de sa montre, un relâchement fripé qu'elle n'avait jamais remarqué, et quelque chose de transparent à la narine, comme si le cartilage y était pincé. Enfin des rides, des sillons sournois, soudain apparent le masque d'une vieillesse imminente, et cela lui donna une sensation révoltante de jeunesse, de santé insolente, séparée de lui par la génération, est-ce cela grandir pour de bon, lire la mort soudain au front de ses parents. De longues années, ils stationnent au même âge immuable où on les a découverts, jusqu'à basculer brusquement, d'un jour à l'autre, en une heure parfois, dans la pente abrupte où ils glissaient sans qu'on le sache. De l'autre côté. Sa compassion pour Melville en fut multipliée, et son effroi revenu de raconter ce qui s'était passé ce matin, pour quoi elle accourait. Pour quoi elle était venue rue Stendhal plutôt que téléphoner, une chose pareille ne s'annonce pas dans un combiné en bakélite.

Elle était en train de lire un document ardu que maîtres Grenier & Lenoir lui avaient confié, un précis à usage des profanes, sur la loi que nul n'est censé ignorer ; pour le reste, ils proposaient un rendez-vous avec Antoine, afin d'examiner les conditions d'une plainte avec constitution de partie civile. Pour ce, de qualifier avec lui le dommage que représente, à titre personnel, le délit de diffamation abusive envers un ascendant. C'était compliqué, cependant les avocats de Blake Jr avaient été attentifs à son histoire, circonspects mais gentils, si gentils qu'elle se demandait si la philosophie était un bon choix, si le droit n'aurait pas mieux fait son affaire, finalement. Elle était donc en train de s'instruire, tout en buvant son café, tout en dégustant son yaourt B&G, elle était seule : Antoine venait juste de partir attendre le journaliste Fricot à son appartement de Nanterre ; il préférait le rencontrer là-bas, plutôt que rue Buffon, par souci d'épargner Christine, par prudence. Il y avait si peu de temps qu'il l'avait quittée, qu'elle avait cru, au coup de sonnette, qu'il revenait, ayant oublié quelque chose. Sans doute ses clés, puisqu'il sonnait. Elle n'expliquait pas tout cela à Melville, qui n'avait aucune idée de ce que faisait Antoine chez elle de si bon matin, et elle tenait à ce qu'il continue à ne pas en avoir. Elle commençait donc au moment où elle ouvre la porte, en pyjama, pieds nus. Se tient sur le paillasson quelqu'un qu'elle prend d'abord pour un homme dans son imperméable grisaille, feutre rabattu sur le front, mais c'était une femme. Qui s'excuse du dérangement et, sans traîner sur les prolégomènes :

— Vous êtes chez vous, vous êtes locataire ?

Une enquête de proximité, de si bon matin, Christine avait eu d'instinct un vif retrait, d'autant que cet accent à couper au couteau, c'était plutôt rebutant, et l'allure furtive, en même temps qu'arrogante, pressée, insistante, tellement que la femme avait forcé la porte du pied, déjà passé le seuil : qui êtes-vous ? C'était elle qui posait la question ! Pas Christine, effrayée au point qu'elle avait pensé crier au feu, mais rien à espérer des voisins, dès alors il était trop tard, la porte était déjà refermée et la femme disait : n'ayez pas peur.

— Je vous en supplie, n'ayez pas peur de moi. Je veux seulement voir Camille Galay, elle n'est plus ici ?

Sa bouche découvrait des dents de fer, dont l'entrechoc métallique s'amortissait de succion, elle chuintait, chuchotait à présent, dans l'obscurité du couloir :

— Je ne lui veux pas de mal, la connaissez-vous ? Vous vivez ici ? Qui êtes-vous ?

C'était un comble que cette question, il était temps de la lui retourner, mais en douceur, parce que, pour quelqu'un qui jurait ne vouloir de mal à personne, elle semblait prête à n'importe quoi pour obtenir son renseignement, en n'importe quelle langue, mêlant un français, défectueux, à l'allemand, pour ce qui semblait à Christine ; au russe à présent :

— Vit-elle ici avec vous ?

— Je suis sa locataire, avait-elle fini par concéder, histoire de la neutraliser un peu.

La tête vide pour ce qu'il convenait de faire, avec cette intruse bredouillant dans le couloir. La tête comme un bocal dont on vient de jeter le poisson crevé à la poubelle : ça doit être ça, la peur, en phase terminale. D'ailleurs, la femme n'était plus dans le couloir, elle se déplaçait à vitesse folle dans l'appartement, ouvrait les portes, avec une drôle de démarche raide, chaloupant d'un mur à l'autre.

— Vous êtes seule ici ?

Proprement pétrifiée, Christine béait. Vu la frousse de la femme, la charité aurait voulu qu'elle rassure celle-ci à ce sujet ; sa sécurité qu'elle l'en laisse douter. Mais elle en était à de plus basses spéculations, elle hésitait juste à savoir si cette femme fuyait un assassin ou venait pour l'assassiner. Elle en était à envisager de sauter dans la cuisine, de saisir un couteau, le hachoir, n'importe quoi de tranchant. Or, rendue droit dans le séjour, la femme pleurait. Une détraquée qui rentre chez vous pour chialer, c'est encore plus flippant. Tout en inspectant les murs, la bergère, le vieux canapé défoncé avec le patchwork ridicule de Carson, la lampe en acier et les disques en vinyle, le Teppaz, les coussins – on ne savait ce qu'elle cherchait à cambrioler, à vandaliser –, les larmes lui coulaient continûment jusqu'au menton. Sans que cette inondation semble les empêcher d'explorer l'espace, ses yeux d'huissier passaient en revue le détail du plafond au plancher, de la fenêtre aux livres de la bibliothèque, sur laquelle elle se précipitait soudain. Elle vérifiait les tranches et, plus terrifiant que les larmes, hoquet hystérique, déchirant, elle tombait à genoux quasi. Elle se mouchait dans un livre ouvert. Un livre de tante Agota ! En dépit de sa peur, Christine lui avait offert un verre d'anisette. Secouriste, c'est rassurant. Porter assistance à qui vous agresse inverse la donne. Se concilier cette folle, un moindre mal : bon, proposait-elle, si vous m'expliquiez un peu de quoi il retourne ? Elle voulait bien siffler l'anisette, mais n'en démordait pas :

— Vous devez contacter Camille Galay. Tout de suite. Téléphonez-lui.

Aboyait-elle, déplaisante. De quoi se rebiffer.

— Ma mère n'a pas le téléphone, ai-je menti. Repassez demain. Elle se jette à moi, me saisit à la gorge, aux oreilles (j'en ai une sensible), je lui envoie une baffe. Oh, Melville, c'était risible. Nous étions ridicules, pathétiques, moi en pyjama, elle en imper, deux chiffonnières, alors que le temps pressait, alors que c'était la femme de William, sa messagère de RDA…

Dans le silence feutré du bureau, les mots faisaient des bulles énormes, Melville les écoutait gonfler et claquer. Pitié, jamais cet homme ne l'avait considérée avec autant de sérieux et de crainte, un rapport renversant.

— Ecoute-moi bien : c'est elle. Aide-moi. Il n'y a pas de fondation qui tienne, ni de réunion au sommet avec les directeurs et le cousin expérimental. Il faut que maman rentre dare-dare, et la rencontre. Ce soir.

Pour l'en convaincre, le sortir de sa stupeur, il fallait prendre sur soi, dominer son excitation malade, trop dangereuse pour la sensibilité de Melville. Jusque-là, elle avait réussi à plaisanter presque, à moquer la scène et neutraliser l'éruption volcanique de ses émotions, mais il ne s'agissait plus de feindre. Elle avait tiré sa chaise, contourné le bureau, ce désert entre eux donnait le vertige. Elle saisissait ses mains et l'attirait à elle, un geste qu'elle n'avait osé de longtemps : ce n'était pas le mensonge sur le téléphone, ni la gifle qui avaient fauché la femme. C'était d'apprendre qu'elle avait devant elle en personne la fille de Simon Lewenthal. Cela lui faisait une commotion extraordinaire. Dans son transport, de joie ou de fureur, elle a manqué m'en étrangler. Vous êtes donc sa fille ! La fille de Camille… Elle la radiographiait de ses yeux noyés, mais elle récupérait vite, métamorphose à vue. Redevenue froide, aux aguets, l'air de qui suspecte les chausse-trapes d'une trop bonne aubaine. Elle essuyait ses joues du revers, main maigre, ongles carrés, alors Christine avait enfin remarqué ce qui clochait dans sa silhouette, telle que la décrivait William, l'épaule, le bras gauche raides, la main inerte. Son aplomb maintenant retrouvé, une machine à calculer à la place du cervelet, elle gambergeait ferme. Le bienfait proprement ignoble qu'elle en tirait était lisible sur sa face lunaire. C'est étrange, une lune longue. Couleur d'endive fanée, ce genre de légume qui pousse à l'obscurité. La peau pas maquillée, grêlée de cratères anciens, varicelle ou furoncles, une tête nature vraiment pas favorable, mais des yeux très beaux, très bleu navrant. C'était d'une importance extrême, assénait-elle, cela ne savait attendre. Plus tard, il serait trop tard. Elle n'avait d'adresse que cet appartement, où Camille Galay avait vécu, où elle avait reçu son amie jadis. Il aurait pu être vendu, ou détruit, comme le Mesnil. *Comme le Mesnil*, disait-elle. Elle aurait pu ne trouver personne pour la renseigner. Elle aurait pu se présenter en vain. Courir en vain ce risque. Christine ne pouvait comprendre ce que cela signifiait d'irrémédiable. C'était une chance inespérée qu'elle ait été là ce matin. Lui ait ouvert la porte. Qu'elle veuille bien, je vous en supplie, dire à Camille qu'elle ne lui voulait pas de mal. Elle était passée définitivement au russe, son lexique français manquait de nuances :

— Si vous avez eu tant soit peu d'amour pour votre père, persuadez Camille.

Christine n'avait pas eu d'amour, trop long à expliquer, mais elle avait deux cents questions en suspens, elle n'en avait posé qu'une, qui exigeait réponse : enfin, qui êtes-vous ?

— Dites-lui que je suis Magda.

— Magda est morte, avait-elle rétorqué, jambes en flanelle.

— C'est vrai, elle est morte…

Etonnée de s'en souvenir, comme s'il s'agissait d'une broutille, ma foi, mais cela ne lui semblait pas incompatible avec son idée fixe : dites-lui que je viens de sa part.

— Comme vous en avez chargé mon cousin ? osait-elle avec une méchanceté certaine.

— Ah !… Il lui a transmis mon message !…

— De *penser à demain*, n'est-ce pas ? Très aimable à vous.

A ce mot électrique, elle acquiesçait violemment.

— A vous aussi, il l'a dit ? A qui d'autre ? Vous êtes vraiment seule, ici ? s'effraya-t-elle de nouveau. Personne n'écoute ?

Elle avait pourtant assez visité l'appartement, mais l'idée l'affolait. Elle ne pouvait rester davantage, décidait-elle, d'une inspiration subite. Cependant, avant de partir, la conjurait, lui faisait jurer qu'elle obtiendrait de Camille qu'elle se rende ce soir à cette adresse. Vous vous souviendrez de l'adresse ? Ecrivez-la. Six heures. Qu'elle n'y vienne pas seule, si cela la rassurait, mais qu'elle le fasse, en souvenir de Magda. Et comme Christine lui objectait que, à faire toutes ces histoires et ces mystères, à se signaler en invoquant, de manière aussi choquante, le nom d'une morte, à réclamer sa tresse de cheveux, elle ne pouvait que faire peur, et fuir celle qu'elle voulait rencontrer. Il eût été plus simple, plus aimable – elle ne disait pas correct – de lui écrire une lettre, par exemple. Il eût mieux valu s'y prendre plus naturellement. Ce reproche arrachait à la femme le sourire de commisération qu'on a pour les demeurés.

— *Naturellement.* Je n'ai pas le choix.

— C'est violent, de pareilles méthodes. Si vous voulez savoir, William a failli briser le cœur de maman.

L'envoyée de Magda n'avait pas l'habitude d'être émue. Cela contrariait ses traits, allongeait sa face et faisait tressauter comiquement son menton. Chez cette femme, les sentiments tenaient de l'infirmité, elle les réprimait ou les exagérait, l'on eût dit qu'elle les jouait, mais on voit des gens, dans de grands chagrins ou des joies extrêmes, tomber dans ces excès de facticité, faire rire ou scandaliser de leurs outrances. Christine en était bouleversée, vaincue, réalisant soudain qu'en chair et en os était présente, incarnée, la femme de Karl-Marx-Stadt, de qui si péniblement William faisait le portrait, enfuie vers le terminal d'autobus, à qui ils avaient peu cru, si peu qu'il devait palabrer et se justifier, pauvre Willy.

— Pauvres nous tous, incrédules : cette femme est réelle, Melville. Elle a connu l'amie de maman, ce n'est pas possible autrement. Peut-être est-elle un peu dérangée. D'où elle vient, ça peut se comprendre. Elle est en voyage, surveillée, elle en a profité pour s'échapper, faire quelque chose à quoi elle s'est engagée. Tenir une promesse, soulager sa conscience… As-tu connu Magda, toi ? Sais-tu de quoi elle avait l'air ?

Melville allait mieux, un peu de couleur était remonté à ses joues. Il se ressemblait de nouveau, celui qui pense vite et décide, machine autonome et secrète qui sait depuis toujours ce qui est juste, vrai et bon, ce qui doit l'être, et ce n'était pas mince performance que de l'avoir convaincu de la réalité de cette visite incroyable. Non, il n'avait jamais rencontré cette amie de Camille. Seulement vue, une fois, il y avait longtemps. Seulement de dos et parmi la foule d'une gare, empaquetée d'un gros manteau. Camille en portait un semblable. Elles descendaient du Prague-Berlin, elles s'éloignaient dans la brume de ce petit matin d'hiver 1934. S'il avait su où elles allaient, alors… Non, il n'avait jamais vu cette jeune fille. Peut-être y avait-il une photo d'elle quelque part, dans un album ? Mais tout avait brûlé, au Mesnil… Peut-être Gabrielle en avait-elle gardé une ? Alors ce serait celle d'une enfant. La fillette hongroise qu'avait connue Camille à cinq ans… Ta mère exècre les albums, il n'y en a pas ici.

Pas besoin de me le rappeler, Melville. Suis-je assez grande, maintenant, pour que tu m'expliques la loi de prohibition ? Pourquoi elle conserve un appareil photo qui ne doit plus servir. Que ne condamne-t-elle aussi les miroirs ! Et, tant qu'à faire, tes dessins. Car, à la place des photos absentes, il y a mille croquis de ta main. Un sacré coup de crayon, merveilleux Melville. Prendre la pose en feignant de ne pas se savoir observée, scrutée, dessinée, littéralement croquée des yeux, captive et dévorée du regard amoureux, endormie d'ennui au bout de la table, accoudée à une fenêtre, boudeuse sous l'ombre des cheveux, ce minois esquissé, c'était moi mille fois, mille fois inachevée. Ombrée, crayonnée à la pointe rapide, de hachures et de courbes qui se souviennent de moi, à la place des photos, qu'abhorre Camille. Le déficit d'images dans cette maison est terrifiant. Il est totalitaire. Il fait de leur absence une menace obsédante, cruelle, une punition imméritée, un vide de mémoire qui n'a pour équivalent que le silence de maman, son manque d'amour, de pitié, si implacable qu'elle tue à petit feu ceux qui l'approchent, qu'elle aimante et brûle : comment sa maladie de la mort ne t'a-t-elle contaminé, consumé, Melville ? On ne pose pas ces questions à l'amant de sa mère. A un homme dont le cœur flanche. En ces circonstances. Ce n'est pas le sujet. Le sujet est : plus tard, il sera trop tard. Comment prévenir Camille pour qu'elle rentre tout de suite, et se rende au rendez-vous, ce soir. Il faut lui téléphoner. Ce qu'il fait incontinent, mais Camille a déjà quitté le quai d'Austerlitz. Melville ne sait où elle déjeune, le rendez-vous avec Guy et Lucien est à trois heures ; il laisse un message au standard de B&G, que Mme Lewenthal rappelle au plus vite.

— Allons la chercher tout de suite.

— Nous avons le temps. Calme-toi, Minette. Pas de précipitation.

Toujours avec maman prendre des pincettes, des précautions, diplomatie et modération. En prend-elle beaucoup avec nous autres, avec toi ? Avec moi ? Depuis le temps qu'elle nous oppresse, nous néglige et nous délaisse, nous éjecte de sa sphère, en rotation sur son orbite solaire, une bonne collision lui ferait du bien. Qui brisera le cercueil de verre où elle dort, avec sa pomme coincée dans la gorge ? Et moi, qui m'a préparée à voir débarquer la zombie de Karl-Marx-Stadt ? Elle atterrit sur mon paillasson sans prévenir, elle me fait peur et me houspille, elle pleure dans mes livres et siffle mon anisette, comme si j'étais le cadet de ses soucis. Pas de précipitation ?

— Donne-moi cette adresse.

— Je ne suis pas sûre que la femme le souhaite.

— Camille n'ira nulle part, que je ne me sois d'abord assuré… Je vais aller en reconnaissance. Donne-moi cette adresse.

— Non. Je la donnerai à maman.

— Alors, je l'empêcherai de s'y rendre.

— Tu vas tout compromettre. Cette personne est à cran. Si elle te voit rôder, elle disparaît en fumée.

Les revenants sont susceptibles, leur matière est frileuse, volatile. Il ne faut pas agiter l'air, au risque de disperser leur âme hésitante. Cela rend superstitieux : n'y va pas, Melville. Si ça se trouve, cette apparition est la Sainte Vierge, ou l'ange Gabriel. Ou, pire, le chat du Cheshire déguisé en espion de l'Est. Si tu la déranges, il ne restera d'elle que son odeur de sainteté, ou son sourire aux dents de fer armé. Envoyée du bon Dieu ou du diable, elle est plus forte que toi. Cette fois, reste tranquille. Je t'en conjure. Sinon, cela va nous porter malheur. Mais, pour descendre d'une grand-mère de Digne n'ayant foi que dans les hirondelles, d'un commissaire mélancolique agnostique et d'une mécréante andalouse danseuse dans les colonies, Melville n'a pas de penchant religieux ou superstitieux. Il est de ceux qui répugnent au culte, de divinités ou de tyrans, ce qui est la même chose, des revenants pareil ; de ceux qu'un frisson de dégoût éloigne de ces obédiences suspectes et si, en certaines occasions, il touche aux lisières surnaturelles, en admet l'existence, il n'est pas ce matin de composition à envisager l'apparition sous cet angle : on ne se rend pas à un pareil rendez-vous en enfant de chœur. Melville ne tombe pas de la dernière pluie, si tu as bonne mémoire, Minette.

— Laisse-moi faire ce que je dois faire. Où est-ce ?

Christine donnait l'adresse, résignée, elle avait dix ans sur sa chaise. Il s'arrachait à son bureau comme d'un radeau, tanguait un peu, mais se raffermissait, les cachets faisaient leur effet. Pas au point de lui rendre son assise ordinaire.

— Je viens avec toi, parvint-elle à dire, contrite et le maudissant.

— Tu restes là. Tu attends ta mère et, si je ne suis pas rentré, tu lui expliques en douceur. Je te la confie.

En voilà, une nouvelle ! Il se passe donc de si considérables événements que Melville soi-même délègue à Christine, indigne, incapable, qui vient de régresser mineure à l'instant, une mission dont il a de tout temps l'exclusivité et le privilège ? Pour abdiquer, avec cette scandaleuse désinvolture, sa prérogative du roi de cœur, ou bien il a un coup de vieux, ce dont semblent attester certains symptômes ; ou bien la situation ne lui laisse pas le choix. Soudain lui apparaît que ce n'est plus du jeu. S'il me confie maman, cela sent son testament, il est en danger. D'où il va, il ne reviendra pas. Cette adresse est un traquenard. Il va mourir. Contre le déchirant pressentiment, au ciel, elle élève ses yeux ; en tout cas vers le plafond, y cherche une aide, un réconfort à sa détresse. Un recours pour parer à l'imminent débordement de ridicules larmes. N'y va pas ! Tu veux empêcher son départ, le retenir, coasse une voix dissidente, mais tu ne rêves que du contraire ! Tu le précipites où tu voulais, qu'il n'en revienne pas ! Affolée, terrassée de culpabilité : Melville, n'y va pas ! Accablée par l'avènement de ce qu'elle a tant désiré, plus que convoité, jalousé, encore davantage craint : le remplacer auprès de maman. C'est-à-dire, peut-être pas le tuer pour de vrai, mais le supplanter. Lui, et l'autre, le mort son père, plus encombrant encore, obsédant en son irréparable absence. Au fond, elle ne voulait que les démettre, l'un et l'autre, d'un coup de baguette magique. Les destituer ensemble et devenir la fille de la Reine, sa seule enfant couronnée. Car elle est l'Unique et la Vivante. Elle est la survivante et elle est seule. Pour cela iniquement traitée, à qui l'on promet de *dire* plus tard, toujours plus tard, trop tard, ce qu'elle a le droit de savoir, en tant que sa fille. En quelle inaptitude et misère est-elle d'avoir à la devenir dans l'instant ! De quoi il la somme, de si révoltante manière et, au ciel, au plafond qu'elle implore, elle ne trouve pour réponse que blanc désert de peinture ripolinée traversé de spasmes vagues de moire, quelque éclat mourant de lumière torturé de pluie dehors et jeté vers ici par le caprice d'une flaque, plus évanescente et sarcastique illusion d'optique que celle du sable que froisse sur les dunes le vent ; dans ce désert affreux, elle est perdue. Pardon ! Ne me quitte pas, Melville ! Ne meurs pas, ne me confie pas maman.

— Ecoute, disait-il encore, son imperméable sur le bras, la main sur la poignée de la porte, parvenant tout juste à arborer un faux air de santé recouvrée, hésitant : écoute. Je dois te dire quelque chose, que je diffère depuis trop de temps… Ce n'est guère le moment, mais si tu veux bien, quand cela sera passé… Demain.

O Melville, demain n'existe pas ! Parle *maintenant*. Demain est désespérant ! Dans leur sage méconnaissance du temps, les enfants se gardent de croire à demain, ils sont prudents. Ils sont au secret que le temps irrévélé du passé et celui, imaginaire, du futur sont pur miroitement de chimères. Ils savent que le futur qu'on leur promet n'est que mensonge, fiction, mirage de choses incréées, impensées. Les vraies créations et les vrais rêves sont du jour, de l'heure, jamais d'autrefois, de plus tard trop tard. Ils savent qu'au seul présent s'arriment les causes et les effets ; demain leur est irréel. Le présent seul exécute demandes et réponses, actes, décisions, punitions, rédemptions. La terreur, la joie s'incorporent au temps présent où l'on aime, l'on vit, meurt. Je veux revenir à cette période inconnue de la vie où je m'ignorais et m'oubliais à tout instant, où je n'étais sommée de rien, en charge de personne. Je ne veux pas être grande, penser à cette femme aux dents de fer, à la tresse de Magda, au chagrin de maman, que tu me confies, quelle responsabilité, quel effroyable fardeau ! Je ne veux pas penser à mon père ni à mon frère qui me manquent de ne m'avoir connue, ni à toi qui as mal au cœur et pars où il ne faut pas aller. Je veux être petite et dormir cent ans.

— Va ! Compte sur moi, disait-elle. Je m'occupe de maman. Et demain, tu me diras…

XXIII

Mercredi 27 novembre

L'individu attend sur le parking, près de sa moto ; une Bonneville 650, note Antoine admiratif, contrarié de l'être. La marque lui a échappé lors de l'entrevue au portail du Mesnil, comme lui a été dérobé le visage de l'inconnu masqué par son poncho, et sa stature, mi-couché qu'il était sur son engin pour lui parler sous la vitre rabattue. La Bonnie, belle machine ; et le type, pas très grand une fois debout, mais râblé, la poitrine excessivement rembourrée, épaulée en catcheur par son blouson, campé sur ses cuisses courtes, pantalon de cuir exténué, bottes lacées ; il jette sa cigarette d'une pichenette comme Antoine gare sa 2 CV près de la moto. D'un coup d'œil hostile, il l'a catalogué, un frimeur, regrettant déjà de lui avoir spécifié au téléphone qu'il est instituteur et donné rendez-vous dans cet endroit. Il fait encore nuit ; sauf l'étendue du parking chichement éclairé par les tulipes urbaines, le quartier est encore plongé dans l'obscurité, par places trouée de faibles halos humides, la façade du bloc par les rectangles jaunes dupliqués des innombrables loges alvéolaires où, entre odeur de café et de literie fatiguée, effluves de toilette, criailleries maussades et bâillements, s'ébranle une journée comme les autres ; des mômes, cartable en bataille, s'égaillent vers le bas du pâté d'immeubles, quelques voitures démarrent en toussant des bouffées bleuâtres dans l'air froid. Une poignée de main rapide et, sans un mot, ils ont filé l'un derrière l'autre vers la cage d'escalier. Dans l'ascenseur évitant de se dévisager, ils ont laissé les étages défiler en silence. Du coin de l'œil, Antoine estime l'individu, un rousseau mal peigné, maintenant qu'il a ôté son casque, fermé sur ses pensées, en a-t-il, ou bien nuit trop courte, des rendez-vous aussi matinaux vous tirent du lit au radar : il doit finir de se réveiller. Cueilli par l'odeur renfermée de l'appartement, où il n'est revenu de dix jours, Antoine ne s'est pas excusé pour ce désagrément, ni pour le désordre ambiant, sur la défensive et vaguement irrité du mutisme de ce type qui ne fait rien pour faciliter les choses. C'est pourtant lui le demandeur, lui le journaleux, espèce galeuse, rouspète-t-il pour soi, il n'est pas prêt à se mettre en frais pour la réception. A usage personnel, il met quand même un café en route, tandis que l'autre, se hasardant sans permission dans le séjour, y jette négligemment un coup d'œil circulaire, pour ce que lui en laisse voir la pénombre. Il se dégage de son blouson, là-dessous en gros pull de montagne, avec un écusson de la vallée d'Aspe cousu sur la manche. De son poitrail, il tire des feuilles de journal :

— Par temps frisquet, c'est le meilleur matelassage, daigne-t-il expliquer, appuyé au chambranle. Un truc que mon père m'a appris. Il partait travailler à vélo. Contre l'onglée, il utilisait la graisse à chaussures.

En guise d'introduction. Pour se situer. Antoine ne lui demandait rien. Il fait ronfler le féroce petit moteur du moulin à café, tasse la mouture et pose la cafetière italienne sur le gaz, dézippe à son tour son blouson, cherche des bols dans le placard. Ils sont dans l'évier, pas lavés, l'égouttoir est encombré de vaisselle sale. Le ménage laisse à désirer. Luiza a levé l'ancre, emportant avec elle le dieu ladre qui veillait sur eux. Qui s'est foutu d'eux, corrige-t-il avec rancune, en rinçant deux bols. Ce n'était pas une bonne idée de donner un rendez-vous ici. Y traînent des traces de sa vie d'avant, en l'état où il l'a subitement abandonnée, cela fait l'impression d'entrer dans un mausolée triste, la poussière a vite fait d'ensevelir, elle voile les choses et les patine d'une vieillesse tissée de filaments du passé au-devant duquel revenir fatigue. Il repousse en bout de table les programmes périmés de la Cinémathèque qui traînent avec quelques livres d'occasion, trouvés dans un bac sur les quais, au-dessus desquels *Les Mains d'Orlac* de Maurice Renard, Nilsson, 1920, couverture illustrée par Maggy Monier, édition originale, 1,50 franc de l'époque. Derrière la vitre, le panorama émerge de la nuit. A cette altitude, l'horizon oriental pâlit, opale strié de turquoise sous la masse ardoise des nuages, barbelés de soufre, qu'une flèche transperce en majesté. Les nuées basses en sont embrasées et dans cette brèche l'aube cisèle en frise la ville lointaine, les toits et les dômes, le chantier de la Défense, là-bas flamboyant quand ici tout reste recouvert d'une obscurité tombale, le drap de nuit noire engloutissant ce qu'il sait être le bidonville, sa carrière concassée, et l'étendue du terrain vague en dunes livides, cela aussi fatigue. Cette théâtralité vaine des petits matins, débauche éphémère ; ensuite, la journée commence.

— Il va encore pleuvoir, dit Fricot, détournant comme lui son regard du spectacle auroral.

Un œil jaune éteint. L'autre brillant, étrangement fixe, braqué en face. Sans y être invité, il s'est attablé et tend son bol, trois sucres. Un avis personnel, a-t-il prétendu ? S'il en a un d'original, qu'il se hâte. Bientôt, tout le monde en aura un, à commencer par celui que diffusent les corbeaux ; ils font le siège de la ferme depuis hier. Yvon en a chassé deux, revenus à la charge, qui prenaient des photos au téléobjectif de leurs allées et venues. Les vaches restent à l'étable, les petits ne sont pas retournés à l'école, des informations vraiment sensationnelles. Aux Armand, ils se claquemurent, acculés à se terrer, même pas un gendarme pour les protéger. Antoine n'est pas d'humeur à bavarder de la pluie et du beau temps et, comme le type examine l'affiche des *Contrebandiers de Moonfleet*, il décide de ne pas y aller par quatre chemins.

— Que me voulez-vous ? Vous écouter, je n'ai pas que ça à faire. Soyez bref.

Rogue assez pour le mettre en garde, qu'il ne prenne pas le petit noir pour une bienvenue, ni un encouragement aux effusions cinéphiliques. La tête du journaliste se découpe à contre-jour sur l'écran du ciel blême, son cheveu roux hirsute auréolé par l'aube, visage ombré, où l'œil fixe luit, vaguement déplaisant.

— Bref, si je le peux. Le temps d'un café ? Je pose que si votre père reste détenu au bout de quarante-huit heures, c'est ou qu'ils l'ont coincé sur un détail, ou qu'a été donnée consigne d'en trouver un ; le résultat est le même. Ils ne vont pas relâcher une prise pareille : un paysan de France profonde, instincts épais, le fusil sous le lit, des poisons dans l'étable, ce folklore va plaire. Il a déjà rapporté. Parfait pour enfumer l'opinion, le temps que ça se tasse. Le temps de couler le béton sur le reste. Je me présente. Bernard Fricot, journaliste.

Il ne s'en vante pas, on dirait plutôt que le mot lui coûte. Il explique qu'il l'est par défaut. Vous avez choisi d'être instituteur, vous ? Son père voulait qu'il décroche le certificat d'études et s'embauche à son atelier de montage, cycles Motobécane ; il lui tenait une bonne place au chaud. Mécano. Mais il n'est pas venu raconter sa vie, comment il est devenu journaliste par hasard, par erreur, par vocation, finalement : il est venu pour parler du député Guillemot. Journaliste indépendant, précise-t-il : il choisit ses sujets. De temps en temps, *Combat*, *France Observateur* ou *France-Soir* lui prend un article. C'est là qu'il a connu Mag Bodard, la femme de Lucien le Chinois. Il donnait des coups de main dans sa maison de production, ça l'a conduit à suivre les équipes de Lazareff et compagnie pour les actualités de Cognacq-Jay. Toujours indépendant, à la pige, selon ce qui se présente.

— Il faut savoir à quel râtelier l'on mange et, si le foin déplaît, jeûner. Il faut avoir plusieurs cordes à son arc, selon le gibier.

Il débite sa présentation en atrabilaire qui montre les dents pour neutraliser, contournant le sujet, auquel il revient : il a le député dans le collimateur. Par accident : lors d'une affaire de vin mélangé à de l'algérien, deux ans plus tôt, il a enquêté sur le business de Bercy. Les pinardiers profitaient du stockage de foudres que les rapatriés avaient en dépôt. Les pieds-noirs cherchaient à récupérer des liquidités, une fois tout perdu là-bas, en attendant l'indemnisation, qui ne venait pas. La bibine à gros degré s'était écoulée en "vin de pays", consommation courante, bouchon propre, sans problème, sauf quelques protestations, vite étouffées. Guillemot – il n'est pas le seul – rend des services et sait se les faire payer. Entre autres, il alimente les caisses noires de son parti : voilà ce que Fricot a établi. Du coup, il s'est intéressé au personnage, à temps perdu, mais avec constance. Encarté RPF, puis UNR, réélu depuis 1951, homme de relations, homme d'affaires, immobilières en particulier… Depuis, Fricot connaît comme sa poche la banlieue du Mesnil, Genilly et communes adjacentes, le cadastre, les plans d'urbanisation, les marchés publics, les commissions d'attribution. Il se documente dans le coin, c'est socio-instructif.

— Remarquez, je me déplace de vingt kilomètres, c'est du pareil au même : toute la couronne explose. Même chose à Lille, Nantes ou Toulouse. Allez voir Marseille. Quoique, nuance : là, on coule du béton d'altitude, barres à coffrages rapides, poignées d'alu, interrupteurs de plastique. Ici, pavillons coquets de trois étages à balcons, baies à double vitrage, aires de loisirs arborées. Ségrégation est-ouest, rapport au standing : le prix du terrain fait la culbute partout… Pour revenir à Guillemot : entre les deux guerres, son père achetait déjà tout ce qui lui passait sous le nez dans son étude, il voyait loin. Le fils a hérité son sens de l'histoire et du territoire… Avec son beau-frère le maire, il n'a de cesse d'empiler du terrain à bâtir : jackpot. Depuis 1960, les SAFER contrôlent le marché rural contre la spéculation foncière. Or le droit de préemption des SAFER s'arrête devant des acquéreurs tels que l'Etat ou les collectivités locales. Vous voyez le topo ? J'ai mis le nez dans une opération immobilière, tout ce qu'il y a de légal en surface, mais qui en prend à son aise en sous-main avec le Code rural. Le fric des pinardiers aide à graisser les pattes, petits arrangements entre amis… C'est monnaie courante. Le député n'est pas plus ni moins voyou que d'autres. Modeste, au regard d'arnaqueurs plus gourmands. De plus, il fait ça en famille, c'est touchant. Il m'intéressait, comme cas d'école…

Antoine connaît peu ou prou le tableau que brosse le rousseau, mais son aperçu diffère sensiblement. Vu d'en bas, du fond de la combe et du fond du mental paternel, il en a une estimation géopolitique moins surplombante et quelque peu biaisée par le facteur sentimental, un angle à courte focale qui écrase les lignes de colère, rage impuissante, faible engeance. D'une espèce vieille, lente à la détente. Son frère Yvon, jeune génération, a bien tenté de prendre un peu de hauteur, encouragé par Rolande, de se dégager de cette fondrière des passions paysannes, labourage et pâturage, de tirer quelques lignes de raison dans ce bourbier. S'informer, se syndiquer, solliciter des subventions, mais toujours un train de retard sur des intérêts économiques et politiques qui le dépassent. D'une part, l'industrialisation agricole l'accule, petit exploitant, aux acrobaties comptables, l'étrangle de crédit. Soldés, lui et toutes ses valeurs ancestrales, son lien de cœur et de tripes à la terre, au travail artisanal. D'autre part, mal situé. En Corrèze, en Vendée, il aurait eu plus de chance. Mais, en Ile-de-France, c'est foutu. Ses communes rurales ne résistent pas à l'invasion urbaine, l'horizontale et la verticale ; la vraie sauvagerie est là. L'horreur est moderne. Elle ne loge plus en régions sylvestres, au fond des bois noirs, dans la forêt imaginaire hérissant le poil de ses anciennes terreurs, dont la cruauté dévore les nuits insomniaques. La sauvagerie est devenue urbaine, technique, industrielle. Mais l'homme, vieil animal de caverne, aime toujours dévorer la moelle, le cœur et les couilles, s'en barbouiller le mufle. A peine a-t-il lissé son poil, brossé sa canine, abrasé son ongle ; sa matière grise n'évolue pas, elle s'adapte. After-shave, cervicales giratoires, œil au laser à infrarouges, il a ses terrains de chasse, équarrissage sélectif. Sa sauvagerie usinée de culture est dans ses banques, ses laboratoires, ses bombes atomiques. Elle est dans les engrais, les télévisions et les machines à laver, Gaston va en crever. Il est déjà mort. Antoine vide son bol de café, trop fort, amer aux gencives :

— Que voulez-vous que je fasse de vos enquêtes de terrain ? Guillemot en veut aux terres de mon père, c'est connu. Mais votre cas d'école ne résout pas l'algarade sur le chemin de servitude, un mot de trop, parti comme balle. C'est pour ça qu'ils l'ont arrêté. Il l'a dit, c'est un fait. Il a dit : *Répète-le pas ou je te tue.* Depuis des siècles, les paysans disent ce genre de choses. Ils menacent, mais rares sont ceux qui passent à l'acte. Ils retournent plutôt le fusil contre eux, se le calent sous le menton et s'explosent la tête, ou alors se pendent à la poutre du hangar. Cela ne fait pas plus de bruit dans Landerneau.

— Cela n'en aurait pas fait. Je n'en aurais pas eu vent si Guillemot n'avait porté plainte, et tout ce qui s'ensuit pour votre père. Si je n'étudiais ses us et coutumes depuis des mois, je n'aurais pas prêté attention au fait divers des petits noyés, lors du mariage de sa cadette. Je n'aurais pas appris si vite que son fils et son dernier petit-fils y étaient passés aussi. Ce qui fait de ce contexte une nouvelle équation, dont les inconnues ont de quoi rendre curieux, n'est-ce pas ? Excusez-moi mais, vous êtes cinéaste ? Vous faites des films avec la Beaulieu ?

De son œil en panoramique, Fricot a donc repéré la caméra sur la table du séjour, et tout l'attirail de cinéma. Autrefois, dans une autre vie, Antoine en faisait. Dans les rues de Paris, sur les chantiers de la périphérie. Cet été, sur les chemins du causse. L'hiver dernier, avec Majid et Djalil. Maintenant, la caméra prend la poussière, comme le reste ici. De la pellicule en vrac, même pas développée, ni le temps, ni l'envie, la table de montage est au diable, à Bagnolet, dans l'atelier de Lino. Antoine chasse le sujet, son visiteur a promis d'être bref : quel rapport son pauvre bougre de paysan de père peut-il avoir avec ces meurtres ? Et pourquoi Fricot cherche-t-il à contacter son fils ? Parce que l'inspecteur en charge de l'enquête, un ancien copain d'école qui, soit dit en passant, lui fauchait ses *comics* et trichait aux billes, ne croit pas à ce suspect offert en cadeau. Voilà ce dont il voulait l'informer : si Guillemot dégage en touche en désignant cette piste de haute fantaisie, c'est qu'il cherche à en effacer une autre. On ne vous extermine pas la parentèle pour des prunes. Ça ressemble à un contrat de professionnels. Méthodique, méticuleux. Et même très tordu.

— Pas un crime de paysan. Excusez-moi. C'est pas qu'ils soient simples d'esprit, ils sont directs. J'ai rencontré Moussaron, vous connaissez ?

Antoine ne dit oui ni non, il le laisse venir, curieux de ce qu'a pu raconter le vieux vétérinaire.

— Un drôle de corps. Celui-là, il faudrait l'écouter, le filmer, l'espèce est en voie de disparition. Le monde qu'il a connu aussi, remarquez bien. Ses salades, j'en redemandais, je sais de quoi il parle. L'urbanisation du bourg, muant en quelque chose de bâtard, d'indécis, ni ville ni campagne, ça bascule doucement, sans bruit. Les Pataugas remplacent les sabots. Plus de machine à coudre, on s'habille en confection à la coopérative. Le cochon, on le vend au maquignon et on achète du pâté Olida, des saucissons industriels à l'épicerie. La bicyclette au clou, place aux vélomoteurs, aux voitures. Le Formica envahit les cuisines. On casse les cheminées, on jette les chenets à la ferraille, avec les lampes à pétrole, les bassines de cuivre, les lessiveuses étamées. Un jour, ça aura un prix, autant que les commodes Louis XV mais, le rapport marchand du rebut, c'est un calcul qu'ils n'ont pas en tête. Le vieux m'a passé en revue le changement, mieux qu'un sociologue. Ce n'est pas qu'il regrette le bon temps : il connaît la terre, dure aux gens, mais il voit la perte, bien plus grave. Quelque chose d'une humanité renoncée. Un sens de l'existence, un rapport au temps naturel violenté, qui transforme les êtres jusque dans leur raison de vivre, d'être ensemble. Leur morale du travail. Maintenant, les paysans sont des *agriculteurs*. Des patrons d'entreprise, gestionnaires du rendement : des techniciens. Voilà son avis… Son avis est que Gaston Donné est malade de cette vie qui fout le camp, sans qu'il puisse rien y faire. Il n'est pas déprimé, comme les gens des villes, il est en colère. C'est peut-être pire. Son avis est que, s'il se contentait, ce serait au fusil. Pas à l'insuline de ses vaches. Au député, aux spéculateurs, il éclaterait la tête. Que savez-vous du passé de Guillemot, qu'en dit-on dans le pays ? *Répète-le pas ou je te tue ?* Que votre père voulait-il empêcher qu'il ne répète ?

L'atmosphère d'aube, orangeade sirupeuse, peint les murs de la cuisine, jusqu'à Stewart Granger et George Sanders qui inclinent leurs visages empreints d'indulgence, tendant l'oreille aux propos des deux hommes. Les choses familières sont devenues étranges, détachées de leur fonction prosaïque. La cafetière italienne, incongrue ; comme la corbeille nostalgique où sont encore les barrettes de Luiza, le ronron grognon du frigo, vide ; le hublot de la machine à laver, vide ; le calendrier des Postes où sont cochés les jours qui devaient compter, ne comptent plus. Quelque chose d'irrémédiable les a détraquées. Le destin est-il ce Meccano vissé pièce à pièce, émergeant à présent des bâches de la nuit, dont la finalité instrumentale n'est que de lancer son absurde bras articulé à l'aveugle, de piquer au hasard, dans le tas, un corpuscule qui se contorsionne au bout de sa pince grêle ? Qu'y peut Gaston ? Son destin a peut-être cette figure aberrante. Du pinard falsifié, de l'argent sale qui circule, un mot sur un chemin, des enfants noyés, des cadastres et du béton mal armé, un contrat… Qu'écoute-t-il cet individu divaguer, huit heures du matin, dans son appartement de Nanterre, l'endormir de ses vaticinations sociologiques et de ses fictions surréalistes, s'insurge-t-il au moment où, feuilletant d'un doigt distrait *Les Mains d'Orlac*, les pages jaunies induisent par interférence une corrélation avec l'individu roux en pull pyrénéen : si son histoire abracadabrante est dans l'ordre des choses possibles, greffer les mains d'un assassin à un pianiste manchot l'est aussi. De même une loupe à l'œil mort d'un borgne. Antoine vient juste de le comprendre, le journaliste porte un œil de verre, une bille d'agate brillante. C'est l'autre, le terne, qui est vivant.

— Cela concerne-t-il l'arnaque au viager ? suggère Fricot, manifestement inaccessible aux songeuses digressions d'Antoine, encouragé par son silence à poursuivre son idée.

Il a traîné, explique-t-il, dans les cafés, les garages et les épiceries des environs. Pour domicile du député, on lui a indiqué la “maison Rougerie”, avec des sous-entendus, puis des éclaircissements : les gens ne demandent qu'à parler. La ville gagne la campagne, tout fout le camp, mais les histoires continuent de se ressasser autour des cageots de poireaux. A la première occasion, elles ressortent. Intactes, aussi fraîches que la primeur... Guillemot a-t-il vraiment vilainement capté l'héritage de la veuve du sénateur ?

— Des ragots, élude mollement Antoine, sa méfiance revenue. Vous travaillez à ce niveau-là ?

— Ce n'est pas vraiment du travail. Juste un repérage. Je cherche à cadrer le métabolisme de ce type. Vous me croyez peut-être niais, alpestre et paradisiaque, mais j'ai quelques convictions, là – il cloue son doigt entre ses sourcils roux. Alors, la scène des gendarmes, chez vous...

— Ce n'est pas chez moi.

— Admettons. La scène de la perquisition m'a foutu en rogne. Trop beau, comme théâtre du crime. Je sens là-dessous une bombe à retardement que tous cherchent à neutraliser : procureur à la botte, parquet, avocats – vous en avez pris un, j'espère ? S'il y a une chance que l'engin saute, je me tiens prêt à dégainer. Documenté, étayé. Quoique, vous savez, le journalisme, ça n'ait pas souvent changé la face du monde… De Gaulle au pouvoir, la presse officielle fait dans le ronron petit patapon, ronron mon petit Papon. Bénie soit la sainte lessiveuse du journal télévisé, dormez braves gens. Moi, je ne dors que d'un œil. Le bon.

Il désigne son œil de verre, braque sa rotondité miroitante dans celui d'Antoine.

— Pour ce que ça me rapporte…

Il soupire, il hausse les épaules.

— Enfin, si ça vous vient, vous savez où me trouver. Merci pour le café…

Fricot s'est levé. Il fourre derechef les feuilles de journal sous son pull, se fiche une cigarette à la commissure, tend son paquet chiffonné à Antoine. Qui en prend une, par politesse, ébranlé, dubitatif, tenté, inquiet. Il s'accoude à la fenêtre. La brèche de soleil s'est refermée, ouate sale à l'horizon, lumière sourde sur le panorama lointain, mais cela exhausse par contraste le chaos du bidonville en contrebas, l'agrégat de décharge tel l'immense bivouac d'une armée vaincue, par un effet de loupe détachant en grisaille le détail, toits de toile goudronnée, tôle ondulée, concrétion précieusement nacrée dans l'air froid et les filets de fumée montent, minces flèches droites, résistantes, d'une vaillance dérisoire, là-dessous contrainte, subjuguée de misère, mais tenace ; ne serait-ce, pense Antoine, qu'à rallumer les braseros dès l'aube, en dépit du danger des incendies, pour faire bouillir l'eau du thé, laver les petits enfants, cuire les lessives…

— Si ça me vient, quoi ? Je ne vois pas ce que ça changera, pour mon père…

— Pour le moment, pas grand-chose. Mais selon comment ça tourne…

Fricot a renfilé son blouson, il l'a rejoint contre la vitre, découvre la vue avec lui.

— Combien sont-ils là-dedans ?

— Qui le sait ? Dix mille ? Quinze mille ?

— Une ville. Combien de pareilles, dans la couronne ? Les bas-fonds modernes…

Chacun pour soi contemple en silence cette plongée matinale sur le campement.

— A Montrouge, murmure Fricot, il y avait un gourbi, fin des années 1930. Des baraques de zoniers, juste derrière chez nous. Les gamins qui venaient à l'école avaient des poux, la gale. On nous interdisait de les approcher. Mais à côté de ça… Comment cela se passe-t-il, avec ceux-là ?

— On voisine, on cohabite. On se rend de petits services.

— Vraiment ? Vous y entrez ?

— Il y a même des êtres humains là-dedans.

— Un jour ou l'autre, les bidonvilles seront rasés, ces gens expulsés. Pas pour leur confort et leur dignité. Déjà de petits malins calculent que, au prix du mètre carré, c'est un scandale de les en laisser jouir, juste en face de la Défense. Je ne supporte pas mon époque. Aucune. Je ne suis content de rien de ce que j'ai vu jusqu'ici. J'en ai vu, pourtant… Je vieillis, et je ne vois rien changer.

Il claque de la langue, lançant devant lui sa fumée, qui brouille la vitre. Il ne sait quand cette maladie nerveuse l'a pris. Son mécontentement planétaire. L'insatisfaction complète, l'acide gastrique, bile noire. A cause des petits galeux de Montrouge, à cause des rêves ? On a ceux de son milieu, chacun à la hauteur qu'il peut : gamin, il lisait *Tarzan*, *Mandrake* et *Flash Gordon*. *Guy l'Eclair*. Ce que c'est d'avoir des fréquentations de prestige au fond de Montrouge… Cela tenait à ce qu'il avait pour voisin un natif de l'Ohio. Un que l'oncle Sam avait sévèrement pointé du doigt. Au lieu de rentrer chez lui, quittant sa tranchée de la Somme, il avait fait souche avec une jolie brancardière. Même un typographe de Dayton peut s'acclimater en banlieue parisienne, tout arrive… Il travaillait au *Miroir des sports*, vous connaissez ? Non, vous n'étiez pas né, ou à peine. Il recevait de chez lui des Lucky Strike, et des *Wonder Stories* par séries, dont son fils le faisait profiter. Que lui fauchait Verlaine, son copain favori ; c'est comme ça qu'on devient flic. Se gaver de cette littérature ne leur avait pas appris dix mots d'anglais – ils se passaient des bulles, franchement facultatives. A Verlaine, il ne pouvait dire mais, à lui, elle avait brouillé la tête. En 1936, son idéalisme héroïque s'était refroidi quand son père, au lieu de faire la fête comme tout le monde, trahissait la classe ouvrière en frayant avec les jaunes : fenêtres caillassées par les grévistes, infamies punaisées sur leur porte. Pour faire chier son père, il avait pris sa carte au parti communiste. L'avait déchirée au bout d'un an, ayant entre-temps viré anarchiste, tant qu'à faire, hein ? A dix-huit ans, il était parti en Espagne. Il n'avait participé à aucune bataille, seulement astiqué, démonté et remonté des pétoires de brocante. Son œil, il l'avait perdu dans un accident de camion : les mariolles au volant ne dessoulaient pas. Mais il avait vu les Tarzan de Moscou au travail. Les voyages forment la jeunesse. Sa jeunesse ne passait pas, syndrome hépatique.

— Vous avez vraiment vos entrées au bidonville ? s'obstinait Fricot. Il y a trois ans de ça, Bergeret a filmé celui de Gennevilliers, pour *Cinq colonnes à la une*. Equipe légère, du doigté, du respect autant que faire se peut mais, quand même, duraille de s'y faire accepter : silence et méfiance. Voire franche hostilité. Images volées, plus ou moins. Le reportage, c'est mieux que rien, remarquez. Vous avez vu *Moi, un Noir* ? Ce que je voudrais, c'est le refaire là en bas, avec les gens du bidonville. Cela se gagne… Il faut le mériter. Hélas, je ne suis pas Jean Rouch…

— Moi non plus. Mais je les ai filmés, l'an dernier. Ou plutôt, j'ai fait le montage, c'est Djalil qui a filmé. Je lui ai prêté ma Beaulieu. Un môme malin…

— Sans blague ? Un film ! Vous avez fait ça ! Vous me le laisseriez voir ?

Fricot n'a plus l'air de vouloir partir, tout caparaçonné de son blouson qu'il est, sa clope éteinte. Son œil valide aussi allumé que l'autre soudain. Voir, pour en faire quoi ? Les images de Djalil, c'est trop dangereux. D'abord un jeu de gamin qui convoite la boîte magique, son ventre carrossé d'acier mat, une petite machine silencieuse bien plus attractive que les moteurs à désosser sur le terrain vague. La toucher, la tripoter, quand il passait à l'appartement, une tolérance conquise, puis une affaire entre hommes, adoubement, pour tester la confiance, leur relation transite par Luiza, une composante non négligeable du sentiment réciproque, complicité virile et tout ce qui s'ensuit. Elle réprouvait violemment, elle se fâchait. Dans son dos, Djalil a obtenu d'Antoine qu'il lui explique le fonctionnement de la caméra. En une heure, il a compris tout du chargement, des changements de vitesse, de huit à soixante-quatre images, et vue par vue, remise à zéro au compteur automatique. Après ça, il ne reste qu'à la lui confier, ou alors cela relève de sévices envers mineur. Antoine s'est payé la coûteuse M8 en 1955, avec un de ses premiers salaires, mais ce n'était pas tant le prix de sa caméra qui le retenait ; cela engageait beaucoup envers le gamin. Peut-être une trahison. On ne prend pas d'images au bidonville, l'image est maléfique. Elle offense Dieu.

Elle rend visibles des vérités insoupçonnées de la vie. Elle profane les corps et les choses. Elle offense le visage, elle détruit l'âme. Prêter la caméra à Djalil lui a fait l'effet d'un pousse-au-crime. En même temps, de sceller avec l'adolescent le pacte fraternel de son émancipation, à quoi Antoine l'autorise, sans payer la facture, sans excuse. Djalil a consommé une quantité considérable de bobines. Heureusement, Lino les développait gratis, mais Antoine avait mis le holà. Question de morale. Question de lui inculquer des principes, il lui a fait calculer le prix de la pellicule en son équivalent de ses parties de flipper *Chez Robert*. Djalil s'est d'abord bien amusé à filmer ses copains dans le terrain vague. Mais la leçon d'économie a porté. Son expérience en roue libre s'est disciplinée ; sa curiosité au viseur acérée, forage de haute précision. Il a demandé son aide à Antoine. Il l'a introduit parmi les siens, en territoire prohibé. Par son entremise et par sa volonté propre, celle des parias du bidonville, il a accompli un acte qui n'a pas de prix, à aucun flipper. Le garçon est d'intelligence avec ceux qu'il filme, ces images-là lui appartiennent. Un commerce à hauteur d'hommes, entre gens qui choisissent ce qu'ils donnent, à qui ils le donnent. Ils soutiennent le regard frontal, ils accusent réception. Se rincer l'œil avec ces images, autant leur planter le couteau dans le dos. Elles n'ont pas été volées, Antoine ne les vendra à personne.

— Si c'est à Djalil de choisir, qu'il décide, propose Fricot. J'aimerais foutrement le rencontrer… Vous lui en parlerez ?

Et pour obtenir l'accord, pour donner un gage, il lâche ce qu'il sait de neuf, qu'il a hésité à mettre sur la table :

— Ils retiennent votre père en taule essentiellement pour un truc, qui cloche vraiment : son emploi du temps dans l'après-midi du 12 novembre. A quatorze heures, il est avec votre frère à une réunion de la FNSEA, occasion d'y rencontrer un conseiller. Celui-ci fait défaut, il se tire. Yvon croit qu'il rentre droit aux Armand. Il y arrive après lui, par le train de 18 h 24, se rapatrie à pied de la gare. Il a été vu par des gens du bourg. Leurs dépositions concordent avec celles de votre famille. Qui n'explique pas la parenthèse. Sur ce créneau horaire, où le petit Johnny rencontre son assassin sur un banc du parc Montsouris, il n'a pas d'alibi. Il bloque là-dessus, rien à faire. Verlaine ne croit pas une seconde qu'il est l'assassin. Il pense qu'il a fait un truc qu'il ne veut pas dire. Qu'il est allé aux putes, ou quelque chose comme ça. Vous en pensez quoi ?

Un hoquet en guise de réponse, qui bloque la glotte, sitôt réprimé, sitôt vrillé en crampe stomacale. Gaston aux putes, il faut être un flic natif de Montrouge pour l'imaginer. Gaston en goguette, traînant rue Saint-Denis, à Pigalle, mettant la main à la poche pour monter, tomber le futal dans un claque, c'est du comique troupier. De l'hérésie pure. Apostasie, outrage. Erreur sur la personne, quiproquo cocasse. Cependant l'hypothèse résiste. Elle renverse abscisses et coordonnées de la cuisine. Les enfants ont de leurs parents un idéal sommaire. Les fils de leur père. Même adulte, l'interdit catégorique ne se brave pas sans frémir de honte, d'impudicité, qu'Antoine sait-il de la vie de son père ? De ses désirs, ses besoins, ses goûts, ses fantasmes ? De ce qu'il est susceptible de faire, un 12 novembre, entre quatorze et dix-huit heures vingt-quatre ? Tuer un enfant sur le banc d'un jardin public, évidemment. Mais aller aux putes ?

— Au risque de passer aux assises, il refuse de répondre…

Tellement absurde, quelle qu'en soit la raison, qu'Antoine sourit. Il n'a plus de crampe à l'estomac, ni de rire nerveux, il n'a plus peur ni de colère. Bizarrement, une petite bouffée d'orgueil. Gaston ne dit que ce qu'il a envie de dire. Il est d'un monde qui fout le camp, mais il se fout du quart comme du tiers de la maréchaussée, des juges et des procureurs. Il est en taule, mais il est le roi.

Se fêter soi-même son anniversaire oblige à prendre des initiatives qui, d'ordinaire, incombent aux autres, comme choisir un cadeau en cachette, fabriquer ou acheter un gâteau, allumer des bougies et faire des photos du zozo qui souffle dessus. Pour ce qui est du gâteau, Viviane y avait pourvu. Elle avait trouvé très chic une rainette en pâte d'amande verte, avec des yeux en perle de chocolat et une petite langue de bonbon rouge, le tout posé sur une feuille de nénuphar en angélique confite. Dans la vitrine, il y avait aussi des cochons roses, des souris blanches, des poussins jaunes mais, avant de pousser la porte, elle avait déjà fait son choix. Personne au monde n'aurait pu lui faire une aussi bonne surprise. La grenouille lui rappelait celles qu'on trouvait pendant les vacances aux Sables-d'Olonne, à la pâtisserie Philibert, fourrées de génoise à la crème Chantilly. Ce souvenir d'enfance, parmi des quantités phénoménales complètement oubliés, lui était revenu en léchant la vitrine du pâtissier Romeo, juste en bas de chez Alex, rue de la Convention. Tout ce qu'elle avait pu oublier du reste de sa vie, aux Sables-d'Olonne, comme dans la maison Rougerie !… Elle avait oublié son entrée au CP, sa communion solennelle, ses premières règles, les messes de Noël et le jour des résultats du bac, ses anniversaires ; sauf un, le dernier. Pour ses dix ans, elle avait reçu, entre autres cadeaux *complètement oubliés*, un cerf-volant tibétain. Qui avait eu l'idée de lui offrir un truc pareil ? Impossible de l'essayer dans le parc. Elle avait fait des pieds et des mains, quasiment un caprice, pour obtenir de partir illico l'essayer dans un champ. On les avait expédiés dehors, les trois enfants emmitouflés, qu'ils se débrouillent. Ils avaient dû marcher longtemps, du moins il le lui semblait, jusqu'à la sortie du bourg, puis dans la campagne morne, gros labours et ciel bas sans vent : Jean-Marie avait emmêlé les ficelles et, pour finir, déchiré le papier de soie, bousillé son cerf-volant ; il avait le don d'attirer les claques. De toute façon, c'était son dernier anniversaire. Ensuite, maman était à la clinique et, à son retour, on n'en fêtait plus aucun. Depuis le temps, Viviane était à mille lieues de penser au sien mais, à force de recopier sa date de naissance sur les formulaires de la Sécurité sociale pour les déclarations de maternité, elle avait fini par se dire : tiens, mercredi prochain, c'est mon anniversaire. Vingt-deux ans, est-ce que cela compte ? Deux fois dix plus deux, deux fois onze, est-ce un chiffre magique ? Et la naissance, porte-t-elle à la réjouissance ? La sienne ? Celle de cet enfant, qui naîtra environ le 11 avril, selon les prédictions médicales. Périodes d'aménorrhées supposées, à vue de nez, il a déjà onze semaines d'existence, la moitié de vingt-deux, c'est un signe. De quoi, on se le demande. Que se préparent des félicités ou des calamités ? Que je peux me fêter moi-même mon anniversaire, une licence extraordinaire, personne pour m'en empêcher, ni m'y encourager, allons-y pour les extravagances.

Assise par terre, sur le kilim d'Alex plutôt que dans son fauteuil club défoncé, Viviane examinait son assiette à dessert, les quatre bougies allumées dans le dos de la grenouille, deux pour les dizaines, deux pour les unités, et tout se brouille pour donner ceci : des quinquets affolés sur un gros tas visqueux de pâtée verte, une des deux douzaines de variétés de cochonneries que vend cette boutique. Soudain scandalisé par la quantité de sucrerie frelatée réunie dans la vitrine, son organisme proteste qu'il n'en a pas besoin. Son cerveau reptilien en profite pour protester lui aussi qu'il n'a pas besoin de souvenirs d'enfance. L'enfance doit se loger là : au creux de la nuque, et au creux de l'estomac. Elle vomissait dans les cabinets. Régurgiter le gâteau qu'elle n'avait pas mangé la dégoûtait, mais au moins elle étreignait son angoisse à bras-le-corps, le bord de la cuvette en l'occurrence, et s'efforçait de compter les spasmes, qui allaient diminuant. De penser à des choses agréables, remontantes, comme sa chance d'habiter l'appartement d'Alex, sa chance d'être toute seule, complètement seule, et de faire tout ce qui lui passe par la tête, sans rendre de compte à personne.

Elle se demandait parfois, rendue au milieu de la journée, ce qu'elle avait bien pu fabriquer depuis le matin, depuis qu'elle laissait sur la table les restes du sandwich de la veille et renversait, à la page 222, *Les Confessions* de Jean-Jacques Rousseau. Un livre qu'elle n'avait pas dans l'idée de lire, mais son titre l'avait attirée et, une fois tombée dedans, elle n'avait pas pu s'arrêter, jusqu'à cette sentence, à elle adressée : *Des vues éloignées ont rarement assez de force pour me faire agir. L'incertitude de l'avenir m'a toujours fait regarder les projets de longue exécution comme des leurres de dupe.* Autrement dit, comme Jean-Jacques, elle trouvait frappé au coin du bon sens que, bien souvent, il est prudent et très pratique de ne voir pas plus loin que son nez. Nombre de livres lui offraient ce genre d'avertissements éclairants, ou bien elle avait tendance à n'y lire que ce qui la concernait, sinon elle les fermait. Explorer la bibliothèque d'Alex, lire la vie de Rousseau, voilà ce qu'elle fabriquait ; à part le ménage. Par crise petite-bourgeoise de nettoyage hystérique. Cet appartement manquait sans conteste de présence *féminine* pour ce qui est du rangement. Non qu'Alex soit un garçon négligé, mais le sens de la propreté obéit à des estimations métaphysiques sensiblement différentes d'un sexe à l'autre, l'éducation oriente les addictions phobiques. Encore que, pour son propre compte, elle n'ait été orientée vers aucune activité domestique ; il y avait des bonnes pour ça, à la maison. Au final, qu'avait-elle de compétences pour gagner sa vie ? Elle ne savait rien faire de ses dix doigts, sauf du vélo, du tennis, du ski, à la rigueur recoudre un bouton. Raison pour laquelle il était franchement sidérant qu'elle se surprenne à encaustiquer le petit bureau à trente-six tiroirs d'Alex, à relaver ses trois verres à moutarde jusqu'à leur soutirer le brillant du cristal, à repasser ses chemises en vrac, qui n'ont jamais connu le fer, bien qu'il y en ait un, tout neuf à vapeur. Mais pas de couverture *ad hoc* : elle repassait donc sur le kilim, qui faisait office. Il se peut qu'elle se demande ce qu'elle est en train de fabriquer, en plein après-midi, à quatre pattes, comme une squaw. On dit que les femmes enceintes ont des lubies, des envies qui, si elles ne sont pas satisfaites, impriment sur la peau des enfants des taches du même nom, couleur de fraise ou de café ; en forme de semelle de fer à repasser, à l'occasion ? Elle s'efforça de ne pas imaginer des horreurs, de penser à l'amour. D'y croire de tout son cœur solitaire, amour pour Alex qui est un garçon formidable, pour l'enfant qu'il a décidé d'avoir, sans en être le père. Ayant réussi à s'arracher à l'étreinte de la cuvette, dans cet endroit qui n'a rien de poétique, elle s'efforça de penser aux nuits d'été aux Sables-d'Olonne, à l'infini céleste qui happe toute pensée contingente, en un prodigieux tourbillon d'étoiles dissout pesanteur et conscience de soi, abolit l'infime souci des destinées, confond enfance et vieillesse et, plus aveugle que chaton miaulant dans sa cécité, voué à finir pierre au cou dans un baquet, rend la créature au sentiment de son anéantissement imminent. On peut trépasser à tout instant, continuer de vivre à tout instant, comme la vue des constellations en montre l'exemple : à des années-lumière, en un millième de seconde, les astres s'éteignent, il en naît autant dans la Voie lactée. Dans son ventre, il devait se passer un événement cosmique de ce genre. Il commençait à ressembler à la pleine lune. Ce que lui faisait remarquer Leni, pas plus tard qu'hier ; en compagnie d'un blouson noir acnéique, Erich Fasslander, l'avait-elle présenté. Elles s'étaient croisées dans la cour de la Sorbonne, Viviane ayant poussé jusque-là pour voir où en était la situation : les cours étaient suspendus, une fois de plus, une grande manifestation annoncée pour vendredi. Leni n'avait pas revu Christine de la semaine : elle bachote avec Antoine, avait-elle sous-entendu, un coup de coude dans les côtes. Bonne nouvelle, avait dit Viviane, retournant à ses occupations. Mais, à part le ménage, à part la lecture des *Confessions*, elle ne fabriquait rien. Encore que le rien dont il s'agit, niché dans ses intérieurs, soit à la dimension de l'univers, l'infiniment grand, l'infiniment petit. Pas besoin de s'obliger à ingérer une grenouille chimique pour fêter ça. Elle la jeta à la poubelle, le nénuphar d'angélique avec.

La nuit tombait, cinq heures du soir, il était l'heure de téléphoner à Londres. Alex ne pouvait l'appeler de chez ses amis, leur ligne étant coupée, à force d'oublier de régler leur abonnement. Aussi lui donnait-il rendez-vous à jour passé chez Yannis, le marchand de kebab, en bas de leur rue, mais c'était Viviane qui appelait, car le compteur de l'appareil était détraqué, à force de le trafiquer pour le brancher sur Chypre gratis ; Alex préférait payer ses factures parisiennes que le tarif exotique dont Yannis le gratifiait. Magiquement, dans la seconde, il décrochait, et rien que pour cette ponctualité, cette élégance et cette loyauté chevaleresques, elle fondait de gratitude, lui disait : coucou, chéri. Il n'y a pas deux mois, dans l'absolu, elle abominait ce petit nom infâme, mais à présent Alex la chérissait, elle en retour, et il n'y avait personne, vraiment personne pour trouver à redire à *chéri*. Il ne faisait pas plus chaud à Londres qu'à Paris, elle se portait bien, lui de même, aussi lui annonçait-elle sans tarder qu'au courrier de ce matin il y avait une lettre du CNRS, est-ce que je te la fais suivre ? Pour qu'elle se perde ? Dans ce quartier londonien excentré, les facteurs oubliaient les noms des locataires et sous-locataires sans cesse renouvelés, la poste restante était au diable, il la priait de l'ouvrir. Ce qu'elle ne se serait permis de faire sans son autorisation, quoique intriguée, inquiète de cette enveloppe qui allait peut-être bien le désoler, il avait eu tant de déconvenues, évidemment par sa faute, mais il ne s'agissait pas du tout d'une mauvaise nouvelle, une excellente au contraire.

— Ecoute bien : l'IFAO donne son accord pour héberger un chercheur au Caire, il y a un poste vacant pour lequel le CNRS te recommande. Tous frais pris en charge pour un an, à compter du 1er mars 1964. Dossier joint, à renvoyer, complété, dans les plus brefs délais…

Au bout du fil, silence, qu'elle prit pour un accès de joie, d'émotion, d'exultation, mais non. Il était contrarié. Cette aubaine tombait au plus mal : demain, il partait dans le Somerset rencontrer Malcolm Archer, le fils de Duncan, le frère de Jane, défunte épouse Galay. Il était sur une piste inespérée, il ne pouvait rentrer à Paris uniquement pour remplir ce dossier. Il ne pouvait faire faux bond à cette personne qui, se rendant obligeamment à son insistance, pressante mais polie, très diplomatique, finement argumentée, avait finalement répondu à son courrier, donné des informations concordantes sur son enfance en Birmanie, et acceptait de le recevoir dans sa maison de Burnham-on-Sea ; voilà Alex tout entier. Pour quoi il rate toutes ses candidatures, ne décroche de poste d'enseignement ni de bourse de recherche.

— Il y a là, s'offusquait-elle, jointe au courrier, copie de ta lettre de demande, finement argumentée et diplomatique, tout aussi pressante que pour soudoyer ce M. Archer, d'étudier la route des fortins de Coptos à Bérénice, des plus spécifiques de l'assimilation romaine au pays conquis, IIe siècle de notre ère, pistes caravanières vers la mer Rouge, garnison de Krokodilô…

— Je sais, je sais… Mais les ostraca attendent depuis des siècles et M. Archer part en Nouvelle-Zélande à la fin de la semaine, chez ses enfants, qui y ont une ferme d'élevage. Il y reste trois mois, je ne peux manquer ce rendez-vous.

— Les films de mon grand-oncle Galay ont moisi un demi-siècle : trois mois de plus, ce n'est pas la mer à boire…

Différer, c'était absolument impossible de l'envisager, s'entêtait-il. Au risque de rater cette mission, de louper l'occasion ?

— L'occasion ne passe pas deux fois, et elle est chauve par-derrière, Alex !

— Justement. Je tiens Archer, je ne le lâche pas.

— C'est un M. Yoyotte qui te recommande. A un M. Daumas.

— Le directeur de l'Institut français d'archéologie du Caire.

— Tu te rends compte ?

Il se rendait compte, mais n'en démordait pas. Elle avait passé une demi-heure à remplir le formulaire sous sa dictée, interrompue par les protestations outrées de clients de Yannis qui faisaient la queue au téléphone chypriote gratis. Quant à sa signature, qu'elle l'imite, elle trouverait bien un modèle dans un des tiroirs du bureau, ce faux en écriture était la moindre des choses. Il la remerciait pour son sens pratique, avec tant d'effusion qu'elle finissait par lui donner raison de résoudre ainsi le dilemme, et de courir deux lièvres à la fois, ce que l'adage pourtant déconseille. Dès que rendue cette visite, promettait-il, il rentrait : rien ne le retenait plus à Londres. Janbao n'était plus dans les parages, à ce que Viviane avait compris depuis quelque temps, sans poser de questions, sans s'immiscer dans les affaires intérieures d'Alex, au grand jamais, mais elle commençait à distinguer sa météo sentimentale au timbre de sa voix, le téléphone est un bon canal pour cette petite musique-là.

Une fois raccroché, elle s'était trouvée vraiment très seule. Elle avait la nostalgie de son cerf-volant, de ses anniversaires, du temps où, en gros, tout allait bien à la maison. Maman n'avait jamais été très équilibrée mais, l'un dans l'autre, ses crises ne perturbaient pas l'ordre naturel. Ils avaient chacun leur chambre, papa et maman la leur, tante Bertille la sienne, et la vieille Rougerie son lit sous les toits. Dans l'obscurité de ces chambres, elle peut encore se déplacer les yeux fermés. Elle sait où Sabine range son journal intime, qu'elle dévore dans son dos, et son chapelet de verre violet, ses jarretelles de caoutchouc rose et ses bigoudis à élastiques ; le foutoir chez Jean-Marie est tel que, chez lui, il n'y a pas de mystère. Ses modèles réduits et son train électrique, cassés, son Meccano éparpillé, sa collection de Dinky Toys, tout est exposé ; sauf son nounours car, dans son ventre à boutons-pression, il cache ses sous. Elle peut revoir les petites boîtes où tante Bertille garde ses médailles bénites, sa panoplie de cartes pieuses, ainsi que les dents de lait de papa et de tante Jeanne, qu'elle leur montre, parfois. D'oncle Lucien, il n'y a pas. Celui-là, on se demande s'il a été bébé un jour, s'il ne s'est pas esbigné encore en dents de lait, en chaussons et bavoir. Sur les pas de grand-mère Sophie, qui lui a montré l'issue de secours… La maison Rougerie était immense et pleine de ressources. Il y avait des recoins, des cachettes, des enclaves de solitude triste. C'est derrière la maison, sous le massif d'hortensias, qu'elle a fumé sa première cigarette avec Jean-Marie. A la cave, qu'ils se sont torchés avec une bouteille de bourgogne, deux heures d'hilarité éthylique. Malgré tout, ils étaient des enfants sages. Jusqu'à ce que maman parte à la clinique. Rien que d'avoir pensé au nounours, aux jarretelles et aux dents de lait lui fait monter l'eau aux yeux, tandis qu'elle se vautre sur le kilim d'Alex. La vie n'offre pas tellement de gens à aimer, à ceux-là on se raccroche comme des damnés, même pour les détester.

Il serait temps de s'intéresser à la réalité, pas aux souvenirs pittoresques qui ne demandent qu'à remonter en quantité industrielle, à cause de la grenouille de chez Romeo. La réalité est que, depuis qu'elle a passé le seuil de chez elle, ce soir de septembre, elle n'a plus de nouvelles de papa et de maman. Sur le moment, c'était un grand pas libertaire sans réflexion, genre grande fille qui jette sa gourme, mais cela crée du vide, que dis-je, un abîme. Il est temps de réaliser quelle comédie elle se joue. Quelle comédie ils se sont tous jouée les uns aux autres, pendant des années. Le couple des parents en débâcle, la terreur de maman, la haine de papa. Il faut bien nommer ainsi le seul lien furieux qui attache ces deux fauves encagés. Un père qui picole dans son bureau pendant que son épouse droguée recompte sans fin les perles de son collier psychotique, à qui cela paraissait-il normal ? Au fils déglingué qui fait semblant de péter de santé et loupe tout ce qu'il entreprend, y compris son mariage sauve-qui-peut ; à l'aînée qui fait la bonne sœur avec maman, lui boutonne son manteau et lui essuie la bave au menton ; à moi qui fais les quatre cents coups pour détourner l'attention ? Tandis que tante Bertille prie pour le salut de la famille. Sale bête confite de méchanceté. Il est temps de réaliser ce qui s'est passé, le jour de l'anniversaire de ses dix ans. Quand ils sont rentrés de la séance foireuse de cerf-volant, il régnait dans la maison une atmosphère de carnage. Il y avait des tableaux cassés, lacérés, par terre la vaisselle du goûter brisée, du gâteau splashé sur les murs et les hurlements de maman, qui saccageait tout ce qui lui tombait sous la main, cadenassée dans sa chambre. Ils étaient réfugiés chacun dans la leur quand l'ambulance est arrivée. Là-dessus, ils ont entendu la dégringolade dans l'escalier, et puis silence. Avant le silence, ils ont entendu, Jean-Marie et Sabine ont entendu comme elle, ce que vociférait maman, que ceinturaient les infirmiers dans sa camisole : assassin, voleur. Satan. Nazi. Certains bruits mettent un temps incalculable à atteindre le tympan. Celui-là est resté des années coincé dans le conduit auditif, quelque part dans les tortillons. Nous sommes des êtres humains incomplets. De temps en temps, un petit morceau se raccorde, il s'aimante au reste pour compléter l'attirail. Nazi, à dix ans, ça ne voulait rien dire. C'était un bruit chatouillant comme zizi, foufoune, sûrement un gros mot de femme dérangée. A vingt-deux ans, on ne peut plus faire la sourde, empêcher que s'insinuent dans le vestibule et le limaçon les voix du passé, qu'elles transductent des fréquences vers le cerveau qui différencie la hauteur des sons, à toute vapeur. Quelle que soit la position de la tête. Certains sons paraboliques peuvent endommager l'oreille, mais surtout les méninges. A distinguer des acouphènes, qui sont des hallucinations simples. C'est le moment où Viviane comprend que, dès l'anniversaire de ses dix ans, elle était au courant. Baissant les yeux, fascinée par les dessins du tapis, qu'à force de les fréquenter elle n'avait jamais regardés, elle y voit des lambeaux arrachés de ses paupières y sautiller en paraphes et griffures, torsions géométriques sournoisement encastrées pour composer le tableau familial dans toute sa laideur intrinsèque. Sur le point de se désagréger, si elle ne le tient pas à l'œil. Il n'y a évidemment aucun secours, aucune ambulance. Elle se précipite sur la bouteille de cognac, médecine strictement prohibée aux femmes enceintes. De toute façon, il n'en reste qu'un fond, qu'elle avale au goulot, cul sec. Cela devait arriver, elle le savait bien. Raison pour laquelle elle a choisi de se reproduire à la première occasion. Pour faire quelque chose de personnellement barbare, d'irrationnel et d'inconvenant, aussi bestial que cosmique auquel, par la grâce d'Alex, nous donnerons le nom d'enfant, un monstre d'amour qui nous sauvera du désastre. Lui, c'est sa tante Bisou qu'il veut réhabiliter. Chacun son massacre. Si papa est nazi, Sabine, Jean-Marie et moi sommes ses enfants, des monstres innocents, coupables de rien, sauf de naître, mais de quoi cela exempte-t-il, quand le mal est fait ? Par cette entaille méningée, il doit couler du sang frais, j'en ai plein les mains, plein le cœur, faites-moi une anesthésie, avant que je tourne de l'œil. Mais elle ne s'évanouit pas, elle se sent seulement très seule. Car, si Alex part au Caire en mars, elle sera vraiment absolument seule pour accoucher en toute irresponsabilité de cet enfant du 11 avril, avec son hérédité et son horoscope imprimés dans le cordon ombilical. Onze est un chiffre maléfique. Novembre est le onzième mois, vingt-deux son double, avril son addition d'unités, page 222 une combinaison fatale, tout concorde. Le cognac est un truc fabuleux pour y voir clair dans l'ignoblement invraisemblable fatras de la vie. Grâce à cet accès de lucidité éthylique, coassant de sanglots, Viviane admettait qu'elle n'était qu'un gros tas gluant, aussi laid qu'une grenouille de chez Romeo.

XXIV

Mercredi 27 novembre

— Cette gare est en plein vent. Vous n'avez pas froid, sur ce banc ? Vous restiez là-bas, près de la sortie, je croyais que vous n'alliez jamais vous décider à vous asseoir près de moi. Vous avez laissé passer deux trains de marchandises, trois trains de banlieue, et le rapide... Vous êtes méfiant. Vous avez raison. N'ayez pas peur de moi, je ne crierai pas. Je ne m'enfuirai pas, puisque je suis là par mon libre arbitre et par mon discernement. Je vous attendais. Vous avez remarqué avec quelle élégance j'ai semé le type qui me suit, sans qu'il s'en aperçoive ? Depuis le temps, pas une seconde il n'a soupçonné que vous le suiviez : il me surveillait, il ne pensait qu'à moi. Il ne me perdait pas de vue, ne se retournait jamais ; moi oui. Je regardais la circulation prudemment, avant de traverser, je feignais de ne pas le distinguer parmi les passants ; il était là, et vous derrière. Ou bien dans les vitrines de magasin, qui font comme un miroir. Il était là, et vous derrière. Cela me rassurait. Votre constance, votre prudence. A force, j'ai compris qu'il me fallait me débarrasser de lui pour que vous approchiez. Ce n'est pas que je le mérite, je vous demande pardon, mais c'est vraiment devenu nécessaire de vous rencontrer. Heureusement, la nuit tombe vite. Autrefois, je n'aimais pas cette saison d'hiver, les arbres morts, l'obscurité grandissante, comme si le monde s'éteignait. On dit que les hommes des cavernes, voyant diminuer le jour, croyaient venue la fin du monde, s'en épouvantaient. Les enfants pleurent et les malades meurent au crépuscule, les statistiques le prouvent. J'ai en tête une tumeur. Ce mot est désagréable, les gens l'évitent. Ils pensent fibrome, adénome, cancer, métastase. Moi, c'est différent. Initialement, je la situais dans mes organes génitaux, c'était lourd à évacuer. Maintenant, elle a gagné mon cerveau. Non par les voies pulmonaires, sanguines ou digestives, étanches entre elles, mais transversalement, de biais, sans discrimination, sans léser les tissus, en quoi nous pouvons savoir qu'elle est naturelle, et non une maladie infectieuse. Elle se nourrit du sang, avant d'attaquer la moelle, qui est la quintessence de notre esprit, un milieu favorable pour sa délivrance. Evidemment, nous n'en avons pas d'image. Il faut ouvrir pour voir que là-dedans tout est collé, poisseux, solidaire, extraordinairement élastique et source d'humeurs, qui huilent les opérations sans aération. Il ne s'agit pas d'un microbe ou d'un virus, d'un parasite contagieux qui vous saute dessus dans les transports en commun, ou dans un éternuement. Ou un rapport sexuel. Imaginez la mère du vinaigre, par exemple, ou le placenta. Ne soyez pas choqué, c'est une comparaison pour suggérer sa consistance. Telle la laitance. Vous avez été nourri au sein ? Forcément, vous avez eu une mère, et une grand-mère qui en avait une, et ainsi de suite, ce genre d'implant est terrible. Je suis en bonne santé, ma tension est normale. Mon corps est indéchiffrable, un néant. Ne vous occupez pas de mon corps : j'ai tout en tête à présent. Je vous parle un langage secret, peu de gens sont aptes à l'entendre, mais vous le pouvez. Je vous connais, ne me dites pas non. Nous nous connaissons déjà, n'est-ce pas ? Vous étiez au mariage de Viviane. Il y avait tant de monde, tant d'inconnus, on ne sait d'où ils sortent, ils arrivent en voiture ensemble, ils s'introduisent et caquètent, ils clabaudent, ils saluent sans se présenter et se collent les uns aux autres avec leur écœurant parfum, leur fond de teint et leur sueur qui se ressemblent. Même ceux qu'on connaît prennent l'air étranger, déguisé, maquillé. Ils imitent des poses, des sourires, des airs entendus, ils chuchotent entre eux. Ils posent sur vous leurs yeux d'oiseau sans paupières. Cette Marcelle – vous voyez qui c'est ? – m'a piqué du bec, à peine avais-je le dos tourné. Je plaisante. C'est un corbeau. Elle écrit des lettres anonymes, elle médit à l'épicerie. Vous avez vu sa méchanceté ? Vous étiez là, bien sûr. Vous alliez d'un groupe à l'autre. Je vous ai observé d'en haut, de la fenêtre de la chambre, votre air de ne pas en être et d'être bien avec tout le monde. Ce n'est pas donné à n'importe qui. Il faut une éducation spéciale, une science humaine peu ordinaire, on n'apprend pas ça à l'école, se déplacer dans l'élément de biais, transversalement, sans lésion ni collision, presque sans contact, pourtant c'était poisseux, collant et solidaire, ces corps étrangers adhèrent. Je me suis fait la réflexion de là-haut, avant de descendre : quel magma immonde, quelle chenille répugnante ils font, visqueuse, contractile ; il faut que j'approche celui-là. Il est curieux, il n'est pas un parasite comme les autres. Ce n'était pas votre vêtement. Quelle couleur ? Non plus votre physionomie, elle n'est pas extraordinairement remarquable, soit dit sans vous froisser. Je dirais même qu'elle est cultivée afin d'absorber la diversité mimétique. Le fuchsia de Christine déteint sur vous, et le vert de la pelouse. Je vous prenais pour l'acteur. C'est-à-dire que, quand vous l'avez quitté, j'ai cru que c'était lui qui se détachait de vous. En fait, il est resté sur place sous le magnolia, ou bien le contraire ? Avec Jean-Marie, lourdaud, veste flasque, flottant là-dedans, vous étiez aussi grand que son ombre derrière lui. Ainsi que ma tante Jeanne, dès qu'assis à côté d'elle, contre sa robe à grosses fleurs, j'ai failli vous confondre avec les pavots de sa conversation et, l'instant d'après, je vous ai vraiment perdu de vue parmi les amis de mon père. Je ne vous ai d'ailleurs pas cherché, il y avait tant de choses à faire pour décoller les gens, circuler entre eux, et la nuit tombait. Quelle journée fatigante… C'est très subtil de si bien s'y prendre, avec les enfants. Vous ne leur faites pas de mal, vous ne leur voulez pas de mal. Ces sottes leur font faire des rondes, elles les tiraillent, les barbouillent de charbon. Elles les gavent de sucreries, les excitent et les apeurent. Elles n'ont pas votre éducation, mansuétude, équité, elles ignorent douceur et rapidité. Ce banc est inconfortable, mais il est bien placé. Qui y aurait pensé ? Voilà trois trains qui sont passés sans s'arrêter, le compte y est. Vous aussi avez une tumeur en tête, n'est-ce pas, votre implant personnel ? Cela ne me regarde pas. Un peu, tout de même. Il faut crever l'abcès, il est mûr, plus féroce que l'angoisse, la faim, le désir sexuel. J'ai un ennemi dans le dos, que vous ne pouvez pas voir. Ce n'est pas le type qui me suit, ce n'est pas vous, c'est la tumeur que j'ai enfantée. Vous savez de quoi je parle. Laissez-moi faire, s'il vous plaît : que vaut de manger, de se vider, de se réveiller, de dormir ? Rien n'endort la morsure, rien n'apaise la torture du crime devant quoi le cœur et la raison s'insurgent, je consens à la divine volonté. Vous n'êtes que son instrument, pauvre diable. Je ne vous en veux pas, je vous en absous, car vous avez grand pitié des agneaux. C'est une chirurgie clémente que de ne leur faire ni peur ni mal dans les jardins. Mes enfants se sont endormis dans l'eau. Le fils de Jean-Marie se repose sur le banc. A mon frère non plus, vous ne faites pas de mal, à qui vous épargnez de pleurer son enfant, il n'en a pas eu le temps. Moi, c'était plus délicat. Je suis protégée, je suis surveillée. J'ai fini par comprendre votre principe d'exécution : vous être très bon de commencer par les enfants. Ils ne sont pas fautifs, sauf de naître, le sacrifice est cruel. Quel mal cela vous donne ! Ce train-là s'arrête, laissons les voyageurs descendre. Ils ont où aller, ils ne sont pas seuls. Patience, ils s'en vont. Il me reste peu de temps. A moi non plus, vous ne vouliez pas de mal. Vous n'avez cruauté ni méchanceté, je vous reconnais. Votre peine est immense. Quand vous en aurez fini avec nous, pareil à un nouveau-né chevauchant dans la tempête, vous serez bien seul. Comme moi, vous compterez les trains pour choisir celui qui vous rendra grâce, et merci. Vous venez du froid, fait-il si froid, là-bas ? Votre haleine est glacée. J'ai l'intuition que vous venez de très loin. En même temps, que vous avez toujours été dans les parages, vous vieillissiez lentement dans notre ombre, vous attendiez votre heure, peut-être ignoriez-vous qu'elle viendrait ? Je vous plains, c'est abominable d'être aussi malheureux. Voulez-vous serrer ma main ? Je manque tellement de contact humain, nos vies sont si pesantes, inhumaines et poisseuses, absurdes. N'ayez pas peur de ma main, je ne la sens presque plus…

Ce même soir, Christine suivait Camille qui allait d'un bon pas. Elles étaient venues à pied de la rue Stendhal, coupant en voisines par la rue Vitruve, puis droit dans la descente vers le quartier d'Avron. A cette heure, entre chien et loup, les commerces étaient encore ouverts, débits de boissons, primeurs, garages, bains publics, marchands de bois & charbon, les gens faisaient scandaleusement leurs courses, ils vaquaient à leurs occupations comme si de rien n'était, alors qu'elles couraient au rendez-vous fatidique. Depuis midi, Christine avait attendu en se rongeant les sangs, tournant autour de Lemoine sans oser la mettre au courant, ni inventer une excuse pour justifier qu'elle campait dans cette maison où, sauf apparitions purement indispensables, elle se risquait rarement de faire une descente. A feuilleter dix fois le même numéro de *Elle* en fumant cigarette sur cigarette, à refuser une dînette, même un carré de chocolat, elle ne donnait pas le change à la vieille femme, qui avait fini par se douter de quelque chose ; elle avait le nez fin en dépit de sa sinusite mais, à son habitude, s'abstenait de commentaire. Pourtant comme il aurait été soulageant qu'elle posât des questions, occasion de vider son cœur, de la prendre à témoin, lui demander son avis, voire de s'asseoir sur ses genoux, mais Christine ne pouvait envisager une seconde d'imposer à Lemoine un rapport amollissant. A tout instant, maman pouvait débarquer. Il fallait se tenir prête à l'accueillir, à la recueillir, à la sauver de sa syncope obligatoire. Et Melville ne revenait pas, comme elle en avait eu la prémonition. S'il ne l'avait prévu, il ne l'aurait pas chargée de cette mission, la pire. Plus le temps passait, plus la transe de l'attente affolait son pouls, un maelstrom sous le crâne migraineux, nauséeux. Car si l'un ne revenait pas, l'autre n'arrivait pas non plus. Elle avait passé ces heures à imaginer maman écrasée sous une voiture, Melville séquestré par cette folle, la folle suicidée si, à l'heure dite, Camille n'était pas au rendez-vous. Tout ce qui peut passer d'horreurs par la tête, dans des moments pareils ! Ils le lui paieraient cher, si l'un et l'autre échappaient à ce cinéma. Elle en était venue à souhaiter de toute son âme que Camille arrive entière, et trop tard. L'heure serait passée, le rendez-vous raté, le cauchemar annulé, et Melville refait. Or tout s'était déroulé de la manière la plus inattendue. Le carillon avait tinté, Camille avait fait son entrée, satisfaite de sa réunion réussie au sommet, n'ayant été avertie de l'appel qu'en quittant les bureaux de B&G, comptez sur les standardistes. Comptez sur Melville pour faire passer les consignes d'urgence. Elle était rentrée *au plus vite*, c'est-à-dire en taxi normal, pas plus inquiète que ça, à mille lieues de soupçonner ce qui l'attendait, se désespérait Christine la voyant enlever posément ses gants, ranger son parapluie, et remettre à Lemoine le sac de la pharmacie, où elle avait pris, en sus, le temps de s'arrêter pour elle. Si jolie, élégante et fraîche malgré sa longue journée, seulement surprise, un peu, de trouver là sa fille, émue, toute contente, il faudrait débarquer plus souvent à l'improviste pour éprouver ce sentiment ineffable de ravir maman.

— Que se passe-t-il ? avait-elle quand même demandé. Tu as des ennuis, Minette ?

Des ennuis ! Ce qui se passait, Christine le lui avait expliqué, non sans avoir laissé la porte entrouverte, pour que Lemoine bondisse, en cas de besoin ; après l'avoir assise dans le salon, lui tenant les mains avec des précautions de garde-malade. Malade de tenir ces mains qui ne prenaient jamais les siennes sauf, justement, le soir où William avait lancé le nom de Magda, et lui avait brisé le cœur. A l'inspiration, malgré tous les scénarios qu'elle s'était programmés dans l'attente, elle avait sauté direct en plein sujet, autant donner le coup de grâce tout de suite, on avise ensuite : la femme de RDA était à Paris, elle voulait la voir. Elle lui donnait rendez-vous ce soir. Dans l'heure. Il n'était que temps de partir, que de temps perdu, si tu n'étais pas rentrée à temps, quel malheur, Christine en grelottait de détresse mais, en cinq sec, maman, au lieu de défaillir, avait ratifié l'invraisemblable visite du matin, rue Buffon, l'irruption volcanique de cette zombie et son exigence, se souciant à peine qu'elle la lui décrive, écoutant d'une oreille distraite le récit de ses divagations et menaces. Pour ainsi dire, la tête dévissée par une euphorie hautement suspecte, en un moment pareil. Que Melville soit parti en reconnaissance et ne donne pas de nouvelles, rien de plus naturel. Parfaitement dans l'ordre des choses. Prodigieuse de fermeté, impavide, du moins son semblant, son calme inversement proportionnel à l'angoisse de sa fille, chagrinée plutôt de la voir se mettre dans cet état, par un retournement bouleversant c'était elle qui consolait Christine au bord des larmes, ma pauvre chérie, comme tu as dû te faire de souci… C'était pourtant à elle, de s'en faire, mais cette apparition semblait lui inspirer, plus que de la crainte ou de l'étonnement, une sorte de soulagement effrayant, de ceux qui voisinent avec les sérénités tragiques, vont chercher au fond de l'être un ressort inconnu où l'on puise les résolutions héroïques. Peut-être, au cours de son existence, Camille avait-elle rencontré de ces situations qui obligent à entériner l'inéluctable, à choisir la frontalité plutôt que la fuite. Christine savait-elle de quoi était capable cette femme fragile, inflexible, douloureuse, hermétique. Qui, à l'instant, de quoi se liquéfier sur place, passait sa tendre main sur sa nuque, pleine d'une compassion qu'elle ne lui avait jamais manifestée, à moins qu'elle ne fût en train de l'éprouver pour elle-même : si tu savais comme cela me fait plaisir que tu sois là, Minette… Et, par-dessus le marché, elle la raisonnait, lui tenait un discours rassurant :

— Cela peut paraître étrange mais, au fond, c'est logique. Je n'ai jamais cru que William se montait la tête. Il n'y a pas de crainte à avoir. Si cette personne est venue à l'appartement de la rue Buffon, c'est bon signe. Signe qu'elle a vraiment connu Magda, d'une manière ou d'une autre. Peut-être, murmurait-elle, est-elle une des femmes qu'elle et moi avons rencontrées à Berlin, autrefois…

— Que vous alliez rejoindre en 1934, descendant du Prague-Berlin dans vos gros manteaux d'hiver, vous éloignant dans la brume ?

Sa fille est-elle devineresse pour en savoir autant ? Ouvrant des yeux stupéfaits sous la visière des cheveux, où courent quelques fils blancs, émouvants, Camille médite cette vision brutale, l'approuve, soudain bouleversée.

— Ne fais jamais les folies que nous avons faites, Christine. Que jamais tu n'aies à les faire. Et si malgré tout cela arrive, ne le regrette pas. Nous étions…

— Tu me raconteras ça demain, coupait-elle.

Pour une fois qu'elle en décidait de son propre chef…

— Il n'est que temps.

— Oui, allons-y. Tu viens avec moi, n'est-ce pas ?

Crois-tu que je te laisserais aller seule à la rencontre des revenants, respirer leur haleine empoisonnée ? Melville t'a confiée à moi et, s'il nous trahit en cet instant, qu'il aille au diable. C'était mieux à lui de t'accompagner, que moi, à qui l'on dira toujours demain ce que je devais de tout temps savoir, qui n'ai pour armure que mon inexpérience, ma peur et mon besoin d'être aimée de toi, à cause de l'ignorance où tu m'as laissée pour te protéger, ou me protéger, pour m'éviter de souffrir, ou te l'éviter, vois où nous en sommes rendues : comme deux étrangères, nous avons à faire connaissance, davantage qu'avec cette femme qui revendique un passé dont tu ne m'as pas parlé. Elle en sait davantage sur toi que moi, et je la déteste par avance pour le mal qu'elle va te faire, contre lequel je ne peux rien, qu'aller avec toi, où tu dois aller.

— Où allons-nous, quelle est cette adresse ?

Celle-ci n'avait pas plus étonné Camille que Melville. Elle y avait acquiescé comme d'un bien entendu, peut-être même soulagée que ce soit si simple, si concordant. L'état de fébrilité alerte, d'optimisme indécent où était maman excluait que Christine diverge de son point de vue, au risque de la réveiller, de la casser, elle est aussi délicate à manœuvrer que la fêlée de ce matin, se défiait-elle, très inquiète. Mais si contagieuse était sa hâte à présent, résolue, impatiente, qu'elle lui avait emboîté le pas ; elles étaient parties, sans même dire à Lemoine où elles allaient. Dans le quartier, annonçait Camille, une fois rendue dans l'escalier de Charonne, sous le halo lunaire du seul réverbère, déjà allumé, la nuit venait.

Elles descendaient maintenant la rue des Vignoles, étroite et coudée, bordée de maisons basses cabossées, d'ateliers aux cours ouvertes sur les trottoirs d'où, par bouffées, s'exhalaient des odeurs fétides de plâtre frais et de pneus brûlés, briques, vieux chiffons, marmelade de résidus humains et mécaniques en train de pourrir ensemble, de quoi être ébranlée dans sa confiance en maman. Si cet endroit n'avait pas été bombardé, c'était tout comme, son délabrement évoquait quelque séisme récent. Des madriers soutenaient des pans à l'oblique, une bicoque en épaulait une autre de guingois, d'une certaine noblesse malgré son insalubrité ; on était très loin du plan ministériel de réhabilitation des beaux quartiers… Le plus rebutant étaient les étranglements s'insinuant entre les maisons, pleins de recoins inquiétants, d'où sortait un chien efflanqué, brusquement à l'arrêt, hautain, dédaigneux de ces deux silhouettes courant après leur ombre couchée sur les murs. Ce quartier populaire, à côté duquel la rue Stendhal avait l'air distingué, Camille devait n'y avoir mis les pieds de sa vie. Violemment contraire à son standing, à son rouge à lèvres et à ses actions majoritaires, estimait Christine. Un préjugé infondé, inepte, car celle-ci s'y déplaçait avec une aisance surprenante, guidée d'une intime certitude vers son but, c'était devenu trépidant, déprimant de la suivre où elle savait aller, direct, puis à angle droit subit car, sans prévenir, à ce coin, elle tournait. Elle enfilait une de ces venelles sordides. Un boyau hostile, au coin duquel Christine entrevit une sorte d'estaminet désaffecté, aveuglé de planches, impasse La Robelloise, eut-elle le temps de lire sur une plaque haut perchée. Mais elles étaient déjà loin engagées dans l'obscurité, et elle n'avait que trop à faire avec la fange où elle piétinait, une rigole courait entre les pavés, déclivité gluante. Dans un état de stupeur quasi panique, elle suivait Camille. Dire que Melville se fiait à elle pour veiller sur maman ! Par-dessus son épaule, elle vit s'éloigner la nostalgique portion de rue qu'encadraient les murs lépreux ; là-bas, il y avait encore de la lumière, des êtres humains, des chiens galeux. Paris réserve donc de ces coupe-gorges dignes des films noirs, à deux pas d'un boulevard, d'une rue passante avec commerces, publicités, écoles et bains publics. En trois pas, on se trouve transplanté dans un monde parallèle, hors du temps, sans repère ni garde-fou. Il n'y avait que la ruine du Mesnil pour lui avoir récemment procuré ce sentiment, et la compagnie de Camille n'était pas pour la rassurer, qui semblait l'avoir oubliée. Fonçant dans cette obscurité, elle se faufilait sans paraître se soucier d'elle, cherchant désormais son chemin à tâtons, fébrile, pourtant se retournant brusquement : n'aie pas peur, Christine. Si proche qu'elle chuchotait sur son front, scandaleusement enjouée, guillerette presque.

— Chérie, ne crains rien. Je connais cet endroit. J'y suis venue autrefois avec Magda. C'était une guinguette abandonnée. Fais attention à ne pas tomber.

De cette recommandation frivole, Christine grelotta d'un rire idiot, mais Camille avait trouvé son issue, entreprenait déjà d'enjamber, une folie, l'éboulis de pierres et de ronces, un enfoncement de l'enceinte qui avait pu être un portail, dont Christine, maintenant qu'elle s'habituait à l'obscurité, distinguait mieux les portants de fonte et, tout là-haut, entre les masses déchiquetées de toits et de végétations sauvages, l'échancrure livide du ciel lui parut d'une luminosité surréelle ; ici-bas, un puits lugubre. Le passage existait, Camille ne se trompait pas : dès que franchi l'obstacle, on traversait une sorte de cour jonchée de gravats, probable décharge de tous les rebuts du quartier, ah si elles avaient emporté une torche ! Si Melville, homme des providences, pouvait surgir des décombres, rendre maman à la plus élémentaire prudence ! Pied léger, intrépide, celle-ci se déplaçait sans la moindre crainte dans ce tas d'immondices. L'air imprégné de fongosités et moisissures était pourtant suave, comme en gardent les réduits qu'aucun vent ne traverse, ce vestige de cour protégé par le fougueux feuillage adossé en liberté à l'abrupte muraille qui en fermait le fond, son feston de branchettes folles courbées en arceaux contre le ciel blanc bleuté. L'anarchique végétation pleureuse couvrait leur progression, s'agitait d'un frisson métallique à leur passage, et maintenant touchaient-elles au but, ou bien non ? Allaient-elles encore franchir de nouvelles cours, des ruelles, s'enfoncer à n'en plus finir dans ce labyrinthe d'où émanait une angoissante atmosphère de conspiration, à l'image de la folle de ce matin ? La requête insensée de cette femme ne pouvait finir que là. Cet endroit sinistre lui ressemblait. Vide ? L'air confiné restitue à l'oreille la compacité d'espace fossilisé en son état de ruine, dont l'âme persécutrice croupit, en attente de dévorer ceux qui s'y aventurent. Cherchant en vain à percer l'obscurité, cœur hérissé de glace, Christine sentait sous ses pieds la pourtant réconfortante dureté du sol, à ses doigts le faible réconfort de l'étoffe de laine car, cramponnée en épave à l'épaule de Camille, maintenant arrêtée, à défaut d'y voir, elle tendait l'oreille. Y a-t-il quelqu'un ici ? Ne montait que le bruit de leur double respiration, une soufflerie de forge amplifiée par le silence, où sommes-nous arrivées ? Qui au monde nous sait dans cet endroit tombal, viendra nous en sauver, est-ce là, le rendez-vous ? Mais elle n'émettait pas le moindre mot, elle imitait maman qui restait là. A attendre qu'on l'assassine.

Alors émergeait de l'ombre, se peut-il que, dans la densité aérienne de l'obscurité, se profile une ombre plus opaque encore, prenne forme, se silhouette et avance, apparition dont la substance nocturne se détache et, comme s'éclairant dans l'approche, laisse sourdre sa propre lumière d'ectoplasme, les revenants ont cette puissance magnétique qui attire dans leur orbite les créatures fascinées ; tel un insecte englué de ténèbres, dans son linceul de toiles d'araignée noire, la femme était là. Christine n'eut pour réflexe que s'emparer de maman, de ses bras l'enfermer et la tirer à elle, d'une force surhumaine la soustraire à cette présence offensivement mortelle, mais d'une même force Camille lui échappait. Elle s'arrachait à elle et se précipitait à la rencontre de la femme. C'était elle. Soudain matérialisée à la lueur fabuleuse d'une échancrure du mur, sa face d'endive fanée encore blêmie s'il se peut par l'aura céleste qui tombait crûment de cette embrasure, c'était elle, criait maman. Ou plutôt rugissait, rien que ce cri rauque rétablissait en nature la femme, lui ôtait son apparence de succube et elles s'étreignaient, si étroitement épousées que, par magie, sa léthargique inconsistance prenait chair, par magie disparaissaient la cohorte de menaces, de dangers et de pièges affreux, la chape d'angoisse mortelle écrasant la raison, horripilant le cuir chevelu. Christine se surprit à rire toute seule, d'un petit rire hoquetant proche des larmes, longue transe d'effroi inversé en prière, à pleurer de rire, cette prière débile : que maman ne meure pas, qu'elle n'en ait pas le cœur brisé ! Mais telles des suppliantes, follement enlacées, elles migraient vers cette place plus claire, se palpant au visage, murmurantes, gazouillis d'oiseaux gémissant, sanglotement de chiots naissants ou râle d'agonie, c'est toi, Magda ! Magda c'est bien toi, c'est toi, Camille !

Ce sont bien elles, consentait Christine, refroidie. Plus prompte qu'elles à s'y résoudre, fataliste, infiniment soulagée du dénouement imprévu, maintenant qu'était passé l'horrible moment spectral. L'esprit contingent, s'inquiétant de nouveau de l'étrange endroit élu pour ces retrouvailles. De l'incommodité, à vrai dire de l'ahurissante incongruité de ce lieu, absolument impraticable. Mais, pour s'offrir une réapparition macabre quand on a séjourné si longtemps au tombeau, peut-être celui-ci est-il mieux propice, d'une impudicité moins grande que de s'incarner en pleine lumière, sous les lustres d'un café des boulevards ? Magda n'est pas morte, rangeons-nous à cette évidence. Si maman elle-même l'admet, c'est qu'elle est vivante. Le fait est violent, mais il est patent. De l'ordre des vérités, aussi indéniable que les phénomènes physiques qui, bien qu'inexpliqués, adviennent. Les revenants n'existent pas, quoi qu'en pense Alex le romantique. Quoi que prétende William l'idéaliste. A moi, qui n'ai pas coupé ses cheveux, assisté à son trépas, ni fréquenté son souvenir, en ignore tout, il est aisé d'accorder à cette personne son droit à la résurrection. Mais à maman, qui l'a pleurée, qui a pieusement gardé sa tresse de cheveux roulée dans un papier de soie, vénéré sa relique durant des années, cela ne pouvait que faire un choc. Que cette personne avait l'amabilité d'atténuer tant soit peu en ménageant cette mise en scène, outrageusement sophistiquée. Qui sait quelle addiction ces deux-là avaient pu avoir ensemble pour ce genre de manigance ? Je n'ai rien à faire ici, quoi qu'en dise Melville l'homme des missions impossibles.

Brusquement, Christine n'était pas loin de trouver très abusive la journée qu'elle venait de passer à cause d'elles, l'hystérique descente à son domicile, ce matin, sa course rue Stendhal, l'avertissement accablant de Melville – Minette, je te confie Camille ! – et l'équipée nocturne dans les décombres du quartier d'Avron. Cet endroit suspect la hérissait d'aversion, de ressentiment contre maman, qui l'y conduisait en toute inconscience, contre Melville, qui y avait consenti, en toute désinvolture et irresponsabilité. Pour qui la prenaient-ils, tous ? Elle s'était fait un sang d'encre, en l'espace de quelques heures avait vécu des affres ridicules, imaginé les scénarios les plus morbides, et Antoine devait être rentré rue Buffon. Il devait être à l'attendre, inquiet de ne savoir où elle était passée, elle n'avait pas eu à l'esprit de lui laisser un mot, croyant s'absenter pour peu de temps. Il devait avoir tiré des informations du journaliste sur l'incarcération de son père. Ce retour aux urgentes réalités du jour perturbait autant que la rencontre de maman avec son amie miraculée. Elle brûlait de tourner les talons, de les laisser en plan, de revenir à la civilisation et à ses soucis personnels. Ces deux-là s'en seraient-elles seulement aperçues, dans leur transport de passion ? Pourtant, c'était un bouleversant spectacle que ces deux femmes enlacées, environnées de ténèbres, communiant en affliction et adoration mutuelle, n'ayant d'autre refuge pour s'abîmer en chagrin et pitié que ce bord de fenêtre effondré, dans le déprimant nimbe laiteux de la nuit. Elles n'en finissaient pas de s'étouffer de caresses, de se palper et contempler la face.

— Ah, tu es venue, chevrotait la femme. Sois-tu bénie, ma Camille ! Si je n'étais tombée sur ta fille, rue Buffon !… Au Mesnil, je n'ai trouvé qu'une ruine…

— Au Mesnil ! Qu'y faisais-tu ?

— Où te trouver Camille ? Je désespérais de ne savoir où te rencontrer. Mais tu es là, tu es là ! Je ne suis pas venue pour rien !

— Seigneur, Magda, d'où viens-tu, que s'est-il passé, je t'ai crue morte, tu l'étais, n'est-ce pas ? Partons d'ici, cet endroit est affreux. Allons ailleurs, viens chez moi. Je t'ai retrouvée, est-ce possible. Comment me cherches-tu, d'où viens-tu, je t'attendais, je savais que c'était toi, ce ne pouvait être que toi, j'en avais l'intuition. J'ai su dans la seconde que mon neveu disait vrai, que tu étais quelque part vivante. Qui d'autre au monde saurait que nous avons coupé tes cheveux, rue Buffon, le soleil d'automne entrait par la fenêtre, comme nous étions jeunes, comme nous nous aimions, que nous est-il arrivé ? Ma Magda, quittons cet endroit, ne nous séparons plus jamais. Il fait froid ici, pourquoi n'es-tu pas revenue plus tôt ? Tu es là, où étais-tu, si longtemps absente, ce long temps de la vie, comme elle a passé… Que ne m'as-tu fait savoir que tu n'étais pas morte ? Morte ! Ah mon Dieu, quel abominable souvenir, cette rue, le sang et la neige, ils t'ont tuée, n'est-ce pas ? Mais non ! Je l'ai cru, je l'ai cru, riait-elle. C'est insensé, c'est injuste, car je t'ai vue, j'ai vu ta tête blessée, ton crâne ouvert, ton sang sur le trottoir, je n'ai rien vu. Que l'homme de l'imprimerie derrière sa vitre, qui regardait le massacre. Il n'a pas ouvert sa porte… Oh Magda, quelle joie, mon amie, quel bonheur cette souffrance de joie, tu es bien là, nous sommes réunies, n'est-ce pas ? Je le savais, je le savais en venant, ce ne pouvait être que toi. William ne se trompait pas, que faisais-tu à Karl-Marx-Stadt ? Viens, viens, ne crains rien : c'est Christine, c'est ma fille, elle est venue avec moi parce qu'elle avait peur que ce ne soit une mauvaise rencontre ! Tu n'étais que blessée, n'est-ce pas ? Seulement blessée, mais vivante, bien vivante, saine et sauve, je n'en ai rien su. Comment l'aurais-je appris, dans le camion des soldats ? Et ensuite, sais-tu que… Que sais-tu de moi, que sais-je de toi, j'ai tant à te raconter, nous avons tant à nous dire… *Le monde ne dure qu'un seul jour… Csak egy nap a világ*, te souviens-tu ? Avons-nous été folles d'y croire à ce point ? Je suis allée à Budapest, après la guerre. L'immeuble de la rue Rózsa, disparu. Ton père, Yolie, et Sabeth… Que sont-ils devenus ? Pourquoi m'as-tu si longtemps laissé croire que tu étais morte, là-bas ? Partons, partons d'ici !… Christine, chérie, vois, c'est mon amie Magda, c'est elle. Elle est revenue…

On peut rire et sangloter en même temps, c'est une chose cruelle, mais normale, qui défigure et tord le ventre, cette douleur déborde en ivresse toutes les félicités, déchire le cœur sans le briser, cette bonté des avènements indus fait implorer de souffrir davantage, et prendre pour miracles les perversités de l'existence, partons d'ici et finissons-en, acquiesçait Christine, excédée. Percluse d'émotion, proche de rire et sangloter avec elles, mais Magda reculait. Elle n'avait plus la mine hagarde du matin, ni son aspect effrayant sortant de l'obscurité, elle avait l'air de ce qu'elle était. Une femme entre deux âges, bien plus abîmée que maman, anguleuse, ingrate, mal soignée. Mal nourrie, ou malade, en tout cas bancale, une infirme. Tanguant aux bras de Camille, raide tel un mannequin d'osier, seuls ses magnifiques yeux bleus trouant le visage de leur froide brûlure évoquaient une beauté révolue. Navrante beauté, elle était d'une laideur repoussante sous son feutre masculin. Pantalon, imperméable ceinturé, comme un homme. Elle abrégeait l'effusion. Visiblement, elle n'avait que trop duré à son goût. Comme ce matin, récupérant à grande vitesse. Son cervelet ébréché, une vraie machine à calculer. Crâne fracassé au bord du trottoir ? Laissée pour morte : ramassée par les *camarades* – elle crachait ce mot amer. Trois mois de coma, évacuée à Moscou, cinq ans d'appareils. Minimale, comme, sur le départ, quand on ne dispose plus que de quelques secondes.

— J'ai perdu mon bras, je tire ma jambe. Je ne vais nulle part avec toi, je suis morte. Je n'ai pas le temps, je ne suis pas libre. Je ne suis ici que pour te quitter. Je dois me cacher. Cet endroit… Nos meetings d'alors, quelle farce ! Les gens s'y pressaient… Manque de courage, de conviction. Ils ont échoué à penser, agir. Vaincus, où qu'ils soient, survivants ou morts. Nous le sommes avec eux.

— Te cacher ? De qui ? Que faisons-nous ici ? Partons, Magda, viens avec moi…

— Trop tard. Ne flanche pas. Tiens-toi droite, Camille. Comme autrefois tu l'as fait.

Statue du commandeur, ses pâles yeux froids transparents, liquides.

— *Tu dois penser à Demain, maintenant.* Simon Lewenthal est mort dans un hôpital d'Erfurt. Tu liras ces lettres. Elles sont pour toi.

Une houle de terreur environne cette femme, qui assène les coups au tranchoir de boucher, elle vient du fond des charniers, des enfers elle vient, son langage d'outre-tombe n'articule aucun son humain, de son corps fossile émane un feu couvant, d'explosion imminente, de tout son être elle contamine l'air, vicié de son haleine, esprit malfaisant, non elle n'est pas vivante, saine et sauve, elle est un cadavre, une bombe amorcée greffée au squelette : ces lettres sont pour toi. Elles sont de Simon Lewenthal.

— Je les ai *volées* au dossier Frenker. Haut fonctionnaire de RDA. Il doit être éliminé. Depuis juin, détenu à la prison de Berlin-Hohenschönhausen. *Il n'en sortira pas vivant.* Il parlera avant. Sais-tu ce qu'est la Stasi ? *Haute trahison, au service d'une puissance étrangère.*

Chez lui, se trouvaient des œuvres d'art. Ecoute, je n'ai pas le temps de *tout* te dire, seulement ce qui suffit : ce Frenker, alors directeur d'hôpital, a connu ton mari, libéré par les Russes, évacué du camp de Kaunas. Interné à Erfurt. L'état des survivants… Ce qu'ils racontent, sortant de l'enfer. Frenker l'a soigné, écouté. Il l'a gardé. Entends-tu ? Son protecteur. Il a différé son rapatriement. Un grand malade, très riche, à sa merci. Il l'a conduit à Zurich, retirer des œuvres. Paiement pour son retour, qu'il promet, et suspend. Cette époque n'est pas plus abjecte que la nôtre. Frenker est juste un homme… Ensuite, les frontières étaient fermées. Ensuite, Simon Lewenthal meurt. Il t'a écrit. Frenker a gardé les lettres. Tu dois me croire. Tu n'as pas le choix. Est-ce que je l'ai, moi ?

De quoi parlait-elle, croassant, crachant son poison ? Ses dents métalliques déchiquetaient les sons, les accentuaient à contre- temps, elle parlait bas mais sa voix gutturale crevait le tympan. Féroce, avec la hâte lente d'un mécanisme dont est enclenché l'infernal compte à rebours, chaque mot porteur d'une forme noire, crucifiante, accusatrice, extraction au scalpel d'une histoire congelée, fragments auxquels Christine ne comprenait rien. Sinon que menace un glacial engourdissement du cerveau. De son père, il s'agit. Cette femme est criminelle. Son dentier de fer mâche de la pourriture. Incomestible, puante.

— Tu ne sais plus rien de moi. Les communistes m'ont *sauvée*. J'ai survécu. Cela *ne te concerne pas*. J'ai lu ces lettres, c'est mon travail. Je maudis d'avoir eu à les lire, de t'y avoir reconnue. Frenker ne les a pas postées. Ce n'est pas pour cela que nous le jugeons, mais ses tableaux feront l'affaire. Comprends-tu ? Ennemi du régime. *Il doit être éliminé*. Possession d'œuvres étrangères. Cela suffira.

Un rire, une toux, ce qui secouait sa poitrine creuse, arrachait à ses poumons cette lugubre hilarité ?

— Les lettres font foi. Je les ai volées. Je l'ai fait pour toi. Mais cela ne suffira pas. La police politique connaît maintenant le dépôt Lewenthal. Cela intéresse mon pays. Ils sont sur la piste. Frenker est fini. Il parlera. S'il a le code, il le donnera. Comprends-tu ce que je te dis ? Avant qu'il ne soit trop tard, va à Zurich. Fais ce que tu dois faire. Au nom de Demain. Tu ne *devais* pas l'oublier. Lis ses lettres ! Tu as failli à te souvenir de lui.

Sous le blâme, Camille restait de marbre, ce reproche d'une futilité anecdotique ne l'atteignait pas, sans doute pas davantage la délirante fiction assénée par la femme, dans sa densité d'indignation, de haine, aussi compacte et toxique que l'obscurité de la ruine, elle en subissait le débit sans ciller, telle la harassante persécution d'un bourreau puéril. D'un regard éperdu, elle ne trouva, par-dessus les griffures coléreuses du feuillage, que l'échantillon déchiré du ciel, où une étoile palpitait, solitaire.

— Christine, appela-t-elle faiblement.

Mais Christine n'était d'aucun secours, non plus l'étoile, fulgurant diamant piqué au ciel indifférent, ni le début d'une raison droite, que brise l'épouvante.

— A cause de toi, je suis là, reprochait la femme, acharnée au saccage. A cause de toi, je me perds. Si je n'étais venue, aurais-tu cru cette histoire ? Je suis venue te porter la preuve. *La preuve*. Prends ces lettres. Tu verras que je dis vrai. Si monstrueux que cela te paraisse.

Comme Camille ne faisait pas un geste, Christine s'empara de l'enveloppe, gros papier gris, à ce contact eut un frisson de dégoût. Camille tanguait légèrement sur place, propageant son vacillement dangereux ou bien c'était le contraire, Christine lui communiquait la trémulation intérieure qui la gagnait, ayant d'instinct passé en étau défensif son bras à son cou, l'enveloppant, la tirant loin de l'ennemie. Cette fois, maman ne résistait pas, pesait contre elle comme si elle devait s'incorporer à sa poitrine, s'y fondre et amenuiser à l'abri des choses insensées proférées par la femme au regard vrillé, plus cruel que d'une harpie, ces hideux aigles géants à col huppé d'orgueil, divinités de la dévastation acharnées à leur proie

— Me croiras-tu, Camille ? A cause de toi, je *trahis*. A cause de nous, en souvenir de nous. Tu n'as pas le droit de me faire défaut, à présent ! D'oublier Demain. D'oublier Magda. Je suis venue te le dire. Jadis, tu m'as appelée de tes cris !

Ni harpie, ni méchante, la femme se taisait enfin. Non que parût tari son emportement, plutôt anéantie par lui. Incrédule, lisant son échec sur le visage de Camille et seulement triste d'une impénétrable tristesse et d'une fatigue immense écrasée, comme si un chien crevé eût été jeté du ciel sur ses épaules.

— J'ai crié, et tu t'es tue ! Tant d'années, une vie ! Je n'ai rien oublié, s'écriait Camille, rien ! Qui es-tu, pour juger ? Qu'ai-je à faire de votre parodie de procès, de vos dossiers, de ces lettres falsifiées ? Simon est mort à Kaunas, je le sais. Oh mon Dieu, pitié ! Je te prie, Magda, je t'adjure…

— Il n'est plus temps. Je dois partir.

— Tu ne t'en sortiras pas ainsi ! D'où viens-tu ? Qui êtes-vous ? Mensonges, ignominies ! Mon mari est mort en Lituanie. Ce Frenker n'existe pas. Votre histoire est fausse. Vos procès sont truqués. Vous n'êtes pas Magda, je l'ai connue, elle était mon amie. Les SA l'ont tuée devant moi, en 1934. Qui vous envoie, qui êtes-vous pour oser parler en son nom ? Qu'avez-vous fait d'elle dans vos geôles ?

Camille avait saisi la femme à la gorge, grandie par la fureur, la soulevait presque. L'autre résistait mal, la griffait au cou de sa main valide, mais elle cédait sous les coups. Camille cognait sa poitrine du poing, sa brutalité annihilant la peur, l'inversant en exaspération sauvage et l'éclat véhément de sa voix montait dans les cintres invisibles, poutres, charpente de fonte, amplifiée par l'appareil architectural élargi au-dessus de leurs têtes telle une cathédrale funèbre, galvanisant l'air d'une onde sacrée.

— Qui réclame des comptes ? Vous avez utilisé mon neveu ! Vous savez manipuler, persécuter. Usurpateurs, tortionnaires, es-tu l'un d'eux ? Que fais-tu chez ces gens ? Tu abhorrais Staline et sa clique ! Qu'ont-ils fait de toi, Magda ? Oh ma sœur, mon amie, dois-je croire qu'ils t'ont dépouillée de ta noblesse et de ta bonté ? Ont-ils détruit ton âme ? Je ne peux croire que tu as cessé de m'aimer comme je n'ai cessé de t'aimer, et chérir, et pleurer, de toute notre jeunesse pleurée ! N'étions-nous pas sur le chemin d'Ottila, à la barrière du domaine perdu de ton enfance, à regarder aux vitres les lumières ? Tes sœurs étaient mes sœurs, bonne année mes douces sœurs, *boldog új évet* Magda ! La servante Erika avait de mauvais yeux, les chiens de ton père dormaient sous la table, il collait ses livres… Qu'est devenue ta tante Lottie, que sont-ils tous devenus ? Que Dieu nous pardonne, nous étions si heureuses, que cherchions-nous d'autre, dans ces nuits de décembre ? Pourquoi avons-nous pris le train de Vienne, sommes-nous parties à Berlin ? Qu'ont-ils fait d'István ? Qu'avons-nous fait, Magda ?

A ces mots implorants, la femme s'effondrait. Une débâcle si subite que Christine aurait dû la prendre à son tour dans ses bras comme on relève les créatures qu'a frappées la foudre, par pitié impuissante on recueille leurs cendres ; dans son déchirant abandon plus affolante que dressée de courroux, pliant comme ce matin les genoux pour pleurer en prière dans les livres d'Agota, les vieux livres hongrois perclus de poussière, mais c'était Camille qui se précipitait, l'enserrant, chancelant avec elle.

— Ah ! Je savais que tu ne pouvais t'être faite messagère de telles horreurs. Je t'emporterai, je te sauverai d'eux !…

— Va-t'en, à présent, implorait Magda, sans pour autant s'arracher aux bras de son amie. Par pitié, va-t'en, ma Camille ! Partez !

Bras tendu, elle les refoulait, en vain repoussait Camille, pendue désespérément à son cou. Sortirons-nous de ce cauchemar, n'y a-t-il personne ici pour y mettre fin ? Il y avait Melville. Il était là, tout aussi dévoré d'ombre, aussi immatériel que les fantômes qu'elles étaient devenues dans la vielle guinguette des bals perdus, et s'il avait entendu quelque chose de cet entretien, du début ou de sa fin, s'il en avait compris quelque chose, il ne prétendait pas épiloguer, il les séparait. Entre elles, interposait sa haute stature. Tout à fait corporel, physique et, substantiellement, réel. Voici qu'il était debout entre elles, exauçant le vœu de Christine, qu'aucune idée surnaturelle n'effleura, pas plus que la peur ou le soulagement, plutôt une secousse de somnambule arrachée à son hypnose, étonnée du vide vertigineux où elle penchait.

— Partons, disait-il. Il le faut, tout de suite. Ils viennent. Tenez.

Il tendait, c'était bien une arme. Etait-ce un revolver ? Christine en avait-elle jamais vu un de sa vie, sinon au cinéma, dans les rêves affreux, cet objet trapu qui aime la paume, ramassé entre les doigts scintille d'un éclat noir répulsif, à peine le distingua-t-elle.

— Je n'en ai pas besoin. J'ai ce qu'il me faut.

Qui vient, que se passe-t-il, soudain ? Magda se retire. D'un pas, elle devient floue, d'un autre encore, elle flotte en suspens et se dissout, disparue au fond de la salle vers le plus obscur qui l'absorbe en son invisibilité menaçante, elle est là et cependant n'existe plus, sa voix seule, éteinte et comme imaginaire émane du gouffre d'ombre en souffle expiré, adieu Camille ! Adieu !

Qui a entendu ce poignant adieu, quelle oreille recueille la voix des morts montée du sépulcre quand de longtemps elle s'est tue, sa vibration exténuée en point d'orgue inaudible, qui lançait jadis des cris, appelait un nom d'enfant entre deux cabines de bain, roucoulait d'amour et chantait des poèmes, chuchotait des aveux, proférait des alarmes, râlait, où es-tu Magda descendue aux ténèbres ? Ils fuyaient. Ne repassaient pas par la cour, dans la direction opposée se frayaient un passage, qui s'offrait sur le côté, telle une brèche soudain baignée de nuit claire, long corridor vitré aux fantastiques portants effondrés, dans les gravats duquel on se tordait les chevilles, ils se faufilaient en file indienne, se poursuivant dans ce boyau envahi de ronces, maman ouvrant la marche d'un pas combatif, elle avait déjà passé par là, ou bien improvisait dans l'élan que donnait Melville, les chassant devant lui, tous trois muets, Christine trop terrifiée pour résister à cette retraite précipitée. Tous ses sens aiguisés, elle voyait anormalement net tout à coup, avec une acuité comme chargée d'électricité discernait le moindre détail, ciselé par l'impitoyable lumière noire du ciel recouvré, maintenant qu'ils avançaient dans une ruelle, semblable à celle qu'elles avaient empruntée, accrochant le salpêtre des murs, torchis de briques gorgé d'humidité, d'un sombre rouge spongieux sous l'agressif foisonnement d'un lierre et, soudain, débouchaient à l'air libre, sur une chaussée ordinaire, ses trottoirs déglingués, ses fenêtres banales éclairées de jaune, de nouveau les chiens errants, reniflant leurs chaussures maculées. Magda, suppliait Camille, où est-elle ? Melville courait à sa voiture garée au coin du boulevard.

— Qui vient, qui attend-elle ? Nous ne pouvons la laisser, cria-t-elle. Cette arme, pourquoi la lui donnais-tu ?

Etait-il temps des questions, des remords, de revenir en arrière ? Melville la poussait en hâte dans la voiture, où elle se laissa tomber. Christine, encore étourdie par leur course folle, s'engouffrait derrière. Ils étaient déjà au croisement de la rue Alexandre-Dumas, à l'arrêt. Melville respectait l'absurde feu rouge, d'une placidité indécente tandis que, hors d'haleine, cherchant éperdument sa respiration, maman consultait la griffure à son cou, cachait son visage dans ses mains. De la sienne, Christine se cramponnait à l'enveloppe de gros papier gris, le seul objet tangible qui restait de cette scène refluant derrière eux telles chimères du sommeil au matin se résolvent en vagues inoffensives sous l'assaut de la bénignité des choses, concrètes, prosaïques. Il y avait bien un feu rouge, un Code de la route, des passants, indifférents et moroses, anonymes figurants de la ville, des étals encore éclairés, sur le seuil, le boutiquier, se tordant le cou, interroge le ciel d'encre, pleuvra-t-il, doit-il laisser son auvent ? Une question au présent actuel. Se mêlait-il des histoires des autres, des folies de leur histoire, convulsions de pieuvre dans le cerveau des pauvres survivants, des parias, des mendiants de bonheur qui n'en peuvent plus de crier secours, pleurer pitié, que cessent les persécutions, pourquoi toujours porter son père sur ses épaules, endosser sa vieillesse à en mourir, s'affaler avec lui dans la poussière, la cendre, de ce poids inique succomber de chagrin. Pourquoi les gens doivent-ils traverser les frontières porter des lettres jamais postées, qu'elles le restent ! Que restent couché le glaive et éteinte la foudre, nous n'avons pas le temps. Nous n'avons que le temps, il est bref. Il n'avait guère progressé plus de cinq minutes depuis qu'ils couraient dans les gravats, dans la ruelle tapissée de son lierre sanglant, depuis qu'ils avaient quitté la folle de RDA, une illusion d'optique. Une vue de l'esprit, avalée par la nuit dont elle ne devait jamais sortir, aime-moi Antoine. Aimons-nous sans avoir peur de l'avenir, nous sommes neufs, nous marcherons dans la lumière, nous inventerons une lumière qui exile la peur, nous sommes puissants, invulnérables, où es-tu, pourquoi t'ai-je quitté ce matin comme s'il n'en allait pas de nos vies de rester ensemble, de ne pas nous perdre d'un pas, nous toucher, nous soutenir l'un l'autre et accompagner, former de nos tendresses le rempart invincible, il n'y a que l'amour pour nous rendre vivants, où es-tu ? Où allaient-ils ? Melville conduisait au jugé, on dépassait le carrefour du Père-Lachaise, eux deux ensevelis de silence.

— Déposez-moi au prochain métro, disait Christine. Je rentre chez moi.

Pour la première fois, elle leur donnait un ordre. Melville ni maman n'avaient le droit de la retenir. Qu'ils roulent jusqu'au bout de la nuit, qu'ils continuent de s'égarer si bon leur semble. S'ils avaient tu jusqu'à présent leurs sales secrets, qu'ils continuent de les garder. Elle ne souffrait plus de les méconnaître. A elle, avait suffi le récit de la femme. Elle en avait entendu chaque mot, et elle les comprenait. Ils ne lui étaient pas une langue étrangère. Ils n'aveuglaient pas sa vue, n'étoupaient pas son oreille. Ils ne glaçaient pas son cerveau. Dans cette obscurité, il faisait grand jour. Elle en avait appris plus qu'en vingt ans de sa vie sur les trahisons, les exactions, crimes et abominations de leur génération. Qu'ils aillent en pèlerinage à Zurich, ou à Kaunas. Qu'ils réclament des comptes à tous les criminels en liberté qui massacrent la paix, aux crapules d'Erfurt, de Berlin, à celles de la CIA, du KGB, aux polices politiques de France et d'Espagne, de toute l'Europe hérissée de barbelés, et de la Chine, tant qu'à faire. Qu'ils dansent ensemble leur danse macabre sous leur champignon atomique. Qu'ils fouillent à pleines mains dans le charnier de leur passé, qu'ils torturent pour obtenir des codes, tourmentent les serrures et trouvent des fortunes maléfiques dans les souterrains de leur mémoire. Je ne veux rien savoir des tableaux de mon père, de son calvaire, de son supplice. Je ne veux rien savoir des secrets de Melville et de maman. Ils sont tous les enfants perdus de leur guerre. Ils ont sacrifié leur vie à la faire, à la perdre. Des vaincus, morts et survivants, Magda a raison. Leni a raison de maudire leur génération. Nous allons parmi eux, nous vivons à leurs côtés, spectres de la culpabilité collective, leur faute est inhumaine, leur dette sans fin. Si cette femme n'a pas besoin d'une arme, c'est qu'elle en a une. Elle est armée de son désespoir, elle est perdue. Séquelle ambulante de ce temps honni, sa laideur est absolue. Qu'ils viennent, rampant dans l'ombre où Melville les a vus, lui qui partait en *reconnaissance*. Ils sont de son espèce.

— Ne pleure pas maman. N'as-tu pas retrouvé Magda ? Lis ses lettres, fais ce qu'elle te dit, de tout cela, je ne veux rien savoir. Ni demain, ni plus tard.

Elle profitait du feu rouge, celui-là providentiel, pour descendre d'un bond. Métro Ménilmontant ? C'était parfait. Pas vraiment sa ligne, elle en serait pour deux ou trois changements, mais qu'importe. Elle laissait sur la banquette la répugnante enveloppe et, penchée à la portière, la gorge serrée de voir ces deux étrangers, de n'avoir plus pour eux qu'immense commisération, du ton le plus gentil possible :

— Je suis amoureuse d'Antoine. Il m'aime et je l'aime.

XXV

Vendredi 29 novembre

Beaucoup de voyageurs familiers de cette ligne de banlieue, descendant ou montant à cette station ce soir-là, dirent avoir bel et bien vu la jeune femme assise sur le dernier banc, en bout de quai, gare de Brunoy. Lorsqu'ils eurent ensuite à témoigner, ils convenaient qu'elle ne se distinguait pas de l'aspect général par sa vêture ou son allure, ni quelque accessoire fantaisiste, qu'elle ne présentait aucun signe particulier, d'agitation ou de désordre, propre à attirer l'attention ; or ils l'avaient tous remarquée. Cependant, bien en peine de dire pourquoi, ni même de la dépeindre avec un peu de précision. Hormis l'imperméable mastic doublé de fourrure, qui dépassait au col et aux poignets, hormis le chapeau de pluie assorti, tels ceux dont les lambeaux avaient été retrouvés sur la voie, déchiquetés par le rapide de six heures vingt. On ne décrivait pas l'état du cadavre sectionné, dispersé – ce genre de détail affriole pourtant l'opinion –, littéralement haché par le convoi qui prenait de la vitesse, une fois franchie la gare de Villeneuve-Saint-Georges. Le mécanicien, ayant aperçu un objet indistinct pulvérisé par sa motrice, n'avait pu stopper qu'à trois kilomètres de là. Le temps d'alerter le poste de Brunoy, que s'acheminent les techniciens des chemins de fer, les pompiers, les gendarmes, qu'ait lieu le constat et que soit déblayée la voie, cela avait provoqué un retard considérable des départs suivants, sur la ligne du PLM… Nombre de voyageurs locaux avaient donc vu la femme sur le quai. Nul doute qu'il s'agissait d'elle. La preuve concordante en était ses effets. La similitude avec ceux qu'elle portait le matin, en quittant son domicile, ne fut établie que tard dans la nuit par la déclaration de son mari, contacté une fois retrouvés les papiers d'identité dans le sac à main, projeté à cinq cents mètres de l'impact ; chercher à la lanterne avait pris du temps. Ne la voyant pas rentrer, l'époux s'était inquiété, il avait alerté le commissariat de quartier, mais déjà la PJ avait son signalement. La disparue de Fontainebleau était l'accidentée de Brunoy.

Par recoupement, on évaluait qu'elle avait dû occuper le banc entre dix-sept et dix-huit heures environ. Chacun l'ignorait, ne l'ayant vue que peu de temps, mais, mis bout à bout, leurs témoignages s'étalaient sur cette durée, anormalement longue. Certes, beaucoup de personnes stationnent dans les gares, laissent passer les trains sans y monter, personne ne s'en formalise. Elles attendent quelqu'un, ou sont descendues en avance sur un rendez-vous et patientent, là plutôt qu'ailleurs, avant de s'y rendre. Il s'y trouve aussi des oisifs qu'attirent le trafic, la trépidation et le roulement, le défilé des wagons avec leurs gens derrière les vitres, les trains de marchandises, de foudres et citernes, un spectacle comme un autre, plutôt sympathique, propre à la rêverie pour les sédentaires sevrés de voyages, ou renforçant dans leur conviction ceux que partir décourage. Il s'y trouve des amateurs passionnés de matériel ferroviaire, que la vue des convois ravit par leur diversité ; il faut dire que, sur cette ligne du Sud, il en passe de nombreux, en raison de l'étranglement des voies à cet endroit.

La femme ne semblait de ceux-là ni des autres. A tous, sa présence avait paru insolite, loin de tout abri, d'autant que le temps menaçant, ondées fréquentes ce jour-là, et l'heure tardive, nuit tombante, n'invitaient guère au séjour contemplatif. Cette femme était *déplacée*, voilà leur mot. Pour finir, à force de les presser de questions, ce n'était pas tellement elle, que le banc. Relégué quasiment hors de la gare, à l'écart des lampes tout en bout du quai, quand son extrémité décline et rejoint les gravillons de la voie, ce banc était à lui seul une anomalie totale. Trop en tête, ou en queue, quelle que soit la zone d'arrêt des trains de banlieue, personne ne l'utilisait, et pour cause. Quel ahuri avait-il eu l'idée stupide de l'implanter là ? Le paysage urbain est plein de détails insolites offerts au regard du passant, mais la plupart du temps nul ne s'en avise. Il faut un événement pareil pour que saute aux yeux leur incongruité. D'évidence, il n'y avait aucune raison de s'asseoir sur ce banc excédentaire et mal pratique, or tous y avaient vu la femme. En compagnie d'une autre personne. Ce fait d'importance n'était apparu qu'avec retard, tant on s'était focalisé sur l'identification exclusive de l'accidentée. Pas vraiment ensemble, pour ainsi dire chacune pour soi, trop éloignées l'une de l'autre pour sembler des intimes, ni même des connaissances, voilà ce qui était étonnant : le banc superflu, et deux personnes dessus. Pas plus que la femme, les témoins ne pouvaient décrire son voisin, un homme, à leur dire, puisque en pantalon, mais aujourd'hui celui-ci est-il distinctif ? Banal tout autant que la femme : en imperméable également, la météo y poussait, grisaille ou marron, coiffé d'un béret ou d'une casquette, ou d'un feutre, les avis différaient. Corpulence moyenne, quoique plutôt maigre, plutôt grand que petit. Avec un tel luxe d'informations, on pouvait se brosser pour le portrait-robot, fulminait l'inspecteur Verlaine ;

en son for intérieur car, avec les témoins, avenant toujours.

Le trépas tragique de Sabine Carnet, née Guillemot, s'ajoutait à la liste noire. Il le redoutait, en avait eu la prémonition et fait la prédiction, mais qui écoute Cassandre, la catastrophe n'est crue de personne tant qu'elle n'advient. Il avait pourtant pris des mesures, mais gravement insuffisantes. L'agent, très éprouvé par sa responsabilité, battait sa coulpe, s'accusait de légèreté, d'avoir relâché sa vigilance, accoutumé qu'il était aux allées et venues insipides de la femme, à sa régularité de métronome aux séances de gymnastique et à ses flâneries vagues sur les boulevards, sa normalité accablante. Il se méfiait de qui l'approcherait d'un peu près ; pas d'elle, qui allait son petit bonhomme de chemin. Elle lui avait faussé compagnie en beauté. Il jurait qu'elle avait fait exprès, que c'était un coup monté, et pas une distraction de sa part. Que, pas une seule fois, elle n'avait sauté ainsi brusquement du métro, au moment de la fermeture des portes. Un champion du service, planté comme un bleu. Ou bien elle était entraînée par un as du deuxième bureau, ou bien elle avait un sixième sens pour le détecter. Il avait alerté le service dans le quart d'heure, par acquit de conscience, moyennement inquiet, vexé davantage, puis effondré, deux heures plus tard, quand était parvenue la nouvelle de l'accident.

Accident, cela y ressemblait peu. Qui se promène sur les voies entre deux gares de banlieue, à la nuit tombée, s'il n'y cherche la mort ? Des suicidés du rail, il y en a plus qu'on ne le dit. Ceux-là ont l'intention de ne pas se rater. Moyen infaillible, et très sale. Ce qui y pousse, mieux vaut ne pas l'imaginer. Besoin d'exploser sa viande, d'en faire un hachis, tous intestins en guirlandes, les employés qui recueillent les restes ne s'y habituent pas.

Personne n'ayant vu Sabine Carnet quitter le banc, ni la gare, on pouvait logiquement déduire qu'elle avait choisi cette sortie irrégulière, descendu le quai et commencé à marcher parmi les aiguillages, peu à peu s'éloignant des lumières et s'enfonçant dans l'obscurité en enjambant les traverses, jusqu'à ce que la fauche le rapide Paris-Marseille. Un choix radical : les trains de banlieue vont moins vite, il y a des rescapés. Le conducteur de la motrice ne décrivait que la forme blanche précipitée au-devant, percutée, avalée par la nuit, assez précise à la vitesse où il allait pour qu'il la distingue d'un chien, il s'en écrase tant et plus. Une vache ou un cerf, c'est plus rare. Ils endommagent et obligent à l'arrêt. Il n'avait pas pris la forme pour une vache, il avait tout de suite compris de quoi il retournait, fataliste quant à la perturbation que cela occasionnait dans son horaire.

Vu les circonstances, conclure au suicide pouvait aller de soi. D'autant qu'on connaissait à la désespérée des raisons de l'être, d'affreuses, de mortelles, on ne se méfie jamais assez des accidentés. Ils s'extirpent intacts de la carcasse emboutie, ils aident à transporter les blessés et expliquent posément ce qui s'est passé, puis ils s'effondrent dans le fossé, hémorragie interne, foie perforé, encéphale en compote. De même ceux de l'existence. Ils vont et viennent parmi nous, font la queue à la crèmerie, papotent avec la coiffeuse et caressent les chats, ils sont déjà morts. Depuis trois mois, Sabine Carnet trompait son monde, et elle-même sans doute, elle était mûre pour le grand saut, elle attendait l'occasion. Visiblement, elle la cherchait, la préméditait. Cependant, elle ne l'avait peut-être pas trouvée toute seule. D'un amateur de bancs publics, présent à son côté, on ne pouvait faire abstraction. Au calcul des probabilités, la coïncidence commençait à chiffrer. Ce voisin non identifié perturbait sérieusement l'inspecteur

Verlaine : deux jours qu'était affiché dans la gare l'appel à témoins d'un suicide, que se bousculaient les dépositions spontanées mais, pas plus que la vieille du parc Montsouris, ni que l'agent immobilier de la rue Bobillot, celui-là ne se présentait pour décrire le comportement ou le discours d'une personne dont il avait partagé par le plus grand hasard le banc, et les derniers instants.

L'équipe au grand complet, réunie dans le bureau de Verlaine, tournait dans cette impasse. Il n'était pas nécessaire d'être diplômé de l'école supérieure de police pour admettre que le suicide inspirait le doute. Que s'était-il passé en gare de Brunoy, mercredi, entre dix-sept et dix-huit heures ? Je résume, soupirait Verlaine. Il est flagrant que la femme a repéré notre filature, qu'elle s'y soustrait. Elle veut être seule. Elle sait où elle va. Cette ligne de banlieue n'est pas la sienne, elle n'a aucune raison de la prendre. Sauf si elle y a rendez-vous dans cette gare. Drôle d'endroit, pour une rencontre. Admettons qu'elle a rendez-vous avec cet individu. Comment l'a-t-elle contacté, l'a-t-il abordée ? Elle ne le fuit pas, elle reste près d'une heure avec lui sur le banc. C'est un proche, un familier. Elle le connaît. Ou alors ils ne se sont jamais vus, ils font connaissance. Aucun signe d'affolement. Il la séduit, l'hypnotise. C'est un magnétiseur. Un confesseur ? Un maître chanteur : il lui tire les vers du nez, un truc qu'elle sait, qu'elle n'a jamais dit, ou c'est lui qui lui révèle un truc épouvantable. De quoi mettre fin à ses jours dans l'heure ? Et maintenant : il la quitte, ou il l'accompagne sur les voies ? L'entraîne-t-il, la pousse-t-il devant lui, cherche-t-il à la retenir ? Rien n'atteste, rien ne dément qu'elle était seule au moment où elle se jette sous le train. Rien ne prouve que la rencontre a un lien avec son suicide. Que conversation il y a eu. Qu'elle a eu affaire au tueur que nous cherchons. Si c'est lui, c'est un fléau biblique ambulant. Jusque-là, ce type exécute ses victimes par surprise. Il les pique, et s'éclipse. S'il lui avait administré son traitement habituel, Mme Carnet n'aurait pas fait un kilomètre sur les voies. S'il l'a assassinée, son mode opératoire a changé. Il s'adapte. Il improvise. C'est le cinquième mort de la famille Guillemot en trois mois. La tabagie ambiante vous permet-elle de discerner la situation ? Vous permet-elle d'entrevoir que nous sommes emboutis dans un trou du cul de merde noire ? Le directeur est convoqué ce soir chez le ministre de l'Intérieur. Le juge en a par-dessus la tête. Ce soir, il tient une conférence de presse : dès demain, lundi au plus tard, nous sommes en première page.

Les rédactions avaient dû s'agiter tard dans la nuit, les journaux du matin sonnaient la charge. *Gare de Brunoy : l'accidentée était la fille du député Martin Guillemot. Accident ou suicide : la police judiciaire enquête. Morts suspectes dans une même famille, crimes en série ?* Et, pire : *A quand le prochain meurtre ? Que fait la police ?* Autorisé ou non, contraint ou de son plein gré, le juge Rochelle avait dû communiquer des renseignements aux journalistes, ou ceux-ci avaient trouvé d'autres sources, désormais la presse étalait l'affaire au grand jour, abondait en détails sur l'étrange série de morts violentes affectant la famille d'un élu gaulliste : en moins de trois mois, deux homicides avérés, deux noyades suspectes, un suicide douteux… En l'absence d'informations consistantes, les articles apportaient peu d'éléments probants, pratiquaient davantage l'insinuation que l'analyse, donnant forme tant bien que mal à la rumeur sensationnelle. Ils dénonçaient surtout le silence qui avait prévalu jusque-là, l'étonnante discrétion entourant ces faits divers troublants que ni les services hospitaliers, ni ceux de la police n'avaient diffusé : qui cherchait-on à protéger ? De futures victimes, ou une personnalité politique en vue ? A étouffer un scandale ou à couvrir l'incompétence de la police ? Il semblait qu'un suspect, détenu depuis huit jours dans le plus grand secret, offrait une piste, mais l'enquête piétinait et, si le suicide s'avérait un nouvel homicide, qu'en était-il de ce présumé coupable ? Il n'avait pu "suicider" la femme de Brunoy, alors avait-on affaire à un complice ? Si la défunte, épouse d'un notaire bien connu, n'avait pas mis volontairement fin à ses jours, désespérée par la mort non élucidée de ses deux enfants, si elle était une nouvelle victime du tueur en série, c'est que celui-ci courait toujours. Le portrait qu'en faisaient les uns et les autres relevait de la plus haute fantaisie, un collage hétéroclite d'informations invérifiées profilant un individu armé d'une seringue, ou une bande organisée, de haute dangerosité, à l'affût dans les jardins publics et dans les gares, de quoi paniquer l'opinion. De quoi augmenter les ventes de quotidiens, pain bénit maintenant que retombait l'effervescence autour du président américain et de l'assassinat de son meurtrier, passés en pages intérieures. Malgré l'état de siège au Quartier latin où le préfet Papon interdisait la manifestation des syndicats étudiants, hier vendredi, malgré les grèves dans les mines et les transports, et même la déposition d'Aimé Césaire annoncée au procès des jeunes Martiniquais, les journaux titraient sur ce scandale nouveau et promettaient des développements dans les jours suivants.

Martin Guillemot contemplait les quotidiens étalés sur son bureau, sous l'œil oblique de Darquay. Celui-ci venait de les prendre au kiosque des pas perdus, en passant. Tout en s'acheminant, lentement, dans les escaliers, les couloirs, il avait eu le temps de les feuilleter, peut-être pas de lire les articles en cours de route, mais de comprendre que le pire était arrivé. Il n'avait même pas déboutonné son manteau, touchant à peine au papier comme si l'encre d'imprimerie devait lui brûler les doigts, d'ailleurs il n'avait pas ôté ses gants. Il était resté debout, dans une sorte de garde-à-vous ridicule. Il avait trouvé le député au travail, selon son habitude arrivé vers six heures du matin, plongé dans ses dossiers, en chemise en dépit de la température, bretelles tombées, indifférent à l'atmosphère empuantie par le tabac froid, deux mégots de cigare écrasés dans le cendrier. A la vue des journaux, Guillemot était resté pétrifié. Apparemment, il ignorait la décision du juge, sa conférence de presse, la publicité de l'affaire le prenait de court. Il observait un silence que Darquay se gardait d'interrompre, lui-même tétanisé par la pâleur de l'homme. Depuis six mois, son patron avait changé. Aminci, rajeuni, pétulant, sûr de lui jusqu'à l'arrogance, sa puissance de travail décuplée, tournant à plein régime dans l'euphorie d'activisme, l'ébriété que donne le succès. A ces mues, l'on devine la combustion secrète qu'attisent les bonnes fortunes, promesses et opportunités qui alimentent l'énergie vitale, brûlent nerfs et muscles, mettent en coïncidence le corps et le mental survoltés par l'adrénaline naturelle, un poison fort. Mener une carrière politique exige une santé de brute, une libido turgescente, un appétit de caïman, conjugaison subtile. Ces horlogeries de haute précision se détraquent. D'une scorie dans les rouages, la machine claque. Darquay observait les dégâts, l'homme était hors d'usage.

Il aurait dû l'être depuis longtemps. Il avait encaissé les chocs successifs, inébranlable en apparence, inquiétant à force de déni des coups qu'il recevait, jusqu'à la veille endurant les revers, les deuils, les vicissitudes privées, blindage parfait. Trois jours plus tôt, l'annonce du suicide de sa fille aînée, issue fatale de sa dépression, lui avait davantage inspiré d'exaspération contre son gendre, aveugle, un abruti, contre les médecins, désinvoltes, incompétents, des bouffons, que de hérissement d'horreur devant cette calamité nouvelle. Ou bien féroce indifférence, ou bien stoïcisme proprement héroïque. En dépit de son peu de sympathie, le jeune homme en éprouvait une certaine admiration, voire de l'estime, sinon de la crainte, comme on regarderait, sans pouvoir l'en prévenir, un funambule marcher dans le vide, ignorant que la corde a disparu. Une fusée éjectée hors de son orbite, prête à imploser. Cela avait lieu sous ses yeux à l'instant, il en restait médusé, ainsi voit-on crouler les vénérables ruines, soudain révélant la sape de leurs fondations. Ses traits se fissuraient, tiraillés de l'intérieur par la tension nerveuse du masque qui avait pris une teinte crayeuse, veinée de bleu malsain là où continuait de courir le réseau sanguin, la couperose hier fleurie des pommettes, pincement verdâtre aux ailes du nez, lèvres grises viciées d'un rictus pénible, un ravage si radical qu'il en eut pitié ; pourtant incapable d'un geste de secours. Peut-être retenu par une défaillance de l'âme, il fallait bien se résoudre à nommer ainsi l'espèce de terreur sacrée qu'inspirent les condamnés marchant au billot. Cependant, l'homme ne s'effondrait pas. Il ne se démantelait pas sur place, il se levait. Remontait ses bretelles, renouait sa cravate, enfilait son veston. Exsangue, sonné, mais debout. Peut-être plus inquiétant encore qu'une syncope, ou un cri. Il s'adressa à Darquay sans un regard, ne lui en avait pas jeté un seul depuis son entrée, réalisa celui-ci, lâchement soulagé d'y avoir échappé.

— Ces foireux de la presse doivent faire le siège. Je sors par le jardin. Je prends ma voiture. Elle est parquée pas loin, rue Saint-Dominique. Merci d'attendre un peu avant de descendre les amuser.

Une voix normale presque, stupéfiante, par un effet de ventriloquie sortant de ce corps mutant, le timbre ordinaire à peine altéré par la contraction des membranes vélaires dans ce cou de taureau marchant à l'abattoir, cependant pas encore résigné au coup de merlin qui l'attend. La presse se déchaîne, le portefeuille est perdu. La boue, insinuations, calomnies. Jeté aux chiens. Sabrée la promotion à portée de main. Débâcle absolue. Il était sorti. Darquay se jeta sur les journaux, les déploya sous la lumière glauque du vasistas, et s'abîma dans leur lecture, sans penser encore, cela lui apparaîtrait ensuite et avec quel remords, qu'indûment assis à la place occupée l'instant d'avant par le député, il ratifiait ainsi son départ définitif.

Martin était sorti par le jardin, il avait réussi, passant par les étages, à éviter salons et galeries, la buvette surtout, bien qu'à cette heure-ci n'y traînât pas grand monde, mais à aucun prix il ne voulait d'une rencontre. Il aurait assommé le premier venu, rien que pour décharger ses poings. Il aurait cogné les meubles, les statues de marbre, enfoncé une vitre. A l'air libre, il aspira avidement, sans emplir ses poumons, enlisés d'une vase, sans décoller sa langue du palais, est-ce l'effet que produit la poire d'angoisse, le bâillon de fer obturant la bouche pour étouffer les cris, ce supplice d'asphyxie. A peine le jour venait-il, le ciel chargé de nuages mous rabattait une lumière languide sur les bosquets, un erratique reflet enrobait la façade, hautes fenêtres voilées de buée, rares lumières dans les hauteurs. Le drapeau tricolore pendait, flasque, hampe de cuivre terne. Le gravier avait un scintillement rosâtre, gorgé par les pluies de la nuit. Il marchait vite, cou rentré sous une averse imaginaire, envahi d'une suée que la température glaçait sur son front. L'herbe lui parut anormalement plantureuse pour la saison, grasse, d'un vert insolite, et très loin il vit la petite porte blindée, l'issue dérobée réservée aux jardiniers, serait-elle ouverte à cette heure ? Il ne pouvait envisager qu'elle ne le soit pas. Au besoin, il l'enfoncerait de l'épaule. Il s'en sentait l'envie aux poignets, aux reins, une force nerveuse sans limite. Il crut que la porte le narguait de loin, le mettait au défi d'une démonstration immédiate, sa fente ou sa poignée ne ricanait-elle pas ? Un homme peut soulever un cheval, une voiture, pousser un canon. En certaines circonstances, accomplir des prouesses qui défient les lois de la physique. Il l'ignore, mais il le peut. Il était de ceux-là. Il disposait de cette faculté surhumaine, qui ne doit rien à la musculature, mais à la volonté pure. Il lui semblait avoir éprouvé maintes et maintes fois cette sensation d'une vigueur inemployée, douloureuse presque de se refréner, dont la sauvagerie exaspère de rester sans objet. Il en eut un vertige d'orgueil. N'était-il pas maître de sa puissance corporelle, mentale ; invincible ? Tant d'escarpements gravis, de sommets conquis, d'ennemis écrasés ; rien ne l'avait abattu, n'avait résisté à sa marche en avant. Mais ce qui était en train de se passer ne ressemblait à rien de connu. L'adversaire n'était pas une porte, un animal, ni une machination comptable, empilement de lois, de règles et de pouvoirs combinés. Il n'obéissait pas à la raison stratégique, au calcul intellectuel, aux instincts charnels, de quoi sont faites toutes situations, choses et créatures à empoigner, soumettre, réduire, pulvériser. Il ne savait en quoi il était nouveau. Cela avait rampé, un remuement convulsif éloigné, tenu dans la distance vague, peut-être le dos d'un géant dont le frisson nerveux affleure la surface, propage ses ondes reptiliennes, et s'assoupit. Il n'y avait pris garde, avait sous-estimé cette présence souterraine, et maintenant la chose avait gagné du terrain, s'était rapprochée, l'encerclant de ses anneaux visqueux, rampant dans les entrailles de la terre, étendant son empire à l'espace environnant ; elle avait arqué son échine, dégageant son mufle hideux. De ses bras d'hydre armés de ventouses venimeuses, elle crevait la terre, bosselait les pelouses tirées au cordeau dont le plan squameux s'inclinait et craquelait, dénonçant sa vraie nature saurienne. Il en eut la vision concrète, incarnée dans le jardin du palais Bourbon, zigzag de foudre éblouissant, se réveilla. Effrayé par l'effet de son imagination malade. D'un long frisson, hennissant, renâclant, il annula cette vision inepte : était-il un enfant pour recourir aux contes horrifiques, à leurs monstres puérils ?

La porte était ouverte. Il était dans la rue, rétabli dans l'ordre naturel, qui était un petit matin de décembre glacial, la chaussée balayée de vent, trottoirs déserts. En quelques minutes, il avait quitté sans encombre l'édifice national, déjoué le piège tendu par ces foutriquets de journalistes qui, hier encore, lui faisaient la cour, pendus à ses basques, obséquieux, d'une familiarité grossière, ne lui tapaient-ils pas sur le ventre ? A présent crocs pointés sous la babine, écumants, appétit de fauves, prêts à la curée. Il ne savait d'où cela était venu, par qui il avait été vendu, qui avait lâché la meute. Hier encore garanti au plus haut par son immunité, protection assurée, le ministre de l'Intérieur, le directeur de la police judiciaire, le procureur, ses avocats. Ses amis faisaient corps, donnaient des assurances. Au parti, avaient circulé son infortune, sa stoïque résistance, son admirable attitude. Qui n'a connu, parmi ses proches, dans sa famille, de tels acharnements du sort, accidents, maladies et deuils en cascade. Chacun s'y reconnaît, compatit, et se tient coi.

Le malheur intime respect, il interdit d'enfreindre l'espace contaminé par son empire, d'en médire ou moquer, sous peine d'en être frappé à son tour. Cela aussi le prémunissait, croyait-il. L'intouchable dignité des martyrs. Là encore, il n'avait pas pris garde, détecté les signes imperceptibles de disgrâce, dès la convention de Nice. Froideur qui passe pour du tact, silence éloquent épargnant de se compromettre, faveur concédée avec des mines contristées, qui déguisent l'embarras, tout cela isole, dessine autour du pestiféré le cordon sanitaire invisible que personne ne franchit plus. Ses avocats, injoignables, hier. Le préfet, le ministre, absorbés par le chantier de la maison de la Radio, où avait lieu, en présence de la presse, une visite privée avant l'inauguration officielle, dans quinze jours. A laquelle il n'avait pas été convié. La réunion de son groupe, qu'il présidait, annulée au dernier instant, pour une clause de procédure anecdotique. Il n'avait pas été informé de la conférence de presse du juge. Personne, à aucun niveau, du chef de service au dernier larbin, n'avait trouvé bon de l'en prévenir. Non plus que de l'enquête de Versailles, reversée à la PJ. Lâché, limogé comme le dernier des minables. Il sursauta car, dans l'une des façades mortes, bureaux vides, il venait d'entendre une fenêtre claquer, qu'il n'avait pas remarquée, pourtant dans l'axe exact de son regard ; comme si quelqu'un à son passage se retirait derrière la vitre opaque. La ville lui sembla singulièrement déserte, pas un passant encore, de rares voitures au bas du boulevard Saint-Germain, mais ce n'était pas leur bruit, étouffé par la distance. C'était, proche sur sa gauche, un train, grondant, brinquebalant, grincement d'essieux, longs freins de wagons entrechoqués, puis gémissement sur la droite, d'un chien enchaîné ou d'une bête étranglée, puis chuintement de vapeur expirée par une motrice, puis grelot de clochette énervée annonçant un départ imminent, saccade d'aiguilles métalliques sous le cadran vitré d'une énorme horloge, amplifiée en échos formidables par la verrière d'une gare… En réalité, c'était le vent flapi au coin de la rue, soulevant les pans de son imperméable, le claquement de ses pas multiplié par le silence matinal, son souffle rauque. Sa voiture était en vue, au bout de la rue Saint-Dominique, presque au coin de la rue de Bellechasse.

S'ils l'abandonnaient tous, si s'effondrait le renfort de sa casemate, il tiendrait le siège. Seul, décida-t-il, avec une sorte d'aise sombre, noire gaieté, l'impression de tirer de sa déréliction une raison vaniteuse de se réjouir. C'était sans fondement précis pour l'instant, mais il était sur le point d'avoir à puiser dans cette réserve inutilisée, retranchement ultime de son être, d'en connaître la nature, curieuse sensation que le rire intérieur venait de là. Sentinelle isolée, loin des lignes de front, a tenu le fortin par ses seuls moyens. Ainsi disait-on des héros de la Grande Guerre… Cette gloriole de poilus donne une ébriété d'abstinent, car il est à jeun. Seul l'alcool de son sang, irriguant veines et artères, fusant au cœur son flux allègre, dynamise ses pas, propulse au-devant les étincelles de son cerveau surexcité. Maintenant au comble de l'hilarité. Tout en marchant, il se flanqua une tape amicale sur la cuisse. Ils ignorent qui je suis, bon Dieu ! Ils n'ont pas encore eu affaire à Martin Guillemot. En avait-il laminé, tant et plus ! Eliminés, annihilés, en ces temps où, par une sorte d'allègement général des appareils livrés à l'ordre nouveau, c'est-à-dire chacun rendu à soi en toute licence, c'est-à-dire à sa vertu originelle, à l'autonomie de son instinct individuel et à ses besoins naturels, par une sorte d'affranchissement collectif s'instaurait en chacun le siège de la volonté de puissance, avait-il été plus heureux qu'à cette époque ? Mieux accompli en son existence, libre arbitre de ses actes et pensées, coïncidant avec lui-même, jouissant de lui-même. Cela *devait* durer, cela n'avait pas duré. En dépit de son organisation faramineuse, de sa prodigieuse discipline, la machine extravagante s'était déréglée, débordée par sa démesure et bientôt anéantie d'elle-même, mais entre-temps, en attendant, ç'avait été l'avènement d'une créature nouvelle enfin libérée, virulente et saine, ardente, vorace, joyeuse. Si peu avaient compris la grâce qui leur était faite, la chance, unique en une vie, de s'exercer à cette liberté *purement* humaine. Il les reconnaissait encore, ses pairs, reniflait à leurs chausses l'odeur violente qu'avait laissée cette jouissance. Ils avaient regagné les abris, remis les masques, mais ils étaient les mêmes, baptisés par cette expérience, son sceau au front, entre les deux yeux, là. Où il mettait son doigt, arrêté au milieu du trottoir. Là.

Et là, par la seule pression de son index, il fit sourdre une douloureuse appréhension. A cet endroit s'appréhendait, soudain actuel et pour ainsi dire matérialisé, non une idée, un souvenir, mais un sentiment. Quelque chose d'intense et fouaillant aux lombes, dévorant le bas abdomen, son humiliation. L'idée de soi avilie, dégradée en bassesse. Toisé d'un regard. Ce regard, ce geste. De la main, du dos de la main gantée qui chasse une mouche imaginaire, léger mouvement du poignet suspendu, balai des doigts amollis par dédain de la chose refoulée, qui n'a même pas consistance, seulement une ombre agaçante, importune, dont l'air doit être débarrassé. A lui s'adressait ce geste de mépris. Jamais il n'avait subi tel affront, qui cherche au fond de l'enfance son équivalent, l'indigence, la honte de l'enfance ravalées en inamendable blessure. Celui-là le lui avait payé, au prix fort. Que faisait-il, rue du Faubourg-Saint-Martin, ce soir-là ? Par quel hasard se trouvait-il au coin du passage du Désir, fumant une cigarette, envoyé par qui, attendant quelqu'un ? Le cherchait-il, lui ? Il ne savait pas l'y trouver. Que venait-il surprendre, espionner ?

Ce soir-là, Martin était dans le hall du magasin Lévitan, où régnait une certaine nervosité. Une panne du monte-charge avait retardé le chargement des camions, l'horaire des convois quittant le dépôt d'Aubervilliers et celui d'Austerlitz le serait aussi, cela électrisait l'atmosphère. D'autant qu'il manquait toujours autant de bras, en dépit de l'organisation de von Behr. Sa main-d'œuvre, extraite de Drancy, abîmait la marchandise, par incompétence, par sabotage sournois. L'encadrement allemand n'était pas mieux qualifié pour trier convenablement, et Rosenberg se plaignait de la gabegie, de la médiocrité des biens juifs, du *kitsch* des œuvres sélectionnées pour ses amis ! Ils avaient bien besoin d'experts comme lui, Martin Guillemot. La chicanerie administrative aidant, il venait de se heurter, une fois de plus, au chef magasinier, un paysan rhénan qu'enivrait sa promotion. Celui-ci exigeait que passe en dernier l'enlèvement spécial qu'il était venu superviser, à destination du dépôt de la rue Fresnel pour les soieries, linges fins, livres et tableaux d'art ; rue de Richelieu pour les pianos. Là-bas, s'entreposaient les objets de valeur dont il avait la responsabilité, du choix et de la restauration, et cet âne bâté le faisait lanterner, par le tortueux motif que priorité était aux trains. Une heure, qu'il poireautait en attente de son chargement, contraint de regarder s'activer les manutentionnaires, chacun son brassard à matricule, chacun son étoile de David. Des hommes surtout, quelques femmes. La plupart étaient dans les étages, au tri, aux machines à coudre. On en avait fait descendre quelques-unes, à cause du retard. De fameuses, se faisait-il la remarque, opérant son tri sexuel sous les hardes, repérant jeunes fesses et seins, sélectionnant la fente entaillée entre les cuisses qu'il lui appartenait de foutre en imagination ; celle-là, si maigre que c'était excitant. Il bandait mieux pour les femmes maigres que pour les grosses, il l'avait appris avec l'une de celles-là, sur qui il avait jeté son dévolu. On ne l'y reprendrait pas. Une fois avait suffi. Pour quoi il se contentait de se rincer l'œil. Cela lui avait fait passer le temps. Il était sorti sur le trottoir se dégourdir les jambes, il était tombé sur Simon Lewenthal.

Le grand patron de B&G, le putain gigolo de la vieille Mathilde, héritier des usines et de sa cousine, que faisait-il, rue du Faubourg-Saint-Martin ? Pas plus inquiété que ça, malgré son atavisme juif, à demi certes, et marié à une aryenne, mais quand même. Ils ne se fréquentaient pas, le contentieux familial remontait aux calendes, la sale bique avait bien œuvré pour ça. Camille le battait froid, son époux pareil, arrogance d'élus. Engeance youpine, des relations partout, même par ces temps contraires. Ils n'avaient pas dû se croiser dix fois. Il aurait pu l'ignorer, feindre ne pas l'avoir reconnu. Il aurait pu tourner les talons, rentrer dans l'immeuble Lévitan, houspiller le magasinier. Il s'était avancé, il avait tendu la main. Accentuant son étonnement, d'une aménité bonhomme, goguenard, peut-être ? Alors, rendu près de lui. Une main tient la cigarette, l'autre chasse l'insecte qu'il est, petits coups fouettant l'air. Expulsant sa fumée. Lèvre figée, regard d'une fixité impénétrable, posé entre ses deux yeux. Dégage. Il n'avait rien dit, pas entrouvert les dents, seulement chassé du geste. De cet outrage, qui avait été témoin ? Quel cycliste ralentissait-il, qui traînait dans la rue, guettait-il à sa fenêtre ? Le ballet des camions n'alertait pas grand monde, tout se passait à l'intérieur. Pas un membre du personnel dehors, encore moins la main-d'œuvre, évidemment.

Ils étaient seuls. Cela n'avait pas duré plus de quelques secondes.

Martin était déjà rentré, revenu au pied du camion, hurlant des ordres et des menaces, passant son ire folle contre les larbins à brassard, le petit chef merdeux. Il avait ravalé l'insulte. Pas idiot au point de laisser l'aveugler sa haine. Il l'avait laissée refroidir en rancune, qui est plus tenace, et stable. A un certain degré, le grief se conserve intact, ciselé en sa pureté de glace. Il n'avait pas dégelé. Cela venait de ressurgir, entre ses deux yeux, là. Un cristal de roche incrusté dans l'os frontal. Lettre anonyme ? La plus laconique. Il s'en envoyait quotidiennement, par milliers. Elles embouteillaient le tri postal, les services administratifs croulaient. On ne dénonçait pas que les communistes, les juifs, les résistants. Délation érigée en principe, expédition des affaires courantes. Tant de petits conflits d'intérêt, contrariétés de voisinage s'étaient ainsi résolus, propriétaire acariâtre, amant encombrant, rivalités d'héritage, jalousies de bureau... Il avait adressé la sienne à Theodor Dannecker soi-même, *SS-Verfügungstruppe*, unité spéciale en charge des juifs au quartier général de la SD de Paris. Motif : espionne les camps de tri de l'opération *Meuble*. Tant qu'à faire.

Guillemot s'en claquait encore la cuisse, moins allègre qu'il ne l'aurait cru. Moins gai qu'il ne l'était alors. Si gai de jouer avec cette souris traquée, qui changeait de cache selon son bon vouloir dans son réseau d'appartements vides ; sous sa patte, il la faisait danser. Une nostalgie l'étreignit. L'homme surpuissant qu'il avait été, se sentait encore à l'instant, brève ébriété, il en avait alors dilapidé l'énergie, épuisé la vitalité neuve à des actions puériles avec une sorte d'espièglerie naïve, d'adolescente légèreté, hélas, pauvre, pauvre type, s'entendit-il dire, ce n'était que jeunesse, inconséquente jeunesse. Il n'avait rien proféré de tel, mais il avait entendu cette voix emplir son tympan, d'une moqueuse méchanceté. Le traversa l'idée folle d'une action meurtrière, de planter dans un corps réel sa lame réelle, sa lame, dague, feuille de boucher, il n'avait pas eu son compte, non. Il avait eu des déconvenues. A commencer par cette roulure du dépôt Lévitan, paysanne illettrée, la plus maigre du dépôt. Elle l'avait attisée de sa viande faisandée, vicieuse déjection que le poignet se fatigue à battre, étriper, vulve béante, charogne. De ce résidu, il s'était débarrassé mais, pour finir, floué. Inassouvi, par son assouvissement même. Tout à l'heure, il en avait eu la prémonition. Il avait été sur le point de le comprendre en défiant de loin, de la façon la plus matamore, l'insolente petite porte ricanante du jardin, qui était ouverte, de toute façon. Il en fut certain, comme résultant d'une mystérieuse conjonction d'évidences qui raccordaient au présent ce temps enfui, dont ne venait plus, tels les cercles provenant d'un solide englouti élargissent leurs ondes en extension de plus en plus faibles, vont s'épuisant et mourant, qu'un sentiment d'abandon, d'infinie fatigue, c'était vers le bas qu'il avait plongé. Croyant se hisser aux raides hauteurs d'inaccessibles sommets, il se précipitait dans leur pente, cul pardessus tête. Cela ne donnait pas un remords. L'erreur n'était pas la sienne, il ne s'était pas trompé de direction. Le monde l'avait trahi. Vacillant, il se retint au mur, trouva sous sa paume la rugueuse et réconfortante indifférence du mur, extrêmement d'aplomb, d'une verticalité normale et, à tout prendre, sympathique. Il n'avait rien avalé ce matin, pas de petit-déjeuner, pas même un café, juste deux cigares à la file. L'estomac vide, le ventre réclame, se morigéna-t-il, ragaillardi par ce constat.

Il était rendu à sa voiture, tout à fait perdu au fond de ses poches. Y cherchait-il ses clés, ou le putain de certificat du petit Watteau, ou bien une lettre à poster à la

Kommandantur, dans sa confusion projetant en priorité de manger, avant toute chose manger, avant d'aller où il avait décidé d'aller tout à l'heure, où allait-il ? Le but, qui s'était impérieusement présenté à lui dans le bureau à l'arrivée de Darquay, de même que l'indistinct jeune homme au regard torve avaient pris une distance phénoménale, une inconsistance purement théorique en regard de l'urgence immédiate de broyer du solide, déglutir, satisfaire goulûment sa faim, soudain taraudante, d'un petit-déjeuner, casse-croûte, steak saignant ; tandis qu'il avait enfin réussi à extraire sa clé de voiture, il ressentit un point de côté fulgurant. D'une bourrade violente, plaqué contre le capot. D'une autre retourné, ventre contre la portière. Empoigné à la gorge, ils étaient deux, à ce qu'il semblait. Il eut l'impression de crier quelque chose, mais il basculait déjà sur la banquette arrière, s'y laissa choir à plat ventre avec un soulagement pénible, comme à la fin d'une longue course on se donne le droit de s'affaler sur le premier lit, écrasé de fatigue. Dans son flanc, le point de côté durait, il comprit que le canon d'une arme entrait dans ses côtes. Il se cabra. De tout l'arc vertébral tenta une poussée, mais un coup sur la tempe l'étourdit, quelle heure est-il, eut-il le temps de penser, ai-je laissé ouverte la porte du jardin ?

Ils roulaient dans un paysage de banlieue inconnue, mais celles-ci se ressemblent toutes, mornes érections d'immeubles gris derrière la frange noire des arbres dénudés dont la cime file de chaque côté de la route, chaussée bombée de pavés glissants, il tombait une averse drue qui fouettait le pare-brise, le conducteur s'énervait avec le tableau de bord pour trouver la commande des essuie-glaces. L'autre était à côté de lui. Il entrevit son pan de manteau en poil de chameau d'où sortait un genou, pli impeccable au pantalon, eut du mal à tourner davantage la tête, un élancement paralysant à la tempe. Etait-ce le soir ou encore le matin, ce menaçant crépuscule d'aube qui brouille la vue d'un rouge gluant, il sentit couler de son front le sang qui aveuglait sa paupière, émit un gémissement incertain. Réalisa sa position inconfortable, redressé contre le dossier mais les poignets entravés dans son dos, torsion des bras immobilisés, une panique brève l'envahit, aussitôt éteinte en une sensation lasse de calvaires harassants, d'accablants et vains débats sur des réglementations fiscales ou foncières qu'aucune commission ne finissait jamais de rédiger en conformité avec une visée à tous et chacun incompréhensible, l'inutilité d'en délibérer aussi éprouvante que d'échouer à en ajuster la formule à une volonté supérieure occulte, renvois, ajournements, dissolution… Il différa de comprendre quelle heure il était, de savoir s'il avait bien fermé la porte du jardin, et même, téléphoné à Abigael. Voilà ce qu'il voulait faire en priorité, téléphoner à Abigael, se souvint-il. Pour lui dire quoi ? Prendre quelle disposition, et aller où, ensuite, puisque la meute était lâchée. La priorité était de coucher Abigael sur son bureau, comme lui le ventre contre la portière, la foutre par-derrière. Vautrée, comme lui sur la banquette. Il avait pu en avoir l'envie, dans un temps ancien, bizarrement irréel. Elle était maigre. Moins que l'autre, en haut de cet escalier éreintant, dans le galetas où il l'avait menottée, comme il l'était à présent, entravé, prisonnier de quels malfrats ? s'insurgea-t-il, outré. Un enlèvement, en pleine rue ! Quel jeu ces petits enfoirés jouent-ils ? Qui êtes-vous ? Où allons-nous ?

Il l'avait demandé, sur un ton de protestation enfantine qui ne correspondait pas du tout à l'indignation qu'il voulait exprimer, sa glotte engluée gargouillait, sa question resta sans réponse. Il se mit à étudier la situation, par un effort de sa volonté braquée vers les choses concrètes qui lui parvenaient, comme le paysage, à présent de campagne. Ils traversaient un village endormi, façades de pierres ou de moellons, de tuile et ardoise, cela ne donnait aucune indication. Pas davantage l'église romane, trapue sous son clocher bas, la vitrine fermée d'une épicerie, des appentis de planches. Il eut la fraîche vision hivernale de la fumée bleue, vaporeuse, translucide, montant en spirale d'une cheminée, évoquant aussitôt la scène, hallucinante de précision, de trois enfants attablés autour de bols fumants, de grandes serviettes nouées au cou. D'impatience, Jeanne faisait tinter sa cuillère dans le chocolat, tante Bertille tartinait des tranches de pain d'une marmelade d'abricots, il y avait la grande cafetière d'émail bleu et le pot de beurre posés sur la table, une constellation fascinante de miettes, confettis épars, évanescents, tout cela d'une douceur ravissante. Lucien ne marchait pas encore. Il était juché sur sa chaise à tablette de bois, peinte dans son dossier du bouquet naïf de violettes, avec l'oiseau sur sa branchette. Les bûches grésillaient dans l'âtre, crachant un bouillon de sève, en montait la fumée bleue, virevoltante, effilée, happée par le conduit dont la suie étincelait de mille éclats noirs, c'est la cuisine de Genilly. Sa chambre est la première sur le palier, en haut de l'escalier. Il a trois ans, il en voit la volée abrupte. De ce point de vue, il la revoit, impossible à gravir. Il y parvient cependant, triomphant marche à marche du vertige, mais la vision disparut, annulée par un effet surprenant d'obturateur, ils roulaient de nouveau dans une campagne morne.

Dans ces fonds de campagne croupies, s'étaient gaspillées son enfance, sa jeune bravoure, plateaux, combes embourbées et, au bout du chemin, la ferme des Armand lui parut. Très en contrebas, et comme retranchée au fond de la marmite d'une bombe explosée, ensevelie sous la ruine du Mesnil, fatras de soucis inutiles, vains combats procéduriers, infantile guerre d'usure avec, pour ennemis, ces rustres d'un autre âge, il en eut une nausée… Les liens cisaillaient ses poignets, une crampe tiraillait son épaule. Ces hommes obéissaient à un ordre. Ils empruntaient sa voiture, quelqu'un les suivait-il ? Quelqu'un l'attendait, se ménageait une entrevue discrète, se donnait les moyens de cette rencontre irrégulière, dangereuse, pour marchander, lui extorquer. Pour poser ses conditions… Leur chef, un de la pègre, un truand puissant, il n'en manquait pas, à tous les niveaux, jusqu'au plus haut, les plus près du pouvoir. De Gaulle a ligué une mafia contre lui, ramassis de pieds-noirs conjurés, caisses noires, OAS, plasticages. Les vins d'Algérie, la bande de Bercy ? N'ont-ils pas eu leur compte ? Ou bien émissaire de la Cagoule, infiltrée partout. Sanguinaires, surarmés, attentats. Que de Gaulle se méfie. Anciens militaires, bouchers, racaille, il connaissait leurs mœurs et méthodes. Que lui voulaient-ils, à lui, personnellement, le rançonner ? Le contraindre à quelque action criminelle, le compromettre. Le punir ? Punir de quoi, grand Dieu ! Un à un, les siens, froidement exécutés. Ses bras, ses jarrets, un à un sectionnés ! Un à un ! Cahoté par les ornières, il adressa une supplique passionnée à la voûte d'arbres, sous laquelle ils roulaient à présent. *Restons-en là, le compte y est.* La formule lui parut correcte. Arithmétiquement parlant. Une gestion pareille, il en avait mené, fait perdre le sens de la quantité. Têtes poussées sur le boulier, au début on compte, une à une, puis on perd l'addition. Ce ne sont plus des têtes, mais osselets, perles d'os enfilées, sans plus se soucier du total. Betty s'épuisait à ce calcul inepte, du bout des doigts consultait celles de son collier, sans fin, sans commencement, cette trépidation nerveuse à son cou, il l'en aurait étranglée. L'inventaire est impossible, à y perdre la tête. Quand elle a commencé de le faire, c'est elle qui l'a perdue : décapité, son crâne roule, roule, se fracasse contre le résultat, camisole chimique, que cessent ses cris ! Que cessent ses accusations, ses insultes ! Il ne savait de quelle manière, elle avait pris sa part au naufrage. Garder cette enragée sous son toit, dans sa maison ! Il aurait dû la supprimer. Mille moyens existent d'euthanasier les fous, nettoyer les asiles du déchet. On l'avait fait alors, place nette. Qui sont ces deux hommes ? D'anciens amis de von Behr, de Brunner ? De Goering ? Encore que le gros *Reichsmarschall*, qui paradait au Jeu de paume, n'en eût pas beaucoup, seulement un essaim de mouches puantes qui savaient si bien aiguillonner son goût de porc, flatter son humeur bestiale. Il en reste tant et plus, à tous les postes. La dernière délégation allemande, autour d'Adenauer !… Elégants, suffisants. Indemnes. Ils ne sont pas tous morts, tous planqués en Argentine, en Bolivie, en Espagne… Auprès du Saint-Siège !

Il avait admis, il ne savait plus trop quand, que les deux hommes ne lui adresseraient pas la parole. C'était dans l'ordre des choses. Leur silence était logique. Des exécutants. Leur comportement parfait, depuis le début, son enlèvement au coin de la rue de Bellechasse, impeccable, des professionnels. Il ne les avait pas vus surgir. Personne ne les avait vus. Ils l'attendaient, dissimulés près de sa voiture, depuis qu'il l'avait garée ce matin, six heures moins le quart. Ils l'avaient suivi depuis chez lui, depuis Genilly. Ils connaissaient son domicile, la maison Rougerie. La vieille veuve, son viager pourri. Des sbires commandités par la famille du sénateur ? Aucun descendant, la vieille n'a pas laissé à son testament un codicille qui réclame vengeance ! Foutaises. Ils planquent près de la maison. Avant de se lancer sur ses traces, dès que son dos tourné, ils assassinent Betty, tante Bertille. A cette idée de grand-guignolesque carnage, il eut un gloussement sardonique. Malgré son interdiction, Abigael leur ouvre la porte, ou la cuisinière, comment s'appelle-t-elle, déjà ? Ces gens de maison, introduits chez lui, sournois, recommandés par qui, quelle officine occulte – avait-il vérifié ? –, fouillent dans sa cave, au grenier, ouvrent ses tiroirs. Le coffre ! Ils ont ouvert mon coffre. Trouvé les documents. Qu'a-t-il conservé ces pièces à conviction, par quel infernal engrenage d'aveuglement ? Mais l'hypothèse de l'effraction flottait sans réalité, aérien papillon, cendre de papier soulevée d'un vent léger. S'il l'envisageait, c'était sur le mode bénin d'un scénario fantaisiste. Pas un instant, il ne doutait de l'inviolabilité de son coffre, de la solidité de sa maison, ses murs, ses fondations, possessions, empire. Cette certitude se détacha de même, devint une configuration elliptique dont les propriétés de géométrie pure, pour être démontrées, gardaient mystérieuse leur résolution, elle régressa paresseusement au fond d'un tableau énigmatique qui avait pour apparence celui de la sanguine de Watteau, une grande femme outrageusement carminée dont la contorsion lascive, dans son inextricable écheveau de traits, de crayonnage poudreux, s'apparentait à celle d'une araignée, Lucile, sa friponnerie muant en une scélératesse déclarée, vicieuse goule au museau de hyène dont les poils sanglants s'effilochaient, se perdaient en poussière irritante aux yeux, il avait dû s'endormir quelques pénibles secondes, ou bien davantage. Quelle heure est-il ? Le ronronnement monotone du moteur, la lenteur de la voiture progressant par petits cahots dans le paysage identique l'engourdissaient d'une somnolence, ou bien ils l'avaient chloroformé pour annihiler sa conscience. Ils lui avaient inoculé un poison lent, *injection à la seringue*, soufflait l'inspecteur Verlaine contre sa face, si proche qu'il voyait sa dent couronnée d'or, s'enfonçait dans le siège pour échapper à son haleine, injection à travers les vêtements, prompte, indolore, *ils n'ont pas souffert*, je ne souffre pas, que faisons-nous ici, où allons-nous ?

Ils étaient soudain à l'arrêt, moteur coupé. Ils ouvraient les portières. Tiré du siège sans ménagement et remis à la verticale, il se tenait debout, proche de l'étourdissement. Etonné de sentir ses jambes le supporter, son torse se déployer, l'air entrer dans ses narines, d'abord intensément occupé à emplir ses poumons congestionnés. Il eut l'envie pressante d'uriner, puis il vit la clairière, il reconnaissait cet endroit. Au fond des bois, les petits matins de gelée, la chasse dans l'enchevêtrement de broussailles craquant aux orées, petits bosquets d'épineux persistants au feuillage empesé de givre et, autour de l'étang, dont la ride nerveuse clapote, plutôt un marécage aux bords frangés de roseaux courts, orchidées d'eau alanguies, l'élancement altier des jeunes frênes, des aubiers, le fuselage des bouleaux blancs, à leurs branches démantelées les dernières feuilles d'or en dégradé d'ocre et d'orange, qu'une bise froissait, comme se frottent, de poignante douceur, de petites paumes d'enfant. C'était comme entrer dans le paysage qu'il avait dû commenter jadis, étudiant, *Souvenir de Mortefontaine*, de si longtemps il nageait vers ce bord de mare que Corot dore de lumière, comme il avait mis de temps à y parvenir... Entrer dans la gloire et la paix de ce tableau, était-ce le but de l'exténuante chasse ? Venez voir, les enfants, il est si tard, mes enfants, eut-il l'impression de dire, mes enfants, mes tout-petits venez, mes enfants chéris... Mais l'air froid le réveillait tout à fait. Il voyait les deux hommes l'encadrant. Celui qui venait de l'extraire de la voiture, le conducteur, en parka kaki de grosse toile, jeune face large et plate sous le bonnet de laine enfoncé aux sourcils, glabre, nez busqué, lèvres épaisses, pâles ;

l'autre, le poil de chameau, plus âgé, le front barré d'une cicatrice profonde, qui entaillait la paupière ; il notait à vitesse folle ces particularités avec l'intention mauvaise de les décrire, donner leur signalement précis dès que cette équipée scandaleuse prendrait fin. Dès que libéré…

Les inconnus ne le regardaient pas. Ils écoutaient, observaient l'alentour avec la nonchalance active des chasseurs guettant le gibier. Par un mimétisme absurde, il tendit aussi l'oreille. Les bois les plus reculés ne sont pas silencieux, comme le croit le promeneur inattentif. Des crissements de brindilles se mêlaient à l'éclat sec, intermittent, de branches affaissées sous la harpe du vent, un couinement inquiet de petit rongeur embusqué, un arbre proche s'égouttait. A sa cime, un envol d'étourneaux, des grives, eut-il le temps de voir, s'élança dans l'aveuglant ciel blanc, y dessina un grisant tournoiement d'étoiles noires, puis cela s'obscurcit. Le plus jeune le surplombait de sa poitrine oscillante, sa face inexpressive tournée vers quelque point éloigné, le protégeait de son torse, eût-on dit, tandis que l'autre libérait ses poignets, qu'il se frotta machinalement, ramenant à l'avant ses épaules endolories. Ils ne devaient pas être à visage nu. Ils enfreignaient une règle. Par négligence, scandaleuse étourderie… Une faute majeure, il ne savait laquelle, ni depuis quand il l'avait pressentie, un soir de cet automne peut-être, sentinelle abandonnée à son poste, en cette situation intenable, par quelque erreur, oubli, guettant une plaine minérale sous un ciel sans étoile, les saisons, vents et nuages passants avaient disparu, aucune relève ne viendrait jamais du fond de ce désert, cela s'était passé. Quelque chose avait eu lieu, d'une étrange fugacité, une fuite succincte dont l'accélération foudroyante de comète s'abîmait sous l'horizon, la brièveté de la vie résumée à cette chute béante et *comme le soir tombait, l'homme sombre arriva au bas d'une montagne,* où avait-il entendu ce récit d'épouvante, *échevelé, livide*, au fond des yeux, en une grande plaine et ses fils, hors d'haleine, *couchons-nous sur la terre et dormons*, une lame de fond le recouvrit. De la tête aux pieds enseveli. Ils allaient prendre une décision le concernant qui n'était plus de son ressort, allégé de l'accablante, exténuante responsabilité d'avoir à y collaborer, à s'y résoudre comme à toute autre qu'il lui avait fallu prendre, pour ainsi dire exempté, absous en toute mansuétude et pitié, aussi faible que vagissant au berceau, plus innocent que l'enfant qui, du fond du couloir, voit s'éloigner dans le cadre définitivement ébloui de la porte l'envol lent d'une robe blanche, maman, maman, appela-t-il d'une irréelle voix de crécelle. Ils étaient rendus au bord du marécage, à l'aplomb de la vase. Le magma spongieux suçait ses semelles, il trébucha, tangua un peu, se raffermit, sereinement distant, rétabli en noblesse et courage, matamore, se pardonna-t-il comme d'un enfantillage, pour accomplir une tache d'une simplicité incompréhensible, séparé de lui-même qu'il voyait distinctement et avec une souveraine indulgence se tenir debout au bord de cette eau, dont le glacis magnifiait un chatoiement inouï de couleurs, avait-il jamais vu un aussi triomphant nuancier, une telle débauche de beauté inutilement dispensée dans l'arc-en ciel du monde ? Il sentit qu'une pression lui faisait refermer sa main sur une crosse chaude, reconnut sans effroi une crosse, mais surtout sa chaleur corporelle émise par une autre main, miséricordieuse et fraternelle, à la sienne aucune main humaine n'avait communiqué telle bonté, qui l'enveloppait, l'engageait de ferme et affectueuse compassion, guidait ses doigts malhabiles, il venait enfin de comprendre, consentir, il venait d'approuver de toute son âme quelque chose d'inconnu qu'il allait faire. Il eut le temps d'éprouver la sensation exquise entre ses cuisses du tiède ruissellement libéré de son urine, ce soulagement de sa vessie d'une ondoyante et naturelle amnistie, il allait le faire, maintenant.

ÉPILOGUE

A défaut d'un appariteur, d'un compas ou d'une boussole, le visiteur disposait d'un guide facétieux intitulé *Droit au but* pour affronter le dédale de la maison de la Radio, béton, verre et aluminium, plantée au bord du quai de Passy, l'allure d'une arène pour corridas futuristes. Plutôt d'une prison, Alcatraz ou Sing Sing, dénigraient les techniciens, pourtant installés depuis octobre dernier dans les nouveaux locaux, regrettant encore leurs studios dispersés dans Paris, rue Christophe-Colomb, au Majestic ou rue Sainte-Anne. Comment s'y retrouver, de paliers en coursives, dans ce millier de bureaux, numérotés à quatre chiffres, pairs ou impairs selon l'orientation, vers l'intérieur ou l'extérieur de la couronne, progressant dans le sens des aiguilles d'une montre, disait le guide – mais où commence le circuit ? –, indiquant étages et secteurs, six par niveau, où variait aussi la couleur des moquettes, des portes : rouge, bleu ciel, gris-vert, s'agit-il d'un local technique, d'un bureau, des toilettes ? Capitonnée de similicuir, bois précieux : là, ce sont les "patrons", la direction générale. Nomenclature déjà caduque à la suite des changements d'étages, réattribution de secteurs et mutations du personnel, alors où cet ascenseur, cet escalier désert débouchent-ils, sur le service juridique, l'infirmerie, l'auditorium ? Dans la chaufferie au sous-sol, dans la tour où s'entreposent les archives, à la cafétéria du dernier étage. Au self-service, qui sert déjà plus de deux mille repas par jour, huit hors-d'œuvre, six plats garnis au choix pour trois francs cinquante, vision panoramique en prime sur la svelte tour Eiffel, dont partirent les premières ondes… Aujourd'hui perdue dans la brume glacée, ciel bas. Fricot avait enfin rencontré une femme de ménage secourable.

Il y en avait une armée à circuler, poussant leur chariot nickelé, elles-mêmes perdues, n'ayant de repères que dans leur *secteur* personnel, errant entre les portes coupe-feu réglementaires qui compartimentaient les coursives. Elles n'étaient pas les seules à s'affairer aux derniers préparatifs du 14 décembre, cette visite à haute tension du président de Gaulle, en prévision de laquelle les mesures de sécurité faisaient de l'édifice un camp retranché, filtrage, contrôles d'identité aux entrées et à tous les étages, rondes de vigiles et d'agents des RG. On décoiffait même les ampoules d'ascenseur de leurs vasques, de dangereux projectiles ?… L'usine ne tournerait à plein régime que dans dix mois, y seraient alors centralisées toutes les émissions, information, musique et variétés, culture, magazines artistiques de la RTF, pour lesquelles, se vantait le directeur des services techniques, l'on disposait du matériel le plus haut de gamme, le plus moderne, 100 % français, viens voir ça, disait Berstein.

— Cocorico, nous sommes les meilleurs : sans ça, le soir de l'assassinat de Kennedy, jamais on n'aurait réussi notre prouesse du direct, de Romantin en pète d'orgueil. Clouard vient tous les matins admirer dévotement ses installations, appareillage amovible, commande digitale, câblages et amplificateurs de lignes, et encore, on n'a que neuf studios en fonction sur les soixante à venir, et la télévision n'est pas encore installée, les plateaux attendent.

Fricot avait enfin trouvé le secteur, le couloir, la porte de Bernstein, troisième étage ouest. Le saint des saints, alvéoles du cerveau radiophonique échevelé de branchements, où s'activaient techniciens et journalistes de l'actualité, trois heures d'informations par jour, studios, salles de téléscripteurs, de rédaction, de secrétariats et de documentation voisins ; cela changeait du 116 aux Champs-Elysées. La galopade à travers les étages ! Ici, tout est connecté, de plain-pied, plus une seconde de perdue. Une ville dans la ville : banque à disposition, bureau de poste, de voyages, services sociaux, salon de détente, salle de gymnastique. On peut pieuter dans un placard à balais, se doucher, s'alimenter sur place ; la nuit, les couloirs sont un peu déserts mais, avec leurs tubes fluorescents, on peut vivre ici sans jamais en sortir, le siècle s'ouvre de la communication permanente, le monde en direct à flux tendu, branche tes écoutilles, Fricot, j'espère que tu as bien assaisonné ta salade.

— Cinq minutes, la rédaction te fait un cadeau de roi. Voire… C'est critique. On y va ?

Invité au journal de midi : son article paru la veille dans *France-Soir* ouvrait les portes, toutes, les noires, les bleues et celles des chiottes, gris-vert, une teinte de saison. Rouge, celle de Bernstein, couleur appropriée au sujet, parce que, en dehors de l'opération Monsieur X, lancée trop tôt pour ne pas s'enliser d'ici les prochaines élections, en panne d'un vrai programme commun de la gauche ; hormis les retombées de la manifestation étudiante du vendredi précédent, tournée à l'émeute en dépit des trois mille policiers – *Des amphis, pas des canons !* –, boutiques saccagées à Saint-Germain, accrochages violents de la rue de Rennes à Port- Royal, du Panthéon à Sèvres-Babylone ; dirigeants syndicaux déférés devant le juge, étudiants étrangers expulsés, ce qui faisait oublier le jugement attendu des jeunes Martiniquais, qui ne manquerait pas d'exacerber l'agitation outre-mer, un déni de justice, procès politique condamné par Césaire ; hormis le Sud-Ouest balayé par la tempête, brouillards, bise et givre, - 2° à Biarritz, - 8° à Lille, - 3° en région parisienne, il y avait, à se mettre sous la dent, le cadavre du député Guillemot, suicidé en forêt de Rambouillet d'une balle qu'il se tirait dans l'oreille droite avec un MAC 50, arme de police.

Normalement, il aurait dû se douter, ce n'était pas un truc catholique. Un gros tas de feuilles mortes salement repoussées au bord de l'étang, couchant les roseaux ? Un monticule de vieux chiffons abandonnés par des chasseurs, ils laissent tant de cochonneries derrière eux, des reliefs de casse-croûte, papiers gras, pneus usagés, même des sièges de voiture, les gens de la ville ne respectent plus rien. Quoique, des chasseurs, il en vienne peu dans ce coin de forêt trop près des maisons, le gibier est plus loin. Ici, ils ne trouvent que des passereaux, des grives, du fretin. Le dos d'un animal, mais alors d'un gros, chien crevé, sanglier ? Quand même pas d'un chameau, d'une baleine ! Voilà la réflexion qu'il s'était faite d'abord, à l'aller, en passant de l'autre côté d'où l'on voit mal, à cause du taillis d'aubiers. Il avait des collets à relever par là, ce qu'il ne disait pas, rien qu'une petite balade de santé, à son habitude, prétendait-il. Au retour, par curiosité, il avait pris par le côté opposé, il était tombé sur la voiture abandonnée, qu'on ne voyait pas d'abord, garée sous le couvert. Et le type, vautré, la tête dans la vase. Son sang n'avait fait qu'un tour. Un cadavre ! Il n'avait touché à rien, absolument à rien. Il n'avait pensé qu'à prendre ses jambes à son cou. Alerter la gendarmerie, et guider les gendarmes vers l'endroit, à quoi, un kilomètre du village ? Pas tellement éloigné du routin, cinq cents mètres maximum, par le chemin forestier qui tortille en deux coudes sablonneux et descend en pente douce vers la petite clairière, cul-de-sac. Un dimanche matin ! Huit heures du matin, sa chicorée à peine avalée. Le retraité du gaz n'en menait pas large, les emmerdements lui pendaient au nez ; une pareille trouvaille porte malheur. Pourtant bien tranquille, retiré à Gambaiseuil dans la bicoque paternelle retapée par ses soins, son élevage de lapins, ses chats, ses pigeons ramiers, peinard. Il faisait faire la visite de son petit paradis à l'escouade de journalistes tombés comme grêle en cinq sec, à qui il payait la tournée. Routes barrées, fourgons de police, grand déploiement de flics en uniforme, en civil, la foule des badauds, les gamins, les voisins rameutés, la télévision ! Un de ces embouteillage, dans le village ! Détournement de la circulation vers Montfort et Saint-Léger, un transport impressionnant des forces de l'ordre, constats de la criminelle, enlèvement du corps, ça durait encore, nuit tombée. Un député ! C'était lui qui l'avait trouvé, ça lui était arrivé, à lui. Il était le roi.

Il n'avait rien à raconter, que répéter son petit tour à l'aller, l'étang, le tas de chiffons, le chien crevé, ses réflexions, pas catholique, les chasseurs, mais il manquait d'inspiration pour agrémenter, il tournait en rond, cela avait découragé les journalistes ; quand même, sa photo, dans le quotidien local, avec ses pigeons. Le lundi matin, la nouvelle était dans tous les journaux, Fricot avait eu son article en une de *France-Soir*, suite en page 2. Le portrait inédit d'une personnalité publique, gaulliste de la première heure, promis à un portefeuille, il fallait n'y aller que bardé. Il avait passé la nuit à le modifier, l'augmenter, retrancher, n'avancer que du sûr. Il serait épluché, diffamation à la clé à la moindre bavure mais, ficelée comme elle l'était, relue par le conseil juridique du journal, c'était une fameuse nécrologie. Un fameux pavé dans l'étang de Gambaiseuil, Yvelines. Si le député avait de récentes et respectables raisons de se tirer une balle dans la tête, les révélations de la presse, samedi dernier, l'y avaient peut-être bien décidé – déjà la polémique enflait sur les fuites, chiens lâchés –, il en avait sûrement d'autres, de plus anciennes et tortueuses, affairisme en des domaines divers, est-il bien naturel que nos élus étendent leurs activités publiques à la sphère privée ? Que, servant l'intérêt collectif, ils en profitent pour servir le leur propre ? Et celui d'officines plus ou moins déclarées, groupes de pression, vins d'Algérie, spéculation immobilière…

— Si tu as du biscuit, fais gaffe, vas-y mollo, disait Bernstein. De Romantin a refusé le direct, on fait un entretien différé. Si tu débordes, il sera coupé. Tu fais plutôt figure de bête noire. C'est ultrasensible, ça tombe très mal. La conjoncture, tout ça. La classe politique est chatouilleuse, les parlementaires de tous bords. Ils ne supporteront pas les éclaboussures, tu t'en doutes. On y va ?

Cela se passait en décembre 1963, à la fin d'une année qui ne laissait pas dans les mémoires un souvenir très marquant, sauf de ce qui avait pu intéresser chacun, sa première cigarette, son premier rapport sexuel sous une tente de camping lors de ses vacances à Biarritz, le premier microsillon de Françoise Hardy ou le stage de formation à Toulouse qui avait donné le coup de pouce décisif à sa carrière. De là à s'intéresser aussi à la réunification du Congo-Kinshasa après trois ans de guerre civile, aux séparatistes du Katanga et la rébellion des lumumbistes, il fallait être Luiza, et encore ; celle-ci avait d'autres priorités… Quant au coup d'Etat en Equateur sous l'œil bienveillant de la CIA, en République dominicaine, au Honduras, à l'immolation par le feu d'un moine bouddhiste à Saigon… Où Diêm, déchu, était assassiné, où débarquaient les conseillers militaires américains. En Irak, baasistes et nationalistes massacraient les communistes en représailles aux événements de 1959, les Parisiens découvraient les affolantes *Twenty Marilyns* d'Andy Warhol. Cette année-là, quelques mois avant sa mort, le pape Jean XXIII condamnait dans son encyclique la notion de *guerre juste* et conditionnait la paix à la justice sociale. Nasser réunissait au Caire un sommet des chefs d'Etat arabes, qui décidait la création d'une Organisation pour la libération de la Palestine. *L'Osservatore romano* reprochait au ministre Malraux d'avoir envoyé à la Mostra de Venise l'adaptation du *Feu follet*, œuvre d'un collaborateur sous l'Occupation, à quoi Louis Malle rétorquait que *l'Eglise aurait mieux fait de s'occuper de l'antisémitisme quand il tuait des millions de gens* ; Charles de Gaulle refusait d'entrer dans l'OTAN et signait avec Konrad Adenauer un traité d'amitié entre la France et l'Allemagne fédérale. Les jupes raccourcissaient, les collants remplaçaient les bas et la Hongrie amnistiait les insurgés de 1956, Washington livrait les missiles Polaris à la Grande-Bretagne, où Profumo démissionnait, compromis par sa liaison avec une call-girl du KGB, un scandale affriolant, le cinéma perdait des spectateurs par millions, plus de mille morts gisaient sous les décombres du tremblement de terre de Skopje, et la Yougoslavie titiste devenait République fédérale socialiste, *Je suis un Berlinois*, déclarait John Kennedy devant une foule en délire. Le gang de Reynolds attaquait le train postal Glasgow-Londres, deux millions et demi de livres sterling, trente-cinq millions d'euros d'aujourd'hui, le casse du siècle, disait-on, oubliant les scandales financiers du même siècle, la crise de 1929 et les milliards que pompaient les oléoducs partout où perlait une goutte de pétrole, un casse planétaire. Les spoutniks clignotaient au ciel des nuits d'été, Francis Poulenc, Georges Braque mouraient, Edith Piaf et son ami Jean Cocteau. Le président des Etats-Unis était assassiné d'une balle dans la tête à Dallas. Dans la forêt de Rambouillet, le député UNR Guillemot s'en tirait une sous l'oreille droite, très déprimé à la suite de décès familiaux rapprochés, tragique succession de deuils comme en réserve la fatalité, devant quoi l'esprit le mieux trempé se désiste.

Cependant, après avoir fait grand bruit, cette disparition aussi spectaculaire que choquante avait assez vite laissé place à une actualité plus urgente, Tschombé réprimait son opposition avec l'aide de la CIA et des Belges, les Beatles hystérisaient les foules, la Tunisie nationalisait les propriétés des colons, et la France fixait avec l'Algérie un quota de main-d'œuvre en fonction du marché de l'emploi. *Les Parapluies de Cherbourg*, le film "en chanté", enchantaient la critique, charmaient les spectateurs, moins que *Le Gendarme de Saint-Tropez*, grand succès populaire, Tabarly remportait la Transatlantique en solitaire et la CFDT naissait de sa scission avec la CFTC… Martin Luther King recevait le prix Nobel de la paix, Yasser Arafat et Abou Jihad cherchaient de l'aide à Alger, Brejnev succédait à Khrouchtchev, Malraux inaugurait la fondation Maeght à Saint-Paul-de-Vence. Il prononçait son mémorable discours pour le transfert des cendres de Jean Moulin au Panthéon, retenant ses feuillets contre le vent de bise, "Peuple de la nuit… peuple d'ombres… Ceux qui sont morts dans les caves sans avoir parlé, comme toi ; et même, ce qui est peut-être plus atroce, en ayant parlé… Ecoute, aujourd'hui, jeunesse de France, ce qui fut pour nous le Chant du Malheur. C'est la marche funèbre des cendres que voici. A côté de celles de Carnot, avec les soldats de l'an II, de celles de Victor Hugo avec *Les Misérables*, de celles de Jaurès veillées par la Justice, qu'elles reposent avec leur long cortège d'ombres défigurées. Aujourd'hui, jeunesse, puisses-tu penser à cet homme comme tu aurais approché tes mains de sa pauvre face informe du dernier jour, de ses lèvres qui n'avaient pas parlé ; ce jour-là, elle était le visage de la France…" Qu'aurait pensé Melville de cet hommage, lui qui avait fréquenté de près l'héroïsme, sa misère, son leurre et ses remords. Le ministre donnait la chair de poule, son extraordinaire chevrotement et son incantation pathétique, démodés, surgis d'un temps révolu où l'envolée rhétorique et l'art oratoire exigeaient de ces voix d'acteurs visionnaires ; qu'en aurait pensé Louis Personne ? Melville était mort, et Louis courait sur la trace de Sacha tandis qu'au Mozambique l'aviation portugaise larguait par avion des tracts contre le Frelimo, Nelson Mandela était condamné à la détention à perpétuité. Castelo instaurait la dictature militaire au Brésil…

En ce temps-là, Viviane avait accouché, un 11 avril, d'une petite Julie, de qui Christine était la marraine laïque et par correspondance : elle n'était pas assez riche pour se rendre en Egypte, toujours selon son principe d'ignorer les subsides maternels, mais Alex lui envoyait des photos de sa filleule. Il faisait les allers et retours entre ses fouilles, dans le désert du Sud, et leur maison du Caire, une vieille demeure du quartier copte, près de l'église suspendue de la Muallaqa consacrée à la Vierge Marie. Ils étaient loin du ballottage qu'infligeait François Mitterrand à de Gaulle, des hippies massés devant le Pentagone contre les bombes et les exfoliants des B-52, largués sur le Viêtnam du Nord, des millions de jeunes fanatiques chinois acclamant les gardes rouges sur les places publiques ; ils ne voulaient surtout pas entendre parler des retombées très pénibles de l'affaire Guillemot, Alex avait enlevé Viviane. Un rapt radical loin des déballages sordides, sauve qui peut la vie. Le tapage qui entourait la mort de son père, enquêtes, polémiques et calomnies, outre la secousse des décès révélés en vrac par la presse, juste comme Alex rentrait du Somerset, il y avait de quoi tomber fusillée, ou prendre la poudre d'escampette. Hébétée, moins qu'on n'aurait pu le craindre, mais quand même assommée d'apprendre les épisodes et péripéties mortelles affectant sa famille, que sa réclusion chez Alex lui avait évités, dont celle-ci l'avait protégée, et, peut-être bien, purement et simplement, *sauvée*, disait l'inspecteur Verlaine, une providence, un miracle que cette claustration volontaire, que vous serait-il arrivé, dans votre état, nous ne voulons même pas y penser… Il avait fait en sorte de faciliter leur retour à Londres derechef.

— Laissez-moi quand même une adresse, il est plus que probable que j'aurai besoin de vous joindre, le juge aussi ; nous n'en sommes pas sortis, hélas…

Ce qui était un excellent pronostic. Tous les services connaissent ces enquêtes filandreuses qui s'enlisent avec le temps, au fil des mois les pistes une à une abandonnées, les vices qui annulent une procédure, tout à reprendre de zéro, six mois de plus de perdus, des prélèvements sous scellés malencontreusement perdus, des dossiers, des courriers qui s'égarent, c'était mal parti, de toute façon. La poisse, de bout en bout. *Etant donné 1) la chute d'eau 2) le gaz d'éclairage*, gémissait Verlaine, étant donné le député et ses mille motifs, disons trois ou quatre, de taille, de s'attirer telles représailles, on n'était pas près d'en voir le bout, même par la lorgnette du trou de la porte duchampienne. Derrière sa porte, on a l'air d'un con, à tenter d'y voir quelque chose dans cette scène du crime invraisemblable. Pris un à un, tout bien considéré, aucun des motifs ne suffisait. Seul un Atrée, ou alors un dément, ce qui revient au même, peut concevoir telle hécatombe. Car Verlaine ne lâchait pas son idée fixe : toutes ces morts se tenaient. Ne manquait que la cheville.

Des années plus tard, il exposait encore son hypothèse au premier venu, monomaniaque, obsessif ; pour un peu, on lui aurait présenté ses condoléances. La plus à plaindre, dans l'immédiat, était quand même cette petite jeune femme, littéralement survivante de la vivisection familiale, comment appeler autrement la situation où vous vous retrouvez, bras et jambes tranchés, parentèle et fratrie décimée, sans comprendre quelle tronçonneuse vous a débité le corps, mental et sentimental, le pourquoi ni le comment de meurtres et suicides aussi abominables, il fallait à cette personne une assistance, les secours de haute montagne, la Croix-Rouge internationale. Il lui fallait du calme, du repos, la philosophie transcendantale, des vitamines, un psychanalyste, estimait le juge Rochelle ; son Code pénal ne prévoyait pas ce cas de figure extrême. Ce qu'il ne prévoyait pas, c'est que Viviane portait le saint sacrement, un événement cosmique abdominal, un bouclier nucléaire. Mains croisées sur son ventre, elle avait consenti dans la minute à ce que décidait Alex : mettre la Manche d'abord, puis la Méditerranée entre elle et ces horreurs, un sas de trois mille kilomètres, une mission de salubrité publique ; celle de l'IFAO tombait à point nommé. Aussi le soutien de Christine, d'Antoine, de William, de toute la famille, ce qui lui en restait, réunie à Kinvara, avec l'oncle étique d'Uruguay et même Gabrielle, sa grand-tante inconnue d'Amérique, avec sa cousine actrice pourvoyeuse de patchworks folkloriques, escortée de son nouveau *boyfriend* ; février en Irlande est une saison bénie pour les convalescences, l'air frais, l'iode et les mouettes.

Ensuite, c'était le printemps au Moyen-Orient. Au Caire, ils ne lisaient pas la presse, n'avaient pas de radio, de télévision non plus, d'ailleurs les antennes étaient rares dans le quartier. Viviane vivait au ras du sol. Allongée sur de fabuleux kilims, calée dans les coussins multicolores, elle allaitait, langeait le bébé Julie, babillait, bêtifiait. Accroupie avec la bonne sur le carreau de la cuisine, elle cuisinait des falafels, des sambousseks, des galettes au thym et au lait caillé, devenue experte en cheveux d'ange, toutes les sortes de riz et d'épices, leur saveur, leurs légendes et propriétés ; elle lisait *A la recherche du temps perdu*. Le sien l'était tellement que cet ouvrage tombait à pic, la bibliothèque d'Alex était décidément faite pour elle. Elle se teignait les cheveux au henné et allait au hammam tandis que les essais nucléaires se multipliaient sur les atolls de Mururoa et de Fangataufa, que circulaient des photos de squelettes d'enfants biafrais aux yeux immenses, aux ventres ballonnés, celles de Che Guevara couché en Christ de Mantegna dans une école du hameau de La Higuera, Bolivie ; bientôt transformé sur tous les posters et tee-shirts en effigie industrielle. La Carte bleue commençait de circuler et la loi Neuvirth autorisait les contraceptifs oraux, il était temps : les étudiants du 22 mars occupaient l'université de Nanterre et Dany le Rouge, hilare, jouait à chat et souris avec les CRS.

En mai 1968, Antoine et Christine ne lançaient pas de pavés contre les CRS, ils n'occupaient pas le théâtre de l'Odéon avec les Katangais, ils étaient à New York pour l'enterrement de Gabrielle Galay. Ils avaient accouru auprès de Camille qui, depuis un an, soignait sa mère dans sa maison de Brooklyn et assurait par intérim la gestion de ses écoles de secrétariat international, mais ils arrivaient trop tard, la vieille femme s'était éteinte la veille dans sa chambre qui donnait sur le jardin, dont elle avait jusqu'au dernier instant contemplé la floraison de roses trémières et de volubilis, en cette saison épanouis de toute leur jeune vigueur, elle n'avait pas souffert, disait Camille, pas souffert. Aucune douleur, de toute sa longue maladie, qu'on ne diagnostiquait pas bien, en dépit des analyses et des examens menés par les sommités, à qui le seul nom de son mari, le grand immunologiste Pierre Galay, inspirait le respect, ils étaient pourtant d'une autre génération. Ils ne l'avaient pas connu, que de réputation, ni elle qui vivait retirée dans ses hauts de Brooklyn, c'était un nom, seulement un nom. Celui d'un savant qui avait eu le prix Nobel par procuration, et celui d'un réseau d'écoles de prestige. Ils avaient conclu à une anémie leucémique, qui n'en avait pourtant pas les symptômes, elle s'était éteinte de lassitude, d'épuisement naturel, exténuée d'avoir à vivre encore, d'avoir si longtemps survécu à son seul amour, survécu aux horreurs et aux bonheurs, qui se confondent avec le temps. Peut-être la disparition de sa grande amie Dora Gombrowicz avait-elle été cette déchirure par laquelle un tissu très usé achève de se défaire et rompre. Entre chaîne et trame que la vie a tissées, les fibres ne tiennent que tant qu'aucune main n'en soulève le voile illusoire. Tel le linge des saints enchâssés des églises, en ses plis reposés, il se délitait, un courant d'air avait suffi à en disperser la texture, déjà poussière, cendre, elle pesait si peu qu'on eût dit une enfant.

— Dora est morte il y a un an, jour pour jour, savez-vous ? Elle n'a pas survécu à la perte du dernier témoin de sa jeunesse, sa compagne des bons et mauvais jours, des drames, des passions. Dora était détentrice de tout ce que nous ignorerons d'elle, qui n'est qu'une partie de son secret, qui n'est qu'une infime trace du mystère d'un être, elle a été ma mère, disait Camille.

Pour une fois que celle-ci se livrait, Christine était tout ouïe, mais telle oraison ne s'interrompt pas de questions, elle demande seulement les bras pour recueillir la peine et cette fois Camille était dans les siens, ainsi qu'elle avait voulu la tenir un soir rue Buffon, une toute petite fille effrayée d'abandon, et si tard que viennent les aveux, si brefs soient-ils, dans leur concision ils éclairent parfois mieux que les longs récits.

— Elle m'a adoptée pour sa fille quand rien ne l'y destinait, sinon par la très étrange fatalité d'avoir aimé un jeune aventurier son cousin, que mon père a aimé, ou l'a cru, assez aimé pour se chercher en lui et porter son fardeau, tourmenté d'avoir croisé sa route en Orient et de n'avoir su le sauver de ses démons. A cause d'Endre Luckácz, qui n'est pas mon père, que je ne reconnais pas pour tel, fût-il mon géniteur accidentel, elle a aimé Pierre Galay à la folie, au point d'aller le chercher parmi les morts dans son tombeau des tranchées et de le sommer de se survivre, obéissant ainsi au signe d'une broche donnée qui la désignait pour être une Orphée moderne. Elle était de ces femmes qui ne se retournent pas, elles, non. Qui avancent avec droiture et générosité, résolues à dicter leurs raisons au bonheur, cela semble si peu en regard des forces anéantissantes du mal, c'est le pouvoir absolu de l'amour. Mon frère ne viendra pas.

Théo est trop inquiet, trop traqué par les bruits qui l'environnent et l'assiègent, sur le point, prétend-il, de trouver le moyen de ne plus les entendre, rien du monde matériel qui obture son oreille, détruit ses facultés sensorielles, érode ses neurones. Il est sur le point de distinguer enfin le sens de ce qu'il cherche, il n'a pas le temps de venir ensevelir sa mère. Je ne lui en veux pas, il est plus près d'elle dans la sphère surnaturelle où il évolue que s'il entreprenait le voyage. Je suis convaincue que son esprit accède à des communications paraphysiques, non que j'y prête foi, mais lui oui, et que savons-nous des facultés humaines, du psychisme et du cerveau ?... Je suis allée chaque année marcher dans le grand froid des Rocky Mountains, en raquettes dans la neige comme un chasseur du Grand Nord, que je n'étais pas, mais Simon Lewenthal l'avait été dans les livres de son enfance : il m'en a tant de fois décrit la bise des plaines glacées, les chiens de traîneau et les bivouacs autour du feu, le givre à ses cils, que dans l'immensité blanche et le silence j'entendais comme lui errer les loups, les ours et les élans, nulle part ailleurs au monde je ne pouvais être davantage en pensée avec lui, aussi proche de son âme, qu'en éprouvant son rêve et y communiant, il ne l'a jamais réalisé de son vivant, pourtant il habitait son esprit, donnait à sa vie un sens qu'il n'a peut-être qu'entrevu. Accomplir pour les morts ce qu'ils ont laissé derrière eux de désirs inassouvis, déçus de n'y être parvenus tant qu'il était temps, les réconcilie avec leur inachèvement, les Indiens savent mieux que nous vivre avec les disparus dont l'absence peuple le monde, ils les savent dans les pierres, les herbes et le vent, les plumes de l'oiseau tressées à la perle, la cordelette de cuir nouée, ils parlent la langue morte que nous apprendrons quand nous serons de leur côté, ils nous la font entendre. Ainsi crois-je que Théo n'a pas besoin de venir à New York, mon frère rencontrera sa mère dans des endroits que nous n'imaginons pas, peut-être est-il plus près d'elle que nous dans la lande de Kinvara, parmi les bruyères qu'elle aimait tant.

Disait Camille, tout en rangeant les papiers de Gabrielle. Mais ce n'était pas grand travail, celle-ci laissait tout en ordre des pièces administratives de sa grande institution scolaire, de ses factures, impôts, ses titres de propriété, dépôts bancaires et assurances, succession réglée d'avance. Ses papiers personnels, albums, correspondances, souvenirs, étaient rangés selon la même discipline, elle avait de longtemps organisé sa mort, et sans doute fait disparaître, brûlé, ce qu'elle ne voulait oublier derrière elle. Ainsi avait-elle noté dans un petit carnet les objets qu'elle destinait aux uns et aux autres de ses amis et de sa famille. A son fils Théo, un vieux ticket d'entrée au musée de Cluny, tout fané, où était imprimée une reproduction de *La Dame à la licorne*, la tapisserie devant laquelle il avait eu l'éblouissement de son enfance, s'était posée à lui l'insoluble question de l'*entendement*... A son petit-fils William, une lettre autographe de Saint-Saëns, trois lignes du maître sur la musique qui donne accès aux anges, et à sa nièce Carson, une lanterne magique, que lui avait offerte Daniel à son arrivée à New York. A sa fille Camille, qui ne voulait plus jamais prendre de photos, elle donnait un appareil, le vieux *folding* d'autrefois au soufflet de cuir brûlé, avec lequel avaient été prises, en juillet 1914, les dernières photos du bonheur au Mesnil, parmi celles-ci l'une où elle tenait, entre ses doigts de petite fille en robe d'été, le lobe de l'oreille de Simon Lewenthal... A Christine, sa broche. Son camée d'opale, délicieux bijou ancien où Orphée avec sa lyre dort dans la pierre irisée sertie de petits diamants, il vient de si loin, de marraines en marraines. A Etienne Louvain, elle destinait, dans son écrin de vieux velours, un autre bijou, un pendentif de Lalique, nacre et turquoise, où des nudités mutines s'entrelaçaient d'abeilles et de libellules, très démodé, très modern style, un cadeau inapproprié à sa prestance et sa virilité, mais c'était celui de son père à Dora, qu'elle n'avait ôté de son cou depuis la mort de son amant, par lequel celui-ci lui faisait promesse de son amour. Sans la tenir, traître qu'il était, pleurait-elle en baisant son collier, il m'a préféré la grippe espagnole pour maîtresse, ce lâche, ce renégat. Mais le fils du commissaire Louvain n'hériterait pas ce bijou, Camille le garderait en souvenir de lui car Meaulnes, mon Lange, colonel Melville avait préféré, traître, renégat, s'abîmer dans la Manche, entre Galway et Cherbourg son avion avait piqué dans la mer, un accident que ni sa maîtrise de pilote chevronné, ni l'état de son Cessna 172, parfaitement entretenu, ne pouvait laisser prévoir. Son moteur Continental 145 CV avait été contrôlé au Bourget, huit jours plus tôt, Camille se souvenait encore du technicien lui remettant le rapport de révision avant qu'ils ne décollent, et il avait tant insisté pour qu'elle ne rentre pas avec lui, qu'elle reste encore quelques jours à Kinvara avec sa mère qui repartirait bientôt à New York, qu'elle prolonge son petit séjour avec Gabrielle, avec son cousin Lucien, Théo et Mildred, avec les enfants :

— Les enfants, je vous confie Camille, disait-il avec son air détaché de pince-sans-rire.

Autant qu'ils étaient, ils n'étaient plus des enfants, Christine l'aurait battu de se moquer ainsi. Elle se serait battue ensuite de n'avoir entendu cette recommandation à laquelle il mettait une trop grande légèreté, lui toujours si grave, fatigué qu'il semblait, un peu pâle de leurs longues soirées et promenades ; ces maudites pilules dans leur perfide flacon ne le quittaient pas. Ce n'était pas du cœur que souffrait Melville, son cher cœur tant malmené, mais d'une maladie dont on évite de prononcer le nom désagréable, on pense tumeur, adénome, métastase, et l'on a raison, cela ne s'évacue ni ne se soigne, cela gagne de biais, transversalement, en lésant gravement les tissus sans distinction d'organe, on en meurt lentement sur un lit d'hôpital, ce qui ne ressemblait pas du tout à Melville. Il était un homme pressé, un homme qui savait prendre les rendez-vous les plus difficiles et rencontrer des interlocuteurs redoutables, leur tenir tête et les circonvenir en dépit du danger, il n'avait pas peur de grand-chose ; il avait toujours eu peur, un crabe dans le ventre. Au bout de la piste d'envol, il avait vu disparaître dans la nuit des jeunes gens d'élite à qui le présent ne convenait pas, ils n'en reviendraient pas, ou alors cette fois mais pas la prochaine, c'était lui qui les envoyait, le sachant, et il ne s'était jamais pardonné d'avoir fait d'eux des héros, de ceux qu'incantait, chevrotait, le ministre Malraux, pas plus qu'il ne s'était pardonné d'avoir embrassé son ami Gilles au clair de lune et de l'avoir laissé se pendre, parce que de jeunes ayatollahs de la morale victorienne y avaient trouvé à redire ; il avait beau dissimuler sa cicatrice sous sa moustache de Clark Gable, il en avait la cuisson à la lèvre pour le restant de ses jours. De tout cela, personne ne se doutait quand il était monté dans la voiture avec William, qui le reconduisait, seul, comme il l'avait souhaité, à l'aérodrome de Galway, sa main à la portière disait au revoir, au revoir ! Elle disait adieu. Qui fait la différence, surtout quand celui qui l'agite a l'élégance, la grâce et le courage de ne pas faire lui-même la distinction…

Lui aussi laissait derrière lui les choses en ordre, il en avait pris le temps, ces dernières semaines. Comme il en avait l'intention, il s'était rendu à Digne, une dernière fois s'asseoir, dans la maison rose de sa grand-mère, sur les premières marches de son escalier, porte ouverte sur l'allée de platanes que dénudait l'hiver, dans la stridente lumière de haute Provence discerné les lignes que, de son crayon rapide, il avait tant cherché à saisir sans y parvenir. Peut-être aurait-il été peintre dans une autre vie, lui qui, adolescent et contre l'avis de son père, avait suivi les cours de Lhote, meilleur pédagogue qu'artiste, prétendait-il, pince-sans-rire toujours ; son ami Hawthorne gardait une de ses esquisses à main levée. C'étaient leurs jambes de jeunes gens, nonchalamment assis sur un banc des allées de la promenade à Genève, devant le palais Wilson où ils s'étaient connus, en 1933. Le raccourci audacieux les coupait aux genoux, quatre bas de pantalon à revers et quatre chaussures croisées de gentlemen, suède et toile, impeccables. Une mouette s'était soudain posée près d'eux, Etienne avait aussitôt croqué sa silhouette dans un coin de sa page, Hawthorne s'en souvenait. Par la grâce de son dessin, disait-il à Camille, cette mouette, captée dans le mouvement où elle se posait à côté de leurs pieds, ses ailes à peine refermées et ses pattes tendues, lui évoquait mieux qu'aucune photo le souvenir de cet instant, les sensations et pensées fugaces, que disperse la vie, de tout ce qui était advenu ce jour-là, les débats à la SDN où Goebbels prenait la parole comme la chaleur caniculaire sur le lac, leur amitié naissante, et sa première rencontre avec Julia Brighten… Le jeune homme avait arraché la page de son carnet et la lui avait négligemment donnée. Son carnet de croquis ne le quittait pas, pour quoi l'avait attiré ce jeune attaché singulier, déclaré stagiaire, mais qui menait déjà de dangereuses opérations ; l'exécution sauvage, dans l'Alpe, avait mis bien du monde dans l'embarras tandis que lui, sur le conseil d'Etienne, découvrait les sublimes petits paysages de Lorenzetti, à Sienne, et prenait des coups de soleil sur le lac Trasimène… Hawthorme avait couru au-devant de Camille, il s'était précipité à Kinvara dès qu'annoncé l'accident et l'avait ramenée à Londres où il était au plus près des informations, car de la France et de la Grande-Bretagne, ignorant dans quelle zone s'était abîmé son Cessna, tout contact perdu dès son décollage, on ne savait sous quelle autorité conduire les recherches, qui avaient duré plusieurs jours, avant qu'un bateau de pêche ne repère les débris de l'épave, au large de Roscoff…

Melville avait pris toutes dispositions avant de tirer sa révérence. Rue Stendhal, plus rien ne traînait dans son bureau de ses dossiers peau de chamois. Si quelqu'un avait pu les y voir, il n'en aurait pas juré tant c'était place nette. Sauf Gobelin, qui savait où ils étaient, désormais ? Il fallait comme lui, un vieux de la vieille, connaître certain escalier dérobé, son colimaçon plein de fientes de chauves-souris et, cadenassée derrière une porte aux serrures médiévales, la cave où dorment les barriques d'*amontillado*, tout près des enfers qui les gardent, à température constante. C'est un bon endroit pour enfouir la mémoire, et si Gobelin a un accident, un de ces jours, un accident est vite arrivé, foutre Dieu, à supposer que quelqu'un s'intrigue de la clé, parmi toutes celles de son trousseau, et trouve la serrure qui va avec, déjà un sacré foutu tour de force, il y a peu de chances qu'il mette au jour le système de son purgatoire, ses cotes, ses index, ses annexes et ses combinaisons croisées à trois chiffres et cinq lettres ; même les cloportes, tout familiers qu'ils sont des obscurités, s'y casseraient le nez…

Pour avoir mis le sien, sans qu'il soit besoin de trop l'y avancer, dans les documents que Melville avait extraits de cette cave, dans les photos qu'Abigael avait prises de ceux du coffre du député, il en avait senti ses narines tapissées de la familière odeur nauséabonde qui empestait son bureau sous les combles, du temps où il faisait le tri des sacs d'archives, lancés comme poubelles sur le pavé, c'était bien le cas ; pour l'avoir écouté en ces moments où l'on pense tout haut, devant un collègue comme s'il l'on était seul, Gobelin ne disait pas *devant un ami* – même si Melville l'avait honoré une fois de ce nom, mais cela avait pu déborder sa pensée, avec la petite Lewenthal qui débarquait, un vrai courant d'air ; pour connaître les tenants et aboutissants de son dossier de chamois, il était bien un des seuls à faire le rapprochement avec le suicide du député dans la forêt de Rambouillet. Il ne serait pas allé en souffler l'idée à la criminelle, aux services des étages, il n'aurait pas pris l'initiative de rendre public ce que Melville avait jugé bon d'enterrer avant son plongeon, mais, vu comme l'enquête s'égarait, s'étouffait sous les pressions politiques et les commentaires oiseux de la presse, malgré quelques articles flamboyants, à l'époque, signés d'un certain Léclair, *alias* Bernard Fricot, un coriace ; vu que le journalisme d'investigation avait les pattes bien entravées et que l'ORTF était muselée, vu qu'on était déjà en 1967 et que le couvercle était tombé là-dessus, il n'allait pas s'escrimer à rallumer une mèche mouillée. L'eau continuait de couler sous les ponts de la Seine, les pigeons de fienter sur le bord de son toit, d'ailleurs Israël occupait la bande de Gaza, annexait Jérusalem-Est à l'Etat hébreu. Le *Torre Canyon* s'échouait en Cornouailles, les colonels prenaient le pouvoir en Grèce, les chars du pacte de Varsovie mettaient fin au Printemps de Prague, Ian Palach s'immolait par le feu, place Wenceslas, pour protester contre l'occupation soviétique ; on avait les yeux ailleurs.

Mais, même à l'époque, quand c'était encore d'actualité, il ne se serait pas permis de s'en ouvrir à la seule personne que cela regardait, à titre privé. Il n'avait jamais rencontré Mme Lewenthal, sauf une fois, et il ne l'avait d'ailleurs pas approchée, c'était lors de la cérémonie en souvenir d'Etienne Louvain, colonel Melville, où il s'était rendu, se tenant bien à l'écart, en costume propre, sans une *vougnette* sur sa cravate noire. Il n'était pas en service commandé, cette fois. Ou alors du propre chef de sa propre conscience, et de celle de cet homme. Le petit cimetière de Charonne ne connaissait pas la foule du jour où l'on enterrait les deux fils du ministre, de qui les tombes voisines luisaient, le gel glaçait la terre, les murs, les pavés, cré Dieu, qu'il faisait froid, ce jour-là, mars 1964. Ni fleurs, ni couronnes, juste un petit groupe d'intimes, comme l'on dit, si Louvain avait pu être l'intime de qui que ce soit. Excepté de la dame qui avait admis qu'avec lui elle serait moins seule, de qui le mari lui avait inspiré de réparer l'irréparable, à cette mission suicidaire on épuise une vie, et elle l'aimait plus qu'il ne le disait, pour porter sur elle si digne et déchirant chagrin, tenant enlacée la petite demoiselle coiffée en garçon, si éperdue de larmes que c'en était un crève-cœur, mais mettait à celui de Gobelin le baume de la tristesse partagée. Il y avait aussi l'asperge enrhumée qui claironnait le repassage de son linge comme un message codé, quelques jeunes gens navrés, un escogriffe à tête d'Indien uruguayen malcommode et ce monsieur, de qui Gobelin s'était fait dire qu'il était le grand patron des usines B&G, beau-fils de Mme Lewenthal, le fils de son mari déporté. Il y avait la grande amie d'Etienne Louvain, la libraire de la rue Notre-Dame-des-Champs, que soutenait un sombre sire, une tête connue, l'acteur de théâtre. Cela faisait peu de monde. Sur un coussin, étaient accrochées les décorations de Melville, elles devaient sortir neuves de leur écrin. Lui qui ne les avait jamais portées, qui abhorrait ces colifichets, il aurait été très fâché de les voir exposées. Mais là où il était, que lui importait, baignant entre deux eaux des grandes profondeurs bleues et vertes, endormi dans quelque ventre de baleine, parti en vol plané définitif parmi les myriades d'étoiles argentées, ses sœurs sous-marines, à la poursuite d'un banc de sardines scintillant comme une Voie lactée, ces croix et ces rubans étaient tout ce qui restait de lui ; à tout prendre, ils avaient un sens. Pour certaines personnes, ils en prenaient un, que d'autres arboraient à la boutonnière en imposteurs, à commencer par le préfet Papon, qui s'était abstenu de se présenter, même de se faire représenter, sur l'instance de Mme Lewenthal et de sa famille, un peu de décence. Melville n'avait même pas une tombe à lui, une petite résidence où les vivants peuvent vous rendre visite ; juste une plaque de pierre dans le mur, entre deux hampes de lierre, une plante à feuillage persistant ; les lettres gravées ne tarderont pas à s'estomper sous l'érosion naturelle, les années passent, on ne peut mieux s'effacer, la Gomme devait apprécier.

Melville avait laissé les choses en ordre. Il était allé à Zurich. Avec Camille, il avait fait le voyage pour lequel Magda avait trahi, pour lequel elle avait pris le grand risque de ressusciter aux yeux de son amie ; dans ces décombres de la guinguette, impasse La Robelloise se présenter, tel un spectre surgi debout du passé d'où elle n'aurait jamais dû revenir. L'on n'inverse pas impunément le temps et l'histoire, la révision du passé ébranle jusqu'aux fondations le fragile édifice de l'existence, qu'on a eu tant de mal à faire tenir debout, à feindre de le croire, et si du camp de Kaunas Simon avait survécu quelques semaines, quelques mois, une année ou deux – que ces années semblent cruelles, à les revisiter –, s'il était tombé de l'horreur concentrationnaire à la sordide séquestration d'un soi-disant sauveur, retenu par son ignoble calcul, *seulement* retenu, à cause de son état, pauvre face défigurée, son retour suspendu à la merci de celui-ci qui, au prétexte de ses soins, prenait le temps d'obtenir paiement de ce qui ne se marchande en aucun Etat de droit, prenait le temps que Simon Lewenthal n'avait pas ; si ce scélérat, un médecin pourtant, profitant du désordre de cette époque où tombaient les frontières, s'en dressaient d'autres, les puissances se disputant déjà leurs zones d'influence comme des chacals inassouvis ; si affranchi de toute morale, respect et pitié, de la plus élémentaire compassion, ou bien dévasté lui-même par ce qu'il venait de vivre, par les épreuves qu'il avait traversées, lui ou les siens, sait-on ce que les gens ont subi, ce qui les a corrompus, cet individu avait pu recueillir confidence d'un de ces moribonds exténués, trimballés à travers toute l'Europe en cendres, la lui extorquer, y prêter foi en dépit du ravage mental qui faisait délirer les survivants, leur faisait voir de mirifiques cités et festins, se vanter de fortunes imaginaires ou décrire les exactions atroces dont ils avaient été témoins et victimes, aussi incroyables les unes que les autres, ou crédibles au même titre, c'est que la sauvagerie pervertit et dégrade en bassesse fraternité et bonté, convertit en monstre ordinaire le plus banal des hommes, le déprave et le dénature quand ne brûle en lui croyance en son humanité ; Magda avait cru devoir en porter la nouvelle. Et si Camille se répétait ses paroles pressées que, dans la terreur, elle avait refusé d'entendre, comprendre, les réfutant d'abord, toutes, dans le hérissement de sa colère, l'extraordinaire commotion de tenir entre ses bras l'amie chérie, l'amie perdue, réincarnée dans l'instant et sitôt confisquée, retournant au tombeau d'où elle n'était sortie que pour s'y abîmer de nouveau ;

si elle tentait, en vain, de se les remémorer exactement, exaspérée de n'en avoir retenu que des bribes, incandescents éclats de voix, vocables affreux, dominait plus que tout le remords, l'affolant repentir de n'avoir su la retenir, l'emporter, la sauver, de s'accrocher à elle comme à la main du cadavre qui, sous la dalle, se tend, et la tirer à elle, elle le devait. L'arracher à la mort, elle y avait échoué, une deuxième fois. Elle n'en avait pas eu le temps, pas eu le sursaut, la rage, ou le courage, il fallait fuir, Melville le disait. Que disait-il ? Qui venait, dans cette obscurité ? Contre qui fallait-il une arme ? Ou bien ce n'était que prétexte pour précipiter leur séparation, mettre fin à cette entrevue qu'il avait voulue, peut-être préparée, appelée de ses vœux pour la convaincre de l'entendre, d'aller enfin avec lui à Zurich, maintenant qu'elle avait retrouvé la date, cette date chiffrée un jour d'automne ébloui, que Simon Lewenthal la conjurait de ne pas oublier. Melville mieux qu'elle avait compris le message porté par William, mieux qu'elle avait cru que, de RDA, venait un avertissement dont l'urgence lui dictait d'obtenir d'elle qu'elle se souvienne enfin, lise vraiment le dernier message de Simon, ses derniers mots de Drancy, qu'elle le lise, puisqu'elle seule pouvait le comprendre…

Le lendemain, toutes affaires cessantes, comme s'il ne voulait lui laisser le temps d'y réfléchir, de différer encore ou de se raviser, ils étaient partis à Zurich. En train, parce qu'il disait répugner à conduire sur les routes verglacées, sous la neige peut-être. Aujourd'hui, elle savait qu'il n'aurait pu affronter cette épreuve d'une longue route, qu'il n'avait tant pressé leur départ que parce que le temps comptait aussi pour lui, pauvre amour. Pauvre chéri, que de peine, de persévérance, que de ténacité il t'a fallu, de ruses et de mensonges armer ton courage pour me conduire où il fallait que j'aille, depuis si longtemps… Et quelle fidélité, meilleure que la mienne, à la mémoire d'un homme que tu connaissais si peu, seulement pour avoir une fois ligué avec lui ta volonté de me sauver, de nous sauver, déjà en ce temps-là te vouant à me tirer des serres d'un Grubensteiger pour qu'à Simon Lewenthal je revienne, que je sois sa femme, et l'aime. Sois-tu béni, mon Etienne, sans toi sa volonté dernière n'aurait pas été exaucée, perdu son vœu passionné que lui survive sa collection d'œuvres d'art, qui ne valait rien à ses yeux – à ceux de M. Patient –, sinon parce que la beauté peut, en certains moments de grâce, sauver les hommes d'eux-mêmes.

Elle ne l'a pas sauvé de lui-même, pas ouvert ses yeux intelligents sur la cruauté des temps qui s'annonçaient, si hautement convaincu qu'à lui, à sa femme et sa fille, rien ne pouvait arriver de mal tant qu'il veillait à leur sécurité, et bien que prévenu, bien qu'ayant vu son frère Alain préférer mourir plutôt que d'assumer la révélation, dès 1933, de l'irrationnelle et monstrueuse réalité de la barbarie qui montrait sa face aux yeux du monde, à tous elle offrait déjà son mufle obscène. Cette nuit-là, le professeur de philosophie choisissait d'enjamber sa fenêtre de l'avenue Daumesnil ; cette nuit-là, le tableau de Grosz, dans sa chaotique et grimaçante composition, le leur enseignait ; que n'avaient-ils cru en la sagacité de l'artiste pour dénoncer la démence des hommes… Malgré cela, parce que rien ne lui avait résisté dans son ascension professionnelle, sa conquête industrielle donnée partout en exemple, parce que, à l'exemple de Mme Mathilde qui avait été son mentor, son modèle, de sa poitrine d'airain abattant tous les obstacles avec quelle guerrière détermination, quel orgueil, de qui il était l'inspirateur et l'héritier, il ne pouvait reculer, concevoir un seul instant se démettre, s'admettre par avance le vaincu de cette force immonde, et peut-être, par-dessus tout, en ces confins inconscients où se parlent les hommes à eux-mêmes, parce que le rêve d'immensité blanche, dans le silence des plaines du Grand Nord, se promettait à lui comme horizon indépassé de son libre destin.

A Zurich, ils étaient descendus à l'hôtel Ambassador où Melville semblait un client connu. Aux signes discrets du personnel, cela se devine ; un bouquet d'edelweiss les attendait dans leur chambre, au dernier étage, qui donnait sur les toits enneigés, la nuit claire pleine de dures étoiles jetait sur la ville une clarté féerique, des pendeloques de glace tombaient des chéneaux devant leur fenêtre. Ils n'étaient pas redescendus pour dîner, avaient seulement commandé une collation de petits sandwichs et de vin blanc, auquel Melville n'avait pas touché, il avait pris une longue douche et n'était sorti de la salle de bains que pour s'étendre, il avait sommeil, *ces trains sont tuants*, prétendait-il.

— Nous étions plus résistants, et de fameux insomniaques dans le Vienne-Berlin… Si ce temps-là pouvait revenir, si nous pouvions récrire l'histoire… Ah ! Nous n'en écririons jamais une aussi belle, mon elfe ferroviaire…

Elle n'aimait pas qu'il plaisante de ce temps-là. De ce voyage où, avec Magda, elles avaient quitté Budapest comme des voleuses, qu'elles étaient, et traversé la moitié de l'Europe pour accomplir une mission aberrante, porter l'argent volé à des gens dont elles ignoraient tout, sauf qu'ils luttaient comme ils le pouvaient, assurément mal, mal préparés, mal armés contre ce qui déjà les vouait à l'échec, à la persécution et la mort, improbables conjurés d'une guerre qui commençait, dont ils ne mesuraient pas encore qu'elle les emporterait tous. Quelle folie les avait donc prises, sacrifiant István la petite ordure, l'enfant adorable et pervers des étés à Ottilia, quoi les avait précipitées dans cette aventure insensée ? Camille n'aimait pas s'en ressouvenir, non. Encore moins aujourd'hui que Magda avait ressurgi, méconnaissable, si dissemblable de la jeune fille d'alors, robuste et gaie, de qui elle enviait la beauté et la grâce, de qui la vitalité et la résolution combative lui faisaient honte, sa passion intellectuelle, sa foi en la liberté, en l'émancipation des femmes et des opprimés ; qu'elle suivait à ses meetings en néophyte, dans tous les salons de thé et les arrière-cours de quartiers populaires où elle portait la bonne parole… Par quelle infortune, quelles terribles épreuves Magda était-elle devenue cette femme maigre et bancale, au corps estropié, à la face creusée d'une laideur qui ne devait rien à l'âge, effrayante contrefaçon d'elle-même comme en renvoient l'image les miroirs déformants. Plus que de sa mauvaise santé, de sa peau défraîchie, c'était l'altération d'un ravage intérieur, la laideur, l'amertume, la détestation exaspérée de soi, la veule abdication devant ce qui fait plier vertu et volonté, une femme comme elle ! Camille ne l'avait pas reconnue, elle hésitait encore à se persuader que cette femme déchue était bien sa Magda d'autrefois, la petite fille charmante, envoûtante, apparue entre deux cabines de bain du Lido, en quoi grimace le destin, en quoi s'atrophie et se défigure l'illumination des enfances.

Echouée sans transition dans cette ville, cet hôtel étrangers, dans cette chambre au standard international, le dépaysement avait pour effet de truquer sa notion du temps, de tromper ses sens, et si la nuit ni le voyage en train n'avaient effacé le souvenir de cette soirée, celui-ci n'avait pas encore trouvé sa stabilité, s'apparentant aux frayeurs imaginaires qui obsèdent veille et sommeil ; il lui fallait consulter la cuisson de la griffure à son cou pour s'assurer que cela avait bien eu lieu. Davantage encore Christine, s'éjectant de la voiture à brûle-pourpoint, la désemparait. Qui était cette personne d'une familière étrangeté, non plus son enfant mais une femme penchée à la portière, fuyant vers le métro, libre d'eux, prisonniers de l'habitacle, livrés à leur détresse. Les congédiant de la sorte ! C'était une impression que quelque chose finissait ou commençait d'une histoire et, de ce quittement brutal, sa tristesse n'avait pour équivalent que les mots jetés par la vitre baissée, dont la teneur ne lui était pas encore vraiment parvenue, *je l'aime et il m'aime*… Quelle puérile déclaration ! Elle aurait dû émouvoir, ravir par sa fraîcheur, sa ferveur juvénile ; pourtant menaçante, comme si la jeune fille vengeait l'épreuve cruelle que sa mère, et Melville, venait de lui infliger, en toute inconscience. Egoïsme, lâcheté. Exclusivement occupés à leur dessein, obsédés par le passé qui ne passe pas, sans cesse se représente, et réclame. Qu'en ont à faire les enfants et quand Christine a-t-elle cessé de l'être ? Hier, dix-huit ans, elle ne l'était déjà plus, mais à sept, mues secrètes, métamorphoses subites, en une saison s'étirent les membres, s'affinent les traits, quand a-t-elle eu dix ans ? Vainement, Camille tentait de rassembler en un les souvenirs épars de sa fille, dont l'impossible addition offre une figure composite, étirée, rétrécie, d'une élasticité illusoire que dément la réalité mystérieuse de sa personne actuelle, résultant de l'adolescente ingrate, hostile, quinze ans ? Douze, en socquettes blanches dans le parloir d'un internat, dans une allée du jardin de Mildred ; toute petite, à Choisy, deux ans, blottie sur les genoux de Lemoine, et dans son landau, bébé emmailloté, endormi au sein, perle de lait à la lèvre, mon bébé, notre miraculeux bébé de 1942 ! Suffocant, cet insupportable rappel rompt les genoux, dévaste et révolte. Ce n'est pas de souvenirs et de remords qu'il faut vivre, c'est à présent, tout de suite, qu'il faut être avec elle, où es-tu, chérie ? Christine, où es-tu ? Cette question est hors sujet. Elle n'a pas à se poser ici, dans cette chambre d'hôtel où elle abat toutes forces, déjà précaires, menace l'effort insensé qu'il faut faire, à présent, pour achever le long, lent et tortueux voyage qui conduit à Zurich. Au retour, elle parlera à Christine. Elle écoutera. Pour une fois l'écoutera, au lieu de dicter, ordonner, au lieu de prendre à sa place les décisions. Elle a tant à apprendre de qui elle est, veut, espère, rêve… Trop tard, le temps perdu ne se rattrape plus. Il n'est pas trop tard. Dès son retour… Dès demain.

Demain ! Ah, ce mot terrible ! Ce dernier nom duquel se baptise Simon, dont la prescription l'accable depuis qu'elle en a discerné le sens caché de son dernier message… Demain désigne le matin qui suivra la nuit séparant du prochain jour, celui-là comprenant avec lui tous les matins sans cesse attendus et différés, proches ou lointains, un temps invécu d'avenir qui se promet en reconduction de lendemains, qui ne seront en rien de l'espèce de l'aujourd'hui ou de l'hier, en rien semblables et pourtant réitérés en leur incomparable nouveauté. *Demain* est si près de maintenant, y touchant, à la fois un bientôt et un plus tard, un gage qu'il trace de son doigt dans le sable mouvant de la nuit. Demain s'écrit lentement, au futur indéfini. Sa lettre est obscure, elle fait une ombre au présent, qui désespère de ne la trouver qu'illisible, inéluctablement *illisible* et pourtant d'aveuglante nécessité, parce que rien de demain n'est déchiffrable qui ne soit enraciné au passé antérieur, à hier, avant-hier, jadis et autrefois, qui n'y puise son écriture, hâtive et tremblante. La mine du crayon s'effrite contre une planche de bois dont les nœuds s'impriment, comme à la chair les cicatrices, en mémoire des blessures oubliées : Simon Lewenthal signe *Demain* son passé. Ainsi nomme-t-il celui qui part et ne sait s'il reviendra, sait qu'il ne reviendra pas. Il le sait assez pour donner par testament la clé, si longtemps dérobée, gardée à l'insu du monde sous le nom de Patient. Dans la petite maison de Villeneuve-Saint-Georges, dans ce pavillon de banlieue mieux barricadé qu'un bunker, il a écrit son histoire, que seul l'art était en puissance de chiffrer, les tableaux un à un choisis, payés de long travail et surtout de sacrifice, il en allait de son âme, de son mystère d'homme, qui n'est pas une énigme à résoudre, une devinette, mais l'opaque secret qui scelle lèvres et yeux, fonde en expérience muette la connaissance d'une vie.

Quand tout aura été dit de Simon Lewenthal – et qui osera y prétendre ? –, quand auront été épuisées les hypothèses et suppositions, restera intact son mystère. Il se déplaçait dans Paris occupé, il allait et venait, conduisait l'entreprise B&G sous le contrôle des Allemands, ne lâchait pas d'un pouce ce qu'il pouvait tenir, s'orientant mieux que quiconque parmi l'inextricable lacis de lois et interdictions de l'ennemi, se jouant des décrets et ordonnances, d'un pragmatisme que d'aucuns jugeront cynique ; ou bien inconscient, ou dérisoire et dangereux défi, orgueil absurde ; il s'en est fallu de si peu qu'il ne traverse indemne ce temps méprisable. Il y aurait réussi s'il n'avait été trahi, par la plus ignoble bassesse livré. En ses derniers jours où, traqué, il se cachait, plus effaré qu'épouvanté de n'en comprendre la cause, il espérait encore, convaincu que bientôt, tout de suite, dans les jours, les semaines suivantes venait la libération, les Alliés allaient débarquer, il suffisait de résister jusque-là, de tenir encore. Jusqu'à demain.

Dès les premiers temps de l'Occupation, il avait mis en lieu sûr ce qui comptait le plus à ses yeux – à ceux de M. Patient –, s'était donné les moyens par maille et par défaut d'acheminer en un endroit connu de lui seul ses toiles, une à une déclouées de leur châssis, il y était parvenu mieux qu'aucun des collectionneurs ou marchands pourchassés, dépouillés de leurs biens, et que n'avait-il mis le dixième de son énergie à fuir, à mettre à l'abri sa femme et son enfant ? Elles, au moins, puisqu'il ne l'envisageait pas pour soi. Elles, au moins, il aurait dû les soustraire au péril, mais lequel couraient-elles, davantage que d'autres, des millions d'autres, quand lui seul était son propre danger, son ennemi le plus sûr. Il avait mieux préféré sauver sa collection que sa vie. Ou bien sa vie l'était tout à fait, d'avoir si bien ravi ses œuvres d'art à la curée des nazis, lui pour qui comptait si peu de payer de ces mêmes œuvres la liberté de Camille, prêt à solder pour elle son trésor incalculable, mais à la seule aune de son amour. A ce prix exorbitant qu'aucun barbare n'imagine, voué en son infirmité de maquignon au commerce des peaux humaines et des toiles peintes. Lui seul fixait le prix, son libre prix, qu'aucune oppression totalitaire n'était en mesure de lui dicter.

Il fallait entrer dans la chambre forte, au sous-sol de la banque, pour entrevoir le mystère de Simon Lewenthal, en être effleuré, en avoir un frisson sacré. L'interrupteur ne se dérobait pas aux doigts, comme dans les cauchemars. On n'y trouvait pas à la place, dans les ténèbres, le contact d'une main gluante et décharnée, l'ampoule fonctionnait encore. Elle éclairait à l'aplomb cet espace extraordinairement exigu où étaient rangés, méticuleusement roulés, des fuseaux grisâtres de toutes dimensions, encastrés les uns dans les autres, quelques-uns rigides, supports de bois ou de carton, si étroitement emboîtés qu'on n'aurait pas introduit entre eux un ongle, jusqu'au plafond compressés les plus grands chefs-d'œuvre du siècle, un déménagement dont l'aspect banal en rien ne laissait imaginer la somme entreposée là. On n'aurait pu y pénétrer d'un pas. On n'entrait pas dans cette chambre forte, pas plus que dans les sépulcres, mais ç'avait été aussitôt, sautant à la face, la première à s'avancer depuis vingt ans à sa rencontre, l'odeur étrange, quasi corporelle, d'un organisme cumulant pigments végétaux, substances minérales, huiles, poudres de craie, essences qui continuaient de dégager, dans leur inviolable confinement, le souffle naturel de ce qui dormait là, soudain libéré. On eût dit une haleine, ou un langage, aussi audible que le murmure d'un être vivant. Peut-être l'âme de Simon Lewenthal. Tout de cet entassement, en sa méthode et son ordre, était une œuvre de son esprit, de sa volonté, vœu suprême devant quoi l'on s'incline. Camille en avait eu un mouvement de recul, s'était heurtée à la poitrine de Melville, qui l'entoura aussitôt, plus ému qu'elle s'il est possible, parcouru d'une longue secousse et dans ses cheveux plongeant son visage, qu'elle ne vit pas, renversée contre lui, enserrant ses bras des siens, mais dans cette étreinte sur le seuil de la chambre noire, ils avaient communié en un même recueillement, un même effroi. Ils étaient seuls. Le personnel ne s'immisce pas dans les visites de coffres privés. Au plafond du couloir, les néons étaient aveuglants, mais de cette pénombre venait une luminosité de sanctuaire, ainsi veille la faible flamme des tabernacles, dormante et paisible : *pense à demain*, souviens-toi, de ce jour souviens-toi qui éblouissait l'automne, il n'est pas perdu, il *est*, maintenant.

Ils avaient refermé la porte blindée. Ils avaient changé le code, Melville l'avait exigé. Si quelque part en RDA un détenu rompu de supplices, ivre d'insomnies et de coups, dévoré de soif, délirant d'angoisse finissait par livrer celui qu'il connaissait peut-être, plus sûrement ignorait, pour n'être pas en vingt ans revenu l'utiliser, mais qui sait ? Qui sait quel empêchement il avait pu rencontrer, ou scrupule, cela existe, le remords, la honte, certains hommes les plus vils peuvent connaître de ces repentirs, alors ils sont saufs. Mais plus sûrement encore, quel que fût son délabrement physique et sa détresse mentale, Simon Lewenthal n'avait pu communiquer à quiconque la date, la date de ce jour au Mesnil. Ou bien oui, certains hommes, les plus nobles, peuvent s'abdiquer eux-mêmes, s'abandonner à l'atroce dénuement de leur humanité, trop de ceux qui en étaient revenus en témoignaient, sans qu'on veuille ou puisse les entendre.

Quoi qu'il en soit, à cause de ce que prétendait Magda, qu'elle était venue dire à ses risques et périls, enfreignant le secret du procès de Frenker, il fallait donner un autre chiffre au code. Celui de Simon n'avait donc pu servir à Camille qu'une fois, une première et dernière fois. *PREMIÈRE fois N'oublie jamais*… Par-delà le temps et la mort, le message avait tenu parole, tenu les mots plus hauts qu'eux-mêmes, en leur illisibilité garants de la langue qu'ils parlaient tout bas, comme à son oreille sur le chemin de la forêt. Certains mots mettent un temps infini pour atteindre le tympan ; en s'égarant dans le labyrinthe auriculaire, ils perdent un temps fou, ou le gagnent ; trop tôt ou trop tard recueillis, ils peuvent endommager l'oreille, et surtout *briser le cœur*. Un tel bouleversement, l'aurait-elle supporté, autrefois ?

Le temps était venu, il lui avait fallu précisément ce long temps pour pouvoir penser à demain, l'envisager sans peur et, demain, Camille parlerait à Christine, elle l'écouterait. Demain serait un nouveau jour, aucun ne se répète. Plus tard, bientôt, ils prendraient toutes dispositions nécessaires pour faire l'inventaire du coffre, en extraire un à un les tableaux de Klimt, de Grosz et de Juan Gris, le petit Soutine, Ensor et Schiele, et tant d'autres desquels Camille ignorait l'existence, l'étendue exacte de cette collection lui échappait, elle n'avait aucune idée de sa valeur marchande, colossale assurément, mais la notion la rebutait. Non par scrupule faible qui croit que l'argent insulte la valeur mais, pour le moment, elle devait rester abstraite de la situation, absente et dénuée de sens immédiat, convertie dans son esprit en appréhension pour le long parcours prévisible, bien réel, lui, de démarches institutionnelles, fiscales et légales, pour lesquelles il faudrait recruter conseils, experts et avocats, revenir à Zurich, combien de fois retourner dans cet hôtel, sa petite chambre aux edelweiss, mais tout cela lointain et comme annulé par la fatigue, immense, qui rompait le corps et l'esprit. De même que Melville, épuisé plus qu'elle, qui trouvait pourtant encore de régler les formalités avec le préposé aux coffres, papelard, patelin dans son bureau cossu, tandis qu'elle attendait, regardant derrière la vitre les essaims de flocons se précipiter follement sur les trottoirs.

Ils étaient rentrés sans délai à l'hôtel prendre leurs bagages ; Melville avait dormi tout le temps du retour. Si abîmé dans son sommeil qu'elle en avait le cœur étreint de tristesse, fondant de gratitude navrée, inutile, dérisoire, de fervente tendresse pour l'homme qui s'abandonnait aux cahots du train, son corps solide et musculeux, toute sa charpente aussi fragiles que d'un enfant, la tempe calée contre l'appuie-tête, pâle carnation comme vidée de substance par la réverbération de la plaine neigeuse et tandis que filait le paysage, que s'assombrissait le ciel, dans cette extinction rapide de lumière des soirs d'hiver, elle avait pressenti sa mort. Non comme une échéance proche et redoutable, mais comme le dénouement naturel de ce qui leur restait à vivre, l'achèvement de leur histoire et de leur amour. Depuis l'étrange rencontre nocturne dans le Vienne-Berlin il avait fallu tant de détours, de pièges conjurés et de convulsions, de pertes, d'abandons pour s'attacher l'un à l'autre, abasourdis et sans consolation d'être encore vivants quand d'autres étaient morts, qui ne cessaient de les hanter, chacun les siens, et elle n'avait pas percé le secret d'Etienne, connu les fantômes qu'il fréquentait, mais un au moins les avait unis et, si tragique avait été sa fin, par sa disparition avait œuvré à ce qu'ils s'aiment.

Melville avait refait le voyage, plus tard, en janvier 1964, deux jours dont il lui avait épargné le motif, dispositions à prendre avec la banque et l'Etat helvète, le canton, avec lesquels un certain nombre de démarches s'annonçaient compliquées, mais de si longtemps elle s'en était remise à lui pour ces tracas, qu'elle n'avait pas creusé la question à son retour… D'ailleurs, à peine rentraient-ils de Zurich, qu'ils apprenaient le suicide de Martin Guillemot. Au journal du soir, la RTF retraçait la biographie de cet élu estimé de tous, fils de notaire, commissaire-priseur dans sa jeunesse mais que sa formation en droit destinait à la chose publique, à laquelle il s'était très tôt voué. Rallié à de Gaulle dès avant la Libération, des premiers élus du RPF, fidèle soutien du gaullisme quand tant faisaient défection durant la traversée du désert du Général, œuvrant à la reconstruction de la France, multiples commissions parlementaires, promis à un haut poste gouvernemental, légitime reconnaissance de sa compétence, services rendus… Découverte du cadavre par un promeneur dominical en forêt de Rambouillet, cela datait de la veille… La nouvelle les cueillait, à peine posé leur sac de voyage. Le bulletin nécrologique s'accompagnait de quelques extraits d'archives avantageux où l'on voyait le député inaugurant une stèle, plus récemment à la convention de Nice parmi ses pairs, levée des couleurs de la France libre, compagnons de la Libération bardés de décorations ; un autre, où il haranguait, à la tribune du palais Bourbon, une interview plus ancienne sur un perron ; mais ses propos étaient inaudibles, comme si sa voix ne comptait plus, recouverte par celle du commentateur qui évoquait pudiquement la fin tragique de cet éminent personnage public, sur laquelle enquêtait la police, comme toujours en ces circonstances... Evidemment, une certaine presse à l'affût cherchait à tirer profit du triste événement. Repaître une opinion en mal de sensations est, hélas, un fonds de commerce. De bonne guerre pour la gauche d'alimenter la polémique. Mais la décence commandait plutôt de s'incliner devant ce drame privé, fatal dénouement, les hommes publics ont aussi leurs malheurs, dépression, geste d'un désespéré... Jacqueline Caurat, souriante, permanente impeccable, enchaînait déjà avec d'autres événements du jour ; ils avaient éteint le poste.

Martin ! Suicidé ! Peut-être les péripéties de ces derniers jours, l'émotion du voyage à Zurich amoindrissaient-elles le premier choc de cette nouvelle. Camille n'en avait ressenti qu'un vague abattement. S'ajoutant à sa fatigue, un malaise sans contour précis, de si peu de portée, en regard de ce qu'ils venaient de vivre, qu'elle n'avait pas été surprise que Melville se retire assez vite, exténué qu'il était. Il était monté chez lui sans dîner, n'attendant même pas le retour de Lemoine que Camille avait priée d'aller acheter la presse, place Gambetta. Ce que taisait la télévision s'y étalait complaisamment mais, d'un journal à l'autre, c'était même recoupement d'informations approximatives, sous-entendus délétères ; sauf l'article de *France-Soir*, visiblement mieux documenté, très étayé, cela tranchait dans l'improvisation générale… Cependant, devant cette avalanche de nouvelles, chacune portant son lot de sordides insinuations, de détails choquants, outranciers, il y avait de quoi avoir le tournis. En dînant d'un potage avec Lemoine, elle avait parcouru ce portrait de son cousin Guillemot, stupéfaite d'apprendre la succession de décès de ses proches, cet automne, que la presse disait suspecte, en tout cas l'objet d'investigations encore mal connues : effarée de l'ignorance où elle en était, interrogeant la vieille femme, mais que savait celle-ci ? Qu'était-elle censée savoir de cette personne, qui d'ailleurs touchait d'assez loin Mme Lewenthal, une branche latérale de la famille, des gens de qui le nom n'était jamais prononcé rue Stendhal ? Peut-être en aurait-elle eu davantage à dire ou à demander sur ce qui s'était passé à Zurich pour que Monsieur parût si las. Il l'était souvent depuis quelque temps, et si Camille répétait ce qu'il en disait en plaisantant, quelque arythmie fantaisiste à médicamenter à doses homéopathiques, personnellement, elle ne connaissait pas de maladie qui se traite par le mépris ou par la plaisanterie ; à commencer par sa sinusite. Mais, à son habitude, elle s'abstenait de commentaire, et comme Camille restait perplexe, inquiète, moins chagrinée que troublée, elle s'était permis de lui suggérer d'aller se coucher bien vite, elle aussi ; il ferait jour demain, n'est-ce pas ?

Le conseil de Lemoine pouvait être de bon sens cependant elle ne parvint pas à s'endormir, le somnifère restait sans effet. Un sentiment curieux l'agitait, non un excès d'émotion, peut-être ces derniers jours avaient-ils épuisé sa capacité à en ressentir de nouvelles, mais le fait est, voilà ce qui empêchait son sommeil, qu'elle ne parvenait pas à éprouver pour cette mort autre chose qu'une affliction légère, comme distraite. A vrai dire, elle la laissait indifférente. Presque, c'était terrible de se l'avouer, la soulageait. Et même la satisfaisait, se résolut-elle à admettre. Constat pénible, mais indiscutable : elle n'aimait pas Martin, et il ne l'aimait pas. Aversion épidermique, incompatibilité d'humeur, de caractère, on ne sait où naissent ces détestations cordiales, de si longtemps ancrées qu'on en a perdu l'origine, et la cause, s'il y en avait une… Comment les enfants héritent-ils les griefs des parents sans les connaître, s'en inventent-ils pour leur donner raison, sans élucider jamais le motif initial, perdu dans la mémoire familiale, ses non-dits, ses angles aveugles ? Nul doute que cela remontait loin… A l'évasion de tante Sophie, peut-être ? Une qui, magistrale, avait su du passé faire table rase… A Mme Mathilde, ses maternités détestées et ses préférences affichées, sa main de fer pour administrer la famille, élire et exclure, jetant son dévolu sur quiconque lui résistait pour en faire son bouc émissaire. N'en avait-elle pas fait les frais, petite Millie issue du mariage irrégulier de son père avec une étrangère ramenée de Birmanie, orpheline livrée aux bonnes, reléguée dans des chambres d'altitude, loin des yeux de son dragon de grand-mère… Pauvre grand-mère. En avait-elle eu, de revanches à prendre sur son sexe, sur sa condition, fille de petit minotier mésalliée à Henri de Galay, son ressentiment de classe, ses frustrations tournées en inextinguible soif de pouvoir… De ces haines, recuites au long du siècle, Camille n'avait vraiment découvert le chaudron qu'en débarquant d'Alabama, l'été 1933 ; elle les avait fuies. Ainsi que Lucien, son cousin bien-aimé, avec qui elle avait fait alliance, contre tous ceux-là. Ils s'étaient trouvés bien assortis, eux deux parias de cette famille, pour imposer à Martin leur volonté. En l'occurrence, celle de Mme Mathilde. Cela concernait le butin oriental d'Henri, à eux légué, ses petits-enfants, les mettant au défi de s'entendre sur ce qu'ils en feraient. Les objets d'art hétéroclites rapportés de ses voyages de dilettante impénitent excitaient la convoitise de Martin, imbu de son titre neuf de commissaire-priseur, très intéressé, sottement cupide, gros Martin ridicule... De ce litige mineur, datait son hostilité déclarée. Il ne leur avait pas pardonné leur coalition moqueuse, et la donation au musée d'Ethnologie, pour finir. Différend sans gravité de tout jeunes gens mais, là-dessus, la succession de grand-mère s'était révélée catastrophique, par tous les moyens spoliant cette branche de la famille, de quoi faire s'étriper la descendance, un imbroglio juridique accablant...

Accablant, tout ce qui lui revenait en mémoire, réactualisé par le suicide de Martin, ainsi la mort donne-t-elle de ces rendez-vous ? Révision générale crucifiante, honteuse de mauvaises pensées et, si devant un homme désespéré l'on s'incline, pour autant le trouble ne s'effaçait pas, de rancune vague, sans véritable objet en dépit de leur addition impure. Simon non plus n'aimait pas Martin. Il l'avait écarté d'emblée, à l'instar de Mme Mathilde, conflits, intérêts adverses ? Cela datait d'un temps dont elle ne se souvenait pas. Avait-elle épousé son mépris, ou bien lui avait-elle communiqué le sien, par ces solidarités instinctives d'époux ? Elle ne s'était pas ouverte non plus à Melville de ces choses sales et pénibles, qui brouillent le cœur, donnent la nausée. Le fait est que, en trente ans, elle n'avait pas revu dix fois Martin. Qu'elle n'était pas invitée à son mariage, ni à ceux d'aucun de ses enfants, qu'elle ne connaissait pas. Cela arrive dans les familles. Rien n'oblige d'aimer ce que le lien de sang vous inflige de cousinage. Elle ne prenait pas de ses nouvelles. Ils s'ignoraient. Ils s'étaient perdus de vue. Elle ne savait de lui que ce que la presse, la télévision en disaient. La dernière fois, c'était six mois plus tôt, il paradait tous les soirs à la RTF, au sujet d'un obscur débat constitutionnel, en héraut du parti gaulliste ; justement un des extraits du journal télévisé de ce soir. Martin était de droite, évidemment, et pourquoi pas ?… Mais cette mort cruelle ! Ces révélations lui imputant abus et fraudes, pots-de-vin, ce déversement de calomnies ! Ces morts en série ! De tout petits enfants ! Assassinés !…

Remontant du cloaque, le tableau avait de quoi sidérer, et si quelque glaive immanent avait abattu Martin, par quelle ire aveugle, disproportionnée à ses éventuels errements ?… Mais Lucien, qu'en pensait Lucien ? De la mort de son frère, de ses neveux, il devait être informé, qui ne l'aurait été par ce déballage public. Demain, elle devait lui téléphoner, prendre son avis, le soutenir dans cette perte. En était-ce vraiment une, après la longue fâcherie qui l'avait séparé de la fratrie, dès l'enfance vouée à se détester par tante Bertille, mère de substitution qui élisait Martin pour son préféré et l'incriminait, lui dernier-né, de n'avoir *su retenir* sa mère, de n'avoir empêché la fuite de la scandaleuse. Un nourrisson dans les langes ! Par quel égarement un cerveau peut-il concevoir tel grief imbécile… La bêtise, des vices ordinaires le plus répandu, le plus dévastateur, la hideuse bêtise, infirmité radicale. Vieille fille jalousement attachée à son frère Charles, exécrant sa belle-sœur, trop jolie rivale, s'en vengeant par cette partition fratricide, passion insane dont l'enfant paie le prix le restant de sa vie s'il ne s'évade, ne la sauve par ces ruptures violentes, irrationnelles au regard de tous. Lucien y était peut-être parvenu…

Le halo du réverbère, au coin de l'escalier de Charonne, projetait son reflet livide au plafond, y dessinant une fantastique toile arachnéenne aux fils inextricables et mouvants, à l'image de la famille, songeait Camille. Toute famille dans son filet névrose les cœurs et les corps, creuset des haines et des vengeances implacables, lit incestueux où s'accomplit le crime invisible de l'amour dévoyé, mal générique d'être d'une descendance. A quoi s'ajoute la complication maligne de la mémoire, infaillible auxiliaire, qui ne laisse rien oublier des équations irrégulières, cicatriser des blessures… Cela révulse d'y penser, cela offense, mais qui y échappe ? Elle-même ce soir y succombait, remâchant sans pouvoir trouver le sommeil sa vieille détestation de Martin, injuste, dérisoire, ne trouvant, pour nourrir son ressentiment, que des motifs futiles, inconsistants. A titre personnel, elle n'avait rien à lui reprocher vraiment, et il n'avait pu être seulement ce gros homme suffisant, bouffi de vanité. Il avait dû aimer, s'émerveiller, exulter de bonheurs et de la joie que procure d'en donner, pour cela absous. Ainsi que tout homme, non peut-être innocenté, mais au moins gracié d'avoir éprouvé de la vie le meilleur. Cependant s'épuiser à restaurer son image n'amendait pas la culpabilité aiguë qui point le cœur, par brusques vagues l'assaille, venues d'imprévisibles lieux du temps et de l'espace qui démentent la clémence, dévaluent le pardon. Le pardon dû aux morts édulcore et réconcilie, il falsifie et, à un certain degré, insulte la réalité des actes, les êtres qui ont eu à en pâtir. S'il en est, à eux revient de le lui accorder, non à moi, qui n'ai rien à pardonner à Martin…

Ah, mieux valait que Gabrielle ne sache rien de ces drames ! Qu'elle les ignore le plus longtemps possible, qu'elle en reste éloignée, elle qui a su, tout au long de sa vie, faire un monde nouveau de l'ancien, retourner en félicités et gratitudes ses forces négatives, il n'est pas besoin de l'affliger par ces terribles nouvelles… Ce disant à soi, Camille s'entendait ratifier la vieillesse de sa mère, venu l'âge où l'on pense à épargner la peine, trop grandes souffrances, et joies, aux êtres aimés dont l'emprise sur le monde faiblit, on le croit ou s'en persuade, on les rend déjà moins qu'à moitié vivants de les en protéger, déjà plus qu'à demi morts de les leur confisquer, s'instituant par abus leur tutelle qui juge en leur place ce qui leur est bon ou mauvais, tels les enfants, ou les malades, et non Gabrielle n'était pas de ceux-là, ne pouvait l'être encore. Puisqu'elle mène sa vie en femme indépendante et maîtresse de ses affaires, puisqu'elle envisage sans s'en effrayer son voyage à Kinvara, elle n'est pas vieille encore, elle ne renonce pas, et nous en montre l'exemple… Sans doute sait-elle mieux que nous tous ce qui, dans notre enfance, a insinué la division, engendré le dissentiment et l'éloignement, ainsi nous tournons-nous vers les parents comme témoins de cette époque où nous étions neufs et ignorants, de malléables créatures qu'ils façonnaient de leurs propres passions et tourments, afin qu'ils nous en révèlent le secret, qu'ils détiennent, croyons-nous, mais eux-mêmes, qu'en savent-ils ? En quoi sont-ils plus lucides, perspicaces et savants de ce que l'existence distille au fil des jours, des mille accidents par lesquels se construisent une conscience, et une mémoire… Mieux que le somnifère, ces pensées diluaient le souci, le silence de la maison, le tic-tac ténu du réveil qui égrène les secondes, et court son aiguille lente, passe la nuit ; demain, il fera jour…

Dans les semaines suivantes, les révélations tonitruantes suscitées par le suicide du député Guillemot s'étaient évanouies en banal fait divers parmi le déferlement continu des nouvelles et si la police travaillait à en élucider les circonstances, sauf une vague polémique concernant l'origine douteuse d'une arme que n'aurait pas dû posséder un particulier, rien n'en perçait, d'ailleurs le premier épisode de *Thierry la Fronde* passionnait les téléspectateurs, Willy Brandt, maire de Berlin-Ouest, négociait avec la RDA l'autorisation des familles de franchir le "mur" lors des fêtes de Noël, à l'approche desquelles les vitrines des grands magasins rivalisaient de féeries, scénettes animées et avalanches de jouets ; on n'excluait pas l'hypothèse d'un attentat pour l'explosion en vol du Boeing 707 de la Pan American Airways, entre New York et Washington, quatre-vingt-un morts. Le prix Renaudot était attribué à Jean-Marie Le Clézio, "une jeune gloire gonflée", estimait Pierre-Henri Simon, lui préférant Pieyre de Mandiargues et Jean-Edern Hallier. L'ingénieur Bertin présentait l'aérotrain de l'avenir, fonçant sur coussin d'air à quatre cents kilomètres-heure, quatre clochards mouraient de froid dans la rue ; à Melun, plusieurs familles algériennes périssaient dans l'incendie accidentel de leurs baraques. Christine avait présenté Antoine à sa mère. Une rencontre rapide dans un café du Quartier latin où l'on ne pouvait échanger deux mots sans crier, les étudiants qui s'y pressaient portaient tous le même duffle-coat que ce grand jeune homme au regard ombrageux. En réalité, elle l'avait déjà vu à Orly, il était du groupe venu accompagner Viviane, une escouade d'inconnus intimidants, parmi lesquels, jeune génération, elle s'était fait l'effet d'une intruse ; sa fille n'avait pas jugé nécessaire alors de lui spécifier qu'il était l'élu de son cœur, la circonstance s'y prêtait mal, évidemment. Camille s'était rendue à l'aéroport par scrupule, remords ou compassion pour cette enfant de Martin qu'elle rencontrait pour la première fois, venue lui manifester sa sympathie tardive ; surtout parce que Christine lui en avait fait la proposition de manière pressante, comminatoire, ma foi, c'était la moindre des choses que d'y accéder, maintenant qu'elle avait résolu de l'*écouter*, de rattraper le temps perdu, s'il n'était pas trop tard… La cadette de Martin était troublante, si peu ressemblante à son père, un minois charmant, un peu chiffonné, lui évoquant vaguement quelqu'un autrefois entrevu, ses immenses yeux de pervenche, myosotis ? Tante Sophie, évidemment ! Plutôt délurée dans son affliction apparente, mais peut-être n'avait-elle pas encore réalisé ce qui lui arrivait, un peu perdue au bras d'un certain Alex, l'échalas au strabisme touchant qui l'escortait.

— Un spécialiste de l'épigrahie, précisait Christine comme d'un titre de gloire, en partance imminente pour l'IFAO du Caire, où il emmène Viviane.

— Une excellente chose, déclarait Leni.

La petite Allemande était aussi de l'ambassade, plus amène qu'au déjeuner chez Elise, visiblement acclimatée depuis l'été. Mais, annonçait celle-ci, d'un ton péremptoire, elle-même était sur le départ. Direction Bologne, où elle comptait finir son année universitaire à moitié fichue par ces bouffons archéo-révolutionnaires, avant de retourner à Berlin voir quel temps il y faisait. Elle n'excluait pas de faire un saut au Caire, entre-temps.

— Histoire de m'instruire sur les ostraca, et de vérifier si Viviane a mis bas dans de bonnes conditions. J'espère pas dans ta décharge, Alex !…

Viviane était donc enceinte ? Cela ne paraissait guère, mais Camille avait entériné la provocation de Leni sans commenter. Ces jeunes gens avaient l'air de la trouver naturelle, elle se serait bien gardée d'y trouver à redire. Christine l'avait donc invitée, à vrai dire convoquée dans ce café du boulevard Saint-Michel pour lui présenter Antoine, en y mettant le moins de cérémonie possible, et même une certaine désinvolture, car ils étaient pressés, la séance du *Mépris* commençait dans le quart d'heure, elle n'avait pas que ça à faire. Camille s'était pliée à cette impertinence sans marquer, au grand jamais, ce qu'elle en pensait. Elle n'en pensait d'ailleurs pas grand-chose, sinon que le *mépris* valait sans doute qu'on y regarde à deux fois, à le réparer on met tant de temps, et parfois en vain, mais il se fonde si souvent sur la méprise sa sœur, sur l'erreur de jugement, l'amour-propre blessé, l'injure involontaire qui condamne sans recours, qui en est fautif de celui dont l'exigence est déçue, ou de celui qui n'a pas su y répondre à temps, se montrer à hauteur de l'attente excessive, de ces fourvoiements l'on souffre de part et d'autre, et désormais il fallait aller vers son enfant, restaurer de l'enfance quelque chose qui n'était pas perdu, très lentement et timidement admettre que toutes les choses n'ont pas à se dire, qu'elles s'écoutent dans le silence des paroles tues, avec une extrême prudence les laisser venir au tympan, avec confiance attendre demain, demain il ferait beau peut-être, ils faisaient très bien d'aller voir ce film.

Le soleil d'hiver, crevant un nuage, dépassait les toits au bas du boulevard Saint-Michel, on les eût dits embrasés dans toute cette froideur qui gèle la ville et les cœurs, la transparence presque aveuglante de l'air poli par la lumière épousait les formes urbaines, détachant avec netteté leurs lignes d'architecture, bords de trottoirs et pavement de la chaussée, marronniers dénudés de leurs feuilles dont les bras s'accrochaient au ciel mat, *il m'aime et je l'aime*. Le soir était loin où Christine la rejetait par cette déclaration offensive, loin la réapparition de Magda, à laquelle William et elle avaient été mêlés contre leur gré, à leur corps défendant associés à une histoire qui ne devait pas les concerner ; loin ces jours d'automne où elle désespérait d'elle-même. Et loin maintenant l'épilogue du suicide de Martin, dont Lucien, contrairement à ce qu'elle avait imaginé, était plus attristé qu'il ne le montrait, par ce retour en boomerang du passé revisitant les motifs de sa rupture avec les siens, regrettant peut-être de n'avoir pas rapporté à son frère sa découverte au Brésil des traces de leur mère, Sophie Galay.

— Je ne sais comment il en aurait accueilli la nouvelle… Peut-être aurait-elle permis une réconciliation qu'entre hommes mûrs on peut s'accorder, disait-il, mais les morts n'ont pas pour vertu d'absoudre le passé. En leur sommeil, ils gardent nos tourments, et les leurs. Aussi bien ce souvenir aurait-il ravivé des douleurs ou des rancœurs enfantines enfouies dont on ignore à quel point elles bousculent l'existence. D'ailleurs, cela tombait au milieu des deuils qui le frappaient, celui-là n'était pas à l'ordre du jour. Finalement, je n'ai jamais trouvé le bon moment avec mon frère et désormais n'aurai plus à le trouver.

Pour autant, il ne cherchait pas un rapprochement avec Jeanne qui s'occupait, à ce qu'il en savait, de sa belle-sœur Betty, pour qui elle avait trouvé une excellente maison de santé à Cassis, et de tante Bertille. C'était bien le moins qu'elle se chargeât de cette vieille bique bientôt centenaire, confite en sa méchanceté mieux qu'en saindoux.

— Que ma sœur la recueille chez elle, tant qu'à faire. A moins que son mari le maire Lubin n'y voit inconvénient et ne préfère la placer à l'hospice de Genilly opportunément créé par ses soins, où a fini la veuve Rougerie comme à la décharge ? Ajoute donc le viager aux bienfaits de mon frère, ironisait Lucien.

Mais maintenant que le financement de ses recherches en biologie agroalimentaire était assuré par la firme B&G en participation avec le ministère de l'Agriculture, il était plongé dans le casse-tête de ses dossiers de préfiguration, son enseignement à l'école d'agronomie, il avait à fouetter d'autres chats que sa sœur, et leur tante Bertille…

En cette fin d'année 1963, Camille avait ouvert l'enveloppe de papier gris que Christine avait abandonnée sur le siège arrière, le soir de sa fuite. Elle avait attendu, rien ne pressait plus. C'était une impression neuve que la patience de laisser passer les jours, chaque demain déroulant sa promesse vague vers l'échéance du moment où elle se sentirait, non la force ou le besoin, non l'anxiété, ni la peine, ou encore l'espérance de savoir ce qu'elle contenait, mais le détachement serein de cette lecture, dont elle voulait auparavant apprendre qu'elle n'en apprendrait rien. Rien n'était plus à savoir qu'elle ne sût déjà. Cela s'était accumulé tandis qu'elle vivait sans faire le deuil du temps irréversible, où qu'elle allât restant immobile, clouée à cette place, dans la maison désertée et dans le cœur vidé du premier jour, où elle avait reçu le message de Drancy. A ce clou de douleur, elle était restée. Vaine douleur qui n'empêche pas de passer les mois, les années, puisqu'un jour elle avait recommencé de respirer. D'emplir ses poumons d'air avide et de sentir les parfums, à la fleur des doigts la chair d'un pétale, à son palais celle d'un vin, d'en avoir le désir, navrant, flamboyant désir, fautif mais tenace, dans sa nécessité de chaque jour inutile, puisque dépossédé de son amour, déraciné de lui, par le néant de vivre dévalué, et cependant vivace ; la séparation est une naissance. Aussi douloureuse et féroce que la parturition qui disjoint les corps. Naître sépare, jette de part et d'autre ce qui ne faisait qu'un. Ne le faisait pas, dès la fécondation fomentait la division prochaine, et mettre Christine au monde avait été un tel deuil, une telle nostalgie de ce qui n'aurait plus jamais lieu que cela préfigurait la mort, était la mort recommencée du petit Henri, sa mort inachevée accomplie en la naissance de ce bébé nouveau ; moins son double que son exultante réplique, la réponse donnée au petit mort de la vie recommencée, par son inacceptable présent donnant retour à la joie, imprévisible, scandaleuse joie.

Subir la joie, l'endurer, était l'épreuve la plus cruelle, illuminante, dont elle pouvait tirer leçon, à tant d'années de distance connaître que, si monstrueux soient les assauts de l'univers ligué à sa perte, toute créature peut supporter de vivre encore sans tomber, ni s'écraser, se dissoudre en poussière, et cendres. Il y a infiniment plus de morts que de vivants ; en chaque vivant, ils sont foule, en chaque vivant accumulent l'expérience immémoriale des naissances et des agonies. De celle-là, elle pouvait être plus riche que de toutes celles qu'elle avait faites, en corps et en esprit. Cette certitude sombrait dans la poitrine, emplissait son ventre, s'étendait à ses bras, déliait le corps de toute tension comme se rompt une ligne de formation et se disperse lentement la foule, désertée de la fièvre qui la convulsait en cris et gémissements ; ce n'était une pensée ni une sensation. En ces derniers jours de l'année 1963, Camille ne réfléchissait pas à ce qui muait en elle, d'ailleurs elle n'avait jamais su réfléchir. Elle se laissait aller à l'attente vague de cet instant, mûri par le temps, où elle ouvrirait l'enveloppe de Magda. Posée sur la table de chevet, celle-ci n'avait plus l'aura funeste et menaçante du soir où Magda la tendait, où elle avait refusé d'y toucher, en éprouver le contact avait été au-dessus de ses forces. Christine avait pu ce geste impossible de la prendre, peut-être fallait-il que cela passât par elle, son enfant, pour que, à présent neutralisée sa puissance maléfique, elle devienne cet objet apprivoisé, et peut-être porteur de paix.

Elle l'avait ouverte le matin de Noël, cela ne lui était apparu que beaucoup plus tard. Bien des actes inattentifs obéissent à des nécessités occultes auxquelles s'en remet la conscience, ainsi la petite bague bleue à son doigt se souvient-elle mieux qu'elle de ce matin de Noël au Mesnil où, abandonnée de tous, dans la déréliction de son enfance orpheline, lui était venu par enchantement le signe amoureux qui transmet l'invulnérable foi en la vie, si puissant antidote aux forces du mal que, sans les annihiler, il les retourne en raison de vivre. Melville était absent, parti comme parfois séjourner quelques jours dans sa maison de Provence, où elle n'était jamais revenue avec lui, parce que, là-bas, elle revoyait toujours Simon remontant l'allée de platanes, de son pas long marchant, et puis courant vers elle, et elle vers lui… Lemoine était pour deux jours chez sa sœur, Camille était seule, rien n'était prévu pour ce jour qu'elle ne fêtait plus depuis longtemps, en exécration de ce qu'il ramenait de chagrins. Depuis que Christine avait quitté la rue Stendhal ? Celle-ci n'avait jamais fait que la quitter, poser ses valises de pensionnaire et repartir, et c'était un remords que de repenser à la fuite de ce temps où elle s'était peu, si mal souciée de sa petite fille, avait laissé entre elles le silence, l'éloignement des internats, pour ne pas sentir, souffrir, ne pas la contaminer de son malheur, à elle-même dangereux, l'enfant dangereuse d'en être le témoin et peut-être le reproche, tant d'occasions perdues d'être la mère qu'il fallait, n'avait su être, si demain ne lui donnait le temps de réparer, oh que demain vienne, Christine, et me pardonne !…

Repliées chacune dans leur enveloppe décachetée, adressées rue de Lille, vieux timbres de l'Allemagne occupée, non oblitérés, il n'y avait que deux lettres, non datées, et leur contenu aurait eu de quoi désoler si elle en avait attendu nouvelles. Elles tenaient davantage du bulletin médical, attestant que *Je, soussigné Simon Lewenthal, libéré du camp de Kaunas, Lituanie, ai été transféré par les autorités soviétiques à l'hôpital militaire d'Erfurt, en instance de rapatriement en raison de mon état de santé, je vais mieux, à très bientôt, Millie chérie.* Le second répétait la même information, ajoutant que les difficultés de transport et la désorganisation des administrations compétentes différaient quelque peu le retour à son domicile, à sa chère épouse, Camille Galay, Simon Lewenthal.

C'était bien son écriture, le jambage haut et couché de ses lettres. Elle en avait tant lu de sa main, de celles, longues et passionnées, qu'il lui écrivait à Digne, qu'elle ne pouvait mettre en doute l'authenticité de ces feuillets gris, papier médiocre, mais ces quelques lignes laconiques, dénuées d'expression, réduites à la plus succincte information, ne pouvaient que lui avoir été dictées, ou bien avoir été rédigées sous contrôle. Elles ne pouvaient émaner de son esprit, si affaibli était-il, si démuni et amoindri en son intelligence et sentiment, séparé d'elle par tant d'indicibles souffrances, leur survivant et leur vainqueur, contre tout espoir. Si dévasté qu'il pût être par les sévices du camp, il n'aurait pas écrit ces lignes impersonnelles. Magda avait raison. Elles étaient davantage des pièces à conviction, que le médecin conservait par-devers lui pour preuve de son dévouement, d'une mission dûment remplie qui, en quelconque occasion, pouvait servir à le dédouaner d'avoir maintenu ce ressortissant français dans son service. Lettres rédigées mais jamais postées, l'intitulé de leur enveloppe et le timbre qu'il avait pu y coller avaient pu illusionner le détenu sur leur expédition, rien que ce forfait méritait que l'ordure qui le trompait croupisse dans les geôles de la Stasi. Il n'y était pas pour cette raison, le régime qu'il servait retournait contre lui son implacable logique d'anéantissement, mais il payait ce crime, parmi d'autres, sans doute plus imaginaires les uns que les autres, conçus par des cerveaux plus retors que le sien, on trouve toujours son maître.

Non, ces lettres ne lui apprenaient rien de plus que ce qu'avait dit Magda sur les derniers mois de Simon Lewenthal. Elle comprenait mieux pourquoi celle-ci, les découvrant, avait pu identifier son nom, et surtout *Millie*, le surnom d'enfance sous lequel elle l'avait connue, lui avait écrit, sous la dictée de leurs mères, Gabrielle et la comtesse Reviczky, attachées à nouer entre elles ce lien indéfectible, en langues hongroise et française leur découvrant l'échange qui fonde une amitié, indéfectible elle aussi, assez pour unir leur destin de fillettes, puis de jeunes filles, et inspirer à la femme que Magda était devenue d'accomplir ce geste prohibé de lui restituer les dernières lignes de Simon. Il fallait bien de courage intrépide, de cran, Magda n'en manquait pas, pour se donner les moyens, sous ce régime policier dont venaient tant de nouvelles effrayantes, d'aborder le jeune pianiste de qui le nom sur les affiches, les programmes culturels, annonçait la venue dans un pays allié, où elle se rendait dans le seul but de s'assurer qu'il s'agissait bien, oui, d'un parent, d'un proche de Camille Galay. Impossible, alors, de l'approcher davantage, de lui confier cette première fois son message sans l'alarmer, provoquer sa surprise en public et les compromettre, sans s'exposer elle-même aux soupçons : *tout le monde surveille tout le monde*. Ce qu'avait dit William de cette soirée à Prague prenait soudain réalité. Il n'était pas un jeune homme étourdi, imaginatif et inconséquent, il avait très bien senti, si furtif ait été le contact, que cette personne agissait dans son intérêt et contre le sien propre, qu'elle courait un vrai danger à obtenir de lui tel renseignement, déjà informée qu'il reviendrait bientôt, une assurance qu'elle emportait avec elle dans la foule, oh Magda, qu'as-tu risqué pour me restituer ces lettres pitoyables…

Où es-tu à présent, revenue dans ce pays qui t'a défigurée, portant de manière si affreuse les stigmates de la haine et de la peur, par quel retournement du destin as-tu échoué là où tu ne devais jamais être et quel rôle y joues-tu, toi qui peux accéder à des archives secrètes, dérober des documents, les dissimuler, les voler ! Les lettres de l'hôpital d'Erfurt étaient moins bouleversantes que ce qu'elles lui découvraient de la clandestine qui les lui portait, errait du Mesnil à la rue Buffon sur sa trace, désespérant de la rencontrer, de pouvoir les lui remettre *en mains propres*, pour être sûre enfin que n'était pas vain le délit majeur de les soustraire au dossier d'accusation du traître Fenker, pour aller jusqu'au bout de ce qu'elle avait résolu, comme elle l'avait toujours fait, en dépit des dangers. Peut-être, plus obscurément, pour vérifier que, quelque part, quelqu'un pensait encore à elle, se souvenait de qui elle avait été, avait fidèlement gardé les cheveux de Magda la rebelle, l'intellectuelle révoltée et généreuse, l'intransigeante Magda de sa jeunesse, qu'une au moins au monde l'avait encore en mémoire, et lui rendait justice…

Ainsi, cette chevelure, si gaiement sacrifiée au soleil d'automne de 1933, appelait-elle demain. En quoi le futur s'écrit au passé, y puise son sens et sa nécessité, le passé oblige l'avenir de ce qu'il écrit sans qu'on le lise, son illisibilité même juge de ce que nous en faisons, et rien de nos actes n'est insignifiant, anecdotique ou inconséquent. O Magda, nous ne sommes pas ce dont nous avons été privées, mutilées par nos deuils et nos échecs, nous en sommes fortes au tréfonds de notre être, et dans la plus extrême extension du temps et de l'espace qui nous séparent, tels les brasiers d'étoiles, nous brûlons ensemble d'une même flamme…

Ce Noël était triste et tendre, solitaire et nombreux, en dépit de la dispersion les uns et les autres courant sur leur trajectoire emplissaient son cœur de leur présence, la séparation est une naissance, sa souffrance une annonciation de temps nouveaux et bientôt ils seraient tous réunis à Kinvara pour l'anniversaire de Théo que Mildred prépare en grand secret depuis longtemps, tout cela est d'une complication joyeuse, la famille que nous formons n'est pas plus catastrophique que d'autres. Melville et Christine, et Antoine en seront, et William, aussi leurs amis, Alex et Viviane, toujours à Londres, et puis Lucien, peut-être, s'il a résolu son projet faramineux, Gabrielle qui hésite à venir passer d'abord un séjour à Paris, ou bien à prendre un vol direct pour Dublin, avec Carson et son fiancé, un jeune musicien noir dont s'inquiète sa mère, Samantha a les idées larges, mais elle est du Sud américain, on y lynche encore, et Luther King y est indésirable en dépit de son renom, le Secours populaire fait campagne pour les républicains emprisonnés à Burgos, pour les démocrates martiniquais lourdement condamnés, les opposants grecs détenus dans les îles de la mer Egée, pour les jeunes gens solidaires du FLN, qui purgent encore leur peine quand une centaine de membres de l'OAS viennent d'être amnistiés par de Gaulle, l'hiver est en avance, voies ferrées coupées dans toute l'Europe, villages isolés, dans la région parisienne, aujourd'hui le temps sera froid et brumeux, nombreux brouillards givrants, plaque de verglas, gelées de l'ordre de - 5° à - 7°.

Gaston Donné avait été libéré quelques jours avant Noël, sans publicité. Sa détention ne se justifiait plus, selon le juge Rochelle relevait même de l'abus pénal, du surréalisme dévoyé selon l'inspecteur Verlaine, mais le procureur traînait les pieds, deux demandes de l'avocat rejetées, la hiérarchie finassait en procédures au sujet de l'alibi manquant du 12 novembre et, pour dissiper la présomption, le prévenu n'y mettait pas du sien, c'est peu de le dire. Cependant, les analyses de laboratoire ayant conclu à une pharmacopée légale pour le bétail, ainsi que le déclarait le vétérinaire Moussaron ; à divers engrais agricoles pour le reste, incompatibles avec les toxiques identifiés par les autopsies, désormais la dénonciation du suspect à la justice, sur la base d'allégations pour le moins douteuses, avait perdu de sa vraisemblance, surtout depuis le suicide du plaignant ; un homme déstabilisé par les malheurs, profondément dépressif, selon la version officielle fermement opposée aux insinuations de la presse : un délire de persécution avait pu inspirer à celui-ci cette démarche immodérée, peut-être pouvait-on le comprendre. Moins la hâte à lui prêter crédit et la précipitation de magistrats aux ordres, dénonçait Bernard Fricot dans un article, où il ironisait sur l'allégeance du parquet au pouvoir, sur le laxisme des amnisties politiques récentes, la propension à condamner de jeunes Martiniquais légalistes et à traîner dans la boue d'honnêtes quidams, dont le seul tort était de traiter leurs terres et leurs vaches avec les produits de l'agriculture moderne. Pour la forme, le détenu était libéré sous condition, l'enquête suivait son cours mais pointait à l'horizon un non-lieu prévisible, assez différé pour passer inaperçu et sauver la face ; l'eau aurait coulé sous les ponts du canal Saint-Martin, épiloguait Verlaine, fataliste.

Aux Armand, on l'était moins. Le retour du père n'avait pas effacé le traumatisme de ce jour de novembre où les gendarmes avaient investi la ferme, crotté le carreau, retourné les matelas et chamboulé l'étable, inspecté le cul des vaches, désigné chacun pour suspect ou complice d'un crime inconnu, le sens de l'injustice s'exacerbe de ne trouver aucune réponse qui dédommage de l'offense. Il est en chacun de le ressentir, si humble et inappris soit-il, de la plus primitive manière d'en accuser la violence, personne n'est fait pour se résigner au malheur de la déconsidération, à être traité en délinquant ou paria et soumis à l'opprobre ; il y a iniquité plus grande à imputer injustement une faute qu'à innocenter un criminel. Même si la loi républicaine que nul n'est censé ignorer l'édicte, la réalité la plus courante y contrevient sans jamais réparer le dol, restaurer la dignité bafouée ; aucun homme n'est voué à sacrifier l'amour-propre et le respect de soi par peur des puissances et de leur ordre, ou simplement par crainte du qu'en-dira-t-on ; les langues allaient bon train dans ce coin de campagne du Mesnil, à l'épicerie comme à la station essence. Mais ç'avait été la surprise que, en certaines circonstances, la *vox populi* va dans le bon sens, qu'elle manifeste le sentiment commun de l'injustice : les voisins paysans avaient plus de solidarité que ne le croyait Gaston, dans leur condition s'étaient trouvés atteints par l'accusation infamante du député. Jouait sans doute la vieille hostilité aux notables qui, dans la mentalité paysanne, s'assimilent aux maîtres anciens, domination honnie par la mémoire collective, ainsi manifestaient-ils leur soutien par toutes sortes de petits gestes et signes consolants, comme de se cotiser pour aider à payer l'avocat.

C'est aussi que, maintenant, couraient le pays les critiques ouvertes sur l'urbanisation à marche forcée qui défigurait la campagne, modifiait la vie paisible du petit bourg, un basculement de plus en plus ressenti comme une mutation inéluctable, pour cela même redoutée, l'invasion de la grande ville et son cortège de maux, voyait-on pas déjà parader chez les commerçants des résidents inconnus, sortant des billets de mille comme des cent sous. Le chantier immobilier du plateau, que le maire et son beau-frère le suicidé imposaient à leurs administrés, trouvait enfin ses détracteurs : aux prochaines élections municipales, il se pourrait bien qu'on le fasse savoir. Remontait à la surface le souvenir des terrains à bâtir, extorqués à bas prix à ceux qui s'étaient laissé circonvenir, ou y avaient été contraints par la dureté des temps, la guerre n'avait pas appauvri tout le monde. Oubliant que la veuve Rougerie l'était d'un sénateur, même engeance de nantis, l'opinion prenait fait et cause pour rappeler le viager qui l'avait escroquée de la belle manière, c'était-y pas une honte de l'avoir laissée finir à l'hospice ! Le poste de télévision n'était pas encore dans tous les foyers, mais ceux qui l'avaient rapportaient ce qui s'y disait, la radio y suppléait et jusqu'aux feuilles de chou locales qui reprenaient les informations, nul ne pouvait ignorer la fin de Martin Guillemot, et la suite de morts suspectes dans son entourage, l'affaire avait fait beaucoup plus de bruit, et bien plus longtemps, que dans le reste du pays. A Genilly, la *maison Rougerie*, maintenant fermée sous scellés, était une curiosité, possible lieu d'un crime qui donnait le frisson, l'assassinat des petits dans l'étang le soir de cette noce fastueuse, qui avait tant rameuté le monde, à la fin de l'été : les voitures de luxe, les toilettes, les bijoux étalés, les cloches à toutes volées, les beaux messieurs à bicornes en haie d'honneur, toute cette opulence, cette débauche de richesse et de bonheur offerts en spectacle aux manants, cela se vengeait à la vue de la façade austère, envahie de chèvrefeuille talé par le gel, volets clos sur sa sinistre histoire.

Gaston était rentré aux Armand comme s'il avait quitté la ferme de la veille au soir. Un peu pâli par le manque de grand air, privé de ses promenades matinales sur les chaintres, mais en bonne santé, la nourriture n'était pas si détestable à la prison, et les matons pas mauvais bougres avec ce vieux bourru pacifique, une incongruité pittoresque parmi les malfrats du milieu. Pour passer le temps, il avait joué à la crapette et à la belote aux heures de *récréation*, ainsi disait-il, ce qu'il n'avait fait depuis sa jeunesse ; il avait appris le poker avec ses compagnons de cellule, d'authentiques truands. Fanfaron peut-être, manière de tourner en dérision ces semaines de vacances forcées, lui qui n'en avait jamais pris de sa vie, de couper court aux apitoiements de Soizik qui lui palpait le bras sous la chemise pour vérifier ce qu'ils lui avaient laissé de chair, et se désolait qu'on n'avait su lui tailler les cheveux comme elle le faisait. Manière d'écourter la cérémonie d'accueil, car eux tous étaient réunis à l'attendre dans la cuisine. Yvon en voiture le ramenait de là-bas, où il l'avait attendu à la porte de la Santé avec leur jeune avocat, recommandé par maîtres Grenier & Lenoir, de l'agence Blake Jr.

Rolande avait comme chaque année installé le sapin et ses guirlandes, ses boules et ses étoiles, la table était mise sur la nappe des grands jours, celle de ce 15 Août dernier où il se rongeait des soucis de la terre, de l'eau, et des malfaisances de Guillemot ; il en avait oublié de les regarder tous. De trouver alors son contentement à être entourés des siens, en patriarche qui a rempli son devoir de noble orgueil qu'est engendrer et posséder, reproduire sa lignée et lui transmettre patrimoine, la juste perception des choses perd son angle de si peu. Si peu suffit à dérober sous les pieds la terre et au ciel sa pérenne protection, l'empiètement du fardeau d'angoisse et le mauvais sang des haines rabaissent à ne plus voir ce qui est simple et bon, souille l'esprit et le soumet à ce qui d'étroit l'environne ; tout cela était de si peu de conséquences à les embrasser maintenant de son lent regard. L'aîné qui baisse le front pour refouler l'émotion à lui de toujours interdite, Paulin sans parole et pensée presque qui ne soit d'avance réprimée par sa disgrâce originelle ; son cadet et sa bru qui, la plus brave, ose vers lui le geste de tendre sa chaise, d'ouvrir à la table sa place que nul n'a occupée durant son absence ; Hélène et Javier qui se tiennent en retrait, intimidés et inquiets que les enfants ne bronchent, ceux-là alignés comme ils le sont à l'école le long du mur, sous le calendrier où chaque jour a été compté ; et Antoine enfin, à qui il a tant reproché en son for intérieur la honte d'avoir encouru la prison, cet endroit qui, de toute mémoire, flétrit qui y entre ; il y est entré, et il en est sorti, et il n'a pas failli. Ni à endurer l'esseulement, l'assaillement de crainte d'affronter les représentants de la loi qui se succèdent, dont la hiérarchie et les pouvoirs lui sont inconnus, ni à n'offrir de flanc que son intelligence limitée, son bon sens et bonne foi, après ça, qu'ils en pensent ce qu'ils veulent, qu'on l'incrimine de tout ce qu'on voudra, il a conscience de soi, même si ainsi il ne nomme pas le retrait obscur où il s'est tenu. D'en avoir fait l'épreuve, il acquitte son fils, plus encore lui demande un pardon, qu'il ne prononcera pas, peut-être aussi en a-t-il un envers Javier, qui a connu les camps de réfugiés espagnols, cela aussi, il préférait l'ignorer, de même ce qu'a vécu Paulin détenu sous les bombes, ensuite par les Américains… Derrière Antoine, se tient une personne qui n'est pas des leurs, une jeune fille de la ville aux cheveux si courts qu'elle a l'air d'un garçon, qu'ensuite Soizik pousse devant pour la lui présenter comme la *fiancée* d'Antoine. Ce galapiat ne pourrait-il lui-même le déclarer, cela lui paralyse-t-il la langue, de dire Christine ? C'est d'elle que le jeune avocat s'est présenté, un de qui le père était paysan en Corrèze ; il est de bonne conversation et moins fier que les juges, il sait pourquoi il fait son métier de défendre.

Mais, de sa transplantation subite de la cellule étroite à sa maison, de retrouver l'espacement des murs et l'amplitude des poutres, le berceau de l'âtre, et même l'alignement du lave-linge neuf avec la vieille cuisinière de fonte, l'horloge et son battant de cuivre, les odeurs d'accoutumance ancienne à sa narine, il a un peu le vertige, la remontée d'une sorte de sanglot des profondeurs, pénétrant et doux, auquel se laisser aller soulage. Le transformer en rot sonore, une manière d'en finir avec les tralalas.

— A table, tonne-t-il, enroué d'un rhume subit.

Il n'a bu de si bon médoc d'un sacré bail, si bonne chère n'a connu depuis des semaines ! Soizik a mitonné des confits d'oie et fait rissoler les pommes de terre dans leur graisse, confectionné son gâteau surprise, qui a cette fois, nappé de mousse au chocolat, la forme d'une bûche à peu près, une avance de prise sur le repas de Noël. Son dessert ne varie guère, mais il enchante les enfants qu'ils sont tous demeurés, quel que soit leur âge, il est la spécialité locale des Armand, son esprit et sa joie, sa saveur sur la langue unit les générations en un même corps. Alors, dans l'ébriété légère, et en dépit que ce soit en présence d'une étrangère, mais celle-ci se tient coite correctement à l'autre bout de la table, du bon aloi de ceux qu'on accueille et tolère parmi soi, dans cette liesse silencieuse et lente d'être rétabli en son domaine, ses terres, sa famille, et son quant-à-soi, Gaston cogne son verre à tous, du très bon saint-julien-beychevelle, nom de Dieu. Alors encore, par revanche, provocation, et grand plaisir de la fine farce, étonné lui-même de s'être autorisé ce rêve indu, qui le démangeait quand même, qui l'intriguait de le réaliser un jour, rien que pour voir, une fois, pour s'en passer l'envie en fraude :

— L'après-midi du 12 novembre, dit-il, je suis allé à l'aéroport d'Orly, et cela le chatouille d'un rire. Je suis allé voir les avions, par l'autobus qui part de la place

Denfert-Rochereau. Je suis monté sur la terrasse qui est comme une grande jetée sous le ciel. J'ai vu la tour de contrôle et décoller une Caravelle. C'était mon idée, elle ne regarde que moi, et nous tous. Cela ne sortira pas d'ici, hein, les enfants ?

La veille de Noël est un jour de chauffe à la librairie, y débarquent toutes sortes de gens qu'on ne voit jamais, soit qu'ils se sont évertués en vain à trouver un cadeau mieux adapté, soit que, pris de court, ils n'ont plus le temps d'une autre idée, ils viennent acheter des livres. Un livre, c'est toujours bon à offrir, c'est digne et honorant. Même au piètre lecteur qui n'en ouvrira pas une page, il ne viendrait pas à l'idée d'en protester ; à défaut de ce qu'il contient, on peut toujours choisir le titre qui soit une adresse polie à la personne, ou bien les images de la couverture, et surtout le bandeau d'un prix littéraire qui, par sa distinction, vous tient pour quitte du bon goût et de l'attention.

— *Quand la mer se retire*, voilà un titre suggestif, se réjouissait la petite dame, qui venait de reposer *Un chat qui aboie*, prix Médicis. Cela se passe-t-il à la plage ?

— Il ne s'agit pas de bains de mer, précisait Elise, mais d'un récit de guerre, pacifiste, humaniste, facile à lire. Armand Lanoux a aussi écrit une biographie de Zola, peut-être préférez-vous ?

Elle ne préférait pas, Zola écrivait, sur les accouchements des bonnes, des cochonneries si sordides, si choquantes… En cette période, Elise mettait dans sa poche, mouchoir par-dessus, sa foi, sa passion littéraire et ses goûts personnels, en quelques jours les ventes de fin d'année requinquaient son chiffre d'affaires, elle avait toutes les patiences pour orienter, conseiller, et pour finir valider le choix de ces clients de la dernière heure. Les beaux livres et les biographies partaient bien, la poésie beaucoup moins, hélas, hélas, mais, pour *Le Procès-Verbal* manquant de peu le Goncourt, obtenant finalement haut la main le Renaudot, pas besoin de vanter ce livre d'un débutant, étonnant par ses audaces stylistiques, habile à assaisonner nouveau roman, existentialisme et inventions farfelues, pas besoin de le défendre, son auteur suffisait à séduire l'acheteur. Une tête de jeune premier sympathique, Jean Marais presque, au temps où Cocteau le découvrait, propre sur lui et d'un charme fou : désormais la télévision, les photos dans la presse font davantage pour la notoriété que les critiques… Avec le Femina pour *La Nuit de Mougins*, le romantique roman de Vrigny, et l'Interallié à *La Bête quaternaire* de Renée Massip, cela faisait un bon peloton de tête pour les ventes, mais Elise réussissait à glisser, ici ou là, *La Motocyclette* de Mandiargues, et surtout, son engouement de la saison, *Nous allons en Inde*, de Vsevolod Ivanov, une fresque russe foisonnante, débridée et lyrique, follement généreuse, située dans la Sibérie de 1913, féerique, picaresque, réaliste et poétique. Elle en faisait l'éloge à tout hasard, sans toujours convaincre, surtout très occupée à envelopper les livres de papier cadeau et à friser le bolduc, une corvée de saison. Heureusement, Leni était là pour l'aider. Elle avait fait irruption dans l'après-midi pour lui rapporter la clé de sa chambre de bonne et lui dire au revoir : elle partait le soir même à Bologne, *via* Florence, où elle s'arrêterait deux jours pour voir un peu les fresques de Giotto à Santa Croce.

— Ce François d'Assise, quel enragé. Rien dans les poches, pieds nus, sans besace ni tunique, va-t-en-guerre contre la marchandise capitaliste de son époque : dans son genre, un précurseur situationniste, estimait-elle.

La libraire n'avait pas le temps de l'écouter lui expliquer ce qu'était cette secte, elle l'avait recrutée au pliage, en attendant l'heure de son train, ce à quoi celle-ci se prêtait volontiers. Moins à subir les admonestations d'Elise, inquiète de cette foucade :

— Ta mère est-elle au courant, et comment vas-tu vivre là-bas, y connais-tu quelqu'un qui te loue une chambre, tu ne parles même pas italien, as-tu de quoi te couvrir, l'hiver est rude dans ces régions, ne crois pas que l'Italie soit un pays de cocagne, méfie-toi de la Mafia…

Mais comme il lui fallait courir au plus pressé, elle n'avait pas le temps d'une conversation suivie. Là-dessus, était arrivé Sacha, presque à l'heure de la fermeture. Pour une surprise, c'en était une. Jamais il ne mettait les pieds à la librairie, en tout cas sans Louis. Une surprise de plus était qu'il se trouvait avec Leni en terrain de connaissance, apparemment. Leur brève rencontre au bois de Graville, cet été, ne justifiait pas cette si bonne amitié et, comme elle s'en étonnait, Leni avait daigné lui préciser qu'ils s'étaient découvert pour ami commun le metteur en scène de *Maître Puntila et son valet Matti*, un copain d'école à elle ; qu'elle avait trouvé très bien Sacha en Vachère, que Brecht est grand, et le monde petit.

Sacha n'avait pas son air dégagé habituel, il hésitait entre les tables, prêt à s'éclipser comme un qui s'est fourvoyé, s'attardant cependant, aussi Leni l'avait-elle embauché à son tour ; deux auxiliaires de cet acabit, un luxe. Ce qui lui faisait réaliser qu'il lui faudrait bientôt trouver une personne pour l'assister, il n'y avait pas qu'au moment des coups de feu qu'elle en manquait. L'heure de la fermeture approchait, celle du train aussi. Au moment de partir, la jeune Allemande avait embrassé Elise d'un élan inattendu, vraiment embrassée, sur les deux joues, tout en lui glissant furtivement un objet dans la poche, serré virilement la main de Sacha et s'était enfuie, son sac à l'épaule, son bonnet enfoncé sur les sourcils. Si bien que, une fois poussé dehors le dernier client, Elise s'était trouvé nez à nez avec Sacha, toujours planté là.

Celui-ci ne semblait pas vouloir déguerpir à son tour, au contraire reculant au fond du magasin, alors seulement elle avait réalisé ce que sa visite avait d'étrange, d'exceptionnellement étrange, et sa résolution à rester, à la laisser tirer le rideau, accrocher le bec-de-cane, éteindre les lumières, que se passe-t-il, mon garçon ? Visiblement, il n'avait pas l'intention de le lui expliquer ici, il lorgnait vers l'escalier et soudain elle s'était avisée – mais comme tout lui parvenait à retard, ce soir, épuisée qu'elle était de sa journée – que cet homme lui était un parfait inconnu. Ou plutôt ce genre de personne qui, comme les chats, feignent de tolérer votre voisinage plutôt qu'ils ne se domestiquent, daignent manger à votre assiette pourvu que rien ne leur soit exigé en retour. De si longtemps elle ne l'avait vu qu'en compagnie de Louis, son ombre dupliquée, par un mimétisme proprement fantastique empruntant sa voussure et sa mélancolique inclinaison de tête, jusqu'à sa voix caverneuse parfois, son élocution dramatique comme ses expressions favorites, qu'à retard encore, et avec un vague malaise, elle réalisa qu'elle était seule avec ce corps étranger détaché de Louis, pour la première fois.

Elle ne savait s'il était plus étonnant d'avoir, sans s'en formaliser, admis cette bizarrerie de leur paire inséparable, ou bien de constater qu'ils étaient sécables, l'un *sans* l'autre envisageable, l'un *ou* l'autre une personne distincte. Hors la présence de Louis, Sacha était donc quelqu'un, et c'était si singulier, déconcertant, qu'elle en eut un moment d'effroi. Se ressaisit, objecta qu'il lui fallait, avant de se consacrer à sa visite vespérale, sustenter Socrate. D'ailleurs, celui-ci se contorsionnait autour de son écuelle d'éloquente façon, hérissé d'avoir eu à subir le tapage de la librairie tout le jour, sans une sieste convenable. Circonspect, Sacha observait l'animal, qui l'ignorait, d'un incommensurable dédain. Entre eux, il y avait le contentieux de l'acrobatie obtenue par traîtrise au bois de Graville, les chats ont une mémoire d'éléphant. Le petit service de son dîner avait ménagé l'intermède favorable pour reprendre ses esprits ; ensuite, ils étaient montés chez M. Brasier, et dans cet endroit paisible où dormaient les mânes du vieux libraire, Elise avait recueilli la plus effarante, la plus hallucinante des confessions.

Bien des années plus tard, elle ne se souvenait de cette soirée que comme d'une entaille béante dans l'ordre du monde, un gouffre où elle était entrée, dont elle était ressortie, sans savoir où il se situait parmi les crevasses de la croûte terrestre, les failles intercontinentales ou mentales, dans quels ouragans, quel œil de cyclone elle avait pu s'égarer, mais ce n'était pas elle qui était perdue, c'était Sacha. Il l'était d'ailleurs depuis ce soir-là, disparu comme s'il n'avait jamais existé, évaporé, purement gazéifié, un sublimé d'absentéisme terrestre, mort ou vivant, peu importe, ce n'était pas un problème de cette nature, il était extraordinairement présent partout, si loin qu'il soit à errer sur les routes d'Europe, il passait les frontières et les bras de mer, les anses, les détroits, franchissait les rideaux de fer, les barbelés, les projecteurs des miradors et les portes blindées, pas plus no man's land des goulags qu'inextricables forêts sauvages n'empêchaient sa progression, sentiers de montagnes escarpés, autoroutes, il pouvait descendre par les cheminées, soulever les toits, forcer les serrures des caves les plus profondes, se glisser dans l'interstice des planches les mieux assujetties, des blocs de granit, ramper sous les couches de neige qui recouvrent la plaine et dans la vase des marécages au clair de lune, dormir longtemps au creux d'une souche pourrie, dans la soue à cochons, les draps de soie d'un grand hôtel, flâner aux chantiers navals de Gdan´sk ou dans un magasin de luxe, tricher aux tables de jeux à Evian, infirmière à Bar-le Duc, fondeur dans la Ruhr, guide touristique à Pompéi, maçon à La Haye, chauffeur de taxi à Londres, danseuse étoile, coiffeur pour chiens, courtier en assurances et directeur de cirque, et curé ou cosmonaute, si ça lui prenait ; il pouvait ressembler à qui bon lui semblait. A une vieille assise sur un banc du parc Montsouris, à un agent immobilier, rue Bobillot, un voyageur du soir, gare de Brunoy. Il était dans son intention de disparaître.

Son souci était d'en faire part à quelqu'un. Car, dorénavant, il allait falloir prendre grand soin de Louis. A qui s'en remettre, sinon à sa maman, un être d'élite. Il apportait une liste de strictes recommandations concernant la composition de ses menus, d'une suprême complexité d'horaires et assaisonnements selon ses dilections, ses dégoûts et ses sucs gastriques. Concernant l'entretien de son linge, pas d'amidon, qui ulcère la peau de démangeaisons : le soin de ses ongles, coupés carré, vernis au polissoir ; son savon à barbe, sans lanoline, toujours ses allergies ; adresses de son chausseur et de son chemisier sur mesure ; ses bouquinistes favoris, sa banque, le garagiste de sa Porsche, le bail de l'appartement, son agent artistique, ses projets immédiats, voir Planchon, voir au théâtre de l'Odéon, ses rendez-vous des prochaines semaines, téléphones, adresses, tout était consigné dans l'agenda, mais c'était crucifiant : comment Louis ferait-il sans Sacha pour résoudre le moindre de ses tracas domestiques, et professionnels, et administratifs, et techniques : il ne sait pas visser une ampoule électrique.

— C'est une personne lunatique, qui se déplace dans l'existence et parmi les objets par idéalisme. Il n'a aucun sens de la bestialité. C'est pourquoi il est dépourvu, prenez grand soin de lui. Des consciences en souffrance le hèlent, elles brament, aboient, le harcèlent de leurs manigances pour s'immiscer dans la sienne ; dans leur orbite, il est difficile de s'appartenir. Vous ne voulez quand même pas, dans ces conditions, qu'il ait une *identité* ! Il a affaire tous les jours aux poètes, qui torturent son esprit, donnez-lui la réplique, vous verrez : les textes de théâtre sont un concentré d'inintelligence sublime. Il dit : Ne pense pas à ce que tu lis, n'écoute pas, ne cherche surtout pas à *amuser la galerie*. Il dit : Si le personnage avance, tu avances ; si l'aiguilleur des gares recule, tu recules. Quand le vieux prêtre aveugle ou le tyran, ou la petite fille à gueule d'ange rient *terriblement*, tu ris de même. Quand Trigorine valse, tu valses. Que Iago mente, tu mens. Si le valet Matti s'enfuit, je prends mes jambes à mon cou. La Vachère en sait quelque chose, de ces vacheries. Vous lui avez prêté l'oreille ? Tant pis pour vous. La plupart des gens s'en gardent prudemment. Je vous dis tout cela pour votre bien, Elise : faites très attention en répétant ses rôles avec Louis. Désormais, il n'aura que vous pour répondant.

Mais, ce qui le tracassait le plus, c'était la morphine de l'acteur, sans quoi il est un pauvre enfant chevauchant les tempêtes, sa pauvre tête lance des éclairs. Ingrédient délicat à manœuvrer. Pas tant le dosage, qui est une cuisine, de même que l'épicerie de ses plats, on s'y fait. Il s'agissait de l'approvisionnement. Hélène n'est pas prévenue que je dois partir, elle en ferait une maladie ; or elle a les clés. Or les clés dépendent du service. Qui change parfois. La pharmacie du Val-de-Grâce – un nom prédestiné, n'est-ce pas ? – est un endroit subtil. Sacha y avait personnellement ses entrées, Hélène le laissait se servir à sa discrétion, qui était grande. Elle se fiait à son appréciation car, après avoir voulu le *finir* en le jetant dans le puits, elle était devenue son amie, en raison qu'elle était celle de Louis, pour quoi elle avait admis qu'il sortît des melons par contorsion, sans explications.

Il en aurait pourtant eu à donner. S'il y a un endroit au monde où le couteau à cran d'arrêt vous est très utile, c'est bien le bagne d'enfants d'Aniane. Encore que, même les dents cassées à coups de clés, vous soyez mieux loti que viande enchaînée à un lit de fer, tourmentée, tailladée dans un galetas de la rue de Belleville, en haut de l'escalier, sixième étage, juste à côté de chez mémé qui s'en allait du nez. Celui qui y montait en avait plein le dos, de la corvée de ces étages, mais, une fois rendu là-haut, cela méritait le coup de reins : il atteignait les sommets de la chiennerie. Foi d'animal, croyez-moi car, rapport aux bêtes, j'en connais un rayon : le vice est sublime, mais à ce degré-là ! Sacha n'en avait jamais vu de tel, même à Brzezinaw. Ou alors il n'avait pas encore assez voyagé, pourtant en avait-il vu, du pays. Que faire ?

— *Autant sois-tu mort, sinon tu es mort, moi aussi, va-t'en.*

Il avait eu beau obéir à ce conseil altruiste, s'esbigner grâce à une boîte de sardines, sa mère était morte quand même. Comment ? Des effets de la chiennerie de son tourmenteur, ou d'une réexpédition en Pométanie, *via* Drancy, ce n'est pas une chose très claire. Sacha est revenu trop tard pour le savoir précisément. Encore que, du pareil au même, le fait est. Il est que le règne de l'*humanité* est arrivé, bestialement parlant. Ce que Brecht a très bien compris, mais les gens se gardent de l'écouter. Ensuite, ils se retrouvent à manger de l'herbe comme une vache, et même de la terre, incomestible à l'espèce. Il n'y a plus personne pour leur porter du beurre, du poisson, les faire sortir du camp par la porte d'entrée, ils partent en fumée dans le ciel, qui en a tant absorbé depuis la nuit des siècles que ça lui est absolument égal. Pensez quand même, de temps en temps, que nous marchons sur des cimetières de boucherie partout de par l'Europe ; où que vous mettiez le pied, vous le posez sur un charnier. Des esquilles, des mâchoires, des clavicules et des osselets de doigts de pieds remontent des labours, des champs d'épandages et des chantiers d'autoroute, des coins de village d'Ukraine, de Pologne, de la Somme et de Verdun, particulièrement à Os´wiécim, et même à Brzezinaw, où j'ai étripé moi-même jadis la ménagerie locale.

Sacha contemplait songeusement ses mains, qui sont grandes comme des massues, fines et musculeuses, ongles coupés au carré, d'un doigté si délicat qu'il enfile les aiguilles et fait des tours de magie, à ravir les enfants. Son visage, quoique anguleux et dissymétrique, très étrangement articulé à ses vertèbres cervicales, a une douceur mélancolique, c'est qu'il s'en va, c'est qu'il en a fini, soupire-t-il. Ce soupir vient de si profond dans ses alvéoles pulmonaires, ses cartilages, son pancréas ou sa moelle, qu'il est une expiration de tout son être fatigué, essoré, par la tâche tuante dont il s'est chargé, mais c'est bien fini. Il n'y a plus rien à faire, *tout est consommé*. Voilà pourquoi il vient ce soir trouver Elise, qui est tout ce qu'il connaît de bonne mère ici-bas, depuis qu'il n'a plus la sienne : la meilleure est celle qui vous reste sous la main. Justement, de sa main dangereuse, il tapote celle d'Elise, avec grand respect :

— Soyez gentille avec Hélène, elle vous donnera tout ce dont Louis a besoin : elle l'aime. Elle a du sentiment pour Javier et pour son fils Manu mais, du sentiment, qu'a-t-on à faire ? Elle aime Louis mieux que la prunelle de ses yeux, car il connaît sa véritable cruauté. Une qui ne *répugne* pas, sur qui l'on peut compter. C'est rare, une femme *entière*.

Jamais Sacha n'aurait pensé avoir à les quitter, elle et lui, sa bonne vie dans l'appartement délabré de l'île Saint-Louis, et son travail d'acteur, qui n'a que des seconds rôles, et souvent de figurant facultatif sans une seule réplique. Mais, sans l'effet que celui-ci produit, entrant, passant dans le décor, s'éclipsant, évanoui sans retour en coulisse, que serait le théâtre ? Il est l'ombre essentielle qui le peuple, témoin du monde absent de toutes les fictions, l'autre irremplaçable sans qui le roi ne serait pas roi, et les dieux divins. Les personnages secondaires sont à la recherche de leur histoire, bien plus mystérieuse que celle des héros, puisque nul ne les raconte : ils ne sont personne et pourtant quelqu'un. Cela m'allait très bien, cela va me manquer.

Louis m'a poussé dans ce théâtre au moment où j'allais m'évanouir dans la nature ; qui n'est pas bonne, comme vous le savez. En réalité, il m'a sauvé de l'innocence infecte où j'étais, jaloux des bourreaux, mes frères en vacherie, qui, bien plus que les corps, qui n'en peuvent mais, assassinent les âmes. Louis m'a payé des dents neuves et rempli l'estomac, ce qui était une priorité prosaïque. Il m'a offert un rôle de figurant à ses côtés, ce qui était d'une insigne charité. Je sais tous les textes par cœur que murmurent les rois et les dieux de l'autre côté du Styx, et les didascalies par lesquelles ils se taisent ; ce qui m'a donné le temps de méditer que j'éviscérais pour des prunes le bétail ordinaire… Je lui faisais bien de l'honneur de me fatiguer à le désosser ! Je dois vous dire, Elise, que Louis m'a civilisé.

Aussi, quand ce démon m'a retrouvé, celui qui se hissait au sixième étage d'un coup de reins, cela m'a-t-il épouvanté, désespéré. Oh ! si vous saviez comme, ce soir-là, j'ai maudit Louis de m'avoir sorti des melons ! Et d'avoir acheté la télévision. C'était pour mes soirées, disait-il. Pour occuper les longues soirées solitaires où il m'abandonnait dans le sofa grand comme une baignoire, tandis que la morphine anesthésiait ses affres, ses migraines et ses nausées narcissiques de brave comédien sans identité. Pauvre Personne, qu'avais-je besoin de cette image, téléportée à domicile de tous les coins de la sanglante planète, pour m'informer que la loi est toujours même jeu de dupes, l'argent, même machine à tuer, dans les usines à exterminer ou sous les bombes au napalm ; le travail, l'asservissement, et la politique le même métier de gangsters… Cela me lassait immensément, à en bâiller d'ennui mais, ce soudain soir-là, il m'a reconnu.

Il m'a surpris, le scélérat, au milieu de mon immense bâillement. Indubitablement, c'était lui. Son fameux coup de reins pour remonter la travée, escalader les marches de son perchoir, dans l'or et la gloire du palais Bourbon. Dans ce bocal de la télévision, il n'y avait que la vitre de l'écran pour nous séparer, il y collait en gros plan son faciès, tel que je le voyais de mon observatoire dans l'escalier de mémé Vitalie. On n'a de masque que sa vérité : il m'a démasqué dans la seconde. Mâchoires béantes que, de terreur, je ne pouvais refermer. Ensuite, je claquais des dents. J'avais si froid de n'avoir de bras autour de moi… Je ne veux pas vous apitoyer, Elise. Vous n'avez pas à me plaindre. Etais-je naïf de croire qu'il m'oublierait ! Qu'il était passé, ni vu ni connu, par le chas d'une aiguille de l'histoire, évanoui dans la coulisse ! Il était bien vivant, dans sa chair et ses os, pas du tout un personnage secondaire facultatif. Il disait son texte avec l'hypocrite arrogance de ceux qui savent *amuser la galerie.*

Je n'en ai rien écouté, sauf le speaker décliner son identité. Il en avait donc une, enfin ! Moi, sidéré de le voir à découvert, et déjà nu, écorché comme lapin de garenne que je m'en vais dépecer membre à membre, désarticuler aux jointures avec la pointe de mon couteau à cran d'arrêt, très lentement lui sortir les tripes et la rate chaudes, en collier me les accrocher autour du cou tandis que je lui cisèle le cœur, lui tranche les couilles, ensuite je lui arrache l'œil comme un escargot et le gobe, par cet orifice touille sa cervelle et la suce à la paille dans les trous de son nez, ah ! *vienne à présent l'heure la plus magique ; où bâillent les couvercles des cimetières, laissant s'exhaler sur le monde toutes les contagions de l'enfer. A présent, je boirai du sang chaud ! j'accomplirai de quoi faire trembler les regards du soleil !...*

Nom de Dieu, je ne suis plus l'enfant de Brzezinaw ! m'écriai-je.Voilà que ça me reprend ! Pitié ! Anges et saints, protégez-moi ! Sa face perfide laboure mon âme, glace mon sang et fait jaillir mes yeux comme deux astres de mes orbites. Génie malfaisant, souffle de l'enfer, tu te présentes à moi sous une forme qui m'invite à te purger de la terre, tu me tentes et me damnes ! Pitié, pardon, je suis amnistié, bestialement parlant gracié ! Je suis l'ami de Personne, j'ai des responsabilités ! l'apostrophais-je.

En vain. Quand on a une fois dû équarrir, dévorer crus intestins et rognons avariés, il vous en reste le goût des charognes, amère médecine des enfances barbares, le cœur en est à jamais corrompu... N'ayez crainte, Elise. Vous n'êtes pas concernée. Il m'a choisi, moi, pour la besogne. C'était dans mon rôle. Qui d'autre le tiendrait ? Ah ! je n'irais pas lui mendier nouvelles de ma mère, ses osselets ne déchirent aucun linceul. Elle n'a tombe ni sépulture humaine, aucune pesante dalle ne couvre sa dépouille, elle est des spectres errants qui lamentent parmi les fumerolles de brume au-dessus des fosses éteintes, par les matins d'hiver ou, dans les étés, dans l'infernale trémulation de l'air, elle n'a pas de paix. Alors, prompt comme l'éclair, froid comme la lame, doigt sur les lèvres, je vole à ma vengeance. Je sais un sortilège de mon cru, j'ai ma pharmacie. *L'instant est proche, démon, où vont te réclamer les sulfureuses flammes et les tourments !*

Je m'y suis pris le plus délicatement possible, histoire de le mariner à ma sauce : il me fallait, pour chemin jusqu'à lui, *commencer par les enfants* ! Cette époque est déshonorée. Maudit soit le souci d'être né, moi, pour la faire rentrer dans l'ordre ! Commence par les enfants, me disais-je, c'est clémence, justice, mansuétude et bonté. Les enfants ne sont fautifs de rien, sauf de naître, rois d'aucun royaume, rien à tirer de leur douleur ou misère, surtout ne pas les épouvanter, ne leur faire de mal d'aucune manière, mes pauvres agneaux ! D'avant leur naissance, leur Père apostat les condamne. Pauvres brebis ignares, que je vous plains, et me plains, d'être ainsi jetées ici-bas… J'épargne les derniers-nés, par eux je commence, douceur et rapidité, sans cruauté ni méchanceté. Ils viennent, curieux, émerveillés, au bord de l'étang voir bouger les lentilles d'eau et les éclaircies de ciel qu'envahit la nuit refléter leurs visages, tant de beauté inutile… Ils viennent gentiment sauter du banc, prendre leur fol envol, d'une audace que nul n'encourage, tant de téméraire confiance, de bravoure, vaillance vaines !… J'ai précipité le fils sans délai des étages, à toute vitesse et de mon mieux, sans lui faire de mal non plus ; je lui pardonne. Ne croyez pas que cela m'amusait…

Mon plaisir n'était pas bien grand, sauf de l'ouvrage bien fait. Qui s'applique à tuer proprement ? A la descendance de cette crevure, je ne voulais nulle souffrance. A lui la pire, et lentement. Ma sentence est pure, je suis son instrument. Sur le quai de la gare, pauvre jeune femme, celle-là n'avait plus besoin de moi pour compter les trains… J'ai vu quelle tumeur d'intelligence lui avait poussé. Sa douleur était grande, il était temps d'en finir. Avant de s'éloigner sur les voies, elle a serré ma main, savez-vous ? Comment imaginer qu'il se ferait si vite sauter la cervelle ? Il n'a pas tenu longtemps. J'en étais ébahi, pas vous ? Beaucoup se la faisaient sauter, à l'époque, qui sentaient venue la fin de leur bon temps. Pas tellement qu'ils étaient intelligents : ils n'avaient aucune tumeur. Ils n'avaient que peur vile, la basse peur des bourreaux. J'ignorais que mon heure viendrait si vite. Tout est consommé. Jamais son monstre ne quitte l'enfance. Il ne vieillit pas. Sur moi, j'en prends la charge. Elle est fatigante, tuante. Je m'en donne le mal sans quiconque pour m'absoudre, punir ni juger. Le mal m'en revient, il est bon. Aussi dois-je partir, Elise…

Sacha était parti, la chaise était vide. Il n'avait jamais été là, n'avait pas plus existé que dans les songes dont Morphée hante les mortels, issu des contrées sous-marines ou célestes de son royaume, issu des ténèbres où vaguent et vagissent les ombres de rêves que les hommes n'ont pas encore faits, actes et désirs impensés promis à leur terreur. Au discours qu'il tenait, nulle oreille ne devrait se tendre, ou alors l'oublier, le retenir captif des vestibules et des chambres ciliées, l'embaumer d'huile cochléenne et momifier en ce linceul, afin de conjurer sa déflagration par transport atomique au cerveau. Doigt sur les lèvres, Elise. Silence. Tu n'as rien vu, rien entendu.

L'appartement de M. Brasier ne tolérait aucun dérangement, elle rangea la chaise, ce qui rétablit l'ordre illico. Elle mit à réchauffer le potage de la veille, poireaux, carottes, pommes de terre, son dîner de Noël. Lapé à la cuillère, il manquait un peu de sel. Tandis qu'elle s'affairait à sa cuisine, sa poche heurta la table. Leni y avait glissé un petit flacon tout nu, en guise d'au revoir. *Chanel n° 5*, un parfum inapproprié aux mœurs modestes de la libraire, sans papier d'emballage ni bolduc frisotté, un cadeau hors de prix duquel la jeune Allemande n'avait pas les moyens, sauf de le faucher ; dispendieuse rapine de cette énergumène, une enfant du siècle qui court l'Europe à la poursuite d'elle-même, où te rejoindras-tu, Leni ?

En 1966, Leni Zeisser avait rejoint ceux qui lançaient *Unter den Talaren, der Muff von Tausend Jahren !* au passage des professeurs défilant en procession solennelle pour la rentrée universitaire. Elle n'était plus étudiante, elle épluchait les pommes de terre à la cantine d'un jardin d'enfants et, le reste du temps, les biographies des patrons et politiciens, magistrats, procureurs fédéraux et policiers, de tout citoyen allemand enfermant sous sa toge, son uniforme ou son veston de simple civil, l'air vicié du Troisième Reich promis à sa gloire millénaire.

Sa génération réclamait des comptes à ses géniteurs, fabriquait des bombes incendiaires artisanales pour faire sauter les grands magasins du capital et manifestait contre la guerre du Viêtnam. En 1972, embauchée en fraude à Ludwigshafen, Leni tournait des courts métrages d'agit-prop dans les usines de la Badische Anilin und Soda Fabrick, avec une caméra prêtée par Erich Fasslander ; elle faisait le coup de poing à Hambourg, à Heidelberg contre le QG militaire américain, trois morts, six blessés. En 1974, passée à la clandestinité, elle transportait des armes pour ses amis de la RAF, de celles qui servirent ensuite à exécuter le nazi Hans Martin Schleyer, représentant du patronat allemand. Pour cela, passa cinq ans en quartier de haute sécurité, dont sa mère, Grete Zeisser, à la tête d'un comité de soutien, dénonçait dans la presse les méthodes fascistes, torture psychologique, privation sensorielle et violences physiques. A sa sortie, la dangereuse terroriste avait passé trois mois dans une maison de repos sous surveillance policière, qui s'était relâchée en raison de son état de santé défaillant, insomnies, anorexie mais, un beau matin, la femme émaciée avait quitté sa chambre, la ville, l'Allemagne fédérale et sans doute l'Europe. Interpol signalait sa présence tantôt en Palestine, tantôt en Jordanie, plus vraisemblablement en Argentine où, en 1980, un paisible retraité de l'industrie pharmaceutique à la main mutilée, de longtemps résident et naturalisé sous le nom de Juan Almendros, selon certaines sources du Mossad un dénommé Otto Zeisser, ancien nazi inscrit au NSDAP dès les années 1930, trouvait la mort dans un accident de voiture avec sa conductrice, une inconnue de qui le corps n'avait pu être identifié, leur voiture s'étant écrasée dans un ravin, complètement carbonisée.

Mais on avait les yeux ailleurs : en ce temps-là, Robert Badinter, garde des Sceaux de François Mitterrand, obtenait l'abolition de la peine de mort en France, les dictatures tombaient en Amérique du Sud, un tremblement de terre de magnitude 8 dévastait Mexico, Ronald Reagan était opéré d'un cancer au côlon, Marcel Carton et Marcel Fontaine, Michel Seurat et Jean-Paul Kauffmann étaient enlevés à Beyrouth par le Jihad islamique. Gregory Villemin était retrouvé noyé dans la rivière de la Vologne. Les Soviétiques quittaient l'Afghanistan, les supporters s'écrasaient contre les grilles du stade du Heysel, la Hongrie ouvrait ses frontières aux vacanciers de RDA, qui envahissaient les ambassades de RFA, à Prague, à Varsovie. A Berlin-Est, Mikhaïl Gorbatchev refusait le principe d'une répression armée. Dans la nuit du 9 novembre 1989, une autorisation permanente de voyage faisait se précipiter des milliers de Berlinois au point de passage de la Bornholmer Strasse, bientôt suivis par une foule en liesse ; à la stupéfaction du monde occidental, de révolutions de velours en gouvernements démis, se désagrégeait l'Empire soviétique. La télévision retransmettait en direct l'exécution du couple Ceauşescu, des ogres modernes dont l'espèce n'est pas éteinte. Parmi d'autres industriels opportunistes, le groupe B&G implantait ses usines dans ces pays, nouveau marché et main-d'œuvre à bas prix, on délocalisait ; le mot ne s'était pas encore répandu, mais la pratique se généralisait.

En juillet 1989, Antoine et Christine fêtaient les vingt ans de leur fils aîné. Pierre Donné venait d'entrer à Sciences-po, sa sœur Alice, seize ans, était en stage de voile aux Glénans, mais elle envoyait un message à son frère sur le fax de la maison de Kinvara où ils étaient venus passer leurs vacances en famille chez William, avec sa tripotée d'enfants, quatre filles, et tant pis pour le garçon, sa mère et ses tantes en avaient eu leur lot. Mildred avait rejoint Théo sous les hortensias bleus au cimetière du village, son fils pouvait depuis longtemps se mettre à son piano sans parasiter les démons de son père. Il n'en jouait plus que là : son poste à la Lloyds ne lui en laissait plus guère le loisir. D'ailleurs, il préférait les virées en bateau avec Antoine, et Alex, qui avait rejoint Viviane et

Julie pour le week-end ; leur fille rentrait d'un lagon de Nouvelle-Calédonie où elle étudiait l'extinction de certains crustacés lamellibranches. William préférait les parties de pêche et de ping-pong, laissant lâchement Alma, sa femme, ravissante informaticienne exilée cubaine, étendre le linge et se débrouiller avec les chamailleries de sa ribambelle de filles, d'adorables adolescentes, chipies pain d'épice ; le partage des tâches progressait lentement, en dépit des revendications féministes.

Je t'embrasse au clair de la lune, mon ami Pierrot, faxait Alice à son frère, une plaisanterie qui commençait à s'user : Christine avait trouvé l'idée géniale de mettre son fils au monde le 21 juillet 1969, à trois heures du matin. Antoine, le félon, courait de la salle de travail à celle des sages-femmes de garde, où un poste de télévision retransmettait en direct le premier pas de l'homme sur la Lune. Tous, entassés dans ce local de la maternité, fumant et buvant du champagne, attendaient les images venues à toute vitesse à travers l'espace, merveille, apothéose ! Si barbouillées, si parasitées fussent-elles dans leur mauvaise définition cosmique, elles étaient exaltantes, épiques, historiques ; pour un peu, Christine accouchait toute seule. La primipare avait beau appliquer la respiration thoracique du petit chien et la relaxation, suivre la dilatation du col à la pièce de vingt centimes, de cinq francs, respirer, se relaxer, oxygéner son muscle utérin, l'accouchement *sans douleur* était une foutue supercherie. Cela faisait un mal épouvantable, et elle se moquait bien de la mission *Apollo*, du module lunaire, de Neil Armstrong et de Buzz Aldrin. Un petit pas pour la Science, un grand pour l'Humanité, mais les femmes continuaient de mettre bas comme au temps des cavernes, et les pères de regarder ailleurs au moment critique ; sinon, ils tournent de l'œil.

Il faut dire que l'expulsion maternelle d'un petit Terrien est un spectacle autrement éprouvant que tous les alunissages, ce batracien écorché, tout fripé par son séjour aquatique, se convulse de déchirante détresse, on n'ose le toucher gisant sur le ventre qu'il vient de quitter, encore relié à sa capsule de cosmonaute amniotique par son câble de nacre sanglante qui, sitôt sectionné, lui fleurit à l'abdomen d'un énorme pompon avant de cicatriser en œil nombrilique, pauvre gluante créature ointe de sanie, petit hominidé exaspéré, avide, combatif déjà, d'une volonté impérieuse. Sous les néons crus, cet extraterrestre halluciné réclame son dû. Sa pitance lactée et son imprescriptible droit à l'existence. Pierre était d'une laideur phénoménale, d'une divine beauté, sous ses fontanelles battait un cœur neuf, y poser la paume donne le pouls universel, à en sangloter de félicité.

Depuis, il était devenu un géant d'un mètre quatre-vingts à la pilosité avantageuse, pointure 44, son cerveau avait engrangé une masse inouïe d'informations, de sensations et de perceptions, il avait une propension naturelle à draguer les copines de lycée de sa sœur, des péronnelles qui prennent la pilule comme des pastilles à la menthe, ce sentimental répugnait à la capote, mais le sida remettait le latex au goût du jour, la libération sexuelle n'avait pas duré longtemps. Son prénom usuel était celui d'un arrière-grand-père, les autres d'un aïeul hongrois fumeux et d'un arrière-arrière-grand-père à particule en même temps que d'un petit oncle mort sitôt que né, les parents sont insensés. Par chance, Pierre André Henri n'avait aucune idée de l'ascendance qui lui valait cette particularité sur sa carte d'identité, les enfants héritent leurs prénoms et nom avec leur code génétique sans se poser de question longtemps, parfois jamais, pourtant, de manière occulte, ceux-ci transfusent autant que les chromosomes et la spirale de leur ADN des informations à haut coefficient patrimonial. Tout le monde, c'est fatal, porte le nom des morts, illustres ou obscurs, mais chacun les siens, de qui l'histoire, si tue soit-elle, continue de se raconter en des zones inconnues du cortex, les nuages de neurones bruissent de leur légende. Enzymes et acides aminés sont un alphabet propre aux mitochondries comme à la plus sophistiquée des créatures terrestres, mais si sa traduction n'en finit pas de réserver à celles-ci des surprises, celle de l'imaginaire des origines défie l'entendement.

Revenons à ce mois de février 1964, une époque où la séquence de Pierre n'était pas encore écrite par l'ovule et le spermatozoïde amoureux de ses parents, à plus forte raison n'avait pas encore été adjugé à lui le code-barres compliqué de ses prénoms. Pourtant, celui-ci ne devait rien à l'improvisation : il avait été élu par Alex, son parrain laïque et par correspondance, sérieusement influencé par ce qui s'était alors passé dans cette même maison de Kinvara, où s'étaient trouvés réunis un certain nombre de gens de tous âges, venus d'un peu tous les horizons, la trajectoire personnelle de chacun convergeant au prétexte d'un anniversaire, un rite socioculturel persistant. Mais, de même qu'à posteriori les astrophysiciens établissent, selon la relativité générale, les lois gravitationnelles qui ont suscité les collisions d'étoiles, la cinétique des trous noirs et les propriétés des planètes naines, à savoir leur attraction au soleil, leur équilibre hydrostatique conditionné à leur masse, et leur voisinage orbital, l'on aurait pu établir les causes et raisons de leur rencontre, qui n'avait rien d'accidentel, encore moins de hasard, mais c'était une si longue histoire que trois romans n'y auraient pas suffi, et d'ailleurs les romans pèchent par leur nature fictionnelle, ils en prennent à leur aise avec les réalités, c'est bien connu.

Quoi qu'il en soit, le fait est que cette réunion de famille avait paru d'une urgente opportunité à un jeune spécialiste des ostraca qui, depuis plus d'un an, s'escrimait à savoir qui, *tournant la manivelle* d'une caméra sommaire, avait enregistré, dans les premières années de ce siècle finissant, les deux minutes trente du film préhistorique qui dormait dans un carton à chaussures chez son grand-père, Maximilien Jamais. Un individu dont l'Histoire n'avait pas gardé souvenir, mais lui oui ; aussi de sa tante Bisou et de son maître Mesnard. Pour élucider cette question lancinante, aux motifs aussi obscurs qu'impérieux, il avait réussi le tour de force de circonvenir toutes sortes de gens, de s'immiscer dans une famille jusque-là totalement inconnue de lui, sauf par son sigle célèbre sur les paquets de biscuits et les pots de yaourt ; de partir à la conquête d'un projectionniste de ciné-club, dans la foulée d'une jeune fille en pantalon fuchsia, et de les convaincre de sa passion monomaniaque pour les dépôts d'ordures de l'Histoire.

Il s'agissait bien de cela : les images du film en question, restaurées par une magicienne du cinéma primitif, étaient une archive de l'infamie. A force d'obstination, il était parvenu à ses fins : il avait rencontré Gabrielle Galay à Kinvara. Mais auparavant, à la suite d'une enquête astreignante, aussi aléatoire qu'ingrate, dans laquelle l'assistait, par pur désœuvrement et débilitation profonde, une jeune épousée en rupture de ban, de qui la famille était, de surcroît, tragiquement décimée en d'obscures circonstances, il avait localisé, débusqué, enjôlé et pris dans ses filets le dernier témoin de cette époque lointaine : un retraité de qui la résidence ordinaire, dans le Somerset, était un ravissement. De ces vieux cottages essaimés sur la côte, blottie dans les collines dominant la baie et les grèves jurassiques entre Minehead et Porlock, dans son écrin de rhododendrons, de camélias, de variétés naines de bambous et de palmiers, que Malcolm Archer s'enorgueillissait de faire pousser, lui avait-il appris, à la faveur du microclimat propice aux espèces orientales. Incroyable le nombre d'endroits où l'exception climatique est la règle.

Alex avait passé là deux jours enchanteurs. Le vieux monsieur ne marquait guère ses soixante-dix ans, svelte et athlétique, selon son régime de thés verts, de marches quotidiennes, énormément de citrons, et un whisky chaque soir. Veuf de longue date, il continuait de vivre seul dans cette demeure de sa famille, fée du logis maniaque, comme l'ancien électronicien qu'il était ne l'y destinait pas, les cuivres, l'encaustique et les floralies occupaient ses journées, le soir la lecture, de poésie exclusivement, et la musique ; sa collection de disques occupait tout un pan de mur, ni radio ni télévision. De la fenêtre de sa petite chambre mansardée, Alex dominait le bras de mer, il faisait un beau temps froid, la transparence de l'air, par un effet de loupe, rapprochait le sillage des navires remontant vers Bristol, les petits bateaux de pêche et les vols de mouettes sur les falaises. Il s'était mis au régime du thé, du citron et du whisky, avait entrepris de raconter à Malcolm Archer ce qui l'amenait. Cela avait pris deux jours de marches le long de la côte sauvage et de soirées au coin du feu. Il s'était mis en veine de rapporter par le menu son histoire, depuis le début. Mais quand un récit commence-t-il ?

Où le décide le narrateur, qui n'obéit pas toujours à la chronologie, d'ailleurs celle-ci est un artifice abusif et mensonger, le temps empile ses strates sédimentaires qui finissent par s'amalgamer, la mémoire y sonde à la verticale par prélèvements à tâtons, ainsi l'archéologue soucieux de ne pas vandaliser le site en observe-t-il les échantillons avant d'entreprendre la longue étude de son inextricable chantier. Par la fin commencent les histoires et, comme le futur, celle-ci s'est écrite au passé, souvent très antérieur. Dieu sait si Alex s'adonnait aux détours circonstanciés et digressions vagabondes, qui jamais ne l'égarent, en dépit de l'apparence. Ainsi qu'il l'avait fait à Antoine, en une soirée de 15 Août, mais jamais une histoire ne se raconte deux fois de la même façon, sauf dans les romans, et encore, chaque lecteur y met son grain de sel, il avait raconté à Malcolm Archer sa trouvaille des films de Pierre Galay. Et comment, de fil en aiguille, grâce à trois photogrammes de cinéma inflammable prohibé, où l'on pouvait lire une pancarte ou une pièce d'étoffe accrochée à une palissade portant une inscription en langue birmane, plus précisément en langue môn, signifiant *Pluie ardente*, ou *Pluie joyeuse*, il avait remonté cette piste en dépit de mille obstacles, qu'il détaillait ; car si le détail se présente pour facultatif, il mérite qu'on s'y attache et le respecte, à lui s'articule le sens général, il en est même la cheville, sans quoi l'on ne comprend rien : ainsi M. Archer avait-il fait la connaissance d'une vieille dame de Châlons-en-Champagne retirée à Saint-Rémy-de-Provence, de tante Bisou et de ses chansons tristes, du beau-frère pharmacien de Tours expert en toxiques, d'une tombe à l'écart dans un cimetière d'Ile-de-France, où reposait Jane Archer, épouse Galay, sa sœur.

— Elle est bien votre sœur, n'est-ce pas ?

Elle l'était bel et bien. Tellement qu'Alex était payé au centuple de ses tourments, et M. Archer de l'avoir écouté patiemment tout du long. Encore que ce jeune homme, qui disait n'aimer pas les romans, vous en bâtît de si extravagants qu'on mettait en doute sa déclaration. Malcolm Archer avait bien eu une sœur, de six ou sept ans son aînée, mais c'était si loin, dans le temps et dans l'espace, qu'il en avait perdu le souvenir, il y a de ces enterrements de mémoire. Au vrai, les circonstances de son départ, plutôt de son enlèvement, ou de sa fugue, extraordinaire dans ces milieux très étroits de colons expatriés, de surcroît militaires, comme l'était son père, avait quelque peu marqué sa vie d'enfant, mais il avait à peine douze ans, à cet âge-là bien des choses adviennent à des altitudes où seules les grandes personnes ont voix ; le petit scandale, s'il y avait eu, avait été vite étouffé, pour ce qu'il se rappelait. Les enfants sont inattentifs, ou tôt entraînés à le feindre, et ils ont mille priorités, futiles au regard des adultes, d'une extrême importance à leurs yeux.

Au fond, la disparition de cette sœur aînée ne l'avait pas traumatisé outre mesure, d'autant qu'ensuite il avait été si peu question d'elle, en tout cas devant lui, qu'elle était devenue une illusion de ses sens : leur différence d'âge et de sexe avait sans doute empêché que se noue entre eux une communauté d'intérêts, et même une affection durable, elle lui avait si peu manqué qu'il l'avait oubliée. L'éducation de l'époque ne se souciait pas de sentiment, d'unir les fratries, ou bien ses parents n'en avaient pas la culture, entre eux ne régnait guère d'entente, du moins c'était l'impression vague qu'il en gardait : sait-on comment s'assortissaient les couples en ce temps-là, le rigorisme des mœurs, la morale, le corset social, la haute surveillance de ces petites communautés fermées sur elles-mêmes, tout concourait à museler les bouches et bâillonner les cœurs. Sur cette fille perdue, ils avaient fait une croix, si bien que, si longtemps qu'avait vécu sa mère, il ne l'avait jamais entendue y faire allusion, même à la fin de sa vie, alors reviennent parfois de très anciens souvenirs, dans leur acuité insolites, et quasi surréalistes ; il n'avait pas eu une fois l'idée de l'en interroger. C'est dire à quel point cette sœur était passée aux oubliettes… Quant à son père, mort jeune, en des circonstances héroïques qui le laissaient dubitatif, il n'en avait strictement rien appris. Sinon comment cirer impeccablement ses bottes chaque matin, une méthode qu'il appliquait encore. Les habitus laissent d'étranges et cocasses reliquats… Mieux que de cette Jane volatilisée à la fleur de l'âge, il se rappelait le départ en Inde, presque immédiatement consécutif, le brusque déménagement et le long voyage en vapeur, son désespoir de quitter sa nounou, une paysanne birmane illettrée qu'il tyrannisait, et ses camarades de jeu, tous enfants du même cantonnement colonial de Rangoon, dont dépendait Duncan Archer.

Mais apprendre que Jane avait quitté sa famille et sa résidence pour épouser un Français, ce Pierre Galay, pastorien en mission, le laissait songeur. C'était certes une histoire romantique en diable que lui servait ce jeune homme, la passion clandestine, le fol engouement d'une toute jeune fille pour un beau médecin de passage, son rapt au clair de lune birman, le feuilleton en était tout écrit. Cependant, si à fouiller ses souvenirs il s'avouait de piètre recours, il tenait pour certain qu'il ne s'agissait pas d'un Français, mais d'un Hongrois. D'un Français, il ne voyait pas l'ombre du fantôme d'une silhouette, d'ailleurs les sujets de Sa Majesté ne frayaient guère avec les ressortissants de ce pays, antagonisme séculaire, ennemis héréditaires et farouches rivaux dans ces régions de colonisation. En revanche, il discernait assez bien celle d'un Hongrois, ou réputé tel, qui avait dû fréquenter un temps la garnison, escorté, lui semblait-il, d'un Allemand, ou d'un Alsacien… Ce Hongrois avait dû venir au mess, aux soirées récréatives qu'on organisait, faire des affaires au port ou au marché, un commerçant peut-être, ou bien un aventurier, de qui, il ne savait comment, il liait le subit départ à la fugue de sa sœur, voyez comme s'extrait le souvenir de sa gangue, pour peu qu'un mot le suscite… Moins qu'un souvenir, une remémoration, une réminiscence vague, et cependant puissante, en sa forme d'ectoplasme, virulente.

— Je suis sûr que c'est ce Hongrois qu'elle a suivi.

Sûr, comment l'est-on après tant d'années ? Cela s'est exprimé, ou non, suggéré, murmuré, mais par quelque biais, quelque indice infime se fixe la sensation, ou le sentiment, l'idée que l'on touche à une vérité entière, dont l'exactitude a pour pendant d'être gommée, refoulée ou tout simplement niée par l'interdit qui l'environne. Malcolm Archer pariait que, dans quelque boîte, dans un des albums de sa mère, se trouverait une photo où cet individu figurait. Son père avait la passion des techniques modernes, il faisait venir ses appareils d'Europe. Beaucoup de ses photos avaient été perdues ou jetées par sa mère, qui n'avait pas le culte de la conservation, pas plus que celui de son mari, ni de cette époque où elle vivait loin de la Grande-Bretagne. Son séjour en Orient ne lui avait laissé aucune nostalgie, seulement la hantise des insectes, une vraie phobie.

Afin de donner corps à cette histoire de Hongrois volant, Malcolm Archer avait insisté pour descendre du grenier les vieilles photos qui lui restaient. On s'était tant soit peu éloigné de Pierre Galay et de *Pluie joyeuse*, observait Alex à part soi, subir une séance à la recherche d'un improbable figurant que, par marotte, le vieil homme lui opposait, ne l'enchantait guère, mais il devait accorder à son hôte cette digression personnelle ; on ne jette pas aux bras d'un homme de soixante-dix ans sa sœur défunte sans quelques ménagements. Celui-ci avait donc déballé un fourniment très bien classé de photos jaunies, qu'en d'autres circonstances Alex aurait trouvé amusant d'examiner. Il y a dans toutes les maisons ou presque de ces chroniques imagées de destins individuels et collectifs, dont il est si facile d'écrire le roman, répétitif et charmant, ou sinistre, encore que les photos de famille se gardent bien d'enregistrer les épisodes inconvenants, sa censure est implacable, son refoulé admirable. Il y avait une photo. Malcolm Archer la brandissait, triomphant. Moins peut-être pour conforter son aptitude mnésique menacée par l'âge, que pour corriger les divagations fabuleuses de son hôte, qu'il trouvait de plus en plus sympathique ; ces deux journées riches en étonnements rompaient quelque peu son petit train-train de célibataire.

— Voyez, s'écriait-il, jubilant, c'est là ce Hongrois !

On ne voyait rien, ou pas grand-chose. L'effacement naturel des chlorures n'est pas dépourvu de mélancolique poésie, mais il est très agaçant. Alex voulait bien se pencher sur ce cliché de pâle sépia, il n'y voyait qu'un groupe de fringants militaires en surprenants pantalons courts, des civils en casques coloniaux, costumes clairs, lin ou coton fripé, dont l'un, jeune, que distinguait sa calvitie, et quelques dames collet monté, robes longues et chapeaux à voilette, par cette chaleur… Derrière ces gens, une enfilade indistincte de bâtiments bas autour d'une vaste cour de terre sans un seul arbre, dénuement de garnison, décor sans grâce où s'astreignent à vivre les peuples dominateurs pour asseoir leur empire sur des masses d'indigènes asservis. Pas un sur la photo. Ou alors réduits à des virgules, à côté de chevaux lointains, devant une écurie, peut-être.

— Voyez cette compagnie. Ce sont des gens de Rangoon qui venaient à la garnison. Se trouvaient là des étrangers de tous pays. Des Hollandais, des Portugais parfois, gens de marine. Des Allemands surtout, des exportateurs de bois, sillonnant le pays ; ils géraient des concessions dans l'intérieur, je crois. Peut-être celui-ci, le jeune homme chauve, en était-il, l'Alsacien dont je vous parlais…

Ce n'étaient que silhouettes indistinctes et, quant à leurs visages, fondus dans un flou exaspérant, il fallait l'œil exalté de Malcolm Archer pour désigner parmi ces gens l'homme dont il se souvenait. Pour le peu qu'en évoquait le cliché détérioré, le supposé Hongrois sur qui il posait le doigt, avait de la prestance. Il tranchait d'avec ses voisins par sa mâle élégance, très bel homme, séduisant, à bien y regarder un foulard de soie négligemment noué au col de la chemise entrouverte, front nu. C'est lui. Très bien, soit, entérinait Alex.

— Et voici ma sœur… Du moins, je le crois. Il me semble…

Cette adolescente falote aux hanches étroites, coincée entre deux dames opulentes, sa pâleur subliminale fondue dans celle de la photo ; Jane Archer, si c'était elle, n'incarnait guère l'héroïne ardente qu'on pouvait imaginer. Rendu à cette impasse, Alex avait quelque peu désespéré de reprendre le fil de sa requête. C'était Malcolm Archer qui avait rétabli la situation, de si magistrale manière qu'Alex l'aurait embrassé, mais cela ne se fait pas avec une personne qu'on connaît de la veille.

— Cette photo, mon père l'a prise avec son Cartridge Kodak, un appareil onéreux, muni d'un obturateur à trois vitesses, deux viseurs, décentrement avant. Ensuite, il en a eu un à prises de vue panoramiques, mais la pellicule souffrait, sous ces latitudes. C'était bien mieux quand il utilisait les plaques, à l'ancienne. Dès cette époque, on les abandonnait, mais elles donnaient de bien meilleurs résultats. Voyez celle-ci – décor de mangrove, palétuviers, deux pittoresques indigènes hâves chargés comme des mules ; prise avec son vieil Anastigmat qui avait un objectif Zeiss à deux lentilles : meilleure correction, netteté parfaite. L'inconvénient du verre, c'est qu'il casse. Rien ne reste de ses plaques, que ces quelques tirages… Mais il me reste ses appareils. J'ai tout son attirail, là-haut, ainsi que les caméras dont se servait mon père, il faisait aussi du cinéma. Comme pas mal des gens qu'il fréquentait…

Duncan Archer faisait du cinéma. Il avait des caméras. Son fils avait gardé ses appareils. Il voulait bien les lui montrer. Quatre appareils photo, et deux caméras. Dont une, modèle Kretzschmar, fabriquée à Dresde. Il n'avait pas dû en circuler beaucoup, disait Renée Lichtig, un ou deux ans d'exploitation, vers 1905. La seule à admettre ce genre rarissime de pellicule, selon M. Renault. Dans la demi-pénombre de cette soupente du cottage, dont l'œil-de- bœuf donnait un échantillon éblouissant de mer bleue, de ciel bleu, Alex avait eu la commotion de sa vie. Il n'y aurait pas touché, osé prendre dans ces mains cet objet, redoutable dans sa neutralité matérielle, une anodine boîte au cuir brûlé, avec son œil vitreux de cyclope mort, et sa petite manivelle articulée, une sorte de chignole miniature telle une patte d'insecte archaïque qui ne demande qu'à se détendre. Inoffensive et cependant inquiétante. Dont la rotation manuelle connaît des à-coups, un défilement inégal selon l'opérateur. Son excitation ou sa fatigue. Cela donnait des variations optiques, une grimace de lumière agite les ombres, les spectres en attente d'incarnation…

Oh, Renée, que cet instrument du diable dorme en toute quiétude, dans le musée d'Henri Langlois ou dans le grenier d'un vieil ingénieur, accable la pensée, et cependant illumine d'une joie sardonique : il dénonce celui qui *tournait la manivelle*. Celui qui a accompli ce geste technique et mental de redoubler le crime par son image.

Quelle que soit la visée de ce geste, il le signe de sa hideur. Malcolm Archer pouvait-il être accablé par celui de son père, les fils ont-ils à répondre de la noirceur de leur âme et payer la dette ? Nul doute que troublait celui-ci la conclusion induite par cette découverte, qu'étourdiment il avait offerte à son jeune visiteur, de fil en aiguille, au long d'une conversation qui réveillait souvenirs et réminiscences ; une fois lâchées les vannes de la mémoire, trahis sa naïve fidélité, et le culte filial, malgré tout, en dépit de ce qu'il en prétendait, pour ce père de qui il n'avait rien appris, sauf cirer ses chaussures, de qui il conservait ce que sa mère n'avait pas cru bon de jeter, ou bien avait oublié dans le fatras des malles rapportées du séjour détestable en Orient, duquel elle ne gardait que sa phobie des insectes…

Aussi le vieil homme se précipitait-il pour assurer que rien, rien ne restait des films de son père, ni de ceux qui circulaient dans la garnison. Il n'en avait jamais vu aucun. Comme les plaques de verre, cela s'était égaré dans les déménagements, les longs voyages en vapeur, comme se perdent au long de la vie tant d'objets inutiles, et si ces pellicules tournées là-bas avaient pu avoir un quelconque intérêt, qui s'en serait avisé ? Pas lui, enfant, puis jeune homme retourné en Grande-Bretagne poursuivre ses études ; ni sa mère, qui ignorait tout de ces choses techniques, qui ? Alex s'était empressé d'abonder dans ce sens. Finalement, mentait-il, il était hautement improbable que Duncan Archer fût l'auteur des vues trouvées chez son grand-père, car par quel sortilège auraient-elles échoué chez un journaliste français qui n'avait jamais mis les pieds en Birmanie, fréquenté Anglais ni Hongrois ou Allemand retour de ce pays ? En revanche, prétendait-il, s'il s'était quelque peu fourvoyé au sujet de ces films, il était ému d'avoir ainsi porté nouvelle d'une parente disparue, de restituer à son éphémère et mystérieuse existence un dénouement, sa tombe au cimetière du Mesnil confirmait que, pour avoir peut-être suivi ce séduisant aventurier hongrois, elle avait bel et bien épousé, pour finir, le professeur Pierre Galay, puisque sous ce nom elle arrivait en France et y décédait prématurément ; elle en a eu une fille, savez-vous ?

— Un enfant, vraiment ?

La nouvelle de cette parentèle tombant comme météorite avait l'avantage d'éclipser définitivement le sujet susceptible des films, mais elle n'éveillait chez Malcolm Archer qu'une vague curiosité, un étonnement poli. Etait-il temps, à son âge, de se trouver au flanc telle descendance, d'une personne qui lui était si peu. De qui la présence déjà falote sur la photo finissait de s'estomper discrètement dans la pénombre de la soupente ; à peine tirée de ses limbes, la fugace revenante y retournait sur la pointe des pieds, épuisée par sa réapparition, de si peu de conséquence. D'ailleurs, le veuf amateur de thé et citrons préparait ses valises. Il était déjà sur le départ, son esprit courait vers ses enfants, eux bien réels, qui élevaient d'authentiques vaches en Nouvelle-Zélande. Ils étaient redescendus, et si M. Archer, tout en buvant son whisky du soir, s'enquérait de cet appendice familial accidentel, c'était par pure courtoisie. Il félicitait Alex pour ses recherches qui, il le lui souhaitait, éclaireraient un peu le passé de son grand-père, le louait d'avoir de telles préoccupations.

— Les jeunes gens d'aujourd'hui sont frivoles, voyez dans quel fanatisme les mettent ces Beatles. Une musique de sauvages. Consternant. Voulez-vous écouter Bach ? L'*Oratorio de Noël*, c'est de saison, qu'en pensez-vous ?

Alex avait pensé de cette visite qu'elle était la plus opportune et miraculeuse conclusion de son enquête commencée plus d'un an auparavant, un soir du 11 novembre 1962. Depuis, en était-il survenu, des péripéties, des événements et des rencontres, à commencer par celle de ses nouveaux amis, à qui il avait hâte d'apprendre que, désormais, il savait *qui tournait la manivelle*. Pierre Galay n'était pas le criminel qu'il avait cru, Max son grand-père le receleur de la preuve de son ignominie, rien ne pressait davantage que de leur en faire part. Heureux, et mélancolique, comme à la fin d'une longue randonnée dont s'est épuisé le ressort, un effort un peu vain dont le revenu n'était peut-être que la course elle-même. Car cela ne changeait pas la face du monde. L'URSS sollicitait l'Occident pour développer son industrie chimique, le cinéaste Manoel de Oliveira était arrêté à Porto par la police de sécurité de l'Etat, les Nobel distribuaient leurs prix et le père de Viviane se suicidait au bord d'une mare, en forêt de Rambouillet.

Ce drame, aussi affreux qu'incompréhensible, avec son cortège de révélations avait tant soit peu passé au second plan le résultat de son séjour dans le Somerset, il s'agissait d'exfiltrer Viviane d'urgence mais, avant leur retour à Londres, il s'était ouvert à Christine, intéressée au premier chef, estimait-il, du succès de ses recherches. Cela ne lui avait fait ni chaud ni froid, elle avait d'autres tracas en tête. Son idylle avec Antoine, le souci de Viviane, le départ de Leni, ses cours de philo qui ne l'enthousiasmaient plus depuis que ses deux amies faisaient défaut… Elle avait suggéré, avec une légèreté frisant l'indifférence que, si cette grande nouvelle concernait quelqu'un, c'était sa grand-mère, Gabrielle Galay, la femme de Pierre. Que, si celle-ci avait jamais entendu parler de *Pluie joyeuse*, elle serait assurément très satisfaite d'apprendre que son mari n'y était pour rien. Peut-être l'air déconfit d'Alex lui avait-il inspiré un remords de sa vivacité.

— Je suis à cran, ne fais pas attention. Grand-mère sera chez mon oncle, en février. De Londres à Galway, c'est un saut : y venir changera les idées à Viviane. Je vais le suggérer à William. Ce serait vachement bien, de nous retrouver tous là-bas, durant deux jours ! Et puis cela fera diversion au regain d'attention de ma mère. Voilà qu'elle veut m'*écouter*, à présent !… Alors, chiche que vous veniez à Kinvara ?

Ils y étaient venus. C'était une maison irlandaise plus spartiate que le cottage de M. Archer, de même adossée aux collines du Burren face à la mer, peut-être une villégiature agréable en été, mais l'hiver, sans être rude dans cette région, renforçait l'austérité presbytérienne de sa façade de granit aux fenêtres sans volets, cadres peints de blanc, on y chauffait encore à la tourbe le chauffage central poussif. Il y avait une quantité de chambres, plus monacales les unes que les autres, cabinets de toilette sommaires, un salon solennel comme une salle de bal, meublé d'une multitude de banquettes, fauteuils et divans autour de la cheminée ; surtout une cuisine immense, la pièce la plus chaude de la demeure où la compagnie se réfugiait. L'atelier de peinture de Mildred, personne n'y mettait les pieds, température arctique, mais un peu partout traînaient ses aquarelles lumineuses, joyeuses. Cela faisait du monde pour ces festivités dont elle avait organisé le programme, ravie des invités nombreux arrivés de toutes parts, de l'agitation qui, entre gens qui se connaissent peu, compense la gêne qu'ils ont à se trouver ensemble et, par-dessus tout, de la diversion que procurait cette effervescence aux obsessions de l'oncle Théo.

Un très bizarre individu, de qui, chacun feignait de l'ignorer, les marottes déconcertaient. Comme de tapoter frénétiquement ses oreilles dès qu'il franchissait un seuil, d'écarter de son front d'imaginaires toiles d'araignée, ou une chevelure invisible ; par ailleurs charmant, très doux et rêveur, l'objet d'adoration de sa mère qui était là depuis trois jours, auprès de qui, la seule, cessaient ses tics, le temps qu'il passait assis à son côté sur les banquettes, ou à la grande tablée de la cuisine. Gabrielle Galay était venue en compagnie de Carson, qui avait changé de fiancé, un nouvel élu dénommé Eliot Kidman de qui, se prévalait-il, la mère était une authentique Cheyenne ; chacun ses gènes, chacun ses ancêtres.

L'effervescence était grande à la cuisine, avec pour renfort les femmes de la ferme voisine. Laissant Mildred à ses fourneaux, Théo à ses travaux, Melville à une sieste que nécessitait sa migraine, disait-il ; laissant à leur long aparté Camille et son cousin l'Uruguayen avec Mme Galay, à qui ils avaient visiblement à confier une affaire d'importance, la jeune génération avait pris le large. Il pleuvait par habitude, mais sa grossesse n'empêchait pas Viviane de marcher bon pas au bras d'Alex, Antoine d'enlacer effrontément Christine, William de gambader comme poulain lâché, ils étaient partis pour une balade à pied jusqu'au petit port de Kinvara, n'étaient rentrés que le soir, pour le fameux dîner d'anniversaire. Au pub, Carson et son *boyfriend* cheyenne avaient proposé de petits buvards Sandoz, *very positive experience*, très répandus dans les milieux artistes : à petite dose, carton coupé en deux, l'acide libère l'esprit créatif, désinhibe des valeurs rétrogrades, expliquait-elle, *good trip* ; sinon, on plane des heures, mystique, psychédélique, *bad trip.* Ils avaient décliné l'offre, moins étonnés que suspicieux, et gênés de l'être si goûter à cette molécule suffisait vraiment à saborder le vieux monde. Il vaut mieux lui mettre une bombe sous le cul, prétendait Viviane, convertie aux préceptes de Leni. Hormis cette petite controverse, ils s'entendaient assez bien sur toutes sortes d'autres sujets, très décousus. Au retour, sous la pluie toujours, le long des petites routes encaissées entre les haies de fuchsias, les synapses de Carson devaient vraiment voltiger, son inextinguible hilarité était aussi curieuse que les bizarreries de Théo. Prenait-il du LSD, lui aussi ? s'esclaffait-elle.

William avait vertement rétorqué que son père n'avait pas besoin de psychotropes, son cerveau en produisait de manière autonome. Peut-être le crépuscule d'hiver envahissant la campagne, la présence de Christine, qui avait pris tendrement son bras, il s'était lancé dans une mise au point que nécessitait à ses yeux l'étourderie euphorique de leur petite bande, avait-il jamais été aussi prolixe sur ce sujet sensible ? Après avoir contribué durant toute la guerre au service du chiffre, disait-il, enfermé avec son ami Alan Turing dans le manoir de Bletchley Park en compagnie des plus éminents mathématiciens, linguistes et joueurs d'échecs, son père était retourné à sa spécialité. Les impures applications contingentes qu'en tiraient les militaires l'indifféraient, il se contrefichait de crypter et décrypter sur l'Enigma les codes puérils des belligérants : il était revenu à la folie pure des logiciens. Fous, ceux-ci le sont tous, mais, comme toute maladie, chaque personne génère la sienne. Nul doute que son père l'était, à sa manière, qui était la peur ; il vivait dans une peur permanente et sans issue. Peut-être la peur présidait-elle à l'origine du théorème d'incomplétude du génial logicien Gödel, qu'il avait découvert à vingt ans, ou à *La Dame à la licorne* du musée de Cluny qui lui avait posé, à l'âge de huit ans, la question de l'*entendement*...

— Ce qui rend fou, c'est ce qui est possible, non ce qui est impossible. La portée des énoncés logiques entend la multiplicité des possibles que même Dieu n'a pas prévus dans son calcul, une machine incalculable défie l'entendement par son absolu mathématique, car ce qui peut se prouver n'est pas nécessairement vrai et ce qui est vrai n'est pas forcément démontrable ; ainsi mon père est-il convaincu que *les hommes doivent leur vie au fait que le diable a préféré les faire mourir lentement.* Dans l'espace et le temps où il habite, il se voit en image, assiégé de démons. Non par leur substance, inconciliable avec la matière, mais par leurs voix, dont les ondes extrêmement courtes sont très difficiles à capter. Leur mathématique est-elle identique à celle des hommes, qui sont *dans la main du diable* ? Il sait cette question insoluble, parce qu'elle exige un développement de l'esprit incompatible avec son incarnation, c'est-à-dire incompressible dans un cerveau fini. Elle ne se résout donc que dans la mort, de laquelle le diable nous éloigne, nous laissant le temps de vivre pour éprouver à la fois la désespérante frustration et l'occasion de pressentir l'accès à la connaissance pure, dont certains signes se manifestent dans ce fait que tout homme, parmi tous les êtres possibles qu'il n'est ni ne sera, *est* possiblement... Et il ne s'agit pas du pauvre diable chrétien, fourchu et velu, qui brûle en enfer. Mon père est fou, mais il n'est pas idiot ! C'est par défaut du langage que s'emploie ce terme. Les linguistes qu'il a fréquentés, aussi fous que lui, admettent que, si le système de la langue peut comprendre son propre mécanisme, c'est-à-dire en dresser des théories, c'est que, bien que métalangage, il appartient au temps, et non aux mathématiques. Postulons que le diable est un *trou noir* de notre entendement, œil pinéal de l'univers par lequel il nous voit, à l'image de celui que nous avons là – il posait son doigt entre ses deux yeux –, *œil intérieur* dénué de nerf optique. Certains animaux archaïques, tels les reptiles, disposent de cet œil pariétal, que nous avons gardé par nature, Descartes y situait le siège de l'âme… Mildred est tout à fait d'accord avec Théo. Elle trouve sa folie la meilleure *possible.* D'ailleurs, mon père n'est pas du tout déprimé, ni malheureux. Sa peur tient à son optimisme quant aux *possibilités humaines.*

Ce docte exposé sur les élucubrations de Théo, surprenant venant de William, laissait la compagnie interdite, mais sa farouche envolée avait dû impressionner Carson, qui le considérait d'un œil dilaté. Elle ne gloussait plus, souriait seulement, mystique, psychédélique. Quant à Alex, sans le secours d'aucune substance hallucinogène, il se demandait si les films de Pierre Galay, ou plutôt de Duncan Archer, ne manifestaient pas un trou noir de l'Histoire ; si le diable, qui tenait l'homme *dans sa main*, n'avait pas aussi *tourné la manivelle*, et si, à vivre longtemps, c'est-à-dire à mourir lentement, il n'y avait pas une chance, soyons optimistes, d'en approcher la connaissance par quelque interstice de l'entendement.

Méditation en marge de sa préoccupation obsédante et prioritaire, qui était de se ménager un aparté avec Mme Galay ; il n'était venu que dans cette intention. Ce qui lui avait donné le courage d'aborder cette personne, tard dans la soirée, bien après les vins, les nombreuses chopes de Guinness, le succulent ragoût de mouton, le gâteau et ses bougies, après les cadeaux absolument non ésotériques – lui-même avait offert une paire de chaussons de feutre fourrés, excellents pour se déplacer en silence et laisser se propager les ondes courtes des démons. Le disciple de

Gödel recevait ces présents d'un air amical, avec la longanimité d'un qui n'est plus tout à fait de ce monde, n'y redescend que par concession aux impures contingences ; ou par amour de sa femme qui s'était donné un mal de chien pour son anniversaire. La plupart étaient repartis, deux des sœurs de Mildred venues de Clifden avec enfants et petits-enfants ; ou montés se coucher pour les résidents. Ne restaient que Camille et Christine à la cuisine papotant avec Mildred, et Carson endormie au bout de la table, cuvant sa modeste dose de buvard, *good trip.*

Comme celle-ci se retirait, il avait suivi Mme Galay dans le couloir, à la manière pompeuse des timides avait sollicité une entrevue, que celle-ci avait eu la bonté de lui accorder. Intriguée, amusée par ce jeune homme d'elle inconnu, mais ils le lui étaient tous à peu près, de qui l'excessif strabisme dû à son émotion avait quelque chose de touchant, ils étaient entrés dans la salle de bal. On y gelait, il n'y avait que deux lointaines faibles lampes à abat- jour et les braises de la cheminée, c'était bien le pire endroit pour se lancer dans un récit, que celle-ci n'écouterait pas debout tout du long avec la patience de M. Archer, ou celle d'Antoine. Le courage lui manquait soudain devant cette femme grande et mince en tailleur de tweed, de qui seule la canne qui ne la quittait pas pouvait marquer l'âge et, soit qu'à la faveur du faible éclairage s'effaçât la vieillesse, soit que les alcools et la bonne chère troublassent sa perception, il avait eu l'impression d'être en présence d'une toute jeune fille dont la silhouette à contre-jour des mourants halos de lumière dessinait la taille élancée, la cambrure des reins, les épaules étroites et la longue nuque inclinée sous la couronne mousseuse de ses cheveux relevés en coque comme les dames jadis, que cuivrait le halo des lampes, tels les anges musiciens des primitifs se nimbent d'or fin. C'était si étrange, et beau, qu'il en était resté interdit, se pouvait-il que loin des tourments, des horreurs, des catastrophes irréparables de telles apparitions consolent ; sa vision semblait davantage appartenir à l'avenir qu'au passé, ou bien elle avait assez longtemps séjourné dans le temps pour ne lui appartenir plus.

— Madame, se lança-t-il, et sa voix lui parut irréelle, de si faible amplitude qu'elle devait tendre l'oreille, incliner encore sa nuque flexible. Madame, je ne sais si la nouvelle que je vous porte, qui m'a donné bien du mal à obtenir et vérifier, a occupé bien des mois de ma vie récente, et tourmenté, vous sera de quelque revenu, mais je me suis fait devoir de vous l'apprendre : les films que le professeur Galay rapportait de Birmanie, en 1909, qu'il a confiés à son avocat, mon grand-père, Maximilien Jamais, et qui déshonorent les yeux, insultent la conscience, n'ont pas été tournés par lui. Pierre Galay ne *tournait pas la manivelle.* Si ces films se sont trouvés en sa possession, c'est par quelque mésaventure, ou malentendu, et s'il les a conservés par-devers soi c'est qu'il a eu, j'en fais l'hypothèse pour avoir moi-même éprouvé ce sentiment terrible en les voyant, ce dont, pour mon malheur, j'ai encouru le risque, la conviction qu'ils devaient être portés à la connaissance des hommes.

A cette déclaration, Gabrielle avait eu un moment de stupeur, détournant vivement son visage vers l'ombre, il crut qu'elle allait l'éconduire, le chasser, mais elle s'était ressaisie. Elle sortait de l'obscurité où elle s'était réfugiée, frêle et pourtant sans crainte, comme l'apparition d'un être d'une race inconnue. Elle avait une intensité singulière dans les yeux, une manière de regarder un peu fixement, sans ciller, et des prunelles d'un bleu qui le frappa ;

il vit aussi qu'elle avait rougi. Lui-même s'était empourpré, son embarras d'être là en intrus, à l'insu de tous d'avoir de si loin intrigué pour obtenir cet entretien, qu'il pût être supposé avoir voulu, par son imposture, la surprendre, l'importuner et la blesser.

— Si vous aviez connu Pierre Galay, vous n'en auriez jamais conçu le doute.

Elle ne mettait à ce reproche aucune acrimonie, sa voix très basse, altérée, se teintait au contraire d'une indulgence infinie, si proche à présent qu'il sentait son souffle sur sa joue, cette intimité plus troublante qu'un contact.

— C'était un homme de bonté, murmurait-elle. Non comme l'entend la morale commune, mais par la vertu de ceux qui la tirent d'avoir entrevu la noirceur humaine. Vous êtes bien jeune pour le comprendre mais, qui que vous soyez, soyez remercié de lui rendre justice.

— Ah ! madame, s'écria-t-il, pardonnez-moi ! Les revenants sont inquiets, nous ne les dérangeons pas sans danger du sommeil où ils cherchent la paix. L'on n'enquête pas impunément sur l'Histoire. Mon maître Mesnard me l'a enseigné, qui tenait haut en estime Pierre Galay, grand en savoir et noblesse de cœur, disait-il. Il savait par quel discernement et mansuétude celui-ci avait épargné sa pauvre mère, à Châlons. Maximilien Jamais devait le savoir aussi, pour avoir épousé sa cause et pris sa défense. Si mon grand-père n'en avait été convaincu, aurait-il si longtemps gardé l'archive, le calepin des substances toxiques et les films, qui en montrait les abominables méfaits ? Je ne suis pas le seul à lui rendre justice !

A ces noms, la femme avait reculé, moins de stupéfaction que de frayeur pour cet étranger surgi dans l'ombre du couloir sur ses pas, qui convoquait si naturellement les revenants, par quel maléfice si bien d'intelligence avec eux, peut-être avait-elle pensé à la fuite. Mais, dans la seconde, elle revenait vers lui, impérieuse, s'emparait de son bras et l'attirait vers la lumière, le dévisageait avec véhémence, colère presque.

— Qui êtes-vous donc, grand Dieu ? D'où sortez-vous, jeune présomptueux ?

Alex fermait les yeux. Bien souvent, pour l'avoir fréquemment invoqué en rêve, il arrive qu'on reconnaisse quelqu'un qu'on n'a jamais vu et quand cet être, jusque-là invisible, sans s'annoncer se présente dans sa séduction effrayante de rêve réalisé, le cœur bondit dans la poitrine alors, pour conjurer sa vue, on serre les paupières. L'être vers qui tendait éperdument sa quête, en toute obscurité en était la raison et le but, qui la guidait et lui donnait sens, c'était elle, la seule, exclusivement. Aucun des figurants qui avaient ponctué son parcours, autant de leurres, ne s'était incarné en cette évidence, cela étourdit d'étonnement, aux lèvres monte un acte de grâce. Il avait rouvert les yeux.

Gabrielle n'était pas la jeune fille dont, par une illusion de ses sens, il avait eu la vision, mais une vieille dame aux traits délicats, d'une carnation que le fin réseau de rides ne déparait pas, comme s'il était un voile jeté sur l'inaltérable jeunesse du visage, l'éclairant par en dessous de sa lumière affaiblie et, s'il l'avait vue depuis la veille, à maintes occasions observée de loin, sans en surprendre le secret, celui-ci lui paraissait à présent comme l'aboutissement de ce que vers quoi il allait à tâtons. Et cela ne remontait pas au 11 Novembre dernier, non, au départ de tante Bisou vers son île ni aux archives de son grand-père sauvées du feu, ou à un dépotoir de Krokodilô, cela n'avait pas de commencement. Dès avant la longue conversation qu'ils avaient eue près du feu, qu'ils ranimaient de temps en temps d'une bûche ou d'une brique de tourbe, qui les avait conduits à l'aube, aux premières lueurs derrière les vitres sans volets, sans que l'un ni l'autre sente le sommeil, bien avant que ne s'achève la longue confidence qu'ils avaient à se faire, il avait compris que si étrange, extravagant, fût le récit qu'ils se faisaient l'un l'autre, comblant les ellipses et complétant les détails, qui sont de si grande conséquence, le secret de cette histoire étendue à près d'un siècle ne se résolvait pas dans la relation qu'ils en faisaient ; que relater en rien ne l'épuise, davantage l'obscurcit qu'il ne l'éclaire, tant les destinées restent un mystère à elles-mêmes. Sans doute aussi indéchiffrables que ce que crypte certain *cahier hongrois* écrit en une langue rare, et belle, celle d'immenses poètes et écrivains, qui cependant cèle au plus noir les tourments d'un homme et les épouvantes d'un siècle. Et si, au bout de cette nuit, il avait remis à Gabrielle la dernière photo de son cousin Endre Luckácz, l'image à demi effacée où figurait, comme le supposait Malcolm Archer, cet aventurier hongrois qui avait enlevé sa sœur ; comme le vieil ingénieur ne le supposait pas et le lui apprenait Gabrielle, avait obtenu que Jane volât pour lui à leur père la preuve des expériences infâmes menées sur les indigènes du hameau de *Pluie ardente*, peut-être par les "Allemands exportateurs de bois", en rien ce document ne donnait solution à l'amour que lui avait jadis inspiré ce jeune homme, à l'agonie affreuse qu'il s'était infligée sous les pluies de mousson, au fond d'un village perdu de Birmanie ; ni à sa passion pour Pierre Galay, le témoin tourmenté de cette terrible aventure ; en rien non plus ne révélait une vérité, parce que le problème de la vérité est qu'elle ment mieux que le mensonge, et celui-ci sait-il toujours qu'il en est un sous les masques qu'il se choisit. Sur cette photo, elle avait posé le doigt, non comme Malcolm y avait posé le sien pour désigner le séduisant

Hongrois, mais pour l'effacer, d'un pardon ineffable absoudre sa face et abolir son image. Sans doute était-ce ce vers quoi tendait sa quête, que seule cette femme pouvait accomplir, elle seule en avait le souverain droit.

Lors de cet été de 1989, la bande de jeunes gens réunis à Kinvara en ce jour de février 1964 avait survécu aux gaies turbulences de Mai 68, à la permissivité sexuelle, au terrorisme de la GP et à ses séances d'autocritique au fond des garages, aux promesses de la gauche enfin au pouvoir, à la crise pétrolière ; avait échappé au nuage radioactif dégagé par la centrale atomique de Tchernobyl, celui-ci ayant respecté le strict tracé des frontières hexagonales. Ces jeunes gens avaient pris de l'âge ; ceux qui en avaient alors étaient pour la plupart disparus. Melville le premier, à son lendemain, ce qui avait grandement bouleversé et navré les uns et les autres, et rendu mémorable le dernier anniversaire de Théo Galay (1915-1970). Personne n'osait plus le lui fêter, il n'en avait cure, il marchait sur la lande à l'écoute de ses voix. Là on l'avait trouvé, un soir d'automne, allongé dans les bruyères. En ce temps-là, des poseurs de micros étaient nuitamment surpris dans l'immeuble du Watergate, à Washington, l'IRA posait des bombes et, à Bobigny, Gisèle Halimi obtenait la relaxe pour une jeune fille avortée à la suite d'un viol. L'extension du camp militaire du Larzac, où tant de parias avaient été parqués, provoquait des manifestations, *Le Dernier Tango à Paris* faisait scandale, mais cette époque était lointaine. Les années avaient passé, et l'eau sous les ponts du canal Saint-Martin, selon la prédiction fataliste de l'inspecteur Verlaine. Qui avait eu la satisfaction, juste avant de prendre sa retraite, de connaître un rebondissement de l'affaire Guillemot et boule de gomme. Ainsi l'appelaient ceux qui s'en souvenaient encore, à la fin des années 1970. L'information judiciaire conclue en non-lieu pour les suicides du député et de sa fille aînée, et non résolue pour les crimes adjacents, gardait quelques détracteurs opiniâtres dans la presse qui, de temps en temps, rappelait que courait toujours le “mystérieux tueur à la seringue” ; les énigmes non élucidées sont pain bénit en période estivale.

Jusqu'à ce que Viviane Jamais-Guillemot saisisse de nouveau la justice et déclenche une nouvelle enquête. Elle s'y prenait bien tard, ironisait-on dans les milieux autorisés. De fait, elle revenait de loin. Rentrée en France après un séjour de trois ans au Moyen-Orient, au cours duquel elle avait promptement liquidé un divorce que la famille Hallier avait accueilli avec soulagement, elle avait contracté à son retour ce que prévoyait le juge Rochelle, un syndrome dépressif carabiné qui avait réellement menacé ses jours. Désespéré, son époux, enseignant et brillant chercheur au CNRS, promis à une chaire d'archéologie au Collège de France, avait eu l'inspiration de la confier au plus éminent psychanalyste de la place, Lacan soi-même. A l'époque un adepte de Frege et de Gödel, obsédé de nœuds, formes impossibles et mathèmes, qui jouait avec l'anneau de Moebius comme d'autres avec les élastiques au commissariat ; la science progressait, mais pas l'état de Viviane. D'incoercibles crises d'angoisse la vouaient à l'assommoir des neuroleptiques. Hantée par l'idée qu'elle finirait comme sa mère à compter ses perles en loque hagarde, elle avait eu le sursaut salvateur de recourir à un psychiatre moins célèbre que le maître, mais dont les molécules finement dosées et la thérapie classique l'avaient grandement tirée d'affaire, et même incitée à en cultiver les bienfaits : elle gagnait depuis sa vie comme psychologue pédiatrique.

Il fallait bien dix ans pour admettre qu'on ne guérit pas de soi-même, que la dépression n'est pas une anomalie mais une affection *normale* chez certains sujets éprouvés par la vie. Dix ans pour admettre de cohabiter avec l'enfant que reste incurablement tout homme ; il ne vieillit pas, jamais son monstre ne le quitte. Sortie ou à peu près de ce tunnel, traitant par un savant régime macrobiotique quelques somatisations récurrentes, qui cédaient au yin et au yang, il lui était paru non seulement supportable, mais nécessaire, de revenir sur cette période. Revisiter les lieux et temps du crime la galvanisait d'une salubre colère. Elle ne voulait pas réhabiliter son père : elle accusait la justice de manquements, de négligences, voire de forfaiture. Terme que ses avocats lui avaient conseillé de retirer, crainte d'une plainte en diffamation. Mais, avec leur aide, elle avait listé et rendu publiques les incohérences patentes de l'autopsie du député.

En particulier que, d'une chute dans la vase, ne résulte pas un hématome à la tempe, arcade sourcilière ouverte, légère fracture faciale, non plus tuméfactions et entailles aux poignets ; toutes blessures identifiées comme antérieures à la mort. Et un *gaucher* notoire ne se tire pas une balle de la main *droite* dans l'oreille *droite*, même à l'aide d'un MAC 50. Ce détail avait alerté l'opinion, déclenché une nouvelle campagne de presse, entraînant le dépaysement au tribunal de grande instance de Melun, qui reprenait l'enquête en liaison avec la brigade criminelle. Pour sa fille, la mort du député était un assassinat. Cependant, l'on s'acheminait vers un nouveau non-lieu, lorsque Mme Jamais-Guillemot avait produit un document inédit, tout à fait incongru : l'acte de vente authentifiant une petite sanguine de Watteau comme appartenant à un juif berlinois ; œuvre qui faisait partie de l'inventaire de la maison Rougerie, affirmait-elle. Pièce en main. Les enquêteurs n'avaient pas été très curieux, lors des perquisitions au domicile de Genilly : elle sommait la justice de reprendre cet inventaire, maintenant que les biens n'étaient plus sous séquestre, qu'elle en avait hérité ; elle l'exigeait. Elle alertait les commissions de restitution de biens spoliés durant l'Occupation pour faire l'expertise des objets d'art, meubles et bibelots en possession de son père. Ce document jetait le trouble. Il réveillait de pénibles histoires. Il alertait les associations juives, soulevait des questions sur le passé d'un député gaulliste honorablement connu, il choquait. Délire de persécution, bien compréhensible après ce qu'elle avait vécu, ou bien reliquat d'une longue dépression résistant aux *passes* d'un génial psychanalyste ; “tuer le Père”, symboliquement, admettons mais, à ce degré-là : cette personne débloquait. Impavide, sourde aux basses attaques, Viviane tenait bon. Elle venait d'obtenir une assignation qui mettait en demeure le procureur de Melun de faire exécuter cette expertise.

En cet été 1989 à Kinvara, elle ne parlait que de ça. La jeune Julie écoutait patiemment sa mère en touillant la confiture de cerises, Christine approuvait, Alex s'inquiétait. Ils étaient séparés, mais Viviane était son amie, et la mère de sa fille chérie. Depuis huit ans, il vivait avec Achille, professeur d'économie dans un lycée de banlieue, un homme d'humour placide, équilibré, cultivé ; le sida décimait leurs amis, l'un d'eux était en train de mourir, auprès de qui était resté son compagnon ; il ne comprenait pas l'obstination de sa femme. Il craignait que leur fille, qui avait jusque-là toléré avec une prodigieuse bienveillance la vie plus que bizarre de ses parents, avait adopté sans sourciller ce tonton Achille excédentaire et surmonté les épisodes dépressifs de sa mère, échappé à la drogue et à la délinquance, ne trouve plus loin à les fuir que la Nouvelle-Calédonie, les antipodes ne suffiraient plus…

— Il faudrait que les parents foutent un peu la paix à leurs enfants, protestait Alex.

— Il est bien temps d'y penser, mon petit papa, lui disait gentiment Julie, ébouriffant sa tignasse grisonnante. Laisse maman tranquille, elle sait ce qu'elle a à faire.

Et elle était retournée torturer son Rubik's Cube.

— D'où sors-tu cet acte de vente ? demandait Christine, profitant d'une course à la supérette de Kinvara.

Viviane n'aurait confié à quiconque, surtout pas à la police, mais à la seule Christine oui, que, à la suite des articles rapportant ses tentatives réitérées, et vaines, de relancer l'enquête sur son père, elle avait reçu la visite d'une personne, qu'elles deux connaissaient. Qu'elles avaient quelque peu molestée, en des temps où pas grand-chose ne leur faisait peur.

— Elle pleurnichait dans le vestibule de la maison Rougerie tout en nous laissant vider la cave, te souviens-tu d'Abigael ? Elle n'était pas plus employée de maison que moi le dalaï-lama.

Tandis que Viviane et Christine cambriolaient la cave, celle-ci fracturait le coffre du député : cette noiraude n'était pas une soubrette indélicate mais un agent de renseignement en service commandé. Elle ne précisait pas dans quel cadre elle agissait alors, mais nul doute qu'on s'intéressait sérieusement au passé du député pour introduire dans sa maison une souris de ce genre. Cela ouvrait de vertigineuses perspectives, mais la femme très correcte, veste Agnès b., refusait d'en dire plus. Sauf qu'elle avait reçu l'ordre, le lendemain de la découverte du cadavre qui précipitait les forces de police en forêt de Rambouillet, de prélever du coffre – à l'exception de ceux concernant de délictueuses opérations et fraudes diverses, broutilles – les documents compromettants qu'elle savait y être, touchant à l'activité de l'expert Guillemot durant l'Occupation. Elle n'avait pas à juger des raisons pour lesquelles cet ordre était intervenu, ni de l'opportunité de ce tri, mais le fait est que, la personne qui le lui avait donné ayant prématurément disparu, un accident d'avion, elle était restée en possession de ces documents, dûment déposés dans un classeur de son service. On n'imagine pas le nombre de dossiers dont la cote protège le contenu tant que personne ne s'avise de les ouvrir, ne rattache celle-ci à d'autres, le système éparpille les références et les égare mieux qu'un maquis de Corse ; elle en était originaire, elle savait de quoi elle parlait.

Quoi qu'il en soit, ayant appris la détermination de Mme Jamais-Guillemot à obtenir réouverture de l'enquête, et ses échecs à la justifier, elle s'était autorisée à porter à sa connaissance des pièces qui pouvaient l'y aider. Pour cela, elle transgressait quelque peu la déontologie de sa profession mais, outre qu'elle avait gardé souvenir du récit d'une nuit de noces dégoûtante, et de la claque révoltante qui l'avait conclue, que sa mission lui avait donné aperçu des mœurs domestiques d'un foutu porc, elle estimait devoir à la mémoire de son instructeur – un homme de qui la probité et le professionnalisme avaient marqué ses jeunes années, il n'en court pas tant les rues dans ce métier – de suggérer à Viviane le biais qui lui permettrait peut-être de voir aboutir son projet. Sous le sceau du secret, cela va sans dire. Elle ne tenait pas à ce que soient rendues publiques les circonstances et les méthodes par lesquelles elle avait pu forcer ce coffre et en photographier les documents. Il devait en rester trace quelque part, elle ignorait où. L'archive est un monde parallèle où d'erratiques traces attendent une lecture, ceux qui les conservent ont rarement le temps de s'y consacrer, la loi y oppose toutes sortes d'obstacles, mais surtout l'ignorance, l'indifférence, l'oubli.

Cependant, parmi ces documents originaux, accablants, révélant l'origine de ce que contenait la maison de son enfance, qui avait valu ce cri de sa mère, le jour de ses dix ans, dont le sens avait mis tant de temps à atteindre son tympan, disait Viviane, il y en avait un qui concernait Christine. Qui concernait son père, Simon Lewenthal. Un de ces papiers détachés de sinistres calepins, la fiche de fouille qui inscrivait les détenus à leur arrivée à Drancy, pour tant d'entre eux dernière pièce administrative de leur existence. En date du *12 mai 1944*, celle de *M. Lewenthal Simon, Reçu la somme de trois cent quatre-vingt-seize francs. Une chevalière en or, un stylo en or.* Signée du chef de la police du camp, un Français.

— Certains ont fui en Allemagne, certains ont été condamnés à mort, disait Abigael, pour trahison et intelligence avec l'ennemi. Beaucoup ont échappé par maille, qui coulent des jours tranquilles. La plupart amnistiés, ou simplement acquittés, casier judiciaire vide, ils tiennent un magasin de primeurs, cultivent des fleurs en banlieue, quand ils n'ont pas réintégré la police…

— Si mon père avait cette fiche dans son coffre, Christine, il est bien le scélérat que disait ma mère. D'une manière ou d'une autre, si celle-ci est en sa possession, il a à voir avec la déportation de ton père. S'il en conservait la preuve en dépit du danger, c'est que s'y attachait un acte dont il ne se résignait pas à effacer la trace. *Qui de nous veille de cet étrange observatoire pour avertir de la venue de nouveaux bourreaux ? Ont-ils vraiment un autre visage que le nôtre ?* Papa n'était pas un monstre, ou alors celui que nous sommes tous, que nous pouvons être un jour ou l'autre à notre insu, ou de manière délibérée, parce que l'époque l'autorise. Quoi qu'en pense Alex, je vais mieux. Je vais même très bien. Que feras-tu de cette fiche ?

Christine l'avait avalée. Comme tant le faisaient qui, sous la torture, n'avaient pas parlé ou, ce qui est plus atroce, en ayant parlé. Il y a des choses qu'il faut savoir tout de suite, ensuite il est trop tard. Trop tard pour soulever à la fourche les vieilles braises qui couvent sous la cendre, les rallumer d'une flambée mauvaise, désespérante. Camille, si longtemps sommée de *penser à Demain* sans s'y résoudre, avait payé assez cher de se souvenir, d'aller jusque dans le coffre de Zurich recevoir le terrible legs de son amour perdu. Elle avait accompli l'ultime vœu de cet homme, pauvre face défigurée, paix à son âme. Durant des années, avec l'aide de son beau-fils, Guy Lewenthal (1914-1984), elle avait mis toute son énergie à rapatrier la collection en France, à mobiliser une armada d'experts et de restaurateurs pour lui rendre sa dignité de trésor artistique. Des chefs-d'œuvre répertoriés dans le catalogue minutieux trouvé au fond du coffre, dans lequel Simon Lewenthal avait consigné ses achats, dates, origine et pièces d'authentification, une dizaine manquaient. Ils en avaient fait établir l'identification par les tribunaux compétents, publié la liste auprès des musées et collectionneurs, un réseau où circulent tant d'œuvres égarées… Ils avaient réglé en dation, grâce à la loi de 1968 promulguée par Malraux, les obligations fiscales attachées à la succession. Camille avait fait réaménager les locaux de sa fondation Simon-Lewenthal, quai d'Austerlitz, pour y accueillir les œuvres dans les conditions de sécurité et de conservation, désormais ouverts à la visite, en même temps que le fonds d'archives de l'histoire ouvrière. Cela tenait ensemble, appartenait au même titre à ce lieu fondé par Raoul Bertin, où le jeune financier et gestionnaire inspiré avait passé tant d'années avec sa fille, Mathilde Bertin-Galay (1848-1934), et donné à l'entreprise son essor moderne. Le chiffon de papier de Drancy n'ajoutait pas l'ombre d'un codicille à ce monument testamentaire. Une fois achevée cette œuvre pie, peut-être était-il temps pour Camille Lewenthal (1909-1983) de rejoindre ceux dont la rencontre vertébrait sa vie, l'illuminante Gabrielle et Jos, le Hongrois errant, Melville au sourire douloureux et Simon Lewenthal dont le fantôme inquiet l'attendait à l'orée des forêts, bivouaquant dans la blancheur et le froid du Grand Nord, du givre à ses cils ; un soir, transie d'une de ses marches dans la neige, elle était rentrée à son hôtel luxueux, dressé dans ces solitudes des Rocky Mountains où chaque année depuis 1950 elle venait en séjour, emportée en deux jours d'un refroidissement mortel, depuis si longtemps en cherchait-elle le sommeil glacé ; si frileuse petite Millie. Le souvenir de sa mère avait inspiré à Christine d'avaler la fiche maudite. Mâchée, déglutie, incorporée, digérée. A ce rituel barbare, Viviane avait assisté, acquiescé :

— Donne-m'en un peu, que j'en aie ma part.

Ensuite, elles avaient préparé un grand plat de pâtes avec un énorme saumon grillé. Foin des raffinements gastronomiques, il suffisait de remplir les ventres affamés de la tablée nombreuse : si les hommes y trouvent à redire, qu'ils se mettent à la cuisine ; et il faisait si beau. C'est-à-dire, dans cette région, quelques éclaircies entre deux nuages atlantiques, somptueux sur les îles d'Aran, irisant la mer de tous les bleus et verts. Demain, les uns et les autres rentraient. William retrouvait la Lloyds, Alma ses ordinateurs, Viviane ses enfants psychotiques,

Alex ses ostraca et son compagnon Achille. Julie ses lamellibranches calédoniens, Pierre ses cours à Sciences po et Antoine le chantier de son troisième cinéma, dans l'Est parisien. En 1968, sur les instances de Christine et grâce à la *fortune* de celle-ci, qui venait de vendre l'appartement de la rue Buffon – y rôdaient à son goût trop de fantômes du passé –, il avait commencé de financer les films militants de jeunes gauchistes en révolte, de fil en aiguille avait quitté son poste de projectionniste à la FOL pour fonder sa maison de production, Les Films de la Pluie ardente ; raison sociale devenue FPA au fronton de salles de cinéma qu'il rachetait une à une, pour certaines datant des débuts du cinématographe et tombées entre-temps en déshérence, garages ou entrepôts, pour la restauration desquels il fallait obtenir des subventions du CNC et des collectivités ; à cette occasion, il avait croisé Luiza. Il n'aurait probablement pas reconnu cette sévère quadragénaire à lunettes Sonia Rykiel, si celle-ci n'était venue vers lui, un peu troublée, mais suffisamment rompue aux élégances de cabinet pour rendre urbain l'abordage et, soit que cette rencontre produisît entre eux de ces tardives absolutions sentimentales, soit que sa carrière la rendît magnanime, elle avait fort habilement appuyé ses dossiers, concouru à leur financement ; pris sur les subsides publics, certes, mais c'était elle qui payait, à présent. Des années plus tard, il avait appris par la presse que, hissée à un poste exposé du pôle financier de la Ville de Paris, elle était compromise, à tort ou à raison, dans les malversations de l'OPAC la bien-nommée. Mais Antoine avait trop de soucis pour s'inquiéter du sort de Luiza, emmêlée dans les cordons de la bourse qu'elle aimait tant tenir, il se consacrait aux siens. En réalité, il s'occupait de la partie artistique, Christine de l'administration, ayant finalement opté, après ses essais erratiques

– mais lesquels le sont-ils vraiment ? –, pour le droit des affaires et repris ses études sous la houlette de maîtres Grenier & Lenoir, de Blake Jr : William avait raison, lorsqu'il déclarait, rue Stendhal, que cette discipline est formidable. Ils ramaient, jonglaient avec les budgets, plusieurs fois au bord du dépôt de bilan mais, des films qu'ils avaient produits, celui dont ils étaient le plus fiers était celui de Djalil Bouacha, bougnoule originaire du bidonville les Grands Prés de Nanterre qui, entré comme technicien à l'ORTF par l'entremise du journaliste Bernard Fricot, y avait appris sur le tas ce qui manquait à sa formation, nulle, et avait réalisé en 1978, après quelques courts métrages honorablement repérés dans les festivals, le long métrage qui lui avait valu la notoriété : la chronique d'une enfance blessée qu'on comparait à *L'Enfance nue* de Maurice Pialat, s'en distinguant par son humour ravageur ; Djalil n'était pas un mélancolique atrabilaire.

Ils repartaient tous, les bons moments ont une fin comme les mauvais, ignorant qu'à Paris un inspecteur de police duchampien à la retraite suivait avec intérêt la reprise d'une enquête sur laquelle il s'était cassé le nez. Il n'était pas le seul, mais à lui, personnellement, cette affaire avait laissé le goût amer des besognes inachevées. Il était resté l'œil collé au trou de la serrure comme à celle d'*Etant donné*, une œuvre artistique énigmatique que tout flic devrait méditer. Ce qu'il avait eu à connaître de près des crimes d'alors offrait une vue fascinante, scandaleuse, franchement lubrique, révulsant la bienséance et l'entendement, qui lui avait définitivement endommagé la choroïde et le mental. Il poussait son fils nonchalant dans sa carrière de flic de quartier, celui-ci opérait dans le quartier de Belleville, en pleine mutation urbaine : les

Chinois s'installaient, des gens sans histoire qui règlent les conflits de famille entre eux. Ce qui laissait à celui-ci, plus poète que fin limier, le temps de s'adonner à la rêverie, une de ses enquêtes erratiques a fait l'objet d'un roman, on se demande pourquoi*. Verlaine le père traînait dans les services pour glaner les *gossips*, lisait la presse, qui dit n'importe quoi, consultait son copain Fricot ; qui ne décrochait pas, suivait de près le scandale politico-financier de Pechiney-Triangle impliquant de proches et douteux amis du président Mitterrand ; dont l'ancien directeur de cabinet de Pierre Bérégovoy, par quelle pente fatale du pouvoir fourvoyé parmi ces requins. Le requin Bernard Tapie achetait Adidas, une bavure policière déclenchait de violentes émeutes à Vaulx-en-Velin, des tombes juives étaient profanées à Carpentras. Après le procès du nazi Klaus Barbie, celui de Maurice Papon, inculpé pour crimes contre l'humanité, de qui *Le Canard enchaîné* avait révélé en 1981 le rôle dans la déportation de juifs bordelais, faisait l'objet d'inextricables batailles juridiques ; la mémoire est longue à émerger de sa fange. Mais si Verlaine espérait apprendre un jour le mot de la fin sur l'affaire Guillemot et boule de gomme, la stigmatisation du député comme collaborateur avéré, ayant contribué par ses expertises à la razzia nazie, et par ricochet tiré quelques bénéfices personnels des spoliations, enfin établis grâce à l'inébranlable opiniâtreté de sa fille, en rien ne résolvait l'énigme des meurtres dans son entourage, ni son assassinat déguisé en suicide dans la forêt de Rambouillet. A ce jour, d'ailleurs, Verlaine le père repose au Père-Lachaise, son fils

* Anne-Marie Garat, *István arrive par le train du soir*, Seuil, "Points", 2010.

rêvasse au commissariat de Belleville, le juge Rochelle en retraite coule des jours paisibles dans la Drôme, le cas Guillemot est définitivement enterré.

Aucun d'entre eux, ni de ses proches, Camille ni Christine, à plus forte raison Lemoine, la surnommée Abigael pas plus que la libraire de *Brasier & Cazzoni* sa confidente bien-aimée ; pas même Gobelin qui avait été *une fois* son ami, n'avaient l'ombre d'une idée d'où était allé Melville, en janvier 1964, quand il prétendait se rendre à Zurich pour formalités à régler concernant la collection Lewenthal.

Le narrateur s'autorise ici à user à discrétion de son abusif privilège pour informer que Melville ne mentait pas quand il disait régler des formalités, à ce détail près que ce n'était pas avec le canton et l'Etat helvète. Il n'allait pas à Zurich, mais à Munich. Une ville voisine qui, en des temps pas si anciens, hébergea quelques ogres du siècle en toute convivialité. Elle en hébergeait encore au moins un, très discret. A qui Melville, lors d'un déjeuner en tête-à-tête, sur la petite montagne de l'Uetliberg où menait le tortillard du S-Bahn S10, avait procuré par inadvertance un de ces contentements uniques de l'existence. Il venait chercher un *renseignement* ? Sans le savoir, il en avait donné un à son informateur, et de bien plus grand prix, mais chacun estime celui-ci à l'aune de son calcul. De ce contentement extrême, le marchand de cadres et menues lithographies avait royalement payé son hôte, un homme d'expérience, qui avait la politesse d'accrocher son veston. Il l'avait gratifié d'une indication décisive concernant la banque :

— Là, tout près, sous votre nez, mon vieux. A deux pas de votre hôtel, de ma boutique.

C'était vraiment peu coûteux, et assez jubilatoire, que ce tuyau entre compères. La résurrection inopinée de la collection de Simon Lewenthal (1886-1946 ?) le satisfaisait assez, amateur impénitent de la beauté qui outrepasse tous les plaisirs frelatés de ce bas monde, au point que, en 1985, il était allé, visiteur anonyme, réduction senior du billet d'entrée, vieux monsieur propret, admirer en amateur les toiles accrochées à la fondation du quai d'Austerlitz, *se rincer l'œil*, gloussait-il pour soi.

Mais, à cette date de janvier 1964, il avait éprouvé le besoin de partager avec un des rares hommes à pouvoir le comprendre, et le taire, le secret d'une formalité qu'il venait de régler, et qui lui avait donné grande jouissance. Pour ce, l'avait prié de bien vouloir lui rendre une petite visite à son domicile de Munich, à l'occasion, quand cela lui conviendrait, rien ne pressait. Mais Melville, *alias* Etienne Louvain, devait être pressé. Il courait un lièvre qui ne lui laissait pas de temps, cela s'estimait à son teint, au flacon de pilules qui ne le quittait pas ; raison de plus pour lui confier ce qui partirait avec lui à la tombe. En pleine mer, avait appris Lohse, peu de temps après.

— Celui de qui vous m'avez montré la photo s'est *suicidé* récemment. J'espère que cela n'a pas contrarié vos plans. Vous aviez un contrat avec Simon Lewenthal, n'est-ce pas ? J'en avais un aussi. Disons que je m'en suis passé commande à moi-même. Je vous l'ai dit, un homme d'exception, une élite dans cette vallée de médiocrités et de vulgarités, un esthète irremplaçable. Je n'aurais certes pas donné ma peau pour lui, je ne l'aurais pas remplacé dans le convoi 73…

Son petit rire le secouait de hoquets gastriques. Melville manquait de force pour le lui rentrer dans le duodénum d'où il provenait, l'onde de douleur qui cerclait son thorax requérait son attention, le peu qui lui restait était suspendue aux lèvres de l'ogre.

— Mais sa perte est l'une de celles qui m'a le plus affecté, hormis celle de ma mère. Si vous ne me croyez pas… Je pense que vous me croyez. Vous m'avez révélé *qui* en était la cause. C'est un bien grand soulagement que de mettre un visage à un souci de cette sorte. On peut passer sa vie parfois à vivre avec une chimère qui obsède sans pouvoir la chasser. Au moins, d'un geste l'écarter, tel un moucheron importun. Je me suis donné le moyen de l'annuler. Une *solution finale* qui requiert professionnalisme, perfection dans son exécution, et silence. Ce genre de contrat coûte assez cher, mais j'ai quelques ressources, et des sous-traitants. Je n'avais aucune intention d'interférer dans vos affaires personnelles, elles ne me regardent pas. Cependant, je tenais à vous présenter mes excuses si ma manière vous a quelque peu *coupé l'herbe sous le pied.*

Il n'y a de terrible que ce qui n'a pas été dit et rien de plus atroce que la vérité. Jamais ne quitte l'enfance son monstre, le roi est nu. Son incurable enfance, implacable, le montre du doigt. Il est son propre secret, qu'évente son crime, tout homme en accouche car il ne peut garder pour lui cette chose terrifiante d'être seul à être, et ne pas le comprendre. Il lui faut son complice, son frère, pour partager avec lui ce qui ne s'avoue pas, mais *crève les yeux.* A moins de se les crever soi-même, et aussi les tympans, la chose cachée finit par atteindre le nerf optique, la cochlée, s'y introduire comme le venin à l'oreille du roi d'Elseneur et les brûler de son fulgurant caustique. Melville avait passé sa vie dans ce piège tourmentant de la clandestinité indispensable au renseignement, mais de quel commanditaire transportait-il le secret sinon de lui-même, son propre agent, à l'image de cet escroc malade de son pouvoir illusoire, plus malade que lui de sa tumeur incurable. A l'image des sociétés qui sécrètent leur double en sous-sol, agents duplices de l'Histoire qui la singent et la manipulent en coulisse, dans les salons de jeu et les bunkers éloignés du centre, les souterrains des QG militaires, les bureaux de police politique, dans les alcôves, les caves du pouvoir. Le monde sur lequel tu règnes, Lohse, ne m'est pas un secret. J'en connais tous les recoins abjects, j'en ai fait sauter tous les verrous et les cadenas. Rien, il n'y a rien. Rien ne s'y trouve résolu du mystère, de l'insoluble, impénétrable mystère de vivre, et si le roi est nu ceux qui le voient le sont tout autant… Ce n'était donc que cela, ce misérable petit secret pour lequel tu me déranges, alors que me presse un rendez-vous personnel d'une autre urgence : l'assassinat, l'exécution sommaire de Martin Guillemot au bord d'une mare. Un pauvre type, *menu fretin* d'humanité ordinaire, escroc minable ivre des basses opportunités de l'Histoire, pas plus ni moins ignoble que son justicier, cette crapule en costume à gilet et chevalière d'or, jambes élégamment croisées dans son pantalon de laine luxueuse, dont la vieillesse décatit la face, fripe entre ses cuisses sa virilité flaccide… Peut-être le colonel Melville (1899-1964) emportait-il entre Galway et Roscoff cette dernière vision des insanités du siècle, peut-être cela valait-il de piquer droit dans la mer et de s'y engloutir…

Bruno Lohse survécut longtemps à Melville, et à Martin Guillemot. Il mourut en mars 2007, à l'âge de quatre-vingt-quinze ans. Dans les caves de la banque cantonale de Zurich, un coffre-fort ouvert en 1978 à son nom, perquisitionné sur commission rogatoire du parquet de Munich, contenait des tableaux de Dürer, Monet, Renoir, Kokoschka… évalués pour chacun à plusieurs millions d'euros. Les réserves de sa fondation au Liechtenstein, en cours d'expertise, recèleraient également des œuvres, entre autres, de Picasso, Delaunay et Grosz. Des plaignants, parmi lesquels des descendants des familles Galay et Lewenthal, se sont portés parties civiles pour savoir si, parmi les œuvres spoliées par ce marchand et historien d'art, pourvoyeur attitré des nazis, en particulier de Hermann Göring durant la Seconde Guerre mondiale, se trouveraient celles qui manquaient, à la découverte du fonds Lewenthal, en décembre 1963.

Les tueurs de Martin Guillemot (1911-1963) étaient plus professionnels, ou mieux payés, que celui ou ceux qui avaient exécuté une femme dans les ruines d'une fabrique du quartier d'Avron, 20e arrondissement de Paris. Ceux-ci se souciaient sans doute moins du secret de leur mission, ou bien ils étaient plus pressés, ou étaient moins inquiets de leur impunité, c'était du travail sommaire : deux balles logées dans le crâne et le thorax, indubitablement cause de la mort, pouvaient être identifiées par les experts comme des projectiles d'armes soviétiques, obsolètes aujourd'hui, mais parfaitement datées. Les circonstances de cette trouvaille macabre avaient fait grand bruit, en 2008. Dans le cadre de la restauration de ce quartier populaire et des plans urbains de construction d'habitat social, l'îlot d'immeubles insalubres, compris entre la rue des Vignoles et la rue de Terre-Neuve, avait été rasé, ses ruelles et passages détruits. L'ouverture du chantier avait mis au jour un corps humain très détérioré, provoquant l'ouverture d'une enquête judiciaire. Une cellule d'assistance psychologique avait pris en charge les ouvriers, très choqués, qui témoignaient à la télévision. Les analyses ayant rapidement établi qu'il s'agissait des restes d'une femme, âgée d'environ cinquante ans, dentition prothésée de métal, et souffrant d'une infirmité motrice consécutive à un trauma crânien, la presse s'en était fait l'écho, suscitant le témoignage spontané de

Mme Christine Donné-Lewenthal, productrice et directrice des cinémas FPA. Sa déclaration contribuait à lever quelque peu le mystère de cette découverte macabre. En des circonstances anciennes, dont la date semblait coïncider avec la datation des balles, elle affirmait avoir rencontré cette personne pour la dernière fois impasse La Robelloise, où celle-ci avait donné rendez-vous à sa mère, Camille Lewenthal, aujourd'hui décédée, jadis son amie : dans les lieux mêmes où gisait ce cadavre. Elle produisait une mèche de cheveux conservés par sa mère, une tresse pliée dans du papier de soie, souvenir de leur jeunesse, qu'elle-même avait gardée, cédant à elle ne savait quel puéril scrupule affectif, dont elle était peu coutumière : je déteste les reliques, déclarait-elle.

Quoi qu'il en soit, outre son témoignage, dont la bonne foi ne faisait pas de doute, ce dépôt présentait l'intérêt de permettre une analyse d'ADN dont les conclusions croisaient celles des restes de la défunte. Une fois établie l'identité de la victime, Magda Reviczky, originaire de Budapest, Hongrie, et ressortissante de RDA, l'enquête s'était élargie dans le cadre des accords européens vers les anciens pays de l'Est, aujourd'hui normalisés, l'ouverture des archives de leurs polices politiques autorisant des recherches autrefois inimaginables. Aux dernières nouvelles, cette personne occupait, dans les années suivant la Seconde Guerre mondiale, un poste d'instructeur dans les procès de la Stasi ; de juge, ultérieurement. Certains survivants des geôles de RDA, aujourd'hui citoyens de l'Allemagne réunifiée, se souviennent encore de son zèle implacable au service du régime. Cependant, de plus anciennes archives, consultées en Hongrie, si on pouvait s'y fier, contredisaient paradoxalement ce profil : dans les années 1930, elle était fichée comme intellectuelle antifasciste, opposante au régime et classée subversive par la police politique des Croix fléchées, suspectée d'un vol d'espèces, une somme considérable...

L'énigme de son exécution en territoire français, par un ou des tueurs stipendiés, s'augmentait de ce que, le révélaient de plus fines analyses, des traces de cyanure étaient décelables dans ses restes. Les enquêteurs étaient perplexes. Mais l'urgence du chantier interdisant toute exploration supplémentaire du terrain pour déterminer si celui-ci contenait, pour une raison ou une autre, ce toxique mortel, la piste de l'empoisonnement restait suspendue aux suppositions. Encore que ce moyen de suicide fût bien connu parmi les prisonniers de la Stasi, quand ceux-ci avaient le temps d'y recourir... A ce jour, l'enquête reste ouverte, et il n'est pas exclu que, un jour ou l'autre, un jeune historien, intéressé par cette époque troublée, ne cherche à reconstituer le destin de la Hongroise, Magda Reviczky (1908-1963)...

Ceux qui, lassés des affligeantes attractions de Disneyland ou du parc Astérix, se promènent aujourd'hui sur les routes de la banlieue ouest de Paris, où nombre de charmants villages sont à redécouvrir, nichés au milieu de l'urbanisation récente, témoins d'une époque révolue où ces zones proches de la capitale étaient rurales, devraient aller faire un tour du côté du Mesnil. Une ancienne propriété domaniale, témoin de l'architecture des XVIIIe et XIXe siècles, détruite par un incendie, longtemps abandonnée à la ruine et restaurée dans les années 1970, abrite depuis cette époque les laboratoires de recherche de l'agronome Lucien Guillemot, pionnier de l'écologie moderne. Un des premiers à dénoncer les désastres, pourtant prévisibles, de l'industrialisation agricole, la destruction de l'environnement par les engrais chimiques, leurs conséquences sur l'équilibre des écosystèmes et sur l'alimentation, la santé et la reproduction humaine. Les symptômes récents de la *vache folle* et des virus mutants de grippes aviaires et porcines, sans compter la planétarisation des semences OGM contrôlées par la firme américaine Monsanto, lui donnent cruellement raison… Longtemps traité en prophète illuminé, voire en rétrograde archaïque, il a popularisé ses thèses, inspirées de son maître René Dumont, aujourd'hui reprises par les politiques qui se découvrent d'opportunes et tardives convictions écologistes ; Dany le Vert en éructe d'indignation, encore que ses roboratives colères soient toujours hilares.

Ce centre d'études agronomiques du Mesnil, haut lieu de la recherche, qui forma bien des agronomes contemporains, aménagé en institution pédagogique devrait passionner les jeunes par ses bornes interactives, ses projections de films et postes d'observation ou d'expérimentation, petites manipulations ludiques fort instructives. Qu'ils prennent le chemin, descendant entre les murs d'un magnifique verger et d'un potager, où sont cultivées des variétés disparues de nos fruits et légumes, pour découvrir, au fond de la combe, une grande ferme, jadis rattachée au domaine du Mesnil, où ils pourront visiter une exploitation modèle, en stricte conformité avec les critères bio de Bruxelles, qui cultive en polyculture quarante hectares de terres, providentiellement arrachées à la spéculation foncière et à l'urbanisation. Les exploitants, jeunes agriculteurs formés par Lucien Guillemot (1913-1995), sont les descendants de la famille de paysans qui vivait là au siècle dernier, sans solution de continuité depuis cent cinquante ans. Cela n'a rien d'un écomusée passéiste célébrant les traditions ancestrales, c'est une ferme-pilote, illustrant l'agriculture de demain, telle que l'opinion publique, de mieux en mieux sensibilisée à ces questions cruciales, en exprime l'exigence.

Un petit restaurant *Les Armand*, construit en annexe de la ferme, offre des repas sains et équilibrés, relativement bon marché, en quoi la bonne nourriture n'est pas forcément un luxe de nantis. Pédagogie, là encore, face aux ravages de santé publique de la *mal- bouffe* et de l'obésité : le restaurant, dont l'administratrice, l'énergique Jackie Meunier, ne se résigne pas à prendre sa retraite, accueille en stages des enfants des écoles pour les initier à la diététique, programme financé par le conseil général. La promenade dans le parc, ombragé de superbes cèdres bicentenaires, les aires de jeux et le panier compris dans le prix d'entrée font de ce domaine un but de visite dominical à la fois instructif et divertissant.

Ainsi le stipulait-il le quatre pages (papier recyclé) distribué à l'entrée au portail de belle ferronnerie, face au parking aménagé pour les visiteurs. Le sigle B&G y figurait, la firme étant partie prenante du financement depuis les années 1970, intéressée à valoriser son image et ses gammes de produits bio. Les résultats du groupe, dont le fils de Guy Lewenthal, grand patron d'après-guerre, a repris la direction, sont gages de son modèle de croissance, en une époque où la crise financière fait basculer toutes les certitudes du libéralisme.

Cependant cet exaltant exemple d'agronomie raisonnée reste un sympathique cas d'école qui ne laisse pas d'inspirer quelque doute quant aux capacités des sociétés industrielles à réviser leurs aberrants calculs : les derniers paysans en faillite, désespérés, versent leurs excédents de lait sur les routes et les pénuries de céréales affament la planète que rêvaient de nourrir des Lucien Guillemot. Grâce aux lisiers de l'élevage intensif, les algues vertes polluent les rivages mais la hausse du niveau des océans, bientôt rendue à la côte d'alerte, les emportera au large où se vidangent, en toute impunité, les tankers de pétrole, une denrée elle-même menacée…

L'année, le siècle et le millénaire avaient commencé par ouragans, canicules, tsunamis, d'aucuns y décelant les prémices de temps nouveaux, climatiques et géostratégiques, qui donneraient quelque souci. En attendant, l'Europe adoptait l'euro pour devise, les organismes génétiquement modifiés pullulaient, que saccageaient par-ci, par-là, des faucheurs obstinés ; quelques morts subites, noyades, défenestrations, endeuillaient une affaire de frégates taiwanaises aux juteux profits, les flux de Clearstream s'avéraient d'une limpidité douteuse, écoulant l'argent blanchi vers des aires de paradisiaque fiscalité ; les Twin Towers s'effondraient en direct télévisé. En ce temps d'imagerie mondialisée simultanée, du nuage de poussière toxique émergeait l'icône en pixels numérisés du diable moderne, surnommé Oussama ben Laden, épouvantail providentiel labellisé CIA, de qui le faciès recouvrait le plan grand ensemble de la ruine comme s'il provenait de sa cendre, affectée du même coefficient d'irrésolution. Visage emblématique désormais désigné pour cause, source et origine du Mal qui, dans sa stylisation énigmatique, face abrupte aux traits émaciés, nez fin, regard triste, paradoxalement, s'apparentait davantage à un Christ byzantin qu'à Satan ; l'horreur avait du mal à s'incarner pour réfléchir l'espèce.

Le siècle s'annonçait religieux, s'adonnant au culte totalitaire du temple télévisé, existe-t-il autre source que Murdoch et compagnie ? C'est que la part de cerveau utile était colonisée par la publicité, expliquait un expert. Grâce à quoi, oints de grâce divine, Bush et sa clique pouvaient déclarer guerre sainte pour servir leur capitalisme déficitaire et venger leurs tours d'orgueil ébréchées, leur phallus profané ; en Irak déferlait une armée amnésique, survitaminée. Suréquipée d'armes de destruction massive, son exclusivité du fusil à infrarouge et de la bombe à uranium appauvri l'autorisait à exterminer de l'espèce, il pouvait en crever des mille et des cents, de même sur tous les continents colonisés de longue date, mis à quatre pattes sous la botte, coolie fouetté à mort, esclave mutilé, Indien étripé, oreilles, mains, langue et couilles du Nègre tranchées, viande humaine violée, vendue, industriellement exterminée, depuis le temps que l'homme blanc s'en mettait plein les poches, plein la panse, le reste de l'engeance lui devait allégeance. Dieu en particulier, qui était son obligé. Mais les temps changeaient, des fanatismes inattendus rivalisaient avec le sien, bombes humaines, terroristes suicidaires, cela décontenançait.

Pourtant, en ce temps-là, les Etats-Uniens élisaient pour la première fois un président noir, du moins un être hybride, métissé, en contravention manifeste avec la pureté du standard WASP. Cette anomalie n'étant apparemment pas encore entérinée, cela stupéfiait la planète. Cela détournait les yeux des épidémies, famines, guerres, du hachis à la machette et mines antipersonnel, de la misère d'ambiance traitée aux anxiolytiques et somnifères, de la crise des *subprimes*, des petits emprunteurs surendettés jetés à la rue. Cela exemptait un temps la pensée hagarde de ratiociner. Mais les réfugiés, une plaie de l'époque, déferlaient de partout, sur des rafiots naufragés, par le rail, le camion autoroutier, à pied ; ils avaient le culot de camper dans les bois sans couverture ni latrines, avec leur gale d'Afghans et leur vermine de Turcs, qui sont très contagieuses, l'air de réclamer *du travail à manger SVP* aux sociétés occidentales, et puis quoi encore ? Un hébergement de nuit, l'assistance publique, les soins gratuits, des papiers, peut-être ? On devait créer d'urgence un ministère de l'Immigration, de l'Intégration et de l'Identité nationale, prendre des mesures sécuritaires, définir des quotas, et ouvrir des camps de rétention administrative : leur principe en avait été testé tout au long du XXe siècle, il avait fait ses preuves. Si on y parquait les enfants avec leurs parents, on ne les séparait plus au jet comme à Pithiviers, on s'était humanisé. Ce procédé nostalgique contentait la plupart, en chagrinait certains, de qui cela détériorait le capital sentimental, abîmait sérieusement la conscience de classe et l'appartenance. La communauté d'intérêts, chrétienne ou républicainne, en prenait un coup. Mais de là à envisager les fraternisations, se mettre à genoux, cœur saignant, laver les pieds au Misérable dans la cuvette de saint François, il y a un pas ! Essuyer la face du pauvre moderne avec piété, avec émotion, prélever sa sainte véronique et la contempler exposée sur nos cimaises ou nos écrans d'esthètes, soit. Mais uniquement son simulacre artistique de misère recopiée, pas l'original. L'original nous ressemble, il a un côté humain intense, qui offense. Dire qu'il y en a pour chialer sur la souffrance des bêtes… Pourtant, en chacun, il avait dû y avoir un rêve originel qui croyait en la promesse de quelque chose de meilleur, mieux qu'une utopie futuriste consolante, qu'un altruisme d'humanitaire ; qui voulait que quelque chose devînt vrai, un dessein, un engagement d'actualité, un partage du désir, une chaleur d'intelligence qui fasse l'amour à l'homme… Allons, pas d'obscénités.

En ce temps-là, soyons pragmatiques, liberté, égalité, fraternité étaient karchérisées, la finance tradérisée, en une époque pas si lointaine était berlusconiste, sarkozyste ; décomplexée.

En ce temps-là, 85-87 rue du Faubourg-Saint-Martin, l'immeuble Lévitan, camp de la *Möbel Aktion* en une époque pas si lointaine, abritait une agence de publicité au design élégant, on pouvait encore voir à son fronton l'ancienne inscription en céramique, *Aux classes laborieuses* en lettres d'or sur fond turquoise, mais qui lève les yeux ? L'historique et vénérable librairie *Brasier & Cazzoni* fermait, ses repreneurs jetaient l'éponge à la suite d'une vente de l'immeuble à la découpe, en dépit de comités de soutien à la librairie indépendante ; un magasin de téléphonie mobile, appartenant à un groupe de BTP, s'installait rue Notre-Dame-des-Champs. Elise Casson (1900-1983), retirée dans son petit château du bois de Graville, avait été découverte, morte depuis plusieurs jours dans son jardin. Plus grand monde ne venait la voir, elle vivait en ermite avec son chat Socrate IV, qu'on n'avait pu retrouver. Elle ne s'était pas remise du décès de son fils, le grand acteur Louis Personne (1924-1981), qu'une overdose de morphine avait emporté ; il s'administrait lui-même ce stupéfiant sans qu'on sache comment il se le procurait, ne fréquentant pas les milieux où l'on en trouve. Très affecté par la disparition d'un ami cher, il avait passé une longue période de désordres, sillonnant en Porsche l'Europe de l'Est à sa recherche, en vain, négligeant ses contrats et engagements, ce qui l'avait éloigné des plateaux. Il vivait en clochard dans son appartement délabré de l'ile Saint-Louis, misanthrope migraineux. Dans les derniers temps, il jouait encore des seconds rôles de méchants dans des séries télévisées *cheap*, voire de figurants, accordés par charité. Les critiques, unanimes, s'accordaient à considérer qu'il y gâchait son talent, immense. Lors de la première cérémonie des Molière, en 1987, un fervent hommage posthume lui avait été rendu debout par toute la communauté du théâtre.

C'était une époque de commémorations et de repentances, qui mal réparent la mémoire et même la falsifient, mais donnent bonne conscience. Ainsi la Cinémathèque française, désormais installée à Bercy, consacrait-elle à Daniel Galay (1879-1958) une rétrospective complète de ses films, dont certains de nouveau visibles grâce à la restauration numérique, en particulier sa mythique adaptation inachevée de l'œuvre de Joseph Conrad *Au cœur des ténèbres*... De ce grand cinéaste, longtemps mésestimé par la critique française, l'œuvre et la carrière extravagantes étaient peu connues dans son pays d'origine ; non plus sa vie, à elle seule un roman ébouriffant. Sa fille, l'actrice américaine Gabrielle Kidman, alerte septuagénaire adepte du lifting et du Botox, avait assisté à la séance inaugurale, très touchée par cet hommage tardif au génie baroque de son père. Y assistaient également ses cousins, producteurs des films FPA et propriétaires d'une chaîne de cinémas, que leur vie sentimentale orageuse n'avait pas empêchés de continuer à travailler ensemble, soudés par leur commune passion du cinéma documentaire, qu'ils avaient défendu bec et ongles de longues années, un genre que le public redécouvrait, en ces temps où le numérique, allégeant les coûts, offrait à de jeunes créateurs de s'emparer des nouveaux outils, d'inventer un nouveau langage visuel. La partie n'était pas gagnée, mais Christine et Antoine Donné étaient optimistes. Comme Théo Galay, ils pariaient que si *les hommes doivent leur vie au fait que le diable a préféré les faire mourir lentement*, autant profiter de ce sursis, même s'il faudrait être fou à lier pour ne pas concevoir une peur chronique quant aux *possibilités humaines*, bestialement parlant.

En ces premiers jours de septembre 2010, il faisait un temps mitigé à Paris. Cela n'avait pourtant pas dissuadé Alice Donné d'emmener son petit garçon au jardin du Luxembourg. Elle l'avait eu tard, à l'issue d'un parcours éprouvant de FIV à répétitions, mais c'était un bel enfant et, maintenant que son père avait ses papiers de Français, Selim et elle avaient décidé de se pacser. Un épisode pluvieux succédait aux dernières chaleurs de l'été, cependant la température était agréable en dépit des menaces d'averses et orages sur le Nord de la France, beau temps sec au sud, léger mistral. L'automne commençait de roussir la cime des marronniers, le vent en arrachait des tourbillons de feuilles mortes qui jonchaient les allées. La jeune femme profitait de ses derniers jours de vacances pour lire enfin *Une chambre à soi*, un livre trouvé chez sa grand-mère Camille, en quelque occasion. Celle-ci lui avait offert pour ses dix ans une petite bague d'émail bleu, une pacotille qu'elle avait toujours portée à son doigt ; aussi la portait-elle au sien, en souvenir d'elle. A l'époque, elle n'avait pas ouvert ce livre, son titre était tentant, mais la littérature n'était pas vraiment sa tasse de thé : elle faisait des études de chimie moléculaire. Elle l'avait négligé, oublié, par quel hasard avait-il survécu aux déménagements ? Selim venait de trouver un appartement assez grand pour que Filou ait sa chambre, où lui lire le soir *Max et les Maximonstres*, et elle un petit bureau ; enfin un coin pour être seule avec soi, travailler tranquille sur son ordinateur et surfer sur Internet. La circonstance avait redonné à ce titre une actualité curieuse : voyons, de quoi s'agit-il ? Qui est cette Virginia Woolf, de qui grand-mère faisait si grand cas ? Tandis qu'elle lisait, le gamin s'était aventuré sur le banc voisin, il s'y exerçait à en sauter, du moins essayait-il, il n'avait jamais tenté telle prouesse. Elle s'était inquiétée d'une personne qui en occupait le bout, tout emmitouflée dans ses vieux châles, quelle idée, en cette saison :

— Filou, ne dérange pas la dame.

— Il ne me dérange pas ! Les petits sont si mignons !

Quel âge a-t-il, patati et patata, les habitués des jardins sont assommants. Tandis que Filou évaluait prudemment l'altitude de son premier saut, elle avait repris sa lecture. C'est incroyable comme entrer là-dedans dépayse. On y est à mille lieues de soi, avec des gens qui n'existent même pas. En réalité, c'est le contraire. On y est tout près de soi, à l'intérieur comme jamais, dans une intimité si grande avec ces gens et ces lieux imaginaires que l'on se parle, à tu et à toi, dans une langue qu'on ignore, qu'on a dû entendre, pourtant, il y a très longtemps ou hier, au creux de son oreille antérieure. Voilà, se disait Alice en lisant, car en lisant l'on dialogue, voilà la chose étrange que des œuvres, qui sont toujours écrites dans un passé, proche ou lointain, vous parlent en avenir, elles font penser à demain. C'était un sentiment si fort que le temps avait filé, ou bien l'orage montait, assombrissant sa page. Elle leva la tête, au moment où Filou se décidait enfin à voler.

Dans le ralenti magique d'une nanoseconde d'éternité, elle le vit, de toute sa vaillance, son courage intrépide et son optimisme enfantin qui croit que rien n'est impossible, s'élancer dans l'air, tels les anges suspendus dans l'éther rose et turquoise des nuages primitifs ; mais il n'avait pas d'ailes, il était un petit d'homme. Dire qu'elle avait failli, par la faute de Virginia Woolf manquer cet instant, ne pas en voir la beauté ! Ou alors à cause d'elle, elle la voyait, par la littérature qui rend visible l'invisible et les réalités au réel. Cette action de grâce expédiée, et Filou débarbouillé, elle quitta sa chaise car, ce n'était pas de la blague, l'orage arrivait.

Le jardin était déserté, chacun courant vers un abri, quand une bande de pigeons dérangés par la bourrasque passa soudain de la guérite des marionnettes au kiosque à musique. Un instant distraite, elle les regarda se rengorger frileusement dans leurs plumes, alors avisa dans la profondeur, assez loin sous les arbres parmi les statues, deux silhouettes attardées, indifférentes à la menace d'averse, solitaires dans l'allée, l'une claire et mince, penchée vers l'autre vêtue de sombre. Visiblement, la jeune fille exhortait sa compagne, une vieille dame, la pressant du geste, mais celle-ci refusait de bouger, recroquevillée sur son banc. Il y avait entre elles une douceur, une véhémence qui serraient le cœur. D'où venaient-elles, qui étaient-elles, que débattaient-elles si intensément, à quoi se jouait leur vie, de peur, de dissentiment, d'attente vaine ou d'espoir, d'amour blessé… Il aurait fallu approcher, entendre ce qu'elles disaient… On n'allait pas en faire un roman : le tonnerre grondait, les premières gouttes tombaient. Alice s'éloignait, pressant le pas, entraînant Filou qui tricotait du sien tout en pleurnichant. Elle s'était retournée, une ou deux fois, mais elles avaient disparu. Alors, sauf elle peut-être, qui se souviendrait d'avoir aperçu ce jour-là, esseulées sur un banc, la jeune fille et la vieille dame, au jardin du Luxembourg…

Au cinéma, aux dernières images, mieux que dans les romans à leur dernière page, s'inscrit le mot FIN, qui libère le spectateur, négligeant parfois de lire le générique qui défile… Il n'y a pas de générique dans les romans. Ou alors il faudrait y convoquer tant de gens, de présences tutélaires et d'inspirateurs, d'acteurs réels et imaginaires, qu'à leur foule manquerait, toujours et encore, la fée des contes oubliée dans sa haute tour, la marquise qui ne doit plus sortir à cinq heures, même de la Hogarth Press, ou le criminel à figure d'enfant, que jamais ne quitte son monstre ; ils en sont les vrais instigateurs…

En écrivant ce roman, j'ai lu ou relu nombre de livres savants d'histoire, de science, consulté des documents. J'ai recouru à des informateurs obligeants, à des lecteurs amis, soient-ils remerciés. M'ont surtout accompagnée les œuvres de la peinture, du cinéma, de la photo, y compris d'anonymes ; et celles des écrivains – morts ou vivants, ils sont mes contemporains. En lister la référence, vain catalogue. Il suffit que leur présence hante le roman, et ma vie. Ils fondent mes pensées, mes rêves, mes convictions, pour avoir avec eux, grâce à eux, traversé une partie du siècle, le XXe.

De ce siècle, j'ai entendu le récit de la naissance, dans la boucherie d'hommes de 1914, par un vieux paysan taiseux du Médoc, mon grand-père, à qui son œil borgne faisait voir beaucoup de choses ; celui de ses convulsions et infamies par mes parents, jeunes gens parmi tant d'autres, dans les années 1930 ; et accompagné sa marche de ma propre existence, éveillée aux réalités dans les années 1960 par quelques passeurs ; puis avec mes filles, puis mes petits-enfants. Ce qui m'a inspiré peut-être d'en écrire à ma façon le roman, de donner présence et voix à eux tous par le détour de la fiction, qui nous éloigne moins du réel qu'elle ne nous y rend, en dépit de ses détracteurs. A mon insu, j'ai pu y écrire quelque chose de l'ordre de l'imaginaire, dont seul le lecteur juge s'il est à la hauteur de son attente.

Chacun des volumes, *Dans la main du diable*, *L'Enfant des ténèbres* et *Pense à demain* peut être lu séparément mais, dans mon esprit, ils constituent un seul et même roman séculaire, scindé en trois épisodes. Le dessein s'en est présenté en cours de route, il n'était pas initial. Ou alors, il était latent de longtemps, attendait dans mes romans précédents : qui sait ce qui là-bas s'achève, ici commence ? Voit-on la rive que l'on quitte, celle où l'on va, comment naissent les histoires ? Par leur fin souvent. Ainsi le présent est-il prescrit par hier, et demain, illisible, chiffré au passé, souvent très antérieur. Aussi mon récit s'achève-t-il comme il commence, dans un jardin d'automne près des statues, qui ont plus de mémoire que nous, pour peu qu'on les interroge ; ainsi les dépotoirs et archives de l'Histoire…

Les premières lignes écrivent la fin, mais rien n'est pareil : c'est un autre jour et à l'autre bout du siècle que de ce banc s'envole l'enfant, une nanoseconde d'éternité ; soit-il le gage que continue le temps du roman.

ANNE-MARIE GARAT,
septembre 2004-septembre 2009.

Gens du MESNIL

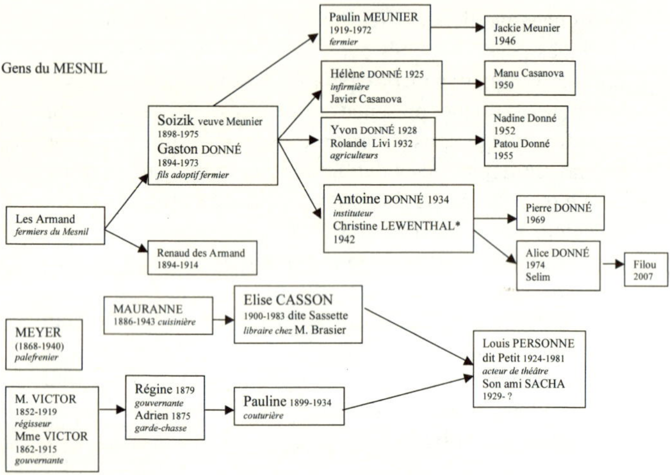

Personnages rattachés

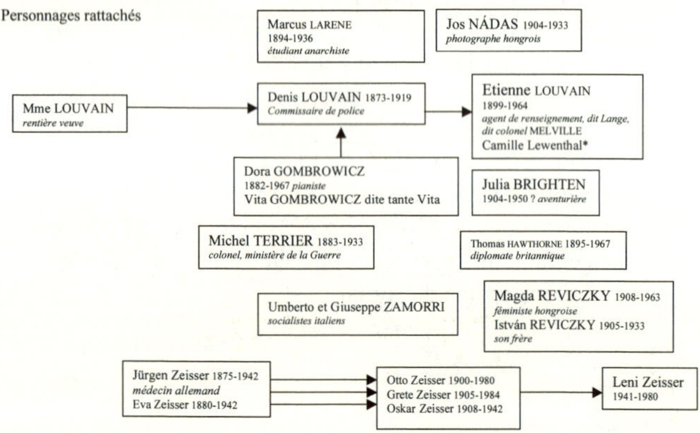

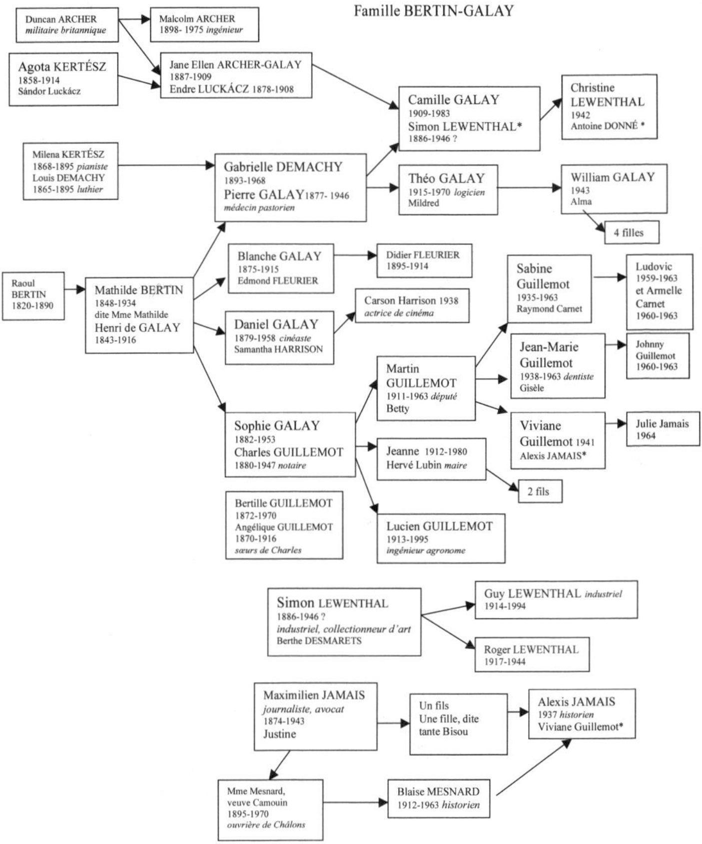

* Ce nom est référencé à un autre emplacement de l'arbre, où est donnée sa filiation.

LISTE DES ACRONYMES ET SIGLES UTILISÉS DANS LE ROMAN

AJS : Alliance des jeunes pour le socialisme, issue de la mouvance trotskiste.

AOF : Afrique occidentale française.

ATD : Aide à toute détresse, association contre la misère créée en 1957.

BTP : Bâtiment et travaux publics.

CAPES : Certificat d'aptitude au professorat du second degré.

CFDT : Confédération française démocratique du travail, syndicat.

CFTC : Confédération française des travailleurs chrétiens, syndicat.

CIA : Central Intelligence Agency, service de renseignement américain.

CNC : Centre national de la cinématographie.

CNRS : Centre national de la recherche scientifique.

ERR : Einsatzstab Reichsleiter Rosenberg, administration vouée au pillage des biens juifs dans toute l'Europe occupée, dirigée par Alfred Rosenberg, membre du NSDAP dès sa création.

FAR ou RAF : Fraction Armée rouge ou Rote Armee Fraktion, organisation terroriste d'extrême-gauche ouest-allemande (1967-1998).

FBI : Federal Bureau of Investigation, police fédérale américaine.

FDP : Freie Demokratische Partei, Parti libéral-démocrate allemand.

FIV : Fécondation *in vitro*.

FLN : Front de libération nationale, parti politique socialiste algérien.

FNSEA : Fédération nationale des syndicats d'exploitants agricoles.

FOL : Fédération des œuvres laïques.

GP : Gauche prolétarienne, organisation maoïste.

IFAO : Institut français d'archéologie orientale.

IRA : Irish Republican Army.

JAC : Jeunesse agricole catholique, mouvement paysan.

KGB : Komitet Gossoudarstevennoï Bezopasnosti, service de renseignement de l'Union soviétique.

MJC : Maison des jeunes et de la culture.

MNA : Mouvement national algérien, organisation politique indépendantiste, rivale du FLN.

NSDAP : Nationalsozialistische deutsche Arbeiterpartei, Parti national-socialiste des travailleurs allemands, ou parti nazi.

OAS : Organisation armée secrète, pour le maintien de l'Algérie française.

OGM : Organisme génétiquement modifié.

ONU : Organisation des Nations unies.

OPAC : Office public d'aménagement et de construction.

OTAN : Organisation du traité de l'Atlantique nord.

PIDE : Polícia internacional e de defesa do estado, police politique portugaise.

PLM : Ligne ferroviaire Paris-Lyon-Marseille.

PSU : Parti socialiste unifié (1960-1989).

RAF : Royal Air Force, armée de l'air des forces britanniques.

RDA : République démocratique allemande, ou Allemagne de l'Est.

RFA : République fédérale d'Allemagne, ou Allemagne de l'Ouest.

RG : Direction générale des renseignements généraux, service de renseignement français.

RPF : Rassemblement du peuple français, mouvement politique (1947-1955) fondé par le général de Gaulle.

RTF : Radiodiffusion-télévision française (1949-1964), devenu ORTF, Office de radiodiffusion-télévision française (1964-1974).

SA : Sturmabteilung, organisation paramilitaire nazie créée par Hitler en 1921.

SAFER : Sociétés d'aménagement foncier et d'établissement rural, créées en 1960.

SDN : Société des nations (1919-1946).

SIDA : Syndrome d'immunodéficience acquise dû à différents rétrovirus, dont le VIH (virus de l'immunodéfience humaine) infectant l'homme.

SNESUP : Syndicat national de l'enseignement supérieur.

SOE-F : Special Operations Executive, service secret britannique, section française, durant la Seconde Guerre mondiale.

SS : Schutzstaffel, organisation et instrument de la terreur nazie.

STASI : Ministerium für Staatssicherheit, police politique de RDA.

UEC : Union des étudiants communistes.

UFOLEIS : Union française des œuvres laïques d'éducation par l'image et le son.

UNEF : Union nationale des étudiants de France, syndicat.

UNR-UDT : Union pour la nouvelle république, parti politique gaulliste fondé en 1958, regroupé en 1962 avec l'UDT, Union démocratique du travail.

WASP : White Anglo-Saxon Protestant, Blancs d'origine européenne se revendiquant comme fondateurs de la nation aux Etats-Unis.

BABEL

Extrait du catalogue

1082. MAGYD CHERFI
Livret de famille

1083. INTERNATIONALE DE L'IMAGINAIRE N° 26
Labyrinthes du réel : écrivains estoniens contemporains

1084. HENRY BAUCHAU
Déluge

1085. CLAUDIE GALLAY
Les Déferlantes

1086. KATARINA MAZETTI
La fin n'est que le début

1087. ALBERTO MANGUEL
Tous les hommes sont menteurs

1088. JACQUES POULIN
Les Yeux bleus de Mistassini

1089. MICHEL TREMBLAY
Un objet de beauté

COÉDITION ACTES SUD – LEMÉAC

Achevé d'imprimer en janvier 2012 par Normandie Roto Impression s.a.s. 61250 Lonrai sur papier fabriqué à partir de bois provenant de forêts gérées durablement (www.fsc.org) pour le compte d'ACTES SUD, Le Méjan, Place Nina-Berberova, 13200 Arles.
Dépôt légal 1re édition : février 2012.
N° impr. : 110066
(Imprimé en France)